Anne Rice

Hexenstunde

Anne Rice

Hexenstunde

Roman

Aus dem Amerikanischen
von Rainer Schmidt

Goldmann Verlag

Die amerikanische Originalausgabe erschien unter dem Titel
»The Witching Hour« bei Alfred A. Knopf, Inc., New York

Umwelthinweis:
Dieses Buch und der Schutzumschlag
wurden auf chlorfrei gebleichtem Papier gedruckt.
Die Einschrumpffolie (zum Schutz vor Verschmutzung)
ist aus umweltschonender und recyclingfähiger
PE-Folie.

Der Goldmann Verlag
ist ein Unternehmen der Verlagsgruppe Bertelsmann

2. Auflage

Satz: IBV Satz- und Datentechnik GmbH, Berlin
Druck und Bindung: Wiener Verlag, Himberg
Printed in Austria
ISBN 3-442-30425-3

Erster Teil

Versammelt Euch

1

Der Doktor wachte auf und hatte Angst. Er hatte wieder von dem alten Haus in New Orleans geträumt. Er hatte die Frau in dem Schaukelstuhl gesehen. Er hatte den Mann mit den braunen Augen gesehen.

Und sogar jetzt, in diesem stillen Hotelzimmer über der Stadt New York spürte er die alte, beunruhigende Verwirrtheit. Er hatte wieder mit dem braunäugigen Mann gesprochen. Ja, helfen Sie ihr. *Nein, das ist doch nur ein Traum. Ich will da raus.*

Der Doktor setzte sich im Bett auf. Um ihn herum war Stille, nur das leise Rauschen der Klimaanlage war zu hören. Warum dachte er daran, in dieser Nacht, in diesem Hotelzimmer im »Parker Meridien«? Für eine Weile konnte er das Gefühl des alten Hauses nicht abschütteln. Er sah die Frau wieder – ihren gebeugten Kopf, ihren leeren Blick. Fast hörte er das Summen der Insekten vor den Fliegengittern an der alten Veranda. Und der Mann mit den braunen Augen sprach, ohne die Lippen zu bewegen. Eine Wachspuppe, der Leben eingeflößt...

Nein. Aufhören.

Er stand auf und tappte lautlos über den Teppichboden, bis er vor den dünnen weißen Vorhängen stand, und er spähte hinaus auf die Dächer da draußen, die schwarz vor Ruß waren, und die trüben Neonreklamen, die vor Ziegelmauern flackerten. Das Licht des frühen Morgens schimmerte hinter den Wolken über der öden Betonfassade gegenüber. Keine Hitze hier, die an den Kräften zehrte. Kein einschläfernder Duft von Rosen und Gardenien.

Allmählich wurde sein Kopf klar.

Er dachte wieder an den Engländer an der Bar im Foyer. Das hatte alles wieder hochkommen lassen – wie er dem Barkeeper gegenüber erwähnt hatte, daß er eben aus New Orleans komme und daß diese Stadt eine wirkliche Spukstadt sei. Der Engländer war ein liebenswürdiger Mann, ein echter Gentleman der alten Schule, wie es schien, in seinem schmal geschnittenen Baumwollkreppanzug mit der goldenen Uhrkette an der Westentasche (wo sah man solche

Männer heutzutage noch?); ein Mann mit dem präzisen, melodischen Tonfall eines britischen Bühnenschauspielers und blitzenden, alterslosen Augen.

Der Doktor hatte sich ihm zugewandt und sagte: »Ja, Sie haben recht, was New Orleans angeht, ganz bestimmt. Ich habe in New Orlenas selbst einen Geist gesehen, und zwar vor gar nicht so langer Zeit...« Dann war er verlegen verstummt. Er hatte in seinen Bourbon gestarrt, in das geschmolzene Eis, auf die scharfen Brechungen des Lichts im Boden des Kristallglases.

Das Gesumm der Fliegen im Sommer, der Geruch von Medizin. *So viel Thorazin? Könnte da ein Irrtum vorliegen?*

Aber der Engländer hatte respektvolle Neugier gezeigt. Er hatte den Doktor eingeladen, mit ihm zu Abend zu essen; er sammle solche Geschichten, hatte er gesagt. Einen Augenblick lang hatte der Doktor sich versucht gefühlt. Der Kongreß hatte eine Pause eingelegt, und er mochte diesen Mann, verspürte unmittelbares Vertrauen zu ihm. Und das Foyer des »Parker Meridien« war ein hübscher, fröhlicher Ort voller Licht, Bewegung und Menschen. So weit entfernt von diesem düsteren Winkel in New Orleans, von der traurigen alten Stadt, in deren unablässiger, karibischer Hitze die Geheimnisse schwärten.

Aber der Doktor konnte diese Geschichte nicht erzählen.

»Wenn Sie es sich je anders überlegen, rufen Sie mich an«, hatte der Engländer gesagt. »Mein Name ist Aaron Lightner.« Er hatte dem Doktor eine Karte mit dem Namen einer Organisation gegeben. »Man könnte sagen, wir sammeln Geistergeschichten – wenn sie wahr sind, meine ich.«

DIE TALAMASCA
Wir wachen
Und wir sind immer da

Ein kurioses Motto.

Ja, und das hatte alles wieder hochkommen lassen. Der Engländer mit dieser eigenartigen Visitenkarte, der Engländer, der morgen abreiste und an die Westküste fuhr, um sich mit einem Mann zu treffen, der kürzlich ertrunken und wieder ins Leben zurückgeholt worden war. Der Doktor hatte in den New Yorker Zeitungen von dem

Fall gelesen – einer von diesen Typen, die klinisch tot gewesen waren und dann zurückkehrten, nachdem sie »das Licht« gesehen hatten.

Sie hatten sich über den Ertrunkenen unterhalten, er und der Engländer. »Er behauptet, er habe jetzt übersinnliche Kräfte, wissen Sie«, sagte der Engländer, »und das interessiert uns natürlich. Sieht anscheinend Bilder, wenn er einen Gegenstand mit bloßen Händen berührt. Wir nennen das Psychometrie.«

Der Doktor war fasziniert gewesen. Er hatte selbst schon von ein paar solcher Patienten gehört, Infarkt-Opfern, wenn er sich recht erinnerte, die zurückgekommen waren und von denen einer behauptet hatte, er habe die Zukunft gesehen.

»Ja«, hatte Lightner gesagt. »Die beste Forschung zu diesem Thema kommt von Ärzten – von Kardiologen.«

»Gab es da nicht vor ein paar Jahren auch einen Film?« hatte der Doktor gefragt. »Über eine Frau, die wieder ins Leben zurückgerufen wurde und von da an über unerklärliche Heilkräfte verfügte? Ein sehr anrührender Film.«

»Sie sehen das Thema unvoreingenommen«, hatte der Engländer mit erfreutem Lächeln festgestellt. »Sind Sie sicher, daß Sie mir nichts von Ihrem Geist erzählen wollen? Ich würde so gern davon hören. Ich fliege erst morgen vormittag ab. Ich würde wirklich viel dafür geben, Ihre Geschichte zu hören!«

Nein, nicht diese Geschichte. Niemals.

Allein in seinem dunklen Hotelzimmer voll düsterer Schatten fühlte der Doktor jetzt wieder die alte Angst. Die Uhr tickte von neuem in den langen, staubigen Korridoren in New Orleans. Er hörte abermals die schlurfenden Schritte seiner Patientin, als die Schwester mit ihr auf und ab ging. Er roch wieder den Geruch des Hauses in New Orleans, den Geruch von Sommer, Hitze und altem Holz. Der Mann redete mit ihm...

Bis zu diesem Frühling in New Orleans war der Doktor noch nie in einer Villa aus den Zeiten vor dem Bürgerkrieg gewesen. Und das alte Haus hatte wirklich weiße, kanellierte Säulen an der Vorderseite, wenngleich ihre Farbe abblätterte. »Greek Revival« nannte man diesen Stil – er war ein langgestrecktes, grau-violettes Stadthaus in einer dunklen, schattigen Ecke des Garden District, das

Haupttor bewacht, wie es schien, von zwei mächtigen Eichen. Der schmiedeeiserne Zaun war zu einem Rosenmuster geformt und von Ranken wie von Girlanden behangen – von purpurnen Glyzinien, gelbblättrigem wilden Wein und Bougainvilleen von dunkelglühendem Rosarot.

Gern blieb er auf den Marmorstufen stehen und schaute hinauf zu den dorischen Kapitellen, die umkränzt waren von diesen trunken duftenden Blüten. Das Sonnenlicht drang in dünnen, staubigen Strahlen durch das verschlungene Geäst. Bienen summten im Gewirr leuchtendgrünen Laubwerks unter blätterndem Gesims. Es machte nichts, daß es hier so düster war, so feucht.

Aber der Verfall beunruhigte ihn gleichwohl. Spinnen webten ihre verzwickten kleinen Netze über die schmiedeeisernen Rosen. An manchen Stellen war das Eisen so verrostet, daß es bei einer Berührung zu Staub zerfiel. Und hier und da war das Holz der Veranda am Geländer durch und durch verrottet.

Dann war da das alte Schwimmbecken ganz hinten, jenseits des Gartens – ein großes, langgestrecktes Achteck, von Steinplatten umsäumt und selbst zu einem Sumpf geworden, mit schwarzem Wasser und wilder Iris. Schon der Geruch war furchtbar. Frösche lebten hier, Frösche, die man in der Dämmerung hörte, wenn sie ihr quälendes, häßliches Lied sangen. Es war traurig, zu sehen, wie die kleinen Springbrunnen oben und unten an der Seite noch immer ihre kleinen, gebogenen Wasserstrahlen in den Modder spritzten. Wie gern hätte er alles abgelassen, gereinigt, die Wände eigenhändig abgeschrubbt, wenn es hätte sein müssen. Er sehnte sich danach, die zerbrochene Balustrade zu reparieren und das Unkraut aus den überwucherten Pflanzkübeln zu reißen.

Selbst die ältlichen Tanten seiner Patientin – Miss Carl, Miss Millie und Miss Nancy – verbreiteten eine Atmosphäre von Muffigkeit und Verfall. Das lag nicht am grauen Haar oder an den stählernen Brillengestellen. Es war ihre Haltung und der Duft von Kampfer, der in ihren Kleidern hing.

Einmal war er in die Bibliothek spaziert und hatte ein Buch aus dem Regal genommen. Winzige schwarze Käfer waren aus der Lücke hervorgekrabbelt. Erschrocken hatte er das Buch zurückgestellt.

Wenn das Haus eine Klimaanlage gehabt hätte, wäre die Sache

vielleicht anders gewesen; aber dazu war es zu groß – das hatten sie damals wenigstens gesagt. Die Decken waren schwindelerregende viereinhalb Meter hoch. Und im trägen Luftzug schwebte Schimmelgeruch.

Für seine Patientin indessen wurde gut gesorgt; das mußte er zugeben. Eine reizende, alte schwarze Krankenschwester brachte sie morgens auf die vergitterte Veranda hinaus und trug sie abends wieder ins Haus.

»Sie macht überhaupt keine Mühe, Doktor. Jetzt kommen Sie, Miss Deirdre, gehen Sie für den Doktor.« Und Viola hob sie aus dem Stuhl und schob sie geduldig Schritt für Schritt voran.

»Ich bin jetzt sieben Jahre bei ihr, Doktor; sie ist mein liebes Mädchen.«

Sieben Jahre in diesem Zustand. Kein Wunder, daß die Füße der Frau begonnen hatten, an den Knöcheln einwärtszuknicken und daß ihre Arme sich fester an die Brust zogen, wenn die Schwester sie nicht wieder in den Schoß hinunterdrückte.

Viola pflegte mit ihr in dem langgestreckten großen Salon die Runde zu machen, vorbei an der Harfe und dem staubbedeckten Bösendorfer-Flügel. Weiter in den langen, weiten Speiseraum mit seinen verblichenen Wandgemälden von moosbehangenen Eichen und bebauten Feldern.

Füße in Pantoffeln schlurften über den verschlissenen Aubusson-Teppich. Die Frau war einundvierzig Jahre alt, aber sie sah zugleich jung und uralt aus – ein gebeugtes, bleiches Kind, unberührt von erwachsener Sorge oder Leidenschaft. *Deirdre, hattest du je einen Geliebten? Hast du je in diesem Salon getanzt?*

In den Regalen der Bibliothek standen ledergebundene Journale, auf deren Rücken in verblichener, violetter Tinte alte Daten verzeichnet waren: 1756, 1757, 1758... Und auf jedem stand in goldenen Lettern der Familienname: Mayfair.

Mayfair, eine uralte Kolonial-Familie. An den Wänden hingen alte Gemälde, die Männer und Frauen im Gewand des achtzehnten Jahrhunderts zeigten, aber auch Daguerreotypien, Heliographien und Photographien. Eine vergilbte Karte von Saint Domingue – ob sie es wohl immer noch so nannten? – hing in einem schmutzigen Rahmen im Gang. Und das nachgedunkelte Gemälde einer großen Pflanzervilla.

Und was für Juwelen seine Patientin trug. Erbstücke sicher, mit diesen antiken Fassungen. Warum hängten sie solche Juwelen an eine Frau, die seit über sieben Jahren kein Wort mehr gesprochen und sich aus eigenem Antrieb nicht mehr bewegt hatte?

Die Schwester sagte, sie nehme ihr die Kette mit dem Smaragdanhänger niemals ab, nicht einmal, wenn sie Miss Deirdre bade.

»Ich will Ihnen ein kleines Geheimnis verraten, Doktor: Rühren Sie die niemals an!«

»Und warum nicht?« hatte er fragen wollen. Aber er hatte den Mund gehalten. Voller Unbehagen hatte er zugesehen, wie die Schwester der Patientin die Rubinohrringe angelegt, den Diamantring an den Finger gesteckt hatte.

Als ob man einen Leichnam ankleidet, dachte er. Und da draußen winden die Eichen ihre dunklen Äste langsam auf die staubigen Fensterscheiben zu. Und der Garten schimmert in der dumpfen Hitze.

»Und schauen Sie ihr Haar an«, sagte die Schwester liebevoll. »Haben Sie jemals so schönes Haar gesehen?«

Es war schwarz, jawohl, und dicht und lockig und lang. Die Schwester bürstete es mit Vorliebe und sah zu, wie die Locken sich wieder aufrollten, wenn die Haarbürste sie freigab. Und die Augen der Patientin, blickten sie auch lustlos und starr, waren klar und blau. Aber hin und wieder fiel Speichel in einem dünnen Silberfaden aus ihrem Mundwinkel und machte einen dunklen Fleck auf das weiße Nachthemd über ihrem Busen.

»Es ist ein Wunder, daß noch niemand versucht hat, ihr diese Sachen zu stehlen«, sagte er halb zu sich selbst. »Sie ist so hilflos.«

Die Schwester hatte ihn mit überlegenem, wissendem Lächeln angesehen. »Niemand, der je in diesem Haus gearbeitet hat, würde das versuchen.«

»Aber sie sitzt stundenlang allein draußen auf der Veranda. Man kann sie von der Straße aus sehen.«

Lachen.

»Machen Sie sich deshalb keine Sorgen, Doktor. Niemand hier ist töricht genug, durch dieses Tor zu kommen. Der alte Ronnie mäht den Rasen, aber das tut er, weil er es immer getan hat, seit dreißig Jahren schon, und der alte Ronnie ist auch nicht ganz richtig im Kopf.«

»Trotzdem...« Aber er hatte nicht weitergeredet. Wie kam er

dazu, so vor dieser schweigenden Frau zu sprechen, die nur hin und wieder die Augen ein wenig bewegte, deren Hände da lagen, wo die Schwester sie hingelegt hatte, deren Füße kraftlos auf dem blanken Boden standen. Wie leicht vergaß man sich, vergaß man, dieses tragische Geschöpf zu achten. Niemand wußte ja, was die Frau verstand.

»Sie könnten sie vielleicht gelegentlich in die Sonne setzen«, sagte der Doktor. »Sie ist so blaß.«

Aber er wußte, daß der Garten nicht in Frage kam, selbst weit entfernt vom stinkenden Pool. Dornige Bougainvilleen wucherten in Büscheln unter dem wilden Kirschlorbeer hervor. Fette kleine Cherubine, streifig von Schleim, spähten wie Gespenster aus der darüber wuchernden Lantana hervor.

Aber einst hatten Kinder hier gespielt.

Irgendein Junge oder Mädchen hatte das Wort »Lasher« in den dicken Stamm einer riesigen Myrte geschnitzt, die hinten am Zaun wuchs. Die tiefen Kerben waren so verwittert, daß sie in der wächsernen Rinde weiß schimmerten. »Der Peitscher?« Ein seltsames Wort... Und eine hölzerne Schaukel baumelte noch immer am Ast einer entfernt stehenden Eiche.

Die Südflanke des Hauses sah von dort aus fast behäbig aus, aber auch überwältigend schön mit den blumigen Ranken, die alle zusammen an geschlossenen grünen Fensterläden vorbei bis zu den Zwillingskaminen über dem dritten Stock hinaufkletterten. Der dunkle Bambus rasselte im Wind an verputztem Mauerwerk. Die glänzenden Bananenstauden wuchsen so hoch und dicht, daß sie wie ein Dschungel bis an die Ziegelwand heranreichten.

Es war wie seine Patientin, dieses alte Haus – schön, aber vergessen von der Zeit, fern von allem, was drängte.

Ihr Gesicht wäre immer noch hübsch gewesen, wenn es nicht so völlig leblos gewesen wäre. Sah sie die zarten Purpurwolken der Glyzinien, die vor den Fliegengittern bebten, das wimmelnde Gewirr der anderen Blüten? Konnte sie zwischen den Bäumen hindurch bis zu dem Haus mit den weißen Säulen auf der anderen Straßenseite sehen?

Einmal war er mit ihr und der Schwester nach oben gefahren, in dem altmodischen, aber funktionstüchtigen kleinen Aufzug mit dem Messinggitter und dem abgetretenen Teppich. Nichts hatte sich in Deirdres Miene verändert, als der kleine Gitterkasten seinen Aufstieg begonnen hatte. Ihn machte es unruhig, die mahlende Maschinerie zu hören. Er konnte sich den Motor nur als etwas Schwarzes und Klebriges und Uraltes vorstellen, überzogen von Staub.

Natürlich hatte er den alten Arzt im Sanatorium befragt.

»Ich weiß noch, als ich in Ihrem Alter war«, hatte der alte Arzt gesagt, »da wollte ich sie alle heilen. Ich wollte mit Paranoikern diskutieren und Schizophrene in die Realität zurückholen, und ich wollte Katatoniker aufwecken. Geben Sie ihr nur jeden Tag diese Spritze, mein Sohn. Da ist nichts mehr an Geist vorhanden. Wir tun einfach unser Bestes, um zu verhindern, daß sie sich dann und wann aufregt, verstehen Sie? Wir dämpfen die Erregungszustände.«

Erregungszustände? Das war der Grund für eine so starke Medikation? Selbst wenn man die Spritzen morgen absetzte, würde es einen Monat dauern, bis die Wirkung restlos abgeklungen wäre. Und die verwendeten Mengen waren so hoch, daß sie einen anderen Patienten hätten töten können. Eine solche Dosierung mußte man langsam aufbauen.

Wie konnte irgend jemand den wahren Zustand der Frau kennen, wenn diese Medikation schon so lange beibehalten wurde? Wenn er nur einmal ein Elektroenzephalogramm anfertigen könnte...

Er hatte etwa einen Monat mit dem Fall zu tun gehabt, als er sich die Akten kommen ließ. Es war eine Routineanfrage. Niemand hatte Notiz davon genommen. Den ganzen Nachmittag saß er an seinem Tisch im Sanatorium und plagte sich mit den krakeligen Handschriften von Dutzenden anderer Ärzte, den unbestimmten, widersprüchlichen Diagnosen herum – Manie, Paranoia, totale Erschöpfung, Sinnestäuschungen, psychotischer Schub, Depressionen, Suizidversuch. Die Sache reichte anscheinend zurück bis in die Teenagerzeit des Mädchens. Nein, noch weiter. Einer hatte sie wegen »Demenz« untersucht, als sie zehn Jahre alt gewesen war.

Was stand hinter dieser Krankengeschichte? Irgendwo in dem Berg von Gekritzel fand er heraus, daß sie mit achtzehn ein Mädchen geboren, es weggegeben, unter »schwerer Paranoia« gelitten hatte.

Hatten sie ihr deshalb Elektroschockbehandlungen und Insulinschocks verabreicht? Was hatte sie den Schwestern angetan, die wieder und wieder wegen »körperlicher Angriffe« die Arbeit aufgekündigt hatten?

Einmal war sie »weggelaufen«, war »zwangsweise wieder eingewiesen« worden. Dann fehlten Seiten, waren ganze Jahre undokumentiert. »Irreversibler Hirnschaden« hatte man 1976 diagnostiziert. »Patientin nach Hause entlassen, Thorazin zur Verhinderung von Zitteranfällen und manischen Zuständen verordnet.«

Es war ein häßliches Dokument, das keine Geschichte erzählte, keine Wahrheit offenbarte. Und es nahm ihm schließlich den Mut. Hatte nicht schon eine Legion von anderen Ärzten mit ihr gesprochen, wie er es jetzt tat, wenn er neben ihr auf der Seitenveranda saß?

»Es ist ein schöner Tag, nicht wahr, Deirdre?« Ah, die Brise hier, so duftig. Der Geruch der Gardenien war plötzlich betäubend, aber er liebte ihn trotzdem. Nur für einen Moment schloß er die Augen.

Verabscheute sie ihn? Lachte sie über ihn? Wußte sie überhaupt, daß er da war? Ein paar graue Strähnen zogen sich durch ihr Haar, das sah er jetzt. Ihre Hand war kalt und fühlte sich unangenehm an.

Die Schwester kam heraus; sie hatte einen blauen Umschlag in der Hand, einen Schnappschuß.

»Der ist von deiner Tochter, Deirdre. Siehst du? Sie ist jetzt vierundzwanzig Jahre alt, Deirdre.« Sie hielt das Photo so, daß der Arzt es auch sehen konnte. Ein blondes Mädchen auf einer großen weißen Yacht. Ihr Haar wehte im Wind. Hübsch, sehr hübsch. »In der San Francisco Bay, 1983.«

Nichts veränderte sich im Gesicht der Frau. Die Schwester bürstete ihr das schwarze Haar aus der Stirn. Sie hielt dem Doktor das Bild vors Gesicht. »Sehen Sie das Mädchen? Sie ist jetzt auch Ärztin!« Sie nickte besserwisserisch mit dem Kopf. »Sie ist schon Assistenzärztin und wird eines Tages Doktor der Medizin sein, genau wie Sie, und das ist die Wahrheit.«

War das möglich? War die junge Frau nie mehr nach Hause gekommen, um ihre Mutter zu besuchen? Er empfand plötzlich Abneigung gegen sie. Doktor der Medizin wird sie, wahrhaftig.

Er begann den Tanten zu mißtrauen.

Die große, die ihm seine Schecks ausstellte – »Miss Carl« – war immer noch Rechtsanwältin, obgleich sie über siebzig sein mußte. Den Weg zwischen ihrem Büro in der Carondolet Street und dem Haus legte sie mit dem Taxi zurück, weil sie die hohen Holzstufen der St.-Charles-Bahn nicht mehr erklimmen konnte. Fünfzig Jahre lang, hatte sie ihm einmal erzählt, als er sie am Tor empfangen hatte, war sie mit der St.-Charles-Bahn gefahren.

»O ja«, sagte die Schwester einmal nachmittags, als sie Deirdre sehr langsam, sehr behutsam das Haar bürstete. »Miss Carl ist die Clevere. Arbeitet für Richter Fleming. Eine der ersten Frauen, die je ihr Examen an der juristischen Fakultät von Loyola gemacht haben. Sie war siebzehn, als sie nach Loyola ging.«

Miss Carl sprach niemals mit der Patientin – der Doktor hatte es jedenfalls nie gesehen. Und es war die Füllige, »Miss Nancy«, die niederträchtig zu ihr war. So empfand der Doktor es jedenfalls.

»Es heißt ja, Miss Nancy hätte nie viel Gelegenheit gehabt, etwas zu lernen«, tratschte die Schwester. »War immer zu Hause, um für die anderen zu sorgen. Früher war ja auch die alte Miss Belle noch hier.«

»Miss Nancy« hatte etwas Mürrisches, beinahe Gewöhnliches an sich. Gedrungen sah sie aus, heruntergekommen, immer mit einer Schürze – aber mit der Schwester sprach sie in diesem herablassenden, gekünstelten Tonfall. Und Miss Nancys Mund war immer leicht höhnisch verzogen, wenn sie Deirdre ansah.

Und dann war da noch Miss Millie, die älteste von allen, eigentlich eine Art Cousine – eine klassische alte Lady in schwarzer Seide und Schnürschuhen. Sie kam und ging, und nie war sie ohne ihre abgetragenen Handschuhe und dem kleinen schwarzen Strohhut mit dem Schleier. Für den Arzt hatte sie ein fröhliches Lächeln, für Deirdre einen Kuß. »Das ist mein armes, liebes Schätzchen«, pflegte sie mit trillernder Stimme zu sagen.

Eines Nachmittags hatte er Miss Millie angetroffen, als sie auf den gesprungenen Steinplatten am Schwimmbecken stand.

»Maß weiß nicht mehr, wo man anfangen soll, Doktor«, hatte sie traurig gesagt.

Es kam ihm nicht zu, sie zur Rede zu stellen, aber es ging ihm ans Herz, als er dieses Eingeständnis der Tragödie vernahm.

»Und wie gern ist Stella hier geschwommen«, sagte die alte Frau. »Stella hat das Becken gebaut, Stella, die so viele Pläne und Träume hatte. Solche Partys hat Stella gegeben. Ja, ich weiß es noch – Hunderte waren im Haus, Tische überall auf dem Rasen, und Kapellen haben gespielt. Sie sind noch zu jung, Doktor, um sich an diese belebende Musik zu erinnern. Stella hat auch die Plattenwege hier anlegen lassen, rings um den Pool. Sehen Sie, wie die alten Platten dort vorn und an der Seite entlang...« Sie brach ab und deutete an der Längsseite des Hauses entlang zu der fernen alten Hofterrasse, die von Unkraut ganz überwuchert war. Es war, als könne sie nicht weitersprechen. Langsam blickte sie hinauf zu dem hohen Dachbodenfenster.

Aber wer ist Stella? wollte er fragen.

»Armer Liebling Stella.«

Er hatte sich vorgestellt, wie Papierlampions in den Bäumen hingen.

Vielleicht waren sie einfach zu alt, diese Frauen. Und diese junge, diese Assistenzärztin, oder was immer sie sein mochte, zweitausend Meilen weit weg...

Miss Nancy schikanierte die stumme Deirdre. Sie sah zu, wie die Schwester mit der Patientin umherging, und dann brüllte sie der Patientin ins Ohr.

»Heb die Füße hoch! Du weißt verdammt genau, daß du allein gehen könntest, wenn du wolltest.«

»Mit Miss Deirdres Ohren ist alles in Ordnung«, unterbrach die Schwester sie dann gewöhnlich. »Der Doktor sagt, hören und sehen kann sie prima.«

Einmal versuchte er Miss Nancy zu befragen, als sie oben den Korridor fegte, denn er dachte, nun ja, vielleicht würde sie aus Wut ein bißchen Licht in die Sache bringen.

»Zeigt sich je die leiseste Veränderung bei ihr? Spricht sie jemals... und sei es nur ein einziges Wort?«

Die Frau starrte ihn eine ganze Weile mit schmalen Augen an. Schweiß glänzte auf ihrem runden Gesicht, und ihre Nasenwurzel war schmerzlich gerötet vom Gewicht der Brille.

»Ich werde Ihnen sagen, was ich gern mal wüßte!« antwortete sie. »Wer wird sich um sie kümmern, wenn wir nicht mehr da sind! Glauben Sie etwa, diese verwöhnte Tochter da drüben in Kalifornien wird für sie sorgen? Das Mädchen weiß ja nicht mal, wie seine Mutter heißt. Ellie Mayfair ist es, die diese Bilder schickt.« Sie schnaubte. »Ellie Mayfair hat keinen Fuß mehr in dieses Haus gesetzt seit dem Tag, an dem das Baby geboren wurde und sie herkam, um es wegzuholen. Alles, was sie wollte, war das Baby, weil sie selbst keins kriegen konnte und sie eine Todesangst davor hatte, daß ihr Mann sie verlassen könnte. Er ist irgendein großer Anwalt da drüben. Wissen Sie, was Carl ihr gezahlt hat, damit sie das Baby nahm? Um dafür zu sorgen, daß das Mädchen nie wieder nach Hause käme? Oh, schaff sie nur weg hier – das war der Sinn der Sache. Ellie mußte ein Papier unterschreiben.« Sie lächelte bitter und wischte sich die Hände an der Schürze ab. »Nach Kalifornien geschickt, zu Ellie und Graham, in ein schickes Haus an der San Francisco Bay, mit einem großen Boot und allem Drum und Dran – das ist mit Deirdres Tochter passiert.« Ah, die junge Frau wußte es also gar nicht, dachte er. Aber er sagte nichts.

»Sollen Carl und Nancy hierbleiben und sich um alles kümmern!« redete die Frau weiter. »Das ist das alte Lied in dieser Familie. Carl soll die Schecks schreiben, und Nancy soll kochen und putzen. Und was, zum Teufel, hat Millie je getan? Millie läuft in die Kirche und betet für uns alle. Ist das nicht großartig?«

Sie lachte tief und häßlich auf und ging an ihm vorbei ins Schlafzimmer der Patientin, den schmierigen Besenstiel fest in der Hand.

»Wissen Sie, eine Krankenschwester kann man ja nicht bitten, den Boden zu fegen! O nein, dazu würde sie sich nicht herablassen, oder? Aber hätten Sie vielleicht die Güte, mir zu sagen, wieso eine Schwester nicht fegen kann?«

Das Schlafzimmer war durchaus sauber, anscheinend das Hauptschlafzimmer des Hauses, ein großes, luftiges Zimmer an der Nordseite. Asche im Marmorkamin. Und was für ein Bett, in dem seine Patientin schlief – eines dieser massiven Dinger, die gegen Ende des letzten Jahrhunderts gefertigt wurden, mit einem turmhohen Halbhimmel aus Walnußholz und gebauschter Seide.

Er war froh über den Geruch von Bohnerwachs und frischem Leinen. Aber das Zimmer war vollgestopft mit gräßlichen religiösen Artefakten. Auf der marmornen Kommodenplatte stand eine Statue der Jungfrau mit dem nackten roten Herzen auf der Brust, grell und widerwärtig anzusehen. Ein Kruzifix lag daneben, und der verrenkte, sich windende Leib Christi war in wirklichkeitsgetreuen Farben gehalten, bis hin zu dem dunkelroten Blut, das an den Nägeln in seinen Händen hervorquoll. Kerzen brannten in roten Gläsern neben einem welken Palmstrunk.

»Nimmt sie Notiz von diesen religiösen Dingen?« fragte der Doktor.

»Zum Teufel, nein«, sagte Miss Nancy. Kampfergeruch kam in Wellen aus den Kommodenschubladen, während sie den Inhalt zurechtschob. Rosenkränze hingen an geprägten Messingpalmen, selbst in den verblichenen Satinschirmen. Es sah so aus, als sei hier seit Jahrzehnten nichts mehr geändert worden. Die gelben Spitzengardinen waren steif und stellenweise verrottet. Wo sie das Sonnenlicht fingen, schienen sie es festzuhalten und warfen dann ihr eigenes verbranntes, düsteres Licht.

Ein Schmuckkasten stand auf der Marmorplatte des Nachttisches. Offen. Als hätte man für den Inhalt nichts bezahlen müssen. Ein anderer jedenfalls hätte es kaum gekonnt. Selbst der Doktor, der von solchen Dingen kaum etwas verstand, wußte, daß diese Juwelen echt waren.

Als er den Samtbezug der Schatulle berührte, fuhr Miss Nancy herum und hätte ihn fast angeschrien.

»Fassen Sie das ja nicht an, Doktor!«

»Mein Gott, gute Frau, Sie halten mich doch nicht für einen Dieb.«

»Es gibt eine Menge, was Sie über dieses Haus und diese Patientin nicht wissen. Was glauben Sie, weshalb die Blendläden allesamt kaputt sind, Doktor? Fast aus den Angeln fallen? Warum, glauben Sie, blättert der Putz von den Ziegelwänden?« Sie schüttelte den Kopf; das weiche Fleisch ihrer Wangen wabbelte, und ihre farblosen Lippen waren zusammengepreßt. »Lassen Sie nur mal jemanden versuchen, die Läden zu reparieren. Lassen Sie nur mal jemanden eine Leiter raufklettern, um dieses Haus anzustreichen.«

»Ich verstehe nicht«, sagte der Doktor.

»Fassen Sie niemals ihren Schmuck an – mehr sage ich nicht, Doktor. Rühren Sie hier überhaupt nichts an, was Sie nicht anrühren müssen. Das Schwimmbecken da draußen, zum Beispiel. Es erstickt fast unter Laub und Dreck, aber die alten Springbrunnen laufen immer noch; haben Sie darüber jemals nachgedacht? Versuchen Sie nur mal, die Ventile zuzudrehen, Doktor!«

»Aber wer...?«

»Lassen Sie ihren Schmuck in Ruhe, Doktor. Ich gebe Ihnen den guten Rat.«

»Würde es sie zum Sprechen bringen, wenn man etwas veränderte?« fragte er kühn; das Ganze machte ihn ungeduldig, und er hatte vor dieser Tante nicht solche Angst wie vor Miss Carl.

Die Frau lachte. »Nein, *sie* würde es zu gar nichts bringen«, antwortete sie höhnisch, und lautstark schob sie die Kommodenschublade zu. Die Glasperlen eines Rosenkranzes klingelten an einer kleinen Jesusfigur. »Wenn Sie mich jetzt bitte entschuldigen wollen – ich muß auch das Badezimmer putzen.«

Er schaute den bärtigen Jesus an, der mit dem Finger auf die Dornenkrone rings um sein Herz deutete.

Vielleicht waren sie alle verrückt. Vielleicht würde er selber verrückt werden, wenn er dieses Haus nicht verließ.

Einmal, als er allein im Speiseraum gewesen war, hatte er dieses Wort wieder gesehen, Lasher, in den dicken Staub auf dem Tisch geschrieben, wie mit der Fingerspitze. Mit großem, schmuckvollem *L*. Was konnte das nur bedeuten? Der Staub war weggewischt gewesen, als er am folgenden Nachmittag wiedergekommen war – das einzige Mal übrigens, daß er je gesehen hatte, daß sich irgendwo jemand am Staub zu schaffen gemacht hatte, während das silberne Teegeschirr auf dem Sideboard schwarz angelaufen war.

Wenn er nachts zu Hause in seinem modernen Apartment mit Blick über den See saß, konnte er nicht aufhören, über seine Patientin zu brüten. Er fragte sich, ob ihre Augen wohl offen waren, wenn sie im Bett lag.

»Vielleicht habe ich die Verpflichtung ...« Aber dann wiederum – was für eine Verpflichtung? Ihr Arzt war ein angesehener Psychiater. Es ging nicht an, daß er sein Urteil in Frage stellte. Es ging nicht an, irgend etwas Törichtes auszuprobieren – etwa, mit ihr eine Fahrt aufs Land zu unternehmen oder ihr ein Radio auf die Veranda zu stellen. Oder *das Sedativum abzusetzen, um zu sehen, was dann passierte ...*?

Schon der gesunde Menschenverstand gebot, die Medikation hin und wieder zu unterbrechen. Und wie stand es mit einer vollständigen Reevaluation? Zumindest vorschlagen mußte er es.

»Geben Sie ihr nur die Spritzen«, sagte der alte Arzt. »Besuchen Sie sie täglich für eine Stunde. Mehr wird von Ihnen nicht verlangt.« Seine Stimme klang merklich kühl. Alter Narr!

Kein Wunder, daß er so froh war, als er eines Nachmittags zum erstenmal gesehen hatte, wie der Mann sie besuchte.

Es war Anfang September und immer noch warm. Als er ins Tor

einbog, sah er den Mann auf der vergitterten Veranda neben ihr: Er sprach offensichtlich mit ihr, und sein Arm ruhte auf der Lehne ihres Stuhls.

Ein großer, braunhaariger Mann, ziemlich schlank.

Der Doktor empfand fast ein Gefühl von Eifersucht. Ein Mann, den er nicht kannte, war bei seiner Patientin. Aber tatsächlich war er erpicht darauf, ihn kennenzulernen. Vielleicht würde der Mann ihm manches erklären, was die Frauen ihm verschwiegen. Und gewiß war er ein guter Freund. Es lag etwas Intimes in der Art, wie er so dicht bei der stummen Deirdre stand, wie er sich ihr zuneigte.

Aber als der Doktor auf die Veranda trat, war kein Besuch da. Und in den vorderen Zimmern fand er auch niemanden.

»Hören Sie, ich habe hier vor einer Weile einen Mann gesehen«, sagte er zu der Schwester, als sie hereinkam. »Er sprach mit Miss Deirdre.«

»Ich hab' ihn nicht gesehen«, antwortete die Schwester beiläufig.

Miss Nancy, die in der Küche beim Erbsenschälen war, als er sie fand, starrte ihn lange an und schüttelte dann mit vorgerecktem Kinn den Kopf. »Ich habe niemanden hereinkommen hören.«

Na, da sollte doch...! Aber er mußte bekennen, daß es wirklich nur ein kurzer Augenblick gewesen war, ein flüchtiges Bild unter dem Fliegengitter.

Nein, er *hatte* den Mann gesehen.

»Wenn du nur mit mir sprechen könntest«, sagte er zu Deirdre, als sie allein waren. Er bereitete die Injektion vor. »Wenn du mir nur sagen könntest, ob du Besuch haben möchtest, ob es wichtig ist...« Ihr Arm war so dünn. Als er sie ansah, die Nadel gezückt, starrte sie ihn an!

»Deirdre?«

Sein Herz pochte.

Die Augen rollten nach links, und sie blickte wieder vor sich hin, stumm und unbeteiligt wie zuvor. Und die Hitze, an der der Doktor schon Gefallen gefunden hatte, wurde plötzlich drückend. Ja, dem Doktor wurde es ganz leicht im Kopf, als wolle er in Ohnmacht fallen. Hinter dem geschwärzten, staubigen Fliegengitter schien der Rasen sich zu bewegen.

Nun war er in seinem ganzen Leben noch nicht in Ohnmacht gefallen, und als er darüber nachdachte – als er versuchte, darüber nachzudenken –, da begriff er, daß er mit dem Mann gesprochen hatte, ja, der Mann war hier, nein, jetzt nicht mehr, aber er war gerade hier gewesen. Sie waren mitten in einer Unterhaltung gewesen, und jetzt hatte er den Faden verloren, oder – nein, das war es auch nicht, er konnte sich plötzlich nur nicht mehr erinnern, wie lange sie miteinander gesprochen hatten, und es war so sonderbar, daß sie die ganze Zeit hier miteinander geredet hatten und er sich nicht entsinnen konnte, wie es angefangen hatte!

Plötzlich bemühte er sich, einen klaren Kopf zu bekommen und sich den Burschen genauer anzusehen, aber was hatte der Mann nur gerade gesagt? Es war alles sehr verwirrend, weil niemand da war, mit dem er hätte reden können, niemand außer ihr, aber ja, er hatte eben zu dem braunhaarigen Mann gesagt: »Natürlich, wenn man die Injektionen absetzt...«, und die absulute Richtigkeit seiner Position stand außer Zweifel. Der alte Arzt – »Ein Narr, jawohl!« sagte der braunhaarige Mann – würde einfach zuhören müssen!

Das war gräßlich, das alles, und dann die Tochter in Kalifornien...

Er schüttelte sich. Er stand auf, war auf der Veranda. Was war geschehen? Er war im Korbsessel eingeschlafen. Er hatte geträumt. Das Summen der Bienen wurde beunruhigend laut in seinen Ohren, und der Duft der Gardenien schien plötzlich betäubend wie eine Droge. Er schaute über das Geländer in den Hof zu seiner Linken. Hatte sich dort etwas bewegt?

»Ich muß nach Hause«, sagte er laut zu niemandem. »Ich fühle mich nicht ganz wohl; ich glaube, ich sollte mich hinlegen.«

Der Name des Mannes. Wie war er gleich? Gerade hatte er ihn noch gewußt, ein so bemerkenswerter Name – ah, also das bedeutete das Wort, Sie sind... Sehr schön eigentlich – aber halt. Es fing wieder an. Er würde es nicht zulassen!

»Miss Nancy!« Er stand aus dem Sessel auf.

Seine Patientin starrte geradeaus, unverändert, das schwere Smaragdpendant schimmerte auf dem Nachthemd. Die ganze Welt war erfüllt von grünem Licht, von zitternden Blättern, der verschwommenen Wolke der Bougainvilleen.

»Ja, die Hitze«, flüsterte er. »Habe ich ihr die Injektion gegeben?« O Gott. Er hatte tatsächlich die Spritze fallen lassen, und sie war zerbrochen.

»Sie haben mich gerufen, Doktor?« sagte Miss Nancy. Da stand sie in der Tür zum Wohnzimmer, starrte ihn an, wischte sich die Hände an der Schürze ab. Die farbige Frau war auch da, und hinter ihr die Krankenschwester.

»Nichts, bloß die Hitze«, murmelte er. »Ich habe sie fallen lassen, die Nadel. Aber ich habe natürlich noch eine.«

Wie sie ihn ansahen, ihn musterten. *Ihr glaubt wohl, ich werde auch verrückt?*

Es geschah am folgenden Freitagnachmittag, daß er den Mann wiedersah.

Der Doktor hatte sich verspätet: er hatte im Sanatorium einen Notfall gehabt. In der frühherbstlichen Abenddämmerung hastete er die First Street hinauf; er wollte die Familie nicht beim Abendessen stören. Als er das Tor erreichte, rannte er.

Der Mann stand im Schatten auf der offenen Vorderveranda. Er beobachtete den Doktor, die Arme verschränkt, die Schulter an den Verandapfeiler gelehnt, die Augen dunkel und ziemlich weit geöffnet, als sei er in Betrachtungen versunken. Groß, schlank, mit wunderbar sitzendem Anzug.

»Ah, also da sind Sie«, murmelte der Doktor laut. Erleichterung durchströmte ihn. Er streckte die Hand aus, als er die Treppe hinaufkam. »Dr. Petrie ist mein Name. Nett, Sie zu sehen.«

Und – wie soll man es beschreiben? Es war einfach kein Mann da.

»Also, ich weiß, daß es passiert ist!« sagte er zu Miss Carl in der Küche. »Ich habe ihn auf der Veranda gesehen, und er hat sich in Luft aufgelöst.«

»Nun, wieso ist es unsere Sache, was Sie gesehen haben, Doktor?« fragte die Frau. Seltsame Wortwahl. Und sie war so hart, diese Lady. Sie hatte nichts Schwaches an sich, ihrem Alter zum Trotz. Sehr gerade stand sie da in ihrem dunkelblauen Gabardine-Kostüm; sie funkelte ihn durch ihre Stahlbrille an, und ihr Mund verzog sich zu einem dünnen Strich.

»Miss Carl, ich habe diesen Mann bei meiner Patientin gesehen. Nun ist die Patientin, wie wir alle wissen, eine hilflose Frau. Wenn eine fremde Person auf diesem Grundstück nach Belieben kommen und gehen kann ...«

Aber die Worte waren unwichtig. Entweder glaubte die Frau ihm nicht, oder der Frau war es egal. Und Miss Nancy am Küchentisch blickte nicht einmal von ihrem Teller auf, während sie geräuschvoll das Essen auf ihre Gabel kratzte. Der Ausdruck auf Miss Millies Gesicht freilich, ah, das war doch wenigstens etwas – so offensichtlich beunruhigt war sie, die alte Miss Millie, und ihr Blick huschte von ihm zu Miss Carl und wieder zurück.

Er war verärgert, als er in den kleinen, staubigen Aufzug stieg und auf den schwarzen Knopf in der Messingplatte drückte.

Die Samtvorhänge waren zugezogen, und es war fast dunkel im Schlafzimmer; die kleinen Kerzen rußten in ihren roten Gläsern. Der Schatten der Jungfrau tanzte auf der Wand. Er konnte den Lichtschalter nicht gleich finden. Und als er ihn fand, leuchtete nur eine einzige kleine Birne in der Lampe neben ihrem Bett auf. Der offene Schmuckkasten stand gleich daneben.

Als er die Frau mit offenen Augen dort liegen sah, stockte ihm plötzlich der Atem. Ihr schwarzes Haar war über den fleckigen Kopfkissenbezug gebürstet. Ungewohnte Farbe überzog ihre Wangen.

Bewegten sich ihre Lippen?

»Lasher...«

Ein Wispern. Was hatte sie gesagt? Na, Lasher, oder nicht? Der Name, den er auf dem Baumstamm und im Staub auf dem Eßtisch gesehen hatte. Und ausgesprochen hatte er den Namen auch schon anderswo gehört... Es fröstelte ihn. Sie konnte sprechen, seine katatonische Patientin konnte tatsächlich sprechen. Aber nein, das mußte er sich eingebildet haben. Es war nur, weil er es sich so sehr wünschte – die wunderbare Veränderung passierte nicht wirklich. Sie lag in ihrer Trance wie eh und je. Genug Thorazin, um jemand anderen umzubringen...

Er stellte seine Tasche auf die Bettkante. Sorgfältig zog er die Spritze auf und dachte dabei, was er schon ein paarmal zuvor gedacht hatte: Wenn du es jetzt einfach nicht tust, oder wenn du die Dosis auf die Hälfte reduzierst, oder auf ein Viertel oder auf Null, und dann bei ihr sitzenbleibst und beobachtest, was passiert, und wenn dann... Plötzlich sah er sich selbst vor sich, wie er sie aufhob und aus dem Haus trug. Er sah sich, wie er sie aufs Land hinausfuhr. Sie spazierten Hand in Hand auf einem Pfad durch eine Wiese, bis sie zur Böschung des Flußufers kamen. Und dort lächelte sie, und ihr Haar wehte im Wind...

Was für ein Unsinn. Es war halb sieben, und die Injektion war lange überfällig. Und die Spritze war bereit.

Plötzlich stieß ihn etwas an. Dessen war er sicher, obgleich er nicht hätte sagen können, wo er gestoßen worden war. Die Beine knickten ihm ein, und er fiel hin, und die Spritze flog davon.

Als er sich gefangen hatte, kauerte er im Halbdunkel auf den Knien und starrte auf die Staubflocken, die sich auf dem blanken Boden unter dem Bett gesammelt hatten.

»Was, zum Teufel...«, sagte er laut, ehe er sich faßte. Er konnte die Injektionsspritze nicht finden. Dann sah er sie, ein paar Schritte weiter, hinter dem Schrank. Sie war zerbrochen, zermalmt, als habe jemand sie zertreten. Und das ganze Thorazin war aus der zerdrückten Plastikphiole auf die blanken Dielen gequollen.

»Moment mal!« wisperte er. Er hob das kaputte Ding auf und hielt es in den Händen. Natürlich hatte er noch mehr Spritzen dabei, aber dies war jetzt das zweite Mal, daß ihm so etwas... Und unversehens war er wieder an der Bettkante und schaute auf die bewegungslose Patientin hinunter, und er dachte: Wie konnte das – ich meine, was in Gottes Namen geht hier eigentlich vor?

Er spürte plötzlich eine intensive Hitze. Etwas bewegte sich im Zimmer, und es rasselte leise. Nur die Perlen des Rosenkranzes, der um die Messinglampe geschlungen war. Er wischte sich über die Stirn. Dann erkannte er ganz langsam, während er Deirdre immer noch anstarrte, daß eine Gestalt an der anderen Seite des Bettes stand. Er sah die dunkle Kleidung, eine Weste, ein Jackett mit dunklen Knöpfen. Und dann blickte er auf und sah, daß es der Mann war.

Im Bruchteil einer Sekunde wandelte sich sein Unglaube in Entsetzen. Diesmal konnte keine Rede sein von Verwirrtheit, von traumartiger Unwirklichkeit. Der Mann war da, und er starrte ihn an. Sanfte braune Augen starrten ihn an. Dann war der Mann einfach verschwunden. Es war kalt im Zimmer. Ein Luftzug hob die Vorhänge. Der Doktor ertappte sich beim Rufen. Nein, beim Schreien, um ganz offen zu sein.

Am selben Abend um zehn Uhr hatte er den Fall nicht mehr. Der alte Psychiater kam den ganzen Weg heraus zu dem Apartmenthaus am See, um es ihm persönlich zu sagen. Sie waren zusammen zum See hinuntergegangen und spazierten am betonierten Ufer entlang.

»Diese alten Familien, mit denen kann man nicht diskutieren. Und Carlotta Mayfair sollten Sie nicht ins Gehege geraten. Die Frau kennt jeden. Sie würden staunen, wie viele Leute ihr wegen dieser oder jener Geschichte verpflichtet sind. Ihr oder Richter Fleming. Und diese Leute haben Besitz in der ganzen Stadt, wenn Sie nur...«

»Ich sage Ihnen, ich habe es gesehen!« sagte der Doktor unvermittelt.

Aber der alte Psychiater ging darüber hinweg. Kaum verhohlenes Mißtrauen war in seinem Blick, als er den jüngeren Arzt von oben bis unten musterte, wenngleich sein freundlicher Ton sich nicht änderte.

»Diese alten Familien.« Der Doktor sollte nie wieder in das Haus kommen.

Er sagte nichts weiter. Die Wahrheit war, daß er sich albern vorkam. Er war kein Mann, der an Geister glaubte! Aber dennoch hatte er diese Gestalt gesehen. Dreimal gesehen. Und die nebelhafte, bestimmt seiner Vorstellung entsprungene Unterhaltung konnte er ebenfalls nicht vergessen. Der Mann war dagewesen, ja, aber er war auch wieder nicht dagewesen. Und er hatte den Namen des Mannes gekannt, und – jawohl! Er hieß... Lasher!

Aber selbst wenn er die traumartige Unterhaltung außer acht ließ – sie der Stille im Haus und der infernalischen Hitze zuschrieb, der Verführungskraft eines in den Baumstamm geschnitzten Wortes –, ließen sich die anderen beiden Male nicht einfach abtun. Er hatte ein wirkliches, lebendes Wesen gesehen. Niemand würde ihn dazu bringen, das zu leugnen.

Als die Wochen vergingen und es ihm nicht gelang, sich durch seine Arbeit im Sanatorium hinreichend abzulenken, da begann er über dieses Erlebnis zu schreiben und es detailliert festzuhalten. Das braune Haar des Mannes war leicht wellig gewesen. Die Augen groß. Helle Haut, wie die der armen kranken Frau. Jung war der Mann gewesen, höchstens fünfundzwanzig. Ohne erkennbaren Gesichtsausdruck. Der Doktor konnte sich nicht einmal an die Hände des Mannes erinnern. Es war nichts Besonderes daran, hübsche Hände eben. Es fiel ihm auf, daß der Mann zwar dünn, aber gut proportioniert gewesen war. Nur die Kleider erschienen ungewöhnlich, und das nicht einmal wegen ihres Schnitts: Der war ganz normal. Es war die Beschaffenheit des Stoffs. Unerklärlich glatt, wie das

Gesicht des Mannes. Als wäre die ganze Gestalt – Kleider, Fleisch, Gesicht – aus demselben Material gemacht.

Eines Morgens erwachte der Doktor mit einem wunderlich klaren Gedanken: Der mysteriöse Mann hatte nicht gewollt, daß sie das Sedativum bekam! Er hatte gewußt, daß es schlecht für sie war. Und die Frau war natürlich wehrlos; sie konnte nicht für sich sprechen. Die Erscheinung beschützte sie!

Aber wer, in Gottes Namen, würde all das jemals glauben? dachte der Doktor. Und er wünschte, er wäre daheim in Maine und arbeitete in der Klinik seines Vaters, nicht in dieser feuchten, fremdartigen Stadt. Sein Vater würde ihn verstehen. Andererseits – nein. Sein Vater würde nur erschrecken.

Als der Herbst zum Winter wurde, begann der Doktor von Deirdre zu träumen. Und in seinen Träumen sah er sie geheilt, von neuem Leben erfüllt, wie sie flotten Schritts und mit wehendem Haar eine Großstadtstraße hinunterging. Hin und wieder, wenn er aus einem solchen Traum erwachte, fragte er sich unversehens, ob die arme Frau nicht gestorben sei. Wahrscheinlich genug war es.

Als es Frühling wurde und er ein volles Jahr in der Stadt war, merkte er, daß er das Haus wiedersehen mußte. Er fuhr mit der St.-Charles-Bahn bis zur Jackson Avenue und ging von dort aus zu Fuß weiter, wie er es früher immer getan hatte.

Es war alles noch ganz genauso: die dornige Bougainvillee in voller Blüte über den Veranden, der überwucherte Garten, der von winzigen weißen Schmetterlingen wimmelte, die Lantana mit ihren kleinen orangegelben Blüten, die sich durch den schwarzen Eisenzaun drängten.

Und Deirdre, die in ihrem Schaukelstuhl auf der Seitenveranda saß, hinter dem durchsichtigen Schleier des rostigen Fliegengitters.

Der Doktor fühlte bleiernen Schmerz. Er war so bekümmert, wie er es vielleicht in seinem ganzen Leben noch nicht gewesen war. *Jemand muß etwas tun für diese Frau.*

Danach wanderte er ziellos umher, bis er schließlich in eine schmutzige, verkehrsreiche Straße gelangte. Eine schäbige Eckkneipe fiel ihm ins Auge. Er ging hinein, dankbar für die eisige Klimaanlage und die relative Stille: Nur ein paar alte Männer unterhielten sich mit leisen Stimmen entlang der Bar. Er ging mit seinem Drink an den letzten Holztisch ganz hinten.

Der Zustand Deirdre Mayfairs quälte ihn. Und das Geheimnis dieser Erscheinung machte es nur noch schlimmer. Er dachte an die Tochter in Kalifornien. Ob er es wagen sollte, sie anzurufen? Von Arzt zu Arzt...

»Aber ich habe nicht das Recht, mich da einzumischen«, flüsterte er laut. Er trank einen Schluck Bier, genoß seine Kälte. »Lasher«, flüsterte er. Was war das für ein Name? Die junge kalifornische Assistenzärztin würde ihn für verrückt halten! Er nahm noch einen großen Schluck Bier.

Plötzlich kam es ihm so vor, als werde es warm in der Kneipe. Es war, als habe jemand die Tür geöffnet und einen Wüstenwind hereingelassen. Sogar die alten Männer, die über ihren Bierflaschen plauderten, schienen es zu merken. Er sah, wie einer von ihnen sich plötzlich mit einem schmutzigen Taschentuch durch das Gesicht wischte und dann weiterredete wie zuvor.

Und als der Doktor sein Glas hob, sah er geradeaus vor sich den mysteriösen Mann an einem Tisch neben der Tür zur Straße.

Dasselbe wächserne Gesicht, die selben braunen Augen. Die gleiche unauffällige Kleidung mit der seltsamen Stoffbeschaffenheit, so glatt, daß sie im gedämpften Licht matt glänzte.

Während die Männer nebenan ihre Unterhaltung weiterführten, spürte der Doktor noch einmal das schneidende Entsetzen, das er in Deirdre Mayfairs verdunkeltem Zimmer gefühlt hatte.

Der Mann saß ganz regungslos da und starrte ihn an. Keine fünf Schritte trennten ihn von dem Doktor. Das weiße Tageslicht von den vorderen Fenstern der Kneipe fiel ihm klar über die Schulter und beleuchtete sein Gesicht von der Seite.

Dann, ganz unvermittelt, begann der Mann zu flirren, als sei er ein projiziertes Abbild, und er verschwand vor den Augen des Doktors. Ein kalter Luftzug ging durch die Kneipe.

Der Barkeeper drehte sich um und hielt eine schmutzige Serviette fest, die wegfliegen wollte. Irgendwo schlug eine Tür zu. Und die Unterhaltung schien lauter zu werden. Der Doktor verspürte ein leises Pochen im Kopf.

Keine Macht der Erde hätte ihn dazu überreden können, noch einmal an Deirdre Mayfairs Haus vorbeizugehen.

Aber am folgenden Abend, als er zu seiner Wohnung am See fuhr, sah er den Mann wieder; er stand unter einer Straßenlaterne beim

Friedhof am Canal Boulevard, und das gelbe Licht beschien ihn hell vor der kalkweißen Friedhofsmauer.

Nur ein kurzer Blick – aber er wußte, daß er sich nicht getäuscht hatte. Er begann heftig zu zittern. Einen Moment lang war es, als könne er sich nicht mehr erinnern, wie man Auto fuhr, und dann raste er rücksichtslos und planlos weiter, als ob der Mann ihn verfolgte. Er fühlte sich erst sicher, als er seine Wohnungstür hinter sich geschlossen hatte.

Am folgenden Freitag sah er den Mann am hellichten Tag; er stand regungslos auf dem Rasen am Jackson Square. Eine Frau drehte sich im Vorbeigehen um und warf einen Blick auf die braunhaarige Gestalt. Ja, dort, genau wie zuvor! Der Doktor rannte durch die Straßen des French Quarter. Vor einem Hoteleingang fand er ein Taxi, und er befahl dem Fahrer, ihn von hier wegzubringen, irgendwohin, egal, wohin.

Im Laufe der Zeit hörte der Doktor auf, Angst zu haben: Was er fühlte, war Grauen. Er konnte weder essen noch schlafen. Er konnte sich auf nichts konzentrieren. Er bewegte sich in absoluter Düsterkeit. Den alten Psychiater starrte er in stummer Wut an, wann immer ihre Wege sich kreuzten.

Wie, in Gottes Namen, konnte er diesem monströsen Ding zu verstehen geben, daß er der bejammernswerten Frau auf dem Verandaschaukelstuhl nicht mehr nahekommen würde? Keine Spritzen, keine Drogen mehr von ihm! *Ich bin nicht mehr der Feind, siehst du das nicht?*

Einen Bekannten um Hilfe oder verständnisvolles Gehör zu bitten, hätte seinen Ruf, ja seine ganze Zukunft in Gefahr gebracht. Ein Psychiater, der verrückt wurde wie seine Patienten. Er war verzweifelt. Er mußte diesem Ding entkommen. Wer konnte wissen, wann es ihm das nächste Mal auflauern würde? Was wäre, wenn es sogar hierher in diese Räume kommen könnte?

Endlich, eines Montagmorgens, fand er sich mit bloßliegenden Nerven und zitternden Händen im Büro des alten Psychiaters ein. Er hatte noch nicht entschieden, was er sagen würde; er wußte nur, daß er die Anspannung nicht länger ertragen konnte. Wenig später hörte er sich von der tropischen Hitze plappern, von Kopfschmerzen und schlaflosen Nächten, und von der Notwendigkeit, daß seine Kündigung rasch angenommen werde.

Noch am selben Nachmittag ließ er New Orleans hinter sich.

Erst als er unversehrt im Büro seines Vaters in Portland, Maine, angelangt war, offenbarte er endlich die ganze Geschichte.

»Es war nie etwas Bedrohliches in seinem Gesicht«, erklärte er. »Im Gegenteil. Es war seltsam faltenlos und so sanft wie das Antlitz Christi auf dem Porträt an der Wand in ihrem Zimmer. Es starrte mich immer nur an. Es wollte nicht, daß ich ihr die Spritze gab! Es versuchte mir Angst einzujagen.«

»Jetzt kommt es darauf an, Larry, daß du dich ausruhst«, sagte sein Vater. »Daß du die Auswirkungen dieser ganzen Geschichte abklingen läßt. *Und daß du niemandem sonst davon erzählst.*«

Jetzt, als er in dem dunklen New Yorker Hotelzimmer am Fenster stand, spürte er, wie die ganze Sache ihn wieder überwältigte. Und wie schon tausend Male zuvor, analysierte er die seltsame Geschichte. Er suchte nach ihrer tieferen Bedeutung.

Hatte das Ding in New Orleans ihm wirklich nachgestellt, oder hatte der Doktor die stumme Erscheinung mißverstanden?

Vielleicht hatte der Mann überhaupt nicht versucht, ihn in Schrekken zu versetzen. Vielleicht hatte er ihn in Wirklichkeit beschworen, die Frau nicht zu vergessen! Vielleicht war er auf irgendeine Weise eine bizarre Projektion der verzweifelten Gedanken dieser Frau gewesen, ein Bild, ausgesandt von einem Geist, der sich nicht anders mitzuteilen wußte. Aber wer konnte solche seltsamen Erscheinungen deuten? Wer würde es wagen, dem Doktor rechtzugeben?

Aaron Lightner, der Engländer, der Sammler von Geistergeschichten, der ihm die Visitenkarte mit dem Wort Talamasca gegeben hatte? Er hatte gesagt, er wolle dem ertrunkenen Mann in Kalifornien helfen. »Vielleicht weiß er nicht, daß es auch anderen passiert ist. Vielleicht werde ich gebraucht, damit ich ihm erzähle, daß auch andere vom Rande des Todes mit solchen übersinnlichen Gaben zurückgekehrt sind.«

Ja, das würde helfen, nicht wahr? Zu wissen, daß auch andere schon Geister gesehen hatten.

Aber das war nicht das Schlimmste – einen Geist zu sehen. Etwas Schlimmeres als Furcht hatte ihn zu dieser vergitterten Veranda und der bleichen Gestalt der Frau dort im Schaukelstuhl zurückgebracht. Es war die Schuld, eine Schuld, die er ein Leben lang tragen würde:

Weil er sich nicht mehr Mühe gegeben hatte, ihr zu helfen, und weil er nie diese Tochter drüben an der Westküste angerufen hatte.

Der Morgen dämmerte eben über der Stadt. Er beobachtete, wie der Himmel sich veränderte, wie zartes Licht die schmutzigen Mauern gegenüber erhellte. Dann ging er zum Wandschrank und zog die Karte des Engländers aus der Tasche seines Jacketts.

DIE TALAMASCA
Wir wachen
Und wir sind immer da

Er griff zum Telephonhörer.

Lightner erwies sich als ausgezeichneter Zuhörer, der behutsam reagierte, ohne je zu unterbrechen. Aber der Doktor fühlte sich nicht besser. Im Gegenteil, er kam sich albern vor, als es vorbei war. Als er zusah, wie Lightner seinen kleinen Recorder einpackte und in seine Aktentasche schob, hatte er nicht übel Lust, sich das Band aushändigen zu lassen.

Es war Lightner, der das Schweigen brach, während er ein paar Geldscheine auf die Frühstücksrechnung legte.

»Es gibt da etwas, das ich Ihnen erklären muß«, sagte er. »Ich glaube, es wird Sie erleichtern.«

Was konnte das schon sein?

»Sie erinnern sich«, sagte Lightner, »daß ich Ihnen erzählt habe, ich sammelte Geistergeschichten.«

»Ja.«

»Nun, ich kenne das alte Haus in New Orleans. Ich habe es gesehen. Und ich habe Berichte von anderen Leuten aufgezeichnet, die den von Ihnen beschriebenen Mann gesehen haben.«

Der Doktor war sprachlos. Der Mann hatte mit absoluter Überzeugung gesprochen. Ja, er hatte mit solcher Autorität und Sicherheit gesprochen, daß der Doktor ihm aufs Wort glaubte. Er betrachtete Lightner zum erstenmal näher. Er war älter, als es auf den ersten Blick den Anschein hatte. Fünfundsechzig vielleicht, oder sogar siebzig. Wieder fühlte der Doktor sich gefangen von Lightners Gesichtsausdruck, so liebenswürdig und vertrauensvoll, und gleichzeitig so vertrauenerweckend.

»Andere«, flüsterte der Doktor. »Sind Sie sicher?«

»Ich habe andere Berichte gehört, und manche waren dem Ihren ganz ähnlich. Ich sage Ihnen das, damit Sie begreifen können, daß Sie sich das Ganze nicht eingebildet haben. Damit es Ihnen nicht weiter quälend auf dem Herzen liegt. Sie hätten Deirdre Mayfair übrigens nicht helfen können. Carlotta Mayfair hätte es niemals zugelassen. Sie sollten die ganze Geschichte vergessen. Zerbrechen Sie sich nicht länger den Kopf darüber.«

Für einen Augenblick fühlte der Doktor Erleichterung. Dann erkannte er jäh die volle Bedeutung dessen, was Lightner ihm da offenbart hatte.

»Sie kennen diese Leute!« wisperte er. Er spürte, wie sein Gesicht sich rötete. Die Frau war seine Patientin gewesen.

»Nein. Nur vom Hörensagen«, antwortete Lightner. »Und ich werde Ihren Bericht absolut vertraulich behandeln. Bitte seien Sie dessen versichert. Erinnern Sie sich: Wir haben bei der Tonbandaufnahme keine Namen genannt. Nicht einmal Ihren oder meinen.«

»Trotzdem muß ich Sie um das Band bitten«, erklärte der Doktor aufgebracht. »Ich habe gegen die Schweigepflicht verstoßen. Ich hatte keine Ahnung, daß Sie Bescheid wußten.«

Sofort nahm Lightner die kleine Kassette heraus und legte sie dem Doktor in die Hand. Er schien nicht im geringsten erschüttert. »Natürlich können Sie es behalten«, sagte er. »Ich habe dafür Verständnis.«

Der Doktor bedankte sich murmelnd, und seine Verwirrung verstärkte sich. Seine Erleichterung war nicht restlos verflogen. Andere hatten dieses Wesen gesehen. Dieser Mann kannte es. Er log nicht. Der Doktor war nicht verrückt, war es nie gewesen. Eine leise Bitterkeit erwachte in ihm, Bitterkeit gegen seine Vorgesetzten in New Orleans, gegen Carlotta Mayfair, gegen diese gräßliche Miss Nancy ...

»Wichtig ist«, sagte Lightner, »daß Sie sich deshalb keine Sorgen mehr machen.«

»Ja«, sagte der Doktor. »Grauenhaft, das Ganze. Diese Frau, die Medikamente.«

Nein, du darfst nicht einmal ... Er verstummte, starrte auf die Kassette, dann auf seine leere Kaffeetasse. »Die Frau – ist sie immer noch ...?«

»Unverändert. Miss Nancy ist gestorben – die, die Ihnen so unsympathisch war. Miss Millie ist schon vor einer Weile dahingegangen. Ab und zu höre ich von Leuten dort in der Stadt, und den Berichten zufolge hat Deirdre sich nicht verändert.«

Langsam blickte der Doktor auf und musterte Lightner von neuem. Der Mann schloß seine Aktentasche. Er studierte sein Flugticket, fand es offenbar zufriedenstellend und schob es in die Innentasche seiner Jacke.

»Lassen Sie mich noch eines sagen«, schloß Lightner, »und dann muß ich zum Flughafen. Erzählen Sie die Geschichte niemandem sonst. Man wird Ihnen nicht glauben. Nur wer solche Dinge schon gesehen hat, glaubt daran. Es ist tragisch, aber leider wahr.«

»Ja, ich weiß«, sagte der Doktor. So viele Fragen, die er gern gestellt hätte – aber er konnte nicht. »Was ist er? Ein Geist? Ein Gespenst?«

»Ehrlich gesagt, ich weiß nicht, was er ist. Die Geschichten sind alle sehr ähnlich. Die Dinge dort ändern sich nicht. Sie gehen immer weiter, Jahr um Jahr. Aber ich muß jetzt gehen, und ich danke Ihnen noch einmal. Sollten Sie noch einmal mit mir sprechen wollen, so wissen Sie, wie Sie mich erreichen können. Sie haben meine Karte.« Lightner streckte die Hand aus. »Auf Wiedersehen.«

»Warten Sie. Die Tochter – was ist aus ihr geworden? Die Assistenzärztin an der Westküste?«

»Na, die ist inzwischen Chirurgin«, sagte Lightner mit einem Blick auf die Uhr. »Neurochirurgin, glaube ich. Hat kürzlich ihre Prüfungen abgelegt. Aber ich kenne sie natürlich auch nicht näher, wissen Sie. Ich höre nur hin und wieder von ihr. Unsere Wege haben sich einmal gekreuzt.« Er brach ab und lächelte dann rasch, beinahe förmlich. »Auf Wiedersehen, Doktor, und nochmals vielen Dank.«

Der Doktor blieb lange sitzen und dachte nach. Er fühlte sich wohler, unendlich viel wohler. Er bereute nicht, daß er die Geschichte erzählt hatte. Im Gegenteil, die ganze Begegnung erschien ihm wie ein Geschenk des Schicksals, um ihm die schlimmste Last, die er je getragen hatte, von den Schultern zu nehmen.

Dann kam ihm ein überaus kurioser Einfall, ein Gedanke, der ihm jahrelang nicht in den Sinn gekommen war. Er war niemals während eines Sturzregens in diesem großen Haus im Garden District gewesen. Aber wie schön wäre es gewesen, den Regen durch diese schmalen, hohen Fenster zu sehen, den Regen auf den Verandadächern zu hören. Wirklich schade, daß er so etwas verpaßt hatte. Damals hatte er oft daran gedacht, aber immer hatte er den Regen verpaßt. Und der Regen in New Orleans war so schön.

Nun, aber das ließ er jetzt alles hinter sich, nicht wahr? Wieder spürte er, daß er auf das Gespräch mit Lightner reagierte, als habe dieser ihm die Beichte abgenommen und ihn von einer schweren Last befreit. Ja, das alles ließ er jetzt hinter sich.

Er winkte der Kellnerin. Er hatte Hunger. Jetzt wollte er ein Frühstück, wollte er essen. Und ohne viel darüber nachzudenken, zog er Lightners Karte aus der Tasche, warf einen Blick auf die Telephonnummern – die Nummern, die er anrufen könnte, wenn er noch Fragen hätte, die Nummern, die er nie mehr anzurufen gedachte –, und dann zerriß er die Karte in kleine Fetzen, legte sie in den Aschenbecher und zündete sie mit einem Streichholz an.

2

Neun Uhr abends. Im Zimmer war es dunkel, abgesehen vom bläulichen Licht des Fernsehapparates.

Durch die klaren, schmucklosen Fenster sah er die Lichter der Innenstadt von San Francisco, und gleich darunter die spitzen Dächer der kleineren Queen-Anne-Häuser auf der anderen Seite der Liberty Street. Wie liebte er die Liberty Street. Sein Haus war das größte in diesem Straßenzug, früher vielleicht eine Villa, jetzt nur noch ein schönes Haus, das sich majestätisch zwischen bescheideneren Hütten erhob.

Er hatte dieses Haus »restauriert«. Er kannte jeden Nagel, jeden Balken, jede Leiste. In der Sonne hatte er mit nacktem Oberkörper das Dach gedeckt. Er hatte sogar den Zement für den Gehweg gegossen.

Jetzt fühlte er sich sicher in diesem Haus, und sicher nirgendwo sonst. Seit vier Wochen hatte er dieses Zimmer nicht mehr verlassen, außer um das kleine Bad nebenan aufzusuchen.

Stunde um Stunde lag er im Bett, die Hände heiß in den schwarzen Lederhandschuhen, die er nicht ausziehen konnte und nicht ausziehen wollte, und starrte auf den geisterhaften Schwarzweißbildschirm vor ihm. Vom Fernseher ließ er seine Träume formen, mittels der Videobänder, die er so sehr liebte, der Videobänder mit den Filmen, die er vor Jahren mit seiner Mutter angesehen hatte. Jetzt waren es die »Haus-Filme« für ihn, denn sie alle enthielten nicht nur wunderbare Geschichten und wunderbare Menschen, die seine Helden und Heldinnen geworden waren, sondern auch wunderbare Häuser. In *Rebecca* gab es Manderley. In *Große Erwartungen* gab es Miss Havishams verfallene Villa. In *Gaslicht* gab es dieses wunderbare Londoner Stadthaus. In *Die roten Schuhe* gab es das Landhaus an der See, in dem die hübsche Tänzerin erfuhr, daß sie bald Primaballerina der Truppe sein würde.

Ja, die Haus-Filme, die Filme seiner Kindheitsträume mit ihren Figuren, ebenso groß wie die Häuser. Er trank ein Bier nach dem anderen, während er sie sich ansah. Er schlummerte ein, erwachte wieder. Die Hände in den Handschuhen schmerzten. Er ging nicht ans Telephon. Er ging nicht an die Tür. Tante Vivian kümmerte sich um all das.

Ab und zu kam Tante Vivian zu ihm ins Zimmer. Dann brachte sie ihm neues Bier oder etwas zu essen. Das Essen rührte er selten an. »Michael, bitte iß«, sagte sie immer. Dann lächelte er. »Später, Tante Viv.«

Er empfing niemanden und sprach mit niemandem außer mit Dr. Morris, aber Dr. Morris konnte ihm nicht helfen. Seine Freunde konnten ihm auch nicht helfen. Sie wollten nicht einmal mehr mit ihm sprechen. Sie hatten es satt, ihn davon reden zu hören. wie er eine Stunde lang tot im Wasser gelegen und dann zurückgekommen war. Und er hatte keinesfalls Lust, mit den Hunderten zu reden, die eine Demonstration seiner übersinnlichen Fähigkeit sehen wollten.

Er hatte sein übersinnliches Talent bis obenhin satt. Verstand das denn niemand? Es war wie ein billiger Trick, wenn er die Handschuhe auszog, einen Gegenstand berührte und dann irgendein simples Allerweltsbild sah. »Sie haben diesen Stift gestern von einer Frau in Ihrem Büro bekommen. Ihr Name ist Gertrude.« Oder: »Dieses Medaillon. Heute morgen haben Sie es herausgeholt und beschlossen, es zu tragen, aber eigentlich wollten Sie es gar nicht, eigentlich wollten Sie die Perlen tragen, aber die konnten Sie nicht finden.«

Hatte denn niemand ein Gespür für die wahre Tragödie? Daß er sich nicht erinnern konnte, was er gesehen hatte, als er ertrunken war? »Tante Viv«, sagte er manchmal – denn er versuchte immer noch hin und wieder, es ihr zu erklären –, »ich habe wirklich Menschen da draußen gesehen. Wir waren tot. Wir waren alle tot. Und ich hatte die Wahl, zurückzukommen. Und ich wurde zu einem bestimmten Zweck zurückgeschickt.«

Tante Vivian, ein blasser Schatten seiner toten Mutter, nickte nur. »Ich weiß, Liebling. Vielleicht wirst du dich mit der Zeit erinnern.«

Mit der Zeit.

Immer wieder versuchte er, sich an die Rettung zu erinnern – an die Frau, die ihn aus dem Wasser gezogen und wieder zu sich gebracht hatte. Wenn er nur noch einmal mit ihr sprechen könnte. Wenn Dr. Morris sie nur finden könnte... Er wollte ja nur aus ihrem eigenen Munde hören, daß er nichts gesagt hatte. Er wollte seine Handschuhe ausziehen und ihre Hände halten, während er sie fragte. Vielleicht könnte er sich durch sie erinnern...

Dr. Morris wollte, daß er zu weiteren Untersuchungen zu ihm käme.

»Lassen Sie mich in Ruhe. Treiben Sie nur diese Frau auf. Ich weiß, daß Sie sie erreichen können. Sie haben mir erzählt, daß sie Sie angerufen hat. Sie hat Ihnen ihren Namen genannt.«

Er war fertig mit Kliniken, mit Gehirntomographien und Elektroenzephalogrammen, fertig mit Spritzen und Tabletten.

Vom Bier verstand er etwas. Er wußte, in welchem Tempo er es trinken mußte. Und das Bier brachte ihn manchmal nah an die Erinnerung...

...und es war ein Land gewesen, das er da draußen gesehen hatte. Menschen – so viele. Dann und wann sah er es noch einmal vor sich, ein großes, spinnwebzartes Ganzes. Er sah sie... *wer war sie?* Sie sagte... Und dann war es fort. »Jawohl, ich werde es tun. Und wenn ich dabei noch einmal sterbe, ich werde es tun.«

Hatte er das wirklich zu ihnen gesagt? Wie konnte er sich so etwas einbilden – Dinge, so weit entfernt von seiner eigenen Welt, die voll von Solidem, Realem war –, und weshalb diese sonderbaren Erinnerungsblitze, in denen er weit fort war, daheim, in der Stadt seiner Kindheit?

Er wußte es nicht. Er wußte überhaupt nichts mehr, worauf es angekommen wäre.

Er wußte, daß er Michael Curry hieß, daß er achtundvierzig Jahre alt war, daß er zwei Millionen auf der hohen Kante hatte, dazu Immobilien, die fast noch einmal soviel wert waren, was sehr gut war, weil seine Baufirma zugemacht hatte. Der Ofen war aus; er konnte die Firma nicht mehr führen, denn er hatte seine besten Zimmerleute und Maler an die anderen Unternehmen in der Stadt verloren. Den Großauftrag hatte er verloren, der ihm so viel bedeutet hatte: die Restaurierung des alten Bed-and-Breakfast-Hotels in der Union Street.

Er wußte, wenn er die Handschuhe auszöge und irgend etwas berührte – die Wände, den Fußboden, die Bierdose, die *David Copperfield*-Ausgabe, die aufgeschlagen neben ihm lag –, dann würde er anfangen, diese blitzartigen, sinnlosen Informationen zu empfangen, und dann würde er verrückt werden. Das heißt, wenn er nicht schon verrückt war.

Er wußte, daß er glücklich gewesen war, bevor er ertrunken war, nicht restlos glücklich, aber glücklich. Er hatte ein gutes Leben gehabt.

Am Morgen des großen Ereignisses war er erst spät aufgewacht; er hatte einen freien Tag nötig gehabt, und es war ein guter Zeitpunkt dafür gewesen. Seine Leute machten ihre Sache prima da draußen, und vielleicht würde er gar nicht nach ihnen sehen. Es war der 1. Mai, und eine überaus seltsame Erinnerung kam ihm in den Sinn – eine lange Fahrt, aus New Orleans hinaus und an der Golfküste entlang nach Florida, als er noch ein Kind gewesen war. Das mußte in den Osterferien gewesen sein, aber er wußte es nicht mehr genau, und alle diejenigen, die es noch hätten wissen können – seine Mutter, sein Vater, seine Großeltern –, waren tot.

Woran er sich erinnerte, war das klare, grüne Wasser an diesem weißen Strand, und wie warm es gewesen war, und daß der Sand wie Zucker unter seinen Füßen gewesen war.

Es hatte wehgetan, sich daran zu erinnern. Die Kälte in San Francisco war das einzige, was ihm absolut zuwider war, und nachher konnte er niemandem erklären, warum – warum diese Erinnerung an die Wärme des Südens ihn dazu gebracht hatte, an diesem Tag nach Ocean Beach zu fahren. Gab es irgendeinen Ort in der ganzen Bay-Gegend, der kälter war als Ocean Beach?

Trotzdem war er hingefahren. Um in Ocean Beach allein zu sein an diesem trüben, farblosen Nachmittag, allein mit seinen Träumen von südlichen Gewässern, vom Fahren in dem alten Packard-Kabrio, mit heruntergeklapptem Verdeck durch den sanft liebkosenden südlichen Wind.

Er hatte das Autoradio nicht eingeschaltet, als er durch die Stadt fuhr. Deshalb hörte er die Springflutwarnung nicht. Aber wenn er sie gehört hätte? Er wußte, daß Ocean Beach gefährlich war. Jedes Jahr wurden Leute hinausgespült, Einheimische wie Touristen.

Vielleicht hatte er ein bißchen darüber nachgedacht, als er gleich unterhalb des »Cliff House Restaurant« auf die Klippen hinausgeklettert war. Tückisch, ja, und glitschig. Aber er hatte keine große Angst davor, abzustürzen, oder vor dem Meer oder vor sonst irgend etwas. Und er dachte wieder an den Süden, an die Sommerabende in New Orleans, wenn der Jasmin blühte. Er dachte an den Duft der Blumen im Garten seiner Großmutter.

Die Welle mußte ihn bewußtlos geschlagen haben. Er wußte nichts davon, daß er hinausgeschwemmt worden war; er hatte nur die klare Erinnerung daran, daß er ins Leere hinaufgeschwebt war und seinen Körper da draußen gesehen hatte, wie er von der Brandung umhergeworfen wurde, daß er Leute gesehen hatte, die winkten und mit ausgestreckten Armen hinausdeuteten, und andere, die ins Restaurant stürzten, um Hilfe herbeizurufen. Ja, er wußte, was sie da taten, alle diese Leute. Sie zu sehen, war eigentlich nicht so, wie wenn man von oben auf sie hinabschaute. Es war eher, als wisse man einfach alles über sie. Und die pure Leichtigkeit und Sicherheit, die er dort oben verspürt hatte – ach, Sicherheit war nicht annähernd das passende Wort für diesen Zustand... Frei war er gewesen, so frei, daß er ihre bange Unruhe nicht hatte verstehen können, nicht begriffen hatte, weshalb sie sich solche Sorgen um einen umhergeschleuderten Körper machten.

Dann hatte der zweite Teil begonnen. Und da mußte er dann wirklich tot gewesen sein. All die wunderbaren Dinge wurden ihm gezeigt, die anderen Toten waren da, und er verstand, verstand die einfachsten und die kompliziertesten Dinge, verstand auch, warum er zurückgehen mußte – ja, die Tür, die Verheißung –, plötzlich und schwerelos war er zurückgeschossen in seinen Körper, der nun an Deck dieses Bootes lag, zurück in den Körper, der da draußen eine

Stunde lang ertrunken und tot gewesen war, zurück in Schmerz und Pein, zu sich kommend, aufblickend, alles wissend, bereit, genau das zu tun, was sie von ihm verlangt hatten.

In diesen ersten paar Sekunden versuchte er verzweifelt, zu erzählen, wo er gewesen war und was er gesehen hatte – das große, lange Abenteuer. Aber jetzt erinnerte er sich nur noch an den intensiven Schmerz in seiner Brust und in seinen Händen und Füßen und an die verschwommene Gestalt einer Frau in seiner Nähe. Ein zerbrechliches Geschöpf mit einem blassen, zarten Gesicht; ihr ganzes Haar hatte sie unter einer dunklen Mütze verborgen, und ihre grauen Augen flackerten eine Sekunde lang wie Lichter vor ihm. Mit sanfter Stimme hatte sie ihm gesagt, er solle nur ruhig sein, und man werde sich um ihn kümmern.

Und dann Verwirrung. War er wieder ohnmächtig geworden? War das der Augenblick des wahren und totalen Vergessens gewesen? Niemand, so schien es, konnte bestätigen oder dementieren, was auf dem Flug in die Stadt passiert war. Nur, daß sie ihn hastig zum Ufer geschafft hatten, wo Krankenwagen und Reporter warteten.

Fotoapparate blitzten – daran erinnerte er sich, und Leute nannten seinen Namen. Ein Rettungswagen war da, und jemand, der versuchte, ihm eine Nadel in die Vene zu stechen. Er glaubte die Stimme seiner Tante Vivian zu hören. Er flehte die Leute an, aufzuhören. Er mußte sich aufsetzen. Sie durften ihn nicht festschnallen, nein!

»Ganz ruhig, Mr. Curry, immer mit der Ruhe. Hey, helft mir doch mal hier mit dem Burschen!« Und sie *schnallten* ihn fest. Sie behandelten ihn wie einen Gefangenen. Er wehrte sich. Aber es nutzte nichts; sie hatten ihm etwas in den Arm gespritzt, das wußte er. Er sah die Dunkelheit nahen.

Dann kamen *sie* zurück, die er dort draußen gesehen hatte; sie fingen wieder an zu sprechen. »Ich verstehe«, sagte er. »Ich werde es nicht geschehen lassen. Ich werde nach Hause fahren. Ich weiß, wo es ist. Ich erinnere mich ...«

Als er erwachte, blinzelte er in grelles künstliches Licht. Ein Krankenhauszimmer. Er hing an Apparaten. Sein bester Freund, Jimmy Barnes, saß neben dem Bett. Er wollte mit Jimmy sprechen, aber da umringten ihn schon Ärzte und Schwestern.

Sie berührten ihn, seine Hände, seine Füße, stellten ihm Fragen. Aber er konnte sich nicht auf die richtigen Antworten konzentrieren. Dauernd sah er irgendwelche Dinge – flüchtige Bilder von Schwestern, Pflegern, Krankenhauskorridoren. *Was ist das alles?* Er wußte, wie der Arzt hieß – Randy Morris – und daß er seine Frau – Deenie – geküßt hatte, bevor er daheim weggefahren war. Na und? Diese Dinge platzten ihm buchstäblich in den Schädel. Er lebte ständig in einem fieberhaften Zustand zwischen Wachen und Träumen.

Ihn schauderte, und er versuchte einen klaren Kopf zu bekommen. »Hört mal«, sagte er, »ich versuch's.« Schließlich wußte er ja, was das alles sollte, dieses Berühren: Er war ertrunken, und sie wollten wissen, ob ein Hirnschaden zurückgeblieben war. »Aber ihr braucht euch keine Mühe zu machen. Mir geht's prima. Mir geht's gut. Ich muß hier raus und packen. Ich muß sofort nach Hause...«

Den Flug reservieren, die Firma schließen... Die Tür, die Verheißung, und seine Aufgabe, die absolut entscheidend war...

Aber worin bestand sie? Warum mußte er wieder nach Hause? Wieder blitzten Bilder auf – Schwestern, die dieses Zimmer putzten, jemand, der die Chromstange an seinem Bett polierte, ein paar Stunden zuvor, als er geschlafen hatte. *Hör auf damit!* Du mußt zum entscheidenden Punkt zurückkehren, zum Sinn und Zweck des Ganzen, zum...

Dann fiel es ihm wie Schuppen von den Augen. Er konnte sich an seine Aufgabe nicht mehr erinnern. Er konnte sich nicht mehr erinnern, was er gesehen hatte, als er tot gewesen war! Die ganze Geschichte, alles – die Menschen, die Orte, alles, was man ihm gesagt hatte –, alles hatte er vergessen. Nein, das konnte nicht sein. Es war so wunderbar klar gewesen. Und sie verließen sich auf ihn. Sie hatten gesagt: Michael, du weißt, du brauchst nicht zurückzugehen, du kannst ablehnen. Und er hatte gesagt, er würde es tun, er würde... ja, was?

Er hatte sich aufgesetzt, sich eine der Kanülen vom Arm gestreift und um Bleistift und Papier gebeten.

»Sie müssen still liegen.«

»Jetzt nicht. Ich muß es aufschreiben.« Aber es gab nichts aufzuschreiben!

Alles fort.

Er hatte die Augen geschlossen und versucht, die seltsame

Wärme in seinen Händen und die Schwester, die ihn auf die Kissen zurückdrückte, zu ignorieren. Jemand bat Jimmy, das Zimmer zu verlassen. Jimmy wollte nicht gehen. Wieso sah er all diese seltsamen, bedeutungslosen Dinge – die Schatten der Pfleger, die Männer der Krankenschwestern und diese Namen, warum kannte er all diese Namen? »Fassen Sie mich nicht so an«, sagte er. Es war das Erlebnis dort draußen, hoch über dem Meer – darauf kam es an!

Plötzlich griff er nach dem Stift. »Wenn Sie ganz leise sein wollten...«

Und wieder ein Bild. Ein Bild, wenn er den Stift berührte, das Bild der Krankenschwester, die ihn im Stationszimmer am Korridor aus der Schublade nahm. Und das Papier – das Bild eines Mannes, der den Block in einen Metallspind legte. Und der Nachttisch? Das Bild der Frauen, die ihn zuletzt abgewischt hatten, mit einem Lappen voller Bazillen aus einem anderen Zimmer.

Und das Bett? Die letzte Patientin, die darin gelegen hatte – Mrs. Ona Patrick – war gestern vormittag um elf gestorben, bevor er auch nur daran gedacht hatte, nach Ocean Beach zu fahren. *Nein! Abschalten!* Eine Momentaufnahme ihres Leichnams in der Leichenkammer des Krankenhauses. »Das halte ich nicht aus!«

Voller Verzweiflung legte er die Hände an den eigenen Kopf, fuhr sich mit den Fingern durch das Haar, und barmherzigerweise fühlte er gar nichts. Wieder dämmerte er ein und dachte dabei, na ja, es wird mir schon wieder einfallen, genau wie sonst, und sie wird da sein, und ich werde alles verstehen. Aber noch während er einschlief, begriff er, daß er nicht wußte, wer *sie* war.

Aber er mußte nach Hause, jawohl, nach Hause nach all den Jahren, diesen langen Jahren, in denen »Zuhause« eine Art Phantasievorstellung geworden war...

»Dahin zurück, wo ich geboren bin«, flüsterte er. So schwer jetzt, das Sprechen. So schläfrig. »Wenn ihr mir noch irgendwelche Medikamente gebt, dann bringe ich euch um, das schwöre ich.«

Es war sein Freund Jimmy, der ihm am nächsten Tag die Lederhandschuhe brachte. Michael hatte nicht geglaubt, daß es funktionieren würde. Aber einen Versuch war es wert. Er war in einem Zustand der Erregung, der an Raserei grenzte. Und er hatte zuviel geredet, mit allen.

Als Reporter direkt in seinem Zimmer anriefen, erzählte er ihnen mit großer Hast, »was passiert ist«. Als sie sich Zugang zu seinem Bett verschafften, redete und redete er, berichtete wieder und wieder und rief: »Ich kann mich nicht erinnern!« Sie ließen ihn Gegenstände berühren; er sagte ihnen, was er sah. »Es bedeutet nichts.«

Die Kameras gingen los, mit zahllosen kleinen, surrenden elektronischen Geräuschen. Das Krankenhauspersonal warf die Reporter hinaus. Michael wagte nicht mehr, auch nur eine Gabel oder ein Messer zu berühren. Er wollte nicht essen. Mitarbeiter aus der gesamten Klinik kamen herüber und legten ihm Gegenstände in die Hand.

Ein paar kurze Bilder waren aufgetaucht, als er sich die engen Lederhandschuhe das erstemal über die Finger gestreift hatte. Dann hatte er die Hände langsam aneinandergerieben, so daß alles verschwamm, Bild sich auf Bild legte, bis nichts mehr klar war und all die vielen Namen, die ihm durch den Kopf purzelten, nur noch ein Geräusch waren – und dann Stille.

Langsam streckte er die Hand nach dem Messer auf dem Abendbrottablett aus. Er sah etwas, aber es war verschwommen. Schließlich verschwand es ganz. Er hob das Glas, trank die Milch. Nur ein Schimmer. Alles in Ordnung! Die Handschuhe funktionierten.

Und er mußte von hier verschwinden! Aber sie wollten ihn nicht gehen lassen. »Ich will keine Hirntomographie«, sagte er. »Mein Hirn ist in Ordnung. Meine Hände machen mich verrückt.«

Aber sie wollten ihm ja nur helfen – der Chefarzt Dr. Morris und seine Freunde, und seine Tante Vivian, die stundenlang an seiner Seite blieb. Auf sein Ersuchen hin hatte Dr. Morris Kontakt mit den Rettungssanitätern aufgenommen, mit der Küstenwache, mit dem Personal in der Notaufnahme, mit der Skipperin des Bootes, die ihn wiederbelebt hatte, ehe die Küstenwache zu ihr hatte finden können – mit jedem, der sich vielleicht daran erinnerte, daß er etwas Wichtiges gesagt hatte. Schließlich konnte ja schon ein einziges Wort der Schlüssel zu seinem Gedächtnis sein.

Aber es gab kein solches Wort. Michael habe etwas gemurmelt, als er die Augen aufgeschlagen habe, hatte die Skipperin berichtet, aber ein spezielles Wort habe sie nicht verstehen können. Mit *L* habe es wohl angefangen, glaubte sie – ein Name vielleicht. Aber das war alles. Danach hatte ihn die Küstenwache übernommen. Im Rettungswagen hatte er angefangen, um sich zu schlagen. Man hatte ihn ruhigstellen müssen.

Dennoch wollte er jetzt mit all diesen Leuten sprechen, vor allem mit der Frau, die ihn wiederbelebt hatte. Das sagte er der Presse, als die Reporter kamen, um ihn zu interviewen.

Jimmy und Stacy blieben jeden Abend lange bei ihm. Seine Tante Vivian war jeden Morgen da. Therese kam schließlich auch, schüchtern, verängstigt. Sie konnte Krankenhäuser nicht ausstehen. Sie ertrug die Gesellschaft kranker Menschen nicht.

Er lachte. Typisch Kalifornien, dachte er. Was für eine Vorstellung, so etwas zu sagen. Und dann folgte er einem Impuls. Er riß sich den Handschuh herunter und packte ihre Hand.

Angst, mag dich nicht, stehst im Mittelpunkt der Aufmerksamkeit, hör auf mit all dem Zeug, ich glaube dir nicht, daß du da draußen ertrunken bist, lächerlich, ich will hier raus, ich, du hättest mich anrufen sollen.

»Fahr nach Hause, Schatz«, sagte er.

Am Tag darauf verließ er das Krankenhaus.

Die nächsten drei Wochen waren eine einzige Qual. Zwei Männer von der Küstenwache riefen ihn an, auch ein Rettungswagenfahrer, aber sie hatten eigentlich nichts zu erzählen, was ihm weitergeholfen hätte. Was seine Lebensretterin auf dem Boot anging, so wollte die Frau mit der Sache nichts zu tun haben. Und Dr. Morris hatte ihr versprochen, daß man sie in Ruhe lassen würde. Unterdessen gab die Küstenwache der Presse gegenüber zu, daß man versäumt habe, den Namen des Bootes oder seine Kennummer zu den Akten zu nehmen. Eine der Zeitungen sprach von einer hochseetüchtigen Yacht. Vielleicht war sie inzwischen am anderen Ende der Welt.

Michael begriff jetzt, daß er seine Geschichte zu vielen Leuten erzählt hatte. Jede Illustrierte im ganzen Land wollte mit ihm sprechen. Er konnte nirgendwo hingehen, ohne daß sich ihm ein Reporter in den Weg stellte und irgendein Wildfremder ihm eine Brieftasche oder ein Photo in die Hand drückte, und das Telephon hörte auch nicht mehr auf zu klingeln. Die Post türmte sich vor der Tür, aber obwohl er immer wieder seinen Koffer zur Abreise packte, brachte er es nicht über sich, zu fahren. Statt dessen trank er – eiskaltes Bier von morgens bis abends, und Bourbon, wenn das Bier ihn nicht mehr betäubte.

Seine Freunde versuchten loyal zu bleiben. Sie wechselten sich ab, sprachen mit ihm, bemühten sich, ihn zu beruhigen, ihn von der Trinkerei abzubringen, aber es nutzte nichts. Stacy las ihm sogar vor, weil er selbst nicht lesen konnte. Er strapazierte sie alle, und er wußte es.

Tatsache war, daß es in seinem Hirn brodelte. Er versuchte, Klarheit in das Ganze zu bringen. Wenn er sich schon nicht erinnern konnte, so konnte er doch wenigstens versuchen alles zu verstehen. Aber er wußte, er schwafelte immer nur weiter und weiter über »das Leben« und »den Tod«, über das, was »da draußen« geschehen war, über die Schranken zwischen Leben und Tod, und wie sie immer mehr zerfielen in unserer modernen Welt. War das noch keinem aufgefallen? Man brauchte doch nur die Filme anzusehen, und die Romane zu lesen, um zu wissen, was da vor sich ging. Die Kunst war doch immer der Seismograph der Gesellschaft gewesen.

Beispielsweise *Die Frau in Weiß,* wo das tote kleine Mädchen im Zimmer des kleinen Jungen erschien, oder *Julia,* wo Mia Farrow von dem toten Kind in London heimgesucht wurde.

»Michael, du bist betrunken.«

»Und es sind nicht nur die Horrorfilme, seht ihr. Es geschieht auch anderswo. Nehmt das Buch *The White Hotel* – hat das einer gelesen? Nun, es geht nach dem Tod der Heldin weiter, hinein ins Leben nach dem Tode. Ich sage euch, da wird etwas passieren. Die Barriere bricht ein; ich habe ja selbst mit den Toten gesprochen und bin zurückgekommen, und irgendwo in unserem Unterbewußtsein wissen wir alle, daß die Barriere einbricht.«

»Michael, du mußt dich beruhigen. Diese Sache mit deinen Händen...«

»Ich will darüber nicht reden.« Aber betrunken war er, das mußte er zugeben, und er gedachte, betrunken zu bleiben. Er war gern betrunken. Er griff zum Telephonhörer, um einen neuen Kasten Bier zu bestellen. Unnötig, daß Tante Viv wegen irgend etwas hinausging. Und dann war da noch der ganze Glenlivet Scotch, den er gehortet hatte. Und noch mehr Jack Daniel's. Oh, er konnte betrunken bleiben bis ans Ende seiner Tage. Kein Problem.

Telephonisch machte er schließlich die Firma zu. Als er zu arbeiten versucht hatte, hatten seine Leute ihm deutlich zu verstehen gegeben, er solle nach Hause gehen. Bei seinem unaufhörlichen Gerede brachten sie nichts zustande. Er sprang von einem Thema zum anderen. Und dann stand wieder ein Reporter da und forderte ihn auf, sein Talent zu demonstrieren. Und noch etwas anderes plagte ihn, was er noch niemandem anvertraut hatte: Er empfing jetzt unbestimmte emotionale Eindrücke von Leuten, ob er sie berührte oder nicht.

Es war anscheinend eine gewisse freischwebende Art von Telepathie, und es gab keine Handschuhe, mit denen sie abzuschalten gewesen wäre. Es waren keine Informationen, die er empfing; es war lediglich ein starker Eindruck von Zuneigung, Abneigung, Echtheit oder Falschheit. Manchmal war er davon so gefangen, daß er nur die Lippenbewegungen der Leute sah. Ihre Worte hörte er überhaupt nicht.

Diese ständige ungewollte Nähe zu anderen Personen machte ihn nur noch einsamer.

Er ließ seine Aufträge sausen, gab innerhalb eines Nachmittags alles weiter, sorgte dafür, daß seine Leute Arbeit fanden, und schloß dann seinen kleinen Laden auf der Castro, wo er antike viktorianische Armaturen verkaufte.

Jetzt war es okay, im Haus zu bleiben, sich hinzulegen, die Vorhänge zuzuziehen und zu trinken. Tante Vivian sang in der Küche, während sie seine Mahlzeiten zubereitete, die er nicht essen wollte. Ab und zu versuchte er, ein bißchen in *David Copperfield* zu lesen, um seinen eigenen Gedanken zu entrinnen. In den schlimmsten Augenblicken seines Lebens hatte er sich immer in einen entlegenen Winkel der Welt zurückgezogen und *David Copperfield* gelesen. Es war einfacher und leichter als *Große Erwartungen*, sein wahres Lieblingsbuch. Aber er vermochte dem Buch jetzt nur noch zu folgen, weil er es praktisch auswendig kannte.

Therese fuhr zu Besuch zu ihrem Bruder nach Südkalifornien. Eine Lüge, wie er wußte, obgleich er das Telephon nicht angerührt, sondern nur ihre Stimme über den Anrufbeantworter gehört hatte. Prima. Wiedersehen.

Als seine alte Freundin Elizabeth aus New York anrief, redete er auf sie ein, bis er tatsächlich bewußtlos war. Am nächsten Morgen sagte sie ihm, er müsse sich um psychiatrische Hilfe bemühen. Sie drohte, alles stehen und liegen zu lassen und herüberzufliegen, wenn er es ihr nicht verspräche. Er versprach es ihr. Aber es war gelogen.

Er wollte sich niemandem anvertrauen. Er wollte die neue Intensität seiner Gefühlswelt nicht beschreiben. Und schon gar nicht wollte er über seine Hände reden. Nur über die Visionen wollte er sprechen, und davon wollte niemand mehr etwas hören, niemand wollte hören, wie er davon redete, daß der Vorhang zerreiße, der die Lebenden von den Toten trenne.

Wenn Tante Viv zu Bett gegangen war, experimentierte er ein kleines bißchen mit der Kraft in seinen Händen. Aber er mochte das Gefühl nicht, und auch die Bilder nicht, die ihm durch den Kopf zuckten. Und wenn es einen Grund gab, weshalb er diese Empfindsamkeit verliehen bekommen hatte, so war dieser Grund zusammen mit den Visionen und dem Auftrag, der mit seiner Rückkehr ins Leben verbunden gewesen war, vergessen.

Stacy brachte ihm Bücher über andere, die gestorben und ins Leben zurückgekehrt waren. Dr. Morris im Krankenhaus hatte ihm von diesen Büchern erzählt – den klassischen Studien von Moody, Rawlings, Sabom und Ring. Er kämpfte gegen Trunkenheit, Aufregung, die blanke Unfähigkeit, sich auch nur eine Zeitlang zu konzentrieren, und zwang sich, einige dieser Berichte zu lesen.

Ja, das kannte er! Es stimmte alles. Auch er war aus seinem Körper emporgestiegen, ja, und es war kein Traum gewesen, nein, aber er hatte kein wunderschönes Licht gesehen, er war nicht von geliebten Verstorbenen begrüßt worden, und da war kein unirdisches Paradies gewesen, in das er eingelassen worden war, voller Blumen und herrlicher Farben. Etwas ganz anderes war da draußen geschehen. Er war sozusagen abgefangen worden, man hatte an ihn appelliert, ihm klargemacht, daß er eine sehr schwierige Aufgabe zu erledigen habe und daß viel davon abhänge.

Paradies. Das einzige Paradies, das er je gekannt hatte, war die Stadt, in der er aufgewachsen war, der warme, liebenswerte Ort, den er mit siebzehn verlassen hatte, das alte, große Viertel aus ungefähr fünfundzwanzig Häuserblocks, das in New Orleans als Garden District bekannt war.

Ja, dorthin zurück, wo alles anfing. Nach New Orleans, das er seit dem Sommer seines siebzehnten Lebensjahres nicht mehr gesehen hatte. Und das Komische war, daß er, als er sein Leben betrachtet hatte, wie Ertrinkende es tun sollen, zuerst und zuoberst an jenen längst vergangenen Abend gedacht hatte, an dem er im Alter von sechs Jahren auf der hinteren Veranda im Haus seiner Großmutter die klassische Musik entdeckt hatte. Er hatte in der duftenden Dämmerung vor einem alten Röhrenradio gehockt. Jalapen glühten in der Dunkelheit. Zikaden zirpten in den Bäumen. Großvater saß auf der Treppe und rauchte eine Zigarre, und dann erwachte diese Musik zum Leben, diese himmlische Musik.

Wieso hatte er diese Musik so sehr geliebt, wenn es ringsum sonst niemand tat? Anders war er gewesen, von Anfang an. Mit der Erziehung seiner Mutter war es nicht zu erklären. In ihren Ohren war jede Art von Musik Lärm. Aber er liebte diese Musik so sehr, daß er dastand und mit einem Stock dazu dirigierte; summend vollführte er ausladende Gebärden in der Dunkelheit.

Im Irish Channel wohnten sie, hart arbeitende Leute, die Currys, und sein Vater bewohnte in der dritten Generation das kleine Doppelhaus in diesem langgestreckten Viertel am Wasser, wo so viele Iren sich niedergelassen hatten. Vor der großen Hungersnot waren Michaels Vorfahren geflohen, dicht zusammengedrängt in den Baumwollschiffen, die leer von Liverpool in den amerikanischen Süden zurückfuhren, um ihre lukrativere Ladung aufzunehmen.

Es war ein zäher Menschenschlag, von dem Michael seine kräftige Gestalt und seine Entschlossenheit geerbt hatte. Seine Liebe zur Arbeit mit den Händen kam von ihnen und hatte sich schließlich, jahrelanger Ausbildung zum Trotz durchgesetzt.

Michaels Großvater war Polizist in den Docks gewesen, wo sein Vater einst Baumwollballen verladen hatte. Er nahm Michael mit und zeigte ihm die Bananenfrachter, die hier ankamen, und die Tausende Bananen, die auf Fließbändern in den Lagerschuppen verschwanden, und er warnte ihn vor den großen schwarzen Schlangen, die sich in den Bananenstauden verstecken konnten, bis sie auf dem Markt aufgehängt wurden.

Michaels Vater war Feuerwehrmann, bis er eines Nachmittags bei einem Brand in der Tchoupitoulas Street ums Leben kam, als Michael siebzehn war. Das war der Wendepunkt in Michaels Leben, denn inzwischen waren seine Großeltern auch nicht mehr da, und so war seine Mutter mit ihm an ihren Geburtsort zurückgekehrt, nach San Francisco.

Er hegte nie den leisesten Zweifel daran, daß er es in Kalifornien gut gehabt hatte. Er war der erste aus der Familie, der ein College-Examen errang und in einer Welt von Büchern und Gemälden und schönen Häusern lebte.

Aber auch wenn sein Dad nicht gestorben wäre, hätte Michael nicht das Leben eines Feuerwehrmannes geführt. In ihm regten sich Dinge, die sich, wie es schien, in seinen Vorfahren niemals geregt hatten.

Er vertiefte sich in der Schulbibliothek in *Große Erwartungen* oder *David Copperfield*, während andere Jungen mit Papierkügelchen warfen und ihn auf den Arm boxten und ihm Prügel androhten, wenn er nicht aufhörte, sich zu benehmen wie ein »Simpel« – so nannte man im Irish Channel einen, der nicht Verstand genug hatte, um hart und brutal zu sein und alles Höhere zu verachten.

Aber niemand verprügelte ihn jemals. Er hatte genug gesunde Niedertracht von seinem Vater in sich, um jeden zu bestrafen, der es auch nur versuchte. Schon als Kind war er stämmig und ungewöhnlich stark. Und es machte ihm Spaß, sich zu schlagen. Die anderen Kinder lernten ihn in Ruhe zu lassen, und er lernte die Geheimnisse seiner Seele so weit zu verbergen, daß sie ihm seine paar Ausrutscher nachsahen und ihn im großen und ganzen mochten.

Und die Spaziergänge – was war mit den langen Spaziergängen, die keiner seiner Altersgenossen je unternahm? Nicht einmal die Freundinnen, die er später hatte, verstanden das. Rita Mae Dwyer lachte ihn aus. Marie Louise behauptete, er habe einen Knall. »Wie meinst du das – einfach gehen?« Aber von frühester Kindheit an machte es ihm Spaß, zu gehen, über die Magazine Street zu flitzen, die große Trennungslinie zwischen den engen, sonnendurchglühten Straßen, in denen er geboren war, und den großen, stillen Straßen des Garden District.

Im Garden District standen die ältesten Stadtvillen von New Orleans, schlummernd hinter mächtigen Eichen und weitläufigen Gärten. Hier schlenderte er schweigend über gepflasterte Gehwege, die Hände in den Taschen; manchmal pfiff er vor sich hin und dachte daran, daß er eines Tages hier ein großes Haus haben würde. Er würde ein Haus mit einer weißen Säulenfront haben und mit plattenbelegten Wegen. Er würde einen dieser Konzertflügel haben, wie er sie durch die hohen, bis zum Fußboden hinunterreichenden Fenster sehen konnte. Er würde Spitzengardinen und Kronleuchter haben. Und dann würde er den ganzen Tag Charles Dickens lesen, in einer kühlen Bibliothek, wo die Bücher bis zur Decke reichten und blutrote Azaleen hinter dem Verandageländer dösten.

Er fühlte sich wie der Dickenssche Held, der kleine Pip, der einen Blick auf das erhascht, von dem er weiß, daß er es besitzen muß, und doch so weit davon entfernt ist.

Aber in seiner Liebe zum Spazierengehen war er nicht ganz allein, denn auch seine Mutter hatte gern lange Spaziergänge unternommen, und vielleicht war dies eine der wenigen bezeichnenden Eigenschaften, die sie ihm vererbt hatte.

Ein großes Haus dort liebte sie besonders innig, und er konnte es nie vergessen: ein ausgedehntes, düsteres Stadthaus, dessen Seitenveranden von einer umfangreichen Bougainvillea umrankt waren. Und oft, wenn sie dort vorbeigingen, sah Michael einen wunderlichen, einsamen Mann allein zwischen den hohen, ungepflegten Büschen stehen, weit hinten in dem vernachlässigten Garten. Er sah in der wilden, alles überwuchernden Vegetation ganz verloren aus, dieser Mann, und er verschmolz so vollständig mit dem schattigen Blattwerk, daß ein anderer Passant ihn vielleicht gar nicht bemerkt hätte.

Tatsächlich spielten Michael und seine Mutter in diesen frühen Jahren immer ein Spiel um diesen Mann. Sie behauptete immer, sie könne ihn nicht sehen. »Aber er ist da, Mom«, antwortete Michael dann, und sie sagte: »Also gut, Michael, dann erzähle mir, wie er aussieht.«

»Na, er hat braune Haare und braune Augen, und er ist sehr schick angezogen, als ob er zu 'ner Party wollte. Aber er beobachtet uns, Mom, und ich glaube, wir sollten hier nicht rumstehen und ihn anstarren.«

»Michael, da ist kein Mann.«

»Mom, du willst mich auf den Arm nehmen.«

Einmal war es schließlich geschehen, daß sie den Mann doch gesehen hatte, und da hatte er ihr gar nicht gefallen. Das war nicht in dem Haus gewesen. Auch nicht in dem verkommenen Garten.

Es war um die Weihnachtszeit gewesen, als Michael noch sehr klein war; am Seitenaltar der St.-Alphonsus-Kirche war eben die große Krippe aufgebaut worden, mit dem Jesuskind in der Futterraufe. Michael und seine Mutter waren hingegangen und hatten vor dem Altargitter gekniet. Es war vielleicht das erste Weihnachtsfest, an das Michael sich erinnern konnte. Wie auch immer – der Mann war dagewesen, drüben im Schatten des Altarraums, und hatte still zugeschaut, und als er Michael gesehen hatte, da hatte er leise gelächelt, wie er es immer tat. Seine Hände waren verschränkt. Er trug einen Anzug. Sein Gesicht sah sehr ruhig aus. Überhaupt sah er genauso aus wie in dem Garten in der First Street.

»Sieh nur, da ist er, Mom«, sagte Michael sofort. »Der Mann – der aus dem Garten...«

Michaels Mutter warf nur einen Blick auf den Mann und schlug dann furchtsam die Augen nieder. »Starr ihn besser nicht so an«, flüsterte sie Michael ins Ohr.

Als sie die Kirche verließen, drehte sie sich noch einmal um.

»Das ist der Mann aus dem Garten, Mom«, sagte Michael.

»Wovon redest du?« fragte sie. »Aus was für einem Garten?«

Als sie das nächste Mal die First Street hinuntergegangen waren, hatte er den Mann wiedergesehen und versucht, es ihr zu sagen. Aber wieder hatte sie das Spiel gespielt. Sie hatte ihn geneckt und behauptet, da sei kein Mann. Dann hatten sie gelacht. Es war in Ordnung, und es schien damals nicht viel zu bedeuten.

In späteren Jahren übernahm Michael noch etwas von seiner Mutter: die Filme, die sie mit ihm im »Civic Theater« anschaute. Mit der Straßenbahn fuhren sie samstags zu den Matinées. Weiberkram, Mike, sagte sein Vater immer. Er würde sich von niemandem in diese verrückten Vorstellungen schleppen lassen.

Michael hütete sich, darauf zu antworten, und mit der Zeit entwickelte er eine Art, zu lächeln und die Achseln zu zucken, daß sein Vater ihn in Ruhe ließ – und auch seine Mutter in Ruhe ließ, was ihm noch wichtiger war. Nichts würde ihm diese ganz besonderen Samstagnachmittage wegnehmen. Denn die ausländischen Filme waren wie Portale in eine andere Welt, und sie erfüllten Michael mit unaussprechlichem Schmerz und Glück.

Nie vergaß er *Rebecca* und *Die Roten Schuhe* und *Hoffmanns Erzählungen* und eine italienische Verfilmung der Oper *Aida.* Dann war da die wunderbare Geschichte des Pianisten in *Polonaise.* Er liebte *Cäsar und Kleopatra* mit Claude Rains und Vivien Leigh und *Der verstorbene George Apley* mit Ronald Colman, der die schönste Stimme hatte, die Michael bei einem Mann je gehört hatte.

Manchmal erklärte seine Mutter ihm alles auf dem Heimweg. Sie fuhren mit der Straßenbahn über ihre Haltestelle hinaus und weiter bis zur Carrolton Avenue. Das war eine gute Gegend, um allein zu sein. Und es gab palastartige Häuser in dieser Straße zu sehen, die jüngeren, protzigeren Häuser, die nach dem Bürgerkrieg erbaut worden waren, nicht so schön wie die älteren Gebäude im Garden District, aber gleichwohl ein luxuriöser Anblick und endlos interessant.

Ah, die stille Pein dieser gemächlichen Ausflüge – so viel zu wollen und so wenig zu verstehen. Wenn er die Hand aus dem offenen Straßenbahnfenster streckte, bekam er hin und wieder Myrtenblüten zu fassen. Er träumte davon, Maxim de Winter zu sein. Er wollte die Titel der klassischen Musikstücke wissen, die er im Radio hörte und die er liebte, und er wollte die unverständlichen, ausländischen Worte der Ansager verstehen und im Gedächtnis behalten können.

Und seltsam: In den alten Horrorfilmen, die er im schmutzigen »Happy Hour Theater« in der Magazine Street sah – in der Nachbarschaft also –, erblickte er oft die gleiche Welt mit den gleichen eleganten Menschen. Es waren die gleichen getäfelten Bibliotheken, bogenüberwölbten Kamine, die Männer in Smokings, die anmutigen Frauen mit den sanften Stimmen – zusammen mit Frankensteins Ungeheuer oder Draculas Tochter.

So sehr er sich auch dagegen sträubte, allmählich begann Michael den Irish Channel zu hassen. Er liebte seine Familie. Und auch seine Freunde hatte er gern. Aber er haßte die Doppelhäuser, zwanzig Stück in einer Straße, mit ihren winzigen Vorgärtchen und den niedrigen Lattenzäunen, die Kneipe an der Ecke mit der dudelnden Musicbox im Hinterzimmer und der stets zuknallenden Fliegendrahttür, und die fetten Frauen in ihren geblümten Kleidern, die ihren Kindern auf offener Straße mit dem Gürtel oder der bloßen Hand klatschende Prügel verabreichten.

Er verabscheute die Massen, die am späten Samstagnachmittag in der Magazine Street einkauften. Es schien ihm, als hätten die Kinder immer schmutzige Gesichter und schmutzige Kleider. Die Verkäuferinnen hinter der Theke des Ramschladens waren grob. Das Pflaster roch nach saurem Bier. Es stank in den alten Eisenbahnerwohnungen über den Läden, in denen einige seiner Freunde, die unglückseligsten, wohnten. Der Gestank durchdrang auch die alten Schuhgeschäfte und die Radioreparierwerkstätten. Er erfüllte sogar das »Happy Hour Theater«. Der Gestank der Magazine Street.

Aber es waren die Menschen, immer wieder die Menschen, die ihn am meisten abstießen. Er schämte sich des rauhen Akzents, der verriet, daß man vom Irish Channel stammte. »Wir wissen, daß du von der Redemptoristenschule bist«, sagten die Kinder aus der Vorstadt. »Das hört man an der Art, wie du redest.«

Sogar die Nonnen konnte Michael nicht leiden, die plumpen Schwestern mit den tiefen Stimmen, die die Jungen ohrfeigten, wann immer ihnen danach zumute war, die sie schüttelten und nach Belieben demütigten.

Tatsächlich haßte er sie sogar ganz besonders, und der Grund war etwas, das sie getan hatten, als er sechs Jahre alt gewesen war. Ein kleiner Junge, ein »Unruhestifter«, war aus der ersten Klasse der Jungen hinausgezerrt und zur Lehrerin der ersten Klasse an der Mädchenschule hinübergeschleppt worden. Erst später erfuhr die Klasse, daß der Junge dort im Papierkorb hatte stehen müssen, weinend und schamrot vor all den kleinen Mädchen. Wieder und wieder hatten die Nonnen ihn gestoßen und geschubst und geschrien: »Hinein mit dir in den Abfalleimer, hinein mit dir!« Und die Mädchen hatten zugeschaut und den Jungen nachher davon erzählt.

Michael machte das angst. Er empfand ein dumpfes, wortloses Entsetzen bei dem Gedanken, daß ihm selbst so etwas widerfahren könnte. Denn er wußte, daß er es nie zulassen würde. Er würde sich wehren, und dann würde sein Vater ihn auspeitschen – Gewalt, die stets angedroht, aber über einen oder zwei Klatscher mit dem Riemen hinaus nie ausgeführt worden war. Ja, all die Gewalt, deren leises Sieden er ringsum stets gespürt hatte – in seinem Vater, seinem Großvater, in allen Männern, die er kannte –, könnte ausbrechen wie ein Vulkan, und Michael fürchtete sich davor, und es war eine gräßliche, lähmende, sprachlos machende Furcht. Er fürchtete die bösartige, katastrophale Intimität des Geprügeltwerdens, des Geschlagenwerdens.

Und so wurde er, seiner allgemeinen körperlichen Unruhe und seiner Halsstarrigkeit zum Trotz, in der Schule zu einem Engel, lange bevor er begriff, daß er lernen mußte, um seine Träume zu erfüllen. Er war der stille Junge, der Junge, der immer seine Hausaufgaben machte. Die Angst vor der Unkenntnis, die Angst vor Gewalt, die Angst vor Erniedrigung trieb ihn ebenso unfehlbar voran wie später sein Ehrgeiz.

Als Michael elf war, ereigneten sich drei Dinge, die eine ziemlich dramatische Wirkung auf ihn hatten. Das erste war der Besuch seiner Tante Vivian aus San Francisco, das zweite eine Zufallsentdekkung in der öffentlichen Bibliothek.

Tante Vivians Besuch war nur kurz. Die Schwester seiner Mutter kam mit dem Zug. Sie holten sie an der Union Station ab. Sie stieg im »Pontchartrain Hotel« an der St. Charles ab, und am Abend nach ihrer Ankunft lud sie Michael und seine Eltern zum Essen in den »Caribbean Room« ein, das schicke Restaurant in ihrem Hotel. Michaels Vater sagte nein. In ein solches Lokal gehe er nicht. Außerdem sei sein Anzug in der Reinigung.

Michael ging, ein kleiner Mann, feingemacht, und zu Fuß durchquerte er mit seiner Mutter den Garden District.

Der »Caribbean Room« war ein erstaunliches Erlebnis für ihn: Eine fast lautlose, gespenstische Welt aus Kerzenlicht, weißen Tischdecken und Kellnern, die aussahen wie Geister oder, besser noch, wie die Vampire in den Gruselfilmen mit ihren schwarzen Jakken und den steifen weißen Hemden.

Aber die wahre Offenbarung war, daß Michaels Mutter und ihre Schwester sich hier ganz und gar zu Hause fühlten; sie lachten leise, während sie plauderten, und fragten den Kellner dies und das: nach der Schildkrötensuppe, dem Sherry, dem Weißwein, den sie zum Essen trinken würden.

Das vergrößerte Michaels Respekt vor seiner Mutter. Sie war keine Dame, die irgendwelche Allüren zur Schau stellte. Sie war an dieses Leben wirklich gewöhnt. Und er verstand jetzt, weshalb sie manchmal weinte und sagte, sie wolle gern zurück nach San Francisco.

Als ihre Schwester abgereist war, fühlte sie sich tagelang elend. Sie blieb im Bett und wollte nichts als Wein zu sich nehmen, den sie als ihre Medizin bezeichnete. Michael saß bei ihr, las ihr manchmal etwas vor und bekam es mit der Angst zu tun, wenn sie eine Stunde lang kein Wort gesagt hatte. Sie wurde wieder gesund. Sie stand auf, und das Leben ging weiter.

Aber Michael dachte noch oft an dieses Dinner, an die entspannte, natürliche Art, wie die beiden Frauen dort zusammengesessen hatten. Oft ging er am »Pontchartrain Hotel« vorbei. Mit stillem Neid sah er die gutgekleideten Leute, die draußen unter der Markise standen und auf ihr Taxi oder ihre Limousine warteten. Er platzte vor Verlangen danach, zu lernen, zu verstehen, zu besitzen. Dennoch landete er dann nebenan in Smith's Drugstore und las Horror-Comics.

Dann kam die Zufallsentdeckung in der öffentlichen Bibliothek. Michael hatte erst kürzlich überhaupt von der Bibliothek gehört, und die eigentliche Entdeckung ging schrittweise vonstatten.

Er war im Lesesaal für Kinder und stöberte nach einer leichten und lustigen Lektüre, als er plötzlich oben auf einem Bücherregal ein neues leinengebundenes Buch über das Schachspiel entdeckte – ein Buch, das einem verriet, wie man spielte.

Nun hatte Michael das Schachspielen immer als eine hochromantische Angelegenheit empfunden. Warum, hätte er nicht sagen können. Im wirklichen Leben hatte er noch nie ein Schachspiel gesehen. Er lieh das Buch aus, nahm es mit nach Hause und begann zu lesen. Sein Vater sah es und lachte. Er konnte Schach spielen, spielte es dauernd, sagte er, in der Feuerwache. Aus einem Buch konnte man das nicht lernen. Das war dämlich.

Michael sagte, er könne es sehr wohl aus dem Buch lernen; er lerne es ja gerade.

»Okay, dann lerne es«, sagte sein Vater, »und ich spiele mit dir.«

Das war großartig. Noch jemand, der Schach spielen konnte. Vielleicht würden sie sich sogar ein Schachbrett kaufen. Michael hatte das Buch nach weniger als einer Woche zu Ende gelesen. Er konnte Schach spielen. Eine Stunde lang beantwortete er jede Frage, die sein Vater ihm stellte.

»Na, das ist nicht zu glauben«, sagte sein Vater. »Aber du kannst Schach spielen. Was du jetzt noch brauchst, ist ein Schachspiel.« Michaels Vater fuhr in die Stadt. Als er zurückkam, hatte er ein Schachspiel, das alles übertraf, was Michael sich vorgestellt hatte. Es bestand nicht aus Symbolen – einem Pferdekopf, einem Turm, einer Bischofsmütze –, sondern aus richtigen Figuren. Der Springer war ein Reiter auf einem Pferd, das die Vorderhufe emporgestreckt hielt, der Läufer war eine Bischofsgestalt mit betend gefalteten Händen. Die Dame hatte langes Haar unter ihrer Krone, und der Turm war eine zinnenbewehrte Festung auf dem Rücken eines Elefanten.

Natürlich war es aus Plastik, dieses Ding. Es stammte aus einem Kaufhaus. Aber es war um so vieles schöner als alles, was in dem Schachbuch abgebildet war, daß Michael von dem Anblick überwältigt war. Es machte nichts, daß sein Vater seinen Springer »mein Pferd« nannte. Sie spielten Schach. Und von jetzt an spielten sie oft.

Aber die große Zufallsentdeckung war nicht die, daß Michaels Vater Schach spielen konnte oder daß er die Gutherzigkeit besaß, ein so wunderschönes Spiel zu kaufen. Die große Zufallsentdeckung war die, daß Michael aus Büchern mehr als nur Geschichten herausholen konnte ... daß sie ihn noch zu etwas anderem als diesem schmerzlichen Träumen und Sehnen führen konnten.

Danach wurde er in der Bibliothek kühner. Er sprach mit den Bibliothekarinnen hinter der Theke. Er lernte den »Themenkatalog« kennen. Und ziellos und besessen begann er ein ganzes Spektrum von Themen zu erforschen.

Das erste waren Autos. Er fand massenhaft Bücher über Autos in der Bibliothek. Er lernte alles über den Motor aus Büchern, alles über die verschiedenen Automarken, und er verblüffte Vater und Großvater mit seinem Wissen.

Als nächstes suchte er im Katalog alles über Brandbekämpfung und Feuer heraus. Er las Bücher über Feuerwehrautos und Leiterwagen und ihre Konstruktion, und er las alles über die großen Brände der Geschichte, über den Brand von Chicago und das Feuer in der Triangle Factory, und wieder konnte er über all das mit Vater und Großvater sprechen.

Michael war entzückt. Er spürte jetzt, daß er eine große Macht besaß. Und er begann mit seiner geheimen Liste, die er niemandem anvertraute. Musik war sein erstes geheimes Thema.

Er wählte zunächst die am kindlichsten aufgemachten Bücher – das Thema war schwierig – und ging dann zu den illustrierten Geschichten für junge Erwachsene über, aus denen er alles über das Wunderkind Mozart und den armen tauben Beethoven und den verrückten Paganini erfuhr, der angeblich seine Seele an den Teufel verkauft hatte. Er lernte die Definition von Symphonie und Concerto und Sonate. Er lernte das Notensystem kennen, Viertelnoten, halbe Noten, Dur und Moll. Er lernte die Namen der Orchesterinstrumente.

Dann nahm er sich Architektur vor. Und im Handumdrehen

wußte er, was »Creek Revival« war, was »Italianato« und was »spätviktorianisch«, und worin sich diese verschiedenen Bauformen unterschieden. Er lernte korinthische und dorische Säulen zu erkennen, Arkadenhäuser und Peristyle zur Kenntnis zu nehmen. Mit seinen neuen Kenntnissen durchstreifte er den Garden District, und seine Liebe zu dem, was er hier sah, vertiefte und verstärkte sich in aller Stille.

Ah, mit all dem hatte er das große Los gezogen. Es gab keinen Grund mehr, in Ratlosigkeit zu verharren. Er konnte alles »nachlesen«. An den Samstagnachmittagen las er dutzendweise Bücher über Kunst, Architektur, griechische Mythologie, Naturwissenschaft. Er las sogar Bücher über moderne Malerei, über Oper und Ballett, was ihn schamhaft befürchten ließ, sein Vater könne ihn unversehens dabei ertappen und sich über ihn lustigmachen.

Das dritte Ereignis in diesem Jahr war ein Konzert in der städtischen Konzerthalle. Michaels Vater arbeitete wie viele andere Feuerwehrleute in seiner Freizeit in Nebenjobs, und in jenem Jahr hatte er den Verkaufsstand in der Konzerthalle, wo er Sodawasser in Flaschen verkaufte. Eines Abends begleitete Michael ihn, um ihm zu helfen. Es war während der Schulzeit, und er hätte gar nicht mitgehen dürfen, aber er wollte es so gern. Er wollte die Konzerthalle sehen und wissen, was dort vor sich ging, und seine Mutter willigte ein.

In der ersten Hälfte des Programms – vor der Pause, in der er seinem Vater helfen würde und nach der sie einpacken und nach Hause fahren würden – ging Michael in den Saal, nach ganz oben, wo die Sitze leer waren, und dort setzte er sich hin und wartete ab, um zu sehen, wie das Konzert sein würde. Es erinnerte ihn an die Studenten in dem Film *Die roten Schuhe,* die Studenten in der Loge, die dort oben so erwartungsvoll saßen. Und richtig, der Saal füllte sich mit wunderschön gekleideten Leuten – aus den Wohnvierteln von New Orleans –, und das Orchester versammelte sich im Graben und stimmte die Instrumente. Sogar der seltsame, dünne Mann aus der First Street war da; Michael sah ihn einen Moment lang tief unter sich, das Gesicht aufwärtsgewandt, als könne er Michael tatsächlich ganz oben in der obersten Reihe sitzen sehen.

Was dann folgte, war hinreißend. Isaac Stern, der große Violinist, spielte an jenem Abend Beethovens Konzert für Violine und Orchester, eine Musik von gewaltiger Schönheit und schlichter Beredsamkeit, wie Michael sie noch nie gehört hatte. Keinen Augenblick lang fühlte er sich ausgeschlossen oder gelangweilt.

Lange nachdem das Konzert vorüber war, konnte er die Leitmelodie noch pfeifen und sich dabei an den mächtigen, süßen, sinnlichen Klang des ganzen Orchesters und an die feinen, herzzerreißenden Klänge von Isaac Sterns Violine erinnern.

Aber die Sehnsucht, die dieses Erlebnis in ihm weckte, vergiftete Michaels Leben. Ja, in den darauffolgenden Tagen verspürte er womöglich die schlimmste Unzufriedenheit mit dieser Welt, die er je gehabt hatte, auch wenn er es sich von niemandem anmerken ließ. Er bewahrte dieses Gefühl in sich, wie er auch seine Kenntnisse der Themen, die er in der Bibliothek studierte, geheimhielt. Er fürchtete sich vor dem Snobismus, der in ihm wuchs, vor dem Abscheu, den er gegen die, die er liebte, verspüren würde, wenn er diesem Gefühl nachgeben würde.

Und Michael hätte es nicht ertragen, seine Familie nicht zu lieben. Er hätte es nicht ertragen, sich ihrer zu schämen. Die Kleinlichkeit und Undankbarkeit, die darin läge, hätte er nicht ertragen. Oder seine Mutter, die eine verlorene Seele war, dort unten im Irish Channel, eine Frau, die besser sprach und sich besser kleidete als die Frauen in ihrer Umgebung, die immer wieder darum bettelte, als Verkäuferin im Kaufhaus arbeiten zu dürfen, und immer wieder ein Nein zur Antwort bekam. Eine Frau, die für ihre Romane lebte, die sie spät abends las – Bücher von John Dickson Carr und Daphne du Maurier und Frances Parkinson Keyes –, allein auf der Couch im Wohnzimmer, wegen der Hitze nur mit einem Slip bekleidet, wenn alle anderen schliefen, und die dabei langsam und vorsichtig Wein aus einer in braunes Papier gewickelten Flasche trank.

Es gab eine Geschichte über seine Mutter und seinen Vater, aber Michael wußte nie, ob sie stimmte. Seine Eltern hatten sich in San Francisco ineinander verliebt, kurz vor Kriegsende, als sein Vater bei der Marine gewesen war, und sein Vater hatte sehr gut ausgesehen in seiner Uniform, und damals hatte er den Charme gehabt, der alle Mädchen anlockte.

»Er sah aus wie du, Mike«, sagte seine Tante Jahre später. »Schwarzes Haar, blaue Augen und diese kräftigen Arme – genau wie du. Und du erinnerst dich ja an die Stimme deines Vaters; es war eine schöne Stimme, irgendwie tief und weich. Selbst mit diesem Irish-Channel-Akzent.«

Und so hatte es Michaels Mutter »heftig erwischt«, und als sein Vater wieder nach Übersee verschwunden war, hatte er Michaels Mutter wunderbar poetische Briefe geschickt und sie umworben, daß es ihr schier das Herz gebrochen hatte. Aber Michaels Vater hatte diese Briefe gar nicht geschrieben. Sein bester Freund beim Militär hatte sie geschrieben, ein gebildeter Mann, der auf demselben Schiff gefahren war – er hatte die Metaphern und die Zitate aus allerlei Büchern zusammengetragen. Und Michaels Mutter hatte nie Verdacht geschöpft.

Michaels Mutter hatte sich tatsächlich in diese Briefe verliebt. Und als sie gemerkt hatte, daß sie mit Michael schwanger war, hatte sie sich im Vertrauen auf diese Briefe gen Süden begeben und war sogleich von der einfachen, gutherzigen Familie aufgenommen worden; unverzüglich hatte man die Vorbereitungen zur Hochzeit in der St.-Alphonsus-Kirche getroffen, damit alles seine Ordnung hatte, sobald Michaels Vater Urlaub bekommen konnte.

Was für ein Schock mußte es für sie gewesen sein: die kleine, baumlose Straße, das winzige Haus, wo ein Zimmer ins andere überging, die Schwiegermutter, die ihre Männer von vorn bis hinten bediente und beim Abendessen nicht einmal mit am Tisch saß.

Michaels Tante sagte, sein Vater habe seiner Mutter die Geschichte mit den Briefen gestanden, als Michael noch ein Baby gewesen sei, und da sei Michaels Mutter wild geworden und habe versucht, ihn umzubringen, und sie habe sämtliche Briefe im Hof verbrannt. Dann aber habe sie sich beruhigt und sich bemüht, es zu versuchen. Hier war sie nun und hatte ein kleines Kind. Sie war über dreißig. Ihre Eltern waren tot; sie hatte nur eine Schwester und einen Bruder in San Francisco, und ihr blieb nichts anderes übrig, als bei dem Vater ihres Kindes zu bleiben, und außerdem waren die Currys keine üblen Leute.

Vor allem ihre Schwiegermutter hatte sie geliebt, weil die sie aufgenommen hatte, als sie schwanger gewesen war. Und dieser Teil der Geschichte – die Liebe zwischen den beiden Frauen – entsprach der Wahrheit; das wußte Michael, denn seine Mutter hatte die alte Frau während ihrer letzten Tage gepflegt.

Seine Großeltern starben beide in dem Jahr, als Michael zur High-

School kam: seine Großmutter im Frühjahr, der Großvater zwei Monate später. Alles änderte sich. Manchmal fürchtete Michael, dies sei nun die Zeit, da seine Träume zu sterben hätten und die wirkliche Welt ihn vereinnahmen sollte. Andere Leute sahen es anscheinend so. Marie Louises Vater schaute ihn eines Abends, auf der Verandatreppe sitzend, mit kaltem Blick an und wollte wissen: »Wie kommst *du* darauf, daß *du* zum College gehen wirst? Hat dein Daddy denn das Geld für Loyola?« Er spuckte auf das Gehwegpflaster und musterte Michael von Kopf bis Fuß. Da war er wieder, dieser angewiderte Ausdruck.

Aber vielleicht hatten sie ja alle recht, und es war an der Zeit, an andere Dinge zu denken. Michael war fast einsachtzig groß, riesig für einen Jungen vom Irish Channel und ein Rekord in diesem Zweig der Familie Curry. Sein Vater kaufte einen alten Packard und brachte ihm binnen einer Woche das Autofahren bei, und dann fand er einen Teilzeitjob als Blumenfahrer für einen Floristen in der St. Charles Avenue.

Aber erst in seinem zweiten Jahr an der High-School geschah es, daß seine alten Ideen allmählich verflogen und er selbst seine Ambitionen zu vergessen begann. Er verlegte sich aufs Football-Spielen, schaffte es bis in die erste Mannschaft, und plötzlich stand er draußen auf dem Spielfeld im Stadion von City Park, und die Kids kreischten. »Punktgewinn durch Michael Curry«, dröhnten die Lautsprecher. Marie Louise teilte ihm mit hinschmelzender Stimme am Telephon mit, er habe nunmehr, was sie betreffe, alle Gewalt über ihren Willen, und mit ihm würde sie »alles« tun.

Michael las immer noch Bücher, aber das Spiel war der eigentliche Brennpunkt seines Gefühlslebens in diesem Jahr. Football war genau das Richtige für seine Aggressionen, für seine Kraft und auch für seine Frustration. Er war einer der Stars an der Schule. Er fühlte, wie die Mädchen ihn anschauten, wenn er jeden Morgen um acht in der Messe den Mittelgang hinaufging.

Und dann wurde der Traum wahr. Die Redemptoristenschule, die immer die ärmste weiße Schule von ganz New Orleans gewesen war, gewann die Stadtmeisterschaft. Die Underdogs hatten es geschafft, die Kids von der anderen Seite der Magazine Street, die Kids, die so komisch sprachen, daß jeder gleich wußte, sie waren aus dem Irish Channel.

Sogar die *Times-Picayune* quoll über vor Lob. Die Sammlung für eine eigene Turnhalle der Schule lief auf Hochtouren, und Michael und Marie Louise »gingen bis zum letzten« und litten dann Todesqualen, während sie abwarteten, ob Marie Louise nun schwanger wäre.

In diesem Augenblick hätte Michael alles verlieren können. Nichts wünschte er sich mehr, als Football-Punkte zu erzielen, mit Marie Louise zusammen zu sein und Geld zu verdienen, damit er sie im Packard ausführen konnte. An Mardi Gras verkleideten er und Marie Louise sich als Piraten, fuhren hinunter ins French Quarter, tranken Bier und schmusten und knutschten auf einer Bank am Jackson Square. Es wurde Sommer, und sie redete immer öfter vom Heiraten.

Michael wußte nicht, was er machen sollte. Er hatte das Gefühl, er gehöre zu Marie Louise, und doch konnte er mit ihr nicht reden. Sie haßte die Filme, in die er mit ihr ging. Und wenn er vom College redete, sagte sie, er sei ein Träumer.

Dann kam der Winter von Michaels drittem Jahr. Es war bitterkalt, und New Orleans erlebte den ersten Schnee seit hundert Jahren. Die Schule endete vorzeitig, und Michael spazierte allein durch den Garden District, dessen Straßen unter einer wunderschönen weißen Decke lagen, und er sah zu, wie der Schnee weich und lautlos rings um ihn herum herabfiel. Diesen Augenblick wollte er nicht mit Marie Louise teilen. Statt dessen teilte er ihn mit den Häusern und den Bäumen, die er liebte, und voller Staunen betrachtete er das wunderbare Schauspiel der schneeverbrämten Veranden und schmiedeeisernen Gitter.

Kinder spielten auf der Straße; Autos fuhren langsam über die eisige Glätte und gerieten an den Straßenecken gefährlich ins Rutschen. Stundenlang blieb der wundervolle Schneeteppich auf dem Boden liegen; schließlich ging Michael nach Hause, und seine Hände waren so kalt, daß er kaum den Schlüssel im Schloß drehen konnte. Er sah, daß seine Mutter weinte.

Sein Dad war am Nachmittag um drei bei einem Brand in einem Lagerhaus ums Leben gekommen. Er hatte versucht, einen anderen Feuerwehrmann zu retten.

Für Michael und seine Mutter war die Zeit im Irish Channel vorbei. Ende Mai war das Haus in der Annunciation Street verkauft.

Und eine Stunde, nachdem Michael vor dem Altar der St.-Alphonsus-Kirche sein High-School-Diplom in Empfang genommen hatte, saßen er und seine Mutter in einem Greyhound-Bus nach Kalifornien.

Seine Tante Vivian wohnte am Golden Gate Park in einem hübschen Apartment voll dunkler Möbel und echter Ölgemälde. Sie kamen bei ihr unter, bis sie ein paar Straßen weiter eine eigene Wohnung gefunden hatten. Michael bewarb sich sofort um einen Studienplatz am staatlichen College; mit der Lebensversicherung seines Vaters war für alles gesorgt.

Michael war begeistert von San Francisco. Sicher, es war immer kalt und jämmerlich windig und trübe. Gleichwohl liebte er die düsteren Farben der Stadt, die ihm ganz eigenartig erschienen – Ockergelb und Olivgrün und dunkles Rot und tiefes Grau. Die großen, schmucken viktorianischen Häuser erinnerten ihn an die schönen Villen von New Orleans.

Es schien, daß die mächtige Unterklasse, der er in New Orleans angehört hatte, in dieser Stadt überhaupt nicht existierte; sogar die Polizisten und Feuerwehrleute hier sprachen vornehm und kleideten sich gut und besaßen teure Häuser. Es war unmöglich, zu sagen, aus welchem Stadtteil jemand kam. Die Gehwege waren erstaunlich sauber, und eine Atmosphäre der Zurückhaltung schien selbst die kleinste Kommunikation zwischen den Menschen zu prägen.

Als er in den Golden Gate Park ging, sah Michael mit Staunen die Menschenscharen dort, und daß sie die Schönheit der dunkelgrünen Landschaft noch zu verstärken schienen, statt sie zu stören. Sie fuhren mit ihren prachtvollen ausländischen Fahrrädern auf den Wegen entlang, picknickten in kleinen Gruppen auf dem samtigen Rasen oder saßen vor dem überdachten Orchesterpodium und lauschten dem Sonntagskonzert. Auch die Museen der Stadt waren eine Offenbarung, voll echter alter Meister, und sonntags drängten sich ganz normale Leute dort hinein, Leute mit Kindern, die all dies anscheinend als Selbstverständlichkeit empfanden.

Es war, als sei er aus einem anderen Land in die Welt geraten, die er bis dahin nur vom Fernsehen kannte. Nicht aus den ausländischen Filmen mit den großen Häusern und den Smoking-Jacketts natürlich, sondern aus den späteren amerikanischen Filmen und Fernsehshows, in denen alles nett und zivilisiert war.

Und hier war Michaels Mutter glücklich, wirklich glücklich, wie er sie noch nie gesehen hatte; sie arbeitete wieder wie früher als Kosmetikverkäuferin und hatte ein Sparkonto, und am Wochenende besuchte sie ihre Schwester und manchmal auch ihren älteren Bruder, »Onkel Michael«, einen vornehmen Säufer, der bei Gumps in der Post Street »feines Porzellan« verkaufte.

Es war, als habe es die Kindheit in New Orleans nie gegeben.

Während dieser Zeit begann Michael das kleine Geheimnis seiner Familie mütterlicherseits zu begreifen. Stück um Stück kam er zu der Erkenntnis, daß sie einmal sehr reich gewesen waren, diese Leute. Und seiner Mutter Großmutter väterlicherseits war es gewesen, die das ganze Vermögen vergeudet hatte. Von ihr war nichts geblieben als ein geschnitzter Stuhl und drei Landschaftsgemälde in schweren Rahmen. Aber man sprach von ihr wie von einer Göttin, einer wundervollen Frau, die die ganze Welt bereist und Kaviar gegessen und es zuwege gebracht hatte, ihren Sohn nach Harvard gehen zu lassen, ehe sie vollends bankrott gewesen war.

Was diesen Sohn – den Vater seiner Mutter – anging, so hatte er sich zu Tode getrunken, nachdem er seine Frau verloren hatte, ein schönes, irisch-amerikanisches Mädchen aus dem Mission District von San Francisco. Über »Mutter« wollte niemand reden, und bald war klar, daß »Mutter« Selbstmord begangen hatte. »Vater« hatte unablässig getrunken, bis ihn der tödliche Schlag getroffen hatte; seinen Kindern hatte er eine kleine Jahresrente hinterlassen. Michaels Mutter und ihre Schwester Vivian hatten ihre Schulausbildung im Konvent vom Heiligen Herzen beendet und kultivierte Berufe ergriffen. »Onkel Michael« sei Dad »wie aus dem Gesicht geschnitten«, bemerkten sie seufzend, wenn der Cognac ihn auf dem Sofa hatte einschlummern lassen.

Dieses schrittweise Kennenlernen der Familie seiner Mutter erhellte für Michael noch manches mehr. Im Laufe der Zeit begriff er, daß die Werte seiner Mutter im wesentlichen diejenigen der sehr Reichen waren, auch wenn sie selbst das nicht wußte. Sie schaute sich ausländische Filme an, weil es ihr Spaß machte, nicht zur kulturellen Erbauung. Sie wollte, daß Michael zum College ging, weil es sich so »gehörte«. Für sie war es völlig natürlich, bei »Young Man's Fancy« einzukaufen und ihm die V-Ausschnitt-Pullover und Button-down-Hemden zu kaufen, in denen er aussah wie ein Schuljunge. Aber über die Beweggründe und Ambitionen der Mittelklasse wußten sie und ihre Geschwister im Grunde gar nichts. Ihre Arbeit gefiel ihr, weil sie im feinsten Geschäft der Stadt angestellt war und weil sie dort netten Leuten begegnete. In ihren Mußestunden trank sie wachsende Mengen von Wein, las ihre Romane, besuchte Freunde und war ein glücklicher und zufriedener Mensch.

Es war der Wein, der sie am Ende umbrachte. Die Jahre vergingen, und sie wurde zu einer damenhaften Säuferin, die den ganzen Abend hinter verschlossener Tür aus einem kristallenen Glas trank und unweigerlich die Besinnung verlor, bevor es Schlafenszeit war. Schließlich schlug sie eines späten Abends bei einem Sturz im Badezimmer mit dem Kopf auf, wickelte sich ein Handtuch um die Wunde und legte sich ins Bett, ohne zu merken, daß sie langsam verblutete. Sie war kalt, als Michael am Morgen die Tür aufbrach. Das war in dem Haus in der Liberty Street, das Michael gekauft und für die Familie restauriert hatte, obgleich Onkel Michael inzwischen auch gestorben war – ebenfalls am Alkohol, auch wenn man hier von einem Schlaganfall gesprochen hatte.

Michaels Ehrgeiz war grenzenlos, als er im Herbst endlich das Studium am San Francisco State College aufnahm.

Hier, auf dem riesigen Campus inmitten von Studenten aus allen Gesellschaftsschichten, fühlte Michael sich unauffällig und gleichzeitig mächtig und bereit, mit seiner wahren Ausbildung zu beginnen. Es war wie in den alten Zeiten in der Bibliothek, nur zahlte sich jetzt aus, was er las. Es zahlte sich aus, daß er alle Geheimnisse des Lebens verstehen wollte, die ihn in den vergangenen Jahren, da er seine Neugier vor denen, die sich über ihn lustig machen würden, verborgen hatte, so sehr gereizt hatten.

Er konnte sein Glück kaum fassen. Er wanderte von Seminar zu Seminar, genoß die Anonymität inmitten der umfangreichen proletarischen Studentenschaft mit ihren schweren Schuhen und Rucksäcken und lauschte hingerissen den Vorlesungen seiner Professoren und den schwindelerregend cleveren Fragen der Studenten ringsum. Er würzte seinen Stundenplan mit Wahlveranstaltungen über Kunst, Musik, Gemeinschaftskunde, vergleichende Literaturwissenschaft und sogar Theater, und allmählich erlangte er eine echte, altmodische klassische Bildung.

Als Hauptfach wählte er schließlich Geschichte, weil er in diesem

Fach gut war, weil er die Arbeiten schreiben und die Klausuren bestehen konnte, und weil er wußte, daß sein jüngster Ehrgeiz – Architekt zu werden – unerfüllbar bleiben würde. Er schaffte den mathematischen Teil der Ausbildung nicht, so sehr er sich auch bemühte. Und trotz all seiner Anstrengungen erreichte er die Zensuren nicht, die für die Zulassung zum vierjährigen Studium an der Fakultät für Architektur erforderlich waren. Geschichte liebte er, weil es eine Gesellschaftswissenschaft war, bei der man von der Welt zurücktrat, um herauszufinden, wie sie funktionierte. Genau das war es, was Michael schon als kleiner Junge im Irish Channel getan hatte.

Michael war mehr als zufrieden. Als das Geld aus der Versicherung zur Neige ging, fand er einen Teilzeitjob bei einem Zimmermann, der darauf spezialisiert war, die schönen alten viktorianischen Häuser von San Francisco zu restaurieren. Er fing wieder an, Bücher über Häuser zu studieren, wie er es früher getan hatte.

Als er sein Bakkalaureat erwarb, hätten seine alten Freunde aus New Orleans ihn nicht wiedererkannt. Er hatte zwar noch immer die Figur eines Footballspielers, die breiten Schultern und den massigen Brustkorb, und die Zimmermannsarbeit hielt ihn gut in Form. Aber er trug jetzt eine dunkelgeränderte Brille zum Lesen, und seine Kleidung bestand meist aus dicken Strickpullovern und Donegal-Tweedsakkos mit Lederflecken auf den Ellbogen. Er rauchte sogar eine Pfeife, die er immer in der rechten Jackentasche aufbewahrte.

Mit einundzwanzig Jahren hämmerte er ebenso gewandt an einem Holzfachwerkhaus herum, wie er mit zwei flinken Fingern eine Seminararbeit über »Hexenverfolgung im Deutschland des 17. Jahrhunderts« auf der Schreibmaschine tippte.

Zwei Monate, nachdem er mit den Vorbereitungen zu seinem Geschichtsexamen begonnen hatte, paukte er neben seinem Collegestudium für die staatliche Prüfung als Bauunternehmer. Er arbeitete jetzt als Maler und erlernte außerdem das Verputzen und das Fliesenlegen – alles, was er im Bauhandwerk brauchen würde.

Sein Studium setzte er fort, weil eine tiefe Unsicherheit ihm nicht erlaubte, etwas anderes zu tun, aber inzwischen war ihm klar, daß kein noch so großes akademisches Vergnügen sein Bedürfnis befriedigen würde, mit den Händen zu arbeiten, Leitern zu erklimmen, einen Hammer zu schwingen und am Ende des Tages diese großartige, unvergleichliche körperliche Erschöpfung zu verspüren.

Er liebte es, die Ergebnisse seiner Arbeit zu sehen – ein repariertes Dach, eine restaurierte Treppe, einen ehemals hoffnungslos verdreckten Fußboden, der wieder in neuem Glanz erstrahlte. Er liebte es, die fein geschnitzten Treppenpfosten, Balustraden und Türrahmen abzubeizen und zu lackieren. Und nie hörte er auf zu lernen: Er studierte das Handwerk eines jeden seiner Arbeitgeber. Er fragte Architekten aus, wann immer er Gelegenheit hatte; er kopierte Pläne, um sie später zu studieren. Er brütete über Büchern, Zeitschriften und Katalogen, die sich mit Restauration und viktorianischen Bauten befaßten.

Manchmal hatte er das Gefühl, Häuser mehr zu lieben als menschliche Wesen; er liebte sie, wie ein Seemann Schiffe liebt, und nach der Arbeit ging er oft allein durch die Räume, denen er neues Leben gegeben hatte, und berührte liebevoll die Fenstersimse, die Messingknöpfe, den seidenglatten Putz. Er konnte hören, wie ein großes Haus mit ihm sprach.

Innerhalb von zwei Jahren wurde er Magister der Geschichte, gerade als überall in Amerika die Studentenproteste gegen den Vietnamkrieg ihren Höhepunkt erreichten und die Einnahme psychedelischer Drogen unter den Jugendlichen, die nach Haight Ashbury in San Francisco strömten, zum letzten Schrei wurde. Schon lange vorher hatte er die Zulassungsprüfung für das Bauwesen abgelegt und eine eigene Firma eröffnet.

Die Welt der Blumenkinder, der politischen Revolution und der Persönlichkeitsveränderung durch Drogen war etwas, das er nie ganz verstand, und sie berührte ihn eigentlich auch nie. Der Historiker in ihm ließ sich von der seichten, oft albernen Revolutionsrhetorik, die er ringsum hörte, nicht aus der Fassung bringen; nur ein stilles Lachen hatte er für den Biertisch-Marxismus seiner Freunde übrig, die von den Arbeitern persönlich offenbar nicht das geringste wußten. Und er sah mit Entsetzen, wenn Leute, die er liebte, ihren Seelenfrieden, wenn nicht gar ihren Verstand mit starken Halluzinogenen restlos zerstörten.

Aber er lernte aus all dem; er lernte, weil er zu verstehen suchte. Und die große psychedelische Liebe zu Farben und Mustern, zu orientalischer Musik und plakativem Design hatte unvermeidlichen Einfluß auf seine Ästhetik. Jahre später sollte er behaupten, daß jeder Mensch im ganzen Land von der großen Bewußtseinsrevolution der sechziger Jahre profitiert habe: Die Renovierung der alten Häuser, die Schaffung prachtvoller öffentlicher Bauten mit blumengefüllten Plazas und Parks, ja, sogar die Errichtung der modernen Einkaufspassagen mit ihren Marmorböden, Springbrunnen und Blumenkübeln – all dies habe seine Wurzeln unmittelbar in jenen entscheidenden Jahren, als die Hippies vom Haight Ashbury ihr Cannabis auf die Fensterbank stellten und ihre Sperrmüllmöbel mit leuchtend bunten indianischen Decken drapierten, als die Mädchen sich die bald sprichwörtlichen Blumen an die fließenden Kleider hefteten und die Männer ihre triste Garderobe gegen bunte Hemden austauschten und sich das Haar einfach wachsen ließen.

Michael hatte ständig eine Warteliste mit interessierten Kunden, und bald waren seine Projekte über die ganze Stadt verteilt. Es war seine größte Freude, wenn er in ein baufälliges, muffiges viktorianisches Haus in der Divisadero Street gehen und sagen konnte: »Yeah, in sechs Monaten kann ich Ihnen daraus einen Palazzo machen.« Seine Arbeit wurde mit Preisen ausgezeichnet. Er wurde berühmt für die wunderschönen Detailzeichnungen, die er machen konnte. Etliche Projekte nahm er ganz ohne die Anleitung eines Architekten in Angriff. Alle seine Träume wurden wahr.

Mit zweiunddreißig erwarb er ein altehrwürdiges Stadthaus in der Liberty Street, restaurierte es von Grund auf und schuf Wohnungen für seine Mutter und seine Tante. Er selbst wohnte ganz oben mit Blick auf die Lichter der Stadt, genau in dem Stil, den er sich immer gewünscht hatte. Die Bücher, die Spitzengardinen, das Klavier, die schönen Antiquitäten – das alles besaß er jetzt. An der Hangseite baute er eine große Veranda an, wo er sitzen und die launische Sonne von Kalifornien in sich aufsaugen konnte. Der ewige Nebel der Küste war oft schon verdunstet, ehe er seinen Bezirk erreichen konnte. Und so hatte er – wie es schien – nicht nur den Luxus und die Eleganz eingefangen, die er vor so vielen Jahren im Süden von ferne gesehen hatte, sondern auch ein bißchen von der Wärme und dem Sonnenschein, den er in so liebevoller Erinnerung hatte.

Mit fünfunddreißig Jahren war er ein gemachter Mann, und ein gebildeter dazu. Er hatte seine erste Million verdient und in einem Portfolio von Kommunalobligationen angelegt. Und er liebte San Francisco, denn er hatte das Gefühl, die Stadt habe ihm alles gegeben, was er sich je gewünscht hatte.

Obgleich Michael es jetzt geschafft hatte und sein Image das eines kultivierten Mannes war, blieb ein Teil seiner selbst doch immer dieser zähe Bengel aus dem Irish Channel, der von Kindheit an ein Stück Brot benutzt hatte, um sich die Erbsen vom Teller auf die Gabel zu schieben.

Er gewöhnte sich seinen rauhen Akzent nie restlos ab, und manchmal, wenn er auf der Baustelle mit Arbeitern zu verhandeln hatte, verfiel er wieder vollends hinein. Auch einige seiner kruden Ideen und Angewohnheiten verlor er nie, und er wußte das wohl.

Seine Art, mit all dem umzugehen, war genau die richtige für Kalifornien. Er verleugnete seine Herkunft nie. Sie war schließlich ein Teil von ihm. Er dachte sich nichts dabei, zu fragen: »Wo sind Fleisch und Kartoffeln?«, wenn er in irgendein schickes Restaurant der Nouvelle Cuisine kam. Und beim Sprechen ließ er die filterlose Zigarette an den Lippen kleben, wie schon sein Vater es getan hatte.

Mit seinen liberalen Freunden kam er vor allem deshalb zurecht, weil er sich nicht die Mühe machte, mit ihnen zu streiten, und während sie beim Bier lautstark über Länder diskutierten, in denen sie nie gewesen waren und in die sie nie fahren würden, malte er Bilder von Häusern auf eine Serviette.

Aber ungeachtet aller Diplomatie verstand er sich am besten immer mit denen, die eine ebensolche Lebensart verspürten wie er – mit Handwerkern, Künstlern, Musikern: Menschen, die von einer Sache besessen waren. Sie schienen sein grenzenloses Verlangen nach einem sinnvollen Leben und danach, die Welt – und sei es auch nur in kleinem Maßstab – mit seinen Visionen zu verändern, wirklich zu verstehen. Er träumte davon, große Häuser zu bauen, ganze Cityblocks umzuwandeln, in den alten Vierteln von San Francisco ganze Enklaven von Cafés, Buchhandlungen und Gasthäusern zu erschließen.

Ab und zu, vor allem nach dem Tode seiner Mutter, dachte er wohl an die Vergangenheit in New Orleans, die ihm jedesmal unwirklicher und phantastischer vorkam. Die Leute in Kalifornien hielten sich für frei, aber was waren sie doch für Konformisten, überlegte er. Jeder, der aus Kansas oder Detroit oder New York hierher kam, strebte doch die gleichen liberalen Ideen an, den gleichen Stil in Denken, Kleidung und Gefühl. Ja, manchmal war dieser Konformismus regelrecht lachhaft. Seine Freunde sagten tatsächlich Sachen wie »Ist das nicht der, den wir diese Woche boykottieren wollten?« oder »Soll man da nicht dagegen sein?«

Zu Hause hatte er vielleicht eine Stadt von Bigotten hinter sich gelassen, aber es war auch eine Stadt von Charakteren. Die alten Geschichtenerzähler vom Irish Channel klangen ihm noch in den Ohren. Und was für Charaktere seine Onkel gewesen waren, diese alten Männer, die einer nach dem anderen gestorben waren, während er aufgewachsen war. Er hörte sie noch davon reden, wie sie den Mississippi durchschwommen hatten, einmal ans andere Ufer und wieder zurück (was zu Michaels Zeiten kein Mensch tat), und wie sie betrunken von den Lagerschuppen ins Wasser gesprungen waren und wie sie große Paddel an die Pedale ihrer Fahrräder gebunden hatten, um damit im Wasser zu fahren.

Alles, so schien es, war eine Geschichte gewesen. Die Sommernächte waren voll von Erzählungen über Cousin Jamie Joe Curry in Algier, der ein solcher Religionsfanatiker wurde, daß man ihn den ganzen Tag an einen Pfosten binden mußte, und über Onkel Timothy, der von der Linotype-Druckfarbe verrückt wurde, die Ritzen an Türen und Fenstern mit Zeitungspapier zustopfte und seine Zeit damit verbrachte, Tausende und Abertausende kleine Papierpuppen auszuschneiden.

Und was war mit der schönen Tante Lelia, die als junges Mädchen einen italienischen Jungen geliebt hatte und bis ins hohe, welke Alter nicht wußte, daß ihre Brüder den Jungen eines Abends zusammengeschlagen und aus dem Irish Channel vertrieben hatten. Kein »Spaghetti« für ihre Schwester. Ihr ganzes langes Leben lang hatte sie um den Jungen getrauert, und rasend vor Wut warf sie den Abendbrottisch um, als sie es ihr erzählten.

Sogar einige der Nonnen hatten fabelhafte Geschichten zu erzählen gehabt – die alten wie Schwester Bridget Marie, die zwei Wochen lang als Vertretung gearbeitet hatte, als Michael in die achte Klasse gegangen war, eine wirklich reizende kleine Nonne, die immer noch mit irischem Akzent sprach. Beigebracht hatte sie ihnen überhaupt nichts, aber Geschichten hatte sie erzählt – über den irischen Geist von Petticoat Loose und von Hexen – *Hexen*, man stelle sich vor! – im Garden District.

All das kam ihm in den seltsamsten Augenblicken ins Gedächtnis. Dann erinnerte er sich an den Geruch von Leinenservietten, wenn seine Großmutter sie bügelte, ehe sie sie in den tiefen Schubladen der Walnußkommode verstaute. Er erinnerte sich an den Geschmack von Krabben-Gumbo mit Crackers und Bier und an das furchterregende Dröhnen der Trommeln an den Paraden zu Mardi Gras. Er sah den Eismann vor sich, wie er die Hintertreppe heraufhastete, den riesigen Eisblock auf der wattierten Schulter. Und immer wieder diese wunderbaren Stimmen, die ihm damals so rauh vorgekommen waren, jetzt aber ein so reiches Vokabular, ein Faible für die dramatische Phrase, eine reine Liebe zur Sprache zu besitzen schienen.

Im Rückblick erschien es wie eine großartige Welt. In Kalifornien war manchmal alles so antiseptisch. Überall die gleichen Kleider, die gleichen Autos, die gleichen Anliegen. Vielleicht gehörte Michael eigentlich gar nicht hierher. Vielleicht würde er nie hierher gehören. Aber dort unten gehörte er ganz gewiß auch nicht hin. Er hatte die Stadt ja schon all die Jahre nicht mehr gesehen...

Er bereute, daß er damals nicht besser zugehört hatte. Zuviel Angst hatte er gehabt. Gern hätte er jetzt mit seinem Dad geredet, mit ihm und all den anderen verrückten Feuerwehrleuten vor der Feuerwache an der Washington Avenue gesessen.

Und dann der Garden District – ah, der Garden District. Seine Erinnerungen daran waren so himmlisch, daß es schon suspekt war.

Manchmal träumte er davon – von einem warm leuchtenden Paradies, wo er zwischen prachtvollen Palästen umherwanderte, umgeben von ewig blühenden Blumen und schimmernden grünen Blättern. Dann wachte er auf und dachte: Ja, ich war wieder da, bin durch die First Street spaziert. Ich war zu Hause. Aber in Wirklichkeit konnte es doch so nicht mehr aussehen, eigentlich nicht, und dann wollte er alles wiedersehen.

Er erinnerte sich sogar an Leute, die er bei seinen regelmäßigen Spaziergängen oft gesehen hatte, alte Männer in Baumwollkreppanzügen und Strohhüten, Ladys mit Spazierstöcken, schwarze Schwestern in frischen blauen Baumwolluniformen, die Kinderwagen mit weißen Babys vor sich herschoben. Und an diesen Mann, diesen seltsamen, makellos gekleideten Mann, den er so oft gesehen hatte, in dem tiefen, wildwuchernden Garten an der First Street.

Er wollte gern zurück, um die Erinnerung mit der Wirklichkeit zu vergleichen. Er wollte das kleine Haus in der Annunciation Street sehen, in dem er aufgewachsen war. Er wollte St. Alphonsus sehen, wo er mit zehn Jahren ministriert hatte. Und St. Mary auf der anderen Straßenseite mit den gotischen Bögen und den Heiligen aus Holz, wo er ebenfalls Meßdiener gewesen war. Ob die Deckengemälde in St. Alphonsus wirklich so hübsch waren?

Manchmal, beim Einschlafen, sah er sich wieder in dieser Kirche, am Heiligen Abend, wenn sich die Leute zur Mitternachtsmette drängten. Kerzen loderten auf den Altären. Er hörte das euphorische Kirchenlied »Adeste fideles«. Heiligabend, wenn der Regen in Böen zu den Türen hereinwehte... und später, zu Hause, wenn der kleine Christbaum in der Ecke leuchtete und die Gasheizung hinter dem Gitter toste. Wie schön diese winzigen blauen Flämmchen gewesen waren. Wie schön auch der kleine Baum mit seinen Lichtern, die das Licht der Welt bedeuteten, und mit seinem Schmuck, der die Gaben der Drei Weisen versinnbildlichte, und mit seinen gründuftenden Zweigen, die für die Verheißung des Sommers selbst in tiefster Winterskälte standen.

Die Erinnerung an die Prozession in einer Mitternachtsmette erwachte; die kleinen Mädchen der ersten Klasse waren als Engel verkleidet durch den Altarraum und den Mittelgang gekommen. Er roch die Weihnachtszweige, deren Duft sich mit der Süße der Blumen und des brennenden Wachses vermischte. Die kleinen Mädchen hatten vom Christkind gesungen. Er sah Rita Mae Dwyer und Marie Louise Guidry und seine Cousine Patricia Anne Becker und all die anderen kleinen Nervensägen, die er kannte – aber wie schön sie ausgesehen hatten in ihren kleinen weißen Gewändern mit den steifen Stoffflügeln. Nicht mehr wie kleine Monster, sondern wie echte Engel.

Prozessionen. Es hatte so viele gegeben. Die zu Ehren der Jungfrau Maria hatten ihm freilich eigentlich nie gefallen. Sie hatten ihn zu sehr an die niederträchtigen Nonnen erinnert, die den Jungen so viel angetan hatten, und er war deshalb nie ganz mit dem Herzen dabei gewesen, was ihn betrübt hatte, bis er alt genug gewesen war, um sich darum nicht weiter zu scheren.

Aber Weihnachten konnte er nie vergessen. Es war das eine Überbleibsel seiner Religion, das ihn nie verließ. Ja, auch in Kalifornien war der Weihnachtsabend der Tag, den Michael heilig hielt. Er feierte ihn immer, wie andere Silvester feierten – für ihn war es das

Symbol eines neuen Anfangs: Die Zeit erlöste den Menschen mit all seinen Unzulänglichkeiten, und er konnte noch einmal von vorn beginnen. Selbst wenn er allein war, saß er mit seinem Glas Wein bis Mitternacht auf, und der kleine Lichterbaum war die einzige Beleuchtung im Zimmer. Und an jenem letzten Weihnachtsfest hatte es geschneit – ausgerechnet geschneit –, und sanft und lautlos war der Schnee im Wind gefallen, vielleicht gerade in dem Augenblick, als sein Vater durch das Dach des brennenden Lagerschuppens in der Tchoupitoulas Street gestürzt war.

Irgendwie fügte es sich, daß Michael dann doch nie nach Hause fuhr. Er kam einfach nicht dazu. Er kämpfte dauernd damit, Aufträge fertigzustellen und Termine einzuhalten. Und den wenigen Urlaub, den er hatte, verbrachte er in Europa oder in New York, wo er die großen Denkmäler und Museen abgraste. Seine diversen Geliebten wollten es im Laufe der Jahre immer so. Wer hatte schon Lust auf Mardi Gras in New Orleans, wenn er nach Rio fliegen konnte? Wieso in die Südstaaten, wenn man nach Südfrankreich konnte?

Aber obwohl Michael nun alles erreicht hatte, was er sich bei seinen Spaziergängen im alten Garden District gewünscht hatte, gab es Augenblick, in denen er sich leer fühlte? Wo ihm zumute war, als ob er auf etwas wartete, auf etwas von extremer Wichtigkeit, ohne zu wissen, was?

Im Laufe der Jahre hatte Michael etliche Affären, und mindestens zwei davon waren wie Ehen. In beiden Fällen waren es Jüdinnen russischer Abkunft, leidenschaftlich, spirituell, brillant, unabhängig. Und jedesmal erfüllte Michael ein schmerzhafter Stolz auf diese beiden vornehmen und cleveren Ladys. Solche Affären wurzelten in Gesprächen ebenso wie in der Sinnlichkeit. Reden die ganze Nacht, wenn man miteinander geschlafen hatte, reden bei Pizza und Bier, reden, wenn die Sonne aufging – so hatte Michael es mit seinen Geliebten immer gehalten.

Er lernte viel aus diesen Beziehungen. Seine selbstverständliche Offenheit wirkte höchst verführerisch auf diese Frauen, und er sog ziemlich mühelos auf, was immer sie zu lehren hatten. Sie liebten es, mit ihm nach New York oder an die Riviera oder nach Griechenland zu reisen und seinen bezaubernden Enthusiasmus und sein tiefes Empfinden für das, was er dort wahrnahm, zu sehen. Sie teilten ihre Lieblingsmusik mit ihm, ihre Lieblingsmaler, ihre Lieblingsspeisen, ihre Vorstellungen von Möbeln und Kleidern. Elizabeth brachte ihm bei, wie man einen richtigen Brooks-Brothers-Anzug und Paul-Stewart-Hemden kaufte. Judith ging mit ihm zu Bullock & Jones, wo er seinen ersten Burberry bekam, und in schicke Salons, wo er sich richtig die Haare schneiden ließ, und sie lehrte ihn, wie man europäischen Wein bestellte und wie man Pasta kochte und warum barocke Musik genausogut war wie die klassische, die er so sehr liebte.

Er lachte über all das, aber er lernte es. Beide Frauen neckten ihn wegen seiner Sommersprossen und seiner stämmigen Gestalt, und wegen der Art, wie ihm das schwarze Haar in die blauen Augen hing, und wie ihre Eltern ihn liebten, wenn sie zu Besuch kamen, und weil er einen Charme wie ein böser kleiner Junge hatte und weil er mit einer schwarzen Krawatte so gut aussah. Elizabeth nannte ihn ihren »*tough guy* mit dem goldenen Herzen«, und Judith gab ihm den Spitznamen Sluggo. Er nahm sie mit zum Boxkampf und zum Basketball und in gute Kneipen zum Biertrinken; er half ihnen, Gefallen an den Fußball- und Rugbyspielen zu finden, die sonntags im Golden Gate Park stattfanden – wenn sie nicht schon vorher etwas davon verstanden –, und brachte ihnen sogar bei, wie man sich auf der Straße prügelte, wenn sie es lernen wollten. Alles im Spaß natürlich. Er nahm sie auch mit in die Oper und Konzerte, die er mit fast religiöser Inbrunst besuchte. Und sie machten ihn mit Dave Brubeck, Miles Davis, Bill Evans und dem Kronos-Quartett bekannt.

Die erste Trennung – von Elizabeth – war Michaels Schuld, nahm er an, weil er einfach zu jung war und nicht treu sein konnte. Elizabeth hatte genug von seinen anderen »Abenteuern«, obwohl er schwor, daß sie »nicht das geringste bedeuteten«, und schließlich packte sie ihre Sachen und verließ ihn. Das brach ihm das Herz, und zerknirscht folgte er ihr nach New York, doch es nutzte nichts. Er kehrte in sein Apartment zurück und betrank sich sechs Trauermonate lang immer wieder. Er konnte es nicht glauben, als Elizabeth einen Professor aus Harvard heiratete, und er jubelte, als sie sich ein Jahr später wieder scheiden ließ.

Er flog nach New York, um sie zu trösten, sie hatten einen Streit im Metropolitan Museum oft Art, und er weinte auf dem Rückflug stundenlang. Ja, er sah so traurig aus, daß die Stewardeß ihn nach der Landung mit nach Hause nahm und sich drei Tage lang um ihn kümmerte.

Als Elizabeth im nächsten Sommer zurückkam, war bereits Judith in Michaels Leben getreten.

Judith und Michael lebten fast sieben Jahre zusammen, und niemand rechnete damit, daß sie sich je trennen würden. Dann wurde Judith unbeabsichtigt von Michael schwanger und beschloß gegen seinen Wunsch, das Kind nicht zu bekommen.

Das war die schlimmste Enttäuschung, die Michael je erlebt hatte, und es zerstörte die Liebe zwischen den beiden restlos.

Michael wollte Judith das Recht zu einer Abtreibung nicht streitig machen. Nein, er hätte dieses Recht sogar verteidigt. Aber er hätte nie gedacht, daß eine Frau, die in Luxus und Sicherheit mit ihm zusammenlebte, eine Frau, die er augenblicklich geheiratet hätte, wenn sie es erlaubt hätte, ihr gemeinsames Kind würde abtreiben wollen. Michael flehte sie an, es nicht zu tun. Es gehörte doch ihnen beiden, nicht wahr, und der Vater wünschte sich verzweifelt, es zu bekommen, und konnte den Gedanken nicht ertragen, daß es keine Chance zum Leben haben sollte. Es brauchte ja nicht bei ihnen aufzuwachsen, wenn Judith das nicht wollte. Michael würde dafür sorgen, daß es anderswo unterkäme. Er hatte genug Geld. Er würde das Kind allein besuchen, und Judith brauchte gar nichts davon zu wissen. Er hatte Visionen von Gouvernanten, erstklassigen Schulen – von all den Dingen, die er selbst nie gehabt hatte. Aber bedeutender war, daß es ein Lebewesen war, dieses ungeborene Baby, daß es Michaels Blut in seinen Adern hatte und daß er keinen vernünftigen Grund sah, weshalb es sterben sollte.

Solche Äußerungen waren für Judith entsetzlich. Sie schnitten ihr bis ins Mark. Sie wollte in diesem Augenblick keine Mutter sein; sie hatte nicht das Gefühl, dieser Aufgabe gewachsen zu sein. Sie hatte ihr Promotionsstudium an der Universität Berkeley fast beendet, aber ihre Dissertation mußte noch geschrieben werden. Und ihr Körper war nicht etwas, das man einfach dazu benutzen konnte, einem anderen Menschen ein Kind zu liefern. Der machtvolle Schock, dieses Kind zu gebären und dann aufzugeben, war mehr, als sie ertragen konnte. Sie würde ewig mit dieser Schuld leben. Daß Michael ihren Standpunkt nicht verstand, tat ihr sehr weh. Auf ihr Recht, ein ungewolltes Kind abzutreiben, hatte sie immer gezählt. Es war ihr Sicherheitsnetz sozusagen. Jetzt waren ihre Freiheit, ihre Würde, ihr Verstand bedroht.

Für Michael ergab das alles keinen Sinn. Tod war besser als Verlassensein? Wie konnte Judith ein schlechtes Gewissen haben, wenn sie das Kind weggäbe, und keines, wenn sie es einfach vernichtete? Jawohl, beide Eltern sollten ein Kind haben wollen. Aber warum sollte ein Elternteil dann das Recht haben zu bestimmen, daß es nicht auf die Welt kommen könne? Sie waren nicht arm, sie waren nicht krank, und dieses Kind war nicht die Frucht einer Vergewaltigung. Sie hatten diesem Baby so viel zu geben. Selbst wenn es bei anderen Leuten lebte – was könnten sie nicht alles für das Kind tun! Warum, zum Teufel, mußte das kleine Ding vernichtet werden – und sie sollte nicht immer sagen, es sei keine Person, denn es sei auf dem Weg dahin, eine Person zu werden, sonst würde Judith es nicht umbringen wollen!

Endlich begann Michael seinen letzten Grabenkampf. Wenn Judith das Kind nur zur Welt brächte, würde er es mitnehmen und verschwinden, und Judith würde sie beide nie wiedersehen. Und dafür würde er tun, was Judith verlangte. Er würde ihr geben, was er hatte, wenn sie es haben wolle. Er weinte, als er sie anflehte.

Judith war am Boden zerstört. Michael hatte sich für dieses Kind und gegen sie entschieden. Er versuchte ihren Körper zu kaufen, ihr Leiden, dieses Ding, das in ihr wuchs. Sie ertrug es nicht mehr, mit ihm zusammen unter einem Dach zu sein. Sie verfluchte ihn für das, was er gesagt hatte. Sie verfluchte seine Herkunft, seine Ignoranz, und sie verfluchte vor allem seine erschütternde Unbarmherzigkeit gegen sie. Glaubte er, es sei einfach, was sie vorhatte? Aber alles in ihr sagte ihr, sie müsse diesen brutalen physischen Prozeß abbrechen, müsse das Leben vernichten, das nie hatte sein sollen und das sich jetzt an sie klammerte, gegen ihren Willen wuchs und Michaels Liebe zu ihr und ihr gemeinsames Leben zerstörte.

Furcht überkam Michael. Alles ringsum war grau. Nichts schmeckte gut, sah gut aus. Es war, als habe eine metallene Düsternis seine Welt erfaßt, als seien alle Farben und Empfindungen darin verblaßt. Er wußte, daß Judith Qualen litt, aber er konnte ihr nicht helfen. Tatsächlich konnte er nicht einmal verhindern, daß er sie haßte.

Er dachte an die Nonnen in der Schule, wie sie die Jungen mit der flachen Hand geohrfeigt hatten; er spürte den Griff der Nonnenfinger an seinem Arm, als sie ihn in die Reihe stießen; er erinnerte sich an sinnlose Macht, kleinliche Brutalität. Natürlich hatte das hier nichts damit zu tun, sagte er sich: Judith sorgte sich, Judith war ein guter Mensch. Sie tat, was sie tun zu müssen glaubte. Aber Michael fühlte sich jetzt so hilflos wie damals, als die Nonnen durch die Korridore patrouilliert waren, Monster in ihren schwarzen Schleiern, deren pochender Schritt in den Männerschuhen über den gebohnerten Holzboden hallte.

Judith zog aus, während Michael bei der Arbeit war. Die Rechnung für die Abtreibung – ein Arzt und eine Klinik in Boston – kam eine Woche später. Michael schickte seinen Scheck an die entsprechende Adresse. Judith sah er nie wieder.

Danach war Michael für lange Zeit ein Einzelgänger. Erotische Kontakte mit fremden Frauen hatten ihm nie Spaß gemacht. Aber jetzt hatte er Angst davor, und er wählte sich seine Partnerinnen nur noch gelegentlich und höchst anspruchsvoll. Er war äußerst vorsichtig. Er wollte nicht noch mehr verlorene Kinder.

Zudem stellte er fest, daß es ihm nicht gelang, das tote Baby zu vergessen – den toten Fötus, besser gesagt. Dabei hatte er nicht die Absicht, über das Kind zu brüten – »Little Chris« hatte er es getauft, doch das brauchte niemand zu wissen –, aber er fing an, Bilder von Föten in den Filmen, die er sich anschaute, und in den Anzeigen in den Zeitungen zu entdecken.

Wie immer war das Kino in Michaels Leben ein bedeutender Faktor. In einem dunklen Kino fiel er in Trance. Er spürte eine Art animalischer Verbindung zwischen dem, was auf der Leinwand stattfand, und seinen eigenen unbewußten Träumen sowie seinen Bemühungen, die Welt zu ergründen, in der er gerade lebte.

Und jetzt sah er diese wunderliche Sache, die niemand außer ihm erwähnte: Hatten die Kinomonster dieser Tage nicht bemerkenswerte Ähnlichkeit mit den Kindern, die tagtäglich in den Kliniken der Nation abgetrieben wurden?

In Ridley Scotts *Alien* zum Beispiel, wo das kleine Ungeheuer aus der Brust eines Mannes ins Leben tritt, ein quiekender Fötus, der seine wunderliche Gestalt behält, während er wächst und sich an menschlichen Opfern mästet.

Oder Carpenters *Ding aus einer anderen Welt* mit seinen schreienden Fötenköpfen! Und was war mit dem alten Klassiker *Rosemarys Baby*, um Gottes willen, und mit dem albernen *Wiege des Bösen*, wo das Monsterbaby den Milchmann ermordete, als es Hunger bekam! Die Bilder holten ihn überall ein. Babys – Föten. Er sah sie überall, wohin er sich auch wandte.

Er dachte darüber nach, wie er früher über die prächtigen Häuser und die eleganten Menschen in den alten, schwarzweißen Horrorfilmen seiner Jugend nachgedacht hatte.

Sinnlos, über all das mit seinen Freunden zu reden. Sie hatten gefunden, Judith habe recht, und sie würden nie verstehen, was er da über das Kino und die Babys erzählte. Horrorfilme sind unsere unruhigen Träume, dachte er. Und heutzutage sind wir besessen von der Geburt, von verhinderter Geburt, von Geburt, die sich gegen uns wendet. Und seine Erinnerung ging zurück zum »Happy Hour Theater«. Er sah *Frankensteins Braut* noch einmal. Damals hatte ihnen also die Naturwissenschaft Angst eingeflößt, damals und noch früher, als Mary Shelley ihre inspirierenden Visionen niedergeschrieben hatte.

Oh, er würde das alles nicht ergründen. Er war eigentlich kein Historiker und kein Sozialwissenschaftler. Vielleicht war er dazu nicht clever genug. Er war Bauunternehmer von Beruf. Am besten hielt er sich an das Aufarbeiten von Eichenholzparkett und das Polieren von Messingarmaturen.

Und außerdem haßte er die Frauen nicht. Nein. Er fürchtete sich auch nicht vor ihnen. Frauen waren Menschen, und manchmal waren sie bessere Menschen als die Männer: sanfter, barmherziger. Meistens zog er ihre Gesellschaft der von Männern vor. Und es hatte ihn nie gewundert, daß sie – von dieser einen Ausnahme abgesehen – das, was er zu sagen hatte, mit viel mehr Einfühlungsvermögen verstanden als Männer.

Die Zeit verging, und Michael verlor ein wenig seinen Glauben daran, daß er je die Liebe finden würde, die er sich wünschte.

Aber er lebte in einer Welt, in der viele Erwachsene diese Liebe nicht hatten. Sie hatten Freunde, Freiheit, Stil, Reichtum, Karrieren, aber nicht diese Liebe. Das war der Zustand modernen Lebens, und das galt auch für ihn. Und er gewöhnte sich daran, es als selbstverständlich zu empfinden.

Er hatte jede Menge Kumpel bei der Arbeit, alte College-Kollegen, und keinen Mangel an weiblicher Gesellschaft, wenn ihm danach zumute war. Und als sein achtundvierzigster Geburtstag kam, dachte er sich, es sei immer noch Zeit für alles. Er fühlte sich jung und sah auch so aus, genau wie alle anderen seines Alters in seiner Umgebung. Er hatte doch sogar noch diese verdammten Sommersprossen! Und die Frauen schauten ihm immer noch nach, das stand fest. Tatsächlich fiel es ihm jetzt sogar leichter, ihr Interesse zu wekken, als früher, wo er noch ein übereifriger junger Mann gewesen war.

Wer konnte es wissen? Vielleicht würde seine kleine, beiläufige Affäre mit Therese, der jungen Frau, die er kürzlich im Symphoniekonzert kennengelernt hatte, ihm allmählich etwas bedeuten. Sie war zu jung, das wußte er, und in diesem Punkt ärgerte er sich über sich selbst – aber dann rief sie ihn an und sagte: »Michael, ich hatte erwartet, etwas von dir zu hören! Wirklich, du benutzt mich!« Was immer das bedeuten sollte ... Und dann zogen sie zum Abendessen los, und danach ging es zu ihr nach Hause.

Aber vermißte er nur eine tiefe Liebe? Oder war da noch etwas? Eines Morgens erwachte er und erkannte blitzartig, daß der Sommer, auf den er all die Jahre gewartet hatte, nicht mehr kommen würde. Und das elend klamme Klima der Stadt hatte sich bis in sein Mark gefressen. Niemals würde es warme Nächte voller Jasminduft geben. Nie würde ein warmer Wind vom Fluß oder vom Golf herüberwehen. Aber das mußte er akzeptieren, sagte er sich. Schließlich war dies jetzt seine Stadt. Wie konnte er je nach Hause gehen?

Dennoch kam es ihm manchmal so vor, als sei San Francisco nicht mehr in satten Ocker- und römischen Rottönen gemalt, sondern in tristem Sepia, und als habe die trübe Grelle des ewig grauen Himmels seinen Geist abgestumpft.

Selbst die schönen Häuser, die er restaurierte, schienen ihm manchmal nur noch Kulissen zu sein, bar jeder wirklichen Tradition, bunte Fallen, mit denen eine Vergangenheit eingefangen werden sollte, die es eigentlich nie gegeben hatte und die ein Gefühl der Solidität für Menschen schaffen sollten, die von Augenblick zu Augenblick in einer an Hysterie grenzenden Angst vor dem Tode lebten.

Oh, aber er war ein Glückspilz, und das wußte er. Und bestimmt standen ihm noch gute Zeiten und gute Dinge bevor.

Das also war Michaels Leben, ein Leben, das in jeder Hinsicht jetzt vorüber war, denn am 1. Mai war er ertrunken und zurückgekommen, geplagt, besessen, unablässig von den Lebenden und den Toten schwafelnd, außerstande, die schwarzen Handschuhe abzulegen, vor lauter Angst vor dem, was er vielleicht sehen würde – der großen Flut sinnloser Bilder –, und vor den starken emotionalen Eindrücken selbst derer, die er gar nicht anrührte.

Volle dreieinhalb Monate waren seit jenem furchtbaren Tag vergangen. Therese war fort. Seine Freunde waren fort. Und jetzt war er ein Gefangener des Hauses in der Liberty Street.

Er hatte seine Telephonnummer geändert. Er beantwortete die Post nicht, die er bergeweise erhielt. Tante Viv verließ das Haus durch die Hintertür, um die wenigen im Haus benötigten Dinge zu kaufen, die man nicht liefern konnte.

In zuckersüßem, höflichem Ton wimmelte sie die wenigen Anrufe ab. »Nein, Michael ist nicht mehr hier.«

Er lachte jedesmal, wenn er es hörte. Denn es stimmte. In der Zeitung hieß es, er sei »verschwunden«. Auch darüber mußte er lachen. Etwa alle zehn Tage rief er Stacy und Jim an, um ihnen zu sagen, daß er noch am Leben sei, und legte dann wieder auf. Er konnte es ihnen nicht verdenken, wenn es ihnen egal war.

Jetzt lag er im Dunkeln auf dem Bett und betrachtete wieder die vertrauten alten Bilder aus dem Film *Große Erwartungen* auf dem stummen Fernsehschirm. Eine geisterhafte Miss Havisham im zerschlissenen Hochzeitsgewand redete mit dem jungen Pip – dargestellt von John Mills –, als dieser nach London aufbrechen wollte.

Wieso verschwendete er hier seine Zeit. Er sollte nach New Orleans reisen. Aber im Moment war er dazu zu betrunken. Zu betrunken, um auch nur die Flughafenauskunft anzurufen. Außerdem bestand die Hoffnung, daß Dr. Morris ihn anrufen würde, Dr. Morris, der seine Geheimnummer kannte, Dr. Morris, dem er seinen einen, seinen einzigen Plan anvertraut hatte.

»Wenn ich mit dieser Frau Kontakt aufnehmen könnte«, hatte er zu Dr. Morris gesagt, »Sie wissen schon, mit der Seglerin, die mich gerettet hat... wenn ich nur meine Handschuhe ausziehen und ihre Hände halten könnte, während ich mit ihr rede – ja, dann könnte ich mich vielleicht durch sie an etwas erinnern. Wissen Sie, wovon ich rede?«

»Sie sind betrunken, Michael. Das höre ich.«

»Kümmern Sie sich nicht darum. Das ist geschenkt. Ich bin betrunken, und ich werde betrunken bleiben, aber hören Sie, was ich zu sagen habe. Wenn ich noch einmal auf dieses Boot kommen könnte...«

»Ja?«

»Wenn ich auf dem Bootsdeck knien und die Planken mit meinen bloßen Händen berühren könnte... Sie wissen schon, die Planken, auf denen ich gelegen habe...«

»Michael, das ist Wahnsinn.«

»Dr. Morris, rufen Sie sie an. Sie können sie erreichen. Und wenn Sie sie nicht anrufen wollen, dann geben Sie mir ihren Namen.«

»Was soll das heißen – rufen Sie sie an? Soll ich ihr etwa sagen, Sie wollen auf ihrem Boot umherkriechen und es nach mentalen Vibrationen abtasten? Michael, sie hat ein Recht darauf, von solchen Sachen verschont zu bleiben. Vielleicht glaubt sie gar nicht an die Geschichte von der übersinnlichen Wahrnehmung.«

»Aber Sie glauben doch daran! Sie wissen, daß es funktioniert!«

»Ich möchte, daß Sie wieder ins Krankenhaus kommen.«

Michael hatte wütend aufgelegt. Keine Spritzen mehr, keine Tests mehr, nein danke. Wieder und wieder hatte Dr. Morris zurückgerufen, aber seine Botschaft war immer die gleiche gewesen: »Michael, kommen Sie her. Wir machen uns Sorgen um Sie. Wir möchten Sie sehen.«

Und dann schließlich das Versprechen: »Michael, wenn Sie nüchtern werden, will ich's versuchen. Ich weiß, wo die Lady zu finden ist.«

Nüchtern werden. Er dachte darüber nach, als er jetzt hier im Dunkeln lag. Er tastete neben sich nach der kalten Bierdose und riß sie auf. Ein Bierrausch war der beste Rausch. In gewisser Weise war es wie nüchtern sein, denn er hatte ja nicht etwa einen Schuß Wodka oder Scotch in die Dose geschüttet, oder? Das war erst echtes Saufen, der Suchtrausch – und er sollte es wohl wissen.

Tante Viv sagte: »Iß etwas zu Abend.«

Aber er war in New Orleans und wanderte durch die Straße des Garden District, und es war warm, und oh! der nächtliche Duft des Jasmin. Sich vorzustellen, daß er ihn all die Jahre nicht gerochen hatte, diesen süßen, schweren Duft, daß er nicht gesehen hatte, wie der Himmel hinter den Eichen in Flammen aufging, so daß jedes winzige Blatt plötzlich klar umrissen war. Die Gehwegplatten wölbten sich über den Wurzeln der Eichen. Der kalte Wind schnitt ihm in die bloßen Finger.

Kalter Wind, jawohl. Es war doch nicht Sommer, sondern Winter, der schneidende, klirrend kalte Winter von New Orleans, und sie hasteten durch die Dunkelheit, um die letzte Parade der Mardi-Gras-Nacht zu sehen, die »Mystische Meute des Comus«.

So ein hübscher Name, dachte er im Traum; aber damals hatte er ihn mit einigem Staunen vernommen. Weit vor sich, auf der St. Charles Avenue, sah er die Fackeln der Parade, und er hörte die Trommeln, die ihm immer Angst einjagten.

»Beeilung, Michael«, sagte seine Mutter, und fast hätte sie ihn von den Beinen gezerrt. Wie dunkel die Straße war, wie schrecklich die Kälte, wie die Kälte des Meeres.

»Aber schau, Mom.« Er deutete durch den Eisenzaun und zog an ihrer Hand. »Da ist der Mann im Garten.«

Das alte Spiel. Sie würde sagen, da sei kein Mann, und sie würden zusammen lachen. Aber doch, der Mann war da, wie er immer da gewesen war – ganz hinten stand er, am Rande des großen Rasens unter den nackten weißen Ästen der Myrte. Ob er Michael an diesem Abend sah? Ja, anscheinend. Auf jeden Fall schauten sie einander an.

»Michael, wir haben keine Zeit für diesen Mann.«

»Aber Mom, er ist da, wirklich...«

Die Mystische Meute des Comus. Die Blaskapellen spielten ihre dunkle, wilde Musik, als sie unter lodernden Fackeln vorübermarschierten. Die Menge drängte auf die Straße. Oben auf den schwankenden Prunkwagen aus Pappmaché warfen Männer in glitzernden Satinkostümen und mit maskierten Gesichtern gläserne Halsketten und Holzperlenschnüre unter die Leute, die sich gegenseitig übertrafen, um sie zu fangen. Michael klammerte sich an den Rock seiner Mutter; er haßte das Dröhnen der Trommeln. Glasperlen landeten in der Gosse zu seinen Füßen.

Auf dem langen Heimweg – Mardi Gras tot und vorbei, die Straßen von Abfall übersät, die Luft so kalt, daß der Atem dampfte – hatte er den Mann wiedergesehen; er hatte dagestanden wie zuvor, aber diesmal hatte Michael es sich erspart, etwas davon zu sagen.

»Muß nach Hause«, murmelte er jetzt im Schlaf. »Muß da wieder hin.«

Er sah den langen Eisengitterzaun des Hauses in der First Street, die Seitenveranda mit den losen Fliegengittern. Und den Mann im Garten. So seltsam, daß der Mann sich nie veränderte. In jenem letzten Mai, als Michael zum allerletzten Mal durch diese Straßen gegangen war, da hatte er dem Mann zugenickt, und der Mann hatte die Hand gehoben und gewinkt.

»Ja, geh«, wisperte er. Aber wollten sie ihm denn kein Zeichen geben, die anderen, die zu ihm gekommen waren, als er tot gewesen war? Gewiß begriffen sie doch, daß er sich jetzt nicht mehr erinnern konnte. Sie würden ihm helfen. Die Barriere zwischen den Lebenden und den Toten zerfällt. Komm herüber. Doch die Frau mit dem dichten schwarzen Haar sagte: »Denk daran: Du hast die Wahl.«

»Aber nein, ich hab's mir nicht anders überlegt. Ich kann mich nur nicht erinnern.«

Er setzte sich auf. Es war dunkel im Zimmer. Frau mit schwarzem Haar. Was trug sie da um den Hals? Er mußte jetzt packen. Zum Flughafen. Die Tür. Die dreizehnte. Ich verstehe.

Tante Viv saß hinter der Tür im Wohnzimmer im Schein einer einzelnen Lampe und nähte.

Er trank noch einen großen Schluck Bier. Dann leerte er die Dose langsam.

»Bitte helft mir«, flüsterte er, aber es war niemand da. »Bitte helft mir.«

Er schlief weiter. Der Wind wehte. Die Trommeln der Mystischen Meute des Comus erfüllten ihn mit Furcht. Waren sie eine Warnung? Warum springen Sie nicht? fragte die niederträchtige Hausdame die arme, verängstigte Frau am Fenster in dem Film *Rebecca*. Hatte er die Kassette gewechselt? Er konnte sich nicht erinnern. Aber wir sind jetzt in Manderley, oder? Er hätte schwören können, daß es Miss Havisham gewesen war. Und dann hörte er, wie sie Estella ins Ohr flüsterte: »Du kannst ihm das Herz brechen.« Pip hörte es auch, aber er verliebte sich trotzdem in sie.

Ich bringe das Haus in Ordnung, flüsterte er. Lasse das Licht herein. Estella, wir werden ewig glücklich sein.

Tante Viv stand neben ihm im Dunkeln.

»Ich bin betrunken«, sagte er.

Sie drückte ihm ein kaltes Bier in die Hand. Welch ein Schatz.

»Gott, das schmeckt so gut.«

»Da ist Besuch für dich.«

»Wer? Eine Frau?«

»Ein netter Herr aus England...«

»Nein, Tante Viv...«

»Aber er ist kein Reporter. Wenigstens sagt er, er ist keiner. Er sagt, er kommt eigens aus London hierher. Sein Flugzeug aus New York ist eben gelandet, und schon ist er zur Haustür hereinspaziert.«

»Jetzt nicht. Du mußt ihn wegschicken, Tante Viv. Ich muß zurück. Ich muß nach New Orleans. Ich muß Dr. Morris anrufen. Wo ist das Telephon?«

Er kletterte aus dem Bett. In seinem Kopf drehte sich alles, und er blieb einen Moment still stehen, bis das Schwindelgefühl vergangen war. Aber es hatte keinen Sinn. Seine Gliedmaßen waren wie aus Blei. Er sank zurück ins Bett, zurück in die Träume. Ging durch Miss Havishams Haus. Der Mann im Garten nickte wieder.

Jemand hatte den Fernsehapparat abgeschaltet. »Schlaf jetzt«, sagte Tante Viv.

Er hörte, wie sich ihre Schritte entfernten. Klingelte das Telephon?

»Helft mir, irgend jemand«, flüsterte er.

3

Geh nur vorbei. Mach einen kleinen Spaziergang über die Magazine Street, die First hinunter und vorbei an dem großartigen und heruntergekommenen alten Haus. Sieh selbst, ob die Scheiben in den vorderen Fenstern zerbrochen sind. Sieh selbst, ob Deirdre Mayfair immer noch auf der Seitenveranda sitzt. Du brauchst ja nicht hinaufzugehen und nach Deirdre zu fragen.

Was, zum Teufel, glaubst du, wird passieren?

Pater Mattingly war wütend über sich selbst. Eigentlich wäre es seine Pflicht, diese Familie zu besuchen, bevor er wieder in den Norden hinauffuhr. Er war einmal ihr Gemeindepriester gewesen. Er hatte sie alle gekannt. Und es war über ein Jahr her, daß er hier im Süden gewesen war, daß er Miss Carl gesehen hatte, auf Miss Nancys Beerdigung.

Vor ein paar Monaten hatte einer der jungen Priester ihm geschrieben, daß Deirdre Mayfair rapide verfalle. Ihre Arme seien jetzt hochgezogen, dicht an der Brust: die Atrophie, die in solchen Fällen immer einsetzt.

Und Miss Carls Schecks für die Pfarrgemeinde kamen regelmäßig wie immer – jeden Monat einer jetzt anscheinend –, ausgestellt auf eintausend Dollar für die Redemptoristen-Gemeinde, ohne Bedingungen. Im Laufe der Jahre hatte sie ein Vermögen gestiftet.

Pater Mattingly sollte wirklich hingehen, nur um seine Reverenz zu erweisen und sich persönlich zu bedanken, wie er es vor Jahren immer getan hatte.

Die Geistlichen im Pfarrhaus kannten die Mayfairs heute nicht mehr. Sie kannten die alten Geschichten nicht. Sie waren nie in dieses Haus eingeladen worden. Sie waren erst in den letzten Jahren in die traurige alte Gemeinde gekommen, mit ihrer schrumpfenden Herde, ihren schönen, wegen der Vandalen mittlerweile verschlossenen Kirchen und den verfallenen alten Gebäuden.

Er war froh, daß dies nur ein kurzer Besuch war, denn jede Rückkehr war trauriger als die vorige. Wie auf einem Missionsposten war es hier, wenn man es sich recht überlegte. Ja, er hoffte, daß dies seine letzte Reise in den Süden war.

Aber er konnte nicht wegfahren, ohne die Familie zu besuchen.

Ja, geh hin. Du solltest es tun. Du solltest nach Deirdre Mayfair sehen. War sie nicht schließlich auch ein Pfarrkind?

Und es war nichts dagegen einzuwenden, daß man herausfinden wollte, ob der Klatsch der Wahrheit entsprach – daß sie versucht hatten, Deirdre im Sanatorium unterzubringen, und daß sie wild geworden war und die Scheiben in den Fenstern zerschlagen hatte, bevor sie wieder in ihre Katatonie verfallen war. Am 13. August sollte das passiert sein, vor nur zwei Tagen also.

Wer weiß, vielleicht wäre Miss Carl ein Besuch ganz willkommen?

Aber das waren Spiele, die Pater Mattingly in Gedanken spielte. Miss Carl wollte ihn heute so wenig sehen wie früher. Es war Jahre her, daß man ihn eingeladen hatte, einzutreten. Und Deirdre Mayfair war jetzt und für alle Zeit so lebendig wie »ein hübsches Bund Möhren«, wie ihre Krankenschwester es einmal ausgedrückt hatte.

Aber wie, zum Teufel, konnte ein »hübsches Bund Möhren« aufstehen und das ganze Glas in zwei fast drei Meter hohen Fenstern zerschlagen? Die Geschichte ergab wenig Sinn, wenn man darüber nachdachte. Und warum waren keine Männer vom Sanatorium gekommen, um sie abzuholen? Man hätte sie doch sicher in eine Zwangsjacke stecken können. Tat man das nicht in solchen Fällen?

Aber Deirdres Pflegerin hatte sie an der Tür aufgehalten und geschrien, sie sollten wieder gehen, denn Deirdre bleibe zu Hause und sie und Miss Carl würden sich um sie kümmern.

Jerry Lonigan, der Bestatter, hatte dem Pater die ganze Geschichte erzählt. Der Krankenwagenfahrer des Sanatoriums fuhr oft die Limousinen für Lonigan und Söhne. Der hatte alles gesehen. Wie das Glas auf die Veranda rauskrachte. Klang so, als ob vorn in dem großen Zimmer alles in Trümmer geschlagen würde. Und Deirdre machte schreckliche Geräusche. Sie heulte. Grauenhafte Vorstellung – als ob jemand von den Toten auferstände.

Na, Pater Mattingly ging das alles nichts an. Oder doch?

Lieber Gott, Miss Carl war über achtzig, auch wenn sie immer noch jeden Tag zur Arbeit ging. Und sie war jetzt ganz allein in diesem Haus, allein mit Deirdre und der Angestellten.

Je länger er darüber nachdachte, desto klarer war es Pater Mattingly, daß er hingehen sollte, auch wenn ihm dieses Haus zuwider war – ebenso wie Carl und wie alles, was er je über diese Leute gehört hatte. Ja, er sollte hingehen.

Natürlich hatte er nicht immer so empfunden. Vor zweiundvierzig Jahren, als er aus St. Louis in diese Gemeinde am Fluß gekommen war, da hatte er die Mayfair-Frauen für vornehm gehalten, sogar die dralle und mürrische Nancy, und ganz sicher die reizende Miss Belle und die hübsche Miss Millie. Das Haus mit seinen Bronzeuhren und den Samtportieren hatte ihn bezaubert. Sogar die großen, trüben Spiegel hatte er geliebt und die Porträts der karibischen Vorfahren unter dem matter werdenden Glas.

Und auch die kleine Deirdre hatte er gemocht, das sechsjährige Kind mit dem hübschen Gesicht, das er nur so kurze Zeit gekannt hatte und das dann nur zwölf Jahre später ein so tragisches Schicksal erlitten hatte. Ob es jetzt in den Lehrbüchern stand, daß ein Elektroschock das komplette Gedächtnis einer erwachsenen Frau auslöschen konnte, so daß sie zur stummen Hülse ihrer selbst wurde, die in den fallenden Regen hinaus starrte, während sie die Krankenschwester mit einem Silberlöffel zu füttern versuchte?

Warum hatten sie es getan? Er hatte nicht zu fragen gewagt. Aber man hatte es ihm erzählt, immer wieder. Um sie von den »Wahnvorstellungen« zu befreien, die sie veranlaßten, in einem leeren Zimmer jemanden, der nicht da war, anzuschreien: »Du hast es getan!« Jemanden, den sie endlos verfluchte und für den Tod des Mannes verantwortlich machte, der ihr uneheliches Kind gezeugt hatte.

Deirdre. Weinen um Deirdre. Das hatte Pater Mattingly getan, und niemand außer Gott würde je wissen, wieviel oder warum, wenngleich Pater Mattingly selbst es nie vergessen würde. Sein Leben lang würde er sich an die Geschichte erinnern, die ein kleines Mädchen in der heißen Holzzelle des Beichtstuhls hervorgesprudelt hatte, ein kleines Mädchen, das sein Leben damit zubringen sollte, in diesem rankenumwobenen Haus zu vermodern, während die Welt draußen ihrem eigenen Verhängnis entgegenging.

Geh einfach hin. Mach diesen Besuch. Vielleicht in stummem Gedenken an jenes kleine Mädchen. Versuche nicht, einen Reim auf alles zu finden. Ein kleines Mädchen redet von Teufeln, und nach all der langen Zeit klingt es dir noch immer in den Ohren! *Wenn man den Mann mal gesehen hat, ist man erledigt.*

Pater Mattingly faßte einen Entschluß. Er zog seine schwarze Jacke an, rückte den römischen Kragen und das schwarze Chemisett zurecht, verließ das klimatisierte Pfarrhaus und trat hinaus auf den heißen, schmalen Gehweg der Constance Street. Er warf keinen Blick auf das Unkraut, das die Treppenstufen von St. Alphonsus zerfraß. Er warf keinen Blick auf die Graffiti an den Mauern der alten Schule. Er sah die Vergangenheit, wenn er überhaupt etwas sah, als er jetzt schnellen Schritts die Josephine Street hinunter und um die Ecke ging. Und dann, zwei kurze Straßen weiter, war er in einer anderen Welt. Die gleißende Sonne war fort, und mit ihr der Staub und das Getöse des Straßenverkehrs.

Geschlossene Fensterläden, schattige Veranden. Das sanfte Zischeln von Rasensprengern hinter zierlichen Zäunen. Ein alles durchdringender Duft von Lehm, der auf die Wurzelballen sorgsam gepflegter Rosenstöcke gehäuft war.

Also schön, und was wirst du sagen, wenn du da bist?

Er ging, bis er die fleckig abblätternde Seitenfront des Mayfair-Hauses über die Wipfel ragen sah; die hohen Zwillingskamine schwebten vor den vorüberziehenden Wolken. Es sah aus, als wollten die Ranken das alte Gebäude geradewegs in den Boden hinunterziehen. War der Eisenzaun rostiger als beim letztenmal? Wie ein Dschungel, der Garten...

Er verlangsamte seinen Schritt. Er ging langsamer, weil er in Wirklichkeit gar nicht ankommen wollte. Er wollte den verkommenen Garten nicht aus der Nähe sehen, wo Chinabeere und Oleander mit kornfeldhohem Gras kämpften und die Veranden, ihrer Farbe ledig, jenes stumpfe Grau annahmen, wie es altes Holz, das niemand pflegt, im feuchten Klima von Louisiana immer annimmt.

Er wollte nicht einmal in dieser stillen, verlassenen Gegend sein. Nichts regte sich hier, außer Insekten, Vögeln und den Pflanzen selbst, die langsam das Licht und das Blau des Himmels verschluckten. Sumpfland mußte das alles einmal gewesen sein. Eine Brutstätte des Bösen.

Unwillkürlich mußte er an all die Geschichten denken, die man sich über die Mayfair-Frauen erzählte. Was war Voodoo, wenn nicht Teufelsanbetung? Und welches war die schlimmere Sünde, Mord oder Selbstmord? Ja, das Böse hatte hier geblüht. Er hörte das Flüstern des Kindes Deirdre an seinem Ohr. Und er fühlte das Böse, als er sich mit seinem Gewicht gegen den Eisenzaun lehnte und in die hartborkigen schwarzen Eichenäste hinaufschaute, die sich wie ein Fächer über ihm ausbreiteten.

Er wischte sich mit dem Taschentuch über die Stirn. Die kleine Deirdre hatte ihm erzählt, sie habe den Teufel gesehen! Er hörte ihre Stimme so deutlich wie vor Jahrzehnten, damals im Beichtstuhl. Und er hörte ihre Schritte, wie sie zur Kirche hinauslief, wegrannte vor ihm, wegrannte vor seinem Unvermögen, ihr zu helfen.

Aber angefangen hatte es vorher. Angefangen hatte es an einem öden, trägen Freitag nachmittag, als ein Anruf von Schwester Bridget Marie gekommen war: Ein Priester solle bitte rasch zum Schulhof kommen. Es sei wieder einmal Deirdre Mayfair.

Pater Mattingly hatte noch nie von Deirdre Mayfair gehört. Pater Mattingly war gerade frisch vom Priesterseminar in Kirkwood, Missouri, in den Süden gekommen.

Schwester Bridget Marie fand er ohne weiteres auf einem asphaltierten Platz hinter dem Konventsgebäude. Wie europäisch es ihm damals vorgekommen war, altertümlich und traurig mit den brüchigen Mauern und dem knorrigen Baum inmitten eines Vierecks von Holzbänken. Der Schatten tat gut, als er herankam. Aber dann sah er, daß die kleinen Mädchen, die auf der Bank saßen, weinten. Schwester Bridget Marie hielt ein bleiches, zitterndes Kind beim Oberarm. Das Kind war weiß vor Angst. Aber sehr hübsch, die blauen Augen zu groß für das schmale Gesicht, das schwarze Haar sorgsam zu langen Korkenzieherlocken gedreht, die jetzt bebend an ihren Wangen lagen, die Gliedmaßen wohlproportioniert und zart.

Blumen lagen verstreut auf dem Boden – große Gladiolen und weiße Lilien und lange grüne Farnwedel und sogar dicke, wohlgeformte rote Rosen. Aus einem Blumengeschäft sicher, aber es waren so viele...

»Sehen Sie das, Pater?« rief Schwester Bridget Marie. »Und sie haben die Stirn, mir zu erzählen, sie stammen von ihrem unsichtbaren Freund, dem Teufel persönlich. Er habe ihnen diese Blumen hierhergebracht, sie ihnen in die Arme gelegt, während sie zuschauten, die kleinen Diebinnen! Sie haben die Blumen geradewegs vom Altar der St.-Alphonsus-Kirche gestohlen...«

Die kleinen Mädchen begannen zu schreien. Eines stampfte mit dem Fuß auf. Mit erschreckender Wut gellte ein Chor von »Wir haben ihn gesehen! Wir haben ihn gesehen!« los, die eine steckte die andere an mit ihrem erstickten Schluchzen.

Schwester Bridget Marie befahl ihnen laut, zu schweigen. Sie schüttelte das kleine Mädchen, das sie beim Arm hielt, obwohl das Kind kein Wort gesagt hatte. Erschrocken klappte das Mädchen den Mund auf, verdrehte die Augen zu Pater Mattingly und schaute ihn in stummer Beschwörung an.

»Aber, Schwester – bitte«, sagte Pater Mattingly. Behutsam befreite er das Kind. Es war benommen und ganz fügsam. Er wollte die Kleine auf den Arm nehmen und ihr das Gesicht abwischen, das von Tränen schmutzig verschmiert war. Aber er tat es nicht.

»Ihr unsichtbarer Freund«, sagte die Schwester, »der alles Verlorene wiederfindet, Pater. Der ihr Pennys für Süßigkeiten in die Tasche steckt. Und sie essen alle davon, stopfen sich die Mäuler damit voll. Gestohlene Pennys, da können Sie sicher sein.«

Die kleinen Mädchen heulten noch lauter. Und Pater Mattingly merkte, daß er die Blumen zertrat und daß das stumme bleiche Kind auf seine Schuhe und auf die zerdrückten weißen Blüten darunter starrte.

»Lassen Sie die Kinder hineingehen«, sagte Pater Mattingly. Es kam jetzt darauf an, das Kommando zu übernehmen. Erst dann würde er Sinn und Verstand in das bringen können, was Schwester Bridget Marie ihm erzählte.

Aber die Geschichte klang nicht minder phantastisch, als er mit der Schwester allein war. Die Kinder hatten behauptet, sie hätten Blumen durch die Luft fliegen sehen. Sie behaupteten, die Blumen seien in Deirdres Armen gelandet. Sie hätten gelacht und gelacht. Deirdres magischer Freund bringe sie immer zum Lachen, hatten sie behauptet. Deirdres Freund fand einen Notizblock oder einen Bleistift wieder, den man verloren hatte. Man fragte nur Deirdre, und er brachte ihr alles zurück. Und sie behaupteten sogar, sie hätten ihn selbst gesehen – einen netten Mann, einen Mann mit dunklem Haar und braunen Augen, der eine Sekunde lang neben Deirdre gestanden habe.

»Man muß sie nach Hause schicken, Pater«, sagte Schwester Bridget Marie. »Es kommt immer wieder vor. Ich rufe ihre Großtante Carl oder ihre Tante Nancy an, und es hört für eine Weile auf. Aber dann fängt alles wieder von vorne an.«

»Aber Sie glauben doch nicht...«

»Pater, ich sage Ihnen, das ist gehupft wie gesprungen. Entweder steckt der Teufel in diesem Kind, oder es lügt wie der Teufel, und die anderen glauben ihr die wüsten Geschichten, als ob sie sie verhext hätte. In St. Alphonsus kann sie jedenfalls nicht bleiben.«

Pater Mattingly hatte Deirdre selbst nach Hause gebracht; durch diese Straßen hier war er mit ihr gegangen, langsam und ernst. Kein Wort hatten sie gesprochen. Man hatte Miss Carl in ihrem Büro in der Stadt angerufen. Sie und Miss Millie erwarteten sie auf der Treppe vor dem großen Haus.

»Eine überaktive Phantasie, Pater«, sagte Miss Carl ohne eine Spur von Besorgnis. »Millie, was Deirdre jetzt braucht, ist ein warmes Bad.« Und das Kind war verschwunden, immer noch ohne ein Wort zu sagen, und Miss Carl hatte Pater Mattingly zum erstenmal in den Wintergarten gebeten, wo es an einem Peddigrohrtisch Café au lait gegeben hatte. Miss Nancy, mürrisch und unscheinbar, hatte Tassen und Silberlöffel gebracht.

Wedgwood-Porzellan mit Goldrand. Und Stoffservietten, mit dem Buchstaben *M* bestickt. Und was für eine geistesgegenwärtige Frau, diese Carl. Adrett hatte sie ausgesehen in ihrem maßgeschneiderten Seidenkostüm mit der gerüschten weißen Bluse, das graumelierte Haar am Hinterkopf zu einem ordentlichen Knoten gebunden, die Lippen mit hellrosa Lippenstift säuberlich nachgezogen. Mit ihrem wissenden Lächeln beruhigte sie ihn auf der Stelle.

»Man könnte sagen, es ist der Fluch unserer Familie, Pater, dieses Übermaß an Phantasie.« Sie schenkte die heiße Milch und den heißen Kaffee aus zwei Silberkännchen ein. »Wir träumen Träume, wir sehen Visionen; wir hätten Dichter oder Maler werden sollen, scheint mir. Nicht Juristinnen wie ich.« Sie lachte leise und unbeschwert. »Deirdre fehlt nichts; sie muß nur lernen, Phantasie von Realität zu unterscheiden.«

Und sie erklärte, daß Deirdre zu den Schwestern vom Heiligen Herzen gehen werde, sobald dort ein Platz für sie frei sei. Sie bedaure diese alberne Störung in St. Alphonsus, und natürlich würden sie Deirdre daheimbehalten, wenn Schwester Bridget Marie dies wünsche.

Der Pater wollte Einwände erheben, aber es war alles schon entschieden. Kein Problem, eine Gouvernante für Deirdre zu bekommen, irgendeine Frau, die sich mit Kindern auskannte – warum nicht?

Sie spazierten zusammen im tiefen Schatten auf der Veranda entlang.

»Unsere Familie ist alt, Pater«, sagte Carl, als sie wieder in den großen Salon zurückkamen. »Wir wissen nicht einmal, wie alt. Einige der Porträts, die Sie ringsum sehen, kann niemand mehr identifizieren.« Ihre Stimme klang halb belustigt, halb müde. »Wir sind von den Inseln gekommen, soviel wissen wir mit Sicherheit – von einer Pflanzung auf Saint Domingue –, und davor liegt eine nebelhafte europäische Vergangenheit, die heute restlos vergessen ist. Das Haus ist voll von unerklärlichen Überbleibseln. Manchmal kommt es mir vor wie ein großes, hartes Schneckenhaus, das ich auf dem Rücken mit mir herumschleppen muß.«

Mit den Händen strich sie leicht über den Konzertflügel und die vergoldete Harfe. Sie finde wenig Geschmack an diesen Dingen, sagte sie. Was für eine Ironie, daß ausgerechnet sie sie jetzt hüten müsse. Miss Millie lächelte nur und nickte.

Und so hatte sich alles irgendwie in Luft aufgelöst, und das kleine, bleiche Mädchen mit den schwarzen Locken hatte St. Alphonsus verlassen.

Aber in den darauffolgenden Tagen war sie Pater Mattingly nicht aus dem Sinn gegangen, die Sache mit den Blumen.

Es war kaum vorstellbar, wie eine Bande kleiner Mädchen über das Gitter der Kommunionsbank kletterte und den Altar einer riesigen und beeindruckenden Kirche wie St. Alphonsus beraubte. Nicht einmal die Straßenbengel, die Pater Mattingly als Junge gekannt hatte, hätten so etwas gewagt.

Was glaubte Schwester Bridget Marie wirklich, was geschehen war? Hatten die Kinder die Blumen tatsächlich gestohlen? Die kleine, stämmige, mondgesichtige Nonne betrachtete ihn einen Augenblick lang, bevor sie antwortete. Dann sagte sie: Nein.

»Pater, Gott ist mein Zeuge: Die Familie ist verflucht, diese Mayfairs. Die Großmutter dieses Mädchens, Stella war ihr Name, erzählte haargenau die gleichen Geschichten auf eben diesem Schulhof, vor vielen, vielen Jahren. Stella Mayfair hatte eine beängstigende Macht über die Menschen in ihrer Umgebung. Es gab Nonnen unter diesem Dach, die eine Todesangst davor hatten, ihren Ärger zu wecken. Eine Hexe nannten sie sie, damals wie heute.«

»Aberglaube, Schwester!« hatte er sie zurechtgewiesen. »Was ist denn mit der Mutter der kleinen Deirdre? Wollen Sie mir erzählen, daß sie auch eine Hexe war?«

Schwester Bridget Marie schüttelte den Kopf. »Sie hieß Antha, ein verlorenes Kind, scheu, lieb, fürchtete sich vor dem eigenen Schatten – ganz und gar nicht wie ihre Mutter Stella. Das heißt, bis Stella umkam. Sie hätten Miss Carlottas Gesicht sehen sollen, als Stella begraben wurde. Und der gleiche Ausdruck zwölf Jahre später bei Anthas Beerdigung. Carl nun, die war das klügste Mädchen, das je beim Heiligen Herzen war. Das Rückgrat der Familie ist sie. Aber ihre Mutter hat nie einen Pfifferling auf sie gegeben. Mary Beth Mayfair interessierte sich immer nur für Stella. Und der alte Mr. Julien, Mary Beths Onkel, der war genauso. Stella, Stella, Stella. Aber Antha war am Ende völlig wahnsinnig, hieß es, und sie war gerade mal zwanzig Jahre alt, als sie die Treppe in dem alten Haus hinaufrannte und oben aus dem Dachbodenfenster sprang, daß ihr unten auf den Steinen der Kopf zerplatzte.«

»So jung«, flüsterte er. Er erinnerte sich an das blasse, verängstigte Gesicht der kleinen Deirdre Mayfair. Wie alt war sie gewesen, als die junge Mutter etwas so Schreckliches getan hatte?

»Sie haben Antha in geweihter Erde begraben – Gott sei ihrer Seele gnädig. Denn wer will den Geisteszustand eines solchen Menschen beurteilen? Ihr Kopf zersprang wie eine Wassermelone, als sie auf die Terrasse stürzte. Und das Baby, Deirdre, schrie sich in der Wiege die Lunge aus dem Leib. Und Anthas Anblick war wirklich furchterregend.«

Lautlos rasender Schwindel erfüllte Pater Mattingly. Genau diese Reden hatte er sein Leben lang zu Hause gehört, diese endlose irische Dramatisierung des Morbiden, den lustvollen Tribut an das Tragische. Tatsächlich ermüdete es ihn nur. Er wollte fragen...

Doch da klingelte es. Die Kinder stellten sich ordentlich in Reih und Glied auf, um hereinzumarschieren. Die Schwester mußte gehen. Aber plötzlich drehte sie sich noch einmal um.

»Ich will Ihnen eine Geschichte von Antha erzählen«, sagte sie mit gedämpfter Stimme, denn auf dem Schulhof war es still geworden. »Es ist die beste, die ich kenne. Wenn sich damals die Schwestern um zwölf Uhr mittags zu Tisch setzten, dann schwiegen die Kinder hier auf dem Hof, bis das Angelus und das Tischgebet gesprochen waren. Heutzutage hat niemand mehr Respekt vor irgend etwas, aber damals war es so Sitte. Und eines schönen Tages im Frühling, als wieder alles still war, kommt ein gemeines, böses Mädchen namens Jenny Simpson herangeschlichen und erschreckt die arme, scheue, kleine Antha mit dem Kadaver einer toten Ratte, den sie unter der Hecke gefunden hat. Antha wirft nur einen Blick auf die tote Ratte und fängt an zu schreien, daß einem das Mark gefriert – Pater, einen solchen Schrei haben Sie noch nie gehört! Wir kommen vom Eßtisch herbeigerannt, wie Sie sich vorstellen können, und was sehen wir? Die gemeine, böse Jenny Simpson liegt rücklings auf dem Boden, Pater, das Gesicht blutüberströmt, und die Ratte fliegt ihr aus der Hand und über diesen Zaun! Glauben Sie, die kleine Antha hätte so etwas geschafft? Ein Kind wie ein Vögelchen, so zierlich wie ihre Tochter Deirdre heute? O nein. Es war derselbe unsichtbare Dämon wie heute, Pater. Es war der Teufel selbst, der vor einer Woche hier auf dem Schulhof die Blumen zu Deirdre fliegen ließ.«

»Schwester, Sie denken wahrscheinlich, ich bin der Neue hier«, sagte Pater Mattingly lachend, »und deshalb glaube ich solche Geschichten.«

Am folgenden Sonntag besuchte er die Mayfairs wieder. Wieder bot man ihm Kaffee und plauderte angeregt – es war alles so himmelweit entfernt von Schwester Bridget Maries Geschichten. Das Radio im Hintergrund spielte Rudy Vallee. Die alte Miss Belle begoß die Topf-Orchideen, die ihre Blätter hängen ließen. Der Duft von Brathuhn kam aus der Küche. Alles in allem ein behagliches Haus.

Beim Gehen hatte er Deirdre im Garten gesehen, ein weißes Gesicht, das hinter einem knorrigen Baum hervor zu ihm herüberspähte. Er hatte ihr zugewinkt, ohne stehenzubleiben, aber nachher beunruhigte ihn etwas an dem Bild in seiner Erinnerung. War es, daß die Locken ganz verfilzt gewesen waren? Oder der geplagte Ausdruck in ihren Augen?

Wahnsinn – das war es, was Schwester Bridget Marie ihm beschrieben hatte, und es beunruhigte ihn, sich vorzustellen, daß dieses zarte Kind davon bedroht sein sollte. Echter Wahnsinn hatte nichts Romantisches für Pater Mattingly. Seit langem war er der Auffassung, daß die Wahnsinnigen in einer Hölle der Sinnlosigkeit lebten. Ihnen entging der Sinn des Lebens ringsumher.

Aber Miss Carlotta war eine vernünftige, moderne Frau. Das Kind war nicht dazu verurteilt, in die Fußstapfen seiner toten Mutter zu treten. Im Gegenteil, es würde jede mögliche Chance bekommen.

Ein Monat verging, bevor sich seine Meinung über die Mayfairs ein für allemal änderte, an jenem unvergeßlichen Sonntag nachmittag, als Deirdre Mayfair zur Beichte in die St.-Alphonsus-Kirche kam.

Er saß in dem zierlichen Holzgehäuse des Beichtstuhls auf seinem schmalen Sitz hinter einem grünen Sergevorhang und lauschte den Büßern, die abwechselnd rechts und links von ihm in den kleinen Zellen niederknieten. Die gleichen Stimmen, die gleichen Sünden hätte er auch in Boston oder in New York City hören können, so sehr ähnelten sich die Akzente, die Sorgen, die Vorstellungen.

Dann hatte ihn unverhofft eine Kinderstimme überrascht; schnell und lebhaft kam sie durch das dunkle, staubige Gitter – voll intelligenter und altkluger Beredtsamkeit. Er erkannte sie nicht. Schließlich hatte Deirdre Mayfair in seiner Gegenwart noch kein einziges Wort gesprochen.

»Segne mich, Vater, denn ich habe gesündigt. Meine letzte Beichte war vor ein paar Wochen. Bitte helfen Sie mir, Pater. Ich kann mich gegen den Teufel nicht wehren. Ich versuche es, und ich schaffe es nie. Und ich muß dafür in die Hölle.«

Was war das – wieder Schwester Bridget Maries Einfluß? Aber noch bevor er etwas sagen konnte, sprach das Kind weiter, und da wußte er, es war Deirdre.

»Ich habe dem Teufel nicht gesagt, er soll weggehen, als er die Blumen brachte. Ich wollte es, und ich weiß, ich hätte es auch tun sollen, und Tante Carl ist wirklich richtig wütend auf mich. Aber, Pater, er wollte uns nur eine Freude machen. Ich schwöre Ihnen, Pater, er ist nie gemein zu mir. Und er weint, wenn ich ihn nicht ansehe und ihm nicht zuhöre. Ich wußte doch nicht, daß er die Blumen vom Altar holen würde! Manchmal macht er solche dummen Sachen, Pater, Sachen, die nur ein kleines Kind tun würde, aber mit noch weniger Verstand. Aber dabei will er niemandem wehtun.«

»Jetzt warte mal, liebes Kind– wie kommst du auf den Gedanken, der Teufel persönlich würde ein kleines Mädchen behelligen? Willst du mir nicht erzählen, was wirklich passiert ist?«

»Pater, er ist nicht so, wie die Bibel sagt. Ich schwöre. Er ist überhaupt nicht häßlich. Er ist groß und schön. Genau wie ein richtiger Mann. Und er lügt nicht. Er macht hübsche Sachen, immer. Wenn ich Angst habe, kommt er zu mir und sitzt auf meiner Bettkante und küßt mich. Wirklich. Und er jagt den Leuten Angst ein, wenn sie mir etwas tun wollen.«

»Warum sagst du dann, er ist der Teufel, Kind? Wäre es nicht besser, zu sagen, er ist ein erfundener Freund, jemand, der bei dir ist, damit du nie allein sein mußt?«

»Nein, Pater, er ist der Teufel.« Das klang so entschieden. »Er ist nicht wirklich, aber er ist auch nicht erfunden.« Die kleine Stimme war traurig und müde geworden. Eine Frau in Gestalt eines Kindes, die sich mit einer ungeheuren Bürde plagte und dabei fast verzweifelte. »Ich weiß, daß er da ist, wenn es sonst niemand weiß, und dann schaue ich und schaue ich, und dann kann jeder ihn sehen!« Ihre Stimme brach. »Pater, ich versuche, nicht hinzuschauen. Ich sage, ›Jesus, Maria und Josef‹ und versuche, nicht hinzuschauen. Ich weiß, daß es eine Todsünde ist. Aber dann ist er so traurig, und er weint ohne einen Laut, und ich höre ihn trotzdem.«

»Kind, hast du denn mit deiner Tante Carl darüber gesprochen?« Seine Stimme war ruhig, aber tatsächlich begann der detaillierte Bericht des Kindes ihn zu erschrecken. Das ging über ein »Übermaß an Phantasie« hinaus; ein ähnliches Übermaß hatte er jedenfalls noch nie erlebt.

»Pater, sie weiß alles über ihn. Alle meine Tanten kennen ihn. Sie nennen ihn *den Mann*, aber Tante Carl sagt, in Wirklichkeit ist es der Teufel. Sie ist auch die, die sagt, es ist eine Sünde – wie wenn man sich zwischen den Beinen anfaßt oder wenn man schmutzige Gedanken hat. Oder wenn er mich küßt und es mich kalt überläuft und so weiter. Sie sagt, es ist schmutzig, den Mann anzuschauen und ihn unter die Bettdecke kommen zu lassen. Sie sagt, er kann mich umbringen. Meine Mutter hat ihn auch ihr Leben lang gesehen, und darum ist sie gestorben und in den Himmel gefahren – um von ihm wegzukommen.«

Pater Mattingly hatte es die Sprache verschlagen. Und da hieß es, einen Priester im Beichtstuhl könne nichts schockieren.

»Und die Mutter meiner Mutter hat ihn auch gesehen«, fuhr das Kind fort, mit übersprudelnder, angespannter Stimme. »Und *sie* war wirklich schlecht, aber er hat sie schlecht gemacht, und sie ist seinetwegen gestorben. Aber sie ist wahrscheinlich in die Hölle gefahren, nicht in den Himmel, und das werde ich vielleicht auch tun.«

»Moment mal, Kind. Wer hat dir das erzählt?«

»Meine Tante Carl, Pater«, beharrte das Kind. »Sie will nicht, daß ich in die Hölle komme wie Stella. Sie hat gesagt, ich soll beten und ihn vertreiben; das könnte ich, wenn ich es nur versuchte – wenn ich den Rosenkranz bete und ihn nicht anschaue. Aber Pater, sie wird so wütend, wenn ich ihn kommen lasse...« Das Kind brach ab. Es weinte, auch wenn es offenbar versuchte, das Schluchzen zu unterdrücken. »Und Tante Millie hat solche Angst. Und Tante Nancy sieht mich nicht an. Tante Nancy sagt, in unserer Familie, wer den Mann da einmal gesehen hat, der ist so gut wie verloren.«

Pater Mattingly brachte vor Schreck kein Wort heraus. Hastig räusperte er sich. »Soll das heißen, daß deine Tanten *sagen*, dieses Ding ist Wirklichkeit?«

»Sie haben schon immer von ihm gewußt, Pater. Und jeder kann ihn sehen, wenn ich ihn stark genug werden lasse. Es ist wahr, Pater. Jeder. Aber wissen Sie, ich muß ihn kommen lassen. Es ist keine Todsünde für andere, wenn sie ihn sehen, weil es meine Schuld ist. *Meine Schuld*. Man könnte ihn nicht sehen, wenn ich es nicht zuließe. Und Pater... ich – ich verstehe einfach nicht, wie der Teufel so nett zu mir sein kann und wie er so heftig weinen kann, wenn er traurig ist, und wieso er so schrecklich gern bei mir sein will...« Die Stimme ging in ein leises Schluchzen über.

»Nicht weinen, Deirdre!« sagte er in festem Ton. Aber das war doch unvorstellbar! Diese vernünftige, »moderne« Frau in ihrem Schneiderkostüm sollte dem Kind solchen Aberglauben erzählen? Und was war mit den anderen los, um Gottes willen? Neben ihnen sah jemand wie Schwester Bridget Marie ja aus wie Sigmund Freud persönlich.

Die klare Kinderstimme fuhr plötzlich in schmerzlicher Hast fort.

»Tante Carl sagt, es ist eine Todsünde, nur an ihn oder an seinen Namen zu denken. Er kommt dann sofort, wenn man seinen Namen sagt! Aber Pater, er steht neben mir, wenn sie redet, und er sagt, sie lügt, und ich weiß ja, daß es schrecklich ist, so was zu sagen, aber sie lügt manchmal wirklich. Ich weiß es, selbst wenn er nichts sagt. Aber am schlimmsten ist es, wenn er durchkommt und ihr angst macht. Und sie ihm droht! Sie sagt, wenn er mich nicht in Ruhe läßt, tut sie mir weh!« Wieder brach ihr die Stimme, aber ihr Schluchzen war kaum hörbar.

»Kind, jetzt denke aufmerksam nach, bevor du antwortest. Hat deine Tante Carl wirklich *gesagt*, sie hat dieses Ding gesehen?«

»Pater, sie hat ihn schon gesehen, als ich noch ein Baby war und gar nicht wußte, daß ich ihn kommen lassen konnte. Sie hat ihn gesehen an dem Tag, als meine Mutter starb. Da wiegte er mich in meiner Wiege. Und als meine Großmutter Stella ein kleines Mädchen war, da stand er hinter ihr am Abendbrottisch. Pater, ich erzähle Ihnen ein schreckliches Geheimnis. Bei uns zu Hause gibt es ein Bild von meiner Mutter, und auf dem Bild steht er neben ihr. Ich kenne das Bild, weil er es geholt und mir gegeben hat, obwohl sie es versteckt hatten. Er hat die Kommodenschublade aufgemacht, ohne sie anzufassen, und dann hat er mir das Bild in die Hand gegeben. So was tut er, wenn er wirklich stark ist, wenn ich lange mit ihm zusammen war und den ganzen Tag an ihn gedacht habe. Dann weiß jeder, daß er im Haus ist, und Tante Nancy erwartet Tante Carl an der Tür und flüstert: ›Der Mann ist hier. Ich hab' ihn eben gesehen.‹ Und dann wird Tante Carl so wütend. Es ist alles meine Schuld, Pater! Und ich habe Angst, daß ich ihn nicht mehr aufhalten kann. Und sie sind alle so aufgebracht!«

Er begann zu kochen vor Wut. Was für Verrücktheiten gingen bei diesen Frauen vor? Gab es denn niemanden mit einer Spur von Verstand in der ganzen Familie, der einen Psychiater holte, damit dem Mädchen geholfen wurde?

»Liebes Kind, jetzt hör mir einmal zu. Ich möchte, daß du mir die Erlaubnis gibst, außerhalb des Beichtstuhls mit deiner Tante Carl über diese Dinge zu sprechen. Willst du mir diese Erlaubnis geben?«

»O nein, Pater, bitte, das dürfen Sie nicht!«

»Kind, ich werde es nicht tun – nicht ohne deine Erlaubnis. Aber ich sage dir, ich muß mit deiner Tante Carl über diese Dinge sprechen. Deirdre, sie und ich, wir können dieses Ding zusammen vertreiben.«

»Pater, sie wird mir nie verzeihen, daß ich es Ihnen erzählt habe. Nie. Es ist eine Todsünde, es zu erzählen. Tante Nancy würde mir nie verzeihen. Sogar Tante Millie würde wütend werden. Pater, Sie dürfen ihr nicht sagen, daß ich Ihnen von ihm erzählt habe!« Sie wurde allmählich hysterisch.

»Ich kann diese Todsünde von dir nehmen, Kind«, erklärte er. »Ich kann dir die Absolution erteilen. Von dem Augenblick an ist deine Seele so weiß wie Schnee, Deirdre. Vertraue mir, Deirdre. Gib mir die Erlaubnis, mit ihr zu sprechen.«

Einen angespannten Augenblick lang war das Schluchzen die einzige Antwort. Dann, noch bevor er hörte, wie der Knauf der kleinen Holztür sich drehte, wußte er, daß er sie verloren hatte. Gleich darauf hörte er ihre Schritte, als sie den Gang hinunterrannte, weg von ihm.

Diesen Augenblick hatte er nie vergessen, wie er hilflos dagesessen und die Schritte durch das Vestibulum der Kirche hatte hallen hören, während Enge und Hitze des Beichtstuhls ihn hatten erstikken lassen. *Lieber Gott, was sollte er nur tun?*

Noch Wochen danach war er regelrecht besessen gewesen, von diesen Frauen, diesem Haus...

Aber er konnte ja nichts unternehmen – einfach gar nichts. Das Beichtgeheimnis verpflichtete ihn zum Schweigen und zur Untätigkeit. Nicht einmal Schwester Bridget Marie wagte er zu befragen, obwohl sie ihm von allein genug Informationen lieferte, als er sie zufällig auf dem Spielplatz traf. Er hatte ein schlechtes Gewissen, weil er ihr zuhörte, aber er brachte es nicht über sich, wegzugehen.

»Natürlich, sie haben Deirdre im Heiligen Herzen untergebracht. Aber glauben Sie, da wird sie bleiben? Ihre Mutter Antha haben sie von der Anstalt verwiesen, als sie gerade acht Jahre alt war. Und bei den Ursulinen ist sie auch rausgeflogen. Schließlich haben sie eine Privatschule für sie ausfindig gemacht, eine von diesen verrückten Einrichtungen, wo sie die Kinder auf dem Kopf stehen lassen. Und was für ein unglückliches Ding sie war als junges Mädchen; dauernd schrieb sie Gedichte und Geschichten und sprach mit sich selbst und wollte wissen, wie ihre Mutter gestorben war. Sie wissen, daß sie ermordet wurde, oder, Pater? Daß Stella Mayfair von ihrem Bruder Lionel erschossen wurde. Auf einem Kostümball in diesem Haus hat er es getan. Hat eine regelrechte Panik ausgelöst. Spiegel, Uhren, Fenster, war alles zerbrochen, als es vorbei war, und Stella lag tot auf dem Boden.«

Pater Mattingly schüttelte nur voller Mitleid den Kopf.

»Kein Wunder, daß Antha danach wild wurde, und keine zehn Jahre später ließ sie sich ausgerechnet mit einem Maler ein, der sich nie die Mühe machte, sie zu heiraten, und sie schließlich mitten im Winter in einem vierstöckigen Mietshaus in Greenwich Village sitzenließ, ohne Geld und mit der kleinen Deirdre, die versorgt werden mußte, so daß sie in Schmach und Schande nach Hause kam. Und dann aus dem Dachfenster sprang, das arme Ding – aber was für ein Höllenleben war das auch, wo die Tanten auf ihr herumhackten und jeden ihrer Schritte beobachteten und sie abends einsperrten und sie trotzdem ins French Quarter runterlief und mit den Dichtern und Schriftstellern trank – in ihrem Alter, wohlgemerkt – und versuchte, deren Aufmerksamkeit für ihre Arbeit zu wecken. Ich will Ihnen ein seltsames Geheimnis verraten, Pater: Noch Monate nach ihrem Tod kamen Briefe für sie, Manuskripte von Leuten in New York, denen sie sie geschickt hatte. Was für eine Qual für Miss Carlotta, wenn der Postbote ihr Erinnerungen an so viel Schmerz und Leid brachte, wenn er am Tor klingelte.«

Auf dem Weg zurück ins Pfarrhaus ging Pater Mattingly an der Kirche vorbei. Lange stand er in der stillen Sakristei und schaute durch die Tür zum Hochaltar hinüber.

Eine schmutzige Vergangenheit konnte er den Mayfairs leicht vergeben. Unwissend waren sie auf die Welt gekommen, wie jeder andere Mensch. Aber einem kleinen Mädchen den Kopf zu verdrehen mit Lügen vom Teufel, der eine Mutter in den Selbstmord getrieben haben sollte? Doch es gab nichts, absolut nichts, was Pater Mattingly hätte tun können, außer für Deirdre zu beten, wie er jetzt für sie betete.

Deirdre wurde kurz vor Weihnachten von der Privatschule St. Margaret verwiesen, und ihre Tanten verfrachteten sie auf eine Privatschule im Norden.

Kurz darauf hatte er gehört, daß sie wieder zu Hause sei, kränklich, und daß sie von einer privaten Gouvernante unterrichtet werde, und einmal hatte er sie kurz in der überfüllten Kirche während der Zehn-Uhr-Messe gesehen. Sie war nicht zur Kommunion gegangen, aber sie hatte bei ihren Tanten im Betstuhl gesessen.

Stück für Stück erfuhr er immer mehr über die Geschichte der Mayfairs. Anscheinend wußte jeder in der Pfarrgemeinde, daß er in ihrem Haus gewesen war. Über den Küchentisch hinweg griff Grandma Lucy O'Hara nach seiner Hand. »Wie ich höre, haben sie Deirdre Mayfair weggeschickt, und Sie waren ihretwegen in dem Haus; stimmt das, Pater?« Was um alles in der Welt konnte er da sagen? Also hörte er zu.

»Ich kenne die Familie ja. Mary Beth, sie war die Grande Dame. Konnte einem genau erzählen, wie es damals auf der alten Pflanzung gewesen war. War da geboren, gleich nach dem Bürgerkrieg, und kam erst um 1880 nach New Orleans, mit ihrem Onkel Julien. Der war auch so ein alter Südstaaten-Gentleman. Ich weiß noch, wie Mr. Julien mit seinem Pferd die St. Charles Avenue heraufgeritten kam; er war der stattlichste alte Herr, den ich je gesehen habe. Und es war ein richtiges, großes altes Pflanzerhaus in Riverbend, hieß es; Bilder davon waren in den Büchern, noch als es schon baufällig war. Mr. Julien und Miss Mary Beth taten, was sie konnten, um es zu retten. Aber den Fluß kann man nicht aufhalten, wenn der Fluß sich vorgenommen hat, ein Haus zu fressen.

Sie war 'ne wahre Schönheit, Mary Beth – dunkel und wild, nicht so zart wie Stella – oder reizlos wie Miss Carlotta –, und Antha, hieß es, war auch 'ne Schönheit, obwohl ich sie ja nie zu sehen gekriegt habe, und auch das arme Baby Deirdre nicht. Aber Stella war wirklich 'ne echte Voodoo-Queen. Ja, ich meine Stella, Pater. Stella kannte die Pulver, die Tränke, die Zeremonien. Sie konnte einem das Schicksal aus den Karten lesen. Hat sie für meinen Enkel Sean gemacht; hätte vor Schrecken fast den Verstand verloren, als er hörte, was sie ihm alles erzählte. Das war auf einer dieser wilden Partys oben in der First Street, wo sie verbotenen Whiskey tranken und eine Tanzkapelle im Wohnzimmer hatten. Mein Billy gefiel ihr, das kann man sagen.« Sie wies unvermittelt auf die verblichene Photographie auf dem Sekretär. »Ist im Krieg gefallen. Ich hab' zu ihm gesagt: ›Billy, hör auf mich. Bleib weg von diesen Mayfair-Frauen.‹ Ihr gefielen all die gutaussehenden jungen Männer. Deshalb brachte sie ihr Bruder ja auch um. An einem klaren Tag konnte sie Wolken am Himmel aufziehen lassen. Das ist die Wahrheit vor Gott, Pater. Sie erschreckte die Schwestern von St. Alphonsus immer damit, daß sie über dem Garten so ein Unwetter heraufziehen ließ. Und in der Nacht, als sie starb, da hätten Sie mal den Sturm sehen sollen, der um das Haus tobte. Es hieß ja, jedes einzelne Fenster sei zerbrochen. Regen und Wind wie in einem Hurrikan ringsherum. Stella machte, daß der Himmel um sie weinte.«

Pater Mattingly besuchte die Mayfairs nicht mehr. Er wagte es nicht. Er wollte nicht, daß das Kind dachte – falls es da war –, er würde sie verraten. In der Messe hielt er nach den Frauen Ausschau. Er sah sie selten. Aber es war natürlich eine große Pfarrgemeinde. Sie konnten in die andere Kirche gegangen sein oder in die kleine Kapelle für die Reichen drüben im Garden District.

Aber Miss Carlottas Schecks kamen weiterhin. Das wußte er. Pater Lafferty, der die Bücher für die Gemeinde führte, zeigte ihm vor Weihnachten einen – über zweitausend Dollar – und bemerkte leise, daß Carlotta Mayfair ihr Geld dazu benutze, die Welt ringsum hübsch ruhig zu halten.

»Die Schule in Boston hat die kleine Nichte wieder nach Hause geschickt; vermutlich haben Sie davon gehört.«

Pater Mattingly verneinte. Er blieb in der Tür zu Pater Laffertys Büro stehen und wartete ab...

»Na, ich dachte, Sie verstehen sich so famos mit den Damen«, sagte Pater Lafferty. Er war ein freimütiger, offener Mann, der mit seinen sechzig Jahren älter aussah, als er war; Klatsch war seine Sache nicht.

»Ich habe sie nur ein- oder zweimal besucht«, sagte Pater Mattingly.

»Jetzt heißt es, die kleine Deirdre kränkelt«, berichtete Pater Lafferty. Er legte den Scheck auf die grüne Löschpapierunterlage auf seinem Schreibtisch und betrachtete ihn. »Kann nicht mehr in eine reguläre Schule gehen, sondern muß daheim von einer Privatlehrerin unterrichtet werden.«

»Traurige Sache.«

»Anscheinend. Aber niemand wird einen Zweifel äußern. Niemand wird hingehen und sich vergewissern, daß das Kind wirklich einen ordentlichen Unterricht bekommt.«

»Sie haben Geld genug...«

»In der Tat – genug, um für Ruhe zu sorgen, und das haben sie immer getan. Die könnten sogar mit einem Mord davonkommen.«

»Glauben Sie?«

Pater Lafferty schien eine kurze Debatte mit sich selbst zu führen. Immer wieder schaute er auf Carlotta Mayfairs Scheck.

»Von der Pistolengeschichte haben Sie gehört, nehme ich an«, sagte er schließlich, »als Lionel Mayfair seine Schwester Stella erschoß? War dafür nicht einen einzigen Tag im Gefängnis. Miss Carlotta hat alles geregelt. Und Mr. Cortland, Juliens Sohn. Zusammen hätten die beiden so gut wie alles regeln können. Da würde hier niemand Fragen stellen.«

»Aber wie, um alles in der Welt, haben sie denn...?«

»Mit der Irrenanstalt natürlich, und da hat Lionel sich das Leben genommen. Obwohl kein Mensch weiß, wie, denn er steckte in einer Zwangsjacke.«

»Das ist nicht Ihr Ernst.«

Pater Lafferty nickte. »Doch, natürlich. Und wieder wurden keine Fragen gestellt. Totenmesse wie immer. Und dann kam die kleine Antha daher. Stellas Tochter, wissen Sie – weinend, schreiend: Miss Carlotta sei es gewesen, die Lionel gezwungen habe, ihre Mutter zu ermorden. Wir haben's alle gehört.«

Pater Mattingly hörte schweigend zu.

»Die kleine Antha sagte, sie traue sich nicht mehr nach Hause.

Aus lauter Angst vor Miss Carlotta. Miss Carlotta, erzählte sie, habe zu Lionel gesagt: ›Du bist kein Mann, wenn du diesen Vorgängen kein Ende machst.‹ Sie habe ihm sogar die achtunddreißiger Pistole gegeben, mit der er Stella erschossen habe. Man möchte meinen, daß daraufhin jemand ein paar Fragen zu stellen gehabt hätte. Aber nicht der Pastor. Der griff nur zum Telephon und rief Miss Carlotta an. Ein paar Minuten später kommt eine große schwarze Limousine und holt Antha ab.«

Pater Mattingly starrte den kleinen dünnen Mann hinter dem Schreibtisch an. *Auch ich habe keine Fragen gestellt.*

»Der Pastor sagte später, die Kleine sei wahnsinnig. Sie erzähle den anderen Kindern, sie könne durch eine Mauer hören, was Menschen sagten, und sie könne ihre Gedanken lesen. Er meinte, sie werde sich schon wieder beruhigen; Stellas Tod habe sie verrückt gemacht.«

»Aber es wurde noch schlimmer?«

»Sprang mit zwanzig aus dem Speicherfenster, und das war's. Wieder keine Fragen. Sie war nicht bei Sinnen, und außerdem war sie ja noch ein Kind. Totenmesse wie gewöhnlich.«

Pater Lafferty drehte den Scheck um und drückte mit dem Gummistempel das Pfarrsiegel auf die Rückseite.

»Wollen Sie damit sagen, Pater, daß ich die Mayfairs besuchen soll?«

»Nein, Pater, das will ich damit nicht sagen. Ich weiß nicht, was ich sagen will, wenn ich ehrlich sein soll. Aber ich wünschte inzwischen, Miss Carlotta hätte das Kind weggegeben, raus aus diesem Haus. Es gibt zu viele schlechte Erinnerungen unter diesem Dach. Es ist kein Ort mehr für ein Kind.«

Mit zehn Jahren lief Deirdre Mayfair von daheim weg; zwei Tage später fand man sie, als sie im Regen am Bayou St. John entlangwanderte, die Kleider tropfnaß. Dann ging es in irgendein anderes Internat – County Cork in Irland, und dann war sie wieder zu Hause, die Schwestern hatten berichtet, sie habe Alpträume, schlafwandle und führe merkwürdige Reden.

Dann hieß es, Deirdre sei in Kalifornien. Die Mayfairs hatten Verwandte dort draußen, die sich um sie kümmerten. Vielleicht würde ihr der Klimawechsel guttun.

Pater Mattingly wußte jetzt, daß ihm das Weinen des Kindes nie mehr aus dem Kopf gehen würde. Weshalb, in Gottes Namen, hatte er es nicht auf andere Weise versucht? Er betete darum, daß sie irgendwo irgendeinem klugen Lehrer oder Arzt erzählen möge, was sie ihm erzählt hatte, daß irgend jemand irgendwo ihr so helfen möge, wie er selbst es versäumt hatte.

Er konnte sich nicht erinnern, davon gehört zu haben, daß Deirdre zurückgekommen war, aber irgendwann im Jahre '56 erfuhr er, daß sie in der Stadt in St. Rose de Lima's im Internat sei. Dann machte das Gerücht die Runde, sie sei der Schule verwiesen worden und nach New York geflüchtet.

Miss Kellerman erzählte Pater Lafferty das alles eines Nachmittags auf der Kirchentreppe. Sie hatte es von ihrer Haushälterin, und die kannte das »farbige Mädchen«, das gelegentlich im Haus half. Deirdre hatte die Kurzgeschichten ihrer Mutter in einer Truhe auf dem Speicher gefunden, »all diesen Unfug von Greenwich Village«, und sie war losgezogen, ihren Vater zu suchen, obwohl kein Mensch wußte, ob der Mann überhaupt noch lebte.

Am Ende war sie ins »Bellevue« eingewiesen worden, und Miss Carlotta war nach New York geflogen, um Deirdre zurückzuholen.

Und eines Nachmittags im Sommer 1959 hörte Pater Mattingly an einem Küchentisch von dem »Skandal«. Deirdre Mayfair war mit achtzehn Jahren schwanger. In einem College in Texas war es passiert. Der Vater? Einer ihrer eigenen Lehrer, war das zu glauben? Verheiratet und Protestant noch dazu. Und er ließ sich nach zehnjähriger Ehe von seiner Frau scheiden, um Deirdre zu heiraten!

Es schien, als redete die ganze Pfarrgemeinde davon. Miss Carlotta habe ihre Hände in Unschuld gewaschen, hieß es, aber Miss Nancy sei mit Deirdre zu Guy Mayer gefahren, um ein hübsches feines Kleid für die standesamtliche Trauung zu kaufen. Deirdre war inzwischen ein schönes Mädchen, so schön, wie Antha und Stella einst gewesen waren. Genau so schön, hieß es, wie Miss Mary Beth.

Pater Mattingly erinnerte sich nur an das verängstigte, bleiche Kind. Und an die zertretenen Blumen.

Die Hochzeit sollte niemals stattfinden.

Als Deirdre im fünften Monat war, verunglückte der Vater auf dem Weg nach New Orleans tödlich. Ein Autounfall auf der Uferstraße. Die Spurstange an seinem alten '52er Ford war gebrochen, der Wagen war außer Kontrolle geraten, gegen eine Eiche geprallt und im selben Augenblick explodiert.

Und als Pater Mattingly an einem heißen Juliabend durch das Gedränge auf dem Kirchenbasar schlenderte, hörte er die bislang seltsamste Geschichte über die Mayfairs, eine Geschichte, die ihm in den nächsten Jahren im Kopf herumspuken sollte wie das Erlebnis im Beichtstuhl.

Lichterketten waren über den asphaltierten Hof gespannt. Pfarrangehörige in Hemdsärmeln und Kattunkleidern schlenderten von einem Stand zum anderen und spielten Glücksspiele. Es gab Schokoladenkuchen zu gewinnen und Teddybären. Der Asphalt war aufgeweicht in der Hitze. Das Bier floß in Strömen an dem behelfsmäßigen Tresen aus Brettern und Fässern. Und wohin der Pater sich auch wendete, überall schien man über gewisse Vorgänge im Hause Mayfair zu tuscheln.

Der grauhaarige Red Lonigan, Oberhaupt der gleichnamigen Bestatterfamilie, ließ sich von Dave Collins erzählen, daß sie Deirdre in ihr Zimmer eingeschlossen hätten. Pater Lafferty saß dabei und starrte Dave über sein Bier hinweg finster an. Er kenne die Mayfairs länger als irgend jemand sonst, erklärte Dave – sogar länger als Red.

Pater Mattingly holte sich eine kalte Flasche Bier von der Bar und setzte sich ans Ende der Bank.

Mit zwei Priestern im Publikum lief Dave Collins zur Hochform auf.

»Ich bin 1901 geboren, Pater!« verkündete er, obgleich Pater Mattingly nicht einmal aufblickte. »Im selben Jahr wie Stella Mayfair, und ich erinnere mich, wie sie Stella Mayfair damals bei den Ursulinen rausgeschmissen haben und Miss Mary Beth sie hier zur Schule schickte.«

»Zuviel Tratsch über diese Familie«, befand Red düster.

»Stella war 'ne Voodoo-Queen, da gibt's nichts«, meinte Dave. »Das wußte jeder. Aber glauben Sie nicht, daß man bei ihr für 'n Penny einen Zauber kriegte. Das war nichts für Stella. Stella hatte eine Börse mit Goldmünzen, die niemals leer wurde.«

Red lachte traurig vor sich hin. »Am Ende hatte sie nie was anderes als Pech gehabt.«

»Na, sie hat mächtig gelebt, bevor Lionel sie erschoß«, sagte Dave mit schmalen Augen; dabei beugte er sich auf den rechten Arm gestützt leicht nach vorne, während die Linke die Bierflasche umklammert hielt. »Und kaum war sie tot und begraben, da tauchte diese Börse neben Anthas Bett auf, und wo man sie auch versteckte, sie kam immer wieder zum Vorschein.«

»Quatsch«, sagte Red.

»Da waren Münzen aus der ganzen Welt in dieser Börse – italienische Münzen und französische Münzen und spanische Münzen.«

»Und woher willst du das wissen?« fragte Red.

»Pater Lafferty hat's gesehen, was, Pater? Sie haben die Münzen gesehen. Miss Mary Beth hat sie jeden Sonntag ins Kollektenkörbchen geworfen, das wissen Sie doch. Und Sie wissen, was sie immer gesagt hat: ›Geben Sie sie rasch aus, Pater; sehen Sie zu, daß Sie sie bis Sonnenuntergang los sind, denn sie kommen immer zurück!«

»Was heißt das, sie kommen zurück?« wollte Pater Mattingly wissen.

»Zurück in ihre Börse, das meinte sie!« antwortete Dave mit hochgezogenen Brauen. Er nahm einen tiefen Zug aus seiner Flasche, bis nur noch Schaum zurückblieb. »Sie konnte sie ewig weggeben, und sie kamen immer wieder zurück.« Er lachte heiser. »Das gleiche hat sie vor fünfzig Jahren zu meiner Mutter gesagt, wenn sie sie fürs Waschen bezahlte – ja, ganz recht, fürs Waschen; meine Mutter hat in vielen von den großen Häusern gewaschen, und sie hat sich nie dafür geschämt, und Miss Mary Beth hat sie immer mit diesen Münzen bezahlt.«

»Quatsch«, sagte Red.

»Und ich erzähl' dir noch was«, sagte Dave. Auf seinen Ellbogen gestützt starrte er Red Lonigan direkt in die Augen. »Das Haus, der Schmuck, die Börse – das hängt alles zusammen. Genau wie der Name Mayfair, und daß sie ihn immer behalten, egal, wen sie heiraten. Immer Mayfair am Ende. Und willst du wissen, warum? Weil sie Hexen sind, diese Weiber! Jede einzelne.«

Red schob Dave eine volle Bierflasche hinüber und sah zu, wie sich seine Finger darum schlossen. »Es ist die Wahrheit vor Gott, ich sag's dir. Sie ist durch die Generationen auf sie herabgekommen, die Macht der Hexerei, und damals, in alten Zeiten, wurde viel darüber geredet. Miss Mary Beth, die war mächtiger als Stella.« Er nahm einen großen Schluck von Reds Bier. »Und schlau genug, die Klappe zu halten – im Gegensatz zu Stella.«

»Und wie hast du es dann erfahren?« fragte Red.

»Ich weiß es, weil meine Mutter mir erzählt hat, was Miss Mary Beth ihr damals erzählte, 1921, als Miss Carlotta ihr Examen in Loyola bestanden hatte und die ganze Welt ihr Loblied sang, eine so kluge Frau, Rechtsanwältin und das alles. ›Sie ist nicht die Auserwählte‹, sagte Miss Mary Beth damals zu meiner Mutter. ›Stella ist es. Stella hat die Gabe, und sie wird alles bekommen, wenn ich sterbe.‹ ›Und was ist das für eine Gabe, Miss Mary Beth?‹ fragte meine Mutter. ›Na, Stella hat *den Mann* gesehen‹, sagte Miss Mary Beth. ›Und diejenige, die den Mann sehen kann, wenn sie ganz allein ist, die erbt alles.‹«

Pater Mattingly lief es eiskalt über den Rücken. Elf Jahre war es jetzt her, daß er die Beichte des Kindes gehört hatte, aber er hatte nicht ein Wort davon vergessen. *Sie nennen ihn den Mann...*

Aber Pater Lafferty funkelte Dave an. »Den Mann gesehen?« wiederholte er kalt. »Und was, um Himmels willen, soll dieses Gefasel bedeuten?«

»Na, Pater, ich möchte meinen, ein guter Ire wie Sie sollte die Antwort darauf wissen. Ist es nicht eine Tatsache, daß alle Hexen den Teufel ›den Mann‹ nennen? Ist es nicht eine Tatsache, daß sie ihn so nennen, wenn er mitten in der Nacht zu ihnen kommt, um sie zu unaussprechlichen Schandtaten zu verführen?« Wieder lachte er, tief krächzend und ungesund, und zog dann einen schmierigen Rotzlappen aus der Tasche, um sich die Nase zu putzen. »Es sind Hexen, und Sie wissen das, Pater. Das waren sie, und das sind sie noch. Sie haben die Hexerei geerbt. Und der alte Mr. Julien Mayfair, erinnern Sie sich an den? Ich wohl. Der wußte genau Bescheid; das hat meine Mutter mir erzählt. Und Sie wissen, daß es die Wahrheit ist, Pater.«

»Ein Erbe ist es durchaus«, erwiderte Pater Lafferty erbost. »Es ist ein Erbe der Ignoranz und der Eifersucht und der Geisteskrankheit! Schon mal von solchen Dingen gehört, Dave Collins? Schon mal gehört von Haß zwischen Geschwistern, von Neid und skrupellosem Ehrgeiz?« Er stand auf und ging durch das Gewühl davon, ohne auf eine Antwort zu warten.

In der Nacht, kurz vorm Einschlafen, erinnerte sich Pater Mattingly an die Bücher, die er im Seminar gelesen hatte. Der große Mann, der dunkle Mann, der stattliche Mann, der Inkubus, der in der Nacht kommt... der riesige Mann, der den Sabbat anführt! *Sie sagt, daß er der Teufel ist, Pater. Daß es eine Sünde ist, ihn auch nur anzuschauen.*

Er erwachte irgendwann vor dem Morgengrauen und hörte Pater Laffertys wütende Stimme. *Neid, Geisteskrankheit.* War das die Wahrheit, die zwischen den Zeilen zu lesen war? Es war, als sei ein entscheidendes Stück in das Puzzle eingefügt worden. Fast konnte er das ganze Bild erkennen. Ein Haus, regiert von eiserner Hand, ein Haus, in dem schönen, stolzen Frauen Tragödien widerfahren waren. Und doch, irgend etwas störte ihn immer noch... *Sie haben ihn alle gesehen, Pater.* Verstreute Blumen auf der Erde, dicke, lange, weiße Gladiolen, zarte Farnwedel. Er sah, wie sein Schuh sie zertrat.

Deirdre Mayfair gab ihr Kind auf. Es wurde am 7. November im neuen Mercy Hospital geboren, und noch am selben Tag küßte sie es und legte es Pater Lafferty in die Hände, und er taufte das Kind und gab es in die Obhut der Verwandten in Kalifornien, die es adoptieren würden. Aber es war Deirdre, die bestimmte, daß das Kind den Namen Mayfair tragen müsse. Ihre Tochter dürfe niemals einen anderen Nachnamen bekommen, oder Deirdre würde die Papiere nicht unterschreiben. Ihr alter Onkel Cortland Mayfair hatte in diesem Punkt hinter ihr gestanden, und nicht einmal Pater Lafferty hatte sie dazu bringen können, es sich anders zu überlegen. Sie bestand darauf, den Namen in Tinte geschrieben auf dem Taufschein zu sehen. Der arme alte Cortland Mayfair – ein vornehmer alter Gentleman – war zu diesem Zeitpunkt schon tot, bei einem furchtbaren Sturz auf der Treppe ums Leben gekommen.

Pater Mattingly wußte nicht mehr, wann er es zum erstenmal gehört hatte, das Wort »unheilbar«. Sie war verrückt geworden, bevor sie das Krankenhaus verlassen hatte. Sie habe laut gesprochen, hieß es, obwohl niemand dagewesen sei: »Du hast es getan, du hast ihn getötet«, habe sie gesagt. Die Schwestern hätten Angst gehabt, ihr Zimmer zu betreten. Im Nachthemd sei sie in die Kapelle geirrt, habe mitten in der Messe gelacht und laut geredet, und irgend jemand Unsichtbaren bezichtigt, ihren Geliebten ermordet, sie von ihrem Kind getrennt und sie dann unter lauter »Feinden« allein gelassen zu haben. Als die Nonnen versuchten, sie festzuhalten, war sie wild geworden. Pfleger waren gekommen und hatten sie fortgeschleppt, und sie hatte um sich getreten und laut geschrien.

Als Pater Lafferty im Frühjahr starb, hatte man sie weit weg in eine geschlossene Anstalt gebracht. Niemand wußte genau, wohin. Rita Lonigan fragte ihren Schwiegervater Red danach, denn sie wollte ihr so gern schreiben. Aber Miss Carl sagte, das wäre nicht gut. Keine Briefe für Deirdre.

Nur Gebete. Und die Jahre gingen dahin.

Pater Mattingly verließ die Gemeinde. Er arbeitete in Übersee. Er arbeitete in New York. Er fuhr so weit weg, daß New Orleans in seinen Gedanken nicht mehr vorkam, nur hin und wieder in plötzlichen Erinnerungen voller Scham: Deirdre Mayfair, der er nicht geholfen hatte. Seine verlorene Deirdre.

Und dann, eines Nachmittags im Jahr 1976, als Pater Mattingly zu einem kurzen Aufenthalt im alten Pfarrhaus zurückgekommen war, da war er an dem alten Haus vorbeigegangen und hatte eine magere, bleiche junge Frau in einem Schaukelstuhl auf der Seitenveranda sitzen sehen, halb verborgen hinter einem rostigen Fliegengitter. Fast wie ein Geist hatte sie ausgesehen in ihrem weißen Nachthemd, aber er hatte sofort gewußt, daß es Deirdre war. Er hatte die schwarzen Locken erkannt, die ihr auf die Schultern hingen. Und als er das rostige Tor geöffnet hatte und den Plattenweg hinaufgegangen war, da hatte er gesehen, daß sogar der Gesichtsausdruck noch der gleiche war – jawohl, das war Deirdre, die er vor beinahe dreißig Jahren hierher nach Hause gebracht hatte.

Ausdruckslos saß sie hinter dem Fliegengitter, das schlaff in dem leichten Holzrahmen hing. Keine Antwort, als er ihren Namen flüsterte: »Deirdre.«

Um den Hals trug sie einen Smaragd an einer Kette, einen wunderschönen Stein, und an ihrem Finger steckte ein Rubinring. War das der Schmuck, von dem er gehört hatte? Wie unpassend er aussah an dieser stummen Frau in ihrem ungestärkten weißen Hemd. Sie ließ nicht erkennen, daß sie ihn hörte oder sah.

»Ihr Verstand ist weg«, sagte Nancy mit bitterem Lächeln. »Die Elektroschocks haben zuerst ihr Gedächtnis ausgelöscht. Dann alles andere. Sie könnte nicht aufstehen und sich in Sicherheit bringen, wenn das Haus in hellen Flammen stände. Ab und zu ringt sie die Hände, versucht, etwas zu sagen, aber sie kann nicht...«

»Still!« flüsterte Millie mit leisem Kopfschütteln und verzog dabei den Mund, als verstoße es gegen den guten Geschmack, darüber zu sprechen. Sie war alt geworden. Miss Millie, alt und wunderschön grauhaarig, und zierlich wie Miss Belle, die längst dahingegangen war. »Noch etwas Kaffee, Pater?«

Aber es war eine hübsche Frau, die auf dem Stuhl draußen auf der Veranda saß. Die Schockbehandlungen hatten ihr Haar nicht ergrauen lassen. Und ihre Augen waren immer noch von tiefem Blau, auch wenn ihr Blick völlig leer war. Wie eine Statue in der Kirche sah sie aus. *Pater, helfen Sie mir.* Der Smaragd fing das Licht ein, explodierte wie ein winziger Stern.

Danach kam Pater Mattingly nicht mehr oft in den Süden, und wenn er in den folgenden Jahren an der Haustür läutete, war er nicht mehr willkommen. Es gab keinen Kaffee im Wintergarten mehr – nur noch ein paar kurze Worte in dem riesigen, staubigen Wohnzimmer. Ob sie hier nie mehr das Licht einschalteten? Die Kronleuchter waren verdreckt.

Natürlich wurden die Frauen allmählich ziemlich alt. Millie starb 1979. Es war eine große Beerdigung gewesen, und aus dem ganzen Land waren Verwandte gekommen.

Im letzten Jahr war Nancy gestorben. Pater Mattingly war gerade in Baton Rouge gewesen und war nur zur Beerdigung hinuntergefahren.

Miss Carl war weit über achtzig und dürr wie ein Skelett. Sie hatte eine Adlernase, weißes Haar und eine dicke Brille, die ihre Augen unangenehm vergrößerte. Über den Rand der schwarzen Schnürschuhe quollen geschwollene Knöchel. Während der Zeremonie auf dem Friedhof mußte sie sich auf einen Grabstein setzen.

Mit dem Haus selbst ging es kläglich bergab. Das hatte Pater Mattingly mit eigenen Augen gesehen, als er vorbeigefahren war.

Auch Deirdre hatte sich selbstverständlich verändert. Er sah, daß ihre verletzliche Treibhausschönheit nun doch dahin war. Trotz der Krankenschwestern, die mit ihr auf und ab gingen, war sie jetzt zusammengefallen, und ihre Handgelenke waren nach auswärts gekrümmt wie bei einer Arthritiskranken. Es hieß, ihr Kopf hänge jetzt dauernd schief und ihr Mund stehe immer offen.

Es war ein trauriger Anblick, selbst aus der Ferne. Und die Juwelen machten es nur noch gespenstischer. Diamantohrringe an einer besinnungslosen Invalidin. Ein Smaragd, so groß wie ein Daumennagel! Und Pater Mattingly, der an nichts mehr als an die Unantastbarkeit des menschlichen Lebens glaubte, fand, daß für Deirdre der Tod ein Segen gewesen wäre.

Am Nachmittag nach der Beerdigung, als er dem alten Anwesen in aller Stille einen Besuch abstattete, traf er einen Engländer, der am hinteren Ende des Zauns stand – einen sehr gutaussehenden Mann, der sich als Aaron Lightner vorstellte.

»Wissen Sie etwas über diese arme Frau?« fragte Lightner ganz offen. »Seit zehn Jahren sehe ich sie da auf der Veranda sitzen. Wissen Sie, ich mache mir Sorgen um sie.«

»Ich auch«, bekannte Pater Mattingly. »Aber sie sagen, niemand könne etwas für sie tun.«

»Eine so merkwürdige Familie«, sagte der Engländer mitfühlend. »Es ist so heiß. Ich frage mich, ob sie die Hitze nicht spürt? Man sollte doch erwarten, daß sie den Deckenventilator reparieren lassen. Sehen Sie? Er ist anscheinend kaputt.«

Unversehens war Pater Mattingly mit dem Engländer ins Gespräch gekommen. Unter den tiefhängenden Eichenästen plauderte man ganz unbefangen über all die »bekannten« Einzelheiten, die auch dem Mann anscheinend ganz geläufig waren – die Schockbehandlungen, die Sanatorien, die vor langer Zeit nach Kalifornien zur Adoption gegebene Tochter. Aber nicht im Traum wäre es Pater Mattingly eingefallen, die Klatschgeschichten des alten Dave Collins über Stella oder »den Mann« zu erwähnen. Solchen Unfug noch zu wiederholen wäre schlichtweg unrecht gewesen. Außerdem kam es den schmerzlichen Geheimnissen zu nahe, die Deirdre ihm anvertraut hatte.

Irgendwie landeten er und Lightner im »Commander's Palace« zu einem verspäteten Mittagessen auf Rechnung des Engländers. Welch ein Fest für den Priester. Wie lange war es her, daß er in einem so feinen Restaurant in New Orleans gespeist hatte, mit Tischdekken und leinenen Servietten. Und der Wein, den der Engländer bestellt hatte, war ausgezeichnet.

Lightner gab ganz unverhohlen zu, daß er sich für die Geschichte von Familien wie den Mayfairs interessierte.

»Sie wissen, daß sie eine Pflanzung auf Haiti hatten, als die Insel noch Saint Domingue hieß. Maye Faire hieß sie, wenn ich nicht irre. In der Zeit vor dem Sklavenaufstand machten sie ein Vermögen mit Kaffee und Zucker.«

»So weit zurück reichen Ihre Kenntnisse von der Familie?« sagte der Priester staunend.

»Oh, durchaus«, antwortete Lightner. »Es steht in den Geschichtsbüchern, wissen Sie. Eine mächtige Frau führte die Plantage damals – Marie Claudette Mayfair Landry. Sie trat in die Fußstapfen ihrer Mutter, Angélique Mayfair. Aber da waren sie schon seit vier Generationen da. Charlotte war aus Frankreich gekommen, im Jahre – wann war es gleich? – 1689. Ja, Charlotte. Und sie bekam Zwillinge, Peter und Jeanne Louise, und die beiden wurden einundachtzig Jahre alt.«

»Was Sie nicht sagen. So alte Berichte über sie habe ich noch nie gehört.«

»Ich glaube, das ist schlicht aktenkundig.« Der Engländer zuckte leicht mit den Achseln. »Nicht einmal die schwarzen Rebellen wagten es, die Plantage in Brand zu setzen. Marie Claudette gelang es, mit einem fürstlichen Vermögen und ihrer ganzen Familie zu emigrieren. Sie kamen nach La Victoire in Riverbend, unterhalb von New Orleans. Ich glaube, sie nannten es einfach Riverbend.«

»Miss Mary Beth kam dort zur Welt.«

»Ja. Richtig. Das war ... mal sehen – ich glaube, es war 1871. Erst der Fluß konnte das alte Haus schließlich verschlingen. Eine Pracht war es, mit Säulen ringsum. Es gab Photos davon in den ganz alten Reiseführern über Louisiana.«

»Die würde ich gern einmal sehen«, sagte der Priester.

»Das Haus in der First Street bauten sie vor dem Bürgerkrieg, wissen Sie«, fuhr Lightner fort. »Genau gesagt, es war Katherine Mayfair, die es baute, und später wohnten ihre Brüder Julien und Remy Mayfair dort. Und dann machte Mary Beth es zu ihrem Heim. Ihr gefiel es auf dem Land nicht.«

»Von Miss Mary Beth hat man mir immer erzählt ...«

»Ja, es war Mary Beth, die Richter McIntyre heiratete; natürlich war er damals noch ein junger Anwalt. Und ihre Tochter Carlotta Mayfair ist heute anscheinend die Hausherrin ...«

Pater Mattingly war entzückt – nicht bloß wegen seiner alten, quälenden Neugier über die Mayfairs, sondern auch wegen der verbindlichen Art, mit der Lightner erzählte, und wegen seines angenehm klingenden englischen Akzents. Pure Historie das alles, kein Klatsch. Völlig unschuldig. Es war lange her, daß Pater Mattingly mit einem so kultivierten Mann gesprochen hatte. Nein, dies war kein Klatsch, wenn der Engländer es erzählte.

Und wider besseres Wissen war der Priester unversehens dabei, mit stockender Stimme die Geschichte von dem kleinen Mädchen auf dem Schulhof und den geheimnisvollen Blumen zu erzählen. Das war immerhin nicht das, was er im Beichtstuhl erfahren hatte, erinnerte er sich. Aber es war doch beängstigend, daß es in dieser Weise hervorsprudelte, nachdem er nur ein halbes dutzendmal an seinem Wein genippt hatte. Pater Mattingly war beschämt. Plötzlich ging ihm die Beichte nicht mehr aus dem Kopf. Er verlor den Faden. Er dachte an Dave Collins und an all die seltsamen Dinge, die er erzählt hatte, und an Pater Lafferty, der darüber so wütend geworden war, damals an jenem Juliabend auf dem Basar, Pater Lafferty, der dann die Adoption von Deirdres Baby organisiert hatte.

Der Engländer wartete geduldig, während der Priester seinen Gedanken nachhing. Ja, es geschah etwas höchst Merkwürdiges. Pater Mattingly hatte den Eindruck, daß der Mann ihm beim Denken zuhörte! Aber das war ganz unmöglich. Und wenn doch jemand auf diese Weise die Erinnerung an eine Beichte belauschen konnte – was sollte ein Priester dagegen tun?

Wie lange dieser Nachmittag ihm vorkam. Wie behaglich, wie gelassen. Schließlich wiederholte Pater Mattingly all die alten Geschichten von Dave Collins, und er erzählte sogar von den Bildern in den Büchern, die den »dunklen Mann« und die tanzenden Hexen gezeigt hatten.

Und der Engländer wirkte so interessiert, bewegte sich nur hin und wieder, um Wein nachzuschenken oder dem Priester eine Zigarette anzubieten, und unterbrach ihn nicht.

»Was halten Sie davon?« flüsterte der Priester schließlich. »Wissen Sie, der alte Dave Collins ist tot, aber Schwester Bridget Marie wird wohl ewig leben. Sie ist jetzt fast hundert.«

Der Engländer lächelte. »Sie meinen die Nonne auf dem Schulhof an jenem längst vergangenen Tag?«

Aber der Priester war wieder abwesend; er dachte an Deirdre und an den Beichtstuhl. Und der Engländer berührte seinen Handrükken und flüsterte: »Sie müssen sich deshalb keine Sorgen machen.«

Der Priester schrak auf. Dann lachte er fast über seine Angst, jemand könne seine Gedanken lesen. Das hatte Schwester Bridget

Marie ja auch über Antha erzählt, nicht wahr? Daß sie Menschen durch Mauern habe verstehen und ihre Gedanken habe lesen können. Hatte er dem Engländer das auch erzählt?

»Ja, haben Sie. Ich möchte Ihnen danken...«

Er und der Engländer hatten sich um sechs vor dem Tor des Lafayette-Friedhofs verabschiedet. Es war die goldene Zeit des Abends gewesen, wenn die Sonne schon untergegangen ist und alle Dinge das Licht abgeben, das sie im Laufe des Tages aufgenommen haben. Aber wie verloren alles ausgesehen hatte, die weißgekalkten Mauern und die riesigen Magnolien, die das Pflaster aufbrachen.

»Wissen Sie, sie liegen alle dort drinnen begraben«, hatte Pater Mattingly mit einem Blick auf das Eisentor gesagt. »Eine große oberirdische Gruft, rechts am Hauptweg, mit einem kleinen, schmiedeeisernen Zaun ringsherum. Miss Carl hält sie gut in Schuß. Sie können da all die Namen lesen, von denen Sie mir eben erzählt haben.«

Er hätte es dem Engländer selbst gezeigt, aber es war Zeit gewesen, zum Pfarrhaus zurückzukehren, Zeit, nach Baton Rouge zurückzufahren und dann hinauf nach St. Louis.

Lightner gab ihm eine Adresse in London.

»Sollten Sie je mehr über diese Familie hören – irgend etwas, das Sie ohne Bedenken weitergeben zu können glauben –, nun, würden Sie dann Kontakt mit mir aufnehmen?«

Natürlich hatte Pater Mattingly das nie getan. Er hatte den Namen und die Adresse schon vor Monaten verlegt. Aber den Engländer hatte er in freundlicher Erinnerung, wenngleich er sich manchmal fragte, wer der Mann in Wirklichkeit war und was er eigentlich gewollt hatte. Wenn alle Priester der Welt so beruhigend wie er hätten wirken können, wie prächtig wäre das gewesen. Es war ihm so vorgekommen, als habe der Mann einfach alles verstanden.

Als er sich nun der alten Ecke näherte, dachte Pater Mattingly wieder an das, was der junge Priester geschrieben hatte: daß Deirdre Mayfair immer mehr in sich zusammenfalle und daß sie kaum noch gehen könne.

Wie hatte sie dann am 13. August so wild werden können? Das hätte er um des Himmels willen gern gewußt. Wie hatte sie die Fensterscheiben zerschlagen und die Männer von der Irrenanstalt verjagen können?

Dem Priester fiel es schwer, das zu glauben.

Aber da war der Beweis.

Als er sich in der Wärme des Augustnachmittags langsam dem Tor näherte, sah er den weiß uniformierten Glaser auf der vorderen Veranda auf einer Holzleiter stehen. Er hatte ein Messer in der Hand und strich den Kitt an den neuen Scheiben entlang. Und jedes dieser hohen Fenster hatte eine neue Glasscheibe; die kleinen Aufkleber der Herstellerfirma waren noch zu sehen.

Etliche Schritte weiter an der Südseite des Hauses, im Schutz eines kupferrot verrosteten Drahtgitters, saß Deirdre, die Hände in den Gelenken auswärts verdreht, den Kopf zur Seite und an die Lehne des Schaukelstuhls gelegt. Der Smaragdanhänger funkelte für einen Augenblick ganz grün im Licht. Ah, wie war es wohl *für sie* gewesen, diese Scheiben zu zerschlagen? Die Kraft durch ihre Glieder strömen zu fühlen, sich im Besitz einer so ungewöhnlichen Macht zu wissen? Ja, sogar ein Geräusch zu machen – ja, das mußte herrlich gewesen sein.

Aber das waren seltsame Gedanken für ihn, oder? Dennoch fühlte er sich von einer unbestimmten Trauer erfaßt, einer tiefen Melancholie. Ach, Deirdre, arme kleine Deirdre.

Die Wahrheit war, daß ihm so traurig und verbittert wie jedesmal zumute war, wenn er sie sah. Und er wußte, daß er nicht den Steinplattenweg zu den Verandastufen hinaufgehen würde. Er würde nicht an der Tür läuten, nur um sich wieder sagen zu lassen, Miss Carl sei nicht da, oder sie könne ihn im Augenblick gerade nicht empfangen.

Eine ganze Weile blieb er am Zaun stehen und lauschte dem Schaben des Glasermessers, das seltsam klar durch die sachte tropische Stille klang. Er fühlte, wie die Hitze seine Schuhe und seine Kleider durchdrang. Er ließ die sanften, milden Farben dieser feuchten, schattigen Welt auf sich einwirken.

Es war ein vortrefflicher Ort, das hier. Gewiß besser für sie als irgendein steriles Krankenzimmer oder die Aussicht auf einen kurzgeschorenen Rasen, der so abwechslungsreich war wie ein synthetischer Teppich. Und wie kam er auf die Idee, daß er jemals etwas für sie hätte tun können, was so viele Ärzte nicht vermocht hatten? Vielleicht hatte sie nie eine Chance gehabt. Das wußte nur Gott.

Plötzlich gewahrte er einen Besucher hinter dem rostigen Fliegengitter; er saß neben der armen Wahnsinnigen. Ein netter junger Mann, wie es schien – groß, dunkelhaarig, gutgekleidet trotz der Bruthitze. Vielleicht einer der Verwandten aus der Ferne, aus New York oder aus Kalifornien.

Der junge Bursche mußte eben aus dem Wohnzimmer auf die Veranda herausgekommen sein, denn einen Augenblick zuvor war er noch nicht da gewesen.

Wie fürsorglich er wirkte. Regelrecht liebevoll neigte er sich zu Deirdre hinüber. Gerade so, als wolle er ihr die Wange küssen. Ja, das tat er auch. Trotz des tiefen Schattens konnte der Priester es sehen, und es berührte ihn tief.

Der Glaser war jetzt mit seiner Arbeit fertig. Er klappte seine Leiter zusammen, kam die Vordertreppe herunter und ging über den Plattenweg an der vergitterten Veranda vorbei; dabei bog er mit seiner Leiter die Bananenstauden und die schwellenden Oleanderzweige beiseite.

Der Priester war ebenfalls fertig. Er hatte seine Buße getan. Jetzt konnte er nach Hause gehen, zurück auf das heiße tote Pflaster der Constance Street und in die kühle Behausung der Pfarrei. Langsam wandte er sich ab und ging auf die Straßenecke zu.

Nur noch einmal schaute er sich um. Die Veranda war wieder leer; Deirdre war allein. Sicher würde der nette junge Mann bald wieder herauskommen. Es hatte den Priester bis ins Herz gerührt, diesen zarten Kuß zu sehen, zu wissen, daß selbst jetzt noch jemand sie liebte, diese verlorene Seele, die er selbst vor so langer Zeit nicht hatte retten können.

4

Irgend etwas hatte sie heute abend noch zu tun, irgend jemand war anzurufen. Und es war wichtig. Aber nach fünfzehn Stunden Dienst – zwölf davon im Operationssaal – konnte sie sich nicht mehr erinnern.

Sie war noch nicht wieder Rowan Mayfair mit all ihrem persönlichen Schmerz und ihren Sorgen. Sie war einfach Dr. Mayfair, leer wie eine klare Glasscheibe, wie sie hier schweigend im Kaffeezimmer der Ärzte saß, die Hände in den Taschen ihres schmutzigen weißen Kittels, die Füße auf dem Stuhl gegenüber, eine Zigarette zwischen den Lippen, und ihnen zuhörte, wie sie redeten, was Neurochirurgen immer reden, wenn sie jeden aufregenden Augenblick des Tages in Worten wiederkäuen.

Leise aufplätscherndes Lachen, Stimmen, die andere Stimmen überlappten, Alkoholgeruch, das Rascheln gestärkter Kleider, der angenehme Duft von Zigarettenrauch. Es war zwar eine Schande, daß sie fast alle rauchten, aber das machte nichts. Es war schön, noch hierzubleiben, behaglich im grellen Schein der Lampen zu sitzen, der sich über den schmutzigen Kunststofftisch und den schmutzigen Linoleumfußboden und den schmutzigen beigefarbenen Wänden ergoß. Schön, die Zeit des Grübelns noch ein wenig aufzuschieben, die Zeit, wo die Erinnerung zurückkommen, sie in Besitz nehmen und schwer und trüb machen würde.

Tatsächlich war der Tag verdammt nah an der Vollkommenheit gewesen, und deshalb taten ihr die Füße so weh. Sie hatte drei Notoperationen hinter sich, eine nach der anderen, von der Schußverletzung um sechs Uhr früh bis zu dem Unfallopfer, das vor vier Stunden hereingebracht worden war. Und wenn jeder Tag wie dieser würde, dann wäre das Leben okay. Ja, es würde sogar wunderbar sein.

Dessen war sie sich im Augenblick auf eine entspannte Art und Weise bewußt. Nach zehn Jahren als Medizinstudentin, Praktikantin und Assistenzärztin war sie jetzt, was sie immer hatte sein wollen – Ärztin, Neurochirurgin und vor allem Mitglied des neurochirurgischen OP-Personals einer riesigen Universitätsklinik, in deren Neurologischem Trauma-Zentrum sie beinahe ständig Unfallopfer operieren konnte.

Sie mußte zugeben, daß sie die Arbeit verklärte, daß sie ganz in ihr aufging und daß sie es verdrängte, daß sie im Grunde nichts anderes war als eine bis zur kritischen Grenze der Erschöpfung überarbeitete Chirurgin, die immer noch fünfzig Prozent ihrer Operationen unter den Augen anderer durchführen mußte.

Selbst das unausweichliche Gerede war heute nicht so schlimm gewesen – die endlosen Sticheleien im OP, das Diktieren der Notizen danach und schließlich die Besprechung im Kaffeezimmer, die sich immer endlos lange hinzog. Sie mochte diese Ärzte um sie herum, die Assistenzärzte mit den glänzenden Gesichtern, die ihr gegenübersaßen, Dr. Peters und Dr. Blake, die ihre Assistenzzeit gerade eben begonnen hatten und sie anschauten, als sei sie eine Hexe und keine Ärztin. Dr. Simmons, der Oberarzt, der ihr hin und wieder in hitzigem Flüsterton erzählte, daß sie die beste Ärztin sei, die er je in der Chirurgie gesehen hatte, und daß die Schwestern das gleiche sagten, und Dr. Larkin, der beliebte Chef der Neurochirurgie, unter seinen Schützlingen bekannt als Lark, »die Lerche«, der sie heute wieder und wieder genötigt hatte, ihre Vorgehensweise ausführlich zu erläutern – »Erklären, Rowan, detailliert erklären. Sie müssen diesen Jungs sagen, was Sie tun. Meine Herren, sehen Sie her: Dies ist die einzige Neurochirurgin in der westlichen Zivilisation, die nicht gern über ihre Arbeit spricht.«

Und jetzt unterhielten sie sich, Gott sei Dank, über Dr. Larkins virtuose Leistung bei dem Meningiom vom Nachmittag, und sie konnte sich von dieser köstlichen Erschöpfung treiben lassen, den Geschmack der Zigarette und den schauderhaften Kaffee genießen, das herrliche Gleißen des Lichts auf den wunderbar kahlen Wänden.

Das Dumme war, sie hatte sich heute morgen eingeschärft, diese private Sache nicht zu vergessen, diesen Anruf, irgend etwas, das wirklich wichtig für sie war... Was war es nur gewesen? Es würde ihr wieder einfallen, wenn sie das Gebäude verließe.

Und das konnte sie ja jetzt tun. Wann immer es ihr paßte. Sie war schließlich die aufsichtführende Ärztin. Sie brauchte nicht länger als fünfzehn Stunden hierzubleiben. Nie wieder mußte sie im Bereitschaftszimmer schlafen, und niemand erwartete, daß sie in die Notaufnahme hinunterging, nur um nachzusehen, was los war – obwohl sie vielleicht gerade das am liebsten getan hätte.

Vor zwei Jahren noch wäre sie um diese Zeit längst fort gewesen, wäre mit der zulässigen Höchstgeschwindigkeit über die Golden Gate gebraust, begierig danach, wieder Rowan Mayfair zu sein, und hätte die *Sweet Christine* einhändig aus der Richardson Bay hinaus aufs freie Meer gesteuert. Erst wenn sie den Autopiloten auf einen weiträumigen Kreiskurs gestellt hätte, weit abseits der Fahrrouten, hätte sie sich von der Erschöpfung übermannen lassen. Dann wäre sie unter Deck gegangen, in die Kajüte, wo das Holz ebenso glänzte wie das polierte Messing, und dort hätte sie sich in die Doppelkoje fallen lassen, um in einen leichten Schlaf zu versinken, den all die kleinen Geräusche des Bootes süß durchdrungen hätten.

Aber das war gewesen, bevor sie süchtig danach geworden war, am Operationstisch Wunder zu wirken. Hin und wieder hatte noch die Forschung gelockt. Und Ellie und Graham, ihre Adoptiveltern, hatten noch gelebt, und das Haus mit der riesigen Fensterfront am Tiburon-Ufer war kein Mausoleum gewesen, angefüllt mit den Büchern der Toten und den Kleidern der Toten.

Sie mußte durch dieses Mausoleum gehen, um zur *Sweet Christine* zu gelangen. Sie mußte die Post sehen, die unweigerlich noch immer für Ellie und Graham kam, und vielleicht sogar auf dem Anrufbeantworter die eine oder andere Nachricht von einem Freund aus einer anderen Stadt abhören, der nicht wußte, daß Ellie im vergangenen Jahr an Krebs gestorben war und daß Graham zwei Monate vor Ellies Tod, einfach ausgedrückt, von einem »Schlaganfall« dahingerafft worden war. Sie goß die Farnpflanzen immer noch im Gedenken an Ellie, die ihnen Musik vorgespielt hatte. Sie fuhr Grahams Jaguar, weil es eine Plage gewesen wäre, ihn zu verkaufen. Seinen Schreibtisch hatte sie nie ausgeräumt.

Ein Schlaganfall. Ein dunkles, häßliches Gefühl zog über ihr hinweg. Nicht daran denken, wie Graham auf dem Küchenfußboden gestorben war, sondern an die Triumphe des heutigen Tages. In den letzten fünfzehn Stunden hast du drei Menschen das Leben gerettet, die andere Ärzte vielleicht aufgegeben hätten. Anderen Leben in anderen Händen hast du geschickte Hilfe geleistet. Und jetzt schlummern auf der Intensivstation, sicher wie im Mutterschoß, drei dieser Patienten, und sie haben Augen, die sehen, und Münder, die Worte formen können, und wenn du ihre Hände nimmst, dann halten sie dich fest, wie du sie festhältst.

»Was Sie wollen, ist ein Wunder!« hatte der diensthabende Arzt in der Notaufnahme am Abend um sechs verächtlich und mit vor Erschöpfung glasigen Augen zu ihr gesagt. »Rollen Sie diese Frau rüber zur Wand und sparen Sie sich Ihre Energie für jemanden, für den Sie etwas tun können!«

»Ich will überhaupt nichts außer Wundern«, hatte Rowan geantwortet. »Wir werden das Glas und den Dreck aus ihrem Gehirn entfernen, und dann sehen wir weiter.«

Unmöglich, ihm zu erzählen, daß sie, als sie die Hände auf die

Schultern der Frau gelegt hatte, mit ihrem diagnostischen sechsten Sinn den tausend kleinen Signalen »gelauscht« hatte und daß diese ihr unfehlbar verraten hatten, daß die Frau würde weiterleben können. Sie wußte, was sie sehen würde, wenn die Knochensplitter behutsam aus der Fraktur entfernt und zur späteren Wiedereinsetzung eingefroren worden wären, wenn die zerfetzte Dura mater weiter aufgeschnitten und das mißhandelte Gewebe darunter von dem starken OP-Mikroskop vergrößert würde: eine Menge lebendes Gehirn, unbeschädigt und funktionsfähig, sobald sie das Blut abgesaugt und die winzigen gerissenen Gefäße kauterisiert hätten, um die Blutung zu stoppen.

Es war das gleiche unfehlbare Gefühl, das sie an jenem Tag draußen auf dem Meer gehabt hatte, als sie den Ertrunkenen, diesen Michael Curry, mit der Winde an Deck gehievt und seine kalte graue Haut berührt hatte. Ja, da ist noch Leben. Bring ihn zurück.

Der Ertrunkene. Michael Curry. Natürlich, das war es, was sie sich vorgenommen hatte. Currys Arzt anrufen. Currys Arzt hatte eine Nachricht für sie hinterlassen, in der Klinik und auf dem Anrufbeantworter zu Hause.

Mehr als drei Monate waren vergangen seit jenem bitterkalten Abend im Mai, als der Nebel wie eine Decke über der fernen Stadt gelegen hatte, so daß kein einziges Licht zu sehen gewesen war; der Ertrunkene auf den Decksplanken der *Sweet Christine* hatte so tot ausgesehen wie nur irgendein Leichnam, der ihr je unter die Augen gekommen war.

Sie drückte die Zigarette aus. »Gute Nacht, Kollegen«, sagte sie und stand auf. »Montag, acht Uhr« – zu den Assistenzärzten gewandt. »Nein, bleiben Sie sitzen.«

Dr. Larkin faßte sie mit zwei Fingern beim Ärmel. Als sie den Arm wegziehen wollte, hielt er sie fest.

»Fahren Sie nicht allein mit dem Boot hinaus, Rowan.«

»Na, hören Sie, Chef.« Sie versuchte sich loszureißen, doch ohne Erfolg. »Ich fahre allein mit dem Boot hinaus, seit ich sechzehn bin.«

»Schlecht, Rowan, ganz schlecht«, meinte er. »Angenommen, Sie stoßen sich da draußen den Kopf und fallen über Bord.«

Sie lachte leise und höflich, aber in Wahrheit ärgerte sie sein Gerede. Dann war sie zur Tür hinaus, am Aufzug vorbei – zu langsam – und unterwegs zu der Betontreppe.

Vielleicht sollte sie noch einen letzten Blick auf die drei Patienten in der Intensivstation werfen, bevor sie ging; und plötzlich hatte der Gedanke, überhaupt zu gehen, etwas Bedrückendes. Und die Vorstellung, daß sie erst Montag wieder herkommen würde, war noch schlimmer.

Sie schob die Hände in die Taschen und hastete die zwei Treppen hinauf in den vierten Stock.

In den schimmernden Korridoren dort oben war es so still. Nichts war zu spüren von dem Trubel, der in der Notaufnahme unvermeidlich war. Eine einsame Frau schlummerte auf dem Sofa in dem mit dunklen Teppichen ausgelegten Warteraum. Die alte Schwester im Dienstzimmer der Station winkte nur, als Rowan vorüberging. Es hatte Zeiten gegeben, in denen sie als geplagte Assistenzärztin während des Dienstes nachts lieber auf diesen Korridoren auf und ab gegangen war, statt zu versuchen, ein wenig Schlaf zu finden. Hin und her war sie gewandert, durch einen Korridor nach dem anderen, von vorn bis hinten, eingelullt vom sanften Wispern zahlloser Apparate.

Bedauerlich, daß der Chef von der *Sweet Christine* wußte, dachte sie jetzt; bedauerlich, daß sie ihn am Nachmittag nach dem Begräbnis ihrer Adoptivmutter verzweifelt und verängstigt mit nach Hause genommen und mit ihm auf der Sonnenveranda gesessen hatte, wo sie unter dem blauen Himmel von Tiburon Wein getrunken hatten. Bedauerlich, daß sie Lark in diesen unwirklichen, metallenen Momenten gestanden hatte, daß sie nicht mehr in diesem Haus sein wollte, daß sie auf dem Boot und manchmal für das Boot lebte und nach jeder Schicht allein damit hinausfuhr, ganz gleich, wie lange sie gearbeitet hatte, ganz gleich, wie müde sie war.

Leuten davon zu erzählen – machte das je irgend etwas besser? Lark hatte Klischee auf Klischee getürmt, als er versucht hatte, sie zu trösten. Und danach hatte jeder in der Klinik von der *Sweet Christine* gewußt. Und sie war nicht mehr bloß Rowan die Schweigsame, sondern auch Rowan die Adoptierte, deren Familie in weniger als einem halben Jahr gestorben war und die ganz allein mit dem großen Boot aufs Meer hinausfuhr.

Wenn sie erst noch den Rest wüßten, dachte sie; wenn sie wüßten, wie geheimnisvoll sie wirklich war, selbst für sich selbst. Was hätten sie wohl über die Männer gesagt, die ihr gefielen: die unerschrockenen Beamten der Polizei und die kräftigen Helden der Feuerwehr, die sie in den lärmenden, gewöhnlichen Kneipen der Nachbarschaft aufspürte, diese Partner, die sie sich um ihrer rauhen Hände und der rauhen Stimme willen ebenso erwählte wie wegen ihrer breiten Schultern und kraftvollen Arme. Ja, wie war es damit, und wie war es mit all den Paarungen unten in der Kajüte der *Sweet Christine,* wo der .38er Polizeirevolver in seinem schwarzen Lederhalfter am Haken an der Wand hing?

Warum solche Männer? hatte Graham einmal wissen wollen. »Du suchst sie dir aus, die dummen, ungebildeten, stiernackigen Typen? Und wenn dir mal einer seine fleischige Faust ins Gesicht rammt?«

»Aber das ist es ja«, hatte sie kalt geantwortet, ohne ihn auch nur anzusehen. »Das tun sie nicht. Sie retten Menschenleben, und darum mag ich sie. Ich mag Helden.«

»Das klingt wie das Gerede einer törichten Vierzehnjährigen«, hatte Graham beißend geantwortet.

»Da irrst du dich«, hatte sie erwidert. »Mit vierzehn hielt ich Rechtsanwälte wie dich für Helden.«

Mit einem bitteren Blitzen in den Augen hatte er sich von ihr abgewandt. Ein bitteres Aufblitzen der Erinnerung an Graham auch jetzt, über ein Jahr nach Grahams Tod. Grahams Geschmack, Grahams Geruch, Graham schließlich in ihrem Bett, denn Graham wäre schon vor Ellies Tod fortgegangen, wenn sie nicht gewesen wäre.

»Erzähl mir nicht, daß du es nicht schon immer gewollt hast«, hatte er auf der dicken Daunenmatratze in der Koje der *Sweet Christine* zu ihr gesagt. »Zum Teufel mit deinen Feuerwehrmännern, und zum Teufel mit deinen Cops.«

Hör auf, mit ihm zu diskutieren. Hör auf, an ihn zu denken. Ellie hat nie erfahren, daß du mit ihm geschlafen hast oder warum du glaubtest, es tun zu müssen. Und du bist nicht in Ellies Haus. Du bist nicht einmal auf dem Boot, das Graham dir geschenkt hat. Du bist hier sicher in der antiseptischen Stille deiner eigenen Welt, und Graham liegt tot und begraben auf dem kleinen Friedhof in Nordkalifornien. Und es ist gleichgültig, wie er starb, denn auch diese Geschichte kennt niemand. Laß ihn nicht, wie man sagt, im Geiste dabei sein, wenn du den Zündschlüssel in seinem Auto herumdrehst – das du längst hättest verkaufen sollen – oder wenn du in die klammen, kalten Zimmer seines Hauses kommst.

Aber sie redete noch immer mit ihm, hielt noch immer das endlose Plädoyer der Verteidigung. Sein Tod hatte jede echte Lösung für alle Zeit verhindert, und so hatte ihr Haß und ihre Wut seinen Geist erschaffen. Er verblaßte jetzt, aber noch immer suchte er sie heim, selbst hier in den sicheren Korridoren ihres eigenen Reiches.

Die anderen sind mir jederzeit lieber, hatte sie zu ihm sagen wollen – sie sind mir lieber mit ihrem Egoismus und ihrem Gepolter und ihrer Ignoranz und ihrem wüsten Sinn für Humor; ihre Rauhbeinigkeit ist mir lieber, ihre hitzige und simple Liebe zu Frauen und ihre Angst vor Frauen, sogar ihr Gerede ist mir lieber, jawohl, ihr endloses Gerede, und gottlob wollen sie im Gegensatz zu den Neurochirurgen nicht, daß ich ihnen etwas erwidere, sie wollen nicht einmal wissen, wer ich bin oder was ich bin, ich könnte genauso gut sagen, ich bin Raketentechnikerin oder Meisterspionin oder Zauberin, wie ich sage, daß ich Neurochirurgin bin. »Das soll doch wohl nicht heißen, daß du die Leute am Gehirn operierst!«

Was bedeutete das schon, das alles?

Tatsache war, daß Rowan die »Männerfrage« jetzt ein bißchen besser verstand als damals, als Graham mit ihr darüber gestritten hatte. Sie begriff, welche Verbindung zwischen ihr und diesen uniformierten Helden bestand: Daß es das gleiche war, ob man in den Operationssaal ging und sich die sterilen Handschuhe überzog und nach Mikrokoagulator und Mikroskalpell griff oder ob man in ein brennendes Haus stürmte oder mit der Waffe in der Hand bei irgendeinem Familienstreit dazwischenging, um die Frau und das Kind zu retten.

Ja, den gleichen Mut, die gleiche Liebe zum Streß und zum wohlbegründeten Risiko sah sie in den groben Männern, die sie so gern küßte und streichelte und leckte, in den Männern, die sie gern auf sich spürte, den Männern, die es nicht nötig hatten, daß sie redete.

Aber was nutzte das Verstehen, wenn es Monate – fast ein halbes Jahr – her war, daß sie irgend jemanden eingeladen hatte, in ihr Bett zu kommen? Was dachte *Sweet Christine* darüber? fragte sie sich manchmal. Flüsterte sie ihr manchmal im Dunkeln zu: »Rowan, wo sind deine Männer?«

Chase, der flachshaarige, olivenhäutige Cop aus Marin, hinterließ immer noch Nachrichten auf ihrem Anrufbeantworter. Aber sie hatte keine Zeit, ihn anzurufen. Dabei war er ein so netter Kerl, und

Bücher las er auch, und einmal hatten sie sogar miteinander gesprochen, ein richtiges Gespräch war es gewesen, als sie eine beiläufige Bemerkung über die Notaufnahme und über die Frau, die von ihrem Mann niedergeschossen worden war, gemacht hatte: Da hatte er sofort eingehakt und von einer ganzen Serie von Schießereien und Messerstechereien erzählt, und im Handumdrehen waren sie dabeigewesen, das alles von zwei Seiten zu erörtern. Vielleicht hatte sie ihn deswegen nicht zurückgerufen? Möglich.

Aber oberflächlich betrachtet, hatte die Neurochirurgin die Frau in ihr vollständig überlagert – so sehr, daß sie gar nicht genau wußte, weshalb sie heute abend eigentlich an diese Männer dachte. Es sei denn, es hätte daran gelegen, daß sie doch noch nicht so müde war oder weil der letzte schöne Mann, nach dem es sie gelüstet hatte, Michael Curry gewesen war, dieser prachtvolle Ertrunkene, prachtvoll noch, als er da auf den Decksplanken ihres Bootes gelegen hatte, naß und bleich, das schwarze Haar an den Kopf geklatscht.

Ja. Er war, um es in der alten Teenie-Sprache zu sagen, »einfach traumhaft« – ein durch und durch anbetungswürdiger Kerl, und dazu ein anbetungswürdiger Kerl ganz nach ihrem Geschmack. Er hatte keine von diesen kalifornischen Fitneß-Center-Figuren mit überentwickelten Muskeln und unechter Sonnenbräune, gekrönt von gefärbtem Haar. Er war ein kraftvolles Proletarier-Exemplar, mit unwiderstehlichen blauen Augen und Sommersprossen auf den Wangen, die rückblickend den Wunsch in ihr weckten, sie zu küssen.

Welch eine Ironie: Ein so perfektes Beispiel der einzigen Art Mann, nach der es sie je verlangt hatte, im Zustand tragischer Hilflosigkeit aus dem Meer zu fischen.

Sie hatte den Eingang zur Intensivstation erreicht. Leise trat sie ein und blieb für einen Moment stehen, um diese seltsame, eisigstille Welt aus verglasten Räumen zu betrachten, in denen ausgemergelte Schläfer unter Sauerstoffzelten aus Plastik wie Fische in Aquarien zur Schau gestellt waren, die zerbrechlichen Glieder und Leiber inmitten von endlosen Kabeln und Schaltknöpfen an piepsende Monitore geklinkt.

In Rowans Kopf wurde plötzlich ein Schalter umgelegt. Außerhalb dieser Station existierte nichts mehr, wie auch außerhalb des OP nichts existierte.

Sie ging zum Aufsichtstisch, streckte die Hand aus und berührte ganz leicht die Schulter der Krankenschwester, die über einen Berg von Papier gebeugt unter den tiefhängenden Leuchtstoffröhren saß.

»Guten Abend, Laurel«, flüsterte Rowan.

Die Frau erschrak. Dann erkannte sie Rowan, und ihre Miene hellte sich auf. »Dr. Mayfair, Sie sind noch hier.«

»Will mich nur noch mal umsehen.«

Mit den Krankenschwestern ging Rowan sehr viel sanfter um als mit den Ärzten. Vom Beginn ihrer Assistenzzeit an hatte sie die Schwestern umworben und ihr Möglichstes getan, um ihre sprichwörtliche Abneigung gegen weibliche Ärzte zu mildern und ihnen so viel Enthusiasmus zu entlocken, wie sie nur konnte. Es war eine Wissenschaft für sich, kalkuliert und bis zur Skrupellosigkeit raffiniert, aber doch ebenso grundaufrichtig wie jeder Schnitt ins Gewebe eines Patienten.

Als sie jetzt den ersten Raum betrat und vor dem hohen, glänzenden Metallbett stehenblieb – einem monströsen Gestell auf Rädern –, hörte sie, daß die Schwester ihr nachkam, wie eine Zofe sozusagen; sie wollte das Krankenblatt von seinem Platz am Fußende des Bettes nehmen, doch Rowan schüttelte ablehnend den Kopf.

Bleich, scheinbar leblos, lag das letzte Unfallopfer des Tages im Bett; ein enormer Turban aus weißen Verbänden umgab den Kopf, und ein dünner, farbloser Schlauch verschwand in der Nase. Allein die Apparate zeigten so etwas wie Leben an, mit ihrem dünnen, monotonen Piepsen und den gezackten Neonlinien. Glukose floß durch eine winzige Nadel, die im festgezurrten Handgelenk steckte.

Wie ein Leichnam, der auf dem Einbalsamierungstisch zum Leben erwachte, schlug die Frau unter den gebleichten Bettlaken langsam die Augen auf. »Dr. Mayfair«, wisperte sie.

Ein angenehmes Kribbeln der Erleichterung durchzog Rowan. Wieder wechselten sie und die Schwester einen Blick. Rowan lächelte. »Ich bin hier, Mrs. Trent«, sagte sie leise. »Es geht Ihnen gut.« Sanft umschlossen ihre Finger die rechte Hand der Frau. *Ja, sehr gut.*

Die Augen der Frau schlossen sich so langsam wie eine Blüte. In dem leisen Gesumme der Maschinen ringsum hatte sich nichts geändert. Rowan zog sich so lautlos zurück, wie sie gekommen war.

Durch das Fenster des zweiten Zimmers betrachtete sie eine

zweite anscheinend bewußtlose Gestalt, einen olivenhäutigen Jungen, einen halmdürren Bengel genau gesagt, der plötzlich erblindet und vom Bahnsteig hinunter auf das Gleis eines Vorortzuges getaumelt war.

Vier Stunden lang hatte sie an ihm gearbeitet, das geplatzte Gefäß, das die Blindheit verursacht hatte, mit winziger Nadel vernäht und den beschädigten Schädel wieder zusammengefügt. Im Aufwachzimmer hatte er mit den Ärzten, die ihn umstanden hatten, gescherzt.

»Er macht sich prima, Doktor«, flüsterte die Schwester neben ihr.

Rowan nickte. Aber sie wußte, daß er in einigen Wochen Anfälle bekommen würde. Man würde sie mit Dilantin unter Kontrolle bringen, aber er würde für den Rest seines Lebens Epileptiker bleiben. Sicher besser als der Tod oder Blindheit. Sie würde abwarten und ihn beobachten, bevor sie irgend etwas vorhersagte oder erklärte. Schließlich bestand immer noch die Chance, daß sie sich irrte.

»Ich habe jetzt frei bis Montag, Laurel«, sagte Rowan. »Ich weiß nicht, ob mir dieser neue Dienstplan gefällt.«

Die Schwester lachte leise. »Sie haben die Ruhe verdient, Dr. Mayfair.«

»Ja?« murmelte Rowan. »Dr. Simmons wird mich anrufen, wenn es ein Problem gibt. Sie können ihn jederzeit bitten, mich anzurufen, Laurel. Ist das klar?«

Sie ging durch die Doppeltür hinaus und ließ sie leise schwingend hinter sich zufallen. Jawohl, es war ein guter Tag gewesen.

Und es gab eigentlich keinen Vorwand, noch länger hierzubleiben – außer, um ein paar Notizen in das private Tagebuch zu schreiben, das sie im Büro aufbewahrte, und um rasch ihren Anrufbeantworter abzuhören. Vielleicht würde sie sich ein Weilchen auf dem Ledersofa ausruhen. Es war so viel luxuriöser, das neue Büro der aufsichtführenden Ärztin, als die engen und schäbigen Bereitschaftszimmer, in denen sie jahrelang hatte dösen müssen.

Aber sie sollte jetzt nach Hause fahren; das wußte sie. Sie sollte Grahams und Ellies Schatten kommen und gehen lassen, wie es ihnen beliebte.

Und Michael Curry? Ja, jetzt hatte sie Michael Curry schon wieder vergessen, und nun war es kurz vor zehn. Sie mußte Dr. Morris anrufen, sobald es ging.

Jetzt bekomme mal kein Herzklopfen wegen Curry, dachte sie, während sie gemächlich und leise den linoleumbelegten Gang hinunterging und wiederum die Betontreppe dem Aufzug vorzog und im Zickzackkurs durch das gigantische schlummernde Krankenhaus zu ihrer Bürotür fand.

Aber sie brannte darauf, zu hören, was Morris zu sagen hatte, brannte auf Nachrichten über den derzeit einzigen Mann in ihrem Leben, einen Mann, den sie nicht kannte und den sie nicht mehr gesehen hatte seit jenem wilden Zwischenspiel aus verzweifelter Anstrengung und wahnsinnigem Glück auf dem turbulenten Meer, beinahe vier Monate zuvor...

Sie war an jenem Abend vor Erschöpfung fast benommen gewesen. Eine Routineschicht in ihrem letzten Monat als Assistenzärztin hatte sechsunddreißig Stunden Bereitschaftsdienst umfaßt, und in dieser Zeit hatte sie vielleicht eine Stunde geschlafen. Aber das machte nichts – bis sie den Ertrunkenen im Wasser entdeckt hatte.

Die *Sweet Christine* war unter einem schweren, bleigrauen Himmel durch die rauhe See gekrochen, und der Wind hatte gegen die Fenster des Ruderhauses geschlagen. Wetterwarnungen für Kleinboote galten nicht für diesen doppelmotorigen, zweiundvierzig Fuß langen, in Holland gebauten Stahlkreuzer, dessen wasserverdrängender Rumpf sich glatt, wenn auch langsam, ohne viel Auf und Ab durch die kabbeligen Wellen schob. Strenggenommen war sie zu groß für Einhandfahrten. Aber Rowan war allein mit ihr gefahren, seit sie sechzehn war.

An diesem Mainachmittag hatte der bedeckte Himmel den Tag schon verdunkelt, als Rowan noch unter der Golden Gate Bridge hindurchfuhr. Als die Brücke außer Sicht war, war die lange Dämmerung vollends in Finsternis übergegangen.

Die Dunkelheit war von reiner, metallischer Monotonie; das Meer verschmolz mit dem Himmel. Und es war so kalt, daß Rowan selbst im Ruderhaus ihre Wollhandschuhe und die Mütze trug und Tasse um Tasse dampfenden Kaffee trank, der indessen ihre tiefe Erschöpfung nicht vertrieb. Ihr Blick war wie immer auf die wogende See gerichtet.

Dann kam Michael Curry, dieser Punkt da draußen – konnte denn das ein Mensch sein?

Mit dem Gesicht nach unten trieb er in den Wellen, die Arme hingen leblos zur Seite, die Hände neben dem Kopf, die schwarzen Haare abgehoben vom blinkenden grauen Wasser, der Rest nur Kleider, die sich ganz leicht über der schlaffen, formlosen Gestalt blähten. Ein Trenchcoat, braune Schuhe. Sah tot aus.

Alles, was sie in diesen ersten paar Augenblicken sagen konnte, war, daß dies keine verweste Leiche war. Die Hände waren zwar blaß, aber nicht vom Wasser aufgedunsen. Er konnte erst vor wenigen Augenblicken von einem großen Schiff über Bord gefallen sein, aber auch vor ein paar Stunden. Entscheidend war, daß sie sofort einen Notruf absetzte und ihre Koordinaten durchgab; und dann mußte sie versuchen, ihn an Bord zu ziehen.

Wie das Schicksal es wollte, waren die Boote der Küstenwache meilenweit von ihrem Standort entfernt, und die Rettungshubschrauber waren alle irgendwo im Einsatz. Wegen der Schlechtwetterwarnung war buchstäblich kein einziges kleines Boot in der Gegend. Und der Nebel kam immer näher. Hilfe würde so bald wie möglich kommen, aber niemand konnte sagen, wann das sein würde.

»Ich versuche ihn aus dem Wasser zu ziehen«, sagte sie in ihr Funkgerät. »Aber ich bin allein hier draußen. Also kommen Sie, so schnell Sie können.«

Und das war das Schwierige an der Sache, denn so etwas hatte sie noch nie getan. Auf jeden Fall nicht allein. Aber sie hatte die nötige Ausrüstung, ein Geschirr, das mit einer starken Nylonleine mit der Winde auf dem Dach des Ruderhauses verbunden war – mit anderen Worten, sie hatte die notwendigen Mittel, ihn an Bord zu holen, wenn sie in seine Nähe kommen könnte. Und eben das würde vielleicht nicht gelingen.

Unverzüglich zog sie Gummihandschuhe und Schwimmweste an, schnallte sich das eigene Geschirr um und raffte das zweite für ihn an sich. Sie überprüfte die Leinenführung des Schlauchbootes, wie auch die Vertäuung, und dann warf sie das Boot über die Reling der *Sweet Christine* und kletterte auf der Schwimmleiter zu ihm hinunter, ohne auf die wogende See und das Schwanken der Leiter und die kalte Gischt in ihrem Gesicht zu achten.

Er trieb auf sie zu, und sie paddelte ihm entgegen; aber fast wäre das Schlauchboot vollgeschlagen. Eine Sekunde lang durchzuckte sie der Gedanke: Dies ist unmöglich. Aber sie gab nicht auf. Endlich – beinahe wäre sie aus dem kleinen Boot gefallen – langte sie nach seiner Hand und bekam sie zu fassen, und sie zog seinen Körper mit dem Kopf voran zu sich her. Aber wie sollte sie ihm jetzt das verdammte Geschirr ordentlich um den Oberkörper schnallen...

Wieder hätten die Wellen fast das Schlauchboot vollaufen lassen, und beinahe hätte sie es selbst zum Kentern gebracht. Dann hob eine Welle sie hoch und trug sie über den Mann hinweg. Seine Hand rutschte ihr weg. Sie verlor ihn. Aber wie ein Korken kam er wieder an die Oberfläche gehüpft. Jetzt bekam sie seinen linken Arm zu packen; sie zerrte ihm das Geschirr über Kopf und Schulter und zog den linken Arm hindurch. Aber es war unbedingt nötig, auch den rechten Arm hineinzubekommen. Die Gurte mußten richtig sitzen, wenn sie ihn, schwer wie er war, mit seinen nassen Kleidern, an Bord hieven wollte.

Und die ganze Zeit arbeitete ihr diagnostischer Sinn, während ihr Blick auf das halb untergetauchte Gesicht gerichtet war und sie die kalte Haut seiner ausgestreckten Hand spürte. *Ja, er ist da drin, er kann zurückkommen. Hol ihn an Bord.*

Eine wütende Woge nach der anderen verhinderte, daß sie weitermachte, und sie hielt ihn nur fest. Dann endlich konnte sie seinen rechten Ärmel packen und den rechten Arm durch die Gurte ziehen, und sogleich zog sie das Geschirr stramm.

Da schlug das Boot um und schleuderte sie neben ihn ins Meer. Sie schluckte Wasser und schoß an die Oberfläche. Es verschlug ihr den Atem, als die Eiseskälte durch ihre Kleider drang. Wie viele Minuten hatte sie Zeit bei dieser Temperatur, bevor sie das Bewußtsein verlor? Aber sie hatte ihn jetzt ebenso fest und sicher ans Boot geklinkt wie sich selbst; wenn sie, ohne ohnmächtig zu werden, die Jakobsleiter erreichen könnte, dann könnte sie ihn mit der Winde hochhieven. Sie ließ seine Leine fahren und schwamm in schnellen Kraulzügen los; sie weigerte sich zu glauben, daß sie scheitern könnte. Weiß und verschwommen ragte die breite Steuerbordseite der *Sweet Christine* auf, verschwand, erschien wieder, und die Wellen spülten über sie hinweg.

Endlich prallte sie gegen die Bordwand. Der Schock machte sie hellwach und geistesgegenwärtig. Ihre behandschuhten Finger wollten sich nicht krümmen, als sie die Hand nach der untersten

Sprosse der Leiter ausstreckte. Aber sie gab ihnen den Befehl: Krümmt euch, verdammt, packt die Sprosse. Und sie beobachtete, wie das, was sie als rechte Hand nicht mehr spürte, gehorchte. Ihre linke Hand hob sich zur Seite der Leiter, und wieder erteilte sie ihrem gefühllosen Körper einen Befehl, und beinahe ungläubig merkte sie, wie sie hinaufkletterte, Sprosse für Sprosse.

Einen Moment lang blieb sie auf Deck liegen und konnte sich nicht rühren. Die warme Luft, die aus der offenen Tür des Ruderhauses strömte, dampfte wie heißer Atem. Sie begann ihre Finger zu massieren, bis das Gefühl zurückkehrte. Aber sie hatte keine Zeit, sich zu wärmen, keine Zeit, irgend etwas anderes zu tun als aufzuspringen und zur Winde zu eilen.

Ihre Hände taten jetzt weh. Aber sie gehorchten ihr automatisch, als sie jetzt den Motor anließ. Ächzend und singend holte die Winde die Nylonleine ein. Plötzlich sah sie, wie der Körper des Mannes über die Reling heraufgeschwebt kam, der Kopf war gesenkt, die Arme hingen ausgebreitet und kraftlos über die Nylonschlinge des Gurtgeschirrs, und Wasser strömte aus den schweren, farblosen Kleidern. Der Mann kippte vorwärts, kopfüber an Deck.

Kreischend zerrte die Winde ihn näher zum Ruderhaus und riß ihn einen Schritt weit vor der Tür wieder hoch. Sie schaltete den Motor ab. Er sackte zusammen, durchnäßt, leblos, zu weit weg von der warmen Luft, als daß sie ihm genutzt hätte.

Und sie wußte, sie konnte ihn nicht hereinziehen, und sie hatte jetzt keine Zeit mehr, mit Leinen oder der Winde herumzuhantieren. Mit großer Anstrengung rollte sie ihn herum und pumpte ihm einen guten Liter Seewasser aus der Lunge. Dann hob sie ihn hoch, drängte sich unter ihn und wälzte ihn wieder auf den Rücken. Sie zog die Handschuhe aus, weil sie ihr hinderlich waren, schob die linke Hand unter seinen Nacken, drückte ihm mit den Fingern der rechten die Nase zu und blies ihm in den Mund. Ihr Geist arbeitete mit ihm, stellte sich vor, wie die warme Luft in ihn hineingepumpt wurde. Aber es war, als beatme sie ihn ewig, ohne daß sich in der trägen Masse unter ihr etwas veränderte.

Sie verlegte sich auf seine Brust, drückte so heftig sie konnte auf das Brustbein und ließ wieder los, wieder und wieder, fünfzehnmal. »Los, atme!« befahl sie, als sei es ein Fluch. »Verdammt, atme!« Und sie fuhr mit der Mund-zu-Mund-Beatmung fort.

Unmöglich, zu sagen, wieviel Zeit vergangen war; sie hatte die Zeit vergessen, wie es ihr im OP immer passierte. Sie machte einfach immer weiter, wechselte zwischen Brustmassage und Mund-zu-Mund-Beatmung ab und hielt nur dann und wann inne, um nach der reglosen Halsschlagader zu tasten und zu registrieren, daß die diagnostische Botschaft, die sie empfing, immer noch die gleiche war – *lebendig* –, ehe sie fortfuhr.

»Du weißt, daß du mich hören kannst!« brüllte sie und drückte das Brustbein nieder. Sie sah Herz und Lunge in all ihren prachtvollen anatomischen Details vor sich. Und als sie gerade wieder unter seinen Nacken fassen wollte, klappten seine Augen auf, und Leben befeuerte jäh sein Gesicht. Seine Brust hob sich ihr entgegen, und sie fühlte, wie der Atem aus ihm hervorströmte, heiß an ihr Gesicht schlug.

»So ist's richtig – atmen!« schrie sie gegen den Wind. Warum war sie so erstaunt, daß er lebte, daß er sie anstarrte, wo sie doch ebenfalls nicht daran gedacht hatte, aufzugeben?

Seine rechte Hand schoß herauf und ergriff die ihre. Und er sagte etwas, murmelnd, unzusammenhängend, etwas, das gleichwohl wie ein Name klang.

Wieder schlug sie ihm auf die Wange, aber sanfter. Sein Atem ging stoßweise, aber schnell, und sein Gesicht war vor Schmerzen knotig verzerrt. Wie blau seine Augen waren, wie offensichtlich und unzweifelhaft lebendig. Es war, als hätte sie noch nie zuvor Augen an einem menschlichen Wesen gesehen...

»Weitermachen, atmen, hören Sie? Ich gehe nach unten und hole Decken.«

Wieder packte er ihre Hand, und er begann heftig zu zittern. Als sie versuchte, sich zu befreien, sah sie, daß er an ihr vorbei zum Himmel starrte. Er hob die linke Hand; er streckte den Zeigefinger aus. Endlich strich ein Lichtstrahl über das Deck. Und, Gott, der Nebel wogte über ihnen, dicht wie Rauch. Der Hubschrauber war gerade noch rechtzeitig gekommen, und der Wind brannte ihr in den Augen. Kaum konnte sie die Rotorblätter erkennen, die dort oben kreisten, ließ sie sich zurückfallen, hätte beinahe selbst das Bewußtsein verloren, merkte aber, daß seine Hand die ihre umklammerte. Er versuchte ihr etwas zu sagen. Sie tätschelte seine Hand und sagte: »Okay, es ist alles in Ordnung, die holen Sie ab.«

Sie hatte Angst um ihn, als sie ihn hochzogen. Aber in Wahrheit wußte sie, was die Ärzte sagen würden: Keine neurologischen Störungen.

Um Mitternacht hatte sie es aufgegeben, schlafen zu wollen. Aber ihr war wieder warm und behaglich. Die *Sweet Christine* schaukelte wie eine große Wiege auf dem Meer, ihre Lichter durchbohrten den Nebel, das Radar war eingeschaltet, und der Autopilot hielt sie auf dem immer gleichen weitläufigen Kreiskurs. Rowan kuschelte sich, frisch umgezogen, in die Ecke der Ruderhauskoje und trank ihren dampfenden Kaffee.

Verwundert dachte sie an ihn, an den Ausdruck in seinen Augen. Michael Curry war sein Name; zumindest hatte das die Küstenwache gesagt, als sie dort angerufen hatte. Er hatte mindestens eine Stunde im Wasser gelegen, ehe sie ihn entdeckt hatte. Aber der Befund war das, was sie erwartet hatte. »Keinerlei neurologische Probleme.« Die Presse sprach von einem Wunder.

Leider war er im Krankenwagen desorientiert gewesen und gewalttätig geworden – vielleicht wegen all der Reporter am Kai –, und sie hatten ihn ruhiggestellt (Dummköpfe!), was ihn für ein Weilchen benommen gemacht hatte (selbstverständlich!), aber jetzt ging es ihm »prima«.

»Geben Sie niemandem meinen Namen«, hatte sie gesagt. »Ich wünsche, daß meine Privatsphäre geschützt wird.«

Verstanden. Die Reporter waren eine echte Plage. Und um die Wahrheit zu sagen – nun, ihr Hilferuf war zur ungünstigsten Zeit eingegangen und nicht mal ordentlich registriert worden. Sie hatten weder ihren Namen noch den Namen des Bootes. Ob sie vielleicht die Freundlichkeit haben könnte, ihnen diese Informationen jetzt durchzugeben, falls...

»Over und out, und vielen Dank«, sagte sie und unterbrach die Verbindung.

Die *Sweet Christine* trieb dahin. Sie sah Michael Curry vor sich, wie er an Deck lag, wie seine Stirn sich kräuselte, als er aufwachte, wie das Licht aus dem Ruderhaus in seinen Augen funkelte. Was für ein Wort hatte er noch gleich gesagt... wie ein Name hatte es geklungen... Aber sie konnte sich nicht daran erinnern, wenn sie es überhaupt je deutlich gehört hatte.

Und eine solche Schönheit war er gewesen. Stets ein Geheimnis, die Mischung von Eigentümlichkeiten, die einen Mann schön sein ließ. Sein Gesicht war zweifellos irisch – kantig, mit einer kurzen, ziemlich runden Nase, was unter Umständen oft reizlos wirkt. Aber ihn hätte niemand reizlos gefunden. Nicht mit diesen Augen und mit diesem Mund. Ausgeschlossen.

Es war doch nicht unschicklich, in diesen Kategorien an ihn zu denken, oder? Sie war nicht die Ärztin, wenn sie auf die Jagd ging; sie war Rowan auf der Suche nach dem anonymen Partner, die nachher schlief, wenn die Tür sich geschlossen hatte. Es war Rowan, die Ärztin, die sich um ihn sorgte.

Am nächsten Morgen, als das Boot wieder an seinem Liegeplatz war, rief sie gleich im San Francisco General Hospital an. Dr. Morris, der Oberarzt, war noch im Dienst.

»Es geht ihm gut. Er hat verdammtes Glück gehabt«, sagte Dr. Morris. Jawohl, dies war ein Anruf von Arzt zu Arzt, absolut vertraulich. Alles, was diese Schakale in der Halle wissen mußten, war, daß es eine einsame Gehirnchirurgin gewesen war, die ihn aus dem Wasser gezogen hatte. Natürlich sei er psychisch ein bißchen aus dem Gleichgewicht; er rede und rede von Visionen, die er da draußen gehabt habe, und irgend etwas passiere mit seinen Händen, irgend etwas Außergewöhnliches...

»Mit seinen Händen?«

»Keine Paralyse oder so was. Hören Sie, mein Pieper geht los.«

»Ich kann's hören. Sagen Sie – ich bin noch dreißig Tage an der Uniklinik. Rufen Sie mich an, wenn Sie mich brauchen. Ich werde kommen.«

Sie hängte ein. Was, zum Teufel, hatte er über die Hände sagen wollen? Sie erinnerte sich an Michael Currys Griff, wie er sie festgehalten hatte und nicht hatte loslassen wollen, und wie er ihr in die Augen geschaut hatte. »Ich hab' nichts vermasselt«, flüsterte sie. »Mit seinen Händen ist alles in Ordnung.«

Sie erfuhr, was mit den Händen los war, als sie am folgenden Nachmittag den *Examiner* aufschlug.

Er habe ein »mystisches Erlebnis« gehabt, hatte er erklärt. Von irgendwo hoch oben habe er seinen Körper im Pazifik treiben sehen. Und noch sehr viel mehr sei ihm passiert, aber er könne sich im Moment nicht erinnern, und das bringe ihn fast um den Verstand, diese Unfähigkeit, sich zu erinnern.

Was die Gerüchte über seine Hände betraf, die jetzt umherschwirrten – nun, es stimmte, er trug jetzt immer schwarze Handschuhe, denn er sah »Bilder«, wann immer er etwas berührte. Er konnte keinen Löffel in die Hand nehmen, kein Stück Seife anfassen, ohne daß er Bilder sah, die mit dem Menschen zusammenhingen, der zuletzt mit diesen Gegenständen hantiert hatte.

Er wollte das Krankenhaus gern verlassen, ja, wirklich. Und er wäre froh, wenn die Sache mit seinen Händen ein Ende fände und wenn seine Erinnerung an das, was ihm da draußen widerfahren war, zurückkäme.

Sie betrachtete das Photo – ein großes, klares Schwarzweißphoto von ihm, wie er im Bett saß. Der Charme des Proletariers war unverkennbar, und sein Lächeln war einfach wundervoll. Er trug sogar eine dünne Goldkette mit einem Kreuz am Hals, eine von der Sorte, die seine muskulösen Schultern betonte. Cops und Feuerwehrmänner trugen oft solche Kettchen. Sie betete sie an. Selbst wenn das kleine goldene Kreuz oder Medaillon, oder was zum Teufel es sonst sein mochte, ihr im Bett ins Gesicht hing und wie ein Kuß über ihre Augenlider streifte.

Aber die Hände in den schwarzen Handschuhen sahen gespenstisch aus auf dem Bild, wie sie so auf der weißen Bettdecke ruhten. War es möglich, was in dem Artikel stand? Sie zweifelte nicht einen Augenblick daran. Sie hatte Dinge gesehen, die sonderbarer gewesen waren, o ja, sehr viel sonderbarer.

Geh nicht hin zu diesem Kerl. Er braucht dich nicht, und du brauchst nicht nach diesen Händen zu fragen.

Sie riß den Artikel heraus, faltete das Blatt zusammen und stopfte es in die Tasche. Da war es auch am nächsten Morgen noch, als sie nach einer ganzen Nacht im Neurologischen Trauma-Zentrum ins Kaffeezimmer taumelte und den *Chronicle* aufschlug.

Curry war auf Seite drei – ein gutes Brustbild, vielleicht ein bißchen grimmiger als vorher, vielleicht ein bißchen weniger vertrauensselig. Dutzende von Leuten waren inzwischen Zeugen seiner seltsamen psychometrischen Kräfte geworden. Er wünschte, die Leute würden verstehen, daß es nur ein »Salontrick« sei. Er könne ihnen nicht helfen.

Alles, was ihn jetzt noch interessierte, war das vergessene Abenteuer, das heißt, die Bereiche, die er besucht hatte, als er tot gewesen war.

»Es gab einen Grund, weshalb ich zurückkehrte«, erklärte er. »Ich weiß, es gab einen. Ich hatte die Wahl, und ich habe mich für die Rückkehr entschieden. Und es hatte etwas mit einer Tür zu tun, und mit einer Nummer. Aber ich kann mich an die Nummer nicht mehr erinnern, und auch nicht daran, was sie bedeutete. Die Wahrheit ist, ich kann mich an überhaupt nichts erinnern. Es ist, als wäre das wichtigste Erlebnis meines ganzen Lebens wie ausgewischt. Und ich weiß nicht, wie ich es zurückholen kann.«

Sie ließen ihn klingen wie einen Verrückten, dachte sie. Es war wahrscheinlich eines der üblichen Todeserlebnisse gewesen. Man wußte inzwischen, daß so etwas vielen Leuten zustieß.

Was seine Hände betraf, so war sie von diesem Aspekt ein bißchen zu sehr fasziniert, nicht wahr?

Sie studierte die diversen Augenzeugenberichte. Sie wünschte sich, sie hätte fünf Minuten Zeit, um die Tests zu sehen, denen man ihn unterzogen hatte.

Wieder dachte sie daran, wie er an Deck gelegen hatte, an seinen festen Griff, an seinen Gesichtsausdruck.

Hatte er in diesem Augenblick durch seine Hand etwas gefühlt? Und was würde er jetzt fühlen, wenn sie hinginge, ihm erzählte, was sie von dem Unfall in Erinnerung hatte, sich auf seine Bettkante setzte und ihn bäte, seinen »Salontrick« vorzuführen – mit anderen Worten, wenn sie ihre mageren Informationen gegen das eintauschte, was auch alle anderen von ihm wollten? Nein.

Abscheulich, eine solche Forderung zu stellen. Abscheulich, daß sie, eine Ärztin, nicht an das dachte, was er vielleicht nötig hatte, sondern an das, was sie gern wollte. Das war schlimmer, als sich vorzustellen, mit ihm ins Bett zu gehen, mit ihm um drei Uhr morgens am Tisch in der kleinen Kajüte Kaffee zu trinken. Vielleicht sollte sie Curry überhaupt in Ruhe lassen. Vielleicht war es so am besten für sie beide.

Zum Wochenende brachte der *San Francisco Chronicle* einen langen Artikel auf der Seite eins.

WAS GESCHAH MIT MICHAEL CURRY?

Er war achtundvierzig, Bauunternehmer, Spezialist für die Renovierung alter viktorianischer Häuser, in San Francisco anscheinend eine Legende wegen seiner Fähigkeit, aus einer Ruine eine Villa zu zaubern, ein Genauigkeitsfanatiker, der die Authentizität bis hinunter zu Holzstiften und viereckigen Nagelköpfen trieb. Seine detaillierten Restaurationszeichnungen waren berühmt, ja, sie wurden sogar als Buch mit dem Titel *Viktorianische Pracht von innen und außen* veröffentlicht.

Aber jetzt arbeitet er nicht mehr. Seine Firma ist vorübergehend geschlossen. Der Besitzer ist zu sehr mit dem Versuch beschäftigt, sich an das zu erinnern, was ihm in jener entscheidenden Stunde widerfahren ist, da er »tot im Wasser« gelegen hat.

Was seine neue übersinnliche Fähigkeit angeht – die habe damit nichts zu tun, behauptet er. Sie sei nicht mehr als ein zufälliger Nebeneffekt. »Schauen Sie, alles, was ich da empfange, ist ein Blitz – ein Gesicht, ein Name. Es ist völlig beliebig.«

An diesem Abend, im Kaffeezimmer im Krankenhaus, sah sie ihn in den Fernsehnachrichten. Da waren sie wieder, diese unvergeßlich blauen Augen und das zupackende Lächeln.

»Ich muß nach Hause«, sagte er. »Nicht in meine Wohnung, sondern nach New Orleans, dorthin, wo ich geboren wurde. Ich könnte schwören, es hat etwas mit dem zu tun, was passiert ist. Immer wieder sehe ich diese Bilder von zu Hause.« Wieder zuckte er die Achseln. Er schien ein verdammt netter Kerl zu sein.

»Erzählen Sie uns von Ihren Kräften, Michael.«

»Ich will darüber nicht reden.« Achselzucken. Er schaute auf seine Hände in den schwarzen Handschuhen. »Ich will mit den Leuten sprechen, die mich gerettet haben – mit der Küstenwache, die mich an Land gebracht hat, mit der Skipperin, die mich aus dem Wasser gefischt hat. Ich wünschte, diese Leute würden sich melden. Sie wissen, daß ich Ihnen dieses Interview deshalb gebe.«

Die Kamera schwenkte zu zwei Studioreportern. Ein kurzes Geplänkel über »die Kräfte«. Beide hatten sie sozusagen am eigenen Leib erfahren.

Für einen Augenblick rührte Rowan sich nicht, sie dachte nicht einmal. New Orleans... und er bat sie, Kontakt mit ihm aufzunehmen... Nun, damit war die Sache klar. Rowan hatte eine Verpflichtung. Sie hatte das Flehen aus seinem eigenen Munde gehört. Und diese Sache mit New Orleans, die mußte sie klären. Sie mußte mit ihm sprechen... oder ihm schreiben.

Sobald sie an diesem Abend zu Hause ankam, setzte sie sich an Grahams alten Schreibtisch, nahm Schreibpapier heraus und schrieb Curry einen Brief.

Sie erzählte ihm in allen Einzelheiten, was sie im Zusammenhang mit dem Unfall beobachtet hatte, von dem Augenblick an, wo sie ihn im Wasser entdeckt hatte, bis zu dem Moment, in dem man ihn auf die Bahre gelegt hatte. Dann, nach kurzem Zögern, schrieb sie ihre private Telephonnummer und ihre Adresse sowie ein kleines Postskriptum dazu.

»Mr. Curry, auch ich bin aus New Orleans, obgleich ich nie da gewohnt habe. Ich wurde am Tag meiner Geburt adoptiert. Es ist wahrscheinlich nicht mehr als ein Zufall, daß Sie ebenfalls Südstaatler sind, aber ich finde, Sie sollten es wissen. Auf dem Boot haben Sie meine Hand eine ganze Weile ziemlich festgehalten. Ich würde nicht wollen, daß Ihre Situation durch irgendeine vage telepathische Botschaft, die Sie in diesem Augenblick empfangen haben, weiter verwirrt würde, durch etwas, das vielleicht überhaupt nicht relevant ist. Wenn Sie mit mir sprechen müssen«, schloß sie, »rufen Sie mich in der Universitätsklinik oder zu Hause an.«

Das war zurückhaltend genug, und sicher neutral genug. Sie hatte nur angedeutet, daß sie an seine Fähigkeit glaubte und daß sie da sein würde, wenn er sie brauchte. Nicht mehr als das, keine Forderung. Und sie würde dafür sorgen, daß sie dieses Verantwortungsbewußtsein behielt, was auch passieren mochte.

Dennoch ging ihr der Gedanke nicht aus dem Kopf – die Vorstellung, sie könnte ihre Hand in seine legen und sagen: »Ich werde an etwas denken, an etwas ganz Spezielles, das einmal – nein, dreimal in meinem Leben passiert ist; und ich möchte nur, daß Sie mir sagen, was Sie sehen. Würden Sie das tun? Ich kann nicht behaupten, daß Sie es mir schuldig sind, weil ich Ihnen das Leben gerettet habe...«

Richtig, das kannst du nicht. Also tu's auch nicht!

Sie schickte den Brief direkt an Dr. Morris.

Dr. Morris rief sie am Tag darauf an. Curry war am vergangenen Nachmittag aus dem Krankenhaus hinausspaziert, unmittelbar nach einer Fernsehpressekonferenz.

»Er ist total verrückt, Dr. Mayfair, aber wir hatten keine rechtliche Handhabe, ihn hierzubehalten. Ich habe ihm übrigens erzählt, was Sie mir berichtet haben – daß er nichts gesagt habe. Aber er ist wie besessen und will die Sache nicht auf sich beruhen lassen. Er ist dazu entschlossen, sich zu erinnern, was er da draußen gesehen hat, wissen Sie – den großen Grund für das alles, das Geheimnis des Universums, den Zweck, die Tür, die Nummer, das Juwel. Derartiges Zeug haben Sie noch nie gehört. Ich schicke ihm den Brief nach Hause, aber wahrscheinlich wird er ihn nicht erreichen. Seine Post kommt säckeweise.«

»Die Sache mit den Händen – ist da was dran?«

Schweigen. »Soll ich Ihnen die Wahrheit sagen? Es funktioniert auf den Punkt genau, soweit ich es jedenfalls mitbekommen habe. Wenn Sie es je selbst erleben, wird es Ihnen eine Heidenangst einjagen.«

Die Geschichte erschien in der folgenden Woche in den Klatschblättern im Supermarkt. Zwei Wochen später brachten *People* und *Time* sie in Variationen. Rowan schnitt Artikel und Photos aus. Offensichtlich verfolgten die Photographen Curry, wohin er auch ging. Sie erwischten ihn vor seiner Firma in der Castro Street. Sie erwischten ihn auf der Treppe seines Hauses.

Er selbst gewährte niemandem mehr Interviews; soviel war in der ersten Juniwoche klar. Die Boulevardblätter nährten sich von Exklusivberichten »aus erster Hand«, von Augenzeugen seines Talents: »Er berührte die Handtasche und erzählte mir dann alles über meine Schwester, und was sie gesagt hatte, als sie mir die Tasche geschenkt hatte. Ich kribbelte am ganzen Körper, und dann sagte er: ›Ihre Schwester ist tot.‹«

Schließlich meldete der lokale CBS-Sender, Curry habe sich in sein Haus in der Liberty Street verkrochen. Seine Freunde seien besorgt. »Er ist desillusioniert und zornig«, berichtete ein alter College-Freund. »Ich glaube, er hat sich einfach von der Welt zurückgezogen.« Ein Reporter der Nachrichtensendung »News at Eleven« stand auf der Treppe eines großen viktorianischen Hauses und deutete auf einen Berg ungeöffneter Briefe, die aus der Mülltonne am Nebeneingang quollen. »Hat Curry sich in dieser großartigen viktorianischen Villa verkrochen, die er vor Jahren selbst so liebevoll restauriert hat? Sitzt oder liegt dort oben in dem erleuchteten Dachzimmer ein einsamer Mann mutterseelenallein?«

Angewidert knipste Rowan den Apparat aus. Sie kam sich vor wie eine Voyeurin. Einfach grauenhaft, dieses Kamerateam bis vor die Haustür des Mannes zu schleifen.

Aber was ihr im Gedächtnis blieb, war das Bild einer Mülltonne voller ungeöffneter Briefe. War ihre Botschaft auch in diesem Haufen gelandet? Der Gedanke an ihn, wie er eingeschlossen in diesem Haus saß, voller Angst vor der Welt, ratbedürftig – das war mehr, als sie ertragen konnte.

Abends, wenn sie aus dem Krankenhaus kam und allein mit dem Boot hinausfuhr, dachte sie unweigerlich an ihn. Es war beinahe warm in den geschützten Gewässern vor Tiburon. Sie ließ sich Zeit, bevor sie in den kälteren Wind der San Francisco Bay fuhr. Dann traf sie auf die heftige Meeresströmung. Er war beinahe erotisch, dieser machtvolle Sog, als sie das Boot nun westwärts richtete und den Kopf in den Nacken legte, um wie immer die hoch aufragenden Pfeiler der Golden Gate Bridge zu betrachten. Das große, schwere Segelboot zog langsam, aber stetig seine Bahn und drängte den verschwommenen Horizont immer weiter zurück.

So indifferent, der große, stumpfe, rollende Pazifik. Unmöglich, an irgend etwas außer sich selbst zu glauben, wenn man diese wie ein endloses Mosaik sich dehnende Fläche betrachtete, die da wogend und schillernd im farblosen Sonnenuntergang lag, wo das Meer in einem gleißenden Dunst den Himmel berührte.

Und er glaubte also, daß er zu einem bestimmten Zweck zurückgeschickt worden war, dieser Mann, der wunderschöne Häuser restaurierte, dessen Zeichnungen als Bücher veröffentlicht wurden, ein Mann, der viel zu kultiviert sein müßte, um an solche Dinge zu glauben.

Aber er war ja wirklich tot gewesen, oder? Er hatte dieses Erlebnis gehabt, über das so viele geschrieben hatten: schwerelos aufwärts zu schweben und erhaben losgelöst auf die Welt dort unten zu schauen.

Nichts dergleichen war ihr jemals passiert. Aber es gab andere Erlebnisse, genauso merkwürdige. Und während die ganze Welt über Currys Abenteuer Bescheid wußte, ahnte niemand etwas von den seltsamen Geheimnissen, die Rowan kannte.

Aber die Vorstellung, daß diesen Dingen ein Sinn, ein Plan zugrundeliegen sollte, nun, die ging über ihr Fassungsvermögen hinaus. Sie fürchtete – wie sie es immer gefürchtet hatte –, daß der einzige Sinn in der Einsamkeit bestand, in harter Arbeit, in dem Bemühen, dem Tod Leben abzuringen, wo es unmöglich erschien. Die Chirurgie hatte sie verlockt, weil sie die Leute wieder auf die Beine bringen konnte; sie lebten und sagten »Danke!«, und man selbst hatte Leben gerettet und dem Tod ein Schnippchen geschlagen. Das war der einzige unbestreitbare Wert, für den sie alles geben konnte. *Doktor, wir hätten nie gedacht, daß sie noch einmal auf die Beine kommt.*

Aber der große Sinn des Lebens, der Zweck einer Wiedergeburt? Was konnte das sein? Was war der Sinn für eine Frau, die im Kreißsaal am Schlaganfall starb, während ihr Neugeborenes in den Armen der Ärztin weinte? Was war der Sinn für den Mann, der auf dem Heimweg von der Kirche von einem betrunkenen Autofahrer getötet wurde?

Für den Fötus, den sie einmal gesehen hatte, hatte es einen Sinn gegeben – ein lebendiges, atmendes Ding, die Augen noch geschlossen; der kleine Mund glich dem Maul eines Fisches, und Drähte verliefen in alle Himmelsrichtungen von dem greulichen, übergroßen Kopf und den winzigen Ärmchen, während es in einem speziellen Inkubator schlummerte und darauf wartete, daß ihm – natürlich während es weiter lebte und atmete – das Gewebe entnommen würde, das für den zwei Etagen weiter oben wartenden Transplantationspatienten benötigt wurde.

Aber wenn das ein Sinn war, daß man diese kleinen abgetriebenen Wesen allen gegenteiligen Gesetzen zum Trotz in einem verborgenen Labor im Herzen einer gigantischen Privatklinik am Leben erhalten und nach Belieben zerschneiden konnte – zum Nutzen eines Parkinson-Patienten, der schon sechzig gute Jahre hinter sich gebracht hatte, ehe er begonnen hatte, an der Krankheit zu sterben, die durch die Transplantation des Fötengewebes geheilt werden könnte

– na, da legte sie das Messer aber lieber jeden Tag an eine Schußverletzung, die frisch aus der Notaufnahme heraufkam.

Nie würde sie diesen kalten, dunklen Weihnachtsabend vergessen, und Dr. Lemle, der sie durch die menschenleeren Korridore des Keplinger-Instituts geführt hatte. »Wir brauchen Sie hier, Rowan. Ich könnte es einfädeln, daß Sie die Universitätsklinik verlassen. Was ich Larkin sagen muß, weiß ich. Ich will Sie hier haben. Und jetzt werde ich Ihnen etwas zeigen, was Sie zu schätzen wissen werden und was Larkin niemals zu schätzen wissen würde. Etwas, das Sie in der Universität niemals sehen werden. Etwas, das Sie verstehen werden.«

Aber sie hatte es nicht verstanden. Oder besser gesagt, sie hatte das Grauenvolle daran zu gut verstanden.

»Es ist nicht lebensfähig im strengen Sinne des Wortes«, hatte er erklärt, dieser Arzt, der sie angezogen hatte, weil er so brillant war, brillant und ehrgeizig – und visionär, ja, auch das. »Und technisch ist es natürlich nicht mal lebendig. Es ist tot, mausetot, verstehen Sie, denn die Mutter hat es abgetrieben, unten in der Klinik; also ist es technisch gesehen eine Unperson, ein nicht-menschliches Wesen. Wer will uns da sagen, Rowan, daß wir es in einen Müllsack aus Plastik stopfen müssen, wenn wir wissen, daß wir, wenn wir diesen winzigen Körper und andere wie ihn lebendig erhalten – diese winzigen Goldminen von einzigartigem Gewebe, so flexibel, so anpassungsfähig, so ganz anders als alles andere menschliche Gewebe, wimmelnd noch dazu von zahllosen winzigen Zellen, die im Laufe der normalen fötalen Entwicklung abgestoßen werden würden –, daß wir damit auf dem Gebiet der neurologischen Transplantation Entdeckungen machen können, nach denen sich Mary Shelleys *Frankenstein* wie eine Gute-Nacht-Geschichte lesen wird.«

Ja, das traf die Sache im Kern, haargenau. Und es gab wenig Zweifel, daß er die Wahrheit sagte, als er eine Zukunft kompletter Hirntransplantationen vorhersagte, bei denen das Denkorgan ohne größere Probleme aus einem abgenutzten Körper herausgenommen und in einen jungen, frischen eingesetzt werden würde, eine Welt, in der vielleicht überhaupt neue Gehirne geschaffen werden würden, bei denen hier und da Gewebe hinzugefügt würde, um das Werk der Natur zu ergänzen.

»Sehen Sie, das Bedeutsame am Fötengewebe ist, daß der Empfänger es nicht abstößt. Das wissen Sie natürlich, aber haben Sie auch schon darüber nachgedacht, haben Sie sich überlegt, was das eigentlich bedeutet? Ein winziges Implantat aus Fötalzellen im Auge eines erwachsenen Menschen, und das Auge nimmt diese Zellen an, und die Zellen entwickeln sich weiter, passen sich dem neuen Gewebe an. Mein Gott, sehen Sie nicht, daß es uns damit möglich wird, am Evolutionsprozeß teilzunehmen? Ja, wir sind doch erst am Rande...«

»Nicht wir, Karl. Sie.«

»Rowan, Sie sind die brillanteste Chirurgin, mit der ich je zusammengearbeitet habe. Wenn Sie...«

»Ich werde es nicht tun! Ich werde nicht töten.« *Und wenn ich hier nicht bald rauskomme, werde ich anfangen zu schreien. Ich muß. Denn ich habe getötet.*

Sie hatte Lemle natürlich nicht verpfiffen. Ärzte tun so etwas untereinander nicht, erst recht nicht, wenn sie kleine Klinikärzte und ihre Gegner mächtige und berühmte Forscher sind. Sie hatte einfach gekniffen.

»Und außerdem«, hatte er später beim Kaffee vor dem Kamin in Tiburon gesagt, während sich die Weihnachtslichter in den Glaswänden ringsrum gespiegelt hatten, »außerdem ist das überall im Gange, diese Forschung am lebenden Fötus. Es gäbe ja kein Gesetz dagegen, wenn es nicht so wäre.«

Eigentlich keine Überraschung. Es war allzu verlockend. Ja, die Verlockung war eigentlich genauso stark wie ihr Ekel. Welcher Wissenschaftler – und ein Neurologe war nun ganz bestimmt ein Wissenschaftler – hätte solche Träume nicht gehabt?

Was für ein gräßliches Weihnachtsgeschenk, diese Offenbarung, und doch hatte sich ihre Hingabe an die Arbeit in der Chirurgie verdoppelt. Beim Anblick dieses winzigen Monstrums, das da im künstlichen Licht nach Luft geschnappt hatte, war sie selbst wiedergeboren worden; ihr Leben hatte sich gewissermaßen zugespitzt und unschätzbare Macht gewonnen, als sie zur Wundertäterin der Universität geworden war – diejenige, die man rief, wenn das Gehirn aus dem Schädel auf die Bahre quoll.

Vielleicht war das verletzte Gehirn für sie der Mikrokosmos alles Tragischen: Leben, das unablässig und willkürlich vom Leben verletzt wurde. Wenn Rowan getötet hatte – und sie hatte getötet –, war dieser Akt genauso traumatisch gewesen: Niemand hatte irgend etwas für die tun können, die sie getötet hatte.

Aber nicht, um über Sinn und Zweck zu diskutieren, wollte sie Michael Curry sehen. Auch nicht, um ihn in ihr Bett zu zerren. Sie wollte von ihm das gleiche wie alle anderen, und eben deshalb war sie nicht zu ihm ins San Francisco General Hospital gefahren, um sich selbst von seiner Genesung zu überzeugen.

Sie wollte mehr über diese Tötungen erfahren, und nicht das, was die Autopsie ihr sagen konnte. Sie wollte wissen, was er sah und fühlte – falls und wenn sie seine Hand hielte –, während sie an diese Todesfälle dachte. Er hatte etwas gespürt, als er sie das erstemal berührt hatte. Aber vielleicht war auch das aus seiner Erinnerung gelöscht, genau wie das, was er gesehen hatte, als er tot gewesen war. Was würde es für Curry bedeuten, wenn sie sagte, ich bin Ärztin und ich glaube Ihnen Ihre Visionen, weil ich selbst weiß, daß es solche Dinge gibt, übersinnliche Dinge, die kein Mensch erklären kann. Ich selbst besitze so eine verwirrende und manchmal ganz und gar unbeherrschbare Macht – die Macht, mit meinem Willen zu töten.

Wieso sollte ihn das kümmern? Er war umgeben von Leuten, die ihm glaubten, daß er tun konnte, was er tat, nicht wahr? Aber das half ihm nichts. Er war gestorben und ins Leben zurückgekehrt, und jetzt wurde er verrückt. Aber dennoch – wenn sie ihm ihre Geschichte erzählte... und diese Vorstellung war jetzt entschieden zur fixen Idee geworden... dann wäre er vielleicht der einzige Mensch auf der ganzen Welt, der ihr glaubte, was sie sagte. Früher oder später würde sie mit jemandem darüber sprechen müssen; das wußte sie. Früher oder später würde das Schweigen ihrer dreißig Jahre, wenn sie nicht anfinge zu sprechen, zerbersten in einem nicht mehr endenwollenden Schrei, in dem alle Worte ertranken.

Schließlich, diese drei Morde konnte sie nicht vergessen. Grahams Gesicht, als das Leben aus ihm hinaussickerte. Das kleine Mädchen, zuckend auf dem Asphalt. Der Mann, zusammengesackt über dem Steuer seines Jeeps.

Sobald sie ihre Assistentenstelle angetreten hatte, hatte sie sich durch offizielle Kanäle diese drei Autopsieberichte beschafft. Zerebrovaskulares Unfalltrauma, subarachnoide Hämorrhagie, angeborenes Aneurisma. Sie hatte sie in allen Einzelheiten gelesen.

Was das in der Laiensprache bedeutete, war eine verborgene Schwachstelle in einer Arterienwand, die ohne erkennbaren Grund schließlich gerissen war, was ganz unerwartet und plötzlich zum Tod geführt hatte. Man hätte – mit anderen Worten – unmöglich voraussagen können, daß ein sechsjähriges Mädchen auf dem Spielplatz plötzlich Anfälle bekommen würde, ein sechsjähriges Mädchen, das gesund genug gewesen war, um Augenblicke zuvor die sechsjährige Rowan zu treten und an den Haaren zu ziehen. Und niemand hätte irgend etwas für das Kind tun können, als ihm das Blut aus Nase und Augen quoll und die Augäpfel sich in den Kopf hineindrehten. Im Gegenteil, man hatte die anderen Kinder noch beschützt, ihre Augen vor diesem Anblick abgeschirmt und sie gleich ins Klassenzimmer gescheucht.

»Arme Rowan«, sagte die Lehrerin später. »Darling, du mußt begreifen, daß sie etwas im Kopf hatte, was sie getötet hat. Es war etwas Medizinisches. Es hatte nichts mit eurem Zank zu tun.«

Und da hatte Rowan mit absoluter Sicherheit gewußt, was die Lehrerin niemals wissen würde. Sie hatte es getan. Sie hatte den Tod dieses Kindes hervorgerufen.

Nun, das konnte man noch einigermaßen mühelos abtun – das natürliche Schuldgefühl eines Kindes wegen eines unverstandenen Unglücksfalles. Aber Rowan hatte etwas gefühlt, als es geschehen war. Sie hatte etwas in sich gespürt – ein mächtiges Gefühl hatte sie durchdrungen, das einige Ähnlichkeit mit Sex hatte, wenn sie es sich überlegte; es war durch sie hindurch und scheinbar aus ihr hinaus geflutet, als das Mädchen rückwärts hingefallen war. Und dann war da dieser diagnostische sechste Sinn von ihr gewesen, der sich schon damals bemerkbar gemacht hatte: Er hatte ihr gesagt, daß das Kind sterben würde.

Gleichwohl hatte sie das Ereignis vergessen. Graham und Ellie waren nach Art guter kalifornischer Eltern mit ihr zu einem Psychiater gegangen. Sie hatte mit seinen kleinen Mädchenpuppen gespielt. Sie hatte gesagt, was er von ihr hatte hören wollen. Und am »Schlag« starben dauernd Leute.

Acht Jahre vergingen, bevor der Mann auf der einsamen Straße in den Bergen von Tiburon ihr in seinem Jeep die Hand auf den Mund drückte und mit dieser schrecklich vertraulichen und unverschämten Stimme sagte: »Jetzt nicht schreien.«

Ihre Adoptiveltern sahen nie einen Zusammenhang zwischen dem kleinen Mädchen und dem Vergewaltiger, der gestorben war, als Rowan sich gesträubt hatte, als der gleiche lodernde Zorn sie elektrisiert hatte und sie in diesen köstlichen Zustand hinübergeglitten war, in dem ihr Körper jäh erstarrte, während der Mann sie losließ und über dem Lenkrad zusammensackte.

Aber sie hatte den Zusammenhang gesehen. Nicht damals, als sie die Tür des Jeeps aufgestoßen hatte und schreiend die Straße hinuntergerannt war. Nein, damals hatte sie nicht einmal gewußt, daß sie bereits in Sicherheit war. Aber später, als sie zu Hause allein im Dunkeln gelegen hatte und die Highway-Polizei und die Kriminalpolizisten gegangen waren, da hatte sie es gewußt.

Fast anderthalb Jahre waren vergangen, bevor das mit Graham passierte. Ellie war inzwischen zu krank, als daß sie sich noch viel hätte denken können. Und Rowan würde sich bestimmt keinen Stuhl ans Krankenbett heranziehen und sagen: »Mama, ich habe ihn umgebracht. Er hat dich unablässig betrogen. Er hat versucht, sich von dir scheiden zu lassen. Er konnte nicht mal die gottverdammten zwei Monate abwarten, die du noch brauchst, um zu sterben.«

Du wirst das nicht tun. Du wirst niemandem das Leben nehmen. Die Erinnerung daran, wie sie dieses kleine Mädchen geohrfeigt hatte, war unerträglich – selbst die Erinnerung daran, wie sie sich gegen den Mann im Jeep gewehrt hatte. Und es war vollends zu schrecklich, sich an den Streit mit Graham zu erinnern.

»Was soll das heißen, du läßt ihr die Papiere zustellen? Sie liegt im Sterben! Du wirst das mit mir zusammen durchstehen!«

Er hatte sie bei den Armen gepackt, versucht, sie zu küssen. »Rowan, ich liebe dich, aber sie ist nicht mehr die Frau, die ich geheiratet habe…«

»Nein? Nicht mehr die Frau, die du dreißig Jahre lang betrogen hast?«

»Sie ist doch nur noch ein Ding da drin. Ich will sie in Erinnerung behalten, wie sie war…«

»Mir erzählst du solchen Scheißdreck?«

Das war der Moment gewesen, in dem seine Augen erstarrt waren und aller Ausdruck sein Gesicht verlassen hatte. Die Leute starben immer in so friedvoller Haltung. Am Rande der Vergewaltigung hatte der Mann im Jeep einfach abgeschaltet.

Bevor der Krankenwagen gekommen war, hatte sie neben Graham gekniet und ihm das Stethoskop an den Kopf gelegt. Da war das Geräusch gewesen, so leise, daß manche Ärzte es gar nicht hören konnten. Aber sie hatte es gehört – das Geräusch von einer großen Menge Blut, das an einem Punkt zusammenströmte.

Niemand machte ihr je irgendeinen Vorwurf. Wie auch? Sie war schließlich Ärztin, und sie war bei ihm gewesen, als diese »furchtbare Geschichte« passiert war, und weiß Gott, sie hatte getan, was sie konnte.

Natürlich wußte jeder, daß Graham ein durch und durch zweitklassiger Mensch gewesen war – seine Partner in der Anwaltskanzlei, seine Sekretärinnen, sogar seine letzte Geliebte, diese törichte kleine Person namens Karen Garfield, die vorbeigekommen war und irgendein Andenken hatte haben wollen – jeder wußte es. Das heißt, jeder außer Grahams Frau. Aber es gab nicht den leisesten Verdacht. Wieso auch? Er war eines natürlichen Todes gestorben, als er gerade im Begriff gewesen war, sich mit dem Erbe seiner Frau und einer achtundzwanzigjährigen Idiotin, die bereits ihre Möbel verkauft und die Flugtickets nach St. Croix gekauft hatte, aus dem Staub zu machen.

Aber er war eben nicht eines natürlichen Todes gestorben.

Inzwischen kannte und verstand sie ihren diagnostischen Sinn; sie hatte ihn geübt und gekräftigt. Und als sie ihm die Hand auf die Schulter gelegt hatte, da hatte ihr der diagnostische Sinn gesagt: kein natürlicher Tod.

Aber vielleicht war es auch jene trügerische Fügung im Muster der Ereignisse, die wir Zufall nennen. Und nichts weiter.

Was ihr heute abend klar wurde, während sie langsam und beinahe ziellos durch das Krankenhaus wanderte, war die Tatsache, daß sie seit langem ein überwältigendes Verlangen danach spürte, einfach mit Michael Curry zu reden. Sie fühlte sich mit Michael Curry verbunden. Durch den Unfall auf See ebenso wie durch diese übersinnlichen Geheimnisse. Sie wollte – vielleicht ohne die Gründe recht zu verstehen – ihm und ihm allein erzählen, was sie getan hatte.

Ihr Leben lang war sie eine Einzelgängerin gewesen, eine gute Zuhörerin, aber unweigerlich kälter als die Menschen in ihrer Umgebung. Dieser spezielle diagnostische Sinn, der ihr als Ärztin so hilfreich war, ließ ihr allzu schmerzlich bewußt sein, was andere wirklich empfanden.

Sie war zehn oder zwölf Jahre alt gewesen, als sie endlich begriffen hatte, daß andere diesen Sinn nicht besaßen, manchmal nicht einmal einen Bruchteil davon. Daß ihre geliebte Ellie zum Beispiel nicht die leiseste Ahnung davon hatte, daß Graham sie weniger liebte als vielmehr brauchte, daß er es nötig hatte, sie zu schmähen und zu belügen, daß er darauf angewiesen war, daß sie immer anwesend und ihm immer unterlegen war.

Rowan hatte sich diese Art von Ahnungslosigkeit manchmal selbst gewünscht – es nicht zu wissen, wenn Leute sie beneideten oder nicht leiden konnten. Nicht zu wissen, daß viele Leute andauernd logen. Sie liebte die Cops und die Feuerwehrmänner, weil sie bis zu einem gewissen Grad völlig berechenbar waren. Vielleicht lag es auch einfach daran, daß deren spezielle Sorte von Unehrlichkeit sie nicht so sehr störte; sie erschien ihr harmlos im Vergleich mit der komplexen, heimtückischen und endlos bösartigen Unsicherheit der gebildeteren Männer.

Natürlich hatte die diagnostische Nützlichkeit dieses speziellen sechsten Sinnes das alles restlos aufgewogen.

Aber was könnte jemals die Fähigkeit, durch ihren Willen zu töten, aufwiegen? Buße war eine andere Sache. Zu welchem guten Zweck war eine telekinetische Fähigkeit wie diese zu verwenden?

Und eine solche Fähigkeit lag nicht außerhalb des wissenschaftlich Möglichen; das war das eigentlich Erschreckende. Wie die psychometrische Fähigkeit Michael Currys konnten solche Dinge mit meßbarer Energie zu tun haben: komplexe physikalische Talente, die eines Tages vielleicht ebenso definierbar sein würden wie Elektrizität oder Mikrowellen.

Aber der Parapsychologie gehörte Rowans Liebe nicht. Sie war fasziniert von dem, was man in Reagenzgläsern, auf Objektträgern, in Graphiken sehen konnte. Ihr lag nichts daran, ihre eigene tödliche Kraft zu testen und zu analysieren. Sie wollte nur gern glauben, daß sie sie niemals benutzt hatte, daß es vielleicht eine andere Erklärung für das Geschehene gab, daß sie vielleicht irgendwie doch unschuldig war.

Und das Tragische war, daß ihr vielleicht niemand je würde erklären können, was wirklich mit Graham passiert war, mit dem Mann im Jeep, mit dem Kind auf dem Spielplatz. Und alles, was sie zu erhoffen hatte, war die Möglichkeit, es jemandem zu erzählen, sich von der Last zu befreien und die Schuld – wie jeder Mensch – durch Reden auszutreiben.

Nur ein einziges Mal hatte dieses Verlangen, sich jemandem anzuvertrauen, sie beinahe überwältigt. Und das war ein ganz ungewöhnliches Ereignis gewesen. Beinahe hätte sie einem wildfremden Menschen die ganze Geschichte erzählt, und seitdem kam es manchmal vor, daß sie sich wünschte, sie hätte es auch getan.

Es war gegen Ende des vergangenen Jahres gewesen, sechs Monate nach Ellies Tod. Rowan empfand eine so schmerzliche Einsamkeit wie nie zuvor. Es war, als sei der familiäre Boden, auf dem sie stand, über Nacht fortgeschwemmt worden. Sie hatten ein so gutes Leben gehabt, ehe Ellie krank geworden war. Selbst Grahams Affären hatten daran nichts verderben können, denn Ellie hatte immer so getan, als gebe es keine Affären. Und wenn auch Graham von niemandem als guter Mensch bezeichnet worden wäre, so verfügte er doch über eine unermüdliche, ansteckende persönliche Energie, die das Familienleben stets auf Hochtouren laufen ließ.

Und jetzt war das Traumhaus am Strand von Tiburon leer wie eine auf den Sand geschwemmte Muschel.

Eines Abends nach Ellies Tod hatte Rowan allein in dem großen Wohnzimmer unter der hohen Balkendecke gestanden und laute Selbstgespräche geführt, ja, sogar gelacht, denn sie dachte, es sei niemand da – niemand, der es merkte, niemand, der es hörte. Die Glaswände waren dunkel; Teppich und Möbel spiegelten sich undeutlich darin. Sie sah die Flut nicht, die unablässig an den Pfählen leckte. Das Feuer war heruntergebrannt. Die ewige Kälte der Küstennächte kroch langsam durch die Zimmer. Sie hatte eine schmerzliche Lektion gelernt, dachte sie – daß wir nämlich, während die sterben, die wir lieben, jene verlieren, die uns beobachten, die Zeugnis ablegen, unsere winzigen kleinen, bedeutungslosen Gewohnheiten kennen und verstehen, diese Worte, die wir mit einem Stock ins Wasser schreiben. Und dann ist nichts mehr übrig als das endlose Fließen des Stroms.

Kurz danach war dieser bizarre Augenblick eingetreten, wo sie beinahe diesen Fremden bei der Hand genommen und ihre ganze Geschichte vor ihm ausgebreitet hätte.

Es war ein älterer Herr gewesen, weißhaarig – ein Brite offensichtlich, das war nach seinen ersten Worten klar. Und ausgerechnet auf dem Friedhof waren sie einander begegnet, wo ihre Adoptiveltern begraben waren.

Es war ein wunderlicher alter Friedhof, voll verwitterter Denkmäler, am Rande der nordkalifornischen Kleinstadt, in der Grahams Familie früher gewohnt hatte. Diese Leute, keine Blutsverwandten, waren ihr völlig unbekannt gewesen, und sie hatte auch nie jemanden von ihnen kennengelernt. Nach Ellies Beerdigung war sie noch ein paarmal dagewesen, ohne allerdings so recht zu wissen, warum. An diesem speziellen Tag indes gab es einen einfachen Grund: Der Grabstein war endlich fertig, und sie wollte sich vergewissern, daß Namen und Daten korrekt waren.

Auf der Fahrt nach Norden hatte sie ein paarmal daran gedacht, daß dieser neue Grabstein nun dastehen würde, solange sie lebte, und daß er danach umkippen und zerbrechen und im Unkraut versinken würde. Graham Franklins Verwandte hatte man von seiner Beerdigung gar nicht in Kenntnis gesetzt. Ellies Familie – die weit weg im trüben Süden wohnte – war von ihrem Tod auch nicht informiert worden. Und wenn Rowan nicht mehr lebte, wären alle, die die beiden je gekannt oder auch nur von ihnen gehört hatten, tot.

Spinnweben, zerrissen und verweht von einem Wind, dem ihre Schönheit gleichgültig war. Weshalb sich überhaupt darum kümmern? Aber Ellie hatte gewollt, daß sie sich darum kümmerte. Ellie hatte einen Grabstein gewollt, und Blumen. So hatte man es in New Orleans auch gehalten, als Ellie noch ein kleines Mädchen gewesen war. Erst auf dem Totenbett hatte sie endlich von daheim gesprochen, und die seltsamsten Dinge hatte sie gesagt – man habe Stella im Salon aufgebahrt, und die Leute seien gekommen, um Stella noch einmal zu sehen und sie zu küssen, obwohl ihr Bruder sie erschossen habe, und daß Lonigan und Söhne die Wunde in Stellas Kopf verschlossen hätten.

»Und Stellas Gesicht war so schön im Sarg. Sie hatte so schönes schwarzes Haar, lauter kleine Wellen, weißt du, und sie war so hübsch wie ihr Bild an der Wand im Wohnzimmer. Ich habe Stella geliebt! Stella ließ mich die Halskette halten. Ich habe auf einem Stuhl neben dem Sarg gesessen und mit den Füßen geschlenkert, und Tante Carlotta hat gesagt, ich sollte damit aufhören.«

Jedes Wort dieser seltsamen Rede hatte sich in Rowans Gedächtnis eingeprägt. Stella, ihr Bruder, Tante Carlotta. Sogar der Name Lonigan. Denn für ein paar kostbare Sekunden hatte es in dem Abgrund farbig aufgestrahlt.

Diese Leute waren mit Rowan verwandt. Rowan war genaugenommen Ellies Cousine dritten Grades. Und von diesen Leuten wußte Rowan nichts, und sie durfte auch weiterhin nichts wissen, wenn sie das Versprechen, das sie Ellie gegeben hatte, halten wollte.

Ellie hatte selbst in diesen qualvollen Stunden noch daran gedacht. »Geh nie dorthin zurück, Rowan. Rowan, denke an das, was du versprochen hast. Ich habe alle Bilder verbrannt, alle Briefe. Geh nicht dorthin zurück, Rowan. Hier ist dein Zuhause.«

»Ich weiß, Ellie. Ich werde es nicht vergessen.«

Und es fiel kein weiteres Wort über Stella. Über ihren Bruder. Über Tante Carlotta. Über das Bild im Wohnzimmer. Doch dann der Schock, als der Testamentsvollstrecker Rowan nach Ellies Tod das Dokument vorlegte: das sorgsam formulierte Gelöbnis – ohne die geringste Rechtsgültigkeit –, daß Rowan niemals nach New Orleans zurückkehren werde und daß sie niemals versuchen werde, herauszufinden, wer ihre Familie war.

Aber in jenen letzten Tagen hatte Ellie von ihnen gesprochen. Von Stella an der Wand.

Und weil Ellie auch von Grabsteinen und Blumen gesprochen hatte, und davon, daß ihre Adoptivtochter sie in Erinnerung behalten solle, war Rowan an jenem Nachmittag nach Norden gefahren, um ihr Versprechen einzulösen, und auf dem kleinen Friedhof am Hang hatte sie den Engländer mit dem weißen Haar getroffen.

Er hatte in einer Kniebeuge vor Ellies Grab verharrt und sich die Namen notiert, die gerade erst in den Stein gemeißelt worden waren.

Er wirkte ein wenig verwirrt, als sie ihn störte, obgleich sie kein Wort gesagt hatte. Ja, eine Sekunde lang starrte er sie an, als wäre sie ein Geist. Fast hätte sie gelacht. Schließlich war sie trotz ihrer Größe eine zierliche Frau, und sie trug ihre übliche Bootskleidung – eine marineblaue Jacke und Jeans. Und er selbst wirkte so anachronistisch in seinem eleganten Westenanzug aus grauem Tweed.

Aber ihr spezieller Sinn verriet ihr, daß er ein Mann von guten Absichten war, und als er ihr erklärte, er habe Ellies Familie in New Orleans gekannt, da glaubte sie ihm. Aber sie war auch verwirrt, denn gern hätte sie diese Leute selbst gekannt.

Sie sagte nichts, als er auf seine reizende, lyrische britische Art weiterplauderte – über die Sonnenhitze und über den hübschen kleinen Friedhof. Schweigen war ihre eingefleischte Reaktion auf alles, selbst wenn es andere verwirrte oder ihnen Unbehagen bereitete. Und so erwiderte sie aus alter Gewohnheit gar nichts, was immer sie im Innern dachte. *Er kannte meine Familie? Leute von meinem Blut?*

»Mein Name ist Aaron Lightner«, sagte der Mann und drückte ihr eine kleine weiße Karte in die Hand. »Wenn Sie je etwas über die Familie Mayfair in New Orleans erfahren möchten, dann rufen Sie mich bitte unter allen Umständen an. Sie können mich in London erreichen, wenn Sie möchten. Melden Sie einfach ein R-Gespräch an. Ich werde Ihnen mit Vergnügen erzählen, was ich über die Familie Mayfair weiß. Keine alltägliche Geschichte, wissen Sie.«

Betäubend waren diese Worte, und sie taten ihr in ihrer Einsamkeit unabsichtlich weh, wie sie auf diesem seltsamen, verlassenen kleinen Hügel so unerwartet an ihr Ohr drangen. Hatte sie hilflos ausgesehen, wie sie dagestanden hatte, unfähig zu antworten, unfähig auch nur zum leisesten Kopfnicken? Hoffentlich. Sie wollte nicht kalt oder unhöflich erscheinen.

Aber es kam überhaupt nicht in Frage, ihm zu erklären, daß sie adoptiert worden war, von New Orleans fortgebracht am Tag ihrer Geburt. Es war unmöglich, ihm zu erklären, daß sie versprochen hatte, niemals dorthin zurückzukehren, niemals auch nur das Geringste über die Frau, die sie aufgegeben hatte, zu erfahren zu suchen. Ja, sie wußte ja nicht einmal, wie ihre Mutter mit Vornamen hieß. Und plötzlich fragte sie sich, ob *er* es wohl wußte? Wußte er vielleicht, welche Mayfair ein uneheliches Kind bekommen und weggegeben hatte?

Am besten sagte sie gar nichts, damit er nicht irgendwelchen Tratsch mitnahm. Schließlich war es möglich, daß ihre richtige Mutter irgendwann geheiratet und sieben Kinder bekommen hatte. Und jetzt zu reden konnte der Frau dann nur schaden. Im Abstand der Meilen und der Jahre spürte Rowan keinen Groll gegen diese gesichtslose, namenlose Kreatur, nur eine triste, hoffnungslose Sehnsucht. Nein, sie sagte kein Wort.

Er betrachtete sie eine ganze Weile prüfend, ganz unbeeindruckt von ihrer ungerührten Miene und ihrer unerschütterlichen Ruhe. Als sie ihm die Karte zurückgab, nahm er sie freundlich entgegen, hielt sie ihr aber weiter unschlüssig hin, als hoffe er, sie werde sie doch noch behalten.

»Ich würde so gern mit Ihnen sprechen«, fuhr er fort. »Ich würde gern erfahren, wie das Leben der Verpflanzten gewesen ist, so weit weg vom heimatlichen Boden.« Er zögerte und setzte dann hinzu: »Ich kannte Ihre Mutter vor Jahren...«

Er brach ab, als spüre er die Wirkung seiner Worte. Vielleicht störte ihn auch ihre blanke Ungehörigkeit. Rowan wußte es nicht. Der Augenblick hätte nicht schmerzhafter sein können, wenn er sie geschlagen hätte. Aber sie wandte sich nicht ab. Sie blieb regungslos stehen, die Hände in die Jackentaschen gebohrt. *Er kannte meine Mutter?*

Wie gespenstisch. Und dieser Mann mit den heiteren blauen Augen betrachtete sie so geduldig, und das Schweigen war wie immer: ein Leichentuch, das sie umhüllte. Denn die Wahrheit war, daß sie kein Wort hervorbrachte.

»Ich würde mich freuen, wenn Sie eine Kleinigkeit mit mir essen wollten – oder nur etwas trinken, wenn Sie nicht genug Zeit haben. Ich bin eigentlich kein so furchtbarer Mensch, wissen Sie. Es gibt da eine lange Geschichte...«

Und ihr spezieller Sinn verriet ihr, daß er die Wahrheit sagte!

Fast hätte sie seine Einladung angenommen – die ganze Einladung: über sich selbst zu reden und ihn über die anderen auszufragen. Schließlich hatte sie ihn nicht aufgesucht. Er war zu ihr gekommen und hatte ihr Informationen angeboten. Und da, in diesem Augenblick, war der Zwang über sie gekommen, ihm alles zu offenbaren, sogar die Geschichte von ihrer seltsamen Begabung – als habe er sie lautlos dazu aufgefordert und mit irgendeiner Kraft auf ihren Geist eingewirkt, so daß sie ihm ihre innersten Kammern öffnete.

All die weitverzweigten Ideen, die sie zu all dem hatte, drängten blitzartig ans Licht.

Ich habe in meinem Leben schon drei Menschen getötet. Ich kann mit meinem Zorn töten. Ich weiß, daß ich es kann. Das ist aus der Verpflanzten geworden – wie Sie mich nennen. Gibt es in der Familiengeschichte einen Platz für so etwas?

War er leicht zurückgezuckt, als er sie angeschaut hatte? Oder war es nur die Sonne gewesen, die ihm schräg in die Augen schien? Die Stimmung aus dem Krankenzimmer war zurückgekommen, der Klang der leisen, beinahe unmenschlichen Schmerzensschreie. »Versprich es mir, Rowan – selbst wenn sie dir schreiben. Nie... nie...«

»Du bist meine Mutter, Ellie, meine einzige Mutter. Wie könnte ich mehr verlangen?«

In diesen letzten, qualvollen Wochen hatte sie ihre furchtbare, zerstörerische Kraft schmerzhafter denn je gefürchtet, denn was wäre gewesen, wenn sie sie in ihrer wütenden Trauer gegen Ellie gerichtet und dieses dumme, nutzlose Leiden ein für allemal beendet hätte? *Ich könnte dich töten, Ellie, ich könnte dich erlösen. Ich weiß, daß ich es könnte. Ich fühle es in mir; es wartet nur auf diese Probe.*

Was bin ich? Eine Hexe, um der Liebe Gottes willen! Ich bin eine Heilerin, keine Zerstörerin. Ich habe eine Wahl, wie jeder Mensch eine Wahl hat!

Und der Engländer hatte dagestanden und sie ganz fasziniert betrachtet, als habe sie gesprochen, wo sie geschwiegen hatte. Es war fast gewesen, als habe er gesagt: Ich verstehe. Aber das war natürlich eine Illusion gewesen. Er hatte gar nichts gesagt.

Gepeinigt, verwirrt, hatte sie sich auf dem Absatz umgedreht und ihn stehenlassen. Er mußte sie für feindselig, ja, für verrückt gehalten haben. Aber was machte das schon? Aaron Lightner. Sie hatte nicht einmal einen Blick auf die Karte geworfen, bevor sie sie ihm zurückgegeben hatte. Und sie wußte nicht, weshalb sie sich trotzdem an den Namen erinnerte – aber sie erinnerte sich an ihn und an die seltsamen Dinge, die er gesagt hatte.

Ob Michael Currys Leben so vor seinem Auge vorübergezogen war, fragte Rowan sich manchmal, wie meines jetzt an mir vorüberzieht? So oft hatte sie schon auf das lächelnde Gesicht gestarrt, auf dieses Blatt, das sie aus einer Illustrierten gerissen und an ihren Spiegel geklebt hatte. Und sie wußte, wenn sie ihn sähe, würde dieser Damm bestimmt brechen. Sie träumte davon, wie sie mit Michael Curry redete, als könnte es wirklich geschehen, als könnte sie ihn mit in das Haus in Tiburon nehmen, als könnten sie zusammen Kaffee trinken, als könnte sie seine behandschuhte Hand berühren.

Ah, so eine romantische Vorstellung. Ein *tough guy*, der schöne Häuser liebte, schöne Zeichnungen machte. Vielleicht hörte er Vivaldi, dieser *tough guy*, vielleicht las er wirklich Dickens. Und wie mochte es wohl sein, einen solchen Mann im Bett zu haben, nackt bis auf die weichen schwarzen Lederhandschuhe?

Ah, die Phantasie. Ganz so wie die Vorstellung, daß die Feuerwehrmänner, die sie mit nach Hause nahm, sich als Poeten entpuppen könnten, daß die Polizisten, die sie verführt hatte, sich als große Romanciers offenbaren würden, daß der Förster, den sie in der Bar in Bolinas kennengelernt hatte, in Wirklichkeit ein großer Maler wäre und der Vietnamveteran, der sie mit in seine Hütte im Wald genommen hatte, ein berühmter Filmregisseur, der sich vor einer anspruchsvollen und ihn verehrenden Welt verbarg.

Sie stellte sich solche Dinge vor, und sie waren natürlich durchaus möglich. Aber letzten Endes war vor allem der Körper entscheidend – die Wölbung in den Jeans mußte groß genug sein, der Hals muskulös, die Stimme tief, das grob rasierte Kinn rauh genug, um zu kratzen.

Aber was wäre, wenn...?

Aber was wäre, wenn Curry in den Süden zurückgegangen war, wo er hergekommen war? Wahrscheinlich war genau das geschehen. Nach New Orleans, dem einzigen Ort auf der Welt, wohin Rowan Mayfair nicht gehen durfte.

Das Telephon klingelte, als sie ihre Bürotür aufschloß.

»Dr. Mayfair?«

»Dr. Morris?«

»Ja. Ich habe versucht, Sie zu erreichen. Es geht um Michael Curry.«

»Ja, ich weiß, Doktor. Ich habe Ihre Nachricht bekommen. Ich wollte eben anrufen.«

»Er will Sie sprechen.«

»Dann ist er noch in San Francisco?«

»Er versteckt sich in seinem Haus in der Liberty Street.«

»Ich hab's in den Fernsehnachrichten gesehen.«

»Aber mit Ihnen will er sich treffen. Ich meine – na ja, um es geradeheraus zu sagen, er will Sie persönlich sehen. Er hat so eine Idee...«

»Ja?«

»Na, Sie werden diesen Irrsinn für ansteckend halten, aber ich gebe nur seine Botschaft weiter. Besteht die Chance, daß Sie sich mit diesem Burschen auf Ihrem Boot treffen könnten – ich meine, es war doch Ihr Boot, auf dem Sie an dem Abend waren, an dem Sie ihn retteten, oder?«

»Mit Vergnügen fahre ich ihn mit dem Boot zurück.«

»Was haben Sie gesagt?«

»Daß ich mich mit Vergnügen mit ihm treffe.«

»Das ist absolut großartig von Ihnen. Dr. Mayfair. Aber ich muß Ihnen ein paar Dinge erklären. Ich weiß, es klingt verrückt, aber er möchte seine Handschuhe ausziehen und die Decksplanken berühren, auf denen er lag, als Sie ihn zu sich brachten.«

»Natürlich, das kann er tun. Ich weiß nicht, wieso ich darauf nicht schon selbst gekommen bin.«

»Im Ernst? Gott, Sie ahnen nicht, wie erleichtert ich bin. Und, Dr. Mayfair, ich will Ihnen eines sofort sagen: Dieser Kerl ist ein verdammt netter Kerl.«

»Ich weiß.«

»Und Sie sind eine ganz besondere Ärztin, Dr. Mayfair. Aber wissen Sie auch, worauf Sie sich da einlassen? Ich habe ihn angefleht, wirklich angefleht, in die Klinik zurückzukommen. Und gestern abend ruft er mich an und verlangt, daß ich Sie unverzüglich auftreibe. Er müsse die Hände auf die Schiffsplanken legen, weil er sonst verrückt werde. Ich sage: Werden Sie nüchtern, Michael, und ich versuch's. Und vor zwanzig Minuten ruft er mich wieder an, unmittelbar vor meinem Anruf bei Ihnen. ›Ich werde Sie nicht belügen‹, sagt er. ›Ich habe heute einen Kasten Bier getrunken, aber den Wodka und den Scotch habe ich nicht angerührt. Ich bin so nüchtern, wie es mir nur möglich ist.‹«

Sie lachte leise. »Man möchte weinen um seine Gehirnzellen.«

»Das kann man wohl sagen. Aber worauf ich hinauswill: Der Mann ist verzweifelt. Und es wird nicht besser mit ihm. Ich würde so etwas nie von Ihnen verlangen, wenn er nicht einer der nettesten...«

»Ich hole ihn ab. Können Sie ihn anrufen und ihm sagen, daß ich unterwegs bin?«

»Gott, das ist großartig. Dr. Mayfair, ich kann Ihnen nicht genug danken.«

»Rufen Sie ihn gleich an, Dr. Morris. In einer Stunde stehe ich vor seiner Haustür.«

Einen Moment lang starrte sie das Telephon an. Dann nahm sie ihr Namensschild ab, legte den schmutzigen weißen Kittel ab und zog langsam die Nadeln aus ihrem Haar.

5

Da hatten sie also nach all den Jahren wieder versucht, Deirdre Mayfair einzusperren. Jetzt, wo Miss Nancy nicht mehr da war und Miss Carl von Tag zu Tag schwächer wurde, war es wohl auch am besten so. Das jedenfalls meinten die Leute. Am 13. August hatten sie es versucht. Aber Deirdre war wild geworden, und sie hatten sie in Ruhe gelassen, und jetzt ging es schlimm bergab mit ihr, wirklich schlimm.

Als Jerry Lonigan seiner Frau Rita davon erzählte, weinte sie.

Dreizehn Jahre war es her, daß Deirdre Mayfair aus dem Sanatorium zurückgekommen war, eine besinnungslose Idiotin, die ihren eigenen Namen nicht mehr kannte, aber Rita kümmerte das nicht. Rita würde die wahre Deirdre niemals vergessen.

Rita und Deirdre waren sechzehn gewesen, als sie zusammen im Internat St. Rose de Lima gewesen waren. Und Rita war hingeschickt worden, weil sie »böse« war: Sie hatte mit den Jungen getrunken. Ihr Dad hatte gemeint, in St. Ro's würde man ihr die Flausen schon austreiben. Alle Mädchen hatten in einem Schlafsaal unter dem Dach geschlafen. Und um neun hatten sie ins Bett gehen müssen. Rita hatte sich oft in den Schlaf geweint.

Deirdre Mayfair war lange in St. Ro's. Ihr machte es nichts aus, daß das Haus alt und düster war und daß es dort streng zuging. Sie hielt Ritas Hand, wenn Rita weinte. Sie hörte zu, wenn Rita sagte, es sei wie ein Gefängnis hier.

»Kümmere dich nicht darum«, sagte Deirdre. Sie nahm Rita am späten Nachmittag mit hinunter zum Spielplatz. Sie schaukelten unter dem Pekanbaum. Man sollte nicht meinen, daß dies einem sechzehnjährigen Mädchen besonders viel Spaß gemacht hätte, aber Rita war dabei selig, wenn sie mit Deirdre zusammen war.

Deirdre sang, wenn sie schaukelten – alte irische und schottische Balladen, sagte sie. Sie hatte einen richtigen, echten Sopran, zart und hoch, und die Lieder waren so traurig. Rita schauderte es, wenn sie sie hörte. Deirdre blieb zu gern draußen, bis die Sonne untergegangen war und der Himmel »reines Purpur« war und die Zikaden in den Bäumen wirklich loslegten. Deirdre nannte das »Zwielicht«.

Rita hatte das Wort schon geschrieben gesehen, ja, aber daß es jemand wirklich sagte, hatte sie noch nicht gehört. Zwielicht.

Deirdre nahm Rita bei der Hand, und sie wanderten an der Ziegelmauer entlang, unter den Pekanbäumen hindurch, so daß sie sich unter den tiefhängenden, blattreichen Ästen ducken mußten. An manchen Stellen konnte man stehen und war völlig verborgen von den Bäumen. Es war verrückt, wenn man es beschreiben wollte, aber es war eine so seltsame und wunderbare Zeit für Rita – dort im Halbdunkel mit Deirdre zu stehen, wenn die Bäume sich im Wind wiegten und winzige Blätter auf sie herabregneten.

Sie spazierten in den staubigen Säulengang bei der Kapelle, und sie spähten durch die Holzpforte in den Garten der Nonnen hinein. Ein geheimer Ort, sagte Deirdre, voll der lieblichsten Blumen.

»Ich will nie wieder nach Hause«, erklärte Deirdre. »Es ist so friedlich hier.«

Friedlich! Nachts, wenn sie allein war, weinte Rita. Sie hörte die Musikbox aus der Negerkneipe auf der anderen Straßenseite; die Musik stieg über die Ziegelmauer hinweg bis hinauf unters Dach in den dritten Stock. Manchmal, wenn sie dachte, daß alle anderen schliefen, stand sie auf und trat hinaus auf den schmiedeeisernen Balkon, und dann schaute sie zu den Lichtern der Canal Street hinüber. Ein rotes Glühen hing über der Canal Street. Ganz New Orleans amüsierte sich da draußen, und Rita war hier eingesperrt, und eine Nonne schlief hinter dem Vorhang an jedem Ende des Schlafsaals. Was würde sie nur tun, wenn sie Deirdre nicht hätte?

Deirdre war anders gewesen als alle, die Rita je gekannt hatte. Sie hatte so wunderschöne Sachen gehabt – lange weiße Flanellnachthemden, mit Spitzenbesatz.

Die gleichen trug sie jetzt, vierunddreißig Jahre später immer noch, wenn sie auf der Seitenveranda dieses Hauses saß »wie eine schwachsinnige Idiotin im Koma«.

Und sie hatte Rita den Smaragdanhänger gezeigt, den sie auch jetzt auf dem weißen Nachthemd trug. Den berühmten Mayfair-Smaragd – obgleich Rita damals noch nichts von ihm gehört hatte. In der Schule hatte Deirdre ihn natürlich nicht getragen. In St. Ro's durfte man überhaupt keinen Schmuck tragen. Und so eine große, altmodische Halskette hätte sowieso niemand getragen, außer vielleicht zum Ball an Mardi Gras.

Sie erlaubte Rita, den Stein anzufassen, wenn sie in St. Ro's auf der Bettkante saßen. Wenn keine Nonnen in der Nähe waren, die sie ermahnten, das Bett nicht zu zerknautschen.

Rita hatte den Smaragdanhänger in den Händen gedreht. So schwer, die Goldfassung. Es sah aus, als ob auf der Rückseite etwas eingraviert wäre. Rita erkannte ein großes *L*. Es sah aus wie ein Name.

»O nein, nicht lesen«, sagte Deirdre. »Es ist ein Geheimnis!« Und einen Moment lang sah sie aus, als ob sie Angst hätte; ihre Wangen waren plötzlich rot, ihre Augen feucht, und sie nahm Ritas Hand und drückte sie. Deirdre konnte man nicht böse sein.

»Ist der echt?« fragte Rita. Mußte ein Vermögen gekostet haben.

»O ja«, sagte Deirdre. »Er ist vor Unmengen von Jahren aus Europa gekommen. Hat damals meiner Ur-Ur-Ur-Urgroßmutter gehört.«

Und sie lachten beide über die vielen Urs.

Es klang so unschuldig, wie Deirdre es sagte. Sie prahlte nie. Es hatte nichts damit zu tun. Sie kränkte niemals jemanden. Alle liebten sie.

»Ich habe ihn von meiner Mutter«, erzählte Deirdre. »Und eines Tages vererbe ich ihn weiter – daß heißt... wenn ich je eine Tochter habe.« Ihre Miene umwölkte sich besorgt. Rita legte den Arm um sie. Man wollte Deirdre einfach beschützen. Deirdre erweckte dieses Gefühl in einem.

Sie habe ihre Mutter nicht gekannt, sagte Deirdre. »Sie starb, als ich noch ein Baby war. Es heißt, sie ist aus dem Dachfenster gefallen. Und ihre Mutter soll auch schon jung gestorben sein, aber sie reden nie über sie. Ich glaube, wir sind nicht wie andere Leute.«

Rita war wie vom Donner gerührt. Niemand, den sie kannte, sagte solche Sachen.

»Wie meinst du das, Dee Dee?« fragte sie.

»Oh, ich weiß nicht«, sagte Deirdre. »Wir fühlen Dinge, spüren

Dinge. Wir wissen es, wenn Leute uns nicht mögen und uns etwas antun möchten.«

»Wer sollte dir je etwas antun wollen, Dee Dee?« fragte Rita. »Du wirst hundert Jahre alt, und du kriegst zehn Kinder.«

»Ich liebe dich, Rita Mae«, sagte Deirdre. »Du bist reinen Herzens, das bist du.«

»Ach, Dee Dee, nein.« Rita Mae schüttelte den Kopf; sie dachte an ihren Freund und an das, was sie miteinander getan hatten.

Und als ob Deirdre ihre Gedanken gelesen hätte, sagte sie: »Nein, Rita Mae, darauf kommt es nicht an. Du bist gut. Du willst niemals jemanden verletzen, selbst wenn du wirklich unglücklich bist.«

»Ich liebe dich auch«, sagte Rita, aber sie verstand nicht alles, was Deirdre ihr sagte. Und in ihrem ganzen Leben sagte Rita nie zu einer anderen Frau, daß sie sie liebe.

Rita wäre fast gestorben, als Deirdre aus St. Ro's verwiesen wurde. Aber Rita hatte gewußt, daß es passieren würde.

Sie selbst sah den jungen Mann bei Deirdre im Garten des Konvents. Sie hatte gesehen, wie Deirdre nach dem Abendessen, als niemand darauf achtete, hinausschlüpfte. Es war die Zeit, in der sie baden und ihr Haar frisieren sollten. Das war das einzige, was Rita an St. Ro's wirklich komisch fand. Sie mußten sich frisieren und ein wenig Lippenstift auflegen, weil Schwester Daniel meinte, das gehöre zur »Etikette«. Deirdre brauchte sich nicht zu frisieren. Sie hatte perfekte Locken. Sie brauchte nur ein Haarband.

Um diese Stunde verschwand Deirdre immer. Sie badete als erste, und dann schlich sie sich nach unten und kam erst kurz vor dem Lichterlöschen zurück. Immer spät, immer hastig vor dem Nachtgebet, mit gerötetem Gesicht. Aber dann schenkte sie Schwester Daniel dieses wunderschöne, unschuldige Lächeln. Und wenn Deirdre betete, schien sie es ernst zu meinen.

Rita glaubte, sie sei die einzige, die merkte, daß Deirdre sich hinausschlich. Ihr war es ein Greuel, wenn Deirdre nicht da war. Deirdre war die einzige, die ihr dabei half, sich hier wohl zu fühlen.

Und eines Abends war sie hinuntergegangen, um nach Deirdre zu suchen. Vielleicht saß sie auf der Schaukel. Der Winter war vorüber, und das Zwielicht kam jetzt erst nach dem Abendbrot. Und Rita wußte ja Bescheid über Deirdre und das Zwielicht.

Aber sie fand Deirdre nicht auf dem Spielplatz. Sie ging zur offenen Pforte des Nonnengartens. Dort war es sehr dunkel. Man konnte die Osterlilien erkennen; sie schimmerten weiß. Die Nonnen würden sie am Ostersonntag schneiden. Aber Deirdre würde nie gegen die Hausordnung verstoßen und dort hineingehen.

Doch Rita hörte Deirdres Stimme. Und allmählich erkannte sie Deirdres Gestalt auf der Steinbank im Dunkel. Die Pekanbäume waren hier ebenso groß und tiefhängend wie auf dem Spielplatz. Rita sah erst nur die weiße Bluse, und dann sah sie Deirdres Gesicht und sogar das violette Band in ihrem Haar, und dann sah sie den großen Mann, der neben ihr saß.

Alles war so still. Die Musikbox der Negerkneipe hatte in diesem Moment zu spielen aufgehört. Kein Laut drang aus dem Konvent. Selbst die Lichter im Refektorium der Nonnen schien weit weg zu sein, denn es wuchsen so viele Bäume längs des Säulenganges.

Der Mann sagte zu Deirdre: »Meine Geliebte.« Es war nur ein Wispern, aber Rita hörte es. Und sie hörte, wie Deirdre sagte: »Ja, du sprichst. Ich kann dich hören.«

»Meine Geliebte!« kam es wispernd noch einmal.

Dann weinte Deirdre. Und sie sagte noch etwas, vielleicht einen Namen – Rita wußte es nicht. Es klang wie »Mein Lasher!«

Sie küßten sich; Deirdres Kopf war zurückgebogen, und die hellen Finger des Mannes hoben sich deutlich von ihrem schwarzen Haar ab. Und der Mann sprach wieder.

»Will dich nur glücklich machen, meine Geliebte.«

»Lieber Gott«, flüsterte Deirdre. Und plötzlich sprang sie von der Bank auf, und Rita sah, wie sie über den Pfad zwischen den Lilienbeeten hinunterrannte. Der Mann war nirgends zu sehen. Und Wind war aufgekommen; er wehte durch die Pekanbäume, daß ihre Zweige die Veranda des Konvents peitschten. Der ganze Garten geriet jäh in Bewegung. Und Rita war allein. Beschämt wandte sie sich ab. Sie hätte nicht lauschen dürfen. Und auch sie rannte davon, alle vier Holztreppen hinauf, vom Erdgeschoß bis zum Dach.

Es dauerte noch eine Stunde, bis Deirdre kam. Rita war jämmerlich zumute, weil sie ihr nachgeschlichen war.

Aber spät am Abend, als sie im Bett lag, da wiederholte Rita bei sich die Worte, die sie gehört hatte: *Meine Geliebte. Will dich nur glücklich machen, meine Geliebte.* Oh, der Gedanke, daß ein Mann so etwas zu Deirdre gesagt haben sollte...

Meine Geliebte. Das erinnerte sie an wunderschöne Musik, an elegant gekleidete Gentlemen in alten Filmen, die es spät abends im Fernsehen zu sehen gab. An Stimmen aus einer anderen Zeit, sanft und klar, an Worte, die wie Küsse klangen.

Und so gut hatte er ausgesehen. Sein Gesicht hatte sie eigentlich nicht gesehen, wohl aber, daß er dunkelhaarig gewesen war, mit großen Augen, hochgewachsen, gut gekleidet, wunderschön gekleidet. Sie hatte die weißen Manschetten und den Kragen seines Hemdes gesehen.

Rita hätte sich auch mit ihm im Garten getroffen, mit einem solchen Mann. Rita wäre zu allem bereit gewesen mit ihm.

Als sie Deirdre dann beschuldigten, war es wie ein Alptraum. Sie waren im Aufenthaltsraum, und alle anderen Mädchen mußten im Schlafsaal bleiben, aber alle konnten es hören. Deirdre brach in Tränen aus, aber sie gestand nicht.

»Ich habe den Mann selbst gesehen!« rief Schwester Daniel. »Willst du behaupten, daß ich lüge?« Dann brachten sie Deirdre hinunter in den Konvent, wo sie mit der alten Mutter Bernard sprechen mußte; aber nicht einmal die konnte mit Deirdre etwas anfangen.

Rita brach es das Herz, als die Nonnen kamen, um Deirdres Sachen zu packen. Sie sah, wie Schwester Daniel den Smaragdanhänger aus dem Etui nahm und ihn anstarrte. Die Schwester hielt ihn für Glas; das sah man an der Art, wie sie ihn hielt. Es tat Rita weh, zu sehen, wie sie ihn anfaßte, zu sehen, wie sie Deirdres Nachthemden und Sachen zusammenraffte und in den Koffer stopfte.

Und ein paar Tage später, als Schwester Daniel diesen schrecklichen Unfall hatte, tat es Rita nicht leid. Sie hätte der gemeinen alten Nonne zwar nicht gewünscht, auf diese Weise zu sterben – zu erstikken in einem verschlossenen Zimmer bei aufgedrehter Gasheizung –, aber so war es nun mal.

Dann bekam Rita einen schrecklichen Streit mit Sandy. Sandy behauptete, Deirdre sei verrückt gewesen. »Weißt du, was sie nachts gemacht hat? Ich sag' dir, was sie gemacht hat. Wenn alles schlief, hat sie die Decke zurückgeworfen und ihren Körper bewegt, als ob sie jemand küssen würde! Ich hab's gesehen – sie hat den Mund aufgemacht und sich auf dem Bett bewegt – du verstehst schon, *sich bewegt* – ganz so, du weißt schon, als ob sie's wirklich gefühlt hätte!«

»Halt dein dreckiges Maul!« kreischte Rita, und sie versuchte, Sandy zu ohrfeigen. Alle stürzten sich auf sie, aber Liz Conklin zerrte sie beiseite und befahl ihr, sich zu beruhigen. Und sie sagte, Deirdre habe Schlimmeres getan, als sich im Garten mit dem Mann zu treffen.

»Rita Mae, sie hat ihn ins Haus gelassen. Sie hat ihn in unser Stockwerk heraufgeholt; ich habe ihn gesehen!« Liz flüsterte und schaute sich um, als fürchte sie, daß jemand sie belausche.

»Das glaube ich dir nicht«, sagte Rita.

»Ich habe ihr nicht nachspioniert«, sagte Liz. »Ich wollte nicht, daß sie in Schwierigkeiten gerät. Ich war bloß aufgestanden, um aufs Klo zu gehen, und da sah ich sie am Fenster des Aufenthaltsraums – sie und ihn zusammen, Rita Mae –, keine drei Schritt weit von uns entfernt, während wir schliefen.«

»Wie sah er denn aus?« wollte Rita wissen. Sie war sicher, daß alles gelogen war. Sie würde es wissen, denn sie hatte ihn gesehen.

Aber Liz beschrieb ihn – groß, braunhaarig, »sehr distinguiert«. Und er habe Deirdre geküßt und mit ihr geflüstert.

»Rita Mae, stell dir vor: Sie schließt sämtliche Türen auf und holt ihn herauf. Sie war einfach verrückt.«

»Ich weiß nur eins«, sagte Rita später zu Jerry Lonigan, als sie miteinander gingen. »Sie war das liebste Mädchen, das ich je gekannt habe. Sie war eine Heilige, verglichen mit diesen Nonnen, das sage ich dir. Und als ich dachte, ich würde verrückt in diesem Haus, da hielt sie meine Hand und sagte, sie wüßte schon, wie mir zumute wäre. Ich hätte alles für sie getan.«

Aber als der Augenblick gekommen war, wo sie etwas für Deirdre Mayfair hätte tun müssen, da hatte Rita es nicht vermocht.

Über ein Jahr war vergangen. Ritas Teenagerleben war vorbei, und sie vermißte es nicht einen Augenblick lang. Sie hatte Jerry Lonigan geheiratet, der zwölf Jahre älter war als sie und netter als irgendein Junge, den sie je kennengelernt hatte – ein anständiger, gutherziger Mann, der ein gutes Einkommen aus dem Bestattungsinstitut Lonigan und Söhne bezog, einem der ältesten der Gemeinde, das er mit seinem Daddy zusammen führte.

Jerry war es, von dem Rita die Neuigkeiten über Deirdre erfuhr. Er erzählte ihr, Deirdre sei schwanger von einem Mann, der inzwischen bei einem Autounfall ums Leben gekommen sei, und ihre

Tanten, diese niederträchtigen, verrückten Mayfair-Weiber, die wollten sie zwingen, ihr Kind wegzugeben.

Rita wollte bei dem Haus vorbeigehen, um Deirdre zu besuchen. Sie mußte einfach. Jerry wollte es nicht.

»Was, zum Teufel, glaubst du, daß du tun kannst? Weißt du nicht, daß diese Tante, diese Miss Carlotta – daß sie Rechtsanwältin ist? Sie könnte Deirdre einweisen lassen, wenn sie das Baby nicht hergibt.«

Aber Rita ging trotzdem hin.

Es war das Schwerste, was sie je getan hatte – zu diesem enormen Haus zu gehen und die Türglocke zu läuten. Aber sie tat es. Und natürlich war es Miss Carl, die ihr die Tür öffnete, diejenige, vor der alle Welt Angst hatte.

Trotzdem ging Rita hinein, drängte sich einfach an Miss Carl vorbei. Na, sie hatte die Fliegentür aber auch einen Spaltbreit aufgehalten, oder nicht? Und Miss Carl sah eigentlich nicht bösartig aus. Nur geschäftsmäßig.

»Wollte sie nur besuchen, wissen Sie; sie war meine beste Freundin in St. Ro's...«

Jedesmal, wenn Miss Carl auf ihre höfliche Art nein sagte, sagte Rita auf irgendeine andere Weise ja und erzählte, wie eng ihr Verhältnis zu Deirdre gewesen war.

Dann hörte sie Deirdres Stimme oben an der Treppe.

»Rita Mae!«

Deirdres Gesicht war tränennaß, und ihr Haar hing strähnig bis auf die Schultern. Barfuß rannte sie die Treppe herunter, Rita entgegen, und Miss Nancy – die Stämmige – folgte dicht hinter ihr.

Miss Carl faßte Rita fest beim Arm und schob sie zur Tür.

»Moment mal!« rief Rita.

»Rita Mae, sie wollen mir mein Baby wegnehmen!«

Miss Nancy packte Deirdre um die Taille und hob sie auf der Treppe hoch.

»Rita Mae!« kreischte Deirdre. Sie hatte etwas in der Hand, eine kleine weiße Karte anscheinend.

»Rita Mae, ruf diesen Mann an. Sag ihm, er soll mir helfen.«

Miss Carl stellte sich Rita in den Weg.

»Geh nach Hause, Rita Mae Lonigan«, befahl sie.

Aber Rita huschte flink um sie herum. Deirdre sträubte sich und versuchte sich aus Miss Nancys Umschlingung zu befreien, und

Miss Nancy verlor das Gleichgewicht und taumelte an das Treppengeländer. Deirdre wollte Rita die kleine weiße Karte zuwerfen, aber sie flatterte auf die Treppenstufen. Miss Carl versuchte sie aufzuheben.

Und dann war es wie an Mardi Gras, wenn die Leute sich um den Firlefanz prügelten, der von den Prunkwagen herabgeworfen wurde. Rita stieß Miss Carl beiseite und raffte die Karte an sich, wie man eine Glasperlenkette vom Pflaster aufklaubt, ehe sie jemand anderes zu fassen bekommt.

»Rita, ruf diesen Mann an!« schrie Deirdre. »Sag ihm, ich brauche ihn.«

»Das mach' ich, Dee Dee!«

Miss Nancy zerrte sie jetzt wieder die Treppe hinauf; ihre nackten Füße schleiften hinterher, und ihre Hände krallten sich in Miss Nancys Arm. Es war schrecklich, einfach schrecklich.

Und dann packte Miss Carl Ritas Handgelenk.

»Gib das her, Rita Mae Lonigan«, befahl sie.

Rita riß sich los und rannte zur Haustür hinaus, die kleine weiße Karte fest in der Hand. Sie hörte, wie Miss Carl ihr über die Veranda nachsetzte, und dann spürte sie einen scharfen, häßlichen Schmerz, als sie am Haar zurückgerissen wurde. Fast wäre sie hingefallen.

»Mach das ja nicht mit mir, du alte Hexe!« fauchte Rita mit zusammengebissenen Zähnen. Sie konnte es nicht ausstehen, an den Haaren gezogen zu werden.

Miss Carl wollte ihr das weiße Kärtchen aus der Hand reißen. So etwas Schlimmes hatte Rita noch nie erlebt. Miss Carl zog und riß eine Ecke von der Karte ab, doch Rita ließ nicht los; mit der anderen Hand zerrte Miss Carl weiter an Ritas Haaren, so heftig sie konnte. Sie würde sie gleich mit den Wurzeln ausreißen.

»Aufhören!« kreischte Rita. »Ich warne Sie, ich warne Sie wirklich!« Sie zog die Karte weg und zerknüllte sie in der Faust. So einfach konnte man doch eine alte Dame nicht schlagen.

Aber als Miss Carl erneut an ihren Haaren riß, schlug Rita zu. Sie schlug Miss Carl mit dem rechten Arm vor die Brust, und Miss Carl fiel in die Chinabeerbüsche. Wenn nicht so viele Büsche dagewesen wären, wäre Miss Carl auf die Erde gefallen.

Rita rannte zum Tor hinaus.

Es stürmte. Alle Bäume waren in Bewegung. Sie sah, wie die dikken schwarzen Eichenäste im Wind schwankten, und hörte das laute Getöse, das große Bäume immer machen. Die Zweige peitschten das Haus, kratzten an der Veranda im ersten Stock. Plötzlich hörte sie zerklirrendes Glas.

Sie blieb stehen und drehte sich um, und sie sah, wie ein Schauer von kleinen grünen Blättern über das ganze Anwesen herniederging. Dünne Äste und Zweige wirbelten herab. Es war wie in einem Hurrikan. Miss Carl stand auf dem Weg und starrte zu den Bäumen hinauf. Zumindest hatte sie sich also nichts gebrochen.

Guter Gott, jetzt würde es jeden Augenblick anfangen zu regnen. Rita würde patschnaß sein, ehe sie auch nur bis zur Magazine Street käme – zu allem Überfluß, nachdem nun schon ihre Frisur zerstört war und ihr die Tränen übers Gesicht strömten. Sie bot wirklich einen schönen Anblick.

Aber es regnete nicht. Sie erreichte Lonigan und Söhne, ohne naß zu werden. Und als sie in Jerrys Büro saß, konnte sie nur noch weinen. Schließlich schaute sie die kleine weiße Karte an. »Sieh dir das an, Jerry! Willst du es dir bitte ansehen?«

Die Karte war ganz zerdrückt und feucht von ihrer Handfläche. Wieder verlor Rita die Fassung.

»Ich kann die Zahlen nicht mehr lesen!«

»Immer mit der Ruhe, Rita«, sagte Jerry. Er war geduldig wie immer, ein wirklich gutherziger Mann, wie er immer einer gewesen war. Er trat neben sie und strich die kleine Karte auf der Löschpapierunterlage auf seinem Schreibtisch glatt. Dann holte er sein Vergrößerungsglas hervor.

Der mittlere Teil war klar zu lesen:

DIE TALAMASCA

Aber mehr war nicht zu erkennen. Die Worte, die darunter standen, waren kleine schwarze Tintenflecke in der breiigen weißen Papiermasse. Und was immer am unteren Rand gestanden hatte, war gänzlich ruiniert. Es war einfach nichts mehr da.

Jerry preßte die Karte unter zwei dicken Büchern, aber auch das half nichts. Sein Dad kam und schaute sich die Sache an. Auch er konnte nichts erkennen. Der Name Talamasca sagte Red nichts. Und der alte Red kannte so gut wie alles und jeden.

»Schaut, hier auf der Rückseite ist etwas mit Tinte geschrieben«, sagte er. »Seht doch.«

Aaron Lightner. Aber eine Telephonnummer war nicht dabei. Die Telephonnummer mußte vorn aufgedruckt gewesen sein. Selbst das Bügeln mit einem heißen Eisen half nichts.

Rita tat, was sie konnte.

Sie suchte im Telephonbuch nach Aaron Lightner und der Talamasca, was immer das sein mochte. Sie rief die Auskunft an. Sie flehte die Telephonfrau an, ihr zu sagen, ob es eine Geheimnummer gebe. Sie setzte sogar Kleinanzeigen in die *Times-Picayune* und in den *States-Item*.

»Darling, geh nicht noch mal in das Haus«, bat Red sie. »Nicht, daß ich Angst vor Miss Carlotta hätte oder so was. Ich will nur nicht, daß du mit diesen Leuten etwas zu tun hast.«

Rita sah, wie Jerry seinen Vater anschaute und wie sein Vater ihn anschaute. Sie wußten etwas, das sie ihr nicht sagten. Rita wußte, daß Lonigan und Söhne Deirdres Mutter bestattet hatten, als sie vor Jahren aus dem Fenster gefallen war; so viel hatte sie mitbekommen, und auch, daß Red sich noch an die Großmutter erinnerte, die »jung gestorben« war, wie Deirdre ihr erzählt hatte.

Aber die beiden waren verschwiegen, wie Leichenbestatter es sein müssen. Und Rita war jetzt zu jämmerlich zumute, als daß sie die Geschichte dieses schrecklichen alten Hauses und der Frauen darin hätte hören mögen.

Wieder verging ein Jahr, bevor Rita Deirdre wiedersah. Das Baby war längst nicht mehr da. Irgendwelche Verwandten in Kalifornien hatten es zu sich genommen. Nette Leute, behaupteten alle. Reiche Leute. Der Mann sei Anwalt wie Miss Carl. Für das Baby würde gut gesorgt werden.

Von Schwester Bridget Marie in St. Alphonsus hörte Jerry, daß die Nonnen im Mercy Hospital erzählt hätten, das Baby sei ein bildschönes kleines Mädchen mit blonden Haaren gewesen. Ganz anders als Deirdre mit ihren schwarzen Locken. Und Pater Lafferty habe Deirdre das Baby in die Arme gelegt und gesagt: »Küsse dein Kind«, und dann habe er es ihr weggenommen.

Rita überlief es kalt. Wie wenn man einen Leichnam küßte, bevor der Sarg geschlossen wurde. »Küsse dein Kind« – und dann einfach weggenommen.

Kein Wunder, daß Deirdre vollständig zusammengebrochen war. Sie brachten sie von der Entbindungsklinik geradewegs ins Sanatorium.

»Ist nicht das erste Mal für die Familie«, bemerkte Red Lonigan kopfschüttelnd. »Lionel Mayfair ist so gestorben – in einer Zwangsjacke.«

Rita fragte, was er damit meinte, aber er antwortete nicht.

Schließlich erfuhr Rita, daß Deirdre wieder zu Hause sei. An diesem Sonntag beschloß Rita, zur Messe in die Kapelle der Heiligen Mutter der Immerwährenden Hilfe im Garden District zu gehen. Dorthin gingen die reichen Leute meistens. Sie kamen nicht in die großen alten Pfarrkirchen – St. Mary und St. Alphonsus – auf der anderen Seite der Magazine Street.

Rita ging in die Zehn-Uhr-Messe und dachte sich, na, ich werde auf dem Rückweg einfach mal am Hause Mayfair vorbeischauen. Aber das brauchte sie nicht, denn Deirdre war in der Kirche; sie saß zwischen ihren Großtanten Miss Belle und Miss Millie. Miss Carlotta war gottlob nicht dabei.

Rita fand, daß Deirdre furchtbar aussah – wie ein Geist zu Fuß, hätte ihre Mutter gesagt. Sie hatte dunkle Ringe unter den Augen, und ihr Kleid war ein glänzendes Gabardine-Ding, das ihr nicht paßte. Die Schultern waren ausgepolstert. Eine der alten Frauen im Haus mußte es ihr gegeben haben.

Als sie nach der Messe die Marmortreppe hinuntergingen, holte Rita einmal tief Luft und lief Deirdre dann nach.

Deirdre sah sie sofort mit ihrem wunderschönen Lächeln an. Aber als sie etwas sagen wollte, kam so gut wie kein Wort über ihre Lippen. Schließlich wisperte sie: »Rita Mae!«

Rita Mae beugte sich vor und küßte sie.

»Dee Dee«, flüsterte sie, »ich habe versucht, zu tun, was du gesagt hast. Aber ich konnte den Mann nicht finden. Die Karte war ruiniert.«

Deirdres Augen waren groß und leer. Sie erinnerte sich wohl gar nicht? Zumindest merkten Miss Millie und Miss Belle nichts; sie wünschten allen Vorübergehenden Guten Tag. Die arme alte Miss Belle merkte sowieso nie etwas.

Dann schien Deirdre sich doch zu entsinnen. »Es ist okay, Rita Mae«, sagte sie. Wieder das wunderschöne Lächeln. Sie drückte Rita

Mae die Hand, beugte sich vor und gab ihr selbst einen Kuß auf die Wange. Tante Millie sagte: »Wir müssen jetzt gehen, Schatz.«

Das war Deirdre Mayfair, wie Rita sie kannte. *Es ist okay, Rita Mae.* Das süßeste Mädchen, das sie je gekannt hatte.

Nicht lange, und Deirdre war wieder im Sanatorium. Sie war barfuß auf der Jackson Avenue entlangspaziert und hatte Selbstgespräche geführt. Dann hieß es, sie sei in einer psychiatrischen Klinik in Texas, und danach hörte Rita nur noch, daß Deirdre Mayfair »unheilbar krank« sei und nie wieder nach Hause kommen werde.

Als die alte Miss Belle starb, riefen die Mayfairs Jerrys Dad an, wie sie es immer getan hatten. Vielleicht erinnerte sich Miss Carl gar nicht mehr an ihre Prügelei mit Rita Mae. Von überall her kamen Mayfairs zu dieser Beerdigung, aber keine Deirdre.

Mr. Lonigan graute es davor, die Gruft in Lafayette Nr. 1 zu öffnen. Auf diesem Friedhof gab es so viele verfallene Gräber, in denen die verrottenden Särge deutlich sichtbar waren und man sogar die Gebeine erkennen konnte. Es ekelte ihn an, dort jemanden zu bestatten.

Einmal war er nachmittags mit Rita hingegangen und hatte ihr die berühmten Gelbfiebergräber gezeigt, wo man auf einer langen Liste die Namen derer lesen konnte, die binnen weniger Tage nacheinander an der Epidemie gestorben waren. Er hatte ihr die Mayfair-Gruft gezeigt, ein großes Ding mit zwölf backofengroßen Gewölbekammern darin. Ein niedriger Eisenzaun zog sich ringsherum und umschloß ein winziges Rasenstück. Die beiden Marmorvasen an der Eingangsstufe waren voll mit frischen Schnittblumen.

»Na, sie halten es aber sehr gut in Schuß, nicht wahr?« hatte sie gesagt.

Mr. Lonigan hatte auf die Blumen gestarrt und nichts gesagt. Nach einer Weile hatte er sich geräuspert und dann auf die Namen derer gedeutet, die er kannte.

»Diese hier – Antha Marie, die ist 1941 gestorben. Deirdres Mutter.«

»Die aus dem Fenster gefallen ist«, sagte Rita. Wieder gab er keine Antwort.

»Diese hier – Stella Louise – starb 1929; sie war Anthas Mutter. Und der hier drüben, Lionel, ihr Bruder – ›gestorben 1929‹ –, der ist in 'ner Zwangsjacke geendet, nachdem er Stella erschossen hatte.«

»Aber das soll doch nicht heißen, daß er seine eigene Schwester ermordet hat...«

»O doch, das soll es«, sagte Mr. Lonigan. Dann zeigte er ihr die anderen Namen, die weit zurück in die Vergangenheit reichten. »Miss Mary Beth, das war Stellas und Miss Carls Mutter. Miss Millie ist eigentlich Rémy Mayfairs Tochter; er war Miss Carls Onkel, und er starb in der First Street, aber das war vor meiner Zeit. An Julien Mayfair allerdings kann ich mich noch erinnern. Er war das, was man unvergeßlich nennt, dieser Julien. Bis zum Tage seines Todes war er ein gutaussehender Mann. Und sein Sohn Cortland war es auch. Weißt du, Cortland starb in dem Jahr, als Deirdre ihr Kind bekam. Nun hab' ich Cortland aber nicht begraben; seine Familie wohnte in Metairie. Es hieß, all der Aufruhr um Deirdres Baby habe ihn umgebracht. Aber darauf kommt's nicht an. Du siehst, daß Cortland schon achtzig Jahre alt war. Die alte Miss Belle war Miss Carls ältere Schwester. Aber Miss Nancy, na, die ist Anthas Schwester. Die nächste wird Miss Millie sein; denk' an meine Worte.«

Rita interessierten sie alle nicht. Sie dachte an Deirdre und an jenen längst vergangenen Tag in St. Ro's, als sie Seite an Seite auf der Bettkante gesessen hatten. Der Smaragd war ihr über Stella und Antha vererbt worden.

»Aber weißt du«, sagte Rita, »das Merkwürdigste ist ja, daß sie alle den Namen Mayfair tragen. Wieso nehmen sie nie den Namen der Männer an, die sie heiraten?«

»Können sie nicht«, sagte Mr. Lonigan. »Wenn sie es tun, kriegen sie das Mayfair-Geld nicht. So wurde es vor langer Zeit geregelt. Man muß Mayfair heißen, um das Mayfair-Geld zu erben. Cortland Mayfair wußte das; er wußte alles darüber. Er war ein prima Anwalt, arbeitete für niemanden außer der Familie Mayfair; ich erinnere mich, wie er mir das einmal erzählte. Es war ein Vermächtnis«, sagte er. Wieder starrte er auf die Blumen.

»Was ist denn, Red?« fragte Rita.

»Ach, nur 'ne alte Geschichte, die man sich hier erzählt«, sagte er. »Daß diese Vasen nie leer sind.«

»Na, Miss Carl bestellt doch die Blumen, oder?« fragte Rita.

»Nicht, daß ich wüßte«, sagte Mr. Lonigan. »Aber jemand stellt immer welche hin.« Dann schwieg er wieder, wie er es immer tat. Er sagte einem nie wirklich, was er wußte.

Als er ein Jahr später starb, war Rita so traurig, als habe sie ihren eigenen Vater verloren. Aber sie fragte sich auch immer wieder, welche Geheimnisse er wohl mit ins Grab genommen haben mochte. Er war immer so gut zu ihr gewesen.

Jerry war danach nicht mehr derselbe. Er war nervös, wann immer er mit den alten Familien zu tun hatte.

1976 kam Deirdre in das Haus in der First Street zurück, eine »besinnungslose Idiotin«, hieß es, infolge der Schockbehandlungen.

Pater Mattingly von der Pfarrei ging sie besuchen. Überhaupt kein Verstand mehr vorhanden. Genau wie ein Baby, erzählte er Jerry nachher, oder wie eine senile Greisin.

Rita ging sie besuchen. Es war Jahre her, daß sie und Miss Carlotta diesen furchtbaren Streit gehabt hatten. Rita hatte inzwischen drei Kinder. Sie hatte keine Angst vor dieser alten Lady. Sie kaufte ein hübsches weißes Seidennegligé für Deirdre.

Miss Nancy führte sie hinaus auf die Veranda.

»Schau, was Rita Mae Lonigan dir mitgebracht hat, Deirdre«, sagte sie.

Eine besinnungslose Idiotin. Und wie furchtbar, diesen schönen Smaragdanhänger an der Kette um ihren Hals zu sehen. Es war, als wollten sie sich über sie lustig machen, wenn sie sie so herausputzten in ihrem Flanellnachthemd.

Ihre Füße auf den blanken Dielen der Veranda sahen geschwollen und wund aus. Mit schiefem Kopf starrte sie durch das Fliegengitter. Aber davon abgesehen war sie immer noch Deirdre – noch immer hübsch, noch immer süß. Rita hielt es hier nicht aus.

Sie besuchte sie nie wieder. Aber es verging keine Woche, ohne daß sie herkam. Dann blieb sie vor dem Zaun stehen und winkte Deirdre zu. Deirdre nahm keine Notiz von ihr, aber Rita tat es trotzdem. Sie hatte den Eindruck, daß Deirdre immer kleiner und magerer wurde und daß ihre Arme nicht mehr im Schoß lagen, sondern sich hochkrümmten und an die Brust zogen. Aber Rita war nie nah genug, um sicher zu sein. Das war der Vorteil dabei, wenn sie nur am Zaun stehenblieb und winkte. Als Miss Nancy starb, sagte Rita, sie wolle zur Beerdigung gehen. »Um Deirdres willen.«

»Aber Schatz«, sagte Jerry, »Deirdre wird gar nicht merken, daß du da bist.«

Aber Rita kümmerte das nicht. Rita würde hingehen.

Was Jerry anging, so wollte er mit den Mayfairs nichts zu tun haben. Er haßte die alten Familien. »Zumindest war es diesmal ein natürlicher Tod – so heißt es wenigstens«, sagte er.

Als er seine Arbeit an Miss Nancy am Nachmittag beendet hatte, erzählte er Rita, es sei schrecklich gewesen, in dieses Haus zu gehen, um sie abzuholen.

Stammte geradewegs aus alten Zeiten, das Schlafzimmer da oben im ersten Stock. Die Vorhänge waren zugezogen, und zwei geweihte Kerzen brannten vor einem Bild der Schmerzensreichen Madonna. Das Zimmer stank nach Pisse. Und Miss Nancy hatte schon stundenlang tot in der Hitze gelegen, ehe er gekommen war.

Und die arme Deirdre hatte ganz verrenkt auf der Veranda gesessen, und die farbige Schwester hatte ihre Hand gehalten und laut den Rosenkranz gebetet, als ob Deirdre gewußt hätte, daß sie da war, von den Ave Marias ganz zu schweigen.

Miss Carlotta hatte Nancys Zimmer nicht betreten wollen. Sie war mit verschränkten Armen im Korridor stehengeblieben.

»Sie hat Blutergüsse, Miss Carl. An Armen und Beinen. Ist sie böse gefallen?«

»Sie hatte den ersten Anfall auf der Treppe, Mr. Lonigan.«

Junge, wie hatte er sich gewünscht, sein Vater wäre noch da! Dad hätte gewußt, wie man mit den alten Familien umzugehen hatte.

»Aber jetzt sag du mir mal, Rita Mae, wieso war sie nicht im Krankenhaus? Wir haben nicht mehr 1842! Wir leben heute!«

»Manche Leute wollen lieber zu Hause sein, Jerry«, meinte Rita. Hatte er denn keinen unterschriebenen Totenschein?

Doch. Natürlich. Aber er haßte diese alten Familien.

»Du weißt nie, was sie als nächstes machen«, fluchte er. »Nicht bloß die Mayfairs. Ich meine alle die alten.«

Sie war erstaunt, daß ihr Mann so viel redete. Die Mayfairs bedrückten ihn, soviel war klar, wie sie schon seinen Daddy bedrückt hatten, und niemand hatte Rita je die ganze Geschichte erzählt.

Rita ging in die Kapelle zur Totenmesse für Miss Nancy. Sie folgte der Prozession mit ihrem eigenen Auto. Es ging die First Street hinunter, vorbei an dem alten Haus, mit Rücksicht auf Deirdre. Aber es gab kein Anzeichen dafür, daß Deirdre all die schwarzen Limousinen, die da vorüberglitten, auch nur sah.

So viele Mayfairs gab es. Ja, woher um alles in der Welt kamen sie nur alle? Rita erkannte New Yorker Töne und kalifornische, sogar Südstaatenklänge aus Atlanta und Alabama. Und dann alle die aus New Orleans! Sie konnte es nicht glauben, als sie die Kondolenzliste überflog. Da waren Mayfairs aus der Stadt und aus den Vororten, aus Metairie und von der anderen Seite des Flusses.

Sogar ein Engländer war da, ein weißhaariger Gentleman im Leinenanzug, der tatsächlich einen Spazierstock benutzte. Er blieb mit Rita ein paar Schritte zurück. »Meine Güte, wie schrecklich warm es heute ist«, sagte er in seinem eleganten britischen Tonfall. Als Rita auf dem Weg gestolpert war, hatte er stützend ihren Arm ergriffen. Sehr nett von ihm.

Was mochten wohl all diese Leute von dem schrecklichen alten Haus halten, fragte sie sich. Und vom Lafayette-Friedhof mit seinen Modergrüften. Alle drängten sich durch die engen Pfade und stellten sich auf die Zehenspitzen, um über die hohen Grabmale hinwegsehen zu können. Moskitos sirrten im hohen Gras. Und jetzt hielt sogar einer der Touristenbusse vor dem Tor. Die Touristen waren sicher entzückt von so etwas. Na, schaut es euch nur an!

Aber der große Schock war die Cousine, die Deirdre Mayfairs Baby genommen hatte. Denn da war sie nun, Ellie Mayfair aus Kalifornien. Jerry zeigte sie Rita, während der Priester die Abschiedsworte sprach. Eine große, dunkelhaarige Frau in einem ärmellosen blauen Leinenkleid und mit einer wunderschönen Sonnenbräune. Sie trug einen großen weißen Hut, einen Sonnenhut, und eine dunkle Brille. Sah aus wie ein Filmstar. Wie sie sie umdrängten! Leute griffen nach ihrer Hand, küßten die bepuderten Wangen. Und wenn sie sich ihr ganz nah zuneigten – fragten sie dann nach Deirdres Tochter?

Rita wischte sich über die Augen. *Rita Mae, sie wollen mir mein Baby wegnehmen.* Was hatte sie nur mit dem kleinen weißen Kartenfetzen angefangen, auf dem das Wort Talamasca gestanden hatte? Wahrscheinlich steckte er hier irgendwo in ihrem Gebetbuch. Sie warf niemals etwas weg. Vielleicht sollte sie mit dieser Frau sprechen, um sie zu fragen, wie sie mit Deirdres Tochter Kontakt aufnehmen könnte. Vielleicht sollte das Mädchen eines Tages wissen, was Rita zu erzählen hatte. Andererseits, mit welchem Recht mischte sie sich ein?

Fast wäre sie an Ort und Stelle zusammengebrochen; man stelle sich vor, die Leute hätten geglaubt, sie weine um die alte Miss Nancy. Zum Lachen. Sie hatte sich abgewandt und versucht, ihr Gesicht zu verbergen, und dann hatte sie bemerkt, daß der Engländer, der Gentleman, sie anstarrte. Sein Gesicht hatte einen wirklich seltsamen Ausdruck, als ob er befürchte, sie könne zu weinen anfangen, und dann weinte sie wirklich und winkte ihm zugleich zu, um ihm zu verstehen zu geben, daß alles in Ordnung sei. Aber er kam trotzdem zu ihr herüber.

Er reichte ihr seinen Arm wie zuvor und führte sie ein kleines Stück weit weg, und da stand eine von diesen Bänken, und sie setzte sich. Als sie aufblickte, hätte sie schwören können, Miss Carl schaue zu ihr und dem Engländer herüber, aber Miss Carl war sehr weit entfernt, und die Sonne schien ihr auf die Brillengläser. Wahrscheinlich konnte sie sie überhaupt nicht sehen.

Dann gab der Engländer ihr eine kleine weiße Karte und sagte, er würde sich gern einmal mit ihr unterhalten. Worüber denn nur? dachte sie, aber sie steckte die Karte doch in ihre Tasche.

Es war spät abends, als sie sie wiederfand; sie hatte nach dem Gebetskärtchen von der Beerdigung gesucht. Und da war sie nun, die kleine Karte, die der Mann ihr gegeben hatte, und da waren die Namen wieder, nach all den Jahren: Talamasca und Aaron Lightner.

Rita blätterte in ihrem Gebetsbuch nach der alten Karte oder dem, was davon übrig war. Kein Zweifel, es war die gleiche, und auf die neue hatte der Engländer mit Tinte den Namen des »Monteleone Hotels« in der Stadt sowie seine Zimmernummer geschrieben.

Rita ging zu Jerry; er war noch auf und saß trinkend am Küchentisch.

»Rita Mae, du darfst mit diesem Mann nicht reden. Du darfst ihm nichts über diese Familie erzählen.«

»Aber Jerry, ich muß ihm erzählen, was damals passiert ist, ich muß ihm erzählen, daß Deirdre versucht hat, mit ihm Kontakt aufzunehmen.«

»Das ist Jahre her, Rita Mae. Das Baby ist inzwischen erwachsen. Sie ist Ärztin, wußtest du das? Sie wird Chirurgin, hab' ich gehört.«

»Das ist mir egal, Jerry.« Und dann verlor Rita Mae die Fassung, aber trotz aller Tränen tat sie etwas Merkwürdiges: sie starrte auf die Karte und prägte sich alles ein, was darauf stand. Sie lernte die Zimmernummer des Hotels und die Telephonnummer auswendig.

Und wie sie es sich gedacht hatte, nahm Jerry ihr unvermittelt die Karte aus der Hand und steckte sie in seine Hemdtasche. Sie sagte kein Wort. Sie weinte einfach weiter. Jerry war der liebste Mann der Welt, aber er würde es nie verstehen.

»Es war nett, daß du zur Beerdigung gegangen bist, Schatz«, sagte er.

Rita sprach nicht mehr über den Mann. Sie wollte nichts gegen Jerrys Willen tun. Nun, wenigstens in diesem Moment war sie noch nicht dazu entschlossen.

»Aber was weiß denn das Mädchen da draußen in Kalifornien über seine Mutter?« fragte Rita. »Ich meine, weiß sie denn, daß Deirdre sie nie weggeben wollte?«

»Du mußt dich da raushalten, Schatz.« Jerry schüttelte den Kopf, goß sich Bourbon in sein Glas und trank es halb leer. »Schatz, wenn du wüßtest, was ich über diese Leute weiß...«

Jerry trank wirklich zuviel Bourbon. Das sah sie. Jerry war kein Klatschmaul. Ein guter Leichenbestatter durfte kein Klatschmaul sein. Aber jetzt fing er an zu reden, und Rita ließ ihn gewähren.

»Deirdre hatte nie eine Chance in dieser Familie«, sagte er. »Man könnte sagen, sie war verflucht von Geburt an. Hat Daddy jedenfalls gesagt.«

Jerry war ein kleiner Schuljunge gewesen, als Deirdres Mutter Antha bei dem Sturz aus dem Dachbodenfenster gestorben war. Aber Jerry hatte schon bei seinem Daddy gearbeitet.

»Ich sage dir, wir haben ihr Gehirn von den Steinplatten gekratzt. Es war schrecklich. Sie war erst zwanzig Jahre alt und so hübsch. Hübscher noch, als Deirdre nachher wurde. Und du hättest die Bäume im Garten dort sehen sollen. Schatz, es war, als ob genau über dem Haus ein Hurrikan getobt hätte, so sehr schwankten die Bäume. Sogar die steifen Magnolien krümmten und knickten sich.«

»Ja, das habe ich auch schon erlebt«, sagte Rita, aber dann schwieg sie gleich wieder, damit er weiterredete.

»Das Schlimmste kam, als wir wieder hier waren und Daddy sich Antha genau anschaute. Sofort sagte er: ›Siehst du die Schrammen an den Augen? Also, das ist niemals bei dem Sturz passiert. Unter dem Fenster standen keine Bäume.‹ Und dann stellte Daddy fest, daß das eine Auge regelrecht aus der Höhle gerissen war. Nun wußte Daddy aber, was in solchen Situationen zu tun war. Er hängte sich sofort ans Telephon und rief Dr. Fitzroy an. Man müßte eine Autopsie vornehmen, meinte er. Und dabei blieb er auch, als Dr. Fitzroy anfing, mit ihm zu diskutieren. Schließlich rückte Dr. Fitzroy damit heraus, daß Antha Mayfair den Verstand verloren und versucht hätte, sich selbst die Augen auszukratzen. Miss Carl hätte versucht, sie daran zu hindern, und da wäre Antha auf den Dachboden geflohen. Sicher, sie wäre aus dem Fenster gefallen, aber da wäre sie schon völlig von Sinnen gewesen. Und Miss Carl hätte alles mitansehen müssen. Nun gäbe es doch auf der ganzen Welt keinen Grund dafür, daß die Leute sich das Maul zerreißen oder daß die Zeitungen die Sache bringen sollten. Hatte die Familie nicht schon wegen Stella genug zu leiden gehabt?

›Für mich sieht's jedenfalls nicht so aus, als hätte sie es sich selbst zugefügt‹, beharrte Daddy, ›aber wenn Sie bereit sind, darauf hin einen Totenschein auszustellen – na, ich schätze, dann hab' ich getan, was ich konnte.‹ Und so gab es eben keine Autopsie. Aber Daddy wußte, wovon er redete. Natürlich mußte ich schwören, daß ich keiner Menschenseele davon erzählen würde. Aber er wußte, daß er mir vertrauen konnte. Und ich vertraue jetzt dir, Rita Mae.«

»Oh, was für eine schreckliche Geschichte«, flüsterte Rita. »Sich selbst die Augen auszukratzen.« Sie betete, daß Deirdre nie etwas davon gewußt haben möge.

»Na, du hast noch nicht mal alles gehört«, sagte Jerry und nahm noch einen Schluck Bourbon. »Als wir uns dranmachten, sie zu waschen, da fanden wir die Smaragdkette an ihr – dieselbe, die Deirdre heute trägt. Den berühmten Mayfair-Smaragd. Die Kette war ihr um den Hals gedreht, und das Ding hing hinten im Haar. Es war blutbeschmiert, und Gott weiß, was noch alles dranklebte. Ja, obwohl er auf dieser Welt schon alles mögliche gesehen hatte, war sogar Daddy geschockt, als er Haare und Knochensplitter abputzte. Und er sagte: ›Das ist nicht das erstemal, daß ich Blut von diesem Ding abwischen muß.‹ Das letztemal hatte er die Kette am Hals von Stella Mayfair gefunden, von Anthas Mutter.«

»Stella war von ihrem eigenen Bruder erschossen worden, nicht?«

»Ja, und das war das Schreckliche – zu hören, wie Daddy es erzählte. Stella war die Wilde in ihrer Generation. Schon vor dem Tod ihrer Mutter machte sie das alte Haus zum Rummelplatz – Lichter, Partys Nacht für Nacht, Schmuggelschnaps und sogar Musikkapellen. Der Himmel weiß, was Miss Carl und Miss Millie und Miss Belle sich dabei dachten. Aber als sie anfing, Männer mit nach Hause zu bringen, nahm Lionel die Sache in die Hand und erschoß sie. Eifersüchtig, das war er. Vor allen Leuten, mitten im Salon, sagte er: ›Ich bringe dich um, bevor *er* dich kriegt.‹«

»Was soll das heißen?« fragte Rita. »Bruder und Schwester gingen miteinander ins Bett?«

»Könnte sein, Schatz«, sagte Jerry. »Könnte sein. Niemand wußte, wer Anthas Vater gewesen war. Nach allem, was man wußte, konnte es Lionel gewesen sein. Es hieß sogar... Aber Stella war es egal, was die Leute dachten. Stella hat es nie etwas ausgemacht, daß ihr Baby unehelich war.«

»Na, verdammt, so was hab' ich aber noch nie gehört«, flüsterte Rita Mae. »Schon gar nicht in der Zeit damals, Jerry.«

»So war's aber, Schatz. Und manches davon hab' ich nicht bloß von Daddy gehört. Lionel schoß Stella in den Kopf, und all die Leute im Haus wurden wild und zerschlugen die Scheiben der Verandafenster, um hinauszukommen, war 'ne regelrechte Panik. Und was noch? Die kleine Antha war oben, und bei all dem Trubel kam sie herunter und sah ihre Mutter tot auf dem Fußboden liegen.«

Rita schüttelte den Kopf. Was hatte Deirdre gesagt, an jenem längst vergangenen Nachmittag? *Und ihre Mutter soll auch schon jung gestorben sein, aber sie reden nie über sie.*

»Lionel endete in einer Zwangsjacke, nachdem er Stella erschossen hatte. Daddy sagte immer, die Schuld brachte ihn um den Verstand. Unaufhörlich schrie er, der Teufel ließe ihn nicht in Ruhe, seine Schwester wäre eine Hexe gewesen, und sie hätte ihm den Teufel auf den Hals gehetzt. Schließlich starb er bei einem Anfall, verschluckte seine eigene Zunge, und kein Mensch konnte ihm helfen. Sie schlossen seine Gummizelle auf, und da lag er tot auf dem Boden und wurde schon schwarz. Aber zumindest kam der Leichnam säuberlich zugenäht vom Leichenbeschauer. Die Schrammen in Anthas Gesicht, zwölf Jahre später, die ließen Daddy dann nie mehr in Ruhe.«

»Arme Dee Dee. Ein bißchen davon muß sie gewußt haben.«

»Ja«, sagte Jerry. »Auch ein Baby kriegt manches mit. Das weißt du selbst. Als Daddy und ich damals Anthas Leiche von der Terrasse holten, da hörten wir die kleine Deirdre da drinnen heulen, als ob sie spürte, daß ihre Mutter tot war. Und niemand, der das Kind auf den Arm genommen, niemand, der es getröstet hätte. Ich sage dir, das kleine Mädchen war unter einem Fluch geboren. Hatte nie eine Chance, bei all dem, was in der Familie vorgegangen ist. Darum haben sie ihre kleine Tochter auch in den Westen geschickt: um sie von all dem wegzubringen. Und an deiner Stelle, Schatz, würde ich die Finger von der Geschichte lassen.«

Rita dachte an Ellie Mayfair. So hübsch. Wahrscheinlich saß sie in diesem Augenblick schon wieder im Flugzeug nach San Francisco.

»Es heißt, die Leute in Kalifornien sind reich«, sagte Jerry. »Deirdres Krankenschwester hat es mir erzählt. Der Stiefvater ist ein großer Anwalt, ein gemeiner Hund, macht aber 'ne Menge Kohle. Wenn auf den Mayfairs ein Fluch liegt, dann ist die Kleine davor sicher.«

»Jerry, du glaubst doch nicht an Flüche«, sagte Rita. »Und das weißt du auch.«

»Schatz, denk nur mal für einen Augenblick an die Smaragdkette. Zweimal hat Daddy das Blut davon abgeputzt. Und ich hab' immer das Gefühl gehabt, daß sogar Miss Carlotta selbst glaubte, es hängt ein Fluch daran. Als Daddy den Smaragd das erstemal saubermachte – als Stella erschossen worden war –, weißt du, was Miss Carlotta da wollte? Daß Daddy den Stein zu Stella in den Sarg legte. Das hat Daddy mir erzählt. Ich weiß es noch genau. Und Daddy hat es abgelehnt.«

»Aber vielleicht ist er gar nicht echt, Jerry.«

»Zum Teufel, Rita Mae, für diesen Smaragd könntest du einen ganzen Häuserblock an der Canal Street kaufen. Daddy hat ihn bei Hershman in der Magazine Street schätzen lassen. Ich meine, da sagt ihm Miss Carlotta so Sachen wie ›Es ist mein ausdrücklicher Wunsch, daß Sie ihn zu meiner Schwester in den Sarg legen‹. Da ruft er Hershman an. Ich meine, er und Hershman waren immer gute Freunde gewesen, und Hershman sagte, der Stein wäre schon echt – der feinste Smaragd, den er je gesehen hätte. Konnte nicht mal sagen, wieviel er wert sein mochte. Um so was zu taxieren, müßte man ihn nach New York bringen. Solche Juwelen, sagte er, landeten irgendwann im Museum.«

»Na, und was hat Red da zu Miss Carlotta gesagt?«

»Nein, hat er zu ihr gesagt, er würde keinesfalls einen Millionen-

Dollar-Edelstein in einen Sarg legen. Er hat ihn mit Alkohol abgewaschen und sich von Hershman ein samtenes Etui dafür geben lassen, und dann hat er ihn zurückgebracht. Genauso haben wir's dann Jahre später gemacht, als Antha aus dem Fenster gestürzt war. Diesmal hat uns Miss Carl nicht befohlen, den Stein mit zu begraben. Und sie hat auch nicht verlangt, die Bestattungsfeier im Salon zu halten.«

»Im Salon!«

»Ja, da haben sie Stella aufgebahrt, Rita Mae. Im Haus dort. Damals war es so üblich. Der alte Julien Mayfair wurde vom Salon zum Friedhof getragen, und Miss Mary Beth ebenfalls, das war 1925. Und so, hatte Miss Stella gesagt, sollte es auch bei ihr geschehen. So hatte sie es in ihrem Testament verfügt, und so haben sie's gemacht. Aber mit Antha geschah nichts dergleichen. Wir brachten die Halskette zusammen zurück, Daddy und ich. Ich kam mit Daddy dort an, und Miss Carl saß vorn in dem großen Salon ohne Licht, und es war so düster wegen der Veranda und der Bäume und all dem Grünzeug vor den Fenstern, und da saß sie einfach da und wiegte die kleine Deirdre in ihrer Wiege. Ich ging mit Daddy hinein, und er legte ihr die Kette in die Hand. Und weißt du, was sie tat? Sie sagte: ›Danke, Red Lonigan.‹ Und dann drehte sie sich um und legte das Etui zu dem Baby in die Wiege.«

»Ja, und wenn der Smaragd *tatsächlich* verflucht ist?« fragte Rita. Gott, wenn sie daran dachte, daß er an Deirdres Hals hing, und wenn sie sich vorstellte, in welchem Zustand Deirdre jetzt war... Oh, der Gedanke war kaum zu ertragen.

»Tja, wenn er verflucht ist, dann ist es das Haus vielleicht auch«, meinte Jerry. »Denn die Juwelen gehören zum Haus, und 'ne Menge Geld dazu.«

»Willst du damit sagen, Jerry Lonigan, daß das Haus Deirdre gehört?«

»Das weiß doch jeder. Wieso weißt du es nicht?«

»Du willst mir sagen, das Haus gehört ihr? Und die Frauen haben all die Jahre darin gewohnt, während sie eingesperrt war? Und dann haben sie sie in diesem Zustand nach Hause gebracht, und jetzt sitzt sie da und...?«

»Jetzt werde nicht hysterisch, Rita Mae. Aber genau das will ich sagen. Es gehört Deirdre, wie vorher Antha und davor Stella. Und es wird an die Tochter in Kalifornien fallen, wenn Deirdre stirbt, solange es niemandem gelingt, all die alten Papiere zu ändern; und ich glaube nicht, daß man so was ändern kann. Diese Verfügung ist uralt – sie stammt noch aus der Zeit, als sie ihre Pflanzung hatten, und aus der Zeit davor, als sie noch auf den Inseln wohnten, weißt du, auf Haiti, bevor sie überhaupt herkamen. Ein Vermächtnis, so nennen sie es. Und ich weiß noch, daß Hershman immer sagte, Miss Carl hätte als junges Mädchen ihr Jurastudium nur begonnen, um herauszufinden, wie dieses Vermächtnis zu knacken wäre. Aber sie hat es nie geschafft. Schon bevor Miss Mary Beth starb, wußte jeder, daß Stella die Erbin sein würde.«

»Aber wenn das Mädchen in Kalifornien davon nichts weiß?«

»Es ist gesetzlich, Schatz. Und Miss Carlotta, was immer sie sonst auch sein mag, ist eine gute Anwältin. Außerdem ist es mit dem Namen verknüpft – Mayfair. Man muß den Namen tragen, oder man kann nach diesem Vermächtnis nichts erben. Und das Mädchen heißt Mayfair. Das habe ich gehört, als sie geboren wurde. Ihre Adoptivmutter ebenfalls. Ellie Mayfair, die heute hier war und sich in die Kondolenzliste eingetragen hat. Die wissen Bescheid. Die Leute wissen immer Bescheid, wenn es ums Geld geht.«

»Aber Jerry, wenn es nun andere Dinge gibt, die Deirdres Tochter nicht weiß?« fragte Rita. »Warum war sie heute nicht hier? Warum wollte sie ihre Mutter nicht sehen?«

Rita Mae, sie wollen mir mein Baby wegnehmen!

Jerry antwortete nicht. Seine Augen waren blutunterlaufen. Der Bourbon gewann die Oberhand.

»Daddy wußte sehr viel mehr über die Leute«, sagte er, und seine Zunge war schwer. »Mehr, als er mir je erzählt hat. Aber eins hat Daddy gesagt: daß sie recht hatten, Deirdre das Baby wegzunehmen und es Ellie Mayfair zu geben. Um des Babys willen. Und Daddy hat mir noch was anderes gesagt. Daddy hat gesagt, Ellie Mayfair könnte keine eigenen Kinder bekommen, und ihr Mann wäre darüber sehr enttäuscht und wollte sie verlassen, und da hätte Miss Carl sie angerufen und gefragt, ob sie Deirdres Baby nehmen wollten. ›Du brauchst Rita Mae von all dem nichts zu erzählen‹, hat Daddy gesagt, ›aber für alle Beteiligten war das ein Segen. Und der alte Mr. Cortland, Gott lasse ihn ruhen in Frieden, der hatte unrecht.‹«

Rita Mae wußte, was sie tun würde. Sie hatte Jerry Lonigan noch nie im Leben angelogen. Sie würde ihm einfach gar nichts sagen. Am folgenden Nachmittag rief sie im »Monteleone Hotel« an. Der Engländer sei eben ausgezogen! Aber vielleicht sei er noch im Foyer...

Rita Maes Herz pochte wild, während sie wartete.

»Hier Aaron Lightner. Ja, Mrs. Lonigan. Bitte nehmen Sie sich ein Taxi; ich übernehme das Fahrgeld. Ich warte.«

Der Engländer führte sie um die Ecke in die »Desire Oyster Bar«, ein hübsches Lokal mit Ventilatoren an der Decke und großen Spiegeln und offenen Türen zur Bourbon Street hinaus. Rita kam es exotisch vor, wie alles im French Quarter. Sie kam fast nie hierher.

Sie setzten sich an einen Marmortisch, und sie nahm ein Glas Weißwein, weil der Engländer es vorgeschlagen hatte und weil es sehr hübsch klang. Was für ein gutaussehender Mann er war. Bei einem solchen Mann kam es auf das Alter nicht an; er war hübscher als mancher jüngere. Es machte sie ein bißchen nervös, so nah bei ihm zu sitzen. Und wenn seine Augen sie fixierten, schmolz sie hin wie ein Schulmädchen.

»Sprechen Sie mit mir, Mrs. Lonigan«, sagte er. »Ich werde zuhören.«

Sie wollte es langsam angehen, aber als sie einmal begonnen hatte, strömten die Worte nur so aus ihr heraus. Nicht lange, und sie weinte, und wahrscheinlich konnte er kein Wort verstehen. Sie gab ihm das alte, verknautschte Stückchen Karte. Sie erzählte von den Kleinanzeigen, die sie aufgegeben hatte, und daß sie Deirdre erzählt hätte, sie habe ihn nicht finden können.

Dann kam der schwierige Teil. »Es gibt Dinge, die das Mädchen in Kalifornien nicht weiß! Das Haus gehört ihr, und vielleicht werden die Anwälte ihr das sagen, aber was ist mit dem Fluch, Mr. Lightner? Ich setze mein Vertrauen in Sie; ich erzähle Ihnen Dinge, von denen mein Mann sagt, daß ich sie keiner Menschenseele weitersagen darf. Aber wenn Deirdre Ihnen damals vertraut hat, dann soll mir das genügen. Und ich sage Ihnen, der Juwel und das Haus sind verflucht.«

Und sie erzählte ihm schließlich alles. Alles, was Jerry ihr erzählt hatte. Alles, was Red je gesagt hatte. Sie erzählte ihm alles, alles, worauf sie sich besinnen konnte.

Und das Komische war, daß er keinen Augenblick lang überrascht oder schockiert war. Immer wieder versicherte er ihr, daß er sein Bestes tun werde, dem Mädchen in Kalifornien alle diese Informationen zu übermitteln.

Als alles gesagt war und sie schließlich vor dem unberührten Weinglas ihre Nase putzte, fragte der Mann sie, ob sie seine Karte behalten und ihn anrufen wolle, falls sich bei Deirdre irgendeine »Veränderung« erkennen ließe. Wenn sie ihn nicht erreichen könnte, sollte sie eine Nachricht hinterlassen. Die Leute, die sich am Telephon meldeten, würden alles verstehen. Sie brauchte nur zu sagen, die Sache stehe in Zusammenhang mit Deirdre Mayfair.

Sie nahm ihr Gebetbuch aus der Handtasche. »Geben Sie mir die Nummern noch einmal«, sagte sie, und dazu notierte sie »im Zusammenhang mit Deirdre Mayfair«.

Erst als sie alles aufgeschrieben hatte, fiel es ihr ein, zu fragen: »Woher kennen Sie eigentlich Deirdre Mayfair, Mr. Lightner?«

»Das ist eine lange Geschichte, Mrs. Lonigan«, sagte er. »Man könnte sagen, ich beobachte die Familie schon seit Jahren. Ich habe zwei Gemälde, die ihr Vater gemalt hat, Sean Lacy. Eines davon zeigt Antha. Er war derjenige, der auf dem Highway in New York tödlich verunglückte, bevor Deirdre zur Welt kam.«

»Er ist tödlich verunglückt? Das wußte ich nicht.«

»Ich bezweifle, daß es irgend jemand hier unten wußte«, antwortete er. »Ein beachtlicher Maler war er. Hat ein wunderschönes Porträt von Antha mit dem berühmten Smaragdhalsband gemalt. Ich habe es über einen New Yorker Händler bekommen, als die beiden schon ein paar Jahre tot waren.«

»Komisch – daß Deirdres Vater einen Autounfall gehabt haben soll«, sagte sie. »Deirdres Freund ist nämlich das gleiche zugestoßen – dem Mann, den sie heiraten wollte. Wußten Sie das? Daß er von der Uferstraße abgekommen ist, als er nach New Orleans hinunterfahren wollte?«

Sie glaubte eine leichte Veränderung in der Miene des Engländers wahrzunehmen, aber sicher war sie nicht. Seine Augen schienen für einen Moment kleiner zu werden.

»Ja, das wußte ich.« Anscheinend gingen ihm jetzt Dinge durch den Kopf, von denen er ihr lieber nichts sagen wollte. Dann sprach er doch weiter. »Mrs. Lonigan, wollen Sie mir etwas versprechen?«

»Was denn, Mr. Lightner?«

»Falls etwas passieren sollte, etwas ganz Unerwartetes, und die

Tochter aus Kalifornien nach Hause kommt, dann versuchen Sie bitte nicht, mit ihr zu sprechen. Rufen Sie mich an. Rufen Sie mich zu jeder Tages- oder Nachtzeit an, und ich verspreche Ihnen, ich werde hier sein, sobald ich ein Flugzeug von London hierher bekomme.«

»Sie meinen, ich sollte ihr das alles nicht selbst erzählen? Ist es das, was Sie sagen wollen?«

»Ja«, antwortete er mit großem Ernst und berührte zum erstenmal ihre Hand. »Gehen Sie nicht wieder zu diesem Haus, vor allem nicht, wenn die Tochter da ist. Ich verspreche Ihnen, daß jemand anders kommen wird, wenn ich selbst nicht kann – jemand, der bewältigen wird, was wir für notwendig erachten, jemand, der mit der ganzen Geschichte durchaus vertraut ist.«

»Oh, da würde mir ein großer Stein vom Herzen fallen«, sagte Rita. Sie wollte bestimmt nicht mit dem Mädchen sprechen, einer völlig Fremden all diese Dinge erzählen. Aber plötzlich fing die ganze Angelegenheit an, sie zu verwirren. Sie begann sich zu fragen – wer war dieser nette Mann eigentlich? Tat sie recht daran, ihm zu vertrauen?

»Sie können mir vertrauen, Mrs. Lonigan«, sagte er, als wisse er genau, was sie dachte. »Seien Sie sich dessen bitte versichert. Ich bin Deirdres Tochter schon begegnet, und ich weiß, daß sie eine ziemlich stille und – sagen wir – abweisende Person ist. Es ist nicht leicht, mit ihr zu reden, wenn Sie mich verstehen. Aber ich denke, ich kann ihr alles erklären.«

Er sah sie an; vielleicht wußte er, wie verwirrt sie war, wie seltsam ihr dieser ganze Nachmittag vorkam, mit all den Geschichten von Flüchen und dergleichen, von toten Leuten und der gespenstischen alten Smaragdkette.

»Ja, das alles ist sehr seltsam«, sagte er.

Rita lachte. »Als ob Sie meine Gedanken lesen könnten«, sagte sie.

»Machen Sie sich keine Sorgen mehr«, sagte er. »Ich werde Rowan Mayfair wissen lassen, daß ihre Mutter sie nicht freiwillig abgegeben hat; ich werde dafür sorgen, daß sie alles erfährt, was Sie ihr mitteilen möchten. Wenigstens das bin ich Deirdre schuldig; meinen Sie nicht auch? Ich wünschte, ich wäre dagewesen, als sie mich brauchte.«

Nun, Rita war damit vollauf zufrieden.

Und jetzt waren mehr als zwölf Jahre vergangen, seit Deirdre ihren Platz auf der Veranda eingenommen hatte, mehr als ein Jahr, seit der Engländer gekommen und gegangen war – und sie sprachen davon, Deirdre wieder fortzubringen. Es war Deirdres Haus, das rings um sie herum in diesem traurigen, überwucherten Garten verfiel, und sie wollten sie wieder einsperren.

Vielleicht sollte Rita den Mann anrufen. Vielleicht sollte sie ihm Bescheid geben. Sie wußte es einfach nicht.

»Es ist das Klügste, wenn sie sie wieder wegbringen«, meinte Jerry, »bevor Miss Carl zu hinfällig ist, um die Entscheidung zu treffen. Und es ist eine Tatsache – nun, ich sag's wirklich ungern, Schatz, aber es ist eine Tatsache, daß es mit Deirdre zusehends bergab geht. Es heißt, sie stirbt.«

Sie stirbt.

Rita wartete, bis Jerry zur Arbeit gegangen war. Dann rief sie an. Sie wußte, daß die Telephonrechnung sie verraten würde und daß sie Jerry wahrscheinlich irgendwann etwas würde sagen müssen. Aber darauf kam es jetzt nicht an. Jetzt kam es darauf an, der Vermittlung klarzumachen, daß sie eine Nummer auf der anderen Seite des Ozeans anzurufen hatte.

Es war eine freundliche Frau, die sich auf der anderen Seite meldete, und sie übernahm tatsächlich die Gebühren, wie der Engländer es versprochen hatte. Zuerst verstand Rita nicht alles, was die Frau sagte – sie sprach so schnell –, aber schließlich stellte sich heraus, daß Mr. Lightner in den Vereinigten Staaten war. Er war drüben in San Francisco. Die Frau würde ihn sofort anrufen. Ob Rita vielleicht ihre Telephonnummer hinterlassen wollte?

»O nein, ich möchte nicht, daß er hier anruft«, antwortete sie. »Richten Sie ihm nur folgendes von mir aus. Es ist sehr wichtig: Rita Lonigan hat ›im Zusammenhang mit Deirdre Mayfair‹ angerufen. Können Sie sich das notieren? Sagen Sie ihm, Deirdre Mayfair ist sehr krank; es geht rapide bergab mit ihr. Sagen Sie ihm, daß sie vielleicht stirbt.«

Als sie den Hörer auflegte, liefen ihr die Tränen übers Gesicht.

In der Nacht träumte sie von Deirdre, aber als sie aufwachte, konnte sie sich an nichts erinnern – nur daß Deirdre dagewesen war, im Zwielicht, und daß der Wind in den Bäumen hinter St. Rose de Lima's gerauscht hatte.

Rita stand früh auf und ging zur Messe. Sie trat an den Altar der Seligen Jungfrau und zündete eine Kerze an. Bitte laß Mr. Lightner herkommen, betete sie. Bitte laß ihn mit Deirdres Tochter sprechen.

Und während sie noch betete, begriff sie, daß es nicht das Erbe war, was ihr Sorgen bereitete, oder der Fluch auf dieser wunderschönen Smaragdkette. Denn Rita traute Miss Carl nicht zu, daß sie gegen das Gesetz verstoßen würde, so gemein sie auch sein mochte, und Rita glaubte auch nicht, daß es so etwas wie einen Fluch wirklich gab.

Woran sie glaubte, war die Liebe, die sie im innersten Herzen für Deirdre Mayfair empfand.

Und sie glaubte, daß ein Kind das Recht hatte, zu wissen, daß seine Mutter einst das liebste und süßeste Geschöpf der Welt gewesen war, ein Mädchen, das jedermann geliebt hatte – ein wunderschönes Mädchen damals im Frühling 1957, als ein gutaussehender, eleganter Mann im Zwielicht des Gartens zu ihr gesagt hatte: »*Meine Geliebte.*«

6

Volle zehn Minuten lang stand er unter der Dusche, aber er war noch immer sturzbetrunken. Dann schnitt er sich zweimal beim Rasieren. Nicht weiter schlimm – nur ein deutlicher Hinweis darauf, daß er sich sehr würde vorsehen müssen mit dieser Lady, die da kam, dieser Ärztin, dieser mysteriösen Unbekannten, die ihn aus dem Meer gefischt hatte.

Tante Viv half ihm ins Hemd. Hastig nahm er noch einen Schluck Kaffee.

Schmeckte scheußlich, obwohl es guter Kaffee war; er hatte ihn selbst gekocht. Ein Bier – das war es, was er wollte. Jetzt nicht gleich ein Bier zu trinken, das war wie nicht zu atmen. Aber das Risiko war einfach zu groß.

»Aber was hast du in New Orleans vor?« fragte Tante Viv klagend. Ihre kleinen blauen Äuglein sahen wäßrig aus, wund. Mit ihren mageren, knotigen Händen rückte sie die Aufschläge seiner Khakijacke zurecht. »Brauchst du auch bestimmt keine dickere Jacke?«

»Tante Viv, es ist August in New Orleans.« Er küßte sie auf die Stirn. »Mach dir keine Sorgen um mich«, sagte er. »Ich komme prima zurecht.«

»Michael, ich verstehe nicht, wieso ...«

»Tante Viv, ich rufe dich an, wenn ich da bin. Versprochen. Und du hast die Nummer vom ›Pontchartrain‹, wenn du vorher anrufen und eine Nachricht für mich hinterlegen willst.«

Er hatte um dieselbe Suite gebeten, die sie vor vielen Jahren gehabt hatte, als er elf Jahre alt gewesen war und sie mit seiner Mutter dort besucht hatte – die große Suite über der St. Charles Avenue mit dem Stutzflügel darin. Ja, sie wüßten, welche Suite er meinte. Und jawohl, er könne sie haben. Und ja, der Flügel sei noch da.

Dann hatte die Airline ihm einen Platz in der Ersten Klasse reserviert, am Gang, um sechs Uhr früh. Kein Problem. Puzzlesteinchen, die sich eins nach dem anderen an ihren Platz fügten.

Und das alles war Dr. Morris zu verdanken, und dieser mysteriösen Dr. Mayfair, die jetzt unterwegs zu ihm war.

Erst hatte er getobt, als er erfahren hatte, daß sie Ärztin war. »Deshalb also die Geheimniskrämerei«, hatte er zu Morris gesagt. »Wir Ärzte belästigen uns nicht gegenseitig, was? Wir rücken keine Privatnummern heraus. Wissen Sie, das sollte man eigentlich öffentlich bekanntmachen. Ich sollte ...«

Aber Morris hatte ihn rasch zum Schweigen gebracht.

»Michael, diese Lady kommt her, um Sie abzuholen. Sie weiß, daß Sie betrunken sind, und sie weiß, daß Sie verrückt sind. Trotzdem nimmt sie Sie mit zu sich nach Hause nach Tiburon, und sie sagt, Sie dürfen auch auf ihrem Boot herumkriechen.«

»Schon gut. Ich bin ja dankbar. Das wissen Sie.«

»Dann stehen Sie jetzt auf, duschen Sie und rasieren Sie sich.«

Gemacht! Und jetzt würde ihn nichts mehr davon abhalten, diese Reise zu unternehmen; er würde vom Haus der Lady in Tiburon geradewegs zum Flughafen fahren, wo er bis zum Abflug auf einem Plastikstuhl dösen würde, wenn es sein müßte.

»Ich bleibe nicht lange; das verspreche ich dir«, sagte er zärtlich zu seiner Tante. Aber plötzlich erfaßte ihn eine dunkle Ahnung. Er hatte das deutliche Gefühl, daß er nie wieder in diesem Haus wohnen würde. Nein, das konnte nicht stimmen. Das war der Alkohol, der in ihm rumorte, ihn verrückt machte, die Monate der totalen Isolation – ja, das reichte, um jeden verrückt zu machen. Er küßte sie auf die weiche Wange.

»Ich muß meinen Koffer noch mal durchsehen«, sagte er und nahm noch einen Schluck Kaffee. Es ging ihm schon besser. Er polierte sorgfältig seine Hornbrille, setzte sie auf und tastete nach der Ersatzbrille in seiner Tasche.

»Ich habe alles eingepackt«, sagte Tante Viv mit leisem Kopfschütteln. Sie stand neben ihm vor dem offenen Koffer und deutete mit einem knotigen Finger auf die ordentlich zusammengelegten Kleidungsstücke. »Deine leichten Anzüge, alle beide, dein Rasierzeug. Alles da. Ach, und dein Regenmantel. Vergiß deinen Regenmantel nicht, Michael. In New Orleans regnet es immer.«

»Hab' ihn, Tante Viv; keine Sorge.« Er klappte den Koffer zu und ließ die Schlösser einschnappen. Überflüssig, ihr zu sagen, daß der Regenmantel verdorben war, weil er darin ertrunken war. Der berühmte Burberry war vielleicht für den Schützengraben gemacht, aber nicht zum Ertrinken. Das Wollfutter war völlig hinüber.

Er zog den Kamm durchs Haar, und das Gefühl der Handschuhe war ihm zuwider. Betrunken sah er nicht aus – es sei denn, er wäre zu betrunken, um es zu sehen. Er warf einen Blick auf den Kaffee. Trink den Rest, du Idiot. Diese Frau macht einen Hausbesuch, nur um einem Spinner gefällig zu sein. Das Mindeste, was du da tun kannst, ist, daß du nicht deine eigene Haustürtreppe hinunterfliegst.

»Hat es geklingelt?« Er hob den Koffer auf. Ja, er war bereit, durchaus bereit, von hier zu verschwinden.

Und dann war da wieder dieses Gefühl. Was war es – eine Vorahnung? Er betrachtete das Zimmer: die gestreifte Tapete, das schimmernde Holzwerk, das er selbst so geduldig abgebeizt und lackiert hatte, den kleinen Kamin, den er eigenhändig mit spanischen Kacheln verkleidet hatte. Nie wieder würde er sich daran erfreuen. Nie wieder würde er in diesem Messingbett liegen. Oder zwischen den pongéseidenen Vorhängen hindurch auf die fernen Phantomlichter der City blicken.

Tante Viv eilte den Gang hinunter, die Fußknöchel schmerzhaft geschwollen. Ihre Hand tastete nach dem Kopf der Sprechanlage, fand ihn, drückte ihn.

»Ja bitte?«

»Ich bin Dr. Rowan Mayfair. Ich möchte zu Michael Curry.«

Gott, es war soweit. Er stand noch einmal von den Toten auf. »Ich bin gleich da!« rief er.

Dann lief er die beiden Treppen hinunter, und dabei pfiff er leise, so gut tat es, sich zu bewegen, unterwegs zu sein. Fast hätte er die Tür geöffnet, ohne nach Reportern Ausschau zu halten, aber dann hielt er inne und spähte durch einen kleinen runden, geschliffenen Kristall in der Mitte des rechteckigen Buntglasfensters.

Eine Frau, groß und schlank wie eine Gazelle, stand unten vor der Treppe. Sie hatte ihm das Profil zugewandt und schaute die Straße hinunter. Ihre langen Beine steckten in Bluejeans, und eine wellige, blonde Pagenfrisur wehte sanft an der Mulde ihrer Wange.

Jung und frisch sah sie aus, und auf einladende Weise verführerisch in ihrer enganliegenden, taillierten marineblauen Jacke, die sie über einem dicken Rollkragenpullover trug.

Niemand brauchte ihm zu sagen, daß sie Dr. Mayfair war. Plötzliche Wärme erwachte in seinen Lenden und durchströmte ihn, daß er brennend errötete. Er hätte sie verlockend und anziehend gefunden, wo immer er sie gesehen hätte. Aber zu wissen, daß sie *die eine* war, das war überwältigend. Er war dankbar, daß sie nicht zur Tür heraufschaute und vielleicht seinen Schatten hinter der Scheibe sah.

Das ist die Frau, die mich zurückgeholt hat, dachte er, im wahrsten Sinne des Wortes; und ein unbestimmtes Kribbeln überkam ihn mit einer ungewohnten Hitze und mit dem rohen Gefühl der Unterwerfung, gepaart mit einem beinahe brutalen Verlangen danach, sie zu berühren, sie zu kennen, vielleicht zu besitzen. Der mechanische Vorgang seiner Errettung war ihm viele Male beschrieben worden: Mund-zu-Mund-Beatmung im Wechsel mit Herzmassage. Jetzt stellte er sich vor, wie ihre Hände ihn berührten, wie ihr Mund auf dem seinen lag. Es erschien ihm plötzlich brutal, daß sie nach soviel Intimität so lange getrennt gewesen waren.

Selbst im Profil sah er undeutlich das Gesicht, an das er sich erinnerte, ein Gesicht mit straffer Haut, von subtiler Schönheit und mit tiefen, leise leuchtenden grauen Augen. Und wie betörend ihre Haltung wirkte, so unverhohlen lässig, ja, geradezu maskulin, wie sie da am Geländer lehnte, den einen Fuß auf die untere Treppe gestellt.

Das Gefühl der Hilflosigkeit in ihm wurde seltsamerweise und überraschend immer stechender, und ebenso machtvoll erwachte der unausweichliche Drang nach Eroberung. Aber er hatte keine Zeit, das alles jetzt zu analysieren, und – offengesagt – auch keine Lust. Er wußte, daß er plötzlich glücklich war, zum erstenmal seit seinem Unfall glücklich.

Ja, geh schon hinaus. Sprich mit ihr. Näher wirst du diesem Augenblick niemals kommen; dies ist deine Chance. Und wie köstlich, sich körperlich so von ihr angezogen zu fühlen, durch ihre Anwesenheit so entblößt zu werden.

Rasch blickte er die Straße hinauf und hinunter. Nur ein einsamer Mann in einer Haustür – den Dr. Mayfair übrigens ziemlich starr anschaute –, und der war bestimmt kein Reporter, nicht dieser weißhaarige alte Knabe dort drüben in seinem dreiteiligen Anzug, der seinen Schirm umfaßt hielt wie einen Spazierstock.

Aber es war doch merkwürdig, wie Dr. Mayfair den Mann immerfort anstarrte und wie dieser zurückschaute. Beide rührten sich nicht, als sei dies etwas völlig Normales, was es natürlich nicht war.

Etwas, das Tante Viv vor Stunden gesagt hatte, fiel ihm ein, etwas von einem Engländer, der tatsächlich von London hergekommen sei, um ihn zu besuchen. Und wie ein Engländer sah der Mann jedenfalls aus, wie ein sehr unglücklicher noch dazu, der eine weite Reise umsonst gemacht hatte.

Michael drehte den Türknopf. Der Engländer traf keine Anstalten, sich auf ihn zu stürzen, wenngleich er Michael jetzt ebenso intensiv anstarrte wie zuvor Dr. Mayfair. Michael trat hinaus und schloß die Tür.

Dann vergaß er den Engländer. Denn Dr. Mayfair drehte sich um, und ein reizendes Lächeln erhellte ihr Gesicht. Blitzartig erkannte er die wunderschön geschwungenen, aschblonden Augenbrauen und die dichten, dunklen Wimpern wieder, die ihre grauen Augen um so strahlender erscheinen ließen.

»Mr. Curry«, sagte sie mit einer dunklen, rauchigen, vollkommen hinreißenden Stimme. »Wir treffen uns also wieder.« Sie streckte zur Begrüßung die schmale Rechte aus, als er die Treppe herunter auf sie zukam und musterte ihn.

»Dr. Mayfair, ich danke Ihnen, daß Sie gekommen sind«, sagte er und drückte ihr die Hand; aber sofort ließ er sie wieder los, denn er schämte sich wegen der Handschuhe. »Sie haben mich schon wieder zum Leben erweckt. Ich lag da oben im Sterben.«

»Ich weiß«, sagte sie. »Und diesen Koffer haben Sie mitgebracht, weil wir uns ineinander verlieben und von jetzt an zusammenwohnen werden?«

Er lachte. Ihre rauchige Stimme hatte ihn vollkommen in seinen Bann geschlagen. Es war etwas, was er bei Frauen anbetungswürdig fand – nur so selten und immer voller Magie. Vom Bootsdeck her war ihm dieser kleine Aspekt nicht in Erinnerung geblieben.

»O nein, tut mir leid, Dr. Mayfair«, sagte er. »Ich meine... aber ich muß nachher zum Flughafen. Um sechs Uhr früh geht meine Maschine nach New Orleans. Ich muß. Ich dachte mir, ich nehme mir von dort ein Taxi, ich meine, wo immer wir jetzt hinfahren, denn wenn ich danach noch einmal nach Hause fahre...« Einen Moment lang hatte er das unbestimmte Gefühl, den Faden zu verlieren. »Entschuldigung«, sagte er leise. Er *hatte* den Faden verloren. Er hätte schwören können, er sei schon in New Orleans. Ihm war schwindlig. Er war mitten in etwas gewesen, und es war eine sehr angenehme, intensive Empfindung gewesen. Und jetzt war hier nur noch die klamme Kühle, der schwer verhangene Himmel, das machtvolle Wissen, daß all die Jahre des Wartens jetzt zu Ende waren, daß etwas, worauf er vorbereitet worden war, jetzt beginnen würde.

Er merkte, daß er Dr. Mayfair anstarrte. Sie war fast so groß wie er, und sie schaute ihn unverwandt und völlig unbefangen an. Sie schaute ihn an, als mache es ihr Spaß, als finde sie ihn gutaussehend oder interessant oder sogar beides. Er lächelte, weil es ihm plötzlich ebenfalls gefiel, sie anzusehen, und weil er so froh war – froher, als er ihr zu sagen wagte –, daß sie gekommen war.

Sie nahm seinen Arm.

»Kommen Sie, Mr. Curry.« Noch einmal schaute sie den Engländer in der Ferne an, lange und beinahe hart, und dann schleppte sie Michael die Straße hinauf zu einem dunkelgrünen Jaguar. Sie schloß die Tür auf, nahm Michael den Koffer ab, ehe er sich besonnen hatte, und wuchtete ihn auf den Rücksitz.

»Einsteigen«, sagte sie und schlug dann die Tür zu.

Karamelfarbenes Leder. Ein wunderschönes, altmodisches Armaturenbrett aus Holz. Michael sah sich um. Der Engländer wartete noch immer.

»Merkwürdig«, sagte er.

Sie hatte den Schlüssel im Zündschloß, noch ehe ihre Tür geschlossen war.

»Was ist merkwürdig? Kennen Sie ihn?«

»Nein, aber ich glaube, er ist hier, um mich zu besuchen... Ich glaube, er ist ein Engländer... und er hat sich überhaupt nicht gerührt, als ich herauskam.«

Das erschreckte sie. Sie machte ein verwirrtes Gesicht, aber das hinderte sie nicht daran, aus der Parklücke heraus in ein waghalsiges Wendemanöver zu schleudern, ehe sie mit einem letzten, scharfen Blick an dem Engländer vorbeifuhr.

»Ich könnte schwören, daß ich den Mann schon einmal gesehen habe«, sagte sie halb zu sich.

Er lachte – nicht über das, was sie gerade gesagt hatte, sondern über die Art, wie sie fuhr, als sie jetzt blitzartig in eine Rechtskurve bog und durch den wehenden Nebel die Castro Street hinuntersauste.

Er fühlte sich wie auf der Achterbahn. Er schnallte sich an, denn sonst wäre er durch die Windschutzscheibe geflogen, und als sie über das erste Stopschild hinwegdonnerte, merkte er, daß ihm schlecht wurde.

»Sind Sie sicher, daß Sie nach New Orleans wollen, Mr. Curry?« fragte sie. »Sie sehen nicht aus, als fühlten Sie sich dazu in der Lage. Um wieviel Uhr geht Ihre Maschine?«

»Ich muß nach New Orleans«, sagte er. »Ich muß nach Hause. Tut mir leid; ich weiß, daß es unverständlich klingt. Wissen Sie, es ist einfach irgend so ein Gefühl, und es kommt nach Belieben. Es ergreift Besitz von mir. Ich dachte, es wären nur die Hände, aber das stimmt nicht. Sie haben von meinen Händen gehört, Dr. Mayfair? Ich bin fertig, das sage ich Ihnen, absolut fertig. Hören Sie, Sie müssen mir einen Gefallen tun. Da ist ein Schnapsladen hier oben, links, gleich hinter der achtzehnten Straße. Würden Sie da bitte anhalten?«

»Mr. Curry...«

»Dr. Mayfair, ich werde Ihnen Ihren ganzen prachtvollen Wagen vollkotzen.«

Sie parkte dem Schnapsladen gegenüber auf der anderen Straßenseite. Die Castro Street wimmelte vom üblichen Freitagabend-Trubel, und aus den Kneipen leuchtete es einladend auf die nebelverhangene Straße hinaus.

»Große Dosen«, sagte er. »Miller's. Ein Sechserpack. Ich drehe sonst durch. Bitte?«

»Soll ich etwa da hineingehen und Ihnen das Gift besorgen?« Sie lachte, aber es klang sanft, nicht schäbig. Ihre dunkle Stimme war wie Samt. Ihre Augen waren groß und jetzt im Neonlicht makellos grau, genau wie das Wasser dort draußen.

»Nein, natürlich sollen Sie da nicht hineingehen«, sagte er. »Ich gehe schon. Ich weiß nicht, was in mich gefahren ist.« Er schaute auf seine Lederhandschuhe. »Ich habe mich vor den Menschen versteckt. Meine Tante Viv hat alles für mich erledigt. Entschuldigen Sie.«

»Miller's also, sechs große Dosen«, sagte sie und öffnete ihre Tür.

»Na ja, zwölf.«

»Zwölf?«

»Dr. Mayfair, es ist erst halb zwölf, und das Flugzeug geht um sechs.« Er wühlte in der Tasche nach seinem Banknotenclip.

Sie winkte ab, überquerte anmutig die Straße, während sie einem Taxi auswich, und verschwand dann im Laden.

Gott, ich habe vielleicht Nerven, sie um so was zu bitten, dachte er niedergeschlagen; was für ein grauenvoller Anfang. Aber das stimmte nicht ganz. Noch war sie nett zu ihm; er hatte also noch nicht alles verdorben. Und er konnte das Bier schon schmecken. Mit etwas anderem würde er seinen Magen nicht beruhigen.

Die Musik aus den nahen Kneipen dröhnte plötzlich zu laut, und die Farben der Straße waren zu lebhaft. Die jungen Passanten kamen dem Auto zu nahe. Das hast du davon, wenn du dich dreieinhalb Monate isolierst, dachte er. Du bist wie einer, der aus dem Knast kommt.

Ja, er wußte ja nicht einmal, was für ein Tag heute war – außer daß es Freitag war, weil sein Flugzeug am Samstag früh um sechs Uhr ging. Er fragte sich, ob er in diesem Auto würde rauchen dürfen.

Kaum hatte sie ihm die Tüte auf den Schoß gestellt, machte er sie auf.

»Das gibt einen Fünfzig-Dollar-Strafzettel, Mr. Curry«, sagte sie und fuhr los. »Eine offene Bierdose im Auto.«

»Yeah. Na, wenn Sie einen kriegen, bezahle ich ihn.« Er leerte mit dem ersten Schluck die halbe Dose. Für einen Augenblick ging es ihm wieder gut.

Sie fuhr über die breite, sechsspurige Kreuzung an der Market Street, bog verbotenerweise nach links in die 17th Street und schoß bergauf.

»Das Bier macht es erträglicher, ja?« fragte sie.

»Nein, nichts macht es erträglicher«, antwortete er. »Es strömt von allen Seiten auf mich ein.«

»Von mir auch?«

»Nein, von Ihnen nicht. Aber bei Ihnen möchte ich auch sein, wissen Sie.« Er trank einen Schluck und stützte sich mit ausgestrecktem Arm gegen das Armaturenbrett, als sie abwärts in Richtung Haight bog. »Ich neige nicht von Natur aus zum Klagen, Dr. Mayfair. Es ist nur, daß ich mein Leben seit dem Unfall ohne schützende Haut lebe. Ich kann mich nicht konzentrieren. Ich kann nicht mal mehr lesen oder schlafen.«

»Ich verstehe, Mr. Curry. Wenn wir bei mir zu Hause sind, können Sie aufs Boot und tun und lassen, was Sie wollen. Aber ich wäre wirklich froh, wenn ich Ihnen etwas zu Essen machen könnte.«

»Das wird nichts nützen, Dr. Mayfair. Ich muß Sie etwas fragen: Wie tot war ich, als Sie mich auffischten?«

»Absolut und klinisch tot, Mr. Curry. Keine erkennbaren Lebenszeichen. Ohne irgendeine Intervention hätte nach kürzester Zeit der irreversible biologische Tod eingesetzt. Sie haben meinen Brief nicht bekommen, wie?«

»Sie haben mir geschrieben?«

»Ich hätte ins Krankenhaus kommen sollen«, sagte sie.

Sie fuhr wie eine Rennfahrerin, dachte er, nutzte jeden Gang aus, bis der Motor brüllte, ehe sie in den nächsten schaltete. »Aber ich habe nichts zu Ihnen gesagt«, fuhr er fort. »Das haben Sie wenigstens Dr. Morris erzählt...«

»Sie sagten einen Namen, ein Wort, irgend etwas. Aber es war nur gemurmelt. Ich konnte keine Silben unterscheiden. Ein *L* habe ich erkannt...«

Ein *L*... Eine gewaltige Stille ertränkte den Rest ihrer Worte. Er fiel. Einerseits wußte er, daß er im Auto saß und daß sie mit ihm sprach, daß sie die Lincoln Avenue überquert hatten und durch den Golden Gate Park auf den Park Presidio Drive zufuhren, aber eigentlich war er nicht da. Er war an der Grenze eines Traumraumes, wo das Wort mit *L* etwas Entscheidendes zu bedeuten hatte, etwas extrem Komplexes und Vertrautes. Ein Schwarm von Wesen umgab ihn, drängte sich an ihn, bereit zum Sprechen. Die Pforte...

Er schüttelte den Kopf. Konzentriere dich. Aber es löste sich schon auf. Er spürte Panik in sich hochsteigen.

Als sie an der Geary Street vor einer Ampel bremste, wurde er in die Polster zurückgeworfen.

»Sie operieren die Gehirne der Leute aber nicht so, wie Sie diesen Wagen fahren, oder?« fragte er. Sein Gesicht fühlte sich heiß an.

»Doch, ehrlich gesagt, das tue ich.« Als die Ampel grün wurde, fuhr sie ein wenig langsamer an.

»Entschuldigen Sie«, sagte er wieder. »Anscheinend stecke ich voller Entschuldigungen. Seit es passiert ist, entschuldige ich mich andauernd bei den Leuten. An Ihrer Fahrweise ist nichts auszusetzen. Es liegt an mir. Ich war völlig... normal, vor diesem Unfall. Ich meine, einer von diesen glücklichen Menschen, wissen Sie...«

Nickte sie?

Sie erschien abgelenkt, als er sie anschaute, in ihre eigenen Gedanken versunken. Der Nebel hing so dick über der Brücke, daß der Verkehr darin zu verschwinden schien.

»Möchten Sie mit mir reden?« fragte sie und wandte den Blick nicht von dem Verkehr, der vor ihr im Nebel verschwand. »Möchten Sie mir erzählen, was passiert ist?«

Er seufzte. Das war eine schier unmögliche Aufgabe. Aber das Schlimmste war: Wenn er einmal anfinge, würde er nicht mehr aufhören können. »Die Hände, wissen Sie. Ich sehe Dinge, wenn ich etwas berühre, aber die Visionen...«

»Erzählen Sie mir von den Visionen.«

»Ich weiß, was Sie denken. Sie sind Neurologin. Sie denken, es ist eine zerebrale Dystonie. Irgend so ein Quatsch.«

»Nein, das denke ich nicht.«

Sie fuhr jetzt schneller. Die große, häßliche Silhouette eines Lastwagens tauchte vor ihnen auf, die Schlußlichter funkelten wie Leuchtfeuer. Sie blieb in sicherem Abstand dahinter zurück, gab dann Gas und beschleunigte auf fünfundfünfzig, um ihn nicht zu verlieren.

Er trank das restliche Bier in drei schnellen Schlucken, stopfte die leere Dose in die Tüte und zog dann seinen Handschuh aus. Sie hatten die Brücke hinter sich, und wie durch Zauberei war auch der Nebel fort, wie es sooft geschah in dieser Gegend. Der klare, strahlende Himmel erstaunte ihn. Die dunklen Berge erhoben sich wie Schultern und trieben sie voran, als sie den Waldo Grade hinauffuhren.

Er schaute auf seine Hand. Sie sah unappetitlich feucht und runzlig aus. Als er die Finger aneinanderrieb, durchströmte ihn ein unbestimmt angenehmes Gefühl.

Sie glitten jetzt mit sechzig Meilen pro Stunde dahin. Er griff nach Dr. Mayfairs Hand, die auf dem Schaltknopf ruhte, die langen, schmalen Finger entspannt.

Sie machte keine Anstalten, ihm Widerstand zu leisten. Sie sah ihn an und schaute dann wieder auf den Verkehr, als sie in den Tunnel hineinfuhren. Er nahm ihre Hand vom Schalthebel und preßte seinen Daumen in ihre nackte Handfläche.

Ein sanftes Wispern umhüllte ihn, und sein Blick verschwamm. Es war, als habe ihr Körper sich aufgelöst und umgebe ihn nun, eine wirbelnde Wolke von Partikeln. *Rowan.* Einen Augenblick lang befürchtete er, sie würden von der Straße abkommen. Aber nicht sie war es, die dies fühlte. Er war es, er fühlte ihre warme, feuchte Hand und diesen pochenden Herzschlag darin und dieses Gefühl, im Kern eines weiten, luftigen Seins zu schweben, das ihn umschlossen hielt und nun überall liebkoste wie fallender Schnee. Die erotische Erregung war so intensiv, daß er nichts tun konnte, um sie zu dämpfen.

Dann, in einem alles verbrennenden Blitz, war er in einer Küche, einer funkelnden, modernen Küche mit blinkenden Geräten und Armaturen, und ein Mann lag sterbend auf dem Boden. Ein Streit, Geschrei – aber das war etwas, das Augenblicke zuvor passiert war. Die Zeitintervalle schoben sich übereinander, krachten ineinander. Es gab kein Oben und kein Unten, kein Links und kein Rechts. Michael war mitten in allem. Rowan kniete mit ihrem Stethoskop neben dem sterbenden Mann. *Hasse dich.* Sie schloß die Augen, riß sich das Stethoskop aus den Ohren. Konnte ihr Glück nicht fassen: Er starb.

Dann brach alles ab. Der Verkehr wurde langsamer. Sie hatte ihre Hand weggenommen und schaltete mit einer harten, effizienten Bewegung.

»Was haben Sie gesehen?« fragte sie. Ihr Gesicht war wundersam glatt in der Flut der vorüberziehenden Lichter.

»Wissen Sie es denn nicht?« sagte er. »Gott, ich wollte, diese Fähigkeit würde verschwinden. Ich wollte, ich hätte sie nie gespürt. Ich will das alles von niemandem wissen.«

»Sagen Sie mir, was Sie gesehen haben.«

»Er starb auf dem Fußboden. Darüber waren Sie froh. Er ließ sich nicht mehr von ihr scheiden. Sie erfuhr nie, daß er es vorgehabt hatte. Er war einssiebenundachtzig groß, geboren in San Rafael, Kalifornien, und das hier war sein Auto.« Woher kam das nur alles? Und er hätte immer weiterreden können; er wußte seit dem ersten Abend, daß er weitergehen konnte, wenn er nur dazu bereit war. »Das habe ich gesehen. Ist Ihnen das wichtig? Wollen Sie, daß ich darüber rede? Warum wollten Sie, daß ich es sehe – danach sollte ich Sie eigentlich fragen. Was nutzt es, wenn ich weiß, daß es Ihre Küche war und daß Sie, als Sie aus dem Krankenhaus zurückkamen, wo sie ihn aufgenommen hatten, was völlig blödsinnig war, weil er bei der Einlieferung schon tot gewesen war – daß Sie sich da an den Tisch setzten und aßen, was er gekocht hatte, bevor er starb?«

Schweigen. Dann: »Ich hatte Hunger.« Sie flüsterte.

Er schüttelte sich mit dem ganzen Körper. Dann riß er ein neues Bier auf. Das köstliche Malzaroma erfüllte den Wagen.

»Und jetzt mögen Sie mich nicht mehr besonders, nicht?« fragte er.

Sie antwortete nicht. Sie starrte stumm auf den Verkehr.

Ihm war schwindlig von den Scheinwerfern, die ihnen drohend entgegenstrahlten. Gottlob verließen sie jetzt den Highway und bogen in die schmale Nebenstraße nach Tiburon ein.

»Ich mag Sie sehr«, antwortete sie schließlich. Ihre Stimme war leise, schnurrend, rauchig.

»Da bin ich froh«, sagte er. »Ich hatte schon Angst... Na, ich bin eben froh. Ich weiß nicht, warum ich das alles gesagt habe...«

»Weil ich Sie gefragt habe, was Sie gesehen haben«, sagte sie schlicht.

Er lachte und nahm einen tiefen Schluck aus der Bierdose.

»Wir sind fast zu Hause«, sagte sie. »Halten Sie sich ein bißchen zurück mit dem Bier? Die Ärztin bittet Sie darum.«

Er nahm noch einen tiefen Schluck. Wieder die Küche, der Duft eines Bratens im Ofen, der offene Rotwein, die zwei Gläser.

Da steckte mehr dahinter, viel mehr. Und um es zu sehen,

brauchst du nichts weiter zu tun, als daran zu denken. *Hab' dir alles gegeben, was du dir je gewünscht hast, Rowan. Du weißt, daß du es warst, die uns überhaupt zusammengehalten hat. Ich wäre längst weg, wenn du nicht gewesen wärst. Hat Ellie dir das je erzählt? Sie hat mich belogen. Sie hat gesagt, sie könnte Kinder bekommen, und sie hat gewußt, daß es eine Lüge war. Ich hätte längst Schluß gemacht, wenn du nicht gewesen wärst.*

Sie bogen nach rechts ab, nach Westen, vermutete er, in eine dunkle bewaldete Straße, die einen Berg hinauf und dann wieder hinunter führte. Wieder ein kurzer Blick auf einen weiten, klaren dunklen Himmel, angefüllt mit fernen, uninteressanten Sternen, und jenseits der mitternächtlich schwarzen Bay der großartige und wundervolle Anblick von Sausalito, wie es die Hänge hinunter zu seinem überfüllten kleinen Hafen rieselte. Sie brauchte ihm nicht zu sagen, daß sie fast da waren.

»Ich möchte Sie etwas fragen, Dr. Mayfair.«

»Ja?«

»Haben Sie... haben Sie Angst, mich zu verletzen?«

»Warum fragen Sie das?«

»Ich hatte gerade das ganz seltsame Gefühl, daß Sie... gerade, als ich Ihre Hand hielt... daß Sie mich warnen wollten.«

Sie antwortete nicht. Er wußte, daß er sie mit dieser Äußerung erschüttert hatte.

Sie fuhren zur Uferstraße hinunter. Kleine Rasenflächen, schräge Dächer, kaum sichtbar hinter hohen Zäunen, Monterey-Zypressen, vom unnachgiebigen Westwind grausam verkrümmt. Eine Enklave von Millionärsbehausungen.

Sie bog in eine gepflasterte Zufahrt ein und stellte den Motor ab. Das Licht der Scheinwerfer flutete über ein großes Doppeltor aus Rotholz hinweg und erlosch dann. Von dem Haus hinter dem Tor sah er nur die dunklen Umrisse vor dem helleren Himmel.

»Ich will etwas von Ihnen«, sagte sie und blickte dabei ruhig geradeaus. Ihr Haar fiel nach vorn und verschleierte ihr Profil, als sie den Kopf senkte.

»Nun, ich bin Ihnen etwas schuldig«, antwortete er, ohne zu zögern. Noch einmal nahm er einen tiefen, schaumigen Schluck Bier. »Was wollen Sie denn? Daß ich da hineingehe und die Hände auf den Küchenfußboden lege und Ihnen sage, was passierte, als er starb? Was ihn tatsächlich umgebracht hat?«

Wieder ein Ruck. Stille im Dunkel des Wagens. Unversehens erfüllte ihn das schneidende Bewußtsein ihrer Nähe, ihrer süß und sauber duftenden Haut. Sie wandte ihm das Gesicht zu. Das gelbe Licht der Straßenlaterne fiel zwischen den Ästen eines Baumes hindurch. Erst dachte er, sie hätte den Blick gesenkt, die Augen fast geschlossen. Aber dann erkannte er, daß sie offen waren und ihn anschauten.

»Ja, das will ich«, sagte sie. »Das ist es, was ich will.«

»Schon recht«, sagte er. »Pech, daß es während eines solchen Streits passieren mußte. Sie müssen sich selbst die Schuld gegeben haben.«

Ihr Knie streifte das seine. Kühle Schauer durchströmten ihn.

»Wie kommen Sie darauf?«

»Sie können den Gedanken nicht ertragen, jemanden zu verletzen«, sagte er.

»Das ist naiv.«

»Vielleicht bin ich verrückt, Doktor« – er lachte – »aber naiv bin ich nicht. Die Currys haben niemals ein naives Kind großgezogen.« Er trank die Bierdose in einem Zug leer und starrte dann unversehens auf die fahlen Konturen des Lichtes auf ihrem Kinn, ihrem weich gelockten Haar. Ihre Unterlippe war voll und weich und überaus verlockend...

»Dann ist es etwas anderes«, sagte sie. »Nennen Sie es Unschuld, wenn Sie wollen.«

Er zog ein spöttisches Gesicht, antwortete aber nicht. Wenn sie wüßte, was ihm gerade durch den Kopf gegangen war, als er ihren Mund angeschaut hatte, ihren vollen, süßen Mund...

»Und die Antwort auf diese Frage ist: ja.« Sie stieg aus.

Er öffnete seine Tür und stieg ebenfalls aus. »Wie, zum Teufel, lautet die Frage?« Er wurde rot.

Sie nahm seinen Koffer vom Rücksitz. »Oh, Sie wissen schon«.

»Weiß ich nicht!«

Achselzuckend ging sie auf das Tor zu. »Sie wollten wissen, ob ich mit Ihnen ins Bett gehen würde. Die Antwort ist ja, wie ich gerade sagte.«

Er hatte sie eingeholt, als sie durch das Tor ging. Ein breiter, zementierter Weg führte zu der schwarzen Teakholz-Doppeltür hinauf.

»Na, dann frage ich mich, wieso, zum Teufel, wir hier noch lange herumreden.« Er nahm ihr den Koffer ab, während sie nach dem Schlüssel suchte.

Wieder sah sie ein bißchen verwirrt aus. Sie winkte ihn hinein. Als sie ihm die Biertüte abnahm, merkte er es kaum.

Das Haus war unendlich viel schöner, als er es sich vorgestellt hatte. Dabei hatte er unzählige alte Häuser gekannt und erforscht. Aber diese Art Haus, ein mit Sorgfalt gestaltetes modernes Meisterwerk, war ihm unvertraut.

Was er jetzt sah, war eine weite Fläche aus breiten Holzdielen, die sich fließend und ohne Unterteilung vom Eßzimmer ins Wohnzimmer und weiter in den Salon erstreckte. Hinter gläsernen Wänden lag eine breite Holzveranda nach Süden, Westen und Norden hin, eine geräumige, offene Terrasse, von vereinzelten, matt leuchtenden Flutlichtstrahlern sanft erhellt. Die Bay dahinter war schwarz und unsichtbar. Und die winzigen funkelnden Lichter von Sausalito im Westen erschienen zart und intim, verglichen mit der fernen Pracht der dicht zusammengedrängten, farbwütigen Skyline von San Francisco im Süden.

In der Ostecke des Hauses befand sich die Küche, die er in seiner kurz aufblitzenden Vision vorhin gesehen hatte – ein geräumiger Alkoven mit dunklen Holzschränken und Arbeitsflächen, wo blinkende Kupfertöpfe an der Decke hingen. Eine Küche zum Anschauen wie zum Arbeiten. Nur ein tiefer, steinerner Kamin mit einer hohen, breiten Feuerstelle – einem Herd, auf dem man sitzen konnte – trennte diese Küche von den anderen Räumen.

»Ich dachte, es würde Ihnen nicht gefallen«, sagte sie.

»Oh, aber es ist wunderschön.« Er seufzte. »Es ist gebaut wie ein Schiff. Ich habe noch nie ein so gut gebautes neues Haus gesehen.«

»Spüren Sie, daß es sich bewegt? Es ist so konstruiert, daß es sich mit dem Wasser bewegt.«

Langsam ging er über den dicken Teppich im Wohnzimmer. Und erst jetzt sah er die geschwungene Eisentreppe hinter dem Kamin. Sanftes, bernsteinfarbenes Licht fiel oben durch eine offene Tür. Sofort dachte er an Schlafzimmer, an Räume, so offen wie die hier, und er dachte daran, im Dunkeln zu liegen, allein mit ihr und den funkelnden Lichtern der Stadt. Wieder errötete er heiß.

Er warf ihr einen Blick zu. Hatte sie seine Gedanken mitbekommen, wie sie es vorhin behauptet hatte? Zum Teufel, jede Frau hätte darauf kommen können...

Sie stand in der Küche vor dem offenen Kühlschrank, und in dem klaren weißen Licht sah er zum erstenmal wirklich ihr Gesicht. Ihre Haut war von beinahe asiatischer Glätte, aber ihr Haar war für eine Asiatin von allzu reinem Blond. Ihre Gesichtshaut war so straff, daß sich in den Wangen zwei Grübchen formten, als sie ihn jetzt anlächelte.

Er näherte sich ihr, und wieder war ihm ihre physische Gegenwart schneidend bewußt, die Art, wie ihre Hände das Licht zurückwarfen, die glamourösen Bewegungen ihres Haars. Wenn Frauen ihr Haar so tragen, voll und kurz, so daß es bei jedem Schwenk gerade den Kragen streift, dann wird es zu einem entscheidenden Teil jeder ihrer Gebärden, überlegte er. Man denkt an sie, und man denkt an ihr hübsches Haar.

Als sie die Kühlschranktür schloß und das klare weiße Licht ausging, erkannte er, daß er durch die nördliche Glaswand des Hauses – weit links, nahe der Haustür – einen gewaltigen weißen Kabinenkreuzer vor Anker liegen sehen konnte.

Er war von monströser Größe, ein beinahe unmögliches Ding – wie ein gestrandeter Wal –, den weichgerundeten Möbeln und den überall verstreut liegenden Teppichen, die ihn hier umgaben, grotesk nahe. Etwas wie Panik stieg in ihm auf. Ein seltsames Grauen, als habe er am Abend seiner Errettung etwas Schreckliches erlebt, das Teil dessen war, was er vergessen hatte.

Es blieb ihm nichts, als hinzugehen. Es blieb ihm nichts, als die Hände auf das Deck zu legen. Unversehens ging er auf die Glastür zu; dann blieb er verwirrt stehen und sah zu, wie sie den Riegel zurückzog und die schwere Glastür aufschob.

Eine kalte, salzige Bö wehte ihm entgegen. Er hörte das Knarren des riesigen Bootes, und das schwache Mondlicht erschien ihm düster und entschieden unangenehm. Hochseetüchtig, hatten sie gesagt. Er glaubte es sofort, als er das Boot betrachtete. Entdeckungsreisende hatten die Weltmeere mit viel kleineren Schiffen besegelt. Und wieder erschien es ihm grotesk, ängstigte ihn die Unverhältnismäßigkeit seiner Größe.

Er trat hinaus auf die Pier, und der Kragen wehte ihm gegen die Wange. Er näherte sich der Kante. Das Wasser unten war vollkommen schwarz. Er konnte es riechen, roch den dumpfigen Geruch der unvermeidlichen toten Dinge im Meer.

Das hier war das Boot, und dies war der Augenblick. Also hinauf auf dieses Ding mit seinen Bullaugen und den schlüpfrig aussehenden Decksplanken, das sich sanft wiegend an den schwarzen Autoreifen rieb, die an die Längsseite der Pier genagelt waren. Es gefiel ihm nicht besonders; das stand fest. Und er war verdammt froh, daß er seine Handschuhe anhatte.

Er ging an dem Ding entlang, bis er am Ende angekommen war. Hinter dem großen, klobigen Ruderhaus packte er die Reling, sprang seitwärts hoch – einen Augenblick erschrocken, weil das Boot sich unter seinem Gewicht neigte –, und schwang sich so schnell wie möglich auf das Achterdeck hinauf.

Sie folgte ihm.

Er fand es gräßlich, wie der Boden sich unter ihm bewegte. Gott, wie konnte man es auf einem solchen Boot nur aushalten! Aber es lag jetzt stabil genug im Wasser. Die Reling ringsherum war hoch genug, um ihm ein Gefühl der Sicherheit zu geben. Sie bot sogar ein bißchen Schutz vor dem Wind.

Er spähte kurz durch die Glastür des Ruderhauses. Blinkende Zifferblätter, Armaturen. Hätte ebensogut das Cockpit eines Düsenflugzeugs sein können. Vielleicht führte eine Treppe dort drinnen in die Kabinen unter Deck.

Na, das ging ihn nichts an. Auf das Deck kam es an, denn hier draußen hatte er nach seiner Rettung gelegen.

Der Wind, der vom Wasser hereinwehte, war ein Tosen in seinen Ohren. Er drehte sich um und sah sie an. Ihr Gesicht war vollkommen dunkel vor den Lichtern in der Ferne. Sie nahm die Hand aus der Tasche und deutete vor sich auf die Planken.

»Genau hier«, sagte sie.

»Als ich die Augen aufschlug? Als ich zum erstenmal wieder atmete?«

Sie nickte.

Er kniete nieder. Die Bewegungen des Bootes fühlten sich jetzt langsam an, behutsam, und das einzige Geräusch war ein leises Knarren, das von nirgendwoher zu kommen schien. Er nahm die Handschuhe ab, stopfte sie in die Tasche und streckte die Finger.

Dann legte er sie auf die Planken. Kalt, naß. Der Blitz kam wie immer aus dem Nichts und trennte ihn vom Hier und Jetzt. Aber nicht seine Rettung sah er, sondern Spuren und Fetzen von anderen Leuten, von Leuten, die miteinander sprachen, sich bewegten – Dr. Mayfair, dann der verhaßte Tote wieder, und bei ihnen eine hübsche ältere Frau, geliebt, eine Frau namens Ellie – in immer tiefere Schichten führten ihn seine Hände, bis die Stimmen zu einem einzigen Rauschen zusammenfanden.

Er fiel auf die Knie. Ihm wurde schwindlig, aber er wollte nicht aufhören, die Planken zu berühren. Er tastete umher wie ein Blinder.

»Gott, gib mir den Augenblick, wo ich das erstemal wieder atmete«, wisperte er. Aber ebensogut hätte er dicke Bände durchblättern können, um einen einzelnen Satz zu finden. Graham, Ellie, Stimmen, die sich hoben, gegeneinander krachten. Er weigerte sich, in seinem Kopf nach Worten zu suchen für das, was er sah; er lehnte es ab. »Gebt mir diesen Augenblick.« Und er legte sich flach auf das Deck und spürte die rauhen Planken an der Wange.

Ganz plötzlich schien der Augenblick um ihn herum aufzubersten, als habe das Holz Feuer gefangen. Es war kälter, und der Wind wehte heftiger. Das Boot wurde hin und her geworfen. Sie beugte sich über ihn, und er sah sich daliegen, einen Toten mit weißem, nassem Gesicht; sie hämmerte ihm auf die Brust. »Aufwachen, verdammt, aufwachen!«

Seine Augen öffneten sich. *Ja, was ich gesehen habe, sie, Rowan, ja. Ich lebe, ich bin hier! Rowan, so vieles...* Der Schmerz in seiner Brust war unerträglich gewesen. Er fühlte nicht einmal Leben in Händen und Beinen. War das seine Hand, die sich da hob und nach der ihren griff?

Muß es erklären, das Ganze, bevor...

Bevor was? Er versuchte es festzuhalten, tiefer einzudringen. Bevor was? Aber da war nichts als ihr blasses, ovales Gesicht, wie er es an jenem Abend gesehen hatte, das Haar unter die Mütze gezwängt.

Plötzlich, im Jetzt, hämmerte er mit der Faust auf das Deck.

»Geben Sie mir Ihre Hand!« schrie er. Sie kniete neben ihm nieder. »Denken Sie, denken Sie an das, was passierte in dem Augenblick, als ich das erstemal wieder atmete.«

Aber er wußte schon, daß es nutzlos war. Er sah nur, was sie sah. Sich selbst, einen Toten, der wieder zum Leben erwachte. Ein totes, nasses Ding, das auf dem Deck geschüttelt wurde unter den Schlägen, die sie immer wieder auf seine Brust niederfahren ließ, und dann den silbernen Schlitz zwischen seinen Lidern, als er die Augen aufschlug.

Lange Zeit lag er still da. Er wußte, daß ihm wieder jämmerlich kalt war, wenn auch längst nicht so kalt wie an jenem furchtbaren Abend, und daß sie dastand und geduldig wartete. Er hätte geweint, aber dazu war er einfach zu müde, zu geschlagen. Es war, als stießen die Bilder ihn umher, wenn sie kamen. Er wollte nur Stille. Seine Hände waren zu Fäusten geballt. Er rührte sich nicht.

Aber etwas war da, etwas, das er herausgefunden hatte, eine Kleinigkeit, die er vorher nicht gewußt hatte. Es ging um sie: daß er in den ersten paar Sekunden gewußt hatte, wer sie war, daß er über sie Bescheid gewußt hatte. Er hatte gewußt, daß ihr Name Rowan war.

Aber konnte er dieser Eingebung trauen? Gott, die Seele tat ihm weh vor lauter Anstrengung. Besiegt lag er da; er war wütend und fühlte sich töricht und zugleich streitlustig. Vielleicht hätte er doch geweint – wenn sie nicht dagewesen wäre.

»Versuchen Sie's noch einmal«, sagte sie jetzt.

»Es hat keinen Sinn; es ist eine andere Sprache. Ich weiß nicht, wie ich es machen soll.«

»Versuchen Sie's.«

Und er versuchte es. Aber diesmal fand er nichts außer den anderen. Bilder von Sonnentagen, vorüberhuschende Eindrücke von Ellie und Graham und anderen, vielen anderen; Lichtstrahlen, die ihn in diese oder in jene Richtung führen wollten; die Tür des Ruderhauses, die im Wind schlug; einen großen Mann mit bloßem Oberkörper, der von unten heraufkam; und Rowan. Ja, Rowan, Rowan, Rowan. Rowan zusammen mit jeder Gestalt, die er hier gesehen hatte, immer wieder Rowan, und manchmal eine glückliche Rowan. Niemand war je ohne Rowan auf diesem Boot gewesen.

Er richtete sich auf den Knien auf. Nach diesem zweiten Versuch war er noch konfuser als nach dem ersten. Das Wissen, sie an jenem ersten Abend gekannt zu haben, war bloß eine Illusion, hatte zu tun mit ihrer Präsenz hier auf diesem Boot. Vielleicht hatte er sie gekannt, weil er ihre Hand gehalten hatte, vielleicht, weil er, bevor er zurückgebracht worden war, gewußt hatte, wie es geschehen würde. Er würde es nie mit Sicherheit wissen.

Er setzte sich. »Zum Teufel mit dem ganzen Zeug«, flüsterte er und streifte seine Handschuhe über. Er zog ein Taschentuch hervor, putzte sich die Nase und schlug den Kragen hoch, um den Wind abzuhalten – aber was nutzte das schon bei einer Khakijacke?

»Kommen Sie ins Haus«, sagte sie und nahm ihn bei der Hand wie ein kleines Kind. Es überraschte ihn, wie dankbar er dafür war. Als sie von dem verdammten, schaukelnden, glitschigen Boot herunter waren und er auf der Pier stand, fühlte er sich schon wohler.

»Danke, Doktor«, sagte er. »Einen Versuch war es wert, und den Versuch haben Sie mich machen lassen, und dafür kann ich Ihnen nicht genug danken.«

Sie legte den Arm um ihn. Ihr Gesicht war dem seinen sehr nah. »Vielleicht funktioniert es ein andermal.« Das Gefühl, sie zu kennen, zu wissen, daß unter Deck eine kleine Kabine war, wo sie oft schlief und wo sein Bild am Spiegel klebte. Wurde er schon wieder rot?

»Kommen Sie ins Haus«, wiederholte sie und zog ihn mit sich.

Es tat gut, im Schutz des Hauses zu sein. Aber er war jetzt zu traurig und zu müde, um viel darüber nachzudenken. Er wollte sich ausruhen. Aber er wagte es nicht. Ich muß zum Flughafen, dachte er, muß meinen Koffer nehmen und hier verschwinden, kann auf einem Plastikstuhl schlafen. Dies war eine Straße zur Erkenntnis gewesen, und die war jetzt blockiert; also würde er eine andere nehmen, so schnell es ging.

Er warf noch einen Blick zurück auf das Boot und dachte, daß er *ihnen* gern gesagt hätte, er habe seinen Auftrag nicht aufgegeben, sondern könne sich nur nicht erinnern. Er wußte nicht einmal, ob die Pforte tatsächlich eine Pforte oder eine Tür im wörtlichen Sinne war. Und die Zahl – da war eine Zahl gewesen, nicht wahr? Eine höchst bedeutungsvolle Zahl. Er lehnte sich an die Glastür, drückte die Stirn an die Scheibe.

»Ich will nicht, daß Sie gehen«, sagte er, »aber ich muß. Sehen Sie, sie erwarten wirklich etwas von mir. Und sie haben mir gesagt, was es ist, und ich muß tun, was ich kann, und ich weiß, daß ich dazu nach Hause fahren muß.«

Schweigen.

»Es war schön von Ihnen, daß Sie mich hergebracht haben.«

Schweigen. Dann: »Vielleicht...«

»Vielleicht was?« Er drehte sich um.

Sie stand wieder mit dem Rücken zu den Lichtern. Die Jacke hatte sie ausgezogen. Sie sah eckig und anmutig aus in ihrem großen, dikken Pullover, mit ihren langen Beinen, den prächtigen Wangenknochen und den feinen, schmalen Handgelenken.

»Könnte es sein, daß Sie es vergessen *sollten*?« fragte sie.

Darauf war er noch nicht gekommen. Im ersten Moment antwortete er nicht. »Glauben Sie mir, was die Visionen angeht?« fragte er dann. »Ich meine, haben Sie gelesen, was in der Zeitung stand? Es hat gestimmt, dieser Teil. Ich meine, die Zeitungen haben mich töricht dargestellt, wie einen Verrückten. Aber der springende Punkt ist, daß so viel dahintersteckte, so viel, und...«

Er wünschte, er könnte ihr Gesicht ein bißchen besser sehen.

»Ich glaube Ihnen«, sagte sie schlicht. Nach einer kurzen Pause fuhr sie fort: »Es hat immer etwas Beängstigendes, wenn eine Sache auf Messers Schneide stand und ein scheinbarer Zufall eine so große Wirkung hat. Wir glauben dann gern, daß es uns so bestimmt war...«

»Es *war* so bestimmt!«

»Ich wollte sagen, daß es diesmal wirklich knapp war, denn es war fast dunkel, als ich Sie da draußen entdeckte. Fünf Minuten später, und ich hätte Sie unmöglich noch sehen können.«

»Sie suchen nach Erklärungen, und das ist sehr nett von Ihnen; ich weiß das zu schätzen, wirklich. Aber, wissen Sie, das, was ich noch in Erinnerung habe – die Impression, meine ich –, ist so stark, daß nichts Derartiges zur Erklärung nötig ist. Ich weiß, daß Sie da waren, Dr. Mayfair. Und...«

»Was ist?«

Er schüttelte den Kopf. »Nur einer von diesen verrückten Augenblicken, in denen es ist, als ob ich mich erinnerte – aber dann ist es doch wieder weg. Da draußen auf dem Boot habe ich's auch erlebt. Das Wissen: jawohl, wenn ich jetzt die Augen öffne, weiß ich, was passiert ist... und dann ist es wieder weg...«

»Das Wort, das Sie gesagt haben, das Murmeln...«

»Ich hab's nicht mitbekommen. Ich habe mich kein Wort sprechen sehen. Aber ich sage Ihnen etwas. Ich glaube, ich kannte Ihren Namen da draußen. Ich wußte, wer Sie waren.«

Schweigen.

»Aber ich bin nicht sicher.« Ratlos drehte er sich um. Was tat er nur? Wo war sein Koffer – er mußte jetzt wirklich los, aber er war so müde, und er wollte nicht gehen.

»Ich will nicht, daß Sie gehen«, sagte sie noch einmal.

»Im Ernst? Ich könnte ein Weilchen bleiben?« Er sah sie an, den dunklen Schatten ihrer großen, schlanken Gestalt vor dem aus der Ferne matt erleuchteten Glas. »Oh, ich wünschte, ich hätte Sie vor all dem kennengelernt«, sagte er. »Ich wünschte... ich würde so gern... ich meine, es ist so albern, aber Sie sind sehr...«

Er tat einen Schritt vorwärts, um sie besser zu sehen. Ihre Augen wurden erkennbar; für tiefliegende Augen schienen sie sehr groß und weit zu sein, und ihr Mund war so großzügig und sanft. Aber im Näherkommen erlebte er ein seltsames Trugbild. Ihr Gesicht wirkte im matten Schimmer von jenseits der Glaswände absolut bedrohlich und bösartig, wie es unter dem glatten blonden Haar zu ihm heraufspähte; es war ein Ausdruck von grenzenlosem Haß.

Er blieb stehen. Es mußte eine Täuschung sein. Sie stand da, völlig regungslos, und entweder wußte sie nichts von dem Grauen, das ihn plötzlich erfüllte, oder es kümmerte sie nicht.

Dann kam sie auf ihn zu, trat in den gedämpften Lichtschein, der aus der Tür an der Nordseite herausfiel.

Wie hübsch und wie traurig sie aussah! Wie hatte er sich nur so täuschen können? Sie war den Tränen nahe. Ja, es war einfach furchtbar, die Trauer in ihrem Gesicht zu sehen, die plötzliche, lautlose Begierde, das Überfließen der Gefühle.

»Was ist?« flüsterte er und breitete die Arme aus. Und sofort schmiegte sie sich sanft an ihn. Ihre Brüste lagen groß und weich an seiner Brust. Er drückte sie an sich, umschlang sie und fuhr ihr mit den behandschuhten Fingern von unten herauf durchs Haar. »Was ist?« flüsterte er noch einmal, aber es war eigentlich keine Frage, es war eher ein kleines, beruhigendes Liebkosen mit Worten. Er fühlte, wie ihr Herz klopfte, ihr Atem stockte. Er zitterte selbst. Der Beschützertrieb, der in ihm geweckt worden war, verwandelte sich in etwas Wildes, etwas Leidenschaftliches, das keine Grenzen mehr kannte.

»Ich weiß nicht«, flüsterte sie. »Ich weiß nicht.« Und dann weinte sie lautlos. Sie hob den Kopf, öffnete den Mund, hob sich einem sanften Kuß entgegen. Es war, als wolle sie es nicht gegen seinen

Willen tun; sie ließ ihm alle Zeit der Welt, um zurückzuweichen. Und natürlich hatte er nicht die leiseste Absicht, das zu tun.

Er war sofort von ihr umhüllt, wie zuvor im Auto, als er ihre Hand berührt hatte, aber diesmal war es ihr weiches, wollüstiges, nur allzu fühlbares Fleisch, das ihn umschloß. Er küßte sie wieder und wieder, labte sich an ihrem Hals, ihren Wangen, ihren Augen. Mit Handschuhfingern streichelte er ihre Wange, und er fühlte ihre glatte Haut unter dem schweren Wollpullover. Gott, wenn er nur die Handschuhe ausziehen könnte, aber wenn er die Handschuhe auszöge, würde er sich verlieren, und alle Leidenschaft würde in dieser Verwirrung verfliegen. Verzweifelt sehnte er sich danach, das hier festzuhalten, wirklich verzweifelt; und sie machte bereits den Fehler, zu glauben... sie befürchtete törichterweise schon...

»Ja, ja, natürlich«, sagte er, »wie konntest du glauben, ich wollte nicht... ich würde nicht... wie konntest du das glauben? Halt mich fest, Rowan, halt mich fester. Ich bin jetzt hier. Ich bin bei dir, ja.«

Er küßte sie wieder, küßte ihren Hals, als ihr Kopf in den Nacken fiel. Dann hob er sie auf und trug sie sanft durch das Zimmer, die Eisentreppe hinauf, stieg langsam Biegung um Biegung hinauf und gelangte in ein großes, dunkles, nach Süden gehendes Schlafzimmer. Sie kippten auf das flache Bett. Er küßte sie wieder, strich ihr das Haar zurück, genoß es selbst mit den Handschuhen, sie zu fühlen, schaute hinunter auf ihre geschlossenen Augen, ihre hilflosen halboffenen Lippen. Als er an ihrem Pullover zerrte, wand sie sich, um ihm zu helfen, und schließlich riß sie ihn sich über den Kopf, wobei ihr Haar sich wunderschön zerzauste.

Als er ihre Brüste durch das dünne Nylon sah, küßte er sie durch den Stoff, neckte sich absichtlich selbst und berührte mit der Zungenspitze den dunklen Kreis der Brustwarze, bevor er den Stoff wegschob. Wie fühlte es sich an, wenn das schwarze Leder ihre Haut berührte, ihre Brustwarzen liebkoste? Er hob ihre Brüste an und küßte die heiße Kurve darunter – er liebte diesen delikaten Winkel eines Frauenkörpers –, und dann saugte er, bis die Warzen hart wurden, erst die eine, dann die andere, rieb und ballte ihr Fleisch fieberhaft in der Handfläche.

Sie bog sich unter ihm, und ihr Körper wand sich scheinbar hilflos, ihre Lippen scharrten an seinem ungleichmäßig rasierten Kinn, waren dann weich und süß an seinem Mund, während ihre Hände sich in sein Hemd schoben und seine Brust betasteten, als seien sie entzückt von der ebenen Fläche.

Sie kniff in seine Brustwarzen, während er an den ihren sog. Er war so hart, daß er gleich bersten würde. Er hielt inne, stemmte sich auf den Händen nach oben und schnappte nach Luft; dann sank er neben ihr nieder. Er merkte, wie sie ihre Jeans auszog, und griff nach ihr, befühlte die glatte Haut ihres Rückens und glitt dann hinunter über die Kurve ihres handlichen, knetbaren kleinen Hinterns.

Jetzt gab es kein Halten mehr für ihn. In rasender Ungeduld nahm er die Brille ab und warf sie auf den Nachttisch. Von jetzt an würde er sie in üppiger, weicher Unschärfe sehen, aber er kannte schon all die köstlichen Details ihres Körpers. Dann war er auf ihr. Ihre Hand glitt zu seinem Unterleib, zog den Reißverschluß seiner Hose herunter, zerrte sein Geschlecht heraus, schlug rauh dagegen, wie um seine Härte zu prüfen – eine kleine Geste nur, die ihn fast in den Abgrund hätte stürzen lassen. Er fühlte den stachlig krausen Schamhaarbusch, die heißen inneren Lippen und schließlich die enge, pulsierende Scheide, als er in sie eindrang.

»Reite mich hart«, wisperte sie. Es war wie der Klaps vorhin – ein kleiner, scharfer Sporn, der seine gezügelte Raserei zum Siedepunkt trieb. Ihre zierliche Gestalt, ihre zarte, verwundbare Haut – das alles erregte ihn nur noch mehr. Keine Vergewaltigungsphantasie, die er in seinen geheimsten, unsagbarsten Träumen je gehabt hatte, war brutaler gewesen.

Ihre Hüften klatschten gegen seine, und verschwommen sah er die Röte in ihrem Gesicht und auf ihren nackten Brüsten, als sie stöhnte. Wieder und wieder stieß er in sie hinein, und er sah, wie ihre Arme seitwärts flogen, erschlafft, bevor er die Augen schloß und in ihr explodierte.

Endlich fielen sie erschöpft auseinander und rollten in die weichen Flanellaken. Ihre erhitzten Gliedmaßen ruhten ineinander verflochten unter seinem ausgestreckten Arm, und sein Gesicht war in ihr duftendes Haar vergraben. Sie kuschelte sich an ihn, zog die vergessene Decke lose über sie beide, wandte sich ihm zu und drückte den Mund an seinen Hals.

Das Flugzeug sollte warten, und seine Aufgabe auch. Erst sollte der Schmerz vergehen und die Erregung. Zu einer anderen Zeit, an einem anderen Ort, hätte er sie unwiderstehlich gefunden. Aber jetzt war sie mehr als das, mehr als saftig und heiß und voller Geheimnisse und scheinbar vollkommenem Feuer. Sie war etwas Göttliches, und er brauchte es so nötig, daß es ihn traurig machte.

»Rowan«, flüsterte er. Ja, er wußte alles über sie. Er kannte sie.

Sie waren unten. Sie sagten: Wach auf, Michael, und komm herunter. Sie hatten ein großes Feuer im Kamin angezündet. Oder war es nur ein Feuer, das sie umgab, wie ein lodernder Wald? Er glaubte Trommeln zu hören. *Michael.* Ein blasser Traum oder eine Erinnerung an die Comus-Parade an jenem Winterabend vor so langer Zeit, an die Kapellen, die diese wilde, furchtbare Kadenz trommelten, während das Licht der Fackeln in den Zweigen der Eichen flakkerte. Sie waren da, unten, er brauchte nur aufzuwachen und hinunterzugehen. Aber zum erstenmal, seit sie ihn vor so vielen Wochen verlassen hatten, wollte er sie nicht sehen, wollte er sich nicht erinnern.

Er setzte sich auf und starrte in den milchig blassen Morgenhimmel. Er schwitzte, und sein Herz pochte.

Stille. Und zu früh für die Sonne.

Da war niemand im Haus, keine Trommeln, kein Feuergeruch. Niemand, nur sie beide – aber sie lag nicht mehr neben ihm im Bett.

Einen Moment lang saß er nur da und starrte dumpf auf das spartanische Mobiliar. Alles kunstvoll aus dem gleichen wunderschönen, feingemaserten Holz gemacht, das er auch unten gesehen hatte. Hier wohnte jemand, der feines Holz liebte und der es liebte, wenn die Dinge perfekt zusammengefügt waren. Alles war niedrig in diesem Zimmer – das Bett, der Tisch, die verstreut stehenden Stühle. Nichts, was den Blick aus den Fenstern versperrte, die bis zur Decke hinaufreichten.

Aber er roch doch ein Feuer. Ja, und als er aufmerksam lauschte, hörte er es auch. Und ein Bademantel lag für ihn bereit, ein schöner dicker weißer Frotteebademantel, genau wie er ihn liebte.

Er zog ihn an und ging die Treppe hinunter, um sie zu suchen.

Das Feuer loderte – in diesem Punkt hatte er recht gehabt. Aber es schwebte keine Horde Traumwesen darum herum. Sie saß allein im Schneidersitz auf der steinernen Kaminbank, von ihrem eigenen Bademantel umhüllt, in dessen Falten ihre zierlichen Gliedmaßen beinahe ertranken, und wieder zitterte und weinte sie.

»Es tut mir leid, Michael. Es tut mir so leid«, sagte sie leise mit ihrer dunklen, samtweichen Stimme. Ihr Gesicht war verquollen und müde.

»Aber Honey, warum sagst du so etwas?« fragte er. Er setzte sich neben sie und nahm sie in die Arme. »Rowan, was um alles in der Welt tut dir denn leid?«

Und ein Schwall von Worten strömte aus ihr hervor, ergoß sich so schnell, daß er kaum folgen konnte: Sie habe ihn dieser immensen Anforderung ausgesetzt, sie habe sich so sehr gewünscht, mit ihm zusammenzusein, die letzten paar Monate seien die schlimmste Zeit ihres Lebens gewesen, und ihre Einsamkeit sei beinahe unerträglich gewesen.

Immer wieder küßte er sie auf die Wange.

»Ich bin gern bei dir«, sagte er. »Ich will hier sein. Ich will nirgendwo anders auf der Welt sein...«

Er brach ab und dachte an das Flugzeug nach New Orleans. Na, das konnte warten. Und unbeholfen versuchte er, ihr zu erklären, daß er in dem Haus in der Liberty Street wie in einer Falle gesessen habe.

»Ich bin nicht gekommen, weil ich wußte, daß dies passieren würde«, sagte sie. »Und du hattest recht: Ich wollte es wissen, ich wollte, daß du meine Hand mit deinen Händen berührst, daß du den Küchenboden berührst, da, wo er starb, ich wollte... weißt du, ich bin nicht das, was ich zu sein scheine...«

»Ich weiß, was du bist«, unterbrach er sie. »Eine sehr starke Person, für die jedes Eingeständnis, etwas zu brauchen, ganz schrecklich ist.«

Schweigen. Sie nickte. »Wenn das nur alles wäre«, sagte sie. Tränen flossen über.

»Sprich mit mir. Erzähl mir die Geschichte«, sagte er.

Sie entglitt seinen Armen und stand auf. Barfuß ging sie auf und ab, anscheinend ohne zu merken, wie kalt die Dielen waren. Und wieder sprudelte es nur so aus ihr heraus, so viele lange, zierliche Sätze strömten mit solcher Geschwindigkeit aus ihrem Mund, daß er Mühe hatte, zu folgen und ihre Bedeutung von der betörenden Schönheit ihrer Stimme zu trennen.

Sie sei einen Tag nach ihrer Geburt adoptiert und von zu Hause weggebracht worden, und ob er wisse, daß es New Orleans gewesen war? Das habe sie ihm in dem Brief erzählt, den er nie bekommen hatte. Und jawohl, er sollte es wissen, denn beim Aufwachen habe er ihre Hand ergriffen und sie festgehalten, als wolle er nie wieder loslassen. Und vielleicht war dann irgendeine verworrene Idee von ihr zu ihm durchgedrungen, irgendeine jähe, intensive Empfindung, die mit dieser Stadt verbunden war. Aber der springende Punkt war: Sie war eigentlich nie dort gewesen! Hatte die Stadt nie gesehen. Kannte nicht einmal den vollen Namen ihrer Mutter.

Man hatte sie gleich am Tag ihrer Geburt mit der Sechs-Uhr-Maschine von New Orleans nach Los Angeles gebracht. Ja, jahrelang hatte man ihr erzählt, sie sei in Los Angeles geboren. So stand es auch auf ihrer Geburtsurkunde, einer von diesen gefälschten Bescheinigungen, die man für Adoptivkinder zusammenbastelte. Ellie und Graham hatten ihr tausendmal von dem kleinen Apartment in West Hollywood erzählt, und wie glücklich sie gewesen waren.

Aber darum ging es nicht. Es ging darum, daß sie fort waren, tot, und mit ihnen die ganze Geschichte – ausgelöscht mit einer Geschwindigkeit und Totalität, die sie in Angst und Schrecken versetzte. Ein großartiges, modernes Leben hatten sie geführt, einfach großartig, wenngleich es eine selbstsüchtige, materialistische Welt gewesen war, das mußte sie zugeben. Keine Bindung an irgend jemanden – Familie oder Freunde – hatte je ihr egozentrisches Genußstreben gestört. Und am Krankenbett war dann auch niemand außer Rowan gewesen, als Ellie nach Morphium geschrien hatte.

»Ich sage dir, ich hätte sie beinahe umgebracht«, sagte sie. »Ich hätte es fast beendet. Ich konnte nicht... konnte nicht... Niemand konnte mich belügen. Ich merke es, wenn Leute lügen. Aber sie haben es auch gar nicht erst versucht, ich bin ja Ärztin, ich hatte vollen Zugang zu allen Informationen. Und da war noch diese andere Sache, dieses Talent, ich nenne es meinen diagnostischen Sinn, aber es ist mehr als das. Ich habe meine Hände auf sie gelegt, und selbst als sich ihr Zustand vorübergehend besserte, wußte ich Bescheid: Es ist da drinnen, und es kommt zurück. Sie hat höchstens noch sechs Monate. Und dann nach Hause zu kommen, als alles vorbei war – in dieses Haus, dieses Haus mit jeder nur vorstellbaren Maschine und Bequemlichkeit und mit allem Luxus, den man sich nur...«

»Ich weiß schon«, sagte er leise. »Mit all den Spielsachen, die wir haben, all dem Geld.«

»Ja. Und was ist das jetzt, ohne sie? Eine leere Hülse? Ich gehöre nicht hierher! Und wenn ich nicht hierhergehöre, dann tut es niemand, und ich schaue mich um und ... und ich habe Angst, das sage ich dir. Nein, warte, du brauchst mich nicht zu trösten. Du weißt nichts. Ich konnte Ellies Tod nicht verhindern; damit kann ich mich abfinden. Aber ich habe Grahams Tod verursacht. Ich habe ihn ermordet.«

»Aber das hast du nicht getan«, sagte er. »Du bist Ärztin, und du weißt...«

»Michael, du bist wie ein Engel, den mir der Himmel schickt. Aber hör mir zu. Du hast eine Kraft in deinen Händen, von der du weißt, daß sie real ist. Auf der Fahrt hierher hast du diese Kraft demonstriert. Nun, und ich habe etwas in mir, das genauso stark ist. Ich habe ihn getötet. Davor habe ich schon zwei andere Menschen getötet – einen fremden Mann und vor Jahren ein kleines Mädchen auf einem Spielplatz. Ich habe die Autopsieberichte gelesen. Ich kann töten, ich sage es dir! Ich bin jetzt Ärztin, weil ich versuche, diese Fähigkeit zu neutralisieren. Ich habe mein Leben darauf ausgerichtet, dieses Unheil auszugleichen!«

Sie holte tief Luft und fuhr sich mit den Fingern durchs Haar. Sie sah hilflos und verloren aus in ihrem großen, weiten Bademantel mit dem strammen Gürtel um die Taille, ein Ganymed mit weich fallendem Pagenkopf. Er wollte zu ihr gehen, aber sie winkte ab, und er blieb, wo er war.

»Da ist so vieles. Weißt du, in meiner Phantasie habe ich es dir erzählt, ausgerechnet dir...«

»Aber ich bin ja hier, ich höre dir zu«, sagte er. »Wenn du es mir erzählen möchtest...« Wie konnte er in Worte fassen, daß sie ihn faszinierte, ganz und gar fesselte – und wie bemerkenswert das war, nach all diesen Wochen voller Panik und Irrsinn.

Mit leiser Stimme berichtete sie, wie es ihr ergangen war: Schon immer hatte sie die Wissenschaft geliebt. Wissenschaft war Poesie für sie. Daß sie Chirurgin werden würde, hatte sie nie erwartet. Was sie faszinierte, war die Forschung, die unglaublichen, beinahe phantastischen Fortschritte der Neurologie. Sie wollte ihr ganzes Leben im Labor verbringen, denn dort, glaubte sie, gab es Gelegenheit für wahres Heldentum. Sie hatte eine natürliche Begabung für diese Arbeit, das konnte man ihr glauben. Die hatte sie. Und die neueste Entwicklung war voller Wunder gewesen; aber dann ist ihr Mentor – sein Name war unwichtig, und inzwischen war er ohnehin tot, kurz nach dieser Geschichte – ironischerweise an einer Serie kleiner Schlaganfälle gestorben, und alle Chirurgen der Welt hatten es nicht vermocht, die tödlichen kleinen Gefäßrisse zu klammern und zu nähen... aber das hatte sie erst später erfahren. Um zu ihrer Geschichte zurückzukommen: Er hatte sie an einem Weihnachtsabend in das Institut in San Francisco mitgenommen, am Weihnachtsabend, weil das der einzige Abend war, an dem wirklich kein Mensch da sein würde, und er hatte gegen die Vorschriften verstoßen, als er ihr gezeigt hatte, woran sie arbeiteten. Und es war Forschung am lebenden Fötus gewesen.

»Ich habe ihn im Inkubator gesehen, diesen kleinen Fötus. Weißt du, wie er ihn nannte? Er nannte ihn ›den Abort‹. Oh, ich finde es furchtbar, dir das zu erzählen, denn ich weiß, was dir der Gedanke an Little Chris bedeutet, ich weiß...«

Sie bemerkte nicht, wie er erschrak. Er hatte ihr nicht von Little Chris erzählt, hatte überhaupt niemandem diesen Kosenamen verraten, aber sie schien sich dessen überhaupt nicht bewußt zu sein, und so blieb er stumm sitzen und hörte ihr zu. Er wollte sie nicht unterbrechen; er wollte, daß sie weitersprach.

»Und dieses Ding war am Leben erhalten worden«, fuhr sie fort. »Nach einer Abtreibung im vierten Monat; und, weißt du, er war dabei, Methoden der Lebenserhaltung für noch jüngere Föten zu entwickeln. Er sprach davon, Embryonen gleich in Reagenzgläsern zu züchten und sie gar nicht erst in den Uterus zu pflanzen – und das alles nur, um ihre Organe zu ernten. Du hättest seine Argumente hören sollen: daß der Fötus eine entscheidende Rolle in der menschlichen Lebenskette spiele – ist das zu fassen? –, und jetzt kommt der schreckliche Teil, der wirklich schreckliche Teil, nämlich, daß das Ganze irgendwie absolut faszinierend war und daß ich hingerissen war. Ich sah die potentiellen Verwendungsmöglichkeiten, die er beschrieb. O Gott, was da alles möglich wurde, und was ich mit meinem Talent alles erreichen könnte!«

Er nickte. »Das kann ich mir vorstellen«, sagte er leise. »Ich sehe die entsetzliche, aber auch die verlockende Seite.«

Die Sonne ging auf. Sie schien auf die Dielen zu ihren Füßen, aber Rowan bemerkte es nicht einmal. Sie weinte wieder leise, und die

Tränen rannen ihr einfach über die Wangen, während sie sich mit dem Handrücken über den Mund wischte.

Sie erzählte, wie sie aus dem Labor weggelaufen, wie sie überhaupt vor der Forschung weggelaufen war, vor all dem, was sie dort vielleicht hätte erreichen können.

»Mein Selbstvertrauen als Chirurgin ist nichts im Vergleich zu dem, was ich im Labor aus mir hätte herausholen können. Und ich will dir noch etwas erzählen, etwas, das du deiner Hände und deiner Visionen wegen wahrscheinlich verstehen kannst, etwas, das ich einem anderen Arzt niemals erzählen würde, weil es keinen Sinn hätte. Wenn ich operiere, stelle ich mir vor, was ich tue. Das heißt, im Geiste habe ich ein detailliertes, multidimensionales Bild von der Wirkung meiner Aktionen. Als du tot an Deck des Bootes lagst und ich dich von Mund zu Mund beatmete, da sah ich deine Lunge, dein Herz, die Luft, die in deine Lunge strömte. Und als ich den Mann im Jeep umbrachte, als ich das kleine Mädchen tötete, da stellte ich mir zuerst vor, wie sie bestraft würden, ich stellte mir vor, wie sie Blut spuckten. Ich hatte damals nicht das nötige Wissen, um es mir genauer vorzustellen, aber es war dergleiche Prozeß, die gleiche Sache.«

»Aber sie können doch eines natürlichen Todes gestorben sein, Rowan.«

Sie schüttelte den Kopf. »Ich habe es getan, Michael. Und dieselbe Macht führt mich, wenn ich operiere. Und dieselbe Macht hat mich geführt, als ich dich gerettet habe.«

Er sagte nichts, wartete nur darauf, daß sie weiterredete. Das letzte, was er wollte, war ein Streit mit ihr.

»Niemand weiß von all dem«, sagte sie. »Ich habe hier in diesem leeren Haus gestanden und geweint und laut mit mir selbst gesprochen. Ellie war meine engste Freundin auf der Welt, und nicht einmal ihr hätte ich es erzählen können. Und was habe ich getan? Ich habe versucht, durch die Chirurgie zum Heil zu finden. Ich habe mich für die brutalste, direkteste Methode der Intervention entschieden. Aber alle erfolgreichen Operationen der Welt können mich nicht vergessen machen, wozu ich imstande bin. Ich habe Graham getötet.

Weißt du, in diesem Augenblick, als Graham und ich zusammen dort drinnen waren – ich glaube ... ich glaube, ich erinnerte mich da an Mary Jane auf dem Spielplatz, und ich glaube, ich erinnerte mich an den Mann im Jeep, und ich glaube, ich glaube, ich hatte tatsächlich die Absicht, diese Macht wieder zu benutzen. Erinnern kann ich mich nur an die Arterie: Ich sah sie platzen. Aber ich glaube, ich habe ihn absichtlich getötet. Ich wollte, daß er starb, damit er Ellie nicht weh tun konnte. Ich habe dafür gesorgt, daß er starb.«

Sie hielt inne, als sei sie sich dessen, was sie gerade gesagt hatte, nicht sicher oder als habe sie soeben erkannt, daß es wirklich die Wahrheit war.

»Als ich von der Kraft deiner Hände las«, sagte sie, »da wußte ich, daß es stimmte. Ich verstand es. Ich wußte, was du durchzumachen hattest. Es gibt Geheimnisse, die uns vom Rest der Welt trennen. Man kann von den anderen nicht erwarten, daß sie einem glauben, obwohl sie es in deinem Fall mit eigenen Augen gesehen haben. In meinem Fall darf es niemand sehen, denn es darf nie wieder passieren...«

»Ist es das, wovor du Angst hast? Daß es wieder passieren könnte?«

»Ich weiß es nicht.« Sie sah ihn an. »Ich denke an diese Toten, und die Schuld ist so furchtbar, daß ich kein Ziel und keine Absicht und keinen Plan habe. Sie steht zwischen mir und dem Leben. Und doch lebe ich, und ich lebe besser als irgend jemand, den ich kenne.« Sie lachte leise und verbittert. »Jeden Tag gehe ich in die Chirurgie. Mein Leben ist aufregend. Aber es ist nicht das, was es hätte sein können...« Wieder flossen ihre Tränen, und sie blickte ihn an, ohne ihn zu sehen.

»Ich wollte dir das alles erzählen«, sagte sie. Sie war verwirrt und unsicher. Ihre Stimme brach. »Ich wollte... bei dir sein und es dir erzählen. Vermutlich, weil ich dir das Leben gerettet habe; vielleicht hat das irgendwie...«

Jetzt konnte ihn nichts mehr daran hindern, zu ihr zu gehen. Langsam stand er auf und nahm sie in die Arme. Er hielt sie fest und küßte ihren seidigen Hals und ihre tränenbefleckten Wangen, küßte ihre Tränen. »Es war richtig so«, sagte er. Er löste sich von ihr, und ungeduldig zog er die Handschuhe aus und warf sie beiseite. Einen Moment lang schaute er auf seine Hände, und dann sah er sie an.

Ein Ausdruck unbestimmten Staunens lag in ihrem Blick, und ihre Tränen schimmerten im Licht des Feuers. Dann legte er ihr die

Hände auf den Kopf, fühlte ihr Haar, fühlte ihren Kopf und ihre Wangen, und er wisperte: »Rowan.« Und mit seiner Willenskraft befahl er all den willkürlichen, verrückten Bildern, zu verschwinden: Jetzt wollte er nur noch *sie* sehen, durch seine Hände. Und wieder erwachte dieses wunderbar umschlingende Gefühl, das schon im Auto gekommen und so schnell wieder verflogen war. Und mit einem Mal, als habe man ihm einen Schlag versetzt, kannte er sie, kannte die Ehrlichkeit ihres Lebens und seine Intensität, und er wußte, daß sie gut war, unbestreitbar gut. Auf die wirbelnden, wechselnden Bilder kam es nicht an. Sie entsprachen dem Ganzen, das er wahrnahm, und auf das Ganze, auf den Mut des Ganzen, kam es an.

Er schob die Hände unter ihren Mantel, berührte ihren schmalen, schlanken Körper, so heiß, so köstlich unter seinen nackten Fingern. Er senkte den Kopf und küßte die Spitzen ihrer Brüste. So allein, so voller Angst, aber auch so stark, so überaus unnachgiebig stark. »Rowan«, flüsterte er. »Rowan.«

Er fühlte, wie sie seufzend nachgab, einer gebrochenen Blume gleich, und mit dem wachsenden Verlangen verschwand aller Schmerz in ihr.

Er lag auf dem Teppich, den Kopf auf den linken Ellbogen gestützt; die rechte Hand hielt lässig eine Zigarette über den Aschenbecher, und neben ihm stand eine dampfende Tasse Kaffee. Inzwischen mußte es neun Uhr sein. Er hatte die Fluggesellschaft angerufen. Sie konnten ihm einen Platz in der Mittagsmaschine besorgen.

Stundenlang hatten sie miteinander geredet, nachdem sie sich zum zweitenmal geliebt hatten.

Sie hatten leise, ohne Hast, ohne emotionale Höhepunkte, über ihr Leben gesprochen. Sie hatte ihm von ihrer Kindheit in Tiburon erzählt, wo sie beinahe jeden Tag ihres Lebens mit dem Boot hinausgefahren war, und von den guten Schulen, die sie besucht hatte. Sie hatte ihm mehr aus ihrem leben als Medizinerin erzählt, von ihrer frühen Liebe zur Forschung und von den wilden, schrecklichen Träumen, die sie quälten und in denen es um eine Wissenschaft ging, die vor keiner Abscheulichkeit zurückschreckte. Dann war ihr Talent im Operationssaal entdeckt worden. Zweifellos war sie eine unglaublich gute Chirurgin. Sie hatte es nicht nötig, damit zu prahlen; sie beschrieb es einfach: die Erregung, die unmittelbare Genugtuung, und wie sie seit dem Tod ihrer Eltern, der Verzweiflung nahe, nur noch ans Operieren denken konnte, nur noch durch die Stationen wanderte, nur noch arbeitete.

Er hatte ihr kurz und ein wenig abschätzig von seiner eigenen Welt erzählt, und ihr sichtliches Interesse, die vielen Fragen, die sie stellte, hatten sein Herz erwärmt. »Arbeiterklasse«, hatte er gesagt. Wie neugierig sie gewesen war. Wie war es dort unten im Süden? Er hatte von den großen Familien erzählt, den pompösen Beerdigungen, dem kleinen Reihenhaus mit dem Linoleumboden, den Jalapen im briefmarkengroßen Garten. War es ihr wunderlich vorgekommen? Ein wenig kam es ihm selbst so vor, obgleich ihn die Erinnerung schmerzte, so sehr sehnte er sich danach, nach Hause zu kommen. »Es sind nicht nur die Visionen und das alles. Ich will wieder dorthin. Ich will wieder durch die Annunciation Street spazieren...«

»Ist das der Name der Straße, in der du großgeworden bist? Das klingt so schön.«

Er erzählte ihr nicht von dem Unkraut in der Gosse, von den Männern, die mit ihren Bierdosen draußen auf der Treppe gesessen hatten, von dem Geruch nach gekochtem Kohl, den man nie loswurde, von den Zügen, die am Ufer entlangdonnerten, daß die Fensterscheiben klapperten.

Über sein Leben hier zu sprechen, war ein wenig leichter gewesen – von Elizabeth und Judith zu erzählen, von der Abtreibung, die sein Leben mit Judith zerstört hatte; von den letzten paar Jahren mit ihrer seltsamen Leere und dem Gefühl, auf etwas zu warten, ohne zu wissen, auf was. Er erzählte von Häusern und von seiner Liebe zu ihnen; von den großartigen Queen-Anne- und Italianato-Häusern in San Francisco; von der Frühstückspension auf der Union Street, die er so gern betrieben hätte; und dann war er unversehens dazu übergegangen, von den Häusern zu reden, die er wirklich liebte: von den Häusern unten in New Orleans. Er verstand etwas vom Wesen dieser Häuser, denn Häuser waren mehr als nur Behausungen. Sie konnten einem die Seele stehlen.

Von so vielem hatten sie gesprochen, und jetzt lag er auf dem Teppich und dachte daran, wie gern er sie hatte und wie sehr ihn ihre Traurigkeit und ihre Einsamkeit beunruhigten, und wie sehr es ihm zuwider war, sie zu verlassen, und daß er nichtsdestoweniger wegfahren mußte.

Sein Kopf war bemerkenswert klar. So lange war er den ganzen Sommer über nicht mehr ohne einen Drink geblieben. Und das Gefühl, klar zu denken, gefiel ihm. Sie hatte ihm eben frischen Kaffee eingeschenkt, und er schmeckte gut. Die Handschuhe hatte er wieder angezogen, denn er bekam dauernd beliebige, dumme Bilder von allem, was er berührte – Graham, Ellie und Männer, viele verschiedene Männer, gutaussehende Männer, und allesamt Rowans Männer, das war mehr als deutlich. Er wünschte, es wäre anders gewesen.

Die Sonne brannte im Osten durch die Fenster. Er hörte Rowan in der Küche rumoren. Eigentlich, dachte er, sollte er aufstehen und ihr helfen, ganz gleich, was sie dazu sagte; aber sie hatte sich ziemlich überzeugend dagegen ausgesprochen: »Ich koche gern; es ist wie beim Operieren. Bleib du nur genau da, wo du bist.«

Sie war das erste in all den Wochen, dachte er, was ihm wirklich etwas bedeutete, was ihn von dem Unfall und von sich selbst ablenkte. Und es war eine solche Erleichterung, an jemand anderen als an sich selbst zu denken. Ja, wenn er es sich recht überlegte, dann hatte er sich sehr gut konzentrieren können, seit er hier war, auf ihre Gespräche und auf den Sex und auf ihr ganzes Wesen. Das war etwas ganz und gar Neues für ihn, denn in all den Wochen hatte ihn seine mangelhafte Konzentration – die Unfähigkeit, mehr als eine Seite in einem Buch zu lesen oder mehr als ein paar Augenblicke lang einem Film zu folgen – in beständige Erregung versetzt. Es war ebenso schlimm gewesen wie der permanente Schlafmangel.

Er erkannte, daß er noch niemals jemanden in solchem Tempo kennengelernt hatte, daß er noch niemals so schnell so tief gedrungen war. Es war wie das, was beim Sex passieren sollte, aber selten, wenn überhaupt, wirklich passierte. Aber wie konnte er fortfahren, sie kennenzulernen, sie vielleicht sogar zu lieben, und sich gleichzeitig um diese andere Sache kümmern, die er erledigen mußte? Denn eins war ihm klar: Er mußte immer noch nach Hause fahren und feststellen, was seine Aufgabe war.

Er mußte fort, und er wollte nicht. Und es machte ihn plötzlich so traurig, traurig und beinahe verzweifelt, als seien sie irgendwie verdammt, er und sie.

All die Wochen – wenn er sie nur hätte sehen, wenn er nur hätte bei ihr sein können. Und dann kam ihm eine ganz seltsame Idee. Wenn doch dieser gräßliche Unfall gar nicht erst passiert wäre und er sie an einem ganz gewöhnlichen Ort unter ganz gewöhnlichen Umständen kennengelernt hätte! Aber dies alles gehörte irgendwie zusammen, und ihre Seltsamkeit und ihre Stärke waren ein Teil davon. Ganz allein da draußen auf diesem großen, gräßlichen Kreuzer, just in dem Augenblick, als es dunkel wurde. Wer, zum Teufel, wäre sonst dagewesen? Wer, zum Teufel, sonst hätte ihn aus dem Wasser ziehen können? Ja, es war leicht zu glauben, was sie über ihre Entschlossenheit gesagt hatte, über ihre Fähigkeiten.

Als sie ihm die Rettungsaktion etwas detaillierter geschildert hatte, da hatte sie etwas Seltsames gesagt. Sie hatte gesagt, ein Mensch verliere in sehr kaltem Wasser beinahe sofort das Bewußtsein. Aber sie war hineingesprungen, und sie hatte das Bewußtsein nicht verloren. Und sie hatte nur gesagt: »Wie ich die Leiter erreicht habe, weiß ich nicht. Ehrlich nicht.«

»Glaubst du, es war diese Macht?« hatte er gefragt.

Sie hatte einen Moment nachgedacht. »Ja und nein«, hatte sie dann gesagt. »Ich meine, vielleicht war es bloß Glück.«

»Na, für mich war es jedenfalls Glück«, hatte er geantwortet und dabei ein außergewöhnliches Wohlgefühl empfunden; warum, das hätte er nicht genau sagen können.

Vielleicht wußte sie es, denn sie hatte gesagt: »Wir haben Angst vor dem, was uns anders sein läßt.« Und er hatte ihr zugestimmt.

»Aber viele Menschen haben solche Fähigkeiten«, sagte sie. »Wir wissen nicht, was sie sind oder wie man sie einordnen soll; aber sie sind zweifellos ein Teil dessen, was sich zwischen Menschen abspielt. Ich sehe es im Krankenhaus. Da gibt es Ärzte, die bestimmte Dinge wissen, und sie können dir nicht sagen, woher. Und es gibt Schwestern, denen es ähnlich geht. Ich könnte mir vorstellen, daß es Rechtsanwälte gibt, die unfehlbar wissen, wenn ein Klient schuldig ist oder daß die Geschworenen für oder gegen ihn stimmen werden; und sie können dir nicht sagen, woher sie das wissen.

Tatsache ist: Bei allem, was wir über uns lernen, bei allem, was wir klassifizieren und definieren, bleiben die Geheimnisse unermeßlich. Nimm nur die Genforschung. So vieles erbt ein menschliches Wesen – Schüchternheit ist erblich, die Vorliebe für eine bestimmte Seifenmarke kann erblich sein oder die Vorliebe für bestimmte Vornamen. Aber was erbt man sonst noch? Was für unsichtbare Kräfte übernimmt man von seinen Vorfahren? Deshalb finde ich es so frustrierend, daß ich meine Familie eigentlich nicht kenne. Ich weiß nicht das geringste über sie. Ellie war eine Großcousine dritten Grades. Ja, verflixt, das kann man ja kaum noch als Cousine bezeichnen...«

Ja, er hatte all dem beigepflichtet. Er hatte ein bißchen von seinem Vater und von seinem Großvater erzählt, und daß er mit den beiden mehr Ähnlichkeit habe, als er gern zugebe. »Aber man muß daran glauben, daß man sein Erbgut verändern kann«, hatte er gesagt. »Man muß glauben, daß man die Zutaten verzaubern kann. Wenn man das nicht kann, ist es hoffnungslos.«

»Aber natürlich kann man es«, hatte sie geantwortet. »Du hast es doch getan, oder nicht? Ich möchte gern glauben, daß ich es auch getan habe. Es klingt vielleicht verrückt, aber ich finde, wir sollten...«

»Sag's mir...«

»Wir sollten uns bemühen, vollkommen zu sein«, hatte sie leise gesagt. »Ich meine, warum nicht?«

Er zog an seiner Zigarette und überdachte das alles. Es wäre so herrlich, bei ihr zu bleiben. Wenn nur dieses Gefühl verschwinden wollte, daß er nach Hause fahren müsse.

»Leg noch ein Stück Holz aufs Feuer«, sagte sie und riß ihn aus seinen Gedanken. »Das Frühstück ist fertig.«

Sie schenkte ihnen beiden Kaffee und Orangensaft ein. Und fünf volle Minuten lang sagte er kein Wort, sondern aß. Noch nie war er so hungrig gewesen. Eine ganze Weile starrte er den Kaffee an. Nein, er wollte kein Bier, und er würde auch keins trinken. Er trank den Kaffee, und sie schenkte ihm nach.

»Das war einfach wundervoll«, sagte er.

»Bleib da«, sagte sie, »und ich koche dir Abendessen, und morgen früh gibt's wieder Frühstück.«

Er konnte nichts antworten. Er betrachtete sie eine Zeitlang und bemühte sich, einmal nicht nur Liebreiz und Verlockung zu sehen, sondern ihr Aussehen ganz nüchtern zu betrachten. Eine echte Blondine, dachte er, mit vollkommen glatter Haut, fast ohne Flaum auf Gesicht oder Armen. Und wunderbare aschblonde Augenbrauen und dunkle Wimpern, die ihre Augen um so grauer erscheinen ließen. Eigentlich hatte sie ein Gesicht wie eine Nonne. Nicht einmal ein Hauch von Make-up, und ihr breiter, voller Mund hatte irgendwie etwas Jungfräuliches an sich, wie die Münder kleiner Mädchen, bevor sie anfangen, Lippenstift zu tragen. Er wünschte, er könnte hier ewig mit ihr sitzen...

»Aber du wirst trotzdem abfahren«, stellte sie fest.

Er nickte. »Ich muß.«

Sie war nachdenklich. »Was ist mit den Visionen?« fragte sie. »Möchtest du darüber sprechen?«

Er zögerte. »Jedesmal, wenn ich versuche, sie zu beschreiben, endet es in Frustration«, erklärte er. »Na ja, und außerdem nervt es die Leute.«

»Mich wird es nicht nerven«, versprach sie. Sie schien jetzt ganz gefaßt zu sein. Die Arme verschränkt, das Haar hübsch zerzaust, den dampfenden Kaffee vor sich, so saß sie da. Sie hatte wieder mehr Ähnlichkeit mit der resoluten, kraftvollen Frau, die er am Abend zuvor kennengelernt hatte.

Er lehnte sich zurück und starrte einen Augenblick lang aus dem Fenster. Alle Segelboote der Welt waren in der Bay unterwegs. Und er sah die Möwen über den Hafen von Sausalito fliegen – wie winzige Papierfetzen.

»Ich weiß, daß mein Todeserlebnis sehr lange dauerte«, begann er, »und daß Zeit andererseits keine Rolle spielt.« Er sah sie an. »Du weißt, was ich meine. Wie damals in den Märchen, wenn jemand von Elfen angelockt wurde. Dann zog er los und verbrachte einen Tag bei den Elfen, aber wenn er in sein Dorf zurückkam, waren fünfzig Jahre vergangen.«

Sie lachte leise. »Ist das eine irische Geschichte?«

»Ja, von einer alten irischen Nonne hab' ich die gehört«, sagte er. »Sie hat uns die verfluchtesten Geschichten erzählt. Sie hat auch behauptet, es gäbe Hexen im Garden District von New Orleans, und die würden uns holen, wenn wir dort spazierengingen...«

Sie wartete.

»Es kamen viele Leute in den Visionen vor«, fuhr er fort. »Aber am deutlichsten erinnere ich mich an eine dunkelhaarige Frau. Ich kann mir jetzt nicht mehr vorstellen, wie sie aussah, aber ich weiß, daß sie mir vertraut war wie jemand, den ich mein Leben lang gekannt habe. Ich kannte ihren Namen, wußte alles über sie. Und ich weiß jetzt, daß ich von dir wußte. Ich kannte deinen Namen. Aber ich weiß nicht, ob das vielleicht nur eine Ahnung war, kurz bevor ich von dir gerettet wurde.« Ja, das war wirklich rätselhaft, dachte er.

»Weiter.«

»Ich glaube, ich hätte zurückkommen und weiterleben können, selbst wenn ich mich geweigert hätte, zu tun, was sie von mir wollten. Aber ich wollte diese Mission sozusagen annehmen. Ich wollte den Auftrag erfüllen. Und es schien... es schien, daß alles, was sie von mir wollten, alles, was sie mir offenbarten, irgendwie mit meiner Vergangenheit zu tun hatte, mit dem, was ich gewesen war. Kannst du mir folgen?«

»Sie hatten einen bestimmten Grund, dich auszuwählen.«

»Genau. Ich war derjenige, weil ich war, wer ich war. Ich weiß, es klingt wie das Gerede eines Schizophrenen, der Stimmen hört, die ihm auftragen, die Welt zu retten. Aber genau so war es.«

»Und woran kannst du dich sonst noch erinnern?«

Er zögerte.

»Da war etwas mit einer Pforte oder einer Tür«, sagte er. »Ich könnte schwören... Aber ich weiß es einfach nicht mehr. Meine Erinnerung wird immer brüchiger. Aber ich weiß, daß eine Zahl im Spiel war. Und ein Edelstein. Ein wunderschöner Edelstein. Aber beschwören könnte ich nicht einmal das. Es ist inzwischen eher so etwas wie ein Glaube geworden. Ich glaube, daß alle diese Dinge in meinen Visionen vorkamen. Und das Ganze hat damit zu tun, daß ich nach Hause fahren muß, daß ich dort etwas ungeheuer Wichtiges erledigen muß. New Orleans ist ein Teil davon, und auch diese Straße, in der ich als Kind spazierenging.«

»Eine Straße?«

»Die First Street. Ein wunderschönes Stück, von der Magazine Street in der Gegend, wo ich aufgewachsen bin, bis hinüber zur St. Charles Avenue. Ungefähr fünf Blocks, in einem alten Teil der Stadt, der Garden District heißt.«

»Wo die Hexen wohnen«, sagte sie.

»Ja, richtig, die Hexen vom Garden District«, sagte er grinsend. »Sagte jedenfalls Schwester Bridget Marie.«

»Ist es eine düstere Hexengegend, diese Straße?« fragte sie.

»Nein, das eigentlich nicht«, antwortete er. »Aber es ist wie ein dunkles Waldstück mitten in der Großstadt. Große Bäume, Bäume, wie du sie dir nicht vorstellen kannst. Und die Häuser sind Stadthäuser, weißt du – dicht am Gehweg, aber so groß und mit einem großen Garten drumherum. Und da ist dieses eine Haus, das Haus, an dem ich immer vorbeikam, ein hohes, schmales Haus. Ich blieb jedesmal stehen und schaute es mir an, schaute mir den Eisenzaun an. Da ist ein Rosenmuster in dem Eisenzaun. Das sehe ich jetzt immer wieder – seit dem Unfall –, und dann denke ich immer, ich muß zurück, weißt du, ganz dringend. Sogar jetzt, während ich hier sitze, habe ich ein schlechtes Gewissen, weil ich nicht im Flugzeug bin.«

Ein Schatten flog über ihr Gesicht. »Ich möchte, daß du eine Weile hierbleibst.« Ihre wunderbare dunkle rauchige Stimme. »Aber es ist nicht nur, daß ich es möchte. Du bist nicht gut in Form. Du brauchst Ruhe, und zwar richtige Ruhe ohne Alkohol.«

»Du hast recht, aber es geht nicht, Rowan. Ich kann diese Spannung nicht erklären, aber ich werde sie spüren, bis ich zu Hause bin.« Er lachte. »Ich bin zu lange im Exil gewesen. Das wußte ich schon vor dem Unfall. An jenem Morgen – es war wirklich zu komisch, aber ich bin aufgewacht und dachte an zu Hause. Ich dachte daran, wie wir alle zur Golfküste hinunterfuhren; es war warm, als die Sonne unterging, richtig warm...«

»Kannst du denn das Trinken lassen, wenn du hier wegfährst?«

Er seufzte, und mit Absicht schenkte er ihr sein strahlendstes Lächeln – die Sorte, die ihm in der Vergangenheit immer die besten Dienste geleistet hatte – und zwinkerte ihr zu. »Willst du irische Sprüche hören, Lady, oder die Wahrheit?«

»Michael...« Es lag nicht nur Mißbilligung in ihrer Stimme; es war Enttäuschung.

»Ich weiß, ich weiß«, sagte er. »Alles, was du sagst, stimmt. Schau, du weißt nicht, was du für mich getan hast – allein dadurch, daß du mich aus diesem Haus geholt und mir zugehört hast. Ich will ja tun, was du sagst...«

»Erzähle mir mehr von diesem anderen Haus«, sagte sie.

Wieder wurde er nachdenklich, ehe er antwortete. »Es war der ›Greek Revival‹-Stil – aber es war doch anders. Es hatte Veranden vorn und an den Seiten, echte New-Orleans-Veranden. Es ist schwer, ein solches Haus jemandem zu beschreiben, der noch nie in New Orleans gewesen ist. Hast du schon mal Bilder gesehen...?«

Sie schüttelte den Kopf. »Das war ein Thema, über das Ellie nicht reden konnte.«

»Das klingt bitter, Rowan.«

Sie zuckte die Achseln.

»Nein, wirklich.«

»Ellie wollte gern glauben, daß ich ihre Tochter sei. Wenn ich nach meinen biologischen Eltern fragte, glaubte sie, ich sei unglücklich, und sie liebe mich nicht genug. Es war sinnlos, zu versuchen, ihr diese Gedanken auszureden.« Sie trank einen Schluck Kaffee. »Bevor sie das letztemal ins Krankenhaus kam, verbrannte sie alles, was in ihrem Schreibtisch war. Ich hab's gesehen. Sie hat alles da im Kamin verbrannt. Photos, Briefe, alles. Sie wußte, daß sie nicht zurückkommen würde.« Sie schwieg und goß ihnen beiden noch Kaffee ein. »Und als sie dann gestorben war, konnte ich nicht einmal die Adresse ihrer Verwandten dort unten finden. Ihr Anwalt hatte nicht die kleinste Information. Sie hatte ihm gesagt, sie wolle nicht, daß man mit irgend jemandem dort unten Kontakt aufnehme. Alles Geld ging an mich. Aber sie hat die Verwandten in New Orleans immer besucht. Sie hat sie angerufen. Ich habe das nie ganz begriffen.«

»Das ist traurig, Rowan.«

»Aber jetzt haben wir genug von mir geredet. Zurück zu dem Haus. Wieso erinnerst du dich jetzt daran?«

»Oh, die Häuser dort sind nicht wie die Häuser hier«, sagte er. »Jedes Haus hat seine Persönlichkeit, seinen Charakter. Und dieses... nun, es ist düster und massiv, auf eine prachtvolle Weise dunkel. Es steht an der Ecke; ein Teil stößt an den Gehweg der Seitenstraße. Weiß Gott, ich habe dieses Haus geliebt. Ein Mann wohnte da, ein Mann, der geradewegs aus einem Roman von Dickens zu stammen schien, das schwöre ich: groß und irgendwie der vollendete Gentleman, wenn du weißt, was ich meine. Ich sah ihn immer im Garten stehen...« Er stockte. Irgend etwas war ihm jetzt ganz nah, irgend etwas entscheidend Wichtiges...

»Was ist?«

»Nur wieder dieses Gefühl, daß alles das mit ihm und diesem Haus zu tun hat.« Ein Schauder überlief ihn, als friere er, aber er fror nicht. »Ich durchschaue es nicht«, sagte er. »Aber ich weiß, daß der Mann etwas damit zu tun hat. Ich glaube, sie wollten nicht, daß ich es vergesse, die Leute, die ich in den Visionen gesehen habe. Ich glaube, sie wollten, daß ich schnell etwas unternehme, weil etwas geschehen wird.«

»Was könnte das sein?« fragte sie behutsam.

»Irgend etwas in diesem Haus.«

»Warum sollten sie wollen, daß du zu diesem Haus zurückgehst?« Auch diese Frage kam sanft, nicht herausfordernd.

»Weil es in meiner Macht steht, dort etwas zu tun. Es steht in meiner Macht, etwas zu bewirken.« Er schaute auf seine Hände, die in ihren schwarzen Handschuhen so unheimlich aussahen. »Was meinst du? Bin ich wahnsinnig?«

Sie schüttelte den Kopf. »Dazu klingt alles zu spezifisch.«

»Spezifisch?« Er lachte verblüfft auf. So etwas hatte in all den Wochen noch niemand zu ihm gesagt.

»Hast du in den letzten Jahren oft an dieses Haus gedacht?«

»Fast nie«, sagte er. »Vergessen hatte ich es nicht, aber ich habe auch nie viel daran gedacht. Oh, dann und wann – vermutlich, wenn ich an den Garden District dachte – habe ich auch an das Haus gedacht. Man könnte sagen, es hat mir immer wieder im Kopf herumgespukt.«

»Aber zur Besessenheit wurde es erst nach den Visionen.«

»Ohne Zweifel. Ich habe noch andere Erinnerungen an zu Hause, aber die Erinnerung an das Haus ist am intensivsten.«

Sie sah ihn an, als höre sie weiter zu, obwohl er verstummt war. Er dachte an die seltsam schwebenden Mächte und daran, wie sie alles restlos verwirrten, statt es zu klären.

»Also, was stimmt nicht mit mir?« fragte er. »Ich meine, du als Ärztin, als Neurologin – was meinst du? Was sollte ich tun?«

Sie versank in Gedanken, stumm, regungslos, die großen grauen Augen starr auf einen Punkt hinter der Scheibe gerichtet, die langen schlanken Arme wieder verschränkt. Schließlich sagte sie: »Ja, du solltest wieder hinfahren; daran ist kein Zweifel. Du wirst nicht ruhen, bevor du es getan hast. Geh und suche das Haus. Wer weiß – vielleicht ist es gar nicht mehr da? Oder du spürst nichts Besonderes, wenn du es schließlich siehst. Jedenfalls solltest du nachsehen. Vielleicht gibt es ja eine psychologische Erklärung für diese fixe Idee von dir, wenn man es so nennen will – aber ich glaube es nicht. Ich glaube, du hast wirklich etwas gesehen, und du bist irgendwo gewesen. Nur interpretierst du das Ganze vielleicht falsch.«

»Viel Handfestes habe ich nicht«, gab er zu. »Das stimmt.«

»Glaubst du, daß sie den Unfall verursacht haben?«

»O Gott, darauf bin ich eigentlich noch nie gekommen.«

»Nicht?«

»Ich meine, ich dachte – na ja, der Unfall passierte, und sie waren da, und plötzlich ergab sich die Gelegenheit. Der Gedanke, daß sie es verursacht hätten, wäre furchtbar... Das würde die Sache ändern, nicht wahr?«

»Ich weiß nicht. Mich stört folgendes: Wenn sie mächtig sind – wer oder was immer sie sein mögen –, wenn sie dir einen Auftrag geben konnten, wenn sie dich da draußen, als du hättest sterben müssen, am Leben erhalten konnten, wenn sie deine Rettung bewirken konnten – na, warum könnten sie dann nicht auch den Unfall verursacht haben, und warum könnten sie jetzt nicht auch für deinen Gedächtnisverlust verantwortlich sein?«

»Das ist ein furchtbarer Gedanke«, flüsterte er. Sie wollte weitersprechen, aber mit einer kleinen, höflichen Geste bat er sie, zu schweigen. Er bemühte sich, Worte für das zu finden, was er ihr sagen wollte. »Meine Vorstellung von ihnen ist eine andere«, erklärte er schließlich. »Ich habe vertrauensvoll geglaubt, daß sie in einem anderen Reich existieren, und das gilt spirituell wie physisch. Daß sie...«

»Höhere Wesen sind?«

»Ja. Und daß sie nur zu mir kommen, von mir wissen, sich für mich interessieren konnten, als ich ihnen nahe war. Zwischen Leben und Tod. Es war etwas Mystisches, das meine ich. Aber ich wünschte, ich könnte ein anderes Wort dafür finden. Es war eine Kommunikation, zu der es nur kommen konnte, weil ich physisch tot war.«

Sie wartete.

»Ich will damit sagen, sie sind eine andere Spezies von Lebewesen. Sie könnten einen Menschen nicht von den Klippen fallen und im Meer ertrinken lassen. Denn wenn sie so etwas in der materiellen Welt tun könnten – na, wozu brauchten sie dann mich?«

»Ich verstehe, was du meinst«, sagte sie. »Nichtsdestoweniger...«

»Was?«

»Du nimmst an, daß es höhere Wesen sind. Du sprichst von ihnen, als wären sie gut. Du nimmst an, daß du tun solltest, was sie von dir wollen.«

Wieder war er sprachlos. »Du hast recht«, sagte er schließlich. »Ich habe das alles angenommen. Aber weißt du, Rowan, es ist eine Frage des Eindrucks. Als ich aufwachte, hatte ich den Eindruck, daß sie gut waren und daß der Auftrag etwas war, wozu ich mich bereit erklärt hatte. Und ich habe diese Annahmen seither nicht in Frage gestellt. Du aber meinst, ich sollte es vielleicht tun.«

»Ich könnte mich irren. Und vielleicht sollte ich gar nichts sagen. Aber du erinnerst dich, was ich dir über Chirurgen gesagt habe: Wir stürzen uns kopfüber auf ein Problem, und zwar nicht mit der Faust, sondern mit dem Messer.«

Er lachte. »Du weißt nicht, wieviel es mir bedeutet, nur darüber reden zu können, laut darüber nachzudenken.« Aber dann wurde sein Gesicht ernst, denn es war äußerst verstörend, so darüber zu reden, und das wußte sie.

»Da ist noch etwas«, sagte sie.

»Was denn?«

»Immer wenn du über die Kraft in deinen Händen sprichst, sagst du, es sei nicht so wichtig. Wichtig, sagst du, sind die Visionen. Warum kann beides nicht zusammenhängen? Warum glaubst du nicht, daß die Leute in den Visionen deinen Händen diese Kraft verliehen haben?«

»Ich weiß nicht. Es stimmt irgendwie nicht. Diese Kraft ist eher eine Ablenkung. Ich meine, die Leute um mich herum wollen, daß ich sie benutze, und wenn ich mich darauf einlassen würde, käme ich nie nach Hause.«

»Aha. Und wenn du das Haus wiedersiehst, wirst du es mit bloßen Händen berühren?«

Er dachte eine ganze Weile nach. Er mußte zugeben, daß er sich das so konkret noch nicht überlegt hatte. Er hatte eher an eine unmittelbare, wundersame Klärung der Dinge gedacht. »Ja. Höchstwahrscheinlich. Ich werde das Tor anfassen, wenn ich kann. Ich werde die Treppe hinaufgehen und die Haustür anfassen.«

Warum erschreckte ihn dieser Gedanke? Das Haus zu sehen, bedeutete etwas Wundervolles, aber es anzufassen... Er schüttelte den Kopf, verschränkte die Arme und lehnte sich auf dem Stuhl zurück. Das Tor berühren. Die Tür berühren...

Sie schwieg, offenbar ratlos, vielleicht sogar besorgt. Er betrachtete sie eine ganze Weile und dachte daran, wie sehr es ihm zuwider war, wegzugehen.

»Geh noch nicht so bald, Michael«, sagte sie plötzlich.

»Rowan, ich möchte dich etwas fragen«, sagte er. »Dieses Papier, das du da unterschrieben hast, dieses Versprechen, niemals nach New Orleans zu fahren... glaubst du an so etwas? Ich meine, glaubst du an die Gültigkeit dieses Versprechens an Ellie, selbst wenn sie tot ist?«

»Natürlich«, antwortete sie dumpf, beinahe traurig. »Und du glaubst auch daran.«

»Ich?«

»Du bist ein ehrenhafter Mensch. Du bist das, was wir so vielsagend einen netten Kerl nennen.«

»Okay. Ich hoffe, das stimmt. Und ich habe meine Frage falsch gestellt. Was ich eigentlich fragen wollte, ist: Besteht die Chance, daß du mitkommst?«

Schweigen.

»Ich weiß, es klingt anmaßend«, fuhr er fort. »Ich weiß, daß ich nicht der erste Mann in diesem Hause bin. Ich meine, ich bin nicht das Licht deines Lebens, und ich...«

»Hör auf. Ich könnte mich in dich verlieben, und das weißt du.«

»Na, dann hör dir an, was ich zu sagen habe, denn es geht um dich und mich. Und vielleicht habe ich schon... na ja, ich... Ich meine, wenn du hinwillst, wenn du zurückfahren willst, um zu sehen, wo du zur Welt gekommen bist und wer deine Eltern waren... Ja, warum, zum Teufel, kommst du dann nicht einfach mit?« Seufzend schob er die Hände in die Hosentaschen. »Vermutlich wäre das ein schrecklich großer Schritt für dich, nicht? Und es ist die reine Selbstsucht von mir. Ich möchte einfach, daß du mitkommst. Ein netter Kerl, wahrhaftig.«

Wieder starrte sie regungslos in die Ferne, den Mund fest zusammengepreßt. Und er sah, daß sie wieder den Tränen nahe war. »Ich würde es gern tun«, sagte sie, und ihre Augen verschwammen.

»Gott, Rowan, es tut mir leid. Ich hatte kein Recht zu dieser Frage.«

Sie schaute weiter aufs Wasser hinaus, als könne sie vorläufig nur auf diese Weise die Fassung behalten. Aber sie weinte, und er sah die winzigen Bewegungen in ihrem Hals, als sie schluckte, sah die Anspannung in ihren Schultern. Der Gedanke durchzuckte ihn, daß sie so allein war wie niemand sonst, den er je gekannt hatte.

»Rowan...«

»Michael«, flüsterte sie. »Mir tut es leid, mir. Ich bin diejenige, die dir in die Arme gefallen ist. Jetzt hör auf, dir um mich Sorgen zu machen.«

»Nein, sag das nicht.« Er wollte aufstehen, um sie wieder in den Arm zu nehmen, aber sie ließ es nicht zu. Sie langte über den Tisch nach seiner Hand und hielt sie fest.

»Wovor hast du in Wirklichkeit Angst?« fragte er.

Ihre Antwort war ein Flüstern, so leise, daß er es kaum verstehen konnte. »Daß ich böse bin, Michael, ein böser Mensch, ein Mensch, der wirklich Unheil anrichten kann. Ein Mensch mit einem furchtbaren Potential zum Unheil.«

»Rowan, es war keine Sünde, daß du versucht hast, ein besserer Mensch als Ellie oder Graham zu sein. Und es ist keine Sünde, sie wegen deiner Einsamkeit zu hassen, dafür, daß sie dich isoliert von allen Blutsbanden aufgezogen haben, die du vielleicht hast.«

»Das weiß ich alles, Michael.« Sie lächelte ein warmes, süßes Lächeln voller Dankbarkeit und stiller Einsicht, aber sie vertraute dem, was er gesagt hatte, nicht. Sie spürte, daß er es nicht vermocht hatte, etwas Entscheidendes über sie zu sagen, und er wußte es. Sie spürte, daß er gescheitert war, wie er am Abend zuvor an Deck des Bootes gescheitert war. Sie schaute auf das tiefblaue Wasser hinaus und sah ihn dann wieder an.

»Rowan, ganz gleich, was in New Orleans passiert, wir werden uns wiedersehen, du und ich, und zwar bald. Ich könnte jetzt auf einen Stapel Bibeln schwören, daß ich zurückkommen werde, aber in Wahrheit glaube ich, daß ich es nicht tun werde. Als ich die Liberty Street verließ, wußte ich, daß ich dort nicht wieder wohnen würde. Aber wir werden uns irgendwo wiedersehen, Rowan. Und wenn du keinen Fuß nach New Orleans setzen kannst, dann such dir irgendeinen Ort aus und sag nur ein Wort: Ich werde kommen.«

Sie wollte ihn zum Flughafen fahren, aber er bestand darauf, ein Taxi zu nehmen. Die Fahrt war zu weit, und sie war müde, das wußte er. Sie brauchte ihren Schlaf.

Er duschte und rasierte sich. Jetzt hatte er seit fast zwölf Stunden nichts mehr getrunken. Erstaunlich.

Als er herunterkam, saß sie mit gekreuzten Beinen auf der Kaminbank. Sie sah sehr hübsch aus in ihrer weißen Hose und einem dieser riesigen dicken Strickpullover, in denen sie fast ertrank und die sie schmalgliedrig und langbeinig und zierlich wie ein Reh aussehen ließen. Sie duftete schwach nach einem Parfüm, dessen Namen er einmal gekannt hatte und das er immer noch liebte.

Er küßte sie auf die Wange und hielt sie dann lange im Arm. Achtzehn Jahre, vielleicht mehr, trennten ihn von ihr, und dieser Altersunterschied war ihm schmerzlich bewußt; er fühlte ihn, als er mit den Lippen über ihre feste, glatte Wange strich.

Dann trat sie einen Schritt zurück, schob die Hände in die Taschen und schaute ihn mit leicht gesenktem Kopf an. »Betrinke dich nicht wieder, Michael«, sagte sie.

»Jawohl, Doc.« Er lachte. »Ich könnte jetzt hier stehen und ein Gelübde ablegen, Honey, aber in dem Augenblick, in dem die Stewardeß mich fragend anblickt...«

»Michael, trinke nicht im Flugzeug, und trinke nicht, wenn du dort bist. Du wirst von Erinnerungen bombardiert werden. Du wirst meilenweit von jedem weg sein, den du kennst...«

Er schüttelte den Kopf. »Du hast recht, Doc. Ich werde mich vorsehen. Ich komme schon zurecht.«

Er ging zu seinem Koffer, nahm seinen Sony-Walkman aus der äußeren Tasche und vergewisserte sich, daß er für den Flug ein Buch eingesteckt hatte.

»Vivaldi«, sagte er und schob den Walkman mit den winzigen Ohrhörern in seine Jackentasche. »Und mein Dickens. Ich werde verrückt, wenn ich ohne die beiden fliege. Besser als Valium und Wodka, das schwöre ich.«

Sie lächelte ihn an, ein exquisites Lächeln, und dann mußte sie lachen. »Vivaldi und Dickens«, flüsterte sie. »Was für eine Vorstellung.«

Er zuckte die Achseln. »Wir haben alle unsere Schwächen«, sagte er. »Gott, warum fahre ich einfach so weg? Bin ich verrückt?«

»Wenn du mich heute abend nicht anrufst...«

»Ich rufe dich an, früher und öfter, als dir wahrscheinlich lieb ist.«

»Das Taxi ist da«, sagte sie.

Er nahm sie in die Arme, küßte sie, preßte sie an sich. Und einen Moment lang konnte er sich fast nicht von ihr lösen. Er dachte wieder an das, was sie gesagt hatte – daß *sie* den Unfall und seinen Gedächtnisverlust verursacht hätten –, und eine dunkle Kälte durchrieselte ihn, beinahe echte Angst. Was wäre, wenn er einfach alles vergäße, für immer? Wenn er einfach bei ihr bliebe? Es erschien ihm wie eine Möglichkeit, gleichsam wie eine letzte Chance.

»Ich glaube, ich liebe dich, Rowan Mayfair«, flüsterte er.

»Ja, Michael Curry«, sagte sie. »Ich glaube, dasselbe könnte ich in diesem Augenblick auch sagen.«

Sie schenkte ihm noch ein sanftes, strahlendes Lächeln, und in ihren Augen sah er all die Kraft, die er in den letzten Stunden so verführerisch gefunden hatte, und auch all die Zärtlichkeit und Trauer.

Erst als er darauf wartete, an Bord des Flugzeugs zu gehen, fiel ihm etwas ein, etwas, woran er bis jetzt nicht den geringsten Gedanken verschwendet hatte.

Dreimal hatte er in den letzten Stunden mit ihr geschlafen, ohne die üblichen Maßnahmen zur Empfängnisverhütung zu treffen. Nicht einmal gedacht hatte er an die Präservative, die er in der Brieftasche bei sich trug, und sie hatte er auch nicht gefragt. Seit vielen Jahren war es das erstemal, daß er so etwas versäumt hatte.

Um Himmels willen, sie war schließlich Ärztin. Sicher hatte sie in der Sache vorgesorgt. Aber vielleicht sollte er sie doch anrufen. Es würde sowieso nichts schaden, ihre Stimme zu hören. Er klappte seinen *David Copperfield* zu und sah sich nach einem Telephon um.

Dann sah er den Mann, diesen Engländer mit dem weißen Haar und dem Tweedanzug. Er saß nur ein paar Reihen weiter mit Aktenkoffer und Regenschirm, eine gefaltete Zeitung in der Hand.

O nein, dachte Michael verzweifelt und setzte sich wieder. Das hat mir noch gefehlt, daß ich ihm jetzt über den Weg laufe.

Der Flug wurde aufgerufen. Michael beobachtete besorgt, wie der Engländer aufstand, seine Sachen nahm und zum Gate ging.

Wenig später blickte der alte Gentleman nicht einmal auf, als Michael an ihm vorbeiging und einen Fensterplatz am hinteren Ende der Ersten Klasse einnahm. Der alte Knabe hatte bereits seinen Aktenkoffer aufgeklappt und schrieb – anscheinend sehr schnell – in ein großes, ledergebundenes Buch.

Michael bestellte sich seinen Bourbon und ein eiskaltes Bier, bevor das Flugzeug in der Luft war. Als sie in Dallas zu einem vierzigminütigen Aufenthalt landeten, war er beim sechsten Bier und im siebten Kapitel von *David Copperfield*, und den Engländer hatte er vollkommen aus seinem Gedächtnis gestrichen.

7

Er hatte den Taxifahrer unterwegs anhalten lassen und sich, schon selig von der warmen Sommerluft, ein Sechserpack gekauft, und als sie jetzt den Freeway verließen und in die vertraute, unvergeßliche Schmuddeligkeit der unteren St. Charles Avenue einbogen, hätte Michael am liebsten geweint beim Anblick der schwarzborkigen Eichen mit ihrem dunklen Laub und der langen, schmalen Straßenbahn, die genauso, wie er sie in Erinnerung hatte, dröhnend und ratternd auf ihrem Gleis dahinfuhr.

Selbst in dieser Gegend, mitten zwischen häßlichen Hamburgerbuden und schmierigen Holzkneipen und neuen Apartmenthäusern, die über verbretterten Ladenfassaden und verlassenen Tankstellen aufragten, war es seine alte, blühende Stadt mit ihrer sanften Schönheit. Er liebte sogar das Unkraut, das aus den Ritzen wucherte.

»Schauen Sie sich das an!« sagte er zu dem Fahrer, der ununterbrochen von der Verbrechensrate und von den schlimmen Zeiten hier redete. »Der Himmel ist violett, er ist so violett, wie ich ihn in Erinnerung habe, und verdammt – all die Jahre da draußen habe ich gedacht, ich hätte mir alles nur eingebildet, ich hätte den Himmel in meiner Phantasie buntgemalt, verstehen Sie?«

Der Fahrer lachte. »Yeah, schön, der Himmel ist lila, das könnte man wohl sagen, schätze ich.«

»Verdammt, ja, das ist er«, sagte Michael. »Sie sind zwischen der Magazine Street und dem Fluß geboren, nicht wahr? Den Tonfall erkenne ich überall.«

Michael schloß die Augen. Sogar die endlosen Tiraden des Taxifahrers waren Musik. Aber hiernach, nach dieser duftenden, alles umarmenden Wärme, hatte er sich von ganzem Herzen gesehnt.

»Oh, ich sage Ihnen, niemand hat das Recht, so glücklich zu sein, wie ich es jetzt bin«, sagte Michael. »Niemand. Schauen Sie, die Bäume.« Er öffnete die Augen und blickte hinauf in die schwarzen, krausen Äste.

»Wo, zum Teufel, sind Sie denn gewesen, Sohn?« fragte der Taxifahrer. Er war ein kleiner Mann mit einer Schirmmütze auf dem Kopf, und sein Ellbogen lag auf der Fensterkante.

»Oh, ich war in der Hölle, mein Freund, und ich will Ihnen etwas über die Hölle erzählen. Da ist es nicht heiß. Es ist kalt. Hey, schauen Sie, da ist das Pontchartrain Hotel, und es ist immer noch wie früher, verdammt, es ist immer noch wie früher.« Genaugenommen sah es allenfalls noch eleganter und vornehmer aus als in den alten Zeiten. Es hatte hübsche blaue Markisen, und eine Abteilung Portiers und Pagen stand vor den Glastüren.

Michael konnte kaum noch stillsitzen. Er wollte aussteigen, zu Fuß gehen, das alte Pflaster betreten. Aber er hatte dem Fahrer gesagt, er solle ihn zunächst zur First Street bringen, und sie würden nachher zum Hotel zurückfahren, und um der First Street willen konnte er es noch abwarten.

Er trank eben sein zweites Bier leer, als sie bei der Ampel an der Jackson Street ankamen, und von da an änderte sich alles. Michael hatte den Übergang so dramatisch nicht in Erinnerung, aber die Eichen waren hier höher und unendlich viel dichter, an die Stelle der Apartmenthäuser traten die weißen Villen mit den korinthischen Säulen, und die ganze schläfrige Dämmerwelt lag plötzlich unter einem Schleier von sanftem, leuchtendem Grün. Eisenzäune sicherten Rasen und Gärten. »O Gott, ich bin zu Hause!« wisperte er.

Bei der Landung hatte er erst bedauert, daß er so betrunken war – es war einfach zu mühsam, mit dem Koffer zurechtzukommen und ein Taxi zu finden –, aber inzwischen war er darüber hinaus. Als das Taxi an der First Street links einbog und in den dunklen, laubgrünen Kern des Garden District eindrang, geriet er in Ekstase.

»Ist Ihnen klar, daß es genauso ist wie früher?« fragte er den Fahrer. Eine ungeheure Dankbarkeit durchströmte ihn. Er reichte ein frisches Bier nach vorn, aber der Fahrer winkte lachend ab.

»Später, mein Sohn«, sagte er. »Wohin soll's jetzt gehen?« Wie in

Zeitlupe glitten sie an den wuchtigen Villen vorbei. Michael schien es wie ein Traum. Er sah backsteingepflasterte Gehwege und die hohe, steife Magnolia grandiflora mit ihren glänzenden Blättern.

»Fahren Sie einfach, ganz langsam, lassen Sie den Burschen da überholen... ja, ganz langsam, bis ich Stop sage.«

Der Taxifahrer fing wieder an zu reden. Eigentlich hatte er nie aufgehört. Jetzt redete er von der Redemptoristengemeinde, wie sie früher gewesen war und wie heruntergekommen heute. Ja, Michael wollte die alte Kirche sehen. »Ich war Meßdiener in St. Alphonsus«, sagte er.

Aber das war nicht wichtig, das konnte warten bis in Ewigkeit. Denn als er aufblickte, sah er das Haus.

Er sah seine lange dunkle Flanke, die sich von der Straßenecke aus ins Hinterland erstreckte; er sah den unverwechselbaren Eisenzaun mit dem Rosenmuster; er sah die Eichen, die das Haus bewachten, die Mammutäste ausgestreckt wie mächtige, beschützende Arme.

»Das ist es«, sagte er, und seine Stimme senkte sich besinnungslos, atemlos, zu einem Flüstern. »Fahren Sie rechts ran. Halten Sie.« Er nahm das Bier mit und stieg aus, und er ging bis zur Straßenecke, so daß er dem Haus diagonal gegenüberstand.

Es war, als habe sich Schweigen über die Welt gesenkt. Zum erstenmal hörte er die Zikaden singen; ihr dunkler, mahlender Gesang erhob sich ringsumher, daß die Schatten selbst zum Leben zu erwachen schienen. Und dann ertönte ein anderes Geräusch, das er ganz vergessen hatte: der schrille Schrei der Vögel.

Es klingt wie im Wald, dachte er, als er die düsteren, einsamen Galerien anschaute, verhüllt von früh einsetzender Dunkelheit. Kein einziges Licht schimmerte hinter den hohen, schmalen, zahlreichen hölzernen Blendläden.

Der Himmel spannte sich glasig glänzend über dem Dach, von sanftem Violett und Gold durchzogen. Er ließ noch die hinterste Säule der zweiten Galerie hoch oben kraß und schön hervortreten, und ebenso die Ranken der Bougainvillea, die üppig vom Dach herunterwölkten. Trotz des Zwielichts sah er die purpurnen Blüten. Und er konnte das alte Rosenmuster im Zaun verfolgen. Er konnte die Kapitelle der Säulen erkennen, die kuriose Italianaten-Mischung aus dorischen Kapitellen für die Seiten, ionischen für die unteren, vorgesetzten und korinthischen für die oberen Säulen.

Mit einem langen, trauervollen Seufzer atmete er ein. Wieder verspürte er ein unaussprechliches Glück, aber es war mit Trauer gemischt, und er wußte nicht genau, warum. All die langen Jahre, dachte er müde und trotz all seiner Freude. Die Erinnerung hatte nur in einer Hinsicht getrogen, dachte er. Das Haus war größer, viel größer als in seiner Erinnerung. Alle diese alten Häuser waren größer; der Maßstab von allem hier schien einen Augenblick lang fast unvorstellbar.

Und doch hatte alles eine atmende, pulsierende Geschlossenheit – das weich wuchernde Laub hinter dem rostigen Eisenzaun, das mit der Dunkelheit verschmolz, das Singen der Zikaden, die dichten Schatten unter den Eichen.

»Das Paradies«, wisperte er. Er starrte hinauf zu den winzigen grünen Farnkräutern, die auf den Eichenästen wuchsen, und die Tränen stiegen ihm in die Augen. Die Erinnerung an die Visionen kam gefährlich nahe; sie streifte ihn wie ein dunkler Flügel. *Ja, das Haus, Michael.*

Wie angewurzelt stand er da, und die Bierdose lag kalt in seiner behandschuhten Hand. Sprach sie mit ihm, die Frau mit dem dunklen Haar?

Sicher wußte er nur, daß das Zwielicht sang. Die Hitze sang. Er ließ seinen Blick zu den anderen Häusern wandern und sah nichts außer der fließenden Harmonie von Zaun und Säule und Mauerwerk und selbst den kleinen, kraftlosen Myrtensträuchern, die auf samtig grünen Streifen um ihr Leben kämpften. Ein warmer Friede durchflutete ihn, und für eine Sekunde verlor die Erinnerung an die Visionen und ihren schrecklichen Auftrag, ihre Macht. Zurück, weit zurück in die Kindheit tastete er, nicht nach einer Erinnerung, sondern nach Kontinuität. Tief in ihm gab es natürlich Erinnerungen – Erinnerungen an einen kleinen Jungen, der von den eng beieinanderstehenden Häuschen unten am Fluß durch diese Straße wanderte, an einen kleinen Jungen, der genau hier stand, als es Abend wurde. Aber die Gegenwart überlagerte immer noch alles, und da war keine Mühe, sich zu erinnern und die sanfte Überflutung seiner Sinne, diesen Augenblick reinster Stille in seiner Seele, zu verändern oder zu verbessern.

Erst als er liebevoll und langsam wieder das Haus selbst anschaute, seine tiefe, wie ein riesiges Schlüsselloch geformte Tür –

erst da wurde der Eindruck der Visionen wieder stark. Die Tür. Ja, sie hatten ihm von einer Tür erzählt! Aber es war keine Tür im wörtlichen Sinn. Und doch, der Anblick dieses riesigen Schlüssellochs und des schattendunklen Vestibüls dahinter... Nein, es konnte keine Tür im wörtlichen Sinn gewesen sein. Er öffnete die Augen, schloß sie. Unversehens starrte er wie in Trance zu den Fenstern eines nordwärts gelegenen Zimmers im ersten Stock hinauf, und zu seiner jähen Beunruhigung sah er das grelle Lodern eines Feuers.

Nein, das konnte nicht sein. Im selben Augenblick erkannte er, daß es nur Kerzenlicht war. Das Flackern blieb, und er schaute verwundert hinauf, verwundert darüber, daß die Bewohner dort drinnen sich für diese Art von Beleuchtung entschieden haben sollten.

Der Garten verschwamm langsam in der Dunkelheit. Er mußte sich jetzt aufraffen, wenn er noch am Zaun entlanggehen und von der Seite in den Garten schauen wollte. Er wollte es tun, aber das hohe Nordfenster hielt ihn fest. Er sah jetzt den Schatten einer Frau, der sich auf der Gardine bewegte. Und durch die Gardine konnte er oben in einer Ecke ein tristes Blumenmuster an der Wand erkennen.

Er schob die Finger durch das Eisengittergeflecht und starrte auf den Staub und den Müll, der auf den abblätternden Dielen der Vorderveranda umherwehte. Die Kamelien waren zu Bäumen ausgewachsen, die das Geländer überragten. Und die Steinplatten des Weges waren mit Laub bedeckt. Er stellte den Fuß in das Eisengitter. Kein Problem, über dieses Tor hinwegzuspringen.

»Hey, Freundchen! Hey!«

Verdutzt drehte er sich um. Der Taxifahrer stand neben ihm. Wie klein er war, wenn er nicht am Steuer saß. Ein kleiner Mann mit einer großen Nase, und seine Augen lagen im Schatten unter dem Mützenschirm. »Was haben Sie denn da vor? Schlüssel verloren?«

»Ich wohne nicht hier«, sagte Michael. »Ich habe keinen Schlüssel.« Und plötzlich mußte er lachen, so absurd war das alles. Ihm war schwindlig. Der Wind vom Fluß duftete süß, und das dunkle Haus stand so dicht vor ihm, daß er es fast anfassen konnte.

»Kommen Sie, ich bringe Sie in Ihr Hotel – ins Pontchartrain, sagten Sie? Ja? Ich bringe Sie rauf in Ihr Zimmer.«

»Nicht so hastig«, sagte Michael. »Warten Sie einen Moment.« Er wandte sich ab und ging die Straße hinunter, unversehens betrübt über die gebrochenen, unebenen Pflastersteine, auch sie so purpurn wie in seiner Erinnerung. Gab es nichts, was verblaßt und enttäuschend war? Er wischte sich über das Gesicht. Tränen. Er drehte sich um und schaute in den Seitengarten.

Die Myrten hier waren enorm gewachsen. Ihre blassen, wächsernen Stiele waren ziemlich dick geworden. Und die weite Rasenfläche, an die er sich erinnerte, war jetzt von Unkraut traurig überwuchert, und der alte Buchsbaum war wild und struppig. Dennoch liebte er das alles. Liebte sogar das alte Spalier dort hinten, schon krumm unter der Last verfilzter Ranken.

Da hatte er immer gestanden, der Mann, dachte er, als er ganz hinten die Myrte sah, die hoch an der Wand des Nachbarhauses hinaufwuchs.

»Wo bist du?« flüsterte er. Plötzlich hingen die Visionen lastend über ihm. Er spürte, wie er vorwärts gegen den Zaun fiel, hörte die eisernen Sehnen ächzen. Ein sanftes Rascheln kam aus dem Laub auf der anderen Seite, gleich rechts von ihm. Er drehte sich um. Bewegung zwischen den Zweigen. Kamelienblüten, gedrückt, fielen zu Boden. Er kniete nieder, langte durch den Zaun, fing eine auf, rot, abgebrochen. Sagte der Taxifahrer etwas?

»Schon okay, Mann«, sagte Michael, betrachtete die abgebrochene Kamelie in seiner Hand, bemühte sich, im Halbdunkel besser zu sehen. Glänzte da ein schwarzer Schuh vor ihm, auf der anderen Seite des Zauns? Wieder das Rascheln. Ja, er starrte doch auf ein Hosenbein! Jemand stand vor ihm, nur eine Handbreit vor ihm. Michael verlor das Gleichgewicht, als er aufblickte. Und als er mit den Knien auf das Pflaster schlug, sah er eine Gestalt über sich aufragen, die durch den Zaun zu ihm herausspähte; nur ein Fünkchen Licht fing sich in den Augen. Wie erstarrt stand die Gestalt, mit großen Augen, gefährlich nah, und wütende Wachsamkeit richtete sich auf ihn. Eine Hand langte heraus, nicht mehr als ein weißer Streif im Schatten. Michael wich auf den Steinplatten zurück, der Schrecken in ihm war instinktiv und ohne Frage. Aber als er jetzt wieder in das dichte Gestrüpp spähte, war niemand da.

Die Leere war plötzlich ebenso furchterregend wie die Gestalt von vorhin. »Gott, hilf mir«, wisperte er. Das Herz hämmerte ihm gegen die Rippen. Und er kam nicht hoch. Der Taxifahrer zerrte an seinem Arm.

»Los, mein Junge, bevor hier ein Streifenwagen vorbeikommt!«

Gefährlich schwankend ließ er sich auf die Beine ziehen.

»Haben Sie das gesehen?« flüsterte er. »Allmächtiger! Das war derselbe Mann!« Er starrte den Taxifahrer an. »Ich sage Ihnen, es war derselbe Mann.«

»Und ich sage Ihnen, mein Sohn, ich muß Sie jetzt zum Hotel zurückbringen. Das hier ist der Garden District, Junge, erinnern Sie sich? Da können Sie nicht besoffen rumtorkeln.«

Michael verlor wieder das Gleichgewicht. Er kippte um. Schwerfällig taumelte er von den Steinplatten rückwärts ins Gras, drehte sich um, streckte die Hände nach dem Baumstamm aus, aber da war kein Baum. Wieder fing der Fahrer ihn auf. Und ein zweites Paar Hände gab ihm Halt. Er fuhr herum. Wenn es wieder der Mann wäre, würde ihn der heulende Wahnsinn packen.

Aber es war niemand anders als dieser Engländer, der weißhaarige alte Knabe in dem Tweed-Anzug, der auch im Flughafen gewesen war.

»Was, zum Teufel, suchen Sie hier?« wisperte Michael. Aber obwohl er so betrunken war, sah er das gütige Gesicht des Mannes, sein zurückhaltendes, feines Benehmen.

»Ich möchte Ihnen helfen, Michael«, sagte der Mann mit äußerster Sanftmut. Es war eine jener vollen, grenzenlos höflichen englischen Stimmen. »Ich wäre sehr dankbar, wenn Sie mir erlauben wollten, Sie in Ihr Hotel zu bringen.«

»Yeah, das scheint mir eine ganz angemessene Maßnahme zu sein«, sagte Michael, und es war ihm schneidend bewußt, daß er die Worte kaum klar über die Lippen brachte. Er starrte noch einmal in den Garten, auf die hohe Fassade des Hauses, das sich jetzt immer mehr in der Dunkelheit verlor. Anscheinend redeten der Taxifahrer und der Engländer miteinander. Anscheinend bezahlte der Engländer das Taxi.

Michael wollte den Geldscheinclip aus seiner Hosentasche ziehen, aber seine Hand fuhr immer wieder außen am Stoff entlang. Er entfernte sich von den beiden Männern, kippte wieder nach vorn und gegen den Zaun. Fast alles Licht war jetzt vom Rasen und von den in der Ferne herankriechenden Büschen gewichen. Das Spalier mit seiner Rankenlast war nur noch eine verhüllte Silhouette in der Nacht.

Aber unter der hintersten Myrte erkannte Michael ganz deutlich eine schmale menschliche Gestalt. Er sah das fahle, ovale Gesicht des Mannes, und vor seinem ungläubigen Auge stand derselbe steife weiße Kragen von früher, dieselbe seidene Krawatte.

»Kommen Sie, Michael, lassen Sie sich zurückbringen«, sagte der Engländer.

»Erst müssen Sie mir etwas sagen«, verlangte Michael. Er fing an, am ganzen Leibe zu zittern. »Schauen Sie hin und sagen Sie mir: Sehen Sie diesen Mann?«

Aber jetzt sah er nur noch Dunkelheit in unterschiedlichen Schattierungen. Und aus seiner Erinnerung kam die Stimme seiner Mutter, jung und frisch und schmerzhaft unvermittelt: »Michael, du weißt doch, da ist kein Mann.«

8

Als Michael fort war, saß Rowan stundenlang auf der westlichen Veranda, ließ sich von der Sonne wärmen und dachte einigermaßen unzusammenhängend und schläfrig an all das, was geschehen war. Sie war ein wenig schockiert und verwundet von allem, aber es war ein süße Verwundung.

Nichts konnte die Scham und die Schuldgefühle vertreiben, die sie erfüllten, weil sie Michael ihre Zweifel und ihre Trauer aufgebürdet hatte. Aber echte Sorge bereitete es ihr nicht mehr.

Man wurde keine gute Neurochirurgin, indem man sehr lange über seine Fehler nachgrübelte. Die angemessene und für Rowan instinktiv naheliegende Methode bestand darin, einen Fehler zu bewerten als das, was er war, sich zu überlegen, wie er in Zukunft zu vermeiden sei, und dann weiterzumachen.

Und so machte sie eine Bestandsaufnahme von ihrem Alleinsein, ihrer Trauer, der Offenbarung ihrer eigenen Not, die sie veranlaßt hatte, Michael in die Arme zu fallen; sie bezog auch die Tatsache ein, daß es Michael offenbar Freude gemacht hatte, sie zu trösten, daß dies sie beide zueinander hingezogen hatte und ihre neue Beziehung in einer gänzlich unvorhergesehenen Weise tief gefärbt hatte.

Für Rowan, die ihren spirituellen Hunger und ihre physischen Gelüste so lange vollständig voneinander getrennt hatte, war die plötzliche Erfüllung ihrer Sehnsüchte durch eine Person, nämlich Michael – diesem gutmütigen, intelligenten, unwiderstehlich liebenswerten, bezaubernd fröhlichen und gutaussehenden Mann mit dieser fesselnden Mischung aus mysteriösen psychologischen und übersinnlichen Problemen – beinahe mehr, als sie ertragen konnte. Sie schüttelte den Kopf, lachte leise und nahm einen Schluck Kaffee. »Dickens und Vivaldi«, sagte sie laut. »Oh, Michael, bitte komm zurück zu mir. Komm bald zurück.« Er war ein Geschenk aus dem Meer, dieser Mann.

Aber was, zum Teufel, würde mit ihm geschehen, selbst wenn er tatsächlich sofort zurückkäme? Diese fixe Idee mit den Visionen und dem Haus und dem Auftrag war dabei, ihn zugrunde zu richten. Und überdies hatte sie das deutliche Gefühl, daß er nicht zurückkommen würde.

Jetzt, als sie halb träumend in der klaren Nachmittagssonne saß, hatte sie keinen Zweifel daran, daß Michael inzwischen betrunken war und daß er noch betrunkener sein würde, ehe er sein mysteriöses Haus erreichte. Es wäre sehr viel besser für ihn gewesen, wenn sie mitgekommen wäre, um sich um ihn zu kümmern und ihn durch die Schrecken dieser Reise zu führen.

Ja, sie sah jetzt, daß sie Michael schon zweimal im Stich gelassen hatte: einmal, als sie ihn zu rasch und zu bereitwillig der Küstenwache überlassen hatte, und heute morgen wieder, als sie ihn allein nach New Orleans hatte fliegen lassen.

Natürlich hätte niemand erwarten können, daß sie mitfuhr. Aber es wußte auch niemand, was sie für Michael empfand oder was Michael für sie empfunden hatte.

Was Michaels Visionen anging – und sie hatte jetzt ausführlich darüber nachgedacht –, so hatte sie dazu keine bündige Meinung außer der, daß sie keiner physiologischen Ursache zugeschrieben werden konnten. Und wieder fand sie es erschreckend, ja, irgendwie beängstigend, wie speziell – wie exzentrisch – diese Visionen waren. Und hartnäckig hielt sich bei ihr ein Gefühl von gefährlicher Unschuld bei Michael, von einer Naivität, die anscheinend mit seiner Einstellung zum Bösen zusammenhing. Vom Guten verstand er sehr viel mehr als vom Bösen. Aber warum hatte er ihr auf der Fahrt von San Francisco hierher diese sonderbare Frage gestellt: Ob sie versucht habe, ihn irgendwie zu warnen?

Er hatte Grahams Tod gesehen, als er ihre Hand berührt hatte, weil sie an Grahams Tod gedacht hatte. Der Gedanke daran quälte sie. Aber wie konnte Michael dies als absichtliche Warnung deuten? Hatte er etwas gespürt, das ihr ganz und gar unbewußt war?

Je länger sie in der Sonne saß, desto deutlicher wurde, daß sie nicht klar denken konnte und daß sie diese Sehnsucht nach Michael nicht ertrug, die allmählich die Grenze des Schmerzes überschritt.

Sie ging nach oben in ihr Schlafzimmer. Als sie unter die Dusche trat, fiel ihr etwas ein. Sie hatte völlig vergessen, ein Verhütungsmittel zu benutzen, als sie mit Michael zusammen gewesen war. Nicht zum erstenmal in ihrem Leben war sie so töricht gewesen, aber zum erstenmal seit vielen Jahren.

Doch jetzt war es passiert, nicht wahr? Sie drehte den Wasserhahn auf, lehnte sich an die Kachelwand und ließ das Wasser an sich hinabströmen. Was für ein Gedanke, ein Kind von ihm zu bekommen... Aber das war verrückt. Rowan wollte keine Kinder. Sie hatte nie Kinder haben wollen. Der Fötus im Labor fiel ihr ein, mit all den Drähten und Schläuchen, die daranhingen. Nein, ihre Bestimmung war es, Leben zu retten, nicht, welches zu machen. Was bedeutete das also? Die nächsten zwei Wochen würde sie besorgt sein; und wenn sie dann wüßte, daß sie nicht schwanger war, wäre alles wieder in Ordnung.

Sie war so schläfrig, daß ihr kaum bewußt war, was sie tat, als sie aus der Dusche kam. Sie fand Michaels abgelegtes Hemd am Bett, das er am Abend zuvor dort hingeworfen hatte. Es war ein blaues Arbeitshemd, aber wie ein Oberhemd gestärkt und gebügelt, und es hatte ihr gefallen. Sie faltete es säuberlich zusammen und nahm es dann in die Arme, als sie sich hinlegte, wie ein Kind es mit seiner Kuscheldecke oder seinem Lieblingsstofftier tut.

Als sie aufwachte, wußte sie, daß sie nicht allein im Haus bleiben konnte. Es war, als habe Michael hier überall seinen warmen Abdruck hinterlassen. Sie hörte das Timbre seiner Stimme und sein Lachen, sah seine großen blauen Augen, die sie durch horngeränderte Brillengläser ernsthaft anschauten, fühlte seine behandschuhten Finger auf ihren Brüsten, ihren Wangen.

So früh war noch nicht damit zu rechnen, daß sie von ihm hören würde, und das Haus erschien ihr um so leerer, da seine Wärme noch darin wehte.

Sofort rief sie in der Klinik an. Natürlich wurde sie gebraucht. Es war schließlich Samstagabend in San Francisco, nicht wahr? Die Notaufnahme im San Francisco General Hospital platzte bereits aus allen Nähten. Unfallopfer überfluteten das Trauma-Zentrum der Universitätsklinik; auf dem Highway 101 hatte es eine Massenkarambolage gegeben und anderswo mehrere Schießereien.

Fünf Stunden lang dachte sie überhaupt nicht mehr an Michael.

Es war zwei Uhr nachts, als sie nach Hause kam. Es war kalt und dunkel im Haus, wie sie es erwartet hatte, als sie hereinkam. Aber zum erstenmal seit Ellies Tod merkte sie, daß sie nicht über Ellie brütete. Und sie dachte auch nicht voller Unbehagen und Schmerz an Graham.

Auf ihrem Anrufbeantworter war keine Nachricht von Michael. Sie war enttäuscht, aber nicht überrascht. Sie konnte sich lebhaft vorstellen, wie er betrunken aus dem Flugzeug wankte. In New Orleans war es jetzt vier Uhr, überlegte sie. Im »Pontchartrain Hotel« konnte sie jetzt jedenfalls nicht anrufen.

Am besten dachte sie gar nicht allzu viel darüber nach, erwog sie vernünftig, als sie die Treppe hinaufging.

Am besten dachte sie gar nicht an das Papier im Safe, auf dem stand, daß sie nicht nach New Orleans fahren durfte. Am besten dachte sie gar nicht daran, in ein Flugzeug zu steigen und zu ihm zu fliegen. Am besten dachte sie gar nicht an Andrew Slattery, ihren Kollegen, der die Stelle in Stanford immer noch nicht bekommen hatte und der sie mit Vergnügen für zwei Wochen in der Uniklinik vertreten würde. Aber warum, zum Teufel, hatte sie Lark heute abend nach Slattery gefragt, und warum hatte sie ihn dann noch kurz nach Mitternacht angerufen, nur um ihn zu fragen, ob er die Stellung inzwischen bekommen habe? Irgendwas ging doch da vor sich in ihrem fieberhaften kleinen Verstand...

Es war drei Uhr, als sie die Augen aufschlug. Jemand war im Haus. Sie wußte nicht, was für ein Geräusch, was für eine Vibration sie geweckt hatte, aber sie wußte, daß jemand da war. Abgesehen von den fernen Lichtern der Stadt waren die Ziffern der Digitaluhr die einzige Beleuchtung. Eine starke Windbö stürmte plötzlich gegen die Fensterscheiben, und mit ihr eine Wolke von glitzernder Gischt.

Sie merkte, daß das Haus auf seinen Pfählen heftig schwankte. Leise klirrte irgendwo Glas.

Sie stand auf, so leise sie konnte, nahm einen .38er Revolver aus der Kommodenschublade, spannte den Hahn und ging an die Treppe. Sie hielt den Revolver mit beiden Händen, wie Chase, ihr Polizisten-Freund, es ihr beigebracht hatte. Sie hatte mit dieser Waffe geübt, und sie konnte damit umgehen. Sie verspürte weniger Angst als vielmehr Wut, stille Wut und ruhige Wachsamkeit.

Sie hörte keine Schritte. Sie hörte nur den Wind, der fern im Kamin heulte und die dicken Glaswände ganz leise ächzen ließ.

Unter sich sah sie das Wohnzimmer im gewohnten Glanz des bläulichen Mondlichts. Wieder prasselte eine Salve Tropfen gegen die Fenster. Sie hörte die *Sweet Christine* dumpf gegen die Gummireifen am Nordsteg schlagen.

Lautlos ging sie nach unten, Stufe um Stufe, und mit jeder Biegung der Treppe streifte ihr Blick durch die leeren Räume. Es gab keinen Winkel im ganzen Haus, den sie von hier aus nicht sehen konnte, mit Ausnahme des Badezimmers hinter ihr. Und da sie ins Leere blickte, wohin sie auch schaute, und nur die sich schwerfällig wiegende *Sweet Christine* sah, näherte sie sich vorsichtig der Badezimmertür.

Der kleine Raum war leer. Nichts war verändert. Michaels Kaffeetasse stand noch auf der Ablage vor dem Spiegel. Der Duft von Michaels Rasierwasser hing noch in der Luft.

Sie schaute noch einmal durch die vorderen Zimmer und lehnte sich dann an den Türrahmen. Die Wut, mit der der Wind gegen die Glaswände anstürmte, erschreckte sie. Aber gehört hatte sie es in der Vergangenheit schon oft. Nur einmal war der Sturm stark genug gewesen, um eine Scheibe zu zerbrechen. Und noch nie hatte es einen solchen Sturm im August gegeben. Es war immer eine Wintererscheinung gewesen, gepaart mit den schweren Regenfällen, die von den Bergen von Marin County herabrauschten, Schlamm in die Straßen spülten und manchmal Häuser von ihren Fundamenten schwemmten.

Jetzt schaute sie mit unbestimmter Faszination zu, wie das Wasser auf die langgestreckten Veranden spritzte und klatschte und sie dunkel befleckte. Sie sah, daß die Bootshausscheibe der *Sweet Christine* von feinen Tröpfchen überzogen war. Hatte dieses plötzliche

Unwetter sie geweckt? Sie streckte unsichtbare Fühler aus und lauschte.

Abgesehen vom Ächzen in Glas und Holz hörte sie nichts Fremdartiges. Aber irgend etwas stimmte hier nicht. Sie war nicht allein. Und der Eindringling war nicht oben im ersten Stock, dessen war sie sicher. Er war in ihrer Nähe. Er beobachtete sie. Aber wo? Sie wußte keine Erklärung für dieses Gefühl.

Die Ziffern der Digitaluhr in der Küche klappten mit leisem, kaum hörbarem Klicken um und verkündeten, daß es nunmehr fünf Minuten nach drei sei.

Etwas bewegte sich in ihrem Augenwinkel. Sie drehte sich nicht um. Sie rührte sich überhaupt nicht. Nur ihr Blick richtete sich scharf nach links, ohne daß sie den Kopf bewegte, und allmählich erkannte sie die Gestalt eines Mannes, der auf der westlichen Veranda stand.

Er schien schlank zu sein; sein Gesicht war weiß, sein Haar dunkel. Seine Haltung war weder verstohlen noch drohend. Er stand unerklärlich gerade, und seine Arme hingen ganz natürlich herunter. Aber bestimmt sah sie ihn nicht ganz deutlich, denn seine Kleidung erschien verwunderlich, wenn nicht gar unmöglich: formell und elegant geschnitten.

Ihre Wut nahm zu, und eine kalte Ruhe senkte sich über sie. Ihr Verstand arbeitete auf Hochtouren. Durch die Verandatüren konnte er keinen Zutritt zum Haus finden. Die dicken Glaswände konnte er gleichfalls nicht einschlagen. Und wenn sie auf ihn schießen würde – was sie zu gern getan hätte –, würde sie ein Loch ins Glas schießen. Natürlich könnte er ebenfalls auf sie schießen, wenn er sie sähe. Aber warum sollte er das tun? Einbrecher wollten nur einbrechen. Zudem war sie fast sicher, daß er sie schon gesehen hatte, daß er sie beobachtet hatte und daß er sie immer noch beobachtete.

Ganz langsam drehte sie den Kopf. So dunkel das Wohnzimmer für ihn auch aussehen mußte, er konnte sie doch ohne Zweifel erkennen – ja, er sah sie an.

Seine Frechheit steigerte ihre Wut. Und das Gefühl der Bedrohlichkeit dieser Situation verstärkte sich. Eiskalt sah sie zu, wie er sich der Glaswand näherte.

»Komm her, du Dreckskerl, ich bringe dich mit Vergnügen um«, wisperte sie, und sie spürte, wie sich ihr die Nackenhaare sträubten. Ein köstliches Kribbeln ging durch ihren Körper. Sie wollte ihn töten, wer immer er war – ein Eindringling, ein Verrückter, ein Dieb. Sie wollte ihn mit einer .38er Kugel von der Veranda fegen. Oder – um es ganz unverblümt zu sagen – mit jeder anderen Macht, die ihr zu Gebote stand.

Langsam und mit beiden Händen hob sie den Revolver. Sie zielte auf ihn, mit ausgestreckten Armen, wie Chase es ihr beigebracht hatte.

Unbeeindruckt schaute der Eindringling sie weiter an, und in ihrer stillen, stahlkalten Wut bestaunte sie die physischen Details, die sie jetzt erkennen konnte. Das dunkle Haar war gewellt, das Gesicht blaß und schmal, und in der überschatteten Miene schien etwas Trauriges und Beschwörendes zu liegen. Der Kopf drehte sich langsam hin und her, als wolle er flehentlich zu ihr sprechen.

Wer in Gottes Namen bist du? dachte sie. Langsam dämmerte ihr, wie unwahrscheinlich das alles war, und ein völlig fremdartiger Gedanke kam ihr in den Sinn. Dies ist nicht, was es zu sein scheint. Was ich hier sehe, ist eine Art Illusion! Und von jetzt auf nachher ging ihre Wut in Argwohn über und schließlich in Angst.

Die dunklen Augen des Mannes da draußen blickten beschwörend. Jetzt hob er die bleichen Hände und legte die Finger an das Glas.

Sie konnte sich nicht rühren, konnte nicht sprechen – doch dann, erbost über ihre Hilflosigkeit und ihr Entsetzen, schrie sie: »Fahr zurück zur Hölle, von wo du gekommen bist!«

Ihre Stimme hallte laut und schrecklich durch das leere Haus.

Wie um ihr zu antworten, sie zu verwirren und völlig zu besiegen, verschwand der Eindringling langsam. Seine Gestalt wurde transparent, löste sich vollends auf, und es blieb nichts als der irgendwie grauenvolle und völlig verstörende Anblick der leeren Veranda.

Die riesige Glasscheibe ratterte. Noch einmal dröhnte es, als ob der Wind mit voller Wucht dagegenwütete. Dann schien die See sich zu beruhigen. Das Rauschen des Wassers erstarb. Und im Haus wurde es still. Sogar die *Sweet Christine* verharrte widerwillig am Rande des Stegs.

Rowan starrte auf die leere Veranda hinaus. Dann merkte sie, daß ihre Hände schweißnaß waren und zitterten. Der Revolver fühlte sich ungeheuer schwer und unbeherrschbar an. Ja, sie zitterte jetzt am ganzen Leibe. Gleichwohl ging sie geradewegs auf die Glaswand zu. Wütend über ihre Hilflosigkeit vor diesem Ding berührte sie die Scheibe, wo die Erscheinung sie berührt hatte. Das Glas war kaum merklich, aber doch spürbar warm. Nicht warm, wie es von der Berührung einer menschlichen Hand geworden wäre – denn die hätte kaum vermocht, eine so kalte Fläche zu wärmen –, sondern warm, als sei es mit Hitze bestrahlt worden.

Hastig ging sie hinüber zur Küchentheke, legte den Revolver hin und nahm den Telephonhörer ab.

»Ich muß das Pontchartrain Hotel in New Orleans erreichen. Bitte verbinden Sie mich«, sagte sie mit zitternder Stimme. Und um sich zu beruhigen, lauschte sie angestrengt in die Stille, nur um sich zu vergewissern, was sie schon wußte: daß sie mutterseelenallein war.

Als das Hotel sich meldete, war sie kurz vor einer Panik. »Ich muß mit Michael Curry sprechen«, sagte sie. Er müsse am Abend angereist sein, erläuterte sie. Nein, es sei ihr egal, daß es in New Orleans zwanzig nach fünf sei. Bitte rufen Sie in seinem Zimmer an.

Eine Ewigkeit schien zu verstreichen. Sie war zu erschüttert, als daß sie darüber hätte nachdenken können, wie rücksichtslos es war, Michael um diese Zeit zu wecken. Schließlich war die Telephonistin wieder da. »Bedaure, aber Mr. Curry meldet sich nicht.«

»Versuchen Sie's noch mal. Ich muß ihn sprechen.«

Nachdem alle Versuche, ihn zu wecken, gescheitert waren, und das Hotel sich natürlich weigerte, ohne Michaels Erlaubnis in sein Zimmer einzudringen, hinterließ sie eine dringende Nachricht, legte auf und setzte sich an den Kamin, um nachzudenken.

Sie war sicher, daß sie den Mann gesehen hatte, absolut sicher. Da draußen auf der Veranda hatte er gestanden. Er hatte sie angesehen, sich genähert, sie gemustert! Was war das für ein Wesen, das nach Belieben erscheinen und verschwinden konnte?

Letzten Endes suchten ihre Gedanken Zuflucht in der Wissenschaft, aber das konnte die Panik in ihr nicht bremsen, das große, furchtbare Gefühl der Hilflosigkeit, das sie überkommen hatte und immer noch in ihr war. Sie hatte Angst – in ihrem eigenen, sicheren Haus Angst, wo sie sich noch nie zuvor gefürchtet hatte.

Wieso hatten Wind und Regen dazugehört, fragte sie sich. Und vor allem: Warum war dieses Wesen ausgerechnet *ihr* erschienen?

»Michael«, flüsterte sie, und dann lachte sie leise: »Ich sehe sie auch.«

Sie stand von der Kaminbank auf, ging zielstrebig im Haus umher und knipste jede Lampe an.

»Also gut«, sagte sie ruhig. »Wenn du wiederkommst, mußt du es in greller Beleuchtung tun.« Aber das war absurd, oder? Etwas, das das Meer in der Richardson Bay in Wallung bringen konnte, konnte vermutlich auch mühelos den Hauptschalter umlegen.

Aber sie wollte, daß das Licht brannte. Sie hatte Angst. Sie ging ins Schlafzimmer, schloß die Tür hinter sich ab, schloß den Wandschrank ab und schloß die Badezimmertür ab. Dann legte sie sich ins Bett, schob sich die Kissen unter den Kopf und legte sich den Revolver griffbereit zurecht.

Ein Gespenst, dachte sie. Man stelle sich vor: Ich habe eins gesehen. Ich habe nie daran geglaubt, aber jetzt habe ich eins gesehen. Es mußte ein Geist gewesen sein. Was hätte es sonst gewesen sein können? Aber warum erscheint mir dieser Geist? Wieder sah sie seinen beschwörenden Gesichtsausdruck vor sich, und die Erinnerung an das Erlebnis erwachte in aller Lebendigkeit.

Plötzlich war ihr ganz elend zumute, weil sie Michael nicht erreichen konnte; Michael war der einzige auf der Welt, der ihr vielleicht glauben würde, was passiert war, der einzige, zu dem sie soviel Vertrauen hatte, daß sie es ihm erzählen könnte.

Tatsache war, daß sie es aufregend fand: Es hatte sonderbare Ähnlichkeit mit dem, was sie am Abend der Rettung gefühlt hatte. *Ich habe etwas Furchtbares und Aufregendes erlebt.* Sie wollte es jemandem erzählen. Mit weit offenen Augen lag sie im hellen, schattenlos gelben Licht des Schlafzimmers und dachte: Warum erscheint er mir?

So seltsam, wie er über die Veranda gekommen war und durch die Scheibe hereingespäht hatte. »Man hätte meinen mögen, ich selbst sei hier die Fremde.«

Und die Aufregung hielt an. Sie war erleichtert, als endlich die Sonne aufging. Früher oder später würde Michael aus seinem betrunkenen Schlaf erwachen. Er würde die Signallampe an seinem Telephon brennen sehen, und dann würde er bestimmt anrufen.

Aber jetzt, in der warmen, süßen Sicherheit des Sonnenscheins, der durch das Glas strahlte, dämmerte sie ein; sie kuschelte sich in die warmen Kissen, zog die Steppdecke über sich, dachte an ihn, an den dunklen Flaum auf seinen Armen und den Händen, an seine großen Augen hinter den Brillengläsern. Und kurz bevor sie träumte, dachte sie: Könnte es sein, daß der Geist etwas mit ihm zu tun hatte?

Die Visionen. »Michael«, wollte sie sagen, »hat es etwas mit den Visionen zu tun?« Dann schwenkte der Traum ins Absurde, und sie erwachte, noch benommen vom Schlaf, und sie dachte: Natürlich, Slattery würde sie vertreten können; und wenn Ellie noch irgendwo existierte, würde es sie nicht mehr kümmern, ob Rowan nach New Orleans fuhr oder nicht – bestimmt nicht, denn so war es doch, oder? Daß das, was jenseits dieser Ebene lag, unendlich viel besser war... Und dann versank sie wieder in den Schlaf der Erschöpfung.

9

Michael erwachte abrupt, durstig und schwitzend unter der Bettdecke, obwohl die Luft im Zimmer durchaus kühl war. Er trug Unterhose und Hemd, die Manschetten waren aufgeknöpft, der Kragen offen. Er trug seine Handschuhe.

Du lieber Gott, wo bin ich? dachte er und setzte sich auf. Am Ende eines kleinen Flures schien ein Salon zu sein, und vor geblümten Vorhängen stand ein Stutzflügel aus hellem, poliertem Holz. Seine Suite im »Pontchartrain Hotel«, das mußte es sein.

Er konnte sich nicht erinnern, wie er hergekommen war. Und sofort ärgerte er sich darüber, daß er sich so betrunken hatte. Aber dann kehrte die Euphorie des vergangenen Abends zurück, die Vision des Hauses in der First Street unter dem violetten Himmel.

Aber wie hatte er es geschafft, ins Hotel zu kommen? Seine letzte Erinnerung war die an den Engländer, mit dem er vor dem Haus in der First Street gesprochen hatte. Und mit diesem kleinen Fetzen kehrte ein zweiter zurück: Er sah den braunhaarigen Mann hinter dem schwarzen Eisenzaun, wie er auf ihn herabstarrte. Er sah die funkelnden Augen nur ein, zwei Armlängen über sich, das seltsam weiße, ausdruckslose Gesicht. Ein merkwürdiges Gefühl beschlich ihn. Es war eigentlich nicht Furcht. Es war ein Gefühl, das fast nur aus dem Bauch kam. Sein Körper spannte sich wie unter einer Bedrohung.

Wie konnte es sein, daß der Mann sich im Laufe der Jahre so wenig verändert hatte? Wie konnte es sein, daß er in diesem Augenblick da und im nächsten verschwunden gewesen war?

Michael war es, als kenne er die Antwort auf diese Fragen, als habe er schon immer gewußt, daß dieser Mann kein gewöhnlicher Mann war. Aber über diese plötzliche Vertrautheit mit einer so unvertrauten Vorstellung mußte er doch fast lachen.

»Es geht den Bach runter mit dir, Freundchen«, flüsterte er.

Rasch ließ er den Blick durch das Zimmer wandern. Ja, das alte Hotel. Ein Gefühl von behaglicher Sicherheit erfüllte ihn, als er den leicht verschossenen Teppich sah, die bemalte Klimaanlage unter dem Fenster, das schwere, altertümliche Telephon auf dem kleinen Intarsientisch, dessen Signallämpchen im Dunkeln blinkte.

Zur Linken der Wandschrank, sein Koffer aufgeklappt auf dem Ständer, und – Wunder über Wunder – auf dem Tisch neben ihm ein Eiskübel, von winzigen Feuchtigkeitströpfchen herrlich überperlt, und darin drei große Dosen Bier.

»Na, ist das nicht beinahe perfekt?«

Er zog den rechten Handschuh aus und berührte eine der Bierdosen. Sofort blitzte das Bild eines uniformierten Kellners auf, dazu der immer gleiche Haufen von störenden, irrelevanten Informationen. Er zog den Handschuh an und riß die Dose auf. In tiefen Zügen trank er den kalten Inhalt zur Hälfte aus. Dann stand er auf, ging ins Bad und aufs Klosett.

Im matten Licht des Morgens, das durch die Lamellen der Fensterläden hereinfiel, sah er sein Rasierzeug auf der Marmorkommode. Er packte Zahnbürste und Zahnpasta aus und putzte sich die Zähne.

Jetzt fühlte er sich nicht mehr ganz so brummschädelig, verkatert und elend. Er kämmte sich, trank die Bierdose leer und fühlte sich beinahe fit. Er zog ein frisches Hemd an, dann die Hose, und dann nahm er sich das zweite Bier aus dem Eis, ging durch die Diele und gelangte in ein großes, elegant möbliertes Zimmer.

Vor einer Gruppe samtbezogener Sofas und Sessel saß der Engländer an einem kleinen hölzernen Tisch, über etliche braune Mappen und maschinenbeschriebenes Papier gebeugt. Er war von schmaler Gestalt; sein Gesicht war von tiefen Falten durchzogen, sein Haar von fast luxuriösem Weiß. Er trug eine grausamtene Hausjacke mit einer Kordel um die Taille und graue Tweedhosen, und er sah Michael mit überaus freundlicher und liebeswürdiger Miene an.

»Wer sind Sie?« fragte Michael.

»Mein Name ist Aaron Lightner«, antwortete der Engländer. »Ich bin aus London gekommen, um Sie zu sehen.« Es klang sanft, unaufdringlich.

»Soviel hat meine Tante mir schon erzählt. Ich habe gesehen, daß Sie sich vor meinem Haus in der Liberty Street herumgetrieben haben. Warum, zum Teufel, sind Sie mir bis hierher gefolgt?«

»Weil ich mit Ihnen sprechen möchte, Mr. Curry«, sagte der Mann höflich, beinahe ehrerbietig. »Ich möchte so dringend mit Ihnen sprechen, daß ich bereit bin, dafür alle möglichen Mißhelligkeiten oder Unbequemlichkeiten in Kauf zu nehmen. Daß ich bereits Ihr Mißfallen erregt habe, ist offensichtlich. Und es tut mir leid, wirklich leid. Ich wollte nur behilflich sein, als ich Sie herbrachte, und bitte erlauben Sie mir, darauf hinzuweisen, daß Sie sich dagegen durchaus nicht gesträubt haben.«

»Ach nein?« Michael war erbost. Immerhin, dieser Bursche war wirklich charmant, das mußte man ihm lassen. Aber ein zweiter Blick auf die Papiere, die auf dem Tisch verstreut lagen, machte Michael wütend. Für fünfzig Dollar, wahrscheinlich sogar für beträchtlich viel weniger, hätte der Taxifahrer ihm auch geholfen. Und der Taxifahrer wäre jetzt nicht mehr hier.

»Das stimmt«, sagte Lightner in seinem sanften, wohltemperierten Ton. »Vielleicht hätte ich mich nach oben in meine eigene Suite zurückziehen sollen; aber ich war nicht ganz sicher, ob Ihnen nicht vielleicht schlecht werden würde, und, offen gesagt, ich war auch in einer anderen Hinsicht besorgt.«

Michael sagte nichts. Es war ihm vollständig bewußt, daß dieser Mann gerade sozusagen seine Gedanken gelesen hatte. »Na«, sagte er, »mit diesem kleinen Trick haben Sie jetzt doch mein Interesse geweckt.« Und er dachte: Kannst du es noch mal tun?

»Ja, wenn Sie möchten«, antwortete der Engländer. »Ein Mensch in Ihrer Geistesverfassung ist – leider – mühelos zu verstehen. Ihre gesteigerte Empfindsamkeit funktioniert, fürchte ich, in zwei Richtungen. Aber ich kann Ihnen zeigen, wie Sie Ihre Gedanken verbergen, wie Sie sie gewissermaßen abschirmen können, wenn Sie wollen. Andererseits ist das eigentlich nicht notwendig. Es laufen nicht viele Leute wie ich herum.«

Michael mußte wider Willen lächeln. Alles das wurde in so vornehmer Bescheidenheit geäußert, daß er sich davon halbwegs überwältigt und jedenfalls beruhigt fühlte. Der Mann wirkte absolut aufrichtig. Ja, der einzige Gefühlseindruck, den Michael überhaupt empfing, war der von Güte, was ihn ein wenig überraschte.

Michael ging um das Klavier herum zu den geblümten Vorhängen und zog an der Schnur. Es war ihm zuwider, morgens in einem elektrisch beleuchteten Zimmer zu sein, und er war sofort wieder glücklich, als er jetzt auf die St. Charles Avenue hinunterschaute, auf den breiten Grasstreifen und die Straßenbahnschienen und das staubige Laub der Eichen. Er hatte vergessen, daß die Eichenblätter so dunkelgrün waren.

Er mußte hinaus, mußte wieder zu dem Haus in der First Street. Aber es war ihm schneidend bewußt, daß der Engländer ihn beobachtete. Und wieder spürte er nichts als Ehrlichkeit bei dem Mann, nichts als eine Art gesunden guten Willens.

»Okay, ich bin neugierig«, sagte er und drehte sich um. »Und ich bin dankbar. Aber das alles gefällt mir nicht. Wirklich nicht. Also gebe ich Ihnen – wohlgemerkt, aus Neugier und Dankbarkeit – zwanzig Minuten Zeit, mir zu erklären, wer Sie sind und warum Sie hier sind und was das alles soll.« Er setzte sich dem Mann und dem papierübersäten Tisch gegenüber auf ein Samtsofa und knipste die Lampe aus. »Ach, und danke für das Bier. Das Bier weiß ich wirklich zu schätzen.«

»Im Kühlschrank in der Küche dort hinten ist noch mehr«, sagte der Engländer mit unerschütterlicher Freundlichkeit.

»Sehr aufmerksam«, sagte Michael. Er fühlte sich wohl in diesem Zimmer. Eigentlich konnte er sich aus seiner Kindheit nicht mehr daran erinnern, aber behaglich war es mit seinen dunkel tapezierten Wänden, den weichen Polstermöbeln und den niedrigen Messinglampen.

»Sie möchten nicht vielleicht einen Cognac?« fragte der Mann. Michael sah eine kleine Brandyflasche und ein Glas.

»Nein. Warum haben Sie oben eine Suite? Was ist los?«

»Mr. Curry, ich gehöre einer alten Organisation an«, sagte der Mann. »Sie heißt Talamasca. Haben Sie den Namen schon einmal gehört?«

Michael überlegte einen Augenblick. »Nein.«

»Wir reichen bis ins elfte Jahrhundert zurück. Eigentlich noch weiter, aber irgendwann im elften Jahrhundert nahmen wir den Namen Talamasca an, und von da an hatten wir sozusagen eine Satzung und bestimmte Regeln. Modern ausgedrückt, sind wir eine Gruppe von Historikern mit einem Interesse an vorwiegend parapsychologischer Forschung. Hexerei, Spuk, Vampire, Menschen mit bemerkenswerten übersinnlichen Fähigkeiten – alles das interessiert uns, und wir führen ein gewaltiges Archiv mit Informationen darüber.«

»Und das tun Sie seit dem elften Jahrhundert?«

»Ja, und länger, wie gesagt. Wir sind in vieler Hinsicht eine sehr zurückhaltende Gruppe; wir mischen uns ungern ein. Ich will Ihnen unsere Karte und unser Motto zeigen.«

Der Engländer zog eine Karte aus der Tasche, gab sie Michael und kehrte zu seinem Stuhl zurück.

Michael las, was auf der Karte stand.

DIE TALAMASCA
Wir wachen
Und wir sind immer da

Darunter standen Telephonnummern in Amsterdam, Rom und London.

»Sie haben Ihre Zentralen in allen diesen Städten?« fragte Michael.

»Mutterhäuser nennen wir sie«, sagte der Engländer. »Aber um fortzufahren: Wir sind, wie gesagt, sehr zurückhaltend. Wir sammeln Daten. Wir korrelieren, verknüpfen und bewahren Informationen. Aber wir sind sehr aktiv darin, unsere Informationen solchen Leuten zugänglich zu machen, denen sie nützen könnten. Wir haben von Ihrem Erlebnis aus den Londoner Zeitungen und durch eine Kontaktperson in San Francisco erfahren. Und wir dachten uns, wir könnten Ihnen, nun, ... behilflich sein.«

Michael zog den rechten Handschuh aus. Er zupfte langsam an jedem Finger, legte den Handschuh beiseite. Er nahm die Karte in die Hand. In einem grellem Aufblitzen sah er Lightner, der in einem anderen Hotelzimmer mehrere solcher Karten in seine Tasche steckte. New York City. Zigarrenduft. Verkehrslärm. Ganz kurz eine Frau irgendwo, die schnell und mit britischem Akzent mit Lightner sprach...

»Warum stellen Sie keine spezifische Frage, Mr. Curry?«

Seine Worte rissen Michael aus der Bilderflut. »Okay«, sagte er. *Sagt dieser Mann mir die Wahrheit?* Die Flut ging weiter, erdrückend, entmutigend, Stimmen wurden lauter, wirrer. Durch das Getöse hörte Michael von neuem Lightners Stimme.

»Konzentrieren Sie sich, Mr. Curry. Sind wir gute Menschen oder sind wir keine?«

Michael nickte, wiederholte stumm die Frage, und dann konnte er es nicht länger ertragen. Er legte die Karte auf den Tisch und achtete darauf, daß er nicht mit den Fingerspitzen die Tischplatte berührte. Er zitterte leicht, als er den Handschuh wieder überstreifte. Sein Blick wurde wieder klar.

»Was wissen Sie jetzt?« fragte Lightner.

»Etwas über die Templer – Sie haben ihr Geld gestohlen«, sagte Michael.

»Was?« Lightner war verdutzt.

»Sie haben ihr Geld gestohlen. Deshalb haben Sie all diese Mutterhäuser in aller Herren Länder. Sie haben das Geld der Templer gestohlen, als der französische König sie verhaften ließ. Sie hatten es Ihnen zur Aufbewahrung anvertraut, und Sie haben es behalten. Und Sie sind reich. Sie sind allesamt stinkreich. Und Sie schämen sich dessen, was mit den Tempelrittern passiert ist – daß man sie der Hexerei beschuldigt und vernichtet hat. Diesen Teil der Angelegenheit kenne ich natürlich aus den Geschichtsbüchern. Geschichte war mein Fach. Ich weiß, was mit ihnen passiert ist. Der französische König wollte ihre Macht brechen. Von Ihnen wußte er anscheinend nichts.«

Lightner starrte ihn an, voll unschuldigen Staunens, wie es schien. Dann wurde er rot, und sein Unbehagen schien zu wachsen. Michael lachte, obwohl er sich bemühte, es zu lassen. Er bewegte die Finger in seinem rechten Handschuh. »Ist es das, was Sie meinten, als Sie sagten, ich solle mich konzentrieren und spezifische Fragen stellen?«

»Nun ja, vermutlich meinte ich das, ja. Aber, Mr. Curry, wenn Sie sich in der Geschichte auskennen, werden Sie wissen, daß niemand außer dem Papst in Rom die Tempelritter hätte retten können. Wir jedenfalls waren gewiß nicht in der Lage dazu, als die obskure, kleine und streng geheime Organisation, die wir waren. Und offen gesagt: Als die Verfolgung zu Ende war, als Jacques de Molay und die anderen bei lebendigem Leibe verbrannt worden waren, da war niemand mehr da, dem wir das Geld hätten zurückgeben können.«

Michael lachte wieder. »Sie brauchen mir das alles nicht zu erzählen, Mr. Lightner. Aber Sie schämen sich tatsächlich einer Sache, die vor sechshundert Jahren passiert ist. Was für ein wunderlicher Haufen müssen Sie sein. Übrigens habe ich – was immer das wert sein mag – einmal eine Arbeit über die Tempelritter geschrieben, und ich stimme Ihnen zu. Niemand hätte ihnen helfen können, nicht einmal der Papst, soweit ich es übersehen kann. Und wenn Sie aus ihrer Deckung gekommen wären, hätte man Sie gleichfalls auf den Scheiterhaufen gebracht.«

Wieder errötete Lightner. »Zweifellos«, bestätigte er. »Sind Sie nun davon überzeugt, daß ich Ihnen die Wahrheit sage?«

»Überzeugt? Ich bin beeindruckt!« Michael betrachtete ihn eine ganze Weile. Wieder hatte er den Eindruck eines Menschen, der die gleichen Werte vertrat wie Michael selbst. »Und die Arbeit Ihrer Organisation ist der Grund, weshalb Sie mir gefolgt sind«, fragte Michael, »und – wie sagten Sie gleich? – Mißhelligkeiten und Unbequemlichkeiten ertragen und mein Mißfallen in Kauf genommen haben?« Er nahm die Karte, was mit dem Handschuh nicht so einfach war, und schob sie in die Hemdtasche.

»Nicht nur«, sagte der Engländer. »Obgleich mir sehr daran liegt, Ihnen zu helfen – und wenn das herablassend oder beleidigend klingt, so tut es mir leid. Wirklich. Aber es ist wahr, und es ist sinnlos, jemanden wie Sie zu belügen.«

»Nun, es wird Sie vermutlich kaum überraschen, daß es in den letzten paar Wochen Gelegenheiten genug gegeben hat, wo ich laut um Hilfe gebetet habe. Aber jetzt geht es mir schon besser als noch vor zwei Tagen. Viel besser sogar. Ich bin dabei, zu tun, was ich ... tun zu müssen glaube.«

»Sie besitzen ein enormes Talent, und Sie begreifen es eigentlich nicht«, sagte Lightner.

»Aber dieses Talent ist unwichtig. Ich rede von meiner Aufgabe. Haben Sie die Artikel über mich in den Zeitungen gelesen?«

»Ja. Alles Gedruckte, was ich finden konnte.«

»Na, dann wissen Sie, daß ich diese Visionen hatte, als ich tot war, daß *sie* mit meiner Rückkehr einen Zweck verbanden und daß aus irgendeinem Grunde meine Erinnerung daran restlos ausgelöscht ist. Na, beinahe restlos jedenfalls.«

»Ja, ich weiß.«

»Dann wissen Sie auch, daß es auf die Sache mit den Händen nicht ankommt«, sagte Michael unbehaglich. Er nahm einen großen Schluck Bier. »Niemand glaubt besonders an diesen Auftrag. Aber inzwischen sind drei Monate vergangen, seit der Unfall passiert ist, und das Gefühl, das ich habe, ist immer noch dasselbe. Ich bin wegen des Auftrags hierhergekommen. Es hat etwas mit dem Haus zu tun, wo ich gestern abend war. Mit dem Haus in der First Street.«

Der Mann musterte ihn eingehend. »Das Haus hat mit den Visionen zu tun, die Sie sahen, als Sie ertrunken waren?«

»Ja, aber fragen Sie mich nicht, was. Seit Monaten sehe ich das Haus wieder und wieder in meinen Gedanken. Ich sehe es im Schlaf. Es hat etwas damit zu tun. Ich bin zweitausend Meilen geflogen, weil es etwas damit zu tun hat. Aber nochmals: Fragen Sie mich nicht, was.«

»Und Rowan Mayfair? Was hat sie damit zu tun?«

Michael stellte langsam die Bierdose hin und betrachtete den Mann abschätzend. »Sie kennen Dr. Mayfair?«

»Nein, aber ich weiß viel über sie und über ihre Familie.«

»Ach ja? Das könnte sehr interessant für sie sein. Aber was haben Sie mit ihrer Familie zu tun? Haben Sie nicht gesagt, Sie hätten vor meinem Haus in San Francisco gewartet, weil Sie mit mir sprechen wollten?«

»Ich bin sehr verwirrt, Mr. Curry. Vielleicht könnten Sie mich aufklären. Wie kam Dr. Mayfair dorthin?«

»Hören Sie, allmählich habe ich Ihre Fragerei satt. Sie war da, weil sie mir helfen wollte. Sie ist Ärztin.«

»Sie war in ihrer Eigenschaft als Ärztin da?« fragte Lightner beinahe flüsternd. »Dann habe ich unter einem falschen Eindruck gestanden. Dr. Mayfair hat Sie gar nicht hergeschickt?«

»Mich hergeschickt? Um Himmels willen, nein. Warum, zum Teufel, sollte sie das tun? Sie war nicht einmal dafür, daß ich herfuhr – außer, damit ich es mir endlich vom Herzen schaffe. Die Wahrheit ist: Ich war so betrunken, als sie mich abholte, daß ich mich fast frage, wieso sie mich nicht eingewiesen hat. Aber wie kommen Sie darauf, Mr. Lightner? Weshalb sollte sie mich herschicken?«

»Sie kannten Dr. Mayfair nicht, bevor Sie die Visionen hatten?«

»Nein. Ich habe sie erst kurz danach kennengelernt.«

»Ich verstehe nicht.«

»Sie hat mich gerettet, Lightner. Sie hat mich aus dem Meer gezogen. Da habe ich sie das erstemal zu Gesicht bekommen – als sie mich an Deck ihres Bootes wiederbelebte.«

»Mein Gott, davon hatte ich keine Ahnung.«

»Tja, ich bis Freitagabend auch nicht. Ich meine, ich wußte weder, wie sie hieß, noch wer sie war, noch sonst irgend etwas. Die Küstenwache hatte es vermasselt. Sie hatten sich weder ihren Namen noch die Zulassungsnummer ihres Bootes geben lassen, als ihr Notruf gekommen war. Aber sie hat mir da draußen das Leben gerettet. Sie hat so was wie einen starken diagnostischen Sinn, gewissermaßen einen sechsten Sinn, der ihr sagt, ob ein Patient überleben oder ob er sterben wird. Sie fing sofort mit der Wiederbelebung an. Manchmal frage ich mich, ob die Küstenwache, wenn sie mich gefunden hätte, es auch nur versucht hätte.«

Lightner starrte schweigend auf den Teppich. Er schien zutiefst beunruhigt zu sein. »Und Sie haben ihr dann von diesen Visionen erzählt.«

»Ich wollte noch einmal auf ihr Boot. Ich hatte die Idee, daß mein Erinnerungsvermögen vielleicht wieder einsetzen würde, wenn ich auf dem Deck niederknien und die Planken berühren könnte. Und das Erstaunliche ist, sie hat gleich mitgemacht. Sie ist keine gewöhnliche Ärztin.«

»Nein, da stimme ich durchaus mit Ihnen überein«, sagte Lightner. »Und was ist passiert?«

»Nichts – das heißt, nichts, außer daß ich Rowan kennenlernte.« Michael hielt inne; er fragte sich, ob dieser Mann wohl erraten konnte, wie es zwischen ihm und Rowan stand.

»Jetzt, denke ich, schulden Sie mir ein paar Antworten«, sagte Michael. »Was wissen Sie über Rowan Mayfair und ihre Familie? Und wie kommen Sie darauf, daß sie mich hergeschickt hat? Ausgerechnet mich? Warum, zum Teufel, sollte sie das tun?«

»Nun, eben das wollte ich herausfinden. Ich dachte, es habe vielleicht etwas mit der Kraft in Ihren Händen zu tun, und sie habe Sie gebeten, irgendwelche heimlichen Nachforschungen für sie anzustellen. Das war die einzige Erklärung, die mir möglich schien. Aber,

Mr. Curry, woher wußten Sie von diesem Haus? Ich meine, wie kamen Sie auf den Zusammenhang zwischen dem, was Sie in den Visionen gesehen haben, und...«

»Ich bin hier großgeworden, Lightner. Als kleiner Junge habe ich dieses Haus geliebt. Ich bin dauernd dran vorbeispaziert, und ich hab's nie vergessen. Schon bevor ich ertrank, dachte ich immer an das Haus. Ich gedenke herauszufinden, wem es gehört und was das alles zu bedeuten hat.«

»Wirklich«, sagte Lightner halb flüsternd. »Sie *wissen* nicht, wem es gehört?«

»Nein, ich sagte gerade, ich gedenke es herauszufinden!«

»Sie haben gestern abend versucht, über den Zaun zu steigen.«

»Daran erinnere ich mich. Hätten Sie jetzt vielleicht die Güte, mir ein paar Dinge zu erzählen? Sie wissen über mich Bescheid. Sie wissen von Rowan Mayfair. Sie wissen über das Haus Bescheid. Sie kennen Rowans Familie...« Michael brach ab und starrte Lightner an. »Rowans Familie!« sagte er. »Denen gehört das Haus?«

»Sie haben es gebaut«, sagte Lightner leise. »Und falls ich nicht einem betrüblichen Irrtum unterliege, wird das Haus nach dem Tode ihrer Mutter Rowan Mayfair gehören.«

»Ich glaube Ihnen kein Wort«, flüsterte Michael, aber natürlich glaubte er ihm doch. Wieder umfing ihn die Atmosphäre der Visionen, nur um sich sofort wieder zu verflüchtigen, wie sie es immer tat. Er starrte Lightner an und brachte keine der Fragen über die Lippen, die ihm im Kopf herumschwirrten.

»Mr. Curry, haben Sie noch ein wenig Geduld mit mir. Bitte. Erklären Sie mir in allen Einzelheiten, wie das Haus mit Ihren Visionen zusammenhängt. Oder, spezifischer gefragt, wie es kam, daß Sie es als Kind kennenlernten, und warum Sie sich daran erinnern.«

»Nicht, solange Sie mir nicht erzählt haben, was Sie über all das wissen«, sagte Michael. »Ist Ihnen klar, daß Rowan...«

Lightner fiel ihm ins Wort. »Ich bin bereit, Ihnen eine Menge über das Haus und die Familie zu erzählen, aber ich möchte, daß Sie zuerst sprechen. Daß Sie mir alles erzählen, woran Sie sich erinnern, alles, was Ihnen irgendwie bedeutsam vorkommt, auch wenn Sie sich keinen Reim darauf machen können. Möglicherweise werde ich es können. Begreifen Sie, worauf ich hinauswill?«

»Okay, meine Informationen für Ihre Informationen.« Es lohnte sich offensichtlich. Es war ungefähr das Aufregendste, was in letzter Zeit passiert war, abgesehen davon, daß Rowan vor seiner Tür gestanden hatte. Und erstaunt merkte er, wie sehr es ihn danach verlangte, diesem Mann alles zu erzählen, alles bis ins letzte Detail.

»Okay«, begann er. »Wie gesagt, als Kind kam ich dauernd an diesem Haus vorbei. Ich machte sogar Umwege, um es zu sehen. Großgeworden bin ich in der Annunciation Street, am Fluß, ungefähr sechs Straßen weiter. Ich sah immer einen Mann im Garten dieses Hauses, denselben Mann, den ich auch gestern abend gesehen habe. Erinnern Sie sich, daß ich Sie gefragt habe, ob Sie ihn gesehen hätten? Nun, ich habe ihn gestern abend am Zaun stehen sehen, und dann noch mal weiter hinten im Garten, und ich will verdammt sein, wenn er nicht haargenau so aussah wie damals, als ich ein kleiner Junge war. Und dabei war ich vier Jahre alt, als ich den Burschen das erstemal zu Gesicht bekam. Mit sechs habe ich ihn in der Kirche gesehen.«

»In der Kirche?« Wieder musterten ihn Lightners Augen, schienen sich in sein Gesicht zu fressen, während der Mann aufmerksam zuhörte.

»Ja, zu Weihnachten, in St. Alphonsus. Ich habe das nie vergessen, weil er ausgerechnet im Altarraum stand, wenn Sie verstehen, was ich meine. Die Krippe stand bei der Kommunionbank, und er war dahinter auf den Stufen zum Seitenaltar.«

»Und Sie sind sicher, daß er es war?«

Michael nickte. »Es war der Mann. Ich habe ihn dann noch mal gesehen, dessen bin ich fast sicher, aber daran habe ich schon seit Jahren nicht mehr gedacht. Es war in einem Konzert in der Stadt, in einem Konzert, das ich nie vergessen werde, weil Isaac Stern an diesem Abend spielte. Es war das erstemal, daß ich so etwas hörte, live, wissen Sie. Jedenfalls sah ich den Mann dort im Publikum. Er schaute mich an.«

Michael stockte; die Szene jenes längst vergangenen Augenblicks kehrte zurück – und machte ihn traurig, denn es war eine so traurige und bedrückende Zeit gewesen. Er schüttelte die Erinnerung ab. Lightner las seine Gedanken, das wußte er.

»Sie sind unklar, wenn Sie aufgeregt sind«, sagte Lightner sanft. »Aber dies ist äußerst wichtig, Mr. Curry...«

»Als ob ich das nicht wüßte! Es hat alles etwas mit dem zu tun, was ich sah, als ich ertrunken war. Ich weiß das, weil ich nach dem Unfall immer wieder darüber nachdachte, als ich mich auf nichts anderes mehr konzentrieren konnte. Ich meine, ich wachte auf, sah das Haus, dachte: Jawohl, fahr hin. Rowan Mayfair nannte es eine fixe Idee.«

»Erlauben Sie, daß ich Sie noch um etwas mehr Geduld bitte«, sagte Lightner. »Würden Sie mir erzählen, was Sie von den Visionen noch in Erinnerung haben? Sie sagten ja, Sie hätten sie nicht restlos vergessen...«

Kurz beschrieb Michael die Frau mit dem schwarzen Haar, das Juwel, das zwischendurch erschien, das unbestimmte Bild oder die Idee einer Tür... »Nicht die Tür des Hauses; die kann es nicht sein. Aber es hat mit dem Haus zu tun.« Und etwas mit einer Zahl, die er vergessen hatte. Nein, nicht die Hausnummer. Keine lange Zahl, zweistellig nur, aber von äußerst wichtiger Bedeutung. Und der Auftrag, natürlich, der Zweck des Ganzen, und das deutliche Gefühl, daß er auch hätte ablehnen können.

»Ich kann nicht glauben, daß sie mich hätten sterben lassen, wenn ich abgelehnt hätte. Sie haben mir in allem die Wahl gelassen. Ich habe mich dafür entschieden, zurückzukommen und den Auftrag zu erfüllen. Als ich erwachte, wußte ich, daß ich etwas furchtbar Wichtiges zu tun hatte.«

Lightner versuchte gar nicht, seine Überraschung zu verbergen. »Gibt es noch etwas, woran Sie sich erinnern?«

»Nein. Manchmal habe ich das Gefühl, ich werde mich gleich an alles erinnern. Aber dann entgleitet mir wieder alles. Ich begann erst vierundzwanzig Stunden danach an das Haus zu denken. Nein, vielleicht sogar noch später. Und sofort spürte ich, daß es einen Zusammenhang gab. Das gleiche Gefühl hatte ich gestern abend. Ich war an den richtigen Ort gekommen, wo ich alle Antworten finden konnte, und noch immer erinnerte ich mich nicht! Das reicht, um einen wahnsinnig zu machen.«

»Ich kann es mir vorstellen«, sagte Lightner, aber er hatte sich immer noch nicht von seiner Überraschung und seinem Erstaunen über all das, was Michael gesagt hatte, erholt. »Lassen Sie mich eine Vermutung äußern. Ist es möglich, daß Sie Rowans Hand nahmen, als Sie wiederbelebt wurden, und daß dieses Bild des Hauses dabei von Rowan zu Ihnen kam?«

»Möglich wäre es, aber Sie lassen eine entscheidende Tatsache außer acht. Rowan weiß nichts über das Haus. Sie weiß nichts über New Orleans, und sie weiß nichts über ihre Familie, abgesehen von der Adoptivmutter, die letztes Jahr gestorben ist.«

Dies schien Lightner nicht recht glauben zu wollen.

»Hören Sie«, sagte Michael. Das Thema schlug ihn immer mehr in seinen Bann, und er wußte das. Tatsächlich sprach er ja auch gern mit Lightner. Aber jetzt ging die Sache doch zu weit. »Sie müssen mir erzählen, wieso Sie über Rowan Bescheid wissen. Freitagabend, als Rowan mich in San Francisco abholte, da hat sie Sie gesehen. Und sie hat gesagt, sie hätte Sie schon einmal gesehen. Sie müssen jetzt ehrlich zu mir sein, Lightner. Was ist das für eine Sache mit Rowan? Wieso kennen Sie sie?«

»Ich werde es Ihnen erzählen«, sagte Lightner mit der ihm eigenen Sanftmut. »Aber ich muß Sie noch einmal fragen: Sind Sie sicher, daß Rowan noch nie ein Bild von dem Haus gesehen hat?«

»Nein. Genau darüber haben wir gesprochen. Sie ist in New Orleans zur Welt gekommen...«

»Ja...«

»Aber sie brachten sie noch am selben Tag weg von hier. Und sie mußte ein Dokument unterschreiben, in dem sie gelobte, nie wieder herzukommen. Ich habe sie gefragt, ob sie je Bilder von den Häusern hier gesehen hätte. Sie hat verneint. Sie konnte nach dem Tod ihrer Stiefmutter nicht die kleinste Information über ihre Familie finden. Sehen Sie es nicht ein? Es kommt nicht von Rowan! Es betrifft Rowan, genauso wie es mich betrifft.«

»Wie meinen Sie das?«

Michael wurde schwindlig bei dem Versuch, es zu fassen. »Ich meine, ich wußte, daß sie mich wegen allem, was mir je passiert war, auserwählt hatten. Wer ich war, was ich war, wo ich gelebt hatte, das alles hing zusammen. Und begreifen Sie nicht? Es geht gar nicht hauptsächlich um mich. Es geht um Rowan. Ich muß sie anrufen. Ich muß es ihr sagen. Ich muß ihr sagen, daß das Haus ihrer Mutter gehört.«

»Bitte tun Sie das nicht«, sagte Lightner mit plötzlicher Eindringlichkeit. »Bitte, ich habe meinen Teil der Abmachung noch nicht erfüllt. Sie haben noch nicht alles gehört, was ich zu sagen habe.«

»Herrgott, sehen Sie es denn nicht? Rowan fuhr wahrscheinlich gerade mit der *Sweet Christine* hinaus, als ich von der Klippe gespült wurde! Wir beide waren auf Kollisionskurs, und dann beschlossen diese Leute, die Leute, die alles wissen, einzugreifen.«

»Ja, ich sehe es... Ich bitte Sie nur, den vollständigen Austausch unserer Informationen abzuwarten, bevor Sie Rowan anrufen.«

Der Engländer sagte noch mehr. Aber Michael hörte ihn nicht. Er verspürte plötzlich eine heftige Orientierungslosigkeit, als verliere er das Bewußtsein; wenn er sich nicht an der Tischkante festhielte, würde er ohnmächtig werden. Aber nicht seinem Körper versagten die Kräfte, sondern sein Geist entglitt ihm, und für eine strahlende Sekunde öffneten sich die Visionen wieder, die schwarzhaarige Frau sprach zu ihm, und irgendwo in luftiger Höhe, weit oben an einem angenehmen Ort, wo er schwerelos und frei war, sah er ein kleines Boot auf dem Meer unter sich, und er sagte: *Ja, ich werde es tun.*

Er hielt den Atem an. In seinem verzweifelten Bestreben, die Visionen nicht wieder zu verlieren, versuchte er nicht, sie im Geiste festzuhalten. Er bedrängte sie nicht. Er verharrte regungslos, fühlte, wie sie ihn wieder in seiner Verwirrung zurückließen, fühlte die Kälte und Festigkeit seines eigenen Körpers um sich herum, fühlte die altvertraute Sehnsucht, den Zorn und den Schmerz.

»O mein Gott«, flüsterte er. »Und Rowan hat nicht die leiseste Ahnung...«

Als er die Augen aufschlug, sah er, daß Lightner neben ihm saß, und er hatte das entsetzliche Gefühl, Sekunden, vielleicht Minuten verloren zu haben.

»Nur ein, zwei Sekunden«, sagte Lightner, der wieder in seinen Gedanken las. »Aber Ihnen ist schwindlig geworden. Sie wären beinahe hingefallen.«

»Ja. Sie ahnen nicht, wie furchtbar es ist, sich nicht zu erinnern. Und Rowan hat etwas überaus Merkwürdiges gesagt.«

»Was denn?«

»Daß sie vielleicht gar nicht wollen, daß ich mich erinnere.«

»Und das fanden Sie merkwürdig?«

»Sie wollen, daß ich mich erinnere. Sie wollen, daß ich tue, was ich zu tun habe. Es hat mit der Tür zu tun, ich weiß es. Und mit der Zahl dreizehn. Und Rowan hat noch etwas gesagt, was mich wirklich umgehauen hat. Sie hat gefragt, ob ich eigentlich genau wüßte, daß die Leute, die ich gesehen habe, wirklich gut sind. Gott, sie hat mich gefragt, ob ich nicht dächte, daß sie für den Unfall verantwortlich sind, wissen Sie – dafür, daß ich einfach so ins Meer hinausgeschwemmt wurde. Mann, ich sage Ihnen, ich werde verrückt.«

»Das sind sehr gute Fragen«, sagte Lightner seufzend. »Sagten Sie dreizehn?«

»Ja? Habe ich das gesagt? Ich weiß nicht... ich nehme an, ich habe es gesagt. Ja, es war die Zahl dreizehn. Gott, jetzt hab' ich's wieder. Es war die Dreizehn.«

»Jetzt hören Sie mir bitte zu. Ich möchte nicht, daß Sie Rowan anrufen. Ich möchte, daß Sie sich anziehen und mit mir kommen.«

»Moment, mein Freund. Sie sind ein sehr interessanter Bursche. Sie sehen in einer Hausjacke besser aus als irgend jemand sonst, den ich je im Kino gesehen habe, und Sie haben eine sehr überzeugende und charmante Art. Aber ich bin jetzt genau da, wo ich sein möchte. Und ich werde gleich wieder zu dem Haus hinübergehen, sobald ich Rowan angerufen habe...«

»Und was genau gedenken Sie dort zu tun? Zu läuten?«

»Na, ich werde warten, bis Rowan kommt. Rowan möchte nämlich kommen, wissen Sie. Sie möchte ihre Familie sehen. Das muß es sein, was hinter all dem steckt.«

»Und der Mann? Was, glauben Sie, hat er mit all dem zu tun?«

Michael verstummte. Er saß da und starrte Lightner an. »Haben Sie den Mann gesehen?« fragte er.

»Nein. Das hat er nicht zugelassen. Er wollte, daß Sie ihn sehen. Und ich wüßte gern, warum.«

»Aber Sie wissen über ihn Bescheid, wie?«

»Ja.«

»Okay, jetzt sind Sie an der Reihe, und ich wäre Ihnen dankbar, wenn Sie gleich anfangen würden.«

»Ja, so haben wir es abgemacht«, sagte Lightner. »Und ich finde es jetzt wichtiger denn je, daß Sie alles wissen.« Er stand auf, ging langsam hinüber zu dem Tisch und begann, die Papiere einzusammeln, die überall verstreut lagen. Sorgfältig legte er sie alle in eine große Ledermappe. »Und alles ist in dieser Akte.«

»Hören Sie, Lightner, Sie schulden mir ein paar Antworten«, sagte Michael.

»Dies ist ein Kompendium von Antworten, Michael. Es kommt aus unseren Archiven. Es befaßt sich ausschließlich mit der Familie

Mayfair, und es reicht zurück bis in das Jahr 1664. Aber Sie müssen Nachsicht mit mir haben: Ich kann es Ihnen hier nicht zum Lesen geben.«

»Wo dann?«

»Wir haben eine Art Klause hier in der Nähe. Ein altes Plantagengebäude. Sehr hübsch.«

»Nein!« antwortete Michael ungeduldig.

Lightner machte eine beschwichtigende Gebärde. »Es ist keine anderthalb Stunden von hier. Ich muß darauf bestehen, daß Sie sich anziehen und mitkommen und daß Sie die Akte in Ruhe und Frieden in Oak Haven lesen und sich alle Fragen aufsparen, bis Sie es getan haben. Wenn Sie diese Akte gelesen haben, werden Sie begreifen, weshalb ich Sie bitte, den Anruf bei Dr. Mayfair hinauszuschieben. Und ich denke, Sie werden froh sein, daß Sie es getan haben.«

»Rowan sollte diese Akte auch sehen.«

»Das sollte sie in der Tat. Und wenn Sie bereit wären, sie ihr für uns in die Hände zu legen, wären wir Ihnen wirklich außerordentlich dankbar.«

Michael musterte den Mann. Er versuchte, sich seinem Charme zu entziehen und über seine Worte in Ruhe nachzudenken. Einerseits fühlte er sich zu Lightner hingezogen und durch sein Wissen beruhigt, andererseits war er mißtrauisch. Vor allem aber sah er mit machtvoller Faszination, wie die Steinchen des Puzzles sich zusammenfügten.

»Ich kann nicht mit Ihnen aufs Land fahren«, sagte er schließlich. »Ich habe nicht den geringsten Zweifel daran, daß Sie aufrichtig sind. Aber ich muß Rowan anrufen, und ich möchte, daß Sie mir Ihr Material hier überlassen.«

»Michael, das Material enthält Informationen zu allem, was Sie mir erzählt haben. Aber ich gebe es nur zu meinen Bedingungen aus der Hand.«

»Sie würden mir nichts vormachen?«

»Nein. Natürlich nicht. Aber machen Sie sich auch selbst nichts vor, Michael. Sie haben immer gewußt, daß der Mann nicht das war... was er zu sein schien. Nicht wahr? Was haben Sie gestern abend gespürt, als Sie ihn sahen?«

»Jaaa, ich habe es gewußt...«, flüsterte Michael. Wieder fühlte er diese Orientierungslosigkeit. Aber ein dunkler, verstörender

Schauer durchrieselte ihn. Er sah den Mann, wie er durch den Zaun auf ihn herabspähte. »O Gott«, flüsterte er. Und ehe er sich versah, geschah etwas völlig Überraschendes. Er hob die rechte Hand und schlug schnell und reflexartig ein Kreuz.

Verlegen sah er Lightner an.

Dann kam ihm ein glasklarer Gedanke, und seine Erregung wuchs. »Könnten sie etwa gewollt haben, daß ich Ihnen begegne? Die Frau mit den schwarzen Haaren – könnte sie gewollt haben, daß diese Begegnung zwischen Ihnen und mir stattfindet?«

»Das können nur Sie beurteilen. Nur Sie wissen, was diese Wesen zu Ihnen gesagt haben. Nur Sie wissen, wer sie wirklich waren.«

»Gott, aber ich weiß es nicht.« Michael legte beide Hände an den Kopf. Er merkte, daß er auf die Ledermappe starrte. Es war eine englische Inschrift darauf. Große Lettern, goldgeprägt, aber halb verschlissen. »›Die Mayfair-Hexen‹«, wisperte er. »Steht das wirklich da?«

»Ja. Würden Sie sich jetzt bitte anziehen und mitkommen? Man wird uns auf dem Land ein Frühstück bereitstellen. Bitte.«

»Sie glauben doch nicht an Hexen!« sagte Michael. Aber *sie* kamen erneut. Und wieder verblaßte das Zimmer. Wieder klang Lightners Stimme fern, waren seine Worte ohne Bedeutung, nur schwache, unaufdringliche Laute, die von weither kamen. Michael schauderte es am ganzen Körper. Ihm war übel. Er sah das Zimmer wieder im staubigen Morgenlicht. Tante Vivian hatte vor Jahren dort drüben gesessen, seine Mutter hier. Aber jetzt war jetzt. Rowan anrufen...

»Noch nicht«, sagte Lightner. »Wenn Sie die Akte gelesen haben.«

»Lightner, Sie haben Angst vor Rowan. Da ist etwas mit Rowan selbst, es gibt irgendeinen Grund, weshalb Sie mich vor ihr schützen wollen...« Er sah die Staubflöckchen, die ihn umtanzten. Wie konnte etwas so Substantielles der ganzen Szene diesen Hauch von Unwirklichkeit verleihen? Er dachte daran, wie er Rowans Hand im Auto berührt hatte. *Warnung.* Und er dachte an Rowan, wie sie danach in seinen Armen gelegen hatte.

»Sie wissen, was es ist«, sagte Lightner. »Rowan hat es Ihnen erzählt.«

»Ach, das ist doch verrückt. Das bildet sie sich ein.«

»Nein, das tut sie nicht. Schauen Sie mich an. Sie wissen, daß ich

Ihnen die Wahrheit sage. Fordern Sie mich nicht auf, in Ihren Gedanken danach zu suchen. Sie wissen es. Sie haben daran gedacht, als Sie das Wort ›Hexen‹ aussprachen.«

»Habe ich nicht. Man kann niemanden töten, bloß indem man seinen Tod herbeiwünscht.«

»Michael, ich bitte Sie um weniger als vierundzwanzig Stunden. Ich setze mein Vertrauen in Sie, und ich bitte Sie, unsere Methoden zu respektieren und mir diese Zeit zu schenken.«

»Ich akzeptiere das nicht!« sagte Michael. »Rowan ist keine Hexe. Das ist verrückt. Rowan ist Ärztin, und Rowan hat mir das Leben gerettet.«

Was für ein Gedanke, daß es ihr Haus sein sollte, das wunderschöne Haus, das Haus, das er liebte, seit er ein kleiner Junge war. Das Gefühl des Abends erwachte in ihm, wie es gestern gewesen war, mit dem Himmel, der violett durch die Äste loderte, während die Vögel schrien wie im tiefen Wald.

All die Jahre hatte er gewußt, daß der Mann nicht real war. Sein Leben lang hatte er es gewußt. In der Kirche hatte er es gewußt...

»Michael, dieser Mann wartet auf Rowan«, sagte Lightner.

»Er wartet auf Rowan? Aber warum hat er sich dann mir gezeigt?«

»Hören Sie, mein Freund.« Der Engländer legte Michael die Hand auf den Arm und drückte ihn herzlich. »Ich habe nicht die Absicht, Sie zu beunruhigen oder Ihre Faszination auszubeuten. Aber dieses Wesen ist seit Generationen mit der Familie Mayfair verbunden. Es kann töten. Aber das kann Dr. Mayfair auch. Ja, es ist leicht möglich, daß sie die erste ihrer Art ist, die ganz allein töten kann – ohne die Hilfe dieser Kreatur. Und sie kommen zueinander, diese Kreatur und Rowan. Es ist nur eine Frage der Zeit, wann sie sich begegnen werden. Jetzt ziehen Sie sich bitte an und kommen Sie mit. Wenn Sie sich bereitfinden, unser Vermittler zu sein und Rowan die Akte über die Mayfair-Hexen für uns zu übergeben, wird damit unseren höchsten Zielen gedient sein.«

Michael schwieg; er versuchte, das alles zu verdauen. Er betrachtete Lightner unruhig, aber er sah dabei unzählige andere Dinge.

Er wollte sich Rechenschaft abgeben über seine Gefühle für den »Mann« von gestern abend. Aber er konnte es nicht. Er war ihm immer auf unbestimmte Weise schön erschienen, als Verkörperung der Eleganz, eine bleiche, seelenvolle Gestalt beinahe, die in ihrem tiefen Gartenversteck eine Art heitere Gelassenheit besaß, die Michael selbst gern besessen hätte. Doch gestern abend, hinter dem Zaun, hatte der Mann versucht, ihm Angst einzujagen. Oder?

Wenn er nur in diesem Augenblick seine Handschuhe losgewesen wäre und den Mann hätte anfassen können! »Man will, daß ich einschreite«, sagte er. »Ich soll es ganz sicher. Und vielleicht soll ich auch dieses Talent meiner Hände benutzen. Rowan meinte…«

»Ja?«

»Sie hat gefragt, weshalb ich dächte, daß diese Kraft meiner Hände mit der Sache nichts zu tun haben sollte, weshalb ich darauf beharrte, daß sie etwas Separates sei…« Wieder dachte er daran, wie es sein würde, den Mann zu berühren. »Vielleicht hängt doch alles zusammen; vielleicht ist diese Kraft nicht nur ein kleiner Fluch, der mir angehängt wurde, um mich verrückt zu machen und aus der Bahn zu werfen.«

»Dachten Sie das?«

Michael nickte. »Sah ja so aus. Es hat mich zum Beispiel daran gehindert, herzukommen. Ich habe mich zwei Monate lang in der Liberty Street verkrochen. Ich hätte Rowan viel früher finden können…« Er schaute auf seine Handschuhe. Wie er sie haßte! Sie machten seine Hände zu Prothesen.

»Also gut«, sagte er schließlich. »Ich komme mit Ihnen. Ich will diese Akte lesen. Ganz. Aber ich will so schnell wie möglich wieder hier sein. Ich hinterlasse ihr eine Nachricht, daß ich bald zurück bin, falls sie anrufen sollte. Sie bedeutet mir etwas. Sie bedeutet mir mehr, als Sie ahnen. Und das hat nichts mit den Visionen zu tun. Es hat damit zu tun, daß sie ist, was sie ist und daß… mir so viel an ihr liegt. Nur das zählt, und sonst nichts.«

»Nicht einmal die Visionen?« fragte Lightner respektvoll.

»Nein. Zwei-, vielleicht dreimal im Leben fühlt man für jemanden, wie ich für Rowan fühle. So etwas bringt eigene Prioritäten, eigene Aufgaben mit sich.«

»Das verstehe ich«, sagte Lightner. »Gut. Ich erwarte Sie in zwanzig Minuten unten. Und ich würde mich freuen, wenn Sie mich von jetzt an Aaron nennen würden – falls Sie wollen. Wir haben zusammen einiges vor uns. Ich fürchte, ich bin schon vor einer Weile darauf verfallen, Sie Michael zu nennen. Aber ich möchte, daß wir Freunde werden.«

Michael duschte, rasierte sich und zog sich an; nach weniger als einer Viertelstunde war er fertig. Bis auf ein paar notwendige Kleinigkeiten packte er seine Sachen aus. Und erst, als er jetzt seinen Koffer nahm, sah er, daß die Signallampe an seinem Telephon neben dem Bett immer noch blinkte. Wieso um alles in der Welt hatte er nicht gleich darauf reagiert, als er es gesehen hatte? Es machte ihn plötzlich wütend.

Sofort rief er die Rezeption an.

»Ja. Eine Dr. Mayfair hat für Sie angerufen, Mr. Curry, und zwar heute früh gegen Viertel nach fünf.« Und die Frau gab ihm Rowans Nummer. »Sie bestand darauf, daß wir den Anruf durchstellen und daß wir bei Ihnen an die Tür klopften.«

»Und das haben Sie getan?«

»Jawohl, Mr. Curry. Aber Sie haben sich nicht gemeldet.«

Und mein Freund Aaron war die ganze Zeit hier, dachte Michael wütend.

»Wir wollten nicht mit dem Nachschlüssel in Ihr Zimmer eindringen.«

»Das ist schon in Ordnung. Hören Sie, ich möchte eine Nachricht für Dr. Mayfair hinterlassen, falls sie noch einmal anruft.«

»Ja, Mr. Curry?«

»Daß ich gut angekommen bin und daß ich sie in vierundzwanzig Stunden anrufen werde. Daß ich jetzt fort muß, aber bald zurückkomme.«

Er legte einen Fünf-Dollar-Schein für das Zimmermädchen auf die Bettdecke und ging hinaus.

Im kleinen, engen Foyer herrschte Hochbetrieb, als er hinunterkam. Im Coffeeshop war es voll und laut. Lightner, der den dunklen Tweed gegen einen makellosen Baumwollkrepp ausgetauscht hatte, stand an der Tür und sah aus wie ein Südstaaten-Gentleman der alten Schule.

»Sie hätten ans Telephon gehen können, als es klingelte«, sagte Michael. Er fügte nicht hinzu, daß Lightner aussehe wie einer jener alten, weißhaarigen Männer, an die er sich von früher erinnerte und die abends ihren Spaziergang durch den Garden District und die Avenue hinauf zu machen pflegten.

»Ich dachte, dazu sei ich nicht berechtigt«, sagte Lightner höflich.

Er hielt Michael die Tür auf und deutete auf den grauen Wagen – eine überlange Limousine –, der am Randstein parkte. »Außerdem befürchtete ich, es könnte Dr. Mayfair sein.«

»Na, sie war es auch«, sagte Michael. Er stieg ein und setzte sich auf den Rücksitz.

»Aha«, sagte Lightner. »Aber Sie haben sie nicht zurückgerufen.« Er nahm neben Michael Platz.

»Abgemacht ist abgemacht«, sagte Michael seufzend. »Aber es gefällt mir nicht. Ich habe versucht, Ihnen klarzumachen, wie es zwischen mir und Rowan steht. Wissen Sie, als ich zwanzig war, da wäre es mir unmöglich gewesen, mich an einem einzigen Abend in eine Frau zu verlieben. Aber jetzt bin ich Ende vierzig, und ich bin entweder dümmer als je zuvor, oder ich weiß endlich genug. Ich kann die Situation einschätzen, sozusagen, und sehe es, wenn jemand so gut wie vollkommen ist. Verstehen Sie, was ich meine?«

»Ich glaube ja.«

Der Wagen war ziemlich alt, aber sehr angenehm mit seinen gutgepflegten grauen Lederpolstern und dem kleinen Kühlschrank in der Ecke. Für Michaels lange Beine war reichlich Platz. Allzu schnell huschte die St. Charles Avenue an den getönten Scheiben vorbei.

»Mr. Curry, ich achte Ihre Gefühle für Rowan, wenngleich ich gestehen muß, daß ich ebenso überrascht wie fasziniert bin. Oh, verstehen Sie mich nicht falsch. Die Frau ist in jeder Hinsicht außergewöhnlich: eine unvergleichliche Chirurgin und ein wunderschönes junges Geschöpf von ganz erstaunlichem Auftreten. Ich weiß das. Aber ich bitte Sie folgendes zu verstehen: Die Akte über die Mayfair-Hexen würde normalerweise niemandem außer einem Mitglied unseres Ordens oder einem Mitglied der Familie Mayfair selbst anvertraut werden. Indem ich Ihnen dieses Material nun zeige, verstoße ich gegen unsere Regeln. Die Gründe für meinen Entschluß liegen auf der Hand. Gleichwohl möchte ich die kostbare Zeit nutzen, um Ihnen ein wenig über die Talamasca zu erzählen – wie wir arbeiten und welches geringe Quantum Loyalität wir im Austausch für unser Vertrauen von Ihnen in Anspruch nehmen möchten.«

»Okay, machen Sie's halblang. Gibt es Kaffee?«

»Ja, natürlich«, sagte Aaron. Er hob eine Thermoskanne und einen Becher aus einem Fach in der Tür und begann, den Becher zu füllen.

»Schwarz genügt«, sagte Michael. Ein Kloß stieg ihm plötzlich in die Kehle, als er die großen, stolzen Häuser der Avenue vorübergleiten sah, die geräumigen Veranden und Kolonnaden und fröhlich gemalten Blendläden, den pastellfarbenen Himmel, umgarnt von einem Geflecht aus tastenden Ästen und leise flatternden Blättern. Unvermittelt kam ihm ein verrückter Gedanke: Eines Tages würde er sich einen Baumwollkreppanzug wie Lightner kaufen, und dann würde er auf der Avenue spazierengehen wie die Gentlemen aus vergangenen Tagen; stundenlang würde er flanieren, Biegung um Biegung, wie die Avenue den fernen Windungen des Flusses folgte, vorbei an all diesen anmutigen alten Häusern, die so lange überlebt hatten. Er fühlte sich berauscht, verrückt, wie er so vollkommen abgetrennt von der Welt hinter getönten Scheiben durch diese zerklüftete, wunderschöne Landschaft glitt.

»Ja, es ist schön hier«, sagte Lightner. »Wirklich wunderschön.«

»Okay, erzählen Sie mir von Ihrem Orden. Dank den Tempelrittern fahren Sie also in solchen Limousinen herum. Was weiter?«

Lightner schüttelte mißbilligend den Kopf, und die Andeutung eines Lächelns spielte auf seinen Lippen. Aber er errötete auch wieder, was Michael gleichzeitig überraschte und amüsierte.

»War doch nur Spaß, Aaron«, sagte Michael. »Los – wie haben Sie die Familie Mayfair überhaupt kennengelernt? Und was, zum Teufel, ist eine Hexe überhaupt, Ihrer Meinung nach? Hätten Sie was dagegen, mir das zu erklären?«

»Eine Hexe ist eine Person, die unsichtbare Mächte an sich ziehen und binden kann«, sagte Aaron. »Das ist unsere Definition. Sie wird auch für Magier und Seher herangezogen. Wir wurden ins Leben gerufen, um Phänomene wie Hexen zu beobachten. Das alles begann in jenen Tagen, die wir heute das Finstere Mittelalter nennen, also lange vor den Hexenverfolgungen, wie Sie sicher wissen. Und es begann mit einem einzigen Magier, einem Alchimisten, wie er sich selbst nannte, der seine Studien an einem einsamen Ort aufnahm und alle Geschichten von übernatürlichen Dingen, die er je gehört oder gelesen hatte, in einem großen Buch sammelte. Sein Name und seine Lebensgeschichte sind einstweilen ohne Belang. Aber charakteristisch für seinen Bericht war der Umstand, daß er für seine Zeit merkwürdig weltlich abgefaßt war. Er war vielleicht der einzige Historiker, der jemals über das Okkulte, das Unsichtbare oder das Geheimnisvolle schrieb, ohne Vorurteile und Behauptungen über den dämonischen Ursprung von Erscheinungen, Geistern und so weiter zugrundezulegen. Und von seiner kleinen Anhängerschar verlangte er die gleiche Unvoreingenommenheit. ›Studieret nur das Werk der sogenannten Bannbinder‹, pflegte er zu sagen. ›Maßet euch nicht an zu wissen, woher ihre Macht kommt.‹

Wir halten es heute weitgehend immer noch so«, fuhr Aaron fort. »Dogmatisch sind wir nur, wenn es darum geht, unseren Mangel an Dogmatik zu verteidigen. Und obgleich wir groß und über die Maßen abgesichert sind, sind wir doch immer auf der Suche nach neuen Mitgliedern, nach Menschen, die unsere Zurückhaltung und unsere langsamen, gründlichen Methoden respektieren, nach Menschen, die die Erforschung des Okkulten ebenso faszinierend finden wie wir, nach Menschen, die über außergewöhnliche Begabungen verfügen, wie Sie mit Ihren Händen... Als ich das erstemal von Ihnen las, wußte ich, das muß ich gestehen, nichts von irgendeiner Verbindung zwischen Ihnen und Rowan Mayfair oder dem Haus in der First Street. Was mir in den Sinn kam, war der Versuch, Sie anzuwerben. Natürlich hatte ich nicht vor, Ihnen das sofort zu sagen. Aber jetzt hat sich alles verändert; da werden Sie mir sicher zustimmen...

Aber was immer in dieser Hinsicht hat geschehen sollen, nach San Francisco bin ich gekommen, um Ihnen unser Wissen zur Verfügung zu stellen, um Ihnen, sollten Sie es wünschen, zu zeigen, wie Sie Ihre Fähigkeit nutzen können, und um Ihnen dann vielleicht zu eröffnen, daß Sie in unserer Art zu leben vielleicht Erfüllung oder Freude finden könnten – genug zumindest, um es jedenfalls für eine Weile in Betracht zu ziehen...

Wissen Sie, Ihr Leben hatte etwas, das mich fasziniert hat – das heißt, soweit ich etwas darüber erfahren konnte, aus öffentlich zugänglichen Aufzeichnungen sowie aus, nun ja, ein paar einfachen Ermittlungen, die wir selbst anstellten. Nämlich, daß Sie anscheinend schon vor dem Unfall an einer Art Kreuzweg angelangt waren: als hätten Sie Ihre Ziele erreicht und wären doch unzufrieden.

Doch zurück zu unserem Orden. Wir haben okkulte Phänomene in der ganzen Welt beobachtet, wie Sie sich leicht denken können. Und unsere Arbeit mit den Hexenfamilien ist nur ein kleiner Teil davon, einer der wenigen, die echte Gefahr mit sich bringen; die Beobachtung von Spukerscheinungen, ja, selbst Fälle von Besessenheit und unsere Arbeit mit Reinkarnation und Gedankenlesen und dergleichen ist praktisch völlig ungefährlich. Bei Hexen ist das eine ganz andere Sache... Das alles wird Ihnen klar werden, wenn Sie die Akte lesen. Vorläufig wünsche ich mir, daß Sie nicht leichtfertig mit dem umgehen, was wir zu bieten haben und was wir tun. Daß Sie, wenn wir uns trennen – einvernehmlich oder im Zwist –, die Rechte der in der Geschichte der Mayfairs erwähnten Personen respektieren...«

»Sie wissen, daß Sie mir in dieser Hinsicht vertrauen können. Sie wissen, was für ein Mensch ich bin«, sagte Michael. »Aber was meinen Sie mit ›gefährlich‹? Sie meinen damit wieder diesen Geist, diesen Mann, und Sie sprechen von Rowan...«

»Sie sind zu voreilig. Was möchten Sie noch über uns wissen?«

»Mitgliedschaft – wie funktioniert das praktisch?«

»Es beginnt mit einem Noviziat, genau wie in einem religiösen Orden. Aber ich will nochmals betonen: Man unterwirft sich nicht etwa einem Kanon von Lehren, wenn man zu uns kommt. Man übernimmt eine Lebenssicht. In der Zeit des Noviziats wohnt man im Mutterhaus, man lernt die älteren Mitglieder kennen und pflegt den Umgang mit ihnen, arbeitet in den Bibliotheken, schmökert nach Belieben darin herum...«

»Das wäre das Paradies«, sagte Michael verträumt. »Aber ich wollte Sie nicht unterbrechen. Erzählen Sie weiter.«

»Auf zwei Jahre der Vorbereitung folgt eine Phase der ernsthaften Verpflichtung, der Feldforschung etwa oder wissenschaftlichen Projekten. Natürlich kann auch ein Mitglied mit einem anderen zusammenarbeiten, und auch in diesem Punkt sind wir nicht mit einem religiösen Orden vergleichbar. Wir nehmen niemandem ein Gehorsamsgelübde ab. Loyalität, Vertrauen – diese Dinge sind uns viel wichtiger. Aber sehen Sie, in letzter Konsequenz läuft alles auf das Verstehen hinaus, darauf, daß man in eine sehr spezielle Gemeinschaft eingeführt und von ihr aufgenommen wird...«

»Das leuchtet ein«, sagte Michael. »Erzählen Sie mir von den Mutterhäusern.«

»Das Haus in Amsterdam ist inzwischen das älteste«, sagte Aaron. »Dann haben wir eins außerhalb von London, und unser größtes und vielleicht unser geheimstes Haus ist in Rom. Natürlich mag die katholische Kirche uns nicht. Sie versteht uns nicht. Sie rechnet uns dem Teufel zu, wie sie es mit den Hexen und den Zauberern und den Tempelrittern getan hat; aber wir haben nichts mit dem Teufel gemein. Wenn er existiert, ist er nicht unser Freund...«

Michael lachte. »Glauben Sie, der Teufel existiert?«

»Ich weiß es nicht, ehrlich gesagt. Aber das würde jedes gute Mitglied der Talamasca sagen.«

»Sagen Sie mir eines, Aaron«, bat Michael.

»Wenn ich kann, gern.«

»Kann man einen Geist berühren? Den Mann, meine ich. Kann man ihn mit den Händen anfassen?«

»Nun, manchmal denke ich, es müßte durchaus möglich sein... zumindest, daß man irgend etwas berührt. Ob sich das Wesen natürlich selbst berühren lassen würde oder nicht, das ist eine ganz andere Frage, wie Sie bald sehen werden.«

Michael nickte. »Dann hängt also alles zusammen. Die Hände, die Visionen und sogar Sie... und Ihre seltsame Organisation. Es hängt alles zusammen.«

»Warten Sie, warten Sie, bis Sie die Akte gelesen haben. Bei jedem Schritt in diesem Spiel: Warten Sie, bevor Sie zur Tat schreiten.«

10

Als Rowan um zehn Uhr aufwachte, zweifelte sie bereits an dem, was sie gesehen hatte. Im warmen Sonnenschein, der das Haus durchflutete, erschien der Geist ihr unwirklich. Sie versuchte, den Augenblick noch einmal heraufzubeschwören, den gespenstischen Lärm von Wasser und Wind. Jetzt kam ihr das Ganze völlig absurd und unmöglich vor.

Allmählich war sie dankbar, daß sie Michael nicht erreicht hatte. Sie wollte schließlich nicht töricht erscheinen, und vor allem wollte sie ihn nicht noch mehr belasten. Andererseits – wie sollte sie sich so etwas eingebildet haben? Einen Mann, der vor der Scheibe stand und sie mit den Fingern berührte und der sie dabei so beschwörend anschaute?

Nun, jetzt war von dem Wesen jedenfalls nichts mehr zu sehen.

Sie ging hinaus auf die Veranda, ans Boot, betrachtete die Pfähle, das Wasser. Nirgends ein Anzeichen dafür, daß irgend etwas nicht in Ordnung war. Aber was für ein Anzeichen hätte auch da sein sollen? Sie blieb am Geländer stehen und genoß für eine Weile den frischen Wind, und sie war dankbar für den dunkelblauen Himmel. Gegenüber glitten mehrere Segelboote langsam und graziös aus dem Yachthafen. Bald würde die Bucht von ihnen übersät sein. Fast hatte sie Lust, mit der *Sweet Christine* hinauszufahren. Aber sie ließ es bleiben und ging wieder ins Haus.

Noch kein Anruf von Michael. Also: entweder *Sweet Christine* oder arbeiten.

Sie war angezogen und gerade im Begriff, zum Krankenhaus zu fahren, als das Telephon klingelte. »Michael«, wisperte sie, aber dann erkannte sie, daß es Ellies alte Leitung war.

»Ein persönliches Gespräch für Miss Ellie Mayfair, bitte.«

»Tut mir leid, aber das geht nicht«, sagte Rowan. »Sie ist nicht mehr hier.« Sagte man es so? Es war niemals angenehm, diesen Leuten zu sagen, daß Ellie tot war.

Am anderen Ende der Leitung hörte man Leute miteinander tuscheln. Dann:

»Würden Sie uns sagen, wo wir sie erreichen können?«

»Würden Sie mir sagen, wer da bitteschön spricht?« fragte Rowan; sie stellte ihre Tasche auf die Küchentheke. Im Haus war es warm von der Morgensonne, und in ihrer Jacke wurde ihr ein bißchen heiß. »Ich übernehme gern die Gebühren, wenn der Anrufer mit mir zu sprechen wünscht.«

Wieder Getuschel, dann die scharfe Stimme einer älteren Frau: »Ich spreche mit ihr.«

Die Vermittlung schaltete sich aus.

»Hier ist Rowan Mayfair.«

»Sagen Sie mir bitte, wann und wo ich Ellie erreichen kann«, sagte die Frau – ungeduldig, vielleicht sogar erbost und sicher alt.

»Sind Sie eine Freundin von ihr?«

»Wenn sie nicht unmittelbar erreichbar ist, möchte ich ihren Mann sprechen, Graham Franklin. Vielleicht haben Sie seine Büronummer?«

Was für eine furchtbare Person, dachte Rowan. Aber allmählich hatte sie den Verdacht, daß dies ein Verwandtschaftsanruf war.

»Graham ist ebenfalls nicht zu erreichen. Wenn Sie mir nur sagen wollten, wer Sie sind, könnte ich Ihnen die Situation vielleicht erläutern.«

»Danke, aber ich ziehe es vor, das nicht zu tun.« Die Stimme war stahlhart. »Es ist unerläßlich, daß ich Ellie Mayfair oder Graham Franklin erreiche.«

Geduld, ermahnte sich Rowan. Sie ist offenbar eine alte Frau, und wenn sie zur Familie gehört, lohnt es sich, dranzubleiben.

»Es tut mir leid, daß ich Ihnen das sagen muß«, sagte sie. »Ellie Mayfair ist voriges Jahr gestorben. An Krebs. Graham starb zwei Monate vor ihr. Ich bin ihre Tochter Rowan. Kann ich irgend etwas für Sie tun? Möchten Sie vielleicht noch etwas wissen?«

Stille.

»Hier spricht deine Tante, Carlotta Mayfair«, sagte die Frau dann. »Ich rufe aus New Orleans an. Warum, in Gottes Namen, wurde ich von Ellies Tod nicht in Kenntnis gesetzt?«

Sofort flackerte Zorn in Rowan auf.

»Ich weiß nicht, wer Sie sind, Miss Mayfair«, sagte sie, und sie zwang sich, langsam und ruhig zu sprechen. »Ich habe weder Adressen noch Telephonnummern von Ellies Verwandten in New Orleans. Ellie hat keine derartigen Informationen hinterlassen. Sie hat ihren Rechtsanwalt angewiesen, niemanden außer ihren Freunden hier zu informieren.«

Rowan merkte plötzlich, daß sie zitterte, und ihre Hand am Hörer wurde feucht. Sie konnte nicht recht glauben, daß sie so grob geworden war, aber es war noch zu früh, um es zu bedauern. Zudem war sie von einer machtvollen Erregung erfüllt; sie wollte nicht, daß diese Frau auflegte.

»Sind Sie noch da, Miss Mayfair?« fragte sie. »Es tut mir leid. Ich glaube, Sie haben mich ein bißchen unvorbereitet erwischt.«

»Ja«, sagte die Frau. »Vielleicht waren wir beide nicht auf so etwas vorbereitet. Anscheinend habe ich keine andere Wahl: Ich muß mit dir direkt sprechen.«

»Ich wäre froh, wenn Sie es täten.«

»Ich habe die unglückselige Pflicht, dir mitzuteilen, daß deine Mutter heute morgen gestorben ist. Ich nehme an, du hast verstanden, was ich sage? Deine Mutter! Ich hatte die Absicht, es Ellie zu sagen und es dann gänzlich ihr zu überlassen, wie oder wann sie dir diese Nachricht eröffnen möchte. Ich bedaure, daß ich es nun so handhaben muß. Deine Mutter starb heute morgen um fünf Minuten nach fünf.«

Rowan war wie betäubt; ebensogut hätte die Frau sie ohrfeigen können. Dies war keine Trauer. Dazu war es zu schneidend, zu schrecklich. Ihre Mutter war jählings zum Leben erwacht, hatte für den Bruchteil einer Sekunde im gesprochenen Wort gelebt und geatmet und existiert. Und im selben Moment war das lebende Wesen für tot erklärt worden: Sie existierte nicht mehr.

Rowan versuchte nicht, zu sprechen. Sie versank in ihr gewohnheitsmäßiges, natürliches Schweigen. Sie sah Ellie vor sich, tot im Bestattungsinstitut, von Blumen umgeben; aber das hier hatte keinen Zusammenhang, barg nicht den süßen Schmerz der Trauer. Und das Papier lag im Safe, seit mehr als einem Jahr. *Ellie, sie hat gelebt, und ich hätte sie kennen können, und jetzt ist sie tot.*

»Es ist absolut nicht erforderlich, daß du herkommst«, fuhr die Frau fort, ohne daß sich ihr Benehmen oder ihr Tonfall merklich geändert hätte. »Erforderlich ist, daß du unverzüglich mit deinem Anwalt Kontakt aufnimmst und mich mit ihm in Verbindung bringst, da dringende Angelegenheiten im Zusammenhang mit deinem Eigentum zu erörtern sind.«

»Oh, aber ich möchte gern kommen«, sagte Rowan, ohne zu zögern. Ihre Stimme klang gepreßt. »Ich möchte sofort kommen. Ich möchte meine Mutter sehen, bevor sie beerdigt wird.« Zur Hölle mit dem Papier und mit dieser unsäglichen Frau, wer immer sie war.

»Das ist kaum angebracht«, wandte die Frau müde ein.

»Ich bestehe darauf«, sagte Rowan. »Ich möchte Ihnen keine Unannehmlichkeiten bereiten, aber ich möchte meine Mutter sehen, bevor sie beerdigt wird. Niemand dort braucht zu wissen, wer ich bin. Ich will einfach nur kommen.«

»Es wäre eine nutzlose Reise. Sicher hätte Ellie das nicht gewollt. Ellie hat mir immer versichert, daß...«

»Ellie ist tot!« flüsterte Rowan heiser vor lauter Anstrengung, sich zu beherrschen. Sie zitterte am ganzen Leibe. »Hören Sie, es bedeutet mir etwas, daß ich meine Mutter sehen kann. Ellie und Graham sind beide nicht mehr da, wie ich Ihnen sagte. Ich...« Sie brachte es nicht heraus. Es klang zu selbstmitleidig und zu vertraulich, wenn sie gestand, daß sie allein war.

»Ich muß darauf bestehen«, sagte die Frau in ihrem unverändert müden, verschlissenen, gefühllosen Ton, »daß du da bleibst, wo du bist.«

»Warum?« fragte Rowan. »Was kümmert es Sie, ob ich komme? Ich sage doch, niemand braucht zu wissen, wer ich bin.«

»Es wird keine öffentliche Totenfeier und Beerdigung geben«, sagte die Frau. »Es ist ohne Bedeutung, wer etwas weiß oder nicht weiß. Deine Mutter wird beerdigt werden, sobald es sich arrangieren läßt. Ich habe darum gebeten, es bis morgen nachmittag zu erledigen. Mit meinen Empfehlungen will ich dir Schmerz ersparen. Aber wenn du nicht hören willst, dann tu, was du tun zu müssen glaubst.«

»Ich komme«, sagte Rowan. »Wann morgen nachmittag?«

»Deine Mutter wird von Lonigan und Söhne in der Magazine Street beerdigt. Die Totenmesse wird in der Kirche Mariä Himmelfahrt in der Josephine Street gelesen. Und die Beerdigung findet statt, sobald ich es arrangieren kann. Es ist völlig sinnlos, daß du zweitausend Meilen weit...«

»Ich will meine Mutter sehen. Ich bitte Sie, zu warten, bis ich dort sein kann.«

»Das ist absolut ausgeschlossen«, erwiderte die Frau mit einem leisen Unterton von Ärger oder Ungeduld. »Ich rate dir, sofort aufzubrechen, wenn du entschlossen bist, zu kommen. Und bitte rechne nicht damit, daß du unter diesem Dach übernachten kannst. Ich verfüge nicht über die nötigen Mittel, um dich angemessen unterzubringen. Das Haus gehört natürlich dir, und ich werde es so schnell wie möglich räumen, wenn du dies wünschst. Aber ich bitte dich, in einem Hotel abzusteigen, bis es sich anders einrichten läßt. Nochmals: Ich habe nicht die Mittel, dich hier aufzunehmen.«

Sorgfältig und immer noch auf die gleiche müde Weise nannte sie Rowan die Adresse. »Haben Sie gesagt, First Street?« fragte Rowan. Das war die Straße, die Michael ihr beschrieben hatte; dessen war sie sicher. »Das war das Haus meiner Mutter?«

»Ich bin die ganze Nacht wach gewesen«, sagte die Frau langsam und kraftlos. »Wenn du schon kommst, kann man dir alles erklären, wenn du hier bist.«

Rowan wollte noch eine Frage stellen, als die Frau zu ihrer Verwunderung auflegte.

Sie war so erbost, daß sie eine Zeitlang keinen Schmerz fühlte. Sie warf den Hörer auf die Gabel, biß sich auf die Lippe und verschränkte die Arme. »Gott, was für eine furchtbare, furchtbare Frau«, flüsterte sie.

Aber jetzt war keine Zeit, zu weinen oder sich Michael herbeizuwünschen. Hastig zog sie ihr Taschentuch hervor, putzte sich die Nase und wischte sich über die Augen, und dann zog sie Block und Stift auf der Küchentheke zu sich heran und notierte, was die Frau ihr gesagt hatte.

First Street, dachte sie und betrachtete, was sie geschrieben hatte. Wahrscheinlich nicht mehr als ein Zufall. Und Lonigan und Söhne, die Worte, die Ellie im Delirium geflüstert hatte, als sie endlos von ihrer Kindheit und von zu Hause geredet hatte. Rasch rief sie die Auskunft von New Orleans und dann das Beerdigungsinstitut an.

Ein Mr. Jerry Lonigan meldete sich.

»Mein Name ist Dr. Rowan Mayfair, und ich rufe aus Kalifornien an. Es geht um eine Beerdigung.«

»Ja, Dr. Mayfair«, sagte eine überaus angenehme Stimme, die sie sofort an Michael denken ließ. »Ich weiß, wer Sie sind. Ich habe Ihre Mutter jetzt hier.« Gott sei Dank – keine Ausflüchte, kein Anlaß für ausführliche Erklärungen. Trotzdem fragte sie sich unwillkürlich, woher der Mann sie kannte. War nicht die ganze Adoptionsgeschichte heimlich und verstohlen durchgeführt worden?

»Mr. Lonigan«, sagte sie und bemühte sich, deutlich zu sprechen und den gepreßten Klang ihrer Stimme zu überhören, »es ist mir sehr wichtig, daß ich vor der Beerdigung dort bin. Ich möchte meine Mutter sehen, ehe sie begraben wird.«

»Natürlich, Dr. Mayfair, das verstehe ich. Aber Miss Carlotta hat gerade angerufen und gesagt, wenn wir sie morgen nicht bestatten... Nun, sagen wir einfach, sie besteht darauf, Dr. Mayfair. Ich kann die Totenmesse für spätestens fünfzehn Uhr ansetzen. Glauben Sie, bis dahin werden Sie es schaffen, Dr. Mayfair? Ich versuche mein Möglichstes, das ganze hinauszuschieben.«

»Ja, absolut, das schaffe ich«, sagte Rowan. »Ich fliege heute abend oder spätestens morgen früh. Aber, Mr. Lonigan – wenn ich Verspätung haben sollte...«

»Dr. Mayfair, ich weiß ja jetzt, daß Sie unterwegs sind; also werde ich den Sarg nicht verschließen, bevor Sie hier sind.«

»Hören Sie, ich gebe Ihnen meine Rufnummer im Krankenhaus. Falls irgend etwas dazwischenkommen sollte, rufen Sie mich bitte an.«

Er notierte sich die Nummer. »Keine Sorge, Dr. Mayfair. Ihre Mutter wird bei Lonigan und Söhne sein, wenn Sie kommen.«

Wieder stiegen ihr die Tränen in die Augen. Er klang so einfach und so hoffnungslos aufrichtig. »Mr. Lonigan, können Sie mir noch etwas sagen?« Ihre Stimme zitterte jetzt sehr.

»Ja, Dr. Mayfair?«

»Wie alt war meine Mutter?«

»Achtundvierzig, Dr. Mayfair.«

»Wie hieß sie?«

Offenbar überraschte ihn diese Frage, aber er faßte sich sofort wieder. »Deirdre hieß sie, Dr. Mayfair. Sie war sehr hübsch. Meine Frau war mit ihr gut befreundet. Sie hat sie geliebt, und früher hat sie sie immer besucht. Meine Frau ist jetzt hier bei mir. Sie ist froh, daß Sie angerufen haben.«

Aus irgendeinem Grund berührte Rowan dies fast ebenso tief, wie all die anderen Neuigkeiten sie berührt hatten. Sie drückte das Taschentuch fest an die Augen und schluckte.

»Können Sie mir sagen, Mr. Lonigan, woran meine Mutter gestorben ist? Was steht auf dem Totenschein?«

»Eine natürliche Todesursache, steht da, Dr. Mayfair, aber Ihre Mutter war krank, sehr krank, und das seit vielen Jahren. Ich kann Ihnen den Namen des Arztes geben, der sie behandelt hat. Ich denke, er wird mit Ihnen reden, da Sie ja selbst Ärztin sind.«

»Geben Sie ihn mir, wenn ich komme«, sagte Rowan. Sie konnte die Tränen kaum mehr unterdrücken. Schnell und leise putzte sie sich die Nase. »Mr. Lonigan, ich habe hier den Namen eines Hotels. Das Pontchartrain. Komme ich von dort leicht zum Bestattungsinstitut und zum Friedhof?«

»Na, von da könnten Sie zu Fuß herkommen, Dr. Mayfair, wenn es nicht so heiß wäre.«

»Ich melde mich bei Ihnen, sobald ich da bin. Aber bitte versprechen Sie mir, daß Sie meine Mutter nicht beerdigen, bevor...«

»Machen Sie sich keine Sorgen, Dr. Mayfair. Aber da ist noch etwas. Meine Frau möchte, daß ich mit Ihnen darüber spreche.«

»Bitte, Mr. Lonigan.«

»Ihre Tante. Carlotta Mayfair – sie will nicht, daß es in der Morgenzeitung angezeigt wird, und offen gesagt ... na ja, ich glaube, es ist auch keine Zeit mehr für eine Anzeige. Aber es gibt so viele Mayfairs, die gern von der Beerdigung wissen würden. Ich meine, die Verwandtschaft wird entrüstet sein, wenn sie erfährt, daß das alles so schnell gegangen ist. Nun liegt es ja, wohlgemerkt, völlig bei Ihnen, und ich werde tun, was Sie sagen, aber meine Frau möchte wissen, ob Sie vielleicht etwas dagegen hätten, wenn sie anfinge, die Verwandten zu informieren. Wenn sie einen oder zwei erreicht hat, werden die natürlich den Rest übernehmen. Also wenn Sie es nicht wollen, tut sie es auch nicht. Aber Rita Mae – das heißt, meine Frau – findet, es wäre eine Schande, Deirdre so zu begraben, ohne daß irgend jemand Bescheid weiß, und sie meint, für Sie wäre es vielleicht gut, mal die Verwandten zu sehen, die dann so kommen. Gott weiß, für Miss Nancy voriges Jahr sind sie scharenweise erschienen. Miss Ellie war auch hier, Ihre Miss Ellie aus Kalifornien, aber das wissen Sie sicher ...«

Nein, das hatte Rowan nicht gewußt. Die Erwähnung von Ellies Namen war ein weiterer dumpfer Schock. Es schmerzte sie, sich Ellie dort unten vorzustellen, unter all den zahllosen, namenlosen Verwandten, die sie selbst nie gesehen hatte. Es erstaunte sie, wie hitzig ihre Wut und ihre Bitterkeit waren. Ellie und die Verwandten. Und Rowan allein in diesem Haus. Wieder kämpfte sie mühsam um ihre Fassung.

»Ja, ich wäre Ihrer Frau sehr dankbar, Mr. Lonigan, wenn sie die Sache in die Hand nehmen könnte. Ich würde die Verwandtschaft gern einmal sehen ...« Sie brach ab; sie konnte nicht weiter. »Und, Mr. Lonigan, was Ellie Mayfair angeht, meine Adoptivmutter – sie ist auch nicht mehr bei uns. Sie ist vergangenes Jahr gestorben. Wenn Sie glauben, daß irgend jemand unter den Verwandten das vielleicht wissen möchte ...«

Oh, das übernehme ich gern. Dr. Mayfair. Dann brauchen Sie's ihnen nicht selbst zu sagen, wenn Sie kommen. Und es tut mir so leid, das zu hören. Wir hatten ja keine Ahnung.«

Es klang, als komme es wirklich von Herzen. Sie glaubte ihm, daß es ihm leid tat. So ein netter, altmodischer Mann.

»Auf Wiedersehen dann, Mr. Lonigan. Wir sehen uns morgen nachmittag.«

Als sie aufgelegt hatte, war ihr so elend zumute, daß sie fürchtete, wenn sie einmal anfinge zu weinen, könnte sie nicht mehr aufhören damit. Sie setzte sich auf einen Schemel in der Küchenecke, zusammengesunken, die Hände vor dem Gesicht. Ihr Schluchzen hallte laut in dem leeren Haus. Schließlich ließ sie den Kopf auf die verschränkten Arme sinken und weinte bis zur Erschöpfung.

Endlich wischte sie sich mit dem Handrücken über das Gesicht, ging zum Kamin und legte sich davor auf den Teppich. Sie hatte Kopfschmerzen, und die ganze Welt kam ihr leer und feindselig vor, ohne die geringste Verheißung von Wärme oder Licht.

Aber das würde vorübergehen. Es mußte. Sie hatte ähnliches gefühlt, als Ellie beerdigt worden war. Sie hatte so gefühlt, im Krankenhauskorridor, als Ellie vor Schmerzen geschrien hatte. Sie wußte, daß es besser wurde. Und dennoch erschien ihr das im Augenblick unmöglich. Als sie an das Papier im Safe dachte, das Dokument, das verhindert hatte, daß sie nach Ellies Tod nach New Orleans gefahren war, verabscheute sie sich dafür, daß sie sich daran gehalten hatte. Und sie verabscheute Ellie, weil sie die Unterschrift von ihr erzwungen hatte.

Eine Stunde mußte sie wohl so gelegen haben; die Sonne schien heiß auf die Dielen ringsum und auf ihre Wange und ihre Arme. Sie schämte sich ihrer Einsamkeit. Sie schämte sich, das Opfer dieses Schmerzes zu sein. Vor Ellies Tod war sie so glücklich gewesen, so unbekümmert, ganz erfüllt von ihrer Arbeit, und sie war in diesem Haus ein- und ausgegangen, in der Sicherheit, Wärme und Liebe zu empfangen und selbst Wärme und Liebe zu geben. Wenn sie daran dachte, wie sehr sie sich auf Michael verlassen hatte, wie sehr sie ihn jetzt brauchte, fühlte sie sich doppelt verloren.

Eigentlich unverzeihlich, daß sie ihn letzte Nacht nach dieser Geistererscheinung so verzweifelt angerufen hatte und daß sie sich jetzt so verzweifelt nach ihm sehnte. Allmählich wurde sie ruhiger. Und dann dämmerte es ihr langsam – der Geist letzte Nacht, und in der letzten Nacht war auch ihre Mutter gestorben!

Sie setzte sich auf und versuchte sich noch einmal an die genauen Details des Erlebnisses zu erinnern. Nur Augenblicke, bevor ihr der Mann erschienen war, hatte sie auf die Uhr geschaut. Es war fünf nach drei gewesen. Und hatte diese schreckliche Frau nicht gesagt: »Deine Mutter ist um fünf nach fünf gestorben?«

Das war *genau* dieselbe Zeit in New Orleans. Aber was für eine verblüffende Möglichkeit, daß die beiden Ereignisse zusammenhängen sollten...

Natürlich, wenn ihre Mutter ihr erschienen wäre, das wäre unglaublich wundervoll gewesen. Aber es war keine Frau gewesen, sondern ein Mann, ein fremder, sonderbar eleganter Mann.

Als sie jetzt nur daran dachte, an den beschwörenden Gesichtsausdruck des Wesens, spürte sie den Schrecken der Nacht von neuem. Sie drehte sich um und schaute beunruhigt zu der Glaswand hinüber. Da war natürlich nichts als der weite, leere blaue Himmel über den dunklen Bergen in der Ferne und das blitzende, funkelnde Panorama der Bay.

Aber was immer es gewesen war, es erschien ihr jetzt unklar, bedeutungslos, ja, trivial neben der Tatsache, daß ihre Mutter gestorben war. Damit hatte sie sich jetzt zu befassen. Und sie vergeudete hier kostbare Zeit.

Sie rappelte sich auf, ging zum Telephon und rief Dr. Larkin zu Hause an.

»Lark, ich brauche Urlaub«, sagte sie. »Es ist unvermeidlich. Können wir über meine Vertretung durch Slattery reden?«

Wie cool ihre Stimme klang, ganz wie die alte Rowan. Aber das war eine Lüge. Während sie sprach, starrte sie die Glaswand an, den leeren Platz auf der Veranda, wo das große, schlanke Wesen gestanden hatte. Wieder sah sie seine dunklen Augen, die ihr forschend ins Gesicht blickten, und sie hatte kaum Ohren für das, was Lark sagte. Ausgeschlossen, dachte sie, daß ich mir dieses verdammte Ding eingebildet habe.

11

Die Fahrt zum Refugium der Talamasca dauerte weniger als anderthalb Stunden. Als sie ankamen, hatte Michael eine ziemlich gute Vorstellung von dem, was die Talamasca war, und er hatte Aaron versprochen, für allezeit vertraulich zu behandeln, was er in der Akte lesen würde. Michael war entzückt von der Idee der Talamasca; er war entzückt von der vornehmen, zivilisierten Art, in der Aaron alles darstellte, und mehr als einmal dachte er bei sich, daß er sich, wäre er nicht wild dazu entschlossen, seinen »Auftrag« auszuführen, mit Freuden der Talamasca angeschlossen hätte.

»Alles, was Sie mir erzählt haben, klingt vertraut; ich habe ein Gefühl des Wiedererkennens, genau wie gestern abend, als ich das Haus sah. Und Sie wissen selbstverständlich, daß die Talamasca mir nicht vertraut sein konnte, daß ich unmöglich von Ihnen gehört und es wieder vergessen haben kann – es sei denn, *sie* hätten es mir erzählt, als ich ertrunken war. Worauf ich aber hinauswill: Meine Zuneigung zu Rowan fühlt sich *nicht* vertraut an. Sie fühlt sich nicht an wie etwas, das vorbestimmt war. Sie ist frisch, und in meiner Vorstellung ist sie irgendwie mit Rebellion verknüpft. Ja, ich erinnere mich, als ich da draußen bei ihr zu Hause war, wissen Sie, in Tiburon, beim Frühstück, da habe ich aufs Wasser hinausgeschaut und beinahe trotzig zu den Wesen gesagt, daß diese Sache mit Rowan mir etwas bedeutet.«

Aaron hörte ihm aufmerksam zu, wie er es die ganze Zeit über getan hatte.

Als sie von der Uferstraße aus links abgebogen und durch das Tor des Anwesens gefahren waren, erkannte Michael es aus seinen Bildbänden. Die eichengesäumte Allee war im Laufe der Jahrzehnte unzählige Male photographiert worden. In ihrer traumhaften Üppigkeit schien sie geradewegs einem Südstaaten-Schauerroman zu entspringen. Riesenhafte, schwarzborkige Bäume streckten ihre knorrigen, schweren Äste aus und bildeten ein dichtes Dach aus plumpen, zerklüfteten Zweigen, das sich bis zu den Veranden des Hauses erstreckte.

Dicke Strähnen von grauem Spanischen Moos hingen von den tiefen, knotigen Ellbogen der Äste. Wurzeln wölbten sich zu beiden Seiten des schmalen, ausgefahrenen Weges drängend zueinander.

Tiefer und tiefer drang der Wagen in den Tunnel aus grünem Licht ein; jäh bohrten sich Sonnenstrahlen hier und da in den Schatten, und jenseits der Allee umschloß das flache Land zu beiden Seiten mit seinem hohen Gras und dem dichten, formlosen Gesträuch den Himmel und das Haus.

Michael drückte auf den Knopf, der das Fenster herabließ. »Gott, fühlen Sie nur diese Luft«, flüsterte er.

»Ja, ganz bemerkenswert, finde ich«, bestätigte Aaron leise. Aber er lächelte Michael nachsichtig an. Die Hitze war überwältigend. Michael störte das nicht.

Stille schien sich auf die Welt zu legen, als das Auto anhielt und sie vor dem breiten, einstöckigen Hause ausstiegen. Es war vor dem Bürgerkrieg erbaut, eines jener Gebäude von sublimer Einfachheit – massig und doch tropisch, ein kantiger Kasten, verziert mit Fenstern, die bis zum Boden reichten, und an allen Seiten umgeben von tiefen Galerien und dicken, glatten Säulen, die das flache Dach trugen.

Schwer zu glauben, dachte Michael, daß hinter der fernen Uferböschung die Schlepper und Frachtkähne auf dem Fluß verkehren sollten, die sie vor weniger als einer Stunde gesehen hatten, als eine tukkernde Fähre sie ans südliche Ufer gebracht hatte. Das einzige, was noch wirklich schien, war diese sanfte Brise, die sich über den Ziegelboden zu ihren Füßen stahl, die breite Doppeltür des Hauses, die sich jetzt auftat, um sie einzulassen, die vereinzelten Sonnenstrahlen, die im Glas der wunderschön geschwungenen Bogenfenster funkelten.

Wo war der Rest der Welt? Das war unwichtig. Wieder hörte Michael die wundersamen Laute, die ihn in der First Street eingelullt hatten – das Singen der Insekten, das wilde, scheinbar verzweifelte Schreien der Vögel.

Aaron drückte seinen Arm, als er Michael hineinführte; den Schock der künstlich abgekühlten Luft merkte man ihm nicht an. »Wir machen einen raschen Rundgang«, sagte er.

Michael hörte ihn kaum. Das Haus hatte ihn in seinen Bann geschlagen, wie Häuser es immer taten. Er liebte Häuser, die so gebaut waren – mit einem breiten, zentralen Hausflur, einer einfachen Treppe und großen, viereckigen Zimmern in vollkommener Ausgewogenheit zu beiden Seiten. Bei der Restaurierung und Einrichtung war ebenso verschwenderisch wie sorgsam vorgegangen worden. Und sehr britisch: dunkelgrüne Teppiche und Bücher in Schränken und Regalen aus Mahagoni, die bis zur Decke reichten. Nur wenige, zierliche Spiegel und ein kleines Spinett in einer Ecke erinnerten an die Zeit vor dem Bürgerkrieg. Der Rest war solide viktorianisch, aber keineswegs unangenehm.

»Wie ein privater Club«, flüsterte Michael. Es war fast komisch, wie hier und da jemand in einem tiefen Gobelinsessel saß und von seinem Buch oder seiner Zeitung nicht einmal aufblickte, als sie lautlos vorüberglitten. Aber die allgemeine Atmosphäre war unmißverständlich einladend. Er fühlte sich wohl hier. Das rasche Lächeln der Frau, die ihnen auf der Treppe begegnete, gefiel ihm. Er hatte Lust, sich selbst irgendwann einen Sessel in der Bibliothek zu suchen. Und durch die zahllosen französischen Fenster sah er ins Grüne hinaus, in ein weit verästeltes Netz, das den blauen Himmel verschluckte.

»Kommen Sie, wir gehen jetzt zu Ihrem Zimmer«, sagte Aaron.

»Aaron, ich bleibe nicht hier. Wo ist die Akte?«

»Natürlich nicht«, sagte Aaron. »Aber Sie brauchen Ruhe, damit Sie nach Belieben lesen können.«

Er führte Michael durch den Korridor im ersten Stock in das Vorderzimmer an der Ostseite. Fenster, die auch hier bis zum Boden reichten, öffneten sich zur Vorder- und zur Seitengalerie. Und obwohl der Teppich hier so dunkel und dick war wie überall, entsprach die restliche Einrichtung doch eher der Pflanzertradition: zwei Kommoden mit Marmorplatten und eines jener überwältigenden vierpfostigen Betten, die für diese Art Haus gemacht zu sein schienen. Handgenähte Steppdecken bedeckten die formlose Federmatratze in mehreren Schichten. Keinerlei Schnitzwerk verzierte die zweieinhalb Meter hohen Bettpfosten.

Aber das Zimmer verfügte über eine überraschende Ausstattung mit modernen Geräten: Es gab einen kleinen Kühlschrank und einen Fernsehapparat in einem holzgeschnitzten Schrank. Gegenüber der Tür schmiegte sich ein Schreibtisch mit einem Stuhl an die Wand, von dem man die vorderen wie die nach Osten gehenden Fenster im Blick hatte. Das Telephon war übersät von Knöpfen und den winzigen, sorgfältig geschriebenen Nummern verschiedener Nebenanschlüsse. Zwei Queen-Anne-Ohrensessel standen wie auf Zehenspitzen vor dem Kamin. Die Tür zu einem angrenzenden Badezimmer war offen.

»Hier ziehe ich ein«, sagte Michael. »Wo ist die Akte?«

»Aber wir sollten erst essen.«

»Sie sollten. Ich kann mir ein Sandwich besorgen und essen, während ich lese. Bitte, Sie haben's mir versprochen. Die Akte.«

Aber Aaron bestand darauf, unverzüglich auf die kleine, mit Fliegengittern versehene Veranda an der Rückseite des ersten Stocks hinauszugehen, wo man einen Blick auf einen formell angelegten Ziergarten mit Kieswegen und verwitterten Springbrunnen hatte, und hier setzten sie sich zum Essen. Es gab ein mächtiges Südstaaten-Frühstück mit Biskuits, Grits und Würstchen sowie reichlich Zichorien-*Café au lait*.

Michael hatte einen Bärenhunger. Und wieder hatte er das Gefühl, das er schon bei Rowan verspürt hatte: Es tat gut, nicht vom Alkohol benebelt zu sein. Es tat gut, einen klaren Kopf zu haben und in den grünen Garten hinauszuschauen, wo die Äste der Eichen bis auf den Rasen hinunterreichten. Es war ein göttliches Gefühl, die warme Luft wieder zu spüren.

»Es ist alles so schnell gegangen«, sagte Aaron und reichte ihm den Korb mit den dampfenden Biskuits. »Ich habe das Gefühl, ich sollte noch mehr sagen, aber ich weiß nicht, was ich noch sagen könnte. Wir hatten ja vor, uns Ihnen langsam zu nähern, damit wir Sie und Sie uns kennenlernen könnten. Ich wollte Sie in unser Mutterhaus nach London einladen, und dort hätte man Sie langsam und behutsam in unseren Orden einführen können. Selbst nach jahrelanger praktischer Arbeit hätte man Sie nicht aufgefordert, eine so gefahrvolle Aufgabe wie die Intervention, die Ihnen bevorsteht, zu übernehmen. Abgesehen von mir ist niemand im ganzen Orden für eine solche Aufgabe überhaupt qualifiziert. Aber nun sind Sie involviert, um es mit einem schlichten modernen Ausdruck zu sagen.«

»Und zwar bis an die Kiemen«, ergänzte Michael; er aß mit Genuß weiter, während er zuhörte. »Aber ich verstehe, was Sie sagen wollen. Es ist, als wollte mich die katholische Kirche an einem Exorzismus teilnehmen lassen, obwohl sie weiß, daß ich nicht mal die Priesterweihe habe.«

»Ganz recht«, sagte Lightner. »Manchmal denke ich, daß wir gerade, weil wir so undogmatisch und fern aller Rituale sind, um so stringenter sind. Unsere Definition von Recht und Unrecht ist subtiler, und wir zürnen denen heftiger, die sich nicht daran halten.«

»Aaron, hören Sie, ich werde keiner Menschenseele in der ganzen weiten Welt von dieser Akte erzählen – außer Rowan. Einverstanden?«

Aaron dachte einen Augenblick lang nach. »Michael«, sagte er dann, »wenn Sie das Material gelesen haben, sollten wir uns eingehender darüber unterhalten, was Sie weiter tun sollen. Jetzt warten Sie, bevor Sie nein sagen. Lassen Sie sich zumindest darauf ein, sich meinen Rat anzuhören.«

»Sie haben Angst vor Rowan, stimmt's?«

Aaron nahm einen Schluck Kaffee und starrte auf seinen Teller. Er hatte nur ein halbes Biskuit gegessen. »Ich bin nicht sicher«, antwortete er. »Mein einziges Zusammentreffen mit Rowan war äußerst merkwürdig. Ich hätte schwören mögen...«

»Was?«

»Daß sie sich verzweifelt wünschte, mit mir zu reden. Mit irgend jemandem zu reden. Und gleichzeitig spürte ich eine gewisse, fast übermenschliche Feindseligkeit in ihr gegenüber anderen Menschen. Ich spürte förmlich, daß sie anders war.«

»Ich will die Akte«, sagte Michael. Er wischte sich mit der Serviette den Mund ab und trank seinen Kaffee aus.

»Natürlich, und Sie sollen sie bekommen.« Aaron seufzte.

»Kann ich jetzt auf mein Zimmer gehen? Ach, und wenn es möglich wäre, daß ich noch eine Kanne von diesem herrlichen, starken schwarzen Kaffee und heiße Milch bekomme...«

»Selbstverständlich.« Aaron führte Michael nach vorn in sein Zimmer und bestellte unterwegs den zweiten Kaffee.

Die dunklen Damastvorhänge vor den vorderen Fenstern waren geöffnet worden, und durch alle Scheiben schien sanftes Sommerlicht, das durch die Bäume hereinsickerte.

Der Aktenkoffer mit der klobigen Akte in ihrer Ledermappe lag auf der Bettdecke. »Alsdann, mein Freund«, sagte Aaron. »Man wird Ihnen den Kaffee bringen, ohne zu klopfen, um Sie nicht zu stören. Setzen Sie sich vorn auf die Galerie hinaus, wenn Sie mögen. Und bitte lesen Sie sorgfältig. Da ist das Telephon, falls Sie mich brauchen. Rufen Sie die Zentrale an und verlangen Sie Aaron. Ich bin in meinem Zimmer unten am Gang, zwei Türen weiter, und hole ein wenig Schlaf nach.«

Michael nahm die Krawatte ab und zog sein Jackett aus; dann ging er ins Bad und wusch sich das Gesicht; er nahm gerade seine Zigaretten aus dem Koffer, als der Kaffee kam.

Überrascht und ein bißchen beunruhigt sah er, daß Aaron mit sorgenvoller Miene zurückkam. Dabei waren kaum fünf Minuten vergangen.

Aaron befahl dem jungen Hausdiener, das Kaffeetablett dem Fenster gegenüber auf den Tisch zu stellen, und wartete, bis er gegangen war.

»Schlechte Nachrichten, Michael.«

»Was soll das heißen?«

»Ich habe soeben in London angerufen und mir meine Nachrichten durchgeben lassen. Anscheinend haben sie versucht, mich in San Francisco zu erreichen, um mir zu sagen, daß Rowans Mutter im Sterben liegt.«

»Rowan wird das wissen wollen, Aaron.«

»Es ist vorbei, Michael. Deirdre Mayfair ist heute morgen gegen fünf gestorben.« Seine Stimme klang ein wenig brüchig.

»Wie furchtbar für Rowan«, sagte Michael. »Sie ahnen nicht, wie das auf sie wirken wird. Sie können sich's einfach nicht vorstellen.«

»Sie ist unterwegs hierher, Michael. Sie hat den Bestatter angerufen und ihn gebeten, die Begräbnisfeier zu verschieben. Er war einverstanden. Dabei hat sie sich nach dem Pontchartrain Hotel erkundigt. Wir werden natürlich feststellen, ob sie ein Zimmer reserviert hat oder nicht. Aber ich glaube, wir können damit rechnen, daß sie sehr bald eintrifft.«

»Sie sind schlimmer als das FBI, wissen Sie das?« sagte Michael.

»Ja, wir sind sehr gründlich«, bestätigte Aaron betrübt. »Wir denken an alles. Ich frage mich, ob Gott die Vorgänge, die wir beobachten, ebenso gleichmütig betrachtet wie wir.«

»Sie kannten Rowans Mutter?« fragte Michael.

»Ja, ich kannte sie«, sagte Aaron bitter. »Und ich habe nie auch nur die geringste Kleinigkeit tun können, um ihr zu helfen. Aber so ergeht es uns oft, wissen Sie. Vielleicht wird es diesmal anders sein. Vielleicht auch nicht.« Er ging zur Tür. »Es steht alles dort drinnen«, sagte er und deutete auf die Akte. »Wir haben jetzt keine Zeit mehr zum Reden.«

Michael sah ihm hilflos nach, als er schweigend hinausging. Dieser kleine Gefühlsausbruch war völlig überraschend gekommen, aber er hatte auch beruhigend gewirkt. Es betrübte ihn, daß er nichts Tröstendes hatte sagen können.

Er nahm die lederne Aktenmappe vom Bett und legte sie auf den Schreibtisch. Dann holte er seine Zigaretten und setzte sich in den Ledersessel dahinter. Beinahe abwesend langte er nach der silbernen Kaffeekanne, schenkte sich eine Tasse Kaffee ein und goß heiße Milch hinzu.

Süßer Duft erfüllte das Zimmer.

Er klappte den Deckel auf und nahm die braungebundene Akte heraus, auf der nur stand: »DIE MAYFAIR-HEXEN: NUMMER EINS«. Die Akte enthielt ein dickes, gebundenes Typoskript und einen Umschlag mit der Aufschrift »Photokopien von Originaldokumenten«.

Sein Herz sehnte sich nach Rowan.

Er begann zu lesen.

12

Es war eine Stunde später, als Rowan im Hotel anrief. Sie hatte die paar leichten Sommersachen gepackt, die sie hatte. Tatsächlich war das Packen eine kleine Überraschung gewesen: Wie von ferne hatte sie sich dabei zugeschaut, daß sie auswählte, handelte. Leichtes Seidenzeug war in die Koffer gewandert, Blusen und Kleider, die sie vor Jahren für irgendeinen Urlaub gekauft und seitdem nie wieder getragen hatte. Ein Berg von Schmuck, vergessen seit dem College. Ungeöffnete Parfümfläschchen. Zierliche hochhackige Schuhe, die noch nie aus dem Karton genommen worden waren. In all den Jahren als Ärztin hatte sie keine Zeit für solche Dinge gehabt. Nun, jetzt würden sie ihr gute Dienste leisten. Sie packte auch eine Kosmetiktasche dazu, die sie seit einem Jahr nicht mehr geöffnet hatte.

Eine liebenswürdige Südstaatenstimme meldete sich im Hotel. Jawohl, es gab eine freie Suite. Nein, Mr. Curry sei nicht im Hause. Er habe aber eine Nachricht für sie hinterlassen: Er sei ausgegangen, werde aber binnen vierundzwanzig Stunden zurückrufen. Nein, wo er sei oder wann er zurückkommen werde, wußte man nicht.

»Okay«, sagte Rowan mit müdem Seufzen. »Bitte notieren Sie folgendes: Sagen Sie ihm, ich komme. Sagen Sie ihm, meine Mutter ist gestorben. Die Beerdigung ist morgen, bei Lonigan und Söhne. Haben Sie das?«

»Ja, Ma'am. Und ich möchte Ihnen sagen, daß wir alle sehr traurig sind, das von Ihrer Mutter zu hören. Ich habe mich irgendwie daran gewöhnt, sie da auf ihrer Veranda sitzen zu sehen, wann immer ich vorbeikam.«

Rowan war erstaunt.

»Sagen Sie mir eines, wenn es Ihnen nichts ausmacht«, bat Rowan. »Das Haus, in dem sie wohnte, ist in der First Street?«

»Ja, Ma'am.«

»Heißt die Gegend etwa Garden District?«

»Jawohl, Ma'am, so heißt sie.«

Rowan bedankte sich murmelnd und legte auf. Es ist also die Gegend, die Michael mir beschrieben hat, dachte sie. Und wie kommt es, daß sie alle Bescheid wissen? Ich habe der Frau nicht mal gesagt, wie meine Mutter hieß...

Aber sie sollte jetzt aufbrechen. Sie ging auf die Nordveranda hinaus und vergewisserte sich, daß die *Sweet Christine* auch für das schlechteste Wetter sicher vertäut war. Dann schloß sie das Ruderhaus ab und ging wieder ins Haus.

Zeit für einen letzten Blick durch alle Räume.

Das Haus war wie eine Sache, die sie abgelegt, verbraucht hatte. Und als sie zur *Sweet Christine* hinausschaute, erging es ihr damit genauso.

Es war, als habe das Boot ihr gute Dienste geleistet und sei nun nicht mehr wichtig. All die Männer, mit denen sie in der Kabine unter Deck geschlafen hatte, waren nun nicht mehr wichtig. Ja, eigentlich war es ganz bemerkenswert, daß sie Michael nicht über die kleine Leiter hinunter in die gemütliche Wärme der Kabine mitgenommen hatte. Es war ihr gar nicht in den Sinn gekommen. Michael gehörte zu einer anderen Welt.

Sie hatte plötzlich das starke Bedürfnis, die *Sweet Christine* zu versenken, und mit ihr alle Erinnerungen, die sich daran knüpften. Aber das war töricht. Immerhin hatte die *Sweet Christine* sie zu Michael geführt. Anscheinend verlor sie allmählich den Verstand.

Gottlob fuhr sie jetzt nach New Orleans. Gottlob würde sie ihre Mutter vor der Beerdigung noch einmal sehen, und gottlob würde sie bald mit Michael zusammensein, ihm alles erzählen, ihn bei sich haben. Sie mußte einfach glauben, daß es so sein würde, ganz gleich, warum er nicht angerufen hatte. Sie dachte verbittert an das Dokument in ihrem Safe. Aber auch das war jetzt nicht mehr wichtig; es lohnte sich nicht einmal mehr, zum Safe zu gehen, um es noch einmal anzusehen oder zu zerreißen.

Sie schloß die Tür, ohne sich noch einmal umzuschauen.

Zweiter Teil

Die Mayfair-Hexen

13

DIE AKTE ÜBER DIE MAYFAIR-HEXEN

Vorwort des Übersetzers für die Teile I bis IV:
Die ersten vier Teile dieser Akte enthalten Material, das Petyr van Abel eigens für die Talamasca verfaßt hat – auf Lateinisch und vorwiegend in unserem Code, einer Form des Lateinischen, die die Talamasca vom vierzehnten bis zum achtzehnten Jahrhundert verwendet hat, um Briefe und Tagebücher vor neugierigen Augen zu schützen. Stefan Franck stand seinerzeit an der Spitze des Ordens, und der größte Teil des folgenden Materials ist an ihn adressiert; der Stil ist locker, vertraulich und gelegentlich informell. Gleichwohl war Petyr van Abel sich stets bewußt, daß er für die Nachwelt schrieb, und er achtete daher mit großer Sorgfalt darauf, dem zwangsläufig uninformierten Leser alles zu erläutern und zu erklären. Aus diesem Grunde mag es vorkommen, daß er etwa eine Gracht in Amsterdam beschreibt, obwohl sein Bericht an einen Mann gerichtet ist, der an eben dieser Gracht wohnt.

Wenn Petyrs Weltsicht für seine Zeit überraschend »existentialistisch« erscheint, möge man nur noch einmal bei Shakespeare nachlesen – der fast fünfundsiebzig Jahre früher schrieb –, um zu erkennen, wie durch und durch atheistisch, ironisch und existentialistisch geprägt die Denker jener Zeit waren. Das gleiche läßt sich über Petyrs Einstellung zur Sexualität sagen. Die machtvolle Repression des neunzehnten Jahrhunderts läßt uns manchmal vergessen, daß man im siebzehnten und achtzehnten Jahrhundert in fleischlichen Dingen sehr viel liberaler war.

Was Petyr van Abels vollständigen Bericht angeht – für sich betrachtet eine durchaus beachtliche Geschichte –, so ist er in der Akte unter seinem Namen enthalten; er besteht aus siebzehn Bänden, die alle komplett übersetzt und chronologisch angeordnet wurden.

Wir besitzen zwei verschiedene Porträts von ihm, die in Amsterdam gemalt wurden, das eine von Frans Hals, ausdrücklich für Roemer Franz bestimmt, den Leiter unseres Ordens in jener Periode; es zeigt Petyr als hochgewachsenen, hellhaarigen Jüngling – beinahe nordisch in seiner Größe und Blondheit – mit ovalem Gesicht, vorstechender Nase, hoher Stirn und großen, forschenden Augen. Das andere ist etwa zwanzig Jahre älter und stammt von Thomas de Keyser; es zeigt ein kräftigeres, volleres, wenngleich immer noch auffällig schmales Antlitz mit sauber gestutztem Bart und langem, lockigem Blondhaar unter einem breitrandigen schwarzen Hut. Auf beiden Bildern erscheint Petyr entspannt und beinahe fröhlich, wie es für die Männer auf den zeitgenössischen niederländischen Porträtgemälden typisch war.

Petyr gehörte der Talamasca seit seiner Kindheit an, bis er im Alter von dreiundvierzig Jahren in Erfüllung seiner Pflicht starb – wie aus dem vorliegenden, seinem letzten vollständigen, Bericht an die Talamasca hervorgehen wird.

Als Gedankenleser verfügte er nur über beschränkte Fähigkeiten (er bekennt indessen, daß er in der Verwendung dieses Talents kein Fachmann sei, da er ihm Mißfallen und Argwohn entgegenbringe), und er besaß das Vermögen, durch die Kraft seines Willens kleine Gegenstände zu bewegen, Uhren anzuhalten und andere »Tricks« zu vollbringen.

Als umherstreunendes Waisenkind in den Straßen von Amsterdam kam er mit acht Jahren zur Talamasca. Man erzählt, er habe sehr früh begriffen, daß das Mutterhaus für Menschenseelen, die »anders« waren, so wie er anders war, Schutz und Obdach bot, und so trieb er sich dort herum, schlief in einer Winternacht auf der Türschwelle ein und wäre vielleicht erfroren, hätte Roemer Franz ihn nicht gefunden und hereingeholt. Später stellte man fest, daß er gebildet war, sowohl Lateinisch als auch Holländisch lesen und schreiben konnte und Französisch verstand.

Sein Leben lang hatte er nur sporadische und unzuverlässige Erinnerungen an seine frühe Kindheit in der Obhut seiner Eltern, wenngleich er versuchte, Licht in das Dunkel seiner Herkunft zu bringen, und dabei nicht nur die Identität seines Vaters Jan van Abel – eines berühmten Leidener Chirurgen –, sondern auch umfangreiche Schriften dieses Mannes entdeckte, die ein paar der berühmtesten anatomischen und medizinischen Illustrationen jener Zeit enthielten. Petyr hat oft gesagt, der Orden sei ihm Vater und Mutter geworden. Ein treueres Mitglied hat es nie gegeben.

Aaron Lightner
Die Talamasca, London 1954

DIE MAYFAIR-HEXEN

Teil I/Transkript eins

der Schriften des Petyr van Abel
für die Talamasca
1689

September 1689, Montcleve, Frankreich

Lieber Stefan,
endlich bin ich nun in Montcleve am Rande der Cevennen angekommen – genau gesagt, in den Ausläufern dieser Bergregion –, und die grimmige kleine Festungsstadt mit ihren Ziegeldächern und tristen Bastionen ist in der Tat bereit für die Verbrennung einer großen Hexe, wie man es mir berichtet hat.

Es ist Frühherbst hier, und der Wind aus dem Tal ist frisch, vielleicht mit einem Hauch der Hitze des Mittelmeers versehen, und vor den Toren bietet sich ein höchst erquicklicher Blick auf die Weinberge, wo der heimische Wein, der »Blanquette des Limoux«, angebaut wird.

Da ich am ersten Abend mehr als genug davon getrunken habe, kann ich bezeugen, daß er gerade so gut ist, wie diese armen Städter behaupten.

Aber du weißt, Stefan, ich liebe diese Region nicht, denn in den Bergen hallen noch immer die Schreie der ermordeten Katharer, die hier vor Jahrhunderten in so großer Zahl verbrannt wurden. Wie viele Jahrhunderte müssen vergehen, ehe das Blut so vieler tief genug in die Erde gesickert ist, daß man es vergessen kann?

Die Talamasca wird sich immer erinnern. Wir, die wir in einer Welt von Büchern und bröckelndem Pergament leben, von flackernden Kerzen und brennenden Augen, blinzelnd in der Dunkelheit – wir haben die Hand immerfort auf der Geschichte. Für uns ist sie *jetzt*. Und ich entsinne mich – ja, lange bevor ich auch nur das Wort Talamasca gehört habe –, wie mein Vater von diesen ermordeten Häretikern sprach und von den Lügen, die man wider sie verbreitete. Denn auch er hatte viel über sie gelesen.

Doch ach, was hat das zu tun mit der Tragödie der Comtesse de Montcleve, die morgen auf dem Scheiterhaufen vor dem Portal der Kathedrale von Saint-Michel sterben soll? Sie ist ganz aus Stein, diese alte Festungsstadt; die Herzen ihrer Bewohner sind es nicht, und doch kann nichts die Hinrichtung dieser armen Dame verhindern, wie ich zeigen werde.

Das Herz tut mir weh, Stefan. Ich bin mehr als hilflos, denn ich werde bedrängt von Offenbarungen und Erinnerungen. Und ich habe eine ganz verwunderliche Geschichte zu erzählen.

Doch will ich die Dinge der Reihe nach angehen, so gut ich kann, und mich dabei wie stets – erfolglos – bemühen, mich auf jene Seiten dieses betrüblichen Abenteuers zu beschränken, die es wert sind, vermerkt zu werden.

Erlaube mir als erstes zu sagen, daß ich diese Verbrennung nicht verhindern kann. Die in Frage stehende Dame gilt nämlich nicht nur als verstockte und mächtige Hexe, sondern man bezichtigt sie überdies, ihren Ehegemahl vergiftet zu haben, und das Zeugnis gegen sie ist über die Maßen bestürzend.

Es ist die Mutter des Mannes, die aufgestanden ist und ihre Schwiegertochter des Verkehrs mit Satan und des Mordes beschuldigt hat; und die beiden kleinen Söhne der unglückseligen Comtesse haben in die Anklage ihrer Großmutter eingestimmt, derweil die einzige Tochter der angeblichen Hexe mit ihrem jungen Gemahl aus Martinique und ihrem Säugling bereits nach Westindien geflüchtet ist, um so dem Vorwurf der Hexerei gegen sich selbst zu entrinnen.

Aber nichts von all dem ist so, wie es zu sein scheint. Und ich werde umfassend darlegen, was ich herausgefunden habe. Doch hab Geduld mit mir, denn ich werde bei den ersten Anfängen beginnen und dabei tief in nebelhafte Vergangenheit eindringen. Es gibt hier vieles, was für die Talamasca von Interesse ist, aber nur wenig, was die Talamasca zu bewirken hoffen kann. Ich leide Höllenqualen, derweil ich schreibe, denn ich kenne diese Dame. Ich kam her, weil ich argwöhnte, ich möchte sie kennen, obgleich ich hoffte und betete, es möge nicht so sein.

Als ich dir zuletzt schrieb, verließ ich eben die deutschen Staaten, der furchtbaren Verfolgungen und meiner Ohnmacht müde geworden. Ich hatte zwei Massenverbrennungen in Trier miterlebt – ein ganz abscheuliches Leiden für die armen Seelen, das von den protestantischen Klerikern um so schlimmer gemacht wurde, welche hier ebenso wüten wie die katholischen und mit diesen völlig übereinstimmend behaupten, der Satan treibe sein Unwesen im Lande und erringe seine Triumphe durch die unglaublichsten Leutchen, Einfältige in manchen Fällen, meistens indessen bloß ehrliche Hausfrauen, Bäcker, Tischler, Bettler und dergleichen.

Wie merkwürdig es ist, daß diese frommen Menschen den Teufel für so töricht halten, daß er danach trachte, allein die Armen und Machtlosen zu verderben – warum nicht zur Abwechslung einmal den König von Frankreich? –, und daß die Bevölkerung insgesamt sich dabei so schwach zeigt.

Doch wir haben diese Fragen schon viele Male erörtert, du und ich.

Es zog mich hierher – und nicht ins heimische Amsterdam, nach dem ich mich von ganzem Herzen sehne –, weil die Umstände dieses Prozesses weit und breit bekannt waren und höchst eigentümlich insofern sind, als hier eine große Comtesse beschuldigt wird, nicht etwa die Hebamme des Dorfes oder eine stammelnde Närrin, die sogleich jede nächstbeste arme Seele als Komplizen benennt, und so weiter und so fort.

Aber ich habe viele derselben Elemente gefunden, die auch anderswo zu finden sind, insofern als hier der bekannte Inquisitor Pater Louvier gegenwärtig ist, der sich seit zehn Jahren damit brüstet, er habe schon Hunderte von Hexen verbrannt, und er werde Hexen finden, wenn hier welche zu finden seien. Gegenwärtig ist auch ein populäres Buch über Hexerei und Dämonologie von eben diesem Manne in ganz Frankreich weit verbreitet und wird mit äußerster Faszination gelesen von halbgebildeten Menschen, die hier über weitschweifigen Beschreibungen der Dämonen brüten, als wäre es die Heilige Schrift, wo es in Wahrheit nur ein dummer Dreck ist.

Dies Buch hat die Stadt in seinen Bann geschlagen, und es wird niemanden in unserem Orden überraschen, daß es die alte Comtesse war, die es beigeschafft hat, die Anklägerin der Schwiegertochter höchstselbst, die auf der Kirchentreppe geradeheraus erklärt hat, wäre dieses ehrwürdige Buch nicht, so hätte sie nie erfahren, daß eine Hexe in ihrer Mitte lebte.

Ich traf heute nachmittag um vier Uhr hier ein; ich kam durch die Berge und südwärts ins Tal hinunter, in der Tat eine langsame und beschwerliche Reise zu Pferde. Als ich in Sichtweite der Stadt gekommen war, die wie eine mächtige Festung vor mir aufragte – was sie ja einst auch war –, entledigte ich mich schnurstracks aller Dokumente, die hätten beweisen können, daß ich nicht das bin, als was ich mich ausgegeben habe: ein katholischer Priester und Erforscher der Hexenpest, der durch die Lande zieht und überführte Hexen studiert, auf daß er sie in seiner eigenen Pfarrei hernach um so besser wird ausmerzen können.

Ich legte alle meine verräterischen und belastenden Habseligkeiten in die Kassette und vergrub sie an einem sicheren Platz im Wald. Dann legte ich mein feinstes Pfaffengewand an, ein silbernes Kruzifix und anderes mehr, das mich als reichen Geistlichen auswies, und so ritt ich zum Tor hinauf, vorbei an den Türmen des Château de Montcleve, dem früheren Heim der unglücklichen Comtesse, die ich bis dahin nur als »Braut des Satans« oder »die Hexe von Montcleve« kannte.

Unverzüglich begann ich die, denen ich begegnete, zu befragen: Warum man dort mitten auf dem Platz vor den Stufen der Kathedrale einen so großen Scheiterhaufen errichtet habe, und warum die Händler ihre Stände aufgebaut hätten, um Getränke und Kuchen zu verkaufen, wo doch kein Jahrmarkt weit und breit zu sehen sei? Und wozu die Zuschauerbänke nördlich der Kirche und daneben an den Mauern des Gefängnisses? Warum platzten die vier Gasthöfe der Stadt vor lauter Pferden und Kutschen schier aus den Nähten, und warum wimmelten die Menschen durcheinander, redeten und zeigten zu dem hohen Gitterfenster in der Gefängnismauer über den Zuschauerbänken hinauf und dann zum Scheiterhaufen hinüber?

Ob es etwa mit dem Fest des Heiligen Michael zu tun habe, welches morgen stattfinde: St. Michaelis?

Nicht einer von denen, die ich ansprach, zögerte, mich aufzuklären: Es habe nichts mit dem Heiligen zu tun, obgleich es seine Kathedrale sei, sondern sie hätten sein Fest auserkoren, um Gott und alle seine Engel und Heiligen um so mehr mit der Hinrichtung der schönen Comtesse zu erfreuen, die morgen früh verbrannt werden solle, ohne daß man ihr zuvor die Gunst erwiese, sie zu strangulieren, um ein Exempel zu statuieren für alle Hexen in der Umgebung, deren es viele gebe, auch wenn die Comtesse noch unter der unsagbarsten Folter keine einzige Komplizin angegeben habe – so groß sei die Macht des Teufels über sie –, aber die Inquisitoren würden sie gleichwohl alle entlarven.

Und von diesen Personen, die mich besinnungslos geredet hätten, wenn ich es hätte geschehen lassen, erfuhr ich weiterhin, daß es kaum eine Familie in der Nachbarschaft dieser blühenden Gemeinde gebe, die nicht aus erster Hand die große Macht der Comtesse hätte bezeugen können, denn freimütig habe sie alle Kranken geheilt, ihnen Kräutertränklein gemischt und ihnen die Hand auf die siechen Gliedmaßen oder Leiber gelegt, und dafür haben sie sich nichts erbeten, außer daß man sie in sein Gebet einschließen möge.

Stefan, man hätte meinen mögen, ich sei auf dem Weg zu einer Heiligsprechung, nicht zu einer Hexenverbrennung. Denn niemand, den ich in dieser ersten Stunde traf, da ich gemächlich durch die schmalen Straßen ritt, hierhin und dorthin, als hätte ich mich verirrt, und mit jedem Vorübergehenden auf ein paar Worte verweilte – niemand, sage ich, hatte ein grausames Wort gegen die Dame vorzubringen.

Aber ohne jeden Zweifel waren diese einfachen Leute anscheinend desto erpichter auf ihren Tod als es eine gute und hochstehende Dame war, die vor ihren Augen den Flammen übergeben werden sollte – so, als mache ihre Schönheit und ihre Güte ihren Tod für sie zu einem besonders großartigen Spektakel. Ich sage dir, es erfüllte mein Herz mit solcher Furcht, ihre beredten Lobreden zu hören, zu vernehmen, wie behende sie von ihr zu berichten wußten, und das Glitzern zu sehen, das in ihre Augen trat, wenn sie von ihrem Tode sprachen, daß ich schließlich genug hatte und mich zu dem Scheiterhaufen begab, wo ich auf und ab ritt, um seine beträchtliche Größe in Augenschein zu nehmen.

Ja, man braucht eine große Menge Holz und Kohle, um ein menschliches Wesen ganz und gar zu verbrennen. Ich sah es wie immer voller Grauen und fragte mich dabei, wieso ich mir diese Arbeit auserwählt habe, wo ich doch keine Stadt wie diese mit ihren kahlen

Steinhäusern und ihrer alten, dreitürmigen Kathedrale je betreten kann, ohne in meinen Ohren das Gebrüll des Pöbels zu hören, das Knattern des Feuers, das Husten und Keuchen und endlich das Schreien der Sterbenden. Ganz gleich, wie oft ich diese abscheulichen Verbrennungen mitansehe, ich weiß mich doch nicht unempfindlich dagegen zu machen. Was ist da in meiner Seele, das mich zwingt, dasselbe Grauen wieder und wieder zu suchen?

Habe ich für ein Verbrechen zu büßen, Stefan? Und wann wird der Buße genug getan sein? Glaube ja nicht, daß ich abschweife. Ich will mit all dem auf etwas hinaus, wie du bald sehen und verstehen wirst. Denn einer jungen Frau, die ich einst so innig geliebt wie nur irgend jemanden, bin ich hernach nochmals von Angesicht zu Angesicht begegnet, und lebhafter als ihr Zauber ist mir die Leere in ihrem Antlitz in Erinnerung geblieben, als ich sie nunmehr gewahrte, angekettet auf einem Karren auf einsamer Straße in Schottland, wenige Stunden, nachdem sie ihre eigene Mutter hatte brennen sehen.

Wenn du dich überhaupt an sie erinnerst, wirst du die Wahrheit vielleicht schon erraten haben. Doch blättere jetzt nicht vor. Hab Geduld mit mir. Denn als ich vor dem Scheiterhaufen auf und ab ritt und dem blöden Gestammel zweier einheimischer Weinhändler lauschte, die damit prahlten, schon andere Verbrennungen gesehen zu haben, als sei das ein Grund, stolz zu sein, da kannte ich die ganze Geschichte der Comtesse noch nicht. Jetzt kenne ich sie.

Endlich, es muß gegen fünf gewesen sein, begab ich mich zu dem feinsten Gasthaus der Stadt, dem ältesten zudem, das der Kirche gegenüber steht und mit allen Vorderfenstern auf das Portal von Saint-Michel und den Richtplatz hinausblickt, den ich eben beschrieben habe.

Da die Stadt sich anläßlich des Ereignisses offenbar mit Gästen gefüllt hatte, erwartete ich, daß man mich fortschicken werde. Du kannst dir meine Überraschung vorstellen, als ich sah, daß die Bewohner der besten Kammer im vorderen Teil des Hauses soeben hinausgeworfen worden waren, da sich gezeigt hatte, daß sie ihren feinen Kleidern und Manieren zum Trotz keinen Pfennig Geld besaßen. Sogleich entrichtete ich das kleine Vermögen, das für diese »Prachtgemächer« verlangt wurde; ich bat um eine Anzahl Kerzen, damit ich spät abends noch schreiben könnte – wie ich es jetzt tue –, stieg die krumme kleine Stiege hinauf und sah, daß es eine erträgliche Unterkunft mit einer anständigen Strohmatratze war, nicht zu garstig, wenn man alles in Betracht zog, unter anderem die Tatsache, daß hier eben nicht Amsterdam ist.

»Von hier aus könnt Ihr ausgezeichnet sehen«, vermerkte der Herbergswirt stolz, und ich fragte mich, wie oft er ein solches Spektakel schon gesehen haben mochte und was er sich dabei wohl dachte, doch da redete er schon weiter und sprach davon, wie schön die Comtesse Deborah sei, und betrübt schüttelte er den Kopf wie jedermann, wenn von ihr die Rede war und von dem, was bevorstand.

»Deborah, sagst du? So heißt sie?«

»Ja«, antwortete er. »Deborah de Montcleve, unsere schöne Comtesse – obschon sie ja keine Französin ist, wißt Ihr, und wenn sie nur eine etwas mächtigere Hexe gewesen wäre...« Er brach ab und senkte den Kopf.

Ich sage dir, Stefan, in diesem Augenblick fühlte ich das Messer auf meiner Brust. Ich erriet, wer sie war, und ertrug es kaum, ihn zum Weiterreden zu drängen. Aber ich tat es. »Bitte fahre doch fort.«

»Sie sagte, als sie ihren Gemahl sterben sah, hätte sie ihn nicht retten können; es hätte nicht in ihrer Macht gestanden...« Und wieder brach er mit traurigem Seufzen ab.

Ich stellte mein Schreibpult auf, an dem ich jetzt sitze, räumte die Kerzen weg und begab mich nach unten in die gemeinschaftlichen Räume, wo ein kleines Feuer die klamme Dunkelheit in diesem Gemäuer vertrieb; etliche Philosophen der Stadt saßen davor, um sich zu wärmen oder um ihre berauschten Wänste zu dörren – was weiß ich: ich setzte mich an einen bequemen Tisch, bestellte mir Abendbrot und bemühte mich, die kuriose Obsession aus meinen Gedanken zu verbannen, die jedes behagliche Herdfeuer in mir erweckt: daß die Verurteilten auch diese wohlige Wärme spüren, bevor sie sich in Todesqual verwandelt und ihre Leiber verzehrt.

»Bring mir deinen allerbesten Wein«, befahl ich. »Ich will ihn mit diesen braven Herren hier teilen – in der Hoffnung, daß sie mir von der Hexe erzählen werden, denn ich habe viel zu lernen.«

Meine Einladung wurde sogleich angenommen, und ich aß inmitten eines Parlaments, das gleichzeitig zu sprechen anhob, so daß ich mir zu verschiedenen Zeiten jeweils einen ausersehen konnte, dem ich zuhören wollte, während ich mein Ohr vor den anderen verschloß.

»Worauf gründet sich die Anklage?« fragte ich sogleich.

Und im Chor begannen nun verschiedene Beschreibungen des Sachverhalts. Der Comte war durch den Wald geritten und nach einem Sturz vom Pferde taumelnd nach Hause gekommen. Nach gutem Mahl und gutem Nachtschlaf war er wohl erholt aufgestanden und hatte sich angeschickt, auf die Jagd zu gehen, als ihn aber ein Schmerz überkommen hatte, woraufhin er wieder zu Bett gegangen war.

Die ganze Nacht hatte die Comtesse zusammen mit seiner Mutter an seinem Bett gewacht und seinem Stöhnen gelauscht. »Die Verletzung ist tief in seinem Innern«, hatte die Gemahlin erklärt. »Ich kann nichts dagegen tun. Bald wird ihm das Blut auf die Lippen treten. Wir müssen ihm geben, was wir haben, um den Schmerz zu lindern.«

Und dann war ihm, wie prophezeit, das Blut auf die Lippen getreten, sein Stöhnen war lauter geworden, und er hatte seine Frau, die doch so viele kuriert hatte, jammernd angefleht, sie möge ihm ihre besten Arzneien bringen. Wieder hatte die Comtesse ihrer Schwiegermutter und ihren Kindern anvertraut, dies sei eine Krankheit, gegen die ihre Magie machtlos sei. Und die Tränen waren ihr in die Augen gestiegen.

»Aber kann denn eine Hexe weinen? Ich frage Euch!« rief der Wirt, der den Tisch abgewischt und dabei zugehört hatte.

Ich räumte ein, daß eine Hexe es vermutlich nicht könne.

Sodann schilderten sie mir, wie der Comte weiter gelitten und wie er schließlich geschrien habe, als der Schmerz immer stechender wurde, obgleich sein Weib ihm reichlich Kräuter und Wein gegeben hatte, um die Qualen stumpf und den Geist freizumachen.

»Rette mich, Deborah«, schrie er und weigerte sich, den Priester zu empfangen, als er kam. Doch dann, in seiner letzten Stunde, bleich und fiebernd, blutend aus Mund und Eingeweiden, da zog er den Priester dicht zu sich heran und erklärte, sein Weib sei eine Hexe, ihre Mutter sei wegen Hexerei verbrannt worden, und er müsse nun für all ihre Missetaten büßen.

»Eine Hex', das ist sie, und das ist sie immer gewesen. Was hat sie mir nicht alles gestanden! Hat mich verhext mit den Listen einer jungen Braut, geweint an meiner Brust. Gefesselt hat sie mich an sich und ihre bösen Künste. In der Stadt Donnelaith in Schottland hat ihre Mutter sie in der Schwarzen Magie unterwiesen, und dort ward ihre Mutter auch vor ihren eigenen Augen verbrannt.«

Und seiner Frau, die an seinem Bett kniete und schluchzend die Hände vors Gesicht geschlagen hatte, rief er zu: »Deborah, um der Liebe Gottes willen, ich leide Höllenqualen. Du hast des Bäckers Weib gerettet, du hast die Müllerstochter gerettet. Warum willst du mich nicht retten?«

So wild war seine Raserei, daß der Priester ihm die Sterbesakramente nicht mehr geben konnte, und er starb fluchend: ein wahrlich grauenvoller Tod.

Die junge Comtesse fing gleichfalls an zu toben, als sein Auge sich schloß; sie rief ihn und beteuerte ihre Liebe zu ihm, und dann lag sie selbst wie tot. Ihre Söhne Chrétien und Philippe versammelten sich um sie, und ebenso ihre schöne Tochter Charlotte, und sie suchten sie zu trösten und hielten sie in ihren Armen, da sie hingestreckt am Boden lag.

Die alte Comtesse indessen blieb geistesgegenwärtig, und sie hatte sich wohl gemerkt, was ihr Sohn gesagt hatte. Gleich schlich sie sich in die Privatgemächer ihrer Schwiegertochter, und in den Schränken dort fand sie nicht nur zahllose Salben und Öle und Tränke zur Heilung von Krankheiten und zum Vergiften, sie fand auch eine seltsame Puppe, roh aus Holz geschnitzt, mit einem Kopf aus Knochen, auf den Mund und Augen gezeichnet und schwarze Haare geklebt waren, in denen winzige Seidenblumen steckten. Entsetzt ließ die alte Comtesse das Figürchen fallen, denn sie wußte, daß es etwas Böses sein müsse. Als sie die übrigen Schranktüren aufriß, gewahrte sie Gold und Edelsteine von unermeßlichem Wert, Haufen davon in Kästen und kleinen Seidenbeuteln: Gewiß, erklärte die alte Comtesse, hatte die junge Frau das alles stehlen wollen, wenn ihr Gemahl tot wäre.

Die junge Comtesse wurde noch in derselben Stunde verhaftet, derweil die Großmutter ihre Enkelkinder zu sich in ihre Gemächer kommen ließ, um sie zu lehren, welcher Natur dieses greuliche Übel sei, auf daß sie mit ihr gegen die Hexe einstehen könnten, ohne Schaden zu erleiden.

»Es war aber allen bekannt«, sagte der Sohn des Wirtes, der mehr redete als irgendein anderer der Anwesenden, »daß diese Juwelen das Eigentum der jungen Comtesse waren und daß sie sie aus Amsterdam mitgebracht hatte, wo sie als Witwe eines reichen Mannes gelebt hatte. Unser Comte hingegen, bevor er sich auf die Suche nach einer reichen Gemahlin begab, hatte wenig mehr als ein hübsches Antlitz, fadenscheinige Gewänder und Schloß und Land seines Vaters.«

(Oh, wie diese Reden mich schmerzten, Stefan, vermagst du nicht zu fassen. Doch warte ab und höre meine Geschichte zu Ende.)

Trauriges Seufzen entrang sich der ganzen kleinen Gesellschaft.

»Und so großzügig war sie mit ihrem Gold«, sagte ein anderer. »Man brauchte ja nur zu ihr zu gehen und sie um Hilfe zu bitten, und schon hatte man welches.«

»Oh, sie ist eine mächtige Hexe, daran ist kein Zweifel«, sagte ein anderer. »Wie sonst hätte sie so viele an sich binden können wie den Comte?« Aber selbst diese Worte waren ohne Haß und Angst.

In meinem Kopf drehte sich alles, Stefan.

»Also hat nun die alte Comtesse dieses Geld in ihre Obhut genommen«, stellte ich fest; ich hatte den Kern der Sache erkannt. »Und was, wenn ich fragen darf, ist aus der Puppe geworden?«

»Verschwunden«, sagten alle im Chor, als antworteten sie auf die Litanei in der Kirche. »Verschwunden.« Aber Chrétien habe geschworen, daß er das scheußliche Ding gesehen habe und wisse, daß es vom Satan komme; er habe zudem bezeugt, daß seine Mutter damit gesprochen habe wie mit einem Götzenbild.

Und so ging es weiter; von neuem brach Babel los an unserem Tisch, und sie ließen Tiraden vom Stapel und erklärten, es sei kein Zweifel, daß die schöne Deborah wahrscheinlich auch ihren Amsterdamer Gemahl ermordet habe, bevor der Comte ihr begegnet sei, denn so sei es schließlich Hexenart, nicht wahr – oder könne irgend jemand bestreiten, daß sie eine Hexe sei, nachdem nun die Geschichte ihrer Mutter bekanntgeworden sei?

»Aber hat man denn den Beweis erbracht, daß die Geschichte vom Tod ihrer Mutter wahr ist?« fragte ich beharrlich.

»Vom Parlament von Paris, an welches die Dame sich gewandt hatte, wurden Briefe an den Geheimen Staatsrat von Schottland geschrieben, und von dort erhielt man die Bestätigung, daß zwanzig Jahre zuvor zu Donnelaith in der Tat eine schottische Hexe verbrannt worden sei und eine Tochter namens Deborah hinterlassen habe, die von einem Gottesmann fortgebracht worden sei.«

Wie sank mein Mut, als ich dies vernahm, denn nun wußte ich, daß es keine Hoffnung mehr geben konnte. Gab es ein schlimmeres Zeugnis wider sie denn dieses, daß ihre Mutter vor ihr verbrannt worden war? Und ich brauchte nicht einmal mehr zu fragen, ob das Pariser Parlament ihr Hilfeersuchen abgelehnt habe.

»Ja, und mit dem amtlichen Schreiben aus Paris kam ein illustriertes Flugblatt, das in Schottland noch immer weit verbreitet war, und darin hieß es, die böse Hexe von Donnelaith sei eine Hebamme und eine weise Frau von großem Ruhm gewesen, ehe ihr teuflisches Treiben bekannt geworden war.«

Ich behauptete, ich hätte manche Hinrichtung miterlebt und hoffte, noch viele andere zu sehen, und fragte sodann nach dem Namen der schottischen Hexe – denn vielleicht wären mir ja die Akten ihres Prozesses bei meinen Studien schon unter die Augen gekommen. »Mayfair«, antworteten sie. »Suzanne of the Mayfair, die sich mangels eines anderen Namens Suzanne Mayfair nannte.«

Deborah. Es konnte sich nur um das Kind handeln, das ich vor so vielen Jahren aus dem schottischen Hochland gerettet hatte.

»Aber sie gesteht nicht?«

Nein, sagten sie, doch das Zeugnis wider sie sei so erdrückend, daß es darauf nicht mehr ankomme; ihre Schwiegermutter habe gehört, wie sie mit unsichtbaren Wesen gesprochen habe, ihr Sohn Chrétien habe es mitangesehen, und auch ihr Sohn Philippe und sogar Charlotte, die Tochter. Diese allerdings sei lieber geflohen, als daß sie Fragen gegen ihre Mutter beantwortet hätte. Aber auch andere Leute könnten Zeugnis abgeben von der Macht der Comtesse, die Gegenstände bewegen könne, ohne sie anzurühren, die Zukunft weissage und zahllose andere, unmögliche Dinge vermochte.

»Der Teufel hat sie in Trance versetzt, als sie gefoltert wurde«, behauptete der Sohn des Wirts. »Wie sonst könnte ein menschliches Wesen in einen Dämmerzustand verfallen, derweil glühende Eisen auf sein Fleisch gedrückt werden?«

Bei diesen Worten drehte sich mir der Magen um; ich fühlte mich erschöpft, ja, beinahe überwältigt. »Und sie hat keine Komplizen benannt?« fragte ich. »Denn solche Komplizen zu benennen, bedrängt man sie doch meistens sehr.«

»Ah, aber sie war die mächtigste Hexe, von der man in dieser Gegend je gehört hat, Pater«, sagte der Weinhändler. »Was brauchte sie da andere? Als der Inquisitor hörte, wen sie alles kuriert hatte, verglich er sie mit den großen Zauberinnen der Sage und gar mit der Hexe von Endor selbst.«

»Und wäre nur ein Salomon zugegen«, sagte ich, »der ihm zustimmen könnte.«

Doch das hörten sie nicht.

»Wenn es noch eine Hexe gab, so war es Charlotte«, berichtete der alte Weinhändler. »Einen solchen Anblick habt Ihr noch nicht gesehen wie ihre Neger, wenn sie sonntags mit ihr zur Messe kamen mit ihren feinen Perücken und Röcken aus Satin! Und die drei Mulattinnen für ihren kleinen Sohn. Und ihren Mann, groß und bleich und gebeugt wie ein Weidenbaum; er leidet ja an einer großen Schwäche, die ihn schon in seiner Kindheit befallen hat und von der ihn nicht einmal Charlottes Mutter kurieren konnte. Und – oh! – wenn man erlebt hat, wie Charlotte den Negern befahl, ihren Herrn durch das Dorf zu tragen, treppauf, treppab, und ihm seinen Wein einzuschenken und ihm den Becher an die Lippen und das Mundtuch ans Kinn zu halten... An diesem Tische hier hat er gesessen, hager wie ein Heiliger an der Kirchenmauer, und rings um ihn herum die schwarzen, glänzenden Gesichter, und der größte und schwärzeste von allen – Reginald nannten sie ihn – las seinem Herrn mit dröhnender Stimme aus einem Buch vor. Und wenn man bedenkt, daß Charlotte unter solchen Menschen gelebt hat, seit sie achtzehn war – denn in diesem zarten Alter hat sie den Antoine Fontenay aus Martinique schon geheiratet.«

»Bestimmt war es Charlotte, die die Puppe aus dem Schrank gestohlen hat, ehe der Priester sie in die Hand bekommen konnte«, meinte der Wirtssohn, »denn wer sonst in diesem entsetzten Haushalt hätte ein solches Ding anrühren mögen?«

»Aber ihr habt gesagt, die Mutter konnte ihren Mann nicht heilen«, gab ich sanft zu bedenken. »Und ganz offensichtlich konnte Charlotte selbst es auch nicht. Vielleicht sind diese Frauen doch keine Hexen?«

»Ah, aber Heilen und Heilen ist zweierlei«, antwortete der Weinhändler. »Hätten sie doch ihr Talent nur auf das Heilen verwandt! Aber was hatte die böse Puppe mit der Heilkunst zu tun?«

»Und was ist mit Charlottes Flucht?« fragte ein anderer, der sich eben erst zu der Versammlung gesellt hatte und anscheinend mächtig aufgebracht war. »Was kann das anderes heißen, als daß sie beide zusammen Hexen waren? Denn kaum war die Mutter verhaftet, da flüchtete Charlotte mitsamt ihrem Gemahl und ihrem Kind und allen ihren Negern zurück nach Westindien, wo sie hergekommen waren. Aber zuvor war sie zu ihrer Mutter in den Kerker gegangen und hatte dort mehr als eine Stunde eingeschlossen mit ihr verbracht; die Wärter hatten ihr diese Bitte nur gewährt, weil sie töricht genug gewesen waren, zu glauben, Charlotte wolle ihre Mutter zu einem Geständnis bewegen, was sie freilich nicht vorhatte.«

»Eine kluge Entscheidung schien es immerhin zu sein«, bemerkte ich. »Wohin hat Charlotte sich gewandt?«

»Zurück nach Martinique, so heißt es, zusammen mit ihrem fahlhäutigen und krummknochigen Ehemann, der dort ein Vermögen in den Pflanzungen verdient haben soll – aber ob es stimmt, weiß niemand.«

Mehr als eine halbe Stunde lauschte ich ihrem Geschnatter, derweil man mir den Prozeß schilderte, und wie Deborah ihre Unschuld beteuert habe, wie man sie in ihrer Kerkerzelle nackt ausgezogen, ihr das rabenschwarze Haar abgeschnitten und den Kopf kahlrasiert habe, um nach dem Mal des Teufels zu suchen.

»Und haben sie's gefunden?« fragte ich, innerlich bebend vor Abscheu über diese Vorgänge und bemüht, vor meinem geistigen Auge nicht das Mädchen erstehen zu lassen, das ich in der Vergangenheit gekannt hatte.

»Ja, zwei Male hat man gefunden«, sagte der Wirt, der nun auch zu uns gekommen war und – auf meine Rechnung – eine dritte Flasche Weißwein mitgebracht hatte, aus der er nun allen einschenkte. »Sie behauptete, sie habe sie von Geburt an, und sie seien nicht anders als die, die auch zahllose andere am Körper hätten, und sie verlangte, daß man alle Bürger der Stadt auf solche Male untersuchen müsse, wenn damit irgend etwas bewiesen werden solle, doch niemand glaubte ihr.«

»Und die Tochter«, fragte ich, »was sagte sie über die Schuld ihrer Mutter, ehe sie floh?«

»Kein Wort. Zu niemandem. Und in finsterster Nacht schlich sie sich davon.«

»Eine Hexe«, sagte der Wirtssohn. »Wie hätte sie es sonst übers Herz gebracht, ihre Mutter allein sterben zu lassen, nachdem sogar ihre Söhne sich gegen sie gewandt hatten?«

Inzwischen, Stefan, gelüstete es mich nur noch danach, aus dem Gasthaus zu entkommen und mit dem Gemeindepriester zu sprechen, wenngleich dies, wie du weißt, immer der gefährlichste Teil der Arbeit ist. Denn was, wenn der Inquisitor von da, wo er sitzen und das mit seinem Irrsinn verdiente Geld verschmausen und vertrinken mag, weggeholt wird und mich selbst und – Schrecken über Schrecken – auch mein Werk und meine Verkleidungen von anderswoher kennt? Unterdessen tranken meine neugewonnenen Freunde weiter meinen Wein und erzählten, daß die junge Comtesse von manchem berühmten Maler in Amsterdam gemalt worden sei, so groß sei ihre Schönheit; aber diesen Teil der Geschichte hätte ich ihnen auch selbst erzählen können, und so schwieg ich in schmerzlicher Sorge und bezahlte still noch eine Flasche Wein für die Gesellschaft, ehe ich mich zurückzog.

Es war ein warmer Abend, voller Reden und Gelächter allenthalben, wie es schien; die Fenster standen offen, und bei der Kathedrale war noch immer ein Kommen und Gehen. Manche lagerten an den Mauern, bereit für das Spektakel, und in dem hohen, vergitterten Fenster des Gefängnisses, dem Kirchtum gegenüber, wo die Frau eingekerkert saß, war kein Lichtlein zu sehen.

Ich stieg über die Leute, die da plaudernd im Dunkeln saßen, hinweg und begab mich zur Sakristei am anderen Ende des großen Bauwerks. Dort betätigte ich den Türklopfer, bis eine alte Frau mich einließ und ging, den Pastor der Kirche zu holen. Ein gebeugter, grauhaariger Mann erschien sogleich, um mich willkommen zu heißen: Zu seinem Bedauern habe er nicht gewußt, daß ein reisender Priester zu Besuch kommen wolle, und ich müsse sogleich vom Gasthof herüberziehen und bei ihm wohnen.

Meine Entschuldigung indessen nahm er unverzüglich an, ebenso meine Ausrede mit dem Leiden meiner Hände, welches mich daran hindere, noch die Hl. Messe zu lesen, wofür mir auch Dispens erteilt sei, und all die anderen Lügen, die ich ihm aufzutischen hatte.

Eine glückliche Fügung wollte es, daß der Inquisitor standesgemäß Aufnahme bei der alten Comtesse im Château vor den Toren der Stadt gefunden hatte; und da all die hohen Herren des Ortes dorthin gegangen waren, um mit ihm zu speisen, würde er sein Gesicht an diesem Abend hier nicht mehr zeigen.

Darob war der Pastor offensichtlich gekränkt, wie schon durch die bisherigen Vorgänge – denn das ganze Verfahren war ihm aus der Hand genommen worden, von dem Hexenrichter und dem Hexenzwicker und all dem anderen klerikalen Gesindel, das bei einer Affäre wie dieser vom Himmel herabregnet.

»Aber kommt herein und setzt Euch eine Weile zu mir«, sagte der Priester, »und ich will Euch erzählen, was ich von ihr weiß.«

Unverzüglich stellte ich ihm meine wichtigsten Fragen, in der Hoffnung, daß die Bürger sich vielleicht geirrt hatten. Hatte es ein Beistandsersuchen an den zuständigen Bischof gegeben? Jawohl, und er hatte sie verdammt. Und an das Parlament in Paris? Jawohl, und dort hatte man es abgelehnt, ihren Fall zu verhandeln.

»Ist denn die Comtesse eine so furchtbare Hexe?« fragte ich.

»Es war weit und breit bekannt«, antwortete er flüsternd und unter mächtigem Heben der Brauen. »Nur hatte niemand den Mut, die Wahrheit auszusprechen. Und so sprach der sterbende Comte sie aus, um sein Gewissen zu erleichtern. Und als die alte Comtesse die *Dämonologie* des Inquisitors gelesen hatte, fand sie darin die richtige Beschreibung all der Merkwürdigkeiten, die sie und ihre Enkel schon immer beobachtet hatten.« Er tat einen tiefen Seufzer. »Und ich will Euch noch ein anderes, abscheuliches Geheimnis erzählen.« Wieder senkte er die Stimme zu einem Flüstern. »Der Comte hatte eine Mätresse, eine hohe und mächtige Dame, deren Name im Zusammenhang mit diesen Vorgängen nicht ausgesprochen werden darf. Wir wissen aber aus ihrem eigenen Munde, daß der Comte große Angst vor der Comtesse hatte und stets sorgsam darauf bedacht war, alle Gedanken an seine Mätresse aus seinem Kopf zu verbannen, wenn er in Anwesenheit seiner Gemahlin war, denn sie wußte solche Dinge in seinem Herzen zu lesen.«

»Ein Rat, den wohl mancher verheiratete Mann befolgen möchte«, bemerkte ich angewidert. »Was beweist das schon? Gar nichts.«

»Ah, aber seht Ihr es denn nicht? Das war der Grund, weshalb sie ihren Mann vergiftete, als er vom Pferd gefallen war, denn sie glaubte, wegen des Sturzes werde man nicht ihr die Schuld geben.«

Ich schwieg.

»Hier in der Gegend ist das alles bekannt«, fuhr er verschlagen blickend fort, »und morgen, wenn die Menge versammelt ist, braucht Ihr nur die Blicke der Leute zu verfolgen und festzustellen, auf wem sie ruhen, und Ihr werdet sehen, daß es die Comtesse de Chamillart aus Carcassone ist, die vor dem Gefängnis auf der Zuschauertribüne stehen wird. Wohlgemerkt – ich sage nicht, daß sie diejenige ist.«

Ich blieb stumm und versank immer tiefer in meiner Hoffnungslosigkeit.

»Ihr könnt Euch nicht vorstellen, welche Macht der Teufel über diese Hexe hat«, sagte er.

»Ich bitte Euch, berichtet mir davon.«

»Selbst nach dem Streckbett, auf dem sie grausam gefoltert wurde, nachdem der spanische Stiefel ihr schon den Fuß zermalmt und glühende Eisen ihre Fußsohlen verbrannt hatten, gestand sie nicht, aber in der Folter schrie sie nach ihrer Mutter, und sie rief ›Roelant, Roelant‹ und hernach ›Petyr‹, was ohne Zweifel die Namen ihrer Teufel sind, denn niemand, den sie hier kennt, heißt so: Und sogleich versank sie durch die Kraft dieser Dämonen in Träume, daß man ihr nicht mehr den kleinsten Schmerz zufügen konnte.«

Ich konnte nicht länger zuhören!

»Kann ich sie sehen?« fragte ich. »Es ist sehr wichtig, daß ich das Weib mit eigenen Augen betrachte und ihr Fragen stelle, wenn ich darf.« Und ich zeigte ihm mein dickes Buch mit gelehrten Beobachtungen in Latein, die dieser alte Mann, wie ich annehmen möchte, kaum lesen konnte, und ich plapperte in einem fort von den Prozessen, welche ich zu Barmberg und im Hexenhause dortselbst miterlebt hätte, wo sie Hunderte gefoltert hätten, und noch manches andere, was diesen Pfaffen hinreichend beeindruckte.

»Ich bringe Euch zu ihr«, sagte er schließlich. »Aber ich warne Euch: Es ist höchst gefährlich. Wenn Ihr sie seht, werdet Ihr es verstehen.«

»Inwiefern?« wollte ich wissen, als er mich mit einer Kerze die Stiege hinunterführte.

»Nun, sie ist immer noch schön! So sehr liebt der Teufel sie. Darum nennt man sie die Braut des Teufels.«

Er wies mich nun zu einem Tunnel, der unter dem Schiff der Kathedrale hinführte und in dem die Römer in alter Zeit ihre Toten begraben hatten; durch diesen gelangten wir zum Kerker auf der anderen Seite. Eine Wendeltreppe führte uns hinauf in das oberste Stockwerk, und hier verwahrte man sie hinter einer Tür, die so dick war, daß die Kerkerwächter selbst sie kaum aufzubringen vermochten; der Priester hielt seine Kerze in die Höhe und deutete in den hintersten Winkel einer tiefen Zelle.

Kaum ein Schimmer drang durch das Gitterfenster; die Kerze gab mehr Licht. Und dort, auf dem Heuhaufen, erblickte ich sie, kahlköpfig und dünn und elend in einem zerfetzten Lumpen von grobem Tuch und doch rein und glänzend wie eine Lilie. Sie hatten ihr sogar die Augenbrauen abrasiert, indessen die vollkommene Form ihres nackten Kopfes ihren Augen und ihrer ganzen Haltung ein unirdisches Strahlen verlieh, während sie nun aufblickte und von einem zum anderen schaute, vorsichtig und mit leisem, gleichgültigem Kopfnicken.

Es war ein Gesicht, wie man es im Zentrum eines Heiligenscheins erwartet, Stefan. Und auch du hast es schon gesehen: in Öl auf Leinen gemalt.

Bevor du nun weiterliest, was ich geschrieben habe, verlasse deine Kammer, begib dich hinunter in die Haupthalle des Mutterhauses und betrachte das Porträt der dunkelhaarigen Frau von Rembrandt van Rijn, das gleich am Fuße der Treppe hängt. Das ist meine Deborah Mayfair, Stefan. Das ist die Frau, nun ohne ihr langes dunkles Haar, die, während ich dies niederschreibe, zitternd im Kerker auf der anderen Seite des Platzes kauert.

Ich sitze in meiner Kammer in der Herberge und habe sie erst vorhin verlassen. Ich habe reichlich Kerzen, wie ich schon sagte, zuviel Wein für mich allein und ein kleines Feuer, das mir die Kälte vertreibt. Ich sitze an meinem Tisch, dem Fenster gegenüber, und in unserem gewöhnlichen Code werde ich dir nun alles erzählen.

Denn es ist fünfundzwanzig Jahre her, daß ich dieser Frau begegnet bin; ich war damals ein junger Mann von achtzehn Jahren, und sie ein kleines Mädchen von zwölf.

Es war vor deiner Zeit bei der Talamasca, Stefan, und ich war sechs Jahre vorher als Waisenknabe dazugekommen. Die Scheiterhaufen der Hexen brannten, so schien es, von einem Ende Europas bis zum anderen, und so hatte man mich schon früh von meinem Studium weggeholt und mit Junius Paulus Keppelmeister, unserem alten Hexenkundigen, auf die Reise durch ganz Europa geschickt. Er hatte eben erst begonnen, mir seine wenigen kläglichen Mittel zu zeigen, mit denen er versuchte, die Hexen zu retten, indem er sie verteidigte, wo er konnte, und ihnen insgeheim eingab, als Komplizen ihre Ankläger sowie die Ehefrauen der vornehmsten Bürger der Stadt zu benennen, auf daß die ganze Untersuchung bald in Mißkredit gerate und die ursprüngliche Anklage verworfen werde.

Es war, wie gesagt, in meinem achtzehnten Jahr und das erstemal, daß ich mich aus dem Mutterhause hervorwagte, seit ich dort meine Ausbildung begonnen hatte, und als Junius in Edinburgh erkrankte und starb, war ich mit meinem Latein am Ende. Wir waren zum Prozeß gegen eine schottische weise Frau unterwegs gewesen, die weithin für ihre Heilkräfte berühmt war; sie hatte aber ein Milchmädchen in ihrem Dorf verflucht und war daraufhin angezeigt worden, obgleich dem Mädchen nichts Böses widerfahren war.

An seinem letzten Abend in dieser Welt trug Junius mir auf, die Reise ins Hochland ohne ihn fortzusetzen, und er schärfte mir ein, unbeirrbar an meiner Verkleidung als Schweizer Calvinist und Gelehrter festzuhalten. Ich war noch viel zu jung, um von irgend jemandem für einen Geistlichen gehalten zu werden, und deshalb hatte ich für die Dokumente, die Junius als solchen auswiesen, keine Verwendung; aber ich war in schlichter Protestantenkleidung als sein gelehrter Begleiter gereist, und so hielt ich es nun auch weiter.

Du kannst dir nicht vorstellen, wie ich mich fürchtete, Stefan.

Und die Scheiterhaufen in Schottland versetzten mich in Angst und Schrecken. Die Schotten sind und waren, wie du weißt, ebenso wild und schrecklich wie die Franzosen und die Deutschen, und sie lernen, scheint's, überhaupt nichts von den barmherzigeren und vernünftigeren Engländern. So groß war meine Angst auf dieser ersten Reise, daß nicht einmal die Schönheit des Hochlands ihren Zauber auf mich ausüben konnte.

Wie soll ich hier je Beistand leisten, dachte ich mir, ohne Junius und seine Hilfe? Und als ich schließlich ins Dorf geritten kam, sah ich alsbald, daß ich zu spät gekommen war: Die Hexe war just an diesem Tag verbrannt worden, und eben waren die Karren dabei, die Reste des Scheiterhaufens fortzuschaffen.

Wagen um Wagen füllte man mit Asche und verkohlten Resten von Holz und Knochen, und dann verließ eine Prozession den kleinen Ort, derweil die Bewohner mit ernster Miene Spalier standen, und bewegte sich hinaus ins grüne Land – und da gewahrte ich zum erstenmal Deborah Mayfair, die Tochter der Hexe.

Mit gefesselten Händen und zerfetztem, schmutzigem Kleid hatte man sie auf einen Karren gestellt, auf daß sie mitansehe, wie die Asche ihrer Mutter in alle Winde verstreut wurde.

Stumm stand sie da, das schwarze Haar in der Mitte gescheitelt, so daß es in dichten Wellen zu beiden Seiten herabhing, und ihre blauen Augen waren trocken und ohne Tränen.

»'s ist das Zeichen der Hexe«, sagte ein altes Weib, das unter den Zuschauern stand, »daß sie nicht kann Tränen vergießen.«

Ah, aber ich kannte das ausdruckslose Gesicht dieses Kindes, ich kannte den schlafwandlerischen Gang, die träge Gleichgültigkeit gegen alles, was sie sah, als die Asche abgekippt wurde und die Pferde hindurchtraben mußten, um sie zu zerstreuen. Ich kannte das alles, weil ich mich selbst als Kind kannte, wie ich nach dem Tode meines Vaters als Waise durch die Straßen von Amsterdam gestreunt war; ich erinnerte mich, daß es mir, wenn Männer und Frauen mich anredeten, oft nicht in den Sinn kam, ihnen zu antworten oder mich statt dessen abzuwenden oder aus irgendeinem Grunde meine Haltung zu verändern. Selbst wenn man mich schlug oder schüttelte, ließ diese außergewöhnliche Gelassenheit nicht ab von mir.

»Was soll mit ihr geschehen?« fragte ich das alte Weib.

»Sie sollten sie auch verbrennen, aber das wagen sie nicht«, antwortete sie. »Sie ist so jung und außerdem eine Frohgezeugte, und niemand würde eine Frohgezeugte anrühren, denn wer weiß, wer der Vater möcht' sein?« Und mit diesen Worten drehte das Weib sich um und schaute mit gewichtigem Blick hinüber zu einer Burg, die meilenweit jenseits des grünen Tales auf den hohen, kargen Felsen thronte.

Du weißt, Stefan, gar manches Kind ist bei diesen Verfolgungen hingerichtet worden. Aber jedes Dorf ist anders. Und dies war Schottland. Und ich wußte nicht, was eine Frohgezeugte war und wer in der Burg dort oben wohnte oder ob das alles etwas zu bedeuten hatte.

Stumm sah ich zu, wie sie das Kind wieder auf den Karren hoben und mit ihr zum Dorf zurückfuhren. Ihr dunkles Haar flatterte im Wind, als die Pferde lostrabten. Sie wandte den Kopf nicht nach links oder rechts, sondern blickte starr geradeaus, während der Grobian neben ihr sie festhielt, damit sie nicht vom Wagen fiele, wenn die rohen Holzräder des Karrens durch die ausgefahrenen Gleise der Straße holperten.

Noch an Ort und Stelle faßte ich meinen Entschluß. Ich würde sie mitnehmen, wenn ich könnte – durch irgendeine List.

Ich folgte dem Karren mit dem Mädchen zum Dorf zurück; nur einmal sah ich, daß sie aus ihrer augenscheinlichen Benommenheit erwachte, nämlich als wir bei den alten Steinen vor dem Dorf vorüberkamen. (Es waren dies riesige, aufrecht im Kreis stehende Felsblöcke aus finsteren Zeiten vor aller Geschichte, über die du mehr weißt, als ich je wissen werde.) Diese Steine betrachtete sie mit großer, fast lauernder Neugier, wenngleich nicht ersichtlich war, weshalb.

Denn da stand nur ein einzelner Mann, weit draußen im Feld, mitten im Kreis der Steine, der starr zu ihr herüberblickte, während das grelle Licht des offenen Tals hinter ihm strahlte – ein Mann in meinem Alter vielleicht, von großer und schlanker Gestalt, mit dunklem Haar. Aber ich konnte ihn kaum erkennen, denn der Horizont war so hell, daß er fast durchsichtig wirkte, und ich dachte mir, vielleicht sei es auch überhaupt kein Mann, sondern ein Geist.

Anscheinend trafen sich ihre Blicke, als der Karren des Mädchens vorüberrumpelte; aber nichts von all dem vermag ich mit Sicherheit zu sagen – nur eben, daß jemand oder etwas für einen Augenblick dort war.

Ich indes begab mich unverzüglich zum Pfarrer und zu der Kommission, die vom schottischen Staatsrat bestellt worden war und die sich noch nicht wieder aufgelöst hatte; sie saß zu jener Stunde zu Tische, wie es Brauch ist, und man hatte ein gutes Mahl aufgetragen, wobei die Kosten dafür aus dem Vermögen der toten Hexe bestritten wurden. Sie habe viel Gold in ihrer Hütte gehabt, sagte der Wirt mir, als ich eingetreten war, und mit diesem Gold hatte man den Prozeß bezahlt, die Folter, den Hexenzwicker, den Hexenrichter, der das Verfahren geführt hatte, das Holz und die Kohle für den Scheiterhaufen und sogar die Karren, die ihre Asche fortgeschafft hatten.

»Speist mit uns«, sagte der Bursche, als er mir dies alles kundgetan hatte, »denn die Hexe zahlt. Und es ist immer noch Gold da.«

Ich lehnte ab und wurde gottlob nicht um eine Erklärung bedrängt. Ich ging schnurstracks zu den Männern der Kommission und stellte mich als einen Studenten der Bibel und gottesfürchtigen Mann vor. Und ob ich das Kind der Hexe mit in die Schweiz nehmen dürfe, zu einem guten calvinistischen Geistlichen, der sie zu sich nehmen und erziehen würde, um eine gute Christin aus ihr zu machen und die Erinnerung an ihre Mutter aus ihrem Herzen zu löschen?

Ich redete viel zuviel. Bei diesen Leuten war wenig erforderlich. Ja, erforderlich war nur das Wort Schweiz. Denn sie wollten sie loswerden, das bekannten sie frei heraus, und der Herzog wolle ebenfalls, daß sie sich ihrer entledigten, ohne sie indessen zu verbrennen, und sie sei eine Frohgezeugte, was im Dorfe große Furcht verbreite.

»Und was heißt das, wenn ich fragen darf?« sagte ich.

Da erklärten sie mir, daß die Menschen des Hochlands immer noch stark den alten Sitten anhingen, und so zündeten sie am Abend des 1. Mai auf freiem Feld wohl auch große Freudenfeuer an, wo sie dann die ganze Nacht tanzten und froh und munter waren. Und bei solchem frohen Treiben habe die Mutter des Mädchens, Suzanne, die Schönste des Dorfes und Maienkönigin in jenem Jahr, das Kind Deborah empfangen.

Eine Frohgezeugte sei sie daher, und überall sehr beliebt, weil niemand wußte, wer ihr Vater war; es konnte aber jeder Mann im Dorfe gewesen sein, und sogar ein Mann von edlem Geblüt. Und in alten Zeiten – in den Zeiten der Heiden, die man am besten vergaß, obgleich diese Dörfler sie einfach nicht vergessen wollten – hatten die Frohgezeugten als Kinder der Götter gegolten.

»Nehmt sie gleich mit, Bruder«, sagten sie, »zu diesem guten Priester in die Schweiz, und der Herzog wird froh sein; aber bevor Ihr geht, müßt Ihr essen und trinken, denn die Hexe hat bezahlt, und es ist genug für alle da.«

Binnen einer Stunde ritt ich zum Dorfe hinaus, das Kind vor mir auf dem Sattel. Und wir ritten mitten durch die Asche am Kreuzweg, und ich konnte nicht feststellen, daß sie auch nur einen Blick darauf warf. Auch zu dem Steinkreis schaute sie nicht einmal hinüber. Und der Burg sandte sie gleichfalls kein Lebwohl, als wir die Straße hinunter am Ufer von Loch Donnelaith entlangritten.

Beim ersten Gasthaus, in dem wir abstiegen, hatte ich endlich begriffen, was ich getan hatte. Ich hatte das Mädchen nun in meinem Besitz: stumm, wehrlos, sehr schön und in mancher Hinsicht wie eine erwachsene Frau – ich dagegen wenig mehr als ein Knabe, alt genug aber, um keiner mehr zu sein, und ich hatte sie ohne die Erlaubnis der Talamasca mitgenommen und mußte nun bei meiner Rückkehr vielleicht ein furchtbares Gewitter von Vorwürfen gewärtigen.

Wir bezogen zwei Zimmer, wie es sich gehörte, denn sie sah eher wie eine Frau denn wie ein Kind aus. Aber ich wagte nicht, sie allein zu lassen, weil ich fürchtete, sie könne fortlaufen, und so hüllte ich mich in meinen Mantel, als werde der mich irgendwie im Zaume halten, legte mich ihr gegenüber ins Heu und starrte sie an, und dabei überlegte ich, was nun zu tun sei.

Im Licht der stinkenden Kerze sah ich nun, daß sie ein paar Locken ihres schwarzen Haars in zwei kleinen Knoten zu beiden Seiten des Kopfes trug, hoch oben, wie um die restliche Haarfülle zurückzudrängen, und daß ihre Augen ganz wie die Augen einer Katze waren. Das soll heißen, sie waren oval und schmal und außen um ein winziges Stück nach oben gezogen, und es lag ein Glanz darin. Ihre Wangen waren rund, aber zierlich zugleich. Es war keineswegs ein Bauernantlitz, denn dazu war es viel zu fein, und unter dem Lumpenkleid saßen die hohen, vollen Brüste einer Frau, und ihre Fesseln, die sie vor sich kreuzte, ehe sie sich auf den Boden setzte, waren äußerst wohlgeformt. Ihren Mund aber konnte ich nicht anschauen, ohne daß ich ihn küssen wollte, und ich schämte mich solcher Phantasien in meinem Kopf.

Was mochten wohl ihre Gedanken sein? Ich versuchte darin zu lesen, aber anscheinend merkte sie es und verschloß ihren Geist vor mir. Endlich dachte ich auch an die einfachen Dinge: daß sie Speise brauchte und schickliche Bekleidung – es war beinahe wie die Entdeckung, daß die Sonne den Menschen wärmt und Wasser seinen Durst löscht –, und so machte ich mich auf, Essen für sie und Wein zu besorgen und ein ordentliches Kleid zu erwerben, und ich brachte auch einen Eimer warmes Wasser zum Waschen und eine Bürste für ihr Haar mit.

Sie starrte diese Dinge an, als ob sie nicht wüßte, was es sei. Und im Licht der Kerze sah ich jetzt auch, daß sie von Dreck und Peitschenstriemen bedeckt war und daß hier und da Knochen durch die Haut schimmerten.

Stefan, muß einer Holländer sein, damit ihn vor solchem Zustand graut? Ich schwöre dir, ich war von Mitleid verzehrt, als ich sie auszog und badete, aber der Mann in mir litt Höllenqualen. Ihre Haut war hell und zart, sie war reif, ein Kind zu tragen, und sie leistete nicht den geringsten Widerstand, als ich sie säuberte, dann ankleidete und ihr schließlich das Haar bürstete.

Nun hatte ich inzwischen schon ein wenig über Frauen gelernt, aber ich verstand mich längst nicht so gut auf sie wie auf meine Bücher. Und dieses Geschöpf erschien mir um so geheimnisvoller, da es nackt und hilflos stumm war; die ganze Zeit indessen starrte sie mich aus dem Gefängnis ihres Leibes heraus mit wilden, stummen Augen an, daß ich ein wenig Angst bekam und spürte, daß sie mich wohl, sollten meine Hände etwa auf unschickliche Weise über ihren Leib wandern, tot zu Boden strecken möchte.

Sie zuckte mit keiner Wimper, als ich die Peitschenstriemen auf ihrem Rücken wusch.

Hernach fütterte ich sie mit einem hölzernem Löffel, Stefan, und obgleich sie jeden Bissen von mir nahm, ergriff sie nichts aus eigenem Antrieb und half mir auch nicht.

In der Nacht erwachte ich; mir hatte geträumt, daß ich sie genommen hätte, und ich war sehr erleichtert, daß ich es nicht getan hatte. Aber sie war wach, und sie beobachtete mich mit den Augen einer Katze. Eine Weile schaute ich sie an und versuchte von neuem, ihre Gedanken zu lesen. Das Mondlicht strömte durchs offene Fenster herein, und mit ihm ein kräftiger kalter Luftzug. Im Lichtschein sah ich, daß sie ihre ausdruckslose Miene verloren hatte und böse und zornig aussah, und das erschreckte mich. Sie sah aus wie ein wildes Etwas, angetan mit einem blauen Kleid mit steifgestärktem weißen Kragen und einer Haube.

In besänftigendem Ton versuchte ich ihr auf Englisch zu erklären, daß sie bei mir sicher sei und daß ich sie an einen Ort bringen wolle, wo niemand sie der Hexerei bezichtigen würde, daß aber diejenigen, die über ihre Mutter hergefallen seien, selber böse und grausam wären.

Sie gab keine Antwort, aber mir schien, daß ihr Gesicht seinen furchtbaren Ausdruck verlor, als hätten meine Worte ihren Zorn schmelzen lassen. Ratlosigkeit trat in ihren Blick.

Ich erzählte ihr, daß ich zu einem Orden guter Menschen gehörte, der die alten Heilkundigen nicht verletzen oder verbrennen wolle. Ich wolle sie in unser Mutterhaus bringen, wo der Irrglaube, dem die Hexenjäger anhingen, verachtet werde. »Und es ist nicht in der Schweiz, wie ich den bösen Leuten in deinem Dorf erzählt habe«, sagte ich, »sondern in Amsterdam. Hast du je von dieser Stadt gehört? Es ist ein großartiger Ort, fürwahr!«

Da schien von neuem die Kälte über sie zu kommen. Ohne Zweifel verstand sie, was ich sagte. Sie sah mich mit leiser, höhnischer Verachtung an, und ich hörte, wie sie auf englisch bei sich wisperte: »Du bist kein Kirchenmann! Du bist ein Lügner!«

Den ganzen nächsten Tag sprach sie nicht mit mir, und am nächsten Abend war es genauso, wenngleich sie jetzt ohne meine Hilfe aß, und zwar gut, fand ich; anscheinend gewann sie an Kraft.

In London angekommen, erwachte ich in der Nacht, weil ich sie sprechen hörte. Ich rappelte mich von meiner Strohschütte auf und sah, wie sie zum Fenster hinausschaute, und dabei hörte ich sie auf Englisch – mit starkem schottischen Akzent – sagen: »Geh weg von mir, Teufel. Ich will dich nicht mehr sehen.«

Als sie sich umdrehte, blinkten Tränen in ihren Augen. Mehr denn je erschien sie mir wie eine Frau, als sie so vor mir aufragte, den Rücken zum Fenster gewandt, und das Licht von meinem Kerzenstumpf ihr Gesicht erhellte. Sie sah mich ohne Überraschung an und mit der gleichen Kälte, die sie mir schon früher gezeigt hatte. Gleich legte sie sich hin und wandte das Gesicht zur Wand.

»Aber mit wem hast du gesprochen?« wollte ich wissen. Sie gab keine Antwort. Ich setzte mich im Dunkeln hin und sprach zu ihr, ohne zu wissen, ob sie mich hörte oder nicht. Wenn sie da etwas gesehen habe, sagte ich, ein Gespenst oder einen Geist, dann müsse das nicht gleich der Teufel gewesen sein. Wer wollte sagen, was diese unsichtbaren Wesen seien? Ich bat sie, mir von ihrer Mutter zu erzählen und mir zu berichten, womit sie sich den Vorwurf der Hexerei zugezogen habe – denn inzwischen war ich sicher, daß sie selbst über gewisse Fähigkeiten verfügte und daß ihre Mutter sie ebenfalls besessen hatte. Aber sie wollte nichts sagen.

Ich ging mit ihr zu einem Badehaus und kaufte ihr auch ein zweites Kleid. Aber diese Dinge fanden kein Interesse bei ihr. Die Menschenmassen und die vorüberrollenden Kutschen sah sie mit kaltem Blick. Und da ich es eilig hatte, von hier fort und nach Hause zu kommen, entledigte ich mich meines schwarzen Priesterkleides und legte die Gewänder eines holländischen Herrn an, denn mit ihnen konnte ich am ehesten Achtung und gute Behandlung erwarten.

Aber diese Wandlung meiner selbst verschaffte ihr irgendeine finstere, heimliche Belustigung, und wieder musterte sie mich höhnisch, als wolle sie sagen, sie wisse schon, daß ich irgendwelche schmutzigen Ziele verfolgte, wiewohl ich jetzt ebensowenig wie vorher irgend etwas tat, was sie in diesem Argwohn hätte bestärken können. Oder konnte sie meine Gedanken lesen, fragte ich mich, und wußte sie, daß ich in jedem Augenblick, den ich nicht schlafend verbrachte, daran dachte, wie es gewesen war, als ich sie gebadet hatte? Ich hoffte, daß dem nicht so war.

Sie sah so hübsch aus in ihrem neuen Kleid, dachte ich bei mir – keine junge Frau hatte ich je gesehen, die hübscher gewesen wäre. Weil sie es nicht hatte tun wollen, hatte ich einen Teil ihres Haars zu einem Zopf geflochten und ihn oben um den Kopf geschlungen, damit ihr die langen Locken nicht ins Gesicht fielen; so hatte ich es bei anderen Frauen gesehen, und – oh – sie war bildschön.

Und so reisten wir weiter nach Amsterdam, sie und ich, und taten so, als seien wir ein reiches holländisches Geschwisterpaar, wenn es jemand wissen wollte. Und wie ich mir erhofft und erträumt hatte, erweckte unsere Stadt sie aus ihrer Stumpfheit: Mit neuerwachter Kraft betrachtete sie die hübschen, baumgesäumten Grachten, die hübschen Boote und die prächtigen, vier- und fünfstöckigen Häuser.

Und als wir zu unserem Mutterhaus am Ufer der Gracht kamen, und als sie sah, daß dies »mein Heim« war und das ihre werden sollte, da konnte sie ihr Staunen nicht mehr verbergen. Denn was hatte dieses Kind schon von der Welt gesehen außer einem erbärmlichen Schafbauerndorf und den schmutzigen Gasthäusern, in denen wir abgestiegen waren; man kann sich also leicht vorstellen, wie es erging, als sie ein richtiges Bett zu sehen bekam, in einem sauberen holländischen Schlafzimmer. Sie sagte kein einziges Wort, aber der Hauch eines Lächelns auf ihren Lippen sprach Bände.

Ich ging unverzüglich zu meinen Oberen, zu Roemer Franz und Petrus Lancaster, die du beide in liebevoller Erinnerung hast, und gestand ihnen, was ich getan hatte.

Ich brach in Tränen aus, als ich erzählte, daß das Kind mutterseelenallein gewesen sei und daß ich es deshalb mitgenommen hätte; ich hätte keine andere Entschuldigung für ein so kostspieliges Unternehmen als die, daß ich es nun einmal getan hätte. Zu meinem Erstaunen vergaben sie mir, aber sie lachten auch, denn sie kannten meine innersten Geheimnisse.

Und Roemer sagte: »Petyr, du hast auf dem Weg von Schottland hierher soviel Buße getan, daß du jedenfalls eine Erhöhung deines Handgeldes verdient hast, und vielleicht auch ein besseres Zimmer hier im Hause.«

Und weiteres Gelächter folgte auf diese Worte. Ich mußte selbst lächeln, denn ich war sogar in diesem Augenblick ganz trunken beim Gedanken an Deborahs Schönheit, doch schon bald verließ mich der gute Mut wieder, und ich litt neuerliche Pein.

Deborah beantwortete keine Frage, die ich ihr stellte. Aber als Roemers Frau, die ihr Leben lang bei uns wohnte, zu ihr ging und ihr Nadel und Stickrahmen in die Hand drückte, da begann Deborah mit einigem Geschick mit der Handarbeit.

Zum Ende der Woche hatten Roemers Frau und andere ihr durch Beispiele gezeigt, wie man Spitze machte; Stunde um Stunde arbeitete sie hart und antwortete auf nichts, was man ihr sagte. Sie starrte die Menschen, die sie umgaben, stumm an, wenn sie aufblickte, und wandte sich dann wortlos wieder ihrer Arbeit zu.

Gegen die weiblichen Ordensmitglieder, die nicht Ehefrauen, sondern Gelehrte waren und selbst über gewisse Talente verfügten, hegte sie eine unübersehbare Abneigung. Mit mir sprach sie nicht, aber sie hatte aufgehört, mir haßerfüllte Blicke zuzuwerfen, und als ich sie einlud, mit mir spazierenzugehen, willigte sie ein und war bald geblendet vom Getriebe der Stadt. Sie ließ sich von mir sogar zu einem Glas in der Schenke einladen, obgleich der Anblick achtbarer Frauen, die dort aßen und tranken, sie offenbar in Erstaunen versetzte, wie er es auch bei anderen Ausländern tut, die viel weiter gereist sind als sie.

Die ganze Zeit beschrieb ich ihr unsere Stadt; ich erzählte von ihrer Geschichte und ihrer Toleranz, berichtete, wie sich die Juden vor der Verfolgung aus Spanien hierhergeflüchtet hatten, wie selbst Katholiken hier in Frieden unter den Protestanten lebten, und daß hier niemand mehr für so etwas wie Hexerei hingerichtet werde. Ich ging mit ihr zu den Druckern und Buchhändlern. Auch machten wir einen kurzen Besuch im Hause Rembrandt van Rijns, denn er war stets ein angenehmer Gastgeber, und immer waren auch Schüler zugegen. So tranken wir ein Glas Wein mit den jungen Malern, die dort beisammen waren, um bei dem Meister zu studieren. Und hier war es, daß Rembrandt Deborah zum erstenmal zu Gesicht bekam, ehe er sie später sogar malte.

Sie blieb beharrlich stumm, aber ich sah doch, daß die Maler ihr Entzücken erregten; vor allem die Porträts Rembrandts fesselten sie, wie aber auch dieser gütige und liebenswürdige Mann selbst es tat. Wir gingen noch in andere Werkstätten, sprachen mit anderen Künstlern – zum Beispiel mit Emmanuel de Witte und vielen weiteren, die damals in unserer Stadt malten, Freunden von uns, wie sie es heute noch sind. Und sie schien sich dafür zu erwärmen, gewissermaßen zum Leben zu erwachen, und ihr Antlitz nahm bisweilen einen ganz sanften, süßen Ausdruck an.

Aber erst als wir an den Läden der Juweliere vorüberkamen, geschah es, daß sie mich mit einer leichten Berührung ihrer weißen Finger an meinem Arm innezuhalten bat. Diese weißen Finger. Ich schreibe dies auf, weil ich mich so gut daran erinnere – an ihre zarte Hand, schimmernd wie die Hand einer Dame, und an mein leises Verlangen nach ihr bei dieser Berührung.

Sie war höchst fasziniert von denen, die hier Diamanten schnitten und polierten, vom Kommen und Gehen der Händler und der reichen Kunden, die aus ganz Europa – ach was, aus der ganzen Welt gekommen waren, um hier ihre prächtigen Juwelen zu kaufen. Es betrübte mich, daß ich das Geld nicht hatte, ihr etwas Hübsches zu kaufen, und natürlich waren die Händler von ihrer Schönheit und ihrer herrlichen Kleidung sehr angetan – Roemers Frau hatte sie wunderschön herausgeputzt –, und sie gaben ihre Vorstellung für sie und fragten, ob sie nicht ihre Ware sehen wollten.

Ein schöner, goldgefaßter Smaragd aus Brasilien wurde gerade einem reichen Engländer gezeigt, und er erregte ihre Aufmerksamkeit. Als der Engländer wegen des Preises darauf verzichtete, setzte sie sich an den Tisch, um den Stein anzuschauen, als könne sie ihn leicht kaufen – oder ich für sie –, und sie erschien wie verzaubert, als sie das rechteckige Juwel in seiner Fassung aus Goldfiligran betrachtete. Und dann fragte sie in englischer Sprache nach dem Preis und zuckte nicht mit der Wimper, als sie ihn erfuhr.

Ich versprach dem Händler, die Sache gründlich in Erwägung zu ziehen, da die Dame sich den Stein offensichtlich von Herzen wünschte, und lächelnd führte ich sie auf die Straße hinaus. Wie gern hätte ich ihr den Smaragd gekauft.

Als wir am Kai entlang zurück zum Haus wanderten, sagte sie zu mir: »Sei nicht traurig. Denn wer erwartet so etwas von dir?« Zum erstenmal lächelte sie mich an und drückte meine Hand. Mein Herz tat einen Satz, doch gleich verfiel sie wieder in ihre alte Kälte und ihr Schweigen, und sie sagte kein weiteres Wort.

Am siebenten Tag von Deborahs Aufenthalt im Mutterhaus kam eine Frau unseres Ordens, von der du viel gehört und studiert hast, obgleich sie schon seit vielen Jahren tot ist, aus Haarlem, wo sie ihren Bruder besucht hatte, einen recht gewöhnlichen Mann. Sie war indessen keine gewöhnliche Frau: Die große Hexe Geertruid van Stolk ist es, von der ich spreche. Sie war damals die Mächtigste von uns allen, ob Mann, ob Frau, und sogleich erzählte man ihr Deborahs Geschichte, und man bat sie, mit dem Kind zu sprechen und zu sehen, ob sie nicht Deborahs Gedanken lesen könne.

Sogleich ging Geertruid zu ihr, aber als Deborah diese Frau nur kommen hörte, sprang sie von ihrem Schemel auf, daß er umkippte, warf ihr Nähzeug hin und drückte sich rückwärts an die Wand. Blanker Haß lag auf ihrem Antlitz, als sie Geertruid nun anstarrte, und dann suchte sie aus dem Zimmer zu entkommen, krallte sich in die Wände, als wolle sie dort hindurchflüchten, fand endlich die Tür und rannte den Korridor hinunter zur Straße.

Roemer und ich hielten sie dann fest, beschworen sie, sich zu beruhigen, und versicherten ihr, daß niemand ihr etwas tun wolle, und schließlich sagte Roemer: »Wir müssen das Schweigen dieses Kindes brechen.« Derweilen reichte Geertruid mir einen Zettel, auf den sie hastig in lateinischer Sprache gekritzelt hatte: »Das Kind ist eine mächtige Hexe!« Wortlos gab ich Roemer den Zettel.

Wir beschworen Deborah, mit uns in Roemers Arbeitszimmer zu kommen, einem großen und behaglichen Raum, wie du wohl weißt, da du ihn ja geerbt hast; zu seiner Zeit indessen war er mit Uhren angefüllt, denn er liebte sie, aber inzwischen hat man sie im Hause verteilt.

Roemer hielt seine Fenster über dem Kanal immer offen, und man hatte das Gefühl, daß all die gesunden Geräusche der Stadt hier hereinströmten. Das Zimmer hatte etwas Heiteres an sich. Als er Deborah jetzt ins Sonnenlicht zog und sie bat, sich zu setzen und sich zu beruhigen, war sie still und beherrscht; sie lehnte sich zurück und sah ihm mit müder, schmerzlicher Miene ins Gesicht.

Schmerzlich. Solchen Schmerz sah ich in diesem Augenblick, daß mir selbst fast die Tränen gekommen wären. Denn die Maske der Ausdruckslosigkeit war restlos geschmolzen. Ihre Lippen zitterten, und sie sagte auf englisch: »Wer seid ihr Männer und Frauen hier? Was, im Namen Gottes, habt ihr mit mir vor!«

»Deborah«, sagte er besänftigend. »Höre meine Worte, Kind, und ich will es dir unverblümt sagen. Die ganze Zeit über haben wir ja zu ergründen versucht, wieviel du verstehen kannst.«

»Und was«, verlangte sie haßerfüllt zu wissen, »sollte es zu verstehen geben?« Es war die klangvolle Stimme einer Frau, die da aus ihrem schwer atmenden Busen kam. Ihre Wangen erglühten, und sie war wie eine Frau – innerlich hart und kalt und verbittert von all dem Grauen, das sie gesehen hatte. Wo war das Kind in ihr? dachte ich voller Panik, und da fuhr sie herum und funkelte mich an, ehe sie sich wieder Roemer zuwandte, und dieser war so eingeschüchtert, wie ich es bei ihm nur jemals erlebt habe. Aber er bemühte sich rasch, es zu überwinden, und sprach weiter.

»Wir sind ein gelehrter Orden, und unser Ziel ist es, diejenigen zu studieren, die einzigartige Kräfte besitzen, Kräfte, wie deine Mutter sie hatte und von denen man fälschlich sagte, sie käme vom Teufel – Kräfte auch, über die du selbst vielleicht verfügst. Ist es nicht wahr, daß deine Mutter heilen konnte? Kind, solche Macht kommt nicht vom Teufel. Siehst du die Bücher ringsumher? Sie sind voll von Geschichten über solche Menschen; man nennt sie hier Zauberer und dort Hexen, aber was hat der Teufel mit diesen Dingen zu schaffen? Wenn du solche Kräfte hast, so setze dein Vertrauen in uns, damit wir dich lehren können, was du damit tun kannst und was nicht.«

Ich sah noch immer den Ausdruck des Hasses in ihrem Gesicht, und Roemer wisperte: »Sie liest unsere Gedanken, Petyr, und ihre eigenen kann sie vor uns verbergen.«

Darüber erschrak sie. Aber sie sagte nichts.

»Kind«, sagte Roemer, »was du mitangesehen hast, war schrecklich, aber bestimmt hast du nicht geglaubt, was man deiner Mutter vorwarf. Sag uns bitte, mit wem du gesprochen hast in jener Nacht in der Herberge, da Petyr dich hörte? Wenn du Geister sehen kannst, erzähle uns davon. Es wird dir nichts geschehen.«

Keine Antwort.

»Kind, ich will dir meine eigenen Kräfte zeigen. Sie kommen nicht vom Satan, und ich brauche ihn nicht zu beschwören, wenn ich sie benutzen will. Kind, ich glaube nicht an den Satan. Doch nun sieh auf die Uhren ringsumher – die große Wanduhr dort, die Pendeluhr zu deiner Linken, die Uhr auf dem Sims und die dort hinten auf dem Schreibpult.«

Sie schaute alle Uhren nacheinander an, und ihr Gesicht war voller Erstaunen, denn Roemer ließ die Uhren, ohne auch nur etwas von seinem materiellen Selbst in Bewegung zu bringen, allesamt jählings stehenbleiben. Das endlose Ticken im Zimmer war verstummt, und machtvolle Stille war eingetreten, stark genug in ihrer Leere, um selbst die Geräusche vom Kanal vor dem Haus zu dämpfen. »Kind, hab Vertrauen zu uns, denn wir teilen diese Kräfte mit dir«, sagte Roemer. Er deutete auf mich und sagte, ich solle die Uhren durch die Kraft meines Geistes wieder in Gang setzen. Ich schloß die Augen und befahl den Uhren: »Geht.« Die Uhren gehorchten, und wieder erfüllte das Ticken den Raum.

Deborahs Miene wandelte sich; sie zeigte nicht mehr kalten Argwohn, sondern jähe Verachtung, als ihr Blick zwischen mir und Roemer hin und her ging. Sie sprang auf und wich rückwärts bis zu den Büchern zurück; dabei fixierte sie Roemer und mich bösartig.

»Ah, Hexen!« rief sie. »Warum habt ihr mir das nicht gleich gesagt? Ihr seid Hexen und Zauberer alle miteinander! Ihr seid ein Orden des Satans.« Tränen strömten ihr übers Gesicht, und sie schluchzte: »Es ist wahr, wahr, wahr!«

»Nein, Kind«, rief Roemer, »wir wissen nichts vom Teufel! Wir wollen nur verstehen, was andere verurteilen.«

»Deborah«, bat ich, »vergiß die Lügen, die sie dich gelehrt haben. Kein Mensch in Amsterdam würde dich verbrennen! Denke doch an deine Mutter. Wie sprach sie denn über das, was sie tat, ehe sie sie folterten und zwangen, ihnen nach dem Munde zu reden?«

Ach, es waren die falschen Worte! Ich konnte es nicht wissen, Stefan. Ich konnte es nicht wissen. Doch als ihr Gesicht vor Entsetzen starr wurde, als sie sich die Ohren zuhielt, da erkannte ich meinen Irrtum. Ihre Mutter hatte sich selbst für böse gehalten!

Und dann kamen immer neue Schmähungen aus Deborahs Mund. »Böse seid ihr, was? Zauberer seid ihr, was? Uhrenanhalter! Schön, aber ich werde euch zeigen, was der Teufel vermag in den Händen dieser Hexe!«

Und sie trat in die Mitte des Zimmers, schaute hinaus und, wie es schien, hinauf in den blauen Himmel und rief:

»Komm her, mein Lasher, und zeige diesen erbärmlichen Zauberern die Macht einer großen Hexe und ihres Teufels. Zerbrich die Uhren ein für allemal!«

Und sogleich erschien ein gewaltiger dunkler Schatten im Fenster, als habe der Geist, den sie gerufen hatte, sich zusammengezogen, um bei uns im Zimmer klein und stark zu werden.

Das dünne Glas vor den Zifferblättern zerbarst, die fein geleimten Kanten ihrer hölzernen Gehäuse sprangen auf, die Federn schnellten aus den Werken, die Uhren kippten von Kaminsims und Tisch, und die große Wanduhr fuhr krachend zu Boden.

Roemer war erschrocken, denn noch selten hatte er einen Geist von solcher Macht gesehen. Fast fühlten wir alle dieses Wesen in unserer Mitte, wie es unsere Gewänder streifte, als es an uns vorüberzog und gleichsam unsichtbare Tentakel ausstreckte, um den Befehlen der Hexe zu gehorchen.

»Fahrt zur Hölle, ihr Hexenmeister! Eure Hexe werde ich nicht sein!« schrie Deborah, und während die Bücher zu Boden polterten, floh sie zum zweiten Male vor uns; die Tür aber flog hinter ihr ins Schloß, und wir brachten sie nicht auf, so sehr wir uns auch bemühten.

Aber der Geist war fort. Wir hatten von diesem Wesen nichts mehr zu fürchten. Lange war es still, und dann ließ auch die Tür sich wieder öffnen, und wir gingen hinaus, nur um bestürzt zu entdekken, daß Deborah vor langer Zeit das Haus verlassen hatte.

Nun weißt du, Stefan, daß Amsterdam zu jener Zeit eine der ganz großen Städte Europas war; etwa einhundertfünfzigtausend Menschen lebten dort, vielleicht sogar mehr. Und in diese große Stadt war Deborah verschwunden. Alle unsere Erkundigungen in Bordellen und Tavernen blieben fruchtlos. Sogar zur Herzogin Anna, der reichsten Hure von Amsterdam, gingen wir, denn ein schönes Mädchen wie Deborah würde bei ihr mit Sicherheit Zuflucht finden; doch wenngleich die Herzogin wie stets froh war, uns zu sehen und mit uns zu sprechen, und uns auch guten Wein kredenzte, so wußte sie doch nichts von diesem geheimnisvollen Kind.

Zwei Wochen später war es, daß ein junger Rembrandt-Schüler, der kürzlich aus Utrecht gekommen war, mich aufsuchte und mir sagte, das Mädchen, das ich gesucht hätte, lebe jetzt bei dem alten Porträtmaler Roelant, einem Manne, der nur unter diesem Namen bekannt war; er hatte in seiner Jugend viele Jahre in Italien studiert, und noch immer strömten die Menschen scharenweise zu ihm, um seine Arbeiten zu sehen, obgleich er über die Maßen krank und gebrechlich war und kaum für seine Schulden aufkommen konnte.

Unverzüglich begab ich mich zu diesem Roelant. Er war mir bekannt und war immer freundlich zu mir gewesen, doch jetzt schlug er mir die Tür vor der Nase zu. Er habe keine Zeit für Besuche von uns »wahnsinnigen Gelehrten«, wie er uns nannte, und warnte mich hitzig, daß seltsame Leute wie wir sogar in Amsterdam die Vertreibung zu gewärtigen hätten.

Roemer meinte, ich solle die Sache für eine Weile auf sich beruhen lassen; wir überleben, wie du weißt, Stefan, weil wir Aufsehen vermeiden, und so wahrten wir Zurückhaltung. Aber in den nächsten Tagen sahen wir, daß Roelant alle seine Schulden bezahlte – und es waren viele – und daß er und seine Kinder von der ersten Frau sich jetzt in feine Kleider hüllten, die von beträchtlichem Reichtum zeugten.

Man erzählte sich, daß Deborah, ein schottisches Mädchen von großer Schönheit, das er zu sich genommen habe, damit sie seine Kinder versorge, eine Salbe für seine verkrüppelten Finger bereitet habe, die sie gleichsam gewärmt und gelöst habe, so daß er nun den Pinsel wieder halten könne. Er werde gut bezahlt für seine neuen Porträts, hieß es – aber er hätte jeden Tag drei oder vier Stück malen müssen, Stefan, um so viel Geld zu verdienen, daß er die Möbel und Kleider hätte bezahlen können, die jetzt in sein Haus geliefert wurden.

Die Schottin war also reich, wie man bald erfuhr – ein Kind der Liebe, Tochter eines reichen Edelmanns jenes Landes, der sie zwar nicht anerkennen konnte, ihr aber reichlich Geld schickte, welches sie mit Roelant teilte, weil der so gütig gewesen war, sie aufzunehmen.

Wer mochte das sein, dieser Edelmann? Das fragte ich mich. Der Aristokrat aus jener wuchtig brütenden schottischen Feste, die wie ein Haufen natürlicher Felsbrocken finster über das Tal hinausstarrte, aus dem ich sie fortgebracht hatte, diese »Frohgezeugte«, barfuß und verdreckt und von der Peitsche bis auf die Knochen geschunden, unfähig, allein zu essen? Oh, was für ein hübsches Märchen!

Aber im Hause Roelant war alles zufrieden, und der Alte heiratete das junge Mädchen, noch ehe das Jahr zur Neige ging. Zwei Monate vor dieser Hochzeit hatte Rembrandt, der Meister, sie bereits gemalt, und einen Monat nach der Hochzeit wurde das Porträt in Roelants Salon für jedermann ausgestellt.

Und am Hals trug Deborah auf diesem Porträt just jenen brasilianischen Smaragd, den sie auf unserem gemeinsamen Spaziergang so sehr begehrt hatte. Schon längst hatte sie ihn dem Juwelier abgekauft, und mit ihm jedes Stück Silber und Schmuck, das ihr gefallen hatte, und auch die Gemälde von Rembrandt und Hals und Judith Leister, die sie so sehr bewunderte.

Schließlich konnte ich nicht länger fernbleiben. Das Haus stand offen zur Besichtigung des Rembrandt-Porträts, auf das Roelant ganz mit Recht stolz war. Und als ich über die Schwelle trat, um das Bild zu betrachten, unternahm der alte Roelant nichts, um mein Eintreten zu verhindern, sondern kam mir an seinem Spazierstock entgegengehumpelt, reichte mir mit eigener Hand ein Glas Wein und zeigte mir seine geliebte Deborah in der Bibliothek seines Hauses, wie sie gerade mit einem Tutor Lateinisch und Französisch lesen und schreiben lernte; dies nämlich war ihr größter Wunsch. Sie lerne so schnell, berichtete Roelant, daß es ihn erstaune, und sie habe in letzter Zeit die Schriften der Anna Maria von Schurman gelesen, die dafürhalte, daß Frauen zum Lernen in der Tat ebensogut geeignet seien wie Männer.

Er schien überzusprudeln vor lauter Freude.

Ich zweifelte an dem, was ich über ihr Alter wußte, als ich sie sah. Angetan mit Juwelen und grünem Samt, sah sie aus wie eine junge Frau von vielleicht siebzehn Jahren. Weite Ärmel trug sie und voluminöse Röcke und ein grünes Band mit Satinrosetten im schwarzen Haar. Selbst ihre Augen erschienen grün über den prachtvollen Stoffen, die sie umhüllten. Und ich erkannte, daß Roelant selbst gar nicht wußte, wie jung sie war. Kein Wort war mir über die Lippen gekommen, welches das Lügengewebe, von dem sie umsponnen war, zerrissen hätte. Ich stand da und erglühte in ihrer Schönheit, als habe sie Schläge auf meinen Kopf und meine Schultern herniederprasseln lassen, und dann traf mich der Todesstoß mitten ins Herz, als sie aufblickte und lächelte.

Jetzt werde ich gehen müssen, dachte ich und wollte schon meinen Wein wegstellen. Aber sie kam, immer noch lächelnd, auf mich zu, nahm meine Hände und sagte: »Petyr, komm mit mir.« Und sie führte mich in ein Kämmerchen mit Schränken, in denen das Haushaltslinnen aufbewahrt wurde.

Wie gewandt sie jetzt war, wie anmutig. Eine Dame bei Hofe hätte nicht besser gewirkt. Aber als ich daran dachte, bedachte ich auch meine Erinnerung an sie auf dem Karren am Kreuzweg und daran, wie wenig Ähnlichkeit sie damals mit einer kleinen Prinzessin gehabt hatte.

Aber in jeder Hinsicht hatte sie sich seit damals verändert. In den wenigen dünnen Lichtstrahlen, die in die Wäschekammer drangen, konnte ich sie in allen Einzelheiten betrachten, und ich fand sie kräftig, parfümiert und rotwangig – und da ruhte auch der große brasilianische Smaragd in seiner Fassung aus Goldfiligran auf ihrer festen, runden Brust.

»Warum habt ihr nicht allen erzählt, was ihr über mich wißt?« fragte sie, als wüßte sie die Antwort nicht.

»Deborah, wir haben dir die Wahrheit über uns gesagt. Wir wollten dir ein Obdach geben und all unser Wissen über die Kräfte, die du besitzt. Komm zu uns, wann immer du möchtest.«

Sie lachte. »Du bist ein Narr, Petyr – aber du hast mich aus Finsternis und Elend an diesen wundervollen Ort gebracht.« Sie griff in eine verborgene Tasche in ihrem weiten Rock und holte eine Handvoll Rubine und Smaragde heraus. »Nimm, Petyr.«

»Deborah, woher hast du diese Juwelen?« wisperte ich. »Was ist, wenn man dich bezichtigt, sie gestohlen zu haben?«

»Mein Teufel ist dafür zu schlau, Petyr. Sie kommen von weit her. Und ich brauche es nur zu sagen, wenn ich welche haben will. Mit einem winzigen Teil dieser unerschöpflichen Vorräte habe ich diesen Smaragd gekauft, den ich jetzt am Halse trage. Der Name meines Teufels ist hinten in die Goldfassung graviert. Aber du kennst seinen Namen. Ich warne dich, Petyr: Rufe ihn niemals an, denn er dient nur mir, und er wird jeden anderen vernichten, der versucht, ihn bei dem Namen herbeizubefehlen, der ihm gegeben wurde.«

»Deborah, komm zurück zu uns«, flehte ich. »Komm tagsüber, wenn du willst, auf ein paar Stunden dann und wann, wenn dein Gemahl sicher nichts dagegen hat. Sprich mit uns. Dein Geist ist kein Teufel, aber er ist mächtig, und er kann schlimme Dinge tun, dank der Skrupellosigkeit und Tollheit, die so typisch für Geister ist. Deborah, dies ist kein Spiel, das mußt du doch wissen! Dieses Wesen wird immer stärker, je mehr du darüber redest...«

Sie hieß mich schweigen. Ich spürte ihre Verachtung. Noch einmal bedrängte sie mich, die Juwelen zu nehmen. Unumwunden nannte sie mich einen Dummkopf, weil ich meine Fähigkeiten nicht zu nutzen wisse, und dann dankte sie mir, weil ich sie in eine Stadt gebracht hätte, wie sie sich eine Hexe nicht besser wünschen könne. Und sie lachte mit bösartigem Blick.

»Deborah, wir glauben nicht an Satan«, sagte ich. »Aber wir glauben an das Böse, und das Böse ist verderblich für die Menschheit. Ich bitte dich, sei auf der Hut vor diesem Geist. Glaube ihm nicht, was er dir über sich und seine Absichten erzählt. Denn niemand weiß, was diese Wesen in Wirklichkeit sind.«

»Schweig – du ärgerst mich, Petyr. Wie kommst du darauf, daß dieser Geist mir irgend etwas erzählt? Ich bin es, die zu ihm spricht! Lies nach in den Dämonologien, Petyr, in den alten Büchern von tobsüchtigen Pfaffen, die sehr wohl an den Teufel glauben, denn diese Bücher enthalten mehr wahres Wissen darüber, wie man diese unsichtbaren Wesen beherrscht, als du dir vorstellen kannst. Ich habe sie auf euren Borden stehen sehen. Das eine lateinische Wort kannte ich schon – Dämonologie –, denn solche Bücher hatte ich schon früher gesehen.«

In den Büchern standen Lügen *und* Wahrheiten nebeneinander, und das sagte ich ihr. Betrübt wollte ich mich abwenden. Noch einmal bedrängte sie mich, die Edelsteine zu nehmen. Ich weigerte mich. Da ließ sie sie in meine Tasche rieseln und drückte mir ihre warmen Lippen auf die Wange. Ich verließ das Haus.

Danach verbot Roemer mir, sie noch einmal zu treffen. Was er mit den Edelsteinen angefangen hat, danach habe ich nie gefragt. Die großen Schatzkammern der Talamasca haben mich nie sonderlich interessiert. Ich wußte damals nur, was ich noch heute weiß: daß meine Schulden bezahlt werden, daß ich Kleider bekomme, und daß ich Geld in der Tasche habe, um mir zu kaufen, was ich brauche.

Selbst als Roelant krank wurde – und das war nicht ihr Werk, Stefan, das versichere ich dir –, sagte man mir, ich dürfe Deborah nicht noch einmal besuchen.

Aber das Seltsame war, daß ich sie sehr oft an den unwahrscheinlichsten Orten gewahrte, allein oder mit einem von Roelants Söhnen an der Hand, wie sie mich von ferne beobachtete. So sah ich sie auf öffentlichen Straßen, einmal auch, wie sie am Hause der Talamasca unter meinem Fenster vorüberging. Und einmal, als ich Rembrandt van Rijn besuchte, saß sie nähend und mit Roelant an ihrer Seite bei ihm und musterte mich aus dem Augenwinkel.

Es gab Zeiten, da bildete ich mir gar ein, sie verfolge mich. Denn es kam vor, daß ich allein einherging und an sie dachte, mich an unsere ersten Augenblicke zusammen erinnerte, da ich sie gefüttert und gewaschen hatte wie ein Kind. Indes, ich kann nicht so tun, als wäre sie in diesen Gedanken wirklich ein Kind gewesen. Unvermittelt jedoch hielt ich dann im Gehen inne, wandte mich um – und da ging sie hinter mir her in ihrem schweren Samtmantel mit der Kapuze, und sie starrte mich an, bevor sie in eine andere Gasse einbog.

Einen Monat, bevor Roelant starb, zog eine junge Malerin von vorzüglichem Talent, Judith de Wilde, zu Deborah, und als Roelant verschieden war, wohnte sie zusammen mit ihrem alten Vater Anton de Wilde bei ihr.

Roelants Brüder nahmen seine Söhne zu sich aufs Land, und die Witwe Roelant und Judith de Wilde führten den Haushalt nun allein; sie sorgten mit großer Behutsamkeit für den Alten, führten aber zugleich ein Leben voller Fröhlichkeit und Abwechslung, denn das Haus stand von morgens bis abends offen für Schriftsteller und Poeten, Gelehrte und Maler, die Lust hatten, zu kommen, und für Judiths Schüler, die sie bewunderten, wie sie jeden männlichen Maler bewundert hätten, denn sie war nicht minder gut und gehörte der Gilde des Hl. Lukas an wie jeder Mann.

Roemers Edikt gehorchend, konnte ich nicht hinein in diesen

Kreis. Aber oft kam ich vorbei, und ich schwöre dir, wenn ich nur lange genug draußen verweilte, erschien Deborah oben am Fenster, ein Schatten hinter der Scheibe. Manchmal sah ich nichts als das funkelnde Aufblitzen ihres Smaragdes, manchmal aber öffnete sie auch das Fenster und winkte mich vergebens herein.

Roemer selbst suchte sie einmal auf, aber ihn schickte sie weg.

»Sie glaubt, sie weiß mehr als wir«, stellte er traurig fest. »Aber sie weiß nichts, denn sonst würde sie nicht spielen mit diesem Wesen. Diesen Fehler begehen sie immer, die Zauberinnen; sie bilden sich ein, absolute Gewalt über die unsichtbaren Mächte zu haben, die ihnen da zu Gebote stehen, aber in Wirklichkeit haben sie keine. Und wie steht es mit ihrem Willen, ihrem Gewissen, ihrem Ehrgeiz? Wie es sie verdirbt, dieses Wesen! Es ist unnatürlich, Petyr, und wahrlich, gefährlich ist es auch.«

»Könnte ich ein solches Wesen herbeirufen, Roemer, wenn ich es wollte?«

»Darauf weiß niemand eine Antwort, Petyr. Wenn du es versuchen wolltest, könntest du es vielleicht. Und vielleicht könntest du es dann nicht mehr loswerden – und dies ist die alte Falle. Du würdest niemals meinen Segen haben, wenn du einen solchen Geist heraufbeschwören wolltest, Petyr. Hörst du, was ich sage?«

»Jawohl, Roemer«, sagte ich, gehorsam wie immer. Aber er wußte, daß Deborah mein Herz erobert und verdorben hatte – gerade so, wie wenn sie mich verhext hätte.

»Dieser Frau können wir nicht mehr helfen«, sagte er. »Wende du dich anderen Dingen zu.« Ich tat mein Bestes, um diese Anweisung zu befolgen. Aber ich konnte nicht vermeiden, daß es mir zu Ohren kam, wie Deborah von manchem Edelmann umworben wurde. Ihr Reichtum war so gewaltig und solide, daß es niemandem mehr in den Sinn kam, zu fragen, woher er stamme oder ob es eine Zeit gegeben habe, in der sie noch nicht reich gewesen sei. Mit ihrer Bildung ging es geschwind voran, und Judith de Wilde und ihrem Vater war sie in reiner Treue ergeben; zu heiraten hatte sie keine Eile, derweil sie ihre zahlreichen Freier empfing.

Nun, aber einer dieser Freier nahm sie schließlich mit sich fort!

Ich erfuhr nie, wen sie heiratete oder wann die Hochzeit stattfand. Ich sah Deborah nur noch einmal, und da wußte ich nicht, was ich heute weiß – daß es vielleicht der letzte Abend vor ihrer Abreise war.

Ich erwachte im Dunkeln von einem Geräusch an meinem Fenster; ich erkannte, daß es ein gleichmäßiges Klopfen an der Scheibe war, wie es von der Natur nicht hervorgebracht werden konnte, und so ging ich nachschauen, ob da etwa irgendein Lümmel über das Dach herangeklettert sei. Schließlich wohnte ich ja im obersten Stockwerk, denn im Orden war ich kaum mehr als ein Knabe und hatte somit nur ein schlichtes, wenn auch bequemes Kämmerchen.

Das Fenster war geschlossen und unberührt, wie es sich gehörte. Aber tief unten am Kai stand eine einsame Frau in einem Gewand aus schwarzem Tuch, die offenbar zu mir heraufschaute, und als ich das Fenster öffnete, machte sie eine Gebärde mit dem Arm und bedeutete mir, ich solle herunterkommen.

Ich wußte, es war Deborah. So schlich ich mich, um allen Fragen zu entgehen, aus dem Hause, und sie erwartete mich. Der Smaragd funkelte grün in der Dunkelheit, wie ein großes Auge an ihrem Hals. Sie führte mich durch Nebenstraßen zu ihrem Haus.

Wie kostbar waren die Möbel dieser Dame, wie dick die Teppiche in ihrem Haus, wie fein das Parkett der Fußböden. Und vorbei an Silber und feinem Porzellan hinter glitzerndem Glas zog sie mich die Treppe hinauf zu ihrem Privatgemach und dort zu einem mit grünem Samt drapierten Bett. »Ich heirate morgen, Petyr.«

»Warum bringst du mich dann her, Deborah?« fragte ich, doch dabei zitterte ich vor Verlangen. Als sie ihren Umhang losließ, daß er zu Boden fiel, und ich ihre vollen Brüste sah, emporgehoben vom engen Spitzenmieder ihres Kleides, da vergingen mir die Sinne vor Sehnsucht danach, sie zu berühren. Aber ich verharrte bewegungslos. Auch der Anblick ihrer fest geschnürten Taille erhitzte mich, ebenso wie der helle Hals und die Neigung der Schultern. Es gab kein Partikel ihres strotzenden Fleisches, nach dem es mich nicht gelüstete. Ich war eine tollwütige Bestie im Käfig.

»Petyr«, sagte sie und blickte mir in die Augen, »ich weiß, daß du die Edelsteine deinem Orden geschenkt und nichts von meinem Dank für dich behalten hast. Also laß mich dir jetzt geben, was du dir auf unserer langen Reise hierher gewünscht und in deiner Sanftmut nicht genommen hast.«

»Aber Deborah, warum tust du das?« fragte ich, entschlossen, sie nicht einen Augenblick lang zu benutzen. Denn sie war in tiefer Not, das sah ich ihren Augen an.

»Weil ich es will, Petyr«, sagte sie unvermittelt, und sie schlang ihre Arme um mich und bedeckte mich mit Küssen. »Verlasse die Talamasca, Petyr, und komme mit mir«, sagte sie. »Sei mein Gemahl, und ich werde diesen anderen nicht heiraten.«

»Aber Deborah, warum verlangst du das von mir?« fragte ich.

Sie lachte voller Bitterkeit und Trauer. »Ich bin einsam, Petyr, und sehne mich nach deinem Verständnis. Ich sehne mich nach einem, vor dem ich nichts verbergen muß. Wir sind Hexen, Petyr, ob wir nun Gott oder dem Teufel gehören – wir sind Hexen, du und ich. Du weißt, daß du mich begehrst, Petyr, wie du es immer getan hast. Warum gibst du deinem Verlangen nicht nach? Komm mit mir; wir verlassen Amsterdam, wenn die Talamasca dich nicht frei sein läßt. Wir gehen zusammen fort, und es gibt nichts, was ich dir nicht verschaffen kann – nur bleibe bei mir und laß mich bei dir sein, damit ich keine Angst mehr haben muß. Mit dir kann ich darüber sprechen, wer ich bin und was meiner Mutter widerfahren ist, mit dir kann ich über alles sprechen, was mich beunruhigt, Petyr, und vor dir habe ich niemals Angst.«

Ihr Gesicht wurde traurig, und Tränen stiegen ihr in die Augen.

»Mein junger Bräutigam ist schön, und er ist alles, was ich mir je gewünscht habe, als ich schmutzig und barfuß vor der Hütte saß. Es ist der Edelmann, der auf dem Weg zum Schloß vorüberritt, und zu einem Schloß wird er mich jetzt bringen, wenn auch in ein anderes Land. Es ist, als sei ich in die Welt der Märchen eingegangen, die meine Mutter mir erzählte: Ich werde eine Comtesse sein, und all die Verse und Lieder werden Wirklichkeit. Meine Vergangenheit erscheint mir jetzt wie ein Phantom.« Sie weinte leise, und ihre Augen waren groß vor Staunen. »Habe ich je an einem solchen Ort gewohnt, Petyr? Habe ich wirklich mitangesehen, wie meine Mutter starb?«

»Zerre das alles nicht wieder ins Licht, Deborah«, sagte ich. »Laß die alten Bilder verblassen.«

»Aber Petyr, du weißt doch noch, wie du das erstemal mit mir sprachst und mir sagtest, nicht meine Mutter sei böse, sondern die Leute hätten ihr Böses angetan. Warum hast du das geglaubt?«

»Sag du mir, ob sie eine Hexe war, Deborah, und was eine Hexe ist, bei Gott!«

»Oh, Petyr, ich erinnere mich doch, wie ich mit ihr ins Feld hinausging, unter dem mondlosen Himmel, dahin, wo die Steine standen.«

»Und was geschah da, meine Liebe?« fragte ich flehentlich. »Kam der Teufel mit gespaltenem Huf?«

Sie schüttelte den Kopf und winkte mir, zu schweigen und still zu sein. »Petyr«, sagte sie, »es war ein Hexenrichter, der sie die Schwarze Magie lehrte! Sie hat mir das Buch gezeigt. Er war durch unser Dorf gekommen, als ich noch ganz klein war, und hatte unsere Hütte aufgesucht, um sich einen Schnitt an seiner Hand verbinden zu lassen. Dann saß er mit meiner Mutter am Feuer und erzählte ihr, wo er überall gewesen war, und von den Hexen, die er schon verbrannt hatte. ›Sieh dich vor, mein Kind‹, sagte er zu ihr – das erzählte sie mir wenigstens später –, und dann nahm er das böse Buch aus seiner ledernen Tasche. *Dämonologie* hieß es, und er las es ihr vor, denn sie konnte kein Latein lesen, ebensowenig wie irgendeine andere Sprache; und die Bilder hielt er ins Licht des Feuers, damit sie besser sehen könnte. Und als er dann in der Nacht bei ihr lag, erzählte er von den Folterkammern und von den Scheiterhaufen und von den Schreien der Verurteilten. ›Sieh dich vor, mein Kind‹, sagte er noch einmal, als er ging.

Das alles hat sie mir später erzählt. Ich war ein Kind von sechs, vielleicht sieben Jahren, als ich es erfuhr. Wir saßen zusammen am Feuer in der Küche. ›Und jetzt komm‹, sagte sie dann, ›und du wirst es sehen.‹ Wir gingen hinaus aufs Feld, tasteten uns an den Steinen vorbei in die Mitte des Kreises, und dort blieben wir stocksteif stehen, um den Wind zu spüren.

Ich hörte sie summen, während sie meine Hand hielt; und dann tanzten wir miteinander im Kreis, um und um. Sie summte lauter und lauter, und dann sprach sie die lateinischen Worte, mit denen sie den Dämon heraufbeschwor, und mit weit ausgebreiteten Armen rief sie ihn herbei.

Die Nacht blieb leer. Nichts rührte sich. Ich drückte mich an ihre Röcke und hielt ihre kalte Hand umklammert. Dann spürte ich, wie es über das Gras herankam, eine Brise zunächst, so schien es, und dann ein Wind, der sich um uns sammelte. Ich fühlte, wie es mein Haar berührte, meinen Nacken, ich fühlte, wie es uns wie Luft umhüllte. Und dann hörte ich es sprechen, nicht in Worten, und trotzdem hörte ich es. Und es sagte: ›Ich bin hier, Suzanne.‹

Oh, wie lachte sie vor Entzücken, wie tanzte sie... Wie ein Kind rang sie die Hände, und wieder lachte sie und warf das Haar in den Nacken. ›Siehst du ihn, mein Kind?‹ fragte sie, und ich sagte, daß ich ihn spürte und hörte, ganz nah bei mir.

Und wieder sprach er: ›Nenne mich bei meinem Namen, Suzanne.‹

›Lasher‹, sagte sie, ›der Peitscher – denn der Wind, den du schickst, peitscht das Gras, und er peitscht die Blätter von den Bäumen. Nun komm, mein Lasher, und mache einen Sturm über Donnelaith! Dann werde ich wissen, daß ich eine mächtige Hexe bin und daß du dies alles tust für meine Liebe!‹

Und als wir wieder bei unserer Hütte waren, heulte schon der Wind über die Felder und in unserem Kamin, und sie schloß die Tür. Am Feuer saßen wir und lachten wie zwei kleine Kinder. ›Siehst du, siehst du, ich hab's geschafft‹, flüsterte sie. Und als ich ihr in die Augen schaute, da sah ich, was ich immer gesehen hatte und noch in ihrer letzten Stunde sehen sollte, daß sie Todesqualen litt: die Augen einer Närrin, eines dummen Mädchens, das lachte hinter vorgehaltener Hand, während die Finger der anderen die gestohlene Leckerei umklammerten. Es war ein Spiel für sie, Petyr. Es war ein Spiel!«

»Das sehe ich, Geliebte«, sagte ich.

»Und jetzt sag mir, es gibt keinen Satan. Sag mir, daß er nicht durch die Finsternis herbeikam, um seinen Anspruch auf die Hexe von Donnelaith zu erheben und sie ins Feuer zu führen! Es war Lasher, der für sie fand, was andere verloren hatten, Lasher, der ihr das Gold brachte, das sie ihr wegnahmen; es war Lasher, der ihr verräterische Geheimnisse anvertraute, die sie begierigen Ohren verriet. Und es war Lasher, der auf das Milchmädchen Hagel niedergehen ließ, das einen Streit mit ihr begonnen hatte; Lasher, der ihre Feinde für sie zu bestrafen suchte und damit ihre Macht allen kundtat! Sie konnte ihn nicht lenken, Petyr. Sie wußte ihn nicht zu benutzen. Und wie ein Kind, das mit der Kerze spielt, entfachte sie das Feuer, in dem sie verbrannte.«

»Begehe du nicht den gleichen Fehler, Deborah!« wisperte ich und küßte ihr Gesicht. »Niemand lenkt einen Dämon – denn das ist er.«

»O nein, er ist mehr als das«, sagte sie leise, »und du irrst dich sehr. Aber fürchte nicht um mich, Petyr. Ich bin nicht meine Mutter.«

Und dann saßen wir stumm vor ihrem kleinen Feuer, obgleich ich mir nicht vorstellen konnte, daß sie in seiner Nähe sein wollte; und als sie die Stirn an die Mauersteine darüber lehnte, küßte ich noch einmal ihre zarte Wange und strich eine lange, verirrte Strähne ihres feuchten schwarzen Haars zurück.

»Petyr«, sagte sie, »ich werde niemals in Hunger und Dreck leben wie sie. Niemals werde ich törichten Menschen auf Gnade oder Ungnade ausgeliefert sein.«

»Heirate nicht, Deborah. Geh nicht fort! Komm mit mir. Komm zur Talamasca, und zusammen werden wir die Natur dieses Wesens ergründen...«

»Nein, Petyr. Du weißt, das werde ich nicht tun.« Sie lächelte traurig. »Du mußt mit mir kommen, und wir werden fortgehen. Sprich jetzt zu mir mit deiner geheimen Stimme, mit der du Uhren anhalten und Geister herbeikommen lassen kannst. Bleib bei mir, sei mein Bräutigam, und dann wird dies die Hexenhochzeitsnacht.«

Ich wollte tausendfach protestieren, doch sie legte mir die Hand auf den Mund und küßte mich dann mit solcher Hitze und Bezauberung, daß ich nur noch eines wußte: Ich mußte ihr die Kleider vom Leibe reißen, die sie umschlossen, und sie dort im Bett mit den grünen Vorhängen nehmen, diesen zarten Kinderkörper mit den Brüsten einer Frau und den Geheimnissen einer Frau, den ich einst gebadet und gekleidet hatte.

Warum quäle ich mich, indem ich dieses schreibe? Ich beichte meine alte Sünde, Stefan. Ich bekenne dir alles, was ich getan habe, denn ich kann ohne dieses Bekenntnis nicht von dieser Frau schreiben, und so fahre ich fort.

Nie habe ich das Ritual mit solcher Hingabe zelebriert. Nie habe ich solche Wollust und Süße gekannt wie bei ihr.

Denn sie glaubte, daß sie eine Hexe und somit böse sei, Stefan, und es war des Teufels Ritual, das sie hier mit solchem Eigensinn vollzog. Doch sie hatte ein sanftes und liebevolles Herz, das schwöre ich, und so war die Mischung in der Tat ein rares und machtvolles Hexengebräu.

Als ich mich am Morgen ankleidete, war ich müde und ohne Verlangen nach irgend etwas in der ganzen Christenheit außer nach ihrer Seele und ihrem Leib. Dennoch verließ ich sie. Ich wollte heimgehen und Roemer sagen, was ich getan hatte. Ich wollte zum Mutterhaus zurück, denn tatsächlich war es Mutter und Vater für mich, und ich hatte keine andere Wahl.

Lebwohl, mein kleiner Priester, sagte sie zu mir. Lebwohl, und möge die Talamasca dir lohnen, was du mit mir aufgegeben hast. Tränen vergoß sie; ich aber küßte hungrig ihre Handflächen, ehe ich sie verließ, und vergrub noch einmal das Gesicht in ihrem Haar. »Geh jetzt, Petyr«, sagte sie schließlich. »Und vergiß mich nicht.«

Vielleicht ein oder zwei Tage vergingen, und dann erfuhr ich, daß sie fort war. Ich war verzweifelt. Weinend lag ich da und versuchte, auf Roemer und auf Geertruid zu hören, aber ich konnte es nicht. Aber sie zürnten mir nicht, wie ich es erwartet hatte; soviel wußte ich jedenfalls.

Und Roemer war es, der zu Judith de Wilde ging und Deborahs Porträt von Rembrandt van Rijn erwarb, das bis zum heutigen Tage in unserem Hause hängt.

Ein ganzes Jahr verging, bevor ich an Leib und Seele wirklich genesen war. Und nie wieder habe ich danach gegen die Regeln der Talamasca verstoßen, wie ich es in jenen Tagen getan hatte. Ich zog wieder hinaus, durch die deutschen Staaten, durch Frankreich und sogar nach Schottland, um meine Arbeit zu tun und die Hexen zu retten und um über sie und ihre Leiden zu schreiben, wie wir es immer getan haben.

Nun kennst du also Deborahs Geschichte, wie sie sich zugetragen hat. Nun weißt du, mit welchem Schrecken ich so viele Jahre später in dieser Festungsstadt in den Cevennen im Languedoc auf die Tragödie der Comtesse de Montcleve stieß und entdeckte, daß sie Deborah Mayfair war, die Tochter der schottischen Hexe.

Jetzt siehst du, mit wieviel Angst und Elend im Herzen ich die Kerkerzelle betrat und wie ich in meiner Hast erst im letzten Augenblick daran denken konnte, daß die Frau, die da in Lumpen auf dem Stroh kauerte, aufblicken, mich erkennen und meinen Namen rufen und damit in ihrer Verzweiflung meine Tarnung zunichte machen könnte.

Aber das geschah nicht.

Als ich in die Zelle trat und den Saum meiner schwarzen Soutane lüpfte, um auszusehen wie ein Pfaffe, der sich nicht mit diesem Schmutz besudeln wollte, und als ich dann auf sie hinunterblickte, da lag kein Erkennen in ihrer Miene.

Aber daß sie mir fest ins Gesicht sah, beunruhigte mich gleichwohl, und sofort erklärte ich dem alten Trottel von Gemeindepfarrer, ich müsse allein mit ihr sprechen. Es widerstrebte ihm, mich mit ihr alleinzulassen, aber ich sagte, ich hätte schon viele Hexen gesehen, und sie schrecke mich nicht im geringsten; ich hätte ihr aber zahlreiche Fragen zu stellen, und wenn er mich im Pfarrhaus erwarten könne, so wolle ich schon bald zurück sein. Dann nahm ich ein paar Goldmünzen aus der Tasche und sagte: »Nehmt dies für Eure Kirche, denn ich weiß, ich habe Euch viel Mühe gemacht.« Damit war die Sache besiegelt. Der Schwachkopf ging.

Sofort wurde die Tür geschlossen; zwar hörte ich draußen auf dem Gang manches Getuschel, aber wir waren allein. Ich stellte die Kerze auf das einzige Möbelstück in der Zelle, eine Holzbank, und während ich mich noch mühte, die Tränen niederzukämpfen, die mir bei ihrem Anblick in die Augen stiegen, hörte ich ihre Stimme, als sie leise, beinahe flüsternd, sagte:

»Petyr, kannst du es denn wirklich sein?«

»Ja, Deborah«, sagte ich.

»Ah, aber du bist nicht gekommen, um mich zu retten, wie?« fragte sie müde.

Schon der Klang ihrer Stimme traf mich ins Herz; es war dieselbe Stimme, die in jener letzten Nacht in ihrem Schlafgemach in Amsterdam zu mir gesprochen hatte. Sie klang nur um einen winzigen Bruchteil tiefer, und vielleicht lag auch eine dunkle Musik darin, die vom Leiden kommt.

»Ich kann es nicht, Deborah. Ich werde es versuchen, aber ich weiß schon, daß es nicht gelingen wird.«

Das überraschte sie nicht. Dennoch lächelte sie mich an.

Ich nahm die Kerze wieder in die Hand, näherte mich ihr und kniete im Stroh nieder, um ihr in die Augen zu sehen. Ich sah die Augen, an die ich mich erinnerte, dieselben Wangen, als sie lächelte – und es war, als sei diese schmächtige, wächserne Gestalt meine Deborah, doch schon verwandelt in einen Geist und unberührt in ihrer Schönheit.

Sie machte keine Anstalten, sich mir zu nähern, sondern betrachtete mein Gesicht, wie man wohl ein Gemälde betrachtet. In einem Schwall von kraftlosen und jämmerlichen Worten erzählte ich ihr dann, daß ich von ihrem Elend nichts gewußt hätte, sondern in Verfolgung meiner Arbeit für die Talamasca allein an diesen Ort gekommen sei; mit großer Bestürzung hätte ich erfahren, daß sie diejenige sei, von der ich so viel hätte reden hören. Sie hieß mich mit einer einfachen Gebärde schweigen.

»Ich werde hier morgen sterben, und du kannst nichts dagegen tun.«

»Ah, aber eine kleine Gnade gibt es noch«, sagte ich. »Ich habe ein Pulver bei mir, das du mit Wasser vermischt trinken mußt; dann wird es dich betäuben, und du wirst nicht leiden müssen. Ach was – ich kann dir so viel davon geben, daß du stirbst, wenn das dein Wunsch ist, und so den Flammen überhaupt entgehst.«

Sie schien tief gerührt von meinem Angebot, hatte indessen keine Eile, es anzunehmen. »Petyr, ich muß bei klarem Verstand sein, wenn man mich auf den Platz hinunterbringt. Ich warne dich – sei nicht in der Stadt, wenn es geschieht. Oder verbirg dich sicher hinter einem geschlossenen Fenster, wenn du denn bleiben mußt, um es selbst mitanzusehen.«

»Sprichst du von Flucht, Deborah?« fragte ich.

»Nein, nein, Petyr, das liegt außerhalb meiner Macht, und auch außerhalb der Macht dessen, dem ich gebiete. Es ist eine Kleinigkeit für einen Geist, einen Edelstein oder eine Goldmünze in die Hand einer Hexe zu befördern – aber schwere Kerkertüren öffnen? Bewaffnete Wachen überwinden? Das geht nicht.« Ihre Augen blickten, wie vom Schmerz gepeinigt, wild umher, und sie fragte: »Weißt du, daß meine eigenen Söhne gegen mich ausgesagt haben? Daß mein geliebter Chrétien seine Mutter eine Hexe genannt hat?«

»Ich glaube, sie haben ihn dazu gezwungen, Deborah. Soll ich mit ihm sprechen? Was kann ich tun, um dir zu helfen?«

Sie schüttelte den Kopf. »Ach, es steckt so viel mehr dahinter. Als mein Gemahl starb, glaubte ich mich schuldlos. Aber ich habe manchen langen Monat hier in dieser Zelle darüber nachdenken können, Petyr. Und Hunger und Pein schärfen den Verstand.«

»Deborah, glaube doch nicht, was deine Feinde über dich sagen, mögen sie es noch so oft oder so gewandt vortragen!«

Sie gab keine Antwort. Es schien ihr gleichgültig zu sein. Schließlich wandte sie sich mir noch einmal zu. »Petyr, tu eines noch für mich. Wenn man mich, was meine schlimmste Befürchtung ist, morgen gefesselt auf den Platz bringt, dann verlange, daß man meine

Hände und Füße losbinde, damit ich die schwere Bußkerze tragen kann, wie es hierzulande immer der Brauch war. Laß dich durch meine zermalmten Füße nicht zum Mitleid drängen, Petyr. Die Fesseln fürchte ich mehr als die Flammen!«

»Ich werde es tun«, versprach ich. »Aber es besteht kein Grund zur Sorge. Sie werden dir die Kerze geben, und sie werden dich zu Fuß durch die ganze Stadt treiben. Sie werden dich zwingen, sie bis an die Stufen der Kathedrale zu tragen, und erst da werden sie dich fesseln und auf den Scheiterhaufen stellen.« Ich konnte kaum weitersprechen.

»Höre. Ich habe noch mehr zu erbitten.«

»Ja, sprich weiter.«

»Wenn alles vorüber ist und du diese Stadt verläßt, dann schreibe meiner Tochter, Charlotte Fontenay, der Gemahlin des Antoine Fontenay zu Saint Domingue in Hispaniola, zu Händen des Kaufmanns Jean-Jacques Toussaint, Port-au-Prince. Schreibe ihr, was ich dir sagen werde.«

Ich wiederholte den Namen und die ganze Anschrift.

»Schreibe Charlotte, daß ich nicht in den Flammen gelitten habe, selbst wenn es nicht stimmt.«

»Ich werde es ihr glaubhaft machen.«

Darüber lächelte sie bitter. »Das vielleicht nicht«, sagte sie. »Aber tu dein Bestes – für mich.«

»Was weiter?«

»Richte ihr noch etwas aus, und präge es dir Wort für Wort ein. Sie soll vorsichtig sein – denn der, den ich gesandt habe, damit er ihr gehorche, tut manchmal Dinge für uns, von denen er *glaubt*, daß wir sie so wollen. Und sag ihr weiter, daß der, den ich ihr gesandt habe, seinen Glauben ebenso aus unseren unwillkürlichen Gedanken nährt wie aus den Worten, die wir mit Umsicht sprechen. Du verstehst, was ich damit sagen will und warum du es übermitteln mußt?«

»Ich verstehe es. Mir wird alles klar. Du hast deinem Mann den Tod gewünscht, weil er dich betrogen hat. Und der Dämon hat ihn zu Boden gestreckt.«

»Nein, es reicht tiefer. Versuche gar nicht erst, es zu erfassen. Ich habe ihm niemals den Tod gewünscht; ich habe ihn geliebt, und ich wußte nichts von seiner Untreue! Aber du mußt Charlotte zu ihrem

Schutze ausrichten, was ich gesagt habe, denn mein unsichtbarer Diener kann ihr nicht selbst von seiner sich wandelnden Natur berichten. Er kann ihr nichts erklären, was er selbst nicht versteht.«

»Oh, aber...«

»Hadere jetzt nicht mit mir, Petyr. Du wärest besser gar nicht gekommen, wenn du es tust. Sie hat den Smaragd bei sich. Er wird auf sie übergehen, wenn ich tot bin.«

»Sende ihn nicht zu ihr, Deborah!«

Sie seufzte voller Enttäuschung und Verzweiflung. »Bitte, ich flehe dich an, tue, worum ich dich bitte.«

»Was ist mit deinem Mann geschehen, Deborah?«

»Er lag im Sterben, als mein Lasher zu mir kam und mir sagte, er habe meinen Mann überlistet und ihn im Wald stürzen lassen. ›Wie konntest du so etwas tun?‹ wollte ich wissen. ›Ich habe es dir niemals aufgetragen!‹ Und seine Antwort war: ›Aber Deborah, hättest du in sein Herz schauen können, wie ich es getan habe, *dann hättest du mir befohlen, es zu tun.*‹«

Da ward mir kalt bis auf die Knochen, Stefan. Denn wann hätten wir je solche Verschlagenheit und Mutwilligkeit von einem unsichtbaren Teufel erfahren, soviel Verstand und Dummheit in einem?

»Ja, ganz recht hast du«, sagte sie traurig; sie hatte meine Gedanken gelesen. »Du mußt es Charlotte schreiben«, beschwor sie mich. »Wähle deine Worte mit Sorgfalt, denn der Brief könnte in falsche Hände geraten – aber schreibe ihn, schreibe ihn so, daß Charlotte alles versteht, was du ihr mitzuteilen hast!«

»Deborah, halte dieses Wesen zurück. Laß mich ihr schreiben, daß sie den Smaragd auf Geheiß ihrer Mutter ins Meer werfen soll.«

»Dazu ist es jetzt zu spät, Petyr; und da die Welt nun einmal ist, wie sie ist, hätte ich meinen Lasher zu Charlotte geschickt, selbst wenn du heute abend nicht gekommen wärest, um diesen letzten Wunsch von mir zu vernehmen. Mein Lasher ist so mächtig, wie du es dir von keinem Dämon träumen läßt. Und er hat viel gelernt.«

»Gelernt«, wiederholte ich staunend. »Wie soll er gelernt haben, Deborah, da er doch ein Geist ist? Denn die sind töricht ohne Ende, und darin liegt die Gefahr: daß sie uns unsere Wünsche erfüllen, ohne zu begreifen, wie komplex sie sind, und damit unseren Untergang bewirken. Tausend Geschichten gibt es, die das beweisen. Wie also kannst du sagen, er habe gelernt?«

»Überlege dir, Petyr, was ich dir gesagt habe. Ich sage dir, mein Lasher hat viel gelernt, und sein Irrtum rührte nicht aus seiner unwandelbaren Einfalt, sondern aus der geschärften Zielstrebigkeit in ihm. Doch versprich mir um all dessen willen, was zwischen uns gewesen ist, daß du meiner geliebten Tochter schreiben wirst! Das mußt du für mich tun.«

»Also gut!« erklärte ich händeringend. »Ich werde es tun, aber ich werde ihr dann auch all das sagen, was ich soeben zu dir gesagt habe.«

»Abgemacht, mein braver Priester, mein braver Gelehrter«, sagte sie bitter, doch sie lächelte dabei. »Jetzt geh, Petyr. Ich kann deine Gegenwart hier nicht länger ertragen. Und mein Lasher ist in meiner Nähe; wir möchten miteinander reden. Morgen aber, ich bitte dich, geh ins Haus und bringe dich dort in Sicherheit, sobald du dich vergewissert hast, daß meine Hände und Füße nicht gefesselt sind und daß ich vor der Kirchentür angekommen bin.«

»Herrgott im Himmel, Deborah – wenn ich dich nur von hier fortbringen könnte, wenn das irgendwie möglich wäre...« Und dann brach ich zusammen, Stefan, ich verlor all mein Gewissen. »Deborah, wenn dein Diener Lasher deine Flucht mit meiner Hilfe bewerkstelligen kann, dann mußt du mir nur sagen, wie es geschehen soll!«

Ich sah es schon vor mir, wie ich sie der rasenden Meute entriß und sie über die Stadtmauern hinweg in den Wald entführte.

Wie sie mich da anlächelte, wie zärtlich und wie traurig. So hatte sie auch gelächelt, als wir uns Jahre zuvor getrennt hatten.

»Was für Träumereien, Petyr«, sagte sie. Dann wurde ihr Lächeln breiter, bis sie im Kerzenschein halb wahnsinnig aussah – oder mehr noch wie ein Engel oder wie eine verrückte Heilige. Ihr bleiches Gesicht war so schön wie die Kerzenflamme selbst. »Mein Leben ist vorüber. Aber ich bin von dieser kleinen Zelle aus in weite Fernen gereist«, sagte sie. »Jetzt geh. Geh und sende meine Nachricht an Charlotte, aber erst, wenn du in sicherer Entfernung von dieser Stadt bist.«

Ich küßte ihr die Hände. Sie hatten ihr bei der Folter die Handflächen verbrannt. Sie waren von dicken Krusten bedeckt, und auch sie küßte ich. Es kümmerte mich nicht.

»Ich habe dich immer geliebt«, sagte ich zu ihr. Und ich sagte noch andere Dinge, viele Dinge, törichte und zärtliche, die ich hier nicht niederschreiben werde. All das ertrug sie mit vollkommener Resignation; sie wußte, was mir erst jetzt aufgegangen war: daß ich es *bereute*, nicht mit ihr fortgegangen zu sein, daß ich mich verachtete, mich selbst, meine Arbeit, mein ganzes Leben.

Ich konnte sie nicht verlassen, ohne sie zu umarmen und zu küssen.

»Es ist so schön, dich im Arm zu halten«, flüsterte sie. Dann schob sie mich von sich. »Geh jetzt und denke an alles, was ich dir gesagt habe.«

Ich verließ sie wie in einem Wahn. Der Platz füllte sich noch immer mit Menschen, die gekommen waren, um die Hinrichtung mitzuerleben. Im Fackelschein stellten manche ihre Stände auf; andere schliefen unter Wolldecken längs der Mauern.

Ich sagte dem alten Priester, ich sei ganz und gar nicht davon überzeugt, daß die Frau eine Hexe sei, und ich wolle unverzüglich den Inquisitor sprechen. Ich sage dir, Stefan, ich war entschlossen, Himmel und Hölle für sie in Bewegung zu setzen.

Aber wie du sehen wirst, war alles vergebens.

Wir kamen zum Château, und man ließ uns ein; dieser Tor von einem Pfaffen war froh, jemand Gewichtiges bei sich zu haben, um sich so auf das Bankett zu stürzen, zu dem er nicht geladen war. Ich selbst raffte mich jetzt auf und zeigte mich von meiner eindrucksvollsten Seite, indem ich den Inquisitor unmittelbar auf lateinisch befragte und ebenso die alte Comtesse, eine dunkelhäutige Frau von spanisch anmutender Erscheinung, die mich mit außergewöhnlicher Geduld empfing, wenn man die Manieren bedenkt, mit denen ich mich eingeführt hatte.

Der Inquisitor, Pater Louvier, stattlich und sehr wohlgenährt, mit elegant gestutztem Bart und Haar und funkelnden schwarzen Augen, sah überhaupt nichts Verdächtiges in meinem Auftreten und zeigte sich so unterwürfig, als käme ich geradewegs aus dem Vatikan – und wußte er, ob's nicht gerade so war? Jedenfalls versuchte er, mich zu beruhigen, als ich erklärte, daß hier vielleicht ein unschuldiges Weib verbrannt werden würde.

»Eine solche Hexe habt Ihr noch nicht gesehen«, widersprach die Comtesse; ihr Lachen klang häßlich und kehlig, als sie mir Wein anbot. Sodann machte sie mich mit der Comtesse de Chamillart bekannt, die neben ihr saß, und mit allen anderen Adeligen aus der

Umgebung, die hier im Château nächtigten, um die Hexe brennen zu sehen.

Jede Frage, die ich stellte, jeder Einwand, den ich erhob, jeder Vorschlag, den ich unterbreitete, wurde von dieser Versammlung mit der gleichen gelassenen Überzeugung aufgenommen. Für sie war die Schlacht geschlagen und gewonnen. Was noch blieb, war die Feier, die morgen stattfinden würde.

»Aber die Frau hat nicht gestanden«, erklärte ich. »Und ihr Gemahl ist nach eigenem Eingeständnis im Wald vom Pferd gefallen. Man kann doch kein Urteil auf die Aussage eines fiebernden Sterbenden gründen!«

Ebensogut hätte ich sie mit trockenem Laub bewerfen können; die Wirkung wäre die gleiche gewesen.

»Ich habe meinen Sohn mehr als alles andere auf der Welt geliebt«, sagte die alte Comtesse mit harten, schwarzen Äuglein und häßlichem Mund. Und als habe sie sich eines anderen Tonfalls besonnen, fügte sie mit unübertrefflicher Heuchelei hinzu: »Arme Deborah – habe ich jemals gesagt, daß ich Deborah nicht liebe, daß ich Deborah nicht tausend Dinge verzeihe?«

»Ihr sagt zuviel!« befand Louvier salbungsvoll und mit übertriebener Gebärde, denn er war betrunken, dieses Ungeheuer.

»Ich spreche nicht von Hexerei«, fuhr die alte Frau unbeeindruckt fort. »Ich spreche von meiner Schwiegertochter mit all ihren Schwächen und Geheimnissen; denn wer wüßte nicht hier in der Stadt, daß Charlotte zu bald nach der Hochzeit geboren wurde? Doch mein Sohn hatte nur Augen für den Zauber dieser Frau, er betete Charlotte an, er war Deborah dankbar für ihre Mitgift und überhaupt ein großer Narr in jeder Hinsicht...«

»Müssen wir davon sprechen!« flüsterte die Comtesse de Chamillart, die unübersehbar zitterte. »Charlotte ist aus unserer Mitte verschwunden.«

»Man wird sie finden und verbrennen wie ihre Mutter«, erklärte Louvier, und ringsum wurde zustimmend genickt.

Und dann unterhielten sie sich untereinander darüber, wie zufrieden sie alle nach der Hinrichtung sein würden, und als ich sie weiter befragen wollte, winkten sie mir nur, ruhig zu sein und zu trinken: Ich solle mir keine Sorgen machen.

Wie heiter und gelassen sie an dieser Tafel speisten, die doch Deborahs Tafel gewesen war, vom Silber, das ihr Silber gewesen war, während sie in dieser erbärmlichen Zelle kauerte.

Schließlich bat ich, man möge sie wenigstens strangulieren, ehe sie verbrannt würde. »Wer von Euch hat denn schon mit eigenen Augen einen Menschen den Feuertod sterben sehen?« Aber man winkte nur müde ab.

»Die Hexe bereut nicht«, sagte die Comtesse de Chamillart, die einzige, die nüchtern zu sein und sogar ein wenig Angst zu haben schien.

»Was wird sie leiden? Ein Viertelstündlein höchstens«, meinte der Inquisitor und wischte sich mit einer Serviette über den Mund. »Was ist das schon, verglichen mit dem ewigen Feuer der Hölle!«

Schließlich ging ich. Ich überquerte den wimmelnden Platz, wo offenbar an lauter kleinen Feuern munter getrunken wurde; vor dem grimmigen Scheiterhaufen blieb ich stehen und betrachtete den Pfahl hoch oben mit den eisernen Kettenringen, und zufällig wanderte mein Blick weiter nach links zu dem dreifachen Bogen des Kirchenportals. Und dort, im rohen Schnitzwerk vergangener Zeiten, sah ich die Dämonen der Hölle, die vom Hl. Erzengel Michael in die Flammen hinuntergetrieben wurden, während sein Dreizack den Bauch des Bösen durchbohrte.

Die Worte des Inquisitors klangen mir in den Ohren, als ich das häßliche Bildnis im Feuerschein betrachtete. »Was wird sie leiden? Ein Viertelstündlein höchstens! Was ist das schon, verglichen mit dem ewigen Feuer der Hölle?«

Oh, Deborah, die niemals jemandem willentlich ein Leid getan hatte, die ihre Heilkünste den Ärmsten wie den Reichsten gebracht hatte und die so unvernünftig gewesen war!

Und wo war ihr rächender Geist, ihr Lasher, der versucht hatte, sie vor Schmerz zu bewahren, indem er ihren Mann niedergestreckt hatte, und der sie gerade damit in diese elende Zelle gebracht hatte? War er bei ihr, wie sie gesagt hatte? Nicht seinen Namen hatte sie unter der Folter gerufen, sondern meinen und den ihres alten, gütigen Gemahls Roelant.

Stefan, ich habe dies heute nacht niedergeschrieben, um dem Wahnsinn zu wehren, nicht nur, um Bericht zu geben. Ich bin jetzt müde. Mein Koffer ist gepackt, und ich bin bereit, diese Stadt zu verlassen, sobald ich das Ende dieser bitteren Geschichte gesehen habe.

Ich will den Brief noch versiegeln und ihn mit der üblichen Anmerkung in meinen Koffer legen – daß im Falle meines Todes in Amsterdam eine Belohnung auf denjenigen wartet, der ihn dort abliefere, und so weiter und so fort.

Denn ich weiß nicht, was der Morgen bringen wird. Und ich werde die Fortsetzung dieser Tragödie einem neuen Brief anvertrauen, wenn ich morgen abend in einer anderen Stadt eingekehrt bin.

Das erste Sonnenlicht scheint zu den Fenstern herein. Ich bete darum, daß Deborah noch irgendwie gerettet werden möge; aber ich weiß, daß es ausgeschlossen ist. Und, Stefan, ich würde ihren Teufel zu mir rufen, wenn ich dächte, daß er auf mich hört. Ich würde alles versuchen, was in meiner und seiner Macht stände. Aber ich weiß, daß ich solche Macht nicht habe, und so warte ich.

Getreu der Eure in der Talamasca
Petyr van Abel
Montcleve
Zu St. Michaelis 1689

Michael hatte das erste Typoskript zu Ende gelesen. Er zog das zweite aus seinem braunen Umschlag. Eine ganze Weile saß er da, die Hände über dem Papier gefaltet, und betete töricht, daß Deborah dem Scheiterhaufen noch irgendwie entgehen möge.

Schließlich konnte er nicht länger stillsitzen; er nahm den Hörer ab, rief die Vermittlung an und ließ sich mit Aaron verbinden.

»Das Bild in Amsterdam, Aaron, das Rembrandt gemalt hat – haben Sie das immer noch?«

»Ja, es ist noch da, Michael, im Mutterhaus in Amsterdam. Ich habe bereits eine Photographie aus dem Archiv bestellt. Es wird nur ein Weilchen dauern.«

»Aaron, Sie wissen, das ist die dunkelhaarige Frau! Sie wissen, daß sie es ist. Und der Smaragd – das muß der Edelstein sein, den ich gesehen habe. Aaron, ich könnte schwören, ich kenne Deborah. Sie muß diejenige gewesen sein, die zu mir kam, und sie trug den Smaragd am Hals. Und Lasher ... Lasher ist das Wort, das ich auf den Lippen hatte, als ich auf dem Boot zu mir kam.«

»Aber Sie erinnern sich nicht wirklich?«

»Nein. Aber ich bin trotzdem sicher... und, Aaron...«

»Michael, versuchen Sie jetzt nicht, es zu interpretieren oder zu analysieren. Lesen Sie weiter. Wir haben nicht mehr viel Zeit.«

»Ich brauche Schreibzeug, damit ich mir Notizen machen kann.«

»Sie brauchen ein Notizbuch, damit Sie alle Ihre Gedanken festhalten können, alles, was Ihnen zu den Visionen wieder einfällt.«

»Genau. Ich wünschte, ich hätte von Anfang an ein solches Notizbuch geführt.«

»Ich lasse Ihnen eines hinaufbringen. Aber jetzt lesen Sie bitte weiter. Sie bekommen gleich frischen Kaffee. Und wenn Sie sonst etwas wollen, klingeln Sie einfach.«

»Das genügt schon. Aaron, da ist so vieles...«

»Ich weiß, Michael. Versuchen Sie, ruhig zu bleiben. Lesen Sie einfach.«

Michael legte auf. Er zündete sich eine Zigarette an, trank einen Schluck von dem alten Kaffee und starrte auf den Deckel der zweiten Akte.

Als es klopfte, ging er gleich zur Tür.

Die freundliche Frau, die er im Flur gesehen hatte, brachte frischen Kaffee, ein paar Stifte und ein hübsches, ledergebundenes Notizbuch mit sehr weißem linierten Papier. Sie stellte das Tablett auf den Schreibtisch, nahm das alte Service weg und ging leise hinaus.

Er setzte sich wieder, schenkte sich eine neue Tasse Kaffee ein und klappte sofort das Notizbuch auf.

Er dachte einen Moment lang nach – falls man diese Konfusion in seinem Kopf denken nennen konnte –, und dann zeichnete er das Bild einer goldenen Halskette mit einem rechteckigen Edelstein in einer filigranen Umrandung. Er zeichnete sie so, wie er einen Architekturentwurf zeichnen würde, mit sehr sauberen, geraden Linien und leicht schattierten Details.

Dann betrachtete er die Zeichnung, und die behandschuhten Finger seiner Linken nestelten nervös in seinem Haar, ehe er sie zur Faust ballte und auf den Schreibtisch legte. Er wollte die Zeichnung durchstreichen, doch dann besann er sich.

Er öffnete die zweite Akte und begann zu lesen.

14

DIE AKTE ÜBER DIE MAYFAIR-HEXEN
TEIL II

Marseille, Frankreich
4. Oktober 1689

Lieber Stefan,
nun bin ich nach etlichen Tagereisen von Montcleve hierher nach Marseille gelangt; unterwegs habe ich in Saint-Rémy Rast gemacht und bin von dort sehr gemächlich weitergereist, um meine verletzte Schulter und meine verletzte Seele zu schonen.

Wenn sich schon bis hierher herumgesprochen hat, was zu Montcleve geschehen ist, so habe ich es noch nicht gehört. Und da ich am Rande von Saint-Rémy meine geistlichen Gewänder abgelegt habe und seitdem ein vermögender holländischer Reisender bin, glaube ich nicht, daß irgend jemand mich wegen jener jüngsten Ereignisse in den Bergen behelligen wird – denn was sollte ich schon von diesen Dingen wissen?

Deborahs Hinrichtung begann ähnlich wie viele andere, indem sich, kaum daß die ersten Strahlen der Morgensonne auf den Platz vor der Kathedrale von Saint-Michel fielen, die ganze Stadt dort versammelte, so daß die Weinhändler gute Gewinne machten; die alte Comtesse, düster gekleidet, erschien mit zwei zitternden Kindern, dunkelhaarig und dunkelhäutig alle beide, mit dem Stempel des spanischen Blutes auf ihrer Erscheinung, aber von einer Größe und Zierlichkeit der Gliedmaßen, die das Blut der Mutter erkennen ließen. Die beiden Kinder hatten große Angst, als sie nun auf die höchsten Plätze der Zuschauertribüne vor dem Scheiterhaufen, dem Kerker gegenüber, hinaufgeführt wurden.

Anscheinend begann der Kleine, Chrétien, zu weinen und klammerte sich an seine Großmutter, woraufhin erregtes Gemurmel durch die Menge ging. »Chrétien, schaut euch Chrétien an.« Die Lippen des Knaben zitterten, als er seinen Platz einnahm; sein älterer Bruder Philippe indessen bekundete nur Angst und vielleicht noch Abscheu vor dem, was er ringsum gewahrte; und die alte Comtesse umfaßte tröstend alle beide und grüßte zugleich zur anderen Seite hin die Comtesse de Chamillart und den Inquisitor, Pater Louvier, mit zwei jungen Geistlichen in feinen Gewändern.

Weitere wichtige Persönlichkeiten – oder doch eine ganze Sammlung von solchen, die sich selbst für wichtig erachteten – füllten rasch die restlichen Plätze auf der Empore, und wenn vorher noch irgendein Fenster am Platz geschlossen gewesen war, so standen jetzt alle offen und waren voll von eifrigen Gesichtern, und die unten auf dem Platz drängten sich so dicht an den Scheiterhaufen, daß ich mich unwillkürlich fragte, wie sie sich davor bewahren wollten, selbst verbrannt zu werden.

Endlich wurde das Portal von Saint-Michel aufgetan, und auf der Schwelle unter dem Rundbogen erschien der Pastor und irgendeine andere verachtungswürdige Amtsperson, der Bürgermeister wahrscheinlich; dieser eine jedenfalls hielt eine Pergamentrolle in den Händen, und ein bewaffnetes Wächterpaar trat ihm zur Seite.

Und vor das verstummende, staunende Publikum trat meine Deborah, aufrecht und mit hocherhobenem Kopf; ihr magerer Körper war von einem weißen Hemd bedeckt, das bis auf ihre nackten Füße herabhing, und mit beiden Händen hielt sie die sechspfündige Kerze vor sich, während ihr Blick über die Menge wanderte.

Noch nie in meinem ganzen Leben habe ich solche Furchtlosigkeit gesehen, Stefan, obgleich meine Augen, als ich aus meinem Fenster im Gasthof hinüberschaute und unsere Blicke sich trafen, in Tränen schwammen. Ich kann nicht mit Gewißheit sagen, was nun folgte – nur, daß Deborah just in dem Moment, da alle die Köpfe drehten, um zu sehen, wen »die Hexe« da so unverwandt anschaute, sich wieder von mir abwandte und die Szenerie vor ihr betrachtete; mit gleicher Aufmerksamkeit verharrte ihr Blick auf den Ständen der Weinhändler und der Höker, auf den zusammengewürfelten Menschengruppen, die vor ihrem Blick zurückwichen, und schließlich auf der Zuschauertribüne, die vor ihr aufragte, auf der alten Comtesse, die sich vor dieser stummen Anklage zu wappnen suchte, und auf der Comtesse de Chamillart, die sogleich auf ihrem Sitz zu zappeln begann und mit puterrotem Gesicht zu der alten Comtesse hinübersah, die reglos sitzenblieb.

Unterdessen schrie Pater Louvier, der große, triumphale Inquisitor, mit heiserer Stimme dem Bürgermeister zu, er solle die Proklamation in seinen Händen verlesen: »Das Verfahren muß beginnen!«

Ein Rumoren erhob sich unter den Versammelten; der Bürgermeister räusperte sich, um mit dem Lesen zu beginnen, und ich vergewisserte mich dessen, was ich bereits gesehen, jedoch nicht zur Kenntnis genommen hatte: daß Deborahs Hände und Füße nicht gefesselt waren.

Jetzt hatte ich die Absicht, mein Fenster zu verlassen und mich – falls nötig, mit gröbsten Mitteln – bis in die vorderste Reihe der Zuschauer zu drängen, um in ihrer Nähe sein zu können, ungeachtet aller Gefahr, in die ich mich damit vielleicht bringen würde.

Und ich wollte mich eben abwenden, als der Bürgermeister mit quälender Langsamkeit in lateinischer Sprache zu lesen begann. Da erklang Deborahs Stimme. Sie ließ ihn verstummen und befahl der Menge, zu schweigen.

»Ich habe euch nie etwas getan, auch nicht den Ärmsten unter euch!« verkündete sie. Sie sprach langsam und laut, und ihre Stimme hallte von den Steinmauern wider, und als Pater Louvier aufsprang und ihr zu schweigen befahl, erhob sie ihre Stimme nur noch mehr und erklärte, sie werde nun sprechen.

»Stopft ihr das Maul!« befahl die alte Comtesse wütend, und wieder brüllte Louvier dem Bürgermeister zu, er solle seine Proklamation verlesen, und der verängstigte Pastor schaute zu den bewaffneten Wachen hinüber, aber die hatten sich seitwärts zurückgezogen und starrten angstvoll, wie es schien, Deborah und die erschrockene Zuschauermenge an.

»Man wird mich anhören!« rief meine Deborah so laut wie zuvor. Sie trat einen einzigen Schritt vor, um im Sonnenlicht zu stehen, und wie eine große, wimmelnde Masse wichen die Zuschauer zurück.

»Zu Unrecht hat man mich als Hexe verurteilt«, rief Deborah, »denn weder bin ich eine Ketzerin, noch bete ich Satan an, und ich habe keiner Menschenseele hier etwas Böses getan!«

Und bevor die alte Comtesse dazwischenbrüllen konnte, fuhr Deborah fort:

»Ihr, meine Söhne, ihr habt gegen mich gezeugt, und dafür verstoße ich euch! Und du, meine geliebte Schwiegermutter, hast dich mit deinen Lügen selbst zur Hölle verdammt!«

»Hexe!« kreischte die Comtesse de Chamillart, die jetzt vollends in Panik geraten war. »Verbrennt sie. Werft sie auf den Scheiterhaufen.«

Daraufhin drängten einige wieder nach vorn, von der Angst vielleicht ebenso wie von dem Verlangen nach Heldentum getrieben und vielleicht, um sich in günstiges Licht zu setzen – vielleicht aber war es auch bloße Verwirrung. Aber die bewaffneten Wachen rührten sich nicht.

»Hexe nennst du mich!« antwortete Deborah sofort, und mit großartiger Gebärde schleuderte sie die Kerze vor sich auf die Steinstufen und hob die Hände vor den Männern, die sie gern festgehalten hätten, es aber lieber bleibenließen. »Höret meine Worte!« rief sie. »Ich werde euch Hexenkünste zeigen, die ich euch noch nie gezeigt habe!«

Die Menge war stumm vor Angst. Manche verließen gleich den Platz, andere drängten den engen Gassen zu, die von ihm wegführten, und selbst die auf der Tribüne waren aufgesprungen; der kleine Chrétien vergrub das Gesicht an der alten Comtesse und bebte schluchzend.

Aber Hunderte von Augenpaaren auf dem engen Platz blickten weiter starr auf Deborah, die ihre dünnen und zerschlagenen Arme emporstreckte. Ihre Lippen bewegten sich, aber ich hörte kein Wort von ihr. Doch jetzt ertönten Schreie irgendwo unten vor dem Fenster, und dann hörte man ein Grollen über den Dächern, viel leiser als Donner und deshalb viel schrecklicher, und ein mächtiger Wind kam plötzlich auf, und mit ihm ein neues Geräusch, ein dumpfes Knarren und Reißen, das ich zunächst nicht zu deuten wußte, dann aber aus manchem anderen Sturm wiedererkannte – die alten Dächer der Stadt übergaben dem Wind ihre losen und zerbrochenen Dachpfannen.

Sofort fielen die Pfannen von den Dachkanten herunter, sie regneten hernieder, eine hier, ein halbes Dutzend dort, und der Wind heulte und sammelte sich über dem Platz. Die Holzläden des Gasthauses flogen an ihren Angeln hin und her, und meine Deborah kreischte durch all diesen Lärm und durch die panischen Schreie der Menge.

»Komm her, mein Lasher, sei mein Rächer, strecke meine Feinde nieder!« Sie beugte sich vor und hob die Arme, und ihr Gesicht war rot und wutverzerrt. »Ich sehe dich, Lasher, ich kenne dich, ich rufe dich!« Und sie richtete sich auf und spreizte die Arme: »Vernichte meine Söhne, vernichte meine Ankläger! Vernichte alle, die gekommen sind, mich sterben zu sehen!«

Und die Pfannen krachten von den Dächern, von der Kirche, dem Kerker und der Sakristei herab, herab auch von den Dächern der Gasthäuser, und sie sausten nieder auf die Köpfe der Schreienden dort unten, und die Tribüne, roh erbaut aus zerbrechlichen Brettern und Stangen und Seilen, begann im Wind zu schwanken, derweil die Menschen darauf sich festklammerten und um ihr Leben schrien.

»Verbrennt die Hexe!« brüllte Pater Louvier und versuchte, sich zwischen den von Panik erfaßten Männern und Frauen hindurchzudrängen, die unterdessen in heilloser Flucht übereinanderstolperten. »Verbrennt die Hexe, und der Sturm hört auf!«

Aber niemand machte Anstalten, ihm zu gehorchen, und obschon allein die Kirche Schutz vor diesem Unwetter bieten konnte, wagte sich doch niemand dort hinein, denn Deborah versperrte das Portal mit ihren ausgestreckten Armen. Die bewaffnete Wache war kopflos geflüchtet. Der Pastor drückte sich seitlich an die Mauer. Der Bürgermeister war nirgends zu sehen.

Der Himmel über allem war finster geworden. Die Menschen kämpften und fluchten und stürzten in dem Gedränge, und im wütenden Regen der Dachpfannen wurde die alte Comtesse getroffen und kippte vornüber, verlor das Gleichgewicht und flog im Purzelbaum über die sich vor ihr Drängenden hinunter auf das Pflaster. Die beiden Knaben umschlangen einander, als ein Schauer von losen Steinen aus der Fassade der Kirche auf sie herniederprasselte. Chrétien krümmte sich unter den Steinen wie ein Bäumchen im Hagelsturm und sank dann bewußtlos in die Knie. Jetzt brach die Tribüne vollends zusammen und riß die beiden Kinder und mehr als zwanzig andere mit sich in die Tiefe.

Soweit ich sehen konnte, hatte die gesamte Wache den Platz verlassen, und auch der Pastor war fortgelaufen. Und jetzt bemerkte ich, wie meine Deborah rückwärts in den Schatten zurückwich, derweil ihr Blick noch immer gen Himmel gewandt war.

»Ich sehe dich, Lasher!« rief sie. »Mein starker, schöner Lasher!« Und sie war im Dunkel der Kirche verschwunden.

Da stürzte ich vom Fenster weg und die Treppe hinunter, hinaus auf den kochenden Platz. Was ich im Sinn hatte, weiß ich nicht zu sagen – ich wollte sie nur irgendwie erreichen und im Schutze der Panik von hier fortbringen.

Doch als ich über den Platz hastete, wirbelten die Dachpfannen um mich herum, und eine traf mich an der Schulter und eine zweite an der linken Hand. Von Deborah sah ich nichts; nur die Türflügel der Kirche schwangen trotz ihres großen Gewichts im Sturm hin und her.

Fensterläden hatten sich losgerissen und segelten auf die rasende Menge hernieder, die jetzt die engen Gassen verstopfte. Menschenleiber türmten sich in jedem Torbogen und in jedem Hauseingang. Die alte Comtesse lag tot auf dem Steinpflaster, den starren Blick zum Himmel gewandt, und Männer und Frauen stolperten über ihren Körper. Und in den Trümmern der Zuschauertribüne lag Chrétien, der Kleine, so verrenkt, daß kein Leben mehr in ihm sein konnte.

Philippe, der Ältere, kroch auf Händen und Knien umher und suchte einen Unterschlupf; ein Bein war anscheinend gebrochen. Da kam ein Holzladen heruntergesaust und brach ihm das Genick, und auch er sank tot zusammen. Und dann kreischte jemand, der sich neben mir an die Mauer duckte: »Die Comtesse!« Und er zeigte nach oben.

Da stand sie, hoch oben auf der Kirchenwand, in halsbrecherischer Höhe an der Dachkante, und wieder hob sie die Hände zum Himmel und rief ihren Geist. Doch im Heulen des Sturmwinds, im Geschrei der Verletzten, im Geprassel von Dachpfannen und Mauersteinen und zersplittertem Holz war es mir unmöglich, ihre Worte zu verstehen.

Ich lief zur Kirche und suchte drinnen in panischer Hast nach der Treppe. Da war auch Louvier, der Inquisitor; er rannte hin und her, fand die Treppe vor mir, eilte voraus.

Ich setzte ihm nach, höher und höher; über mir sah ich seine schwarzen Gewänder, hörte ich das Trappeln seiner Sohlen auf den Steinstufen. Oh, Stefan, hätte ich da einen Dolch gehabt – doch ich hatte keinen.

Und als wir oben die offene Vormauer erreicht hatten, als er vor mir ins Freie stürzte, da sah ich Deborahs Körper gleichsam vom

Dach fliegen. Ich trat an die Kante, spähte hinunter in die Verwüstung und sah sie zerschmettert auf dem Pflaster liegen. Ihr Gesicht war aufwärtsgewandt, ein Arm lag unter dem Kopf, der andere über der Brust, und ihre Augen waren geschlossen, als schlafe sie.

Louvier fluchte, als er sie entdeckte. »Verbrennt sie, werft die Leiche auf den Scheiterhaufen!« schrie er, aber es nutzte nichts. Niemand konnte ihn hören. Bestürzt wandte er sich um, vielleicht um hinunterzueilen und weiter das Kommando zu führen, als er mich dort stehen sah.

Und mit einem Ausdruck grenzenlosen Staunens starrte er mich an, hilflos und verwirrt, als ich ihn, ohne zu zögern, mit aller Gewalt gegen die Brust stieß, so daß er rückwärts taumelte und über die Dachkante hinabstürzte.

Niemand hat es gesehen, Stefan. Wir standen auf dem höchsten Punkt von Montcleve. Kein anderes Dach erhob sich über das der Kirche. Selbst vom fernen Château war diese Kante nicht zu sehen, und die Leute unten auf dem Platz konnten mich ebenfalls nicht bemerken, da Louvier selbst mich verdeckte, als ich meinen Schlag führte. Ich zog mich sofort zurück und vergewisserte mich, daß niemand mir heraufgefolgt war; dann stieg ich die Treppe hinunter und trat durch das Portal. Da lag das Werk meiner Hände: Louvier, ebenso tot wie meine Deborah und ganz in ihrer Nähe; sein Schädel war zerschmettert und blutete, die Augen standen offen und zeigten jenen dumpfen, stupiden Ausdruck des Todes, den ein Menschenwesen im Leben niemals ganz erreicht.

Wie lange das Unwetter noch andauerte, vermag ich nicht zu sagen – nur, daß es bereits nachließ, als ich unten bei der Kirchentür anlangte: vielleicht eine Viertelstunde, alles in allem, und somit genau die Frist, die das Ungeheuer meiner Deborah zum Sterben auf dem Scheiterhaufen zugestanden hatte.

Aus dem Dunkel des Kirchenvorraums beobachtete ich, wie der Platz sich endlich doch leerte und wie die letzten über die Leiber kletterten, die jetzt allenthalben die Seitengassen verstopften. Ich sah, wie es heller wurde. Ich hörte, wie der Sturm erstarb. Still stand ich da und betrachtete schweigend den Leichnam meiner Deborah, und ich sah, daß ihr das Blut jetzt aus dem Munde quoll und daß auch ihr weißes Hemd voller Blut war.

Nach einer geraumen Weile erschienen etliche Menschen wieder auf dem Platz; sie untersuchten die Toten wie auch diejenigen, die noch lebten und weinten und um Hilfe flehten; hier und da hob man Verletzte auf und trug sie davon. Der Gastwirt kam mit seinem Sohn herausgerannt und kniete bei dem Leichnam Louviers nieder.

»Ich hab's Euch gesagt, sie war eine große Hexe«, flüsterte er, als er mich erkannte. Er blieb neben mir stehen und starrte die Tote an, und unterdessen sammelte sich die bewaffnete Garde, verstört, verschrammt und furchtsam, und auf den Befehl eines jungen Priesters mit blutiger Stirn hoben sie Deborah auf, wobei sie umherblickten, als fürchteten sie, der Sturm werde von neuem losbrechen, was er aber nicht tat, und trugen sie zum Scheiterhaufen. Der Berg aus Holz und Kohle begann zu wanken und einzubrechen, als sie die Leiter erklommen, die daran lehnte, und behutsam legten sie sie hin und zogen sich dann hastig zurück. Andere strömten zusammen, als der junge Priester in seiner zerrissenen Soutane und mit immer noch blutendem Kopf die Fackeln entzündete, und bald darauf loderte der ganze Scheiterhaufen. Der junge Geistliche stand sehr dicht davor und sah zu, wie das Holz brannte; dann wich er zurück, begann zu schwanken und fiel schließlich wie tot zu Boden.

Noch einmal stieg ich die Treppe hinauf auf das Dach der Kirche. Ich schaute hinunter auf meine Deborah, wie sie dort unten tot und reglos und jenseits aller Schmerzen in den Flammen lag, die sie verzehrten. Mein Blick ging hinaus über die Dächer, die jetzt überall von schwarzen Löchern übersät waren, wo die Pfannen herausgerissen worden waren, und ich dachte an Deborahs Geist und fragte mich, ob er wohl zu den Wolken emporgestiegen war.

Erst als der aufsteigende Rauch so dick und stinkend von Kohle, Holz und Pech wurde, daß ich keine Luft mehr bekam, zog ich mich zurück. Ich ging ins Gasthaus, raffte meine Sachen in den Koffer und machte mich auf die Suche nach meinem Pferd, und wenig später ritt ich zur Stadt hinaus.

Nachdem ich viele Stunden unter großen Schmerzen in meiner Schulter und noch größeren in meiner Seele durch den Wald geritten war, kam ich nach Saint-Rémy, und dort versank ich in tiefen Schlaf.

Niemand hatte dort schon von dem Unglück gehört, und ich ritt in aller Frühe weiter nach Süden, nach Marseille.

Die letzten beiden Nächte habe ich halb schlafend, halb wachend in meinem Bett gelegen und an die Dinge gedacht, die ich gesehen habe. Ich habe um Deborah geweint, bis ich keine Träne mehr hatte. Ich habe an mein großes Verbrechen gedacht und gewußt, daß ich keine Schuld empfinde, sondern nur die Überzeugung, daß ich genauso wieder handeln würde.

Gleichwohl, einen Mord habe ich begangen, Stefan. In deiner Hand liegt mein Geständnis. Und ich erwarte nichts als deinen Verweis und den Verweis des Ordens – denn wann hätten sich unsere Gelehrten dazu hinreißen lassen, Morde zu begehen und Hexenrichter von Kirchendächern zu stoßen, wie ich es getan habe?

Zu meiner Verteidigung kann ich nur vorbringen, daß mein Verbrechen in einem Augenblick der Leidenschaft und der Unbedachtheit geschehen ist. Aber ich bereue es nicht. Das wirst du merken, sobald du mich zu Gesicht bekommst. Ich habe dir keine Lügen zu erzählen, mit denen ich die Sache einfacher machen könnte.

Meine Gedanken sind nicht bei diesem Mord, während ich dies schreibe. Sie sind bei meiner Deborah und ihrem Geist Lasher und bei dem, was ich in Montcleve gesehen habe. Und sie sind bei Charlotte Fontenay, Deborahs Tochter, die nicht, wie ihre Feinde glauben, nach Martinique, sondern nach Port-au-Prince auf Saint Domingue gereist ist, was vielleicht nur ich allein weiß.

Stefan, ich kann nicht anders: Ich muß diese Geschichte weiter erkunden, ich muß diese unglückselige Charlotte aufsuchen – ganz gleich, wie weit die Reise geht – und offenen Herzens mit ihr sprechen, um ihr zu sagen, was ich gesehen habe und was ich weiß.

Das aber kann keine schlichte Darlegung sein, kein Appell an die Vernunft und auch keine sentimentale Beschwörung, wie ich sie in meiner Jugend Deborah gegenüber erhoben habe. Meine Argumente müssen untermauert sein. Es muß Gespräche geben zwischen mir und dieser Frau, damit sie mir erlaubt, mit ihr gemeinsam dieses Wesen zu erforschen, das aus der Unsichtbarkeit und dem Chaos hervorgeholt wurde, um größeren Schaden anzurichten als jeglicher Dämon oder Geist, von dem ich je zuvor gehört habe. Ich gedenke also, die Natur dieses Wesens zu studieren, und was immer dabei herauskommen mag, es wird der Mühe wert sein.

Nun habe ich in diesen langen Stunden der Pein und Herzensqual, da ich hier liege, sorgfältig in meiner Erinnerung alles betrachtet, was ich je an alter Kunde über Geister und Dämonen und dergleichen gelesen habe.

Ich habe die Schriften der Zauberer bedacht, ihre Warnungen und die Anekdoten und Lehren der Kirchenväter, denn mögen sie auch in mancher Hinsicht noch so große Toren sein, die Kirchenväter wissen doch das eine oder andere über Geister, und darin befinden sie sich in Übereinstimmung mit den Alten; diese Übereinstimmung aber ist ein signifikanter Punkt.

Denn wenn die Römer, die Griechen, die hebräischen Schriftgelehrten und die Christen allesamt die gleichen Wesen beschreiben, die gleichen Warnungen äußern und die gleichen Formeln angeben, mit denen sie zu beherrschen seien, dann ist das sicher ein Umstand, über den man nicht leichtfertig hinweggehen darf.

In den frühen Tagen der christlichen Kirche glaubten die Kirchenväter, daß diese Dämonen in Wahrheit die alten Götter der Heiden seien. Das heißt, sie glaubten an die Existenz jener Götter, und daß sie Kreaturen von minderer Macht seien – ein Glaube, den die Kirche heute sicher nicht mehr vertritt.

Die Hexenrichter indessen glauben es durchaus noch, auch wenn sie sich dessen – ungebildet und ignorant wie sie sind – nicht bewußt sind. Denn wenn sie die Hexe beschuldigen, nachts auszureiten, so meinen sie damit doch niemand anderen als die Göttin Diana selbst, die vor der Ankunft des Christentums durch das heidnische Europa geisterte, und der bocksfüßige Teufel, den die Hexe küßt, ist ja niemand anderes als der heidnische Gott Pan.

Zurück zu meiner Hauptüberlegung: Alle Völker haben an Geister geglaubt, und was sie uns berichtet haben, muß ich nun genauer betrachten. Wenn meine Erinnerung mich nicht trügt, kunden die Legenden, die magischen Bücher und Dämonologien von einer wahren Legion solcher Wesen, die sich bei ihren Namen rufen und von Hexen und Zauberern heraufbeschwören lassen. Tatsächlich führt ja das Buch Salomon sie in großer Zahl auf und nennt nicht nur die Namen und Eigenschaften der Wesen, sondern auch die Art und Weise, in der sie zu erscheinen belieben.

Und obgleich wir in der Talamasca das meiste davon seit langem für reine Phantasie halten, wissen wir doch, daß es solche Wesen gibt, und wir wissen, daß die Bücher einige beachtenswerte Warnungen enthalten, was die Gefahren angeht, die dem Heraufbeschwören dieser Wesen innewohnt, denn es kann geschehen, daß sie unsere Wünsche auf eine Art und Weise erfüllen, die uns verzweifelt zum Himmel schreien läßt, wie die alte Sage vom König Midas und das Bauernmärchen von den drei Wünschen klar zeigen.

In der Tat besteht die Weisheit des Zauberers in jeder Überlieferung darin, daß er sich zurückzuhalten und die Macht der unsichtbaren Wesen mit Vorsicht zu nutzen weiß, auf daß sie sich nicht auf irgendeine unvorhergesehene Weise gegen ihn selbst richte.

Aber wieviel man auch über die Geisterkunde lesen mag – wo hörte man je davon, daß man einen Geist das Lernen lehren könnte? Wo hörte man je, daß er sich verändert? In der Beschwörung stärker werden, ja – aber sich verändern?

Und zweimal hat Deborah mir just davon erzählt: von der Erziehung ihres Geistes Lasher. Das muß bedeuten, daß das Wesen sich ändern kann. Und ich glaube, es steckt sogar noch mehr dahinter, und Deborah hatte keine Gelegenheit oder keine Kraft mehr, es mir mitzuteilen; ich aber muß es Charlotte mitteilen, und zwar nicht zu dem Zweck, sie zur Hingabe an dieses Wesen zu verleiten, sondern in der Hoffnung, mich zwischen sie und den Dämon zu stellen und auf irgendeine Weise seine Auflösung zu bewerkstelligen.

Überdies bin ich mir dessen sicher, daß diese Charlotte Fontenay so gut wie nichts über den Dämon weiß und daß sie von Deborah nie etwas über die Schwarze Kunst gelernt hat. Daß Deborah ihr erst in letzter Stunde von ihren Geheimnissen erzählt und sich von ihr Treue hat schwören lassen, um sie dann mit ihrem Segen fortzuschicken, auf daß Charlotte sie überleben möge und nicht mit ansehen müsse, wie sie im Feuer litt.

Stefan, ich *muß* die Erlaubnis haben, zu Charlotte zu reisen, und ich darf nicht davon zurückscheuen, wie ich vor Jahren vor Deborah zurückgescheut bin, weil Roemer Franz es mir befahl. Denn hätte ich mit Deborah gestritten und mit Deborah studiert, dann hätte ich vielleicht bei ihr an Einfluß gewonnen und dieses Wesen hätte gebannt werden können.

Bitte zwingt mich nicht, die Regeln unseres Ordens zu brechen. Gebt mir die Erlaubnis. Schickt mich nach Saint Domingue.

Denn es fügt sich, daß ich ohnedies reise.

Der Deine in Treue zur Talamasca
Petyr van Abel
Marseille

Die Talamasca
Amsterdam

Petyr van Abel
Marseille

Lieber Petyr,
du weißt, deine Briefe verfehlen es nie, uns zu überraschen, aber mit den beiden letzten hast du alle deine früheren Siege in den Schatten gestellt.

Alle hier haben sie gelesen, Wort für Wort, und der Rat ist zusammengetreten, und dies nun sind unsere Empfehlungen:

Daß du sogleich nach Amsterdam heimkehren mögest.

Wir verstehen durchaus deine Gründe, nach Saint Domingue reisen zu wollen, aber dergleichen können wir nicht erlauben. Und wir bitten dich zu begreifen, daß du nach eigenem Eingeständnis selbst ein Teil des Bösen von Deborah Mayfairs Dämon geworden bist. Indem du Pater Louvier vom Dach stießest, hast du den Wünschen der Frau und ihres Geistes entsprochen.

Daß du mit dieser unbedachten Tat gegen die Regeln der Talamasca verstoßen hast, bekümmert uns sehr, denn wir fürchten um dich, und wir sind eines Sinnes darin, daß du heimkehren mußt, um dich des Rates derer zu versichern, die hier sind, und um dein Gewissen und deine Urteilskraft wiederherzustellen.

Petyr, man befiehlt dir unter Androhung der Exkommunikation: Komm sofort zu uns zurück.

Der Geschichte der Deborah Mayfair haben wir ein eingehendes Studium gewidmet; dabei haben wir deine Briefe an uns ebenso berücksichtigt wie die wenigen Beobachtungen, die Roemer Franz einer Niederschrift für wert hielt. Wir pflichten dir insofern bei, als diese Frau, und was sie mit ihrem Dämon vollbracht hat, für die Talamasca von beträchtlichem Interesse ist.

Sei auch versichert, daß wir durchaus die Absicht haben, über Charlotte Fontenay und ihr Leben in Saint Domingue zu erfahren, was wir können.

Es liegt nicht außerhalb des Möglichen, daß wir eines zukünftigen Tages einen Nuntius nach Westindien entsenden, der mit dieser

Frau sprechen und erforschen soll, was zu erforschen ist. Aber heute kommt dies nicht in Betracht.

Die Klugheit diktiert, daß du nach deiner Rückkehr nach Amsterdam dieser Frau einen Brief schreibst und ihr die Umstände des Todes ihrer Mutter bekanntgibst, wobei du dein Verbrechen gegen Pater Louvier übergehen solltest, da es keinen guten Grund gibt, deine Schuld aller Welt zu verkünden; du solltest Charlotte Fontenay überdies aber alles berichten, was ihre Mutter gesagt hat. Daß du ihr anrätst, mit dir in eine Korrespondenz zu treten, wäre mehr als tunlich; und es ist möglich, daß du einen Einfluß auf sie ausübst, der wohltätig ist, ohne ein Risiko für dich selbst zu enthalten.

Aber das ist alles, was du in Hinblick auf Charlotte Fontenay tun darfst, und noch einmal befehlen wir dir, sofort zurückzukehren; bitte, komme so schnell wie möglich, zu Lande oder zu Wasser.

Doch sei auch unserer Liebe und Hochachtung für dich sowie unserer Sorge versichert. Wir sind der Meinung, daß dich im Falle des Ungehorsams in Westindien nur Jammer erwartet – wenn nicht Schlimmeres. Wir haben die Hände auf deine Briefe gelegt. Wir sehen Dunkelheit und Unglück kommen.

Alexander, der, wie du weißt, von uns allen das größte Talent hat, durch Berührungen zu sehen, erklärt mit unerbittlicher Festigkeit, daß wir dich nie wiedersehen werden, solltest du nach Port-au-Prince fahren. Ich sollte dir noch berichten, daß Alexander auch in den Flur am Fuße der Treppe gegangen ist und die Hände auf das von Rembrandt gemalte Porträt Deborahs gelegt hat; einer Ohnmacht nahe zog er sie zurück und ließ sich von den Dienern auf sein Zimmer bringen. Er weigerte sich, zu sprechen.

»Was soll dein Schweigen?« fragte ich ihn. Darauf erwiderte er mir, was er gesehen habe, zeige deutlich, daß es sinnlos sei, zu sprechen. »Ich sah nur Tod und Vernichtung«, sagte er. »Keine Gestalten, keine Worte, keine Zahlen waren dabei. Was willst du da von mir?« Und er fuhr fort und sagte, wenn ich mehr wissen und verstehen wolle, solle ich nur noch einmal das Porträt betrachten, die Dunkelheit, aus der Rembrandts Subjekte stets zum Vorschein kommen; ich solle sehen, wie das Licht Deborahs Gesicht nur zum Teil beleuchte: ein partielles, fragiles Licht, für allezeit von der Finsternis verschluckt. Rembrandt van Rijn habe einen Augenblick eingefangen, nicht mehr.

»Das läßt sich von jedem Bild sagen«, beharrte ich.

»Nein, es ist prophetisch«, erklärte er. »Und wenn Petyr nach Westindien geht, wird er verschwinden in der Dunkelheit, aus welcher Deborah Mayfair für ein Weilchen gekommen ist.«

Von diesem reizenden Wortwechsel magst du halten, was du willst! Ich kann dir übrigens nicht vorenthalten, daß Alexander weiterhin meinte, du *werdest* nach Westindien gehen; du werdest unsere Befehle und die Ankündigung der Exkommunikation mißachten, und dann werde sich die Dunkelheit herabsenken.

Als vernünftiger Mann bist du dir sicher im klaren darüber, daß es in Westindien nicht erst eines Zusammentreffens mit Dämonen oder Hexen bedarf, um dein Leben in ernste Gefahr zu bringen. Fieber, Pestilenz, rebellische Sklaven und die Bestien des Dschungels erwarten dich dort nach all den Gefahren einer Seereise.

Ich muß noch hinzufügen, daß keiner unter uns ist, der nicht Verständnis für dein Verlangen hat, diesem Dämon und seiner Hexe nach Saint Domingue zu folgen. Was würde ich nicht darum geben, mit einer Person wie dieser Charlotte sprechen zu dürfen, sie zu fragen, was sie alles von ihrer Mutter gelernt hat und was sie nun zu tun gedenkt.

Aber du selbst, Petyr, hast ja beschrieben, welche Macht dieser Dämon besitzt. Du hast getreu berichtet, was für seltsame Äußerungen die verstorbene Comtesse Deborah Mayfair de Montcleve über ihn getan hat.

Du mußt also wissen, daß dieses Wesen zu verhindern trachten wird, daß du dich zwischen es selbst und Charlotte stellst, und es ist imstande, dir ein schlimmes Ende zu bereiten, wie es das ja schon bei dem verstorbenen Comte de Montcleve getan hat.

Ja, diese tragische Geschichte ist für uns durchaus von großem Interesse. Du aber mußt heimkehren und Deborahs Tochter aus dem sicheren Amsterdam einen Brief schreiben, den unsere holländischen Schiffe dann übers Meer tragen sollen.

Derweil du dich auf die Heimreise vorbereitest, wird es dich vielleicht interessieren, daß die Nachricht vom Tode Pater Louviers, wie wir erst kürzlich gehört haben, den französischen Hof erreicht hat.

Daß am Tage der Hinrichtung der Hexe Deborah de Montcleve die Stadt Montcleve von einem Unwetter heimgesucht wurde, wird dich nicht überraschen. Daß Gott es geschickt hat, um seinem Mißfallen über das Ausmaß der Hexerei in Frankreich Ausdruck zu verleihen, vor allem aber, um dieses verstockte Weib zu verdammen, welches nicht einmal in der Folter hat gestehen wollen, das wirst du vielleicht doch mit großem Interesse erfahren.

Und daß der gute Pater Louvier bei dem Versuch gestorben ist, andere vor herabfallenden Ziegeln zu schützen, wird dich zweifellos im Herzen rühren. Die Zahl der Toten belief sich auf ungefähr fünfzehn, und die tapferen Leute von Montcleve haben die Hexe verbrannt und so mit Gottes Willen dem Sturm ein Ende bereitet; die Lektion aber, die wir aus all dem zu lernen haben, ist jene, daß Unser Herr Jesus Christus noch viel mehr Hexen entlarvt und verbrannt sehen will, Amen.

Wie lange, frage ich mich, wird es wohl dauern, bis wir das alles in einer Flugschrift wiederlesen, ergänzt durch die üblichen Zeichnungen und eine Litanei von Unwahrheiten? Ohne Zweifel sind die Druckerpressen, die ohne Unterlaß die Flammen anfachen, in denen die Hexen verbrennen, schon munter bei der Arbeit.

Petyr, vertue keine Zeit mehr damit, uns nochmals zu schreiben. Komm nach Hause. Wisse, daß wir dich lieben und daß wir dich nicht verdammen für das, was du getan hast oder vielleicht noch tun wirst. Wir sagen nur, was wir sagen zu müssen glauben!

Getreu der Deine in der Talamasca,
Stefan Franck
Amsterdam

Lieber Stefan,
ich schreibe in Eile, denn ich bin bereits an Bord des französischen Schiffes *Sainte-Helene* auf dem Weg in die Neue Welt, und ein Knabe wartet, der meinen Brief sofort zu euch auf den Weg bringen soll.

Ich fahre zu Charlotte, weil ich nichts anderes tun kann; das wird dich nicht überraschen. Bitte sage Alexander von mir, daß ich weiß, er würde an meiner Statt auch nichts anderes tun.

Aber, Stefan, du beurteilst mich falsch, wenn du sagst, ich sei vom Bösen dieses Dämons umsponnen. Freilich, die Regeln des Ordens habe ich nur Deborah Mayfairs wegen gebrochen, in der Vergangenheit ebenso wie in der Gegenwart; aber der Dämon war niemals Teil meiner Liebe zu Deborah, und als ich den Hexenrichter in die Tiefe stürzte, da tat ich, was ich tun wollte.

Um Deborahs willen stürzte ich ihn vom Dach, und für all die armen und unwissenden Frauen, die ich in den Flammen habe schreien sehen, für die Frauen, die auf der Folterbank oder in kalten Kerkerzellen zugrundegehen mußten, für die Familien, die durch diese gräßlichen Lügen zerstört, für die Dörfer, die deshalb vernichtet wurden.

Aber ich verschwende die Zeit mit diesen Verteidigungsreden. Es ist gütig von euch, mich nicht zu verdammen, denn es war nichtsdestoweniger Mord.

Doch nun kann ich von dem sprechen, was mir die größten Sorgen bereitet, und das ist das, was ich jetzt über Charlotte Fontenay gehört habe. Man hat sie hier gut in Erinnerung, denn nach Marseille ist sie gekommen, und von Marseille ist sie wieder in See gestochen. Und verschiedene Personen haben mir berichtet, daß sie sehr reich sei, sehr schön und sehr strahlend, mit fließenden, flachsblonden Locken und blauen Augen, die einen verzaubern, und daß ihr Gemahl in der Tat durch eine Kinderkrankheit arg verkrüppelt sei, die eine fortschreitende Schwäche seiner Glieder zur Folge habe. Er sei der Schatten eines Mannes. Aus diesem Grunde habe Charlotte ihn nach Montcleve gebracht: damit ihre Mutter ihn kurieren könne und auch, damit sie ihren kleinen Sohn auf etwa vorhandene Anzeichen der Krankheit untersuchen könne. Tatsächlich erklärte Deborah den Jungen für gesund. Und Mutter und Tochter ersannen gemeinsam eine Salbe für die Glieder des Ehemanns, die ihm war große Erleichterung brachte, aber nicht die Heilung; man nimmt nun an, daß er bald ebenso hilflos sein wird wie sein Vater, der an der gleichen Krankheit leidet.

Es ist hier auch allgemein bekannt, daß Charlotte und der junge Antoine ihren Besuch bei Deborah genossen und schon mehrere Wochen bei ihr verbracht hatten, als mit dem Tode des Comte die Tragödie über die Familie hereinbrach; und den Rest kennst du ja. Nur, daß die Leute in Marseille vielleicht doch nicht so sehr an Hexerei glauben und den Wahnwitz dieser Verfolgung eher dem Aberglauben der Bergbewohner zuschreiben – doch was wäre der Aberglaube ohne den berühmten Hexenrichter, der ihn vorantriebe?

Charlotte und der junge Fontenay verursachten hier ein großes Aufsehen, denn sie führen anscheinend ein höchst extravagantes Leben und sind voller Großzügigkeit gegenüber jedermann; sie verteilen ihre Münzen, als wären sie nichts wert, und zur Messe sind sie mit einem Gefolge von Schwarzen erschienen, wie sie es auch in Montcleve getan haben, was die Blicke aller auf sie zog. Man sagt zudem, sie hätten jeden Arzt, den sie über Antoines Gebrechen konsultiert hätten, vorzüglich bezahlt, und es gibt manche Spekulation über den Ursprung seiner Krankheit: ob sie nun der übergroßen Hitze in Westindien entspringe oder ob es eine alte Krankheit sei, an der schon in vergangenen Zeiten viele Europäer gelitten haben.

Doch ich habe noch mehr zu berichten. Während ich mich unter mancherlei Kosten als reicher holländischer Kaufmann aufführte, glückte es mir, den Namen einer höchst anmutigen und schönen jungen Frau in Erfahrung zu bringen. Sie ist aus vornehmer Familie und war mit Charlotte Fontenay befreundet. Ich sagte nichts weiter, als daß ich Deborah de Montcleve in ihrer Jugend zu Amsterdam gekannt und geliebt hätte, und so gelang es schon, mir das Vertrauen dieser Dame zu sichern, und ich erfuhr mehr aus ihrem Munde.

Charlotte sei, behauptet sie, von bezaubernder und liebreizender Natur und könne niemals eine Hexe sein. Auch sie schiebt es auf die Ignoranz der Bergbewohner, daß irgend jemand solches glauben möchte. Sie hat sich erboten, eine Messe für die Seelenruhe der unglücklichen Comtesse lesen zu lassen.

Was Antoine angeht, so hat diese Dame den Eindruck, er trage sein Leiden mit großer Tapferkeit; er liebe seine Frau wahrlich und sei ihr, wenn man alles in allem berücksichtige, kein schlechter Gatte. Aber der Grund für die weite Reise zu Deborah sei doch der, daß der junge Mann wegen seiner schlimmen Krankheit vielleicht keine weiteren Kinder mehr zeugen könne und daß der einzige Knabe, den sie jetzt hätten, wiewohl er kräftig und gesund sei, die Krankheit womöglich geerbt habe. Das wisse ja niemand.

Weiter gab sie an, der Vater Antoines, der Herr der Pflanzung in Westindien, sei ebenfalls für diese Reise eingetreten – so erpicht sei er auf männliche Nachkommen von Antoine, und so sehr mißbillige er seine anderen Söhne, die auf äußerst liederliche Weise ihren Neger-Mätressen beiwohnen und sich kaum einmal die Mühe machen, das Haus ihres Vaters aufzusuchen.

Auf meine Frage, warum in dem letzten Prozeß in Paris niemand Deborah zu Hilfe gekommen sei, mußte die junge Frau bekennen, daß der Comte de Montcleve selbst nie bei Hofe gewesen sei, und seine Mutter auch nicht; sie seien in der Vergangenheit einst Hugenotten gewesen; niemand in Paris kenne die Comtesse, und Charlotte selbst sei ja nur kurz dagewesen. Als sich aber herumgesprochen habe, daß Deborah de Montcleve in Wahrheit die vaterlose Tochter einer schottischen Hexe sei, strenggenommen eine bloße Bäuerin, da habe sich die Empörung über ihre Notlage erst in Mitleid und dann in Luft verwandelt.

Mehr zu schreiben, habe ich nun keine Zeit mehr. Wir stechen in einer Stunde in See.

Stefan, muß ich es noch klarer machen? Ich muß das Mädchen sehen; ich muß sie vor dem Geist warnen. Und um der Liebe des Himmels willen: Woher, glaubst du, hat dieses Kind, geboren acht Monate, nachdem Deborah sich in Amsterdam von mir verabschiedete, die helle Haut und das flachsblonde Haar?

Ich werde dich wiedersehen. Meine Liebe an euch alle, meine Brüder und Schwestern in der Talamasca. Ich fahre voller Erwartung in die Neue Welt. Ich werde Charlotte sehen. Ich werde dieses Wesen bezwingen, und vielleicht werde ich selbst mit ihm kommunizieren, denn es hat eine Stimme und große Macht, und dann werde ich von ihm erfahren, warum es von uns lernt.

Getreu der Deine wie stets in der Talamasca
Petyr van Abel
Marseille

15

DIE AKTE ÜBER DIE MAYFAIR-HEXEN
TEIL III

Port-au-Prince
Saint Domingue

Stefan,
nachdem ich Dir zwei Sendschreiben aus den Häfen habe zukommen lassen, in denen wir vor unserer Ankunft hier Anker warfen, beginne ich nun mit dem Tagebuch meiner Reisen, in welchem jeder Eintrag an dich adressiert sein soll.

Ich schreibe dies in einer überaus bequemen, wenn nicht geradezu luxuriösen Unterkunft hier in Port-au-Prince, nachdem ich zwei Stunden in dieser Kolonialstadt umherspaziert bin, immer wieder geblendet von schönen Häusern und prächtigen öffentlichen Gebäuden – darunter ein Theater für die Aufführung der italienischen Oper – und von den reich gekleideten Pflanzern und ihren Gattinnen mit ihrem großen Heer von Sklaven.

Was die exotischen Eigenschaften angeht, so ist auf meinen Reisen kein Ort gewesen, der Port-au-Prince gleichgekommen wäre, und ich glaube nicht, daß irgendeine Stadt in Afrika dem Auge so viel zu bieten hätte.

Denn es sind nicht nur Neger allenthalben dabei, jegliche Arbeit zu erledigen, sondern auch eine Vielzahl von Ausländern befaßt sich mit mancherlei Geschäften. Ich habe eine umfangreiche und offenbar gutsituierte »farbige« Bevölkerung bemerken können, die zur Gänze aus der Nachkommenschaft der Pflanzer und ihrer afrikanischen Konkubinen besteht und die von ihren weißen Vätern freigelassen wurde; diese Leute verdienen sich nunmehr einen ansehnlichen Lebensunterhalt als Musiker oder Handwerker, als Einzelhändler und zweifellos auch als Frauen von zweifelhaftem Ruf. Die farbigen Frauen, die ich gesehen habe, sind über die Maßen schön, und ich kann es den Männern nicht verdenken, daß sie sie als Mätressen oder Abendgesellschafterinnen erwählen. Viele von ihnen haben goldbraune Haut und große, schwarze, tiefe Augen, und sie sind sich ihres Zaubers offensichtlich bewußt. Sie kleiden sich äußerst auffällig und haben selbst auch viele schwarze Sklaven.

Charlotte und ihren Mann kennen hier alle, aber von ihrer Familie in Europa weiß man nichts. Sie haben eine der größten und am besten gedeihenden Plantagen in der Nähe von Port-au-Prince, unweit des Meeres, erworben. Von den Außenbezirken der Stadt fährt man mit der Kutsche vielleicht eine Stunde dorthin; das Anwesen grenzt an mächtige Klippen über dem Strand, und man rühmt das große Haupthaus und die anderen herrlichen Gebäude – eine ganze Stadt gleichsam, mit Schmied und Schuster, mit Schneiderinnen und Webern und Möbeltischlern inmitten der weitläufigen Gärten, in denen Kaffee und Indigo gepflanzt wird, was mit jeder Ernte ein stattliches Vermögen einbringt.

In der kurzen Zeit, in der die Franzosen nun hier sind, in endlose Kämpfe mit den Spaniern verwickelt, die den südöstlichen Teil der Insel besiedeln, hat die Pflanzung drei verschiedene Besitzer zu reichen Männern gemacht; zwei von ihnen leben jetzt mit ihrem Vermögen in Paris, und der dritte starb an einem Fieber. Heute ist sie im Besitz der Fontenays, Antoine Pere und Antoine Fils, aber alle wissen, daß es Charlotte ist, die das Geschäft führt.

Man erzählt, sie habe die Verwaltung bis ins letzte Detail in die eigene Hand genommen, und sie reite mit ihrem Aufseher durch die Felder – Stefan, niemandem hier bringt man mehr Verachtung entgegen als diesen Aufsehern – und kenne alle ihre Sklaven mit Namen. Sie spart an nichts, wenn es darum geht, sie mit Speise und Trank zu versorgen, und hat sie so in außergewöhnlicher Loyalität an sich gebunden; sie besichtigt ihre Häuser, hätschelt ihre Kinder und schaut in die Seelen aller Beschuldigten, ehe sie ihnen eine Strafe zumißt. Ihr Urteil hingegen über den, der sie verrät, ist längst legendär; der Macht dieser Pflanzer hier sind keine Grenzen gesetzt: Wenn sie wollen, können sie ihre Sklaven totpeitschen lassen.

Was ihr Hauspersonal angeht, so ist es wohlgenährt, verschwenderisch gekleidet, privilegiert und – wenn man den Worten der Händler am Ort glauben darf – frech. Fünf Zofen bedienen allein Charlotte, an die sechzehn Sklaven führen die Küche, und niemand weiß, wie viele für die Salons, die Musikzimmer und Ballsäle des

Hauses zuständig sind. Und da sie viel Freizeit haben, sind diese Sklaven oft in Port-au-Prince zu sehen, und sie haben Gold in den Taschen, so daß ihnen die Läden jederzeit offenstehen.

Nur Charlotte sieht man fast niemals außerhalb des weitläufigen Anwesens, welches übrigens den Namen Maye Faire trägt; den aber schreibt man hier stets in englischer, nie in französischer Sprache und so, wie ich ihn oben buchstabiert habe.

Die Dame hat seit ihrer Ankunft schon zwei prächtige Bälle gegeben, bei denen ihr Mann auf einem Stuhl dem Tanze zugeschaut hat; sogar der alte Herr war dabei, obgleich er sehr schwach ist. Die feinen Leute der Gegend, die nichts anderes als ihr Vergnügen im Sinn haben, da es hier sonst nicht viel zu bedenken gibt, danken ihr die beiden Feste von Herzen und sehnen sich nach weiteren, und sie können gewiß sein, daß Charlotte sie nicht enttäuschen wird.

Soweit ich es in Erfahrung bringen konnte, wird die Dame nur von ihren Sklaven als Hexe bezeichnet, und das voller Ehrfurcht und Respekt wegen ihrer heilenden Kräfte, die hier einen gewissen Ruf erlangt haben; aber ich will nochmals wiederholen: *Niemand hier weiß irgend etwas über das Ereignis in Frankreich*. Der Name Montcleve wird nie erwähnt, und von der Geschichte der Familie weiß man nur, daß sie aus Martinique stammt.

Am Nachmittag, als ich von meinem Umherwandern müde war, kam ich hierher in mein Quartier, wo ich zwei Sklaven habe, die mich auskleiden und baden, wenn ich es zulasse; ich schrieb der Dame, daß ich sie gern besuchen würde und daß ich eine Nachricht von äußerster Wichtigkeit für sie habe, von einer Person, die ihr sehr teuer ist, teurer vielleicht als irgend jemand sonst, und die mir ihre Adresse am Abend vor ihrem Tode anvertraut hat. Ich sei persönlich gekommen, schrieb ich, weil meine Nachricht zu wichtig sei, als daß ich sie einem Brief anvertrauen könne, und ich unterschrieb mit meinem vollen Namen.

Kurz bevor ich mit diesem Tagebucheintrag begann, kam die Antwort. Ich solle noch heute abend nach Maye Faire kommen. Ja, vor Einbruch der Dunkelheit wird mich eine Kutsche erwarten. Ich solle mitbringen, was ich brauche, um diese und auch die nächste Nacht dort zu verbringen, wenn es mir recht ist. Ich gedenke es zu tun.

Stefan, ich bin höchst erregt und habe überhaupt keine Angst. Nachdem ich auf das gründlichste darüber nachgedacht habe, weiß ich jetzt, daß ich meine Tochter sehen werde. Doch wie ich ihr das offenbaren, ja, ob ich es ihr überhaupt offenbaren soll – diese Frage erfüllt mich mit großer Besorgnis.

Ich werde jetzt baden, mich entsprechend kleiden und auf dieses Abenteuer vorbereiten. Ich habe überhaupt nichts dagegen, einmal eine große koloniale Pflanzung zu sehen. Stefan, wie kann ich sagen, was in meinem Herzen ist? Es ist, als sei mein Leben bisher in Pastellfarben gemalt gewesen; jetzt aber bekommt es den satten Farbenreichtum eines Rembrandt van Rijn.

Ich fühle die Dunkelheit in meiner Nähe, und ich fühle das strahlende Licht. Und schärfer denn je spüre ich den Kontrast zwischen den beiden.

Bis ich diese Feder wieder zur Hand nehme, bin ich

Dein Diener
Petyr

Postscriptum: Abgeschrieben und per Brief an Stefan Franck gesandt am selben Abend. P. v. A.

Port-au-Prince
Saint Domingue

Lieber Stefan,
volle zwei Wochen sind vergangen, seit ich dir das letztemal schrieb. Wie kann ich all das schildern, was inzwischen geschehen ist? Ich fürchte, daß ich keine Zeit mehr dazu habe, daß mir nur eine kurze Atempause vergönnt ist – doch ich muß alles, alles niederschreiben. Ich muß dir berichten, was ich gesehen, was ich getan, was ich gelitten habe.

Nach meiner Rückkehr ins Gasthaus habe ich zwei Stunden geschlafen. Gegessen habe ich auch, doch nur, um ein wenig Kraft zu schöpfen. Ich hoffe und bete, daß das Wesen, das mir gefolgt ist und mich auf dem langen Weg von Maye Faire hierher gepeinigt hat, endlich zu der Hexe zurückgekehrt sein möge, die es mir nachgeschickt hat, um mich in den Wahnsinn zu treiben und zu vernichten.

Stefan, sollte der Feind nicht besiegt sein, sollte er seine Angriffe auf mich mit mörderischer Kraft fortführen, dann werde ich meine Erzählung abbrechen, die wichtigsten Elemente der Sache in kurzen, schlichten Sätzen niederschreiben und den Brief versiegelt in meiner stählernen Schatulle verwahren. Heute früh habe ich bereits mit dem Gastwirt abgesprochen, daß diese Kassette im Falle meines Ablebens nach Amsterdam zu senden ist. Auch mit einem Agenten hier am Ort habe ich geredet, dem Vetter und Freund unseres Agenten in Marseille, und ihn angewiesen, in einem solchen Falle nach der Kassette zu fragen.

Laß mich indessen hinzufügen, daß diese beiden mich aufgrund meines Aussehens für einen Wahnsinnigen halten. Nur mit Hilfe meines Goldes konnte ich ihre Aufmerksamkeit gewinnen, und ich habe ihnen eine reiche Belohnung versprochen, sofern die Kassette mit diesem Brief in deine Hände gelangt.

Stefan, ihr hattet recht mit all euren Warnungen und Vorahnungen. Ich bin tiefer und immer tiefer in den Abgrund des Bösen gesunken; ich bin unrettbar verloren. Ich hätte heimkehren sollen zu euch. Zum zweitenmal in meinem Leben erfahre ich jetzt die Bitterkeit der Reue.

Ich bin kaum noch lebendig. Meine Kleider sind zerfetzt, meine Schuhe zerrissen und dahin, meine Hände von Dornen zerkratzt. Ich habe Kopfschmerzen von der langen Nacht und von der Flucht durch die Finsternis. Aber ich habe keine Zeit, weiter zu ruhen. Ich wage nicht, noch in dieser Stunde zu Schiff zu flüchten, denn wenn dieses Wesen mir nachsetzen will, dann wird es das hier wie auf See tun. Und da ist es besser, daß es an Land geschehe, damit meine Eisenkassette nicht verlorengeht.

Die Zeit, die mir bleibt, muß ich nutzen, um zu berichten, was geschehen ist...

...Es war früh am Abend jenes Tages, an dem ich Dir zuletzt schrieb, daß ich von hier fortfuhr. Ich hatte meine feinsten Kleider angelegt und war zur vereinbarten Stunde hinuntergegangen, um die Kutsche zu erwarten. Was ich in den Straßen von Port-au-Prince gesehen hatte, war Grund genug gewesen, eine prachtvolle Equipage zu erwarten, doch was ich nun erblickte, übertraf alle meine Vorstellungen, denn es war eine gläserne Kutsche von exquisiter Schönheit mit Lakai, Kutschern und zwei bewaffneten Wachen zu

Pferde – allesamt schwarze Afrikaner in voller Livree mit gepuderten Perücken und Kleidern aus Satin.

Die Fahrt in die Berge war äußerst angenehm. Am Himmel trieben hohe weiße Wolken, und die Hügel waren herrlich bewaldet und von prachtvollen Kolonialvillen bestanden, viele davon umgeben von Blumen und Bananenbäumen, die hier im Überfluß wachsen.

Nicht minder bezaubernd war das ferne blaue Meer, auf das man immer wieder einen kurzen Blick erhaschen konnte. Wenn es ein Meer gibt, das so blau ist wie das karibische, so habe ich es noch nicht gesehen, und in der Dämmerung bietet es einen überaus spektakulären Anblick – doch davon wirst du später mehr erfahren, denn ich habe viel Zeit gehabt, die Farbe dieses Meeres zu betrachten.

Die Straße führte mich auch an zwei kleineren Plantagengebäuden vorbei, sehr hübschen Villen, die durch weite Gärten von der Straße getrennt waren. Und am Ufer eines kleinen Flusses sah ich einen Friedhof mit schönen Marmorsteinen, auf denen französische Namen standen. Da wir sehr langsam über die kleine Brücke fuhren, hatte ich Zeit, alles zu betrachten und an diejenigen zu denken, die in dieses wilde Land gekommen waren, um hier zu leben und zu sterben.

Aus zwei Gründen spreche ich von diesen Dingen; aber der wichtige, den ich jetzt nennen muß, ist der, daß meine Sinne eingelullt waren von den Schönheiten des Weges, von der schweren, schwülen Dämmerung, von der Weite der Plantagen und dem Glanz der Pflanzervilla, in der Charlotte wohnte, und die am Ende der befestigten Straße plötzlich auftauchte, großartiger als alles, was ich bisher gesehen hatte.

Licht in schwindelerregender Verschwendung strahlte uns entgegen, als wir näher kamen. Noch nie habe ich so viele Kerzen gesehen – nicht einmal am französischen Hofe. Laternen hingen an den Ästen der Bäume. Bald sah ich, daß alle Fenster an den Veranden offen waren, und im Dunkeln drinnen schimmerten Kronleuchter und feines Mobiliar sowie andere farbenfrohe Dinge.

So sehr war ich von all dem abgelenkt, daß ich zusammenschrak, als ich die Dame des Hauses gewahrte, die zum Gartentor herauskam, um mich zu empfangen, und dort zwischen unzähligen Blumen stand und wartete; ihr zitronengelbes Satinkleid war ganz wie die zarten Blüten, die sie umgaben, und ihre Augen in dem jungen, feinen Gesicht fixierten mich schroff und vielleicht auch kalt, so daß sie – wenn Du es Dir vorstellen kannst – aussah wie ein hochgewachsenes, zorniges Kind.

Als ich mit Hilfe des Lakaien auf die purpurnen Steinplatten hinunterstieg, kam sie näher, und erst jetzt sah ich, daß sie wirklich groß war für eine Frau, obgleich sie viel kleiner war als ich.

Blond und schön fand ich sie, und jedem anderen, der sie gesehen hatte, war es ebenso ergangen – aber alle Beschreibungen hatten mich nicht auf den Anblick vorbereiten können, den sie mir bot. Ach, wenn Rembrandt sie je gesehen hätte, er hätte sie gemalt. So jung, und geistig doch so hart. Überaus reich gewandet war sie, mit Spitze und Perlen besetzt das Kleid, das den vollen Busen hoch angesetzt zur Schau stellte, halb nackt, könnte man fast sagen, und auch ihre Arme waren wunderschön geformt in den engen, spitzenbesetzten Ärmeln.

Als wir einander gegenüberstanden, war es, als gehe da etwas Wortloses und Beängstigendes zwischen uns hin und her. Diese Frau mit ihrem süßen und beinahe absurd jugendlichen Antlitz, mit den zarten Wangen und Lippen und den großen, unschuldigen blauen Augen musterte mich, als lauere tief in ihrem Inneren eine ganz andere Seele, alt und weise. Ihre Schönheit wirkte wie ein Zauberbann auf mich. Töricht starrte ich auf ihren langen Hals, auf die zarte Neigung ihrer Schultern und wiederum auf die wohlgeformten Arme.

Blöde dachte ich, daß es herrlich sein müsse, die Daumen in das weiche Fleisch ihrer Arme zu pressen. Und mir war es, als betrachte sie mich ganz so, wie ihre Mutter mich viele Jahre zuvor betrachtet hatte, als ich in jener schottischen Herberge gegen den Teufel ihrer Schönheit gekämpft hatte, um nicht etwas Unverzeihliches zu tun.

»Aha, Petyr van Abel«, sagte sie auf englisch mit einem Hauch von schottischem Akzent. »Sie sind also gekommen.« Und ich schwöre Dir, Stefan, es war Deborahs jugendliche Stimme. Wie oft mußten sie Englisch miteinander gesprochen haben – ja, vielleicht war es eine Geheimsprache zwischen ihnen gewesen.

»Mein Kind«, antwortete ich in derselben Sprache, »ich danke Ihnen, daß Sie mich empfangen. Ich habe eine weite Reise unternommen, um Sie zu sehen, aber nichts hätte mich daran hindern können.«

Die ganze Zeit jedoch maß sie mich kalten Blickes, als wäre ich ein Sklave auf der Versteigerung. Dies geschah kein bißchen verhohlen, sondern fast beleidigend direkt.

»Sie sehen wirklich so ansehnlich aus, wie meine Mutter Sie geschildert hat«, stellte sie fest, halb nachdenklich und halb bei sich, die eine Braue hochgezogen. »Sie sind groß und gerade gewachsen und stark und kerngesund, nicht wahr?«

»Mon dieu, Madame. Was für seltsame Worte«, sagte ich und lachte ein wenig unbehaglich. »Ich weiß nicht, ob Sie mir schmeicheln oder nicht.«

»Es gefällt mir, wie Sie aussehen«, sagte sie, und ein ganz und gar seltsames Lächeln breitete sich auf ihrem Gesicht aus, schlau und verächtlich, aber zugleich kindlich süß. Dabei verzog sie den Mund in leichter Bitterkeit, wie ein Kind es wohl tun möchte, wenn es schmollt, und ich fand es unsagbar zauberhaft. Versunken betrachtete sie mich, und schließlich sagte sie: »Kommen Sie, Petyr van Abel. Erzählen Sie mir, was Sie von meiner Mutter wissen. Erzählen Sie mir, was Sie über ihren Tod wissen. Und was immer Ihre Absichten sein mögen: Belügen Sie mich nicht.«

Und eine große Verwundbarkeit wurde spürbar – als könnte ich sie jählings verletzen, und als wisse sie dies und habe nun Angst.

Tiefe Zärtlichkeit erfüllte mich. »Ich bin nicht gekommen, um Sie zu belügen«, sagte ich. »Haben Sie überhaupt nichts gehört?«

Sie schwieg einen Augenblick lang und sagte dann kalt: »Nein.« Es klang, als lüge sie. Ich sah, daß sie mich prüfend anschaute, so als wolle sie meine geheimsten Gedanken lesen.

Sie führte mich zum Haus und neigte kaum merklich den Kopf, als sie meinen Arm ergriff. Selbst die Anmut in ihren Bewegungen fesselte mich, die Berührung ihres Kleides, als sein Saum mein Bein streifte. Sie warf keinen Blick auf die Sklaven, die den Weg säumten, ein ganzes Regiment, so schien es, und Laternen in die Höhe hielten, um uns zu leuchten. Hinter ihnen schimmerten die Blumen in der Dunkelheit, und auch die mächtigen Bäume vor dem Haus.

Kurz vor der Vordertreppe bogen wir ab und folgten dem Plattenweg zu den Bäumen, und hier gelangten wir zu einer Holzbank.

Ich setzte mich auf ihr Geheiß. Ringsum brach die Nacht herein; die Laternen, die hier und da hingen, brannten hell und gelb, und das Haus selbst verströmte ein noch stärker funkelndes Licht.

»Sagen Sie, wie ich anfangen soll, Madame«, bat ich. »Ich bin Ihr Diener. Wie möchten Sie es hören?«

»Geradeheraus«, sagte sie, und sie fixierte mich von neuem. Gefaßt saß sie neben mir, leicht mir zugewandt, die Hände im Schoß gefaltet.

»Sie starb nicht in den Flammen. Sie stürzte sich vom Kirchendach und starb, als sie auf das Pflaster schlug.«

»Ah, Gott sei Dank!« flüsterte sie. »Dies aus menschlichem Munde zu hören...«

Einen Augenblick lang dachte ich über diese Worte nach. Sollte das heißen, daß dieser Geist es ihr bereits erzählt und daß sie ihm nicht geglaubt hatte? Sie war sehr niedergeschlagen, und ich wußte nicht, ob ich weiterreden sollte.

Aber ich fuhr fort. »Ein mächtiges Unwetter brach über Montcleve herein«, berichtete ich, »heraufbeschworen von Ihrer Mutter. Ihre Brüder kamen dabei ums Leben. Die alte Comtesse ebenfalls.«

Sie sagte nichts, sondern blickte nur gerade vor sich hin; ihre Miene war schwer von Trauer, vielleicht auch von Verzweiflung. Wie ein Kind sah sie aus, überhaupt nicht wie eine Frau.

Ich sprach weiter; aber jetzt ging ich in meinem Bericht ein wenig zurück und erzählte, wie ich in die Stadt gekommen war, wie ich ihre Mutter besucht hatte, und was ihre Mutter mir über den Geist Lasher gesagt hatte: daß er ohne Deborahs Wissen den Tod des Comte verursacht habe, daß sie ihn deshalb getadelt habe, und was der Geist daraufhin zu seiner Verteidigung vorgebracht habe. Und daß Deborah gewollt habe, daß sie es wisse und gewarnt sei.

Ihr Antlitz verfinsterte sich, als sie mir zuhörte, und sie sah mich immer noch nicht an. Ich legte dar, was die Warnung ihrer Mutter meiner Meinung nach zu bedeuten hatte und was ich von diesem Geist dachte, und daß kein Magier je von einem Geist geschrieben habe, der lernen könne.

Noch immer saß sie stumm und regungslos da. Ihr Gesicht war so tiefdunkel geworden, daß es aussah, als koche sie vor Wut. Als ich schließlich versuchte, das Thema wieder aufzunehmen, und erklärte, ich verstünde schon etwas von Geistern, da fiel sie mir ins Wort. »Sprechen Sie nicht mehr davon«, sagte sie. »Und sprechen Sie niemals mit irgend jemandem hier darüber.«

»Nein, natürlich nicht«, versicherte ich hastig, und ich erzählte sodann, was sich nach meiner Begegnung mit Deborah zugetragen hatte, und ich schilderte ihren Todestag in allen Einzelheiten und ließ nur aus, daß ich Louvier vom Dach gestoßen hatte; ich bedeutete ihr bloß, daß er auch gestorben sei.

Sie schwieg lange. Fast schien es, als wolle sie weinen, doch das tat sie nicht. Schließlich flüsterte sie: »Die Leute glauben, ich hätte meine Mutter im Stich gelassen, aber Sie wissen, daß das nicht stimmt!«

»Das weiß ich, Madam«, sagte ich. »Ihre Mutter hat Sie fortgeschickt.«

»Sie hat mir befohlen, wegzugehen!« sagte sie beschwörend. »Befohlen.« Sie holte tief Luft und fuhr fort: » ›Geh fort, Charlotte‹, sagte sie, ›denn wenn ich dich vor mir oder mit mir sterben sehen muß, dann ist mein Leben vergebens. Ich will dich nicht mehr hier haben, Charlotte. Wenn ich verbrannt werde, so kann ich es nicht ertragen, daß du es mitansiehst oder das gleiche Schicksal erleidest.‹ Und ich tat, was sie mir sagte.« Wieder verzogen sich ihre Lippen zu diesem Schmollmund, und es sah aus, als wolle sie in Tränen ausbrechen. Aber dann gewann der Zorn wieder die Oberhand.

»Ich habe Ihre Mutter geliebt«, bekannte ich.

»Ja, das weiß ich«, sagte sie. »Sie haben sich alle gegen sie gewandt, ihr Mann und meine Brüder.«

Ich merkte wohl, daß sie den Mann nicht ihren Vater nannte, aber ich schwieg dazu. Ich wußte immer noch nicht, ob ich dazu überhaupt etwas sagen sollte oder nicht.

»Was kann ich sagen, um Ihr Herz zu trösten?« fragte ich. »Sie sind alle bestraft. Sie erfreuen sich nicht mehr des Lebens, welches sie Deborah nahmen.«

»Ah, das ist gut ausgedrückt.« Und sie lächelte mich bitter an und biß sich auf die Unterlippe. Ihr Gesicht sah dabei so zart und weich aus, so sehr verletzlich, daß ich mich hinüberbeugte und sie küßte, und sie ließ es gesenkten Blicks geschehen.

Sie schien verwirrt zu sein. Und ich war es ganz gewiß, denn es war so unbeschreiblich süß gewesen, sie zu küssen, den Duft ihrer Haut zu riechen und ihren Brüsten so nahe zu sein, daß ich mich tatsächlich im Zustand schierer Verblüffung befand. Sogleich erklärte ich, ich wolle doch noch einmal von diesem Geist sprechen, denn in der Beschäftigung mit der in Frage stehenden Angelegenheit schien meine einzige Rettung zu liegen. »Ich muß Ihnen erläutern, was ich über diesen Geist denke, und über die Gefahren, die mit diesem Wesen verbunden sind. Sicher wissen Sie, wie ich Ihre Mutter kennenlernte? Oder hat sie Ihnen nicht die ganze Geschichte erzählt? Ich war es ja, der sie aus Donnelaith errettete, nachdem ihre Mutter den Tod in den Flammen fand.«

»Ja, ich weiß. Und ich weiß, daß Sie mir alles übermittelt haben, was meine Mutter Ihnen gesagt hat. Sie haben die Wahrheit gesagt. Ich frage mich nur, ob ich Ihnen erzählen soll, was Sie nicht wissen und nicht erraten können. Und ich denke an das, was meine Mutter mir über Sie erzählt hat: daß sie Ihnen alles offenbaren konnte.«

»Es freut mich, daß sie so über mich sprach. Ich habe sie nie an irgend jemanden verraten.«

»Außer an Ihren Orden. An Ihre Talamasca.«

»Ah, aber das war kein Verrat.«

Sie wandte sich ab.

»Meine liebste Charlotte«, sagte ich. »Ich habe Ihre Mutter geliebt, glauben Sie mir. Ich habe sie angefleht, sich vor dem Geist und vor der Macht des Geistes zu hüten. Ich behaupte nicht, daß ich vorhergesehen habe, was ihr zugestoßen ist. Das habe ich nicht. Aber ich hatte Angst um sie. Ich hatte Angst vor ihrem Ehrgeiz, den Geist für ihre Zwecke zu benutzen...«

»Ich will davon nichts weiter hören!« Sie war wieder erbost.

»Was soll ich dann tun?« fragte ich.

Sie dachte nach, doch anscheinend nicht über meine Frage. Schließlich sagte sie: »Ich werde niemals erleiden, was meine Mutter erlitt – oder ihre Mutter vor ihr.«

»Darum bete ich. Ich bin über das weite Meer gekommen, um...«

»Nein, aber Ihre Warnungen und Ihre Anwesenheit haben damit nichts zu tun. Ich werde dieses Schicksal nicht erleiden. Da war etwas Trauriges in meiner Mutter; sie war traurig und zerbrochen tief im Innern. Es war eine Wunde aus der Kindheit, die nie geheilt ist.«

»Ich verstehe.«

»Ich habe eine solche Wunde nicht. Ich war hier schon zu Hause, als ihr jene grauenvollen Dinge widerfuhren. Ich habe ein anderes Grauen vor Augen, und Sie werden es heute abend ebenfalls sehen, wenn Sie meinen Gemahl kennenlernen. Es gibt keinen Arzt auf der ganzen Welt, der ihn heilen könnte. Und auch keine weise Frau.

Und ich habe nur einen gesunden Sohn von ihm, und das ist nicht genug... Doch man erwartet uns jetzt.« Sie stand auf, und ich tat es ihr nach. »Sagen Sie nichts über meine Mutter vor den anderen. Sagen Sie gar nichts. Sie sind gekommen, um mich zu besuchen...«

»Weil ich Kaufmann bin und mich in Port-au-Prince niederlassen möchte, und weil ich dazu Ihren Rat einholen wollte.«

Sie nickte müde. »Je weniger Sie sagen, desto besser.« Sie wandte sich ab und ging auf die Treppe zu.

Mir war elend zumute. Was sollte ich mit ihren seltsamen Reden anfangen? Und sie selbst machte mich ratlos, wenn sie in diesem Augenblick wie ein kleines Mädchen und im nächsten wie eine alte Frau erschien. Ich konnte ihr nicht einmal zugute halten, daß sie meine Warnungen – besser gesagt, die Warnungen, die Deborah mich beschworen hatte zu überbringen – auch nur einen Augenblick lang bedacht hatte. Oder hatte ich zu viele Ratschläge hineingemischt?

»Madame Fontenay«, sagte ich, als wir oben an der kurzen Treppe vor der Haustür standen. »Wir müssen noch einmal miteinander reden. Habe ich Ihr Versprechen?«

»Wenn man meinen Gemahl zu Bett gebracht hat«, sagte sie, »sind wir allein.« Bei diesen letzten Worten ließ sie ihren Blick auf mir verharren, und ich fürchte, leise Röte stieg mir ins Gesicht, als ich sie ansah; ich sah, daß auch ihre runden Wangen sich gerötet hatten, sah die Spannung ihrer Unterlippe und ihr spielerisches Lächeln.

Wir betraten einen zentralen Hausflur mit mancherlei Stuckverzierung; auf einem prächtigen Kronleuchter erstrahlten lauter Wachskerzen, und am anderen Ende des Flures führte eine offene Tür auf eine Hinterveranda hinaus. Jenseits davon war gerade noch die Kante einer steil abfallenden Klippe zu erkennen; Laternen hingen an den Ästen der Bäume, genau wie im Garten vor dem Haus, und sehr langsam dämmerte mir, daß das Rauschen, das ich hörte, nicht der Wind war, sondern das sanfte Tosen des Meeres.

Der Speiseraum zu unserer Rechten, den wir jetzt betraten, eröffnete einen noch besseren Blick auf die Klippen und die schwarze See dahinter, denn der Raum erfüllte das Haus in seiner ganzen Breite. Ein kleines Licht tanzte noch auf dem Wasser: sein matter Schein war wie ein ferner Gruß. Das Tosen drang auf das köstlichste in dieses Zimmer, und die Brise war feucht und warm.

Das Zimmer selbst war prachtvoll: Jedes denkbare europäische Ausstattungsstück war herbeigeschafft worden, um die koloniale Schlichtheit zu überwinden. Der Tisch war mit feinstem Linnen bedeckt und mit schwerstem, auf das eleganteste geformtem Silber beladen.

Nirgends in Europa habe ich je feineres Silber gesehen. Die Kandelaber waren schwer und mit schönen Mustern graviert. An jedem Platz lag eine spitzenbesetzte Serviette, und die Stühle waren mit feinstem Samt bezogen und mit Fransen drapiert. Über dem Tisch hing ein großer, viereckiger Holzfächer an einem Scharnier und wurde mittels einer Kordel von einem kleinen afrikanischen Knaben, der in der Ecke saß, in schwingende Bewegung versetzt.

Kaum hatte ich auf dem Stuhl zur Linken des oberen Tafelendes Platz genommen, traten auch schon zahlreiche Sklaven ein, allesamt in europäische Seide und Spitze gekleidet, und machten sich daran, Platten auf den Tisch zu stellen. Und gleichzeitig erschien jetzt auch der junge Ehemann, von dem ich schon so viel gehört hatte.

Seine Haltung war aufrecht, und seine Füße schleiften über den Boden, aber sein ganzes Gewicht lastete auf einem großen, muskelbepackten Schwarzen, der ihm einen Arm um die Taille geschlungen hatte. Seine Arme schienen ebenso schwach wie seine Beine zu sein; die Handgelenke waren gekrümmt, und die Finger baumelten kraftlos herab. Gleichwohl war er ein gutaussehender junger Mann in maßgeschneiderter, fürstlicher Kleidung; an seinen Fingern steckten edelsteinbesetzte Ringe, und seinen Kopf schmückte eine mächtige, wunderschöne Pariser Perücke, mit der er wirklich sehr hübsch anzusehen war. Seine grauen Augen blickten durchdringend, sein Mund war breit und schmallippig, sein Kinn sehr kräftig.

Als er auf seinem Stuhl saß, begann er sich mühsam zu winden, als wolle er um der größeren Bequemlichkeit willen nach hinten rutschen; da ihm dies aber nicht gelingen wollte, schob der starke Sklave ihn zurecht, stellte den Stuhl dann so, wie sein Herr es haben wollte, und verharrte auf seinem Platz dicht hinter ihm.

Charlotte hatte ihren Platz nicht am Ende der Tafel, sondern zur Rechten ihres Mannes, mir gegenüber, so daß sie ihn füttern und ihm helfen konnte. Zwei weitere Männer kamen herein, die Brüder Pierre und André, wie ich bald herausfinden sollte – beide berauscht und erfüllt von lallendem, trunkenem Humor –, und ihnen folgten vier bunt gekleidete Damen, zwei jung, zwei alt, Cousinen, wie es schien, und ständige Bewohnerinnen des Hauses.

Gerade als man das Essen servieren wollte, kam noch ein Arzt herein, der von einer benachbarten Pflanzung herübergeritten war – ein ziemlich alter und zerstreuter Knabe, in düsterem Schwarz gekleidet wie ich. Sogleich lud man ihn ein, sich dazu zu gesellen, und er setzte sich und trank in großen Schlucken aus seinem Weinglas.

Damit war die Gesellschaft vollständig. Jeder von uns hatte einen Sklaven hinter dem Stuhl, der zugriff und unsere Teller von den Platten auf dem Tisch füllte und uns Wein nachschenkte, wenn wir nur einmal an unserem Glas genippt hatten.

Der junge Ehemann plauderte sehr freundlich mit mir, und es war gleich klar, daß die Krankheit seinen Geist nicht im geringsten beeinträchtigte und daß er immer noch Appetit auf gutes Essen hatte, welches ihm von Charlotte wie auch von seinem Sklaven, dessen Name Reginald war, in den Mund geschoben wurde, wobei Charlotte den Löffel führte und Reginald das Brot brach. Tatsächlich verlangte es den Mann nach Leben, das war deutlich zu erkennen. Er bemerkte, daß der Wein ausgezeichnet sei und daß er ihn billige, und während er höflich mit der ganzen Gesellschaft plauderte, verspeiste er zwei Teller Suppe.

Charlotte sprach vom Wetter und von den Geschäften der Plantage, daß ihr Mann morgen mit ihr hinausfahren müsse, um zu sehen, wie die Felder standen, daß das junge Sklavenmädchen, das sie im letzten Winter gekauft hätten, nun schon gute Fortschritte beim Nähen mache, und so weiter und so fort. Die Plauderei fand überwiegend in französischer Sprache statt, und der junge Ehemann zeigte sich höchst angeregt und unterbrach sich häufig, um mir zahlreiche höfliche Fragen zu stellen: Wie meine Reise gewesen sei, wie es mir in Port-au-Prince gefalle, wie lange ich bei ihnen zu bleiben gedächte. Auch machte er wohlerzogene Bemerkungen über die Annehmlichkeiten des Landes sowie darüber, wie gut es ihnen hier in Maye Faire gehe, und daß sie vorhätten, die Nachbarpflanzung dazuzukaufen, sobald der Eigentümer, ein Spieler und Trunkenbold, sich zum Verkauf überreden ließe.

Nur die betrunkenen Brüder neigten zu Streitereien und machten mehrmals höhnische Bemerkungen; anscheinend war der Jüngste, Pierre, der nichts vom guten Aussehen seines siechen Bruders hatte, der Meinung, sie hätten genug Land und brauchten die Nachbarplantage nicht mehr, und Charlotte wisse mehr vom Geschäft des Pflanzerlebens, als eine Frau zu wissen brauche.

Durch solche Äußerungen ließ sich der laute und unangenehme André sich zu johlender Zustimmung hinreißen; unterdessen hatte er sich sein Spitzenjabeau mit Speise bekleckert, und auch sonst aß er mit vollgestopftem Mund und beschmierte sein Weinglas mit fettigen Lippen, wenn er trank. Er war dafür, überhaupt das ganze Land zu verkaufen, wenn der Vater erst tot wäre, und nach Frankreich zurückzufahren.

Darauf erhob sich ein großes Wortgefecht: Alle redeten durcheinander, und eine der gebrechlichen alten Damen wollte sofort wissen, um was es denn gehe.

Schließlich hob die andere alte Frau – eine Hexe, wenn es je eine gegeben hat – unvermittelt den Kopf. Die ganze Zeit hatte sie mit der Konzentration eines geschäftigen Insekts die Speisen von ihrem Teller gepickt, doch jetzt rief sie den betrunkenen Brüdern zu: »Keiner von euch ist in der Lage, diese Pflanzung zu führen!« Die betrunkenen Brüder antworteten darauf mit wüstem Gelächter, während die beiden jungen Frauen das ganze Geschehen mit großem Ernst verfolgten; furchtsam richteten sich ihre Blicke auf Charlotte und streiften dann sanft über den fast gelähmten und bewegungsunfähigen Ehemann, dessen Hände wie tote Vögel neben seinem Teller lagen.

Die Alte aber, die offenbar billigte, wie man auf ihre Worte reagierte, gab eine weitere Erklärung ab: »Charlotte ist es, die hier regiert!« Dies veranlaßte die Frauen zu weiteren furchtsamen Blicken, die betrunkenen Brüder zu neuerlichem Hämegelächter und den verkrüppelten Antoine zu einem gewinnenden Lächeln.

Dann aber geriet der arme Kerl in höchste Erregung, so daß er sogar zu zittern begann; Charlotte indessen sprach hastig von anderen Dingen. Von neuem befragte man mich nach meiner Reise, nach dem Leben in Amsterdam und der derzeitigen Lage der Dinge in Europa im Hinblick auf die Einfuhr von Kaffee und Indigo, und ich erfuhr, daß ich des Lebens auf einer Pflanzung bald genug überdrüssig werden würde, denn alle Welt sei hier nur mit Essen und Trinken und der Suche nach Vergnügungen befaßt. Schließlich unterbrach Charlotte sanft das Gespräch und befahl dem schwarzen Sklaven Reginald, den alten Herrn herunterzuholen.

»Er hat den ganzen Tag mit mir gesprochen«, sagte sie leise, aber mit einem unbestimmt triumphierenden Ausdruck zu den anderen.

»In der Tat, ein Wunder!« erklärte der betrunkene André, der inzwischen dazu übergegangen war, wie ein Schwein ohne die Hilfe von Messer und Gabel zu essen.

Der alte Doktor betrachtete Charlotte mit schmalen Augen; es bekümmerte ihn nicht, daß er sich sein Spitzenhemd mit Speise betropft hatte und daß der Wein aus dem Glase schwappte, welches er mit unsicherer Hand hielt – die Möglichkeit, daß er es überhaupt fallenließe, gewann zusehends an Wahrscheinlichkeit. Der junge Sklave hinter ihm beobachtete die Sache mit banger Sorge.

»Was heißt das, er hat den ganzen Tag mit Ihnen gesprochen?« wollte der Arzt wissen. »Er war bewußtlos, als ich ihn das letztemal sah.«

»Das ändert sich stündlich«, erklärte eine der Cousinen.

»Der stirbt nie!« brüllte die alte Frau.

Da kam Reginald wieder herein; er stützte einen großen, grauhaarigen und ganz ausgemergelten Mann, der dem Sklaven einen dünnen Arm um die Schulter geschlungen hatte. Sein Kopf baumelte kraftlos herab, aber seine hellen Augen fixierten uns alle nacheinander.

Man setzte ihn auf den Stuhl am Ende der Tafel, ein bloßes Skelett, und da er sich nicht allein aufrecht halten konnte, band man ihn mit seidenen Schärpen fest. Der Sklave Reginald, der ein wahrer Künstler in diesen Dingen zu sein schien, hielt das Kinn des Mannes hoch, da dieser seinen Kopf nicht allein tragen konnte.

Sogleich begannen die Cousinen auf ihn einzuschwatzen, daß es gut sei, ihn so wohlauf zu sehen. Sie betrachteten ihn aber mit Staunen, und der Doktor tat es ebenfalls, und als der alte Mann dann zu sprechen begann, tat ich es auch.

Eine Hand hob sich mit einer baumelnden, ruckartigen Bewegung vom Tisch und fiel krachend wieder herunter. Im selben Augenblick öffnete sich sein Mund; das Gesicht blieb allerdings völlig glatt, und nur der Unterkiefer klappte herunter. Hohl und tonlos erklangen seine Worte.

»Ich bin weit entfernt vom Tode und will auch nichts davon hören!« Und wieder hob sich die Hand wie in einem Krampf und schlug laut auf den Tisch.

Charlotte beobachtete das alles mit schmalen, glitzernden Augen. Ja, jetzt sah ich zum erstenmal, wie konzentriert sie war und wie sich ihre ganze Aufmerksamkeit nur noch auf das Gesicht des Mannes und auf seine schlaffe Hand richtete.

»Mon dieu, Antoine«, rief der Doktor, »Sie können uns nicht verdenken, daß wir uns Sorgen machen.«

»Mein Verstand ist so gut wie eh und je!« erklärte das alte Geschöpf mit der gleichen tonlosen Stimme, und dann drehte sich der Kopf sehr langsam, als sei er aus Holz und rotiere knarrend in einem Scharnier. Sein Blick ging von links nach rechts und richtete sich dann auf Charlotte. Der Mund lächelte schief.

Erst als ich mich vorbeugte, so daß die Kerzen vor mir mich nicht mehr blenden konnten, während ich dieses seltsame Schauspiel bestaunte, erst da sah ich, daß seine Augen blutunterlaufen waren und daß sein Gesicht in der Tat wie gefroren aussah; die mimischen Veränderungen, die darauf hervorbrachen, waren wie feine Risse in einer Eisschicht.

»Ich habe Vertrauen zu dir, meine geliebte Schwiegertochter«, sagte er zu Charlotte, und diesmal resultierte das Fehlen jeglicher Modulation in großer Lautstärke.

»Ja, mon père«, sagte Charlotte voller Liebreiz. »Und ich werde für dich sorgen; dessen sollst du sicher sein.«

Sie lehnte sich zu ihrem Mann hinüber und drückte seine nutzlose Hand. Dieser starrte seinen Vater argwöhnisch und angstvoll an.

»Aber Vater, hast du denn keine Schmerzen?« fragte er leise.

»Nein, mein Sohn«, sagte der Vater. »Keine Schmerzen, niemals Schmerzen.« Und dies erschien wie Trost und Antwort zugleich, denn für den Sohn war dieser Anblick sicher so etwas wie eine Prophezeiung. Oder etwa nicht?

Denn als ich diese Kreatur betrachtete, als ich sah, wie sie noch einmal den Kopf drehte, einer Puppe gleich, die aus hölzernen Teilen gemacht war, da wußte ich, daß da gar nicht der Mann zu uns sprach, sondern etwas in ihm, das von ihm Besitz ergriffen hatte. Und im Augenblick dieser Erkenntnis gewahrte ich auch den wahren Antoine Fontenay, gefangen in diesem Körper, unfähig, seine eigenen Stimmbänder noch zu benutzen: Voller Angst starrte er durch grauenerfüllte Augen zu mir heraus.

Es war nur ein kurzer Moment, aber ich sah es doch. Und im selben Augenblick wandte ich mich zu Charlotte um, und sie starrte mich kalt und trotzig an, als fordere sie mich heraus, nur immer zuzugeben, was ich da erkannt habe. Auch der Alte starrte mich an, und so plötzlich, daß alle erschraken, stieß er ein lautes, gackerndes Gelächter aus.

»Oh, um der Liebe Gottes willen, Antoine!« rief die hübsche Cousine aus.

»Vater, nimm einen Schluck Wein«, bat kraftlos sein ältester Sohn.

Der schwarze Reginald griff nach dem Glas, doch der Alte hob plötzlich beide Hände und ließ sie dröhnend wieder auf den Tisch fallen; dann hob er sie wieder, nahm mit glitzernden Augen das Weinglas wie zwischen zwei Pfoten, hob es an den Mund und kippte sich den Inhalt ins Gesicht, so daß ihm der Wein in den Mund schwappte und über das Kinn troff.

Die Gesellschaft war entsetzt. Der schwarze Reginald war entsetzt. Nur Charlotte beobachtete das Kunststück mit schmalem, stählernem Lächeln und sagte dann: »Gut, Vater, und jetzt zu Bett.« Sie erhob sich vom Tisch.

Reginald wollte das Glas auffangen, denn der Alte ließ es unvermittelt los, und seine Hände fielen dumpf auf den Tisch. Aber das Glas kippte um, und der Wein spritzte über das Tischtuch.

Noch einmal brach der starre Mund auf, und die hohle Stimme ertönte. »Ich bin dieser Unterhaltung müde. Ich will nun gehen.«

»Ja, zu Bett«, sagte Charlotte und trat an seinen Stuhl. »Wir kommen später und sehen nach dir.«

Nahm niemand sonst dieses Grauen wahr? Daß die nutzlosen Glieder des Alten von dämonischen Kräften bewegt wurden? Die Cousinen starrten ihn in sprachlosem Ekel an, als er jetzt vom Stuhl gehoben wurde. Das Kinn baumelte auf seiner Brust, als man ihn fortschleppte. Charlotte beobachtete das alles schweigend und kehrte dann an ihren Platz am Tisch zurück.

Unsere Blicke trafen sich. Ich hätte schwören können, es war Haß, was mir da entgegenstarrte. Haß für das, was ich wußte. Verlegen nahm ich noch einen Schluck Wein; er war überaus köstlich, wenngleich ich bemerkt hatte, daß er auch ungewöhnlich stark war – oder ich war ungewöhnlich schwach.

Die alte taube Frau, jene, die wie ein geschäftiges Insekt auf mich wirkte, ergriff wieder das Wort und sagte laut zu niemand bestimmtem: »Seit Jahren habe ich ihn die Hände nicht mehr so bewegen sehen.«

»Nun, für mich klang er gerade wie der Teufel!« sagte die hübsche junge Frau.

»Verdammt, er wird niemals sterben«, wisperte André und schlief ein; sein Gesicht fiel auf seinen Teller, und das umgekippte Weinglas kullerte vom Tisch.

Charlotte, die das alles und mehr mit ruhiger Gelassenheit sah, lachte leise. »Oh, er ist alles andere als tot.«

Da ließ ein gräßliches Geräusch die ganze Gesellschaft zusammenfahren: Oben an der Treppe stieß der alte Mann noch einmal ein lautes, furchtbares Gelächter aus.

Charlottes Gesicht wurde hart. Sanft tätschelte sie noch einmal die Hand ihres Mannes und verabschiedete sich dann in großer Eile – nicht so hastig allerdings, daß sie mich beim Hinausgehen nicht noch einmal angesehen hätte.

Schließlich erklärte seufzend auch der alte Doktor, der zu diesem Zeitpunkt schon fast zu berauscht war, um noch aufzustehen, daß er nun gehen müsse. In diesem Augenblick trafen zwei neue Besucher ein, zwei gutgekleidete Franzosen, denen sich die gutaussehende ältere Cousine sogleich zugesellte, während die drei anderen aufstanden und hinausgingen; das alte Weib funkelte noch einmal mißbilligend den betrunkenen Bruder an, der immer noch mit dem Gesicht auf dem Teller lag, und murmelte irgend etwas vor sich hin. Der andere war unterdessen aufgestanden, um dem betrunkenen Arzt beim Aufstehen behilflich zu sein, und zusammen wankten die beiden jetzt hinaus auf die Galerie.

Ich war nun allein mit Antoine und einer Schar Sklaven, die den Tisch abräumten. Ich fragte den Mann, ob er eine Zigarre mit mir rauchen wolle; ich hätte in Port-au-Prince zwei sehr gute gekauft.

»Ah, aber Sie müssen meine versuchen, aus dem Tabak, den ich hier anbaue«, erklärte er. Ein junger Sklave brachte uns die Zigarren und zündete sie an. Dann blieb er bei seinem Herrn stehen und nahm sie ihm aus dem Mund oder steckte sie hinein, wie es gerade angebracht war. »Sie müssen meinen Vater entschuldigen«, sagte Antoine leise, als wolle er nicht, daß der Sklave es hörte. »Er ist bei überaus scharfem Verstand. Diese Krankheit ist grauenvoll.«

»Das kann ich mir vorstellen«, sagte ich. Lautes Geplauder und Gelächter drang aus dem Salon jenseits des Flures, wo sich die Frauen anscheinend mit den Gästen und wahrscheinlich auch mit dem betrunkenen Bruder und dem Doktor niedergelassen hatten.

Zwei schwarze Sklavenjungen versuchten inzwischen, den anderen Bruder hochzuheben; der aber sprang jäh auf die Beine, empört und streitlustig, und schlug einen der Jungen, so daß dieser zu weinen begann.

»Sei kein Narr, André«, sagte Antoine müde. »Komm her, mein armer Kleiner.«

Der Sklave gehorchte, während der Betrunkene hinauspolterte.

»Nimm die Münze aus meiner Tasche«, sagte Antoine. Der Sklave, dem dieses Ritual anscheinend geläufig war, gehorchte, und seine Augen glänzten wieder, als er seinen Lohn in die Höhe hielt.

Endlich erschienen Reginald und die Dame des Hauses wieder, begleitet jetzt von dem rosenwangigen kleinen Sohn, einem gesegneten Lämmchen, hinter dem zwei Mulatinnen wachten, als sei das Kind aus Porzellan und könne jeden Augenblick zu Boden fallen.

Das Lämmchen lachte und strampelte vor Freude über den Anblick seines Vaters. Und welch ein trauriges Schauspiel war es, daß der Vater nicht einmal seine jämmerlichen Hände heben konnte.

Das Kind zeigte keinerlei Anzeichen irgendeiner Krankheit, aber Antoine hatte in diesem zarten Alter vermutlich auch noch nichts erkennen lassen. Schönheit hatte der Knabe jedenfalls von seiner Mutter wie von seinem Vater geerbt, denn er besaß mehr davon als irgendein Kind, das ich je gesehen hatte.

Endlich erlaubte man den Mulattenmädchen, beide ebenfalls sehr hübsch, sich auf den Knaben zu stürzen und ihn vor der großen weiten Welt zu retten, und sie trugen ihn davon.

Auch Antoine verabschiedete sich jetzt von mir; er bat mich, in Maye Faire zu bleiben, solange es mir gefiele. Ich nahm noch ein Glas Wein, aber ich war entschlossen, daß dies mein letztes sein sollte, denn mir war schon schwindlig.

Unversehens führte die schöne Charlotte mich im nächsten Augenblick auf die dunkle Galerie hinaus; von hier aus hatte man einen Blick über den vorderen Garten mit seinen melancholischen Laternen. Wir beide waren ganz allein, als wir uns nun auf einer Holzbank niederließen.

In meinem Kopf kreiste heftig der Wein, obgleich ich nicht recht hätte sagen können, wie es mir gelungen war, so viel zu trinken; als ich aber bat, es nun genug sein lassen zu dürfen, wollte Charlotte davon nichts hören und bestand darauf, daß ich noch ein Glas trank. »Es ist mein bester – von daheim mitgebracht.«

Aus Höflichkeit trank ich, und ich fühlte den Rausch wie eine Woge über mich hinwegziehen. Verschwommen erinnerte ich mich an den Anblick der betrunkenen Brüder, und um einen klaren Kopf zu bekommen, stand ich auf, umfaßte das Holzgeländer und schaute hinunter in den Garten. Es schien, als sei die Nacht voll von dunklen Gestalten, Sklaven vielleicht, die sich zwischen den Büschen umherbewegten, und eine sehr ansehnliche hellhäutige Person sah ich auch, die im Vorübergehen zu mir heraufläche1te. Wie im Traum, so schien es, hörte ich Charlotte zu mir sprechen.

»Nun denn, hübscher Petyr, was möchten Sie mir noch sagen?«

Seltsame Reden, dachte ich, zwischen Tochter und Vater, denn sicher wußte sie es, sie mußte es ja wissen. Doch wiederum: Vielleicht wußte sie es nicht. So wandte ich mich ihr zu und begann mit meiner warnenden Rede. Ob sie denn nicht wisse, daß dieser Geist kein gewöhnlicher Geist sei? Daß dieses Ding, das vom Körper des Alten Besitz ergriffen habe und ihn auf ihr Geheiß hin bewegen könne, sich auch gegen sie wenden könnte, daß es ja seine Kraft überhaupt erst von ihr beziehe, und daß sie danach trachten müsse, zu verstehen, was Geister eigentlich seien – doch sie hieß mich stillschweigen.

Und dann war mir, als sähe ich die bizarrsten Dinge durch das Fenster des erleuchteten Speiseraums; es war, als tanzten die Sklavenjungen in ihren glänzenden blauen Satinanzügen beim Putzen und Fegen im Raum umher, tanzten wie die Kobolde.

»Was für eine wunderliche Illusion«, sagte ich, und ich erkannte, daß die Knaben, die jetzt die Stuhlpolster abwischten und die herabgefallenen Servietten aufhoben, umhertollten und spielten und nicht wußten, daß ich sie beobachtete.

Als ich mich wieder Charlotte zuwandte, gewahrte ich, daß sie ihr Haar jetzt offen über die Schultern fließen ließ und mich mit kalten, schönen Augen anstarrte. Mir schien überdies, als habe sie den Ausschnitt ihres Kleides über die Schultern herabgeschoben, wie eine Schenkendirne es tun mochte, um ihre herrlichen weißen Arme und den Ansatz ihrer Brüste desto besser zur Schau zu stellen. Daß ein Vater seine Tochter anstarrte, wie ich sie anstarrte, war reine Sünde.

»Ah, Sie glauben, Sie wissen so viel«, sagte sie und meinte damit offensichtlich unser Gespräch, das ich in meiner allgemeinen Verwirrung völlig vergessen hatte. »Aber Sie sind wie ein Priester, hat meine Mutter mir erzählt. Sie kennen nichts als Regeln und Ideale. Wer hat Ihnen denn gesagt, daß Geister böse sind?«

»Das ist ein Mißverständnis. Ich habe nicht böse gesagt, ich habe gesagt, gefährlich. Ich sage nicht teuflisch. Ich sage unbekannt.«

Wieder sah ich die Knaben tanzen. Sie wirbelten im Zimmer herum, hüpften, drehten sich, erschienen an den Fenstern, tauchten hier und dort auf. Ich blinzelte, um einen klaren Blick zu bekommen.

»Und wie kommen Sie darauf, daß ich mit diesem Geist nicht sehr vertraut und bekannt bin«, sagte sie, »und daß ich ihn nicht beherrschen kann? Sehen Sie nicht, daß es Fortschritte gegeben hat – von Suzanne zu Deborah und von ihr zu mir?«

»Das sehe ich – doch, das sehe ich. Ich habe den alten Mann gesehen, nicht wahr?« sagte ich, aber der Gedanke entglitt mir. Ich brachte meine Worte nicht in die richtige Gestalt. Und die Erinnerung an den alten Mann brachte meine Logik durcheinander. Ich wollte Wein und wollte keinen. Nein, ich würde nichts mehr trinken.

»Ja«, sagte sie, schneller als mein Verstand, wie mir schien, und nahm mir gottlob das Weinglas ab. »Meine Mutter wußte nicht, daß man Lasher in einen Menschen schicken kann, obgleich jeder Priester ihr hätte erzählen können, daß Dämonen dauernd von Menschen Besitz ergreifen, auch wenn es ihnen nicht hilft.«

»Wieso – nicht hilft?«

»Sie müssen irgendwann wieder hinaus. Sie können nicht selbst zu diesem Menschen werden, so sehnlich sie es sich wünschen mögen. Ah, wenn Lasher der Alte werden könnte...«

Der Gedanke erfüllte mich mit Grauen. Ich sah, daß sie über mein Entsetzen lächelte, als sie mich neben sich Platz nehmen ließ. »Aber was ist es, was Sie mir wirklich sagen wollen?« drängte sie.

»Ich will Sie warnen: Geben Sie dieses Wesen auf, gehen Sie weg von ihm, begründen Sie nicht Ihr Leben auf seine Macht. Vor allem aber lehren Sie es nicht mehr. Denn es wußte nicht, daß es in einen Menschen fahren kann, ehe Sie es ihm beibrachten. Nicht wahr?«

Jetzt zögerte sie doch und wollte nicht antworten.

»Aha, also lehren Sie es, um Ihretwillen ein besserer Dämon zu sein!« stellte ich fest. »Wieviel werden Sie ihm noch beibringen, diesem Wesen, das in Menschen fahren und Stürme wecken und sich als hübsches Phantom auf freiem Feld zur Schau stellen kann?«

»Was heißt das? Was meinen Sie mit Phantom?« fragte sie.

Und ich erzählte ihr, was ich zu Donnelaith gesehen hatte – die schleierhafte Gestalt dieses Wesens zwischen den uralten Steinen. Damals hätte ich gewußt, berichtete ich, daß es nicht real sei. Sogleich merkte ich, daß nichts von dem, was ich bisher gesagt hatte, bei ihr so viel Interesse geweckt hatte wie dieses jetzt.

»Sie haben es gesehen?« fragte sie ungläubig.

»Jawohl, ich habe es in der Tat gesehen, und ich habe gesehen, wie sie es sah – Ihre Mutter.«

»Ah«, flüsterte sie. »Aber mir ist er so nie erschienen.« Doch dann fuhr sie fort: »Sehen Sie es denn nicht? Suzanne, die Einfältige, glaubte ja, er sei der Schwarze Mann, der Teufel, wie sie ihn nennen – also war er es auch für sie.«

»Aber in seiner Erscheinung war nichts Grausiges. Er zeigte sich eher als hübscher Mann.«

Darüber lachte sie boshaft, und ihre Augen blitzten mit plötzlicher Lebhaftigkeit. »Dann hat sie sich den Teufel eben als hübschen Mann vorgestellt, und Lasher hat sich für sie hübsch gemacht. Denn sehen Sie: Alles, was er ist, kommt ja von uns.«

»Vielleicht, meine Dame, vielleicht.«

»Ja, und das macht ihn ja so interessant für mich«, sagte sie. »Daß er allein nicht denken kann. Sehen Sie es nicht? Er kann keine klaren Gedanken fassen. Es war Suzanne, die ihn gerufen hat, und es war Deborah, die ihn geformt und ihm die nötige Zielstrebigkeit verliehen hat, den Sturm zu wecken. Und ich habe ihn in den alten Mann gerufen. Ihm gefallen diese Kunststückchen, und er späht durch die Augen des Alten zu uns heraus, als wäre er ein Mensch, und amüsiert sich dabei sehr. Sehen Sie, ich liebe dieses Wesen um seiner Veränderungen willen, um seiner Entwicklung willen, sozusagen.«

»Charlotte, ich beschwöre Sie...«

»Petyr«, unterbrach sie mich, »ich will offen mit Ihnen sein, denn

Sie verdienen es. Ich bin keine weise Frau aus dem Dorf und keine verängstigte Frohgezeugte. Ich bin eine im Reichtum geborene Frau; ich wurde gebildet und erzogen, seit ich mich erinnern kann, und ich habe alles bekommen, was ich mir habe wünschen können. Und jetzt, mit zweiundzwanzig Jahren, als Mutter und vielleicht schon bald als Witwe, herrsche ich hier. Ich habe hier schon geherrscht, bevor meine Mutter mir ihre Geheimnisse und ihren großen Hausgeist Lasher anvertraute, und ich gedenke dieses Wesen zu erforschen, es zu nutzen und meine schon beträchtliche Kraft von ihm verstärken zu lassen. Das verstehen Sie sicher, Petyr van Abel, denn wir gleichen einander, Sie und ich, und das aus gutem Grunde. Sie sind stark, wie ich stark bin. Verstehen Sie also auch, daß ich diesen Geist inzwischen liebgewonnen habe – ich liebe ihn, hören Sie? Denn dieser Geist ist jetzt mein Wille!«

»Er hat deine Mutter getötet, schöne Tochter«, sagte ich da, und ich erinnerte sie an alles, was man über die Täuschungen des Übernatürlichen in Geschichten und Sagen zu berichten wußte, und an die Moral, die darin lag: Diese Sache kann die Vernunft nicht restlos erfassen, und durch Vernunft läßt sie sich nicht beherrschen.

»Meine Mutter hat dich durchschaut«, sagte sie traurig, und kopfschüttelnd bot sie mir Wein an, doch ich lehnte ab. »Ihr von der Talamasca seid genauso schlimm wie die Katholiken und die Calvinisten, wenn es darauf ankommt.«

»Nein«, widersprach ich. »Wir sind völlig anderer Art. Wir beziehen unser Wissen aus Beobachtung und Erfahrung! Wir sind neuzeitlich und gleichen den Chirurgen und Ärzten und Philosophen, nicht den Pfaffen!«

»Und das heißt?« fragte sie höhnisch.

»Das heißt, wir lernen aus dem, was wir beobachten! Das ist unsere Methode. Ich sage: Schau dieses Ding an, schau dir an, was es getan hat! Ich sage, es hat Deborah mit seinen Taschenspielereien vernichtet. Und es hat Suzanne vernichtet.«

Schweigen.

»Ah«, sagte sie dann. »Aber du gibst mir ja die Mittel, es noch besser zu studieren. Du sagst, ich soll es betrachten, wie ein Arzt es betrachten würde. Und fort mit den Beschwörungsformeln und dem ganzen Kram.«

»Ja. Deshalb bin ich hier.« Ich seufzte.

»Du bist um besserer Dinge willen hier«, sagte sie mit teuflischem, bezauberndem Lächeln. »Komm, laß uns Freunde sein. Trinke mit mir.«

»Ich möchte jetzt zu Bett gehen.«

Sie lachte entzückend. »Das möchte ich auch«, erwiderte sie. »Zur rechten Zeit.«

Und wieder hielt sie mir das Glas entgegen, und aus Höflichkeit nahm ich es und trank. Gleich kam die Trunkenheit zurück, als habe sie wie ein Geist in der Flasche gelauert. »Nichts mehr«, sagte ich.

»O doch – mein feinster Rotwein, du mußt ihn trinken.« Und wieder drängte sie mir das Glas auf.

»Also schön, also schön.« Ich trank.

Wußte ich da schon, Stefan, was geschehen würde? Spähte ich da schon über den Rand des Glases auf ihren frischen kleinen Mund, auf die strotzenden kleinen Arme?

»Oh, du süße, schöne Charlotte«, sagte ich. »Weißt du, wie sehr ich dich liebe? Wir haben von der Liebe gesprochen, aber ich habe dir nicht erzählt...«

»Ich weiß es«, flüsterte sie zärtlich. »Du mußt dich nicht aufregen, Petyr. Ich weiß es schon.« Sie erhob sich und nahm meinen Arm.

»Schau nur«, sagte ich, denn mir schien, als tanzten die Lichter jetzt in den Bäumen, tanzten wie Glühwürmchen, und es war, als seien die Bäume selbst lebendig und beobachteten uns, als steige der Nachthimmel höher und höher, als schwebten die mondbeschienenen Wolken jenseits der Sterne.

»Komm, Liebster«, sagte sie und zog mich die Treppe hinunter, denn ich sage Dir, Stefan, meine Glieder waren geschwächt vom Wein, und ich taumelte.

Unterdessen hatte leise Musik eingesetzt – wenn man es so nennen kann, denn sie bestand ganz aus afrikanischem Trommelklang und einem gespenstischen, traurigen Hörnerton, der mir in einem Augenblick gefiel und im nächsten zuwider war.

»Laß mich los, Charlotte«, sagte ich, denn sie zog mich auf die Klippen zu. »Ich möchte jetzt ins Bett.«

»Ja, das sollst du auch.«

»Warum gehen wir dann an die Klippen, Geliebte? Willst du mich hinunterstürzen?«

Sie lachte. »Du bist so hübsch, trotz deiner Schicklichkeit und deinen holländischen Manieren!« Sie tanzte vor mir, und ihr Haar wehte im Wind, eine geschmeidige Gestalt vor dem dunkel glitzernden Meer.

Ah, solche Schönheit. Schöner noch als meine Deborah. Ich senkte den Blick und sah seltsamerweise das Glas in meiner Linken, und sie füllte es von neuem, und ich war so durstig auf den Wein, daß ich ihn trank, als wäre es Bier.

Sie nahm mich wieder beim Arm und deutete einen steilen Pfad hinunter, der gefährlich dicht am Abgrund verlief, aber dahinter sah ich ein Dach und Licht und etwas, das aussah wie eine weißgekalkte Wand.

Sie legte den Arm um mich, damit ich nicht fiel; ihre Brüste drückten sich an mich, und ihre zarte Wange berührte meine Schulter.

»Die Musik gefällt mir nicht«, sagte ich. »Warum müssen sie sie spielen?«

»Oh, es macht sie glücklich. Die Pflanzer hier in der Gegend denken nicht hinreichend daran, sie glücklich zu machen. Täten sie es, würden sie mehr von ihnen bekommen – aber da sind wir schon wieder bei den Beobachtungen, nicht wahr? Komm schon, denn es erwarten dich große Freuden.«

»Freuden? Oh, aber mir liegt jetzt nichts an Freuden.« Meine Zunge war geschwollen, in meinem Kopf drehte sich alles, und ich konnte mich an die Musik einfach nicht gewöhnen.

»Was, um alles in der Welt, redest du da – dir liegt nichts an Freuden?« spottete sie. »Wie kann einem an Freuden nichts liegen?«

Wir waren bei dem kleinen Gebäude angelangt; im hellen Licht des Mondes sah ich jetzt, daß es ein Haus mit dem üblichen Teerdach war, unmittelbar an den Rand der Klippe gebaut. Das Licht, das ich gesehen hatte, fiel vorn heraus; aber eintreten konnten wir nur durch eine schwere Tür, die Charlotte von außen entriegelte.

Sie lachte immer noch über das, was ich gesagt hatte. Ich hielt sie fest.

»Was ist das – ein Gefängnis?«

»Dein Gefängnis ist dein Körper!« versetzte sie und schob mich durch die Tür.

Ich raffte mich auf und wollte wieder hinausgehen, doch andere hatten die Tür schon geschlossen und von außen verriegelt. Ich hörte es. Erbost und verwirrt schaute ich mich um.

Ein geräumiges Zimmer sah ich da, mit einem mächtigen, vierpfostigen Bett, gut genug für den König von England; zu beiden Seiten davon standen brennende Kerzen. Teppiche bedeckten den gefliesten Boden, und die Vorderfront des kleinen Hauses war offen; die Läden waren aufgeklappt, daß das Licht hinausfiel, aber ich sah bald, warum: Ging man nur zehn Schritte hinaus, gelangte man an eine Balustrade, und dahinter ging es tief hinunter zum Strand und zum heranrollenden Meer.

»Ich habe keine Lust, die Nacht hier zu verbringen«, sagte ich, »und wenn du mir keine Kutsche geben willst, dann gehe ich auch zu Fuß zurück nach Port-au-Prince.«

»Erkläre mir das: Dir liegt nichts an Freuden«, sagte sie sanft und zupfte an meinem Rock. »Bestimmt ist dir heiß in diesen elenden Kleidern. Tragen alle Holländer solche Kleider?«

»Sie sollen mit diesem Getrommel aufhören, ja?« sagte ich. »Ich kann dieses Geräusch nicht ertragen.« Es war, als dringe die Musik durch die Wände. Aber es war jetzt eine Melodie darin, und das war ein wenig beruhigend, auch wenn diese Melodie immer wieder ihre Widerhaken in mich schlug und mich im Geiste mitschleifte, so daß ich gegen meinen Willen im Kopf dazu tanzte.

Und irgendwie fügte es sich, daß ich jetzt auf der Bettkante saß und Charlotte mir das Hemd auszog. Auf einem Tisch, ein paar Schritte weit entfernt, stand ein Silbertablett mit Weinflaschen und feinen Gläsern, und Charlotte ging nun hinüber, schenkte ein Glas Rotwein ein und brachte es mir. Ich wollte es auf den Boden werfen, aber sie hielt mich fest und sah mir in die Augen.

»Petyr, trinke nur noch ein bißchen, damit du schläfst. Und wenn du gehen willst, kannst du gehen.«

»Du lügst«, sagte ich, und im nächsten Augenblick fühlte ich andere Hände auf mir, und andere Röcke streiften meine Beine. Zwei majestätische Mulattinnen waren von irgendwoher in das Gemach getreten, beide von exquisiter Schönheit und sinnenfroh anzusehen in ihren frischgebügelten Röcken und den Rüschenblusen, wie sie sich leichtfüßig durch den Nebel bewegten, der inzwischen alle meine Wahrnehmungen umhüllte. Sie klopften die Kissen auf und zupften die Moskitonetze über dem Bett zurecht. Dann zogen sie mir Stiefel und Hose aus.

»Charlotte, ich gestatte das nicht!« sagte ich, aber ich trank von dem Wein, als sie mir das Glas an den Mund hielt, und wieder überkam mich ein Gefühl der Ohnmacht. »Oh, Charlotte, warum das alles?«

»Sicher willst du doch die Freude beobachten«, flüsterte sie und streichelte mir dabei auf eine Weise übers Haar, die mich sehr beunruhigte. »Es ist durchaus mein Ernst. Höre auf mich. Du mußt mit der Freude experimentieren, um sicher zu sein, daß dir nichts daran liegt, wenn du weißt, was ich meine.«

»Das weiß ich nicht. Ich möchte gehen.«

»Nein, Petyr. Nicht jetzt.« Sie sprach mit mir wie mit einem Kind.

Sie kniete vor mir und schaute zu mir auf, und ihr Kleid schnürte ihre nackten Brüste so fest, daß ich sie befreien wollte. »Trinke noch etwas, Petyr«, sagte sie.

Ich schloß die Augen und verlor sofort mein Gleichgewicht. Die Musik der Trommeln und des Horns war langsamer und noch melodischer geworden, und sie ließ mich jetzt an Madrigale denken, obgleich sie natürlich viel wilder war. Lippen streiften meine Wangen, und als ich erschrocken die Augen aufschlug, sah ich, daß die Mulattinnen nackt waren und sich mir anboten – ich weiß nicht, wie ich ihre Gebärden sonst beschreiben soll.

In einiger Entfernung stand Charlotte, die Hand auf dem Tisch, regungslos wie ein Stilleben, doch inzwischen war mir alles ganz unfaßbar geworden. Einer Statue gleich stand sie vor dem mattblauen Himmel; die Kerzen flackerten im Wind, die Musik war kraftvoller denn je, und ich verlor mich in der Betrachtung der beiden nackten Frauen, ihrer großen Brüste und des dunklen Vlieses ihrer Scham.

Die eine küßte mich wieder; ihr Haar und ihre Haut streifte mich seidig, und diesmal öffnete ich den Mund.

Aber da, Stefan, war ich schon verloren.

Die beiden bedeckten mich mit ihren Küssen und legten mich in die Kissen, und da war kein Teil meiner Anatomie, der nicht ihre geschickten Aufmerksamkeiten genossen hätte, und meine Trunkenheit ließ jede ihrer Gebärden um so länger und köstlicher werden. Liebevoll und fröhlich wirkten sie, die beiden Frauen, so unschuldig, und die Seidenglätte ihrer Haut trieb mich zur Raserei.

Ich wußte, daß Charlotte das Geschehen beobachtete, doch das schien nicht länger von Bedeutung zu sein; wichtig war, die beiden Frauen zu küssen und sie überall zu berühren, wie sie mich berührten, denn der Trank, den ich getrunken hatte, beseitigte zweifellos alle Hemmungen und verlangsamte zugleich den natürlichen Rhythmus des Mannes unter solchen Umständen, denn mir schien, als hätte ich alle Zeit der Welt.

Es wurde dunkler im Zimmer, und die Musik klang sanfter. Ich entbrannte in immer größerer Leidenschaft, in immer köstlicheren Gefühlen, völlig verzehrt von Empfindungen der außergewöhnlichsten Sorte. Eine der Frauen, so reif und nachgiebig in meinen Armen, zeigte mir jetzt ein Band aus schwarzer Seide, und als ich noch rätselte, was es damit auf sich haben könnte, legte sie mir dieses Band über die Augen, und die andere verknotete es an meinem Hinterkopf.

Wie kann ich erklären, daß diese plötzliche Fessel die Flamme in mir noch weiter entfachte, daß ich, blind gleich dem Cupido, nun allen Anstand verlor, der mir noch geblieben war, als wir miteinander über das Bett rollten?

In dieser berauschenden Dunkelheit bestieg ich mein Opfer jetzt vollends, und sanft sanken meine Hände in Massen von Haar.

Ein Mund saugte an mir, und starke Arme zogen mich hinunter in ein wahres Feld von weichen Brüsten und Bäuchen und süß duftender weiblicher Haut, und als ich in meiner Leidenschaft aufschrie, eine verlorene Seele, die nicht mehr fragte, da wurde mir die Binde von den Augen gerissen, und im Zwielicht schaute ich hinunter und sah Charlottes Antlitz unter mir, mit sittsam geschlossenen Augen und offenem Mund, gerötet von einer Ekstase, die der meinen in nichts nachstand.

Es war niemand außer uns beiden in diesem Bett! Niemand, das sah ich, außer uns beiden in dem kleinen Haus!

Wie ein Wahnsinniger sprang ich auf und weg von ihr. Doch es war geschehen... Ich war draußen, am Rande der Klippe, als sie mich erreichte.

»Was willst du tun?« rief sie. »Ins Meer springen?«

Ich konnte nicht antworten; ich kannte nur einen Gedanken: Dies ist meine Tochter, meine Tochter! Was habe ich getan?

Und doch, als ich es wußte – meine Tochter – und es wiederholte – meine Tochter – und der Erkenntnis ins Auge blickte, da wandte ich mich ihr zu, packte sie und zog sie an mich. Wollte ich sie mit Küssen bestrafen? Wie konnten Wut und Leidenschaft so ineinander verschmelzen? Ich war nie Soldat in einer besiegten Stadt, aber sind sie dort derart entbrannt, wenn sie den schreienden Frauen die Kleider vom Leibe reißen?

Ich wußte nur, ich wollte sie zermalmen in meiner Lust. Und als sie den Kopf in den Nacken warf und stöhnte, da flüsterte ich: »Meine Tochter«, und ich vergrub mein Gesicht an ihren nackten Brüsten.

Es war, als hätte ich meine Leidenschaft noch nicht verströmt, so groß wurde sie da. Sie zerrte mich wieder ins Haus, denn ich hätte sie da draußen auf dem Boden genommen. Mein Ungestüm barg keinen Schrecken für sie. Sie zog mich auf das Bett, und niemals außer in jener Nacht in Amsterdam mit Deborah habe ich solche Erlösung erlebt. Nein, nicht einmal die Zärtlichkeit, die ich damals fühlte, hielt mich jetzt noch im Zaume.

»Du verderbte kleine Hexe!« schrie ich, und sie nahm es wie einen Kuß. Sie wand sich unter mir auf dem Bett, bäumte sich mir entgegen, als ich auf sie herabkam.

Und endlich fiel ich zurück in die Kissen. Ich wollte sterben und sie zugleich sofort noch einmal nehmen.

Noch zweimal nahm ich sie vor dem Morgengrauen, wenn ich nicht völlig den Verstand verloren hatte. Ich war so betrunken, daß ich kaum noch wußte, was ich tat – nur, daß alles, was ich mir bei einer Frau je gewünscht hatte, da war und ich es nur zu nehmen brauchte.

Ich weiß, daß ich kurz vor Tagesanbruch neben ihr lag und sie betrachtete, als wollte ich sie und ihre Schönheit ergründen, denn da schlief sie, und nichts geriet zwischen mich und meine Beobachtungen – ah ja, erbittert dachte ich an ihren Spott, doch tatsächlich, Stefan, es waren Beobachtungen – und ich glaube, in dieser Stunde lernte ich mehr über eine Frau als je zuvor in meinem ganzen Leben.

Wie liebreizend in seiner Jugend war ihr Körper, wie fest und süß ihre jungen Gliedmaßen und ihre frische Haut. Ich wollte nicht, daß sie erwachte und mich mit den weisen, verschlagenen Augen Charlottes anschaute. Ich wollte weinen, weil all das geschehen war.

Ich glaube, sie erwachte dann, und wir sprachen eine Weile miteinander, doch ich erinnere mich besser an das, was ich sah, als an das, was wir sagten.

Und wieder flößte sie mir ihren Trank ein, ihr Gift, und sie hatte der Mixtur noch größere Verlockungen beigemengt, denn sie erschien mir jetzt tieftraurig und erpichter denn je auf meine Gedanken. So saß sie da, umflossen von ihrem goldenen Haar wie die Lady Godiva der Engländer, und wunderte sich wieder, daß ich Lasher im Steinkreise zu Donnelaith gesehen hatte.

Und jetzt, Stefan, schien der Trank mir vorzugaukeln, daß ich dort sei! Denn ich hörte wieder das Knarren des Karrens, und ich sah meine kostbare kleine Deborah und in der Ferne die schmale Gestalt des dunklen Mannes.

»Ah, aber verstehst du: Deborah war es, die ihn sehen sollte«, hörte ich mich erklären, »und daß ich ihn sah, beweist nur, daß jeder ihn hätte sehen können, daß er auf irgendeine mysteriöse Weise physische Gestalt angenommen hatte.«

»Ja, und wie sollte er das getan haben?«

Und wieder zog ich aus dem Archiv meines Kopfes die Lehren der Alten. »Wenn dieses Wesen Juwelen für dich sammeln kann...«

»...was er tut...«

»...dann kann es auch winzige Partikel zusammenziehen, die ihm menschliche Gestalt verleihen.«

Und im Handumdrehen fand ich mich in Amsterdam im Bett mit meiner Deborah, und alles, was sie in jener Nacht zu mir gesagt hatte, wurde nochmals gesprochen, als stände ich mit ihr hier in diesem Zimmer. Und alles erzählte ich sodann meiner Tochter, der Hexe in meinen Armen, die mir Wein einschenkte und die ich tausendmal nehmen wollte, ehe ich Erlösung fände.

»Aber wenn du weißt, daß ich dein Vater bin, warum hast du dieses dann getan?« fragte ich und wollte gleichzeitig ihre Wange küssen.

Sie schob mich von sich, wie sie ihr Kind von sich schieben mochte. »Ich brauche deine Größe und deine Kraft, Vater. Ich brauche ein Kind von dir – einen Sohn, der Antoines Krankheit nicht erbt, oder eine Tochter, die Lasher sehen wird, denn Lasher wird sich einem Mann nicht zeigen.« Sie überlegte einen Augenblick und sagte dann: »Und du, siehst du, bist nicht bloß ein Mann für mich, sondern ein Mann, der mir durch mein Blut verbunden ist.«

Es war also alles geplant gewesen.

»Aber es steckt mehr dahinter«, fuhr sie fort. »Weißt du, was es für mich bedeutet, mich von den Armen eines echten Mannes umschlungen zu fühlen? Einen echten Mann auf mir zu haben? Und warum sollte es nicht mein Vater sein, wenn mein Vater der angenehmste aller Männer ist, die ich je gesehen habe?«

Sicher vergoß ich Tränen, denn ich erinnere mich, daß sie mich tröstete und wie anrührend ihre Besorgnis war. Und dann klammerte sie sich doch an mich, schmiegte sich wie ein Kind an meine Seite und sagte, nun wüßten wir beide Dinge, die niemand außer Deborah je gewußt habe, und Deborah sei nun tot. Und sie weinte. Sie weinte um Deborah.

»Als er zu mir kam und mir sagte, sie sei tot, da weinte und weinte ich. Ich konnte nicht aufhören zu weinen. Und sie schlugen an die Türen und riefen: ›Charlotte, komm heraus.‹ Bis zu diesem Augenblick hatte ich ihn nie gesehen und nie von ihm gehört. Meine Mutter hatte gesagt: ›Lege die Smaragdkette an; in ihrem Licht wird er dich finden.‹ Aber er brauchte dieses Ding gar nicht. Das weiß ich jetzt. Ich lag allein im Dunkeln, als er zu mir kam. Bis zu diesem Augenblick glaubte ich nicht an ihn! Ich hatte die kleine Puppe in den Händen – die Puppe, die aus Knochen und Haaren von Suzanne gemacht ist, sagte meine Mutter: Lasher habe ihr die Haare gebracht, als man sie Suzanne im Kerker abgeschnitten hatte, und die Knochen, nachdem sie verbrannt worden war.«

»In Montcleve haben sie mir diese Puppe beschrieben.«

»Ja, und ich hatte sie, und ich hatte getan, was sie mir aufgetragen hatte. Aber Suzanne kam nicht zu mir! Ich hörte nichts, ich fühlte nichts, und ich wunderte mich über all die Dinge, an die meine Mutter geglaubt hatte.

Und dann kam er, sage ich dir. Ich fühlte, wie er in der Dunkelheit kam. Ich fühlte seine Liebkosung.«

»Wieso seine Liebkosung?«

»Er berührte mich, wie du mich berührt hast. Ich lag im Dunkeln, und da waren Lippen auf meinen Brüsten. Lippen auf meinen Lippen. Zwischen den Beinen streichelte er mich. Ich setzte mich auf und dachte: Ah, es war ein Traum, ein Traum aus der Zeit, da Antoine noch ein Mann war. Aber *er war da*! ›Du brauchst Antoine nicht‹, sagte er. ›Meine schöne Charlotte.‹ Und da erst, siehst du, da erst legte ich den Smaragd an. Ich legte ihn an, wie sie es mir aufgetragen hatte.«

»Und er hat dir erzählt, daß sie tot war?«

»Ja. Daß sie vom Dach der Kathedrale gefallen war und daß du den bösen Priester in den Tod gestoßen hattest. Ah, aber er spricht höchst seltsam. Du kannst dir nicht vorstellen, wie seltsam seine Worte waren. Als hätte er sie überall auf der Welt aufgelesen, wie er Gold und Edelsteine aufliest, hier ein bißchen, da ein bißchen.«

»Erzähl mir davon«, sagte ich.

Sie überlegte. »Ich kann es nicht«, sagte sie dann seufzend. Schließlich versuchte sie es doch, und ich will mein Möglichstes tun, es hier wiederzugeben. »›Ich bin hier, Charlotte, ich bin Lasher, und ich bin hier. Deborahs Geist verließ ihren Körper und fuhr empor; er hat mich nicht gesehen; er hat die Erde verlassen. Ihre Feinde rannten nach links und nach rechts und wieder nach links vor Angst. Sieh mich, Charlotte, und höre mich, denn ich existiere, um dir zu dienen, und nur indem ich dir diene, existiere ich.‹« Sie seufzte wieder. »Aber noch seltsamer klingt es, wenn er mir eine lange Geschichte erzählt.«

»Und wie kam er in die Nähe der Steine von Donnelaith?« fragte ich. »Denn dort rief Suzanne ihn das erstemal, nicht wahr?«

»Er war nirgendwo, als sie ihn rief. Er kam ins Dasein durch ihren Ruf. Das heißt, er hat keine Kenntnis von sich vor dieser Zeit. Seine Kenntnis von sich beginnt mit ihrer Kenntnis von ihm, und sie wird stärker mit der meinen.«

»Ah, aber das könnte Schmeichelei sein, weißt du«, gab ich zu bedenken.

»Du sprichst von ihm, als habe er kein Gefühl. Aber das ist falsch. Ich sage dir, ich habe ihn weinen hören.«

»Weshalb? Sage mir das.«

»Über den Tod meiner Mutter. Hätte sie es zugelassen, dann hätte er alle Bewohner von Montcleve vernichten können. Unschuldige wie Schuldige wären bestraft worden. Aber für meine Mutter war so etwas unvorstellbar. Meine Mutter suchte nur Erlösung, als sie sich von der Kathedralenmauer stürzte. Wäre sie stärker gewesen ...«

»Und du bist stärker.«

»Seine Macht zur Zerstörung zu benutzen, das taugt nichts.«

»Ja. Insofern bist du weise, das muß ich gestehen.«

Ich grübelte über all das nach und versuchte mir einzuprägen, was gesprochen wurde, und ich glaube, es gelang mir auch. Vielleicht wußte sie es, denn als nächstes sagte sie traurig zu mir:

»Ach, wie kann ich dich von hier fortgehen lassen, da du dieses alles über ihn und mich weißt?«

»Du willst mich also töten?« fragte ich.

Sie weinte und wandte das Gesicht ins Kissen. »Bleib bei mir«, sagte sie. »Meine Mutter hat dich darum gebeten, und du hast sie abgewiesen. Bleib bei mir. Von dir könnte ich starke Kinder bekommen.«

»Ich bin dein Vater. Du bist wahnsinnig, dies von mir zu verlangen!«

»Was macht das schon!« rief sie. »Ringsumher ist nichts als Dunkelheit und Geheimnis. Was macht es da schon?« Und ihre Stimme erfüllte mich mit Trauer.

Vor dem Morgengrauen erwachte ich.

Der Morgenhimmel füllte sich mit dicken, rosig überhauchten Wolken, und das Donnern des Meeres klang wunderbar in meinen Ohren. Charlotte war nirgends zu sehen. Ich bemerkte, daß die Tür nach draußen geschlossen war, und ich wußte, ohne es erst zu probieren, daß sie von außen verriegelt war. Die kleinen Fenster in den Wänden zu beiden Seiten waren so winzig, daß nicht einmal ein Kind hätte hindurchschlüpfen können. Lamellenläden bedeckten sie jetzt, durch die der Wind sang, und die kleine Kammer war von frischer Seeluft erfüllt.

Benommen starrte ich hinaus ins erstrahlende Licht. Ich wollte heim nach Amsterdam, doch ich fühlte mich unrettbar besudelt. Und als ich versuchte, mich aufzuraffen und das kranke Gefühl in meinem Kopf und meinem Bauch zu ignorieren, da sah ich eine geisterhafte Gestalt zur Linken der Tür in einer halbdunklen Ecke des Zimmers.

Lange Zeit betrachtete ich sie und fragte mich, ob es nicht eine Halluzination sein könnte, hervorgerufen durch die Droge, die ich zu mir genommen hatte, oder einfach nur ein Spiel von Licht und Schatten. Aber das war es nicht. Wie ein Mann sah es aus, groß und dunkelhaarig, der auf mich herabstarrte, wie ich da lag, und der anscheinend sprechen wollte.

»Lasher«, flüsterte ich.

»Du Tor von einem Mann, daß du herkommen mußtest«, sagte das Wesen. Aber seine Lippen bewegten sich nicht, und ich hörte seine Stimme nicht durch meine Ohren. »Tor, der du wiederum versuchen mußtest, dich zwischen mich und die Hexe, die ich liebe, zu drängen.«

»Und was hast du mit meiner kostbaren Deborah getan?«

»Du weißt es, und du weißt es doch nicht.«

Ich lachte. »Sollte ich mich geehrt fühlen, daß du dein Urteil über mich fällst?« Ich setzte mich im Bett auf. »Zeige dich klarer«, forderte ich ihn auf.

Und vor meinen Augen nahm seine Gestalt Form an und wurde lebendiger, und ich sah die Züge eines unverwechselbaren Mannes mit schmaler Nase und dunklem Auge, in derselben Kleidung, in der ich ihn Jahre zuvor einen winzigen Augenblick lang in Schottland gesehen hatte: einem Lederwams, grobgeschnittenen Reithosen und einem schlichten Hemd mit weiten Ärmeln.

»Wer bist du, Geist?« fragte ich. »Sag mir deinen wahren Namen, nicht den Namen, den meine Deborah dir gegeben hat!«

Ein schrecklicher, bitterer Ausdruck kam über sein Gesicht – oder nein: es war nur, daß die Illusion zu zerfallen begann, und in der Luft schwebte ein Klagelaut, ein furchtbares, lautloses Weinen. Und was immer da war, schwand dahin.

»Komm zurück, Geist!« rief ich. »Oder, besser: Wenn du Charlotte liebst, hebe dich fort! Kehre zurück in das Chaos, aus dem du gekommen bist, und laß meine Charlotte in Frieden!«

Ich hätte schwören können, daß das Wesen wispernd noch einmal sprach. »Ich bin geduldig, Petyr van Abel. Ich sehe sehr weit. Ich werde den Wein des Weibes trinken, ihr Fleisch essen, ihre Wärme kennen, wenn nicht einmal deine Knochen mehr da sind.«

»Komm zurück!« rief ich. »Sage mir, was das alles bedeuten soll, Lasher. Ich habe dich gesehen, so deutlich wie die Hexe dich sieht, und ich kann dich stark machen.«

Aber es herrschte Schweigen. Ich fiel auf das Kissen zurück und wußte, daß dies der stärkste Geist war, den ich je wahrgenommen hatte. Keiner war je stärker und deutlicher sichtbar gewesen. Und die Worte, die der Dämon zu mir gesprochen hatte, hatten nichts zu tun mit dem Willen der Hexe.

Ach, hätte ich doch nur meine Bücher bei mir gehabt.

Wieder sehe ich vor meinem geistigen Auge den Steinkreis zu Donnelaith. Ich sage dir, es gibt keinen Grund dafür, daß der Geist von dieser Stelle kam! Das ist kein gemeiner Dämon, kein Hausgeist, kein Ariel, der bereitsteht, sich Prosperos Stab zu beugen! So fieberhaft war mir schließlich zumute, daß ich wieder von dem Wein trank, um die Pein zu lindern.

Doch damit, Stefan, kennst du nur den ersten Tag meiner Gefangenschaft und meines Jammers.

Wie gut sollte ich dies kleine Haus kennenlernen. Wie vertraut sollten mir die steilen Wände werden, wo kein Pfad zum Strand hinunter führte. Selbst wenn ich ein Seemannstau gehabt hätte, das ich um die Balustrade hätte schlingen können – dieser schreckliche Abstieg wäre mir nicht geglückt.

Aber ich will mit meiner Erzählung fortfahren.

Es war wohl Mittag, als Charlotte zu mir kam, und als ich die Mulattenmädchen mit ihr eintreten sah, wußte ich, daß sie nicht meiner Phantasie entsprungen waren, und ich sah mit eisigem Schweigen zu, wie sie frische Blumen im Zimmer verteilten. Sie hatten mein Hemd gewaschen und gebügelt und brachten mir auch andere Kleidung aus leichterem Stoff mit, wie man sie in diesen Gegenden bevorzugt. Und einen großen Zuber schleppten sie herbei; wie ein Boot schoben sie ihn über den Sandboden, wobei zwei muskulöse Sklaven sie bewachten, falls ich zur Tür hinausspringen sollte.

Sie füllten den Zuber mit heißem Wasser und meinten, ich könne nun baden, wann immer ich wolle.

Ich tat es – in der Hoffnung, meine Sünden abwaschen zu können, nehme ich an –, und als ich gewaschen und bekleidet war und man mir den Bart getrimmt hatte, setzte ich mich und aß, was sie mir gebracht hatten, ohne Charlotte anzusehen, die allein zurückgeblieben war.

Schließlich schob ich meinen Teller beiseite. »Wie lange gedenkst du mich hier festzuhalten?«

»Bis ich ein Kind von dir empfangen habe«, antwortete sie. »Und dafür gibt es vielleicht schon sehr bald Anzeichen.«

»Nun, deine Chance hast du gehabt«, sagte ich, doch noch während ich die Worte sprach, fühlte ich die Lust der vergangenen Nacht wieder, und ich sah mich selbst wie in einem Traum, wie ich ihr den hübschen Seidenkittel vom Leibe riß und ihre Brüste entblößte.

Sie wußte es. Kein Zweifel, sie wußte es. Sie kam zu mir und setzte sich auf meinen Schoß und sah mir in die Augen. Eine so zarte, leichte Last, fürwahr. »Zerreiße die Seide, wenn du magst«, sagte sie. »Du kannst nicht hinaus. Also tu, was du tun kannst in deinem Gefängnis.«

Ich packte sie bei der Kehle. Sogleich wurde ich rückwärts zu Boden geschleudert. Der Stuhl kippte um. Aber es war nicht sie gewesen, die das getan hatte; sie war nur zur Seite gesprungen, um nicht verletzt zu werden.

»Ah, er ist also hier«, sagte ich und seufzte. Ich konnte ihn nicht sehen, doch dann wieder vermochte ich es doch, als er sich wie ein Gewitter unmittelbar über mir zusammenzog. Dann zerstreute er sich wieder; die wolkige Wesenheit über mir wurde immer dünner und verschwand bald ganz. »Zeige dich als Mann, wie du es heute morgen getan hast«, sagte ich. »Sprich mit mir, wie du es heute morgen getan hast, du kleiner Feigling, kleiner Geist!«

Alles Silber im Zimmer begann zu klappern. Das Moskitonetz geriet in Wallung. Ich lachte. »Dummer kleiner Teufel.« Ich stand auf und klopfte meine Kleidung ab. Das Ding schlug mich, aber ich konnte die Stuhllehne ergreifen. »Mieser kleiner Teufel«, sagte ich. »Und so feige.«

Staunend beobachtete sie dies alles. Ich wußte ihren Gesichtsausdruck nicht zu deuten – war es Argwohn oder Angst? Dann flüsterte sie etwas, und ich sah, wie die Gardine vor dem Fenster zu wehen begann, als fliege das Ding dort hinaus. Wir waren allein.

»Fordere ihn nicht noch einmal heraus«, sagte sie furchtsam, und ihre Unterlippe bebte. »Ich will nicht, daß er dich verletzt.«

»Ach – kann die mächtige Hexe ihn denn nicht zurückhalten?«

Verloren sah sie aus, wie sie sich an den Bettpfosten klammerte und den Kopf hängen ließ. Und so bezaubernd! So verführerisch! Sie brauchte keine Hexe zu sein, um mich zu behexen.

»Du willst mich doch«, sagte sie. »Nimm mich. Und ich werde dir etwas sagen, das dein Blut besser erwärmt als irgendeine Droge, die ich dir geben kann.« Sie blickte auf, und ihre Lippe zitterte, als möchte sie gleich anfangen zu weinen.

»Was wäre das?« fragte ich.

»Daß ich dich will«, sagte sie. »Ich finde dich schön. Ich sehne mich schmerzlich nach dir, wenn ich neben Antoine liege.«

»Dein Pech, Tochter«, sagte ich kalt. Was für eine Lüge!

Einen Augenblick lang sagte sie nichts; dann kam sie zu mir und begann von neuem mit ihren Verführungen – mit zarten, töchterlichen Küssen zunächst, doch dann griff ihre Hand suchend nach mir, und ihre Küsse wurden inbrünstiger. Und ich war so töricht wie zuvor.

Nur mein Zorn verhinderte, daß es geschah. Ich wehrte mich. »Gefällt es deinem Geist?« fragte ich und schaute ringsum ins Leere. »Daß du dich von mir berühren läßt, wenn er dich berühren möchte?«

»Spiele nicht mit ihm!« sagte sie furchtsam.

»Ah, er mag dich noch so oft berühren, liebkosen, küssen: Schwängern kann er dich nicht, wie? Er ist nicht der Inkubus aus den Dämonologien, der den schlafenden Männern den Samen stehlen kann. Und so läßt er mich leben, bis ich dir ein Kind gezeugt habe.«

»Er wird dir nichts tun, Petyr, denn ich werde es nicht erlauben. Ich habe es ihm verboten!«

»Behalte diesen Gedanken im Kopf, liebe Tochter, denn er kann deine Gedanken lesen, vergiß das nicht. Vielleicht sagt er dir, daß er tut, was du willst, aber in Wirklichkeit tut er, was er selbst will. Heute morgen ist er zu mir gekommen; er hat mich verspottet.«

»Belüge mich nicht, Petyr.«

»Ich lüge nie, Charlotte. Er war hier.« Und ich beschrieb die ganze Erscheinung und gab auch seine seltsamen Reden wieder. »Nun, was kann das bedeuten, meine Hübsche? Glaubst du, er hat keinen eigenen Willen? Du bist eine Närrin, Charlotte. Schlafe mit ihm statt mit mir!« Ich lachte sie an, und als ich den Schmerz in ihren Augen sah, lachte ich noch mehr. »Das würde ich gern sehen: dich und deinen Dämon. Leg dich nur dort hin und rufe ihn gleich her!«

Sie schlug mich. Ich lachte nur noch mehr; das Brennen auf meiner Wange war plötzlich ein süßes Gefühl, und sie schlug mich wieder und wieder, und da hatte ich, was ich wollte: die Wut, die mir half, sie bei den Handgelenken zu packen und auf das Bett zu schleudern. Und dann riß ich ihr das Kleid herunter und die Bänder aus dem Haar, und ebenso rauh beseitigte sie die feinen Kleider, die ihre Zofen mir angelegt hatten, und dann waren wir zusammen, so hitzig wie beim erstenmal.

Dreimal geschah es schließlich, und als ich im Halbschlaf lag, verließ sie mich still, und nur das Tosen des Meeres leistete mir Gesellschaft.

Am Spätnachmittag wußte ich, daß ich das Haus wirklich nicht verlassen konnte. Ich hatte versucht, die Tür einzuschlagen, hatte es sogar mit dem einzigen vorhandenen Stuhl versucht. Ich hatte versucht, von der Veranda aus um die Ecke der Wand zu klettern. Ich hatte versucht, mich durch die kleinen Fenster zu winden. Alles vergebens. Dieses Haus war mit Umsicht zum Gefängnis gemacht worden. Sogar auf das Dach versuchte ich zu gelangen, doch auch daran hatte man gedacht und es klug verhindert.

Und als die Sonne im Meer versank, saß ich auf der Veranda und sah ihr dabei zu; ich trank Wein und betrachtete die dunkelblauen Wellen, die sich weiß schäumend auf dem sauberen Strand dort unten brachen.

Nicht einmal während meiner ganzen Gefangenschaft betrat irgendein Mensch diesen Strand. Ich vermute, daß man ihn überhaupt nur vom Meer aus erreichen kann. Und wer ihn erreicht hätte, wäre dort gestorben, denn es gab, wie gesagt, keinen Weg an der Steilwand herauf.

Aber der Anblick war wunderschön. Und während ich immer betrunkener wurde, versank ich in der Betrachtung des Meers und des Lichtes und ihrer sich ständig wandelnden Farben.

Ich weiß nicht, wann ich einschlief oder wie spät es war, als ich erwachte und sah, daß Charlotte gekommen war und drinnen bei der Kerze saß. Ich richtete mich auf, um mir noch ein Glas Wein einzuschenken, denn inzwischen war ich ganz vom Trunke erfaßt und bekam binnen weniger Minuten nach dem letzten Schluck einen unerträglichen Durst.

Ich redete sie nicht an, aber die Schönheit, die sie für mich besaß, machte mir angst, und ebenso der Umstand, daß mein ganzer Körper bei ihrem Anblick sogleich in rasende Erregung geriet und nach ihr verlangte; und ich erwartete, daß das alte Spiel von vorn beginnen werde. Und nie werde ich den Ausdruck in ihrem Antlitz vergessen, als sie mich ansah und in mein Herz schaute.

Ich ging zu ihr, und sie kam zu mir. Und diese Zuneigung demütigte uns beide.

Schließlich, als wir es wieder hinter uns hatten und ruhig dasaßen, da begann sie zu sprechen.

»Es gibt keine Gesetze für mich«, sagte sie. »Männer und Frauen sind nicht bloß mit Schwächen geschlagen. Manche sind es auch mit Tugenden. Und meine Tugend ist die Stärke. Ich kann die Menschen in meiner Umgebung beherrschen. Ich beherrsche meinen Ehemann, und ich habe es von Anfang an getan. Ich regiere im Hause, und ich tue es mit solchem Geschick, daß die anderen Pflanzer es bemerken und zu mir kommen, um sich Rat zu holen. Man könnte sagen, ich beherrsche die Gemeinde, denn reicher als ich ist kein Pflanzer weit und breit, und vielleicht könnte ich die Kolonie beherrschen, wenn ich es wollte. Ich war schon immer so stark, und ich sehe, du bist es auch. Es ist deine Stärke, die dich befähigt, aller staatlichen und kirchlichen Autorität zu trotzen, mit einem Haufen Lügen durch Dörfer und Städte geritten zu kommen und an das zu glauben, was du tust. Du unterwirfst dich nur einer Autorität auf Erden, und das ist die Talamasca; aber nicht einmal ihr gegenüber ist deine Unterwerfung vollständig.«

Darüber hatte ich noch nie nachgedacht, aber es stimmte. Das sagte ich ihr indessen nicht. Ich trank meinen Wein und schaute hinaus über das Meer. Der Mond war aufgegangen und tauchte eine breite Bahn auf dem Wasser in helles Licht. Verwundert dachte ich, daß ich in meinem Leben so wenig Zeit damit verbracht hatte, das Meer zu betrachten.

Sie sprach weiter mit mir. »Ich bin genau dahin gekommen, wo meine Stärke am besten eingesetzt werden kann«, sagte sie. »Und ich will viele Kinder bekommen, bevor Antoine stirbt. Viele will ich! Wenn du als mein Liebhaber bei mir bleibst, wird es nichts geben, was du nicht haben kannst.«

»Sprich nicht so. Du weißt, es kann nicht sein.«

»Bedenke es nur. Stelle es dir vor. Du lernst durch Beobachtung. Nun, was hast du durch deine Beobachtung der Dinge hier gelernt? Ich könnte dir auf meinem Land ein Haus bauen, mit einer Bibliothek so groß, wie du sie haben willst. Du könntest deine Freunde aus Europa hier empfangen. Du könntest haben, was du willst.«

»Ich brauche mehr als das, was du mir da bietest«, versetzte ich. »Selbst wenn ich einmal außer acht lassen könnte, daß du meine Tochter bist und daß wir außerhalb der Gesetze der Natur stehen mit dem, was wir tun.«

»Welcher Gesetze denn?« höhnte sie.

»Laß mich ausreden, und ich werde es dir sagen«, erklärte ich. »Ich brauche mehr als die Freuden des Fleisches, ja, mehr sogar als die Schönheit des Meeres und mehr als die Erfüllung eines jeden Wunsches. Ich brauche mehr als Geld.«

»Warum?«

»Weil ich Angst vor dem Tod habe«, sagte ich. »Ich glaube nichts, und deshalb muß ich, wie viele, die nichts glauben, mir etwas suchen, und dieses Etwas ist der Sinn, den ich meinem Leben gebe. Die Errettung der Hexen, das Studium des Übernatürlichen – das sind dauerhafte Freuden für mich; sie lassen mich vergessen, daß ich nicht weiß, warum wir geboren werden oder warum wir sterben oder warum es die Welt gibt. Wäre mein Vater nicht gestorben, wäre ich wohl Arzt geworden; ich hätte die Wirkungsweise des Körpers erforscht und wunderbare Zeichnungen von meinen Studien angefertigt, wie er es tat. Und hätte die Talamasca mich nach dem Tod meines Vaters nicht gefunden, wäre ich vielleicht Maler geworden, denn ein solcher bringt Welten von Sinn auf die Leinwand. Aber dies alles kann ich nicht mehr sein, weil ich es nicht gelernt habe und weil es zum Lernen jetzt zu spät ist; deshalb muß ich nach Europa zurückkehren und tun, was ich immer getan habe. Ich muß. Ich habe in dieser Frage keine Wahl. Ich würde dem Wahnsinn verfallen an diesem wilden Ort. Ich würde dich bald mehr hassen, als ich es jetzt schon tue.«

Diese Worte fesselten sie sehr, wenngleich sie sie auch verletzten und enttäuschten. Ihr Gesicht nahm einen Ausdruck von sanfter Tragik an, als sie mich betrachtete, und nie fühlte ich größere Zuneigung zu ihr als in diesem Augenblick.

»Sprich mit mir«, bat sie. »Erzähle mir dein ganzes Leben.«

»Das will ich nicht!«

»Warum nicht?«

»Weil du es willst, und weil du mich gegen meinen Willen festhältst.«

Wieder dachte sie schweigend nach, und in ihrer Trauer waren ihre Augen wiederum wunderschön.

»Du bist doch hergekommen, um mich umzustimmen und mich zu lehren, nicht wahr?«

Ich lächelte, denn das stimmte. »Also gut, Tochter. Ich werde dir alles sagen, was ich weiß. Wird das seine Wirkung tun?«

Und von diesem Augenblick an, mit meinem zweiten Tag in der Gefangenschaft, war alles anders – anders bis zu jener Stunde viele Tage später, da ich frei war. Ich wußte es noch nicht, aber es war anders.

Denn von da an wehrte ich mich nicht mehr gegen sie. Ich wehrte mich nicht mehr gegen meine Liebe zu ihr und gegen meine Lust nach ihr, die sich nicht immer mischten, aber immer sehr lebendig waren.

Was immer in den folgenden Tagen geschah, wir sprachen stundenlang miteinander, ich in meiner Trunkenheit, sie mit pointierter Nüchternheit, und die ganze Geschichte meines Lebens kam zum Vorschein, damit sie sie untersuchen und erörtern konnte, und überdies auch viel von dem, was ich über die Welt wußte.

Da kam es mir so vor, als bestehe mein Leben aus nichts als Trunkenheit, den Liebesspielen und den Gesprächen mit ihr – und aus jenen langen Perioden, die ich in verträumter Betrachtung des sich wandelnden Meeres verbrachte.

Unterdessen ließ sie feine Kleider für mich machen, und ihre Zofen mußten mich jeden Tag ankleiden, obgleich ich diesen Dingen inzwischen gleichgültig gegenüberstand, und in ähnlicher Gleichgültigkeit ließ ich mir von ihnen die Nägel schneiden und das Haar stutzen.

Das erregte meinen Argwohn nicht; es waren ihre regelmäßigen, sorgfältigen Aufmerksamkeiten, und ich hatte mich an sie gewöhnt, aber dann zeigte sie mir eine Stoffpuppe, gemacht aus dem Hemd, das ich am Tag meiner Ankunft getragen hatte, und sie erklärte mir, daß in etlichen Knoten daran meine Fingernägel steckten und daß die Haare am Kopf der Puppe Haare von meinem Kopf seien.

Ich war in diesem Augenblick besinnungslos betrunken, wie sie es zweifellos geplant hatte. Und schweigend sah ich zu, wie sie meinen Finger mit ihrem Messer aufritzte und mein Blut auf den Körper dieser Puppe fallen ließ. Ja, sie tränkte das ganze Ding damit, bis sie eine rote Puppe mit blonden Haaren hatte.

»Was gedenkst du mit diesem greulichen Ding zu tun?« fragte ich sie.

»Du weißt, was ich zu tun gedenke«, antwortete sie.

»Ah, dann steht mein Tod also fest.«

»Petyr«, sagte sie in ganz flehentlichem Ton, und die Tränen sprangen ihr aus den Augen. »Es wird vielleicht noch Jahre dauern, bis du stirbst, aber diese Puppe gibt mir Macht.«

Ich sagte nichts. Als sie gegangen war, wandte ich mich dem Rum zu, der die ganze Zeit für mich bereitgestanden hatte und der natürlich viel stärker war als der Wein, und damit trank ich mich in gräßliche Träume.

Aber tief in der Nacht rief dieses kleine Erlebnis mit der Puppe ein mächtiges Grauen in mir wach, und so begab ich mich wiederum an meinen Tisch, griff zur Feder und schrieb für sie nieder, was ich über Dämonen wußte – diesmal nicht in der Hoffnung, sie zu warnen, sondern vielmehr, um sie anzuleiten.

Ich dachte, sie müsse wissen, daß der ganze Dämonenglaube von einer gewissen Folgerichtigkeit sei, denn wir wissen ja, daß Dämonen durch unseren Glauben an sie gestärkt werden. Also können sie natürlich für diejenigen, die sie anrufen, göttergleich werden; wenn aber ihre Anbeter besiegt und vernichtet sind, sinken auch die Dämonen wieder zurück ins Chaos oder werden zu geringen Wesen, die nur dann und wann auf den gelegentlichen Ruf eines Magiers antworten.

Und ich schrieb weiter über die Macht der Dämonen. Daß sie Illusionen für uns schaffen können, daß sie in Menschenkörper eindringen und von ihnen förmlich Besitz ergreifen können. Daß sie Gegenstände bewegen können, und daß sie uns erscheinen können, wenngleich wir nicht wissen, woher sie den Stoff ihres Körpers beziehen.

Was Lasher anging, so war es meine Überzeugung, daß sein Körper aus Materie bestand, die durch seine eigene Kraft zusammengehalten wurde, aber daß er dies nur für kurze Zeit vermochte.

Ich beschrieb, wie der Dämon mir erschienen war, welche seltsamen Reden er geführt hatte und wie ich über seinen Worten gegrübelt hatte. Ich erklärte, sie müsse sich dessen bewußt sein, daß dieses Ding leicht der Geist eines längst verstorbenen Menschen sein könne – an die Erde gefesselt und voller Rachsucht. Die Alten glaubten ja ohne Ausnahme, daß die Geister derer, die schon in der Jugend oder durch Gewalt starben, nach Vergeltung lechzende Dämonen werden könnten, während die Geister der Guten diese Welt verlassen.

Was immer ich sonst noch schrieb – es war eine Menge –, weiß ich nicht mehr, denn ich war völlig der Trunkenheit anheimgefallen; vielleicht war das, was ich ihr am nächsten Tag in die zarten Hände legte, nur ein klägliches Gekritzel. Doch vieles versuchte ich ihr ungeachtet ihrer Proteste zu erklären, wenngleich sie behauptete, ich hätte das alles schon gesagt.

Was Lashers Worte betraf, die seltsame Weissagung, die er mir an jenem Morgen gemacht hatte, so lächelte sie darüber nur, und wann immer ich darauf zu sprechen kam, sagte sie, Lasher beziehe seine Rede in Fragmenten von uns, und so sei vieles von dem, was er sage, ohne Sinn.

»Das stimmt nur teilweise«, warnte ich sie. »Das Sprechen ist ihm ungewohnt, das Denken aber durchaus nicht. Da liegt dein Irrtum.«

Die Tage vergingen, und mehr und mehr überließ ich mich dem Rum und dem Schlaf. Die Augen öffnete ich bald nur noch, um zu sehen, ob sie da war. Und just wenn ihre Abwesenheit mich zur Raserei getrieben hatte, ja, wenn ich bereit war, sie in meiner Wut zu verprügeln, pflegte sie unfehlbar zu erscheinen. Wunderschön, nachgiebig, sanft in meinen Armen, die Verkörperung aller Poesie, das Gesicht, das ich unausgesetzt malen würde, wäre ich ein Rembrandt, der Leib, den der Sukkubus annehmen müßte, um mich ganz und gar für den Teufel zu gewinnen.

All mein Verlangen wurde in jeder Hinsicht gestillt, und doch lechzte ich stets nach mehr. Dann und wann kroch ich aus dem Bett und betrachtete das Meer. Und oft wachte ich auf und studierte das Fallen des Regens.

Viele Gedanken kamen mir in den Sinn, Stefan, Gedanken, genährt von der Einsamkeit und der Wärme und dem Gesang der Vögel in der Ferne und der frischen, süßen Luft der Wellen, die unten am Strand leise rauschten.

In meinem kleinen Gefängnis begriff ich, was ich in meinem Leben vertan hatte, aber es ist so schlicht und traurig, wenn man es in Worte faßt. Manchmal sah ich mich selbst als wahnsinnigen Lear auf der Heide, wie er sich Blumen ins Haar steckt und König der Wildnis ist, sonst gar nichts.

Und endlich, eines späten Nachmittags, als das Licht schon schwand, weckte mich das würzige Aroma eines heißen Abendessens, und da wußte ich, daß ich den ganzen Tag betrunken gewesen und daß sie nicht gekommen war.

Ich verschlang das Essen – denn der Trunk kann meinem Hunger nie etwas anhaben –, und dann kleidete ich mich frisch und setzte mich hin, um zu bedenken, was aus mir geworden war, und um auszurechnen, wie lange ich eigentlich schon hier sei.

Zwölf Tage, dachte ich.

Da beschloß ich, daß ich nichts mehr trinken würde, ganz gleich, wie groß meine Niedergeschlagenheit werden mochte. Ich mußte freigelassen werden, oder ich würde dem Wahnsinn verfallen.

Und voller Ekel ob all meiner Schwäche zog ich die Stiefel an, die ich die ganze Zeit nicht angerührt hatte, und den neuen Rock, den Charlotte mir vor so langer Zeit gebracht hatte, und dann trat ich an die Balustrade und schaute hinaus auf die See. Sicher wird sie mich eher töten lassen, dachte ich, als daß sie mich gehen läßt. Aber ich mußte nun Gewißheit haben. So konnte ich es jedenfalls nicht länger ertragen.

Viele Stunden vergingen; ich trank nichts. Dann kam Charlotte. Sie war müde, denn sie war den ganzen Tag geritten und hatte sich um die Plantage gekümmert, und als sie sah, daß ich angekleidet war und Hut und Rock trug, da sank sie auf einen Stuhl und weinte.

Ich sagte nichts, denn es war ohne Zweifel ihre und nicht meine Entscheidung, ob ich diesen Ort verließ oder nicht.

Dann sagte sie: »Ich habe ein Kind empfangen. Ich bin schwanger.«

Wieder antwortete ich nicht. Aber ich wußte es. Ich wußte, dies war der Grund, weshalb sie so lange fort gewesen war.

Sie saß nur noch da, niedergeschlagen und betrübt, und weinte mit gesenktem Kopf; schließlich sagte ich:

»Charlotte, laß mich gehen.«

Endlich antwortete sie. Ich müsse ihr schwören, die Insel sofort zu verlassen. Und ich dürfe niemandem erzählen, was ich über ihre Mutter wisse, und auch nichts von dem, was zwischen uns geschehen sei.

»Charlotte«, antwortete ich, »ich werde mit dem ersten holländischen Schiff, das ich im Hafen finde, nach Amsterdam segeln, und du wirst mich nie wiedersehen.«

»Aber du mußt mir schwören, daß du niemandem etwas erzählst – nicht einmal deinen Brüdern in der Talamasca.«

»Sie wissen Bescheid«, sagte ich. »Und ich werde ihnen weiter alles berichten, was geschehen ist. Sie sind für mich Vater und Mutter.«

»Petyr«, weinte sie, »hast du nicht einmal soviel Verstand, mich anzulügen?«

Endlich trocknete sie ihre Augen. »Ich habe ihm den Schwur abgenommen, daß er dir niemals etwas antun wird. Er weiß, daß ich ihm all meine Liebe und mein Vertrauen entziehen werde, wenn er meinem Befehl nicht gehorcht.«

»Da hast du einen Pakt mit dem Wind geschlossen«, entgegnete ich.

»Petyr, versprich mir alles! Laß mich dein Versprechen hören.«

Ich dachte nach, denn ich wollte frei sein von diesem Ort, und ich wollte leben, und ich dachte noch immer, daß beides möglich sein müsse. Schließlich sagte ich:

»Charlotte, ich werde dir nie etwas Böses antun. Meine Brüder und Schwestern in der Talamasca sind weder Priester noch Richter. Und sie sind auch keine Hexen und Zauberer. Was immer sie über dich wissen, ist geheim im wahren Sinne des Wortes.«

Mit traurigen, tränenfeuchten Augen sah sie mich an, und dann kam sie zu mir und küßte mich, und so sehr ich mich bemühte, starr wie eine hölzerne Statue zu verharren, es gelang mir doch nicht.

»Noch einmal, Petyr, noch einmal mit deinem ganzen Herzen«, bat sie, und ihre Stimme war voll Trauer und Sehnsucht. »Danach magst du mich für allezeit verlassen, und ich werde nie wieder in deine Augen blicken, bis ich eines Tages in die Augen unseres Kindes blicken kann.«

Ich begann von neuem, sie zu küssen, denn ich glaubte ihr, daß sie mich gehen lassen wolle. Ich glaubte ihr, daß sie mich liebe, und ich glaubte in dieser letzten Stunde, da wir beieinander lagen, daß es für uns vielleicht wirklich keine Gesetze gebe, wie sie gesagt hatte, und daß zwischen uns eine Liebe sei, die vielleicht niemand je verstehen würde.

Und als ich mich wieder ankleidete, kehrte sie das Gesicht in die Kissen und weinte.

Ich ging zur Tür und entdeckte, daß sie hinter ihr nicht verriegelt worden war, und ich fragte mich, wie oft das wohl schon der Fall gewesen sein mochte.

Aber darauf kam es jetzt nicht mehr an. Jetzt kam es darauf an, daß ich fortging, sofern dieser verdammungswürdige Geist mich nicht aufhielt, und daß ich mich nicht umschaute oder noch einmal mit ihr sprach oder ihren süßen Duft wahrnahm oder an die sanfte Berührung ihrer Lippen und ihrer Hände dachte.

Aus diesem Grund bat ich sie auch nicht um ein Pferd oder eine Kutsche, die mich nach Port-au-Prince hätte bringen können, sondern beschloß, einfach wortlos zu gehen.

Die Fahrt heraus hatte ungefähr eine Stunde gedauert; es war noch nicht Mitternacht, und ich bildete mir ein, ich würde es leicht bis zum Morgengrauen schaffen. Oh, Stefan, dem Himmel sei Dank, daß ich nicht wußte, wie diese Wanderung verlaufen würde! Hätte ich sonst je den Mut dazu aufgebracht?

Doch laß mich in meiner Erzählung hier innehalten. Seit zwölf Stunden kritzle ich nun; es ist wieder Mitternacht, und das Ding ist nahe.

Ich liebe dich, mein teurer Freund, und ich erwarte nicht deine Vergebung. Nur: Bewahrt meine Aufzeichnungen. Bewahrt sie, denn diese Geschichte ist noch nicht zu Ende, und vielleicht ist sie es noch viele Generationen lang nicht. Das hat mir die Stimme des Geistes selbst gesagt.

Der Eure in der Talamasca
Petyr van Abel
zu Port-au-Prince

16

DIE AKTE ÜBER DIE MAYFAIR-HEXEN
TEIL IV

Stefan,
nach kurzer Erfrischung fahre ich nun fort. Das Wesen ist hier. Vor einem kurzen Augenblick hat es sich sichtbar gemacht, in der Gestalt des Mannes, eine Handbreit vor mir, wie es seine Gewohnheit ist, und dann ließ es meine Kerze verlöschen, obgleich es keinen eigenen Atem hat, mit dem es dergleichen tun könnte.

Ich mußte die Treppe hinuntergehen, um mir ein neues Licht zu beschaffen. Als ich zurückkam, fand ich meine Fenster geöffnet; sie schlugen im Wind, und ich mußte sie wieder schließen. Meine Tinte war ausgegossen. Aber ich habe noch mehr Tinte. Die Decken waren vom Bett gerissen und meine Bücher im Zimmer verstreut.

Gottlob ist die eiserne Schatulle auf dem Weg zu Dir. Doch genug davon, denn vielleicht kann das Wesen auch lesen.

Es macht ein Geräusch wie von flatternden Flügeln in diesem engen Kämmerchen, und dann lacht es.

Ich frage mich, ob fern zu Maye Faire in ihrem Schlafgemach Charlotte in tiefem Schlummer liegt und ich deshalb ein Opfer dieser Possen bin.

Doch laß mich von den Ereignissen der vergangenen Nacht berichten, so schnell ich kann...

...Ich machte mich also zu Fuß auf den Weg. Der Mond stand hoch am Himmel, und der Weg mit all seinen Biegungen und Windungen lag deutlich vor mir, sanft auf und ab steigend hier und da in einer Landschaft, die wir kaum hügelig nennen würden.

Ich schritt schnell aus, mit großer Munterkeit, beinahe schwindlig im Gefühl der Freiheit und der Erkenntnis, daß der Geist mich nicht aufgehalten hatte, und weil ich die süße Luft ringsum riechen konnte. Ich dachte, ich würde leicht vor dem Morgengrauen nach Port-au-Prince gelangen.

Ich bin am Leben! dachte ich. Ich bin aus meinem Gefängnis entkommen, und vielleicht werde ich das Mutterhaus wiedersehen!

Doch immer wieder mußte ich an Charlotte denken, als liege ein Zauber auf mir; ich sah sie im Bett liegen, wo ich sie verlassen hatte, und ich wurde schwach und dachte sogar, ich sei doch ein Narr, solche Schönheit und solche Lust zu verlassen, denn ich liebte sie tatsächlich – ich liebte sie wie toll! Daß ich in wenigen Stunden für allezeit von ihr getrennt sein sollte, war mehr, als ich ertragen konnte.

So wanderte ich weiter und weiter. Hin und wieder sah ich ein Licht in den dunklen Feldern zu beiden Seiten, und einmal kam ein Reiter; donnernd galoppierte er die Straße entlang, als habe er eine wichtige Mission zu erfüllen. Er sah mich gar nicht. Allein ging ich weiter, und nur der Mond und die Sterne waren meine Zeugen. Im Gehen ersann ich schon den Brief, den ich Dir schreiben wollte, und ich überlegte, wie ich Dir schildern würde, was sich abgespielt hatte.

Ich war vielleicht eine Dreiviertelstunde unterwegs gewesen, als ich in einiger Entfernung vor mir einen Mann sah, der anscheinend nur so dastand und mir entgegensah. Das Bemerkenswerte an ihm war, daß es ein Holländer war, was ich an seinem enormen schwarzen Hut erkannte.

Nun, meinen Hut hatte ich zurückgelassen. Ich hatte ihn wie immer getragen, als ich nach Maye Faire gekommen war, aber seit ich ihn am ersten Abend vor dem Dinner den Sklaven überlassen hatte, war er mir nicht mehr unter die Augen gekommen.

Jetzt, da ich den großen Mann vor mir sah, fiel er mir wieder ein, und ich beklagte seinen Verlust; doch zugleich fragte ich mich, wer dieser Holländer sein mochte, der da am Straßenrand stand und mir entgegenschaute – eine schattenhafte Erscheinung, so schien es, mit blondem Haar und blondem Bart.

Ich verlangsamte meinen Schritt, denn auch als ich herankam, rührte die Gestalt sich nicht, und je näher ich kam, desto klarer wurde mir, wie sonderbar es war, daß ein Mann so müßig in der Dunkelheit herumstehen sollte; dann aber schalt ich mich töricht, denn da war schließlich nur ein Mann: Warum also sollte ich mich in dunkler Nacht desto wehrloser fühlen?

Aber kaum war mir dieser Gedanke gekommen, war ich nah' genug, um das Gesicht des Mannes zu sehen. Und im selben Augenblick, da ich erkannte, daß mein eigenes Spiegelbild dort stand, sprang die Kreatur auf mich zu und verharrte weniger als eine Handbreit vor mir, und aus ihrem Mund erklang meine eigene Stimme.

»Ach, Petyr, hast deinen Hut vergessen!« rief der Geist und stieß ein gräßliches Gelächter aus.

Ich flog rücklings auf die Straße, und das Herz tobte mir in der Brust.

Er beugte sich über mich wie ein Geier. »Ach, komm, Petyr, hebe deinen Hut auf. Hast ihn ja in den Staub fallen lassen!«

»Entferne dich von mir!« rief ich voller Entsetzen, und ich wandte mich ab und hob schützend die Hände über den Kopf. Wie ein jämmerlicher Krebs krabbelte ich beiseite, um dem Wesen zu entrinnen. Doch dann raffte ich mich auf und stürmte ihm entgegen wie ein Stier – und rannte nur durch leere Luft.

Da war nichts auf dieser Straße – bloß meine eigene klägliche Wenigkeit und mein schwarzer Hut, der zerdrückt im Staub lag.

Zitternd wie ein Kind hob ich ihn auf und klopfte ihn ab.

»Verflucht sollst du sein, Geist!« rief ich. »Ich kenne deine Possen!«

»Tatsächlich?« sagte eine Stimme, und diesmal war es eine Frauenstimme. Ich fuhr herum und spähte nach dem Wesen. Und da sah ich meine Deborah, wie sie als kleines Mädchen gewesen war – doch nur für einen winzigen Augenblick!

»Das ist sie nicht!« erklärte ich. »Du Lügner aus der Hölle!«

Aber, Stefan, dieser eine kurze Blick auf sie durchdrang mich wie ein Schwert, denn ich hatte ihr mädchenhaftes Lächeln und ihr blitzendes Auge gesehen. Ein Schluchzen stieg in meiner Kehle empor. »Zur Hölle mit dir, Geist!« wisperte ich. Langsam nur hörte mein Zittern auf, und ich konnte meinen Hut aufsetzen.

Ich ging weiter, aber nicht halb so schnell wie zuvor. Wohin ich auch schaute, immer glaubte ich ein Gesicht und eine Gestalt zu sehen, nur um dann zu entdecken, daß die Finsternis mich getäuscht hatte – Bananenbäume schwankten im Wind, und die roten Riesenblüten wippten schlaftrunken auf ihren dünnen Stielen über den Zäunen, die den Fahrweg säumten.

Ich beschloß, einfach immer geradeaus zu schauen. Aber dann hörte ich Schritte hinter mir, und ich hörte den Atem eines anderen Menschen. Gleichmäßig erklangen diese Schritte, und nicht im Takt mit meinen eigenen; und war ich auch entschlossen, sie zu ignorieren, so fühlte ich doch den heißen Odem der Kreatur in meinem Nacken.

»Verflucht sollst du sein!« schrie ich und drehte mich nun doch um – nur um etwas ganz und gar Grauenhaftes über mir aufragen zu sehen: das monströse Abbild meiner selbst mit einem nackten, brennenden Schädel anstelle eines Gesichts.

»Geh zur Hölle!« kreischte ich und stieß mit aller Macht gegen die Erscheinung, als sie auf mich fiel und das Feuer mich versengte. Und wo ich sicher gewesen war, auf Nichts zu stoßen, traf ich eine harte Brust.

Selbst schon knurrend wie ein Monstrum, setzte ich mich zur Wehr und zwang das Ungeheuer, rückwärts zu taumeln, und erst da verschwand es mit einem mächtigen Hitzeschwall.

Ich sah, daß ich gestürzt war, ohne es zu merken. Die Nacht war dunkler geworden, denn der Mond stand nicht mehr hoch am Himmel, und Gott allein wußte, wie weit ich auf dieser Straße noch zu wandern hatte, ehe ich Port-au-Prince erreichte.

»Also schön, böser Geist«, sagte ich. »Ich werde meinen Augen nicht trauen, was immer sie mir offenbaren mögen.«

Und ohne weiteres Verweilen wandte ich mich in die richtige Richtung und fing an zu rennen. Ich rannte mit gesenkten Augen, bis ich außer Atem war. Ich verlangsamte meinen Schritt und stapfte stur weiter geradeaus und sah nichts außer den Staub zu meinen Füßen.

Nicht lange, und ich sah Füße neben den meinen, nackt und blutig, aber ich kümmerte mich nicht darum, denn ich wußte, sie waren nicht wirklich vorhanden. Ich roch brennendes Fleisch, aber auch darum kümmerte ich mich nicht, denn ich wußte, es war alles nicht Wirklichkeit.

»Ich kenne dein Spielchen«, sagte ich. »Du hast geschworen, mir nichts anzutun, und nun hältst du dich an den Buchstaben deines Schwurs. Du möchtest mich in den Wahnsinn treiben, nicht wahr?« Dann aber erinnerte ich mich an die Regeln der Alten – daß ich ihn nur stärkte, indem ich mit ihm redete –, und so verstummte ich und begann, die alten Gebete aufzusagen.

Die Füße, die neben mir einhergegangen waren, verschwanden, und der Geruch von brennendem Fleisch ebenfalls. Aber weit vor mir hörte ich einen gespenstischen Lärm. Es war das Geräusch von splitterndem Holz, jawohl, von einer großen Menge zersplitternden Holzes, und vielleicht auch von Dingen, die aus der Erde gerissen wurden.

Das ist keine Illusion, dachte ich. Der Geist hat die Bäume entwurzelt und will sie mir nun in den Weg werfen.

Ich ging weiter, zuversichtlich, daß ich auch solchen Gefahren würde ausweichen können; ich schärfte mir ein, daß der Geist sein Spiel mit mir treiben wollte und daß ich ihm nicht in die Falle tappen durfte. Doch dann sah ich die Brücke vor mir, und ich erkannte, daß ich bei dem Flüßchen angelangt war. Der Lärm, den ich hörte, kam vom Friedhof! Das Wesen brach die Gräber auf!

Ein Grauen packte mich, das schlimmer war als jedes, das ich bisher empfunden hatte. Wir alle haben unsere persönlichen Ängste, Stefan. So mag ein Mann gegen Tiger kämpfen, aber vor dem Anblick eines kleinen Käfers die Flucht ergreifen; ein anderer haut sich seinen Weg durch ein Regiment von Feinden, aber mit einem einzigen Leichnam bleibt er keinen Augenblick in einem geschlossenen Zimmer.

Für mich waren die Orte der Toten immer mit besonderem Schrecken verbunden. Daß ich nun wußte, was der Geist hier vorhatte, und daß ich die Brücke überqueren und durch den Friedhof laufen mußte, ließ mich wie versteinert stehenbleiben, und der Schweiß troff an mir herab. Als nun das Splittern und Reißen immer lauter wurde und ich sah, wie die Bäume über den Gräbern schwankten, da wußte ich nicht, wie ich mich je wieder bewegen sollte.

Doch einfach stehenzubleiben war Torheit. Ich zwang mich weiterzugehen und näherte mich Schritt für Schritt der Brücke. Dann erblickte ich den verwüsteten Friedhof; ich sah die Särge, die aus der weichen, feuchten Erde gerissen waren. Ich sah die Wesen, die aus ihnen herauskletterten – oder, besser gesagt, herausgezogen wurden, denn sie waren ja leblos, gewiß waren sie leblos, und er bewegte sie umher wie Marionetten!

»Petyr, lauf!« schrie ich und bemühte mich, meinem eigenen Befehl zu gehorchen.

Binnen eines Augenblicks überquerte ich die Brücke, doch dann sah ich sie zu beiden Seiten die Böschungen heraufkommen. Ich hörte sie! Ich hörte, wie die verrotteten Särge unter ihren Füßen zerbrachen. Illusion, Täuschung, sagte ich mir wiederum, aber als der erste dieser greulichen Kadaver mir in den Weg trat, da kreischte ich wie ein verängstigtes Weib: »Geh weg von mir!« Aber ich war außerstande, die verwesten Arme zu berühren, die mir entgegenwedelten, und taumelte nur vor dem Angreifer beiseite, um sogleich gegen einen zweiten fauligen Leichnam zu stolpern und schließlich auf die Knie zu fallen.

Ich betete, Stefan. Laut rief ich den Geist meines Vaters und Roemer Franz an: Bitte helft mir! Die Wesen hatten mich umzingelt und drangen auf mich ein; ihr Gestank war unerträglich, denn etliche waren frisch begraben und andere halb verwest, und wieder andere rochen nur noch nach Erde.

Und wieder rannte ich los, prallte gegen sie, stolperte über ihre Beine, sprang wie ein Tänzer vor und zurück, um mein Gleichgewicht wiederzufinden, und lief weiter. Schließlich riß ich mir den Rock herunter, um auf sie einzuschlagen, und ich stellte fest, daß sie kraftlos waren und keinen wirklichen Angriff gegen mich führen konnten; ich schlug sie mit meinem Rock zurück und entkam von dem Friedhof. Und wieder sank ich auf die Knie, um zu rasten.

Ich hörte sie immer noch hinter mir; ich hörte das ziellose Schlurfen ihrer toten Füße.

Und als ich über die Schulter zurückblickte, sah ich, daß sie sich mühten, mir zu folgen: eine Legion gräßlicher Leichen, wie von Drähten gezogen.

Wieder raffte ich mich auf; wieder ging ich weiter. Meinen Rock trug ich jetzt in der Hand, denn er war verschmiert von der Schlacht, und mein Hut – ach, mein unbezahlbarer Hut war verlorengegangen. In kürzester Zeit hatte ich die Toten hinter mir gelassen. Vermutlich ließ er sie schließlich fallen, nachdem er mit ihnen sein Spiel getrieben hatte.

Inzwischen taten mir die Füße weh, und meine Brust brannte von der Anstrengung. Ich sah, daß meine Ärmel vom Kampf besudelt waren, und der Geruch würde mir bis Port-au-Prince anhängen. Aber es war still und ruhig ringsumher. Das Ding ruhte! Es hatte sich erschöpft. Also hatte ich jetzt keine Zeit, mir über den Gestank und über meine Kleidung den Kopf zu zerbrechen. Ich mußte weitereilen.

Der Himmel wurde hell. Ich hörte Karren auf der Straße hinter mir und sah, daß die Felder zur Linken und zur Rechten allmählich erwachten. Ja, und als ich die Kuppe einer Anhöhe erreichte, sah ich die Kolonialstadt vor mir liegen, und ich tat einen mächtigen Seufzer.

Jetzt kam einer der Karren heran, ein kleines wackliges Holzwägelchen, beladen mit Obst und Gemüse für den Markt, gefahren von zwei hellhäutigen Mulatten; sie verharrten und starrten mich an, und da gab ich ihnen in meinem besten Französisch zu verstehen, daß ich ihre Hilfe brauchte, und daß Gott sie segnen würde, wenn sie mich mitnähmen. Dann reichte ich ihnen auch noch ein paar Livres, die sie voller Dankbarkeit in Empfang nahmen, und kletterte hinten auf den Karren.

Ich ließ mich in einen großen Haufen Obst und Gemüse sinken und schlief ein. Der Karren rumpelte unter mir und schleuderte mich umher, aber es war doch eine Fahrt wie in der feinsten Kutsche.

Dann überkam mich ein Traum, und ich glaubte mich daheim in Amsterdam. Ich fühlte, wie eine Hand die meine berührte. Eine sanfte Hand. Sie tätschelte meine Linke, und ich hob die Rechte, um sie in gleicher Weise zu liebkosen, und öffnete die Augen. Als ich aber den Kopf nach links drehte, gewahrte ich den verkohlten und geschwärzten Leib meiner Deborah, die mir entgegenspähte, kahl und runzlig. Nur die blauen Augen waren lebendig, und Zähne grinsten hinter verbrannten Lippen.

Ich schrie so laut, daß ich die beiden Fahrer und das Pferd erschreckte. Aber gleichviel, ich war schon auf die Straße heruntergefallen. Das Pferd ging durch, und sie konnten es nicht zügeln, und bald waren sie weit vor mir und verschwanden über die Anhöhe.

Mit gekreuzten Beinen hockte ich da und weinte. »Du verdammungswürdiger Geist! Was willst du denn von mir? Sag es mir? Warum tötest du mich nicht? Gewiß steht es doch in deiner Macht, wenn du solche Dinge vermagst.«

Keine Stimme antwortete mir. Aber ich wußte, er war da. Und als ich aufblickte, sah ich ihn – und nicht in greulicher Gestalt diesmal. Es war wieder der dunkelhaarige Mann in seinem Lederwams, der gutaussehende Mann, den ich schon zweimal gesehen hatte.

Und unversehens starrte ich ihn an, studierte ihn, als gebe es nichts zu fürchten. Und jetzt sah ich etwas, das ich unbedingt verstehen mußte.

Er war keine Illusion, wie er da auf dem Zaun saß. Es war sein eigener Körper, ein Körper, den dieses Ding sich gemacht hatte.

»Ja«, sagte er, und wieder bewegten seine Lippen sich nicht. Ich verstehe jetzt, warum: Er konnte es noch nicht. »Aber ich werde es können«, sagte er. »Ich werde es können.«

Ich starrte ihn unausgesetzt an. Vielleicht vor Erschöpfung hatte ich meinen Verstand verloren. Aber ich fühlte keine Furcht. Und als die Morgensonne heller wurde, sah ich, daß sie durch ihn hindurchschien! Ich sah die Partikel, aus denen er gemacht war, in seiner Gestalt wirbeln wie Staubkörnchen.

»Staub bist du«, wisperte ich eingedenk des alten biblischen Satzes. Aber da hatte er schon begonnen, sich aufzulösen. Er wurde blaß, und dann war da nichts mehr, und die Sonne stieg über den Feldern herauf, schöner als irgendeine Morgensonne, die ich je gesehen hatte.

War Charlotte erwacht? Hatte Charlotte seine Hand im Zaum gehalten?

Ich wußte es nicht. Vielleicht werde ich es nie wissen. Weniger als eine Stunde später erreichte ich mein Quartier, nachdem ich mit dem Agenten und noch einmal mit dem Wirt gesprochen habe, wie ich es schon berichtet habe.

Und jetzt ist es lange nach Mitternacht. Und der Dämon hat das Zimmer seit einer Weile nicht mehr verlassen. Seit über einer Stunde kommt und geht er in seiner Menschengestalt. Er sitzt bald in der einen Ecke, bald in der anderen, und einmal spähte er sogar aus dem Spiegel zu mir heraus. Stefan, wie kann der Geist nur so etwas zuwege bringen? Täuscht er meine Augen? Ich weigerte mich aber, hinzuschauen, und bald war das Bild wieder verschwunden.

Er hat jetzt angefangen, die Möbel hin und her zu schieben und wieder das Geräusch flatternder Schwingen zu machen. Ich muß aus diesem Zimmer flüchten; ich werde gehen und diesen Brief mit allem anderen aufgeben.

Der Eure in der Talamasca,
Petyr.

Stefan,
der Morgen graut, und alle meine Briefe sind auf dem Weg zu dir. Das Schiff ist vor einer Stunde in See gestochen, und so gern ich mitgefahren wäre, ich wußte doch, daß ich es nicht darf. Denn wenn dieses Ding darauf aus ist, mich zu vernichten, dann soll es lieber hier sein Spiel mit mir treiben, derweil meine Briefe sicher zu dir gelangen.

Ich fürchte zudem, das Wesen könnte stark genug sein, ein Schiff zu versenken, denn kaum hatte ich einen Fuß an Bord gesetzt, um mit dem Kapitän zu sprechen und mich zu vergewissern, daß meine Briefe wohlverwahrt befördert werden würden, als auch schon Wind aufkam und Regen an die Luken prasselte und das ganze Schiff in Bewegung geriet.

Meine Vernunft sagte mir, daß der Dämon nicht die Kraft habe, die nötig sei, um das Schiff untergehen zu lassen. Aber wenn ich mich nun irrte?

Es darf nicht sein, daß ich den Anlaß gebe und anderen solcher Schaden zugefügt werde.

So bin ich hiergeblieben und sitze nun in einer überfüllten Schänke in Port-au-Prince – die zweite schon, die ich heute vormittag aufsuche –, denn ich wage nicht, allein zu sein.

Im ersten Wirtshaus bin ich eingeschlafen – für ein Viertelstündlein vielleicht –, und ich erwachte, weil Flammen ringsum loderten. Doch es war nur die Kerze umgekippt und in eine Brandypfütze gefallen.

Man gab mir die Schuld an der Sache und forderte mich auf, mein Geld woanders auszugeben.

Und im Schatten hinter dem Kamin stand der Dämon. Es schien, als wolle er grinsen, wenn er sein wächsernes Antlitz nur hätte bewegen können.

Und ich bin so müde, Stefan. Ich ging wieder hinauf in meine Kammer und versuchte zu schlafen, doch er schleuderte mich aus meinem Bett.

Selbst hier in diesem öffentlichen Raum voll später Zecher und früher Reisender treibt er seine Possen mit mir, und niemand merkt etwas, denn sie wissen ja nicht, daß das Abbild Roemers, das dort am Feuer sitzt, gar nicht wirklich da ist, oder daß die Frau, die dort, von wenigen zur Kenntnis genommen, auf der Treppe erscheint,

Geertruid ist – tot seit zwanzig Jahren. Das Wesen entreißt diese Bilder gewiß meinen Gedanken und bläst sie irgendwie auf, wenngleich mir rätselhaft ist, wie es das vermag.

Ich habe versucht, mit ihm zu reden. Auf offener Straße habe ich es angefleht, mir zu sagen, was es will. Kann ich hoffen, weiterzuleben? Was kann ich ihm zu Gefallen tun, damit es seine üblen Spiele einstellt? Und was hat Charlotte ihm befohlen?

Und als ich mich hier hingesetzt und meinen Wein bestellt hatte – denn es verlangt mich wieder danach, und ich trinke zuviel davon –, da sah ich, wie es meine Feder bewegte und auf mein Papier kritzelte, und ich las: »Petyr wird sterben.«

Ich füge meinem Brief diesen Zettel bei, denn es ist die Handschrift eines Geistes. Vielleicht kann Alexander seine Hände auf das Papier legen und etwas dabei erfahren. Denn ich erfahre nichts von diesem törichten Dämon – außer daß er und ich zusammen Bilder erschaffen können, die genügt hätten, um Jesus im Wahnsinn aus der Wüste flüchten zu lassen.

Ich weiß jetzt, daß es nur noch eine Rettung für mich geben kann. Sobald ich dieses Schreiben vollendet und dem Agenten anvertraut habe, werde ich zu Charlotte zurückkehren und sie anflehen, dem Dämon Einhalt zu gebieten. Mit nichts anderem wird er sich begnügen, Stefan.

Nur Charlotte kann mich retten. Und ich bete darum, daß ich Maye Faire unversehrt erreichen möge.

Doch eine schreckliche Befürchtung plagt mich, mein Freund, nämlich die, daß Charlotte weiß, was dieser Teufel mit mir anstellt, und daß sie ihm befohlen hat, es zu tun. Daß Charlotte die Urheberin dieses ganzen diabolischen Planes ist.

So du nichts mehr von mir hörst – und ich will noch einmal daran erinnern, daß täglich holländische Schiffe von hier nach unserer schönen Stadt segeln –, sollst Du folgendes tun:

Schreibe der Hexe und berichte ihr, daß ich verschwunden sei. Aber sorge dafür, daß Dein Brief nicht aus dem Mutterhaus kommt und daß keine Antwortadresse gebraucht wird, die dem Dämon ermöglichen könnte, unsere Mauern zu durchdringen.

Schicke niemanden, ich beschwöre Dich, niemanden zu mir! Denn er würde ein schlimmeres Schicksal erleiden als ich.

Bringe, was die weitere Geschichte dieser Frau angeht, aus anderen Quellen in Erfahrung, soviel Du kannst, und vergiß nicht: Das Kind, das sie in neun Monaten zur Welt bringt, ist ganz sicher das meinige.

Was kann ich Dir sonst noch berichten?

Nach meinem Tod werde ich versuchen, Dich oder Alexander zu erreichen, wenn derlei möglich ist. Doch ich fürchte, geliebter Freund, es gibt kein »Danach«. Ich fürchte, nur Dunkelheit harret meiner, und die Zeit im Licht geht für mich zu Ende.

Ich fühle keine Reue in diesen letzten Stunden. Die Talamasca war mein Leben, und ich habe viele Jahre mit der Verteidigung der Unschuldigen und im reinen Streben nach Wissen verbracht. Ich liebe euch, meine Brüder und Schwestern. Behaltet mich im Gedächtnis – nicht um meiner Schwächen, meiner Sünden und meiner schlechten Urteilskraft willen, sondern weil ich euch liebte.

Ach, laß mich noch erzählen, was eben passiert ist, denn es war in der Tat sehr interessant.

Ich habe Roemer wiedergesehen, meinen geliebten Roemer, den ersten Direktor unseres Ordens, den ich gekannt und geliebt habe. Und Roemer sah so jung und stattlich aus, und ich war so froh, ihn zu sehen, daß ich weinte, und ich wollte, daß das Bild gar nicht mehr verschwände.

Laß mich damit spielen, dachte ich, denn es kommt ja aus meinem Kopf, oder etwa nicht? Und der Dämon weiß nicht, was er tut. Also sprach ich mit Roemer. Ich sagte: »Mein liebster Roemer, du ahnst nicht, wie sehr du mir gefehlt hast. Wo bist du gewesen? Was gibt es Neues? Setze dich her, Roemer, und trinke mit mir.« Und er, mein geliebter Lehrer, setzt sich und lehnt sich an den Tisch, und er redet mich mit den widerwärtigsten Obszönitäten an – ah, solche Reden hast du noch nicht gehört – und erzählt, er wolle mir an Ort und Stelle in der Taverne die Kleider vom Leibe reißen und mir undenkbare Freuden schenken, wie er es schon immer habe tun wollen, als ich noch ein Knabe war – ja, daß er es sogar getan habe, in der Nacht: daß er in meine Kammer gekommen sei und daß er nachher darüber gelacht und die anderen habe zusehen lassen.

Wie eine Statue muß ich dagesessen und diesem Monstrum ins Antlitz gestarrt haben, das mir da mit Roemers Lächeln diese Hurenreden zuwisperte, all diesen Schmutz; und dann schließlich hört der Mund der Kreatur auf, sich zu bewegen, und wird nur mehr größer und immer größer, und die Zunge darin wird zu einem schwarzen Ding, dick und glänzend wie der Buckel eines Wals.

Wie eine Marionette greife ich nach meiner Feder, tauche sie ein und beginne mit der eben vollendeten Schilderung, und jetzt ist das Ding verschwunden.

Aber weißt du, was es getan hat, Stefan? Es hat mein Herz von innen nach außen gekehrt. Ich muß dir ein Geheimnis verraten. Selbstverständlich hat mein geliebter Roemer sich niemals derartige Freiheiten bei mir herausgenommen. Aber ich betete damals, er möge es tun! Und der Dämon zog dies aus mir heraus: daß ich als Knabe in meinem Bett im Mutterhaus lag und träumte, daß Roemer kommen und die Decke beiseite ziehen und sich zu mir legen möge. So etwas träumte ich damals!

Hättest du mich vor einem Jahr gefragt, ob ich je einen solchen Traum gehabt hätte, ich hätte gesagt: Niemals. Aber ich habe ihn gehabt, und der Dämon hat mir geholfen, mich zu erinnern. Sollte ich ihm dankbar sein?

Vielleicht kann er mir meine Mutter zurückbringen, und sie und ich werden wieder vor dem Feuer in der Küche sitzen und singen.

Ich gehe jetzt. Die Sonne ist vollends aufgegangen. Der Dämon ist nicht da. Ich werde diesen Brief unserem Agenten anvertrauen, bevor ich weiter nach Maye Faire gehe – das heißt, sofern die Wachmänner der Stadt mich nicht verhaften und ins Gefängnis werfen. Ich sehe wahrlich aus wie ein Vagabund und wie ein Verrückter dazu. Charlotte wird mir helfen. Charlotte wird diesen Dämon in seine Schranken rufen.

Was gibt es noch zu sagen?

Petyr

ARCHIVNOTIZ:

Dies war der letzte Brief von Petyr van Abel. Zwei Wochen nach seinem Eintreffen im Mutterhaus empfing man von Jan van Clausen, einem holländischen Kaufmann zu Port-au-Prince, die Nachricht, Petyr van Abel sei tot. Zwölf Stunden, nachdem er sich, wie bekannt war, am Mietstall ein Pferd hatte geben lassen und aus Port-au-Prince fortgeritten war, hatte man seinen Leichnam entdeckt.

Die örtlichen Behörden nahmen an, daß man Petyr auf der Landstraße übel mitgespielt habe; vielleicht sei er frühmorgens einer Horde entsprungener Sklaven über den Weg gelaufen, die womöglich dabei gewesen seien, einen Friedhof, auf dem sie schon einen oder zwei Tage zuvor beträchtliche Verwüstungen angerichtet hätten, neuerlich zu schänden.

Petyr war anscheinend geschlagen und in eine große, gemauerte Krypta getrieben worden, wo ihm ein umgestürzter Baum und viel schwerer Schutt den Ausgang versperrt hatten. Als man ihn fand, waren die Finger seiner rechten Hand in den Schutt gewühlt, als habe er versucht, sich einen Weg ins Freie zu graben. Zwei Finger seiner Linken waren abgetrennt und wurden nie gefunden.

Die Schuldigen für die Friedhofsschändung und den Mord wurden nie ermittelt. Daß Petyrs Geld, seine goldene Taschenuhr und seine Papiere nicht gestohlen wurden, ließ seinen Tod desto mysteriöser erscheinen.

Van Clausen brachte Petyrs Habe zum Mutterhaus, und auf Geheiß des Ordens begann er, die Umstände von Petyrs Tod eingehender zu untersuchen.

Im Grunde wurde dabei aber nichts wirklich Entscheidendes zutage gefördert – außer, daß man Petyr an seinem letzten Tag in Port-au-Prince für verrückt gehalten hatte, weil er dauernd darum gebeten hatte, Briefe nach Amsterdam schicken zu dürfen, und wegen seiner wiederholt ausgesprochenen Verfügung, im Falle seines Todes sei das Mutterhaus in Kenntnis zu setzen.

Mehrmals wird angemerkt, er habe sich in Gesellschaft eines unbekannten, dunkelhaarigen jungen Mannes befunden, mit dem er sich ausführlich unterhalten habe.

17

DIE AKTE ÜBER DIE MAYFAIR-HEXEN TEIL V

Die Familie Mayfair von 1689 bis 1900
Zusammenfassung von Aaron Lightner

Nach Petyrs Tod entschied Stefan Franck, daß zu seinen Lebzeiten kein weiterer Kontakt mit den Mayfair-Hexen aufgenommen werden solle. Seine Nachfolger, Martin Geller und Richard Kramer, beließen es bei dieser Entscheidung.

Zwar baten zahlreiche Mitglieder den Orden um die Erlaubnis, einen Kontaktversuch zu unternehmen, aber der Beschluß des aufsichtführenden Vorstands fiel stets einstimmig dagegen aus, und so behielt der Bann, der aus Vorsicht getroffen wurde, bis ins zwanzigste Jahrhundert Geltung.

Indes setzte der Orden seine Beobachtung der Mayfair-Hexen aus der Ferne fort. Immer wieder suchte man um Informationen bei Personen in der Kolonie nach, die den Grund für derartige Fragen niemals kannten.

UNTERSUCHUNGSMETHODEN:
Im Laufe dieser Jahrhunderte entwickelte die Talamasca ein ganzes Netzwerk von »Beobachtern« überall auf der Welt. In Saint Domingue gab es mehrere Personen, die solche Informationen lieferten, darunter holländische Kaufleute, die glaubten, daß die Erkundigungen, auf die sie antworteten, rein finanzieller Natur seien; etlichen anderen in der Kolonie sagte man nur, daß Leute in Europa für Informationen über die Familie Mayfair teures Geld bezahlten. Professionelle Ermittler, die dem Privatdetektiv des zwanzigsten Jahrhunderts vergleichbar gewesen wären, gab es damals noch nicht. Dennoch konnte eine erstaunliche Menge an Erkenntnissen gesammelt werden.

Die Kenntnisse über das Vermächtnis der Mayfairs wurden heimlich und vermutlich auf illegale Weise beschafft, indem die Mitarbeiter der beteiligten Bankinstitute bestochen wurden, so daß sie Einblick in die Vorgänge gewährten. Die Talamasca hat sich solcher Methoden zur Erlangung von Informationen schon immer bedient, und sie war in der Vergangenheit in diesen Fragen kaum weniger skrupellos als heute. Die übliche Entschuldigung war früher wie heute, daß die Unterlagen, die auf diese Weise in unseren Besitz gelangen, normalerweise sowieso von Dutzenden Menschen in verschiedenen Eigenschaften gesehen würden. Niemals wurden Privatbriefe entwendet, und niemals wurde die Unantastbarkeit des Heims oder des Geschäfts eines Menschen auf verbrecherische Weise verletzt.

Hin und wieder gab es Hinweise darauf, daß die Mayfairs von unserer Existenz und unseren Beobachtungen wußten. Mindestens ein Beobachter – ein Franzose, der eine Weile als Aufseher auf der Mayfairschen Pflanzung in Saint Domingue tätig war – starb eines verdächtigen, gewaltsamen Todes. Dies führte nur zu größerer Geheimhaltung und größerer Vorsicht sowie in den folgenden Jahren auch zu einem Rückgang der Informationen.

DER VORLIEGENDE BERICHT

Der folgende Bericht ist eine erzählende Zusammenfassung auf der Grundlage des kompletten gesammelten Notizenmaterials. Ein vollständiges Verzeichnis des Materials befindet sich in den Dokumentenbehältern im Archiv zu London.

Ich selbst begann 1945, mich mit dieser Geschichte vertraut zu machen, als ich Mitglied der Talamasca wurde und noch bevor ich mit den Mayfair-Hexen je unmittelbar zu tun hatte. Die erste »vollständige Fassung« dieses Materials habe ich 1956 vorgelegt, und seitdem habe ich das Material ständig aktualisiert, revidiert und erweitert. Eine umfassende Überarbeitung habe ich 1979 vorgenommen, als die gesamte Geschichte einschließlich der Berichte Petyr van Abels in das Computersystem der Talamasca eingespeichert wurde. Dadurch wurde jegliche weitere Aktualisierung des Materials ungemein vereinfacht.

Aaron Lightner, im Januar 1989

FORTGANG DER GESCHICHTE

Charlotte Mayfair Fontenay wurde fast sechsundsiebzig Jahre alt. Sie starb im Jahre 1743 und hinterließ fünf Kinder und siebzehn Enkelkinder.

Solange sie lebte, blieb Maye Faire die erfolgreichste unter allen Plantagen in Saint Domingue. Etliche ihrer Enkelkinder kehrten nach Frankreich zurück, und deren Nachkommen fielen der Revolution am Ende des Jahrhunderts zum Opfer.

Charlottes Erstgeborener, Sohn ihres Gatten Antoine, erbte das Leiden seines Vaters nicht. Er wuchs zu einem gesunden Mann heran, heiratete und hatte sieben Kinder. Die Pflanzung mit dem Namen Maye Faire indessen ging nur dem Namen nach auf ihn über. De facto erbte sie Charlottes Tochter Jeanne Louise, die neun Monate nach Petyrs Tod zur Welt kam.

Sein Leben lang ordnete sich Antoine Fontenay III Jeanne Louise und ihrem Zwillingsbruder Peter unter. Es kann kaum bezweifelt werden, daß diese beiden Petyr van Abels Kinder waren. Jeanne Louise und Peter – der übrigens niemals Pierre genannt wurde – waren beide hellhäutig, und sie hatten blondes Haar und helle Augen.

Bis zum Tod ihres verkrüppelten Gemahls brachte Charlotte noch zwei weitere Jungen zur Welt.

In der Kolonie gab es Gerüchte, wonach zwei verschiedene Personen als Väter zu benennen waren. Beide Jungen emigrierten nach Frankreich, als sie herangewachsen waren, und lebten dort unter dem Namen Fontenay.

Jeanne Louise verwandte für sich auf allen offiziellen Dokumenten nur den Namen Mayfair; sie war zwar verheiratet – mit einem liederlichen, trunksüchtigen Mann –, aber ihr Lebensgefährte blieb ihr Bruder Peter, der niemals heiratete. Er starb 1771, nur wenige Stunden vor seiner Schwester. Niemand stellte die Rechtmäßigkeit ihrer Verwendung des Namens Mayfair in Frage; man akzeptierte ihre Behauptung, es sei eine Familiensitte. Später sollte Angélique, ihre einzige Tochter, desgleichen tun.

Bis zu ihrem Tod trug Charlotte den Smaragd ihrer Mutter an einer Kette um den Hals. Danach trug ihn Jeanne Louise, und sie gab ihn an ihr fünftes Kind weiter, an Angélique, die 1725 geboren wurde. Als diese zur Welt kam, war Jeanne Louises Ehemann bereits wahnsinnig, und man hielt ihn in Gewahrsam in einem »kleinen Haus« auf dem Gelände der Pflanzung, bei dem es sich allen Beschreibungen nach um das Haus handelt, in dem auch Petyr Jahre zuvor gefangengehalten worden war.

Man muß bezweifeln, daß dieser Mann Angéliques Vater war. Plausibel – wenngleich keineswegs sicher – erscheint die Annahme, daß Angélique das Kind Jeanne Louises und ihres Bruders Peter war.

Angélique nannte Peter vor allen Leuten ihren »Papa«, und unter den Bediensteten hieß es, sie halte Peter für ihren Vater, weil sie den Irren nie gekannt habe, der in seinen letzten Lebensjahren im kleinen Haus am Meer wie ein wildes Tier angekettet war. Man munkelte zudem, Jeanne Louise und Peter teilten eine Suite mit verbundenen Schlafzimmern und Salons, die kurz nach Jeanne Louises Hochzeit an das alte Pflanzergebäude angefügt worden war.

Was immer an Tratsch über die heimlichen Gewohnheiten der Familie in Umlauf sein mochte, Jeanne Louise hatte ebensoviel Macht über jedermann wie Charlotte, und ihre Sklaven lenkte sie mit einer ungeheuren Großzügigkeit und persönlichen Aufmerksamkeit, in einer Zeit, die eigentlich wegen des Gegenteils berüchtigt war.

Jeanne Louise wird als außergewöhnlich schöne Frau beschrieben, allerseits bewundert und sehr beliebt. Als böse oder unheimlich oder gar als Hexe schildert sie niemand. Diejenigen, die zu Jeannes Lebzeiten mit der Talamasca Kontakt hatten, wußten nichts von der europäischen Herkunft der Familie.

Entlaufene Sklaven flüchteten sich nicht selten zu Jeanne Louise und baten sie um Intervention bei grausamen Herren oder Herrinnen. Oftmals kaufte sie solche Unglückseligen ihren Besitzern ab und konnte sich von da an ihrer unverbrüchlichen Treue sicher sein. Sie war das personifizierte Gesetz auf Maye Faire und ließ mehr als einen Sklaven wegen Verrats hinrichten. Aber die Liebe der Sklaven zu ihr war wohlbekannt.

Angélique war Jeanne Louises Lieblingskind, und sie betete ihre Großmutter Charlotte an. Als die alte Frau starb, war sie bei ihr.

Ein wütender Sturm umtoste Maye Faire in der Nacht, in der Charlotte starb, und er ließ erst am frühen Morgen nach, als einer von Angéliques Brüdern tot aufgefunden wurde.

Im Jahr 1755 heiratete Angélique einen sehr gutaussehenden und reichen Pflanzer namens Vincent St. Christophe und brachte fünf Jahre später Marie Claudette Mayfair zur Welt, die später Henri Marie Landry heiratete und als erste der Mayfair-Hexen nach Louisiana kam.

Marie Claudette war außergewöhnlich schön und hatte ebenso große Ähnlichkeit mit ihrem Vater wie mit ihrer Mutter. Sie hatte sehr dunkles Haar und blaue Augen, und sie war über die Maßen klein und zierlich. Ihr Gemahl, Henri Marie Landry, war ebenfalls ein sehr ansehnlicher Mensch. Tatsächlich sagte man der Familie inzwischen nach, daß dort immer um der Schönheit willen, nie des Geldes und der Liebe wegen geheiratet werde.

Was die Familie zu Lebzeiten Charlottes, Jeanne Louises, Angéliques und Marie Claudettes charakterisiert, sind Ansehen, Reichtum und Macht. Der Mayfairsche Reichtum war in der karibischen Welt legendär, und wer mit den Mayfairs in Streit geriet, sah sich oft Gewalttätigkeiten ausgesetzt, daß die Leute schon darüber redeten. Es hieß, es bringe »Unglück«, sich mit der Familie Mayfair anzulegen.

Die Sklaven betrachteten Charlotte, Jeanne Louise, Angélique und Marie Claudette als mächtige Zauberinnen. Sie kamen zu ihnen, um sich von Krankheiten kurieren zu lassen, und sie glaubten, daß ihre Herrinnen »alles wüßten«.

Aber es gibt kaum Hinweise darauf, daß irgend jemand außer den Sklaven diese Geschichten ernstnahm oder daß die Mayfair-Hexen unter ihresgleichen Mißtrauen oder »irrationale« Angst erweckten. Die herausragende Stellung der Familie wurde niemals in Frage gestellt. Man drängte sich nach Einladungen auf Maye Faire. Und die Familie lud oft und verschwenderisch ein. Ihre Männer und ihre Frauen waren auf dem Heiratsmarkt sehr begehrt.

Die Männer der Familie versuchten niemals, Anspruch auf die Pflanzung zu erheben oder die Kontrolle über die Finanzen auszuüben, wenngleich ihnen nach französischem Recht beides zustand. Im Gegenteil, sie neigten dazu, die Dominanz der jeweils erwählten Frau zu akzeptieren, und Geschäftsdokumente wie Klatschgeschichten deuten darauf hin, daß sie ungeheuer reiche Männer waren.

Während dieser ganzen Periode war die Familie katholisch. Sie unterstützte die katholische Kirche von Saint Domingue; ein Sohn

Pierre Fontenays, Charlottes Schwager, wurde Priester, und zwei Frauen der Familie ließen sich zu Karmeliterinnen weihen. Die eine der beiden wurde zusammen mit allen anderen Mitgliedern ihrer Klostergemeinschaft während der Französischen Revolution hingerichtet.

Das Geld der Familie wurde in all den Jahren, da ihr Kaffee und Zucker und Tabak nach Europa und Nordamerika strömte, nicht selten auf ausländischen Banken deponiert. Der Umfang ihres Reichtums war gewaltig – selbst für die Multimillionäre von Hispaniola –, und anscheinend hat die Familie stets ganz phantastische Mengen von Gold und Edelsteinen besessen. Dies ist ganz und gar nicht typisch für eine Pflanzerfamilie, deren Vermögen zumeist mit dem Land verknüpft ist und nur zu leicht dem Ruin zum Opfer fällt.

Infolge all dessen überstand die Familie Mayfair die haitianische Revolution mit enormen Reichtümern, auch wenn ihr gesamter Landbesitz auf der Insel unwiederbringlich verlorenging.

Es war Marie Claudette, die 1789, unmittelbar vor der Revolution, die dann die Familie zwingen sollte, Saint Domingue zu verlassen, das Vermächtnis der Mayfairs begründete. Ihre Eltern waren zu dieser Zeit bereits tot. Das Vermächtnis wurde – ebenfalls von Marie Claudette – nach der Ansiedlung in Louisiana erweitert; zur selben Zeit verlagerte sie einen großen Teil ihres Barvermögens von Banken in Holland und Rom auf Banken in London und in New York.

DAS VERMÄCHTNIS

Das »Vermächtnis« ist eine ungeheuer verwickelte und quasi juristische Serie von Vereinbarungen, überwiegend getroffen mit den Banken, bei denen das Geld der Familie deponiert ist. Es ist das Fundament für ein Vermögen, welches nicht nach den Erbschaftsgesetzen irgendeines Landes verteilt werden kann. Im Kern sorgt es dafür, daß die Masse des Mayfair-Vermögens, Geld und Immobilien, in jeder Generation in den Händen einer einzigen Person bleibt; die jeweils lebende Erbin bestimmt die nächste, und nur in dem Fall, daß sie sterben sollte, ohne diese Entscheidung getroffen zu haben, geht das Vermögen an ihre älteste Tochter. Nur wenn keine weiblichen Erben existieren, bekommt ein Mann die Verfügungsgewalt über das Geld. Indes kann die Erblasserin einen Mann zum Erben einsetzen, wenn es ihr beliebt.

Soweit es der Talamasca bekannt ist, hat keine Erblasserin das Zeitliche gesegnet, ohne eine Erbin zu bestimmen, und nie ist das Erbe auf ein männliches Kind übergegangen. Rowan Mayfair, die jüngste lebende Mayfair-Hexe, wurde bei ihrer Geburt von ihrer Mutter Deirdre als Erbin bestimmt, wie diese bei ihrer Geburt von Antha und diese bei ihrer Geburt von Stella, und so weiter und so fort.

Das Vermächtnis sieht überdies ungeheure Vorteile für die anderen Kinder der Erblasserin (die Geschwister der Haupterbin) in jeder Generation vor, wobei Frauen in der Regel doppelt soviel erhalten wie Männer. Indessen kann dem Vermächtnis zufolge niemand Erbe werden, wenn er oder sie nicht öffentlich und privat den Namen Mayfair trägt. Wo Gesetze verhinderten, daß die Erbin den Namen legal trug, wurde seine gewohnheitsmäßige Verwendung gleichwohl niemals rechtlich angefochten.

Das Originalvermächtnis enthält zudem komplexe Vorkehrungen für mittellose Mayfairs, die um Hilfe bitten, vorausgesetzt, sie haben immer den Namen Mayfair benutzt und stammen von Personen ab, die es ebenfalls getan haben. Die Erbin kann überdies bis zu zehn Prozent des Erbes an andere Mayfairs, die nicht ihre Kinder sind, vermachen, aber auch hier muß der Name Mayfair von einer solchen Person aktiv benutzt werden, oder die Übereignung ist null und nichtig.

Im zwanzigsten Jahrhundert haben zahlreiche »Cousinen« Geld aus dem Erbe bezogen, hauptsächlich durch Mary Beth Mayfair und ihre Tochter Stella, aber auch durch Deirdre, die das Geld durch Cortland Mayfair zuweisen ließ. Viele dieser Personen sind inzwischen reich, da solche Bitten häufig im Zusammenhang mit Investitionen oder geschäftlichen Unternehmungen vorgetragen wurden, die auch die Billigung der Erblasserin oder ihrer Verwalterin fanden.

Die Talamasca weiß heute von rund fünfhundertfünfzig Nachkommen, die den Namen Mayfair tragen; mindestens die Hälfte dieser Personen kennt die Kernfamilie in New Orleans und weiß etwas über das Vermächtnis, auch wenn sie durch viele Generationen von dem ursprünglichen Erbvermögen getrennt sind.

NACHKOMMEN

Die Talamasca hat bei zahlreichen Nachkommen Ermittlungen angestellt und herausgefunden, daß leichte übersinnliche Kräfte unter ihnen weit verbreitet sind; manche zeigen sie sogar in außergewöhnlichem Maße. Es ist überdies gebräuchlich, von den Ahnfrauen in Saint Domingue als »Hexen« zu sprechen und zu sagen, sie seien »Geliebte des Teufels« gewesen und hätten ihm ihre Seele verkauft, und der Teufel habe die Familie reich gemacht.

Diese Legenden werden heutzutage leichthin und oft mit Humor oder mit Staunen und Neugier erzählt, und die Mehrheit der Nachkommen, mit denen die Talamasca begrenzten Kontakt hatte, weiß eigentlich nichts Konkretes über ihre Geschichte, obgleich sie scherzhaft äußern: »Unsere Ahnfrauen hat man in Europa auf dem Scheiterhaufen verbrannt« oder »Wir blicken auf eine lange Hexenvergangenheit zurück.«

Unter ihnen allen sind Geschichten über Geistersehen, Vorahnungen, »Telefonanrufe von Toten« und leichte Fälle von Telekinese keineswegs ungewöhnlich. Mayfairs, die so gut wie nichts über die Familie in New Orleans wissen, spielen eine Rolle in nicht weniger als zehn verschiedenen Geistergeschichten in mehreren veröffentlichten Büchern. Drei verschiedene, entfernt verwandte Mayfairs haben enorme übersinnliche Kräfte an den Tag gelegt. Aber es findet sich kein Hinweis darauf, daß sie diese Kräfte verstanden oder zu einem bestimmten Zweck eingesetzt hätten. Nach allem, was wir wissen, stehen sie in keinerlei Verbindung zu den Hexen, dem Vermächtnis, dem Smaragd – oder zu Lasher.

Es geht die Sage, daß alle Mayfairs es »fühlen«, wenn die Trägerin des Vermächtnisses stirbt.

Abkommen der Familie Mayfair fürchten Charlotte, die die Vormundschaft über die gegenwärtige Vermächtnisträgerin Deirdre Mayfair ausübt, und betrachten sie als »Hexe«, aber in diesem Fall steht das Wort eher in umgangssprachlicher Bedeutung für eine »unangenehme Frau« und hat wohl nichts mit dem Übernatürlichen zu tun.

ZUSAMMENFASSUNG DES MATERIALS ZU DEN JAHREN AUF SAINT DOMINGUE

Um zu einer Einschätzung der Familie im achtzehnten Jahrhundert zu gelangen, zeichnet sie sich hier unbestreitbar durch Stärke, Erfolg und Reichtum aus, durch lange Lebenserwartung und dauerhafte Beziehungen. Man kann getrost annehmen, daß die Hexen Lasher zu ihrer vollständigen Zufriedenheit beherrschten. *Aber wir müssen ehrlich sagen, daß wir nicht wissen, ob es so war oder nicht.* Wir haben einfach keinen Hinweis auf das Gegenteil. Es gibt keine spezifischen Sichtungen Lashers. Es gibt keinen Hinweis auf Tragödien in der Familie.

DIE FAMILIE MAYFAIR IN LOUISIANA IM NEUNZEHNTEN JAHRHUNDERT

Ein paar Tage vor der haitianischen Revolution (dem einzigen erfolgreichen Sklavenaufstand in der Geschichte) wurde Marie Claudette von eigenen Sklaven gewarnt, daß sie und ihre Familie vielleicht massakriert werden würden. Sie und ihre Kinder, ihr Bruder Lestan mit Frau und Kindern und ihr Onkel Maurice sowie dessen zwei Söhne mit ihren Frauen und Kindern entkamen offenbar mühelos und mit erstaunlichen Mengen ihres persönlichen Besitzes – es war eine ganze Wagenkarawane, die Maye Faire in Richtung Hafen verließ. Rund fünfzig der persönlichen Sklaven Marie Claudettes, die Hälfte davon Halbblüter, einige darunter zweifellos Nachkommen der Mayfair-Männer, begleiteten die Familie nach Louisiana.

Beinahe vom ersten Augenblick ihrer Ankunft in Louisiana an konnte die Talamasca mehr Informationen über die Mayfair-Hexen in ihren Besitz bringen. Ein Grund dafür war, daß die Familie anscheinend für ihre Umgebung »sichtbarer« geworden war. Aus einer Position von nahezu feudaler Macht und Isolation auf Saint Domingue gerissen, geriet sie unversehens in Kontakt zu zahllosen neuen Personen: Kaufleuten, Geistlichen, Sklavenhändlern, Maklern, Kolonialbeamten und dergleichen mehr. Und der Reichtum der Mayfairs ebenso wie ihr jähes Auftauchen auf der Bühne der städtischen Öffentlichkeit erweckte immense Neugier.

Auch kam es im neunzehnten Jahrhundert zu einer Flut von Informationen durch das wachsende Pressewesen, das Umsichgreifen detaillierter Privataufzeichnungen und die Erfindung der Photographie. In der Tat schuf die Entwicklung der Stadt New Orleans zu einer brodelnden, gedeihenden Hafenstadt eine Umgebung, in der man Dutzende von Leuten über die Mayfairs befragen konnte, ohne daß man uns oder unsere Ermittler je bemerkt hätte.

Daher müssen wir, während wir die Geschichte der Mayfairs studieren, eines berücksichtigen: *Es scheint zwar, daß die Familie sich im neunzehnten Jahrhundert in dramatischer Weise verändert hat, aber es könnte auch sein, daß sie sich in Wirklichkeit überhaupt nicht veränderte.* Es kann sein, daß die einzige Veränderung in unseren Ermittlungsmethoden liegt: Wir erfuhren mehr über das, was hinter geschlossenen Türen vor sich ging.

Wie auch immer: Die Hexen des neunzehnten Jahrhunderts – mit Ausnahme von Mary Beth Mayfair, die aber erst 1872 zur Welt kam – *erscheinen* sehr viel schwächer als die, welche in den Jahren auf Saint Domingue die Familie regierten. Und der Abstieg der Mayfair-Hexen, der sich im zwanzigsten Jahrhundert so ausgeprägt darstellte, kann – betrachtet auf der Grundlage unseres fragmentarischen Materials – schon vor dem Bürgerkrieg begonnen haben. Aber das Bild ist noch komplizierter, wie wir gleich sehen werden.

Die Änderung der Einstellungen und der Zeiten hat vielleicht eine signifikante Rolle beim Abstieg der Hexen gespielt. Das heißt, als die Familie sich immer weniger aristokratisch und feudal gebärdete und immer »zivilisierter« oder »bürgerlicher« wurde, machte sich vielleicht auch bei ihren Mitgliedern eine zunehmende Unkenntnis hinsichtlich ihres Erbes und ihrer Kräfte bemerkbar, eine allgemeine Befangenheit sozusagen.

Die »moderne Psychiatrie« hat anscheinend ebenfalls ihren Teil dazu beigetragen, die Mayfair-Hexen zu hemmen und zu verwirren; wir werden uns detaillierter damit befassen, wenn wir die Familie Mayfair im zwanzigsten Jahrhundert betrachten.

Überwiegend aber sind wir in diesen Dingen auf Spekulationen angewiesen. Selbst als im zwanzigsten Jahrhundert ein direkter Kontakt zwischen dem Orden und den Mayfair-Hexen zustande kam, konnten wir weniger in Erfahrung bringen, als wir uns erhofft hatten.

FORTSETZUNG DER GESCHICHTE

Nach der Ankunft in New Orleans zog Marie Claudette mit ihrer Familie in ein großes Haus in der Rue Dumaine und erwarb sogleich eine riesige Pflanzung in Riverbend, südlich der Stadt, und hier ließ sie eine Pflanzervilla errichten, die größer und luxuriöser als ihr Gegenstück in Saint Domingue war. Diese Pflanzung erhielt den Namen »La Victoire at Riverbend« und war später allgemein einfach als »Riverbend« bekannt. 1896 spülte der Fluß alles davon, aber ein großer Teil des Geländes gehört den Mayfairs noch immer, und heute steht dort eine Ölraffinerie.

Maurice Mayfair, Marie Claudettes Onkel, lebte bis ans Ende seiner Tage auf dieser Pflanzung, und seine beiden Söhne kauften daran angrenzende eigene Plantagen, wo sie in engem Kontakt mit Marie Claudettes Familie lebten. Ein paar Nachkommen der beiden Männer blieben bis 1890 auf diesem Land, viele andere zogen nach New Orleans. Sie bildeten die stets wachsende Schar von »Verwandten«, die in den nächsten einhundert Jahren ein konstanter Faktor im Leben der Mayfairs waren.

Es sind zahlreiche Zeichnungen von Marie Claudettes Pflanzervilla erschienen, sogar ein paar Photos in alten, inzwischen vergriffenen Büchern. Es war selbst für seine Zeit groß; vor dem prunkvollen »Greek Revival« erbaut, war es ein schlichtes Kolonialgebäude mit glatten runden Säulen, einem Giebeldach und Galerien, ganz wie das Haus in Saint Domingue. Eine Seite enthielt jeweils zwei Räume, und Korridore teilten es von Norden nach Süden und von Westen nach Osten; es hatte ein vollständiges Untergeschoß sowie ein sehr hohes, geräumiges Dachgeschoß.

Marie Claudette war in Louisiana ebenso erfolgreich, wie sie und ihre Vorfahren es in Saint Domingue gewesen waren. Auch hier pflanzte sie Zucker, aber den Anbau von Tabak und Kaffee gab sie auf. Sie kaufte kleinere Plantagen für die Söhne ihres Bruders Lestan und überhäufte deren Kinder und Kindeskinder mit üppigen Geschenken.

Von den ersten Wochen nach ihrer Ankunft an betrachtete man die Familie mit Furcht und Mißtrauen. Marie Claudette machte den Leuten angst; während sie die Fundamente für ihr Geschäft in Louisiana legte, begann sie eine ganze Reihe von Streitigkeiten, und es war nicht unter ihrer Würde, jemandem, der ihr im Wege stand, zu drohen. Sie kaufte Sklaven in enormer Zahl für ihre Felder und behandelte sie der Tradition ihrer Vorfahren entsprechend sehr gut. Kaufleute dagegen behandelte sie schlecht: Mehr als einen verjagte sie mit der Peitsche von ihrem Grund und Boden, weil er angeblich versucht hatte, sie zu betrügen.

Innerhalb kurzer Zeit priesen die Sklaven auf ihren Ländereien sie als Zauberin; man könne sie nicht hinters Licht führen, hieß es; sie habe »den bösen Blick«, und einen Dämon habe sie auch, den sie jedem an den Hals hetzen könne, der sie geärgert habe. Ihr Bruder Lestan war allgemein beliebter und verstand sich anscheinend auf Anhieb mit der trinkenden, spielenden Pflanzerklasse der Gegend.

Henri Marie Landry, ihr Mann, war offenbar ein liebenswürdiges, aber passives Individuum; er überließ absolut alles seiner Frau. Er las botanische Zeitschriften aus Europa und sammelte seltene Blumen aus dem ganzen Süden, und in Riverbend entwarf und kultivierte er einen riesigen Garten.

Er starb im Bett, 1824, gesegnet mit den heiligen Sakramenten.

1799 brachte Marie Claudette ihr letztes Kind zur Welt, Marguerite, die spätere Erbin des Vermächtnisses, die bis zu Marie Claudettes Tod im Jahr 1831 in deren Schatten lebte.

Über Marie Claudettes Familienleben gab es mancherlei Klatsch. Es hieß, ihre älteste Tochter, Claire Marie, sei schwachsinnig, und es gibt zahllose Geschichten über diese junge Frau, wie sie im Nachthemd umherirrte und den Leuten seltsame – wenn auch oft entzükkende – Dinge sagte. Sie sah Geister und sprach ständig mit ihnen, manchmal während eines Abendessens inmitten der staunenden Gäste.

Auch »wußte« sie allerlei über die Leute, und zu den wunderlichsten Gelegenheiten sprudelte sie diese Geheimnisse hervor. Man behielt sie zu Hause, und obgleich mehr als ein Mann sich in sie verliebte, erlaubte Marie Claudette doch nie, daß sie heiratete.

Auch Marie Claudettes einziger Sohn Pierre durfte nicht heiraten. Er war zweimal »verliebt«, fügte sich aber beide Male seiner Mutter, als sie ihm die Erlaubnis zur Hochzeit verweigerte. Seine zweite »heimliche Verlobte« versuchte sich das Leben zu nehmen, als Pierre sie verstieß. Danach ging er nur noch selten aus, aber man sah ihn oft in Gesellschaft seiner Mutter.

Pierre war eine Art Arzt für die Sklaven; er kurierte sie mit verschiedenen Tränklein und Arzneien. Eine Zeitlang studierte er sogar Medizin – bei einem alten, stets betrunkenen Arzt in New Orleans –, aber dabei kam nicht viel heraus. Botanik machte ihm ebenfalls Spaß, und er verbrachte viel Zeit im Garten, wo er arbeitete und Blumen zeichnete.

Es war kein Geheimnis, daß Pierre sich um das Jahr 1820 in New Orleans eine Geliebte nahm, eine junge Mischlingsfrau von exquisiter Schönheit, die man den Tratschgeschichten zufolge leicht für eine Weiße hätte halten können. Von ihr hatte Pierre zwei Kinder, eine Tochter, die in den Norden ging, und einen Sohn, François, 1825 geboren, der in Louisiana blieb und später für die Familie einen beträchtlichen Teil der verwalterischen Bürotätigkeiten erledigte. Gleichsam ein vornehmer Schreiber, besaß er offenbar die Zuneigung aller weißen Mayfairs, vor allem der Männer, die zu Geschäften in die Stadt kamen.

Es scheint, daß jeder in der Familie Marguerite anbetete. Als sie zehn Jahre alt war, ließ man ihr Porträt malen, auf dem sie mit der berühmten Smaragdkette zu sehen ist. Dieses Bild hing später an einer Wand im Haus an der First Street in New Orleans.

Marguerite war von zierlicher Gestalt; sie hatte dunkles Haar und leicht aufwärtsgewandte schwarze Augen. Sie galt als Schönheit, und ihre Kindermädchen, die zu gern das lange schwarze, wellige Haar bürsteten, nannten sie »La petite Gypsy«, die kleine Zigeunerin. Anders als ihre schwachsinnige Schwester und ihr willfähriger Bruder hatte sie ein wildes Temperament und einen heftigen und unberechenbaren Sinn für Humor.

Mit zwanzig heiratete sie gegen Marie Claudettes Wunsch Tyrone Clifford McNamara, einen Opernsänger und wiederum »sehr gutaussehenden« Mann von extrem unpraktischer Natur, der die ganzen Vereinigten Staaten bereiste und als Star in den Opern von Boston, New York, St. Louis und anderen Städten auftrat. Erst als er sich wieder einmal auf eine solche Tournee begeben hatte, kehrte Marguerite von New Orleans nach Riverbend zurück und wurde dort von ihrer Mutter noch einmal empfangen. 1827 und 1828 brachte sie zwei Jungen zur Welt, Rémy und Julien. McNamara kam in dieser Zeit häufig nach Hause, allerdings immer nur zu Stippvisiten. In New York, Boston, Baltimore und anderen Städten, in denen er auftrat, war er bekannt für seine Frauen- und Saufgeschichten und für seine häufige Beteiligung an Prügeleien. Aber er war ein sehr populärer »irischer Tenor« jener Zeit, und wo er auftrat, hatte er ein volles Haus.

1829 wurden Tyrone Clifford McNamara und eine Irin, vermutlich seine Geliebte, nach einem Brand in einem kleinen Haus im French Quarter tot aufgefunden; McNamara hatte das Haus offenbar für die Frau gekauft. Polizeiberichte und zeitgenössische Zeitungsartikel lassen darauf schließen, daß das Paar vom Rauch überwältigt wurde, während es vergebens versuchte, aus dem brennenden Haus zu fliehen.

Dieses Feuer gab Anlaß zu beträchtlichem Tratsch in New Orleans, und zu dieser Zeit konnte die Talamasca mehr Informationen über die Familie Mayfair zusammentragen als in all den Jahren zuvor.

Ein Kaufmann aus dem French Quarter berichtete einem unserer »Zeugen«, daß Marguerite »ihren Teufel« geschickt habe, damit er sich die beiden vornehme, und daß Marguerite überhaupt mehr über Voodoo wisse als irgendeiner von den Schwarzen in Louisiana. Es hieß, Marguerite habe einen Voodoo-Altar in ihrem Haus, sie benutze Salben und Tränke als Medizin und Liebeszauber, und überallhin lasse sie sich von zwei wunderschönen Viertelnegerinnen begleiten, ihren Zofen Marie und Virginie, und von ihrem Kutscher, einem Mulatten namens Octavius.

Marie Claudette war zu jener Zeit noch am Leben, aber sie ging nur noch selten aus. Marguerite aber zog alle Aufmerksamkeit auf sich, wohin sie auch ging, vor allem angesichts der Tatsache, daß ihr Bruder Pierre ein ziemlich achtbares Leben führte und hinsichtlich seiner Mischlingsgeliebten sehr diskret war, und daß auch die Kinder ihres Onkels Lestan durchaus respektabel und beliebt waren.

Schon vor ihrem dreißigsten Lebensjahr war Marguerite zu einer hageren und irgendwie furchterregenden Gestalt geworden, mit oft zerzaustem Haar und glühenden schwarzen Augen. Sie beunruhigte die Leute mit ihrer Art und ihrem unvermittelten Lachen. Und immer trug sie den Mayfair-Smaragd.

Kaufleute und Makler und Gäste empfing sie in einem riesigen, mit Büchern vollgestopften Arbeitszimmer in Riverbend, das überladen war mit »schrecklichen und abscheulichen Dingen«: mit Menschenschädeln, ausgestopften Sumpftieren, Trophäenköpfen von Afrikasafaris und Tierhäuten. Sie hatte zahllose Flaschen und Gläser dort, und manche Leute behaupteten, sie hätten in diesen Gläsern menschliche Körperteile gesehen. Sie galt als begeisterte Sammlerin von Perlenschmuck und Amuletten der Sklaven – vor allem solcher, die erst kürzlich aus Afrika importiert worden waren.

Es gab zu jener Zeit mehrere Fälle von »Besessenheit« unter ihren Sklaven; im Zusammenhang damit ist es wohl zu sehen, daß verängstigte Sklaven wegliefen und Priester auf die Pflanzung kamen. In allen Fällen wurde das Opfer angekettet, und man versuchte erfolglos, einen Exorzismus durchzuführen.

Man munkelte, ein solcher besessener Sklave sei auf dem Speicher angekettet, aber die örtlichen Behörden wurden in diesem Fall nicht tätig.

Mindestens vier verschiedene Zeugen erwähnen Marguerites »mysteriösen dunkelhaarigen Liebhaber«, einen Mann, den ihre Sklaven in ihren Privaträumen gesehen haben wollen, aber auch in ihrer Suite im St. Louis Hotel in New Orleans und in ihrer Loge in der French Opera. Mancherlei Klatsch umrankte diesen Geliebten oder Begleiter. Die geheimnisvolle Art und Weise seines Kommens und Gehens erfüllte jedermann mit Ratlosigkeit.

»Bald ist er da, bald unsichtbar«, pflegte man zu sagen.

Dies sind die ersten Erwähnungen Lashers nach mehr als einhundert Jahren.

Marguerite heiratete beinahe sofort nach Tyrone Clifford McNamaras Tod einen kleinen, bargeldlosen Riverboat-Spieler namens Arlington Kerr, der sechs Monate nach der Hochzeit spurlos verschwand. Über ihn ist nichts bekannt; man weiß nur, daß er »schön wie eine Frau« und ein Trinker war und daß er mit diversen betrunkenen Gästen und mit dem Mulattenkutscher die ganze Nacht Karten spielte. Bemerkenswert ist, daß man von dem Mann mehr gehört als gesehen hat, und es ist eine interessante Spekulation, daß er vielleicht nie existiert hat.

Rechtlich gesehen war er indessen der Vater Katherine Mayfairs, geboren 1830, die nächste Empfängerin des Vermächtnisses und die erste Mayfair-Hexe seit Generationen, die ihre Großmutter nicht mehr bewußt kannte, denn Marie Claudette starb im Jahr darauf.

Flußauf, flußab verbreitete sich unter den Sklaven die Geschichte,

Marguerite habe Arlington Kerr ermordet und seine Leiche stückweise in verschiedene Gläser gesteckt; aber niemand stellte auf diese Geschichte hin irgendwelche Ermittlungen an, und die Erklärung, die schließlich von der Familie verbreitet wurde, besagte, Arlington Kerr habe sich an das Pflanzerleben nicht gewöhnen können und deshalb – so pleite, wie er gekommen war – Louisiana wieder verlassen: »Weg mit Schaden!« sagte Marguerite.

Als Zwanzigjährige war Marguerite berühmt dafür, daß sie bei den Tänzen der Sklaven zuschaute und sogar mittanzte. Ohne Zweifel besaß sie die Mayfairsche Gabe der Heilung, und bei Geburten war sie stets zugegen. Aber im Laufe der Zeit beschuldigte man sie auch, die Babys ihrer Sklaven zu stehlen, und so ist sie die erste Mayfair-Hexe, die von den Sklaven nicht nur gefürchtet, sondern persönlich verabscheut wurde.

Mit fünfunddreißig führte sie die Pflanzung selbst nicht mehr aktiv, sondern legte alles in die Hände ihres Cousins Augustin, eines Sohns ihres Onkels Lestan, der sich als ein mehr als fähiger Verwalter erwies.

Mit vierzig war Marguerite nach Auskunft von Beobachtern eine »Vettel«, obgleich sie eine hübsche Frau hätte sein können, hätte sie sich nur die Mühe gemacht, ihr Haar hochzustecken, und hätte sie ihrer Kleidung nur die mindeste Aufmerksamkeit gewidmet.

Als ihr ältester Sohn Julien fünfzehn war, begann er, mit seinem Cousin Augustin zusammen in der Plantagenverwaltung zu arbeiten, und nach und nach übernahm er diese Tätigkeit vollständig. Bei dem Dinner anläßlich seines achtzehnten Geburtstags kam es zu einem unglückseligen »Zwischenfall« mit einer neuen Pistole, bei welchem »der arme Onkel Augustin« von Julien in den Kopf geschossen und getötet wurde.

Dies war möglicherweise tatsächlich ein Unfall, denn alle Berichte deuten darauf hin, daß Julien hernach »vom Schmerz übermannt« war. Aber in mehr als einer Erzählung heißt es auch, die beiden hätten um die Waffe gerungen, als der Unfall passierte. Einmal heißt es, Julien habe Augustins Ehrlichkeit in Frage gestellt, Augustin habe daraufhin gedroht, ihm dafür das Hirn aus dem Kopf zu blasen, und Julien habe nur versucht, ihn daran zu hindern. Eine andere Geschichte behauptet, Augustin habe Julien eines »Verbrechens wider die Natur« mit einem anderen Knaben bezichtigt, und sie hätten deshalb zu streiten begonnen; Augustin habe die Waffe hervorgezogen, und Julien habe versucht, sie ihm wegzunehmen.

Wie es auch immer gewesen sein mag, es wurde jedenfalls niemand wegen irgendeines Verbrechens vor Gericht gestellt, und Julien wurde zum unangefochtenen Leiter der Plantage. Schon im zarten Alter von fünfzehn Jahren hatte er sich als sehr geeignet dafür erwiesen; er stellte die Ordnung unter den Sklaven wieder her und verdoppelte im folgenden Jahrzehnt die Produktion der Pflanzung. Sein Leben lang blieb er der eigentliche Chef des Unternehmens, obgleich seine jüngere Schwester Katherine das Vermächtnis erbte.

Marguerite verbrachte die letzten Jahrzehnte ihres sehr langen Lebens in jener Bibliothek voll »schrecklicher und abscheulicher« Dinge und las. Fast immer redete sie laut mit sich selbst. Sie stand vor einem Spiegel und führte lange Gespräche in englischer Sprache mit ihrem Spiegelbild. Sie redete überdies ausführlich mit ihren Pflanzen, von denen viele aus dem ursprünglich von ihrem Vater, Henri Marie Landry, angelegten Garten stammten.

Die Sklaven begannen Marguerite zu hassen und wollten nicht mehr in ihre Nähe kommen – mit Ausnahme ihrer Zofen Virginie und Marie; Virginie, so heißt es, habe sie im Alter sogar ein wenig schikaniert.

1859 erzählte eine entlaufene Sklavin dem Gemeindepriester, Marguerite habe ihr das Baby gestohlen und es für den Teufel in Stücke geschnitten. Der Priester meldete das den Behörden, und es gab eine Untersuchung; aber Katherine und Julien, die bei jedermann beliebt und bewundert waren und Riverbend mit kundiger Hand leiteten, erklärten, die Sklavin habe eine Fehlgeburt erlitten und es habe im eigentlichen Sinne gar kein Baby gegeben; die Leibesfrucht aber sei getauft und ordnungsgemäß begraben worden.

Was immer sonst vor sich gehen mochte, Rémy, Julien und Katherine wuchsen anscheinend glücklich und von Luxus umgeben auf, und sie erfreuten sich all dessen, was das New Orleans der Vorkriegszeit zu bieten hatte, einschließlich des Theaters, der Oper und endloser privater Festveranstaltungen.

Häufig kamen sie als Trio in die Stadt, bewacht nur von einer mischblütigen Gouvernante; sie wohnten dann in einer Luxussuite im St. Louis Hotel und kauften die modischen Geschäfte leer, ehe sie wieder aufs Land zurückkehrten. Damals machte eine schockierende Geschichte die Runde, derzufolge Katherine die berühmten Viertelneger-Bälle habe sehen wollen, wo junge, mischblütige Frauen mit ihren weißen Freiern tanzten. Sie sei mit ihrer Mischlingszofe zum Ball gegangen, und dort habe sie sich selbst als Mischling ausgegeben und alle getäuscht. Sie hatte sehr dunkles Haar und dunkle Augen, aber helle Haut, und sie sah nicht im geringsten afrikanisch aus – aber das taten viele der Mischlinge nicht.

Als die alte Wärterin die Geschichte hörte, verschlug es ihr die Sprache. Die jungen weißen Männer, die mit Katherine getanzt und geglaubt hatten, sie sei »eine Farbige«, fühlten sich gedemütigt und empört. Katherine und Julien und Rémy fanden die Geschichte amüsant. Julien hatte mindestens ein Duell in der Angelegenheit, bei dem er seinen Gegner schwer verwundete.

1857, als Katherine siebzehn war, kauften sie und ihre Brüder ein Grundstück in der First Street im Garden District von New Orleans, und sie beauftragten den irischen Architekten Darcy Monahan, dort das Haus zu bauen, in dem die Mayfairs heute wohnen. Wahrscheinlich war dieser Kauf die Idee Juliens, der eine permanente Stadtresidenz haben wollte.

Was immer der Fall gewesen sein mag, Katherine und Darcy Monahan verliebten sich rasend ineinander, und Julien zeigte sich wahnsinnig eifersüchtig auf seine Schwester und wollte nicht erlauben, daß sie so jung heiratete. Es kam zu einem gewaltigen Familienstreit. Julien verließ das Haus der Familie in Riverbend und wohnte eine Zeitlang in einem Apartment im French Quarter, das er mit einem männlichen Gefährten teilte, von dem wir aber wenig wissen, außer daß er aus New York war, sehr hübsch und Julien auf eine Weise ergeben, daß die Leute einander zutuschelten, die beiden seien ein Liebespaar.

Den Klatschgeschichten ist weiter zu entnehmen, daß Katherine sich heimlich nach New Orleans stahl, um in dem noch unfertigen Haus in der First Street mit Darcy Monahan allein zu sein, und daß die beiden Liebenden sich einander dort in den dachlosen Räumen oder auch in dem wilden, ungeordneten Garten die Treue schworen. Julien war zunehmend jämmerlich ums Herz in all seinem Zorn und seiner Mißbilligung, und er beschwor seine Mutter Marguerite, etwas zu unternehmen. Aber Marguerite interessierte sich überhaupt nicht für die Sache.

Schließlich drohte Katherine, sie werde weglaufen, sollte man ihren Wünschen nicht stattgeben, und Marguerite gab ihre offizielle Einwilligung zu einer kleinen kirchlichen Trauung. Auf einer Daguerreotypie, die nach der Zeremonie aufgenommen wurde, trägt Katherine den Mayfair-Smaragd.

Katherine und Darcy bezogen das Haus in der First Street im Jahr 1858, und Monahan wurde der schickste Architekt und Bauunternehmer in der City von New Orleans. Viele Zeugen der Zeit erwähnen Katherines Schönheit und Darcys Charme, und sie berichten davon, wieviel Spaß es machte, an den Bällen teilzunehmen, die das Paar in seinem neuen Heim veranstaltete.

1859 brachte Katherine einen Jungen namens Clay zur Welt; sie bekam danach drei Kinder, die aber alle im Säuglingsalter starben. 1865 gebar sie einen Jungen, der auf den Namen Vincent getauft wurde, und dann starben zwei weitere Kinder den Krippentod.

Man erzählte sich, der Verlust dieser Kinder habe ihr das Herz gebrochen; sie habe ihren Tod als ein Gottesurteil betrachtet und sich verändert: Aus dem munteren, lebhaften Mädchen, das sie gewesen war, wurde eine zaghafte, verwirrte Frau. Gleichwohl scheint sie mit Darcy ein reiches, volles Leben geführt zu haben. Sie liebte ihn sehr und tat alles, um ihn in seinen verschiedenen Bauunternehmungen zu unterstützen.

Wir sollten hier anmerken, daß der Bürgerkrieg der Familie Mayfair und ihrem Vermögen nicht den geringsten Schaden zufügte. New Orleans wurde sehr früh erobert und besetzt und infolgedessen nie beschossen oder gebrandschatzt. Und die Mayfairs hatten zuviel Geld in Europa investiert, als daß ihnen die Besatzungszeit oder der folgende Kreislauf von Boom und Pleite in Louisiana viel hätten anhaben können.

Das glückliche Leben hatte ein Ende, als Darcy 1871 am Gelbfieber starb. Katherine, halb wahnsinnig vor Leid, flehte ihren Bruder Julien an, zu ihr zu kommen. Er war in seinem Apartment im French Quarter, und er machte sich sofort auf den Weg. Es war das erstemal, daß er seit der Fertigstellung einen Fuß in das Haus an der First Street setzte.

Julien blieb Tag und Nacht bei Katherine, während die Dienstboten sich um die Kinder kümmerten. Er schlief bei ihr im Elternschlafzimmer über der Bibliothek an der Nordseite des Hauses, und sogar die Leute, die unten auf der Straße vorübergingen, hörten Katherines unaufhörliches Weinen und ihre schmerzlichen Rufe nach Darcy und ihren toten Kindern.

Zweimal versuchte Katherine sich zu vergiften. Die Diener wußten zu erzählen, wie Ärzte ins Haus gestürzt waren, und wie sie Katherine Gegenmittel gegeben und sie gezwungen hatten, auf und ab zu gehen, obwohl sie nur halb bei Bewußtsein gewesen war und sich kaum auf den Beinen hatte halten können, und sie berichteten von einem bestürzten Julien, der seine Tränen nicht zurückhalten konnte, während er sie umsorgte.

Schließlich brachte Julien sie und die beiden Jungen heim nach Riverbend, und dort gebar Katherine 1872 Mary Beth Mayfair, die als Darcy Monahans Tochter getauft und registriert wurde, auch wenn sie erst zehneinhalb Monate nach dem Tod ihres Vaters zur Welt kam. Es ist daher so gut wie sicher, daß in Wirklichkeit Julien Mary Beths Vater war. Es war allgemein bekannt, daß Julien und Katherine hinter verschlossenen Türen im selben Bett schliefen und daß Katherine nach Darcys Tod keinen anderen Liebhaber gehabt haben konnte, da sie das Haus nur verließ, um zurück auf die Pflanzung zu fahren.

Aber so verbreitet diese Geschichte in der Bedienstetenklasse sein mag, unter den Standesgenossen der Mayfairs scheint man sie nie akzeptiert oder auch nur zur Kenntnis genommen zu haben. Katherine war ja nicht nur in jeder anderen Hinsicht hochgeachtet, sondern sie war auch enorm reich und großzügig und deswegen sehr beliebt, und oft spendete sie freigiebig Geld für Familien und Freunde, die der Krieg ruiniert hatte. Ihre Selbstmordversuche hatten nur Mitleid hervorgerufen, und die alten Geschichten von den Mischlingsbällen, die sie besucht hatte, waren aus dem Gedächtnis der Öffentlichkeit restlos getilgt. Auch reichte der finanzielle Einfluß der Familie zu jener Zeit beinahe unübersehbar weit. Julien war in der Gesellschaft von New Orleans sehr populär. Das Gerede verstummte bald überhaupt, und es ist zu bezweifeln, daß es je die geringste Auswirkung auf das private oder öffentliche Leben der Mayfairs gehabt hatte.

Katherine wird 1872 als immer noch hübsch beschrieben, obgleich sie vor der Zeit ergraut war, und es heißt, sie habe ein frisches, verbindliches Auftreten gehabt, mit dem sie die Menschen mühelos für sich eingenommen habe. Eine hübsche, guterhaltene Daguerreotypie aus jener Zeit zeigt sie auf einem Stuhl mit dem schlafenden Baby auf dem Schoß, die beiden Jungen an ihrer Seite. Sie sieht gesund und heiter aus, eine attraktive Frau mit einem Hauch von Trauer im Blick. Den Mayfair-Smaragd trägt sie nicht.

Während Mary Beth und ihre großen Brüder Clay und Vincent auf dem Lande aufwuchsen, ergriff Juliens Bruder Rémy Mayfair mit seiner Frau – einer Mayfair-Cousine, Enkelin von Lestan Mayfair – vom Hause Mayfair Besitz; sie wohnten viele Jahre dort und bekamen drei Kinder, die alle den Namen Mayfair führten. Zwei von ihnen haben Nachkommen in Louisiana.

In dieser Zeit begann Julien, öfters im Haus Besuche zu machen und dort in der Bibliothek sein Büro einzurichten. Er ließ in zwei Wände des Raumes Bücherschränke einbauen und füllte sie mit einem großen Teil der Mayfairschen Familiendokumente, die immer auf der Plantage aufbewahrt worden waren. Julien liebte Bücher, und er vervollständigte die Bibliothek mit Klassikern wie auch mit populären Romanen. Er verehrte Nathaniel Hawthorne und Edgar Allan Poe, aber auch Charles Dickens.

Es gibt Hinweise darauf, daß Streitereien mit Katherine ihn in die Stadt trieben, weg von Riverbend, wenngleich er seine Pflichten dort niemals vernachlässigte. Aber wenn Katherine ihn vertrieb, so zog ihn seine kleine Nichte (oder Tochter) Mary Beth wieder zurück: Immer wieder überschüttete er sie mit Wagenladungen von Geschenken, oder er entführte sie für ein Wochenende nach New Orleans. Diese Hingabe hinderte ihn indes nicht daran, sich 1875 mit einer Mayfair-Cousine zu verheiraten, einer Nachfahrin Maurices und einer berühmten Schönheit.

Ihr Name war Suzette Mayfair, und Julien liebte sie so sehr, daß er in den ersten Ehejahren nicht weniger als zehn Porträts von ihr in Auftrag gab. Sie wohnten zusammen mit Rémy und seiner Familie im Haus in der First Street, anscheinend in vollständiger Harmonie – vielleicht weil Rémy sich Julien in jeder Hinsicht unterordnete.

Suzette scheint die kleine Mary Beth geliebt zu haben, obwohl sie in den nächsten fünf Jahren vier eigene Kinder bekam: drei Jungen und ein Mädchen namens Jeannette.

Katherine kam nie freiwillig in das Haus in der First Street zurück. Es erinnerte sie zu sehr an Darcy. Als sie im Alter gezwungenermaßen zurückkehrte, verstörte es ihren Geist, und um die Jahrhundertwende war sie eine tragische Gestalt, die, ewig in Schwarz gekleidet, im Garten umherstreifte und nach Darcy suchte.

Von allen Mayfair-Hexen, die bis heute studiert wurden, war Katherine wohl die schwächste und unbedeutendste. Ihre Kinder, Clay und Vincent, waren beide ganz und gar respektabel und wenig bemerkenswert; die beiden heirateten früh und hatten große Familien, und ihre Nachkommen leben heute in New Orleans.

Katherine verbrachte mehr und mehr Zeit bei ihrer Mutter Marguerite, die mit jedem Jahrzehnt wunderlicher geworden war. Jemand, der sie in den achtziger Jahren des Jahrhunderts besuchte, beschrieb sie als »ganz unmöglich« – ein altes Weib, das Tag und Nacht in bekleckerter weißer Spitze umherging und in ihrer Bibliothek mit gräßlich gleichförmiger Stimme stundenlang laut aus ihren Büchern vorlas. Es heißt, sie habe die Leute ganz unbekümmert und nach Belieben beleidigt. Sie liebte ihre Nichte Angeline (Rémys Tochter) und Katherine. Katherines Söhne Clay und Vincent verwechselte sie dauernd mit ihren Onkeln Julien und Rémy. Katherine beschrieb man als grauhaarig und verschlissen, und sie soll unablässig an ihrer Stickerei gearbeitet haben.

Marguerite starb erst mit zweiundneunzig Jahren; Katherine war damals einundsechzig Jahre alt.

Von den Inzestgeschichten abgesehen, die für die Mayfairs seit den Tagen von Jeanne Louise und Pierre typisch sind, gibt es über Katherine nichts Okkultes zu berichten.

Die schwarzen Diener, Sklaven wie Freie, hatten nie Angst vor Katherine. Niemand hat je einen mysteriösen, dunkelhaarigen Liebhaber gesehen. Und nichts deutet darauf hin, daß Darcy Monahan nicht schlicht und einfach am Gelbfieber gestorben ist.

Die Mitglieder der Talamasca haben sogar Spekulationen darüber angestellt, denen zufolge in Wahrheit Julien die »Hexe« dieser Periode war. Andere vertraten die These, Katherine sei zwar ein natürliches Medium gewesen, habe diese Rolle aber abgelehnt, als sie sich in Darcy verliebte; deshalb sei Julien so sehr gegen diese Ehe gewesen, denn Julien habe die Geheimnisse der Familie gut gekannt.

Es ist somit unerläßlich, daß wir Julien etwas detaillierter betrachten. Noch in den fünfziger Jahren unseres Jahrhunderts wurden uns faszinierende Informationen über Julien zugetragen. Überdies finden sich zahlreiche öffentliche und aktenkundige Erwähnungen seiner Person, und es hängen drei Ölporträts von ihm in amerikanischen Museen sowie eines in London.

Juliens schwarzes Haar wurde schlohweiß, als er noch recht jung war, und zahlreiche Photos sowie die genannten Ölgemälde zeigen ihn als einen Mann von beträchtlicher Präsenz und außerordentlichem Charme, ja von nachgerade körperlicher Schönheit. Manche sagen, er habe große Ähnlichkeit mit seinem Vater gehabt, dem Opernsänger Tyrone Clifford McNamara.

Einigen Mitgliedern der Talamasca ist indessen aufgefallen, daß Julien große Ähnlichkeit mit seinen Vorfahren Deborah Mayfair und Petyr van Abel hatte, die einander selbstverständlich keineswegs ähnlich sahen. Julien scheint die Eigenschaften dieser beiden Ahnen in bemerkenswerter Weise in sich vereint zu haben. Er hat Petyrs Größe, sein Profil und seine blauen Augen und Deborahs zierliche Wangenknochen und ihren Mund. Auf mehreren Porträts gleicht sein Gesichtsausdruck in erstaunlicher Weise dem Deborahs.

Es ist, als habe der Porträtmaler des neunzehnten Jahrhunderts Rembrandts Deborah-Bildnis gekannt – was natürlich nicht sein kann, da es sich immer bei uns im Mutterhaus befunden hat –, und als habe er bewußt danach getrachtet, die von Rembrandt eingefangene »Persönlichkeit« nachzuempfinden. Wir können nur annehmen, daß Julien diese Persönlichkeit tatsächlich besessen hat. Bemerkenswert ist zudem, daß er auf den Photographien – trotz der würdevollen Haltung und anderen formalen Aspekten der Arbeiten – meistens lächelt.

Es ist ein »Mona Lisa«-Lächeln, aber ein Lächeln immerhin, und es hat etwas Bizarres, weil es ganz und gar nicht zu den photographischen Konventionen des neunzehnten Jahrhunderts passen will. Es ist, als habe Julien das »Bildermachen« amüsant gefunden. Auf Photographien, die kurz vor seinem Lebensende, im zwanzigsten Jahrhundert also, aufgenommen wurden, lächelt er ebenfalls, aber sein Lächeln ist breiter und großzügiger. Es ist anzumerken, daß er auf diesen späteren Bildern extrem gutgelaunt, ja, einfach glücklich aussieht.

Julien war jedenfalls sein ganzes Leben lang der Magnat der Familie; er herrschte mehr oder minder über seine Nichten und Neffen und auch über seine Schwester Katherine und seinen Bruder Rémy.

Daß er unter seinen Feinden Furcht und Verwirrung stiften konnte, war wohlbekannt. Ein wütender Baumwollmakler wußte zu berichten, daß Julien während eines Disputs die Kleidung eines anderen Mannes habe in Flammen aufgehen lassen. Das Feuer wurde hastig gelöscht, und der Mann genas von ziemlich schweren Verbrennungen; gegen Julien wurde nie etwas unternommen. Ja, viele, die davon hörten – einschließlich der örtlichen Polizei – glaubten die Geschichte gar nicht, und Julien lachte, wann immer man ihn danach befragte. Aber es gibt auch eine – von einem einzigen Zeugen überlieferte – Geschichte, derzufolge Julien mit der schieren Kraft seines Willens jeden beliebigen Gegenstand habe in Brand setzen können; seine Mutter habe ihn deshalb stets geneckt.

Bis zu dieser Zeit besuchte kein Mayfair eine reguläre Schule. Alle aber genossen eine vorzügliche Privaterziehung. Julien war keine Ausnahme; in seiner Jugend hatte er mehrere gute Hauslehrer gehabt. Einer von ihnen, ein hübscher Yankee aus Boston, wurde ertrunken in einem Bayou bei Riverbend aufgefunden; man erzählte sich, Julien habe ihn erwürgt und ins Wasser geworfen. Auch in diesem Fall wurde nie eine Untersuchung eingeleitet, und die Familie Mayfair reagierte empört auf den Klatsch. Diener, die die Geschichte verbreitet hatten, dementierten sie sogleich wieder.

Dieser Bostoner Lehrer war zu seinen Lebzeiten eine großartige Informationsquelle gewesen. Er tratschte unaufhörlich über Marguerites seltsame Gewohnheiten und über die Angst der Sklaven vor ihr. Von ihm haben wir die Beschreibung ihrer Gläser und Flaschen mit den seltsamen Körperteilen und Gegenständen. Er behauptete, Annäherungsversuche von Marguerite abgewehrt zu haben. In der Tat tratschte er so bösartig und unvernünftig, daß mehr als eine Person die Familie vor ihm warnte.

Ob Julien den Mann umgebracht hat, läßt sich schwer mit Bestimmtheit sagen, aber wenn er es getan hat, hatte er – unter Berücksichtigung der damals herrschenden Einstellung – wenigstens einen gewissen Grund dazu.

Julien soll weiterhin alte Goldmünzen verschenkt haben, als wären es Kupferpennys. Die Kellner in den vornehmen Restaurants drängten sich danach, ihn zu bedienen. Er war ein legendärer Reiter und hatte in seinen Stallungen unweit der First Street mehrere eigene Reitpferde stehen sowie zwei Kutschen mitsamt Gespannen.

Noch im hohen Alter ritt er vormittags oft auf einer kastanienbraunen Stute den ganzen Weg von der St. Charles Avenue nach Carrolton und wieder zurück, und den schwarzen Kindern warf er im Vorüberreiten Kleingeld zu.

Nach seinem Tod wollten vier verschiedene Zeugen seinen Geist durch den Nebel auf der St. Charles Avenue reiten gesehen haben, und ihre Erzählungen wurden in den zeitgenössischen Blättern abgedruckt.

Zahllose Male wurde auch behauptet, Julien habe die Gabe der »Bilokation« gehabt, das heißt, er habe gleichzeitig an zwei verschiedenen Orten sein können. Diese Geschichte war unter den Dienstboten weit verbreitet. Danach sei es vorgekommen, daß man ihn beispielsweise in der Bibliothek gesehen habe, aber beinahe im selben Augenblick auch hinten im Garten. Oder ein Hausmädchen habe ihn zur Tür hinausgehen sehen, und als sie sich umdrehte, kam er die Treppe herunter.

Mehr als ein Dienstbote kündigte lieber seine Stellung in der First Street, als sich mit dem »seltsamen Monsieur Julien« abzufinden.

Man hat darüber spekuliert, ob nicht Lasher für diese seltsamen Vorkommnisse verantwortlich war. Wie sich die Sache auch verhalten haben mag, spätere Beschreibungen von Lashers Kleidung haben bemerkenswerte Ähnlichkeit mit der, die Julien auf zwei verschiedenen Porträts trägt. Wo Lasher im Laufe des zwanzigsten Jahrhunderts Erwähnung findet, ist er unweigerlich gekleidet wie Julien in den siebziger und achtziger Jahren des vorigen Jahrhunderts.

Wir wissen, daß er seine Mutter Marguerite liebte, und auch wenn er nicht viel Zeit in ihrer Gesellschaft verbrachte, kaufte er ständig Bücher für sie in New Orleans oder bestellte sie in New York und auch in Europa. Nur einmal erregte ein Streit zwischen ihnen Aufmerksamkeit; dabei ging es um Katherines Heirat mit Darcy Monahan, und Marguerite schlug Julien mehrmals und vor den Augen der Dienerschaft. Allen Berichten nach war er in seinen Gefühlen tief verletzt und zog sich einfach, in Tränen aufgelöst, aus der Gesellschaft seiner Mutter zurück.

Nach dem Tod seiner Frau Suzette verbrachte Julien immer weniger Zeit in Riverbend. Seine Kinder wuchsen ausschließlich in der First Street auf. Julien, der schon immer eine elegante Gestalt gewesen war, übernahm eine noch aktivere Rolle in der besseren Gesellschaft von New Orleans. Aber schon lange vorher erschien er regelmäßig mit seiner kleinen Nichte (oder Tochter) Mary Beth in der Oper und im Theater. Er veranstaltete zahlreiche Wohltätigkeitsbälle und förderte aktiv junge Amateurmusiker, die er in kleinen Privatkonzerten im großen Salon in der First Street präsentierte.

Julien erwirtschaftete nicht nur in Riverbend enorme Gewinne, sondern betätigte sich auch kaufmännisch; mit zwei Partnern in New York erzielte er auch in diesen Unternehmungen beträchtliche Erfolge. Er erwarb Immobilien in ganz New Orleans, die er Mary Beth vermachte, obwohl sie zur Erbin des Mayfair-Vermächtnisses bestimmt war und deshalb ein Vermögen zu erwarten hatte, das weit größer als das von Julien war.

Es scheint kaum einen Zweifel daran zu geben, daß Suzette, seine Frau, so sehr er sie anfangs geliebt hatte, eine Enttäuschung für ihn war. Diener wie Freunde berichten von zahlreichen unglückseligen Auseinandersetzungen. Es hieß, bei all ihrer Schönheit sei Suzette tief religiös gewesen, und Juliens muntere Natur habe sie gestört. Sie verschmähte die Juwelen und feinen Kleider, die sie tragen sollte. Sie ging abends nicht gern aus. Sie mochte keine laute Musik. Suzette, ein reizendes Geschöpf mit blasser Haut und glänzenden Augen, war immer kränklich, und sie starb jung, nachdem sie in rascher Folge vier Kinder zur Welt gebracht hatte. Ohne Zweifel hatte die eine Tochter, Jeannette, eine Art »zweites Gesicht«. Mehr als einmal hörten die Diener, daß sie in wilder Panik schrie, weil sie einen Geist oder sonst eine Erscheinung gesehen hatte. Ihre plötzlichen Panikanfälle und irrwitzigen Fluchten aus dem Haus auf die Straße waren im Garden District bald wohlbekannt, und sogar die Zeitungen schrieben darüber. Tatsächlich war es Jeannette, die als erste Anlaß zu »Geistergeschichten« um die First Street bot.

Julien war höchst ungeduldig mit Jeannette, und er sperrte sie oft ein. Aber nach sämtlichen Zeugnissen hat er seine Kinder geliebt. Alle seine Söhne studierten in Harvard und kehrten als Anwälte im Zivilrecht nach New Orleans zurück, wo sie selbst große Vermögen anhäuften. Ihre Nachkommen heißen bis zum heutigen Tag Mayfair, ungeachtet ihres Geschlechts oder ihrer ehelichen Verbindungen. Und die von Juliens Söhnen begründete Anwaltskanzlei verwaltet inzwischen seit Jahrzehnten das Mayfairsche Vermögen.

Wir haben mindestens sieben verschiedene Photographien von Julien mit seinen Kindern, darunter auch welche mit Jeannette (die jung starb). Auf allen macht die Familie einen äußerst fröhlichen Eindruck, und Barclay und Cortland haben große Ähnlichkeit mit ihrem Vater. Barclay und Garland starben, als sie Ende Sechzig waren, aber Cortland wurde achtzig Jahre alt und starb Ende Oktober 1959. Ich selbst habe noch im Jahr davor direkten Kontakt zu Cortland gehabt, aber davon wird an geeigneter Stelle die Rede sein.

Einiges von unserem interessantesten Material über Julien persönlich betrifft Mary Beth und die Geburt ihrer ersten Tochter, Belle. Mary Beth bekam von Julien alles, was sie sich nur wünschen konnte; er veranstaltete für sie Bälle in der First Street, die jede private Festlichkeit in New Orleans übertrafen. Die Gartenwege, Balustraden und Springbrunnen in der First Street – das alles wurde für die Party zu Mary Beths fünfzehntem Geburtstag entworfen und angelegt.

Mit fünfzehn war Mary Beth schon groß, und auf den Photos aus jener Zeit erscheint sie geradezu majestätisch und von dunkler Schönheit; sie hat große schwarze Augen und wunderschön geformte Augenbrauen. Aber ihre Haltung wirkt entschieden gleichgültig. Und diese scheinbare Abwesenheit aller narzißtischen oder eitlen Neigungen charakterisiert die Photos aus ihrem ganzen Leben. Manchmal ist ihre mannhafte Körperhaltung auf diesen Bildern von beinahe trotziger Lässigkeit; aber man muß sehr bezweifeln, daß sie wirklich trotzig und nicht eher geistesabwesend war. Oft wurde gesagt, sie habe ausgesehen wie ihre Großmutter Marguerite und nicht wie ihre Mutter Katherine.

Julien und Mary Beth fuhren 1888 nach Europa, wo sie volle anderthalb Jahre blieben. In dieser Zeit wurde New Orleans durch eine große Zahl von Briefen an Freunde und Verwandte davon in Kenntnis gesetzt, daß die sechzehnjährige Mary Beth einen schottischen Mayfair »geheiratet« habe – einen Cousin aus der Alten Welt – und Mutter einer kleinen Tochter namens Belle geworden sei. Die Hochzeit, die in einer schottischen katholischen Kirche gefeiert worden war, wurde in allen blumigen Einzelheiten in einem Brief geschildert, den Julien einer Freundin im French Quarter schickte, einem notorischen Tratschweib, das den Brief überall herumzeigte. Andere Briefe von Julien wie auch von Mary Beth beschrieben die

Hochzeit in verkürzter Form noch anderen schwatzhaften Freunden und Verwandten.

Bemerkenswert ist, daß Katherine sich auf die Kunde von der Hochzeit ihrer Tochter hin ins Bett legte und fünf Tage lang nicht essen und nicht sprechen wollte. Erst als man ihr mit einer Privatklinik drohte, setzte sie sich auf und ließ sich ein wenig Suppe einflößen. »Julien ist der Teufel«, wisperte sie, und in diesem Augenblick trieb Marguerite alle zum Zimmer hinaus.

Leider starb der mysteriöse Lord Mayfair bei einem Sturz vom Burgturm seiner Ahnen in Schottland, zwei Monate vor der Geburt seiner kleinen Tochter. Wiederum schrieb Julien umfangreiche Berichte über alles, was geschah, nach Hause, und Mary Beth richtete tränenreiche Briefe an ihre Freundinnen.

Es ist beinahe sicher, daß dieser Lord Mayfair eine fiktive Persönlichkeit ist. Mary Beth und Julien waren tatsächlich in Schottland; sie verbrachten einige Zeit in Edinburgh und besuchten sogar Donnelaith, wo sie die Burg auf dem Berg über der Stadt kauften, die Petyr van Abel beschreibt. Aber diese Burg, einst der Stammsitz des Clans von Donnelaith, war seit dem späten siebzehnten Jahrhundert eine verlassene Ruine. Und in ganz Schottland findet sich in keiner Akte irgendein Hinweis auf einen Lord Mayfair.

Indessen sind bei Erkundigungen, die die Talamasca in diesem Jahrhundert über die Ruine von Donnelaith eingezogen hat, erstaunliche Dinge zutage gekommen. Ein Brand verwüstete die Burg im Herbst des Jahres 1689, anscheinend etwa um die Zeit, als Deborah in Montcleve in Frankreich hingerichtet wurde – vielleicht sogar am selben Tag, aber das haben wir nie herausfinden können. Bei diesem Brand kamen die letzten vom Clan der Donnelaith – der alte Lord, sein ältester Sohn und sein kleiner Enkel – ums Leben.

Es ist eine verlockende Vermutung: Der alte Lord könnte Deborahs Vater gewesen sein. Eine ebenso verlockende Vermutung ist es, daß er ein elender Feigling war, der es nicht wagte, gegen die Verbrennung des armen, einfältigen Bauernmädchens Suzanne einzuschreiten, obwohl ihrer »frohgezeugten« Tochter Deborah das gleiche schreckliche Schicksal drohte.

Aber wir können dieses nicht mit Sicherheit wissen. Und wir können auch nicht wissen, ob Lasher eine Rolle bei dem Brand spielte, der die Familie Donnelaith auslöschte. Die Geschichte überliefert nur, daß der Alte verbrannte, während der Enkel im Rauch erstickte. Mehrere Frauen der Familie sprangen von den Mauern hinunter in den Tod. Der älteste Sohn fand anscheinend den Tod, als eine Holztreppe unter ihm zusammenbrach.

Die Geschichte überliefert auch, daß Julien und Mary Beth die Ruine von Donnelaith Castle kauften, nachdem sie nur einen Nachmittag dort verbracht hatten. Bis heute ist sie Eigentum der Familie Mayfair, und auch andere Mayfairs haben sie schon besucht.

Bewohnt oder restauriert wurde sie nie, aber man hat allen Schutt abgeräumt, sie wird in sicherem Zustand erhalten, und zu Stellas Lebzeiten im zwanzigsten Jahrhundert war sie der Öffentlichkeit zugänglich.

Warum Julien die Burg kaufte, was er darüber wußte und was er damit vorhatte, ist nie bekannt geworden. Bestimmt wußte er einiges über Deborah und Suzanne – entweder aus der Familiengeschichte oder von Lasher.

Die Talamasca hat der ganzen Frage – wer was wann wußte – sehr viel Zeit und Nachdenken gewidmet; es gibt nämlich überzeugende Hinweise darauf, daß die Mayfairs des neunzehnten Jahrhunderts nicht die ganze Familiengeschichte kannten. Katherine gestand bei mehr als einer Gelegenheit, daß sie nicht viel über die Ursprünge der Familie wisse, und selbst Mary Beth hat noch 1920 den Priestern der Pfarrkirche St. Alphonsus erzählt, es sei »alles verloren im Staub«. In einem Gespräch mit Architekturstudenten schien sie nicht einmal genau zu wissen, wer wann Riverbend erbaut hatte.

Wie immer der Sachverhalt gewesen sein mag, Julien reiste 1888 nach Donnelaith und kaufte die Burgruine. Und Mary Beth Mayfair erzählte bis ans Ende ihrer Tage, daß Lord Mayfair der Vater ihrer armen, liebsten kleinen Tochter Belle gewesen sei, die sich als das genaue Gegenteil ihrer mächtigen Mutter erweisen sollte.

Zurück zu unserer Chronologie. Der angebliche Onkel und seine Nichte kehrten gegen Ende des Jahres 1889 mit der kleinen Belle nach Hause zurück; Marguerite, die inzwischen neunzig und extrem hinfällig war, zeigte ein ganz spezielles Interesse an dem Baby.

Tatsächlich mußten Katherine und Mary Beth das Kind in Riverbend die ganze Zeit bewachen, weil Marguerite es sonst auf den Armen spazierentrug und es dann irgendwo fallen ließ oder auf eine Treppe oder einen Tisch legte und dort vergaß. Julien lachte über ihre Vorsichtsmaßnahmen und sagte oft – auch vor Dienern –, das Baby habe einen Schutzengel besonderer Art, der schon achtgeben werde.

Mary Beth, Julien und Belle lebten glücklich zusammen in der First Street, und obgleich Mary Beth leidenschaftlich gern tanzte und ins Theater und auf Partys ging, zeigte sie kein unmittelbares Interesse daran, einen »neuen« Mann zu finden.

Schließlich heiratete sie dennoch, wie wir sehen werden, und zwar einen Mann namens Daniel McIntyre, und brachte noch drei Kinder zur Welt: Carlotta, Lionel und Stella.

In der Nacht vor Marguerites Tod im Jahr 1891 wachte Mary Beth in ihrem Schlafzimmer in der First Street schreiend auf. Sie bestand darauf, daß sie unverzüglich nach Riverbend fahren müsse, weil ihre Großmutter im Sterben liege. Warum niemand nach ihr geschickt habe? Die Diener fanden Julien regungslos in der Bibliothek; er saß da und schien zu weinen. Anscheinend hörte und sah er nicht, wie Mary Beth ihn anflehte, sie nach Riverbend zu bringen.

Ein junges irisches Hausmädchen hörte dann, wie die alte Haushälterin, eine Mulattin, sagte, es sei vielleicht gar nicht Julien, was da am Schreibtisch sitze, und daß man ihn lieber suchen gehen solle. Dies versetzte das Hausmädchen in Schrecken, zumal die Haushälterin sogleich begann, um das Haus herumzugehen und »Michie Julien!« zu rufen, währenddessen dieses reglos weinende Individuum dort am Schreibtisch saß und vor sich hin starrte, als höre es nichts.

Endlich machte Mary Beth sich zu Fuß auf den Weg, und erst da sprang Julien vom Schreibtisch auf, fuhr sich mit den Fingern durch das weiße Haar und befahl den Dienstboten, den Brougham anzuspannen. Er holte Mary Beth ein, bevor sie die Magazine Street erreichte.

Man muß anmerken, daß Julien zu jener Zeit dreiundsechzig Jahre alt war; er wird als sehr gutaussehender Mann beschrieben, mit dem schwungvollen Auftreten und der Haltung eines Theaterschauspielers. Mary Beth war neunzehn und über die Maßen schön. Belle war erst zwei Jahre alt, und von ihr ist in diesen Berichten keine Rede.

Julien und Mary Beth trafen in Riverbend ein, als man gerade Boten ausschicken wollte, um sie zu holen. Marguerite war schon fast ohne Bewußtsein, der Schatten einer zweiundneunzigjährigen

Frau, deren knochige Finger eine wunderliche kleine Puppe umkrallten, die sie zur großen Verwirrung des Arztes und der sie pflegenden Schwester *maman* nannte. Die Schwester erzählte nachher ganz New Orleans davon.

Die Puppe, so wird berichtet, war ein grausiges Ding mit Gliedern aus echten Menschenknochen, die mit schwarzem Draht verbunden waren, und einer Mähne aus gräßlichen weißen Haaren, die an einen Lumpenkopf mit rohen Gesichtszügen geklebt waren.

Katherine, damals einundsechzig, und ihre beiden Söhne saßen am Bett, wie sie es schon seit Stunden taten. Rémy war ebenfalls da; er war schon einen Monat auf der Pflanzung gewesen, als seine Mutter erkrankt war.

Der Priester, Pater Martin, hatte Marguerite eben die Sterbesakramente gespendet, und auf dem Altar brannten noch die geweihten Kerzen.

Als Marguerite den letzten Atemzug tat, beobachtete der Priester neugierig, wie Katherine aufstand und zu der Juwelenschatulle auf der Kommode ging, die sie immer mit ihrer Mutter geteilt hatte; dort nahm sie die Smaragdkette heraus und gab sie Mary Beth. Mary Beth nahm sie dankbar in Empfang, legte sie an und weinte weiter.

Dann bemerkte der Priester, daß es zu regnen angefangen hatte, und ein ungeheuer kräftiger Wind pfiff ums Haus, ließ die Läden klappern und riß das Laub von den Bäumen. Julien war anscheinend entzückt darüber und lachte sogar.

Katherine erschien müde und verängstigt. Und Mary Beth weinte und wollte sich nicht trösten lassen. Clay, ein stattlicher junger Mann, beobachtete die Vorgänge sichtlich fasziniert. Sein Bruder Vincent wirkte nur gleichgültig.

Dann öffnete Julien die Fenster, um Wind und Regen hereinzulassen, was den Priester ein wenig ängstigte und ihm jedenfalls Unbehagen bereitete, denn es war Winter. Gleichwohl blieb er am Bett, wie er es für schicklich hielt, obschon der Regen tatsächlich auf das Bett fiel. Die Bäume krachten gegen das Haus. Der Priester befürchtete, einer der Äste könnte wirklich durch das nächstbeste Fenster zu ihm hereinfahren.

Julien küßte, davon völlig unberührt und mit Tränen in den Augen, die tote Marguerite und drückte ihr die Augen zu. Dann nahm er ihr die Puppe ab und schob sie in seine Rocktasche.

Als der Priester schüchtern nachfragte, ob man nicht vielleicht das Fenster schließen könne, sagte Julien ihm, der Himmel weine um Marguerite, und es sei respektlos, wollte man das Fenster schließen. Dann schlug er die geweihten Kerzen von dem katholischen Altar neben dem Totenbett, was bei dem Priester Anstoß erregte. Katherine erschrak ebenfalls.

Der Priester verließ schließlich das Haus, und nach wenigen hundert Schritten stellte er fest, daß es nicht mehr regnete und daß es auch nicht mehr windig war. Er stieß auf Clay, der vor dem Holzzaun am Rande der Plantage auf einem weißen, geraden Stuhl saß; er rauchte und beobachtete das ferne Unwetter, das im Dunkeln deutlich sichtbar tobte. Der Priester grüßte Clay, aber Clay schien ihn nicht zu hören.

Es gibt noch viele andere Geschichten über Julien, von denen im Laufe der Erzählung über Mary Beth zu berichten sein wird.

Aber wir sollten nicht zu Mary Beth übergehen, ohne noch einen letzten Aspekt von Juliens Person zu behandeln; nämlich seine Bisexualität. Wie oben schon erwähnt, wurde Julien in sehr jungen Jahren im Zusammenhang mit einem Verbrechen »wider die Natur« genannt, woraufhin er – versehentlich oder absichtlich – einen seiner Onkel tötete. Erwähnung findet auch ein männlicher Gefährte im French Quarter in den fünfziger Jahren des vorigen Jahrhunderts.

Solche Gefährten sollte Julien sein Leben lang haben, aber über die meisten wissen wir nichts.

Zwei von denen, über die wir doch Aufzeichnungen besitzen, sind ein Viertelneger namens Victor Gregoire und ein Engländer namens Richard Llewellyn.

Victor Gregoire arbeitete in den achtziger Jahren für Julien als eine Art Privatsekretär und sogar als Kammerdiener. Er wohnte im Dienstbotenquartier in der First Street, und er war ein bemerkenswert gutaussehender Mann – wie alle Freunde Juliens, männlich oder weiblich. Und man munkelte, er sei ein Mayfair-Sproß.

Jedenfalls wurde Victor von Julien sehr geliebt, aber die beiden hatten um das Jahr 1885, etwa zur Zeit von Suzettes Tod, einen Streit. Der einzige, etwas dünne Bericht über diesen Streit, der uns vorliegt, deutet an, Victor habe Julien vorgeworfen, Suzette in ihren letzten Krankheitstagen nicht mit hinreichendem Mitgefühl behandelt zu haben. Julien habe Victor daraufhin voller Empörung heftig verprügelt. Die Verwandten wiederholten diese Geschichte innerhalb der Familie so oft, daß auch Außenseiter Gelegenheit hatten, sie zu hören.

Anscheinend war man allgemein der Ansicht, daß Victor vermutlich recht habe, und da er Juliens überaus treuer Diener sei, habe er auch das Recht des Dieners, seinem Herrn die Wahrheit zu sagen. Jeder wußte zu jener Zeit, daß niemand Julien näherstand als Victor und daß Victor alles für Julien tat.

Es gibt indessen, wie man hinzufügen sollte, deutliche Hinweise darauf, daß Julien Suzette sehr wohl geliebt hat, so enttäuscht er auch von ihr sein mochte, und daß er gut für sie sorgte. Seine Söhne glaubten jedenfalls, daß er ihre Mutter liebe, und bei Suzettes Beerdigung war Julien betrübt. Noch Stunden später tröstete er Suzettes Eltern, und er nahm sich von allen geschäftlichen Verpflichtungen Urlaub, um bei seiner Tochter Jeannette sein zu können, die sich vom Tod ihrer Mutter »nie erholt« hat.

Nachkommen von Suzettes Geschwistern sagen heute, daß »Großtante Suzette«, die früher in der First Street gewohnt habe, tatsächlich von ihrem Mann Julien in den Wahnsinn getrieben worden sei – er sei pervers, grausam und auf eine Weise bösartig gewesen, die eine angeborene Geisteskrankheit vermuten lasse. Aber solche Äußerungen sind vage und entbehren aller wirklichen Kenntnisse über jene Periode.

Um mit Victors Geschichte fortzufahren: Der junge Mann starb auf tragische Weise, während Julien und Mary Beth in Europa waren. Als er eines Abends durch den Garden District nach Hause ging, geriet er einer schnellfahrenden Kutsche in den Weg. Bei dem darauffolgenden Sturz erlitt er einen schweren Schlag gegen den Kopf. Zwei Tage später erlag er seinen schweren Hirnverletzungen. Julien erfuhr die Nachricht bei seiner Rückkehr nach New Orleans. Er ließ ein wunderschönes Denkmal für Victor auf dem Friedhof Nr. 3 in New Orleans errichten.

DIE AUSSAGE DES RICHARD LLEWELLYN

Richard Llewellyn ist der einzige Beobachter Juliens, der je von einem Mitglied des Ordens persönlich interviewt werden konnte, und er war mehr als ein beiläufiger Beobachter.

Was er – über andere Familienmitglieder ebenso wie über Julien –

zu sagen hatte, läßt sein Zeugnis für uns von besonderem Interesse sein, obgleich es großenteils unbestätigt ist. Er hat uns einige der intimsten Einblicke in die Familie Mayfair vermittelt, die uns möglich waren.

Wir halten es daher für lohnend, unsere Rekonstruktion seiner Worte zur Gänze wiederzugeben.

Richard Llewellyn kam 1900 mit zwanzig Jahren nach New Orleans und trat eine Stellung bei Julien an, wie es Victor einst getan hatte, denn Julien hatte trotz seiner zweiundsiebzig Jahre immer noch ein ungeheures Interesse am Handel, an der Baumwollfabrikation, am Immobilien- und am Bankgeschäft. Bis in die Woche seines Todes – vierzehn Jahre später – hielt Julien seine regelmäßigen Bürostunden in der Bibliothek in der First Street ein.

Llewellyn arbeitete für Julien bis zu dessen Tod, und 1958, als ich meine Ermittlungen auf dem Gebiet der Mayfair-Hexen begann, bekannte er mir gegenüber ganz offen, daß er Juliens Geliebter gewesen sei.

1958 war Llewellyn über siebenundsiebzig Jahre alt. Er war ein mittelgroßer Mann von gesunder Gestalt und hatte lockiges schwarzes Haar, das von dicken grauen Strähnen durchzogen war, und sehr große, leicht vorquellende blaue Augen. Er besaß einen antiquarischen Buchladen in der Chartres Street im French Quarter, der auf Bücher über Musik, speziell über Opern, spezialisiert war. Im Laden spielten ständig phonographische Aufnahmen von Caruso, und Llewellyn, der unweigerlich an einem Pult im hinteren Teil saß, trug stets Anzug und Krawatte.

Eine Erbschaft von Julien hatte es ihm ermöglicht, Eigentümer des Gebäudes zu werden; im ersten Stock hatte er auch seine Wohnung, und er arbeitete in seinem Laden bis einen Monat vor seinem Tod im Jahr 1959.

Ich habe ihn im Sommer 1958 mehrmals besucht, aber nur einmal konnte ich ihn zu einer längeren Erzählung bewegen, und ich muß gestehen, daß der Wein, den er bei dieser Gelegenheit auf meine Einladung hin trank, damit viel zu tun hatte. Natürlich habe ich diese Methode – Essen, Wein und nochmals Wein – schamlos bei zahlreichen Mayfair-Zeugen verwandt; anscheinend funktioniert sie besonders gut in New Orleans und im Sommer.

Zu einer ganz und gar »zufälligen« Begegnung mit Llewellyn kam es, als ich eines Nachmittags im Juli in seine Buchhandlung spazierte und wir über die großen Kastratensänger der Oper ins Gespräch kamen – vor allem über Farinelli. Es war nicht schwierig, Llewellyn zu überreden, sein Geschäft um halb drei zu einer karibischen Siesta zu schließen und mit mir auf einen späten Lunch zu »Galatoire's« zu gehen.

Eine ganze Weile brachte ich das Gespräch nicht auf die Familie Mayfair, und dann auch nur zögernd und im Zusammenhang mit dem alten Haus in der First Street. Ich gestand offen, daß ich mich für das Haus und für die Leute, die dort lebten, interessierte. Llewellyn war zu diesem Zeitpunkt schon angenehm »besäuselt« und begann sogleich mit Erinnerungsgeschichten über seine ersten Tage in New Orleans.

Über Julien wollte er zunächst nichts sagen, aber dann sprach er von ihm, als wüßte ich alles über den Mann. Ich steuerte mehrere wohlbekannte Daten und Fakten bei, und das trieb die Konversation munter voran. Wir verließen »Galatoire's« schließlich und wechselten in ein kleines, stilles Café in der Bourbon Street hinüber, wo wir unser Gespräch bis gegen halb neun abends fortsetzten.

Als ich wieder in meinem Hotel war, versuchte ich das Gespräch, so gut es ging, zu rekonstruieren, und ich bemühte mich auch, Llewellyns spezielle Ausdrucksweise festzuhalten. Aber es ist gleichwohl eine Rekonstruktion. Abschließend möchte ich sagen, daß ich seine Äußerungen in ihrer Substanz für zutreffend halte.

Von Beginn an war Llewellyn aus tiefstem Herzen verliebt in Julien, und einer der frühen Schocks in seinem Leben bestand in der Entdeckung, daß Julien mindestens zehn bis fünfzehn Jahre älter war, als er gedacht hatte; er erfuhr das erst, als Julien Anfang 1914 seinen ersten Schlaganfall erlitt. Bis dahin war Julien ein ziemlich romantischer und kraftvoller Liebhaber für Llewellyn gewesen, und Llewellyn blieb dann bei Julien bis zu dessen Tod etwa vier Monate später. Julien war da bereits teilweise gelähmt, aber er konnte immer noch jeden Tag eine oder zwei Stunden in seinem Büro sitzen.

Llewellyn lieferte eine lebendige Beschreibung Juliens aus der Zeit um 1900; er beschrieb ihn als dünnen Mann, der ein wenig von seiner Größe eingebüßt hatte, aber im großen und ganzen immer noch elastisch und energisch war, strotzend von guter Laune und voller Phantasie.

Llewellyn berichtete offen, daß Julien ihn in die erotischen Geheimnisse des Lebens eingeführt habe. Er hatte ihm nicht nur beigebracht, wie man ein aufmerksamer Liebhaber ist, sondern den jungen Mann auch nach Storyville geführt – in den berüchtigten Rotlichtbezirk von New Orleans –, wo er mit ihm in etliche der besseren unter den dort betriebenen Häusern gegangen war.

Aber wir wollen unmittelbar zu seinem Bericht übergehen.

»Oh, die Tricks, die er mir beibrachte«, sagte Llewellyn, als er von ihrer amourösen Beziehung sprach, »und was für einen Humor er hatte. Es war, als sei die ganze Welt ein Witz für ihn, und es lag nie die leiseste Bitterkeit darin. Ich will Ihnen etwas sehr Privates über ihn erzählen. Er hat mit mir geschlafen, als wäre ich eine Frau. Wenn Sie nicht wissen, was ich meine, hat es keinen Sinn, es zu erklären. Und diese Stimme, sein französischer Akzent... Ich sage Ihnen, wenn er anfing, mir ins Ohr zu flüstern...

Er erzählte mir die ulkigsten Geschichten über seine Späße mit seinen anderen Liebhabern – wie er die ganze Welt genarrt hatte und wie einer von seinen Knaben – Aleister hieß er – sich als Frau verkleidete und mit Julien in die Oper ging, ohne daß irgend jemand auch nur den leisesten Verdacht schöpfte. Julien versuchte, auch mich dazu zu überreden, aber ich sagte, ich könnte das niemals durchhalten, niemals! Er hatte Verständnis dafür. Er war extrem gutmütig. Ja, es war unmöglich, ihn in einen Streit zu verwickeln. Er sagte, das alles habe er hinter sich, und überdies sei sein Zorn schrecklich, und er könne es nicht mehr ertragen, wenn er in Wut gerate. Es strenge ihn zu sehr an.

Ein einziges Mal war ich ihm untreu, und als ich nach zwei Tagen zurückkam, erwartete ich einen schrecklichen Krach, aber er behandelte mich mit – ja, wie soll man es nennen? Mit nachdenklicher Warmherzigkeit. Wie sich herausstellte, wußte er alles: was ich getan hatte, und mit wem. Und auf überaus freundliche, aufrichtige Art fragte er mich, weshalb ich ein solcher Narr gewesen sei. Es war regelrecht gespenstisch. Schließlich brach ich in Tränen aus und erklärte, ich hätte meine Unabhängigkeit zeigen wollen.

Das akzeptierte er mit einem Lächeln. Er tätschelte mir die Schulter und sagte, ich solle mir nicht weiter den Kopf zerbrechen. Ich sage Ihnen, das kurierte mich für alle Zeit vom Streunen! Es machte überhaupt keinen Spaß, mich so gräßlich zu fühlen und ihn dabei so ruhig und ergeben zu sehen. Dabei habe ich das eine oder andere gelernt, wahrhaftig.

Und dann fing er an zu erzählen, daß er Gedankenleser sei und daß er sehen könne, was an anderen Orten vor sich gehe. Er sprach viel darüber. Ich wußte nie, ob er es ernst meinte oder ob es wieder einer von seinen Späßen war. Er hatte so hübsche Augen. Er war ein sehr gutaussehender alter Mann. Und seine Art, sich zu kleiden, hatte etwas Auffallendes. Vermutlich könnte man sagen, er war so etwas wie ein Dandy. Wenn er sich schick gemacht hatte, in einem feinen weißen Leinenanzug mit gelber Seidenweste und einem weißen Panamahut, dann sah er wirklich prächtig aus.

Ich glaube, ich imitiere ihn bis zum heutigen Tag. Ist das nicht traurig? Ich laufe herum und versuche, auszusehen wie Julien Mayfair.

Ach, aber dabei fällt mir ein – er hat einmal etwas überaus Merkwürdiges getan, um mich zu erschrecken! Und bis heute weiß ich eigentlich nicht, was da genau passiert ist. Wir hatten uns am Abend vorher darüber unterhalten, wie Julien als junger Mann ausgesehen hatte und wie gut er auf all den Fotos aussah – und, wissen Sie, es war als habe man eine Geschichte der Fotografie vor sich, wenn man das alles studierte. Die ersten Bilder von ihm waren Daguerreotypien, später gab es dann echte Fotos in Sepia auf Karton und schließlich die Schwarzweißbilder, die wir heute kennen. Jedenfalls hatte er mir einen Stapel davon gezeigt, und ich hatte gesagt: ›Oh, ich wünschte, ich hätte dich gekannt, als du jung warst; ich glaube, du warst wirklich schön.‹ Dann brach ich ab. Ich schämte mich und fürchtete, ich hätte ihn gekränkt. Aber er saß da und lächelte mich nur an. Ich werde es nie vergessen. Er saß am anderen Ende seiner Ledercouch, die Beine übereinandergeschlagen, und sah mich durch den Rauch seiner Pfeife an, und dann sagte er: ›Nun, Richard, wenn du wissen willst, wie ich damals war, dann werde ich's dir vielleicht zeigen. Ich werde dich überraschen.‹

An diesem Abend war ich in der Stadt. Ich weiß nicht mehr, weshalb ich unterwegs war. Vielleicht wollte ich nur mal etwas rauskommen. Wissen Sie, dieses Haus konnte manchmal so bedrückend sein! Es war voller Kinder und alter Leute, und Mary Beth Mayfair war auch immer da, und sie war eine solche Heimsuchung – um es höflich zu formulieren. Wohlgemerkt, ich mochte Mary Beth. Jeder mochte Mary Beth. Und ich mochte sie sehr, zumindest bis Julien starb. Aber sie hatte eine Art, das Zimmer auszufüllen, wenn sie hereinkam. Sie überstrahlte alle anderen, könnte man sagen. Und dann war da ihr Mann, Richter McIntyre.

Richter McIntyre war ein schrecklicher Säufer. Er war immer betrunken. Und dabei so streitsüchtig. Ich sage Ihnen, mehr als einmal mußte ich ihn suchen gehen und ihn aus den irischen Bars in der Magazine Street nach Hause schleppen. Wissen Sie, die Mayfairs waren eigentlich nicht seine Sorte Leute. Dabei war er ein gebildeter Mann, von feinstem irischem Blut, um genau zu sein. Aber ich glaube, bei Mary Beth fühlte er sich irgendwie minderwertig. Sie hatte dauernd irgendwelche Kleinigkeiten an ihm auszusetzen: Er sollte sich seine Serviette auf den Schoß legen, oder er sollte im Eßzimmer keine Zigarren rauchen, oder er sollte beim Essen nicht auf sein Silber beißen, weil das Geräusch sie störte. Er war ewig beleidigt. Aber ich glaube, eigentlich hat er sie geliebt. Sie müßten sie schon gekannt haben, um das zu verstehen. Sie war nicht schön. Das war es nicht. Aber sie war... sie war absolut fesselnd!

Bloß war Richter McIntyre ein Ire von der Sorte, die es nicht erträgt, mit ihrer Ehefrau zusammen zu sein, wenn Sie verstehen, was ich meine. Er mußte mit Männern herumsitzen und dauernd trinken und streiten, und zwar nicht mit Männern wie Julien, sondern mit seinesgleichen: mit mächtig trinkenden, mächtig redenden Iren. Er verbrachte viel Zeit in der Stadt in seinem Club, aber oft ging er abends eben auch in die rauheren Sauflokale in der Magazine Street.

Zu Hause hat er immer viel Lärm gemacht. Aber er war ein guter Richter. Er trank erst, wenn er vom Gericht nach Hause kam, und weil er immer früh nach Hause kam, hatte er reichlich Zeit, sich bis zehn Uhr richtig vollaufen zu lassen. Dann zog er los, und gegen Mitternacht sagte Julien meistens: ›Richard, ich denke, du solltest ihn suchen gehen.‹

Julien nahm das alles leicht. Er fand Richter McIntyre komisch, und er lachte über alles, was der Richter sagte. Richter McIntyre redete und redete über Irland und über die politische Lage dort, und Julien wartete, bis er fertig war, und dann sagte er fröhlich und mit einem Zwinkern in den Augen: ›Von mir aus können die sich alle gegenseitig umbringen.‹ Dann geriet Richter McIntyre in Raserei. Mary Beth lachte und schüttelte den Kopf und trat dem Richter unter dem Tisch ans Schienbein. Aber in den letzten Jahren war es doch ziemlich schlimm mit ihm. Wie er es geschafft hat, überhaupt so alt zu werden, begreife ich nicht. Starb erst 1925, drei Monate nach Mary Beth. Lungenentzündung, hieß es. Aber Pustekuchen – Lungenentzündung: In der Gosse haben sie ihn gefunden. Am Weihnachtsabend, und so kalt war es, daß die Wasserleitungen einfroren. Lungenentzündung!

Ich habe gehört, Mary Beth hatte solche Schmerzen, als sie starb, daß sie ihr genug Morphium gaben, um sie fast umzubringen. Dann lag sie besinnungslos da, und er kam betrunken herein, weckte sie und sagte: ›Mary Beth, ich brauche dich.‹ Was für ein armer, betrunkener Trottel. Und sie sagte: ›Komm, Daniel, leg dich zu mir, Daniel.‹ Wenn man sich vorstellt, daß sie solche Schmerzen hatte... Stella hat es mir erzählt. Beim letztenmal, als ich sie sah – lebend, meine ich. Danach bin ich noch einmal dagewesen – zu Stellas Beerdigung. Da lag sie im Sarg, und es war ein Wunder, wie Lonigan diese Wunde verschlossen hatte. Sie war einfach schön, wie sie so dalag, und alle Mayfairs waren im Zimmer. Aber wie gesagt, da habe ich sie zum letzten Mal lebendig gesehen... Und was sie über Carlotta sagte, und wie Carlotta in den letzten Monaten so eiskalt zu Mary Beth war – da standen einem schon die Haare zu Berge.

Das muß man sich vorstellen: Eine Tochter ist eiskalt zu ihrer Mutter, die so stirbt. Aber Mary Beth merkte es nicht. Sie lag nur da, voller Schmerzen, halb im Traum, sagte Stella, und ohne zu wissen, wo sie war; manchmal redete sie laut mit Julien, als könnte sie ihn im Zimmer sehen. Und natürlich war Stella Tag und Nacht bei ihr; dessen können Sie sicher sein, denn Mary Beth hat Stella geliebt.

Ja, Mary Beth hat mir einmal erzählt, von ihr aus könne man alle ihre anderen Kinder in einen Sack stecken und in den Mississippi werfen. Stella war die einzige, auf die es ihr ankam. Natürlich war das ein Scherz. Sie war niemals gemein zu den anderen Kindern. Ich erinnere mich, wie sie Lionel stundenlang vorlas, als er klein war, und wie sie ihm mit der Schule half. Sie besorgte ihm die besten Lehrer, als er nicht zur Schule gehen wollte. Keines der Kinder war gut in der Schule – außer natürlich Carlotta. Stella flog von drei verschiedenen Schulen, glaube ich. Carlotta war die einzige, die wirklich gut war – und was hat es ihr genützt?

Aber wo war ich? Ach ja. Manchmal hatte ich das Gefühl, ich gehöre nicht in das Haus. Und dann ging ich aus. Ich ging ins French

Quarter. Das war die Zeit von Storyville, wissen Sie, als die Prostitution hier noch legal war. Julien hatte mich selbst einmal abends zu Lulu Whites »Mahogany Hall« mitgenommen, und auch in die anderen Nobelhäuser, und ihm war es ziemlich egal, wenn ich allein hinging.

Tja, und an diesem Abend sagte ich, ich gehe. Und Julien hatte nichts dagegen. Er hatte es sich oben im zweiten Stock in seinem Schlafzimmer gemütlich gemacht, mit seinen Büchern und seiner heißen Schokolade und seiner Pianola. Außerdem wußte er, daß ich nur gucken ging. Und so ging ich also und schlenderte an all den kleinen Häuschen vorbei, wo die Mädchen vor der Haustür standen und mir winkten, hereinzukommen. Aber natürlich hatte ich nicht die leiseste Absicht, das zu tun.

Und dann erblickte ich diesen wunderschönen jungen Mann. Ich meine, es war einfach ein wunderschöner junger Mann. Er stand in einer der Seitengassen dort unten und lehnte mit verschränkten Armen an der Hauswand, und er sah mich an. ›Bon soir, Richard‹, sagte er, und ich erkannte die Stimme mit dem französischen Akzent sofort: Es war Juliens Stimme. Und ich sah, daß der Mann Julien war! Aber er konnte nicht älter als zwanzig sein! Ich sage Ihnen, noch nie war ich so erschrocken. Ich hätte fast aufgeschrien. Es war schlimmer als ein Gespenst. Und dann war der Kerl fort, einfach so, verschwunden.

Ich konnte nicht schnell genug eine Droschke auftreiben und schnurstracks nach Hause in die First Street fahren. Julien öffnete mir die Haustür. Er trug seinen Hausmantel, paffte seine gräßliche Pfeife und lachte. ›Ich habe dir doch gesagt, ich zeige dir, wie ich mit zwanzig aussah‹, sagte er, und er lachte und hörte nicht mehr auf zu lachen.

Ich weiß noch, daß ich ihm in den Salon folgte. Das war damals ein so reizendes Zimmer, ganz anders als heute – Sie hätten es sehen sollen. Absolut wundervolle französische Stücke, überwiegend Louis Cinque, die Julien persönlich in Europa gekauft hatte, als er mit Mary Beth drüben gewesen war. So leicht und elegant, einfach entzückend. Diese Art-Deco-Möblierung war Stellas Sache gewesen. Sie hielt es für den letzten Schrei, diese Topfpalmen überall! Das einzige gute Möbelstück war das Bösendorfer-Klavier. Die Wohnung sah völlig verrückt aus, als ich zur Beerdigung hinkam, und Sie wissen natürlich, daß die Totenfeier für Stella daheim abgehalten wurde. Eine Begräbnishalle kam nicht in Frage für Stella. Ja, sie lag vorn genau in dem Zimmer aufgebahrt, in dem sie erschossen worden war – wußten Sie das? Aber was wollte ich sagen?

Ach ja, dieser unglaubliche Abend. Eben hatte ich Julien in der Stadt gesehen, den wunderschönen jungen Julien, der mich auf französisch angesprochen hatte, und dann war ich wieder zu Hause und folgte dem alten Julien in den Salon, und er setzte sich dort auf die Couch, streckte die Beine von sich und sagte: ›Ach, Richard, es gibt so vieles, was ich dir erzählen, so vieles, was ich dir zeigen könnte. Aber jetzt bin ich alt. Und was soll es auch? Ein prächtiger Trost des Alters ist, daß man nicht mehr verstanden zu werden braucht. Mit der unvermeidlichen Verhärtung der Arterien setzt eine Art Resignation ein.‹

Natürlich war ich immer noch aufgeregt. ›Julien‹, sagte ich, ›ich verlange zu wissen, wie du das gemacht hast.‹ Aber er antwortete nicht. Es war, als wäre ich nicht da. Er starrte ins Feuer. Er hatte dort im Winter immer ein Feuer in beiden Kaminen brennen. Da sind zwei Kamine in dem Salon, wissen Sie; der eine ist ein bißchen kleiner als der andere.

Ein bißchen später erwachte er aus seiner Träumerei und erinnerte mich daran, daß er an seiner Lebensgeschichte schreibe. Nach seinem Tod könne ich sie möglicherweise lesen – vielleicht. Er sei nicht sicher.

Er hatte wirklich ein interessantes Leben geführt, wissen Sie; er war ja lange vor dem Bürgerkrieg geboren und hatte viel gesehen. Ich ritt immer mit ihm zur Stadt hinaus und durch den Audubon Park und er erzählte von den alten Zeiten, als all das Land eine Plantage gewesen war. Er erzählte, wie er mit dem Dampfer von Riverbend heraufgekommen war. Er erzählte vom alten Opernhaus und von den Mischlingsbällen. Er erzählte und erzählte. Ich hätte das alles aufschreiben sollen. Dem kleinen Lionel und Stella hat er die Geschichten auch erzählt – und wie haben die beiden ihm gelauscht! Er nahm sie in der Kutsche mit in die Stadt, und dann zeigte er ihnen Häuser im French Quarter und erzählte dazu wundervolle Geschichten.

Ich sage Ihnen, ich wollte seine Lebensgeschichte nur zu gern lesen. Ich erinnere mich, daß ich mehrmals in die Bibliothek kam, und da saß er und schrieb und bemerkte, er arbeite an seiner Autobiographie. Er schrieb mit der Hand, obwohl er ja eine Schreibmaschine hatte, und es störte ihn überhaupt nicht, daß all die Kinder um ihn herum waren. Lionel saß am Kamin und las, oder Stella spielte auf der Couch mit ihrer Puppe, aber das störte ihn nicht: Er schrieb an seiner Autobiographie.

Und was glauben Sie? Als er starb, war keine Autobiographie da. Das hat Mary Beth mir gesagt. Ich flehte sie an, mich sehen zu lassen, was er geschrieben hatte, aber sie sagte nur so obenhin, da sei nichts. Ich durfte nichts auf seinem Schreibtisch anfassen. Sie schloß die Bibliothek ab. Oh, ich haßte sie dafür, ich haßte sie wirklich. Und sie tat es auf eine so beiläufige Art. Sie hätte jedermann überzeugt, daß sie die Wahrheit sagte, so sicher gab sie sich. Aber ich hatte doch das Manuskript gesehen!«

Ich war neugierig und wollte mehr über die Tage von Storyville wissen. Wie war es dort mit Julien gewesen?

»Oh«, sagte Llewellyn, »Julien hat Storyville geliebt, wirklich. Und die Frauen bei Lulu White im Spiegelsaal, die haben ihn angebetet, das kann ich Ihnen sagen. Sie haben ihm aufgewartet wie einem König. Und so war es überall, wo er hinkam. Aber es ist 'ne Menge dort unten passiert, worüber ich nicht so gern rede. Nicht, daß ich eifersüchtig auf Julien gewesen wäre. Es war schlicht und einfach schockierend für einen Yankee-Boy wie mich, der bis dahin ein sauberes Leben geführt hatte. Aber Sie werden besser verstehen, was ich meine, wenn ich es Ihnen erzähle.

Das erstemal, daß Julien mich mitnahm, war im Winter, und er ließ uns von seinem Kutscher geradewegs vor eines der besten Häuser fahren. Da spielte ein Pianist – ich weiß nicht mehr genau, wer es war: vielleicht Manuel Perez oder Jelly Roll Morton –, und wir saßen im Salon und hörten zu und tranken Champagner, und es war sehr guter Champagner, und natürlich kamen die Mädchen mit all ihrem liederlichen Putz und ihrem albernen Gehabe – da war die Herzogin So-und-so und die Gräfin So-und-so, und sie versuchten Julien zu verführen, und er war einfach charmant zu allen. Schließlich traf er seine Wahl. Es war eine ältere Frau, ziemlich unauffällig, und das wunderte mich, und er sagte, wir würden beide mit ihr hinaufgehen. Natürlich wollte ich nicht mit ihr zusammensein; nichts in der Welt hätte mich dazu bringen können, mit ihr zusammenzusein.

Aber darüber lächelte Julien nur, und er sagte, ich sollte zusehen, und so würde ich noch etwas über die Welt lernen. Das war typisch Julien.

Und was glauben Sie, was passierte, als wir ins Schlafzimmer kamen? Na, nicht für die Frau interessierte Julien sich, sondern für ihre beiden Töchter, die gerade neun und elf Jahre alt waren. Sie halfen gewissermaßen bei den Vorbereitungen – Julien wurde, um es behutsam auszudrücken, untersucht, damit sichergestellt war, daß er nicht an Sie-wissen-schon-was litt... und dann wurde er gewaschen. Ich sage Ihnen, ich war wie vom Donner gerührt, als ich sah, wie diese Kinder solche intimen Tätigkeiten verrichteten. Und was glauben Sie – als Julien mit der Mutter zur Sache kam, waren die beiden Mädchen mit im Bett. Sie waren beide sehr hübsch, die eine dunkelhaarig, die andere blondgelockt. Sie trugen kleine Chemises und dunkle Strümpfe, wenn Sie sich das vorstellen können, und sie waren bezaubernd – ich glaube, sogar für mich. Ja, man sah ihre kleinen Brustwarzen durch die Hemdchen. Dabei hatten sie kaum Brüste. Ich weiß nicht, warum das so bezaubernd war. Sie lehnten am hohen, geschnitzten Kopfende des Bettes – Sie wissen schon, es war eine von diesen maschinell gefertigten Scheußlichkeiten, die bis an die Decke reichen mit ihrem Halbbaldachin und der Krone oben drauf –, und sie küßten ihn wie dienende Englein, als er... als er... die Mutter bestieg, sozusagen.

Natürlich benahm er sich die ganze Zeit so anmutig, wie ein Mensch sich in einer solchen Situation nur benehmen kann. Man hätte meinen mögen, er sei Darius, der König von Persien, und diese Damen seien sein Harem; es war nicht die Spur von Befangenheit oder Roheit in ihm. Nachher trank er noch Champagner mit ihnen, und auch die kleinen Mädchen tranken welchen. Die Mutter versuchte ihren Zauber an mir, aber ich wollte nichts davon wissen. Julien wäre die ganze Nacht dageblieben, wenn ich ihn nicht gebeten hätte, zu gehen. Er brachte den beiden Mädchen ›ein neues Gedicht‹ bei. Anscheinend lehrte er sie jedesmal, wenn er kam, ein Gedicht, und sie sagten aus vergangenen Lektionen drei oder vier für ihn auf, darunter ein Sonett von Shakespeare. Das neue war von Elizabeth Barrett Browning.

Ich konnte es nicht erwarten, dieses Haus zu verlassen. Und auf dem Heimweg fiel ich wirklich über ihn her. ›Julien‹, sagte ich, ›was immer wir sein mögen, wir sind erwachsen, und das waren Kinder.‹ Er blieb freundlich wie immer. ›Jetzt komm, Richard‹, sagte er, ›sei kein Dummkopf. Solche Kinder nennen sie ›Trickbabys‹. Sie sind in einem Haus der Prostitution geboren, und sie werden so weiterleben bis ans Ende ihrer Tage. Ich habe ihnen nichts getan, was sie verletzen könnte. Und wäre ich nicht heute abend mit ihrer Mutter zusammengewesen, dann hätte es jemand anders getan, mit ihr und mit ihnen. Aber ich will dir sagen, was mich an dieser ganzen Sache so fasziniert, Richard. Es ist die Art, wie das Leben sich Geltung verschafft, ganz gleich, wie die Umstände sind. Natürlich muß es eine jämmerliche Existenz sein – was denn sonst? Aber diesen kleinen Mädchen gelingt es, zu leben, zu atmen, sich zu freuen. Sie lachen, und sie sind voller Neugier und Zärtlichkeit. Sie haben sich angepaßt – so kann man es sagen, glaube ich. Sie haben sich angepaßt, und sie greifen auf ihre eigene Art nach den Sternen.‹

Ich weiß, daß er oft nach Storyville fuhr und mich nicht mitnahm. Aber ich will Ihnen noch etwas ziemlich Merkwürdiges erzählen ...« (Hier zögerte er, und es bedurfte einigen Drängens.) »Er nahm Mary Beth mit. Er nahm sie mit zu Lulu White und ins Arlington, und das brachten sie nur zuwege, weil Mary Beth sich als Mann verkleidete.

Ich habe sie mehr als einmal zusammen ausgehen sehen, und wenn Sie Mary Beth je gesehen hätten, würden Sie es verstehen. Sie war keine häßliche Frau, in keiner Weise, aber sie war nicht zierlich. Sie war hochgewachsen und kräftig gebaut und wirkte ziemlich groß. In einem der Westenanzüge ihres Gatten gab sie einen verdammt gutaussehenden Mann ab. Sie stopfte sich das lange Haar unter einen Hut und schlang sich einen Schal um den Hals, und manchmal trug sie eine Brille – obwohl ich nicht recht weiß, warum – und dann zog sie mit Julien los.

Ich erinnere mich, daß es mindestens fünfmal vorgekommen ist. Und ich habe gehört, wie sie nachher darüber redeten, daß sie alle Welt zum Narren gehalten hätten. Richter McIntyre ging manchmal auch mit, aber in Wirklichkeit wollten sie ihn, glaube ich, nicht dabei haben.

Und dann erzählte Julien mir einmal, wie Richter McIntyre Mary Beth Mayfair kennengelernt hatte – in Storyville, etwa zwei Jahre vor meiner Ankunft. Damals war er noch nicht Richter McIntyre gewesen, sondern bloß Daniel McIntyre. Er war Mary Beth da unten begegnet und hatte die ganze Nacht mit ihr und Julien Billard gespielt, und erst am nächsten Morgen hatte er gemerkt, daß Mary Beth eine Frau war, und als er das herausgefunden hatte, ließ er nicht mehr ab von ihr.

Julien hat mir das alles erzählt. Sie waren dort unten gewesen, um ein bißchen umherzuziehen und nach Möglichkeit die Razzy Dazzy Spasm Band zu hören. Von der haben Sie, denke ich, schon gehört. Sie war gut, das war sie wirklich. Und irgendwie liefen Julien und Mary Beth, die sich bei diesen Ausflügen Jules nannte, Daniel McIntyre über den Weg, und danach zogen sie von Lokal zu Lokal und suchten nach einer guten Partie Pool, denn darauf hatte Mary Beth sich immer schon verstanden.

Es muß schon hell gewesen sein, als sie beschlossen, nach Hause zu gehen, und als der Richter ›Jules‹ zum Abschied mächtig umarmte, da nahm sie den Hut ab, und all das schwarze Haar wallte herunter, und sie sagte ihm, daß sie eine Frau sei. Fast hätte ihn an Ort und Stelle der Schlag getroffen.

Ich glaube, von diesem Tag an hat er sie geliebt. Ich kam ein Jahr nach ihrer Hochzeit, und da hatten sie schon Miss Carlotta, ein Baby in der Wiege; Lionel kam zehn Monate später, und anderthalb Jahre darauf dann Stella, die hübscheste von allen.

Um Ihnen die Wahrheit zu sagen: Richter McIntyre hat nie aufgehört, Mary Beth zu lieben. Das war sein Problem. 1913 war das letzte Jahr, das ich noch vollständig in diesem Haus verbrachte; da war er natürlich schon seit mehr als acht Jahren Richter, dank Juliens Einfluß, und ich sage Ihnen, er hat Mary Beth geliebt wie eh und je. Und auf ihre Art hat sie ihn auch geliebt. Ich schätze, sie hätte es mit ihm nicht ausgehalten, wenn es anders gewesen wäre.

Natürlich gab's da die jungen Männer. Die Leute redeten über die jungen Männer. Sie wissen schon, ihre Stalljungen und ihre Botenjungen – und die sahen gut aus, wirklich. Man sah sie die Hintertreppe herunterkommen, wissen Sie, und sie sahen irgendwie ängstlich aus, wenn sie zur Hintertür hinausschlüpften. Aber sie hat Richter McIntyre geliebt, wirklich; und ich will Ihnen noch etwas sagen: Ich glaube, er hat's nie gemerkt. Er war dauernd so verdammt betrunken. Und Mary Beth behandelte die Sache so kühl, wie sie auch alles andere behandelte.

Mich hat's immer erstaunt, wie sie Carlotta ertrug. Carlotta war dreizehn Jahre alt, als ich fortging. Sie war eine Hexe, die Kleine! Sie wollte auf ein Internat, und Mary Beth versuchte es ihr auszureden, aber das Mädchen war fest entschlossen, und schließlich ließ Mary Beth sie ziehen.

Mary Beth hakte Leute ab, und man könnte sagen, sie hakte Carlotta ab. Es lag teils an ihrer Kälte, nehme ich an, und es konnte einen zur Weißglut bringen. Als Julien gestorben war – wie sie mich da aus der Bibliothek aussperrte und aus dem Schlafzimmer im zweiten Stock, das werde ich nie vergessen. Dabei war sie kein bißchen aufgeregt. ›Jetzt gehen Sie, Richard, gehen Sie nach unten und trinken Sie einen Kaffee, und dann sollten Sie vielleicht packen‹, sagte sie, als spräche sie mit einem kleinen Kind.

Aber nein, in Aufregung geriet sie nie. Außer, als ich ihr sagte, daß Julien gestorben war. Da war sie aufgeregt. Um die Wahrheit zu sagen, sie geriet in Raserei. Aber nur für einen kurzen Augenblick. Als sie dann sah, daß er wirklich entschlafen war, beruhigte sie sich wieder, und sie rückte ihn zurecht und zog das Bettzeug glatt. Und nie wieder sah ich sie eine Träne vergießen.

Aber ich will Ihnen etwas Merkwürdiges von Juliens Beerdigung erzählen. Mary Beth tat etwas sehr Sonderbares. Sie war in diesem vorderen Zimmer, die Aufbahrung, und der Sarg war offen. Julien war eine schöne Leiche, und alle Mayfairs aus Louisiana waren anwesend. Ja, die Kutschen und Autos standen viele Blocks weit in der First und in der Chestnut Street. Und es hat geregnet – oh, wie es geregnet hat! Ich dachte, es würde überhaupt nicht mehr aufhören. So dick war der Regen, daß er wie ein Schleier um das Haus wehte. Aber die Hauptsache war folgendes. Sie hielten die Totenfeier für Julien; es war eigentlich nicht das, was man von den Iren kennt, denn dazu waren sie zu vornehm, aber es gab Wein und Essen, und natürlich war der Richter voll wie eine Haubitze. Und irgendwann, vor all den Leuten im Zimmer, schob Mary Beth sich einen Stuhl neben den Sarg, und sie langte in den Sarg und ergriff Juliens tote Hand, und dann döste sie einfach ein, auf dem Stuhl, den Kopf zur Seite gelegt, und hielt Juliens Hand, während all die Verwandten kamen und gingen.

Es war eine zärtliche Sache. Aber so eifersüchtig ich auch immer auf sie gewesen war, dafür liebte ich sie. Ich wünschte, ich hätte es auch tun können. Julien sah wirklich prächtig aus im Sarg. Und Sie hätten all die Schirme sehen sollen, auf dem Lafayette-Friedhof am nächsten Tag! Ich sage Ihnen, als sie den Sarg in die Gruft schoben, da bin ich innerlich selbst gestorben. Und genau in diesem Augenblick kam Mary Beth zu mir, und sie legte mir den Arm um die Schulter und flüsterte, so daß nur ich es hören konnte: ›Au revoir, mon cher Julien!‹ Sie hat es für mich getan, das weiß ich. Sie hat es für mich getan, aber es war auch ungefähr das Warmherzigste, was sie je getan hat.«

An dieser Stelle befragte ich ihn eingehender und wollte wissen, ob Carlotta bei der Bestattung geweint habe.

»Durchaus nicht. Ich kann mich nicht mal erinnern, sie da überhaupt gesehen zu haben. Sie war ein so schreckliches Kind. Humorlos und feindselig gegen jedermann. Julien hat einmal zu mir gesagt, Carlotta werde ihr Leben vergeuden, genau wie seine Schwester Katherine.

›Manche Leute leben nicht gern‹, meinte er. ›Sie können das Leben einfach nicht ausstehen. Sie behandeln es wie eine schreckliche Krankheit.‹ Ich mußte darüber lachen. Aber ich habe seitdem oft darüber nachgedacht. Julien liebte es, zu leben. Er war der erste in der Familie, der ein Automobil kaufte. Ein Stutz Bearcat war es, ganz unglaublich! Und mit dem Ding sind wir herumgefahren, kreuz und quer durch New Orleans. Er fand es wundervoll!

Er saß neben mir auf dem Vordersitz – ich mußte natürlich fahren –, in ein Reiseplaid gewickelt und mit seiner Staubbrille vor den Augen, und er lachte nur und freute sich, wenn ich rausklettern mußte, um das Ding anzukurbeln! Aber es hat Spaß gemacht, wirklich. Stella hat das Auto auch geliebt. Ich wünschte heute, ich hätte es noch. Wissen Sie, Mary Beth wollte es mir schenken, und ich habe es abgelehnt. Wollte die Verantwortung für das Ding nicht übernehmen, schätze ich. Ich hätt's nehmen sollen.

Später hat Mary Beth den Wagen einem ihrer Männer geschenkt, irgendeinem jungen Iren, den sie als Kutscher eingestellt hatte. Verstand nicht die Bohne von Pferden, wie ich mich erinnere. Brauchte er aber auch nicht. Ich glaube, später ist er Polizist geworden. Aber sie hat ihm dieses Auto geschenkt. Ich weiß das, weil ich ihn einmal damit gesehen habe, und er hat es mir erzählt.

Ja, Julien hat das Leben geliebt. Er war eigentlich nie wirklich alt.

Er erzählte mir, wie es mit seiner Schwester Katherine gewesen war, in den Jahren vor dem Krieg. Er hatte mit ihr die gleichen Späße getrieben wie nachher mit Mary Beth. Nur gab's damals noch kein Storyville. Damals gingen sie in die Gallatin Street, in die wüstesten Flußkneipen der Stadt. Katherine verkleidete sich als junger Matrose und wickelte sich einen Verband um den Kopf, um ihr Haar zu verbergen.

›Sie war anbetungswürdig‹, sagte Julien. ›Du hättest sie sehen sollen. Aber dann hat dieser Darcy Monahan sie vernichtet. Sie hat ihm ihre Seele verkauft. Ich sage dir, Richard, wenn du je bereit sein solltest, deine Seele zu verkaufen, dann gib dich nicht damit ab, sie an einen anderen Menschen zu verkaufen. Es ist ein schlechtes Geschäft, so etwas auch nur in Erwägung zu ziehen.‹

Julien sagte oft so seltsame Sachen. Natürlich war Katherine, als ich aufkreuzte, eine ausgebrannte, verrückte alte Schachtel. Schlichtweg verrückt, sage ich Ihnen – auf diese bockige, ewig sich wiederholende Weise, die einem auf die Nerven geht.

Immer saß sie hinten im Garten auf einer Bank und redete mit ihrem toten Mann, mit Darcy. Julien widerte das an. Ihre Religion ebenfalls. Und ich glaube, sie hatte einen gewissen Einfluß auf Carlotta, so klein sie auch war. Sicher war ich da allerdings nie. Carlotta ging jedenfalls sonntags mit ihr zur Messe in die Kathedrale.

Ich erinnere mich, daß Carlotta später einmal einen furchtbaren Streit mit Julien hatte, aber ich habe nie erfahren, worum es ging. Julien war ein so liebenswürdiger Mann; es war so leicht, ihn zu mögen. Aber das Kind konnte ihn nicht ausstehen. Sie konnte es nicht ertragen, in seiner Nähe zu sein. Und dann brüllten sie einander an, hinter geschlossenen Türen in der Bibliothek. Sie brüllten auf französisch, und ich verstand kein Wort. Schließlich kam Julien heraus und ging nach oben. Er hatte Tränen in den Augen. Und er hatte eine Schramme im Gesicht; er drückte sein Taschentuch darauf. Ich glaube, das kleine Biest hatte ihn tatsächlich geschlagen. Es war übrigens das einzige Mal, daß ich ihn je habe weinen sehen.

Und diese gräßliche Carlotta – sie war eine so kalte, gemeine kleine Person. Sie stand einfach da und sah ihm nach, wie er die Treppe hinaufging, und dann erklärte sie, sie gehe jetzt hinaus auf die Vordertreppe, um dort zu warten, bis ihr Daddy nach Hause käme.

Mary Beth war auch da, und sie sagte: ›Nun, da wirst du lange warten müssen, denn dein Vater sitzt in diesem Augenblick betrunken in seinem Club, und sie werden ihn nicht vor zehn Uhr in die Kutsche laden. Zieh dir also eine Jacke an, wenn du draußen warten willst.‹

Wie sie das sagte, klang es eigentlich nicht niederträchtig, sondern nüchtern und sachlich, wie eben alles, was sie sagte. Aber Sie hätten sehen sollen, wie das Kind seine Mutter ansah. Ich glaube, sie gab ihrer Mutter die Schuld an der Sauferei ihres Vaters, und wenn sie es wirklich tat, war sie ein törichtes kleines Kind. Ein Mann wie David McIntyre hätte unter allen Umständen getrunken, ob er nun mit der Jungfrau Maria oder mit der Hure von Babylon verheiratet gewesen wäre. Darauf kam es absolut nicht an.

Aber Carlotta begriff das nie. Ich glaube, Lionel hat es begriffen, und Stella ebenfalls. Sie haben beide Eltern geliebt – zumindest sah es für mich immer so aus. Vielleicht war es Lionel dann und wann ein wenig peinlich, was der Richter anstellte, aber er war ein guter Junge, ein treuer Junge. Und Stella, ja, Stella hat ihre Mutter und ihren Vater angebetet.

Ach, aber dieser Julien. Ich erinnere mich an das letzte Jahr; da hat er es wirklich zu toll getrieben. Er nahm Lionel und Stella mit hinunter ins French Quarter, um ihnen die Unanständigkeiten zu zeigen, sozusagen, und da waren sie gerade zehn und elf Jahre alt. Das ist kein Witz! Und wissen Sie, ich glaube nicht, daß es das erste Mal war. Ich glaube nur, es war das erste Mal, daß er es nicht vor mir verbergen konnte, was er da für Unfug im Schilde führte. Und Stella, wissen Sie, hatte er als kleinen Matrosen verkleidet, und sie sah so niedlich aus. Und dann fuhren sie den ganzen Abend dort herum, und er zeigte ihnen die schicken Clubs. Mit hineingenommen hat er sie natürlich nicht; das hätte nicht mal Julien sich geleistet, nehme ich an. Aber getrunken haben sie, das kann ich Ihnen sagen.

Ich war wach, als sie nach Hause kamen. Lionel war leise; er war immer leise. Aber Stella war ganz aufgedreht von all dem, was sie da unten gesehen hatte, wissen Sie, von den Frauen dort auf der Straße. Und dann saßen wir noch lange auf der Treppe, Stella und ich, und unterhielten uns flüsternd darüber, als Lionel schon längst mit Julien hinauf in den zweiten Stock gegangen war und ihn zu Bett gebracht hatte.

Stella und ich gingen dann in die Küche und machten eine Flasche

Champagner auf. Sie sagte, sie sei alt genug, um davon zu trinken; auf mich hörte sie selbstverständlich überhaupt nicht, und wer war ich auch, daß ich sie daran hindern wollte? Am Ende tanzten wir dann alle drei, sie und Lionel und ich, hinten auf der Terrasse, als die Sonne aufging. Stella führte einen Ragtime-Tanz vor, den sie da unten gesehen hatte. Sie sagte, Julien wolle mit ihnen nach Europa fahren und rund um die Welt, aber dazu kam es natürlich nicht mehr. Ich glaube nicht, daß sie wußten, wie alt Julien wirklich war – ebenso wenig wie ich es wußte. Als ich auf dem Grabstein das Jahr 1828 sah, war ich schockiert, das kann ich Ihnen sagen. Aber danach wurde mir natürlich einiges klar. Kein Wunder, daß er eine so eigentümliche Sicht der Dinge hatte. Er hatte tatsächlich ein ganzes Jahrhundert vorüberziehen sehen.

Stella hätte auch so alt werden sollen, wirklich. Ich weiß noch, wie sie etwas zu mir sagte, was ich nie vergessen habe. Das war lange nach Juliens Tod. Wir haben hier unten zu Mittag gegessen, im ›Court of Two Sisters‹. Da hatte sie Antha schon bekommen, und natürlich hatte sie sich nicht die Mühe gemacht, zu heiraten oder wenigstens den Vater zu identifizieren. Der besseren Gesellschaft hier hätte sie damit fast die Schuhe ausgezogen. Aber was wollte ich sagen? Wir aßen zu Mittag, und sie erzählte mir, sie würde so alt werden wie Julien. Sie sagte, Julien habe in ihrer Hand gelesen und es ihr gesagt. Ein langes Leben würde sie haben.

Und wenn man es sich dann vorstellt: von Lionel erschossen, als sie noch keine dreißig Jahre alt war ... mein Gott! Aber Sie wissen, daß es eigentlich Carlotta war, nicht wahr?«

Llewellyn redete inzwischen einigermaßen unzusammenhängend. Ich bedrängte ihn, ausführlicher über Carlotta und die Schießerei zu berichten, aber er wollte nicht weiter darüber reden. Das ganze Thema begann ihn zu ängstigen. Er kehrte zu Juliens »Autobiographie« zurück und wiederholte, wie gern er sie lesen würde. Und was er nicht alles dafür geben würde, wenn er eines Tages in das Haus gelangen und Hand an diese Papiere legen könnte, sofern sie noch oben in diesem Zimmer lägen. Aber so lange Carlotta da sei, habe er natürlich keine Chance.

Ich wollte mir keine Gelegenheit entgehen lassen und fragte deshalb eindringlich, ob er je etwas Merkwürdiges im Haus bemerkt habe, etwas Übernatürliches, einen Geist etwa.

Seine Reaktion auf meine Frage war sehr heftig. »Ach, das«, sagte er. »Ja, das war furchtbar, einfach furchtbar. Davon kann ich niemandem erzählen. Außerdem muß ich es mir eingebildet haben.« Dabei wäre er fast unter den Tisch gesunken.

Ich half ihm hinauf in seine Wohnung über der Buchhandlung in der Chartres Street. Immer wieder erzählte er, Julien habe ihm das Geld für das Haus hinterlassen, und für die Eröffnung des Ladens auch. Julien hatte gewußt, daß Llewellyn Lyrik und Musik liebte und seine Büroarbeit eigentlich verabscheute. Er hatte ihm die finanzielle Unabhängigkeit geschenkt. Aber das eine Buch, das Llewellyn sich wirklich wünschte, war Juliens Lebensgeschichte.

Als ich ein paar Tage später noch einmal versuchte, mit ihm ins Gespräch zu kommen, war Llewellyn sehr höflich, aber zurückhaltend. Er entschuldigte sich dafür, daß er so viel getrunken und geredet habe, obgleich es ihm Spaß gemacht habe. Aber sein Vertrauen gewann ich nicht wieder. Ich fragte ihn noch einmal, ob es in dem Haus in der First Street spuke, wie die Leute sagten. Es gebe da so viele Geschichten.

Aber er verhielt sich ähnlich ängstlich wie am Tag zuvor. Er wandte den Blick ab, seine Augen öffneten sich weit, und ihn schauderte. »Ich weiß nicht«, sagte er. »Es könnte das gewesen sein, was man als Geist bezeichnet. Ich denke nicht gern an diese Dinge. Ich dachte immer, es ist meine … Schuld, wissen Sie – daß ich es mir eingebildet habe.«

Als ich ihn unversehens – und vielleicht ein bißchen zu heftig – bedrängte, sagte er, die Familie Mayfair sei eine harte und sonderbare Familie. »Mit diesen Leuten kriegt man besser keinen Ärger. Diese Carlotta Mayfair, die ist ein Monster. Ein echtes Monster.« Seine Miene war voller Unbehagen.

Ich fragte ihn, ob sie ihm je Schwierigkeiten gemacht habe; darauf antwortete er abwinkend, sie mache jedem Schwierigkeiten. Aber dabei wirkte er abwesend und besorgt. Und dann sagte er etwas höchst Merkwürdiges, und ich notierte es, sobald ich in meinem Hotelzimmer war. Er sagte, er habe nie an ein Leben nach dem Tod geglaubt, aber wenn er an Julien denke, dann sei er überzeugt, daß er noch irgendwo existiere.

»Ich weiß, Sie halten mich für übergeschnappt, wenn ich so etwas sage«, meinte er. »Aber ich könnte schwören, es ist so. Ich könnte schwören, daß ich in der Nacht nach unserer ersten Begegnung von Julien geträumt habe und daß Julien mir eine Menge erzählt hat. Als ich aufwachte, konnte ich mich nicht deutlich an den Traum erinnern, aber ich wußte, Julien wollte nicht, daß wir uns noch einmal unterhalten. Es gefällt mir nicht einmal, daß wir jetzt miteinander reden, aber... nun, ich habe das Gefühl, ich muß es Ihnen sagen.«

Ich sagte, daß ich ihm glaubte. Er fügte noch hinzu, der Julien im Traum sei nicht der Julien gewesen, den er in Erinnerung habe. Er sei deutlich verändert gewesen. »Er kam mir weiser vor, gütiger – so, wie man hofft, daß jemand sein wird, der auf die andere Seite hinübergewechselt ist. Und er sah nicht alt aus. Aber jung war er auch nicht. Ich werde diesen Traum nie vergessen. Er war... absolut real. Ich könnte schwören, Julien stand am Fußende meines Bettes. Und ich erinnere mich an einen Satz, den er sagte. Er sagte: *Gewisse Dinge sind vorherbestimmt, aber man kann sie verhindern.*«

»Was für Dinge?« fragte ich.

Er schüttelte den Kopf, und danach sagte er nichts mehr, so sehr ich auch auf ihn eindrang. Ich konnte ihn nicht einmal dazu bringen, die Geschichte noch einmal zu wiederholen.

Das letzte Mal sah ich ihn Ende August 1959. Er war offensichtlich krank gewesen. Ein schlimmer Tremor beeinträchtigte seinen Mund und seine linke Hand, und er konnte nicht mehr völlig klar sprechen.

Erst dachte ich, er erinnere sich nicht an mich, so vage war sein Blick. Aber dann schien er mich doch zu erkennen, und er geriet in Erregung.

»Kommen Sie mit mir nach hinten«, sagte er, und als er sich mühsam von seinem Pult erheben wollte, reichte ich ihm eine Hand. Er war unsicher auf den Beinen. Durch einen staubigen Gang hinter einem Vorhang gelangten wir in einen kleinen Lagerraum, und dort blieb er stehen, als starre er etwas an; aber ich konnte nichts erkennen.

Dann lachte er kurz und seltsam und winkte ab. Mit zitternden Händen holte er eine Schachtel hervor und nahm einen Stapel Bilder heraus. Es waren lauter Bilder von Julien. Er gab sie mir. Es schien, als wolle er etwas sagen, aber er fand keine Worte.

»Ich kann Ihnen nicht sagen, wieviel mir das bedeutet«, sagte ich.

»Ich weiß«, antwortete er. »Deswegen sollen Sie sie ja haben. Sie sind der einzige Mensch, der je verstanden hat, was es mit Julien auf sich hatte.«

Da wurde ich traurig, furchtbar traurig. Hatte ich es wirklich verstanden? Vermutlich ja. Er hatte Julien Mayfairs Gestalt für mich zum Leben erweckt, und ich hatte die Gestalt verführerisch gefunden.

»Hat Julien leiden müssen, als er starb?« fragte ich.

Er verlor sich in Gedanken, schüttelte dann den Kopf. »Nein, eigentlich nicht. Es gefiel ihm natürlich nicht besonders, gelähmt zu sein. Wem würde das auch gefallen? Aber er liebte Bücher. Ich habe ihm dauernd vorgelesen. Gestorben ist er frühmorgens. Ich weiß das, weil ich bis zwei Uhr bei ihm war; dann blies ich die Lampe aus und ging nach unten.

Ja, und gegen sechs Uhr weckte mich ein Unwetter. Es regnete so heftig, daß das Wasser an den Fensterbänken hereinkam. Und die Äste des Ahorns draußen machten ein tolles Getöse. Ich lief sofort hinauf, um nach Julien zu sehen. Sein Bett stand gleich am Fenster.

Und was glauben Sie? Er hatte es irgendwie fertiggebracht, sich aufzusetzen und das Fenster zu öffnen, und da hing er tot über der Fensterbank, mit geschlossenen Augen, ganz friedlich, als habe er nur frische Luft schnappen wollen und als habe er danach einfach aufgegeben, einfach so: als sei er gestorben, wie man einschläft, mit dem Kopf auf der Seite. Es wäre ein sehr friedvoller Anblick gewesen, wenn das Unwetter nicht gewesen wäre, wenn der Regen nicht auf ihn herabgeprasselt und wenn nicht sogar Laub ins Zimmer gewirbelt wäre.

Später hieß es, er habe einen massiven Schlaganfall erlitten. Man konnte sich nicht erklären, wie er es geschafft hatte, das Fenster zu öffnen. Ich habe nie etwas gesagt, aber mir kam so der Gedanke ...«

»Ja?« drängte ich.

Er zuckte leicht die Achseln und fuhr mit bleischwerer Zunge fort: »Mary Beth wurde verrückt, als ich sie rief. Sie zerrte ihn von der Fensterbank herunter und zurück aufs Kissen. Sie schlug ihm sogar ins Gesicht. ›Wach auf, Julien!‹ schrie sie. ›Julien, verlaß mich noch nicht!‹ Ich hatte verfluchte Mühe, dieses Fenster wieder zu schließen. Dann flog eine der Scheiben heraus. Es war furchtbar.

Und diese grauenhafte Carlotta kam herauf. Alle anderen kamen, um ihn noch einmal zu küssen und ihre Reverenz zu erweisen, und

Millie Dear – Rémys Tochter, wissen Sie – half uns mit dem Bettzeug. Aber diese grauenhafte Carlotta stand da auf dem Treppenabsatz, die Hände gefaltet wie eine Nonne, und starrte die Tür an.

Und Belle, die geliebte Belle. Belle, der Engel. Sie kam mit ihrer Puppe herein und fing an zu weinen. Und dann stieg Stella zu ihm ins Bett und legte ihm die Hand auf die Brust.«

Llewellyn lächelte und schüttelte den Kopf, und dann fing er an, leise zu lachen, als sei ihm etwas eingefallen, das zärtliche Gefühle in ihm weckte. Er sagte etwas, aber es klang undeutlich. Dann räusperte er sich mit Mühe. »Diese Stella«, sagte er. »Alle haben Stella geliebt. Nur Carlotta nicht. Carlotta nie...« Seine Stimme erstarb.

Ich bedrängte ihn weiter mit Fragen, wie ich sie sonst in aller Regel vermeide: Ich brachte das Gespräch auf den Geist.

Ich wußte nicht, ob er mich verstand. Er kehrte zu seinem Pult zurück und setzte sich, und als ich schon ganz sicher war, daß er mich ganz und gar vergessen hatte, sagte er, es gebe da etwas in dem Haus, aber er wisse nicht, wie er es erklären solle.

»Da waren Dinge«, sagte er, und ein Ausdruck des Abscheus legte sich auf sein Gesicht. »Und ich hätte schwören können, sie wußten alle Bescheid. Manchmal war es bloß ein Gefühl... das Gefühl, daß man ständig von jemandem beobachtet wurde.«

»Steckte nicht doch mehr dahinter?« bohrte ich.

»Ich habe Julien davon erzählt«, sagte er. »Ich habe es Julien erzählt; ich habe gesagt, es sei bei uns im Zimmer, und wir seien nicht allein: Es... beobachtete uns. Aber er hat nur gelacht, wie er über alles lachte. Er meinte, ich solle nicht so befangen sein. Aber ich hätte schwören können, daß es da war! Es kam, wissen Sie, wenn Julien und ich... zusammen waren.«

»War es etwas, das Sie gesehen haben?«

»Nur zum Schluß«, sagte er, und er setzte etwas hinzu, das ich nicht verstand. Als ich nachfragte, schüttelte er den Kopf und preßte nachdrücklich die Lippen zusammen. Dann senkte sich seine Stimme zu einem Flüstern. »Muß es mir eingebildet haben. Aber in den letzten paar Tagen, als Julien so krank war, hätte ich schwören können, daß da etwas war, ganz eindeutig. Es war bei Julien im Zimmer, es war bei ihm im Bett.«

Seine Mundwinkel krümmten sich herab, und er runzelte die Stirn; seine Augen funkelten mich unter buschigen Brauen an.

»Ein furchtbares, furchtbares Ding«, wisperte er kopfschüttelnd, und wieder schauderte es ihn.

»Haben Sie es gesehen?«

Er wandte sich ab. Ich stellte ihm noch ein paar Fragen, aber ich wußte, daß meine Mühe vergebens war. Als er noch einmal Antwort gab, verstand ich undeutlich, daß die anderen von dem Wesen gewußt hätten: Sie hätten es gewußt und so getan, als wüßten sie nichts.

Dann sah er mich wieder an. »Ich sollte nicht wissen, daß sie es wußten. Aber sie wußten es alle. Ich habe zu Julien gesagt: ›Da ist noch etwas im Haus, und ihr wollt mir nicht sagen, daß ihr es alle wißt; aber ihr wißt, was ihm gefällt und was es will – und ihr wollt mir nicht sagen, daß ihr es wißt.‹ Und er sagte: ›Jetzt hör auf, Richard‹, und er benutzte all seine ... Überzeugungskraft, sozusagen, damit ich die Sache vergäße. Und dann, in der letzten Woche, in dieser furchtbaren letzten Woche, da war es da – in seinem Bett. Ich weiß es. Ich bin auf meinem Stuhl aufgewacht und habe es gesehen. Wirklich. Ich habe es gesehen. Es war der Geist eines Mannes, und er hat es mit Julien getrieben. O Gott, was für ein Anblick. Denn, wissen Sie, ich wußte ja, daß er nicht real war. Überhaupt nicht real. Es war ja unmöglich. Und trotzdem habe ich ihn gesehen.«

Er schaute weg, und das Zittern seiner Lippen wurde schlimmer. Er wollte ein Taschentuch hervorziehen, aber er nestelte nur daran herum. Ich wußte nicht, ob ich ihm helfen sollte oder nicht.

Dann schüttelte er den Kopf und erklärte, er könne jetzt nicht mehr sprechen. Er wirkte völlig erschöpft. Er sagte, er bleibe nicht mehr den ganzen Tag im Geschäft und werde bald nach oben gehen. Ich dankte ihm ausgiebig für die Bilder, und er murmelte: Ja, er sei ja froh, daß ich gekommen sei, denn er habe auf mich gewartet, um mir die Bilder zu geben.

Ich habe Richard Llewellyn nie wiedergesehen. Er starb etwa fünf Monate nach unserem letzten Gespräch, Anfang 1959. Man begrub ihn auf dem Lafayette-Friedhof, nicht weit von Julien.

Es war zehn nach zwei. Michael hörte nur auf zu lesen, weil er aufhören mußte. Die Augen fielen ihm zu. Er würde ein Weilchen schlafen müssen, bevor er weitermachte.

Lange saß er regungslos da und starrte die Akte an, die er gerade zugeklappt hatte. Ein Klopfen an der Tür ließ ihn zusammenschrekken.

»Herein«, sagte er.

Aaron trat leise ein. Er trug einen Pyjama und einen wattierten Seidenmantel mit einer Schärpe um den Leib. »Sie sehen müde aus«, stellte er fest. »Sie sollten jetzt ins Bett gehen.«

»Ich muß«, sagte Michael. »Als ich jung war, da konnte ich den Kaffee nur so in mich hineinschütten. Aber so ist es nicht mehr. Die Augen fallen mir einfach zu.« Er lehnte sich in dem Ledersessel zurück, fischte sich eine Zigarette aus seiner Hemdtasche und zündete sie an. Sein Bedürfnis nach Schlaf war plötzlich so übermächtig, daß er die Augen schloß und fast die Zigarette hätte fallen lassen. Mary Beth, dachte er. Muß weiter, zu Mary Beth. So viele Fragen...

Aaron ließ sich in den Ohrensessel in der Ecke sinken. »Rowan hat ihren Flug um Mitternacht abgesagt«, erzählte er. »Sie fliegt erst morgen, und vor dem Nachmittag ist sie nicht in New Orleans.«

»Woher wissen Sie solche Sachen?« fragte Michael schläfrig. Aber in Wirklichkeit beschäftigten ihn ganz andere Dinge. Er nahm noch einen müden Zug von seiner Zigarette und starrte auf den Teller mit den ungegessenen Sandwiches. Er hatte keinen Hunger gehabt. »Aber das ist gut«, sagte er. »Wenn ich um sechs Uhr aufstehe und gleich weiterlese, kann ich bis zum Abend fertig sein.«

»Und dann sollten wir miteinander reden«, sagte Aaron. »Wir sollten uns ausführlich unterhalten, bevor Sie zu ihr gehen.«

»Ich weiß. Glauben Sie mir, ich weiß es. Aaron, warum, zum Teufel, bin ich in diese Sache verwickelt? Warum? Warum sehe ich diesen Mann seit meiner Kindheit?« Er zog an seiner Zigarette. »Haben Sie Angst vor diesem Geist, diesem Lasher?« fragte er dann.

»Ja, natürlich«, antwortete Aaron ohne das leiseste Zögern.

Michael war überrascht. »Dann glauben Sie das alles? Und Sie haben ihn selbst gesehen?«

»Ich habe es geglaubt, bevor ich ihn gesehen hatte«, erwiderte Aaron. »Meine Kollegen haben ihn gesehen. Und sie haben berichtet, was sie gesehen haben. Als erfahrenes Mitglied der Talamasca habe ich ihr Zeugnis akzeptiert.«

»Dann akzeptieren Sie auch, daß dieses Wesen Menschen töten kann?«

Aaron dachte einen Moment lang nach. »Schauen Sie, ich sage es Ihnen lieber gleich. Und versuchen Sie, es im Gedächtnis zu behalten. Das Wesen kann Schaden anrichten, aber es hat eine höllische Mühe damit.« Er lächelte. »Das soll kein Wortspiel sein. Ich will nur sagen: Lasher tötet meistens durch Tricks. Sicher kann er physikalische Effekte verursachen – er kann Gegenstände bewegen, Äste herabfallen und Steine fliegen lassen und dergleichen mehr. Aber er hantiert unbeholfen und oft schwerfällig mit dieser Macht. Tricks und Illusionen sind seine stärksten Waffen.«

»Er hat Petyr van Abel in eine Gruft gezwungen«, stellte Michael fest.

»Nein. Petyr wurde zwar in einer Gruft aufgefunden. Aber wahrscheinlich ist er dort selbst hineingegangen – vom Wahnsinn getrieben und ohne noch Illusion und Wirklichkeit voneinander unterscheiden zu können.«

Michael sagte nichts. Er zog an seiner Zigarette, und vor seinem geistigen Auge sah er, wie die Brandung an den Klippen vor Ocean Beach rauschte. Und er erinnerte sich an den Augenblick, als er dagestanden hatte, mit flatterndem Schal und taubgefrorenen Fingern.

»Um geradeheraus zu sprechen«, sagte Aaron, »Sie dürfen diesen Geist niemals überschätzen. Er ist schwach. Wäre er es nicht, würde er die Familie Mayfair nicht brauchen.«

Michael blickte auf. »Sagen Sie das noch mal.«

»Wäre er nicht schwach, würde er die Familie Mayfair nicht brauchen«, wiederholte Aaron. »Er braucht ihre Energie. Und wenn er angreift, nutzt er die Energie seines Opfers.«

»Da haben Sie mich an etwas erinnert, was ich zu Rowan gesagt habe. Als sie mich fragte, ob die Geister, die ich gesehen habe, mich von der Klippe ins Meer gezwungen haben, oder nicht. Ich habe gesagt, so etwas könnten sie nicht. So stark sind sie nicht. Wenn sie stark genug wären, um einen Mann ins Meer zu werfen und ertrinken zu lassen, dann brauchten sie niemandem in Visionen zu erscheinen. Dann brauchten sie nicht mich mit einer wichtigen Mission zu betrauen.«

Aaron antwortete nicht.

»Sie verstehen, was ich meine?« fragte Michael.

»Schon. Aber ich sehe auch, was Rowan mit ihrer Frage meinte.«

»Sie wollte wissen, weshalb ich annahm, daß sie gut waren, diese Geister. Ich war darüber schockiert. Aber sie fand die Frage nur logisch.«

»Das ist sie vielleicht auch.«

»Oh, aber ich weiß, daß sie gut sind.« Michael drückte seine Zigarette aus. »Ich weiß es. Ich weiß, daß es Deborah ist, die ich gesehen habe. Und sie will, daß ich mich diesem Geist Lasher entgegenstelle. Ich weiß das so sicher, wie ich weiß... wer ich bin. Erinnern Sie sich, was Llewellyn Ihnen erzählt hat? Als Julien im Traum zu ihm kam, war Julien anders. Julien war weiser, als er im Leben gewesen war. Ja, und so war es auch mit Deborah in meiner Vision. Deborah will dieses Wesen stoppen, das sie und Suzanne in die Welt und in diese Familie gebracht haben!«

»Dann bleibt aber die Frage, weshalb Lasher sich Ihnen gezeigt hat?«

»Ja. Wir drehen uns im Kreis.«

Aaron schaltete das Licht in der Ecke und dann die Schreibtischlampe aus. Jetzt brannte nur noch die Nachttischlampe. »Ich lasse Sie morgen früh um acht wecken. Ich denke, Sie können die ganze Akte bis zum Spätnachmittag gelesen haben; vielleicht geht es auch schneller. Und dann können wir uns unterhalten, und Sie können zu einer Art... nun, zu einer Entscheidung kommen.«

»Wegen gestern abend... Sie haben mir eigentlich nie geantwortet. Haben Sie das Wesen auch gesehen, als es unmittelbar vor mir stand, gleich hinter dem Zaun? Haben Sie ihn gesehen, oder haben Sie ihn nicht gesehen?«

Aaron öffnete die Tür. Er zögerte, doch dann sagte er: »Ja, Michael. Ich habe ihn gesehen. Klarer und deutlicher als je zuvor. Und er hat Sie angelächelt. Es schien sogar, als... als strecke er die Hand nach Ihnen aus. Nach dem, was ich gesehen habe, würde ich sagen, er hat Sie willkommen geheißen. Aber jetzt muß ich gehen, und Sie müssen schlafen. Wir unterhalten uns morgen.«

»Moment noch.«

»Licht aus, Michael.«

Das Telefon weckte ihn. Die Sonne strahlte durch die Fenster zu beiden Seiten des Kopfendes herein. Einen Moment lang war er völlig verwirrt. Gerade hatte Rowan mit ihm gesprochen; sie hatte gesagt, wie sehr sie sich wünschte, daß er da wäre, ehe sie den Deckel schlössen. Was für einen Deckel? Er sah eine tote weiße Hand auf schwarzer Seide liegen.

Dann setzte er sich auf, und er sah den Schreibtisch und den Aktenkoffer und die Mappen, die sich dort türmten, und er flüsterte: »Den Deckel am Sarg ihrer Mutter.«

Schlaftrunken starrte er das klingelnde Telephon an. Dann nahm er den Hörer ab. Es war Aaron.

»Kommen Sie frühstücken, Michael.«

»Sitzt sie schon im Flugzeug, Aaron?«

»Sie hat eben die Klinik verlassen. Ich glaube, ich habe es Ihnen schon gestern abend gesagt; sie wird kaum vor zwei Uhr im Hotel sein. Die Beerdigung beginnt um drei. Hören Sie, wenn Sie nicht herunterkommen wollen, schicken wir Ihnen etwas hinauf; aber essen müssen Sie.«

»Ja, schicken Sie was rauf«, sagte Michael. »Und – Aaron? Wo ist diese Beerdigungsfeier?«

»Bei Lonigan und Söhne. In der Magazine Street.«

»Ach ja. Diesen Laden kenne ich...« Großmutter, Großvater, und auch sein Vater – alle von Lonigan und Söhne unter die Erde gebracht. »Keine Sorge, Aaron. Ich bleibe hier. Kommen Sie herauf und leisten Sie mir Gesellschaft, wenn Sie wollen. Aber ich muß jetzt weitermachen.«

Er duschte rasch, zog frische Wäsche an, und als er aus dem Bad kam, erwartete ihn bereits sein Frühstück unter etlichen hochglanzpolierten Silberkuppeln auf einem mit Spitze gedeckten Tablett. Die alten Sandwiches waren abgeräumt worden. Das Bett war gemacht. Am Fenster standen frische Blumen. Er lächelte und schüttelte den Kopf. Einen Augenblick lang sah er Petyr van Abel vor sich, in seiner hübschen kleinen Kammer im Mutterhaus in Amsterdam, im siebzehnten Jahrhundert. War er jetzt auch ein Mitglied? Würden sie ihm auch diesen Schutz und diese Sicherheit gewähren, die so viele vor ihm schon erfahren hatten? Und was würde Rowan davon halten? Es gab so vieles, was er Aaron über Rowan erklären mußte...

Geistesabwesend trank er seine erste Tasse Kaffee, und dann klappte er die nächste Akte auf und begann zu lesen.

18 Es war halb sechs in der Frühe, als Rowan endlich zum Flughafen fuhr. Slattery fuhr den Jaguar für sie; ihre Augen waren glasig und rot, als sie instinktiv und unruhig den Verkehr beobachtete; es war ihr unbehaglich, das Steuer des Wagens jemand anderem zu überlassen. Aber Slattery hatte sich bereit erklärt, den Jaguar in ihrer Abwesenheit zu übernehmen, und sie dachte sich, es wäre gut, wenn er sich daran gewöhnte. Außerdem wollte sie lieber jetzt als nachher in New Orleans sein. Zum Teufel mit allem anderen.

Der letzte Abend in der Klinik war fast nach Plan verlaufen. Stundenlang hatte sie mit Slattery die Runde gemacht, hatte ihn Patienten, Schwestern und Ärzten vorgestellt und getan, was sie konnte, um den Wechsel für alle Beteiligten möglichst schmerzlos vonstatten gehen zu lassen. Leicht war es nicht gewesen. Slattery war unsicher und mißgünstig. Im Herzen hegte er eine tiefe Unbarmherzigkeit gegen alle, die er für geringer hielt als sich. Aber er war viel zu ehrgeizig, um ein schlechter Arzt zu sein. Er war sorgfältig und clever.

So sehr es Rowan mißfiel, ihm alles zu überlassen, sie war doch froh, daß er da war. Immer stärker wurde das Gefühl in ihr, daß sie nicht wieder herkommen würde. Sie sagte sich immer wieder, es gebe keinen Grund für ein solches Gefühl, aber sie konnte es einfach nicht abschütteln. Ihr spezieller Sinn befahl ihr, Slattery darauf vorzubereiten, daß er ihre Arbeit auf unbegrenzte Zeit übernehmen konnte – und das tat sie auch.

Um elf, als sie zum Flughafen hätte fahren müssen, begann einer ihrer Patienten – ein Aneurysma – über heftige Kopfschmerzen und plötzliche Blindheit zu klagen. Das konnte nur ein neuerliches Blutgerinnsel bedeuten. Die Operation, die für den kommenden Dienstag angesetzt war, mußte sofort in Angriff genommen werden – von ihr und Slattery.

Als sie sich im OP umschaute, dachte sie: Das ist das letzte Mal. Ich werde nie wieder in diesem Raum sein, auch wenn ich nicht weiß, warum nicht.

Schließlich aber fiel doch, wie immer, der Vorhang und trennte sie von Vergangenheit und Zukunft. Fünf Stunden lang operierte sie mit Slattery an ihrer Seite, und sie weigerte sich, ihn übernehmen zu lassen, obwohl sie wußte, daß er es gern getan hätte.

Sie blieb noch einmal eine Dreiviertelstunde bei dem Patienten im Aufwachzimmer. Sie verließ ihn ungern, diesen hier. Ein paarmal legte sie ihm die Hände auf die Schultern und stellte sich mit ihrem kleinen mentalen Trick vor, was jetzt in seinem Gehirn vorging. Half sie ihm damit, oder beruhigte sie sich nur selbst? Sie hatte keine Ahnung. Trotzdem arbeitete sie geistig mit ihm, so angestrengt, wie sie nur jemals mit irgend jemandem gearbeitet hatte – ja, sie flüsterte ihm sogar zu, er müsse jetzt genesen, denn die Schwäche in der Arterienwand sei behoben.

»Ein langes Leben für Sie, Mr. Benjamin«, wisperte sie.

Slattery stand in der Tür, geduscht und rasiert, bereit, sie zum Flughafen zu fahren.

»Kommen Sie, Rowan – raus hier, bevor noch etwas passiert!«

Als er jetzt vom Highway nach links in Richtung Flughafen abbog, ging ihr der Gedanke durch den Kopf, daß Slattery so ehrgeizig war wie kaum ein Arzt, den sie kannte. Ihr war klar, daß er sie verabscheute, und zwar aus lauter simplen, langweiligen Gründen: weil sie eine außergewöhnliche Chirurgin war, weil sie den Job hatte, den er gern gehabt hätte, weil sie vielleicht bald zurückkommen würde.

Eine niederschmetternde Kälte kroch in ihr hoch. Sie wußte, daß sie seine Gedanken empfing. Wenn ihr Flugzeug abstürzte, könnte er für immer ihren Platz einnehmen. Sie sah zu ihm hinüber, und ihre Blicke trafen sich für eine Sekunde. Er errötete verlegen. Ja, seine Gedanken.

Wie oft war ihr das in der Vergangenheit schon passiert und wie häufig, wenn sie müde war? Vielleicht sank ihr Schutzschild herab, wenn sie müde war, und dann konnte dieses böse kleine telepathische Talent sich zügellos durchsetzen und ihr diese bitteren Erkenntnisse servieren, ob sie es wollte oder nicht. Es verletzte sie. Sie wollte nicht mehr in seiner Nähe sein.

Aber es war gut, daß er ihren Job haben wollte, und es war gut, daß er da war, um ihn zu übernehmen, denn so konnte sie wegfahren, ohne ein schlechtes Gewissen haben zu müssen.

Sie erkannte plötzlich ganz deutlich, daß es – so sehr sie das Klinikum geliebt hatte – nicht darauf ankam, wo sie praktizierte. Es konnte jedes beliebige gutausgerüstete Krankenhaus sein, in dem Schwestern und andere Fachleute ihr die Unterstützung gaben, die sie brauchte.

Warum also Slattery nicht einfach sagen, daß sie nicht zurückkommen würde? Warum seinen inneren Konflikt nicht um seinetwillen einfach beenden? Aus einem einfachen Grund: Sie wußte nicht, weshalb sie so deutlich das Gefühl hatte, daß dieser Abschied endgültig sein würde. Es hatte etwas mit Michael zu tun, und es hatte etwas mit ihrer Mutter zu tun, aber es war so durch und durch irrational, wie sie noch nie etwas empfunden hatte.

Ehe Slattery am Randstein anhielt, hatte sie die Tür schon geöffnet. Sie stieg aus und raffte ihre Schultertasche an sich.

Dann starrte sie Slattery an, als er ihr den Koffer aus dem Kofferraum hob. Wieder zog die Kälte über sie hinweg, langsam und unbehaglich. Sie sah die Böswilligkeit in seinen Augen. Was für eine Strapaze die Nacht für ihn gewesen war! Er war so eifrig. Und er verabscheute sie so sehr. Sie konnte es förmlich riechen, als sie ihm den Koffer aus der Hand nahm.

»Viel Glück, Rowan«, sagte er mit metallischer Fröhlichkeit. *Ich hoffe, du kommst nicht zurück.*

»Slat«, sagte sie, »danke für alles. Und ich sollte Ihnen noch etwas sagen. Ich glaube nicht... Na ja, es ist gut möglich, daß ich nicht zurückkomme.«

Er konnte sein Entzücken kaum verbergen. Fast hätte er ihr leid getan, als sie die angespannte Bewegung seiner Lippen sah, als er sich bemühte, einen neutralen Gesichtsausdruck zu wahren. Aber dann empfand sie selbst ein mächtiges, warmes, wunderbares Glücksgefühl.

»Es ist nur so ein Gefühl«, sagte sie. (Und es ist toll!) »Natürlich werde ich Lark in so einem Fall beizeiten Bescheid geben, und es ist natürlich noch nicht offiziell...«

»Natürlich.«

»Aber hängen Sie ruhig schon Ihre Bilder auf«, fuhr sie fort. »Und viel Spaß mit dem Auto. Ich schätze, ich werde es früher oder später abholen lassen, aber wahrscheinlich eher später.« Und mit einem unverbindlichen Winken ging sie auf die Glastür zu.

Die köstliche Erregung flutete wie Sonnenlicht über sie hinweg. Trotz roter Augen und schwerer Müdigkeit fühlte sie eine starke

Schwungkraft in sich. Am Ticketschalter verlangte sie Erste Klasse, einfach.

Sie schlenderte in die Geschenkboutique, um sich eine große dunkle Sonnenbrille zu kaufen, die ihr höchst glamourös erschien, und ein Buch zum Lesen nahm sie auch noch mit – eine absurde Männerphantasie, die von unmöglicher Spionage und unerschütterlichem Wagemut handelte und die ihr ebenfalls ein bißchen glamourös vorkam.

Die *New York Times* behauptete, es sei heiß in New Orleans. Gut, daß sie das weiße Leinenkleid angezogen hatte, und hübsch fühlte sie sich darin außerdem. Für ein paar Augenblicke trödelte sie im Waschraum herum, bürstete sich das Haar und hantierte sorgfältig mit blassem Lippenstift und cremefarbenem Rouge, das sie seit Jahren nicht angerührt hatte. Dann setzte sie die dunkle Brille auf.

Als sie dann am Gate auf dem Plastikstuhl saß, fühlte sie sich wie befreit. Kein Job, niemand, der im Haus in Tiburon auf sie wartete. Und Slat, der mit Grahams Auto zurück nach San Francisco fuhr und den ganzen Weg zuviel Gas gab. Sie können es behalten, Herr Doktor. Keine Reue, keine Sorge. Frei.

Dann dachte sie an ihre Mutter, die bei Lonigan und Söhne tot und kalt auf einem Tisch lag, der Intervention des Skalpells entzogen, und die alte Finsternis kroch über sie hinweg, direkt unter den gespenstischen, monotonen Leuchtstoffröhren und inmitten all des Trubels. Sie dachte an das, was Michael über den Tod gesagt hatte. Daß er die einzige übernatürliche Erfahrung sei, die die meisten Menschen je machten. Und sie dachte, daß er recht hatte.

Wieder kamen lautlos die Tränen. Sie war froh, daß sie die dunkle Brille hatte. Mayfairs auf der Beerdigung. Massen von Mayfairs...

Sie schlief ein, sobald sie im Flugzeug saß.

19

DIE AKTE ÜBER DIE MAYFAIR-HEXEN
TEIL VI

Die Familie Mayfair von 1900 bis 1929

DIE FORSCHUNGSMETHODEN IM ZWANZIGSTEN JAHRHUNDERT

Wie schon in unseren einleitenden Worten zu unserem Bericht über die Familie im neunzehnten Jahrhundert bemerkt, wurden unsere Informationsquellen über die Familie Mayfair mit jedem Jahrzehnt zahlreicher und ergiebiger.

Während die Familie dem zwanzigsten Jahrhundert entgegenging, beschäftigte die Talamasca weiterhin ihre traditionellen Forscher. Aber sie engagierte zum erstenmal auch professionelle Detektive. Eine Anzahl solcher Leute arbeitete für uns in New Orleans und tut es noch heute. Diese Leute wissen selten – wenn überhaupt –, wer wir sind. Ihre Berichte geben sie an eine Agentur in London. Und obgleich wir noch immer unsere speziell ausgebildeten Ermittler auf regelrechte »Gerüchtesammeltouren« nach New Orleans entsenden und mit zahlreichen anderen Beobachtern korrespondieren, wie wir es das ganze neunzehnte Jahrhundert hindurch getan haben, konnten diese Privatdetektive die Qualität unserer Informationen doch beträchtlich verbessern.

Aber noch eine andere Informationsquelle wurde uns gegen Ende des neunzehnten und zu Anfang des zwanzigsten Jahrhunderts zugänglich gemacht; wir wollen sie – in Ermangelung eines besseren Ausdrucks – Familienlegenden nennen. Das heißt: Obwohl die Mayfairs, was ihre Zeitgenossen angeht, absolut verschwiegen sind und mit Außenseitern nur unter höchster Zurückhaltung über das Familienvermächtnis sprechen, hatten sie in den neunziger Jahren des vorigen Jahrhunderts doch angefangen, kleine Geschichten und Anekdoten und bunte Geschichten über Gestalten aus dunkler Vergangenheit zu erzählen. Freilich ist ein großer Teil dieser Familienlegenden zu vage, als daß er für uns von großem Interesse sein könnte, und vieles betrifft »das großartige Leben auf der Pflanzung«, wie es in vielen Familien in Louisiana zu einem Mythos geworden ist. Indessen fügen sich aber einige dieser Familienlegenden auf schockierende Weise in den Zusammenhang von Informationen, die wir aus anderen Quellen haben gewinnen können.

Eine andere Form des Klatsches, die im zwanzigsten Jahrhundert zum Tragen kam, ist das, was wir als »Juristenklatsch« bezeichnen würden: der Klatsch von Anwaltssekretärinnen, Gerichtsschreibern, Anwälten und Richtern, die mit den Mayfairs bekannt waren oder für sie arbeiteten sowie von Freunden und Familien all der verschiedenen, nicht Mayfair heißenden Personen.

Weil Juliens Söhne Barclay, Garland und Cortland alle drei ausgezeichnete Rechtsanwälte wurden, weil auch Carlotta Mayfair Anwältin ist und weil viele Enkelkinder Juliens ebenfalls Juristen geworden sind, ist dieses Netz von juristischen Kontakten größer geworden, als man erwarten möchte. Aber selbst wenn dies nicht der Fall wäre, sind die finanziellen Geschäfte der Mayfairs so umfassend, daß viele, viele Juristen daran beteiligt sind.

Als in der Familie im zwanzigsten Jahrhundert das Gezänk begann, als Carlotta um die Vormundschaft über Stellas Tochter kämpfte, als es Streit um die Disposition des Vermächtnisses gab, da wurde dieser Juristenklatsch zu einer reichhaltigen Quelle voll interessanter Details.

DER ETHNISCHE CHARAKTER DER FAMILIE MAYFAIR IM WANDEL

Wenn wir uns in dieser Erzählung dem Jahr 1900 nähern, sollten wir zur Kenntnis nehmen, daß der ethnische Charakter der Familie Mayfair sich zu wandeln begann.

Zu Anfang war die Familie eine schottisch-französische Mischung gewesen, die in der nächsten Generation noch durch das Blut des Holländers Petyr van Abel bereichert worden war, aber danach war sie beinahe ausschließlich französisch geworden.

Im Jahr 1826 jedoch begann die vermächtnisberechtigte Familie – mit der Vermählung Marguerite Mayfairs mit dem Opernsänger Tyrone Clifford McNamara –, sich einigermaßen regelmäßig mit Angelsachsen zu verheiraten.

Andere Zweige der Familie – vor allem die Nachkommen Lestans und Maurices – blieben stramm französisch, und falls und wenn jemand von ihnen nach New Orleans zog, dann zog er es vor, zusammen mit anderen französisch sprechenden Kreolen, in der näheren Umgebung des French Quarter oder an der Esplanade Avenue zu wohnen. Der vermächtnisberechtigte Zweig ließ sich nach Katherines Heirat mit Darcy Monahan dauerhaft im »amerikanischen« Garden District nieder. Zwar sprach Julien Mayfair (der selbst halb Ire war) sein Leben lang französisch, und er heiratete eine französisch sprechende Cousine, Suzette, aber er gab seinen drei Söhnen unverkennbar amerikanische oder angelsächsische Namen und sorgte dafür, daß sie eine amerikanische Erziehung erhielten. Sein Sohn Garland heiratete mit seinem Segen ein Mädchen deutsch-irischer Abstammung; Cortland ehelichte eine Angelsächsin, und Barclay am Ende ebenfalls.

Wie wir schon angemerkt haben, sollte Mary Beth 1899 einen Iren heiraten: Daniel McIntyre. Sie wurden in der Kirche von St. Alphonsus getraut, und seitdem wurde jede Mayfair-Taufe aus dem Hause First Street dort vollzogen. Mayfair-Kinder gingen – wenn sie von den besseren Privatschulen relegiert worden waren – für kurze Zeit auf die Gemeindeschule von St. Alphonsus.

Ein Teil unserer Zeugnisse über die Familie stammt von irisch-katholischen Nonnen und Priestern dieser Pfarrgemeinde.

Nach Juliens Tod im Jahr 1914 hörte man Mary Beth – selbst mit den französischen Verwandten – nur noch selten französisch sprechen, und möglicherweise starb die Sprache im vermächtnisberechtigten Familienzweig überhaupt aus. Von Carlotta Mayfair hat man nie gehört, daß sie französisch gesprochen hätte, und es ist zweifelhaft, ob Stella, Antha oder Deirdre mehr als ein paar Worte irgendeiner Fremdsprache beherrschten.

Bei jeder Diskussion über irische Einflüsse und irische Merkmale sollten wir im Gedächtnis behalten: Die Geschichte dieser Familie ist so beschaffen, daß sich niemals mit Sicherheit sagen läßt, wer der Vater irgendeines Kindes war. Wie die späteren, im zwanzigsten

Jahrhundert von den Nachkommen verbreiteten »Legenden« zeigen werden, waren die inzestuösen Verstrickungen in allen Generationen eigentlich kein Geheimnis. Gleichwohl ist ein irischer kultureller Einfluß deutlich erkennbar.

Wir sollten auch noch anmerken – was immer davon zu halten ist –, daß die Familie gegen Ende des neunzehnten Jahrhunderts dazu überging, mehr und mehr irisches Hauspersonal zu beschäftigen, und dieses Personal erwies sich als unbezahlbare Informationsquelle für die Talamasca.

Die Beschäftigung dieser irischen Angestellten hatte an sich nichts mit der irischen Identität der Familie zu tun. Sie entsprach zu jener Zeit einem Trend in dieser Gegend, und viele dieser aus Irland stammenden Amerikaner lebten im sogenannten Irish Channel, im Flußviertel zwischen den Mississippi-Docks und der Magazine Street, der Südgrenze des Garden District. Manche wohnten als Hausmädchen und Stallburschen im Hause, andere kamen täglich oder zu bestimmten Gelegenheiten zur Arbeit. Insgesamt gesehen waren sie der Familie gegenüber nicht so loyal wie die farbigen und schwarzen Bediensteten; sie sprachen freimütiger als die Bediensteten früherer Jahrzehnte über das, was in der First Street vor sich ging.

Auch wenn die Informationen, die der Talamasca durch sie zugänglich gemacht wurden, extrem wertvoll sind, handelt es sich doch um Informationen einer gewissen Art, die mit Sorgfalt zu behandeln sind.

Das irische Hauspersonal glaubte im allgemeinen an Geister, an das Übernatürliche und an die Fähigkeit der Mayfair-Frauen, bestimmte Dinge zu bewirken. Wir müssen sagen, daß sie äußerst abergläubisch waren. Daher grenzen ihre Geschichten über das, was sie gesehen oder gehört haben, nicht selten an das Phantastische, und oft enthalten sie lebhaft ausgemalte, grausige Schilderungen.

Gleichwohl ist das Material – aus naheliegenden Gründen – extrem signifikant. Und vieles, was irische Bedienstete berichtet haben, klingt – in unseren Ohren – durchaus vertraut.

Alles in allem betrachtet, kann man durchaus mit Recht sagen, daß die Mayfairs in der First Street sich im ersten Jahrzehnt unseres Jahrhunderts als Iren betrachteten und oft Bemerkungen dieses Inhalts machten; auch erschienen sie im Bewußtsein vieler, die sie kannten – ob Bedienstete oder Nachbarn –, mit ihren exzentrischen Verrücktheiten und ihrer Neigung zum Morbiden als beinahe stereotypisch irisch. Etliche Kritiker der Familie haben sie als »übergeschnappte irische Irre« bezeichnet, und ein deutscher Priester der St. Alphonsus-Kirche äußerte einmal, sie befänden sich »in einem ewigen Zustand keltischer Düsternis«. Mehrere Nachbarn und Freunde bezeichneten Mary Beths Sohn Lionel als »tobsüchtigen irischen Saufbold«, und sein Vater Daniel McIntyre galt in den Augen so gut wie aller Barkeeper in der Magazine Street jedenfalls auch als ein solcher.

Vielleicht kann man tatsächlich sagen, daß das Haus in der First Street mit dem Tod »Monsieur Juliens« (der in Wirklichkeit, wie gesagt, halb Ire war) die letzten Reste seines französischen oder kreolischen Charakters verlor. Juliens Schwester Katherine und sein Bruder Rémy waren ihm bereits ins Grab vorangegangen, seine Tochter Jeannette ebenfalls. Danach war die Kernfamilie – trotz der riesigen Familientreffen, bei denen französisch sprechende Verwandte zu Hunderten auftraten – eine irisch-amerikanisch-katholische Familie.

Dies führt uns zu einer weiteren entscheidend wichtigen Beobachtung – die im Fortgang dieser Erzählung nur allzu leicht übersehen werden könnte.

Mit dem Tod Juliens hat die Familie Mayfair möglicherweise das letzte Mitglied verloren, das ihre Geschichte wirklich kannte. Je mehr wir mit den Nachkommen sprechen, je mehr wir von den lächerlichen kursierenden Legenden über die Vergangenheit auf der Pflanzung erfahren, desto sicherer erscheint uns dies.

Infolgedessen konnte ein Mitglied der Talamasca, das die Familie Mayfair zu erkunden hatte, von 1914 an nicht umhin, zu merken, daß es anscheinend mehr über die Familie wußte als die Familie selbst. Dies hat seitens unserer Ermittler zu beträchtlichen Verwirrungen und Belastungen geführt.

Schon vor dem Tod Juliens war die Frage, ob man versuchen sollte, mit der Familie Kontakt aufzunehmen oder nicht, für den Orden dringlich geworden.

Nach dem Tod Mary Beths wurde sie quälend.

Aber wir müssen jetzt mit unserer Geschichte fortfahren und in das Jahr 1891 zurückkehren; dort werden wir unser Augenmerk auf Mary Beth Mayfair richten, die uns ins zwanzigste Jahrhundert führen wird und die vielleicht die letzte der wirklich mächtigen Mayfair-Hexen war.

FORTSETZUNG DER GESCHICHTE DER MARY BETH MAYFAIR

In der Woche nach Marguerites Tod im Jahr 1891 ließ Julien ihren gesamten persönlichen Besitz von Riverbend in das Haus in der First Street bringen. Mit zwei gemieteten Wagen transportierte er zahlreiche Gläser und Flaschen, sorgfältig in Kisten verpackt, mehrere Truhen mit Briefen und anderen Papieren, etwa fünfundzwanzig Kartons mit Büchern sowie etliche Kisten gemischten Inhalts.

Wir wissen, daß Gläser und Flaschen im zweiten Stock des Hauses in der First Street verschwanden, und von zeitgenössischen Zeugen haben wir über diese Gläser und Flaschen nie wieder etwas gehört.

Julien hatte zu jener Zeit sein Schlafzimmer im zweiten Stock; es ist das Zimmer, in dem er nach Richard Llewellyns Beschreibung starb.

Viele von Marguerites Büchern, darunter obskure Texte über Schwarze Magie in deutscher und französischer Sprache, gelangten in die Bibliotheksregale im Erdgeschoß.

Mary Beth bekam das alte Hauptschlafzimmer im Nordflügel über der Bibliothek, das seitdem stets von der Trägerin des Vermächtnisses benutzt wird. Die kleine Belle, die vielleicht noch zu jung war, um Anzeichen des Schwachsinns erkennen zu lassen, bezog das erste Schlafzimmer auf der anderen Seite der Diele, schlief aber in frühen Jahren oft bei ihrer Mutter.

Mary Beth begann den Mayfair-Smaragd regelmäßig zu tragen. Und man kann sagen, daß sie zu dieser Zeit, als Erwachsene und Herrin des Hauses, ihr Erbe antrat. Die Gesellschaft von New Orleans nahm jetzt jedenfalls Notiz von ihr, und die ersten geschäftlichen Transaktionen mit ihrer Unterschrift erscheinen um diese Zeit in den öffentlichen Akten.

Zahlreiche Porträtphotos zeigen sie mit dem Smaragd; viele Leute sprachen davon, und zwar mit Bewunderung. Und auf vielen dieser Photos trägt sie Männerkleidung. Dutzende von Zeugen bestätigen im übrigen Richard Llewellyns Aussage, daß Mary Beth sich gerne als Mann kleidete und in dieser Aufmachung öfters mit Julien ausging. Vor ihrer Hochzeit mit Daniel McIntyre führten diese Ausflüge nicht nur in die Bordelle des French Quarter, sondern umfaßten ein ganzes Spektrum von gesellschaftlichen Aktivitäten; sogar auf Bällen erschien Mary Beth ausstaffiert »mit Frack und Fliege« wie ein Mann.

Zwar war die bessere Gesellschaft im allgemeinen über dieses Verhalten schockiert, aber die Mayfairs machten derartige Fehlleistungen mit Geld und Charme wett. Freigiebig vergaben sie in den diversen Wirtschaftskrisen der Nachkriegszeit Darlehen an jeden, der es nötig hatte. Beinahe demonstrativ spendeten sie für wohltätige Zwecke, und unter der Leitung von Clay Mayfair erwirtschaftete Riverbend eine üppige Zuckerernte nach der anderen und damit weitere Reichtümer.

In diesen frühen Jahren scheint Mary Beth wenig Feindseligkeit bei anderen geweckt zu haben. Selbst wer abfällig von ihr spricht, bezeichnet sie nie als bösartig oder grausam; allerdings kritisiert man sie häufig als kalt, geschäftsmäßig, gleichgültig gegenüber den Gefühlen anderer und männlich im Auftreten.

Bei aller Körperkraft und Größe war sie jedoch kein Mannweib. Nicht wenige beschreiben sie als »sinnlich«, und gelegentlich bezeichnet man sie sogar als »schön«. Zahlreiche Photos bestätigen dies. Sie war eine bezaubernde Erscheinung in ihrer Männerkleidung, vor allem in jenen jungen Jahren. Mehr als ein Mitglied der Talamasca hat bemerkt, daß Mary Beth, während Stella, Antha und Deirdre Mayfair – ihre Tochter, Enkelin und Urenkelin – eher dem zierlichen Typus der Südstaatenschönen, der »Southern Belle« entsprachen, starke Ähnlichkeit mit den hinreißenden, »überlebensgroßen« amerikanischen Filmstars besaß, die nach ihrem Tod auftraten: Ava Gardner vor allem, und Joan Crawford.

Bis zu ihrem Tod mit vierundfünfzig Jahren behielt sie ihr rabenschwarzes Haar. Wie groß sie genau war, wissen wir nicht, aber wir können schätzen, daß sie etwa ein Meter zweiundachtzig maß. Sie war nie dick, aber starkknochig und sehr kräftig. Sie ging mit großen Schritten. Der Krebs, der sie tötete, wurde erst sechs Monate vor ihrem Tod entdeckt, und sie blieb bis in die letzten Wochen hinein eine »attraktive« Frau, bevor sie schließlich in ihrem Krankenzimmer verschwand und nie wieder hervorkam.

Es gibt indessen keinen Zweifel, daß Mary Beth für ihre körperliche Schönheit nur wenig Interesse aufbrachte. Sie war zwar immer gut gepflegt und sah manchmal wirklich umwerfend aus, wenn sie ihr Ballkleid und ihre Pelzstola angelegt hatte, aber nie berichtet irgend jemand, sie sei verführerisch gewesen. Diejenigen, die sie als »unweiblich« bezeichnen, verbreiten sich ausführlich über ihre unverblümte, brüske Art und ihre scheinbare Gleichgültigkeit gegenüber ihren eigenen beträchtlichen Vorzügen.

Es muß angemerkt werden, daß fast alle diese Eigenschaften – unverblümtes Auftreten, geschäftsmäßige Haltung, Ehrlichkeit und Kälte – später mit ihrer Tochter Carlotta Mayfair verknüpft werden, die nicht Erbin des Vermächtnisses ist und auch niemals war.

Diejenigen, die Mary Beth mochten und erfolgreich Geschäfte mit ihr machten, lobten sie als eine, die »nicht lange fackele«, und als großzügige Person, die »nicht kleinlich« sei.

Mit Mary Beths geschäftlichen Interessen und ihrem Appetit auf das Vergnügen werden wir uns weiter unten noch ausführlicher beschäftigen. Hier mag es genügen, zu sagen, daß sie in den ersten Jahren in der First Street genauso tonangebend wie Julien war. Viele Dinnerpartys der Familie wurden ganz allein von ihr geplant, und sie überredete Julien 1896 zu seiner letzten Europareise, bei der sie zusammen mit ihm die Hauptstädte von Madrid bis London bereiste.

Mary Beth teilte Juliens Liebe zu Pferden von Kindesbeinen an, und häufig ritt sie mit ihm aus. Beide liebten sie das Theater und schauten sich beinahe jede beliebige Sorte von Stücken an – großartige Shakespeare-Aufführungen ebenso wie kleine und unbedeutende Lokalstücke. Beide waren leidenschaftliche Opernliebhaber. In späteren Jahren hatte Mary Beth in fast jedem Zimmer irgendwo eine Pianola stehen, und darauf spielten unablässig Opernplatten.

Es scheint ihr auch Spaß gemacht zu haben, mit einer großen Zahl von Leuten unter einem Dach zu leben. Ihr Interesse an der Familie beschränkte sich nicht auf Verwandtschaftstreffen und Feiern. Im Gegenteil, ihr Leben lang hielt sie ihre Türen für jeden Verwandtenbesuch offen.

Beiläufige Berichte über ihre Gastfreundschaft lassen vermuten, daß es ihr Spaß machte, Macht über die Menschen zu haben; sie stand gern im Mittelpunkt der Aufmerksamkeit. Aber selbst in Geschichten, in denen diese Ansicht wörtlich zum Ausdruck kommt, erscheint Mary Beth als Person, die sich mehr für andere als für sich selbst interessiert. Ja, der völlige Mangel an Narzißmus oder Eitelkeit bei dieser Frau ist für jeden, der die Unterlagen studiert, nach wie vor erstaunlich. Großzügigkeit, nicht Lust an der Macht, scheint eine zutreffendere Erklärung für ihre Beziehung zur Familie zu sein.

1891 bestand der Haushalt in der First Street aus Rémy Mayfair, der um Jahre älter wirkte als sein Bruder Julien, obwohl er es nicht war, und von dem man sich gerüchteweise erzählte, er sterbe an der Schwindsucht, was er 1897 schließlich und endlich auch tat; aus Juliens Söhnen Barclay, Garland und Cortland, die als erste Mayfairs in Internate an der Ostküste geschickt wurden, wo sie gute Erfolge erzielten, aus Millie Mayfair, dem einzigen Kind Rémys, das nie heiraten sollte, und schließlich – neben Julien und Mary Beth – aus ihrer Tochter, der kleinen Belle, die, wie schon erwähnt, ein wenig schwachsinnig war.

Zur Jahrhundertwende waren nach der Zerstörung von Riverbend Mary Beths Bruder Clay Mayfair und die widerstrebende, an gebrochenem Herzen leidende Katherine Mayfair und von Zeit zu Zeit auch andere Verwandte hinzugekommen.

Mary Beth lebte bis 1925 – sie starb im September dieses Jahres an Krebs –, aber wir können mit Gewißheit sagen, daß sie sich im Laufe der Zeit nur wenig veränderte: Ihre Leidenschaften und Vorlieben waren gegen Ende des neunzehnten Jahrhunderts weitgehend die gleichen wie im letzten Jahr ihres Lebens.

Wenn sie je einen engen Freund oder Vertrauten außerhalb der Familie hatte, so wissen wir davon nichts. Und ihr wahrer Charakter ist ziemlich schwer zu beschreiben. Auf alle Fälle war sie nie eine verspielte, fröhliche Persönlichkeit wie Julien; sie hatte anscheinend keinerlei Verlangen nach großer Dramatik, und selbst anläßlich der großen Familientreffen, bei denen sie tanzte sowie das Photographieren und das Auftragen der Speisen und Getränke beaufsichtigte, beschrieb man sie niemals als »Mittelpunkt der Party«. Eher scheint sie eine ruhige, kraftvolle Frau mit sehr klar umrissenen Zielen gewesen zu sein.

In welchem Ausmaß Mary Beths okkulte Kräfte ihren Zielen förderlich waren, ist eine sehr bedeutsame Frage. Vielfältige Indizien ermöglichen es uns, fundierte Vermutungen über das anzustellen, was hinter den Kulissen vor sich ging.

Für die irischen Bediensteten, die in der First Street ein- und ausgingen, war sie immer eine »Hexe« oder eine Person mit Voodoo-

Kräften. Aber ihre Geschichten über sie unterscheiden sich auf markante Weise von anderen Berichten, die wir haben, und man muß sie mit dem sprichwörtlichen Körnchen Salz betrachten.

Nichtsdestoweniger sind sie bemerkenswert...

Die Dienstboten sprachen oft davon, daß Mary Beth ins French Quarter hinunterging, um sich dort mit den Voodoo-Frauen zu beraten, und daß sie in ihrem Zimmer einen Altar hatte, an dem sie den Teufel anbetete. Sie sagten, Mary Beth habe gewußt, wenn man log; sie habe gewußt, wo man gewesen war, und sie habe gewußt, wo jedes andere Mitglied der Familie Mayfair sich aufhielt; sie habe in jedem Augenblick gewußt, was alle diese Leute gerade taten. Und sie sagten, Mary Beth habe keinerlei Versuch unternommen, dies geheimzuhalten.

Sie sagten auch, Mary Beth sei diejenige gewesen, an die die schwarzen Dienstboten sich wandten, wenn sie Ärger mit den einheimischen Voodoo-Frauen hatten; Mary Beth habe gewußt, welches Pulver man benutzen, was für Kerzen man verbrennen mußte, um einem Zauberbann entgegenzuwirken, und sie habe Geister herbeibefehlen können; Mary Beth habe mehr als einmal erklärt, etwas anderes sei Voodoo nicht. Man befehle den Geistern. Der Rest sei Theater.

Eine irische Köchin, die zwischen 1895 und 1902 gelegentlich im Hause beschäftigt war, erzählte einem unserer Ermittler beiläufig, Mary Beth habe ihr erzählt, es gebe alle möglichen Arten von Geistern in der Welt, aber die unteren seien am leichtesten zu kommandieren, und jedermann könne sie herbeibeschwören, wenn er es nur wolle. Mary Beth habe alle Zimmer im Haus und alle Dinge darin von Geistern bewachen lassen. Aber Mary Beth warnte die Köchin davor, selbst Geister heraufzubeschwören. Das berge auch seine Gefahren in sich, und man überlasse es daher am besten Leuten, die Geister sehen und fühlen konnten, wie Mary Beth es konnte.

»Man konnte die Geister im Haus fühlen, ohne Zweifel«, sagte die Köchin, »und wenn man die Augen halb zukniff, konnte man sie auch sehen. Aber Miss Mary Beth brauchte das nicht zu machen; sie konnte sie die ganze Zeit ganz deutlich erkennen, und sie sprach auch mit ihnen und nannte sie beim Namen.«

Es gibt mindestens fünfzehn verschiedene Berichte über Mary Beths Voodoo-Altar, auf dem sie Weihrauch und verschiedenfarbige

Kerzen verbrannte und von Zeit zu Zeit Gipsheilige aufstellte. Aber in keinem der Berichte erfahren wir präzise, wo dieser Altar stand. (Es ist eine interessante Feststellung, daß kein schwarzer Dienstbote, der nach diesem Altar befragt wurde, jemals ein Wort darüber verlor.)

Einige andere Geschichten, die wir kennen, sind äußerst phantasievoll. So hat man uns mehrmals berichtet, Miss Mary Beth habe sich nicht nur gekleidet wie ein Mann, sondern sie habe sich in einen Mann verwandelt, wenn sie im Anzug und mit Stock und Hut ausging. Und bei solchen Gelegenheiten sei sie stark genug gewesen, um jeden, der sie etwa angegriffen hätte, zurückzuschlagen.

Eines frühen Morgens, als sie zu Pferde allein auf der St. Charles Avenue unterwegs war (Julien war krank und sollte bald darauf sterben), habe ein Mann versucht, sie aus dem Sattel zu zerren; daraufhin habe sie sich selbst in einen Mann verwandelt und den Kerl mit bloßer Faust halb tot geprügelt, und dann habe sie ihn an ein Seil gebunden und mit ihrem Pferd zur nächsten Polizeiwache geschleift. »Das haben viele Leute gesehen«, sagte man uns. Noch 1935 machte diese Geschichte im Irish Channel die Runde. Tatsächlich geht aus den Polizeiakten hervor, daß ein solcher Überfall und die nachfolgende »Bürgerverhaftung« 1914 tatsächlich stattgefunden haben. Der Täter starb ein paar Stunden danach in seiner Zelle.

Die bei weitem wertvollste Geschichte aus der frühen Periode, die wir besitzen, haben wir von einem Droschkenfahrer 1910 erzählt bekommen: Er habe Mary Beth im Jahre 1908 einmal in der Rue Royale aufgenommen; er sei sicher, daß sie allein in seine Droschke gestiegen sei, aber er habe gehört, wie sie den ganzen Weg zur Stadt hinaus mit jemandem gesprochen habe. Als er ihr am Kutschenplatz in der First Street den Schlag geöffnet habe, sei da ein gutaussehender Mann bei ihr im Wagen gewesen. Sie sei ins Gespräch mit ihm vertieft gewesen, habe sich aber beim Anblick des Kutschers unterbrochen und kurz aufgelacht. Dann habe sie ihm zwei schöne Goldmünzen gegeben und gesagt, das sei sehr viel mehr als das erforderliche Fahrgeld und er solle es nur rasch ausgeben. Als der Droschkenfahrer nachschaute, ob der Mann nicht ebenfalls aussteigen wollte, war niemand da.

Noch zahlreiche andere Dienstbotengeschichten finden sich in unseren Akten zu Mary Beth und ihren Talenten, aber alle haben ein gemeinsames Thema: Mary Beth sei eine Hexe gewesen, und sie habe ihre Kräfte gezeigt, wann immer sie oder ihr Besitz oder ihre Familie in Bedrohung gerieten. Aber wir wollen noch einmal betonen, daß die Geschichten dieser Dienstboten sich in markanter Weise von dem anderen Material, das wir haben, unterscheiden.

Wenn wir indessen das gesamte Spektrum ihres Lebens betrachten, werden wir sehen, daß sich auch bei anderen Quellen überzeugende Beweise für Hexerei finden lassen.

Nach allem, was wir folgern können, hatte Mary Beth drei alles überragende Leidenschaften.

Die erste, aber nicht die wichtigste, war ihr Verlangen, Geld zu machen und Mitglieder ihrer Familie an der Schaffung eines ungeheuren Vermögens zu beteiligen. Es ist ein Understatement, wenn man sagt, sie sei erfolgreich gewesen.

Beinahe vom Anfang ihres Lebens an hören wir Geschichten von Schatztruhen voller Edelsteine, von Börsen voller Goldmünzen, die niemals leer wurden, und von den Goldmünzen, die Mary Beth bedenkenlos den Armen zugeworfen habe.

Viele Male soll sie die Leute aufgefordert haben, das Gold »rasch auszugeben«; was immer sie aus ihrer magischen Börse weggebe, habe sie warnend gesagt, kehre bald zu ihr zurück.

Was diese Edelsteine und Münzen angeht – so könnte es sein, daß ein mysteriöser und unbelegbarer Zustrom von Reichtümern in der ganzen Finanzgeschichte der Familie eine Rolle spielt. Aber auf der Basis dessen, was wir wissen, können wir solche Annahmen nicht machen.

Sachdienlicher ist die Frage nach dem Einsatz von Mary Beths prophetischen Fähigkeiten und okkulten Kenntnissen bei ihren Investitionen.

Schon eine flüchtige Untersuchung ihrer finanziellen Erfolge erweist, daß sie ein Finanzgenie war. Sie war sehr viel mehr daran interessiert, Geld zu machen, als Julien es gewesen war, und sie hatte ein offensichtliches Gespür dafür, zu wissen, was passieren würde, bevor es passierte; oft warnte sie Freunde und Bekannte vor bevorstehenden Krisen oder Bankpleiten, wenngleich diese häufig nicht auf sie hörten.

Tatsächlich trotzen Mary Beths vielfältige Investitionen jeder konventionellen Erklärung. Sie »machte in allem«, wie man so sagt: Sie engagierte sich unmittelbar als Baumwollmaklerin, im Immobilien-, Transport-, Eisenbahn- und Bankgeschäft, im Handel und später auch im Alkoholschmuggel. Sie investierte ständig in höchst unwahrscheinliche Unternehmungen, die sich dann als erstaunlich erfolgreich erwiesen. Sie war von Anfang an bei der Entwicklung verschiedener Chemikalien und anderer Erfindungen beteiligt, die ihr unkalkulierbare Summen Geldes eintrugen.

Während Juliens Erfolge, so groß sie auch waren, immer noch einem einzelnen Mann und seinem Geschick zugeschrieben werden konnten, ist es beinahe unmöglich, Mary Beths Erfolg auf so einfache Weise zu erklären. Julien interessierte sich beispielsweise überhaupt nicht für moderne Erfindungen, wenn es um Investitionen ging. Mary Beth hatte eine regelrechte Leidenschaft für Apparaturen und moderne Technologien, und nie beging sie auf diesem Gebiet auch nur einen einzigen Fehler. Das gleiche galt für das Transportgeschäft, von dem Julien überhaupt nichts, Mary Beth hingegen eine ganze Menge verstand. Julien kaufte zwar gern Gebäude, auch Fabriken und Hotels, aber niemals erwarb er unerschlossenes Land; Mary Beth hingegen kaufte riesige Flächen davon überall in den Vereinigten Staaten und verkaufte sie später mit unglaublichem Gewinn. Tatsächlich sind ihre Kenntnisse darüber, wie und wo Dörfer und Städte sich entwickeln würden, ganz und gar unerklärlich.

Mary Beth achtete dabei ihr Leben lang sorgfältig darauf, öffentliches Aufsehen zu meiden. Ihr Lebensstil in der First Street war nie sonderlich auffällig – außer daß sie irgendwann ihre Liebe zum Automobil entdeckte und eines Tages so viele besaß, daß sie alle Garagen der Nachbarschaft mieten mußte, um sie unterzubringen.

Nur wenige Menschen wußten, wieviel Geld und Macht sie wirklich hatte.

Tatsächlich gibt es Hinweise darauf, daß Mary Beth ein komplettes Geschäftsleben führte, von dem andere Leute gar nichts wußten – insofern, als sie über ein ganzes Heer von Finanzangestellten verfügte, mit denen sie in ihrem Büro in der City zusammenkam und von denen niemals einer nur in die Nähe der First Street geriet. Es war ein »luxuriöser Job«, wie ein alter Herr meint, der sich erinnert, daß sein Freund für Mary Beth ausgedehnte Reisen nach London, Paris, Brüssel und Zürich unternahm, nicht selten mit gewaltigen Geldsummen im Gepäck. Die Unterbringung auf Schiffen und in

Hotels war stets Erster Klasse, berichtet dieser alte Herr. Und Mary Beth verteilte regelmäßig Bonusse. Eine andere Quelle behauptet mit Entschiedenheit, Mary Beth habe ohne Wissen der Familie selbst häufig solche Reisen unternommen.

Wir kennen fünf verschiedene Geschichten darüber, wie Mary Beth sich an Leuten rächte, die versucht hatten, sie zu betrügen. In einer geht es darum, daß ihr Sekretär Landing Smith mit dreihunderttausend Dollar ihres Geldes in bar die Flucht ergriff; er bestieg unter falschem Namen einen Dampfer nach Europa und war überzeugt, ihr entkommen zu sein. Drei Tage nach der Abreise aus New York wachte er mitten in der Nacht auf, weil Mary Beth an seinem Bett saß. Sie nahm ihm nicht nur das Geld ab, sondern prügelte ihn mit der Reitgerte durch und ließ ihn dann blutüberströmt und halb wahnsinnig auf dem Kabinenboden liegen, wo ihn der Steward später fand. Er legte sogleich ein umfassendes Geständnis ab. Mary Beth wurde an Bord des Schiffes nicht gefunden, und das Geld auch nicht. Diese Geschichte war auch in den örtlichen Zeitungen zu lesen; Mary Beth selbst hat allerdings weder bestätigt noch dementiert, daß je etwas gestohlen worden war.

Ein Zweig der Familie Mayfair – Nachkommen von Clay Mayfair, die heute in New York leben – will mit den Mayfairs in New Orleans nichts zu schaffen haben, und zwar wegen einer Auseinandersetzung mit Mary Beth, die im Jahr 1919 stattfand.

Anscheinend investierte Mary Beth zu jener Zeit intensiv ins New Yorker Bankengeschäft. Aber zwischen ihr und einem Cousin war es zu einem Streit gekommen. Er glaubte, um es kurz zu machen, nicht daran, daß Mary Beths Pläne funktionieren würden. Sie glaubte es doch. Er versuchte, ihre Pläne ohne ihr Wissen zu unterlaufen. Sie erschien in seinem Büro in New York, riß ihm die entscheidenden Papiere aus der Hand und warf sie in die Luft, wo sie in Flammen aufgingen und verbrannten, ehe sie den Boden erreicht hatten. Dann warnte sie ihn, daß sie ihn umbringen werde, wenn er je wieder versuchen sollte, sein eigen Fleisch und Blut zu betrügen. Wieder und wieder erzählte er diese Geschichte wie zwanghaft jedem, der sie hören wollte, ruinierte damit wirkungsvoll seinen Ruf und machte seinem Berufsleben ein Ende: Man hielt ihn für verrückt. Drei Monate nach Mary Beths Erscheinen beging er Selbstmord, indem er aus seinem Bürofenster sprang. Bis zum heutigen

Tage gibt die Familie Mary Beth die Schuld an seinem Tod und spricht nur haßerfüllt von ihr und ihren Nachkommen.

Was die Mayfairschen Finanzen angeht, so verdient dieses Thema mehr Aufmerksamkeit, als wir ihm widmen können. Wenn jemand mit Kenntnissen in diesen Dingen ein gründliches Studium der Geschichte der Mayfairs in Angriff nehmen wollte – und wir beziehen uns hier nur auf öffentliche Dokumente, die für jeden zugänglich sind, der sorgfältig genug danach sucht –, würden wir möglicherweise überzeugende Hinweise auf die Verwendung okkulter Kräfte im Laufe der Jahrhunderte zum Zwecke der Vermögensgewinnung und des Vermögensaufbaus erhalten. Die Edelsteine und Goldmünzen sind dabei womöglich noch der kleinste Teil.

Um es abzuschließen: Mary Beth hat ihre Familie sehr viel reicher hinterlassen, als die meisten von ihnen es anscheinend je wußten oder einschätzen konnten. Und dieser Reichtum existiert bis heute.

Mary Beths zweite Leidenschaft war die Familie. Von Anfang ihres Geschäftslebens an beteiligte sie ihre Vettern (oder Brüder) Barclay, Garland, Cortland und andere Mayfairs an ihren Unternehmungen; sie holte sie in die Firmen, die sie gründete, und sie benutzte Mayfair-Anwälte und Mayfair-Bankiers für ihre Transaktionen. Genaugenommen benutzte sie Mayfairs und keine Fremden, wann immer sie konnte. Und sie bedrängte andere Mayfairs heftig, es genauso zu halten. Als ihre Tochter Carlotta bei einer fremden Anwaltskanzlei anfing, zeigte sie Enttäuschung und Mißbilligung, ergriff aber keine restriktiven oder strafenden Maßnahmen und tat nichts, um Carlottas Entscheidung zu unterlaufen.

Mit Stella und Lionel war Mary Beth notorisch nachsichtig, und sie erlaubte ihnen, tage- oder auch wochenlang Freunde zu Hause zu beherbergen. Sie schickte sie mit Hauslehrern und Gouvernanten nach Europa, wenn sie selbst zu beschäftigt war, und sie veranstaltete für sie Geburtstagspartys von legendärer Größe und Extravaganz, zu denen unzählige Mayfair-Verwandte eingeladen wurden. Gleichermaßen großzügig verfuhr sie mit ihrer Tochter Belle, mit ihrer Adoptivtochter Nancy und mit Millie Dear, ihrer Nichte, die allesamt nach ihrem Tod weiter in der First Street wohnten, obgleich sie umfangreiche Treuhandfonds erbten, die ihnen eine unangreifbare finanzielle Unabhängigkeit verschafften.

Mary Beth stand mit Mayfairs überall im Land in Verbindung, und sie war die Schirmherrin zahlreicher Familienzusammenkünfte der Mayfairs in Louisiana. Auch nach Juliens Tod und noch bis kurz vor ihrem Ableben wurden bei solchen Anlässen köstliche Speisen und Getränke gereicht, und Mary Beth selbst beaufsichtigte die Zusammenstellung des Menüs und kostete auch den Wein.

Gewaltige Familiendinners gab es in der First Street häufig, und Mary Beth zahlte fabelhafte Gehälter, um die besten Köche für ihre Küche zu gewinnen. Viele Berichte deuten an, daß die Mayfairschen Verwandten gern in die First Street kamen, daß sie die langen Gespräche nach dem Dinner liebten und daß sie Mary Beth persönlich treu ergeben waren, die ihrerseits ein gespenstisches Talent besaß, Geburtstage, Hochzeitstage und Examensdaten im Gedächtnis zu behalten und zu diesen Anlässen entsprechende und sehr willkommene Bargeldgeschenke zu verschicken.

Wie schon erwähnt, liebte Mary Beth es in ihrer Jugend, auf diesen Festen mit Julien zu tanzen; sie ermunterte jung und alt, ebenfalls zu tanzen, und engagierte auch manchmal Tanzlehrer, die den Verwandten die neuesten Tänze beizubringen hatten. Sie und Julien erheiterten die Kinder mit ihren munteren Possen. Und manchmal schockierten die Tanzkapellen, die sie sich aus dem Quarter holten, die gesetzteren Mayfairs. Nach Juliens Tod tanzte Mary Beth nicht mehr so viel, aber sie liebte es immer noch, anderen beim Tanzen zuzuschauen, und fast immer sorgte sie für Musik.

Mayfairs waren zu diesen Treffen nicht einfach eingeladen – es wurde von ihnen erwartet, daß sie kamen, und Mary Beth zeigte sich mitunter recht unangenehm gegen diejenigen, die ihre Einladungen nicht annehmen wollten. Und es gibt zwei Geschichten darüber, wie extrem zornig sie auf Mitglieder der Familie reagierte, die den Namen Mayfair zugunsten ihres väterlichen Namens ablegten.

Es gibt mehrere Hinweise darauf, daß Mary Beth in die Zukunft sehen konnte, dieses Talent aber nicht gern benutzte. Wenn man sie um eine Vorhersage oder um Hilfe bei einer Entscheidung bat, warnte sie die beteiligten Familienmitglieder oft: Das »zweite Gesicht« sei keine so simple Angelegenheit. Und das Vorhersagen der Zukunft könne eine »vertrackte« Sache sein. Aber hin und wieder machte sie doch handfeste Weissagungen. So sagte sie Maitland Mayfair – Clays Sohn –, daß er sterben werde, wenn er mit der Fliegerei anfange, und so geschah es auch. Maitlands Frau Therese gab ihr die Schuld an seinem Tod; Mary Beth wischte das mit einfachen Worten beiseite: »Ich habe ihn gewarnt, oder? Wenn er nicht mit dem verdammten Flugzeug aufgestiegen wäre, hätte er auch nicht damit abstürzen können.«

Maitlands Brüder waren betrübt über seinen Tod, und sie flehten Mary Beth an, solche Ereignisse nach Möglichkeit zu verhindern, worauf sie antwortete, sie könne es ja versuchen und wolle es auch tun, wenn sie das nächstemal auf so etwas aufmerksam würde. Wieder aber warnte sie, daß solche Dinge »vertrackt« seien. 1921 wollte Maitlands Sohn, Maitland junior, auf eine Expedition in den afrikanischen Dschungel gehen; seine Mutter Therese hatte entschiedene Einwände, und sie appellierte an Mary Beth, sie möge den Jungen entweder aufhalten oder eine Weissagung abgeben.

Mary Beth überdachte die Angelegenheit lange und erklärte dann auf ihre schlichte, unverblümte Art, die Zukunft sei nicht vorherbestimmt, sie sei nur vorhersehbar. Und ihre Vorhersage sei, daß dieser Junge sterben werde, wenn er nach Afrika ginge. Wenn er aber hierbliebe, könnten ebenfalls schlimmere Dinge geschehen. Maitland Junior sagte die Expedition ab, blieb zu Hause und starb sechs Monate später bei einem Brandunglück. (Der junge Mann war betrunken gewesen und hatte im Bett geraucht.) Bei der Beerdigung wurde Mary Beth von Therese attackiert und gefragt, weshalb sie dieses Unglück nicht verhindert habe. Mary Beth antwortete beinahe beiläufig, sie habe die ganze Sache vorhergesehen, ja, aber sie habe nicht viel tun können, um es zu ändern. Um es zu ändern, hätte sie Maitland junior ändern müssen, und das sei nicht ihre Aufgabe im Leben. Aber natürlich sei ihr furchtbar zumute, und sie wünschte, die Verwandtschaft wollte sie nicht mehr bitten, in die Zukunft zu schauen.

»Wenn ich in die Zukunft blicke«, soll sie gesagt haben, »sehe ich nur, wie schwach die meisten Leute sind und wie wenig sie tun, um sich gegen das Schicksal oder die Fügung zu wehren. Man kann sich wehren, wißt ihr. Man kann es wirklich. Aber Maitland hatte nicht vor, irgend etwas zu ändern.« Dann zuckte sie die Achseln, erzählt man, und verließ mit ihren charakteristischen großen Schritten den Lafayette-Friedhof.

Es gibt noch zahllose andere Geschichten über Mary Beths Vorhersagen, Ratschläge und dergleichen. Sie sind einander alle sehr ähnlich. Sie riet von bestimmten Ehen ab, und ihr Rat erwies sich jedesmal als richtig. Oder sie riet Leuten zu bestimmten Unternehmungen, und sie waren immer erfolgreich. Aber alles weist darauf hin, daß Mary Beth mit dieser Begabung sehr vorsichtig umging und ungern direkte Vorhersagen abgab. Wir haben zu diesem Thema noch ein weiteres Zitat von ihr, das sie dem Gemeindepriester gegenüber geäußert hat. Sie soll zu ihm gesagt haben, jedes starke Individuum könne die Zukunft zahlloser anderer Menschen verändern, und dies geschehe auch ständig. Angesichts der Zahl der lebenden Menschen auf der Welt seien solche Leute allerdings so rar gesät, daß es trügerisch einfach sei, die Zukunft vorherzusagen.

»Dann besitzen wir einen freien Willen, das geben Sie jedenfalls zu«, sagte der Priester, und Mary Beth antwortete: »Den haben wir allerdings, und es ist absolut entscheidend, daß wir unseren freien Willen auch ausüben. Nichts ist vorherbestimmt. Und gottlob gibt es nicht viele starke Menschen, die den vorhersehbaren Ablauf durcheinanderbringen, denn unter ihnen sind ebenso viele Böse, die Kriege und Katastrophen herbeiführen, wie Visionäre, die anderen Gutes bringen.«

Was die Einstellung der Familie ihr gegenüber angeht, so war es vielen Familienangehörigen – nach Auskunft ihrer mitteilsamen Freunde – bewußt, daß Mary Beth und Monsieur Julien von etwas Sonderbarem umgeben seien; und ob man sich in Notzeiten an sie wenden sollte oder nicht, war in jeder Generation eine stets aktuelle Frage. Man spürte, daß es Vorteile, aber auch deutliche Risiken mit sich brachte, wenn man sich an sie wandte.

Eine Nachfahrin Lestan Mayfairs zum Beispiel, die unverheiratet schwanger geworden war, wandte sich hilfesuchend an Mary Beth; sie bekam eine Menge Geld, um das Kind zu versorgen, aber sie war nachher überzeugt, Mary Beth habe den Tod des verantwortungslosen Kindsvaters herbeigeführt.

Ein anderer Mayfair, ein Liebling Mary Beths, wurde nach einer alkoholisierten Prügelei in einem Nachtclub im French Quarter wegen schwerer tätlicher Beleidigung verhaftet; es hieß, er habe mehr Angst vor Mary Beths Mißbilligung und ihrem Tadel gehabt als vor irgendeinem Strafgericht. Bei dem Versuch, aus der Haft zu entfliehen, wurde er erschossen, und Mary Beth erlaubte nicht, daß er auf dem Lafayette-Friedhof bestattet wurde.

Ein anderes unglückliches Mädchen – Louise Mayfair –, die ebenfalls unehelich schwanger wurde und in der First Street Nancy Mayfair zur Welt brachte (die Mary Beth adoptierte und als eines von Stellas Kindern annahm), starb zwei Tage nach der Geburt; zahlreichen Gerüchten zufolge hatte Mary Beth, verstimmt über das Benehmen des Mädchens, sie allein und unversorgt sterben lassen.

Aber die Geschichten über Mary Beths okkulte Kräfte oder Übeltaten im Zusammenhang mit der Familie sind relativ rar. Selbst wenn man die Verschwiegenheit der Familie berücksichtigt, die Abneigung der meisten Mayfairs gegen jeglichen Klatsch über das Familienvermächtnis, weist einfach nur wenig darauf hin, daß Mary Beth für ihre eigene Sippe eine Hexe und nicht vielmehr eine Magnatin war. Wenn sie ihre Kräfte einsetzte, tat sie es fast immer widerstrebend. Und wir haben zahlreiche Hinweise darauf, daß viele Familienangehörige den »abergläubischen Albernheiten«, die von Dienstboten, Nachbarn und gelegentlich auch Verwandten über Mary Beth verbreitet wurden, einfach keinen Glauben schenkten. Die Geschichte von der Börse mit den Goldmünzen hielten sie für lächerlich. Sie machten abergläubisches Hauspersonal dafür verantwortlich, hielten das Ganze für ein Überbleibsel aus romantischen Pflanzertagen, und sie beschwerten sich über Tratsch aus der Nachbarschaft und der Kirchengemeinde.

Alles in allem gesehen deutet die Familienüberlieferung darauf hin, daß Mary Beth von ihrer Familie geachtet und geliebt wurde, daß sie das Leben und die Entscheidungen anderer Menschen nicht dominierte – außer um ihnen eine Art demonstrativer Familienloyalität abzunötigen –, daß sie, von einigen bemerkenswerten Fehlgriffen abgesehen, unter ihren Verwandten ausgezeichnete Kandidaten für geschäftliche Unternehmungen auswählte und daß sie ihr vertrauten, sie bewunderten und gern Geschäfte mit ihr machten. Ihre ausländischen Erfolge verheimlichte sie denen, mit denen sie Geschäfte machte, und womöglich verheimlichte sie auch ihre okkulten Kräfte vor den anderen und genoß es, auf schlichte, normale Art mit der Familie zusammenzusein.

Die dritte große Leidenschaft – oder Besessenheit – in Mary Beths Leben war ihre Sehnsucht nach Vergnügen. Wie wir schon gesehen haben, gingen sie und Julien gern tanzen, auf Partys, ins Theater usw. Auch hatte sie viele Liebhaber.

Die Familienmitglieder schweigen wie ein Grab zu diesem Thema, und der Dienstbotenklatsch – der uns oft durch Freunde der Familie des betreffenden Angestellten aus zweiter oder dritter Hand überliefert wird – ist unsere größte Quelle für solche Informationen. Auch die Nachbarn erzählten sich von »gutaussehenden Jungen«, die sich immer auf dem Anwesen herumtrieben und angeblich Arbeiten erledigten, für die sie absolut nicht qualifiziert waren.

Richard Llewellyns Bericht über den Stutz Bearcat, der einem jungen irischen Kutscher geschenkt wurde, hat sich durch eine schlichte Überprüfung der Meldeunterlagen bestätigen lassen. Auch andere große Geschenke – Bankauszüge belegen enorme Summen – deuten darauf hin, daß diese gutaussehenden Jungen Mary Beths Liebhaber waren. Wie ließe sich sonst erklären, daß sie zu Weihnachten fünftausend Dollar an einen jungen Kutscher verschenkte, der nicht einmal ein Gespann lenken konnte? An einen Hausmeister, der ohne Hilfe keinen Nagel in die Wand schlagen konnte?

Es ist interessant festzustellen, daß wir, alle Informationen über Mary Beth zusammengenommen, mehr Geschichten über ihre sinnlichen Gelüste haben als über irgendeinen anderen Aspekt ihres Lebens. Mit anderen Worten: Geschichten über ihre Liebhaber, ihren Weinkonsum, ihre Liebe zum Essen und ihre Tanzlust überwiegen bei weitem über ihre okkulten Fähigkeiten oder ihr Talent zum Geldmachen.

Aber wenn man all die vielen Schilderungen ihrer Liebe zu Wein, Essen, Musik, Tanz und Bettgenossen betrachtet, sieht man, daß sie sich in dieser Hinsicht eher wie ein Mann jener Zeit denn wie eine Frau benahm, daß sie ihrem Vergnügen nachging, wie ein Mann es wohl tun mochte, ohne sich lange über Konventionen oder Respektabilität den Kopf zu zerbrechen. Summa summarum hat ihr Benehmen nichts allzu Ungewöhnliches an sich, wenn man es in diesem Lichte betrachtet. Aber selbstverständlich betrachteten die Menschen ihrer Zeit es nicht in diesem Licht; sie hielten diese Liebe zum Vergnügen für ziemlich geheimnisvoll, ja, unheimlich. Mary Beth verstärkte dieses Gefühl des Mysteriösen noch durch ihre lässige Haltung zu dem, was sie tat, und durch ihre Weigerung, den für sie belanglosen Reaktionen anderer irgendwelche Bedeutung beizumessen.

Ihre Männerkleidung trug sie so lange, und sie stand ihr so gut, daß sich beinahe jeder daran gewöhnte. In ihren letzten Lebensjahren ging sie oft im Tweedanzug und mit ihrem Spazierstock aus und schlenderte stundenlang im Garden District umher. Sie machte sich nicht mehr die Mühe, ihr Haar hochzustecken oder es unter einem Hut zu verbergen; sie trug es zu einem schlichten Zopf oder Knoten geschlungen, und für die Leute war ihre Erscheinung eine Selbstverständlichkeit. Für die Dienstboten und Nachbarn viele Straßen weit im Umkreis war sie »Miss Mary Beth«, wenn sie mit leicht gesenktem Kopf und großen Schritten vorüberging und denen, die sie grüßten, flüchtig zuwinkte.

Was ihre Liebhaber angeht, so hat die Talamasca nichts genaueres über sie in Erfahrung bringen können. Über einen jungen Cousin, Alain Mayfair, wissen wir noch das meiste, aber es ist nicht einmal sicher, daß er wirklich Mary Beths Liebhaber war. Von 1911 bis 1913 arbeitete er als Sekretär oder Chauffeur oder beides für Mary Beth, war aber häufig und für lange Zeit in Europa. Er war um die zwanzig und sehr gutaussehend, und er sprach gut Französisch, allerdings nicht mit Mary Beth, die das Englische bevorzugte. 1914 kam es zu Mißhelligkeiten zwischen ihm und ihr, aber anscheinend weiß niemand, worum es dabei ging. Er begab sich dann nach England, kämpfte im Ersten Weltkrieg und fiel. Sein Leichnam wurde nie gefunden. Mary Beth ließ eine ungeheure Gedenkfeier für ihn in der First Street veranstalten.

Kelly Mayfair, auch ein Cousin, arbeitete ebenfalls 1912 und 1913 für Mary Beth, und er blieb bis 1918 in ihren Diensten. Er war ein auffallend hübscher, rothaariger, grünäugiger junger Mann (seine Mutter stammte aus Irland); er sorgte für Mary Beths Pferde, und anders als die meisten Jungen, die Mary Beth sich hielt, kannte er sich damit aus. Daß er Mary Beths Liebhaber gewesen sein soll, gründet sich nur auf die Tatsache, daß sie bei vielen Familienfesten miteinander tanzten und später zahlreiche lautstarke Auseinandersetzungen hatten, die von Zimmermädchen, Wäscherinnen und sogar Schornsteinfegern mitangehört wurden.

Auch wurde Kelly von Mary Beth mit einer immensen Summe Geldes ausgestattet, damit er sein Glück als Schriftsteller versuchen könnte. Er zog mit diesem Geld ins New Yorker Greenwich Village, wo er eine Zeitlang als Reporter bei der *New York Times* arbeitete und dann im betrunkenen Zustand in einer ungeheizten Wohnung erfror – anscheinend wirklich infolge eines Unfalls. Es war sein erster Winter in New York, und vielleicht ahnte er nichts von den Gefahren. Wie auch immer, Mary Beth war sehr betrübt über seinen Tod und ließ den Leichnam heimführen und geziemend bestatten; Kellys Eltern waren indessen so empört über das, was geschehen war, daß sie sich weigerten, an der Beerdigung teilzunehmen. Sie ließ drei Worte in seinen Grabstein meißeln: »Fürchte nicht mehr.« Vielleicht bezieht sich dies auf die berühmte Zeile aus Shakespeares *Cymbeline*: »Fürchte nicht mehr der Sonne Hitze, noch des wüsten Winters Toben.« Aber wir wissen es nicht. Selbst dem Bestatter und dem Steinmetz verweigerte sie jede Erklärung.

Die übrigen »gutaussehenden Jungen«, die so viel Gerede hervorriefen, sind uns unbekannt. Wir haben nur tratschhafte Beschreibungen von ihnen, und die deuten darauf hin, daß sie allesamt sehr hübsch waren und das waren, was man heute vielleicht als »Strichjungen« bezeichnen würde. Die festangestellten Dienstmädchen und das Küchenpersonal betrachteten sie voller Argwohn und Abneigung. Und in den meisten Berichten über diese jungen Männer wird nicht ausdrücklich behauptet, daß sie Mary Beths Liebhaber gewesen seien.

Wer weiß? Vielleicht hat Mary Beth sie nur gern angeschaut?

Was wir sicher wissen, ist daß sie für Daniel McIntyre von der ersten Begegnung an Liebe und Fürsorge empfand, wenngleich er seine Rolle in der Geschichte der Mayfairs zweifellos als Juliens Geliebter begann.

Ungeachtet dessen, was Richard Llewellyn uns berichtet hat, wissen wir, daß Julien Daniel McIntyre irgendwann um 1896 herum kennenlernte und gleich anfing, ihm eine Menge wichtiger Geschäfte zuzuschanzen; Daniel McIntyre war damals ein vielversprechender Anwalt und arbeitete in einer von seinem Onkel zehn Jahre zuvor begründeten Kanzlei in der Camp Street.

Als Garland Mayfair sein Jurastudium in Harvard beendet hatte, trat er in dieselbe Kanzlei ein, und später kam Cortland dazu. Beide arbeiteten mit Daniel McIntyre zusammen, bis dieser 1905 zum Richter ernannt wurde.

Photographien aus jener Zeit zeigen Daniel als schlanken, blassen Mann mit rötlichblondem Haar. Er war beinahe hübsch – dem späteren Geliebten Juliens Richard Llewellyn nicht unähnlich, und nicht unähnlich auch dem dunkleren Victor, der nach dem Sturz unter die Wagenräder verstarb. Die Gesichter aller drei Männer waren außergewöhnlich schön und dramatisch in ihrer Knochenstruktur, und Daniel verfügte über den zusätzlichen Vorteil bemerkenswert strahlender grüner Augen.

Was wir über Daniel McIntyres frühe Jahre wissen, ist ziemlich gesichert. Der Abstammung nach war er »old Irish« – das heißt, seine Vorfahren waren lange vor den großen Hungersnöten der vierziger Jahre nach Amerika eingewandert, und es ist zu bezweifeln, daß irgend jemand unter ihnen arm war.

Sein Großvater, ein Kommissionär und Selfmade-Millionär, baute in den dreißiger Jahren des vorigen Jahrhunderts ein prächtiges Haus in der Julia Street, wo Daniels Vater, Sean McIntyre, der jüngste von vier Söhnen, aufwuchs. Sean McIntyre war ein ausgezeichneter Arzt; er starb mit achtundvierzig Jahren unerwartet an einer Herzattacke.

Daniel war ein in jeder Hinsicht brillanter Wirtschaftsjurist; zahlreiche Zeugnisse belegen, daß er Julien bei einer Reihe von geschäftlichen Unternehmungen gut beraten hat. Auch vertrat er ihn erfolgreich bei mehreren entscheidend wichtigen Privatklagen. Und wir haben eine Anekdote, die uns Jahre später ein Mitarbeiter der Kanzlei erzählte: Julien und Daniel hätten im Zusammenhang mit einer dieser Privatklagen einen schrecklichen Streit gehabt, in dessen Verlauf Daniel wiederholt gesagt habe: »Julien, laß mich die Sache juristisch handhaben!« Darauf habe Julien wiederholt geantwortet: »Also schön, wenn du so verdammt entschlossen bist, es zu tun, dann tu's. Aber ich sage dir, ich könnte mühelos dafür sorgen, daß dieser Mann sich wünscht, er wäre nie geboren worden!«

Am 11. Februar 1897, als Daniels Mutter starb, zog er aus dem Stadthaus der Familie in die St. Charles Avenue aus, ließ seine Schwester in der Obhut von Krankenschwestern und Hausmädchen und bezog Wohnung in einer prächtigen, luxuriösen Vier-Zimmer-Suite im alten St. Louis Hotel. Dort lebte er fortan »wie ein König« – das sagen jedenfalls Pagen, Kellner und Taxifahrer, die enorme Trinkgelder von ihm bezogen.

Julien Mayfair war Daniels häufigster Besucher, und er blieb oft über Nacht bei ihm in der Suite.

Zu dieser Zeit trank Daniel bereits stark, und es gibt zahllose Berichte darüber, daß das Hotelpersonal ihn in seine Suite tragen mußte. Cortland hatte ebenfalls ständig ein Auge auf ihn, und als Daniel sich in späteren Jahren ein Auto kaufte, war es immer Cortland, der sich erbot, ihn damit nach Hause zu fahren, damit er nicht sich oder jemand anderen damit umbrachte. Cortland scheint Daniel sehr gemocht zu haben. Er hat Daniel vor dem Rest der Familie immer in Schutz genommen, was mit den Jahren immer schwieriger wurde.

Wir haben keinerlei Hinweise darauf, daß Mary Beth in dieser frühen Periode je mit Daniel zusammengetroffen wäre. Sie war schon sehr aktiv im Geschäftsleben, aber die Familie hatte etliche Anwälte und Verbindungen, und wir haben keinen Beleg dafür, daß Daniel je in das Haus in der First Street kam. Es kann sein, daß die Beziehung zu Julien ihm peinlich war und daß er diesen Dingen allgemein etwas puritanischer gegenüberstand als Juliens andere Geliebte.

Jedenfalls war er der einzige von Juliens Geliebten, von dem wir wissen, daß er selbständig eine berufliche Karriere machte.

Wie immer es zu erklären sein mag – er begegnete Mary Beth gegen Ende des Jahres 1897, und Richard Llewellyns Version der Geschichte von ihrer Begegnung – in Storyville – ist die einzige, die wir haben. Wir wissen nicht, ob sie sich ineinander verliebten, wie Llewellyn angibt, aber wir wissen, daß Mary Beth und Daniel bei zahlreichen gesellschaftlichen Anlässen zusammen erschienen.

Mary Beth war inzwischen fünfundzwanzig Jahre alt und äußerst unabhängig. Und es war kein Geheimnis, daß die kleine Belle – die Tochter des mysteriösen schottischen Lord Mayfair – nicht ganz richtig im Kopf war. So reizend und liebenswert sie war, war sie doch offensichtlich außerstande, selbst die einfachsten Dinge zu lernen, und emotional reagierte sie, auch als sie älter war, immer wie eine Vierjährige auf das Leben – so beschreiben es jedenfalls später die Verwandten. Man zögerte indessen, das Wort »schwachsinnig« zu verwenden.

Natürlich wußte jeder, daß Belle nicht die geeignete Trägerin des Vermächtnisses war, da sie vielleicht niemals heiraten würde. Und darüber diskutierte die Verwandtschaft seinerzeit ziemlich offen.

Eine weitere Mayfair-Tragödie war ebenfalls ein Gesprächsthema, nämlich die Zerstörung der Pflanzung in Riverbend durch den Fluß.

Das Haus, das Marie Claudette vor der Jahrhundertwende gebaut hatte, stand auf einer Landzunge, die in den Fluß hinausragte; irgendwann um 1896 herum wurde klar, daß der Fluß entschlossen war, sich diese Landzunge zu nehmen. Man versuchte alles, aber es gab keine Rettung. Ein Deich mußte hinter dem Haus gebaut werden, und schließlich mußte das Haus geräumt werden. Das Grundstück ringsum versank langsam in den Fluten, und eines Nachts brach das Haus auf dem sumpfigen Untergrund zusammen. Eine Woche später war es ganz verschwunden, als hätte es nie existiert.

Daß Mary Beth und Julien dies als Tragödie empfanden, war klar. Man sprach in New Orleans viel von den Ingenieuren, die sie konsultierten, um die Tragödie abzuwenden. Einen nicht geringen Anteil daran hatte auch Katherine, Mary Beths alternde Mutter, die nicht nach New Orleans in das Haus ziehen wollte, das Darcy Monahan vor Jahrzehnten für sie gebaut hatte.

Schließlich mußte man Katherine unter Beruhigungsmittel setzen, um sie in die Stadt zu transportieren. Sie erholte sich, wie schon berichtet, nie mehr von diesem Schock und verlor bald den Verstand; sie irrte im Garten in der First Street umher, sprach mit Darcy, suchte ihre Mutter Marguerite und kippte immer wieder Schubladen aus, um Dinge zu suchen, die sie angeblich verloren hatte.

Mary Beth tolerierte sie; einmal äußerte sie – sehr zum Schrecken des zuständigen Arztes –, sie tue für ihre Mutter mit Vergnügen, was sie könne, aber sie finde weder die Frau noch ihre Lage »besonders interessant«, und sie wünschte, es gebe irgendein Medikament, das man ihr verabreichen könnte, um sie ruhigzustellen.

Wenn sie Katherine »irgendein Medikament« verabreichten, so wissen wir davon nichts. 1898 fing sie an, auf der Straße herumzuwandern, und man stellte einen jungen Mulatten ein, der keine andere Aufgabe hatte, als ihr zu folgen. Sie starb in der First Street, im Bett in einem der hinteren Schlafzimmer – in der Nacht des 2. Januar 1905, um genau zu sein –, und nach allem, was wir wissen, war ihr Tod nicht von einem Unwetter begleitet, und auch von keinem anderen ungewöhnlichen Ereignis. Nach Auskunft der Dienstboten hatte sie ein paar Tage im Koma gelegen, als sie starb, und Mary Beth und Julien waren bei ihr.

Am 15. Januar 1899 heirateten Mary Beth und Daniel McIntyre mit viel Pomp in der Pfarrkirche von St. Alphonsus. Es ist interessant, zu vermerken, daß die Familie bis zu dieser Zeit die Kirche Notre Dame besuchte (die französische der Gemeindekirchen), für die Hochzeit aber die irische Kirche auserwählte; von da an gingen sie zu allen Gottesdiensten nach St. Alphonsus.

Man kann daher annehmen, daß der Wechsel zu der irischen Kirche auf Daniels Einfall zurückzuführen ist. Man kann ebenso sicher vermuten, daß Mary Beth der Sache so gut wie gleichgültig gegenüberstand, auch wenn sie mit ihren Kindern, Großnichten und -neffen oft in die Kirche ging; woran sie dabei glaubte, läßt sich allerdings nicht sagen. Julien ging niemals in die Kirche, von Hochzeiten, Bestattungen und Taufen abgesehen.

Die Hochzeit von Daniel und Mary Beth war, wie gesagt, gewaltig. Ein Empfang von schwindelerregenden Proportionen fand im Haus in der First Street statt, und noch aus New York kamen Verwandte. Daniels – allerdings viel kleinere – Familie war ebenfalls zugegen, und nach allen Berichten war das Paar bis über die Ohren verliebt und glücklich, und man tanzte und sang bis tief in die Nacht hinein.

Die Hochzeitsreise führte das junge Ehepaar nach New York und von dort nach Europa, wo sie vier Monate blieben; im Mai beendeten sie die Reise vor der Zeit, weil Mary Beth bereits ein Kind erwartete.

Tatsächlich wurde Carlotta Mayfair siebeneinhalb Monate nach der Hochzeit ihrer Eltern am 1. September 1899 geboren.

Am 2. November des folgenden Jahres brachte Mary Beth ihren einzigen Sohn, Lionel, zur Welt, und am 10. Oktober 1901 bekam sie ihr letztes Kind, Stella.

Rechtlich gesehen waren diese Kinder selbstverständlich allesamt von Daniel McIntyre, aber im Rahmen der Mayfairschen Familiengeschichte kann man berechtigterweise fragen, wer wohl der wirkliche Vater war.

Es gibt überwältigendes Indizienmaterial – medizinische Akten wie auch Photos – dafür, daß Daniel McIntyre Carlotta Mayfairs Vater war. Sie hat nicht nur seine grünen Augen geerbt, sondern auch seine wunderschönen rötlichblonden Locken.

Was Lionel betrifft, so hatte er die gleiche Blutgruppe wie Daniel McIntyre, und er hatte auch große Ähnlichkeit mit ihm, wenngleich er auch seiner Mutter mit ihren dunklen Augen und ihrem »Ausdruck« sehr glich, vor allem in ihren späteren Jahren.

Was indessen Stella betrifft, so läßt ihre Blutgruppe, wie sie bei der oberflächlichen Obduktion im Jahr 1929 ermittelt wurde, den Schluß zu, daß sie nicht Daniel McIntyres Tochter war. Wir wissen, daß diese Information seinerzeit ihrer Schwester Carlotta zur Kenntnis kam. Gerüchte darüber, wonach Carlotta die Feststellung der Blutgruppe überhaupt veranlaßt habe, sind es überhaupt erst gewesen, die diesen Sachverhalt der Talamasca haben bekannt werden lassen.

Vielleicht ist es überflüssig, noch darauf hinzuweisen, daß Stella keinerlei Ähnlichkeit mit Daniel McIntyre hatte. Aber sie glich Julien mit ihrem zarten Knochenbau, den schwarzen Locken und den leuchtenden, wenn nicht gar funkelnden dunklen Augen.

Da wir Juliens Blutgruppe nicht kennen und auch nicht wissen, ob sie je festgestellt wurde, können wir unserer Materialsammlung diese Information nicht hinzufügen.

Stella kann von jedem beliebigen unter Mary Beths Liebhabern gezeugt worden sein; wir wissen allerdings nicht, ob Mary Beth in dem Jahr vor Stellas Geburt einen Liebhaber hatte. Der Klatsch über ihre Jungen setzt eigentlich erst später ein, aber das bedeutet vielleicht nur, daß sie im Laufe der Jahre mit ihren Liebhabern nachlässiger umging.

Eine zweite, handfeste Möglichkeit ist Cortland Mayfair, Juliens zweiter Sohn, der zum Zeitpunkt von Stellas Geburt ein äußerst ansprechender junger Mann von zweiundzwanzig Jahren war. (Seine Blutgruppe wurde 1959 schließlich ermittelt und paßt.) Er wohnte gelegentlich in der First Street, denn er studierte Jura in Harvard und beendete dieses Studium erst 1903. Daß er Mary Beth sehr gern hatte, wußte jeder, und daß er sich sein Leben lang für den vermächtnistragenden Teil der Familie interessierte, ist ebenfalls bekannt.

Zum Leidwesen der Talamasca war Cortland sein Leben lang ein sehr verschlossener und wachsamer Mann. Selbst bei seinen Brüdern und seinen Kindern war er als zurückgezogener Mensch bekannt, der jede Art von Tratsch außerhalb der Familie verabscheute. Er las gern und war eine Art genialer Investor. Unseres Wissens nach hat er sich niemandem je anvertraut. Selbst die, die ihm am nächsten standen, machen widersprüchliche Aussagen darüber, was Cortland wann und warum tat.

Der einzige Aspekt seiner Persönlichkeit, über den sich alle sicher sind, ist sein Engagement für die Verwaltung des Vermächtnisses und dafür, Geld für sich, für seine Brüder und ihre Kinder und für Mary Beth zu machen.

Als Mary Beth starb, war es Cortland, der verhinderte, daß Carlotta Mayfair das Finanzimperium ihrer Mutter buchstäblich auflöste, indem er in Stellas Namen das komplette Management übernahm, die ja die designierte Erbin war und der es gleichgültig war, was geschah, solange sie tun konnte, was sie wollte.

Stella interessierte sich nach eigenem Bekenntnis »einen Kehricht« um Geld. Über Carlottas Wunsch hinweg legte sie die Wahrung ihrer Interessen ganz und gar in Cortlands Hände; Cortland und sein Sohn Sheffield verwalteten auch nach ihrem Tod den größten Teil des Vermögens.

Aber um hier zu unserem eigentlichen Thema zurückzukehren: Es gibt noch andere Hinweise darauf, daß Cortland Stellas Vater war. Cortlands Frau, Amanda Grady Mayfair, hegte eine tiefe Abneigung gegen Mary Beth und ihre ganze Familie, und sie begleitete Cortland niemals in das Haus in der First Street. Das hinderte Cortland aber nicht daran, ständig dort zu Besuch zu erscheinen und auch alle seine fünf Kinder mitzubringen, so daß sie seine Familie ganz gut kannten, während sie heranwuchsen.

Amanda verließ Cortland schließlich, als ihr jüngster Sohn Pierce Mayfair 1935 sein Studium in Harvard beendete; sie verließ New Orleans für immer und wohnte fortan bei ihrer jüngeren Schwester in New York.

1936 erzählte sie einem unserer Ermittler auf einer Cocktailparty (man hatte ein beiläufiges Treffen arrangiert), die Familie ihres Mannes sei böse, und wenn sie die Wahrheit über sie sagen wollte, würde man sie allenthalben für verrückt erklären; nie wieder werde sie in den Süden zu diesen Menschen gehen, mochten ihre Söhne noch so sehr darum bitten. Etwas später, als sie einigermaßen alkoholisiert war, fragte sie unseren Ermittler, dessen Namen sie nicht kannte, ob er glaube, daß Menschen ihre Seele an den Teufel verkauften. Ihr Mann, sagte sie, habe es getan, und er sei »reicher als Rockefeller«, und sie selbst sei es auch, und ihre Söhne ebenfalls. »Sie werden eines Tages alle in der Hölle schmoren«, sagte sie. »Dessen können Sie sicher sein.«

Als unser Ermittler fragte, ob die Dame dergleichen wirklich glaube, antwortete sie, es gebe Hexen in der modernen Welt, die zaubern könnten.

»Sie lassen einen glauben, man sei irgendwo, wo man gar nicht ist, und man sehe Dinge, wo nichts ist. Das haben sie mit meinem Mann gemacht. Und wissen Sie, warum? Weil mein Mann ein Hexenmeister ist, ein mächtiger Hexenmeister. Man braucht sich solcher Worte gar nicht zu genieren – Hexenmeister, Zauberer. Der Mann ist einer. Ich habe mit eigenen Augen gesehen, was er tun kann.«

Geradeheraus gefragt, ob ihr Mann ihr je etwas Böses angetan habe, sagte die Frau, nein, sie müsse gestehen, das habe er nicht getan. Es sei das, was er bei anderen gutheiße, was er mitmache und was er glaube. Dann fing sie an zu weinen und erklärte, sie vermisse ihren Mann, und sie wolle jetzt nicht mehr darüber reden.

An dieser Stelle wurde sie von einer Nichte gerettet, und erst ein paar Jahre später kam der Kontakt von neuem zustande.

Ein weiterer Umstand spricht für eine enge Beziehung zwischen Cortland und Stella: Nach Juliens Tod fuhr Cortland mit Stella und ihrem Bruder Lionel für mehr als ein Jahr nach England und nach Asien. Cortland hatte zu dieser Zeit bereits fünf Kinder, die er bei seiner Frau zurückließ. Aber die Reise geht anscheinend auf seine Anregung zurück; er war verantwortlich für alle Arrangements, und er zog das ganze Unternehmen so sehr in die Länge, daß die Gruppe erst nach achtzehn Monaten wieder in New Orleans ankam.

Nach dem Weltkrieg verließ Cortland Frau und Kinder schon wieder, um mit Stella auf Reisen zu gehen. Und bei familiären Streitigkeiten scheint er sich immer auf Stellas Seite gestellt zu haben.

Diese Hinweise sind sicher nicht zwingend, aber sie deuten durchaus darauf hin, daß Cortland der Vater Stellas gewesen sein kann. Andererseits kommt natürlich auch Julien trotz seines hohen Alters als Vater in Frage. Kurz – wir wissen es nicht.

Wer auch immer der Vater gewesen sein mag, Stella war von Geburt an »das Hätschelkind«. Daniel McIntyre scheint sie jedenfalls geliebt zu haben wie seine eigene Tochter, und es ist durchaus möglich, daß er nie wußte, daß sie es nicht war.

Aus den frühen Jahren der drei Kinder wissen wir wenig Spezifisches, und Richard Llewellyns Beschreibung ist die persönlichste, die wir besitzen.

Als die Kinder älter wurden, gab es indessen mehr und mehr Gerede über Zwietracht zwischen ihnen, und als Carlotta mit vierzehn Jahren ins Internat vom Heiligen Herzen ging, wußte jeder, daß es gegen Mary Beths Wunsch geschah und daß es auch Daniel das Herz brach und er sich die Heimkehr seiner Tochter noch mehr wünschte als seine Frau. Niemand beschreibt Carlotta als glückliches Kind. Aber es ist bis heute schwierig, Informationen über sie zu erhalten, denn sie lebt noch, und selbst Leute, die sie schon seit fünfzig Jahren kennen, haben große Angst vor ihr und ihrem Einfluß, und sie sprechen nur äußerst widerwillig von ihr.

Wie die Leute auch immer über sie urteilen mögen, Carlotta wurde schon als kleines Mädchen wegen ihrer Intelligenz bewundert. Die Nonnen, die sie unterrichteten, bezeichneten sie sogar als Genie. Sie blieb bis zum Ende der High-School im Internat und wechselte dann, noch sehr jung, nach Loyola zum Jurastudium.

Lionel indessen ging mit acht Jahren zur Tagesschule. Er scheint ein stiller, artiger Junge gewesen zu sein, der niemandem große Schwierigkeiten bereitete und der allseits beliebt war. Er hatte einen festangestellten Hauslehrer, der ihm bei den Schulaufgaben half, und mit der Zeit wurde er so etwas wie ein außergewöhnlicher Schüler. Aber er fand außerhalb der Familie nie irgendwelche Freunde. Seine Verwandten waren seine einzigen Spielgefährten, wenn er nicht in der Schule war.

Stellas Geschichte unterschied sich von Anfang an merklich. Allen Berichten zufolge war sie ein besonders bezauberndes, verführerisches Kind. Sie hatte weiches, schwarzes, welliges Haar und riesengroße schwarze Augen. Wenn man die zahlreichen Photos betrachtet, die von 1901 bis zu ihrem Tod im Jahr 1929 von ihr gemacht wurden, ist es schier unmöglich, sich vorzustellen, daß sie in einer anderen Ära gelebt haben sollte – so gut paßt sie mit ihren knabenhaften Hüften, dem roten Schmollmund und ihrer Pagenfrisur in diese Zeit.

Auf den frühesten Bildern erscheint sie wie der Inbegriff des wonnigen Kindes in einer Seifenreklame: eine weißhäutige kleine Verführerin, die dem Betrachter seelenvoll und doch verspielt entgegenschaut. Mit achtzehn sah sie aus wie Clara Bow.

Am Abend ihres Todes war sie, nach Auskunft zahlreicher Augenzeugen, eine Femme fatale von unvergeßlicher Macht, die wild den Charleston tanzte in ihrem kurzen Fransenkleid und den glitzernden Strümpfen, die mit ihren großen, wie Edelsteine funkelnden Augen alle und zugleich niemanden anblitzte, während sie die Aufmerksamkeit eines jeden Mannes im Raum an sich fesselte.

Als Lionel zur Schule geschickt wurde, bat Stella darum, ebenfalls gehen zu dürfen – das jedenfalls erzählte sie den Nonnen vom Heiligen Herzen. Aber innerhalb von drei Monaten nach ihrer Zulassung als Tagesschülerin wurde sie inoffiziell der Anstalt verwiesen. Es hieß, sie mache den anderen Schülerinnen Angst. Sie könne ihre Gedanken lesen, und es mache ihr Spaß, dieses Talent zu gebrauchen; überdies könne sie Leute umherschleudern, ohne sie zu berühren, und sie habe einen unberechenbaren Sinn für Humor und lache über Äußerungen der Nonnen, die sie für krasse Lügen halte. Ihr Benehmen war von endloser Peinlichkeit für Carlotta, obgleich sie Stella nach allem, was zu erfahren ist, ebenfalls liebte und jede Anstrengung unternahm, sie zur Anpassung zu überreden.

Als nächstes besuchte Stella die Schule der Ursulinen, und zwar lange genug, um mit der Klasse zur Erstkommunion zu gehen, aber unmittelbar danach wurde sie auf dieselbe diskrete, inoffizielle Weise mehr oder weniger wegen der gleichen Klagen von der Schule geworfen. Diesmal war sie anscheinend zerknirscht darüber, denn sie betrachtete die Schule als einen großen Spaß und war nicht gern den ganzen Tag zu Hause, wo ihre Mutter und Onkel Julien ihr dauernd sagten, sie seien beschäftigt. Sie wollte mit anderen Kindern spielen. Ihre Gouvernante war ihr lästig. Sie wollte hinaus.

Stella besuchte in der Folgezeit vier verschiedene Privatschulen; auf keiner blieb sie länger als drei oder vier Monate. Schließlich landete sie in der Schule der Pfarrgemeinde St. Alphonsus, wo sie die einzige war, die jeden Tag mit einem Packard zur Schule gefahren wurde. Ein Luxus, von dem die anderen Schüler, allesamt aus der irisch-amerikanischen Arbeiterschaft, nur träumen konnten.

Schwester Bridget Marie, eine aus Irland stammende Nonne, die bis zu ihrem neunzigsten Lebensjahr im Mercy Hospital in New Orleans lebte, erinnerte sich noch fünfzig Jahre später lebhaft an Stella; 1969 erzählte sie dem Verfasser, Stella Mayfair sei ohne Zweifel eine Art Hexe gewesen.

Wiederum beschuldigte man Stella, sie habe Gedanken gelesen, sie habe Leute ausgelacht, die sie belogen hatten, sie habe mit den

Kräften ihres Geistes Dinge umhergeworfen und mit einem unsichtbaren Freund gesprochen, einem »Hausgeist« nach Angaben von Schwester Bridget Marie, der getan habe, was Stella ihm befahl – nämlich unter anderem, verlorene Dinge wiederzufinden und Gegenstände durch die Luft fliegen zu lassen.

Aber Stella legte diese Kräfte keineswegs unaufhörlich an den Tag. Sie versuchte oft über lange Zeitabschnitte hinweg, brav zu sein. Ihre Lieblingsfächer waren Lesen und Geschichte und Englisch; sie spielte gern mit den anderen Mädchen auf dem Schulhof an der St. Andrew Street, und sie hatte die Nonnen sehr gern.

Und die Nonnen mochten Stella ebenfalls. Sie ließen sie in den Garten des Konvents, um dort mit ihnen Blumen zu schneiden, oder nahmen sie nach dem Unterricht mit in ihren Gemeinschaftsraum, um ihr das Sticken beizubringen, wofür sie ein besonderes Talent hatte.

»Und sie war nicht niederträchtig, das muß ich sagen. Sie war nicht niederträchtig. Wenn sie's gewesen wäre, dann wäre sie ein Monster gewesen, die Kleine. Gott weiß, was für böse Dinge sie dann hätte tun können. Ich glaube nicht, daß sie wirklich Ärger machen wollte. Aber sie hatte ein klammheimliches Vergnügen an ihren Fähigkeiten, wenn Sie wissen, was ich meine. Es machte ihr Spaß, die Geheimnisse anderer Leute zu durchschauen. Es machte ihr Spaß, zu sehen, wie man erstaunt guckte, wenn sie einem sagte, was man in der vergangenen Nacht geträumt hatte.

Und – oh, sie stürzte sich Hals über Kopf in alles Mögliche. Sie malte von morgens bis abends Bilder, wochenlang, und dann warf sie ihre Stifte zum Fenster hinaus und malte nie wieder etwas. Dann war es das Sticken – sie mußte es lernen. Und sie brachte die allerschönste Arbeit zustande und machte sich Vorwürfe wegen des kleinsten Fehlers, und dann warf sie die Nadeln weg und war fertig damit für alle Zeit. Ich habe nie ein so wechselhaftes Kind gesehen. Es war, als suche sie etwas – etwas, dem sie sich hingeben könnte. Und sie hat's nie gefunden. Zumindest nicht, solange sie klein war.

Aber ich sag' Ihnen, was sie mit Vorliebe machte und was sie nie leid wurde: Sie erzählte den anderen Mädchen Geschichten. In der großen Pause versammelten sie sich um sie, und sie verschlangen jedes ihrer Worte, bis es klingelte. Und was für Geschichten sie ihnen erzählte – Geistergeschichten von alten Pflanzervillen voll schrecklicher Geheimnisse, von Leuten, die furchtbar ermordet wurden, und vom Voodoo auf den Inseln vor vielen Jahren. Geschichten von Piraten kannte sie auch – oh, das waren die schlimmsten, die Geschichten von den Piraten, die sie erzählen konnte. Das war wirklich erschreckend. Und alles klang irgendwie wahr, wenn man sie so erzählen hörte. Aber man wußte ja, daß sie es erfinden mußte. Was wußte sie denn schon von den Gedanken und Gefühlen irgendwelcher armer Seelen auf einer gekaperten Galeone, kurz bevor ein viehischer Pirat sie über die Planken gehen ließ?

Aber die Mädchen kriegten Alpträume von den Geschichten, die sie ihnen erzählte, und ehe man sich versah, kamen die Eltern an und fragten uns: ›Schwester, wo hat mein kleines Mädchen je solche Sachen zu hören gekriegt!‹

Immer wieder riefen wir Miss Mary Beth an. ›Behalten Sie sie für ein paar Tage zu Hause‹, sagten wir. Denn so war das mit Stella. Man konnte das nicht tagaus, tagein aushalten. Das konnte niemand.

Und gottlob hatte sie dann die Schule selber satt und verschwand von allein für ein paar Monate.

Manchmal ging das so lange, daß wir dachten, sie kommt gar nicht mehr zurück. Wir hörten, daß sie draußen herumstromerte, drüben zwischen der First und der Chestnut Street, mit den Dienstbotenkindern spielte und mit dem Sohn der Köchin – schwarz wie Kohle, können Sie sich denken – einen Voodoo-Altar baute, und wir dachten dann, na ja, vielleicht sollte mal jemand hingehen und mit Miss Mary Beth darüber reden.

Und siehe da, eines Morgens, vielleicht so gegen zehn – dem Kind war es immer egal, wann es zur Schule kam – bog die Limousine um die Ecke, und wer stieg aus? Stella in ihrer kleinen Uniform, ein wahres Püppchen, wenn Sie sich das vorstellen können, mit einer großen, breiten Schleife im Haar. Und was brachte sie mit? Einen Sack voll bunt eingepackter Geschenke für alle Schwestern, die sie alle mit Namen kannte, und eine stramme Umarmung für jede von uns – da können Sie sicher sein. ›Schwester Bridget Marie‹, flüsterte sie mir dann ins Ohr, ›ich hab' Sie vermißt.‹ Und wahrhaftig, wenn ich dann die Schachtel aufmachte – und ich kann Ihnen sagen, es ist mehr als einmal passiert –, dann war da irgend 'ne Kleinigkeit drin, die ich mir von ganzem Herzen gewünscht hatte. Einmal war es das kleine Jesuskind von Prag, das sie mir schenkte, ganz in Seide und Satin gekleidet, und einmal war es ein wunderschöner Rosenkranz aus Kristall und Silber. Ach, was für ein Kind. Was für ein sonderbares Kind.

Aber es war Gottes Wille, daß sie mit den Jahren irgendwann nicht mehr kam. Sie hatte die ganze Zeit eine Gouvernante, die sie unterrichtete, und ich glaube, St. Alphonsus wurde ihr langweilig. Es hieß, sie könnte den Chauffeur dazu bringen, daß er sie überall hinfuhr, wohin sie wollte. Lionel ging auch nicht zur High-School, wenn ich mich recht erinnere. Er fing an, sich mit Stella herumzutreiben, und ungefähr um die Zeit oder etwas später war es, scheint mir, daß der alte Mr. Julien starb.

Oh, wie hat das Kind geweint bei der Beerdigung. Natürlich sind wir nicht mit auf den Friedhof gegangen – das taten die Schwestern damals alle nicht –, aber zur Messe gingen wir schon, und da saß die kleine Stella ganz zusammengesunken in der Kirchenbank und schluchzte, und Carlotta hielt sie im Arm. Wissen Sie, als Stella starb, hieß es, Carlotta hätte sie nie leiden können. Aber Carlotta war nie gemein zu dem Kind. Nie. Und ich weiß noch, wie Carlotta ihre Schwester bei Juliens Totenmesse im Arm hielt, und wie Stella nur weinte und weinte und weinte.

Miss Mary Beth war irgendwie in einer Art Trance. Das war tiefe Trauer, was ich da in ihren Augen sah, als sie hinter dem Sarg den Gang herunterkam. Sie hatte die Kinder bei sich, aber ihr Blick ging in weite Ferne, das konnte ich sehen. Natürlich, ihr Mann war nicht dabei, nein, der nicht. Daniel McIntyre war nie da, wenn sie ihn brauchte; so hab' ich's zumindest gehört. Er war sturzbetrunken, als der alte Mr. Julien entschlief; sie kriegten ihn gar nicht wach, so sehr sie ihn auch schüttelten und mit kaltem Wasser bespritzten und auf die Füße stellten. Und am Tage der Beerdigung war der Mann überhaupt nirgends zu erblicken. Hab' später gehört, sie hätten ihn aus 'ner Kneipe in der Magazine Street nach Hause getragen. Ist ein Wunder, daß er so lange gelebt hat.«

In den Monaten nach Juliens Tod gab Lionel die Schule vollends auf, und er und Stella fuhren mit Cortland und Barclay nach Europa; wenige Monate vor dem Ausbruch des Ersten Weltkriegs überquerten sie den Atlantik auf einem großen Luxusdampfer.

Weil das Reisen auf dem Kontinent in Europa praktisch unmöglich war, verbrachten sie mehrere Wochen in Schottland und besuchten Donnelaith Castle; dann begaben sie sich in exotischere Klimazonen. Unter beträchtlichen Risiken reisten sie nach Afrika, blieben eine Weile in Kairo und in Alexandria und fuhren dann weiter nach Indien, und von unterwegs schickten sie zahllose Kisten mit Teppichen, Statuen und anderen Erinnerungsstücken nach Hause.

1915 verließ Barclay, dem seine Familie fehlte und der des Reisens müde war, die Gruppe und begab sich auf die Überfahrt nach New York. Die *Lusitania* war soeben von einem deutschen U-Boot versenkt worden, und die Familie wartete mit angehaltenem Atem auf Barclays Ankunft, aber bald schon erschien er im Haus in der First Street und hatte phantastische Geschichten zu erzählen.

Die Lage war nicht besser geworden, als Cortland, Stella und Lionel beschlossen, nach Hause zu kommen. Aber die Luxus-Liner fuhren trotz aller Gefahren, und das Trio brachte die Reise ohne Mißgeschicke hinter sich und langte kurz vor Weihnachten 1916 in New Orleans an.

Da war Stella fünfzehn Jahre alt.

Auf einem Photo aus diesem Jahr trägt sie den Mayfair-Smaragd. Es war allgemein bekannt, daß sie die designierte Erbin des Vermächtnisses war. Mary Beth war anscheinend außergewöhnlich stolz auf sie; sie nannte sie »die Furchtlose« wegen ihres Umherstreifens; zwar war sie enttäuscht, daß Lionel nicht weiter zur Schule und später nach Harvard gehen wollte, aber sie hat offenbar alle ihre Kinder akzeptiert, wie sie waren. Carlotta hatte eine eigene Wohnung in einem der Nebengebäude und fuhr jeden Tag mit einem Auto mit Chauffeur zur Universität Loyola.

Die Solidarität in der Familie hat es uns immer sehr schwer gemacht, festzustellen, wie die Verwandten in Wirklichkeit über Stella dachten oder was sie tatsächlich von ihren Schwierigkeiten in der Schule wußten.

Aber zu jenem Zeitpunkt gibt es schon zahlreiche aktenkundige Hinweise darauf, daß Mary Beth den Dienstboten beinahe beiläufig erzählt hat, Stella sei die Erbin oder »Stella sei diejenige, die alles erben würde«; es findet sich sogar die bemerkenswerte Äußerung – eine der bemerkenswertesten in unseren gesamten Unterlagen –, die zweimal und ohne jeden Kontext zitiert wird: »*Stella hat den Mann gesehen*.«

Wir haben keine Aufzeichnungen darüber, daß Mary Beth diese merkwürdige Äußerung je erläutert hätte. Wir wissen nur, daß sie sie gegenüber einer Wäscherin namens Mildred Collins und gegenüber einem irischen Hausmädchen namens Patricia Devlin getan hat, und wir haben Geschichten aus dritter Hand.

Es ist sehr leicht möglich, daß Mary Beth ähnliche Bemerkungen auch anderen Leuten gegenüber machte, denn in den zwanziger Jahren wußten die alten Leute im Irish Channel von dem »Mann«. Sie redeten über den »Mann«.

Für uns ist dies jedenfalls ein unverkennbarer Hinweis auf Lasher, und seine Implikationen sind besorgniserregend; es gemahnt uns daran, wie wenig wir in Wirklichkeit über die Mayfair-Hexen und über das, was sich zwischen ihnen abspielte, wissen.

Ist es zum Beispiel möglich, daß die Erbin in jeder Generation ihre Macht dadurch manifestieren muß, daß sie unabhängig von anderen »den Mann sieht«? Das heißt: Mußte sie den Mann sehen, wenn sie allein war, weit entfernt von der älteren Hexe, die sonst als Kanal hätte fungieren können, und war es erforderlich, daß sie aus freien Stücken erzählte, was sie gesehen hatte?

Wieder einmal müssen wir gestehen, daß wir es nicht wissen können.

Was wir indessen wissen, ist, daß die Leute, die von dem »Mann« wußten und über ihn redeten, ihn nicht in Verbindung mit irgendeiner dunkelhaarigen, anthropomorphen Gestalt brachten, die sie selbst gesehen hatten. Sie brachten den Mann auch nicht in Verbindung mit dem mysteriösen Wesen, das einmal mit Mary Beth in der Droschke gesehen worden war – denn alle diese Geschichten stammen ja aus völlig verschiedenen Quellen und wurden, soweit wir es wissen, außer von uns noch nie von irgend jemandem zusammengetragen und miteinander in Verbindung gebracht.

Doch zurück zu unserer Chronologie. Nach Juliens Tod stand Mary Beth auf dem Höhepunkt ihrer finanziellen Macht und ihres Erfolgs. Es war, als sei sie nach dem Verlust Juliens zu einer gehetzten Frau geworden, und eine Zeitlang bezeichnet man sie in Gerüchten und Klatschgeschichten als »unglücklich«. Aber dieser Zustand war nicht von Dauer. Ihre charakteristische Ruhe scheint sich lange vor der Heimkehr der Kinder aus dem Ausland wieder eingestellt zu haben.

Wir wissen, daß sie einen kurzen und erbitterten Streit mit Carlotta hatte, bevor Carlotta in die Anwaltskanzlei Byrnes, Brown und Blake eintrat. Aber schließlich akzeptierte sie Carlottas Entscheidung, »außerhalb der Familie« zu arbeiten, und Carlottas kleine Wohnung über den Stallungen wurde vollständig für sie renoviert; sie wohnte dort noch viele Jahre und konnte kommen und gehen, ohne das Haus betreten zu müssen.

Vom Beginn ihrer Karriere an war sie als brillante Anwältin bekannt, aber es verlangte sie nie danach, einen Gerichtssaal zu betreten, und bis heute arbeitet sie im Schatten der Männer in der Kanzlei.

Ihre Gegner behaupten, sie sei nichts als eine verklärte Kanzleischreiberin. Wohlmeinendere Äußerungen lassen indes vermuten, daß sie das »Rückgrat« von Byrnes, Brown und Blake wurde: Sie ist diejenige, die über alles Bescheid weiß, und wenn sie in Pension geht, wird die Firma große Mühe haben, einen Ersatz für sie zu finden.

Viele Anwälte in New Orleans haben Carlotta zugestanden, daß sie ihnen mehr beigebracht habe, als sie an der Universität gelernt hätten. Alles in allem kann man wohl sagen, daß sie von Anfang an eine tüchtige und brillante Zivilrechtlerin war und geblieben ist und daß ihre Kenntnisse im Wirtschaftsrecht gewaltig und absolut zuverlässig sind.

Von dem Scharmützel mit Carlotta abgesehen, verlief Mary Beths Leben fast bis zum Ende ohne Überraschungen. Selbst Daniel McIntyres Trinkerei scheint sie nicht sonderlich belastet zu haben.

Die Familienlegende bekräftigt, daß sie in den letzten Jahren ihres Lebens äußerst gut zu Daniel war.

Von hier an ist die Geschichte der Mayfair-Hexen eigentlich Stellas Geschichte, und wir werden uns zum geeigneten Zeitpunkt mit Mary Beths letzter Krankheit und ihrem Tod befassen.

FORTSETZUNG DER GESCHICHTE STELLAS UND MARY BETHS

Mary Beth verfolgte weiter ihre drei Hauptfreuden im Leben; großes Vergnügen bereiteten ihr auch die Possen ihrer Tochter Stella, die mit sechzehn eine Art Skandalnudel für die bessere Gesellschaft von New Orleans wurde, wie sie mit halsbrecherischer Geschwindigkeit in ihren Autos umherfuhr, durch illegale Kneipen zog und die Nacht durch tanzte.

Acht Jahre lang führte Stella das Leben eines Backfischs oder einer sorglosen jungen »Southern Belle«, völlig unbeeindruckt von geschäftlichen Sorgen oder Gedanken an die Ehe oder die Zukunft. Und während Mary Beth die ruhigste und geheimnisvollste Hexe war, die die Familie je hervorbrachte, war Stella anscheinend die am meisten unbekümmerte, spritzigste, waghalsigste – kurz die einzige Mayfair-Hexe, die ausschließlich darauf aus war, »Spaß zu haben«.

Die Familienlegende berichtet, daß Stella immer wieder verhaftet wurde: wegen zu schnellen Fahrens und wegen öffentlicher Ruhestörung, womit gemeint war, daß sie auf den Straßen gesungen und getanzt hatte. »Miss Carlotta hat das immer geregelt«, heißt es; sie ging Stella holen und brachte sie nach Hause. Manche sagen, Cortland habe sich mit seiner »Nichte« gelegentlich ungeduldig gezeigt; er habe verlangt, daß sie sich ordentlich benehme und sich besser um ihre »Pflichten« kümmere. Aber Stella hatte nicht das geringste Interesse an Geld oder Geschäft.

Eine Sekretärin von Mayfair und Mayfair schildert in lebhaften Details, wie Stella einmal zu Besuch ins Büro kam; sie erschien in einem flotten Pelzmantel und mit sehr hohen Absätzen, und sie hatte eine braune Tüte mit einer Flasche Schwarzmarkt-Whisky dabei, aus der sie während der Besprechung dauernd trank, während sie ständig in wildes Gelächter über all die lustigen juristischen Formeln ausbrach, die ihr im Zusammenhang mit der in Frage stehenden Transaktion vorgelesen wurden.

Cortland war anscheinend bezaubert, aber auch ein bißchen erschöpft. Schließlich sagte er Stella auf seine gutmütige Art, sie solle nur zum Mittagessen gehen; er werde sich um die ganze Angelegenheit schon kümmern.

Es scheint, daß Stella 1921 »schwanger wurde«; allerdings sollte niemand je erfahren, von wem. Es könnte Lionel gewesen sein; die Familienlegende erweckt jedenfalls den Anschein, als habe es seinerzeit jedermann vermutet.

Wer es auch gewesen sein mag, Stella gab bekannt, sie brauche keinen Ehemann, sei auch ganz allgemein nicht an der Ehe interessiert und werde ihr Baby mit allem entsprechenden Pomp und Aufwand zur Welt bringen, denn die Aussicht, Mutter zu werden, entzückte sie außerordentlich. Das Baby aber werde Julien heißen, wenn es ein Junge, und Antha, wenn es ein Mädchen würde.

Antha wurde im November 1921 geboren – ein gesundes, acht Pfund schweres Mädchen. Blutproben ergeben, daß Lionel der Vater gewesen sein kann. Aber Antha ähnelte Lionel nicht im geringsten, falls man daraus etwas schließen kann – und es will auch nicht recht ins Bild passen, daß er der Vater gewesen sein soll. Dazu mehr im folgenden.

1922, der Große Krieg war vorüber, verkündete Stella, sie wolle nunmehr die große Europa-Tour machen, die ihr zuvor verwehrt geblieben war. Mit einer Schwester für das Baby und einem widerstrebenden Lionel im Schlepptau (er hatte mit Cortland juristische Studien getrieben und wollte nicht mit) fuhren sie und Cortland, der nur allzu gern Urlaub von der Firma nahm, auch wenn es seiner Frau mißfiel, Erster Klasse nach Europa und verbrachten ein volles Jahr auf Reisen.

Nach allem, was Cortlands Nachkommen erzählen, war die ganze große Reise von Anfang bis Ende eine Sauftour, bei der Stella und Lionel endlose Wochen lang in Monte Carlo im Spielkasino saßen. Durch alle Luxushotels Europas führte die Reise, durch Museen und antike Ruinen, und nicht selten trugen sie ihren Bourbon in einer Tüte mit sich herum. Bis zum heutigen Tag sprechen Cortlands Enkelkinder über die Briefe, die er nach Hause schrieb, voller humorvoller Schilderungen ihrer Albereien.

Die Familienlegende berichtet aber auch von einer Tragödie, die das Trio im Ausland ereilte. Die Kinderschwester, die mitreiste, um das Baby Antha zu versorgen, erlitt eine Art »Zusammenbruch«, als sie in Italien waren; sie stürzte schwer auf der Spanischen Treppe in Rom und starb wenige Stunden später im Krankenhaus. Der Name der Frau war Bertha Marie Becker; sie wurde mit schweren Kopfverletzungen eingeliefert und fiel zwei Stunden später in ein Koma, aus dem sie nicht wieder erwachte.

Vorher aber zeigte sie sich noch höchst gesprächig gegenüber dem Arzt, der sie behandelte, und auch gegenüber dem Priester, der später eintraf.

Sie erzählte, daß Stella, Lionel und Cortland ein »Hexen-Trio« seien, daß sie »böse« seien und sie verzaubert hätten; außerdem reise ein »Geist« mit der Gruppe, ein braunhaariger, böser Mann, der zu allen möglichen Tages- und Nachtzeiten an der Wiege der kleinen Antha erscheine. Sie sagte, das Baby könne den Mann erscheinen lassen, und es lache dann voller Entzücken, wenn er dastehe. Der Mann wolle aber nicht, daß Bertha ihn sehe, und er habe sie in den Tod getrieben, indem er ihr im Gedränge an der Spanischen Treppe aufgelauert habe.

Der Arzt und der Priester kamen übereinstimmend zu der Auffassung, daß Bertha, ein ungebildetes Dienstmädchen, den Verstand verloren habe. Die Akte endet mit dem Vermerk des Arztes, daß die Arbeitgeber des Mädchens, sehr freundliche und wohlhabende Leute, die keine Kosten scheuten, um für ihre Bequemlichkeit zu sorgen, höchst betrübt auf ihren Verfall reagierten und nachher auch dafür sorgten, daß der Leichnam nach Hause überführt wurde.

Unseres Wissens hat niemand in New Orleans diese Geschichte je gehört. Zum Zeitpunkt ihres Todes lebte nur Berthas Mutter, und die schöpfte keinen Verdacht, als sie hörte, daß ihre Tochter an den Folgen eines Sturzes gestorben sei. Sie bekam von Stella eine gewaltige Summe Geld zum Ausgleich für den Verlust der Tochter, und Nachkommen der Familie Becker sprachen darüber noch im Jahr 1955.

Trotz dieser Tragödie kehrte die Gruppe aber nicht nach Hause zurück. Cortland schrieb seiner Frau und seinen Söhnen einen »traurigen Brief« über die Angelegenheit und berichtete, sie hätten nun »eine reizende Italienerin« engagiert, die sich besser um Antha kümmere, als Bertha, das arme Kind, es je vermocht habe.

Die Italienerin, die damals um die Dreißig war, hieß Maria Magdalena Gabrielli; sie kam mit der Familie nach Amerika und blieb Anthas Kindermädchen, bis diese neun Jahre alt war.

Wenn sie Lasher jemals sah, wissen wir darüber nichts. Sie wohnte in der First Street, bis sie starb, und sie sprach, soviel wir wissen, mit niemandem außerhalb der Familie. Der Familienlegende zufolge war sie sehr gebildet; sie konnte Französisch und Englisch ebenso wie natürlich Italienisch, und »es gab da einen Skandal in ihrer Vergangenheit«.

Cortland verließ die anderen schließlich 1923, als das Trio in New York eingetroffen war; Stella und Lionel blieben mit Antha und dem Kindermädchen in Greenwich Village, wo Stella sich mit etlichen Intellektuellen und Künstlern anfreundete; sie versuchte sich sogar an eigener Malerei (»ganz scheußlich«, sagte sie selbst immer), am Schreiben (»grausig«) und an der Bildhauerei (»absoluter Müll«).

Schließlich begnügte sie sich damit, einfach die Gesellschaft wahrhaft kreativer Menschen zu genießen.

Jede Gerüchtequelle in New York bekräftigt, daß Stella überaus großzügig war. Sie verteilte beträchtliche »Handgelder« an diverse Maler und Poeten. Dem einen abgebrannten Freund kaufte sie eine Schreibmaschine, dem anderen eine Staffelei, und ein alter Gentleman-Poet bekam sogar ein Auto.

In dieser Zeit nahm Lionel seine Studien wieder auf und lernte Verfassungsrecht bei einem der New Yorker Mayfairs. Auch brachte er beträchtlich viel Zeit in den Museen von New York City zu, und häufig schleifte er Stella in die Oper – in der sie sich inzwischen zu langweilen begann –, ins Symphoniekonzert – das ihr nur wenig besser gefiel – und ins Ballett, das ihr wirklich Spaß machte.

Die Familienlegenden der New Yorker Mayfairs (die uns erst jetzt zur Verfügung stehen, weil damals niemand reden wollte) beschreiben die beiden als draufgängerische, charmante Leute von unermüdlicher Energie, die unablässig Gäste bewirteten und nicht selten andere Familienmitglieder in aller Herrgottsfrühe aus dem Bett klingelten.

Zwei Photos, die in New York aufgenommen wurden, zeigen Lionel und Stella als glücklich lächelndes Duo. Lionel war sein Leben lang ein schlanker Mann; wie bereits angemerkt, hatte er Richter McIntyres bemerkenswerte grüne Augen und sein strohblondes Haar geerbt. Er hatte nicht die geringste Ähnlichkeit mit Stella, und mehr als einmal bemerkten Bekannte, wie schockiert Neulinge in der Gesellschaft manchmal waren, wenn sie erfuhren, daß Lionel und Stella Geschwister waren: Sie hatten die beiden für etwas anderes gehalten.

Wenn Stella einen bestimmten Liebhaber hatte, so wissen wir davon nichts. Stellas Name wurde (bis heute) nie in einem Atemzug mit einem anderen genannt, obgleich man fand, daß sie ihre Gunst absolut unbekümmert verschenkte, wo es um junge Männer ging. Wir haben Berichte über zwei verschiedene, junge Maler, die sich leidenschaftlich in sie verliebten, aber Stella lehnte es ab, »sich binden zu lassen«.

Was wir über Lionel wissen, bestätigt uns immer wieder, daß er still und ein wenig zurückgezogen war. Anscheinend machte es ihm viel Freude, zu sehen, wie Stella tanzte und lachte und sich mit ihren

Freunden amüsierte. Er tanzte nicht selten selbst mit ihr, und er tat es mit Vergnügen und ziemlich gut, aber er stand unzweifelhaft in ihrem Schatten. Seine Vitalität schien er von ihr zu beziehen. Wenn Stella nicht da war, war er »wie ein leerer Spiegel«. Man bemerkte seine Anwesenheit kaum.

1924 kamen sie schließlich nach Hause: Stella, Lionel, die kleine Antha und das Kindermädchen. Mary Beth gab eine riesige Familienparty in der First Street, und die Nachkommen bemerken noch heute traurig, daß es die letzte Feier war, bevor sie krank wurde.

Um diese Zeit trug sich ein sehr merkwürdiges Ereignis zu.

Wie schon erwähnt, arbeitete im Auftrag der Talamasca ein Team von ausgebildeten Detektiven in New Orleans, professionelle Ermittler, die niemals fragten, weshalb man sie beauftragte, Informationen über eine bestimmte Familie oder ein bestimmtes Haus zusammenzutragen. Einer dieser Detektive, ein Mann, der auf Scheidungsfälle spezialisiert war, hatte schon geraume Zeit unter den Photographen von New Orleans verbreitet, daß er für weggeworfene Bilder der Familie Mayfair gut zahlen würde, vor allem, wenn die Abgebildeten im Haus in der First Street gewohnt hatten.

Einer dieser Photographen, Nathan Brand, der ein modernes Studio in der St. Charles Avenue hatte, wurde für diese große Heimkehrerparty in das Haus in der First Street beordert und machte dort eine ganze Serie von Bildern mit Mary Beth, Stella und Antha, aber auch Photos von anderen Mayfairs, den ganzen Nachmittag über, wie es etwa auch ein Hochzeitsphotograph tut.

Als er eine Woche später mit den Bildern vorbeikam, damit Mary Beth und Stella sich aussuchen konnten, was sie haben wollten, wählten die beiden Frauen eine stattliche Anzahl aus und legten die verworfenen beiseite.

Aber dann nahm Stella eines der beiseitegelegten Bilder noch einmal in die Hand – eine Gruppenaufnahme mit ihr und ihrer Mutter und ihrer Tochter, auf der Mary Beth der kleinen Antha eine Kette mit einem großen Smaragd an den Hals hielt. Auf die Rückseite dieses Bildes schrieb Stella: »Der Talamasca – herzlichst, Stella! P. S.: Andere wachen ebenfalls.« Dann gab sie das Bild dem Photographen und lachte glockenhell, und sie erklärte ihm, sein Freund, der Detektiv, werde schon wissen, was diese Widmung zu bedeuten habe.

Der Photograph war verlegen; er beteuerte seine Unschuld,

brachte dann Ausreden für seine Vereinbarung mit dem Detektiv vor – aber was immer er sagte, Stella lachte nur. Schließlich sagte sie in überaus charmantem und beruhigendem Ton: »Mr. Brand, Sie regen sich unnötig auf. Geben Sie dem Detektiv einfach das Bild.« Und Mr. Brand tat es.

Es erreichte uns etwa einen Monat später. Und es sollte einen entscheidenden Einfluß auf die Art und Weise haben, wie wir uns der Familie Mayfair näherten.

Zu jener Zeit hatte die Talamasca kein spezielles Mitglied eigens mit der Untersuchung des Falles Mayfair betraut; die Informationen wurden von verschiedenen Archivaren in die Akte gegeben, wann immer sie eintrafen. Arthur Langtry – ein hervorragender Gelehrter und ein brillanter Erforscher des Hexenwesens – war mit dem gesamten Material vertraut, aber er hatte sich sein ganzes Erwachsenenleben lang auch mit drei anderen Fällen befaßt, an denen er bis zum Tag seines Todes besessen arbeitete.

Langtry fand sich bereit, das ganze Material noch einmal zu sichten, aber dringende Angelegenheiten verhinderten, daß er je wirklich dazu kam, es auch auszuwerten. Allerdings erhöhte man auf seine Veranlassung hin die Zahl der Ermittler in New Orleans von drei Berufsdetektiven auf vier, und überdies machte er einen weiteren exzellenten Kontakt ausfindig, einen Mann namens Irwin Dandrich, den mittellosen Sohn einer sagenhaft reichen Familie, der sich in den besten Kreisen bewegte und zugleich Informationen an jeden verkaufte, der sie haben wollte – an Schnüffler, Scheidungsanwälte, Versicherungsdetektive und sogar an Skandalblätter.

Dieses Photo jedenfalls mit seiner eindeutigen Botschaft verursachte danach ziemlichen Wirbel. Ein junges Mitglied des Ordens, ein Amerikaner aus Texas namens Stuart Townsend (der durch jahrelanges Leben in London anglisiert worden war) bat darum, den Fall der Mayfair-Hexen im Hinblick auf eine direkte Observation studieren zu dürfen, und nach sorgfältiger Erwägung gab man ihm die ganze Akte in die Hand.

Stuart war zu jener Zeit mit mehreren anderen bedeutenden Untersuchungen beschäftigt, und so brauchte er ungefähr drei Jahre, um das Mayfair-Material vollständig durchzuarbeiten. Zum gegebenen Zeitpunkt werden wir zu ihm und zu Arthur Langtry zurückkehren.

Nach ihrer Heimkehr lebte Stella im großen und ganzen so weiter wie vor ihrer Europareise – das heißt, sie zog durch Kneipen, gab Partys für ihre Freunde, wurde zu zahlreichen Mardi-Gras-Bällen eingeladen, wo sie sensationelle Auftritte hatte, und benahm sich ganz allgemein wie die nichtsnutzige Femme fatale, die sie vorher auch gewesen war.

Unsere Detektive hatten keinerlei Mühe, Informationen über sie zu sammeln, denn sie war alles andere als unsichtbar, und in der ganzen Stadt zerriß man sich die Mäuler über sie.

Die Familienlegende berichtet, Carlotta habe Stella in dieser Zeit in hohem Maße mißbilligt und mit Mary Beth darüber gestritten; wiederholt und vergebens habe sie gefordert, Stella müsse endlich zur Ruhe kommen. Durch die Dienstboten (und durch Dandrich) wird dies bestätigt, aber von ihnen erfährt man auch, daß Mary Beth sich sehr wenig um die Sache gekümmert hat und eigentlich fand, daß Stella eine erfrischend unbekümmerte Person sei und nicht angebunden werden dürfe.

Eine Freundin aus der besseren Gesellschaft zitiert Mary Beth sogar folgendermaßen: »Stella ist so, wie ich gern wäre, wenn ich mein Leben noch einmal leben könnte. Ich habe zu schwer für zu wenig gearbeitet. Sie soll sich amüsieren.«

Wir müssen anmerken, daß Mary Beth bereits schwer krank und möglicherweise sehr erschöpft war, als sie dies sagte. Auch war sie eine viel zu kluge Frau, als daß ihr die diversen kulturellen Revolutionen der zwanziger Jahre hätten entgangen sein können, die einem Leser der vorliegenden Erzählung im Ausgang des zwanzigsten Jahrhunderts vielleicht nur noch schwer nachvollziehbar sind.

Die echte sexuelle Revolution des zwanzigsten Jahrhunderts begann in seinem tumulthaften dritten Jahrzehnt mit einer der dramatischsten Veränderungen weiblicher Garderobe, die die Welt je erlebt hat. Aber die Frauen warfen nicht nur Korsette und lange Kleider weg, sondern auch die altmodischen Sitten; sie tranken und tanzten in den Flüsterkneipen, wie es in dieser Weise nur zehn Jahre zuvor noch undenkbar gewesen wäre. Das verbreitete Aufkommen des geschlossenen Automobils gab jedem eine Art von Privatsphäre, wie sie noch nie dagewesen war, und überdies große Mobilität. Das Radio erreichte die Menschen zu Hause, auf dem Land wie in der Großstadt. Das Kino brachte der ganzen Welt ein Bild von

»Glamour und Verruchtheit«. Illustrierte, Literatur, Theater – alles verwandelte sich radikal durch eine neue Offenheit, Freiheit, Toleranz und Ausdrucksmöglichkeit.

1925 wurde bei Mary Beth ein unheilbarer Krebs diagnostiziert; danach lebte sie nur noch fünf Monate, und die meiste Zeit über hatte sie so starke Schmerzen, daß sie das Haus nicht mehr verließ.

Sie zog sich in das nördliche Schlafzimmer über der Bibliothek zurück und verbrachte ihre letzten schmerzfreien Tage damit, die Romane zu lesen, zu deren Lektüre sie als Mädchen nie gekommen war. Sie bekam Besuch von vielen Mayfairs, die ihr Ausgaben verschiedenster Klassiker brachten. Mary Beth äußerte ein besonderes Interesse an den Schwestern Brontë, an Dickens (den Julien ihr vorgelesen hatte, als sie klein war) und an etlichen anderen englischen Klassikern; sie war entschlossen, sie noch zu lesen, ehe sie starb.

Daniel McIntyre war entsetzt über die Aussicht, daß seine Frau ihn verlassen könnte. Als man ihm klargemacht hatte, daß Mary Beth nicht wieder genesen würde, begann er seine letzte Sauftour, und allem Klatsch und späteren Legenden zufolge hat man ihn nie wieder nüchtern gesehen.

In dieser Zeit zog Carlotta zurück ins Haus, um nah bei ihrer Mutter sein zu können, und tatsächlich saß sie auch manchen langen Abend hindurch bei ihr. Als Mary Beth vor lauter Schmerzen nicht mehr lesen konnte, bat sie Carlotta, ihr vorzulesen, und die Familienlegende berichtet, Carlotta habe ihr *Die Sturmhöhe* ganz und *Jane Eyre* zum Teil vorgelesen.

Auch Stella zeigte beständige Fürsorge. Sie hörte auf, sich herumzutreiben, und verbrachte ihre Zeit damit, für ihre Mutter zu kochen – obwohl diese oft zu krank war, um zu essen – und sich telefonisch und schriftlich bei Ärzten in der ganzen Welt nach Heilungsmöglichkeiten zu erkundigen.

Endlich, am Nachmittag des 11. September 1925, verlor Mary Beth das Bewußtsein. Der Priester, der dabei war, vermerkt einen mächtigen Donnerschlag. »Und dann begann es in Strömen zu regnen.« Stella verließ das Zimmer und ging hinunter in die Bibliothek, und von dort rief sie die Mayfairs in ganz Louisiana und sogar die Verwandten in New York an.

Der Priester, das Hauspersonal und die zahlreichen Nachbarn berichten, daß die ersten Mayfairs gegen vier Uhr erschienen und die nächsten zwölf Stunden in stetem Strom eintrafen. Autos parkten in der ganzen First Street bis hinunter zur St. Charles Avenue und in der Chestnut Street von der Jackson bis zur Washington.

Der »Wolkenbruch« hörte nicht auf; er ließ für ein paar Stunden nach und wurde zu einem Nieselregen, setzte dann aber mit voller Wucht wieder ein. Es regnete im ganzen Garden District, aber nirgendwo sonst in der Stadt; von diesem Umstand indessen nahm niemand sonderlich Notiz.

Andererseits erschien die Mehrheit der Mayfairs aus New Orleans mit Schirmen und Regenmänteln ausgerüstet, als hätten sie ein solches Unwetter durchaus erwartet.

Die Hausdiener huschten umher und servierten den Verwandten Kaffee und geschmuggelten europäischen Wein; Salon und Bibliothek, Hausflur und Eßzimmer füllten sich, und sogar auf der Treppe saßen Leute.

Gegen Mitternacht begann der Wind zu heulen. Die riesigen Eichen schwankten so heftig, daß manche fürchteten, die Äste könnten abbrechen. Ein Regen von Laub wirbelte herunter.

In Mary Beths Schlafzimmer drängten sich ihre Kinder, Nichten und Neffen, aber man wahrte respektvolle Stille. Carlotta und Stella saßen an der anderen Seite des Bettes, der Tür gegenüber, und die Verwandten kamen und gingen auf Zehenspitzen.

Daniel McIntyre war nirgends zu sehen; die Legende weiß, daß er volltrunken in Carlottas Apartment über den Stallungen im Bett lag.

Gegen ein Uhr fünfunddreißig verspürte der behandelnde Arzt, Dr. Lyndon Hart, eine seltsame Verwirrtheit. Er gestand später mehreren Kollegen, im Zimmer sei »etwas Merkwürdiges« geschehen.

Irwin Dandrich bekam 1929 von ihm den folgenden Bericht.

»Ich wußte, es ging zu Ende mit ihr. Ich kontrollierte schon nicht mehr ihren Puls. Es kam mir so würdelos vor, immer wieder hinzugehen, nur um dann den anderen zuzunicken, wenn sie immer noch lebte. Und jedesmal, wenn ich mich dem Bett näherte, merkten die Verwandten es natürlich, und man hörte besorgtes Getuschel im Flur.

Die letzte Stunde über tat ich also gar nichts. Ich beobachtete sie und wartete ab. Nur die engsten Verwandten waren um das Bett versammelt. Sie lag mit halb offenen Augen da und hatte Stella und

Carlotta den Kopf zugewandt. Carlotta hielt ihre Hand. Sie atmete sehr unregelmäßig. Ich hatte ihr so viel Morphium gegeben, wie ich wagte.

Und dann geschah es. Vielleicht war ich eingeschlafen, und es war ein Traum, aber damals kam mir alles sehr real vor – daß nämlich plötzlich eine ganze Gruppe von völlig anderen Personen anwesend war: Eine alte Frau zum Beispiel, die ich kannte und doch nicht kannte, beugte sich über Mary Beth, und ein sehr großer alter Herr war auch da, der mir entschieden bekannt vorkam. Eigentlich waren plötzlich alle möglichen Leute da. Ein junger Mann, ein blasser junger Mann, sehr adrett in wunderschöner, altmodischer Kleidung, beugte sich über sie und küßte sie auf die Lippen, und dann drückte er ihr die Augen zu.

Ich sprang erschrocken auf. Die Verwandten draußen im Flur weinten. Jemand schluchzte. Ich hörte auch Cortland Mayfair weinen. Und der Regen war wieder zu einem richtigen Wolkenbruch geworden. Der Donner war ohrenbetäubend. Im Schein eines plötzlichen Blitzes sah ich, daß Stella mich anstarrte, und ihr Blick war über die Maßen teilnahmslos und elend. Carlotta weinte. Und ich wußte, daß meine Patientin tot war, ganz ohne Zweifel, und tatsächlich waren ihre Augen geschlossen.

Ich habe es mir nie wirklich erklären können. Ich habe Mary Beth sofort untersucht und bestätigt, daß es zu Ende war. Aber sie wußten es schon. Sie wußten es alle. Ich schaute mich um und bemühte mich verzweifelt, meine augenblickliche Verwirrung zu verbergen, und ich sah die kleine Antha in der Ecke, ein, zwei Schritte hinter ihrer Mutter, und der große junge Mann war bei ihr, und dann war er plötzlich nicht mehr da. Ja, er war so plötzlich verschwunden, daß ich gar nicht sicher bin, ob ich ihn überhaupt gesehen hatte.

Aber ich sage Ihnen, warum ich glaube, daß er wirklich da war. Jemand anders hat ihn auch gesehen: Pierce Mayfair, Cortlands Sohn. Ich drehte mich um, als der junge Mann verschwunden war, und sah sofort, daß Pierce auf dieselbe Stelle starrte. Er starrte zur kleinen Antha hinüber, und dann sah er mich an. Sofort versuchte er, ganz natürlich auszusehen, als ob überhaupt nichts gewesen wäre, aber ich weiß, er hatte den Mann gesehen.

Um die Wahrheit zu sagen, ich glaube, keiner von denen im Krankenzimmer nahm auch nur die geringste Notiz von mir. Die Mädchen machten sich daran, Mary Beth das Gesicht zu waschen und sie zurechtzumachen, damit die Verwandten hereinkommen und sie ein letztes Mal sehen konnten. Jemand zündete neue Kerzen an. Und der Regen – der Regen war einfach furchtbar. Eine Sintflut strömte da an den Fenstern herunter.

Meine nächste Erinnerung ist die, daß ich mich durch eine lange Reihe von Verwandten drängte, um die Treppe hinunterzugelangen. Dann war ich mit Pfarrer McKenzie in der Bibliothek und füllte den Totenschein aus. Der Pfarrer saß mit Belle auf dem Ledersofa und versuchte sie zu trösten; er erzählte ihr all das Übliche: daß ihre Mutter im Himmel sei und daß sie sie wiedersehen würde. Die arme Belle. Sie sagte immer nur: ›Ich will nicht, daß sie in den Himmel geht. Ich will sie sofort wiedersehen.‹

Erst als ich ging, bemerkte ich Julien Mayfairs Porträt, und mit einem Schock erkannte ich, daß er es gewesen war, den ich vorhin am Bett der Toten gesehen hatte. Tatsächlich geschah dann etwas sehr Merkwürdiges. Ich war so erschrocken, als ich das Porträt sah, daß ich herausplatzte: ›Das ist der Mann!‹

Und irgend jemand stand im Gang und rauchte – glaube ich –, und er blickte auf, sah mich, sah das Porträt zur Linken und sagte mit leisem Lachen: ›O nein, das ist nicht der Mann. Das ist Julien.‹

Ich habe Cortland später alles erzählt, und er war überhaupt nicht bestürzt. Er hörte sich alles an und sagte dann, er sei froh, daß ich es ihm erzählt hätte. Aber er habe nichts Besonderes in dem Zimmer bemerkt.

Jetzt dürfen Sie aber nicht losziehen und diese Geschichte allen möglichen Leuten erzählen. Geister sind etwas ziemlich Normales in New Orleans, aber Ärzte, die sie sehen, sind es nicht! Ich glaube auch nicht, daß Cortland es schätzen würde, wenn ich diese Sache erzähle. Pierce gegenüber habe ich natürlich nie davon gesprochen. Was Stella angeht – nun, offengestanden bezweifle ich, daß Stella solche Dinge überhaupt kümmern. Falls Stella überhaupt etwas kümmert, wüßte ich gern, was es ist.«

Mary Beths Beerdigung war gewaltig, genau wie ihre Hochzeit es sechsundzwanzig Jahre zuvor gewesen war. Alle waren der Meinung, daß Daniel McIntyre nicht die ganze Zeremonie durchstehen würde. Carlotta brachte ihn also nach Hause und kehrte zur Beerdigungsgesellschaft zurück, ehe die Messe zu Ende war.

Vor der Bestattung auf dem Friedhof Lafayette wurden mehrere kurze Reden gehalten. Pierce Mayfair sprach von Mary Beth als einer großen Mentorin; Cortland pries sie wegen ihrer Liebe zur Familie und wegen ihrer Großzügigkeit. Barclay Mayfair sagte, Mary Beth sei unersetzlich; wer sie gekannt und geliebt habe, werde sie niemals vergessen. Lionel hatte alle Hände voll zu tun, um die trauernde Belle und die weinende Millie Dear zu trösten.

Die kleine Antha war nicht dabei, und auch die kleine Nancy nicht (eine bereits erwähnte adoptierte Mayfair, die Mary Beth jedermann als Stellas Tochter vorstellte).

Stella war niedergeschlagen – aber nicht so sehr, daß sie nicht Dutzende von Verwandten sowie den Bestatter und zahlreiche Freunde der Familie damit schockiert hätte, daß sie während der letzten Reden auf dem Nachbargrab saß, die Beine baumeln ließ und aus der berühmten Flasche in der braunen Tüte ihren Schnaps trank. Als Barclay seine Rede zu Ende führen wollte, sagte sie ziemlich laut zu ihm: »Barclay, mach schon! Sie hat so was gehaßt. Gleich steht sie von den Toten auf und sagt, du sollst die Klappe halten, wenn du nicht aufhörst.«

Der Bestattungsunternehmer bemerkte, daß mehrere Verwandte über diese Bemerkung lachten und daß andere ein Lachen nur mit Mühe unterdrücken konnten. Auch Barclay lachte, und Cortland und Pierce grinsten. Es scheint, daß die Familie je nach ethnischer Linie geteilte Reaktionen zeigte; in einem Bericht heißt es jedenfalls, daß die französischen Verwandten von Stellas Benehmen äußerst peinlich berührt waren, während die irischen Mayfairs alle lachten.

Aber dann putzte Barclay sich die Nase und sagte: »Lebewohl, Geliebte«, und er küßte den Sarg, trat rückwärts zurück in die Arme von Cortland und Garland und fing an zu schluchzen.

Stella hüpfte vom Nachbargrab herunter, kam zum Sarg und küßte ihn, und dann sagte sie zu dem Priester: »Also, Pater, machen Sie weiter.«

Während die letzten lateinischen Worte gesprochen wurden, zupfte Stella eine Rose aus den Grabgebinden, brach den Stiel auf eine handliche Länge und steckte sich die Blume ins Haar.

Die engsten Verwandten zogen sich in das Haus in der First Street zurück, und schon vor Mitternacht schallte so laute Klaviermusik und Gesang aus dem Haus, daß die Nachbarn schockiert waren.

Als Richter McIntyre starb, war die Beerdigung viel kleiner, aber außergewöhnlich traurig. Viele Mayfairs hatten ihn sehr geliebt, und manche Träne floß.

Ehe wir fortfahren, wollen wir noch einmal vermerken, daß Mary Beth unseres Wissens die letzte wirklich starke Hexe war, die diese Familie hervorbrachte. Man kann nur darüber spekulieren, was sie mit ihrer Macht angestellt hätte, wenn sie nicht so sehr an der Familie gehangen hätte, so durch und durch praktisch und so absolut gleichgültig gegen jegliche Eitelkeit oder Verruchtheit gewesen wäre. So kam alles, was sie tat, letzten Endes der Familie zugute. Selbst ihr Streben nach Vergnügen fand seinen Ausdruck in den Wiedersehenstreffen, die der Familie halfen, näher zusammenzurücken und sich in wechselhaften Zeiten ein nachhaltiges Bild ihrer selbst zu bewahren.

Stella hatte diese Liebe zur Familie nicht, und sie war auch nicht praktisch; sie hatte nichts gegen Verruchtheit, und sie liebte das Vergnügen. Aber der Schlüssel zum Verständnis Stellas liegt darin, daß sie auch nicht ehrgeizig war. Sie schien überhaupt nur wenige echte Ziele gehabt zu haben.

»Lebe« – so hätte ihr Motto lauten können.

FORTSETZUNG DER GESCHICHTE STELLAS

Die Familienlegende und der Klatsch in Nachbarschaft und Pfarrgemeinde überliefern uns übereinstimmend, daß Stella völlig außer Rand und Band geriet, als ihre Eltern tot waren.

Während Cortland und Carlotta sich wegen des Familienvermächtnisses und der Art und Weise, wie es zu verwalten sei, erbitterte Schlachten lieferten, begann Stella in der First Street skandalöse Partys für ihre Freunde zu geben; die wenigen, die sie 1926 für die Familie veranstaltete, waren nicht minder schockierend – angesichts von Schmuggelbier und -Bourbon, Dixielandbands und Leuten, die bis in den Morgen hinein Charleston tanzten. Viele der älteren Verwandten verließen diese Partys schon früh, und manche kehrten nie wieder in das Haus in der First Street zurück.

Viele wurden auch nie wieder eingeladen. Zwischen 1926 und 1929 demontierte Stella nach und nach die ausgedehnten Familienbande, die ihre Mutter geschaffen hatte. Besser gesagt: Sie weigerte sich, sie weiter zu führen, und so zerfiel die Familie langsam. Eine große Zahl von Verwandten verlor den Kontakt zum Haus in der First Street überhaupt; sie zogen Kinder groß, die wenig oder gar nichts davon wußten, und ihre Nachkommen waren für uns die ergiebigste Quelle für Legenden und Anekdoten.

»Es war der Anfang vom Ende«, sagte eine Cousine. »Stella wollte einfach nicht damit belästigt werden«, eine andere. Und eine dritte: »Wir wußten zuviel über sie, und das wiederum wußte sie. Sie wollte uns nicht mehr sehen.«

Unser Bild von Stella aus dieser Zeit ist das einer sehr aktiven, sehr glücklichen Person, der ihre Familie weniger am Herzen lag als ihrer Mutter, die sich aber gleichwohl leidenschaftlich um viele Dinge kümmerte. Junge Schriftsteller und Maler vor allem interessierten sie, und zu Dutzenden kamen »interessante« Leute in die First Street, darunter Schriftsteller und Maler, die Stella aus New York kannte.

Intellektuelle in großer Zahl bevölkerten Stellas Partys. Ja, sie wurde schick für Leute, die sich nicht scheuten, ein gesellschaftliches Risiko einzugehen. Die alte Garde der besseren Gesellschaft, in der Julien sich bewegt hatte, war ihr vom Wesen her nah – das behauptete zumindest Irwin Dandrich. Aber man muß bezweifeln, daß Stella das je wußte oder daß es sie kümmerte.

Wir haben kein Material, das irgendeine individuelle Person mit Stella in Verbindung brächte, aber sie war sehr vertraut mit dem Bohème-Leben im French Quarter, sie besuchte die Kaffeehäuser und Kunstgalerien dort, sie brachte Musiker mit nach Hause in die First Street, damit sie dort für sie spielten, und mittellosen Dichtern und Malern standen ihre Türen offen, ganz so, wie es in New York gewesen war.

Für das Hauspersonal bedeutete es das Chaos. Für die Nachbarn bedeutete es Skandal und Lärm. Aber Stella war keine verkommene Trinkerin, wie ihr angeblicher Vater es gewesen war. Im Gegenteil, trotz all ihres Alkoholkonsums wird sie nie als betrunken geschildert; sie scheint sich in dieser Hinsicht stets unter Kontrolle gehabt zu haben.

Zur selben Zeit nahm sie die Neugestaltung des Hauses in Angriff; sie gab ein Vermögen für neue Farbe, Stukkatur, Draperien und zierliche, kostspielige Möbel im Art-Deco-Stil aus. Der große Salon war vollgestellt mit Topfpalmen, wie Richard Llewellyn es beschrieben hat. Ein Bösendorfer-Konzertflügel wurde gekauft, endlich (1927) wurde ein Aufzug eingebaut, und vorher wurde am hinteren Ende des Rasens ein riesiger Swimming-pool eingelassen, mit einer Badehütte an der Südseite, wo sich die Gäste duschen und umkleiden konnten, ohne erst ins Haus gehen zu müssen.

Das alles – die neuen Freunde, die Partys, die Umgestaltung des Hauses – war ein Schock für die gesetztere Verwandtschaft; aber was sie eigentlich gegen Stella aufbrachte – wie uns später zugetragen wurde – war die Tatsache, daß Stella innerhalb eines Jahres nach Mary Beths Tod die großen Familientreffen überhaupt abschaffte.

So sehr er sich auch bemühte, Cortland konnte Stella nicht bewegen, nach 1926 noch irgendwelche Familienfeste zu veranstalten. Und obgleich er häufig an ihren Soirées oder Bällen, oder wie immer sie heißen mochten, teilnahm und sein Sohn Pierce nicht selten auch dabei war, lehnten andere Verwandte, die zu solchen Vergnügungen eingeladen waren, dankend ab.

Zur Mardi-Gras-Saison des Jahres 1927 gab Stella einen Maskenball, über den man in New Orleans noch sechs Monate später redete. Leute aus allen Schichten der Gesellschaft nahmen daran teil. Das Haus in der First Street war prachtvoll erleuchtet, und geschmuggelter Champagner wurde kistenweise serviert. Eine Jazzband spielte auf der Seitenveranda. Dutzende von Gästen schwammen nackt im Swimming-pool, und am Morgen war eine regelrechte Orgie im Gange – so jedenfalls hörte man es von den verstörten Nachbarn.

Die Dienerschaft berichtete, Carlotta sei empört über den Lärm und die Dauer dieser Party gewesen, von den Kosten ganz zu schweigen. Irgendwann vor Mitternacht verließ sie das Haus und nahm Antha und Nancy mit, und erst am Nachmittag des folgenden Tages kehrte sie zurück.

Dies war der allererste öffentliche Streit zwischen Stella und Carlotta, aber Verwandte und Freunde erfuhren bald, daß sie sich schon wieder vertragen hatten. Lionel hatte Frieden zwischen den Schwestern gestiftet, und Stella hatte versprochen, öfter bei Antha zu Hause zu bleiben und nicht mehr so viel Geld auszugeben und so viel Lärm zu machen. Das Geld scheint Carlotta besonders am Herzen gelegen zu haben; sie fand, einen Swimming-pool mit Champagner zu füllen, sei »eine Sünde«.

Im selben Jahr kam es zu dem ersten einer Serie von geheimnisvollen gesellschaftlichen Ereignissen. Die Familienlegenden überliefern uns, daß Stella bestimmte Mayfair-Verwandte ausgesucht und »zu einem interessanten Abend« eingeladen habe, bei dem sie über die Familiengeschichte plaudern und die einzigartigen »übersinnlichen Begabungen« der Familie erörtern wollten. Manche sagen, man habe in der First Street eine Séance abgehalten, andere behaupten, es sei Voodoo im Spiel gewesen.

Daß viele Verwandte den Grund für diese Zusammenkunft nicht verstanden, daß sie das Gerede über Voodoo nicht ernstnahmen oder sich darüber ärgerten, daß sie brüskiert und nicht eingeladen worden waren, ist ziemlich offensichtlich.

Tatsächlich verursachte dieses Treffen einigen Aufruhr in der Familie. Weshalb machte Stella sich die Mühe, in den Genealogien herumzuwühlen und diese oder jene Cousine anzurufen, die kein Mensch in letzter Zeit je gesehen hatte, wenn sie nicht einmal die Höflichkeit besaß, diejenigen anzurufen, die Mary Beth gekannt und geliebt hatten? Die Türen in der First Street hatten immer für alle offengestanden; aber jetzt zeigte Stella sich anspruchsvoll und wählerisch – Stella, die sich nicht die Mühe machte, an Examensfeiern teilzunehmen oder Geschenke zu Taufen oder Hochzeiten zu schikken, Stella, die sich benahm wie eine »perfekte Du-weißt-schonwas«.

Aber bei allem Tratsch war es uns doch unmöglich, herauszufinden, wer an dieser seltsamen Abendveranstaltung eigentlich teilnahm; wir wissen nur, daß Lionel dabei war und daß Cortland und sein Sohn Pierce ebenfalls anwesend waren. (Pierce war zu jener Zeit gerade siebzehn und ging bei den Jesuiten zur Schule. Aber er hatte bereits seine Zulassung für Harvard.)

Aus den Familiengeschichten wissen wir auch, daß diese Zusammenkunft die ganze Nacht dauerte und daß Lionel irgendwann vor dem Ende »voller Abscheu« ging. Verwandte, die dabei gewesen waren und nicht berichten wollten, was sich zugetragen hatte, wurden von den anderen heftig kritisiert. In dem Gesellschaftstratsch, der durch Dandrich an uns weitergegeben wurde, wird die Ansicht vertreten, Stella habe mit der »Schwarzen Magie« ihrer Vergangenheit gespielt, und das Ganze sei ein großes Spiel gewesen.

Es folgten mehrere solche Versammlungen, die allesamt unter absoluter Geheimhaltung vonstatten gingen, und alle Beteiligten mußten schwören, nichts von dem, was passierte, nach außen dringen zu lassen.

Unter Anwälten erzählte man sich, daß Carlotta mit Cortland deswegen Auseinandersetzungen habe und daß sie die kleine Antha und Nancy aus dem Haus bringen wolle. Stella war aber nicht einverstanden, daß Antha auf ein Internat ging, und »das wußte jeder«.

Lionel hatte unterdessen immer wieder Streit mit Stella. In einem anonymen Anruf wurde einer unserer Detektive darüber informiert, daß die beiden sich in einem Restaurant in der Stadt gestritten hatten und daß Lionel schließlich hinausgestürmt sei.

Als der Detektiv sich eingehender nach dem Fall erkundigte, erfuhr er, daß in der Familie eine Schlacht um die kleine Antha tobte und daß es in der ganzen Stadt bekannt war. Stella drohte, mit ihrer Tochter wieder nach Europa zu fahren und flehte Lionel an, mitzukommen, während Carlotta es Lionel verbot, auf eine solche Reise zu gehen.

Lionel erschien jetzt zur Messe in der St. Louis-Kathedrale mit einer der Cousinen aus der Stadt, einer Großnichte Suzette Mayfairs namens Claire Mayfair, deren Familie in einem wunderschönen Haus an der Esplanade Avenue wohnt. Dandrich erklärte, dies habe beträchtliches Gerede ausgelöst.

Die Dienstboten wußten von zahllosen Familienstreitigkeiten in dieser Zeit. Türen wurden zugeschlagen, Leute schrien einander an.

Carlotta verbot weitere »Voodoo-Versammlungen«. Stella befahl Carlotta, das Haus zu verlassen.

»Nichts ist mehr wie früher, seit Mutter nicht mehr da ist«, beklagte sich Lionel. »Als Julien starb, fing alles an zu zerfallen, aber ohne Mutter ist es unmöglich. Carlotta und Stella sind wie Feuer und Wasser in diesem Haus.«

In der Tat ist es anscheinend ausschließlich auf Carlotta zurückzuführen, daß Antha und Nancy überhaupt eine Schule besuchten. Die wenigen Schulakten über Antha, die wir in Augenschein nehmen konnten, zeigen, daß Carlotta sie anmeldete und später auch an den Besprechungen teilnahm, in denen sie aufgefordert wurde, das Kind wieder von der Schule zu nehmen.

Antha war nach allen Berichten völlig ungeeignet für die Schule. 1928 hatte man sie schon von St. Alphonsus nach Hause geschickt.

Schwester Bridget Marie, die sich an Antha vielleicht ebenso gut wie an Stella erinnert, erzählt über sie weitgehend die gleichen Geschichten wie über ihre Mutter. Aber ihre Aussage über diesen ganzen Zeitabschnitt und die diversen Entwicklungen sind es wert, wörtlich zitiert zu werden. Das Folgende hat sie mir 1969 erzählt:

»Der unsichtbare Freund war immer bei Antha. Sie wandte sich ihm zu und flüsterte mit ihm, als wäre sonst niemand dabei. Natürlich sagte er ihr alle Antworten vor, wenn sie im Unterricht nicht Bescheid wußte. Und alle Schwestern wußten, daß es so war.

Und wenn Sie das Schlimmste hören wollen: Ein paar der anderen Kinder haben ihn mit eigenen Augen gesehen. Auf dem Schulhof. Nun habe ich Ihnen ja gesagt, das Kind war scheu. Ja, sie ging immer rüber nach hinten an die Ziegelmauer, und da saß sie dann und las ihr Buch, an einem Fleckchen, wo die Sonne durch die Bäume schien. Und nicht lange, dann war er bei ihr. Ein Mann sei es, sagten sie – können Sie sich das vorstellen? Und Sie fragen mich, ob ich weiß, was die Worte ›der Mann‹ bedeuten?

Ach, wissen Sie, es war ein Schock für alle, als herauskam, daß es sich um einen ausgewachsenen Mann handelte. Denn bis dahin dachte man, es wäre ein Kind oder eine Art Kindergeist, wenn Sie wissen, was ich meine. Aber dann war es ein Mann, ein großer, braunhaariger Mann. Darüber haben alle geredet. Daß es ein Mann war.

Ich selbst habe ihn ja nie gesehen. Keine der Schwestern hat ihn gesehen. Aber die Kinder. Und die Kinder haben's Pater Lafferty erzählt. Ich hab's Pater Lafferty erzählt. Und er war derjenige, der dann Carlotta Mayfair anrief und sagte: ›Sie müssen sie von der Schule nehmen.‹

Hatte ja zu der Zeit schon keinen Sinn mehr, Stella anzurufen. Jeder wußte, daß Stella Schwarze Magie praktizierte. Sie ging runter ins French Quarter und kaufte sich die schwarzen Kerzen für ihre Voodoo-Zeremonien, und wissen Sie was? Die anderen Mayfairs zog sie auch mit hinein. Ja, das hat sie getan. Das hab' ich lange Zeit später gehört, daß sie nach anderen Verwandten gesucht hat, die auch Hexen waren, und sie hat denen allen gesagt, sie sollten zum Haus kommen.

Es war eine Séance, was sie da im Haus veranstalteten. Sie haben schwarze Kerzen angezündet und Weihrauch verbrannt, und dann haben sie Teufelslieder gesungen und darum gebetet, daß ihre Vorfahren erscheinen sollten. Das soll da passiert sein. Ich kann Ihnen nicht mehr sagen, wo ich's gehört habe. Aber ich hab's gehört. Und ich glaub's auch.«

Im Sommer 1928 verwarf Pierce Mayfair, Cortlands Sohn, seine Harvard-Pläne und beschloß, an die Tulane University zu gehen, obwohl sein Vater und seine Onkel entschieden dagegen waren. Pierce war auf Stellas ganzen Geheimpartys gewesen, berichtete Dandrich, und allmählich tuschelte man über die beiden; dabei war Pierce noch nicht einmal achtzehn.

Gegen Ende 1928 hatte Carlotta, Juristenklatsch zufolge, erklärt, Stella sei als Mutter nicht geeignet, und man müsse ihr das Kind »gerichtlich« wegnehmen lassen. Cortland dementierte diese Gerüchte bei seinen Freunden. Aber jeder wußte, daß es »darauf hinauslief«.

Unterdessen liefen Stella und Pierce Tag und Nacht zusammen herum, oft mit der kleinen Antha im Schlepptau. Stella kaufte unablässig Puppen für das Kind. Sie frühstückte jeden Morgen in einem anderen Hotel im French Quarter. Pierce begleitete sie, als sie in der Decatur Street ein Haus kaufte, das sie in ein Atelier umzuwandeln gedachte, wo sie allein sein könnte.

»Sollen Millie Dear und Belle das Haus mitsamt Carlotta behalten«, sagte Stella zu dem Makler. Pierce lachte über alles, was Stella sagte. Antha, eine dürre Siebenjährige mit einer Haut wie Porzellan und sanften blauen Augen, stand herum und hatte einen riesigen Teddybär im Arm. Sie gingen alle zusammen zum Mittagessen, auch der Immobilienmakler, der Dandrich nachher alles erzählte. »Sie ist bezaubernd, absolut bezaubernd. Ich glaube, diese Leute oben in der First Street sind bloß zu düster für sie.«

1928 soll Carlotta Mayfair mit einer schockierenden juristischen Maßnahme versucht haben, das Sorgerecht für Antha zu erhalten – anscheinend, um sie dann auf ein Internat zu schicken.

Cortland war entsetzt, daß Carlotta die Sache so weit trieb. Endlich drohte er, der bis dahin auf so gutem Fuße mit ihr gestanden hatte, sich ihr juristisch entgegenzustellen, wenn sie ihre Absicht nicht fallenließe. Barclay, Garland, der junge Sheffield und andere Familienmitglieder waren bereit, sich Cortland anzuschließen. Niemand würde Stella vor Gericht bringen und ihr das Kind wegnehmen, solange Cortland lebte.

Auch Lionel erklärte sich willens, Cortland zu unterstützen. Es heißt, die ganze Geschichte sei ihm eine Qual gewesen; er schlug sogar vor, er wolle für eine Weile mit Stella nach Europa reisen und Antha in Carlottas Obhut zurücklassen.

Schließlich zog Carlotta ihren Sorgerechtsantrag zurück.

Aber zwischen ihr und Juliens Nachkommen war es nie wieder so wie vorher. Sie begannen, sich um Geld zu streiten, und dieser Streit dauert bis heute an.

Irgendwann im Jahr 1927 war es Carlotta gelungen, Stella zu überreden, eine Rechtsvollmacht zu unterschreiben, damit Carlotta gewisse Angelegenheiten übernehmen konnte, mit denen Stella nicht gern belästigt werden wollte.

Carlotta versuchte jetzt, diese Rechtsvollmacht auszunutzen, um weitreichende Entscheidungen über das gewaltige Vermögen des Mayfair-Vermächtnisses zu treffen, was bis zum Tod Mary Beths ausschließlich in Cortlands Händen gelegen hatte.

Die Familienlegenden, der zeitgenössische Juristentratsch und auch der Gesellschaftsklatsch überliefern übereinstimmend, daß alle Mayfair-Brüder – Cortland, Garland, Barclay und später auch Pierce, Sheffield und andere – sich weigerten, diese Vollmacht anzuerkennen. Sie weigerten sich, Carlottas Anweisungen auszuführen und die höchst profitablen und riskanten Investitionen zu liquidieren, die sie namens des Vermächtnisses jahrelang mit ungeheurem Erfolg getätigt hatten. Hastig zerrten sie Stella in ihre Büros, damit sie die Rechtsvollmacht widerrufen und bestätigen konnte, daß alles nur von ihnen zu entscheiden sei.

Gleichwohl ergab sich daraus ein endloses Gezänk zwischen den Brüdern und Carlotta, das bis in die heutige Zeit hineinreicht. Nach dem Streit um das Sorgerecht scheint Carlotta nie wieder Vertrauen zu Juliens Söhnen gefaßt zu haben, und anscheinend kann sie sie seitdem auch nicht mehr leiden. Sie überzog sie mit endlosen Forderungen nach Informationen, vorbehaltloser Einsichtgewährung, detaillierten Bilanzen und Erläuterungen dessen, was sie taten, und deutete dabei ständig an, daß sie sie, sollten sie nicht zufriedenstellend Rechenschaft über ihre Tätigkeit ablegen, im Namen Stellas auch vor Gericht bringen werde (später dann im Namen Anthas, noch später im Namen Deirdres).

Für die Männer war dieses Mißtrauen verletzend und verblüffend. Geduldig beantworteten sie alle ihre Fragen; wieder und wieder bemühten sie sich, zu erläutern, was sie taten. Aber Carlotta stellte natürlich immer nur noch mehr Fragen, verlangte noch mehr Antworten, brachte neue Überlegungen aufs Tapet, verlangte immer neue Konferenzen, tätigte immer neue Anrufe und äußerte immer neue verschleierte Drohungen.

Es ist interessant festzustellen, daß fast jede Anwaltssekretärin, jeder Kanzleiangestellte, der je für Mayfair und Mayfair arbeitete, dieses »Spiel« zu verstehen schien. Juliens Söhne indessen waren darüber immer gekränkt und verbittert, als ob sie die Sache sehr persönlich nehmen würden.

1928 wurden sie aus dem Haus in der Frist Street vertrieben, in dem sie alle zur Welt gekommen waren. Fünfundzwanzig Jahre später, als Pierce und Cortland Mayfair darum baten, etwas von Juliens Hinterlassenschaft auf dem Dachboden durchsehen zu dürfen, wurden sie nicht ins Haus gelassen. So etwas wäre 1928 allerdings noch unvorstellbar gewesen.

Unterdessen wohnte Pierce im Herbst 1928 mehr oder weniger in der First Street. Im Frühling 1929 begleitete er Stella überall hin, und er bezeichnete sich selbst als »ihren persönlichen Sekretär und Chauffeur«, als »ihren Blitzableiter und Seelentröster«. Cortland nahm es hin, aber es paßte ihm nicht. Seinen Freunden und Verwandten erzählte er, Pierce sei ein braver Junge; er werde die ganze Sache schon satt bekommen und dann in den Osten zur Universität gehen, wie alle anderen Jungen es auch getan hatten.

Wie sich herausstellte, hatte Pierce eigentlich nie Gelegenheit, Stella satt zu bekommen. Aber wir sind jetzt im Jahr 1929 angelangt, und wir sollten unsere Erzählung unterbrechen und uns dem seltsamen Fall des Stuart Townsend zuwenden, unserem Bruder in der Talamasca, der im Sommer jenes Jahres so begierig darauf war, Kontakt mit Stella aufzunehmen.

20

DIE AKTE ÜBER DIE MAYFAIR-HEXEN
TEIL VII

Das Verschwinden des Stuart Townsend

1929 bat Stuart Townsend, der das Mayfair-Material jahrelang studiert hatte, den Rat in London um die Erlaubnis, mit der Familie Mayfair Kontakt aufzunehmen.

Er hatte das deutliche Gefühl, daß Stellas kryptische Botschaft, die sie uns auf der Rückseite der Fotografie hatte zukommen lassen, bedeutete, daß sie einen solchen Kontakt wünschte.

Stuart war ebenfalls davon überzeugt, daß die letzten drei Mayfair-Hexen – Julien, Mary Beth und Stella – keine Mörder oder Übeltäter in irgendeinem Sinne gewesen waren, daß es absolut ungefährlich sein würde, mit ihnen Kontakt aufzunehmen, und daß daraus vielleicht sogar »wunderbare Dinge« resultieren würden.

Zunächst und zuvorderst: Wir hatten mit der Akte über die Mayfair-Hexen die beeindruckende und wertvolle Geschichte einer übersinnlich begabten Familie geschaffen. Wir hatten uns selbst zweifelsfrei bewiesen, daß die Mayfairs Kontakt mit dem Reich des Unsichtbaren hatten und daß sie unsichtbare Kräfte zu ihrem Vorteil nutzen konnten. Aber bei dem, was sie taten, gab es immer noch vieles, was wir nicht wußten.

Wenn sie sich nun überreden ließen, mit uns zu sprechen, uns ihre Geheimnisse zu offenbaren. Was würden wir da lernen können?

Stella war keine verschlossene, wachsame Person wie Mary Beth. Wenn sie sich von unserer Diskretion und unseren wissenschaftlichen Zwecken überzeugen ließe, würde sie uns vielleicht mancherlei offenbaren. Möglicherweise würde auch Cortland Mayfair mit uns sprechen.

Zweitens – und vielleicht weniger wichtig: Sicher hatten wir im Laufe der Jahre mit unserer Überwachung die Privatsphäre der Familie Mayfair verletzt. Wir hatten, wie Stuart sagte, jeden Aspekt ihres Lebens »ausgeschnüffelt«. Tatsächlich hatten wir ja diese Leute regelrecht studiert, und immer wieder rechtfertigten wir das Ausmaß unserer Überwachung damit, daß wir bereit wären, unsere Aufzeichnungen denen, die wir beobachtet hatten, zur Verfügung zu stellen.

Nun, im Falle der Mayfairs hatten wir es noch nie getan. Und vielleicht gab es keine Ausrede dafür, es nicht jetzt zu versuchen.

Drittens: Wir standen in einer absolut einzigartigen Beziehung zu den Mayfairs, denn das Blut unseres Bruders Petyr van Abel floß in ihren Adern. Sie waren, könnte man sagen, mit uns »verwandt«. Sollten wir nicht schon deshalb versuchen, Kontakt mit ihnen aufzunehmen, damit wir ihnen von diesem Vorfahren erzählen konnten? Und wer konnte wissen, wie es dann weitergehen würde?

Viertens: Konnten wir nicht vielleicht etwas wirklich Gutes mit einem solchen Kontakt bewerkstelligen? Und hier kommen wir ja zu einem unserer höchsten Ziele. Konnte die unbekümmerte Stella nicht einen Nutzen daraus ziehen, daß sie andere Menschen kennenlernte, die so waren wie sie? Würde es ihr nicht gefallen zu wissen, daß es Leute gab, die solche Menschen studierten, um letztendlich das Reich des Unsichtbaren zu verstehen? Mit anderen Worten: Würde Stella nicht gern mit uns sprechen? Würde sie nicht gern erfahren, was wir über die übersinnliche Welt insgesamt wußten?

Der Rat erwog alles, was Stuart zu sagen hatte; er erwog, was er über die Mayfair-Hexen wußte, und er kam zu dem Schluß, daß die guten Gründe für eine Kontaktaufnahme die Gründe dagegen bei weitem überwogen. *Die Vorstellung, daß damit eine Gefahr verbunden sein könnte, verwarf er auf der Stelle.* Und er teilte Stuart mit, er dürfe nach Amerika reisen und Kontakt zu Stella aufnehmen.

In hitziger Aufregung bestieg Stuart schon am nächsten Tag ein Schiff nach New York. Die Talamasca erhielt zwei Briefe von ihm, die in New York abgestempelt waren. Noch einmal schrieb er, als er in New Orleans angelangt war – auf dem Briefpapier des St. Charles Hotels –, und er teilte uns mit, er habe sich bei Stella gemeldet und sie in der Tat überaus empfänglich gefunden; er werde sich nun am nächsten Tag mit ihr zum Lunch treffen.

Man hat nie wieder etwas von Stuart Townsend gesehen oder gehört. Wir wissen nicht, wo oder wann sein Leben endete – oder ob überhaupt. Wir wissen nur, daß er irgendwann im Juni 1929 spurlos verschwand.

DAS LEBEN DES STUART TOWNSEND

Wieviel von Stuarts Leben für das, was ihm widerfuhr, oder für die Geschichte der Mayfair-Hexen von Bedeutung ist, kann ich nicht sagen. Ich weiß, daß ich in diesen Bericht mehr aufnehme, als aufgenommen werden müßte – zumal angesichts des wenigen, was ich später über Arthur Langtry sage, wie ich hinzufügen muß.

Ich glaube, ich habe dieses Material hier gleichsam zum Gedenken an Stuart aufgenommen, und auch als eine Art Warnung. Aber wie dem auch sei...

Der Orden wurde auf Stuart aufmerksam, als er zweiundzwanzig Jahre alt war. Unser Büro in London erhielt von einem der vielen Beobachter in Amerika einen kleinen Zeitungsausschnitt über Stuart Townsend, »den Jungen, der zehn Jahre lang jemand anders gewesen war«.

Stuart wurde 1895 in einer Kleinstadt in Texas geboren. Sein Vater war der Arzt des Ortes, ein zutiefst intellektueller und weit und breit geachteter Mann. Stuarts Mutter stammte aus einer wohlhabenden Familie; sie befaßte sich mit wohltätigen Aktivitäten der modischen Art, wie es für Damen in ihrer Position üblich war. Sie hatte zwei Kindermädchen für ihre sieben Kinder, von denen Stuart das erstgeborene war. Sie wohnten in einem großen weißen viktorianischen Haus in der einzigen vornehmen Straße der Stadt.

Stuart kam mit sechs Jahren in ein Internat nach New England. Er war von Anfang an ein außergewöhnlicher Schüler, und wenn er in den Sommerferien nach Hause kam, zeigte er sich als Einsiedler, der bis tief in die Nacht hinein in seinem Dachzimmer Bücher las. Dennoch hatte er etliche Freunde in der zahlenmäßig begrenzten, aber lebensfrohen Oberschicht der Stadt – Söhne und Töchter von städtischen Beamten, Rechtsanwälten und wohlhabenden Ranchern –, und anscheinend war er sehr beliebt.

Mit zehn Jahren erkrankte Stuart an einem schweren Fieber, das nicht diagnostiziert werden konnte. Sein Vater kam irgendwann zu dem Schluß, daß es sich um eine Infektion handeln müsse, aber eine echte Erklärung fand sich nie. Stuart geriet in eine Krise und lag zwei Tage im Delirium. Als er zu sich kam, war er nicht mehr Stuart. Er war jemand anders. Dieser Jemand behauptete, eine junge Frau namens Antoinette Fielding zu sein, die mit französischem Akzent sprach und wunderschön Klavier spielte; sie war offenbar völlig ratlos hinsichtlich der Frage, wie alt sie war, wo sie wohnte und was sie in Stuarts Haus zu suchen hatte.

Stuart selbst sprach ein wenig Französisch, aber er konnte nicht Klavier spielen. Und als er sich an den verstaubten Konzertflügel im Salon setzte und anfing, Chopin zu spielen, glaubte seine Familie den Verstand zu verlieren.

Daß er sich für ein Mädchen hielt und jämmerlich zu weinen anfing, wenn er sein Abbild im Spiegel erblickte, konnte seine Mutter nicht ertragen, und so lief sie nicht selten vollkommen aufgelöst aus dem Zimmer. Nachdem sie sich ungefähr eine Woche lang hysterisch und höchst depressiv aufgeführt hatte, konnte man Stuart-Antoinette überreden, nicht länger um Kleider zu bitten, die Tatsache zu akzeptieren, daß sie nun den Körper eines Jungen hatte, zu glauben, daß sie nun Stuart Townsend war, und weiterhin das zu tun, was von Stuart erwartet wurde.

Aber die Rückkehr zur Schule kam nicht in Frage. Und Stuart-Antoinette, die in der Familie aus Gründen der Einfachheit bald Tony genannt wurde, verbrachte ihre Tage mit endlosem Klavierspiel und kritzelte ein großes Tagebuch mit ihren Erinnerungen voll, während sie das Geheimnis ihrer Identität zu ergründen versuchte.

Beim Studium dieser handschriftlichen Erinnerungen stellte Dr. Townsend fest, daß das Französisch, in dem sie verfaßt waren, weit über das Niveau der Kenntnisse hinausreichte, die der zehnjährige Stuart erlangt hatte. Er merkte überdies, daß sich die Erinnerungen des Kindes alle auf Paris bezogen, und zwar auf das Paris der vierziger Jahre des neunzehnten Jahrhunderts, wie direkte Verweise auf Opern, Theaterstücke und Transportmittel deutlich zeigten.

Aus diesen schriftlichen Aufzeichnungen ging hervor, daß Antoinette Fielding englisch-französische Eltern hatte, daß ihr französischer Vater die englische Mutter – Louisa Fielding – nicht geheiratet hatte und daß sie ein seltsames und zurückgezogenes Leben in Paris geführt hatte, die verzärtelte Tochter einer hochklassigen Prostituierten, die bemüht war, ihr einziges Kind vor dem Schmutz der Straße zu beschützen. Ihr großes Talent und ihr Trost war die Musik.

Dr. Townsend war fasziniert; er versicherte seiner Frau, er werde dem Geheimnis auf den Grund gehen, und zog per Post Erkundigungen ein, um herauszufinden, ob es in Paris je eine Person namens Antoinette Fielding gegeben hatte.

Dies beschäftigte ihn etwa fünf Jahre lang.

In dieser Zeit blieb »Antoinette« in Stuarts Körper, spielte wie besessen Klavier und ging, wenn sie sich schon einmal aus dem Haus wagte, bei irgendeinem schrecklichen Zusammenstoß mit Straßenjungen rettungslos unter. Schließlich verließ sie das Haus überhaupt nicht mehr und wurde so etwas wie eine hysterische Invalidin; sie verlangte, daß man ihr das Essen vor die Tür stellte, und kam nur noch nachts herunter, um Klavier zu spielen.

Schließlich erfuhr Dr. Townsend durch einen Privatdetektiv aus Paris, daß dort 1865 eine gewisse Louisa Fielding ermordet worden war. Sie war tatsächlich eine Prostituierte gewesen, aber es gab keinen aktenkundigen Hinweis auf ein Kind. Dr. Townsend war schließlich in einer Sackgasse angelangt, und so fand er sich mit der Situation ab, so gut es ging.

Sein hübscher Sohn Stuart war für immer verschwunden, und an seiner Stelle saß ein ausgezehrter, verkümmerter Invalide, ein bleicher Junge mit brennenden Augen und einer seltsam geschlechtslosen Stimme, der jetzt nur noch hinter geschlossenen Fensterläden lebte. Der Arzt und seine Frau gewöhnten sich an die nächtlichen Klavierkonzerte. Ab und zu ging er hinauf, um mit dem fahlgesichtigen »femininen« Geschöpf zu sprechen, das da unter seinem Dach wohnte. Daß es geistig verfiel, war nicht zu übersehen. Das Geschöpf konnte sich an seine »Vergangenheit« inzwischen kaum noch erinnern. Gleichwohl unterhielten sie sich freundlich ein Weilchen in englischer oder französischer Sprache; dann wandte sich der ausgemergelte, leidgeprüfte junge Mensch wieder seinen Büchern zu, als wäre der Vater nicht da, und der Vater ging.

So ging es, bis Stuart zwanzig Jahre alt war. Dann fiel er eines Nachts die Treppe hinunter und zog sich eine schwere Gehirnerschütterung zu. Der Arzt fand seinen Sohn bewußtlos im Hausflur und brachte ihn eilends ins Ortskrankenhaus, wo Stuart zwei Wochen im Koma lag.

Als er aufwachte, war er Stuart. Er hatte absolut keine Erinnerung daran, irgendwann einmal jemand anders gewesen zu sein. Er hielt sich für zehn Jahre alt, und als er die Männerstimme aus seinem Mund hörte, war er entsetzt. Als er entdeckte, daß er einen erwachsenen Körper hatte, war er schockiert.

Wie vom Donner gerührt saß er in seinem Krankenhausbett und ließ sich erzählen, was in den letzten zehn Jahren mit ihm geschehen war. Natürlich verstand er kaum Französisch; in der Schule war es ihm ein Greuel gewesen. Und selbstverständlich konnte er auch nicht Klavier spielen. Jeder wußte doch, daß er unmusikalisch war. Er konnte ja nicht einmal eine Melodie singen.

In den nächsten Wochen saß er am Eßtisch und starrte seine »riesigen« Geschwister an, seinen inzwischen ergrauten Vater und seine Mutter, die ihn nicht anschauen konnte, ohne in Tränen auszubrechen. Telephone und Automobile – die es 1905, als er aufgehört hatte, Stuart zu sein, noch kaum gegeben hatte – erschreckten ihn immer wieder. Das elektrische Licht erfüllte ihn mit Unsicherheit. Aber die größte Pein bereiteten ihm sein erwachsener Körper und die allmählich dämmernde Erkenntnis, daß seine Kindheit und seine Jugend vorübergegangen waren, ohne daß er sie bewußt wahrgenommen hätte.

Schließlich begann er, sich den unvermeidlichen Problemen zu stellen. Er war ein Zwanzigjähriger mit den Empfindungen und der Bildung eines Zehnjährigen. Er nahm zu; er bekam Farbe; er ging auf den nahe gelegenen Farmen mit seinen alten Freunden reiten. Hauslehrer wurden für ihn engagiert; er las stundenlang Zeitungen und die großen Illustrierten des Landes. Er unternahm lange Spaziergänge, auf denen er übte, sich zu bewegen und zu denken wie ein Erwachsener.

Aber er lebte in einem beständigen Zustand der Beklemmung. Er fühlte sich leidenschaftlich zu Frauen hingezogen, wußte aber nicht, wie er mit dieser Leidenschaft umgehen sollte. Er war leicht zu kränken. Als Mann fühlte er sich hoffnungslos unzulänglich. Schließlich brach er bei jeder Gelegenheit einen Streit vom Zaun, und als er entdeckt hatte, daß er ungestraft trinken durfte, fing er an, in den Saloons der Stadt dem Alkohol zuzusprechen.

Bald kannte die ganze Stadt seine Geschichte. Manche Leute erinnerten sich noch an die »erste Runde« der Gerüchte, als Antoinette zur Welt gekommen war; andere erfuhren von der ganzen Sache erst jetzt. Aber so oder so, das Getuschel nahm kein Ende. Zwar erwähnte die Lokalzeitung die Geschichte aus Achtung vor dem Arzt kein einziges Mal, aber ein Reporter aus Dallas bekam durch verschiedene Quellen Wind davon und schrieb, ohne Kontakt mit der Familie aufzunehmen, einen langen Artikel, der 1915 in der Sonntagsausgabe einer in Dallas erscheinenden Zeitung gedruckt wurde. Andere Blätter nahmen die Story auf. Zwei Monate nach ihrem ersten Erscheinen wurde sie uns nach London übermittelt.

Unterdessen fielen Neugierige über Stuart her. Ein Lokalschriftsteller wollte einen Roman über ihn schreiben. Abgesandte landesweit erscheinender Zeitschriften klopften an die Tür. Die Familie fühlte sich belagert. Wieder wurde Stuart ins Haus getrieben; er hockte brütend in seinem Dachzimmer, starrte auf die gehorteten Habseligkeiten jener fremden Person Antoinette und hatte das Gefühl, ihm seien zehn Jahre seines Lebens gestohlen worden. Jetzt war er ein hoffnungsloser Außenseiter, der sich zwanghaft jeden zum Feinde machte, den er kannte.

Ohne Zweifel erhielt die Familie eine Menge unwillkommene Post. Andererseits war die Kommunikation in jener Zeit natürlich nicht das, was sie heute ist. Jedenfalls aber erreichte Stuart gegen Ende 1916 ein Paket von der Talamasca mit zwei wohlbekannten Büchern über ähnliche Fälle von »Besessenheit« und einem Brief von uns, in dem wir ihm mitteilten, daß wir umfangreiche Kenntnisse über solche Dinge besäßen und daß wir uns gern mit ihm darüber und über andere Leute mit ähnlichen Erfahrungen unterhalten würden.

Stuart antwortete postwendend. Im Sommer 1917 traf er sich mit unserem Vertreter Louis Daly in Dallas und erklärte sich dankbar bereit, zu uns nach London zu kommen. Dr. Townsend, der zunächst große Bedenken hegte, ließ sich schließlich von Louis überzeugen, der ihm versicherte, daß unsere Einstellung zu diesen Dingen rein wissenschaftlicher Natur sei; und endlich traf Stuart am 1. September 1917 bei uns ein.

Im folgenden Jahr wurde er als Novize in den Orden aufgenommen, und von da an blieb er bei uns.

Sein erstes Projekt war natürlich ein gründliches Studium seines eigenen Falles sowie das aller anderen aktenkundigen Fälle von Besessenheit. Seine Schlußfolgerung – und die der anderen auf diesem Forschungsgebiet tätigen Gelehrten der Talamasca – war die, daß er tatsächlich vom Geist eines toten Mädchens besessen gewesen war.

Von da an war er auch davon überzeugt, daß der Geist der Antoinette Fielding hätte ausgetrieben werden können, wenn ein kundiger Mensch – und sei es ein katholischer Priester – konsultiert worden wäre. Zwar ist die katholische Kirche der Auffassung, daß solche Fälle ausschließlich dämonischer Natur sind – was wir nicht glauben –, aber es ist nicht daran zu zweifeln, daß ihre Techniken des Exorzismus solcher fremden Wesen funktionieren.

In den nächsten fünf Jahren erforschte Stuart ausschließlich frühere Fälle von Besessenheit in der ganzen Welt. Er befragte Dutzende von Opfern und machte umfangreiche Aufzeichnungen.

Er kam zu der von der Talamasca schon lange vertretenen Auffassung: daß es nämlich eine große Vielfalt von Wesenheiten gibt, die vom Menschen Besitz ergreifen. Manche sind wohl Geister, andere aber sind vielleicht Wesen, die niemals Menschen waren, und wieder andere sind womöglich »andere Persönlichkeiten« im Gastgeber selbst. Stuart war indessen weiterhin überzeugt, daß Antoinette Fielding ein lebender Mensch gewesen war und daß sie, wie viele solcher Geister, nicht gewußt oder begriffen habe, daß sie tot war.

1920 fuhr er nach Paris, um Spuren von Antoinette Fielding zu suchen. Es gelang ihm nicht, auch nur das Geringste zu entdecken. Aber die wenigen Informationen über die tote Louisa Fielding deckten sich mit dem, was Antoinette über ihre Mutter geschrieben hatte. Aber die Zeit hatte schon vor langer Zeit jede wirkliche Spur dieser Personen verwischt, und Stuart konnte diesen Punkt nie zufriedenstellend aufklären.

Gegen Ende 1920 fand er sich mit der Tatsache ab, daß er wohl nie herausfinden würde, wer Antoinette gewesen war, und er wandte sich der aktiven Feldforschung für die Talamasca zu. Mit Louis Daly zusammen griff er bei Fällen von Besessenheit ein; sie praktizierten eine Form des Exorzismus, mit der Daly äußerst wirkungsvoll solche fremden Wesenheiten aus dem Körper der Gastgeber-Opfer vertrieb.

Daly war von Stuart Townsend beeindruckt; er wurde sein Mentor, und Stuart war in all diesen Jahren bekannt für sein Einfühlungsvermögen, seine Geduld und seine Tüchtigkeit auf diesem Gebiet. Nicht einmal Daly konnte die Opfer nachher so gut trösten, wie Stuart es vermochte. Stuart hatte das gleiche schließlich auch erlebt. Stuart wußte Bescheid.

Bis 1929 arbeitete Stuart unermüdlich auf diesem Gebiet; die Akte über die Mayfair-Hexen las er nur, wenn sein vollgestopfter Terminkalender es ihm erlaubte. Dann aber stellte er seinen Antrag an den Rat und hatte Erfolg.

Zu dieser Zeit war Stuart fünfunddreißig Jahre alt. Er war einen Meter fünfundachtzig groß, hatte aschblondes Haar und dunkelgraue Augen; er war schlank und hatte helle Haut. Er hatte eine Vorliebe für elegante Kleidung und war einer jener Amerikaner, die englische Manieren und Methoden bewundern und sie zu imitieren versuchen. Er war ein attraktiver junger Mann. Aber den größten Reiz auf Freunde und Bekannte übte er durch seine knabenhafte Spontaneität und Unschuld aus. Es fehlten ihm tatsächlich zehn Jahre seines Lebens, und er bekam sie nie zurück.

Gelegentlich war er zu einem gewissen Ungestüm fähig; dann platzte ihm der Kragen, und er wurde wütend, wenn er bei seinen Plänen auch nur auf das kleinste Hindernis traf. Aber dies wußte er sehr gut zu beherrschen, wenn er draußen war, und wenn er im Mutterhaus einen Wutanfall bekam, konnte man ihn noch stets wieder zu sich bringen.

Er war dazu fähig, sich tief und leidenschaftlich zu verlieben, und so verliebte er sich in Helen Kreis, eine Angehörige der Talamasca, die bei einem Autounfall 1924 ums Leben kam.

Was zwischen ihm und Stella Mayfair geschah, werden wir vielleicht nie erfahren. Aber womöglich war sie die einzige andere große Liebe seines Lebens.

Ich möchte hier gern meine persönliche Meinung einfügen: Stuart Townsend hätte nie nach New Orleans geschickt werden dürfen. Er war von Stella nicht nur allzusehr emotional berührt, sondern es fehlte ihm auf diesem speziellen Gebiet auch an Erfahrung.

In seinem Noviziat hatte er sich mit übersinnlichen Phänomenen verschiedener Art befaßt, und zweifellos hatte er sein Leben lang okkulte Literatur studiert. Mit anderen Mitgliedern des Ordens diskutierte er über eine Vielzahl von Fällen. Und er verbrachte auch einige Zeit mit Arthur Langtry.

Aber er wußte eigentlich nichts über Hexen an sich. Und wie so viele unserer Ordensmitglieder, die sich nur mit Fällen von Spuk, Besessenheit oder Reinkarnation beschäftigt haben, wußte er einfach nicht, wozu Hexen fähig sind.

Einen unerfahrenen Mann wie Townsend damit zu beauftragen, Kontakt mit den Mayfair-Hexen aufzunehmen, ist so ähnlich, als würde man ein kleines Kind in die Hölle schicken, damit es ein Interview mit dem Teufel höchstpersönlich macht.

Mit einem Wort: Stuart Townsend reiste unvorbereitet und ungewarnt nach New Orleans. Und mit allem schuldigen Respekt vor denen, die den Orden 1929 zu führen hatten: Ich glaube nicht, daß so etwas heute noch vorkommen würde.

Als letztes will ich hinzufügen, daß Stuart Townsend nach allem, was wir wissen, keine außergewöhnlichen Kräfte besaß. Er war kein »Medium«, wie man sagt. So standen ihm auch keine außersinnlichen Waffen zu Gebote, als er später einem Feind gegenübertrat, den er nicht einmal als Feind erkannte.

Stuarts Verschwinden wurde der Polizei in New Orleans am 25. Juli 1929 gemeldet, also einen ganzen Monat nach seiner Ankunft dort. Die Talamasca hatte versucht, ihn telegraphisch und telefonisch zu erreichen. Irwin Dandrich hatte sich vergebens bemüht, ihn zu finden. Das St. Charles Hotel, wo Stuarts einziger Brief aus New Orleans vorgeblich abgeschickt worden war, bestritt, daß eine solche Person je dort eingetragen gewesen sei. Überhaupt erinnerte sich niemand an eine solche Person.

Am 28. Juli teilten die Behörden unseren Ermittlern am Ort mit, daß sie nichts weiter unternehmen könnten. Auf massiven Druck von Seiten Dandrichs und der Talamasca fand die Polizei sich schließlich bereit, zum Hause Mayfair zu gehen und Stella zu fragen, ob sie den jungen Mann je gesehen oder gesprochen habe. Die Talamasca hegte in diesem Punkt keinerlei Hoffnung, aber Stella überraschte uns alle, indem sie sich sogleich an Stuart erinnerte.

Ja, natürlich, sie habe Stuart kennengelernt, sagte sie. Den großen Texaner aus England – wie könnte man einen so interessanten Menschen je vergessen? Sie hätten zusammen gegessen, zu Mittag und später zu Abend, und sie hätten eine ganze Nacht lang miteinander geredet.

Nein, sie könne sich nicht denken, was aus ihm geworden sei. Im Gegenteil, sie reagierte spontan und sichtlich bestürzt auf die Möglichkeit, daß ihm etwas zugestoßen sein könnte.

Ja, er habe im St. Charles Hotel gewohnt; das habe er erwähnt, und warum, um alles in der Welt, hätte er in einem solchen Zusammenhang lügen sollen? Sie fing an zu weinen. Oh, sie hoffe nur, daß ihm nichts passiert sein möge. Ja, sie geriet in solche Aufregung, daß die Polizei die Vernehmung beinahe beendet hätte. Aber sie hielt die Beamten zurück und stellte ihnen Fragen. Hatten sie mit den Leuten im »Court of Two Sisters« gesprochen? Dort war sie mit Stuart hingegangen, und es hatte ihm gut gefallen. Vielleicht war er noch einmal da gewesen. Und dann gebe es da eine Kneipe in der Bourbon Street, wo sie früh am nächsten Morgen noch weitergeplaudert hätten, nachdem sie aus einem achtbareren Lokal – gräßliches Loch! – hinausgeworfen worden seien.

Die Polizei besuchte die genannten Etablissements. Jeder dort kannte Stella. Ja, es könne sein, daß sie mit einem Mann da war. Stella war immer mit einem Mann da. Aber niemand erinnerte sich speziell an Stuart Townsend.

Man erkundigte sich in anderen Hotels in der Stadt. Nichts, was Stuart Townsend gehört hatte, wurde gefunden. Droschkenfahrer wurden befragt, aber das Ergebnis war nicht minder kläglich.

Endlich beschloß die Talamasca, die Ermittlungen selbst in die Hand zu nehmen. Arthur Langtry verließ London, um herauszufinden, was aus Stuart geworden war. Gewissensbisse plagten ihn, weil er damit einverstanden gewesen war, daß Stuart diesen Auftrag allein in Angriff nahm.

ARTHUR LANGTRYS BERICHT

Arthur Langtry war sicher einer der fähigsten Forscher, die die Talamasca je hervorgebracht hat. Das Studium mehrerer großer »Hexen-Familien« war sein Lebenswerk, und seine detaillierten Aufzeichnungen darüber gehören zu den wertvollsten Dokumenten, die wir besitzen.

Es ist sehr betrüblich für diejenigen unter uns, die sich ihr Leben lang mit den Mayfair-Hexen beschäftigt haben, daß Arthur Langtry nie dazu gekommen ist, der Geschichte dieser Familie seine Zeit zu widmen.

Dennoch – als Stuart Townsend verschwand, fühlte Langtry sich verantwortlich, und nichts hätte ihn daran hindern können, im August 1929 nach Louisiana zu fahren.

»Ich war so erpicht darauf, jemanden hinzuschicken«, bekannte er vor seiner Abreise in London. »Ich war so erpicht darauf, daß endlich etwas passierte. Und da dachte ich, na ja, vielleicht wird dieser merkwürdige junge Texaner die Mauer des Schweigens durchbrechen.«

Langtry war fast vierundsiebzig Jahre alt, ein großer, hagerer Mann mit eisengrauem Haar, einem rechteckigen Gesicht und tiefliegenden Augen. Er hatte eine extrem angenehme Stimme und penible Manieren. Zwar litt er an den üblichen kleinen Gebrechen des Alters, aber alles in allem erfreute er sich guter Gesundheit.

In den Jahren seines Dienstes hatte er »alles« schon gesehen. Er hatte machtvolle übersinnliche oder mediale Fähigkeiten, und er war absolut furchtlos, wenn es um Manifestationen des Übernatürlichen ging. Aber er handelte nie übereilt oder unvorsichtig. Er unterschätzte niemals ein Phänomen, gleich welcher Art. Er war, wie seine eigenen Untersuchungen zeigen, extrem selbstsicher und extrem stark.

Als er von Stuarts Verschwinden hörte, war er sogleich überzeugt, daß der junge Mann tot sei. Er las das Mayfair-Material rasch noch einmal durch und sah gleich, was für einen Fehler der Orden begangen hatte.

Am 28. August 1929 traf er in New Orleans ein; er nahm sich sogleich ein Zimmer im »St. Charles Hotel« und schickte einen Brief nach Hause, wie Stuart es getan hatte. Mehreren Leuten an der Hotelrezeption gab er seinen Namen, seine Adresse und die Londoner Telefonnummer, damit später kein Zweifel daran bestehen könnte, daß er dagewesen war. In einem Ferngespräch mit dem Mutterhaus, das er von seinem Zimmer aus führte, nannte er seine Zimmernummer und berichtete über mehrere andere Einzelheiten seiner Ankunft.

Dann traf er sich mit einem unserer Ermittler – dem tüchtigsten der Privatdetektive – in der Hotelbar und ließ sich alle Drinks auf die Zimmerrechnung setzen.

Er ließ sich alles, was der Orden bereits erfahren hatte, noch einmal persönlich bestätigen. Jetzt erfuhr er auch, daß Stella sich bei den Ermittlungen, wie es aussah, nicht länger behilflich zeigte. Sie beharrte darauf, daß sie nichts wisse und niemandem helfen könne. Schließlich war sie ungeduldig geworden und lehnte es jetzt sogar ab, noch weiter mit den Ermittlern zu reden.

Langtry rief Stella von seinem Hotelzimmer aus an. Obwohl es schon nach vier Uhr nachmittags war, war sie offenbar eben erst aufgewacht, als sie sich an ihrem privaten Telefonanschluß meldete. Nur widerstrebend ließ sie zu, daß das Thema noch einmal zur Sprache gebracht wurde. Und bereits nach kurzer Zeit war klar, daß sie tatsächlich sehr besorgt war.

»Hören Sie, ich weiß nicht, was mit ihm passiert ist!« sagte sie und fing an zu weinen. »Ich mochte ihn. Er war ein so merkwürdiger Mann. Wir sind miteinander ins Bett gegangen, wissen Sie.«

Langtry wußte nicht, was er auf ein so offenherziges Geständnis erwidern sollte. Selbst ihre körperlose Stimme wirkte irgendwie bezaubernd. Und er war überzeugt, daß ihre Tränen echt waren.

»Ja, das sind wir«, fuhr sie unverzagt fort. »Ich habe ihn in einen furchtbaren kleinen Laden im Quarter mitgenommen. Das habe ich auch der Polizei erzählt. Jedenfalls hatte ich ihn gern, sehr, sehr gern! Ich habe ihm gesagt, er solle dieser Familie nicht in die Quere kommen. Ich hab's ihm gesagt! Er hatte die wunderlichsten Vorstellungen von allem. Aber er hatte keine Ahnung. Ich habe ihm gesagt, er sollte weggehen. Vielleicht ist er ja weggegangen. Das dachte ich jedenfalls, wissen Sie – daß er auf meinen Rat gehört hat und weggegangen ist.«

Langtry beschwor sie, ihm zu helfen, herauszufinden, was passiert sei. Er erklärte ihr, daß er ein Kollege von Townsend sei und daß sie einander sehr gut gekannt hätten.

»Ein Kollege? Soll das heißen, Sie gehören zu diesem Verein?«

»Ja, wenn Sie die Talamasca meinen...«

»Psst! Hören Sie zu. Wer immer Sie sind, Sie können vorbeikommen, wenn Sie wollen. Aber tun Sie's morgen abend. Ich gebe eine Party, wissen Sie. Sie können sich irgendwie... na, daruntermischen. Wenn jemand fragt, wer Sie sind – was wahrscheinlich niemand tun wird –, sagen Sie einfach, Stella hätte Sie eingeladen. Verlangen Sie, mit mir zu sprechen. Aber um Gottes willen sagen Sie nichts von Townsend, und nennen Sie niemals den Namen Ihrer... wie immer Sie sich bezeichnen...«

»Talamasca...«

»Ja! Jetzt hören Sie mir bitte zu. Es werden Hunderte von Leuten da sein, in Frack und in Lumpen, wissen Sie; seien Sie bitte diskret. Kommen Sie zu mir, und wenn Sie mich küssen, flüstern Sie mir Ihren Namen ins Ohr. Wie heißen Sie noch gleich?«

»Langtry. Arthur.«

»Hmmm. Aha. Gut. Einfach zu merken, nicht? So, und jetzt sehen Sie sich vor. Ich kann nicht weiter sprechen. Sie werden doch kommen, oder? Hören Sie, Sie müssen kommen!«

»Ja«, versprach Langtry, während er bei sich zu entscheiden suchte, ob er hier in eine Falle gelockt werden sollte oder nicht. »Aber warum müssen wir bei dieser Verabredung so vorsichtig sein? Ich verstehe nicht...«

»Darling, hören Sie mal«, sagte sie und senkte die Stimme, »das ist ja alles ganz nett mit Ihrer Organisation und Ihrer Bibliothek und Ihren ganzen wundervollen übersinnlichen Studien. Aber seien Sie kein kompletter Trottel. Unsere Welt ist nicht die Welt der Séancen und der Medien und der toten Tanten, die uns verraten, daß wir zwischen den Seiten der Bibel nach der Besitzurkunde für das Grundstück an der Eighth Street suchen sollen. Was den Voodoo-Unsinn angeht – das war wirklich ein erstklassiger Spaß. Und übrigens, wir haben keine schottischen Vorfahren. Wir sind alle Franzosen. Mein Onkel Julien hat sich da irgend etwas mit einem schottischen Schloß ausgedacht, das er gekauft hat, als er in Europa war. Also vergessen Sie das alles, wenn Sie so nett sein wollen. Aber es gibt Dinge, die ich Ihnen erzählen kann! Das ist es ja gerade. Hören Sie, kommen Sie etwas früher. Kommen Sie gegen acht, ja? Aber was immer Sie tun, kommen Sie nicht als erster. So, jetzt muß ich Schluß machen. Sie können sich wirklich nicht vorstellen, wie furchtbar im Augenblick alles ist. Ich sag's Ihnen ganz ehrlich. Ich habe nie darum gebeten, in diese wahnsinnige Familie hineingeboren zu werden. Wirklich nicht! Für morgen abend sind dreihundert Leute eingeladen, und ich habe keinen einzigen Freund auf der Welt.«

Sie legte auf.

Langtry hatte die ganze Unterhaltung mitstenographiert; er schrieb seine Notizen jetzt unverzüglich mit einem Durchschlag ab und schickte die Kopie nach London; dazu ging er geradewegs zum

Postamt, denn dem Beförderungswesen im Hotel traute er nicht mehr.

Dann mietete er sich einen Frack für die Party am nächsten Abend.

»Ich bin völlig verunsichert«, hatte er in seinem Brief geschrieben. »Ich war ganz sicher gewesen, daß sie bei der Beseitigung des armen Stuart ihre Hand im Spiel hatte. Aber jetzt weiß ich nicht mehr, was ich denken soll. Sie hat mich nicht angelogen, dessen bin ich sicher. Aber warum hat sie Angst?«

Am Nachmittag rief er Irwin Dandrich an, den Gesellschaftsspitzel, und bat ihn, in einem vornehmen Restaurant im French Quarter, etliche Straßen weit entfernt vom Hotel, zu Abend zu essen.

Dandrich hatte zu Townsends Verschwinden nichts zu sagen, aber das Essen schien ihm sehr zu munden, und er plauderte ohne Unterlaß über Stella. Die Leute sagten, Stella sei allmählich ausgebrannt.

»Man kann nicht jeden Tag seines Lebens einen Liter Brandy trinken und steinalt werden«, erklärte er mit müder, spöttischer Stimme, als langweile ihn dieses Thema, während er in Wirklichkeit davon entzückt war. »Und die Affäre mit Pierce ist unerhört. Ja, der Junge ist doch gerade mal achtzehn. Es ist wirklich völlig idiotisch von Stella. Cortland war ihr Hauptverbündeter gegen Carlotta, und da geht sie los und verführt seinen Lieblingssohn! Und Gott weiß, wie Lionel das aushält. Lionel ist ein Monomane, und der Name seiner Monomanie ist Stella.«

Ging Dandrich auch zu der Party?

»Würde ich mir um nichts in der Welt entgehen lassen. Wird ein interessantes Feuerwerk geben. Stella hat Carlotta verboten, Antha bei dieser Veranstaltung aus dem Haus zu bringen. Carlotta kocht. Hat schon damit gedroht, die Polizei zu rufen, falls diese Rowdys außer Kontrolle geraten.«

»Wie ist Carlotta eigentlich?«

»Sie ist eine Mary Beth mit Essig in den Adern anstelle von altem Wein. Sie ist brillant, aber ohne Phantasie. Sie ist reich, aber sie will nichts haben. Sie ist unerhört praktisch und penibel und arbeitsam, und sie ist absolut unerträglich langweilig. Natürlich kümmert sie sich um absolut alles. Millie Dear, Belle, die kleine Nancy, Antha. Und sie haben noch ein altes Dienstbotenpaar da oben; die beiden wissen nicht mehr, wer sie sind oder was sie tun, und um die kümmert sie sich auch noch, neben allem anderen. Stella hat sich das eigentlich selbst vorzuwerfen. Sie hat es immer Carlotta überlassen, die Leute zu heuern und zu feuern, die Schecks auszuschreiben und rumzubrüllen. Und wo Lionel und Cortland sich jetzt gegen sie stellen – was kann sie da schon machen? Nein, diese Party würde ich mir an Ihrer Stelle nicht entgehen lassen. Könnte sein, daß es für eine ganze Weile ihre letzte ist.«

Langtry verbrachte den nächsten Tag damit, die Kneipen und das kleine Hotel im French Quarter (eine Absteige) zu erkunden, wo Stella mit Stuart gewesen war. Ständig plagte ihn das deutliche Gefühl, daß Stuart hier überall gewesen war und daß Stellas Bericht über ihren gemeinsamen Streifzug der Wahrheit entsprach.

Um acht Uhr ließ er sich in Abendgarderobe von einem Taxi vor dem Haus absetzen.

»Die Straßen waren vollgestopft mit Autos. Die Leute drängten hinten durch das Gartentor hinein, und jedes Fenster war erleuchtet. Ich hörte die schrillen Schreie eines Saxophons, lange bevor ich die Vordertreppe erreichte.

An der Haustür war niemand, soweit ich sehen konnte; ich ging einfach hinein und drängte mich durch ein Knäuel von jungen Leuten im Flur, die alle rauchten und lachten und einander begrüßten, ohne von mir auch nur die geringste Notiz zu nehmen. Mit jeder Minute strömten mehr Leute herein. Im vorderen Teil des Salons wurde getanzt. Ja, wohin ich auch schaute, überall waren so viele Leute, schwatzend und lachend und trinkend inmitten blauer Wolken von Zigarettenrauch, daß ich mir kaum ein richtiges Bild von der Einrichtung des Raums machen konnte. Ziemlich üppig, würde ich sagen – ganz wie im Salon eines großen Luxusdampfers, mit all den Topfpalmen und den verschlungenen Art-Deco-Lampen und den zierlichen, irgendwie griechisch anmutenden Stühlen.

Die Band, die auf der Seitenveranda hinter zwei Glastüren aufgebaut war, spielte ohrenbetäubend. Wie die Leute es schafften, sich dabei zu unterhalten, weiß ich nicht. Ich konnte keinen zusammenhängenden Gedanken mehr fassen.

Ich wollte mich eben aus diesem Trubel hinausflüchten, als mein Blick zu den Tänzern vor den vorderen Fenstern ging, und im nächsten Moment erkannte ich, daß ich Stella anstarrte – und sie war sehr viel dramatischer, als es irgendein Bild je hätte sein können. Sie war in goldene Seide gekleidet – ein winziges Kleidchen, nicht mehr als der Überrest eines Hemdes, mit Fransen besetzt, das kaum ihre wohlgeformten Knie erreichte. Winzige Goldspangen bedeckten ihre spinnwebzarten Strümpfe und auch das Kleid, und im kurzen, welligen schwarzen Haar trug sie ein goldenes Satinband mit gelben Blumen. An den Handgelenken hatte sie zierliche, funkelnde Goldarmbänder, und um den Hals trug sie den Mayfair-Smaragd, der absurd altmodisch, aber nichtsdestoweniger umwerfend aussah in seiner alten Filigranfassung auf ihrer nackten Haut.

Wie eine Kindfrau sah sie aus, schlank, fast ohne Busen, aber doch vollendet weiblich, mit kühn geschminkten Lippen; ihre riesengroßen schwarzen Augen blitzten buchstäblich wie Edelsteine, während ihr Blick über die Zuschauer ging, die sie voller Bewunderung betrachteten, ohne daß sie beim Tanz je aus dem Takt kam. Ihre kleinen Füße in den zerbrechlichen, hochhackigen Schuhen trommelten gnadenlos auf den blanken Boden, und sie warf den Kopf in den Nacken und lachte entzückt, als sie sich im Kreise drehte, die schmalen Hüften schwenkte und die Arme ausbreitete.

›Das ist es, Stella!‹, brüllte jemand, und ein anderer schrie: ›Yeeeeah, Stella!‹ – und das Ganze im Rhythmus der Musik, wenn man sich das vorstellen kann; und Stella gelang es irgendwie, liebenswürdig auf ihre Anbeter zu reagieren, während sie sich gleichzeitig ganz dem Tanz überließ.

Was ihren Partner angeht, nahm ich ihn erst nach und nach wahr, obgleich ich ihn in jeder anderen Umgebung sicher sofort bemerkt hätte, denn er war sehr jung und ähnelte ihr in der Tat bemerkenswert: Er hatte die gleiche helle Haut, die schwarzen Augen und das schwarze Haar. Aber er war kaum mehr als ein Junge. Sein Gesicht hatte noch eine porzellanhafte Reinheit, und seine Größe schien sich zu Lasten seines Gewichts entwickelt zu haben.

Er barst vor der gleichen unbekümmerten Vitalität wie Stella. Als der Tanz zu Ende war, warf sie die Arme in die Höhe und ließ sich mit rückhaltlosem Vertrauen rückwärts in seine wartenden Arme fallen. Er umschlang sie mit schamloser Intimität, strich mit den Händen über ihren knabenhaften Körper und küßte sie dann zärtlich auf den Mund. Aber das alles wirkte nicht im geringsten theatralisch. Ja, ich glaube, er sah im ganzen Raum niemanden außer ihr.

Dann schloß sich die Menge um sie. Jemand goß Stella Champagner in den Mund, sie drapierte sich gleichsam um den Jungen, und der Tanz begann von neuem. Andere Paare – alle sehr modisch und sehr fröhlich – begannen zu tanzen.

Dies war nicht der rechte Augenblick, um sie anzusprechen, sagte ich mir. Es war erst zehn nach acht, und ich wollte mir die Gelegenheit nicht entgehen lassen und mich noch ein wenig umsehen. Überdies war ich von ihrer Erscheinung vorübergehend völlig entwaffnet. Eine große leere Fläche war ausgefüllt worden. Ich war sicher, daß sie Stuart nichts angetan hatte. Und so nahm ich, während ihr Lachen durch die neuerlichen Lärmattacken der Kapelle perlte, meine Wanderung zu den Flurtüren wieder auf.

Nun will ich hier noch erwähnen, daß dieses Haus einen außergewöhnlich langen Flur und eine besonders lange und gerade Treppe besitzt. Der erste Stock schien völlig im Dunkeln zu liegen, und die Treppe war leer, aber Dutzende von Leuten schoben sich an ihr vorbei zu einem hell erleuchteten Raum am Ende des Flurs im Erdgeschoß.

Ich wollte ihnen schon folgen und so meine kleine Erkundung des Hauses fortführen. Aber als ich die Hand auf den Geländerpfosten legte, sah ich jemanden oben auf der Treppe stehen. Ganz plötzlich erkannte ich, daß es Stuart war. Mein Schreck war so groß, daß ich beinahe seinen Namen gerufen hätte. Dann aber begriff ich, daß hier irgend etwas nicht stimmte.

Wohlgemerkt, er sah absolut real aus, wie das von unten heraufscheinende Licht ihn bestrahlte. Aber sein Gesichtsausdruck machte mich sogleich auf die Tatsache aufmerksam, daß ich hier etwas sah, das nicht real sein konnte. Denn obwohl er mich geradewegs anschaute und offensichtlich erkannte, lag kein Drängen in seiner Miene – nur eine tiefe Traurigkeit, eine große und müde Betrübnis.

Schließlich schüttelte er in großer Müdigkeit abweisend den Kopf, hob die rechte Hand und bedeutete mir in unmißverständlicher Gebärde, fortzugehen.

Ich wagte nicht, mich zu rühren. Ich blieb absolut ruhig, wie ich es in solchen Augenblicken immer tue, widerstand dem unvermeidlichen Chaos im Kopf, konzentrierte mich auf den Lärm, das Gedränge, selbst auf das dünne Kreischen der Musik. Und sehr sorgfältig prägte ich mir ein, was ich sah. Seine Kleider waren schmutzig und in Unordnung. Die rechte Seite seines Gesichts war verschrammt oder mindestens verfärbt.

Schließlich trat ich an die unterste Treppenstufe und begann hinaufzusteigen. Erst da erwachte das Phantom aus seiner scheinbaren Trägheit. Wieder schüttelte er den Kopf und winkte mir fortzugehen.

›Stuart!‹ flüsterte ich. ›Sprich mit mir, Mann, wenn du kannst!‹

Ich stieg weiter die Treppe hinauf, den Blick starr auf ihn gerichtet, und seine Miene wurde immer furchtsamer. Ich sah, daß Erde an ihm klebte und daß sein Körper, obschon er mich anschaute, erste Anzeichen der Verwesung zeigte. Ja, ich konnte es sogar riechen! Dann geschah das Unausweichliche: Die Erscheinung begann zu verblassen. ›Stuart!‹ flehte ich ihn verzweifelt an. Aber die Gestalt verdunkelte sich, und eine Frau aus Fleisch und Blut und von außergewöhnlicher Schönheit trat, ohne es zu merken, durch ihn hindurch und kam in einer Wolke von pfirsichfarbener Seide und klimpernden Juwelen eilends die Treppe herunter auf mich zu und an mir vorbei, und süßer Parfümduft wehte wie ein Schleier hinter ihr her.

Stuart war verschwunden. Der Geruch von verwesendem Menschenfleisch war verschwunden. Die Frau murmelte im Vorübergehen eine Entschuldigung und rief einer Gruppe von Leuten weiter unten im Flur etwas zu.

Dann wandte sie sich um, und als ich immer noch dastand und, ohne auf sie zu achten, nach oben starrte, wo nur schattendunkle Leere zu sehen war, da faßte sie mich beim Arm.

›Die Party ist hier unten‹, sagte sie und zupfte an mir.

›Ich suche die Toilette‹, sagte ich; in diesem Augenblick fiel mir nichts anderes ein.

›Hier unten, Schätzchen‹, sagte sie. ›Durch die Bibliothek. Ich zeig's Ihnen – gleich hier unten, hinter der Treppe.‹

Täppisch folgte ich ihr um die Treppe herum in einen sehr großen, aber nur matt erleuchteten Raum an der Nordseite des Hauses. Das mußte die Bibliothek sein, jawohl, ohne Zweifel – Bücherregale bis zur Decke hinauf, dunkles Ledermobiliar. Nur eine einzige Lampe brannte, hinten in der Ecke, neben einem blutroten Vorhang. Ein großer dunkler Spiegel hing über dem Marmorkamin; die Lampe spiegelte sich darin wie ein Ewiges Licht.

›Bitte sehr‹, sagte sie; sie deutete auf eine geschlossene Tür und verschwand sogleich. Ich gewahrte plötzlich einen Mann und eine Frau, die aneinandergeschmiegt auf dem Ledersofa saßen und jetzt hastig aufstanden und sich entfernten. Die Party mit ihrer unausgesetzten Heiterkeit schien an diesem Raum vorüberzugehen. Hier gab es nur Staub und Stille. Man roch schimmelndes Leder und Papier. Und es war eine ungeheure Erleichterung, allein zu sein.

Ich ließ mich in den Ohrensessel vor dem Kamin fallen, mit dem Rücken zu den Scharen, die im Flur draußen vorüberzogen; ich sah ihr Spiegelbild über dem Kamin und fühlte mich einstweilen sicher vor ihnen. Ich betete darum, daß nicht noch ein Liebespaar hier im Halbdunkel Zuflucht suchen möge.

Ich zog mein Taschentuch hervor und wischte mir übers Gesicht und bemühte mich, mir in allen Einzelheiten ins Gedächtnis zu rufen, was ich gesehen hatte.

Nun haben wir ja alle unsere Theorien zu Geistererscheinungen – warum sie sich in dieser oder in jener Gestalt zeigen und warum sie tun, was sie tun. Und meine Theorien unterscheiden sich höchstwahrscheinlich von denen der anderen. In einem aber war ich mir sicher, als ich nun hier saß. Stuart hatte sich aus einem sehr guten Grunde verwest und ramponiert gezeigt: Seine Überreste befanden sich hier im Hause! Dennoch beschwor er mich, zu gehen! Er wollte mich warnen.

Galt diese Warnung der ganzen Talamasca? Oder war sie nur an Arthur Langtry gerichtet? Darüber brütete ich nun, während mein Pulsschlag sich normalisierte und ich wie immer nach solchen Erlebnissen einen Adrenalinstoß verspürte, die glutvolle Gier, zu entdekken, was hinter dem matten Schimmer des Übernatürlichen lag, den ich soeben erblickt hatte.

Wie sollte ich nun vorgehen? Das war die entscheidende Frage. Natürlich sollte ich mit Stella reden. Aber wie weit konnte ich das Haus noch erforschen, ehe ich mich ihr vorstellte? Und was war mit Stuarts Warnung? Auf welche Art von Gefahr hatte ich gefaßt zu sein?

All dies überdachte ich, ohne mir einer merklichen Veränderung in dem Getöse draußen im Flur bewußt zu werden. Plötzlich aber merkte ich, daß sich etwas in meiner unmittelbaren Umgebung radikal und bedeutsam geändert hatte. Langsam blickte ich auf. Jemand war im Spiegel zu sehen – eine einzelne Gestalt, so schien es. Erschrocken drehte ich mich um. Aber da war niemand. Wieder schaute ich in das trübe, schattenhafte Glas.

Ein Mann starrte mir aus dem stofflosen Reich hinter dem Spiegel entgegen. Als ich ihn – von Adrenalin durchströmt und mit geschärften Sinnen – betrachtete, wurde sein Bild heller und klarer, bis es ein unbestreitbar lebendiger junger Mann mit heller Haut und dunkelbraunen Augen war, der eindeutig wütend und bösartig auf mich herabstarrte.

Noch nie in all meinen Jahren bei der Talamasca hatte ich eine so exquisit realisierte Erscheinung gesehen. Der Mann war vielleicht dreißig Jahre alt; seine Haut war offensichtlich makellos, aber sorgsam getönt, die Wangen leicht rosig überhaucht, eine matte Blässe unter den Augen. Er trug höchst altmodische Kleidung mit Stehkragen und schwerer Seidenkrawatte. Sein Haar war wellig und ganz leicht zerzaust, als sei er soeben mit den Fingern hindurchgefahren. Der Mund wirkte sanft, jugendlich und leicht gerötet. Ich konnte die feinen Falten in den Lippen erkennen, ja, sogar den schattigen Hauch des rasierten Bartwuchses am Kinn.

Aber der Effekt war grauenvoll, denn es war kein Mensch, kein Gemälde, kein Spiegelbild. Es war etwas unendlich viel Spektakuläreres – und in seiner Stille sehr lebendig.

Die braunen Augen waren voller Haß, und als ich die Kreatur anstarrte, zitterten die Lippen kaum merklich vor Zorn, ja, vor Wut.

Langsam und mit demonstrativer Gelassenheit hob ich mein Taschentuch an die Lippen. ›Hast du meinen Freund getötet, Geist?‹ flüsterte ich. Noch selten habe ich mich so belebt gefühlt, von so hitziger Kampfeslust erfüllt. ›Nun, Geist?‹ flüsterte ich weiter.

Ich sah, wie er schwächer wurde. Ich sah, wie er an Festigkeit verlor, ja, wie seine Lebendigkeit verging. Das Gesicht, so wunderbar modelliert, so voller negativer Empfindungen, wurde langsam ausdruckslos.

›Ich bin nicht so leicht abzufertigen, Geist‹, sagte ich leise. ›Jetzt haben wir zwei Rechnungen zu begleichen, nicht wahr? Petyr van Abel und Stuart Townsend. Sind wir uns darin einig?‹

Die Illusion war anscheinend unfähig, mir zu antworten. Und ganz plötzlich erzitterte der ganze Spiegel und war nichts als dunkles Glas, als die Tür zum Flur zugeschlagen wurde.

Schritte ertönten auf dem blanken Boden neben dem chinesischen Teppich. Der Spiegel war völlig leer; er reflektierte Holzwerk und Bücher.

Ich drehte mich um und sah eine junge Frau auf mich zukommen, den Blick nur auf den Spiegel gerichtet. Ihre ganze Haltung zeigte Wut, Verwirrung, Bestürzung. Es war Stella. Vor dem Spiegel blieb sie stehen und starrte hinein. Erst dann drehte sie sich zu mir um.

›Na, jetzt können Sie es Ihren Freunden in London beschreiben, nicht wahr?‹ Sie war nahezu hysterisch. ›Sie können ihnen erzählen, daß Sie es gesehen haben!‹

Ich sah, daß sie am ganzen Leibe zitterte. Das dünne Goldkleidchen mit den Fransensteifen bebte. Und in banger Erregung umklammerte sie den monströsen Smaragd an ihrer Kehle.

Ich wollte mich aufrappeln, aber sie befahl mir, sitzenzubleiben, und sie nahm sofort zu meiner Linken Platz und legte eine Hand fest auf mein Knie. Sie beugte sich zu mir, so dicht, daß ich die Tusche auf ihren langen Wimpern und das Puder auf ihren Wangen sehen konnte. Sie war wie eine große Puppe, die mich anschaute, eine Filmgöttin, nackt in spinnwebzarte Seide gehüllt.

›Hören Sie, können Sie mich mitnehmen?‹ fragte sie. ›Nach England, zu diesen Leuten, dieser Talamasca? Stuart hat gesagt, Sie könnten!‹

›Sagen Sie mir, was mit Stuart passiert ist, und ich nehme Sie mit, wohin Sie wollen.‹

›Ich weiß es doch nicht!‹ sagte sie, und Tränen stiegen ihr in die Augen. ›Hören Sie, ich muß weg von hier. Ich habe ihm nichts getan. Ich tue so etwas nicht. Ich habe nie jemandem etwas getan! Gott, glauben Sie mir denn nicht? Können Sie nicht sehen, daß ich die Wahrheit sage?‹

›Also gut. Was wollen Sie von mir?‹

›Helfen Sie mir! Nehmen Sie mich mit nach England. Schauen Sie, ich habe einen Paß, ich habe jede Menge Geld –‹ Sie brach ab, riß eine Schublade im Couchtisch auf und nahm ein dickes Bündel Zwanzig-Dollar-Scheine heraus. ›Hier, Sie können Tickets kaufen. Wir treffen uns dann. Noch heute abend.‹

Bevor ich antworten konnte, fuhr sie erschrocken auf. Die Tür hatte sich geöffnet, und der Jüngling, mit dem sie getanzt hatte, kam herein, mit rotem Gesicht und voller Sorge.

›Stella, ich habe dich gesucht...‹

›Oh, Sweetheart, ich komme ja schon.‹ Sie erhob sich sofort und warf mir noch einen bedeutsamen Blick zu. ›Geh und besorge mir etwas zu trinken, ja, Sweetheart?‹ Bei diesen Worten rückte sie ihm die Krawatte zurecht, drehte ihn mit flinken kleinen Bewegungen um und schob ihn regelrecht zur Tür hinaus.

Er war überaus mißtrauisch, aber offensichtlich sehr gut erzogen. Jedenfalls gehorchte er. Als sie die Tür geschlossen hatte, kam sie zurück. Ihr Gesicht war gerötet, beinahe fiebrig, und sie erschien absolut überzeugend. Ja, ich hatte den Eindruck, sie sei eine irgendwie unschuldige Person, die an all die Aufbruchsstimmung und die Rebellion der ›Jazz Babys‹ glaubte. Sie wirkte authentisch auf mich, wenn ihr versteht, was ich meine.

›Fahren Sie zum Bahnhof!‹ beschwor sie mich. ›Besorgen Sie die Tickets. Wir treffen uns am Zug.‹

›Aber an welchem Zug, um welche Zeit?‹

›Ich weiß doch nicht, an welchem Zug!‹ Sie rang die Hände. ›Ich weiß nicht, um welche Zeit! Ich muß hier weg! Hören Sie, ich komme gleich mit.‹

›Das ist sicher gescheiter. Sie könnten im Taxi auf mich warten, während ich meine Sachen aus dem Hotel hole.‹

›Ja, das ist eine gute Idee‹, flüsterte sie. ›Und wir verschwinden mit dem nächstbesten Zug. Umsteigen können wir überall.‹

›Und was ist mit ihm?‹

›Mit wem? Mit ihm?‹ wiederholte sie erbost. ›Sie meinen Pierce? Pierce wird keine Schwierigkeiten machen! Er ist ein Schatz. Mit Pierce werde ich fertig.‹

›Sie wissen, daß ich nicht Pierce meine‹, antwortete ich. ›Ich meine den Mann, den ich gerade im Spiegel gesehen habe. Den Mann, den Sie gezwungen haben, zu verschwinden.‹

Sie sah absolut verzweifelt aus – wie ein Tier, das sich in die Enge getrieben sieht. Aber ich glaube nicht, daß ich derjenige war, der sie in die Enge trieb. Ich durchschaute die Sache nicht.

›Hören Sie, ich habe ihn nicht gezwungen, zu verschwinden‹, flüsterte sie. ›Das waren Sie.‹ Mit bewußter Anstrengung versuchte sie, sich zu beruhigen, und einen Moment lang ruhte ihre Hand auf ihrer schwer atmenden Brust. ›Er wird uns nicht aufhalten‹, sagte sie. ›Bitte vertrauen Sie mir: Er wird es nicht tun.‹

In diesem Augenblick kehrte Pierce zurück; er stieß die Tür auf und ließ die machtvolle Klangwolke von draußen hereinschallen. Dankbar nahm sie ein Glas Champagner von ihm entgegen und trank es halb leer.

›Wir unterhalten uns gleich‹, sagte sie absichtlich liebenswürdig zu mir. ›In ein paar Minuten. Sie werden hier sein, ja? Oder, noch besser – warum schnappen Sie nicht ein bißchen frische Luft? Gehen Sie hinaus auf die Vorderveranda, seien Sie ein Schatz – ich bin gleich bei Ihnen.‹

Pierce wußte, daß sie etwas im Schilde führte. Sein Blick ging zwischen mir und ihr hin und her, aber offensichtlich fühlte er sich hilflos. Sie nahm ihn beim Arm und ging mit ihm hinaus. Ich schaute auf den Teppich. Die Zwanzig-Dollar-Noten waren heruntergefallen und lagen verstreut auf dem Boden. Hastig raffte ich sie auf, stopfte sie in die Schublade zurück und ging hinaus in den Flur.

Gegenüber der Bibliothekstür sah ich ein Porträt Julien Mayfairs, ein sehr gut ausgeführtes Ölgemälde in schweren, dunklen Rembrandt-Farben. Ich bedauerte, daß ich keine Zeit hatte, es zu betrachten. Eiligen Schrittes ging ich um die Treppe herum nach vorn und drängte und schob mich, so behutsam es ging, auf die Haustür zu.

Drei Minuten mußten vergangen sein – ich war erst bis zum Geländerpfosten durchgedrungen –, als ich *ihn* wieder sah, oder ich glaubte ihn wenigstens einen schrecklichen Augenblick lang zu sehen, den braunhaarigen Mann, den ich im Spiegel entdeckt hatte. Diesmal starrte er über die Schulter von jemandem vorn in der Ecke des Hausflurs.

Ich versuchte ihn wiederzufinden. Aber es ging nicht. Leute drängten sich gegen mich, als wollten sie mir absichtlich den Weg versperren, aber so war es natürlich nicht.

Dann sah ich, daß jemand vor mir die Treppe hinaufdeutete. Ich war inzwischen nur noch wenige Schritte von der Haustür entfernt. Ich drehte mich um und erblickte ein Kind auf der Treppe, ein sehr hübsches kleines blondes Mädchen. Zweifellos war es Antha, obwohl sie für eine Achtjährige recht klein aussah. Sie war barfuß und trug ein Flanellnachthemd, und sie weinte. Jetzt schaute sie über das Geländer hinweg durch die Tür des vorderen Salons.

Ich drehte mich um und schaute ebenfalls durch die Tür. Im selben Augenblick schrie jemand laut auf; die Menge teilte sich, und die Leute wichen in sichtlichem Schrecken nach links und rechts zurück. Ein rothaariger Mann stand in der Tür, etwas links von mir, dem Salon zugewandt. Und vor Entsetzen krampfte sich mir der Magen zusammen, als ich sah, wie er mit der rechten Hand eine Pistole hob und schoß. Der ohrenbetäubende Knall ließ das Haus erbeben. Panik brach aus. Schreie gellten. In der Haustür war jemand gestolpert, und die Menge stürmte einfach über den armen Teufel hinweg. Auch nach hinten drängten sich die Leute auf ihrer Flucht durch den Flur.

Stella lag auf dem Boden, mitten im vorderen Salon, auf dem Rükken, den Kopf zur Seite gedreht. Sie starrte in den Flur hinaus. Ich stürzte vorwärts, kam aber nicht rechtzeitig, um den rothaarigen Mann daran zu hindern, zu ihr zu treten und noch einmal zu schießen. Ihr Körper zuckte krampfhaft, und das Blut spritzte ihr seitlich aus dem Schädel.

Ich packte den Kerl beim Arm, und er schoß noch einmal, als ich sein Handgelenk umklammerte. Aber die Kugel verfehlte sie diesmal und fuhr in den Fußboden. Es war, als verdopple sich das Geschrei. Glas klirrte. Die Fenster zerbarsten. Jemand versuchte den Mann von hinten zu packen, und mir gelang es, ihm die Pistole zu entwinden, aber dabei trat ich versehentlich auf Stella und stolperte über ihre Füße.

Ich fiel mit der Pistole auf die Knie und stieß die Waffe mit Absicht von mir, so daß sie über den Boden davonrutschte. Der Mörder wehrte sich inzwischen vergebens gegen ein halbes Dutzend Männer. Glasscherben von den Fenstern wehten zu uns herein, und ich sah, wie sie auf Stella niederregneten. Blut rann ihr über den Hals und auch über den Mayfair-Smaragd, der schief auf ihrer Brust lag.

Das nächste, woran ich mich erinnere, war ein ungeheurer Donnerschlag; er übertönte das ohrenbetäubende Kreischen und Schreien, das von überall her ertönte. Ich spürte den Regen, der böig hereinprasselte; dann hörte ich ihn auf den Veranden ringsum rauschen, und das Licht ging aus.

Im Schein mehrerer Blitze sah ich, wie die Männer den Mörder aus dem Zimmer schleiften. Eine Frau kniete neben Stella nieder, hob ihr Handgelenk und stieß dann einen qualvollen Schrei aus.

Das Kind war inzwischen hereingekommen; barfuß stand es da

und starrte seine Mutter an. Dann fing es ebenfalls an zu schreien, und seine Stimme erhob sich schrill und durchdringend über alle anderen. ›Mama, Mama, Mama‹ – als vertiefe sich mit jedem Ausbruch ihre Erkenntnis dessen, was geschehen war, hilflos weiter.

›Jemand soll sie wegbringen!‹ rief ich, und schon hatten sich andere um sie gesammelt und versuchten, sie fortzuziehen. Ich rutschte beiseite und stand erst auf, als ich am Verandafenster angekommen war. Im zuckenden Licht eines weißen Blitzes sah ich, daß jemand die Pistole aufhob. Die Waffe wurde einem anderen weitergereicht, und gleich wieder einem anderen, der sie hielt, als wäre sie lebendig. Auf Fingerabdrücke kam es jetzt nicht mehr an – falls es je darauf angekommen war –, aber es hatte ja zahllose Augenzeugen gegeben. Es gab keinen Grund für mich, nicht zu verschwinden, solange ich noch konnte. Also wandte ich mich ab und lief auf die Seitenveranda und von dort hinaus auf den Rasen und in den Wolkenbruch.

Dutzende von Leuten drängten sich dort; die Frauen weinten, die Männer taten, was sie konnten, um die Köpfe der Frauen mit ihren Jacketts zu schützen. Alle waren durchnäßt, alle fröstelten und waren ratlos. Die Lichter flackerten für eine Sekunde wieder auf, aber ein neuerlicher wütender Blitz besiegelte ihr Schicksal endgültig. Als eines der oberen Fenster plötzlich in einem Hagel glitzernder Scherben zerschellte, brach von neuem Panik aus.

Ich lief auf den hinteren Teil des Grundstücks zu und gedachte unbeobachtet durch ein Hintertor zu verschwinden. Dazu mußte ich über einen kurzen Plattenweg spurten und zwei Stufen zu dem Patio rings um das Schwimmbecken hinaufsteigen; dann erblickte ich den Seitenpfad zum Tor.

Trotz des dichten Regens sah ich, daß es offenstand, und dahinter glänzte naß das Kopfsteinpflaster der Straße. Donner rollte über die Dächer, und ein Blitz entblößte für einen scheußlichen Augenblick den Garten mit seinen Balustraden und den hochwuchernden Kamelien und den Badetüchern, die über zahlreiche skeletthafte schwarze Eisenstühle drapiert waren. Alles schwankte und flatterte wehrlos im Wind.

Ich hörte plötzlich Sirenen. Und als ich dem Gehweg entgegeneilte, sah ich plötzlich einen Mann, der steif und regungslos dastand, rechts vom Tor in einer dichten Gruppe von Bananenstauden.

Als ich näher kam, warf ich einen Blick in das Gesicht des Mannes. Es war der Geist, der mir hier noch einmal sichtbar wurde – aus welchem Grund, das wußte der Himmel. Mein Herz jagte gefährlich, und ich verspürte ein momentanes Schwindelgefühl und eine Anspannung in meinen Schläfen, als werde mir mein Blutkreislauf abgeklemmt.

Er zeigte sich in der gleichen Gestalt wie beim letzten Mal; ich sah den unverkennbaren Schimmer von braunem Haar und braunen Augen und seine dunkle Kleidung, die von ihrer steifen Ordentlichkeit abgesehen wenig bemerkenswert war und insgesamt irgendwie unbestimmt erschien. Aber die Regentropfen funkelten, wo sie auf seine Schultern und sein Revers trafen, und sie glitzerten auch in seinem Haar.

Doch das Gesicht des Wesens hielt mich in seinem Bann. Es war vom Schmerz monströs verwandelt, und seine Wangen waren naß von Tränen, als er mir wortlos in die Augen blickte.

›Gott im Himmel – sprich, wenn du kannst‹, sagte ich mit fast den gleichen Worten, die ich auch dem armen, verzweifelten Geist Stuarts gegenüber benutzt hatte. Und so sehr versetzte mich alles, was ich gesehen hatte, in Raserei, daß ich mich auf ihn stürzte, ihn bei den Schultern packen und zwingen wollte, mir zu antworten, wenn er könnte.

Er verschwand. Aber diesmal fühlte ich, wie er verschwand. Ich fühlte die Wärme und die plötzliche Bewegung der Luft. Es war, als sei etwas weggesogen worden, und die Bananenstauden schwankten heftig. Aber dann waren es wieder Wind und Regen, die sie schüttelten. Und plötzlich wußte ich nicht mehr, was ich eigentlich gesehen und gefühlt hatte. Mein Herz geriet bedrohlich ins Stolpern. Eine neuerliche Woge von Schwindelgefühl überkam mich. Ich mußte fort von hier.

Ich lief die Chestnut Street hinauf, vorbei an Dutzenden umherirrender, weinender, benommener Menschen, und dann die Jackson Avenue hinunter, wo ich Wind und Regen hinter mir ließ; hier war ziemlich klare, milde Luft, und der Verkehr strömte vorbei, anscheinend ohne zu ahnen, was nur wenige Straßen weiter geschehen war. Nach wenigen Sekunden hatte ich ein Taxi ergattert, das mich zum Hotel brachte.

Kaum angekommen, raffte ich meine Habseligkeiten zusammen,

schleppte sie ohne die Hilfe eines Pagen nach unten und ließ mir sogleich die Rechnung geben. Mit dem Taxi fuhr ich zum Bahnhof und bestieg den Mitternachtszug nach New York, und jetzt sitze ich in meinem Schlafwagenabteil.

Sollten wir uns in London nicht mehr sprechen, haltet euch bitte an den Rat, den ich euch jetzt gebe. Schickt niemanden mehr dorthin. Zumindest vorläufig nicht. Wachet und wartet, getreu unserem Motto. Versucht, aus dem Geschehenen eine Lehre zu ziehen. Und vor allem: Studiert die Mayfair-Akte. Studiert sie gründlich und bringt Ordnung in das vielfältige Material.

Was Stuart betrifft, so können wir nicht auf öffentliche Gerechtigkeit hoffen. Auf rechtliche Lösungen können wir nicht bauen. Selbst bei den Ermittlungen, die auf das grauenvolle Geschehen dieses Abends folgen werden, wird man das Haus und das Grundstück der Mayfairs nicht durchsuchen.

Aber Stuart wird nie vergessen sein. Und ich bin auch in der Dämmerung meines Lebens Manns genug, zu glauben, daß es eine Abrechnung geben wird, für Stuart und für Petyr; allerdings, mit wem oder womit da abgerechnet werden wird, das weiß ich auch nicht.

Ich rede nicht von Vergeltung. Ich rede nicht von Rache. Ich rede von Erhellung, von Verstehen und vor allem von Aufklärung. Ich rede vom endgültigen Licht der Wahrheit.

Diese Leute, die Mayfairs, wissen nicht mehr, wer sie sind. Ich sage euch, die junge Frau war unschuldig. Davon bin ich überzeugt. Aber wir wissen Bescheid, und Lasher weiß es auch. Aber wer ist Lasher? Wer ist dieser Geist, der beliebt hat, mir seinen Schmerz zu zeigen, der mich sogar seine Tränen hat sehen lassen?«

Arthur gab diesen Brief in St. Louis, Missouri, auf. Eine schlechte Durchschrift kam zwei Tage später aus New York mit einer kurzen Nachschrift, in der es hieß, Arthur habe eine Passage nach Hause gebucht und werde zum Wochenende in See stechen.

Am zweiten Tag auf See ließ Arthur den Schiffsarzt kommen, klagte über Schmerzen in der Brust und bat um ein übliches Medikament gegen Verdauungsbeschwerden. Eine halbe Stunde später fand der Arzt ihn tot auf; die Todesursache war anscheinend ein Herzanfall gewesen. Es war halb sechs Uhr am Abend des 7. September 1929.

21 Er küßte sie, und seine Finger streichelten ihre Brüste. Das Wohlgefühl war schneidend. Lähmend. Sie wollte den Kopf heben. Aber sie konnte sich nicht rühren. Das beständige Tosen der Düsentriebwerke lullte sie ein. Ja, dies war ein Traum. Doch er erschien ihr so real, und sie glitt in ihn zurück. Nur noch fünfundvierzig Minuten bis zur Landung in New Orleans. Sie sollte jetzt aufwachen. Aber dann küßte er sie wieder, schob seine Zunge ganz sanft zwischen ihre Lippen, sanft und doch kraftvoll, und seine Finger faßten ihre Brustwarzen, drückten sie, als wäre sie nackt unter der leichten Wolldecke. Oh, er wußte, wie er es machen mußte, drückte langsam, aber fest. Sie wandte sich dem Fenster zu, seufzte, zog die Knie gegen die Kabinenwand. Niemand nahm Notiz von ihr. Halb leer, die Erste Klasse. Fast da.

Wieder drückte er ihre Brustwarzen, etwas grausamer jetzt, ah, so köstlich. Du kannst eigentlich nicht zu grob sein. Presse deine Lippen fester gegen meine. Fülle mich aus mit deiner Zunge. Sie öffnete den Mund unter seinem, und seine Finger berührten ihr Haar und ließen ein neues, unerwartetes Gefühl durch sie hindurchrieseln, ein leichtes Kribbeln. Das war das Wunderbare: daß es eine solche Mischung von Gefühlen war, sanfte, helle Farben, die verschmolzen, das Frösteln, das über ihren nackten Rücken und ihre Arme herunterstrich, und die Hitze, die zwischen ihren Beinen pochte. *Komm in mich! Ich will, daß du mich ausfüllst, ja, mit deiner Zunge und mit dir, komm fester...* Es war gewaltig und doch sanft, umspült von ihren Säften.

Sie kam lautlos schaudernd unter ihrer Decke. Das Haar war ihr ins Gesicht gefallen, und nur verschwommen war ihr bewußt, daß sie nicht nackt war, daß niemand sie berühren, niemand dieses Wohlgefühl hervorrufen konnte. Und doch ging es weiter und immer weiter; das Herz wollte ihr stehenbleiben, das Blut pochte in ihrem Gesicht, und Schockwellen fuhren durch ihre Schenkel und ihre Waden hinunter.

Du wirst sterben, wenn es nicht aufhört, Rowan. Seine Hand strich über ihre Wange. Er küßte ihre Augenlider. *Liebe dich...*

Plötzlich schlug sie die Augen auf. Einen Moment lang begriff sie nichts. Dann sah sie die Kabine. Die kleine Blende am Fenster war heruntergezogen, und alles ringsherum erschien in blaß leuchtendem Grau, erfüllt vom Rauschen der Triebwerke. Noch immer zogen die Schockwellen durch sie hindurch. Sie lag in ihrem großen weichen Flugzeugsessel und ließ sich von ihnen tragen – fast wie weiche, wunderbar modulierte Stromstöße waren sie, und ihr Blick wanderte träge an der Decke entlang, während sie sich bemühte, die Augen offenzuhalten und aufzuwachen.

Gott, wie sah sie wohl aus nach dieser kleinen Orgie? Sicher ganz rot im Gesicht.

Ganz langsam richtete sie sich auf und strich sich mit beiden Händen das Haar zurück. Sie versuchte den Traum noch einmal heraufzubeschwören, nicht wegen des sinnlichen Empfindens, sondern um der Informationen willen, wollte noch einmal in sein Zentrum zurückgelangen, um zu wissen, wer es gewesen war. Nicht Michael. Nein. Das war das Schlimme.

O Gott, dachte sie. Jetzt habe ich ihn mit Niemand betrogen. Wie sonderbar. Sie preßte die Hände an die Wangen. Sehr warm. Noch immer fühlte sie das leise, vibrierende, hilflos machende Behagen.

»Wann landen wir in New Orleans?« fragte sie, als die Stewardeß vorbeikam.

»In einer halben Stunde. Schon angeschnallt?«

Sie lehnte sich zurück, tastete nach der geschlossenen Gurtschnalle, überließ sich der köstlichen Entspannung. Aber wie konnte ein Traum so etwas schaffen? fragte sie sich. Wie konnte ein Traum so weit reichen?

»Möchten Sie noch einen Drink vor der Landung?«

»Nein. Einen Kaffee.« Sie schloß die Augen. Wer war er gewesen, ihr Dream Lover? Kein Gesicht, kein Name. Nur die Empfindung von jemandem, der zarter war als Michael, beinahe ätherisch – zumindest kam ihr dieses Wort jetzt in den Sinn. Der Mann hatte mit ihr gesprochen, dessen war sie sicher, aber bis auf die Erinnerung an das Wohlgefühl war jetzt alles vergangen.

Erst als sie sich aufsetzte, um den Kaffee zu trinken, spürte sie ein leichtes Wundgefühl zwischen den Beinen. Möglicherweise eine Nachwirkung der starken Muskelkontraktionen. Gottlob war niemand in der Nähe; niemand saß neben ihr oder auf der anderen Seite des Ganges. Aber sie hätte es nie so weit kommen lassen, wenn sie nicht verborgen unter der Decke gelegen hätte. Das heißt, wenn sie sich zum Aufwachen hätte zwingen können. Wenn sie die Wahl gehabt hätte.

Langsam nippte sie an ihrem Kaffee und schob die Fensterblende hoch.

Grünes Sumpfland in der sinkenden Nachmittagssonne. Und der dunkelbraune Fluß, der sich schlangengleich um die ferne Stadt wand. Sie verspürte ein plötzliches Hochgefühl. Fast da. Der Klang der Maschinen wurde rauher, lauter, als der Landeanflug begann.

Sie wollte nicht mehr an den Traum denken. Sie wünschte ganz ehrlich, sie hätte ihn nicht gehabt. Ja, plötzlich kam er ihr furchtbar abscheulich vor, und sie fühlte sich besudelt und erschöpft und wütend. Sogar ein bißchen angeekelt. Sie wollte an ihre Mutter denken, und an das Wiedersehen mit Michael.

»Wo bist du, Michael?« wisperte sie und lehnte sich zurück.

22

DIE AKTE ÜBER DIE MAYFAIR-HEXEN
TEIL VIII

Die Familie von 1929 bis 1959

DIE UNMITTELBARE FOLGEZEIT NACH STELLAS TOD

Im Oktober und November 1929 kam es zum Börsenkrach, und die Weltwirtschaftskrise begann. Die Goldenen Zwanziger Jahre gingen zu Ende. Allenthalben verloren reiche Leute ihr Vermögen. Und in einer Zeit neuer und unwillkommener Kargheit kam es zu der unvermeidlichen kulturellen Reaktion auf den Exzeß der zwanziger Jahre. Kurze Röcke, trinkfeste Society-Löwen, erotisch angehauchte Filme und Bücher kamen aus der Mode.

Im Hause der Mayfairs an der Ecke First und Chestnut Street in New Orleans verdunkelten sich die Lichter mit Stellas Tod, und sie strahlten nie wieder auf. Kerzen brannten an Stellas offenem Sarg bei der Totenfeier im großen Salon. Und als Lionel, ihr Bruder, der sie vor Dutzenden von Augenzeugen mit zwei Kopfschüssen getötet hatte, kurz darauf beerdigt wurde, war er nicht im Hause aufgebahrt, sondern in einem sterilen Bestattungsinstitut in der Magazine Street.

Innerhalb von sechs Monaten nach Lionels Tod waren Stellas Art-Deco-Möbel, ihre vielen zeitgenössischen Gemälde, ihre zahllosen Jazz- und Ragtime- und Blues-Schallplatten aus den Räumen an der First Street verschwunden. Was nicht auf dem unermeßlichen Dachboden des Hauses verschwand, wurde auf die Straße geworfen.

Zahllose nüchterne viktorianische Möbelstücke, die seit dem Verlust von Riverbend eingelagert gewesen waren, wurden jetzt hervorgeholt, um die Räume zu füllen. An den Fenstern zur Chestnut Street wurden Läden verriegelt und nie wieder geöffnet.

Aber diese Veränderungen hatten wenig zu tun mit dem Ende der Goldenen Zwanziger Jahre, mit dem Börsenkrach oder mit der Weltwirtschaftskrise.

Der Familienkonzern Mayfair und Mayfair hatte sein enormes Kapital längst aus der Eisenbahn und aus dem gefährlich aufgeblähten Aktienmarkt herausgezogen. Schon 1924 hatte er seinen gewaltigen Grundbesitz in Florida mit veritablem Profit veräußert. Nur den kalifornischen Grundbesitz hatte man gehalten, denn dort stand der Landboom noch bevor. Mit ihren Millioneninvestitionen in Gold, Schweizer Franken, südafrikanischen Diamantenminen und zahllosen anderen profitablen Unternehmungen war die Familie wieder einmal in der Lage, Freunden und entfernten Verwandten, die ihre ganze Habe verloren hatten, Geld zu leihen.

Und in der Tat verlieh die Familie Geld nach links und nach rechts, sie pumpte neues Blut in den unkalkulierbar großen Verband ihrer politischen und gesellschaftlichen Beziehungen und schützte sich vor äußeren Einmischungen jeglicher Art, wie sie es immer getan hatte.

Lionel Mayfair wurde niemals von einem einzigen Polizisten danach gefragt, weshalb er Stella erschossen habe. Zwei Stunden nach ihrem Tod war er als Patient in ein Privatsanatorium eingewiesen worden, wo er in den folgenden Tagen die Ärzte mit seinem endlosen Gerede über den Teufel langweilte, darüber, daß er durch die Korridore des Hauses in der First Street schleiche und zu der kleinen Antha ins Bett schlüpfe.

»Da war er, bei Antha, und ich wußte es. Es passierte alles wieder von vorn. Und Mutter war nicht da, wissen Sie; niemand war da. Bloß Carlotta, die ewig mit Stella Streit hatte. Oh, Sie können es sich nicht vorstellen, dieses Türenknallen und dieses Gebrüll. Wir waren ein Haushalt von Kindern ohne Mutter. Meine große Schwester Belle hielt ihre Puppe umklammert und weinte dauernd. Und Millie Dear, die arme Millie Dear, saß kopfschüttelnd im Dunkeln auf der Seitenveranda und betete ihren Rosenkranz. Und Carlotta bemühte sich, Mutters Platz einzunehmen, und konnte es nicht. Sie ist ein Zinnsoldat, verglichen mit Mutter! Stella warf Sachen nach ihr und wurde hysterisch. ›Du glaubst, du kannst mich einschließen!‹

Kinder waren wir, ich sag's Ihnen: Kinder. Da klopfte ich bei ihr an die Tür, und Pierce war bei ihr! Ich wußte es, und das alles am hellichten Tag. Sie belog mich, und *er* war bei Antha; ich habe ihn gesehen. Die ganze Zeit habe ich ihn gesehen! Ich habe sie zusammen im Garten gesehen. Aber sie wußte es, sie wußte die ganze Zeit, daß er bei Antha war. Sie ließ es zu.

›Willst du zulassen, daß er sie bekommt?‹ fragte Carlotta immer. Aber wie, zum Teufel, sollte ich es verhindern? Sie konnte es auch nicht verhindern. Antha saß draußen unter den Bäumen und sang mit ihm, sie warf Blumen in die Luft, und er ließ sie schweben. Ich hab's gesehen! Ich hab's so oft gesehen! Ich hörte sie dann lachen. So lachte Stella auch immer! Und was hat Mutter je getan, um Gottes willen? O Gott, Sie verstehen ja nicht. Ein Haushalt voller Kinder. Und warum waren wir Kinder? Weil wir nicht wußten, wie man böse ist. Wußte Mutter es? Wußte Julien es?

Wissen Sie, warum Belle schwachsinnig ist? Inzucht! Und Millie Dear ist auch nicht besser! Guter Gott, wissen Sie denn nicht, daß Millie Dear Juliens Tochter ist? O ja, das ist sie. Gott ist mein Zeuge, jawohl, das ist sie. Und sie sieht *ihn* und lügt dann und streitet es ab! Ich weiß aber, daß sie ihn sieht.

›Laß sie in Ruhe‹, sagt Stella dann zu mir. ›Es macht doch nichts.‹ Ich weiß, daß Millie ihn sehen kann. Ich weiß es. Sie haben zusammen Champagnerkisten für die Party getragen. Kisten über Kisten, und Stella tanzte oben zu ihren Phonographenplatten. ›Versuche dich auf der Party anständig zu benehmen, ja, Lionel?‹ Um des lieben Himmels willen. Wußte denn niemand, was los war?

Und Carl redete dauernd davon, Stella nach Europa zu schicken! Als ob irgend jemand Stella irgendwohin hätte schicken können! Und was hätte es schon ausgemacht, wenn Stella in Europa gewesen wäre? Ich habe versucht, es Pierce zu sagen. Ich habe den Jungen bei der Kehle gepackt und gesagt: ›Du wirst mir jetzt zuhören!‹ Ich hätte ihn auch erschossen, wenn ich's gekonnt hätte. Ich hätt's getan, o Gott im Himmel, warum haben sie mich aufgehalten? ›Siehst du es nicht? Jetzt hat er Antha. Seid ihr alle blind?‹ Das habe ich gesagt. Sagen Sie's mir! Sind die alle blind?«

Und so ging es immer weiter, tagelang ohne Ende. Dennoch ist das obige Zitat das einzige wörtlich festgehaltene Fragment in den Unterlagen der Ärzte; hernach erfahren wir nur noch, der Patient rede »weiter über sie und sie und ihn und ihn, und eine dieser Personen soll wohl der Teufel sein«. Oder: »Tobt wieder, redet unzusammenhängend, deutet an, daß jemand ihn angestiftet habe, aber es ist nicht klar, wer es gewesen sein soll.«

Am Abend von Stellas Begräbnis, drei Tage nach dem Mord, versuchte Lionel zu fliehen. Von da an hielt man ihn ständig in Fesseln.

»Wie sie es geschafft haben, Stella zusammenzuflicken, werde ich nie begreifen«, sagte eine Cousine sehr viel später. »Aber sie sah reizend aus. Eigentlich war das Stellas letzte Party. Sie hatte detaillierte Anweisungen hinterlassen, wie alles zu handhaben sei, und wissen Sie, was ich später gehört habe? Sie hatte es schon mit dreizehn Jahren aufgeschrieben! Das muß man sich vorstellen – die romantischen Ideen einer Dreizehnjährigen!«

Aber romantisch war es auch in anderer Weise. Stella lag ganz in Weiß in einem offenen Sarg am vorderen Ende des langgestreckten Salons, und Dutzende von Wachskerzen verbreiteten ein ziemlich spektakuläres Licht.

»Ich sage Ihnen, wie es war«, berichtete eine Cousine später. »Wie eine Mai-Prozession. Ganz genauso, mit all den Lilien, dem Duft – und Stella wie die Maikönigin, ganz in Weiß.«

Cortland, Barclay und Garland begrüßten die Verwandten, die zu Hunderten erschienen. Pierce durfte ihr seine Reverenz erweisen, wurde aber unmittelbar danach zur Familie seiner Mutter nach New

York geschickt. Die Spiegel waren nach altem irischen Brauch verhangen; allerdings wußte anscheinend keiner, auf wessen Anordnung das geschehen war.

In der Nacht nach der Beerdigung wachte Lionel in der Klinik schreiend auf. »Er ist da, er läßt mich nicht in Ruhe!«

Am Ende der Woche steckte er in einer Zwangsjacke, und am 4. November sperrte man ihn in eine Gummizelle. Während die Ärzte erörterten, ob man es mit einer Elektroschockbehandlung versuchen oder ihn lediglich sedieren solle, kauerte Lionel in der Ecke, außerstande, die Arme aus der Zwangsjacke zu befreien, und bemühte sich wimmernd, den Kopf vor seinem unsichtbaren Peiniger abzuwenden.

Die Schwestern erzählten Irwin Dandrich, er habe nach Stella um Hilfe geschrien. »Er macht mich verrückt! Oh, warum, in Gottes Namen, bringt er mich nicht um? Stella, hilf mir! Stella, sag ihm, er soll mich umbringen!«

»Er gilt als absolut und unheilbar wahnsinnig«, schrieb einer unserer Detektive. »Freilich, wenn er geheilt würde, müßte er sich vielleicht vor Gericht für den Mord verantworten. Gott weiß, was Carlotta den Behörden erzählt hat. Möglicherweise gar nichts. Möglicherweise hat nie jemand gefragt.«

Am Morgen des 6. November bekam Lionel – allein und unbewacht – offenbar Krämpfe und erstickte: Er hatte seine Zunge verschluckt. Im Bestattungsinstitut in der Magazine Street wurde keine Totenwache gehalten. Am Morgen des Begräbnisses wurden die Verwandten dort abgewiesen und direkt zur Messe in die St. Alphonsus-Kirche geschickt. Dort teilten ihnen Angestellte des Bestattungsunternehmens mit, daß sie nachher nicht zum Friedhof gehen sollten, da Miss Carlotta die Angelegenheit in aller Stille zu erledigen wünsche.

Gleichwohl versammelten sie sich auf der Prytania Street am Ausgang von Lafayette Nr. 1 und sahen von weitem zu, wie Lionels Sarg neben dem von Stella bestattet wurde.

Später hieß es in der Familie:

»Es war alles vorüber, und jeder wußte es. Der arme Pierce kam schließlich darüber hinweg. Er studierte eine Zeitlang in Columbia und ging im folgenden Jahr nach Harvard. Aber bis zu seinem Tod erwähnte niemand in seiner Gegenwart je den Namen Stella. Und wie er Carlotta gehaßt hat! Ein einziges Mal habe ich ihn darüber reden hören, und da sagte er, sie sei für alles verantwortlich. Sie hätte lieber selbst abdrücken sollen!«

Pierce erholte sich nicht nur, er wurde sogar ein äußerst fähiger Anwalt und spielte im Laufe der Jahrzehnte eine entscheidende Rolle in der Verwaltung und Vergrößerung des Mayfair-Vermögens. Er starb 1986. Sein Sohn, Ryan Mayfair, geboren 1936, ist heute das Rückgrat von Mayfair und Mayfair, und Pierce junior, Ryan Mayfairs Sohn, ist gegenwärtig ein höchst vielversprechender junger Mann in der Firma.

Aber die Verwandten, die sagten, es sei alles vorüber, hatten recht.

Mit dem Tod Stellas war die Macht der Mayfair-Hexen praktisch gebrochen. Stella war die erste von Deborahs begabten Nachkommen, die jung starb. Sie war die erste, die eines gewaltsamen Todes starb. Und niemals sollte danach eine Mayfair-Hexe in der First Street »regieren« oder die unmittelbare Verwaltung des Vermächtnisses übernehmen. Im Gegenteil, die derzeitige Erbin, Deirdre Mayfair, ist eine stumme Katatonikerin, und ihre Tochter Rowan ist eine junge Neurochirurgin, die über zweitausend Meilen weit von der First Street entfernt lebt und nichts von ihrer Mutter, ihrem Erbe, dem Vermächtnis und ihrem Heim weiß.

STAND DER UNTERSUCHUNG IM JAHR 1929

Bei Arthur Langtry wurde keine Autopsie vorgenommen. Seine sterblichen Überreste wurden in England auf dem Friedhof der Talamasca bestattet, wie er es schon vor langer Zeit bestimmt hatte. Es gibt keinerlei Hinweis auf einen gewaltsamen Tod; tatsächlich deutet auch sein letzter Brief, in dem er von Stellas Ermordung berichtete, darauf hin, daß er bereits unter Herzbeschwerden litt.

In den Augen des Leitungsrates der Talamasca indessen war Arthur Langtry ein weiteres Opfer der Mayfair-Hexen. Und daß ihm Stuarts Geist erschienen war, genügte diesen erfahrenen Forschern vollauf als Beweis dafür, daß Stuart im Hause Mayfair gestorben war.

Aber wie war Stuart gestorben? Das wollte die Talamasca gern wissen. Hatte Carlotta ihn umgebracht? Und wenn ja, warum?

Das herausragende Argument gegen die Täterschaft Carlottas ist vielleicht bereits jetzt offensichtlich und wird im Fortgang dieser Erzählung immer deutlicher werden. Carlotta ist ihr Leben lang praktizierende Katholikin gewesen, eine zutiefst ehrliche Juristin und eine gesetzestreue Bürgerin. Ihre strenge Kritik an Stella beruhte offenbar auf ihren eigenen moralischen Überzeugungen; das ist jedenfalls die unter Verwandten, Freunden und selbst beiläufigen Beobachtern vorherrschende Annahme.

Andererseits erklären Dutzende von Zeugen, sie sei diejenige gewesen, die Lionel dazu getrieben habe, Stella zu erschießen. Sie habe ihm die Pistole praktisch in die Hand gedrückt.

Aber selbst wenn Carlotta ihm die Waffe tatsächlich in die Hand gegeben hätte – ein so emotionsgeladener, öffentlicher Akt wie der Mord an Stella ist etwas völlig anderes als die heimliche, kaltblütige Ermordung eines Fremden, den sie kaum kannte.

War Lionel vielleicht der Mörder Stuart Townsends? Was ist mit Stella selbst? Und wie können wir Lasher ausschließen? Wenn man bedenkt, daß dieses Wesen eine Persönlichkeit hat, eine Geschichte, ja, ein Profil, wie wir in der modernen Welt sagen – paßt der Mord an Townsend nicht eher zu ihm als zu irgend jemandem sonst im Hause?

Ein akzeptables Szenario ist vielleicht eines, das alle Verdächtigen einschließt. Zum Beispiel: Stella lud Townsend in die First Street ein, wo er durch irgendeine gewalttätige Intervention Lashers zu Tode kam. Von Panik ergriffen, wandte sich Stella an Carlotta oder Lionel oder sogar an Pierce, damit er ihr half, die Leiche zu verstecken und dafür zu sorgen, daß im Hotel niemand ein Wort verriet.

Leider bleiben nach diesem Szenario – wie nach anderen, ähnlichen – zu viele Fragen unbeantwortet. Warum zum Beispiel sollte Carlotta sich an einer solchen Verschwörung beteiligen? Hätte sie den Tod Townsends nicht dazu nutzen können, um sich der kleinen Schwester ein für allemal zu entledigen? Was Pierce angeht, so ist es höchst unwahrscheinlich, daß ein unschuldiger junger Mann sich an einer solchen Sache hätte beteiligen sollen. (Pierce führte später ein hoch achtbares Leben.) Und wenn wir Lionel betrachten, müssen wir fragen: Wenn er über Stuarts Tod oder Verschwinden Bescheid wußte, was soll ihn dann gehindert haben, darüber zu reden, als er »verrückt« wurde? Über das, was sonst in der First Street vor sich ging, redete er jedenfalls genug; das zeigen die Unterlagen.

Und schließlich sollten wir uns fragen: In dem unwahrscheinlichen Fall, daß doch einer dieser Leute Stella dabei geholfen hat, die Leiche im Garten zu vergraben, weshalb machten sie sich dann die Mühe, Townsends Gepäck aus dem Hotel zu schaffen und die Angestellten zu bestechen, damit sie aussagten, er sei niemals dort gewesen?

Vielleicht war es, rückblickend betrachtet, ein Fehler, daß die Talamasca den Fall Stuart Townsend nicht weiter verfolgte, daß sie keine umfassende Untersuchung verlangte, daß sie die Polizei nicht heftiger dazu drängte, mehr zu unternehmen. Tatsache ist aber, daß wir durchaus drängten.

Aber in den Tagen nach Stellas Ermordung war niemand bereit, die Mayfairs mit weiteren Fragen nach einem mysteriösen Texaner aus England zu »stören«. Und unseren Detektiven, unter ihnen einige der Besten aus der Branche, gelang es nie, das Schweigen der Hotelangestellten zu brechen oder wenigstens einen Hinweis darauf zu bekommen, wer sie bestochen haben könnte. Es ist töricht, zu glauben, die Polizei hätte erfolgreicher sein können.

Aber es gibt noch eine interessante zeitgenössische »Ansicht«, die wir betrachten wollen, ehe wir dieses Verbrechen ungelöst zu den Akten legen – nämlich die letzte Äußerung zum Thema von Irwin Dandrich, der in der Weihnachtszeit 1929 in einer Bar im French Quarter mit einem unserer Detektive plauderte.

»Ich verrate Ihnen das Geheimnis dieser Familie«, sagte Dandrich. »Und ich beobachte sie seit Jahren. Wohlgemerkt, nicht bloß für eure komischen Vögel in London. Ich habe sie beobachtet, wie jeder sie beobachtet – habe mich andauernd gefragt, was wohl hinter den verschlossenen Läden vor sich gehen mag. Das Geheimnis besteht in der Erkenntnis, daß Carlotta Mayfair nicht die sauber lebende, rechtschaffene Katholikin ist, die sie immer zu sein vorgibt. Die Frau hat etwas Geheimnisvolles und Böses an sich. Sie ist destruktiv, und rachsüchtig ist sie auch. Sie würde es lieber sehen, daß die kleine Antha verrückt wird, ehe sie so wird wie Stella. Lieber soll das Haus finster und verlassen daliegen, als daß andere Leute dort ihren Spaß haben.«

Oberflächlich betrachtet erscheinen solche Bemerkungen vereinfachend, aber es steckt vielleicht mehr Wahrheit darin, als es irgend jemandem seinerzeit klar war. In den Augen der Welt repräsentierte

Carlotta unter allen Umständen ein sauberes Leben, Vernunft, Rechtschaffenheit und dergleichen. Von 1929 an besuchte sie täglich die Messe in der Kapelle Unserer Heiligen Mutter von der Immerwährenden Hilfe in der Prytania Street, und sie spendete freigiebig für die Kirche und für alle ihre Organisationen, und wenn sie auch mit Mayfair und Mayfair einen Privatkrieg um die Verwaltung von Anthas Vermögen führte, war sie doch stets überaus großzügig.

Man kritisierte sie niemals dafür, daß sie es unterließ, der Familie ihr Haus zu öffnen, oder daß sie sich weigerte, die Familientreffen und sonstige Zusammenkünfte wiedereinzuführen. Im Gegenteil, man hatte Verständnis dafür, daß sie »alle Hände voll zu tun« hatte. Niemand forderte je irgend etwas von ihr. Tatsächlich wurde sie im Laufe der Jahre eine Art säuerliche Heilige für die Familie.

Meine Meinung – was immer sie wert sein mag – nach einem vierzigjährigen Studium der Familie ist die, daß in Irwin Dandrichs Einschätzung eine Menge Wahrheit steckt. Nach meiner persönlichen Überzeugung ist sie ebenso geheimnisvoll wie Mary Beth oder Julien. Und wir haben nur die Oberfläche dessen angekratzt, was in diesem Hause vor sich geht.

WEITERE KLARSTELLUNG DER POSITION UNSERES ORDENS

Im Blick auf die Zukunft entschied die Talamasca 1929, daß kein weiterer persönlicher Kontaktversuch unternommen werden solle.

Unser Direktor, Evan Neville, war der Ansicht, daß wir zunächst und zuoberst Arthur Langtrys Ratschlag beherzigen sollten und daß zweitens auch die Warnung des Geistes von Stuart Townsend ernstgenommen werden müsse. Wir sollten uns vorläufig von den Mayfairs fernhalten.

Mehrere jüngere Mitglieder des Rates meinten indessen, wir sollten mit Carlotta Mayfair schriftlich in Kontakt treten. Was sollte dabei schon Schlimmes herauskommen, fragten sie, *und welches Recht hatten wir, ihr unsere Informationen vorzuenthalten*?

Dies löste eine heftige und scharfe Debatte aus. Die älteren Ordensmitglieder erinnerten die jüngeren daran, daß Carlotta Mayfair höchstwahrscheinlich für den Tod Stuart Townsends verantwortlich sei und ganz sicher auch für den Mord an ihrer Schwester Stella. Welche Verpflichtungen konnten wir einer solchen Person gegenüber haben? Antha sei es, der wir unsere Eröffnungen zu machen hätten; das aber sei überhaupt erst in Erwägung zu ziehen, wenn Antha einundzwanzig Jahre alt sei.

Außerdem – wie sollten die Informationen ohne irgendeinen lenkenden persönlichen Kontakt an Carlotta Mayfair weitergeleitet werden? Welche Informationen hatten wir überhaupt zu geben? Und was würde sie damit anfangen? Wie würde sie sie im Hinblick auf Antha nutzen? Was würde ihre Reaktion sein? Und wenn wir Carlotta das vorhandene historische Material gäben, warum dann nicht auch Cortland und seinen Brüdern? Ja, warum nicht überhaupt jedem Mitglied der Familie Mayfair? Aber wenn wir so etwas täten, wie würden sich solche Informationen auf diese Menschen auswirken? Mit welchem Recht zogen wir eine derart spektakuläre Einmischung in das Leben dieser Leute auch nur in Erwägung?

Und so tobte die Debatte immer weiter...

Wie immer in solchen Zeiten kam es zu einer vollständigen Neubewertung der Regeln, der Ziele und des Ethos der Talamasca. Wir waren gezwungen, uns selbst neuerlich zu bestätigen, daß die Geschichte der Familie Mayfair – wegen ihrer Länge und ihres Detailreichtums – für uns als Erforscher des Okkulten von unschätzbarem Wert sei und daß wir weiter Informationen über die Mayfairs sammeln würden, was immer die jüngeren Mitglieder des Rates über das Ethos und dergleichen sagen mochten. Aber unser Versuch einer »Kontaktaufnahme« war ein Fehlschlag gewesen. Wir würden abwarten, bis Antha Mayfair einundzwanzig wäre, und dann würde man eine vorsichtige Annäherung in Erwägung ziehen, wobei es darauf ankäme, welches Ordensmitglied zum entsprechenden Zeitpunkt für einen solchen Auftrag zur Verfügung stände.

Es lag wegen der komplizierten Geschichte auf der Hand, daß die Talamasca ein Mitglied finden mußte, das bereit war, die Beschäftigung mit den Mayfair-Hexen als alleinigen Auftrag zu übernehmen – jemanden, der in der Lage wäre, die ganze Akte detailliert zu studieren und dann intelligent und verantwortungsvoll zu entscheiden, was auf diesem Gebiet zu tun sei. Und in Anbetracht des tragischen Todes, den Stuart Townsend gefunden hatte, wurde beschlossen, daß eine solche Person erstklassige Erfahrungen in der Feldforschung besitzen müsse; und sie müsse ihre Kenntnisse der Akte dadurch unter Beweis stellen, daß sie das gesamte Material zu einer einzigen langen, zusammenhängenden und lesbaren Erzählung zusammenfügte. Dann – und erst dann – werde eine solche Person die Erlaubnis erhalten, ihr Studium der Mayfair-Hexen durch direktere Beobachtungen mit Blick auf einen irgendwann herzustellenden Kontakt zu erweitern.

Der einzige, betrübliche Makel dieses Planes bestand darin, daß der Orden eine solche Person erst im Jahre 1953 fand. Da aber hatte Antha Mayfairs tragisches Leben bereits sein Ende gefunden. Die Erbin des Vermächtnisses war ein blaßgesichtiges zwölfjähriges Mädchen, das bereits von der Schule verwiesen worden war, weil es »mit seinem unsichtbaren Freund redete« und Blumen durch die Luft fliegen ließ und verlorene Gegenstände wiederfand und Gedanken lesen konnte.

»Ihr Name ist Deirdre«, sagte Evan Neville, und sein Gesicht war von Sorge und Trauer zerfurcht, »und sie wächst in diesem düsteren alten Haus auf wie ihre Mutter vor ihr, allein mit diesen alten Weibern. Gott allein weiß, was diese Frauen über ihre Familiengeschichte wissen oder vermuten, über ihre Kräfte und über diesen Geist, der bereits an der Seite des Kindes gesehen wurde.«

Das junge Ordensmitglied, in heftiger Begeisterung entbrannt von diesem und von früheren Gesprächen und von umfassender, zielloser Lektüre der Mayfair-Akte, beschloß, lieber rasch zu handeln.

Da ich dieses Ordensmitglied natürlich selbst bin, werde ich nun, ehe ich die kurze und traurige Geschichte der Antha Mayfair berichte, kurz innehalten, um mich vorzustellen.

DER AUTOR DIESER ERZÄHLUNG, AARON LIGHTNER, BETRITT DIE BÜHNE

Eine komplette Biographie meiner Person ist unter dem Stichwort Aaron Lightner erhältlich. Für den Zweck der vorliegenden Erzählung ist das Folgende mehr als hinreichend.

Ich bin 1921 in London geboren. Nach dem Studium in Oxford wurde ich 1943 Vollmitglied des Ordens; ich hatte aber schon seit meinem siebten Lebensjahr mit der Talamasca zusammengearbeitet und lebte seit meinem fünfzehnten Lebensjahr im Mutterhaus.

Tatsächlich war der Orden schon 1928 auf mich aufmerksam gemacht worden, und zwar durch meinen englischen Vater (einen Lateingelehrten und Übersetzer) und meine amerikanische Mutter (eine Klavierlehrerin), als ich sechs Jahre alt war. Eine beängstigende telekinetische Begabung war es, die sie veranlaßte, sich eilig nach fremder Hilfe umzusehen. Ich konnte Gegenstände bewegen, indem ich mich einfach auf sie konzentrierte oder ihnen befahl, sich zu bewegen. Obgleich diese Fähigkeit nie besonders stark war, erwies sie sich für diejenigen, die eine Probe davon miterlebten, als äußerst beunruhigend.

Meine besorgten Eltern befürchteten, diese Begabung könne mit anderen übersinnlichen Eigenschaften einhergehen, die sie auch tatsächlich gelegentlich hatten aufschimmern sehen. Man ging mit mir wegen meiner seltsamen Fähigkeiten zu mehreren Psychiatern, und einer von ihnen schlug schließlich vor: »Bringen Sie ihn zur Talamasca. Seine Fähigkeiten sind echt, und die sind die einzigen, die mit jemandem wie ihm etwas anfangen können.«

Die Talamasca erörterte diese Frage mehr als bereitwillig mit meinen Eltern, und diese zeigten sich äußerst erleichtert. »Wenn Sie versuchen, dieses Talent in Ihrem Sohn zu ersticken«, sagte Evan Neville, »dann werden Sie nichts erreichen. Sie setzen damit höchstens sein Wohlbefinden aufs Spiel. Lassen Sie uns mit ihm arbeiten. Wir würden ihn lehren, seine übersinnlichen Fähigkeiten zu beherrschen und zu nutzen.« Widerstrebend willigten meine Eltern ein.

Von da an verbrachte ich zunächst jeden Samstag im Mutterhaus außerhalb Londons, mit zehn dann das ganze Wochenende und den Sommer. Meine Eltern kamen oft zu Besuch, ja, mein Vater begann 1935 sogar, alte, zerbröckelnde lateinische Dokumente für die Talamasca zu übersetzen; er arbeitete bis zu seinem Tod im Jahr 1974 für den Orden und lebte zuletzt als Witwer im Mutterhaus. Meine Eltern liebten beide die Bibliothek der Allgemeinen Nachschlagewerke im Mutterhaus, und obgleich sie nie um die offizielle Mitgliedschaft im Orden einkamen, gehörten sie in einem sehr realen Sinne doch ihr Leben lang dazu. Sie erhoben keine Einwände, als sie sahen, wie ich immer mehr in den Orden involviert wurde; sie bestanden lediglich darauf, daß ich meine Ausbildung vollendete und mich von meiner »speziellen Begabung« nicht vorzeitig aus der »normalen Welt« hinauslocken ließ.

Ich war nie das, was man ein starkes Medium nennen würde. Meine beschränkten gedankenleserischen Fähigkeiten leisten mir die besten Dienste in meiner Eigenschaft als Feldforscher für die Talamasca, vor allem in Situationen mit einem gewissen Risiko. Und mein telekinetisches Talent ist selten für irgendwelche praktischen Zwecke verwendbar.

Mit achtzehn war ich dem Leben und den Zielen des Ordens treu ergeben. Nur schwer konnte ich mir eine Welt ohne die Talamasca vorstellen. Meine Interessen waren die Interessen des Ordens, und ich fügte mich makellos in den dort herrschenden Geist. Wo ich auch zur Schule ging, wohin ich auch – mit Eltern oder Schulfreunden – reiste, der Orden war meine wahre Heimat geworden.

Als ich mein Studium in Oxford abgeschlossen hatte, wurde ich als Vollmitglied aufgenommen, aber eigentlich war ich schon lange vorher Mitglied gewesen. Die großen Hexenfamilien waren immer mein Lieblingsgebiet gewesen. Ich war gründlich belesen in der Geschichte der Hexenverfolgungen. Und Personen, auf die unsere spezielle Definition der Hexe paßte, übten eine große Faszination auf mich aus.

Mein erster Feldforschungsauftrag bezog sich auf eine Hexenfamilie in Italien, und angeleitet wurde ich dabei von Elaine Barrett, die damals und noch lange Jahre danach die fähigste Hexenforscherin des Ordens war.

Sie war es, die mich mit den Mayfair-Hexen bekanntmachte; in einem beiläufigen Tischgespräch erzählte sie mir, was Petyr van Abel, Stuart Townsend und Arthur Langtry zugestoßen war, und sie ermunterte mich, in meiner Freizeit das Mayfair-Material zu lesen. In mancher Nacht des Sommers und des Winters 1945 schlief ich ein, während Mayfair-Papiere den Fußboden meines Schlafzimmers bedeckten. Schon 1946 machte ich die ersten Notizen für eine zusammenfassende Erzählung.

Formell erhielt ich den Auftrag aber erst 1953: Schreibe die Erzählung, und wenn sie in akzeptabler Form vollendet ist, werden wir erwägen, dich nach New Orleans zu schicken, damit du die Bewohner des Hauses in der First Street mit eigenen Augen kennenlernst.

Immer wieder sah ich mich daran erinnert, daß ich, was immer mein Bestreben sein mochte, nur mit größter Vorsicht würde vorgehen dürfen. Antha Mayfair war eines gewaltsamen Todes gestorben. Der Vater ihrer Tochter Deirdre ebenfalls. Desgleichen ein Verwandter der Mayfairs aus New York – Dr. Cornell Mayfair –, der

1945 eigens nach New Orleans gekommen war, um die kleine, damals achtjährige Deirdre zu sehen und Carlottas Behauptung, Antha sei von angeborenem Wahnsinn befallen gewesen und Deirdre würde wahrscheinlich ebenfalls daran leiden, zu überprüfen.

Ich akzeptierte die Bedingungen des Auftrags, und ich machte mich daran, die Tagebücher Petyr van Abels zu übersetzen. Einstweilen genehmigte man mir einen unbegrenzten Etat, damit ich die Forschung in jede denkbare Richtung weitertreiben konnte. Also begann ich zugleich mit einer »Fern-Erkundung« der aktuellen Situation der zwölfjährigen Deirdre Mayfair. Anthas einzigem Kind.

Ich hoffe und bete, daß ich trotz der Täuschungen, die ich im Zusammenhang mit meiner Arbeit habe aufrechterhalten müssen, niemandes Vertrauen jemals wirklich hintergangen habe. Gutes zu tun mit dem, was ich weiß – das ist der Imperativ meines Lebens.

Der zweite Faktor, der meine Interviews und meine Feldforschung beeinflußt, ist mein kleines gedankenleserisches Talent. Ich empfange häufig Namen und Einzelheiten aus den Gedanken der Menschen. Im allgemeinen nehme ich solche Informationen nicht in meine Berichte auf, weil sie zu unzuverlässig sind. Aber zweifellos haben meine telepathischen Erkenntnisse mich im Laufe der Jahre mit bedeutsamen Hinweisen versorgt. Dieses Talent ist auch ohne Zweifel mit meiner ausgeprägten Fähigkeit, Gefahr zu spüren, verknüpft, wie sich in der folgenden Erzählung schließlich zeigen wird...

Aber nun ist es an der Zeit, zu unserer Erzählung zurückzukehren und die tragische Geschichte von Anthas Leben zu Deirdres Geburt zu rekonstruieren.

DIE MAYFAIR-HEXEN VON 1929 BIS ZUR GEGENWART

Antha Mayfair

Mit Stellas Tod ging für die Mayfairs eine Ära zu Ende. Und die tragische Geschichte von Stellas Tochter Antha und ihrem einzigen Kind Deirdre ist geheimnisumwoben bis auf den heutigen Tag.

Im Laufe der Jahre schrumpfte das Hauspersonal in der First Street auf zwei schweigsame, für uns unerreichbare, absolut loyale Bedienstete zusammen; die Außengebäude, die nun für Hausmädchen und Kutscher und Stallburschen nicht mehr gebraucht wurden, verfielen allmählich.

Die Frauen der First Street führten ein zurückgezogenes Leben; Belle und Millie Dear wurden die »süßen alten Ladys« des Garden District, wie sie täglich zur Messe in die Kapelle an der Prytania Street gingen oder in ihrer unaufhörlichen und dabei völlig erfolglosen Gartenarbeit innehielten, um ein Schwätzchen mit Nachbarinnen zu halten, die am eisernen Zaun vorüberkamen.

Nur sechs Monate nach dem Tod ihrer Mutter wurde Antha aus einem kanadischen Internat geworfen, dem letzten öffentlichen Institut, das sie je besuchen sollte. Es war eine überraschend einfache Sache für einen Privatdetektiv, sich von einem tratschenden Lehrer berichten zu lassen, wie Antha die Leute in Angst und Schrecken versetzt hatte: Sie hatte Gedanken gelesen, mit ihrem unsichtbaren Freund geplaudert und diejenigen, die sich über sie lustig gemacht oder hinter ihrem Rücken getuschelt hatten, bedroht. Man schilderte sie als nervöses Mädchen, das stets geweint und sich bei jeder Art von Wetter über die Kälte beklagt habe; überdies habe sie unter langanhaltenden und unerklärlichen Anfällen von Fieber und Schüttelfrost gelitten.

Carlotta Mayfair holte Antha mit dem Zug von Kanada ab, und soweit wir wissen, verbrachte Antha bis zu ihrem siebzehnten Lebensjahr keine Nacht mehr außerhalb des Hauses in der First Street.

Inzwischen hatte das Haus eine Aura von beständiger Düsternis angenommen. Die Blendläden wurden niemals geöffnet. Die violett-graue Farbe begann abzublättern, und der Garten verwilderte längs des eisernen Zaunes; Kirschlorbeer und Regenbäume sprossen zwischen den alten Kamelien und Gardenien, die in früheren Jahren so sorgsam gepflegt worden waren. Als der alte, leerstehende Stall 1938 bis auf die Grundmauern niederbrannte, war die freie Fläche am Ende des Grundstücks bald von Unkraut überwuchert. Ein anderes baufälliges Nebengebäude wurde kurz danach abgerissen, und es blieb nichts außer der alten Garçonniere und einer großen, wunderschönen Eiche, deren Äste spitz über das wilde Gras zum fernen Haupthaus deuteten.

1934 erhielten wir die ersten Berichte von Handwerkern, die sich außerstande sahen, Reparaturen oder andere Arbeiten am Haus zu Ende zu bringen. Die Gebrüder Molloy erzählten allen in der Corona's Bar in der Magazine Street, sie hätten das Haus nicht anstreichen können, weil jedesmal, wenn sie sich umgedreht hätten, ihre Leitern umgekippt seien; auch sei ihre Farbe ausgegossen worden, und ihre Pinsel seien in den Staub geworfen worden. »Das muß mindestens sechsmal passiert sein«, erzählte Davey Molloy, »daß mir der Farbeimer umkippte, von der Leiter runter und auf die Erde. Jetzt hab' ich mein Lebtag noch keinen vollen Farbeimer umgeschmissen! Hat sie aber zu mir gesagt, Miss Carlotta: ›Sie haben den Eimer selber umgeschmissen.‹ Na, aber als dann auch die Leiter mit mir umkippte – ich sage euch, da hat's mir gereicht. Da bin ich gegangen.«

Daveys Bruder Thompson Molloy hat eine Theorie, wer verantwortlich sein könnte. »Dieser Kerl mit den dunklen Haaren, der uns immer beobachtet hat. Ich hab's auch Miss Carlotta gesagt: ›Glauben Sie nicht, daß der das machen könnte? Der Bursche, der immer da drüben unter dem Baum steht?‹ Da tat sie, als ob sie nicht wüßte, wovon ich rede. Aber er hat uns immer beobachtet. Wir wollten die Wand an der Chestnut Street ausbessern, und da sehe ich, wie er durch die Blendläden aus der Bibliothek zu uns rausschaut. Ist mir eiskalt über den Rücken gelaufen. Wer ist das? Ist er einer von den Verwandten? Ich arbeite da jedenfalls nicht mehr. Ist mir egal, wie schlecht die Zeiten sind, ich arbeite an dem Haus nicht mehr.«

1935 war es im Irish Channel allgemein bekannt, daß man an dem »alten Haus« nichts reparieren könne. Als im selben Jahr zwei junge Männer beauftragt wurden, den Swimming-pool zu säubern, wurde einer von ihnen in das abgestandene Wasser geschleudert und wäre fast ertrunken. Der andere hatte eine Heidenmühe, ihn herauszuziehen. »Irgendwie konnte ich überhaupt nichts sehen. Ich hatte ihn gepackt und brüllte, daß mir jemand helfen sollte, und dann versanken wir in all dem Modder. Aber Gott sei Dank bekam er noch den Rand zu fassen, und dann hat er mich gerettet. Die alte Farbige, Tante Easter, kam mit einem Handtuch heraus und schrie: ›Verschwindet bloß von dem Swimming-pool. Vergeßt das Saubermachen. Verschwindet.‹«

Kurz darauf erschien in der *Times-Picayune* eine vage Story, in der von einer »mysteriösen Stadtvilla« die Rede war, in der niemand arbeiten könne. Dandrich schickte den Ausschnitt nach London.

Einer unserer Detektive ging mit der Reporterin essen. Sie erzählte mit Vergnügen von der Sache – und tatsächlich, es war das Mayfair-Haus. Jeder wisse das, sagte sie. Ein Klempner habe erzählt, er habe stundenlang unter dem Haus festgesessen, als er eine Rohrleitung habe in Ordnung bringen wollen. Er hatte sogar das Bewußtsein verloren. Als er wieder zu sich gekommen und hinausgekrochen sei, habe man ihn ins Krankenhaus bringen müssen. Dann sei da der Mann vom Telegraphenamt, der einen Apparat in der Bibliothek reparieren sollte. Er erklärte, er werde nie wieder einen Fuß in dieses Haus setzen. Eines der Porträts an der Wand habe ihn tatsächlich angeschaut. Und er sei sicher, daß er im selben Zimmer einen Geist gesehen habe.

»Ich hätte noch sehr viel mehr schreiben können«, sagte die junge Frau. »Aber die Leute von der Zeitung wollen keinen Ärger mit Carlotta Mayfair haben. Habe ich Ihnen von dem Gärtner erzählt? Er geht regelmäßig hin, um den Rasen zu mähen, und er hat etwas ganz Komisches gesagt, als ich ihn anrief. Er sagte: ›Oh, *er* stört mich nie. Wir beide kommen prima miteinander aus. Wir sind richtige Freunde, er und ich.‹ Was glauben Sie, von wem redet dieser Mann? Als ich ihn fragte, sagte er: ›Gehen Sie nur hin. Dann werden Sie ihn schon sehen. Er war schon immer da. Mein Großvater hat ihn auch schon gesehen. Er ist in Ordnung. Er kann sich nicht bewegen oder mit einem reden; er steht bloß da und schaut einen aus dem Schatten an. Man sieht ihn, und im nächsten Moment ist er weg. Aber mich stört er nicht. Mir ist er ganz recht. Ich kriege viel Geld dafür, daß ich da arbeite. Ich habe da immer schon gearbeitet. Mir macht er keine angst.‹«

»Ich glaube, Carlotta selbst hat diese albernen ›Geistergeschichten‹ in die Welt gesetzt«, meinte eine Cousine Jahre später. »Sie wollte die Leute vom Anwesen fernhalten. Wir haben nur gelacht, als wir das alles hörten. Geister in der First Street? Carlotta war dafür verantwortlich, daß das Haus verwahrloste. So war sie immer – sparsam im Kleinen und verschwenderisch im Großen. Das ist der Unterschied zwischen ihr und ihrer Mutter.«

Die Familie war in dieser ganzen Zeit weiterhin besorgt um Antha. Offiziell hieß es, Antha sei »wahnsinnig«; Carlotta gehe ständig mit ihr zu Psychiatern, aber das helfe nicht. Das Kind habe bei dem Mord an der Mutter einen irreparablen Schock erlitten. Es lebe in einer Phantasiewelt voller Geister und unsichtbarer Gefährten. Man könne es nicht unbeaufsichtigt lassen, und es könne nicht aus dem Haus gehen.

Erzählungen aus Juristenkreisen ist zu entnehmen, daß die Verwandtschaft häufig Cortland Mayfair anrief und ihn bat, sich doch einmal um Antha zu kümmern; Cortland aber sei in der First Street nicht mehr willkommen. Nachbarn wollten mehrmals beobachtet haben, daß er abgewiesen wurde.

»Jedes Jahr zu Weihnachten ging er dorthin«, erzählte einer der Nachbarn viel später. »Sein Wagen hielt vor dem Haupteingang, und sein Fahrer sprang heraus und öffnete ihm die Tür, und dann nahm er die Geschenke aus dem Kofferraum. Unmassen von Geschenken. Carlotta kam heraus und gab ihm die Hand auf der Treppe. Er kam nie ins Haus.«

Die Talamasca hat nie irgendwelche Akten von Ärzten gefunden, die Antha untersucht haben. Es ist zu bezweifeln, daß Antha je das Haus verließ, außer um sonntags zur Messe zu gehen. Nachbarn berichteten, sie hätten sie oft im Garten in der First Street sitzen sehen.

Sie las ihre Bücher unter der großen Eiche im hinteren Teil des Grundstücks, oder sie saß stundenlang auf der Seitenveranda, die Ellbogen auf die Knie gestützt.

Ein Mann, der auf der anderen Straßenseite arbeitete, berichtet, er habe gesehen, »daß sie dauernd mit dem Mann redete – Sie wissen schon, mit diesem braunhaarigen Mann. Der ist immer da oben bei ihr. Muß einer der Verwandten sein. Ist immer nett angezogen.«

Als Antha fünfzehn Jahre alt wurde, ging sie manchmal allein zum Tor hinaus. Ein Briefträger sagt, er habe sie oft gesehen, ein dünnes Mädchen mit einem verträumten Blick, das allein und »manchmal mit einem jungen Burschen« durch die Straßen wanderte. Dieser »gutaussehende Bursche« habe dunkelbraunes Haar und braune Augen gehabt und immer Jackett und Krawatte getragen.

»Es hat ihnen Spaß gemacht, mir einen Höllenschreck einzujagen«, erzählte der Milchmann. »Einmal, ich pfiff so vor mich hin und kam bei Dr. Milton in der Second Street zum Tor hinaus – da standen sie vor mir, im Schatten unter der Magnolie; stockstill stand sie da, und er neben ihr. Fast wäre ich in sie reingerannt. Ich glaube, sie tuschelten bloß irgendwie miteinander, und es kann sein, daß ich sie genauso erschreckt habe wie sie mich.«

Unsere Akten enthalten keine Fotos aus dieser Zeit. Aber alle diese und andere Zeugen beschreiben Antha als hübsch.

»Sie hatte diesen abwesenden Ausdruck«, sagte eine Frau, die sie immer in der Kirche sah. »Sie war nicht lebhaft wie Stella; sie schien immer in ihre Träume versunken zu sein – und, um die Wahrheit zu sagen, sie tat mir leid, so ganz allein in diesem Haus mit diesen Frauen. Zitieren Sie mich nicht, aber diese Carlotta ist eine niederträchtige Person. Wirklich. Mein Hausmädchen und meine Köchin wußten genau Bescheid über sie. Sie sagten, sie packte das Mädchen am Handgelenk und bohrte ihr die Fingernägel ins Fleisch.«

Von diesen wenigen Momentaufnahmen abgesehen wissen wir aus den Jahren 1930 bis 1938 buchstäblich nichts über Antha, und wie es aussieht, wußte auch die Familie nicht viel mehr. Aber wir können ohne Zweifel annehmen, daß es sich bei dem »braunhaarigen Mann«, von dem die Rede ist, um Lasher handelt; und wenn das so ist, *dann haben wir in dieser Periode mehr Sichtungen Lashers als in allen Jahrzehnten vorher*.

Im Jahre 1938 wurden Nachbarn Zeugen eines heftigen Familienstreits in der First Street. Fensterscheiben gingen zu Bruch, es wurde geschrien, und schließlich stürzte eine aufgelöste junge Frau mit einer Schultertasche zum vorderen Tor hinaus und lief in Richtung St. Charles Avenue davon. Ohne Frage handelte es sich um Antha; das wußten sogar die Nachbarn, und sie schauten hinter ihren Gardinen zu, als wenig später ein Polizeiwagen erschien und Carlotta an den Randstein trat, um mit den beiden Polizisten zu sprechen. Gleich darauf fuhr der Streifenwagen unter Sirenengeheul davon, offenbar um das entflohene Mädchen wieder einzufangen.

An diesem Abend erhielten verschiedene Mayfairs In New York Anrufe von Carlotta, und sie erfuhren, Antha sei fortgelaufen und wolle nach Manhattan. Ob sie bei der Suche behilflich sein wollten? Erst diese New Yorker Verwandten informierten die Verwandten in New Orleans. Verwandte riefen Verwandte an. Ein paar Tage später schrieb Irwin Dandrich nach London, »die arme kleine Antha« habe nach der Freiheit gegriffen. Sie sei nach New York City geflüchtet. Aber wie weit würde sie kommen?

Wie sich herausstellte, kam Antha ziemlich weit.

Monatelang wußte niemand, wo Antha Mayfair sich aufhielt. Weder die Polizei noch Privatdetektive oder Verwandte konnten ihre Spur entdecken. Carlotta fuhr in dieser Zeit dreimal mit dem Zug nach New York und bot allen Bediensteten der New Yorker Polizeibehörde stattliche Belohnungen für ihre Hilfe bei der Suche. Sie besuchte Amanda Grady Mayfair und bedrohte sie regelrecht.

Wie Amanda unserem »getarnten« Detektiv später erzählte: »Es war einfach furchtbar. Sie bat mich zum Lunch ins Waldorf. Na, natürlich war ich nicht begeistert. Es war ja, als sollte ich in den Zoo kommen und mit dem Löwen im Käfig zu Mittag essen. Aber ich wußte, daß sie in großer Sorge wegen Antha war, und ich glaube, ich wollte ihr gern meine Meinung sagen. Ich wollte ihr sagen, daß sie Antha vertrieben hatte und daß sie das arme kleine Mädchen nie von ihren Onkeln und Tanten und Cousins und Cousinen hätte isolieren dürfen, die sie doch alle liebten.

Aber kaum saß ich am Tisch, fing sie an, mir zu drohen: ›Ich sage dir, Amanda, wenn du Antha bei dir versteckst, dann kann ich dir so viele Schwierigkeiten machen, wie du es dir nicht vorstellen kannst.‹ Am liebsten hätte ich ihr meinen Drink ins Gesicht gekippt, so wütend war ich. Ich sagte: ›Carlotta Mayfair, sprich nie wieder mit mir. Rufe mich nie wieder an, schreibe mir nicht und komme nicht in mein Haus. Ich hatte schon in New Orleans genug von dir. Ich hatte genug von dem, was deine Familie mit Pierce und mit Cortland angestellt hat. Komm nie wieder in meine Nähe.‹ Ich sage Ihnen, ich war vor Wut außer mir, als ich das Waldorf verließ. Aber wissen Sie, es ist eine regelrechte Technik bei Carlotta: Sie beschuldigt einen, sobald man ihr gegenübertritt. Macht sie eigentlich schon seit Jahren so. Auf diese Weise hat man von vornherein keine Chance, ihr etwas vorzuwerfen.«

Im Winter 1939 machten unsere Detektive Antha auf ganz simple Weise ausfindig. In einer Routinebesprechung mit Evan Neville äußerte Elaine Barrett, unsere Hexenforscherin, die Vermutung, Antha müsse ihre Flucht mit den berühmten Mayfair-Juwelen und Goldmünzen finanziert haben. Warum erkundigte man sich nicht in den Läden in New York, in denen sich derlei schnell zu Geld machen ließ?

Noch im selben Monat war Antha gefunden.

Tatsächlich hatte sie regelmäßig seltene und exquisite Goldmünzen verkauft und davon seit ihrer Ankunft gelebt. Jeder Münzhändler in New York kannte sie – die hübsche junge Frau mit den vorzüglichen Manieren und dem fröhlichen Lächeln, die stets Ware der allerseltensten Art brachte – aus einer Familiensammlung in Virginia, wie sie sagte.

Es war ein Kinderspiel, Antha von einem dieser Läden zu einem großen Apartment in der Christopher Street in Greenwich Village zu folgen, wo sie mit Sean Lacy zusammenwohnte, einem hübschen, jungen irisch-amerikanischen Maler, der einen sehr vielversprechenden Eindruck machte und der schon mehrere seiner Arbeiten unter dem Beifall der Kritik auf Ausstellungen präsentiert hatte. Antha selbst war Schriftstellerin geworden. Alle im Haus und im ganzen Block kannten das junge Paar. Fast über Nacht konnten unsere Ermittler ganze Pakete von Informationen zusammentragen.

Antha ernährte Sean Lacy, sagten Freunde ganz offen. Sie kaufte ihm, was er wollte, und er behandelte sie wie eine Königin. »Ja, er nennt sie seine ›Southern Belle‹, und er tut alles für sie. Aber warum auch nicht?« Das Apartment sei ein »wunderbarer Ort«, voll mit Bücherregalen bis unter die Decke und großen, alten, bequemen Polstersesseln.

»Sean hat noch nie so gut gemalt. Drei Porträts hat er von ihr gemacht, und alle sehr interessant. Und dauernd hört man Anthas Schreibmaschine klappern. Ich habe gehört, sie hat eine kleine Geschichte an ein Literaturmagazin in Ohio verkauft. Aus dem Anlaß haben sie eine Party gegeben. Sie war so glücklich. Eigentlich ist sie ja ein bißchen naiv. Aber sie ist schon ein tolles Mädchen.«

»Sie wäre eine gute Schriftstellerin, wenn sie über das schreiben wollte, was sie kennt«, meinte eine junge Frau in einer Bar, die behauptete, früher Seans Freundin gewesen zu sein. »Aber lieber schreibt sie morbide Phantasien über ein altes, violettes Haus in New Orleans und über einen Geist, der dort wohnt – alles sehr überspannt und kaum verkäuflich. Sie sollte eigentlich mal weg von all diesem Mist und statt dessen über ihre Erfahrungen hier in New York schreiben.«

Im Winter 1940 schrieb Elaine Barrett schließlich aus London und forderte unseren leitenden Detektiv in New York dringlich auf, sich um ein Gespräch mit Antha zu bemühen. Zu gern wäre Elaine selbst nach New York gereist, aber das kam nicht in Frage. Also telefonierte sie mit Allan Carver, einem geschmeidigen, kultivierten Mann, der seit vielen Jahren für uns arbeitete. Carver war ein fünfzigjähriger Gentleman, gutgekleidet und mit guten Manieren. Für ihn war es ein Kinderspiel, den Kontakt aufzunehmen. Sogar ein Vergnügen.

»Ich folgte ihr ins Museum of Modern Art und lief ihr zufällig über den Weg, als sie vor einem der Rembrandts saß und ihn gedankenverloren anstarrte. Sie ist hübsch, sehr hübsch, aber ziemlich *bohémien*. Sie war an diesem Tag ganz in Gestricktes gewickelt und trug das Haar offen. Ich setzte mich neben sie und verwickelte sie in ein Gespräch. Ob sie Rembrandt liebe? Ja. Und New York im allgemeinen? Oh, sie lebe zu gern hier. Sie wollte nirgendwo anders sein. Die Stadt New York war eine Person für sie. Noch nie war sie so glücklich gewesen wie hier.

Ich brachte sie dazu, über sich selbst zu reden, über ihr Leben, ihren Mann, ihre Schriftstellerei. Ja, sie wollte Schriftstellerin werden. Sean wollte es auch. Sean wäre nur glücklich, wenn sie auch erfolgreich wäre. ›Wissen Sie, ich kann nichts anderes als Schriftstellerin werden‹, sagte sie. ›Ich bin zu etwas anderem nicht fähig. Wenn man gelebt hat wie ich, taugt man zu nichts. Nur das Schreiben kann einen da retten.‹ Es war wirklich sehr rührend, wie sie über all das sprach. Sie wirkte völlig offen und absolut aufrichtig. Ich glaube, wenn ich dreißig Jahre jünger gewesen wäre, hätte ich mich in sie verliebt.

›Wie haben Sie denn gelebt?‹ bedrängte ich sie. ›Ich kann Ihren Akzent gar nicht richtig einordnen. Aber ich höre, daß Sie nicht aus New York sind.‹

›Aus dem Süden komme ich‹, sagte sie. ›Das ist eine ganz andere Welt.‹ Und im nächsten Augenblick wurde sie traurig, ja, aufgeregt.

›Ich will das alles vergessen‹, sagte sie. ›Ich möchte nicht unhöflich sein, aber ich habe mir das zur Regel gemacht. Ich schreibe über meine Vergangenheit, aber ich spreche nicht darüber. Ich verwandle sie in Kunst, wenn ich kann, aber ich spreche nicht darüber. Ich werde ihr hier kein Leben geben – außerhalb der Kunst –, wenn Sie verstehen, was ich meine.‹

›Nun, dann erzählen Sie mir, was Sie schreiben‹, bat ich. ›Erzählen Sie mir zum Beispiel von einer Ihrer Geschichten – angenommen, Sie schreiben Geschichten –, oder erzählen Sie mir von Ihren Gedichten.‹

›Wenn sie etwas taugen, werden Sie sie eines Tages lesen können‹, sagte sie, und dann lächelte sie und ging. Ich glaube, sie war mißtrauisch geworden. Ich weiß es nicht. Sie schaute sich während unserer Unterhaltung die ganze Zeit wachsam um. Ich fragte sie einmal sogar, ob sie jemanden erwartete. Eigentlich nicht, sagte sie – ›aber man weiß ja nie‹. Sie benahm sich, als ob sie glaubte, daß jemand sie beobachtete. Und natürlich beobachteten meine Leute sie ja auch die ganze Zeit. In diesem Augenblick war mir sehr unwohl zumute, das kann ich Ihnen sagen.«

Monatelang wurden wir mit immer denselben Berichten überschüttet: Antha und Sean waren glücklich. Erst im April 1941 änderte sich daran etwas.

»Na, sie ist schwanger«, sagte die Malerin von oben. »Er will das Baby nicht, wissen Sie, und sie will es natürlich, und Gott weiß, was jetzt passiert. Er kennt einen Arzt, der die Sache erledigen kann, wissen Sie, aber sie will davon nichts hören. Ich find's ja gräßlich, daß sie so was durchmachen muß. Sie ist ja so zerbrechlich. Nachts höre ich sie da unten weinen.«

Am 1. Juli starb Sean bei einem Autounfall ohne weitere Beteiligte (technisches Versagen), als er von einem Besuch bei seiner kranken Mutter im Staate New York zurückkam. Antha wurde hysterisch und mußte ins Krankenhaus gebracht werden. »Wir wußten einfach nicht, was wir mit ihr machen sollten«, berichtete die Malerin von oben. »Acht Stunden lang hat sie an einem Stück geschrien. Schließlich haben wir das Bellevue angerufen. Ob das richtig war, werde ich wohl nie wissen.«

Aus den Unterlagen des Bellevue geht hervor, daß Antha aufhörte zu schreien oder überhaupt noch irgendeinen Laut von sich zu geben, als sie in die Klinik eingeliefert wurde. Über eine Woche lang verharrte sie in einem katatonischen Zustand. Dann schrieb sie den Namen »Cortland Mayfair« auf einen Zettel, dazu die Worte »Anwalt, New Orleans«. Um halb elf am nächsten Morgen wurde in Cortlands Kanzlei angerufen. Sofort rief Cortland seine Ex-Frau Amanda Grady Mayfair in New York an und bat sie, ins Bellevue zu fahren und sich um Antha zu kümmern, bis er selbst da sein könne.

Als nächstes kam es zu einer furchtbaren Schlacht zwischen Cortland und Carlotta: Cortland bestand darauf, daß er sich um Antha kümmern müsse, weil Antha nach ihm geschickt habe. Zeitgenössischen Berichten zufolge bestiegen Cortland und Carlotta ein und denselben Zug nach New York, um Antha abzuholen und nach Hause zu bringen.

Bei einem emotionsgeladenen Lunch mit reichlich Alkohol erzählte Amanda Grady Mayfair die ganze Geschichte ihrem Freund (und unserem Informanten) Allan Carver, der sich ausdrücklich nach ihrer alten Südstaatenfamilie und den unheimlichen Vorgängen dort erkundigte. Amanda berichtete ihm folgendes über ihre arme kleine Nichte im Bellevue:

»... es war einfach schrecklich. Antha konnte nicht sprechen. Sie konnte einfach nicht. Sie wollte etwas sagen, und dann stammelte sie nur. Sie war so zerbrechlich. Seans Tod hatte sie restlos vernichtet. Es dauerte vierundzwanzig Stunden, bis sie die Adresse ihres Apartments in Greenwich Village aufschrieb. Ich fuhr gleich mit Ollie Mayfair hin – Sie wissen schon, einer von Rémys Enkeln –, und wir holten Anthas Sachen. Ach, es war so traurig. Natürlich nahm ich an, daß Seans Bilder allesamt Antha gehörten, weil sie ja seine Frau war, aber dann kamen die Nachbarn und erzählten uns, sie hätte ihn nie geheiratet. Seans Mutter und sein Bruder waren schon dagewesen. Sie wollten mit einem Lastwagen zurückkommen, um alles abzuholen. Anscheinend verabscheute Seans Mutter Antha, weil sie glaubte, Antha hätte ihren Sohn zu diesem Künstlerleben in Greenwich Village verleitet.

Ich sagte zu Ollie, na, die können alles haben, aber Anthas Porträts kriegen sie nicht. Die nahm ich, und auch alle ihre Kleider und Sachen, und diese alte Samtbörse voller Goldmünzen. Von dieser Börse hatte ich ja schon gehört, und erzählen Sie mir nicht, Sie wüßten nichts davon, wenn Sie die Mayfairs kennen. Und das, was sie geschrieben hatte – o ja, auch das. Ich packte alles ein: ihre Geschichten, verschiedene Kapitel eines Romans und auch ein paar Gedichte.

Als ich zum Krankenhaus zurückkam, waren Carlotta und Cortland schon da. Sie stritten im Flur miteinander. Aber einen Streit zwischen Carl und Cort muß man gesehen und gehört haben, sonst glaubt man es nicht: nur Gezische und kleine Gesten und schmale Lippen. Das war wirklich was. Da standen sie und redeten so miteinander, und ich wußte, sie waren bereit, sich gegenseitig umzubringen.

›Das Kind ist schwanger‹, sagte ich. ›Haben die Ärzte es euch erzählt?‹

›Sie sollte es wegmachen lassen‹, erklärte Carl. Ich dachte, Cortland fällt tot um. Ich war selbst so schockiert, daß ich nicht wußte, was ich sagen sollte.

Ich hasse Carlotta zutiefst, und es ist mir egal, wer davon weiß. Ich hasse sie. Ich habe sie mein Leben lang gehaßt. Ich bekomme Alpträume bei dem Gedanken, daß sie mit Antha allein ist. Ich habe Cortland in ihrer Gegenwart gesagt: ›Antha braucht Fürsorge. Sie ist eine erwachsene Frau; fragt sie, wohin sie will. Wenn sie in New York bleiben will, kann sie bei mir wohnen. Oder bei Ollie.‹ Zwecklos! Carlotta ging hinein und redete mit den Ärzten. Sie gab ihre übliche Vorstellung, und es gelang ihr, Antha gewissermaßen offiziell in eine psychiatrische Klinik nach New Orleans verlegen zu lassen. Sie ignorierte Cortland einfach, tat so, als ob er gar nicht da wäre. Ich rief alle Verwandten in New Orleans an. Alle rief ich an. Sogar die junge Beatrice Mayfair in der Esplanade Avenue – Rémys Enkelin. Ich erzählte allen, das Kind sei krank und schwanger und brauche liebevolle Fürsorge.

Und dann passierte noch etwas ganz Trauriges. Sie brachten Antha zum Bahnhof, und da winkte sie mich zu sich und flüsterte mir ins Ohr: ›Verwahre alle meine Sachen, bitte, Tante Mandy. Sie wirft sonst alles weg.‹ Aber da hatte ich ja schon alles nach New Orleans geschickt... Ich rief meinen Sohn Sheffield an und erzählte ihm von der Sache; ich sagte: ›Sheff, tu für sie, was du kannst, wenn sie zurückkommt.‹«

Antha fuhr mit Onkel und Tante zurück nach New Orleans und wurde gleich nach der Ankunft in die Anstalt von St. Ann's überstellt, wo sie sechs Wochen blieb. Zahlreiche Verwandte kamen sie dort besuchen. Nachher erzählte man, sie sei blaß und rede manchmal unzusammenhängend, aber sonst gehe es ihr gut.

In New York verschaffte sich unser Detektiv Allan Carver nochmals Gelegenheit, mit Amanda Grady Mayfair zu sprechen. »Wie geht es der kleinen Nichte?«

»Oh, ich könnte Ihnen die furchtbarsten Geschichten erzählen!« sagte Amanda Grady Mayfair. »Sie können es sich nicht vorstellen. Wissen Sie, daß diese Tante den Ärzten in der Anstalt gesagt hat, sie sollten das Baby abtreiben? Antha leide an angeborenem Wahnsinn und dürfe niemals ein Kind bekommen? Haben Sie je etwas Schlimmeres gehört? Als mein Mann es mir erzählte, sagte ich, wenn du jetzt nichts unternimmst, werde ich dir das nie verzeihen. Natürlich erklärte er, niemand werde dem Baby etwas antun. Die Ärzte würden so etwas nicht tun – nicht für Carlotta, und für niemanden sonst. Als ich dann Beatrice Mayfair in der Esplanade Avenue anrief und ihr alles erzählte, wurde Cortland wütend. ›Du solltest nicht alle Welt in Alarmbereitschaft versetzen‹, sagte er. Aber genau das hatte ich vor. Ich sagte zu Bea: ›Geh sie besuchen. Und laß dich von niemandem abhalten.‹«

Die Talamasca hat für die Geschichte der geplanten Abtreibung nie eine Bestätigung finden können. Aber Krankenschwestern aus St. Ann's erzählten unseren Ermittlern später, daß Scharen von Mayfairs gekommen seien, um Antha in der Anstalt zu besuchen.

»Sie lassen sich nicht abweisen«, schrieb Irwin Dandrich. »Sie bestehen darauf, sie zu sehen, und allen Berichten zufolge geht es ihr gut. Sie wartet aufgeregt auf das Baby, und natürlich haben sie sie mit Geschenken überhäuft. Ihre Cousine Beatrice hat ihr alte Babysachen aus Spitze mitgebracht, die irgendeiner Großtante Suzette gehört haben sollen. Hier ist allgemein bekannt, daß Antha diesen New Yorker Maler nie geheiratet hat, aber was macht das schon, wenn der Name Mayfair ist und immer Mayfair bleiben wird?«

Die Verwandten zeigten sich nicht weniger couragiert, als Antha aus St. Ann's entlassen wurde und nach Hause in die First Street kam, um sich in Stellas altem Schlafzimmer an der Nordseite des Hauses zu erholen. Rund um die Uhr waren Krankenschwestern bei ihr, und es war kein Problem für unsere Ermittler, von ihnen Informationen zu bekommen.

Cortland kam jeden Abend nach der Arbeit vorbei. »Die Dame des Hauses wollte ihn, glaube ich, nicht sehen«, erzählte eine der Schwestern. »Aber er kam trotzdem. Immer. Er und noch ein junger Gentleman – Sheffield hieß er, glaube ich. Jeden Abend saßen sie ein Weilchen bei der Patientin und plauderten.«

Der Familienklatsch weiß zu berichten, Sheffield habe einiges von dem gelesen, was Antha in New York geschrieben hatte, und es sei »sehr gut« gewesen. Die Schwestern berichteten von den Kisten aus New York – Kartons voller Bücher und Papiere, die Antha prüfte, aber nicht wirklich auspackte, weil sie zu schwach war.

»Ich finde eigentlich nicht, daß geistig etwas bei ihr nicht stimmt«, meinte eine der Schwestern. »Die Tante holt uns hinaus in den Korridor und stellt uns die merkwürdigsten Fragen. Sie läßt dauernd durchblicken, das Mädchen leide an angeborenem Irrsinn und könne jemandem etwas antun. Aber die Ärzte haben uns davon nichts gesagt. Sie ist ein stilles, melancholisches Mädchen, und sie wirkt viel jünger, als sie ist. Aber sie ist nicht das, was ich als irrsinnig bezeichnen würde.«

Deirdre Mayfair wurde am 4. Oktober 1941 im alten Mercy Hospital unten am Fluß geboren, das später abgerissen wurde. Anscheinend verlief die Geburt ohne besondere Schwierigkeiten, und Antha wurde stark betäubt, wie es damals üblich war. Die ganzen fünf Tage über, die sie dort verbrachte, drängten sich Mayfairs in den Korridoren. Ihr Zimmer war voller Blumen. Das Baby war ein gesundes kleines Mädchen.

Aber der Informationsstrom, der mit Amanda Grady Mayfairs Eingreifen so dramatisch angeschwollen war, versiegte zwei Wochen nach Anthas Heimkehr abrupt. Als die Verwandten zum zweiten oder dritten Mal zu Besuch kommen wollten, wurden sie plötzlich abgewiesen – von dem schwarzen Hausmädchen, Tante Easter, oder von Nancy. Nancy hatte sogar ihre Stellung als Sachbearbeiterin in einem Büro aufgegeben, um sich um das Baby zu kümmern (»Oder um uns auszusperren!« sagte Beatrice in einem Ferngespräch zu Amanda), und sie blieb unerbittlich dabei, daß Mutter und Baby nicht gestört werden dürften.

Als Beatrice anrief, um sich nach der Taufe zu erkundigen, erfuhr sie, daß das Baby bereits in St. Alphonsus getauft worden sei. Empört informierte sie Amanda in New York. Rund zwanzig Verwandte »stürmten« daraufhin das Haus an einem Sonntag nachmittag.

»Antha war überglücklich, sie zu sehen«, erzählte Amanda unserem Allan Carver. »Sie war einfach entzückt. Sie hatte keine Ahnung, daß sie immer wieder dagewesen waren. Niemand hatte es ihr gesagt. Sie wußte nicht, daß die Leute Taufpartys für ihre Kinder veranstalteten. Carlotta hatte alles arrangiert. Antha war gekränkt, als sie hörte, was geschehen war, und alle wechselten sofort das Thema. Beatrice war wütend auf Nancy. Aber Nancy tut ja auch nur, was Carlotta ihr sagt.«

Am 30. Oktober jenes Jahres wurde Antha offiziell zur Erbin und Bevollmächtigten des Vermächtnisses erklärt. Sie unterschrieb eine Rechtsvollmacht für Cortland und Sheffield Mayfair und erklärte sie zu ihren offiziellen Vertretern in allen Fragen des Vermögens, und sie wies sie an, unverzüglich einen umfangreichen Fonds für die »Restaurierung« des Hauses in der First Street zu begründen. Sie äußerste sich besorgt über den Zustand des ganzen Anwesens.

Unter Anwälten erzählte man sich, Antha sei wie vom Donner gerührt gewesen, als sie erfahren habe, daß ihr das Haus gehörte. Sie habe nie die leiseste Ahnung gehabt.

Sheffield erzählte seiner Mutter Amanda später, Antha sei hinsichtlich des Vermächtnisses mit Absicht hinters Licht geführt worden. Sie wirkte gekränkt und auch ein wenig schockiert, als man ihr alles erzählte. Und es war Carlotta, die sie gekränkt hatte. Trotzdem sagte Antha immer nur, Carlotta habe wahrscheinlich ihr Bestes im Sinn gehabt.

Zur Feier des Tages begab man sich zu einem verspäteten Lunch ins »Galatoire's«. Antha war besorgt, weil sie das Baby allein ließ, aber sie schien sich trotzdem zu amüsieren. Beim Gehen hörte Sheffield, wie sie seinen Vater fragte: »Das heißt also, sie hätte mich nie aus dem Haus werfen können, selbst wenn sie es gewollt hätte? Sie hätte mich nicht auf die Straße setzen können?«

»Es ist dein Haus, *ma chérie*«, sagte Cortland. »Sie hat die Erlaubnis, dort zu wohnen, aber das hängt ausschließlich von deiner Einwilligung ab.«

Antha sah sehr traurig aus. »Sie hat mir immer gedroht«, sagte sie leise. »Sie hat immer gesagt, sie wirft mich auf die Straße, wenn ich nicht tue, was sie sagt.«

Ein paar Tage später traf sich Antha mit Beatrice Sheffield zum Lunch in einem anderen schicken Restaurant im French Quarter. Das Baby war auch dabei und eine Kinderfrau, die mit dem wunderschönen weißen Korbwagen spazierenging, während die beiden Frauen sich an Wein und Fisch gütlich taten. Als Beatrice später Amanda alles erzählte, meinte sie, Antha sei wirklich zu einer jungen Frau herangewachsen. Sie schreibe auch wieder. Sie arbeite an einem Roman, und sie werde das Haus in der First Street vollständig wiederherrichten lassen.

Sie wollte auch den Swimming-pool wieder reparieren lassen, und sie sprach ein bißchen über ihre Mutter und über die großen Partys, die ihre Mutter so gern gegeben hatte. Sie war voller Leben.

Mitte November schrieb Antha einen kurzen Brief an Amanda Grady Mayfair und dankte ihr für ihre Hilfe in New York und dafür, daß sie ihr die Post aus Greenwich Village nachgeschickt hatte. Sie schreibe jetzt Kurzgeschichten, berichtete sie, und arbeite wieder an ihrem Roman.

Als Mr. Bordreaux, der Postbote, am 10. Dezember um neun Uhr auf seiner regelmäßigen Runde vorbeikam, erwartete Antha ihn am Gartentor. Sie hatte mehrere große braune Briefumschläge, die nach New York City gehen sollten – und ob sie bei ihm die Briefmarken dafür kaufen könne? Sie schätzten das Gewicht – sie sagte, sie könne das Baby nicht alleinlassen und selbst zur Post gehen –, und er nahm die Päckchen mit. Außerdem übergab sie ihm noch ein Bündel normaler Briefe an diverse New Yorker Adressen.

»Sie war ganz aufgeregt«, sagte er. »Sie würde jetzt Schriftstellerin, sagte sie. Ein so süßes Mädchen. Und ich werde das nie vergessen – ich machte irgendeine Bemerkung über die Bombardierung von Pearl Harbour, und daß mein Sohn sich am Tag zuvor freiwillig gemeldet hatte und daß wir jetzt auch im Krieg wären. Und wissen Sie was? Sie hatte nichts davon gehört. Sie wußte rein gar nichts von der Bombardierung oder vom Krieg. Als ob sie in einem Traum lebte.«

Das »süße Mädchen« starb am selben Nachmittag. Als der Briefträger gegen halb vier mit der Nachmittagspost wiederkam, kam über diesem Teil des Garden Districts ein Wolkenbruch hernieder. Es regnete »junge Hunde«. Trotzdem war im Garten der Mayfairs eine Menschenmenge versammelt, und der Leichenwagen stand mitten auf der Straße. Der Wind wehte »wie wild«. Mr. Bordreaux blieb da – trotz des Unwetters.

»Miss Belle stand auf der Veranda und schluchzte. Miss Millie wollte mir erzählen, was passiert war, aber sie brachte kein Wort heraus. Dann kam Miss Nancy auf die Veranda und brüllte mir zu: ›Gehen Sie nur weiter, Mr. Bordreaux. Wir haben hier einen Todesfall. Gehen Sie nur weiter, damit Sie nicht naß werden.‹«

Mr. Bordreaux begab sich auf die andere Straßenseite und stellte sich auf der Veranda eines Nachbarhauses unter. Die Haushälterin dort erzählte ihm durch das Fliegengitter, Antha Mayfair sei tot. Sie sei offenbar aus dem Dachfenster gefallen.

Im Laufe der Jahre hat die Talamasca zahlreiche Geschichten über Anthas Tod gesammelt, aber was am Nachmittag des 10. Dezember 1941 wirklich passiert ist, wird vielleicht nie endgültig geklärt werden. Mr. Bordreaux war der letzte Außenstehende, der Antha gesehen und gesprochen hat. Die Kinderschwester, eine ältliche Frau namens Alice Flanagan, hatte sich an diesem Tag krank gemeldet.

Nach den Polizeiakten ist Antha irgendwann gegen fünfzehn Uhr aus dem alten Dachzimmer von Julien Mayfair gesprungen oder gefallen. Carlottas Version der Geschichte, wie sie uns von zurückhaltenden Äußerungen der Bestattungsfamilie Lonigan und den Priestern der Gemeinde bekannt ist, lautet wie folgt.

Sie habe mit dem Mädchen über das Baby gestritten, denn Antha habe sich so gehen lassen, daß sie das Kind nicht einmal mehr gestillt habe.

»Sie war in keiner Weise darauf vorbereitet, eine Mutter zu sein«, sagte Carlotta zu einem Polizisten. Antha habe Stunden damit vertan, Briefe und Geschichten und Gedichte zu schreiben, und Nancy und die anderen hätten an ihre Zimmertür hämmern müssen, um sie darauf aufmerksam zu machen, daß Deirdre in der Wiege weinte und die Flasche oder die Brust bekommen mußte.

Während jenes letzten Streits sei Antha »hysterisch« geworden. Sie sei die zwei Treppen unters Dach hinaufgerannt und habe gekreischt, man solle sie in Ruhe lassen. Carlotta habe befürchtet, sie werde sich verletzen – was sie oft getan habe, fügte Carlotta hinzu –, und sei ihr deshalb in Juliens altes Zimmer gefolgt. Dort habe sie gesehen, daß Antha versucht habe, sich die Augen auszukratzen, und tatsächlich auch schon stark blutete.

Als Carlotta versucht habe, sie zu überwältigen, habe Antha sich losgerissen und sei rückwärts durch das Fenster auf das Vordach gefallen. Dort sei sie anscheinend bis an den Rand gekrochen, und dann habe sie das Gleichgewicht verloren oder sei absichtlich gesprungen.

Sie war augenblicklich tot, als sie zwei Stockwerke tiefer mit dem Kopf auf die Steinplatten schlug.

Cortland geriet außer sich, als er vom Tod seiner Nichte hörte. Er fuhr auf der Stelle in die First Street. Seiner Frau in New York berichtete er später, Carlotta sei völlig aufgelöst gewesen. Der Priester sei bei ihr gewesen, ein Pater Kevin von der Redemptoristengemeinde. Carlotta habe immer wieder erklärt, niemand habe geahnt, wie zerbrechlich Antha gewesen sei. »Ich habe versucht, sie aufzuhalten!« rief Carlotta. »Was, um des Himmels willen, sollte ich denn tun?« Millie Dear und Belle waren in solcher Aufregung, daß sie nicht darüber reden konnten. Belle schien alles mit Stellas Tod durcheinanderzubringen. Nur Nancy hatte offen Unfreundliches zu sagen: Antha sei ihr Leben lang ein verwöhntes und verhätscheltes Kind gewesen und habe den Kopf voll alberner Flausen gehabt.

Als Cortland sich mit Alice Flanagan, dem Kindermädchen, in Verbindung setzte, machte diese einen verängstigten Eindruck. Sie war schon älter und sah auch nicht mehr gut. Sie wisse nichts davon, sagte sie, daß Antha sich je selbst verletzt hätte oder hysterisch geworden sei. Indessen nehme sie ihre Anweisungen von Miss Carlotta entgegen. Miss Carlotta sei gut zu ihrer Familie gewesen. Miss Flanagan wollte ihre Stellung nicht verlieren. »Ich will mich nur um das kleine Baby kümmern«, sagte sie der Polizei. »Das kleine Baby braucht mich doch jetzt.«

Tatsächlich versorgte sie Deirdre Mayfair, bis das Kind fünf Jahre alt war.

Anthas Tod hatte keine wirkliche Untersuchung zur Folge. Eine Obduktion fand nicht statt. Als der Bestattungsunternehmer bei der Untersuchung des Leichnams mißtrauisch wurde und zu dem Schluß kam, daß die Kratzwunden in Anthas Gesicht nicht von eigener Hand stammen konnten, nahm er Kontakt zum Hausarzt der Familie auf und erhielt von ihm den Rat oder die Anweisung, die Sache auf sich beruhen zu lassen. Antha sei geisteskrank gewesen – das war das inoffizielle Urteil. Ihr Leben lang sei sie eine instabile Persönlichkeit gewesen. Man habe sie ins Bellevue und in die Anstalt von St. Ann's einweisen müssen. Sie sei davon abhängig gewesen, daß andere für sie und ihr Kind sorgten.

Nach Stellas Tod wurde der Mayfair-Smaragd im Zusammenhang mit Antha nicht mehr erwähnt. Keiner ihrer Verwandten und Freunde berichtete je, ihn gesehen zu haben. Sean Lacy hat Antha nie damit gemalt. Niemand in New York hatte je von ihm gehört.

Aber als Antha starb, trug sie den Smaragd um den Hals.

Die Frage liegt auf der Hand: Warum trug Antha den Smaragd ausgerechnet an diesem Tag? War der Umstand, daß sie ihn trug, für den tödlichen Streit verantwortlich? Und wenn die Kratzspuren in Anthas Gesicht nicht von ihr selbst stammten, hatte dann Carlotta versucht, ihr die Augen auszukratzen? Und wenn ja: Warum?

Wie es auch gewesen sein mag, das Haus in der First Street hüllte sich von neuem in geheimnisvolles Schweigen. Anthas Restaurationspläne wurden nie ausgeführt. Nach wütenden Auseinandersetzungen in den Büroräumen von Mayfair und Mayfair – einmal zerbrach Carlotta beim Hinausstürmen tatsächlich die Glasscheibe in der Tür –, ging Cortland so weit, daß er bei Gericht das Sorgerecht für die kleine Deirdre beantragte. Clay Mayfairs Enkel Alexander meldete sich ebenfalls zu Wort. Er und seine Frau Eileen hatten eine wunderschöne Villa in Metairie. Sie konnten das Kind offiziell adoptieren oder einfach zu sich nehmen – ganz wie es Carlotta beliebte.

Carlotta hätte all diesen »Wohltätern«, wie sie sie nannte, fast ins Gesicht gelacht. Dem Richter und allen Verwandten, die sie danach fragten, erklärte sie, Antha sei schwer krank gewesen. Es handele sich ohne Frage um eine angeborene Geisteskrankheit und könne auch bei Anthas kleiner Tochter leicht wieder zutage treten. Sie habe nicht die Absicht, irgend jemandem zu erlauben, Deirdre aus dem Hause ihrer Mutter zu entfernen oder der reizenden Miss Flanagan oder der lieben, guten Belle oder der lieben Millie wegzunehmen, die das Kind allesamt anbeteten und genug Zeit hätten, tagein, tagaus für es zu sorgen, wie es sonst niemand tun könne.

Als Cortland standhaft blieb, drohte Carlotta ihm unverblümt. Seine Frau habe ihn verlassen, oder? Würde die Familie nicht gern nach all den Jahren einmal erfahren, was für ein Mensch Cortland eigentlich war? Die Verwandten hatten durch ihre Andeutungen etwas zum Nachdenken, und der zuständige Richter wurde langsam

»ungeduldig«. Seiner Ansicht nach war Carlotta Mayfair eine Frau von makelloser Tugend und ausgezeichneter Urteilskraft. Warum konnte die Familie diese Situation nicht akzeptieren? Herr im Himmel, wenn jedes Waisenkind so nette Tanten wie Millie und Belle und Carlotta hätte, dann hätten wir eine bessere Welt.

So blieb das Vermächtnis in den Händen von Mayfair und Mayfair, und das Kind blieb in den Händen Carlottas. Und der Fall war unvermittelt abgeschlossen.

Nur noch ein einziges Mal unternahm jemand einen Versuch, Carlottas Autorität zu untergraben. Das war 1945.

Cornell Mayfair, einer der New Yorker Verwandten, hatte eben seine Zeit als Assistenzarzt am Massachusetts General Hospital beendet; er wollte Psychiater werden. Von seiner (angeheirateten) Cousine Amanda Grady Mayfair hatte er »unglaubliche Geschichten« über das Haus in der First Street gehört, und ebenso von Louisa Ann Mayfair, Garlands ältester Enkelin, die in Radcliffe studiert und dort ein Verhältnis mit Cornell gehabt hatte. Was war das für ein Gerede von angeborener Geisteskrankheit? Cornell war fasziniert. Außerdem war er immer noch verliebt in Louisa Ann, die nach New Orleans zurückgekehrt war, statt ihn zu heiraten und mit ihm in Massachusetts zu leben, und er verstand die Heimattreue des Mädchens nicht. Er wollte New Orleans und die Familie in der First Street besuchen, und die New Yorker Verwandten hielten das für eine gute Idee.

Am 11. Februar kam Cornell nach New Orleans und nahm ein Zimmer in einem Hotel im Zentrum. Er bat Carlotta, ihn zu empfangen, und sie willigte ein.

Wie er Amanda später telephonisch berichtete, war er etwa zwei Stunden im Haus und konnte eine kurze Zeit auch mit der vierjährigen Deirdre allein verbringen. »Ich kann dir nicht sagen, was ich herausgefunden habe«, meinte er. »Aber das Kind muß aus dieser Umgebung heraus. Und offen gesagt möchte ich nicht, daß Louisa Ann da hineingezogen wird. Ich erzähle dir alles, wenn ich wieder in New York bin.«

Amanda bestand darauf, daß er Cortland anrief und ihm von seinen Sorgen erzählte. Cornell gab zu, daß Louisa Ann das gleiche vorgeschlagen habe.

»Ich will das aber im Moment nicht tun«, sagte er. »Ich habe Carlotta soeben im Überfluß genießen dürfen. Ich möchte heute nachmittag keinem dieser Leute mehr begegnen.«

Im Vertrauen darauf, daß Cortland würde helfen können, rief Amanda ihn selbst an und berichtete, was vor sich ging. Cortland wußte das Interesse des jungen Dr. Mayfair zu schätzen; er rief Amanda noch am selben Nachmittag an und erzählte ihr, daß er sich mit Cornell zum Abendessen verabredet habe. Er werde sich noch einmal melden, wenn sie miteinander gesprochen hätten, aber vorläufig könne er schon sagen, daß ihm der junge Arzt sympathisch sei, und er brenne darauf, zu erfahren, was er zu berichten habe.

Cornell hielt die Verabredung nicht ein. Cortland wartete eine Stunde im Restaurant und rief dann bei Cornell im Hotel an. Er meldete sich nicht. Am nächsten Morgen fand das Zimmermädchen Cornells Leichnam. Er lag vollständig bekleidet auf einem zerwühlten Bett; seine Augen waren halb offen, und auf dem Tisch daneben stand ein halbvolles Glas Bourbon. Die Todesursache war nicht unmittelbar ersichtlich.

Bei der Autopsie fand man in seinem Blut eine kleine Menge eines starken Betäubungsmittels, gemischt mit Alkohol. Man diagnostizierte eine versehentliche Überdosis, und der Fall wurde nie weiter untersucht. Amanda Grady Mayfair verzieh sich niemals, daß sie den jungen Mann nach New Orleans geschickt hatte. Louisa Ann »erholte sich ebenfalls nicht«, und sie ist bis heute unverheiratet. Ein bestürzter Cortland begleitete den Sarg nach New York.

War Cornell ein Opfer der Mayfair-Hexen? Wieder müssen wir gezwungenermaßen zugeben, daß wir es nicht wissen. Eine Kleinigkeit indessen deutet darauf hin, daß er doch nicht an den Folgen des Betäubungsmittels, vermischt mit Alkohol, gestorben ist. Der Leichenbeschauer, der den Toten vor dem Abtransport aus dem Hotelzimmer untersuchte, stellte fest, daß in Cornells Augen zahlreiche Blutgefäße geplatzt waren. Wir wissen heute, daß dies ein Symptom für den Erstickungstod ist. Es kann also sein, daß jemand Cornell außer Gefecht setzte, indem er ihm heimlich die Droge in den Drink schüttete und dann den Wehrlosen mit einem Kissen erstickte.

Als die Talamasca die Untersuchung des Falles wiederaufnehmen wollte, war die Spur längst kalt. Niemand im Hotel konnte sich noch erinnern, ob Cornell Mayfair an diesem Nachmittag irgendwelchen Besuch gehabt hatte. Hatte er den Bourbon beim Zimmerservice bestellt? Danach hatte kein Mensch je gefragt. Fingerabdrücke? Hatte niemand abgenommen. Es handelte sich ja schließlich nicht um einen Mord...

Aber jetzt wird es Zeit, daß wir zu Deirdre Mayfair zurückkehren, der gegenwärtigen Erbin des Mayfair-Vermächtnisses, die mit zwei Monaten zur Waise wurde und in der Obhut ihrer alternden Tanten aufwachsen sollte.

Deirdre Mayfair

Nach Anthas Tod verkam das Haus in der First Street weiter. Der Swimming-pool war inzwischen ein stinkender Tümpel voller Entengrütze und wilder Iris geworden, und aus rostigen Springbrunnentüllen sprudelte grünes Wasser in die Brühe. Die Läden des Schlafzimmers an der Nordseite wurden von neuem verriegelt. Die violett-graue Farbe blätterte weiter vom Mauerwerk.

Die alte Miss Flanagan, im letzten Jahr fast völlig erblindet, kümmerte sich weiter um die kleine Deirdre, bis das Kind fast fünf Jahre alt war. Ab und zu fuhr sie das Baby in einem Korbwagen um den Block, aber sie überquerte niemals die Straße.

Cortland war inzwischen das Ebenbild seines Vaters Julien geworden. Bilder noch aus den fünfziger Jahren zeigen ihn als hochgewachsenen, schlanken Mann mit schwarzem Haar, das nur an den Schläfen ergraut war. Sein von tiefen Falten durchzogenes Gesicht hatte große Ähnlichkeit mit dem seines Vaters, abgesehen davon, daß seine Augen sehr viel größer waren und eher an Stella erinnerten; aber er hatte Juliens freundliche Miene und häufig auch Juliens fröhliches Lächeln.

Nach allem, was wir in Erfahrung bringen konnten, liebte ihn seine Familie, seine Angestellten beteten ihn an, und obwohl Amanda Grady Mayfair ihn schon Jahre zuvor verlassen hatte, schien auch sie ihn immer noch zu lieben; zumindest äußerte sie dies Allan Carver gegenüber in einem Gespräch in New York im Jahr vor ihrem Tod. An Allans Schulter weinte sie sich darüber aus, daß ihre Söhne nie verstanden hätten, weshalb sie ihren Vater verlassen habe, und daß sie auch nicht vorhabe, es ihnen zu erklären.

Was für ein Kind war Deirdre in dieser frühen Periode? Wir wissen es nicht. Über ihre ersten fünf Lebensjahre gibt es keinerlei Berichte, abgesehen davon, daß man sich in Cortlands Familie erzählte, sie sei ein sehr hübsches Mädchen.

Ihr schwarzes Haar war fein und wellig wie bei Stella. Ihre blauen Augen waren groß und dunkel.

Aber das Haus in der First Street war für die Außenwelt wieder verschlossen. Eine Generation von Passanten hatte sich inzwischen an die trostlos abweisende und vernachlässigte Fassade gewöhnt. Wieder gelang es Handwerkern nicht, Reparaturen auf dem Grundstück durchzuführen. Ein Dachdecker fiel zweimal von der Leiter und wollte daraufhin seine Arbeit nicht mehr fortsetzen. Nur der alte Gärtner und sein Sohn erschienen bereitwillig hin und wieder, um das von Unkraut durchwucherte Gras zu mähen.

Die Menschen in der Gemeinde starben nach und nach, und bestimmte Legenden über die Mayfairs starben mit ihnen. Bald erwähnte niemand, den man über die Familie befragte, noch die Namen Julien oder Katherine, Rémy oder Suzette.

Juliens Sohn Barclay starb 1949, sein Bruder Garland 1951. Cortlands Sohn Grady starb im selben Jahr nach einem Sturz vom Pferd im Audubon Park. Seine Mutter, Amanda Grady Mayfair, verschied kurz darauf, als sei der Tod ihres geliebten Sohnes mehr gewesen, als sie verkraften konnte. Von Pierces beiden Söhnen weiß nur Ryan Mayfair »in der Familiengeschichte Bescheid«, und er unterhält die jüngeren Verwandten – von denen viele gar nichts mehr wissen – oft mit seltsamen Geschichten.

Irwin Dandrich starb 1952. Aber an seine Stelle war bereits eine andere professionelle »Klatschtante« getreten, eine Frau namens Juliette Milton, die im Laufe der Jahre zahlreiche Geschichten von Beatrice Mayfair und den anderen Verwandten aus der Stadt zusammentragen konnte; viele von ihnen aßen regelmäßig mit ihr zu Mittag und störten sich anscheinend nicht daran, daß sie offenbar eine Klatschbase war, die ihnen alles über jeden und jedem alles über sie erzählte. Wie Dandrich war auch Juliette eigentlich kein boshafter Mensch. Im Gegenteil, sie war anscheinend nicht einmal unfreundlich. Aber sie liebte Melodramatisches und schrieb unglaublich lange Briefe an unsere Anwälte in London, die ihr dafür ein beträchtliches Jahreshonorar zahlten.

Genau wie Dandrich wußte Juliette nie, für wen sie all diese Informationen über die Mayfairs beschaffte. Zwar brachte sie diese Frage mindestens einmal jährlich zur Sprache, aber sie drängte nie auf eine Antwort.

Zumindest in den ersten Jahren trat Deirdre in die Fußstapfen ihrer Mutter; eine Schule nach der anderen schickte sie wegen ihrer »Possen« und ihres »seltsamen Benehmens«, wegen Störung des Unterrichts und merkwürdiger Weinkrämpfe, die sich nicht abstellen ließen, nach Hause.

Wieder einmal sah Schwester Bridget Marie, inzwischen schon über sechzig, den »unsichtbaren Freund« auf dem Schulhof von St. Alphonsus in Aktion, wie er für Deirdre verlorene Kleinigkeiten wiederfand oder Blumen durch die Luft fliegen ließ. Der Konvent vom Heiligen Herzen, die Ursulinen, St. Joseph und Unsere Liebe Frau von den Engeln – von all diesen Schulen wurde die kleine Deirdre binnen weniger Wochen verwiesen. Immer wieder blieb das Kind monatelang zu Hause. Nachbarn beobachteten, wie sie »wild« im Garten herumlief oder hinten auf die große Eiche kletterte.

Richtiges Personal gab es im Haus in der First Street nicht mehr. Tante Easters Tochter Irene kochte und putzte gründlich und gleichmütig. Jeden Morgen fegte sie den Gehsteig oder die »Bankette«, wie man sie nannte. Um drei Uhr sah man sie, wie sie am Wasserhahn neben dem hinteren Gartentor ihren Mop auswrang.

Nancy Mayfair war die eigentliche Haushälterin; sie führte das Regiment auf eine barsche Art – zumindest nach Angaben von Lieferanten und Priestern, die hin und wieder zu Besuch kamen.

Millie Dear und Belle, zwei pittoreske, wenn nicht sogar hübsche alte Damen, pflegten die paar Rosen an der Seitenveranda, die vor der Wildnis, die inzwischen das ganze Anwesen vom Vorderzaun bis zur hinteren Mauer überwucherte, gerettet worden waren.

Die ganze Familie erschien sonntags um neun Uhr zur Messe in der Kapelle – die kleine Deirdre, ein bildhübsches Kind in ihrem marineblauen Matrosenkleidchen und dem Strohhut mit den Bändern, Carlotta in einem dunklen Straßenkostüm mit hochgeschlossener Bluse, die beiden alten Damen Millie Dear und Belle auf das exquisiteste gewandet in ihren hohen schwarzen Schnürstiefeletten, den spitzenbesetzten Gabardinekleidern und den schwarzen Handschuhen.

Miss Millie und Miss Belle gingen montags oft zusammen einkaufen; sie fuhren dann mit dem Taxi von der First Street zu Gus Mayer oder zu Godchaux's, den feinsten Geschäften von New Orleans; dort kauften sie perlgraue Kleider und blumengeschmückte Hüte mit Schleiern sowie andere vornehme Accessoires. Sie, und nur sie allein, vertraten die Familie aus der First Street bei Beerdigungen, hin und wieder auch bei Taufen und manchmal sogar auf einer Hochzeit, obgleich sie nur selten nach der Kirche auch noch am Empfang teilnahmen.

Millie und Belle besuchten auch die Beerdigungen anderer Gemeindemitglieder und gingen auch zur Totenwache, wenn sie bei Lonigan und Söhne in der Nachbarschaft stattfand. Dienstags abends kamen sie zur Novene in die Kapelle, und manchmal, an Sommerabenden, brachten sie die kleine Deirdre mit; dann umgluckten sie sie stolz und fütterten sie während der Andacht mit Schokolade, damit sie ruhig blieb.

Niemand konnte sich erinnern, daß mit der reizenden Miss Belle je etwas »nicht gestimmt« haben sollte.

Im Gegenteil, die beiden alten Damen errangen mühelos Zuneigung und Respekt im gesamten Garden District, vor allem bei den Familien, die nichts von den Mayfairschen Tragödien und Geheimnissen wußten. Das Haus in der First Street war nicht das einzige verlotterte Anwesen hinter einem rostigen Eisenzaun.

Nancy Mayfair hingegen wirkte, als sei sie als Angehörige einer ganz anderen Klasse geboren und aufgewachsen. Ihre Kleidung war stets trist, ihr braunes Haar ungewaschen und nur flüchtig gekämmt. Leicht hätte sie man mit einer Hausangestellten verwechseln können. Aber niemand zweifelte daran, daß sie Stellas Schwester war – was freilich nicht stimmte. Schon mit dreißig Jahren begann sie schwarze Schnürschuhe zu tragen. Botenjungen bezahlte sie mürrisch aus einer verschlissenen Geldbörse, und Hausierern am Tor rief sie von der oberen Galerie aus zu, sie sollten verschwinden.

Bei diesen Frauen verbrachte die kleine Deirdre ihre Zeit, wenn sie sich nicht in einem überfüllten Klassenzimmer bemühte, aufmerksam dem Unterricht zu folgen, was aber immer kläglich scheiterte.

Immer wieder verglichen die Tratschweiber der Pfarrgemeinde sie mit ihrer Mutter. Die Verwandtschaft meinte, vielleicht handele es sich tatsächlich um eine »angeborene Geisteskrankheit«, aber eigentlich wußte es niemand. Für diejenigen indessen, die die Familie – selbst über viele Meilen hinweg – aufmerksam beobachteten, waren bestimmte Unterschiede zwischen Mutter und Tochter schon frühzeitig erkennbar.

Während Antha von Natur aus immer schmächtig und zurückhaltend gewesen war, hatte Deirdre von Anfang an etwas Rebellisches und unverkennbar Sinnliches an sich. Nachbarn sahen oft, daß sie »wie ein wilder Junge« durch den Garten rannte. Mit fünf Jahren konnte sie die große Eiche bis in den Wipfel hinaufklettern. Manchmal versteckte sie sich im Gebüsch am Zaun und erschreckte dann absichtlich die Vorübergehenden.

Mit neun Jahren lief sie zum erstenmal weg. Carlotta rief in panischem Schrecken Cortland an, dann wurde die Polizei alarmiert. Schließlich tauchte Deirdre durchfroren und zitternd vor dem Waisenhaus St. Elizabeth in der Napoleon Avenue auf und erzählte den Schwestern, sie sei »verflucht« und »von einem Teufel besessen«. Sie mußten ihr einen Priester rufen. Cortland kam gemeinsam mit Carlotta, und sie brachten sie nach Hause.

»Sie hat zuviel Phantasie«, erklärte Carlotta. Es sollte die Standardausrede werden.

Ein Jahr später griff die Polizei das Mädchen auf, als es in Sturm und Regen, frierend und weinend, am Bayou St. John entlangirrte. Sie habe Angst, nach Hause zu gehen, gab sie an, und zwei Stunden lang erzählte sie der Polizei Lügenmärchen über ihren Namen und ihre Herkunft. Sie sei eine Zigeunerin und mit dem Zirkus in der Stadt. Der Dompteur habe ihre Mutter ermordet. Sie habe versucht, »mit einem seltenen Gift Selbstmord zu begehen«, aber man habe sie in ein Krankenhaus in Europa geschafft, wo man ihr das ganze Blut aus den Adern gesogen habe.

»Da war etwas so Trauriges an diesem Kind, und etwas so Verrücktes«, erzählte ein Polizist später einem unserer Detektive. »Es war ihr alles absolut ernst, und ihre blauen Augen kriegten beim Erzählen immer einen ganz wilden Ausdruck. Als ihr Onkel und ihre Tante kamen, um sie zu holen, blickte sie nicht mal auf. Erst tat sie, als ob sie Fremde wären. Dann behauptete sie, daß sie sie zu Hause auf dem Dachboden anketteten.«

Mit zehn Jahren wurde Deirdre nach Irland verfrachtet, in ein Internat, das ein aus Irland stammender Priester an der St. Patricks-Kathedrale empfohlen hatte. In der Familie hieß es, die Idee stamme von Cortland.

Aber die Schwestern in County Cork schickten Deirdre schon nach einem Monat wieder nach Hause.

Zwei Jahre lernte sie bei einer Hauslehrerin namens Miss Lampton, einer alten Freundin von Carlotta, die diese noch aus dem Heiligen Herzen kannte. Miss Lampton erzählte Beatrice Mayfair, Deirdre sei ein bezauberndes Mädchen und sehr aufgeweckt. »Sie hat zuviel Phantasie; sonst fehlt ihr nichts, und sie verbringt zuviel Zeit allein.« Als Miss Lampton in den Norden zog, um einen Witwer zu heiraten, den sie im Urlaub kennengelernt hatte, weinte Deirdre tagelang.

Aber auch in diesen Jahren gab es Streit in der First Street. Deirdre rannte öfters weinend aus dem Haus. Sie kletterte auf die Eiche, bis sie für Irene oder Miss Lampton nicht mehr zu erreichen war. Dort blieb sie dann nicht selten, bis es dunkel war.

Aber als Deirdre heranwuchs, ging eine Veränderung mit ihr vor. Sie zeigte sich zurückgezogen, verschlossen, nicht mehr so jungenhaft wild wie früher. Mit dreizehn war sie üppiger von Gestalt, als Antha es je gewesen war. Sie trug das schwarze Haar lang und in der Mitte gescheitelt und band es mit einem lavendelfarbenen Band zurück. Ihre großen blauen Augen blickten stets mißtrauisch und leicht verbittert. Ja, das Kind sah im Innersten verwundet aus, behaupteten die, die sie in der Sonntagsmesse zu sehen bekamen.

»Sie war bereits eine schöne Frau«, sagte eine der Matronen, die regelmäßig in der Kapelle waren. »Und die alten Damen wußten es nicht. Sie zogen sie immer noch an wie ein Kind.«

Im Sommer vor ihrem vierzehnten Geburtstag lieferte man sie ins neue Mercy Hospital ein. Sie hatte versucht, sich die Pulsadern aufzuschneiden. Beatrice besuchte sie.

»Das Mädchen hat einen Schwung, den Antha einfach nicht hatte«, berichtete sie später Juliette Milton. »Aber sie braucht weiblichen Rat in manchen Dingen. Sie wollte, daß ich ihr Kosmetika kaufe. Sie sagt, sie war in ihrem ganzen Leben erst ein einziges Mal in einem Drugstore.«

Als Beatrice mit den Kosmetiksachen ins Krankenhaus kam, erfuhr sie, daß Carlotta alle weiteren Besuche verboten hatte. Als sie daraufhin bei Cortland anrief, bekannte er, daß er nicht wisse, weshalb Deirdre sich die Pulsadern aufgeschnitten hatte. »Vielleicht wollte sie nur raus aus diesem Haus.«

Noch in derselben Woche sorgte Cortland dafür, daß Deirdre nach Kalifornien reisen konnte. Sie flog nach Los Angeles und wohnte bei Garlands Tochter, Andrea Mayfair, die mit einem Arzt des Cedars of Lebanon Hospital verheiratet war. Aber nach zwei Wochen war Deirdre wieder zu Hause.

Die Mayfairs aus Los Angeles sprachen mit niemandem über das, was geschehen war, aber ihr einziger Sohn, Elton, erzählte unseren Ermittlern Jahre später, seine arme Cousine aus New Orleans sei verrückt. Sie habe geglaubt, sie sei durch irgendein Vermächtnis verflucht, und sie habe mit ihm über Selbstmord geredet und seine Eltern in Angst und Schrecken versetzt. Sie seien daraufhin mit ihr zu verschiedenen Ärzten gegangen, und die hätten gesagt, das Mädchen werde niemals normal sein.

»Meine Eltern wollten ihr helfen; vor allem meine Mutter. Aber sie brachte die ganze Familie durcheinander. Ich glaube, das Faß lief über, als sie sie eines Nachts mit einem Mann im Garten sahen und Deirdre es nachher nicht zugeben wollte. Sie stritt es hartnäckig ab. Und da bekamen sie Angst, daß etwas passieren könnte. Deirdre war dreizehn, glaube ich, und sehr hübsch. Da haben sie sie nach Hause geschickt.«

Derselbe mysteriöse männliche Besucher war verantwortlich für den traumatischsten Verweis von Deirdre: für den Verweis vom Internat St. Rose de Lima, als sie sechzehn Jahre alt war. Sie hatte diese Schule ein ganzes Semester lang besucht, ohne daß es zu einem Mißgeschick gekommen wäre. Der Zwischenfall ereignete sich mitten im Frühling. Den Familiengeschichten zufolge war Deirdre in St. Ro's selig gewesen, und sie hatte Cortland zu verstehen gegeben, sie wolle nie mehr nach Hause. Sogar über Weihnachten war sie im Internat geblieben; nur am Weihnachtsabend war sie mit Cortland essen gegangen.

Sie liebte die Schaukel auf dem Spielplatz, die auch für die älteren Kinder groß genug war, und in der Abenddämmerung sang sie dort Lieder mit einem anderen Mädchen, Rita Mae Dwyer (später Lonigan), die Deirdre als eine einzigartige Persönlichkeit in Erinnerung hat, elegant und unschuldig, romantisch und liebenswert.

Noch 1988 hat der Verfasser in einem Gespräch mit Rita Mae Dwyer Lonigan weitere Einzelheiten über diesen Schulverweis erfahren können.

Deirdres »mysteriöser Freund« traf sich mit ihr im Mondschein im Garten der Nonnen und sprach leise, aber doch so laut, daß Rita Mae ihn verstehen konnte. »Er nannte sie ›meine Geliebte‹«, berichtete Rita Mae mir. So romantische Reden hatte sie bis dahin nur im Kino gehört.

Wehrlos und bitterlich schluchzend, verteidigte Deirdre sich mit keinem Wort, als die Nonnen sie bezichtigten, sie habe »einen Mann aufs Schulgelände gebracht«. Sie hatten Deirdre und ihren männlichen Besucher bespitzelt und durch die Blendläden der Konventküche in den Garten hinausgespäht, wo die beiden sich im Dunkeln getroffen hatten. »Das war kein Junge!« sagte eine der Nonnen hernach wütend vor den versammelten Schülerinnen. »Das war ein Mann! Ein erwachsener Mann!«

Die Akte aus jener Zeit ist beinahe bösartig in ihren Verdammungen. »Das Mädchen ist verlogen. Sie hat dem Mann erlaubt, sie unschicklich zu berühren. Ihre ganze Unschuld ist reine Fassade.«

Es kann keinen Zweifel daran geben, daß dieser mysteriöse Besucher Lasher war. Die Nonnen – und später Mrs. Lonigan – beschreiben ihn: Er habe braunes Haar und braune Augen und wunderschöne, altmodische Kleider.

Aber der bemerkenswerteste Punkt ist, daß Rita Mae Lonigan – sofern sie nicht übertreibt – Lasher hat sprechen hören.

Eine weitere erstaunliche Information, die wir von Mrs. Lonigan erhalten haben ist die, daß Deirdre den Mayfair-Smaragd im Internat bei sich hatte, daß sie ihn Rita Mae zeigte und daß auf der Rückseite ein Wort eingraviert war: »Lasher«. Wenn Rita Maes Erzählung stimmt, dann wußte Deirdre nur wenig über ihre Mutter oder ihre Großmutter. Ihr war wohl bekannt, daß ihr dieser Smaragd von diesen Frauen vererbt worden war, aber sie wußte nicht einmal, auf welche Weise Stella oder Antha gestorben war.

In der Familie war es 1956 allgemein bekannt, daß der Schulverweis von St. Rose de Lima's eine vernichtende Wirkung auf Deirdre ausübte. Sie wurde für sechs Wochen in die Anstalt von St. Ann's eingewiesen. Die Akten sind unzugänglich, aber die Schwestern berichteten, Deirdre habe um eine Elektroschockbehandlung gebettelt und sie zweimal auch erhalten. Zu dieser Zeit war sie knapp siebzehn.

Nach allem, was wir über die medizinische Praxis in dieser Zeit wissen, können wir als sicher annehmen, daß diese Behandlungen mit einer sehr viel höheren Stromspannung als heute durchgeführt wurden; sie waren wahrscheinlich sehr gefährlich und hatten stundenlangen, wenn nicht tagelangen Gedächtnisverlust zur Folge.

Carlotta holte Deirdre aus der Anstalt nach Hause, und dort siechte sie noch einen Monat dahin.

Im Herbst gab es wieder mehr Berichte über Streitereien und Geschrei. Bei zwei verschiedenen Gelegenheiten gingen Nachbarn so weit, die Polizei zu rufen. Zwei Jahre später gelang es mir persönlich, einen umfassenden Bericht über das erste Mal zu erhalten.

»Ich bin da nicht gern hingefahren«, erzählte mir der Polizist. »Wissen Sie, diese Familien im Garden District zu behelligen, das ist einfach nicht nach meinem Geschmack. Und diese Lady hat uns wirklich in die Mangel genommen. Sie hat uns vor der Haustür abgefangen. Es war Carlotta Mayfair – die, die sie Miss Carl nennen; sie arbeitet bei dem Richter.

›Wer hat Sie gerufen? Was wollen Sie? Wer sind Sie? Zeigen Sie mir Ihren Ausweis! Ich werde mit Richter Byrnes reden müssen, wenn Sie noch einmal hier aufkreuzen.‹

Schließlich sagte mein Partner, die Leute hätten die junge Lady im Haus schreien hören, und wir würden sie gern mal sprechen und uns davon überzeugen, daß ihr nichts fehlte. Da dachte ich, Miss Carl bringt ihn auf der Stelle um. Aber dann holte sie das Mädchen, Deirdre Mayfair, über die dauernd geredet wird. Sie weinte und zitterte am ganzen Leibe, und sie sagte zu meinem Partner: ›Sagen Sie ihr, sie soll mir die Sachen meiner Mutter geben. Sie hat die Sachen meiner Mutter weggenommen.‹

Miss Carl sagte, sie hätte jetzt genug von dieser ›Störung‹; es handele sich um eine familiäre Auseinandersetzung, und die Polizei würde dabei nicht gebraucht. Wenn wir nicht verschwänden, würde sie Richter Byrnes anrufen. Da rannte dieses Mädchen aus dem Haus und zum Streifenwagen, und sie kreischte: ›Nehmen Sie mich mit!‹

Und dann passierte was mit Miss Carl. Sie schaute das Mädchen an, das da am Randstein bei unserem Streifenwagen stand, und fing an zu weinen. Sie versuchte es zu verbergen; sie zog ein Taschentuch heraus und versteckte ihr Gesicht. Aber wir konnten trotzdem sehen, daß die Lady weinte. Sie wußte wirklich nicht mehr weiter mit dem Mädchen.

Mein Partner fragte: ›Miss Carl, was sollen wir denn tun?‹ Sie ging an ihm vorbei zum Gehweg, legte eine Hand auf das Mädchen und sagte: ›Deirdre, willst du wieder in die Anstalt? Bitte, Deirdre. Bitte.‹ Und dann versagte ihr die Stimme. Das Mädchen starrte sie an, mit einem wilden, fast irrsinnigen Blick, und dann fing es an zu schluchzen. Miss Carl legte ihr den Arm um die Schulter und führte sie die Treppe hinauf und ins Haus.«

»Sind Sie sicher, daß es Carl war?« fragte ich den Polizisten.

»O ja. Jeder kennt sie ja. Mann, ich werde die Geschichte nie vergessen. Am nächsten Tag rief sie den Captain an und wollte, daß wir beide gefeuert würden.«

Ein anderer Streifenwagen erschien eine Woche später auf einen zweiten Anruf der Nachbarn hin. Über diesen Fall wissen wir aber nur, daß Deirdre versuchte, das Haus zu verlassen, als die Polizei eintraf; man konnte sie jedoch überreden, sich auf die Verandatreppe zu setzen und zu warten, bis ihr Onkel Cortland kam.

Am darauffolgenden Tag lief Deirdre weg. Man erzählt von unzähligen Telefonaten; Cortland sei zur First Street hinaufgejagt, und Mayfair und Mayfair habe die Verwandten in New York angerufen und Deirdre dort gesucht – wie im Falle Anthas Jahre zuvor.

Amanda Grady Mayfair war inzwischen tot. Rosalind Mayfair, Dr. Cornell Mayfairs Mutter, wollte mit der »Bande aus der First Street«, wie sie es nannte, nichts mehr zu tun haben. Trotzdem rief sie andere New Yorker Verwandte an. Dann meldete sich die Polizei bei Cortland in New Orleans. Deirdre war in Greenwich Village aufgegriffen worden, wo sie barfuß und hilflos umhergeirrt war. Es gab Hinweise auf eine Vergewaltigung. Cortland flog noch am selben Abend nach New York. Am nächsten Morgen kam er mit Deirdre zurück.

Die Wiederholung der Geschichte vollendete sich mit Deirdres zweiter Einweisung in die psychiatrische Anstalt von St. Ann's. Eine Woche später wurde sie entlassen und zog zu Cortland in sein altes Haus in Metairie.

In der Familie erzählte man sich, Carlotta sei niedergeschlagen und entmutigt. Sie erzählte Richter Byrnes und seiner Frau, sie habe bei ihrer Nichte versagt, und sie fürchte, das Mädchen werde »nie normal« werden.

Als Beatrice Mayfair Carlotta eines Samstags besuchte, traf sie sie allein im Salon in der First Street an. Sie saß bei geschlossenen Vorhängen und wollte kein Wort sagen.

»Später wurde mir klar, daß sie immer nur auf die Stelle starrte, wo früher der Sarg gestanden hatte, als die Totenfeiern noch zu Hause stattgefunden hatten. Sie sagte immer nur ja oder nein oder hmmm, wenn ich sie etwas fragte. Schließlich kam diese gräßliche Nancy herein und bot mir Eistee an. Sie wirkte genervt, als ich annahm. Ich sagte, ich hole mir selbst welchen, und sie antwortete, o nein, Tante Carl würde das nicht zulassen.«

Als Beatrice von der ganzen düsteren Atmosphäre und der Unhöflichkeit genug hatte, ging sie. Sie fuhr hinaus nach Metairie und besuchte Deirdre in Cortlands Haus in der Country Club Lane.

Allen Berichten zufolge war es ein extrem fröhliches Haus voll leuchtender Farben, bunter Tapeten, traditioneller Möbel und Bücher. Zahlreiche französische Fenster führten in den Garten hinaus, zum Swimming-pool und nach vorn auf den Rasen.

Anscheinend war die ganze Familie der Ansicht, dies sei der beste Platz für Deirdre. Metairie hatte nichts von der Düsterkeit des Garden District. Cortland versicherte Beatrice, Deirdre ruhe sich aus. Die Probleme des Mädchens seien durch eine Menge Heimlichtuerei und Fehleinschätzungen auf Seiten Carlottas zustandegekommen.

»Aber er will mir nicht genau sagen, was los ist«, beklagte Beatrice sich bei Juliette. »Das tut er nie. Was soll das heißen – Heimlichtuerei?«

Beatrice befragte das Hausmädchen telefonisch, wann immer sie Gelegenheit hatte. Deirdre gehe es prima, sagte das Mädchen. Sie habe eine ausgezeichnete Gesichtsfarbe bekommen. Sogar Besuch habe sie schon gehabt: einen sehr nett aussehenden jungen Mann. Sie habe ihn nur für ein, zwei Sekunden gesehen – Deirdre sei mit ihm draußen ihm Garten gewesen –, aber soviel könne sie sagen, es sei ein gutaussehender, vornehmer junger Mann gewesen.

»Wer könnte das nur sein?« fragte sich Beatrice beim Lunch mit Juliette Milton. »Doch nicht derselben Halunke, der sich in St. Ro's in den Nonnengarten geschlichen hat, um sie zu belästigen!«

»Mir scheint«, schrieb Juliette an ihren Londoner Kontaktmann, »dieser Familie ist nicht klar, daß Deirdre einen Liebhaber hat. Ich meine *einen* Liebhaber – einen sehr distinguierten, leicht zu identifizierenden Liebhaber, der immer wieder in ihrer Gesellschaft gesehen wird. Die Beschreibung dieses jungen Mannes ist doch immer wieder die gleiche!«

Das Bedeutsame an dieser Äußerung ist der Umstand, daß Juliette Milton im Zusammenhang mit der Familie Mayfair nie irgendwelche Gerüchte über Geister, Hexen, Flüche oder dergleichen gehört hatte. Sie und Beatrice hielten diese mysteriöse Person allen Ernstes für ein menschliches Wesen.

Aber zur selben Zeit munkelten die alten Leute im Irish Channel am Küchentisch über »Deirdre und den Mann«. Und wenn sie »der Mann« sagten, sprachen sie nicht von einem menschlichen Wesen. Pater Laffertys ältere Schwester wußte von »dem Mann«; sie versuchte mit ihrem Bruder darüber zu sprechen, aber er nahm sie nicht ernst. Sie sprach mit einem alten Freund namens Dave Collins darüber, und sie plauderte mit unserer Detektivin, die mit ihr die Constance Street entlangspazierte, als sie aus der Kirche kam.

Miss Rosie, die in der Sakristei arbeitete, die Altarbücher wechselte und sich um den Meßwein kümmerte, wußte ebenfalls schokkierende Tatsachen über diese Mayfairs und »den Mann« zu berichten. »Erst war es Stella, dann Antha und jetzt Deirdre«, erzählte sie ihrem Neffen, einem Studenten in Loyola, der sie für eine abergläubische Närrin hielt.

Um diese Zeit, im Sommer 1958, war es, daß ich mich darauf vorbereitete, nach New Orleans zu reisen.

Elaine Barrett, eine der ältesten und erfahrensten Angehörigen der Talamasca, war ein Jahr zuvor gestorben, und jetzt galt ich (unverdientermaßen) als führender Experte der Talamasca auf dem Gebiet der Hexenfamilien. Meine Referenzen wurden nie in Frage gestellt. Diejenigen, die über den Tod Stuart Townsends und Arthur Langtrys tief erschreckt gewesen waren – und meine Reise nach New Orleans wahrscheinlich untersagt hätten –, lebten nicht mehr.

Ich war zutiefst und leidenschaftlich besorgt um Deirdre Mayfair. Ich fühlte, daß ihre übersinnlichen Kräfte, vor allem ihre Fähigkeit, Geister zu sehen und mit ihnen zu kommunizieren, sie um den Verstand brachten.

23

DIE AKTE ÜBER DIE MAYFAIR-HEXEN
TEIL IX

Deirdre Mayfairs Geschichte
Vollständig überarbeitet im Jahre 1989

Ich traf im Juli 1958 in New Orleans ein und nahm mir gleich ein Zimmer in einem kleinen, legeren Hotel im French Quarter. Als erstes traf ich mit unseren fähigsten Berufsdetektiven zusammen, sah öffentliche Unterlagen ein und informierte mich über einige andere Punkte.

Im Laufe der Jahre hatten wir die Namen mehrerer Personen zusammentragen können, die der Familie Mayfair nahestanden. Ich versuchte, mit ihnen Kontakt aufzunehmen. Bei Richard Llewellyn war ich recht erfolgreich, wie ich bereits geschildert habe; allein sein Bericht beschäftigte mich mehrere Tage lang.

Es gelang mir auch, einer jungen Lehrerin aus St. Rose de Lima's »über den Weg zu laufen«; sie hatte Deirdre gekannt, und ihre Aussage erklärte so manches. Tragischerweise glaubte diese junge Frau, Deirdre habe eine Affäre »mit einem älteren Mann« gehabt und sei ein verdorbenes, verlogenes Mädchen gewesen. Andere Schülerinnen hätten von dem Mayfair-Smaragd gewußt. Man sei zu dem Schluß gekommen, Deirdre habe ihn ihrer Tante gestohlen. Denn warum hätte das Kind sonst einen so wertvollen Edelstein mit in die Schule bringen sollen?

Je länger ich mit der Frau sprach, desto klarer wurde mir, daß Deirdres sinnliche Aura einen starken Eindruck auf ihre Umgebung machte. »Sie war so... reif, wissen Sie. Ein junges Mädchen hat mit sechzehn Jahren eigentlich nicht solche enormen Brüste zu haben.«

Arme Deirdre. Sie hatte keine Chance gehabt in einem derart prüden Umfeld. Ich beendete das Gespräch und kehrte in mein Hotel zurück, trank dort einen steifen Brandy und hielt mir selbst einen Vortrag darüber, wie gefährlich es war, zu emotional an diesen Fall heranzugehen.

Leider hatten sich meine Gefühle noch nicht beruhigt, als ich am nächsten und am übernächsten Tag den Garden District besuchte; stundenlang spazierte ich durch die stillen Straßen und beobachtete das Haus in der First Street von allen Seiten. Nachdem ich jahrelang von diesem Haus und seinen Bewohnern gelesen hatte, empfand ich dies als überaus erregend. Wenn jemals ein Haus eine Atmosphäre des Bösen verströmte, dann dieses.

Warum? fragte ich mich.

Es war inzwischen extrem heruntergekommen. Die violette Farbe am Mauerwerk war verblichen. Gräser und winziges Farnkraut wuchsen in Rissen und auf Simsen. Blühende Ranken bedeckten die Galerien an den Seiten, so daß die schmiedeeisernen Ziergitter kaum noch zu sehen waren, und wilder Kirschlorbeer schirmte den Garten vor allen Blicken ab.

Dennoch hätte es romantisch aussehen müssen. Aber in der lastenden Sommerhitze, im Licht der grellen Sonne, die einschläfernd und staubig durch die Bäume schien, sah das ganze Anwesen klamm und düster und entschieden unfreundlich aus. In den Stunden, in denen ich müßig dastand und es betrachtete, merkte ich, daß Passanten unweigerlich auf die andere Straßenseite hinüberwechselten, wenn sie näherkamen.

Etwas Böses wohnte in diesem Haus, es wohnte und atmete dort, es wartete, und vielleicht trauerte es auch.

Wieder – und nicht ohne Grund – beschuldigte ich mich übertriebener Emotionalität. Ich ging meine Eindrücke noch einmal systematisch durch. Dieses Etwas war böse, weil es zerstörerisch war. Es »lebte und atmete« insofern, als es die Umgebung beeinflußte und seine Anwesenheit spürbar war. Was meine Überzeugung anging, daß dieses Etwas trauerte, so brauchte ich mir nur in Erinnerung zu rufen, daß seit Stellas Tod kein Handwerker irgendwelche Reparaturen hatte durchführen können. Seit Stellas Tod war der Verfall stetig vorangeschritten. Wollte dieses Wesen vielleicht, daß das Haus verrottete, wie Stellas Leichnam im Grab verweste?

Ach, so viele Fragen ohne Antworten. Ich ging zum Lafayette-Friedhof und besuchte die Gruft der Mayfairs. Ein freundlicher Aufseher erzählte mir, daß immer frische Blumen in den Steinvasen vor dem Eingang ständen, ohne daß man je sähe, wer sie dort hinstellte.

»Glauben Sie, es ist irgendein alter Liebhaber von Stella Mayfair?« fragte ich.

»O nein«, sagte der alte Mann und lachte krächzend. »Liebe Güte, nein. Er macht das, er, der Geist der Mayfairs. Er ist es, der die Blumen hier hinstellt. Und soll ich Ihnen was sagen? Manchmal klaut er sie vom Altar in der Kapelle. Sie kennen die Kapelle unten in der Prytania Street? Pater Morgan kam hier eines Nachmittags wutschnaubend an. Hatte anscheinend gerade die Gladiolen aufgestellt, und schon standen sie hier in den Vasen vor dem Grab der Mayfairs. Er ging rüber zur First Street und klingelte. Ich hörte, wie Miss Carl ihm sagte, er sollte sich zum Teufel scheren...« Der Mann wollte sich totlachen über eine solche Vorstellung: daß jemand einen Priester aufforderte, sich zum Teufel zu scheren.

Ich mietete mir ein Auto und fuhr auf der Uferstraße hinunter nach Riverbend, um zu erforschen, was von der Plantage noch übrig war, und dann rief ich unsere professionelle Klatschtante Juliette Milton an und lud sie zum Essen ein.

Mit großem Vergnügen machte sie mich mit Beatrice Mayfair bekannt. Beatrice willigte ein, sich mit mir zum Essen zu treffen; meine oberflächliche Erklärung, ich interessierte mich für die Geschichte der Südstaaten und für die Geschichte der Familie Mayfair, akzeptierte sie ohne weiteres.

Beatrice Mayfair war fünfunddreißig Jahre alt – eine attraktiv gekleidete dunkelhaarige Frau, deren Akzent eine charmante Mischung aus Südstaaten und New Orleans war; was die Familie anging, war sie eine Art »Rebellin«.

Drei Stunden saß sie mit mir im Restaurant und redete ohne Unterlaß. Sie überschüttete mich mit allerlei kleinen Geschichten über die Familie Mayfair, die bestätigten, was ich schon vermutet hatte: daß über die ferne Vergangenheit der Familie wenig oder gar nichts bekannt war. Geblieben war eine höchst vage Legende, in der Namen verwechselt wurden und Skandale in die Nähe des Lächerlichen gerieten.

Beatrice wußte nicht, wer Riverbend gebaut hatte und wann es gebaut worden war. Sie wußte nicht einmal, wer das Haus in der First Street in Auftrag gegeben hatte. Sie glaubte, es sei Julien gewesen.

Die alten Geschichten über Geister und die Märchen von den immer gefüllten Goldbörsen hatte sie als Kind geglaubt, aber heute nicht mehr. Ihre Mutter war in der First Street zur Welt gekommen, und sie hatte ein paar schrecklich merkwürdige Dinge über dieses Haus gesagt. Aber sie hatte es schon mit siebzehn verlassen, um Aldrich Mayfair zu heiraten, einen Urenkel von Maurice Mayfair, und Aldrich wollte nicht, daß Beatrices Mutter über das Haus redete.

»Meine Eltern tun beide ziemlich geheimnisvoll«, sagte Beatrice. »Ich glaube nicht, daß mein Dad sich wirklich noch an irgend etwas erinnert. Er ist über achtzig. Und meine Mutter erzählt mir einfach nichts. Ich selber habe ja keinen Mayfair geheiratet, wissen Sie. Mein Mann weiß eigentlich überhaupt nichts über die Familie. An Mary Beth erinnere ich mich nicht. Ich war erst zwei Jahre alt, als sie starb. Ich habe ein paar Bilder, auf denen ich ihr zu Füßen sitze – auf irgendeinem Familientreffen, wissen Sie, mit allen anderen Mayfair-Kindern. Aber an Stella erinnere ich mich. Oh, Stella habe ich geliebt. Ich habe sie so sehr geliebt.«

»Glauben Sie denn, daß es in dem Haus spukt? Daß dort vielleicht irgend etwas Böses...?«

»Oh! Carlotta. Sie ist böse! Aber wissen Sie, wenn Sie es auf so etwas abgesehen haben, dann ist es zu schade, daß Sie nicht mehr mit Amanda Grady Mayfair sprechen können. Sie war Cortlands Frau. Ist vor ein paar Jahren gestorben. Sie hat phantastische Dinge geglaubt! Aber es war wirklich interessant... Na ja, in gewisser Weise jedenfalls. Es hieß, deshalb habe sie Cortland verlassen. Sie behauptete, Cortland wisse, daß es in dem Haus spukt. Er könne die Geister sehen und mit ihnen sprechen. Es hat mich immer schockiert, daß eine erwachsene Frau an so etwas glauben konnte! Aber irgendwann war sie völlig davon überzeugt, daß da irgendeine satanische Verschwörung im Gange sei. Ich glaube, Stella hat das alles unabsichtlich ausgelöst. Ich war damals zu jung, um es wirklich zu verstehen. Aber Stella war kein böser Mensch! Keine ›Voodoo-Queen‹. Stella ging mit jedem x-beliebigen Mann ins Bett, und wenn das Hexerei ist, dann müßte halb New Orleans auf dem Scheiterhaufen verbrannt werden...«

Und so ging es weiter. Die Klatschgeschichten wurden immer intimer und unverblümter, je länger Beatrice an ihrem Essen herumkaute und ihre *Pall Mall*-Zigaretten rauchte.

»Deirdre hat zuviel Sex im Kopf«, meinte sie. »Sonst fehlt ihr gar nichts. Sie ist auf lächerliche Weise vor allem beschützt worden. Kein Wunder, daß sie sich mit fremden Männern einläßt. Ich verlasse mich darauf, daß Cortland sich um sie kümmert. Cortland ist inzwischen der Familienälteste. Und er ist auf alle Fälle der einzige, der sich Carlotta entgegenstellen kann. Diese Frau ist wirklich das, was ich eine Hexe nenne. Carlotta. Gänsehaut bekomme ich bei ihr. Man sollte ihr Deirdre wegnehmen.«

Tatsächlich sprach man bereits hier und da von einer Schule in Texas, einer kleinen Universität, auf die Deirdre im Herbst vielleicht gehen würde. Tatsächlich handelte es sich um eine kleine staatliche Frauenschule, sehr betucht und mit Tradition und dem Ambiente einer teuren Privatschule. Die Frage war nur, würde die gräßliche Carlotta die arme Deirdre gehen lassen? »Carlotta – das ist eine Hexe!«

Von neuem geriet Beatrice beim Thema Carlotta in beträchtliche Erregung, und ihre Kritik umfaßte auch Carlottas Garderobe (»Geschäftskostüme«) und ihre Redeweise (»geschäftsmäßig«); unvermittelt lehnte sie sich über den Tisch und fragte: »Sie wissen ja wohl, daß diese Hexe auch Irwin Dandrich umgebracht hat, oder?«

Das war mir nicht nur unbekannt, ich hatte auch nie nur die leiseste Andeutung eines solchen Gerüchts vernommen. 1952 hatte man uns berichtet, Dandrich sei irgendwann gegen vier Uhr nachmittags in seiner Wohnung an einem Herzinfarkt gestorben. Es war bekannt, daß er herzkrank gewesen war.

»Ich habe mit ihm gesprochen«, berichtete Beatrice in sehr gewichtigem Tonfall und mit kaum verhüllter Dramatik. »Ich habe am Tag seines Todes mit ihm gesprochen. Er sagte, Carlotta habe angerufen. Carlotta habe ihn bezichtigt, die Familie zu bespitzeln, und sie habe gesagt: ›Wenn Sie etwas über uns erfahren wollen, kommen Sie nur hierher in die First Street. Dann erzähle ich Ihnen mehr, als Sie je werden hören wollen.‹ Ich riet ihm, nicht hinzugehen. Ich sagte: ›Die wird dich verklagen. Sie wird dir etwas Furchtbares antun. Sie ist verrückt.‹ Aber er wollte nicht hören. ›Jetzt werde ich das Haus mit eigenen Augen zu sehen bekommen‹, sagte er. ›Ich kenne niemanden, der seit Stellas Tod dort war.‹ Er mußte mir versprechen, daß er mich anrufen würde, sobald er wieder zu Hause wäre. Aber das hat er nicht getan. Er starb noch am selben Nachmittag. Sie hat ihn vergiftet. Ich weiß das. Sie hat ihn vergiftet. Als sie ihn fanden, sagten sie, es sei ein Herzinfarkt gewesen. Sie hat ihn vergiftet, aber sie hat es so eingerichtet, daß er noch mit eigener Kraft nach Hause gehen konnte und in seinem eigenen Bett starb.«

»Weshalb sind Sie da so sicher?« fragte ich.

»Weil so was nicht zum erstenmal passiert ist. Deirdre hat Cortland erzählt, in dem Haus in der First Street liege eine Leiche auf dem Dachboden. Jawohl, eine Leiche.«

»Das hat Cortland Ihnen erzählt?«

Sie nickte würdevoll. »Die arme Deirdre. Sie erzählt den Ärzten solche Sachen, und dann geben sie ihr eine Elektroschockbehandlung! Cortland glaubt auch, sie bildet sich das alles ein.« Sie schüttelte den Kopf. »Dieser Cortland. Er glaubt, daß es in dem Haus spukt und daß dort oben Geister sind, mit denen man sprechen kann. Aber eine Leiche auf dem Speicher? O nein, das glaubt er denn doch nicht!« Sie lachte leise und wurde dann sehr ernst. »Aber ich wette, es stimmt. Ich erinnere mich an eine Geschichte mit einem jungen Mann, der kurz vor Stellas Tod verschwand. Jahre später habe ich davon gehört. Dandrich hat es mir erzählt. Ein Texaner aus England, sagte Dandrich, der die Nacht mit Stella verbracht hatte und dann einfach verschwand. Ich kann Ihnen sagen, wer noch davon wußte. Amanda wußte es. Als wir uns das letztemal in New York trafen, redeten wir über die ganze Geschichte, und sie sagte: ›Und was ist mit dem Mann, der auf so seltsame Weise verschwunden ist?‹ Natürlich sah sie einen Zusammenhang mit Cornell – Sie wissen schon, der in seinem Hotelzimmer in der Stadt starb, nachdem er Carlotta besucht hatte. Ich sage Ihnen, sie vergiftet die Leute, und sie gehen nach Hause und sterben da. Es ist eine von diesen Chemikalien, die erst nach Stunden wirken. Dieser Texaner aus England war so was wie ein Historiker. Er kannte die Vergangenheit unserer Familie...«

Plötzlich erkannte sie den Zusammenhang. Ich war auch ein Historiker aus England. Sie lachte. »Mr. Lightner, Sie sollten sich vorsehen!« sagte sie, und dann lehnte sie sich zurück und lachte nochmals leise vor sich hin.

»Vermutlich haben Sie recht. Aber Sie glauben das alles nicht wirklich, oder, Miss Mayfair?«

Sie überlegte einen Moment. »Einerseits ja, andererseits nein.« Wieder lachte sie. »Carlotta würde ich alles zutrauen. Aber um die

Wahrheit zu sagen: Diese Frau ist zu langweilig, um wirklich jemanden zu vergiften. Aber ich habe daran gedacht! Ich habe daran gedacht, als Irwin Dandrich starb. Ich habe Irwin geliebt. Und er starb unmittelbar nach seinem Besuch bei Carlotta. Ich hoffe nur, daß Deirdre auf ihr College nach Texas geht. Und wenn Carlotta Sie zum Tee einlädt: Gehen Sie nicht hin!«

Wir verabschiedeten uns an der Straßenecke; ich half ihr in ein Taxi. »Wenn Sie Cortland sehen«, sagte sie, »erzählen Sie ihm nicht, daß Sie mit mir gesprochen haben. Er findet, ich sei eine schreckliche Klatschtante. Aber fragen Sie ihn unbedingt nach dem Texaner. Man weiß nie, was er vielleicht sagt.«

Als sie weg war, rief ich sofort Juliette Milton an.

»Gehen Sie keinesfalls in die Nähe des Hauses«, befahl ich ihr. »Lassen Sie sich unter keinen Umständen persönlich mit Carlotta Mayfair ein. Und gehen Sie nie wieder mit Beatrice essen. Wir überstellen Ihnen einen ordentlichen Scheck. Sie ziehen sich von der Geschichte zurück.«

»Aber was habe ich denn getan? Was habe ich gesagt? Beatrice ist ein unmögliches Waschweib. Sie erzählt allen Leuten diese unglaublichen Geschichten. Ich habe nichts wiedergegeben, was nicht allgemein bekannt ist.«

»Sie haben erstklassig gearbeitet. Aber es drohen Gefahren. Eindeutige Gefahren. Tun Sie, was ich sage.«

»Oh – sie hat Ihnen erzählt, daß Carlotta Leute ermordet. Aber das ist Unsinn. Carlotta ist eine alte Schachtel. Wenn man Beatrice glaubt, dann ist Carlotta nach New York gefahren und hat Deirdres Vater umgebracht, diesen Sean Lacy. Das ist doch blanker Unsinn!«

Ich wiederholte meine Warnung oder meinen Befehl – was immer es nutzen würde.

Am nächsten Tag fuhr ich hinaus nach Metairie, parkte mein Auto und spazierte zu Fuß durch die stillen Straßen rund um Cortland Mayfairs Haus. Abgesehen von den großen Eichen und dem samtweichen Grün des Rasens hatte die Gegend hier nichts von der Atmosphäre in New Orleans. Genausogut hätte ich in einem reichen Vorort von Houston, Texas oder von Oklahoma City sein können. Sehr schön, sehr geruhsam, und auf den ersten Blick sehr sicher. Von Deirdre sah ich nichts. Hoffentlich war sie glücklich in dieser gesunden Umgebung.

Inzwischen versuchte ich mit Cortland in Kontakt zu kommen, aber er erwiderte meine Anrufe nicht. Schließlich teilte seine Sekretärin mir mit, daß er nicht mit mir reden wolle; er habe gehört, daß ich mit seinen Verwandten gesprochen hätte, und er wünsche, daß ich die Familie in Ruhe ließe.

In der folgenden Woche erfuhr ich von Juliette Milton, daß Deirdre soeben zur Texas Woman's University nach Denton, Texas, gereist sei, wo Rhonda Mayfairs Ehemann Ellis Clement kleinen Klassen wohlerzogener Mädchen Englischunterricht erteilte. Carlotta war absolut dagegen gewesen; man hatte ohne ihre Erlaubnis verfahren müssen, und Carlotta sprach jetzt überhaupt nicht mehr mit Cortland.

Es war nicht schwierig, herauszubekommen, daß Deirdre als – durch Hauslehrer ausgebildete – »Sonderstudentin« aufgenommen worden war. Sie hatte ein Einzelzimmer im Wohnheim der Erstsemester bekommen und den normalen Stundenplan belegt.

Zwei Tage später war ich in Denton. Die Texas Woman's University war eine hübsche kleine Schule, in welligem, grünem Hügelland gelegen, mit weinumrankten Ziegelbauten und sauber gepflegten Rasenflächen. Es war unfaßbar, daß es sich um ein staatliches Institut handeln sollte.

Mit meinen sechsunddreißig Jahren, meinem vorzeitig ergrauten Haar und meiner Vorliebe für gutgeschneiderte Leinenanzüge war es kein Problem für mich, auf dem Campus umherzustreifen; wahrscheinlich hielt mich jeder, der Notiz von mir nahm, für ein Mitglied des Kollegiums. Lange saß ich auf Bänken und schrieb in mein Notizbuch. Ich durchstöberte die kleine öffentliche Bibliothek. Ich schlenderte durch die Hallen der alten Gebäude und tauschte Artigkeiten mit ein paar ältlichen Lehrerinnen und mit frisch aussehenden jungen Frauen in Blusen und Faltenröcken aus.

Deirdre gewahrte ich ganz unerwartet am zweiten Tag nach meiner Ankunft in Denton. Sie kam aus dem Wohnheim, einem bescheidenen Haus im georgianischen Stil, und spazierte etwa eine Stunde lang auf dem Campus umher – eine reizende junge Frau mit langem, offenem schwarzen Haar, die müßig auf den kleinen, gewundenen Pfaden unter den alten Bäumen umherschlenderte. Sie trug die hier übliche Baumwollbluse und einen Faltenrock.

Sie endlich zu sehen stürzte mich in große Ratlosigkeit. Während ich ihr in einigem Abstand folgte, litt ich eine ganz unverhoffte Pein bei dem, was ich tat. Sollte ich diese Frau in Ruhe lassen? Oder sollte ich ihr erzählen, was ich über ihre frühe Geschichte wußte? Mit welchem Recht war ich überhaupt hier?

Stumm beobachtete ich, wie sie in ihr Wohnheim zurückging. Am nächsten Morgen folgte ich ihr zur ersten Unterrichtsstunde und nachher in eine große Cafeteria im Keller, wo sie allein an einem kleinen Tisch Kaffee trank und Fünfer in die Musicbox warf, um wieder und wieder dasselbe Stück zu hören, eine traurige Gershwin-Melodie, gesungen von Nina Simone. Ich hatte den Eindruck, daß sie ihre Freiheit genoß. Sie las eine Weile, und dann schaute sie umher. Ich merkte, daß ich außerstande war, mich von meinem Stuhl zu erheben und zu ihr zu gehen. Ich verließ die Cafeteria vor ihr und kehrte in mein kleines Hotel in der Stadt zurück.

Am Nachmittag wanderte ich wieder über den Campus, und als ich mich ihrem Wohnheim näherte, erschien sie plötzlich. Diesmal trug sie ein weißes Kattunkleid mit kurzen Ärmeln, einem wunderbar anschmiegsamen Mieder und einem weiten Glockenrock.

Wieder spazierte sie anscheinend ziellos umher; diesmal aber bog sie ganz unerwartet in den hinteren Teil des Campus ab und entfernte sich von den sauber gemähten Rasenflächen und dem Publikumsverkehr; unversehens folgte ich ihr in einen weitläufigen, großenteils vernachlässigten botanischen Garten. Das Gelände war so düster, verwildert und überwuchert, daß ich für sie zu fürchten begann, als sie vor mir auf dem unebenen Pfad immer weiterging.

Endlich verschwanden die fernen Wohnheimgebäude vollends hinter großen Bambusgebüschen, und der Lärm von den noch ferneren Straßen verstummte. Die Luft war hier schwer wie in New Orleans, aber ein bißchen trockener.

Ich kam einen schmalen Weg herunter und überquerte eine kleine Brücke. Als ich aufblickte, sah ich mich Deirdre gegenüber. Sie stand regungslos unter einem großen, blühenden Baum. Jetzt hob sie ihre rechte Hand und winkte mir, näherzukommen.

»Mr. Lightner«, sagte sie. »Was wollen Sie?« Ihre Stimme war dunkel und bebte leicht. Sie ließ weder Zorn noch Angst erkennen. Ich konnte ihr nicht antworten. Ich merkte plötzlich, daß sie den Mayfair-Smaragd um den Hals trug. Er mußte unter ihrem Kleid versteckt gewesen sein, als sie aus dem Wohnheim gekommen war.

Ein leiser Alarm schrillte in meinem Kopf. Ich bemühte mich, etwas Einfaches und Ehrliches und Gedankenvolles zu sagen. Stattdessen sagte ich: »Ich bin Ihnen gefolgt, Deirdre.«

»Ja«, sagte sie. »Ich weiß.«

Sie wandte mir den Rücken zu und winkte mir, ihr zu folgen. Dann stieg sie eine schmale, überwucherte Treppe zu einem verwunschenen kleinen Platz hinunter, wo ein paar Zementbänke im Kreis standen, vom Weg aus so gut wie unsichtbar. Der Bambus knisterte leise im Wind. Der Geruch des nahen Tümpels war faulig. Aber die Stelle war von einer unbestreitbaren Schönheit.

Sie ließ sich auf einer Bank nieder; ihr Kleid leuchtete weiß im Schatten, und der Smaragd blitzte auf ihrer Brust.

Gefahr, Lightner, warnte ich mich. Du bist in Gefahr.

»Mr. Lightner«, sagte sie und hob den Kopf, als ich mich gegenüber auf die Bank setzte, »sagen Sie mir einfach, was Sie wollen.«

»Deirdre, ich weiß vieles«, sagte ich. »Über Sie und Ihre Mutter, über die Mutter Ihrer Mutter und auch über deren Mutter. Historisches, Geheimes, Gerüchte, Genealogien ... alles mögliche eigentlich. In einem Haus in Amsterdam hängt das Porträt einer Frau – Ihrer Ahnfrau. Ihr Name war Deborah. Sie war es, die vor Jahrhunderten diesen Smaragd bei einem Juwelier in Holland kaufte.«

Nichts von all dem schien sie zu überraschen. Sie studierte mich eindringlich, offenbar auf der Suche nach Lügen und bösen Absichten.

»Deirdre«, sagte ich. »Sagen Sie mir, ob Sie wissen wollen, was ich weiß. Möchten Sie die Briefe eines Mannes lesen, der Ihre Vorfahrin Deborah liebte? Wollen Sie hören, wie sie in Frankreich starb und wie ihre Tochter übers Meer nach Saint Domingue kam? Am Tag ihres Todes ließ Lasher ein Unwetter über das Dorf kommen –«

Ich brach ab. Es war, als seien die Worte in meinem Mund eingetrocknet. Ihr Gesicht hatte sich erschreckend verändert. Einen Moment lang dachte ich, daß die Wut sie überwältigte. Aber dann sah ich, daß es ein verzehrender innerer Kampf war.

»Mr. Lightner«, sagte sie leise, »ich möchte das alles nicht wissen. Ich will vergessen, was ich schon weiß. Ich bin hier, um all dem zu entkommen.«

»Ah.« Mehr fiel mir nicht ein.

Ich merkte, daß sie ruhiger wurde. Ich war hier der Ratlose. Dann sagte sie: »Mr. Lightner« – ihre Stimme klang nun fest, aber voller Leidenschaft – »meine Tante sagt, Sie studieren uns, weil Sie glauben, daß wir ganz besondere Leute sind. Sie würden aus reiner Neugier dem Bösen in uns helfen, wenn Sie könnten. Nein, Sie dürfen mich nicht mißverstehen. Sie meint, indem Sie über das Böse sprechen, würden Sie es nähren. Indem Sie es studieren, würden Sie ihm Leben geben.« Ihre sanften blauen Augen flehten um mein Verständnis: Wie bemerkenswert gefaßt sie erschien, wie überraschend ruhig.

Ich war erstaunt. Erstaunt darüber, daß Carlotta Mayfair wußte, wer wir waren, und daß sie so viel von unseren Zielen begriffen hatte. Dann fiel mir Stuart ein. Stuart mußte mit ihr darüber gesprochen haben. Das war der Beweis.

»Es ist wie mit den Spiritualisten, Mr. Lightner«, fuhr Deirdre in der gleichen höflichen und verständnisvollen Weise fort. »Sie wollen mit den Geistern toter Vorfahren sprechen, aber allen ihre guten Absichten zum Trotz stärken sie nur Dämonen, von denen sie nichts verstehen...«

»Ja, ich weiß, was Sie meinen, glauben Sie mir. Ich wollte Ihnen ja nur die Informationen geben. Und Sie sollten wissen, daß Sie, wenn Sie –«

»Aber verstehen Sie nicht? Ich will nicht. Ich will die Vergangenheit hinter mir lassen.« Ihre Stimme wurde ein wenig brüchig. »Ich will nie wieder nach Hause.«

»Also gut«, sagte ich. »Ich verstehe vollkommen. Aber wollen Sie etwas für mich tun? Prägen Sie sich meinen Namen ein. Nehmen Sie meine Karte. Lernen Sie die Telefonnummern darauf auswendig. Und rufen Sie mich, wenn Sie mich jemals brauchen.«

Sie nahm die Karte, studierte sie eine Weile und steckte sie in ihre Tasche.

Ich merkte, daß ich sie wortlos anstarrte. Ich schaute ihr in die großen, unschuldigen blauen Augen und bemühte mich, meinen Blick nicht über die Schönheit ihres jungen Körpers schweifen zu lassen, über die herrlich geformten Brüste in dem Kattunkleid. Ihr Gesicht war voller Trauer dort im Schatten.

»Er ist der Teufel, Mr. Lightner«, flüsterte sie. »Wirklich.«

»Warum tragen Sie dann den Smaragd, meine Liebe?« fragte ich impulsiv.

Ein Lächeln glitt über ihr Gesicht. Sie griff nach dem Smaragd, schloß die rechte Hand um den Stein und zog so heftig an der Kette, daß sie zerriß. »Aus einem ganz bestimmten Grund, Mr. Lightner. Es war die einfachste Art, ihn herzubringen. Ich will ihn Ihnen geben.« Sie streckte den Arm aus und ließ mir den Stein in die Hand fallen.

Ich schaute ihn an und konnte kaum glauben, daß ich das Ding wirklich in der Hand hielt. Ohne nachzudenken, sagte ich: »Er wird mich umbringen, wissen Sie. Er wird mich umbringen und ihn mir abnehmen.«

»Nein, das kann er nicht!« Sie starrte mich entsetzt an.

»Natürlich kann er das«, sagte ich.

»O Gott«, flüsterte sie und schloß für einen Moment die Augen. »Das kann er nicht«, sagte sie noch einmal, aber jetzt ohne Überzeugung. »Ich glaube nicht, daß er so etwas kann.«

»Ich lasse es darauf ankommen«, sagte ich. »Ich nehme den Smaragd. Manche Leute besitzen eigene Waffen, um es so auszudrükken. Ich kann Ihnen helfen, Ihre Waffen zu verstehen. Tut Ihre Tante das? Sagen Sie mir, was Sie von mir wollen.«

»Daß Sie weggehen«, sagte sie verzweifelt. »Daß Sie... daß Sie... nie wieder mit mir über diese Dinge sprechen.«

»Deirdre, kann er Sie zwingen, ihn zu sehen, wenn Sie nicht wollen, daß er kommt?«

»Ich will, daß Sie damit aufhören, Mr. Lightner. Wenn ich nicht an ihn denke, wenn ich nicht von ihm spreche« – sie hob die Hände an die Schläfen – »wenn ich mich weigere, ihn anzusehen, vielleicht...«

»Was wollen Sie denn? Für sich?«

»Leben, Mr. Lightner. Ein normales Leben. Sie können sich nicht vorstellen, was diese Worte für mich bedeuten. Ein normales Leben. Ein Leben, wie sie es haben, die Mädchen da drüben im Wohnheim. Ein Leben mit Teddybären und Boyfriend und Küssen auf dem Rücksitz im Auto. Ein einfaches Leben!«

Sie war jetzt so aufgeregt, daß es mich beunruhigte. Und all dies war ganz unverzeihlich riskant. Aber sie hatte mir dieses Ding in die Hand gegeben! Ich befühlte es, rieb mit dem Daumen darüber. Es war so kalt, so hart.

»Mr. Lightner, können Sie ihn nicht dazu bringen, daß er weggeht? Können Sie und Ihre Freunde das nicht für mich tun? Meine Tante sagt, nein, das kann nur ein Priester, aber der Priester glaubt nicht an ihn, Mr. Lightner. Und man kann keinen Exorzismus vollziehen, wenn man keinen Glauben hat!«

»Er zeigt sich dem Priester wohl nicht?«

»Nein«, sagte sie verbittert und mit der Andeutung eines Lächelns. »Was würde das auch nützen? Er ist kein niederer Geist, den man mit Weihwasser und ein paar Ave Marias vertreiben kann. Er macht sich lustig über sie.«

Sie hatte angefangen zu weinen. Sie griff nach der Kette und riß mir den Smaragd aus der Hand, und dann schleuderte sie ihn, so weit sie konnte, durch das Unterholz. Ich hörte, wie er mit kurzem, dumpfem Plumpsen ins Wasser fiel. Sie zitterte heftig. »Er wird zurückkommen!« sagte sie. »Er wird zurückkommen! Er kommt immer zurück.«

»Vielleicht können Sie ihn austreiben«, sagte ich. »Sie und nur Sie allein.«

»O ja, das sagt sie auch, das hat sie immer gesagt. ›Schau ihn nicht an, sprich nicht mit ihm, laß dich nicht von ihm berühren!‹ Aber er kommt doch immer wieder. Er bittet mich nicht um Erlaubnis. Und...«

»Und?«

»Wenn ich einsam bin, wenn ich verzweifelt bin...«

»Dann ist er da.«

»Ja, dann ist er da.«

Das Mädchen litt Höllenqualen. Etwas mußte geschehen!

»Und wenn er kommt, Deirdre? Ich meine, wenn Sie sich nicht wehren, wenn Sie ihn kommen lassen, ihn sichtbar werden lassen. Was dann?«

Verdattert und verletzt sah sie mich an. »Sie wissen nicht, was Sie sagen!«

»Ich weiß, es bringt Sie um den Verstand, sich gegen ihn zu wehren. Was passiert, wenn Sie sich nicht wehren?«

»Dann sterbe ich«, sagte sie. »Und die Welt rings um mich herum stirbt, und es gibt nur noch ihn.« Sie fuhr sich mit dem Handrücken über den Mund.

Wie lange lebt sie schon in diesem Elend, dachte ich. Und wie stark sie ist – und gleichzeitig so hilflos und so voller Angst.

»Ja, Mr. Lightner, das stimmt«, sagte sie. »Ich habe Angst. Aber ich werde nicht sterben. Ich werde gegen ihn kämpfen. Und ich werde gewinnen. Sie werden mich verlassen. Sie werden nie wieder in meine Nähe kommen. Und ich werde nie wieder seinen Namen aussprechen oder ihn ansehen oder ihn einladen, zu kommen. Und dann wird er mich auch verlassen. Er wird sich jemand anderen suchen, der ihn sehen will. Jemanden... zum Lieben.«

»Liebt er Sie, Deirdre?«

»Ja«, flüsterte sie. Es wurde dunkel. Ich konnte ihr Gesicht nicht mehr deutlich sehen.

»Was will er von Ihnen, Deirdre?« fragte ich.

»Sie wissen, was er will«, antwortete sie. »Er will mich, Mr. Lightner. Er will das gleiche wie Sie! Denn durch mich erwacht er erst zum Leben!«

Sie zog ein kleines, zerknülltes Taschentuch hervor und putzte sich die Nase. »Er hat mir gesagt, daß Sie kommen«, bekannte sie. »Er hat etwas Merkwürdiges gesagt, etwas, woran ich mich nicht erinnern kann. Es klang wie ein Fluch. ›Ich werde das Fleisch essen und den Wein trinken und die Frau haben, wenn er längst im Grab verrottet.‹«

»Diese Worte habe ich schon einmal gehört«, sagte ich.

»Ich will, daß Sie fortgehen«, sagte sie. »Sie sind ein netter Mann. Ich mag Sie. Ich will nicht, daß er Ihnen etwas antut. Ich werde ihm sagen, er darf es nicht...« Sie brach verwirrt ab.

»Deirdre, ich glaube, ich kann Ihnen helfen...«

»Nein!«

»Ich kann Ihnen helfen, gegen ihn zu kämpfen, wenn das Ihr Entschluß ist. Ich kenne Leute in England, die...«

»Nein!«

Ich wartete und sagte schließlich leise: »Wenn Sie je meine Hilfe brauchen, rufen Sie mich an.« Sie antwortete nicht. Ich spürte, daß sie restlos erschöpft war. Der Verzweiflung nahe. Ich sagte ihr, wo ich in Denton wohnte und daß ich noch bis morgen dableiben würde; wenn ich bis dahin nichts von ihr hören sollte, würde ich abreisen. Ich fühlte mich wie ein absoluter Versager, aber ich konnte sie nicht noch mehr verletzen! Ich starrte in den wispernden Bambus. Es wurde dunkler und dunkler. Und es gab kein Licht in diesem wuchernden Garten.

»Aber Ihre Tante irrt sich, was uns betrifft«, sagte ich noch, ohne zu wissen, ob sie mir zuhörte. Dabei blickte ich hinauf zu dem Stück Himmel über uns, das jetzt ganz weiß geworden war. »Wir wollen Ihnen sagen, was wir wissen. Wir wollen Ihnen geben, was wir haben. Es ist wahr: Uns liegt an Ihnen, weil Sie ein besonderer Mensch sind; aber uns liegt sehr viel mehr an Ihnen als an ihm. Sie könnten in unser Haus in London kommen, und Sie könnten dort wohnen, solange Sie möchten. Wir würden Sie mit anderen bekanntmachen, die ähnliche Dinge gesehen und gegen sie gekämpft haben. Wir würden Ihnen helfen. Und wer weiß, vielleicht könnten wir ihn irgendwie zwingen, fortzugehen.«

Ich sah sie an und hatte Angst, den Schmerz in ihrem Gesicht zu sehen. Sie schaute mich an wie zuvor, mit traurigen Augen, in denen Tränen blinkten. Ihre Hände lagen schlaff in ihrem Schoß. Und da stand *er*, unmittelbar hinter ihr, nicht einmal eine Handbreit von ihr entfernt, und er starrte mich mit seinen braunen Augen an.

Ich schrie auf, bevor ich es verhindern konnte. Wie ein Trottel sprang ich auf.

»Was ist?« rief sie voller Entsetzen. Sie sprang von der Bank auf und stürzte in meine Arme. »Sagen Sie's mir! Was ist?«

Er war verschwunden. Ein heißer Windstoß raschelte im turmhohen Bambusgebüsch. Nur Schatten dort, sonst nichts. Nur die wuchernde Enge des Gartens. Und ein langsames Sinken der Temperatur. Als ob die Tür eines Hochofens geschlossen worden wäre.

Ich schloß die Augen, hielt sie im Arm, so fest ich konnte, bemühte mich, vor lauter Zittern nicht das Bewußtsein zu verlieren und sie zu trösten, während ich zugleich versuchte, mir einzuprägen, was ich gesehen hatte: einen boshaften jungen Mann, der kalt lächelnd hinter ihr gestanden hatte, die Kleidung adrett, dunkel und ohne unnötigen Zierkram, als werde die ganze Energie des Wesens von den funkelnden Augen, den weißen Zähnen und der schimmernden Haut absorbiert. Davon abgesehen, war es der Mann gewesen, den schon so viele beschrieben hatten.

Deirdre war inzwischen völlig hysterisch. Sie preßte eine Hand auf den Mund, um das Schluchzen zu unterdrücken! Grob stieß sie mich von sich und rannte die kleine, zugewachsene Treppe hinauf zum Weg.

»Deirdre!« rief ich. Aber sie war schon in der Dunkelheit verschwunden. Zwischen den Bäumen in der Ferne sah ich noch einmal einen weißen Strich, und dann hörte ich nicht einmal mehr ihre Schritte.

Ich war allein in dem alten botanischen Garten, und es war dunkel, und ich hatte zum erstenmal in meinem Leben Todesangst. Ich hatte solche Angst, daß ich wütend wurde. Ich folgte ihr – oder, besser gesagt, dem Weg, den sie genommen hatte –, und ich zwang mich, nicht zu rennen, sondern mit festem Schritt einen Fuß vor den anderen zu setzen, bis ich schließlich die fernen Lichter der Wohnheime und der Zuliefererstraße dahinter sah; und als ich den Verkehr hörte, fühlte ich mich wieder sicher.

Ohne Zwischenfälle erreichte ich mein Hotel, ging auf mein Zimmer und rief London an. Es dauerte eine Stunde, bis ich die Verbindung bekam; ich lag einstweilen auf dem Bett, und ich konnte immer nur denken: Ich habe ihn gesehen. Ich habe den Mann gesehen. Ich habe gesehen, was Petyr gesehen hat und was Arthur gesehen hat. Ich habe mit eigenen Augen Lasher gesehen.

Scott Reynolds, unser Direktor, zeigte sich ruhig, aber unerbittlich. »Verschwinde sofort von da. Komm nach Hause.«

»Tief durchatmen, Scott. Ich bin nicht so weit gereist, um mich dann von einem Geist verscheuchen zu lassen, den wir seit drei Jahrhunderten aus der Ferne studieren.«

»So beurteilst du die Sache, Aaron? Du, der du die Geschichte der Mayfair-Hexen von Anfang an kennst? Das Wesen versucht doch nicht, dich zu verscheuchen. Es versucht, dich zu locken. Es will, daß du das Mädchen mit deinen Fragen quälst. Es verliert sie, und durch dich kann es hoffen, sie zurückzubekommen. Die Tante – was immer sie sonst sein mag – ist der Wahrheit auf der Spur. Du bringst das Mädchen dazu, dir zu erzählen, was sie durchgemacht hat, und damit gibst du dem Geist die Energie, die er braucht.«

»Ich verstehe, was du meinst, Scott. Aber das Mädchen wird den Kampf alleine nicht gewinnen können. Ich gehe zurück nach New Orleans. Ich will zur Stelle sein, wenn sie mich braucht.«

Scott war kurz davor gewesen, mir die Abreise zu befehlen, als ich meine Position ins Feld führte. Ich war älter als er. Ich hatte die Ernennung zum Direktor abgelehnt. Deshalb hatte er sie bekommen. Ich würde mir nicht befehlen lassen, den Fall auf sich beruhen zu lassen.

Am nächsten Tag hinterließ ich für Deirdre die Nachricht, daß ich im Royal Court in New Orleans zu finden sein würde. Mit einem Mietwagen fuhr ich nach Dallas, und dort nahm ich den Zug nach New Orleans. Die Fahrt dauerte acht Stunden, und ich schrieb während der ganzen Zeit in mein Tagebuch.

Ausführlich bedachte ich, was geschehen war. Das Mädchen hatte ihrer eigenen Geschichte und ihren übersinnlichen Kräften widersagt. Ihre Tante hatte sie dazu erzogen, den Geist – Lasher – zurückzustoßen. Seit Jahren kämpfte sie offensichtlich auf verlorenem Posten. Aber wenn wir ihr nun halfen? Würde sich die Kette der Vererbung durchbrechen lassen? Würde der Geist die Familie verlassen wie einer, der aus einem brennenden Haus hinausfährt, in dem er jahrelang gespukt hat?

Noch während ich diese Gedanken niederschrieb, plagte mich die Erinnerung an die Erscheinung. Dieses Wesen war so mächtig! Seine scheinbare Körperlichkeit und seine Kraft waren viel größer als bei irgendeinem anderen der Phantome, die ich bis dahin gesehen hatte. Und doch war es nur ein fragmentarisches Bild gewesen.

Meiner Erfahrung nach erscheinen nur die Geister kürzlich Verstorbener mit solch eindringlicher Stofflichkeit. Beispielsweise kann der Geist eines im Gefecht gefallenen Piloten am Tag seines Todes im Wohnzimmer seiner Schwester erscheinen, und sie wird nachher sagen: »Aber er war so real – ich konnte sogar den Schlamm an seinen Schuhen sehen!«

Geister längst Verstorbener waren fast nie von solcher Dichte und Lebendigkeit.

Und körperlose Wesen? Sie konnten die Leiber der Lebenden und der Toten in Besitz nehmen, ja, aber aus eigener Kraft dermaßen handfest und intensiv erscheinen?

Dieses Wesen zeigte sich offenbar gern, oder nicht? Natürlich. Deshalb hatten es ja so viele Leute schon zu Gesicht bekommen. Es hatte gern einen Körper, und wäre es nur für den Bruchteil einer Sekunde. Deshalb sprach es nicht einfach mit tonloser Stimme mit seiner Hexe oder machte ihr ein Bild von sich, das nur in ihrem Kopf existierte. Nein, es nahm irgendwie materielle Gestalt an, so daß auch andere es sehen und sogar hören konnten. Und mit großer, vielleicht mit sehr großer Anstrengung konnte es den Anschein erwecken, daß es weinte oder lächelte.

Was also war der Plan dieses Wesens? Kraft zu gewinnen, damit es sich immer dauerhafter und vollkommener manifestieren konnte? Und vor allem – was bedeutete der Fluch, der in Petyrs Brief gelautet hatte: »Ich werde den Wein des Weibes trinken, ihr Fleisch essen, ihre Wärme kennen, wenn nicht einmal deine Knochen mehr da sind«?

Und zuletzt: Warum folterte oder lockte es mich jetzt nicht? Hatte es Deirdres Energie benutzt, um sein Erscheinen zu bewerkstelligen, oder meine?

Vielleicht war es töricht, aber ich hatte das Gefühl, daß es mir nicht schaden konnte, solange ich nicht in Deirdres Nähe war. Was Petyr van Abel zugestoßen war, hatte sehr viel mit seinen medialen Kräften zu tun und mit der Art, wie das Wesen ihn manipuliert hatte. Ich besaß sehr wenig Kräfte dieser Art.

Aber es wäre ein schlimmer Fehler, dieses Wesen zu unterschätzen. Ich mußte von jetzt an auf der Hut sein.

Abends um acht kam ich in New Orleans an, und sofort ereigneten sich seltsame kleine Zwischenfälle. Vor der Union Station wurde ich um Haaresbreite von einem Auto überfahren. Das Taxi, mit dem ich zum Hotel fuhr, wäre beinahe mit einem anderen Wagen zusammengestoßen, als wir anhielten.

Einbildung, dachte ich. Aber als ich die Treppe zu meinem Zimmer im ersten Stock hinaufstieg, brach unter meiner Hand ein morscher Teil des alten Holzgeländers ab. Ich hätte beinahe das Gleichgewicht verloren. Der Page entschuldigte sich sofort. Eine Stunde später, ich war eben dabei, alles dies in mein Tagebuch einzutragen, brach im dritten Stock des Hotels ein Feuer aus.

Fast eine Stunde lang stand ich mit den anderen Hotelgästen voller Unbehagen in der engen Straße im French Quarter, ehe feststand, daß der kleine Brand gelöscht worden war, ohne daß größere Rauch- oder Wasserschäden entstanden waren. »Was war denn die Ursache?« fragte ich. Ein verlegener Angestellter brummte etwas von Gerümpel in einem Wandschrank und versicherte mir, es sei nun alles wieder in Ordnung.

Lange dachte ich über die Vorkommnisse nach. Eigentlich konnte alles reiner Zufall gewesen sein. Mir war nichts passiert, und auch den anderen an diesen kleinen Zwischenfällen Beteiligten nicht; jetzt war nötig, daß ich mir eine entschlossene Geistesverfassung bewahrte. Ich nahm mir vor, mich ein wenig langsamer durch die Welt zu bewegen, mich besser vorzusehen und mich zu bemühen, stets gewahr zu sein, was um mich herum vorging.

Die Nacht verging ohne weitere Mißgeschicke; ich schlief allerdings unruhig und wachte oft auf. Am Morgen nach dem Frühstück rief ich unsere Detektive in London an und beauftragte sie, einen texanischen Kollegen zu engagieren, der so diskret wie möglich über Deirdre Mayfair herausfinden solle, soviel er konnte.

Dann setzte ich mich hin und schrieb einen langen Brief an Cortland. Ich erklärte, wer ich war, wer die Talamasca war, und daß wir die Geschichte der Familie vom siebzehnten Jahrhundert an verfolgt hatten, als einer unserer Vertreter Deborah Mayfair aus ernster Gefahr gerettet hatte. Ich berichtete von dem Rembrandt-Porträt Deborahs in Amsterdam, und ich erläuterte sodann, daß wir uns für Deborahs Nachkommen interessierten, weil sie anscheinend über echte übersinnliche Kräfte verfügten, die sich in jeder Generation manifestierten; es sei nun, schrieb ich, unser Wunsch, mit der Familie in Kontakt zu treten, um all denen, die sich dafür interessierten, unsere Unterlagen zugänglich zu machen.

Ich schrieb einen gleichlautenden Brief an Carlotta Mayfair und gab nach langem Überlegen die Adresse und die Telefonnummer meines Hotels an. Was hatte es schließlich für einen Sinn, mich hinter einem Postfach zu verstecken?

Ich fuhr zur First Street hinauf und warf den Brief in Carlottas Briefkasten; dann ging es hinaus nach Metairie, wo ich Cortlands Brief durch einen Schlitz in der Tür warf. Nachher fühlte ich mich von dunklen Ahnungen überwältigt; ich kehrte zwar ins Hotel zurück, ging aber nicht auf mein Zimmer. Statt dessen informierte ich die Rezeption, daß ich in der Bar zu finden sei; dort blieb ich den ganzen Abend, nippte genüßlich an einem guten Kentucky-Bourbon und machte mir allerlei Notizen über den ganzen Fall.

Die Bar war klein und ruhig; der Blick ging in einen bezaubernden Garten hinaus. Zwar saß ich mit dem Rücken zu diesem Garten – aus Gründen, die ich nicht ganz erklären kann, der Tür zum Foyer zugewandt –, aber ich fühlte mich dennoch wohl in dem kleinen Raum. Das Gefühl düsterer Vorahnung schmolz langsam dahin.

Gegen acht blickte ich von meinem Tagebuch auf und sah, daß jemand dicht vor meinem Tisch stand. Es war Cortland.

Ich hatte sein Gesicht schon auf zahllosen Fotografien studieren können. Aber keine davon kam mir jetzt in den Sinn, als unsere Blicke sich trafen. Dazu war die Ähnlichkeit zu frappierend: Der große, dunkelhaarige Mann, der da lächelnd auf mich herabblickte, war das Ebenbild Julien Mayfairs, der 1914 gestorben war. Alle Unterschiede erschienen unwichtig. Es war Julien – mit größeren Augen, dunklerem Haar und vielleicht einem großzügigeren Mund, aber gleichwohl Julien. Und ganz plötzlich wirkte das Lächeln grotesk. Wie eine Maske.

Gottlob ist es nicht Carlotta, dachte ich, und da sagte er: »Ich glaube nicht, daß Sie von meiner Cousine Carlotta hören werden. Aber ich finde, es wird Zeit, daß wir beide uns unterhalten.« Eine sehr angenehme, aber absolut unaufrichtige Stimme. Der Tonfall entschieden südstaatlich, aber auf einzigartige Weise von New Orleans. Das Schimmern in den dunklen Augen wirkte charmant und gleichzeitig bedrohlich.

Entweder haßte der Mann mich, oder er betrachtete mich als ein verdammtes Ärgernis. Er drehte sich um und winkte dem Barkeeper. »Noch einen Drink für Mr. Lightner, bitte, und einen Sherry für mich.«

Er setzte sich mir gegenüber an den kleinen Marmortisch, schlug die Beine seitlich übereinander. »Es stört Sie doch nicht, wenn ich rauche, Mr. Lightner? Vielen Dank.« Er zog ein wunderschönes goldenes Zigarettenetui aus der Tasche, klappte es auf und bot mir eine Zigarette an. Als ich ablehnte, zündete er sich selbst eine an. Wieder empfand ich sein wohlgelauntes Auftreten als völlig gekünstelt. Ich fragte mich, wie es auf einen normalen Menschen wirken mochte.

»Ich bin so froh, daß Sie gekommen sind, Mr. Mayfair«, sagte ich.

»Oh, nennen Sie mich doch Cortland«, sagte er. »Es gibt schließlich so viele, die Mr. Mayfair heißen.«

Ich spürte, daß Gefahr von ihm ausging, und bemühte mich ganz bewußt, meine Gedanken zu verbergen.

»Wenn Sie Aaron zu mir sagen«, antwortete ich, »werde ich Sie mit Vergnügen Cortland nennen.«

Er nickte knapp. Dann lächelte er der jungen Frau, die uns die Drinks brachte, beiläufig zu und nahm sofort einen Schluck von seinem Sherry.

Er war eine faszinierend attraktive Erscheinung. Ich dachte an Lewellyn und daran, wie er mir wenige Tage zuvor Julien beschrieben hatte. Aber alles das mußte ich jetzt restlos aus meinen Gedanken verbannen. Ich war in Gefahr. Das sagte mir mein Gefühl überdeutlich, und der gedämpfte Charme des Mannes war ein Teil davon. Er hielt sich für sehr attraktiv und sehr clever. Und beides stimmte.

Ich starrte auf meinen frischen Bourbon mit Wasser. Und plötzlich fiel mir auf, daß seine Hand nur einen Zollbreit von meinem Glas entfernt auf seinem goldenen Zigarettenetui ruhte. Da wußte ich, wußte ich ohne jeden Zweifel: Dieser Mann will mir schaden. Wie unerwartet. Ich hatte die ganze Zeit gedacht, es sei Carlotta.

»Oh, verzeihen Sie«, sagte er und machte plötzlich ein überraschtes Gesicht, als sei ihm gerade etwas eingefallen. »Ich muß meine Medizin nehmen – das heißt, wenn ich sie finden kann...« Er betastete seine Taschen und zog dann etwas aus der Jacke. Ein Fläschchen mit Tabletten. »Wie lästig«, sagte er kopfschüttelnd. »Gefällt Ihnen Ihr Aufenthalt in New Orleans?« Er wandte sich um und bat um ein Glas Wasser. »Natürlich waren Sie in Texas bei meiner Nichte; das weiß ich. Aber Sie haben zweifellos auch die Stadt besichtigt. Was halten Sie von diesem Garten hier?« Er deutete hinaus. »Eine tolle Geschichte mit diesem Garten. Hat man sie Ihnen schon erzählt?«

Ich drehte mich um und schaute in den Garten hinaus. Ich sah die unebenen Steinplatten, einen verwitterten Springbrunnen und dahinter, im Schatten, einen Mann. Einen großen, schlanken Mann im Gegenlicht. Gesichtslos. Regungslos. Die Kälte, die mir über den Rücken rieselte, fühlte sich beinahe köstlich an. Ich schaute den Mann an, und langsam zerschmolz er, um schließlich ganz zu verschwinden.

Ich erwartete einen warmen Luftzug, aber ich fühlte nichts. Vielleicht war ich zu weit weg von dem Wesen, und vielleicht irrte ich mich auch, wenn ich zu wissen glaubte, wer oder was es gewesen war.

Eine Ewigkeit schien zu verstreichen. Als ich mich schließlich umdrehte, sagte Cortland: »Eine Frau hat in diesem Gärtchen Selbstmord begangen. Es heißt, einmal im Jahr ist der Springbrunnen rot von ihrem Blut.«

»Wie bezaubernd«, sagte ich leise. Ich beobachtete, wie er sein Wasserglas hob und halb leertrank. Schluckte er seine Tabletten? Das Fläschchen war verschwunden. Ich warf einen Blick auf meinen

Bourbon mit Wasser. Um nichts in der Welt hätte ich ihn angerührt. Abwesend betrachtete ich meinen Stift, der neben meinem Tagebuch lag, und steckte ihn dann in die Tasche. Ich war so versunken in allem, was ich sah und hörte, daß ich nicht das leiseste Bedürfnis verspürte, ein Wort zu sagen.

»Nun denn, Mr. Lightner, wollen wir zur Sache kommen.« Wieder dieses Lächeln, dieses strahlende Lächeln.

»Selbstverständlich«, sagte ich. Was fühlte ich? Eine seltsame Erregung. Ich saß hier mit Juliens Sohn Cortland, und er hatte soeben ein Mittel, ohne Zweifel ein tödliches, in meinen Drink getan. Er glaubte, daß er damit davonkommen werde. Und plötzlich war ich wie elektrisiert. Die ganze dunkle Geschichte wirbelte in meinem Kopf. Ich gehörte dazu. Ich saß nicht in England und las darüber. Ich war hier. Vielleicht lächelte ich ihn an. Ich wußte, daß auf diesen wunderlichen Höhenflug der Emotionen ein niederschmetternder Absturz folgen würde. Der verfluchte Halunke versuchte mich umzubringen.

»Ich habe die ganze Angelegenheit geprüft – die Talamasca et cetera«, sagte er in künstlich munterem Ton. »Wir können gegen Sie nichts machen. Wir können Sie nicht zwingen, Ihre Informationen über unsere Familie preiszugeben, weil sie anscheinend absolut vertraulich und nicht für die Veröffentlichung oder sonst eine bösartige Verwendung gedacht sind. Wir können Sie nicht zwingen, mit Ihren Recherchen aufzuhören, solange Sie nicht gegen irgendwelche Gesetze verstoßen.«

»Ja. Das stimmt vermutlich alles.«

»Aber wir können es Ihnen und Ihren Vertretern ungemütlich machen, sehr ungemütlich, und wir können es Ihnen rechtlich unmöglich machen, sich uns und unserem Besitz auf weniger als soundsoviele Schritte zu nähern. Allerdings wäre das kostspielig für uns, und es würde Sie im Grunde nicht aufhalten – zumindest nicht, wenn Sie das sind, was Sie zu sein behaupten.«

Er schwieg, nahm einen Zug aus seiner dünnen dunklen Zigarette und warf einen Blick auf mein Bourbon-Glas. »Habe ich Ihnen den falschen Drink bestellt, Mr. Lightner?«

»Sie haben keinen speziellen Drink bestellt. Der Kellner hat gebracht, was ich schon den ganzen Nachmittag trinke. Ich hätte es rechtzeitig sagen sollen. Ich habe wirklich genug für heute.«

Sein Blick wurde für einen Moment hart, als er mich ansah – ja, seine lächelnde Maske verschwand spurlos. Und in diesem Augenblick der Ausdruckslosigkeit und fehlenden Verstellung sah er beinahe jugendlich aus.

»Sie hätten diese Fahrt nach Texas nicht machen dürfen, Mr. Lightner«, sagte er kalt. »Sie hätten meine Nichte nicht so verstören dürfen.«

»Da stimme ich Ihnen zu. Ich hätte sie nicht verstören dürfen. Ich habe mir Sorgen um sie gemacht; ich wollte ihr meine Hilfe anbieten.«

»Das ist sehr anmaßend von Ihnen. Von Ihnen und Ihren Londoner Freunden.« Ein Hauch von Zorn. Oder war es nur Ärger, weil ich den Bourbon nicht trinken wollte? Ich sah ihn eine ganze Weile an, und mein Geist leerte sich, bis kein Laut mehr störte, keine Bewegung, keine Farbe – nur noch sein Gesicht war da, und eine leise Stimme in meinem Kopf, die mir sagte, was ich wissen wollte.

»Ja, es ist anmaßend, nicht wahr?« sagte ich. »Aber sehen Sie, unser Vertreter Petyr van Abel war der Vater von Charlotte Mayfair, die 1664 in Frankreich geboren wurde. Als er später nach Saint Domingue reiste, um seine Tochter zu besuchen, wurde er von ihr in Gefangenschaft gehalten. Und bevor Ihr Geist Lasher ihn auf einer einsamen Straße in den Tod trieb, schlief er mit seiner eigenen Tochter Charlotte und wurde so der Vater ihrer Tochter Jeanne Louise. Das bedeutet, er war Angeliques Großvater und der Urgroßvater jener Marie Claudette, die Riverbend baute und das Vermächtnis schuf, das Sie heute für Deirdre verwalten. Können Sie meiner Geschichte folgen?«

Er war offensichtlich unfähig zu einer Reaktion. Er starrte mich an, und die Zigarette qualmte in seiner Hand. Ich spürte keine Bosheit oder Wut von ihm ausgehen, aber ich beobachtete ihn scharf, als ich fortfuhr.

»Ihre Vorfahren sind die Nachkommen unseres Vertreters Petyr van Abel. Wir sind miteinander verwandt, die Mayfair-Hexen und die Talamasca. Aber auch anderes führt uns nach all den Jahren wieder zusammen. Stuart Townsend, unser Vertreter, der 1929 hier in New Orleans nach einem Besuch bei Stella verschwand. Erinnern Sie sich an Stuart Townsend? Sein Verschwinden wurde nie aufgeklärt.«

»Sie sind ja verrückt, Mr. Lightner«, sagte er ohne eine merkliche Änderung seines Gesichtsausdrucks. Er zog an seiner Zigarette und drückte sie dann aus, obwohl sie noch nicht halb aufgeraucht war.

»Dieser Geist, Ihr Lasher – er hat Petyr van Abel getötet«, sagte ich ruhig. »War es Lasher, den ich eben gesehen habe? Da drüben?« Ich deutete hinter mich in den Garten. »Er bringt Ihre Nichte um den Verstand, nicht wahr?«

Jetzt war doch eine bemerkenswerte Veränderung über ihn gekommen. Sein Gesicht, so wunderschön umrahmt von seinem dunklen Haar, sah in seiner Verblüffung absolut unschuldig aus.

»Es ist Ihnen völlig ernst damit, wie?« Es waren die ersten ehrlichen Worte, die aus seinem Munde kamen, seit er die Bar betreten hatte.

»Selbstverständlich«, sagte ich. »Wieso sollte ich versuchen, Leute zu täuschen, die Gedanken lesen können? Das wäre doch töricht, oder?« Ich schaute auf mein Glas. »Gerade so töricht, als wenn Sie erwarten würden, daß ich diesen Bourbon trinke und dem Mittel erliege, das Sie hineingetan haben – wie Stuart Townsend oder nach ihm Cornwell Mayfair.«

Er versuchte seinen Schrecken hinter einer ausdruckslosen, nichtssagenden Miene zu verbergen. »Das ist eine sehr ernsthafte Anschuldigung«, sagte er leise.

»Die ganze Zeit über dachte ich, es wäre Carlotta. Aber es war nie Carlotta, nicht wahr? Sie waren es.«

»Wen interessiert, was Sie denken?« flüsterte er. »Wie können Sie es wagen, so etwas zu mir zu sagen?« Dann bezähmte er seine Wut wieder. Er verlagerte seine Position auf dem Stuhl, ließ mich aber nicht aus den Augen, als er sein Zigarettenetui aufklappte und eine neue Zigarette herausnahm. Seine ganze Haltung wandelte sich plötzlich und zeigte ehrliche Neugier. »Was, zum Teufel, wollen Sie, Mr. Lightner?« fragte er ernst und mit gesenkter Stimme. »Mal im Ernst, Sir: Was wollen Sie?«

Ich überlegte einen Moment. Diese Frage stellte ich mir seit Wochen immer wieder. Was hatte ich erreichen wollen, als ich nach New Orleans fuhr? Was wollen wir wirklich? Und was wollte ich?

»Wir wollen Sie kennenlernen«, sagte ich und war selbst ziemlich überrascht, es zu hören. »Wir wollen Sie kennenlernen, weil wir so viel über Sie wissen und doch zugleich überhaupt nichts. Wir wollen

Ihnen erzählen, was wir über Sie wissen – all die kleinen Informationen, die wir über Sie gesammelt haben, alles, was wir über die ferne Vergangenheit wissen! Wir wollen Ihnen erzählen, was wir über *ihn* wissen. Und wir wünschen uns, daß Sie mit uns sprechen. Wir wünschen uns, daß Sie uns vertrauen und daß Sie uns willkommen heißen! Und schließlich: Wir wollen Deirdre Mayfair die Hand entgegenstrecken und ihr sagen: ›Es gibt andere wie dich, andere, die Geister sehen. Wir wissen, daß du leidest, und wir wollen dir helfen. Du bist nicht allein.‹«

Er musterte mich mit halboffenen Augen und einem Gesicht, das längst bar jeder Heuchelei war. Dann lehnte er sich zurück, wandte den Blick ab, tippte die Asche von seiner Zigarette und winkte nach einem neuen Drink.

»Warum trinken Sie nicht den Bourbon?« fragte ich. »Ich habe ihn nicht angerührt.« Wieder war ich selbst überrascht von mir. Aber ich unterließ es, darüber nachzudenken.

Er sah mich an. »Ich mag keinen Bourbon. Vielen Dank.«

»Was haben Sie hineingetan?« fragte ich.

Er zog sich in seine Gedanken zurück. Ein kleines bißchen elend wirkte er jetzt. Er sah zu, wie ihm sein Drink serviert wurde. Sherry wie beim erstenmal, in einem Kristallglas.

»Stimmt es«, sagte er und blickte auf, »was Sie in Ihrem Brief geschrieben haben – über Deborah Mayfairs Porträt in Amsterdam?«

Ich nickte. »Wir haben Porträts von Charlotte, Jeanne Louise, Angélique, Marie Claudette, Marguerite, Katherine, Mary Beth, Julien, Stella, Antha und Deirdre...«

Er schnitt mir mit einer plötzlichen, ungeduldigen Bewegung das Wort ab.

»Hören Sie«, sagte ich, »ich bin Deirdres wegen hier. Ich bin gekommen, weil sie dabei ist, den Verstand zu verlieren. Das Mädchen, mit dem ich in Texas gesprochen habe, steht am Rande eines Nervenzusammenbruchs.«

»Und glauben Sie, Sie haben ihr geholfen?«

»Nein, und das bedaure ich zutiefst. Wenn Sie mit uns nichts zu tun haben wollen, verstehe ich das. Warum sollten Sie auch? Aber wir können Deirdre helfen. Wirklich.«

Keine Antwort. Er trank seinen Sherry. Ich versuchte, die Sache von seinem Standpunkt aus zu betrachten, aber ich konnte es nicht.

Ich hatte noch nie versucht, jemanden zu vergiften. Ich hatte nicht die leiseste Ahnung, wer er wirklich war. Der Mann, den ich aus der Geschichte kannte, war nicht dieser hier.

»Hätte Ihr Vater Julien mit mir gesprochen?« fragte ich.

»Keinesfalls.« Er blickte auf, als erwache er aus einem tiefen Traum. Einen Moment lang sah er bestürzt aus. »Aber wissen Sie denn aus all Ihren Beobachtungen nicht«, fragte er, »daß er *einer von ihnen* war?« Wieder erschien er völlig ernst, und er sah mir forschend ins Gesicht, als wolle er sich vergewissern, daß es mir ebenfalls ernst sei.

»Und Sie sind nicht einer von ihnen?« fragte ich.

»Nein«, sagte er mit großem, ruhigem Nachdruck und schüttelte langsam den Kopf. »Eigentlich nicht. Nie!« Plötzlich sah er traurig aus, und das ließ ihn auch alt aussehen. »Hören Sie, bespitzeln Sie uns, wenn Sie wollen. Behandeln Sie uns wie die Königliche Familie...«

»Genau...«

»Sie sind lauter Historiker, höre ich von meinen Informanten in London. Historiker, Wissenschaftler, absolut harmlos, durch und durch achtbar...«

»Ich bin geehrt.«

»Aber lassen Sie meine Nichte in Ruhe. Meine Nichte hat jetzt eine Chance, glücklich zu werden. Diese Sache muß ein für allemal ein Ende finden, verstehen Sie? Sie muß. Vielleicht kann sie dafür sorgen.«

»Ist sie denn *eine von ihnen*?« fragte ich und ahmte seine Intonation nach.

»Natürlich nicht!« antwortete er. »Das ist es doch gerade! Es gibt keine mehr! Begreifen Sie das nicht? Ich denke, Sie haben uns studiert! Haben Sie den Zerfall der Macht nicht beobachtet? Stella war auch keine von ihnen. Die letzte war Mary Beth. Julien – mein Vater – und dann Mary Beth.«

»Das habe ich gesehen. Aber was ist mit Ihrem Geisterfreund? Wird er zulassen, daß es zu Ende geht?«

»Sie glauben an ihn?« Er legte den Kopf schräg und lächelte leise, und an seinen dunklen Augen zeigten sich Fältchen von einem Lachen, das nicht zu hören war. »Im Ernst, Mr. Lightner? Glauben Sie an Lasher?«

»Ich habe ihn gesehen«, sagte ich schlicht.

»Einbildung, Sir. Meine Nichte sagt, es war sehr dunkel in dem Garten.«

»Ach, ich bitte Sie – sind wir so weit gekommen, um jetzt auf diese Weise miteinander zu reden? Ich habe ihn gesehen, Cortland. Er hat gelächelt, als ich ihn sah. Er hat sich mir sehr stofflich und sehr lebendig gezeigt.«

Cortlands Lächeln wurde schmaler, ironischer. Er hob die Brauen und stieß einen leisen Seufzer aus. »Oh, Ihre Wortwahl würde ihm gefallen, Mr. Lightner.«

»Kann Deirdre ihn zwingen, zu verschwinden und sie in Ruhe zu lassen?«

»Natürlich kann sie das nicht. Aber sie kann ihn ignorieren. Sie kann ihr Leben leben, als wäre er nicht da. Antha konnte das nicht. Stella wollte es nicht. Aber Deirdre ist stärker als Antha, und auch stärker als Stella. Deirdre hat viel von Mary Beth in sich. Das ist es, was den andern oft nicht klar ist...« Es war, als fange er sich plötzlich, kurz bevor er mehr sagte, als er je hatte sagen wollen.

Er starrte mich eine ganze Weile an; dann nahm er sein Zigarettenetui und sein Feuerzeug an sich und stand langsam auf.

»Schicken Sie mir Ihre Geschichte. Schicken Sie sie mir, und ich werde sie lesen. Und dann können wir uns vielleicht noch einmal unterhalten. Aber nähern Sie sich niemals wieder meiner Nichte, Mr. Lightner. Seien Sie sich darüber im klaren, daß ich alles tun werde, um sie vor jemandem zu schützen, der sie ausnutzen oder verletzen will. Wirklich alles!«

Er wandte sich zum Gehen.

»Was ist mit dem Drink?« fragte ich und sprang auf. Ich deutete auf den Bourbon. »Wenn ich nun die Polizei rufe und den vergifteten Whisky als Beweis präsentiere?«

»Mr. Lightner. Wir sind in New Orleans!« Er lächelte und zwinkerte mir auf das Charmanteste zu. »Und jetzt, bitte, fahren Sie nach Hause zu Ihrem Wachtturm und Ihrem Fernrohr, und beobachten Sie uns aus der Ferne.«

Ich sah ihm nach. Sein Gang war anmutig, die Schritte lang und lässig. An der Tür sah er sich noch einmal um und winkte mir mit einer kurzen, freundlichen Geste zu.

Ich setzte mich und schrieb einen kurzen Bericht über das gerade

Erlebte in mein Tagebuch. Eben wollte ich mein Schreibzeug einstecken und zur Treppe gehen, als ich den Pagen im Foyer auf die Tür zukommen sah. Er trat auf mich zu. »Ihr Gepäck ist fertig, Mr. Lightner. Und Ihr Wagen ist da.« Ein freundliches, strahlendes Gesicht. Er konnte nicht ahnen, daß er mich soeben persönlich zur Stadt hinausjagte.

»Ach ja?« sagte ich. »Und Sie haben wohl alles eingepackt?« Ich musterte die beiden Reisetaschen. Dann ging ich hinaus ins Foyer. Ich sah eine große, alte schwarze Limousine, die die enge Straße hier im French Quarter verstopfte wie ein riesiger Korken. »Das ist mein Wagen?«

»Ja, Sir. Mr. Cortland hat gesagt, wir sollten dafür sorgen, daß Sie die Zehn-Uhr-Maschine nach New York noch kriegen. Er sagte, er würde veranlassen, daß Sie jemand mit dem Ticket am Flughafen erwartet. Sie dürften reichlich Zeit haben.«

»Ist das nicht rücksichtsvoll?« Ich wühlte zwei Scheine aus meiner Tasche, aber der Junge lehnte ab.

»Mr. Cortland hat schon alles erledigt, Sir. Sie sollten sich beeilen. Sie wollen ja nicht Ihr Flugzeug verpassen.«

»Das stimmt. Aber was große schwarze Autos angeht, bin ich abergläubisch. Rufen Sie mir ein Taxi, bitte.«

Mit dem Taxi fuhr ich nicht zum Flughafen, sondern zum Bahnhof. Ich bekam noch ein Schlafwagenabteil nach St. Louis, und von dort ging es weiter nach New York. Als ich Scott anrief, zeigte er sich unerbittlich. Diese Wendung der Dinge erforderte eine ganz neue Bewertung. Keine weiteren Recherchen in New York. Sofortige Heimkehr.

Auf halbem Wege über dem Atlantik wurde mir schlecht. Als ich in London ankam, hatte ich hohes Fieber. Ein Krankenwagen erwartete mich, und Scott fuhr mit mir in die Klinik. Ich verlor immer wieder das Bewußtsein. »Auf Gift achten«, sagte ich.

Für acht Stunden waren das meine letzten Worte. Als ich schließlich zu mir kam, war ich immer noch fiebrig und voller Übelkeit, aber sehr beruhigt darüber, daß ich noch lebte und Scott und zwei andere gute Freunde bei mir im Zimmer sah.

»Man hat dich tatsächlich vergiftet; aber das Schlimmste ist jetzt vorbei. Kannst du dich erinnern, was du zuletzt getrunken hast, bevor du ins Flugzeug stiegst?«

»Diese Frau«, sagte ich.

»Erzähle.«

»Ich war in der Bar im New Yorker Flughafen und habe einen Scotch mit Soda getrunken. Sie kam allein dahergestolpert, mit einer unglaublich schweren Reisetasche, und dann fragte sie mich, ob ich ihr einen Gepäckkarren holen könnte. Sie hustete, als ob sie Tuberkulose hätte. Sah auch sehr ungesund aus. Sie setzte sich an meinen Tisch, während ich den Gepäckkarren holen ging. Wahrscheinlich war sie bezahlt, eine Frau von der Straße.«

»Sie hat dir ein Gift namens Rizin ins Glas geschmuggelt; man macht es aus Rizinuskörnern. Sehr stark, und sehr verbreitet. Das gleiche hat Cortland dir wahrscheinlich in den Bourbon getan. Du bist aus dem Schneider, aber du wirst noch zwei Tage krank sein.«

»O Gott.« Ich bekam schon wieder Magenkrämpfe.

»Die werden nie wieder mit uns reden, Aaron«, sagte Scott. »Wie könnten sie auch? Sie morden. Es ist vorbei. Zumindest vorläufig.«

»Sie haben immer schon gemordet, Scott«, sagte ich matt. »Aber Deirdre Mayfair mordet nicht. Ich will mein Tagebuch.« Die Krämpfe wurden unerträglich. Der Arzt kam und bereitete eine Spritze vor. Ich lehnte ab.

»Aaron, er ist hier der Chef der toxokologischen Abteilung. Die Schwestern haben wir überprüft. Unsere Leute sind hier im Zimmer.«

Erst am Wochenende konnte ich ins Mutterhaus zurück.

Während meiner Genesung ging ich die ganze Geschichte der Mayfairs noch einmal durch. Ich revidierte manches, unter anderem die Aussage von Richard Llewellyn und einiger anderer, die ich gesprochen hatte, ehe ich Deirdre in Texas besucht hatte.

Ich kam zu dem Schluß, daß Cortland es gewesen war, der Stuart beseitigt hatte, und Cornell wahrscheinlich ebenfalls. Es war durchaus plausibel. Aber noch so vieles blieb geheimnisvoll. Wen oder was wollte Cortland mit diesen Verbrechen schützen? Und warum lag er in beständiger Fehde mit Carlotta?

Von Carlotta Mayfair hatten wir unterdessen gehört – ein wahres Sperrfeuer aus juristischen Drohbriefen hatte unsere Anwaltskanzlei in London erreicht. Wir sollten »davon ablassen«, in ihre »Privatsphäre« einzudringen, wir hätten »umfassend offenzulegen«, was wir über sie und ihre Familie in Erfahrung gebracht hätten, und wir müßten einen Sicherheitsabstand »von einhundert Yards zu jedem Mitglied unserer Familie sowie jeglichem Familieneigentum einhalten« und dürften »keinerlei Versuch unternehmen, einen Kontakt gleich welcher Art mit Deirdre Mayfair aufzunehmen« – und so weiter und so fort bis zum Überdruß: Keine dieser Drohungen und Forderungen hatte juristisch auch nur die geringste Verbindlichkeit.

Unsere Anwälte bekamen die Anweisung, nicht zu antworten.

Wir erörterten die Angelegenheit mit dem ganzen Rat.

Wieder einmal hatten wir versucht, Kontakt aufzunehmen, und waren zurückgewiesen worden. Wir würden weiter ermitteln, und zu diesem Zweck sollte ich Generalvollmacht bekommen, aber in absehbarer Zukunft würde sich niemand der Familie nähern. »Wenn überhaupt jemals wieder«, fügte Reynolds mit großem Nachdruck hinzu.

Ich widersprach nicht. Ich konnte damals nicht einmal ein Glas Milch trinken, ohne mich zu fragen, ob ich davon sterben würde. Mir ging die Erinnerung an Cortlands künstliches Lächeln nicht aus dem Sinn.

DEIRDRES GESCHICHTE (FORTSETZUNG)

Meine Ermittler in Texas waren drei höchst professionelle Detektive: zwei von ihnen hatten früher für die Regierung der Vereinigten Staaten gearbeitet. Alle drei wurden ermahnt, daß Deirdre durch das, was wir taten, in keiner Weise gestört oder erschreckt werden dürfe.

»Das Glück dieses Mädchens und sein Seelenfrieden liegen mir sehr am Herzen. Bedenken Sie, daß sie eine Telepathin ist. Kommen Sie auf fünfzehn Schritte an sie heran, wird sie wahrscheinlich merken, daß Sie sie beobachten. Bitte sehen Sie sich vor.«

Ob sie mir glaubten oder nicht, sie hielten sich jedenfalls an meine Anweisungen. Wenn Deirdre je merkte, daß sie beobachtet wurde, so wissen wir davon nichts.

Deirdres Leistungen im Herbstsemester an der Texas Woman's University waren gut. Sie erzielte ausgezeichnete Noten. Die anderen Mädchen mochten sie. Ihre Lehrer mochten sie. Ungefähr alle sechs Wochen meldete sie sich aus dem Wohnheim ab und aß zu Abend mit ihrer Cousine Rhonda Mayfair und deren Mann, Professor Ellis Clement, ihrem derzeitigen Englischlehrer.

Aus demselben Wohnheimregister geht hervor, daß Cortland sie oft besuchte und sie nicht selten für einen Freitag oder Samstag abend in Denton abmeldete.

Was man sich in Juristenkreisen erzählte, läßt vermuten, daß Cortland und Carlotta immer noch nicht miteinander sprachen. Carlotta erwiderte Cortlands routinemäßige Geschäftsanrufe nicht. Über geringfügige Finanzangelegenheiten, die Deirdre betrafen, gingen bissige Briefe zwischen den beiden hin und her.

»Er will um ihretwillen die völlige Kontrolle über sie bekommen«, erzählte eine Sekretärin einem Freund, »aber die Alte will das nicht haben. Sie droht, ihn vor Gericht zu schleppen.«

Wie immer die Einzelheiten dieses Kampfes aussehen mochten, wir wissen, daß Deirdres Leistungen im Frühjahrssemester nachzulassen begannen. Sie fing an, Seminare zu versäumen. Wohnheimnachbarinnen berichteten, sie weine manchmal die ganze Nacht, reagiere aber nicht, wenn man an ihre Zimmertür klopfe. Eines Abends wurde sie von der Campuspolizei in einem kleinen Park in der Stadt aufgelesen; sie war anscheinend verwirrt und wußte nicht, wo sie war.

Schließlich wurde sie zur Verhängung disziplinarischer Maßnahmen in das Büro des Dekans gerufen; sie hatte zuviel Unterrichtsstunden versäumt, und wenn sie es überhaupt schaffte, im Klassenzimmer zu erscheinen, meldeten die Lehrer nachher, sie sei unaufmerksam und habe krank gewirkt.

Im April begann Deirdre, jeden Morgen unter Übelkeit zu leiden. Die Mädchen hörten im Korridor, wie sie sich im Gemeinschaftswaschraum übergab, und sie wandten sich an die Wohnheimmutter.

»Niemand wollte sie verpetzen. Aber wir hatten Angst. Wenn sie sich nun etwas antat?«

Als die Wohnheimmutter die Vermutung äußerte, sie sei schwanger, brach Deirdre weinend zusammen und mußte auf die Krankenstation gebracht werden. Cortland holte sie dort am 1. Mai ab.

Was danach geschah, ist bis zum heutigen Tag ein Rätsel. Die Unterlagen im neuen Mercy Hospital in New Orleans lassen vermuten, daß Deirdre sofort nach ihrer Ankunft aus Texas ins Krankenhaus eingeliefert wurde und ein Einzelzimmer bekam. Schnell sprach sich unter den alten Nonnen, von denen viele pensionierte Lehrerinnen aus der Schule von St. Alphonsus waren, herum, daß es Carlottas Hausarzt Dr. Gallagher war, der Deirdre besuchte und schließlich zustimmend feststellte: Jawohl, sie bekam ein Kind.

»Nun, dieses Mädchen wird heiraten«, teilte er den Schwestern mit. »Und ich wünsche keine niederträchtigen Reden. Der Vater ist ein College-Professor aus Denton in Texas, und er ist schon auf dem Weg nach New Orleans.«

Als Deirdre drei Wochen später, vollgepumpt mit Beruhigungsmitteln und in Begleitung einer Krankenschwester, von einem Krankenwagen in die First Street gebracht wurde, erzählte man sich überall in der Redemptoristengemeinde, sie sei schwanger und müsse heiraten, und ihr künftiger Gatte, der College-Professor, sei ein »verheirateter Mann«.

Ein richtiger Skandal war es für diejenigen, die die Familie seit Generationen beobachteten. Alte Damen tuschelten auf der Kirchentreppe. Deirdre Mayfair und ein verheirateter Mann! Die Leute warfen Miss Millie und Miss Belle verstohlene Blicke zu, wenn sie vorübergingen. Einige sagten, Carlotta wolle damit nichts zu tun haben. Aber dann gingen Miss Millie und Miss Belle mit Deirdre zu Gus Mayer, und dort kauften sie ihr ein wunderschönes blaues Kleid und blaue Satinschuhe für die Hochzeit und eine neue weiße Handtasche und einen Hut.

»Sie war so voller Medikamente – ich glaube, sie wußte gar nicht, wo sie war«, erzählte eine Verkäuferin nachher. »Miss Millie hat alles ausgesucht. Sie hat bloß dagesessen, weiß wie ein Laken, und immer mit schwerer Zunge gesagt: ›Ja, Tante Millie.‹«

Einiges deutet darauf hin, daß Deirdre in der Angelegenheit wenig zu sagen hatte. Die Medizin glaubte in jenen Tagen, die Plazenta schütze das Baby vor den Medikamenten, die der Mutter injiziert wurden. Und die Schwestern sagten, Deirdre habe bei der Entlassung aus der Klinik so stark unter Drogen gestanden, daß sie gar nicht gewußt habe, was eigentlich mit ihr geschah. Carlotta sei an einem Wochentag nachmittags gekommen und habe sich die Entlassungspapiere ausfertigen lassen.

»Nun kam am selben Abend Cortland Mayfair, um sie zu besuchen«, erzählte Schwester Bridget Marie mir später unter dem Siegel strengster Verschwiegenheit. »Den hätte man fast anbinden müssen, als er sah, daß das Kind weg war!«

Aus Juristenkreisen war zu hören, daß Cortland und Carlotta sich hinter verschlossenen Bürotüren durch das Telephon anschrien. Cortland erzählte seiner Sekretärin wutentbrannt, Carlotta glaube, sie könne ihm das Haus verbieten, in dem er geboren sei. Na, wenn sie das glaube, habe sie den Verstand verloren!

Am 1. Juli erschütterte eine neue Salve von Informationen die Pfarrgemeinde und ihre Klatschweiber. Deirdres zukünftiger Ehemann, der »College-Professor«, der seine Frau verlassen habe, um sie zu heiraten, sei auf der Fahrt nach New Orleans auf der Uferstraße tödlich verunglückt. An seinem Wagen sei eine Spurstange gebrochen, und er sei bei hoher Geschwindigkeit nach rechts ausgeschert und gegen einen Baum geprallt. Der Wagen sei daraufhin explodiert und in Flammen aufgegangen. Deirdre Mayfair, unverheiratet und noch keine achtzehn Jahre alt, würde ihr Baby zur Adoption freigeben. Jemand aus der Familie würde es zu sich nehmen; Carlotta leitete alles in die Wege.

»Mein Großvater war empört, als er von der Adoption erfuhr«, sagte Ryan Mayfair viele Jahre später. »Er wollte mit Deirdre sprechen, wollte aus ihrem eigenen Munde hören, daß sie das Kind abgeben wollte. Aber er kam immer noch nicht in das Haus in der First Street hinein. Schließlich ging er zu Pater Lafferty, dem Gemeindepriester, aber den hatte Carlotta in der Tasche. Der Priester war eindeutig auf Carlottas Seite.«

Alles das klingt äußerst tragisch. Es klingt, als wäre Deirdre dem Fluch der First Street beinahe entronnen, wenn nur der Vater ihres Babys, der aus Texas herunterkam, um sie zu heiraten, nicht gestorben wäre. Noch jahrelang machte diese traurige Skandalgeschichte in der Redemptoristengemeinde die Runde. Noch 1988 habe ich sie von Rita Mae Lonigan gehört. Alles deutet darauf hin, daß Pater Lafferty die Geschichte des texanischen Kindsvaters glaubte. Und zahllose Berichte lassen vermuten, daß auch die Verwandten sie glaubten. Beatrice Mayfair glaubte sie. Pierce Mayfair glaubte sie. Sogar Rhonda Mayfair und ihr Mann, Ellis Clement, scheinen sie geglaubt zu haben.

Aber die Geschichte stimmte nicht.

Beinahe von Anfang an schüttelten unsere Detektive verwundert die Köpfe. Ein College-Professor und Deirdre Mayfair? Wer hätte das sein sollen? Man beobachtete Deirdre ständig, und es war ausgeschlossen, daß es sich bei dem verheirateten Mann um Rhonda Mayfairs Ehemann Ellis handelte. Er kannte Deirdre kaum.

Tatsächlich gab es überhaupt keinen Mann in Denton, Texas, der mit Deirdre Mayfair ausgegangen oder irgendwann einmal in ihrer Gesellschaft gesehen worden wäre. Und kein College-Professor dieser oder irgendeiner anderen Schule in der Gegend starb bei einem Autounfall auf der Uferstraße in Louisiana. Ja, soweit wir wissen, starb dort 1959 überhaupt niemand bei einem solchen Unfall.

Verbarg sich hinter dieser Lüge also eine noch skandalösere und tragischere Geschichte? Wir brauchten eine ganze Weile, bis wir die Mosaiksteinchen zusammengefügt hatten. Als wir von dem Autounfall auf der Uferstraße erfuhren, waren die rechtlichen Vorbereitungen für die Adoption von Deirdres Baby bereits abgeschlossen. Als wir erfuhren, daß es diesen Unfall nicht gegeben hatte, war die Adoption vollzogen.

Aus Gerichtsakten geht hervor, daß Ellie Mayfair irgendwann im August nach New Orleans flog, um in Carlotta Mayfairs Büro die Adoptionspapiere zu unterzeichnen; anscheinend wußte allerdings seinerzeit niemand aus der Familie von ihrem Besuch.

Graham Franklin, Ellies Ehemann, erzählte einem seiner Geschäftspartner Jahre später, die ganze Adoption sei ein rechtes Durcheinander gewesen. »Meine Frau sprach danach überhaupt nicht mehr mit ihrem Großvater. Er wollte nicht, daß wir Rowan adoptierten. Zum Glück starb der alte Halunke, bevor das Baby zur Welt kam.«

Was ging in all den Monaten hinter den Kulissen der First Street vor sich? Wir drängten unsere Detektive, herauszufinden, soviel sie konnten. Unseres Wissens gab es nur eine einzige Person, die Deirdre in den letzten Monaten ihres »Hausarrestes« sah – denn als solchen könnte man ihren Aufenthalt in der First Street in jenen Tagen bezeichnen –, aber diese Person interviewten wir erst 1988.

Der Hausarzt damals kam und ging schweigend, genauso die Schwester, die Deirdre acht Stunden täglich versorgte.

Pater Lafferty sagte, das Mädchen habe sich mit der Adoption abgefunden. Beatrice Mayfair teilte man mit, sie könne Deirdre nicht sehen, als sie zu Besuch kam; sie trank aber ein Glas Wein mit Millie Dear, die bei dieser Gelegenheit sagte, das Ganze sei wirklich herzzerreißend.

Am 1. Oktober war Cortland vor lauter Sorge der Verzweiflung nahe. Seine Sekretärin berichtet, er habe Carlotta immer wieder angerufen; er sei mit dem Taxi zur First Street gefahren und dort immer wieder abgewiesen worden. Schließlich, am Nachmittag des 20. Oktober, verkündete er seiner Sekretärin, er werde jetzt in das Haus gehen, um seine Nichte zu sehen, und wenn er dazu die Tür einschlagen müsse.

An diesem Nachmittag um fünf fand eine Nachbarin ihn auf dem Bordstein an der Ecke First und Chestnut Street sitzend; seine Kleider waren zerrissen, und er blutete aus einer Wunde am Kopf.

»Rufen Sie mir einen Krankenwagen«, sagte er. »Er hat mich die Treppe hinuntergeworfen.«

Die Nachbarin blieb bei ihm sitzen, bis der Krankenwagen kam, aber er sagte kein weiteres Wort. Von der First Street brachte man ihn eilends ins nahegelegene Touro-Krankenhaus. Der diensthabende Arzt stellte schnell fest, daß er von schweren Blutergüssen übersät war; sein Handgelenk war gebrochen, und er blutete aus dem Mund. »Der Mann hat innere Verletzungen«, diagnostizierte der Arzt und rief unverzüglich Unterstützung herbei.

Da packte Cortland seine Hand und befahl dem Arzt, zuzuhören: Es sei sehr wichtig, daß man Deirdre Mayfair helfe, denn sie werde in ihrem eigenen Haus gefangengehalten. »Sie nehmen ihr gegen ihren Willen das Baby weg. Helfen Sie ihr!« Dann war Cortland tot.

Bei einer oberflächlich vorgenommenen Autopsie fanden sich massive innere Blutungen und die Spuren schwerer Schläge auf den Kopf. Der junge Arzt drängte auf polizeiliche Ermittlungen, aber Cortlands Söhne brachten ihn sofort zum Schweigen: Sie hätten mit ihrer Cousine Carlotta Mayfair gesprochen, der Vater sei die Treppe hinuntergefallen und habe jegliche medizinische Hilfe abgelehnt; er habe das Haus aus eigenem Antrieb verlassen. Carlotta habe sich nicht träumen lassen, daß er so schwer verletzt sei. Sie habe nicht gewußt, daß er auf dem Bordstein saß. Sie sei außer sich vor Trauer. Die Nachbarin hätte läuten müssen.

Auf Cortlands Beerdigung bekam die Familie die gleiche Geschichte zu hören. Während Miss Millie und Miss Belle ruhig im Hintergrund saßen, erzählte Cortlands Sohn Pierce jedem, Cortland sei nicht ganz klar im Kopf gewesen, als er der Nachbarin gegenüber irgendeine vage Aussage über einen Mann gemacht habe, der ihn die Treppe hinuntergeworfen habe. In dem Haus in der First Street sei kein Mann gewesen, der so etwas hätte tun können. Carlotta selbst habe ihn fallen sehen. Nancy ebenfalls – sie habe sogar versucht, ihn aufzufangen, doch vergebens.

Was die Adoption anging, so stand Pierce entschlossen dahinter. Seine Nichte Ellie würde dem Kind genau die Umgebung bieten, die es brauchte, um alle Chancen zu haben. Es war tragisch, daß Cortland gegen die Adoption gewesen war, aber Cortland war achtzig Jahre alt gewesen. Seine Urteilskraft war schon seit einer Weile beeinträchtigt.

So nahm das Begräbnis in all seinem Pomp und ohne Zwischenfälle seinen Fortgang; allerdings erinnerte sich der Bestattungsunternehmer einige Jahre später, daß etliche der Verwandten, ältere Herren, die während Pierces »kleiner Rede« ganz hinten im Raum gestanden hatten, untereinander bittere und sarkastische Scherze gemacht hatten. »Aber was denn, da ist doch gar kein Mann im Haus«, hatte einer gesagt. »Neeeeiin, üüüüberhaupt nicht. Nur diese netten alten Damen.« »Ich habe da noch nie einen Mann gesehen. Du etwa?« Und so ging es immer weiter. »Nein. Kein Mann in der First Street. No, Sir!«

Wenn Verwandte Deirdre besuchen wollten, bekamen sie mehr oder weniger die gleiche Geschichte zu hören, die Pierce auf der Beerdigung erzählt hatte. Deirdre sei zu krank, um sie zu empfangen. Sie habe nicht einmal Cortland sehen wollen, so krank sei sie. Und sie wisse nicht, daß Cortland tot sei, und dürfe es auch nicht wissen.

Heute deuten die Familienlegenden darauf hin, daß alle die Adoption übereinstimmend für das Beste hielten. Cortland hätte sich heraushalten sollen. Ryan Mayfair, Cortlands Enkel, sagt: »Die arme Deirdre war für die Mutterschaft so gut geeignet wie die Irre von Chaillot. Aber ich glaube, mein Großvater fühlte sich verantwortlich. Er hatte Deirdre nach Texas gebracht. Ich glaube, er machte sich Vorwürfe. Er wollte sicher sein, daß sie das Baby wirklich weggeben wollte. Aber was Deirdre wollte, war vielleicht nicht das Wichtigste.«

Zu jener Zeit graute mir vor jeder neuen Nachricht aus Louisiana. Nachts lag ich im Mutterhaus in meinem Bett und dachte unaufhörlich an Deirdre, und ich fragte mich, ob es nicht irgendeine Möglichkeit für uns gab, herauszufinden, was sie wirklich wollte und fühlte.

Scott Reynolds war unerbittlicher denn je: Wir durften nicht wieder intervenieren. Deirdre wußte, wie sie uns erreichen konnte. Cortland ebenfalls. Carlotta Mayfair auch – was immer das wert sein mochte. Es gab nichts, was wir noch tun konnten.

Erst im Januar 1988, dreißig Jahre später, erfuhr ich in einem Gespräch mit Deirdres alter Schulfreundin, Rita Mae Dwyer Lonigan, daß Deirdre verzweifelt versucht hatte, mich zu erreichen, und es nicht geschafft hatte. Mir brach es schier das Herz, als ich von Deirdres vergeblichem Hilferuf hörte. Es brach mir das Herz, an all die Nächte vor dreißig Jahren zu denken, da ich in London im Bett gelegen und gedacht hatte: »Ich kann ihr nicht helfen, aber ich muß es doch versuchen. Aber wie kann ich wagen, irgend etwas zu unternehmen? Und wie könnte ich dabei Erfolg haben?«

Tatsache ist, daß ich wahrscheinlich überhaupt nichts hätte tun können, um Deirdre zu helfen, so sehr ich es auch versucht hätte. Wenn Cortland die Adoption nicht verhindern konnte, muß man vernünftigerweise annehmen, daß auch ich es nicht gekonnt hätte. Dennoch sehe ich in meinen Träumen vor mir, wie ich Deirdre aus dem Haus in der First Street nach London bringe. Und ich sehe sie heute als gesunde, normale Frau.

Die Realität sieht ganz und gar anders aus.

Am 7. November 1959 um fünf Uhr morgens gebar Deirdre ihre Tochter Rowan Mayfair, acht Pfund schwer, ein gesundes, hellhaariges kleines Mädchen. Als sie ein paar Stunden später aus der Narkose erwachte, fand Deirdre ihr Bett umringt von Ellie Mayfair, Pater Lafferty und Carlotta sowie zwei der Klinikschwestern, von denen Schwester Bridget Marie die ganze Szene später detailliert geschildert bekam.

Pater Lafferty hielt das Baby in den Armen. Er erklärte, er habe es soeben in der Kapelle des Mercy Hospitals auf den Namen Rowan Mayfair getauft, und er zeigte Deirdre den unterschriebenen Taufschein.

»Jetzt gib deinem Baby einen Kuß, Deirdre«, sagte der Priester, »und dann mußt du es Ellie geben. Ellie ist reisefertig.«

Deirdre gehorchte. Sie hatte darauf bestanden, daß das Kind den Namen Mayfair tragen müsse, und als diese Bedingung erfüllt war, ließ sie es gehen. Sie weinte so sehr, daß sie kaum etwas sehen konnte. Dann küßte sie das Baby und ließ es sich von Ellie Mayfair aus den Armen nehmen. Schließlich vergrub sie schluchzend das Gesicht im Kissen.

Mehr als zehn Jahre später erklärte Schwester Bridget Marie die Bedeutung von Rowans Namen.

»Carlotta war die Taufpatin des Kindes. Ich glaube, sie haben sich irgendeinen Arzt von der Station geholt, der als Pate einspringen mußte; so eilig hatten sie es mit der Taufe. Carlotta sagte zu Pater Lafferty, das Kind solle Rowan heißen, und Pater Lafferty sagte: ›Wissen Sie, Carlotta Mayfair, das ist aber kein Heiligenname. Das klingt in meinen Ohren eher wie ein heidnischer Name.‹

Und sie zu ihm auf ihre Art – Sie wissen ja, wie sie war – sie sagt: ›Pater, wissen Sie denn nicht, daß die Eberesche in Irland *Rowan* heißt und daß man sie dort benutzte, um Hexen und allerlei Böses abzuwehren? Es gibt keine Hütte in Irland, wo die Hausfrau nicht einen Ebereschenzweig über die Tür hängte, um die Familie vor Hexen und Hexereien zu schützen, und das hat auch in christlicher Zeit stets gegolten. Rowan soll der Name dieses Kindes sein!‹ Und Ellie Mayfair, kleinlaut, wie sie immer war, nickte bloß.«

»Stimmt das denn?« fragte ich. »Hat man in Irland wirklich Ebereschenzweige über die Tür gehängt?«

Ernst und würdevoll nickte Schwester Bridget Marie. »Und es hat 'ne Menge geholfen!«

Wer ist der Vater Rowan Mayfairs?

Routinemäßige Blutgruppenuntersuchungen, die im Krankenhaus vorgenommen wurden, deuten darauf hin, daß die Blutgruppe des Babys mit der von Cortland Mayfair übereinstimmte. Man gestatte uns, hier noch einmal darauf hinzuweisen, daß Cortland auch der Vater von Stella Mayfair gewesen sein kann, und neue Informationen aus dem Bellevue Hospital haben endlich bestätigt, daß möglicherweise auch Antha Mayfair seine Tochter war.

Deirdre »wurde verrückt«, bevor sie das Mercy Hospital verließ. Die Schwestern sagten, sie habe stundenlang geweint und dann im leeren Zimmer geschrien: »Du hast ihn umgebracht!« Dann kam sie während der Messe in die Krankenhauskapelle geirrt und schrie: »Du hast ihn umgebracht! Du hast mich unter meinen Feinden allein zurückgelassen! Du hast mich verraten!« Man mußte sie gewaltsam hinausführen, und sie wurde schleunigst in die psychiatrische Klinik von St. Ann's gebracht, wo sie am Ende des Monats zur Katatonikerin geworden war.

»Es war der unsichtbare Liebhaber«, glaubt Schwester Bridget Marie noch heute. »Sie hat ihn angeschrien und verflucht, wissen Sie, weil er ihren College-Professor getötet hatte. Das hatte er getan, der Teufel, weil er sie für sich allein haben wollte. Dieser verliebte Dämon – das war er nämlich: hier, mitten in der Großstadt New Orleans. Ging nachts in den Straßen des Garden District um.«

Das ist eine reizende und sehr beredte Äußerung, aber da es mehr als wahrscheinlich ist, daß der College-Professor nie existiert hat, welche andere Bedeutung können wir Deirdres Worten dann zumessen? War es Lasher, der Cortland die Treppe hinuntergestoßen oder ihn so heftig erschreckt hatte, daß er von allein gefallen war? Und wenn ja, warum?

Dies ist im eigentlichen Sinne das Lebensende von Deirdre Mayfair. Siebzehn Jahre lang blieb sie in verschiedenen psychiatrischen Anstalten eingekerkert; man verabreichte ihr Medikamente in massiven Dosen und überzog sie rücksichtslos mit Elektroschockbehandlungen. Es waren ihr nur kurze Ruhezeiten vergönnt, wenn sie nach Hause kam – der Geist des Mädchens, das sie einmal gewesen war.

1976 wurde sie schließlich für immer in die First Street zurückgebracht, eine stumme Invalidin mit weit offenen Augen, in einem immerwährenden Zustand der Wachsamkeit, aber ohne zusammenhängende Erinnerungen.

»Ihre Erinnerung reicht nicht einmal von einem Augenblick zum nächsten«, sagte ein Psychiater. »Sie lebt völlig in der Vergangenheit, und zwar auf eine Weise, die wir uns einfach nicht vorstellen können. Man könnte sagen, da ist überhaupt kein Verstand mehr vorhanden.« Es ist ein Zustand, wie man ihn bei manchen sehr alten Menschen beschreibt, die ihn bei fortgeschrittener Senilität erreichen und die starren Blicke in den geriatrischen Kliniken der ganzen Welt sitzen.

Wie wurde Deirdre Mayfair zu dieser »besinnungslosen Idiotin«, wie man sie im Irish Channel nannte, die »wie ein hübsches Bund Möhren« auf ihrem Sessel saß? Die Schockbehandlungen trugen sicher dazu bei; Serie um Serie hatte sie bekommen, in jeder Klinik, in der sie seit 1959 gewesen war. Dann die Medikamente – massive Dosen beinahe paralysierender Beruhigungsmittel –, die sie in erstaunlichen Kombinationen erhielt, wie uns wenigstens die Akten offenbaren, die uns nach und nach zugänglich werden.

Wie rechtfertigte man eine solche Behandlung? Deirdre Mayfair hörte schon 1962 auf, zusammenhängend zu sprechen. Wenn sie nicht sediert war, schrie oder weinte sie unaufhörlich. Ab und zu zerbrach sie etwas. Manchmal fiel sie einfach auf den Rücken, drehte die Augen in die Höhlen und heulte.

Im Laufe der Jahre haben wir immer mehr Informationen über Deirdre Mayfair gesammelt. Etwa einmal im Monat gelingt es uns, einen Arzt oder eine Schwester oder sonst eine Person, die im Haus in der First Street gewesen ist, zu »interviewen«. Aber unsere Unterlagen über das, was sich wirklich zugetragen hat, bleiben bruchstückhaft. Krankenakten sind selbstverständlich vertraulich, und es ist extrem schwierig, Einblick in sie zu bekommen. Aber wir wissen inzwischen, daß in mindestens zwei der Sanatorien, in denen Deirdre behandelt wurde, überhaupt keine Akten über ihre Behandlung existieren.

Einer der Ärzte hat ganz offenbar – und nach eigenem Eingeständnis einem neugierigen Fremden gegenüber – seine Akten zu Deirdres Fall vernichtet. Ein anderer, der kurz, nachdem er Deirdre behandelt hatte, in Pension ging, hinterließ nur ein paar kryptische Notizen in einer dünnen Akte. »Unheilbar. Tragisch. Tante verlangt ständige Medikation; Verhaltensbeschreibungen durch Tante allerdings nicht glaubhaft.«

Wir sind in unserer Bewertung der Geschichte Deirdres aus offensichtlich Gründen weiterhin auf anekdotisches Material angewiesen.

Obwohl Deirdre ihr ganzes Erwachsenenleben von Drogen betäubt dahindämmerte, ist in ihrer Umgebung zahllose Male ein mysteriöser »braunhaariger Mann« gesichtet worden. Schwestern in der Anstalt von St. Ann's wollten ihn gesehen haben – »da ging ein Mann in ihr Zimmer! Ich weiß, was ich gesehen habe!« In einer Klinik in Texas, in der sie für kurze Zeit eingekerkert war, behauptete ein Arzt »einen geheimnisvollen Besucher« gesehen zu haben, der »immer irgendwie gerade dann zu verschwinden schien, wenn ich ihn zur Rede stellen oder ihn fragen wollte, wer er war«.

Die meisten Handwerker können in dem Haus in der First Street heute ebensowenig arbeiten wie damals, als Deirdre noch ein kleines Mädchen war. Es sind immer die gleichen alten Geschichten. Man munkelt sogar von einem »Mann dort irgendwo«, der nicht wolle, daß etwas gemacht werde.

Der alte Gärtner kommt noch, und gelegentlich streicht er den rostigen Zaun an.

Ansonsten schlummert die First Street unter den Ästen der Eichen. Die Frösche singen nachts an Stellas Pool zwischen Lilienbeeten und wilder Iris. Deirdres hölzerne Schaukel ist längst vom Ast der Eiche am hinteren Ende des Grundstücks abgefallen. Der Sitz – ein schlichtes Holzbrett – liegt ausgebleicht und verzogen im hohen Gras.

Manch einer, der stehengeblieben ist, um einen Blick auf Deirdre in ihrem Schaukelstuhl auf der Seitenveranda zu werfen, hat einen »gutaussehenden Verwandten« gesehen, der sie besuchte. Und nicht wenige Krankenschwestern kündigen, weil »dieser Mann dauernd kommt und geht wie ein Geist« oder weil sie sich ständig beobachtet fühlten.

»Da schwebt eine Art Geist um sie herum«, behauptete eine praktische junge Krankenschwester, die einem unserer Informanten mitgeteilt hatte, sie werde nie, nie wieder einen Fuß in dieses Haus setzen. »Ich habe ihn einmal im strahlenden Sonnenschein gesehen. So was Grausiges habe ich noch nie erlebt.«

Als ich die Schwester bei einem Mittagessen zu ihrem Erlebnis befragte, konnte sie darüber hinaus wenige Einzelheiten berichten. »Es war nur so ein Mann. Ein Mann mit braunem Haar und braunen Augen in einem hübschen Jackett mit weißem Hemd. Aber du lieber Gott – wenn ich je was Schrecklicheres gesehen habe! Er stand einfach neben ihr in der Sonne und schaute mich an. Ich habe mein Tablett fallen gelassen und geschrien und geschrien…«

Und so wie ihr ging es vielen. Wir spüren diese Leute weiterhin auf, wir nehmen ihre Zeugenaussagen in unsere Akte. Wir versuchen, ihnen möglichst nicht zu sagen, warum wir wissen wollen, was sie wann gesehen haben.

Was sich aus all diesen Daten ergibt, ist eine beängstigende Möglichkeit: Deirdres Geist ist so weit zerstört, daß sie es nicht mehr steuern kann, wenn sie Lasher heraufbeschwört. Das heißt: Unbewußt gibt sie ihm die Kraft, in ihrer Nähe in sehr überzeugender Gestalt zu erscheinen. Sie ist nicht bei hinreichend klarem Bewußtsein, um ihn unter Kontrolle zu halten, geschweige denn zu vertreiben.

Alles in allem ist sie ein besinnungsloses Medium: eine nicht mehr funktionierende Hexe, ihrem stets gegenwärtigen Hilfsgeist auf Gnade oder Ungnade ausgeliefert.

Es kann aber auch anders sein: Lasher ist da, um sie zu trösten, auf sie zu achten und sie auf eine Weise glücklich zu machen, die wir vielleicht nicht verstehen können.

1980, vor aber acht Jahren, gelang es mir, ein Kleidungsstück von Deirdre zu ergattern, einen Baumwollfetzen, ein weites Hemd, das man hinter dem Haus in die Mülltonne geworfen hatte. Ich nahm dieses Kleidungsstück mit nach England und legte es Lauren Grant in die Hände, der stärksten Psychometrikerin, die dem Orden heutzutage angehört.

»Ich sehe Glück«, sagte sie. »Dieses Kleidungsstück gehört einer Person, die selig vor Glück ist. Sie lebt in Träumen. Es sind Träume von grünen Gärten und einen dämmrigen Himmel, von wundervollen Sonnenuntergängen. Tief hängen die Äste dort. Eine Schaukel schwingt an einem schönen Baum. Ist es ein Kind? Nein, es ist eine Frau. Ein warmer Wind weht.« Lauren massierte den Stoff immer fester, preßte ihn an ihre Wange. »Oh, und sie hat einen wunderschönen Liebhaber. Oh, was für ein Liebhaber. Er ist bildhübsch. Er ist so sanft, und wenn er sie berührt, zerfließt sie vor Glück. Wer ist diese Frau? Alle Welt wäre gern diese Frau. Wenigstens für ein Weilchen.«

Ich habe Deirdre seit 1976 selbst mehrmals aus der Ferne gesehen. Bis dahin war ich dreimal in New Orleans gewesen, um Informationen zu sammeln. Inzwischen bin ich noch oft hingefahren.

Bei jedem Versuch stoße ich auf irgendeinen neuen »Zeugen«, der mir mehr über den »braunhaarigen Mann« und über die Geheimnisse der First Street sagen kann. Die Geschichten sind einander alle sehr ähnlich. Aber tatsächlich sind wir jetzt auch am Ende von Deirdres Geschichte angekommen, obwohl sie selbst noch nicht tot ist.

Es ist jetzt an der Zeit, ihr einziges Kind und ihre Erbin eingehend zu betrachten: Rowan Mayfair, die keinen Fuß mehr in ihre Heimatstadt gesetzt hat, seit sie sechs Stunden nach der Geburt in einem Flugzeug auf die andere Seite des Kontinentes gebracht wurde.

Und auch wenn es noch viel zu früh ist, um die Informationen über sie zu einer zusammenhängenden Erzählung zu verarbeiten, gibt es doch beträchtliche Hinweise darauf, daß Rowan Mayfair – die von ihrer Familie, ihrer Geschichte und ihrem Erbe nichts weiß – womöglich die stärkste Hexe ist, die die Familie Mayfair je hervorgebracht hat.

24

Die Klimaanlage tat gut nach der Hitze der Straße. Aber als sie im Foyer von Lonigan und Söhne für einen Augenblick still stehenblieb, unbeobachtet und unerkannt, merkte sie, daß ihr von der Hitze bereits ein wenig übel geworden war. Der eisige Luftstrom war jetzt wie ein Schock. Ein Frösteln überlief sie, wie man es spürt, wenn man Fieber hat. Die enorme Menschenmenge, nur wenige Schritte weit entfernt, war plötzlich von wunderlich traumhafter Beschaffenheit.

Von da, wo sie stand, konnte sie nicht in den Sarg blicken. Er war an der hinteren Wand des Nachbarraumes aufgebahrt. Während die Versammlung geräuschvoll hierhin und dorthin wogte, erhaschte sie einen gelegentlichen Blick auf das dunkel polierte Holz, die silbernen Griffe und den gerüschten Satin im offenen Deckel.

Sie fühlte, wie ihre Gesichtsmuskeln sich unwillkürlich spannten. Sie liegt in dem Sarg da, dachte sie. Du mußt durch diesen Raum und durch den nächsten Raum gehen und hineinschauen. Ihr Gesicht fühlte sich so sonderbar starr an. Auch ihr Körper fühlte sich starr an. Geh nur hin zum Sarg. Tut man das nicht?

Sie konnte sehen, daß die Leute es taten. Sie konnte sehen, wie sie einer nach dem anderen dicht an den offenen Sarg herantraten und auf die Frau darin hinunterschauten.

Und früher oder später würde sie doch jemand bemerken. Früher oder später würde sie jemand ansprechen. »Sagen Sie's mir. Wer sind all diese Leute? Weiß das jemand? Welche ist Rowan Mayfair?«

Aber vorläufig war sie noch unsichtbar und konnte sie beobachten: die Männer in ihren hellen Anzügen, die Frauen in den hübschen Kleidern. So viele von ihnen trugen Hüte und sogar Handschuhe. Jahre war es her, daß sie Frauen in bunten Kleidern gesehen hatte, mit Gürteln um die Taillen und weichen, weiten Röcken. Es mußten an die zweihundert Leute sein, die hier umherwanderten, und es waren Leute aller Altersgruppen.

Sie sah glatzköpfige alte Männer mit rosiger Kopfhaut in weißen Leinenanzügen, mit Spazierstöcken in der Hand, und Jungen, denen ihre engen Hemdkragen und Krawatten ein leises Unbehagen bereiteten. Die Nacken der alten wie der jungen Männer sahen gleichermaßen entblößt und verwundbar aus. Auch kleine Kinder spielten zwischen den Erwachsenen; Babys in weißer Spitze hüpften auf dem Schoß der Großen, und andere krabbelten auf dem dunkelroten Teppich herum.

Und da war ein Mädchen, vielleicht zwölf Jahre alt; es starrte sie an und hatte ein Band im Haar. Noch nie in all den Jahren in Kalifornien hatte sie ein Mädchen dieses Alters – oder überhaupt ein Kind – mit einem echten Band im Haar gesehen, und das hier war eine große Schleife aus pfirsichfarbenem Satin.

Alle in ihrem Sonntagsstaat, dachte sie – sagte man nicht so? Und die Konversation hatte beinahe etwas Festliches. Wie auf einer Hochzeit kam sie sich plötzlich vor, obwohl sie noch nie auf einer solchen Hochzeit gewesen war, wie sie sich eingestehen mußte. Fensterlos war dieser Raum; allerdings hingen hier und da weiße Damast-Vorhänge, die völlig verbargen, was vielleicht Fenster waren.

Die Menge wogte, teilte sich wieder, so daß sie den Sarg nun beinahe vollständig sehen konnte. Ein zierlicher alter Mann in einem grauen Baumwollkrepp-Anzug stand allein davor und blickte auf die tote Frau hinunter. Mit großer Beschwerlichkeit ließ er sich auf die samtbezogene Kniebank sinken. Wie hatte Ellie diese Dinger noch genannt? *Ich möchte einen Prie-Dieu an meinem Sarg haben.* Rowan hatte auch im Leben noch keinen Baumwollkrepp-Anzug gesehen. Aber sie wußte, daß es einer war, denn sie kannte sie aus dem Kino – in den alten Schwarzweißfilmen, in denen der Ventilator kreiste und der Papagei auf seiner Stange gluckste und Sidney Greenstreet etwas Unheimliches zu Humphrey Bogart sagte.

Und genauso war es hier. Nicht, was das Unheimliche anging, aber der zeitliche Rahmen war der gleiche. Sie war in die Vergangenheit zurückgereist, in eine Welt, die in Kalifornien längst unter der Erde vergraben war. Vielleicht war es deshalb so unerwartet tröstlich hier – ganz wie in jener Folge von »Twilight Zone«, in der der gehetzte Geschäftsmann dem Vorortzug entsteigt und plötzlich in einer Kleinstadt steht, die glücklich im geruhsamen neunzehnten Jahrhundert liegt.

Unsere Beerdigungen in New Orleans waren so, wie sie sein sollten. Sag meinen Freunden, sie sollen kommen. Aber Ellies strenge, unbehagliche Totenandacht war völlig anders verlaufen: Klapperdürre, sonnengebräunte Freunde hatten in tödlicher Verlegenheit und voller Widerwillen auf den Kanten ihrer Klappstühle gehockt. *Sie wollte doch nicht wirklich, daß wir Blumen schicken, oder?* Ein Edelstahlkreuz, Worte ohne Bedeutung, gesprochen von einem völlig Fremden.

Oh, und diese Blumen! Wohin sie auch blickte, sah sie mächtige, blendende Schaumgebirge aus Rosen, Lilien, Gladiolen. Bei manchen Blumen kannte sie die Namen gar nicht. Zwischen kleinen, schnörkelbeinigen Stühlen saßen ganze Nester von ihnen, dicke Kränze auf Drahtgestellen, hinter den Stuhlreihen ebenfalls, und in der Ecke stapelten sie sich zu fünfen oder sechsen. Mit glitzernden Wassertröpfchen übersprüht bebten sie in der frostigen Luft, strotzend von weißen Bändern und Schleifen, und auf manchen Bändern stand sogar, in Silber aufgedruckt, der Name Deirdre. Deirdre.

Plötzlich sah sie es überall, wohin sie auch blickte. Deirdre. Deirdre. Deirdre – unablässig riefen die Bänder lautlos den Namen ihrer Mutter, während die Damen in den hübschen Kleidern Weißwein aus langstieligen Gläsern tranken, und das kleine Mädchen mit der Schleife im Haar sie immer noch anstarrte. Und eine Nonne – sogar eine Nonne in dunkelblauem Kleid mit weißem Schleier und schwarzen Strümpfen – saß, über einen Stock gebeugt, auf der Kante eines Stuhles, und ein Mann sprach ihr ins Ohr, und sie hielt den Kopf schräg, und ihre kleine Hakennase schimmerte im Licht, und um sie herum drängten sich kleine Mädchen.

Und ein solcher Duft stieg von all den Bouquets empor. Ellie hatte immer gesagt, die Blumen in Kalifornien dufteten nicht. Hier aber hing ein wunderbar süßes Parfüm im Raum. Jetzt verstand Rowan, was Ellie damals gemeint hatte. Der Duft war süß, wie die warme Luft draußen warm gewesen war und die feuchte Brise feucht. Es war, als würden all die Farben ringsherum immer lebhafter.

Aber jetzt wurde ihr wieder übel, und der starke Duft machte es nur noch schlimmer. Der Sarg war so weit weg. Die Menge verdeckte ihn jetzt völlig. Sie dachte wieder an das Haus, das hohe dunkle Haus, »in der Stadt drüben, in der Ecke zum Fluß hin«, wie die Rezeptionistin im Hotel es beschrieben hatte. Es mußte das Haus sein, das Michael immer sah. Wenn es nicht Tausende davon gab, Tausende mit Rosenmustern in den schmiedeeisernen Zäunen und einer großen, dunklen Kaskade von Bougainvilleen, die über die verblichene graue Mauer herabflutete. Oh, ein so schönes Haus...

Die Menge teilte sich plötzlich erneut, und sie sah die langgestreckte Flanke des Sarges. Sah sie auch das Profil einer Frau auf dem Satinkissen? Ellies Sarg war geschlossen gewesen. Bei Graham hatte keine Totenfeier stattgefunden. Seine Freunde hatten sich in einer Bar in der Stadt getroffen.

Du wirst zu diesem Sarg hingehen müssen. Du wirst einen Blick hineinwerfen und sie anschauen müssen. Deshalb bist du ja gekommen, deshalb hast du mit Ellie und mit dem Papier im Safe gebrochen: um mit deinen eigenen Augen das Gesicht deiner Mutter zu sehen. Aber findet dies alles denn tatsächlich statt, oder träume ich? Schau doch das junge Mädchen an, das der alten Frau den Arm um die Schulter gelegt hat. Das weiße Kleid des Mädchens hat eine Schärpe! Und sie trägt weiße Strümpfe!

Wenn nur Michael hier wäre. Das hier war Michaels Welt. Wenn Michael nur den Handschuh ausziehen und seine Hand auf die Hand der Toten legen könnte. Aber was würde er dann sehen? Einen Bestatter, der Einbalsamierungsflüssigkeit in ihre Adern spritzte! Oder das Blut, das über einen weißen Tisch in den Abfluß rieselte?

Nun, worauf wartest du? Warum bewegst du dich nicht? Sie wich zurück, gegen den Türrahmen, und sah zu, wie eine alte, schon leicht ergraute Frau drei kleinen Kindern mit ausgebreiteten Armen entgegenging. Eines nach dem anderen küßten sie die wabbelnden Wangen der alten Frau, und diese nickte mit dem Kopf. Gehören alle diese Leute zur Familie meiner Mutter?

Wieder sah sie das Haus vor sich, bar aller Details, dunkel und phantastisch groß. Sie verstand, weshalb Michael dieses Haus liebte, diese Gegend. Und Michael wußte nicht, daß es das Haus ihrer Mutter war. Michael wußte nicht, daß dies alles hier passierte. Michael war fort. Und vielleicht würde es gar nichts weiter geben – nur dieses eine Wochenende und für alle Ewigkeit dieses unvollendete Gefühl...

Die Tür hinter ihr öffnete sich. Stumm trat sie einen Schritt zur Seite. Ein älteres Paar ging an ihr vorbei, als wäre sie nicht da – eine stattliche Frau in einem tadellosen Seidenkostüm, die ihr wunderschönes eisengraues Haar hinten zu einer Art Knoten zusammengebunden hatte, und ein Mann in einem zerknautschten weißen Anzug, mit dickem Hals und sanfter Stimme; er sprach mit der Frau.

»Beatrice!« rief jemand grüßend, und ein gutaussehender junger Mann kam der Frau mit dem eisengrauen Haar entgegen und gab ihr einen Kuß. »Darling, tritt näher«, sagte eine Frauenstimme. »Nein, niemand hat sie bis jetzt gesehen, aber sie muß jeden Augenblick kommen.« Die Stimmen klangen wie Michaels und doch anders. Zwei Männer, die sich flüsternd über ihre Weingläser hinweg unterhielten, schoben sich zwischen sie und das Paar, als sie den nächsten Raum betraten. Wieder öffnete sich die Eingangstür. Ein Schwall von heißer Luft, Verkehrslärm.

Sie ging hinüber in die andere Ecke, und jetzt sah sie den Sarg in seiner vollen Breite; sie sah, daß der halbe Deckel über dem Unterkörper der Frau geschlossen war, und sie wußte nicht, warum ihr das grotesk vorkam. Ein Kruzifix stand über dem Kopf der Frau in der gerüschten Seide – nicht, daß sie den Kopf hätte sehen können, aber sie wußte, daß er da war: Sie sah einen hautfarbenen Schimmer vor dem strahlenden Weiß. Geh schon, Rowan, geh hin.

Ist das schwieriger, als einen Operationssaal zu betreten? Natürlich werden sie dich alle sehen, aber sie werden nicht wissen, wer du bist. Dann kamen die Beklemmungen wieder, ihre Muskeln spannten sich in Hals und Gesicht. Sie konnte sich nicht rühren.

Dann sprach jemand sie an, und sie wußte, sie mußte jetzt den Kopf drehen und antworten. Aber sie tat es nicht. Das kleine Mädchen mit dem Band im Haar beobachtete sie. Warum antwortete sie nicht? dachte das kleine Mädchen.

»...Jerry Lonigan. Kann ich Ihnen helfen? Sie sind doch nicht Dr. Mayfair, oder?«

Sie sah ihn stupide an. Schwere Hängebacken und wunderhübsche porzellanblaue Augen. Nein, wie blaue Murmeln waren sie, die Augen: makellos rund und blau.

»Dr. Mayfair?«

Sie schaute hinunter auf seine Hand. Eine große, schwere Pranke. Nimm sie. Antworte so, wenn du nicht reden kannst. Die Anspannung in ihrem Gesicht wurde schlimmer. Sie drang bis zu ihren Augen. Rowan deutete mit einer kleinen Kopfbewegung auf den fernen Sarg. Ich möchte... Aber kein Wort kam aus ihrem Mund. Komm schon, Rowan, dafür bist du zweitausend Meilen geflogen.

Der Mann legte den Arm um sie. Ein leichter Druck auf ihrem Rücken. »Sie möchten sie sehen, Dr. Mayfair?«

Sie sehen, mit ihr sprechen, sie kennen, sie lieben, von ihr geliebt werden... Ihr Gesicht fühlte sich an wie aus Eis gemeißelt. Und ihre Augen waren unnatürlich geweitet; das wußte sie.

Sie blickte ihm in die kleinen blauen Augen und nickte. Es war, als seien plötzlich alle verstummt. Hatte sie so laut gesprochen? Aber sie hatte doch gar nichts gesagt. Bestimmt wußten sie nicht, wie sie aussah, und trotzdem drehten sich jetzt alle nach ihr um, als sie mit diesem Mann in den Raum trat.

Sogar die Kinder hatten aufgehört zu spielen. Der Raum schien sich zu verdunkeln, als alle langsam und lautlos beiseite traten – doch nur ein paar Schritte.

»Möchten Sie sich setzen, Dr. Mayfair?« fragte Mr. Lonigan.

Sie starrte auf den Teppich. Der Sarg war fünf Schritt weit entfernt. Nicht aufblicken, dachte sie, nicht aufblicken, bis du wirklich am Sarg stehst. Nur nicht von weitem etwas Schreckliches sehen. Aber was war denn hier so schrecklich? Wie konnte das hier schlimmer sein als ein Autopsie-Tisch, außer, daß dies hier... ihre Mutter war.

Eine Frau trat hinter das kleine Mädchen mit der Haarschleife und legte ihm eine Hand auf die Schulter. »Rowan? Rowan, ich bin Alicia Mayfair. Ich bin Deirdres Cousine vierten Grades. Das ist Mona, meine kleine Tochter.«

»Rowan, ich bin Pierce Mayfair«, sagte der gutaussehende junge Mann zu ihrer Rechten und streckte unvermittelt die Hand aus. »Ich bin Cortlands Urenkel.«

»Darling, ich bin Beatrice, deine Cousine.« Ein Hauch von Parfüm. Die Frau mit dem eisengrauen Haar. Weiche Haut an Rowans Wange. Riesige graue Augen.

»... Cecilia Mayfair, Barclays Enkelin; mein Großvater war Juliens Zweitgeborener im Haus in der First Street, und hier – Schwester, komm –, das ist Schwester Marie Claire. Schwester, das ist Rowan, das ist Deirdres Tochter!«

»... Timothy Mayfair, dein Cousin vierten Grades, wir freuen uns, dich zu sehen, Rowan...«

»... schön, dich zu sehen bei diesem traurigen...«

»Peter Mayfair. Wir unterhalten uns später. Garland war mein Vater. Hat Ellie je von Garland erzählt?«

Du lieber Gott, es waren lauter Mayfairs. Polly Mayfair und Agnes Mayfair, und Philip Mayfairs Töchter, und Eugenie Mayfair, und so ging es immer weiter. Wie viele mochten es wohl sein? Das war keine Familie, das war eine Legion. Sie drückte eine Hand nach der anderen und klebte immer weiter an dem fleischigen Mr. Lonigan, der sie so fest im Arm hielt. Zitterte sie? Nein, so etwas nennt man schlottern, nicht zittern.

Lippen streiften ihre Wange. »... Clancy Mayfair, Clays Urenkelin. Clay wurde vor dem Bürgerkrieg in der First Street geboren. Meine Mutter ist Trudy Mayfair, hier, Mutter, komm, laßt Mutter mal durch...«

»... so erfreut, dich zu sehen, Darling. Hast du Carlotta gesehen?«

»Miss Carlotta fühlt sich sehr schlecht«, schaltete Mr. Lonigan sich ein. »Sie erwartet uns in der Kirche...«

»... inzwischen neunzig Jahre alt, mußt du wissen...«

»... möchtest du ein Glas Wasser? Sie ist ja weiß wie ein Laken. Pierce, hol ihr ein Glas Wasser.«

»Magdalen Mayfair. Rémys Urenkelin. Rémy hat jahrelang in der First Street gewohnt. Das ist mein Sohn Garvey und meine Tochter Lindsey. Hier, Dan, Dan, sag hallo zu Dr. Mayfair. Dan ist Vincents Urenkel. Hat Ellie Ihnen erzählt von Clay und Vincent und...«

Nein, nie, von niemandem. *Versprich mir, daß du nie zurückgehen wirst, daß du nie versuchen wirst, herauszufinden...* Aber warum nicht? Warum, in Gottes Namen, nicht? Alle diese Leute – warum das Papier, warum die Geheimniskrämerei?

»Fehlt dir auch nichts?«

»Lily, Darling – Lily Mayfair. Du wirst nie alle unsere Namen behalten. Versuch's erst gar nicht.«

»... hier, wenn du uns brauchst, Rowan. Fühlst du dich wohl?«

Ja. Mir geht's prima. Ich kann bloß nicht sprechen. Ich kann mich nicht bewegen. Ich...

Wieder spannten sich die Gesichtsmuskeln. Starr, starr am ganzen Leib. Sie hielt Mr. Lonigans Hand noch fester. Er sagte etwas zu ihnen, etwas davon, daß sie jetzt ihrer Mutter die letzte Ehre erweisen wolle. Befahl er ihnen, wegzugehen? Ein Mann berührte ihre linke Hand.

»Ich bin Guy Mayfair, Andreas Sohn, und das ist meine Frau Stephanie; sie ist Gradys Tochter. Sie war Ellies Cousine ersten Grades.«

Sie wollte antworten – genügte denn das Händedrücken, genügte das Kopfnicken? Genügte es, die alte Frau wiederzuküssen, die sie küßte? Noch ein Mann sprach mit ihr, aber seine Stimme war zu leise. Er war alt; er sagte etwas von – Sheffield. Höchstens noch fünf Schritte bis zum Sarg. Sie wagte nicht, aufzublicken, weil sie fürchtete, ihn versehentlich anzuschauen.

Aber dazu bist du doch hergekommen, und du mußt es jetzt tun. Und sie sind alle hier, Hunderte...

»Rowan«, sagte jemand zur Linken, »das ist Fielding Mayfair, Clays Sohn.« Ein so alter Mann, so alt, daß sie alle Knochen seines Schädels durch die Haut sehen konnte, und auch die unteren und oberen Zähne und die Knochenkanten rund um die hohlen Augen. Sie hielten ihn aufrecht; er konnte nicht mehr allein stehen. Und all diese Anstrengung nur, damit er sie sehen konnte? Sie streckte die Hand aus. »Er will dich küssen, Honey.« Sie berührte seine Wange mit den Lippen.

Seine Stimme war leise, und seine Augen waren gelb, als er sie anschaute. Sie bemühte sich zu verstehen, was er sagte – etwas von Lestan Mayfair und von Riverbend. Was war Riverbend? Sie drückte ihm die Hand; sie fühlte sich glatt und seidig und knotig und stark an.

»Ich glaube, sie wird ohnmächtig«, wisperte jemand. Sie sprachen doch sicher nicht von ihr?

»Möchtest du, daß ich dich zum Sarg führe?« Der junge Mann noch einmal, der gutaussehende junge Mann mit dem sauberen Studentengesicht und den strahlenden Augen. »Ich bin Pierce – wir haben uns vor einer Sekunde kennengelernt.« Makellose Zähne blitzten. »Ellies Cousin.«

Ja, zum Sarg. Es wird Zeit, nicht wahr? Sie blickte hinüber, und es war ihr, als trete jemand beiseite, damit sie besser sehen konnte, und dann glitt ihr Blick sofort nach oben, über das Gesicht auf dem Kissen hinaus. Sie sah die Blumenbüsche über dem aufgeklappten

Deckel, einen ganzen Dschungel von Blumen, und ganz rechts, am Fußende des Sarges, einen weißhaarigen Mann, den sie kannte. Die dunkelhaarige Frau neben ihm weinte und betete den Rosenkranz, und sie sahen sie beide an, aber wie, um alles in der Welt, konnte sie diesen Mann oder sonst jemanden hier kennen? Aber sie kannte ihn! Sie wußte, daß er Engländer war, wer immer er sein mochte, und sie wußte, wie seine Stimme klingen würde, wenn er mit ihr spräche.

Jerry Lonigan half ihr weiter. Der gutaussehende Pierce stand neben ihr. »Ihr ist übel, Monty«, sagte die hübsche alte Frau. »Hol ihr ein Glas Wasser.«

»Honey, vielleicht solltest du dich setzen...«

Sie schüttelte den Kopf, und ihre Lippen formten das Wort nein. Noch einmal sah sie den weißhaarigen Engländer an, der neben der betenden Frau stand. Die Frau weinte und putzte sich die Nase, und der weißhaarige Mann sprach flüsternd mit ihr, aber sein Blick fixierte Rowan. *Ich kenne Sie.* Er sah sie an, als hätte sie ihn angesprochen, und dann fiel es ihr ein: der Friedhof in Sonoma County, wo Graham und Ellie begraben waren: Das war der Mann, den sie damals dort am Grab gesehen hatte. *Ich kenne Ihre Familie in New Orleans.* Und ganz unverhofft fügte sich noch ein weiteres Puzzlesteinchen an seinen Platz. Dies war der Mann, der vorgestern abend vor Michaels Haus in der Liberty Street gestanden hatte.

»Möchten Sie ein Glas Wasser?« fragte Jerry Lonigan.

Aber wie war das möglich? Wie konnte der Mann dort gewesen sein und jetzt hier, und was hatte das alles mit Michael zu tun?

Pierce erbot sich, um einen Stuhl zu holen. »Sie soll sich hinsetzen.«

Sie mußte weitergehen. Sie konnte jetzt nicht einfach stehenbleiben und den weißhaarigen Engländer anstarren und von ihm verlangen, daß er sich erklärte, daß er erklärte, was er in der Liberty Street gesucht habe. Und aus dem Augenwinkel sah sie etwas, dessen Anblick sie nicht ertragen konnte, etwas, das im Sarg auf sie wartete.

»Hier, Rowan. Das ist schön kalt.« Der Duft von Wein. »Trink einen Schluck, Darling.«

Das würde ich gern tun, wirklich, aber ich kann den Mund nicht bewegen. Sie schüttelte den Kopf, versuchte zu lächeln. Ich glaube, ich kann auch meine Hand nicht bewegen. Und ihr erwartet doch alle, daß ich mich bewege; ich sollte es also wirklich tun. Sie hatte Ärzte, die bei einer Autopsie in Ohnmacht fielen, eigentlich immer albern gefunden. Wie konnte so eine Sache eine solche physische Auswirkung haben? Wenn man mich mit einem Baseballschläger schlägt, dann gehe ich vielleicht zu Boden. O Gott, was du alles noch nicht weißt vom Leben – das wird mir erst jetzt in diesem Raum allmählich klar. Und deine Mutter liegt da im Sarg.

Was hast du gedacht? Daß sie hier warten würde, lebendig, bis du kommst? Bis dir endlich klar wird... Hier unten, in diesem fremden Land! Ja, es ist doch wie ein anderes Land, oder etwa nicht?

Der weißhaarige Engländer kam auf sie zu. Ja, wer bist du? Warum bist du hier? Warum bist du auf so dramatische und groteske Weise fehl am Platz? Andererseits war er es gar nicht. Er war genau wie alle anderen hier, diese Bewohner eines fremden Landes – so sittsam und so sanft. Nicht ein Hauch von Ironie oder Befangenheit oder vorgetäuschtem Gefühl in seinem gütigen Gesicht. Er trat dicht an sie heran und veranlaßte sanft den gutaussehenden jungen Mann, Platz zu machen.

Sie schlug die Augen nieder. Blumenberge zu beiden Seiten der samtgepolsterten Kniebank. Sie ging weiter, und ihre Fingernägel gruben sich in Mr. Lonigans Hand, ehe sie es verhindern konnte. Sie bemühte sich, ihren Griff zu lockern, und zu ihrem grenzenlosen Erstaunen merkte sie, daß sie gleich fallen würde. Der Engländer packte ihren linken Arm. Mr. Lonigan hielt den rechten fest umklammert. »Rowan, hören Sie«, sagte der Engländer ihr mit seinem präzisen und doch melodischen Akzent leise ins Ohr. »Michael wäre auch hier, wenn er könnte. Ich bin an seiner Stelle gekommen. Michael kommt heute abend. Sobald er kann.«

Erschrocken sah sie ihn an, und die Erleichterung überfiel sie fast wie ein Schauder. Michael kam. Michael war irgendwo in der Nähe. Aber wie konnte das sein?

»Ja, er ist ganz in der Nähe und leider aus schwerwiegenden Gründen verhindert«, sagte er so aufrichtig, als hätte er diese Wörter erfunden, »und er bedauert es ehrlich, daß er nicht hier sein kann...«

Sie sah das trübe, dunkle, konturlose Haus in der First Street wieder, das Haus, von dem Michael die ganze Zeit geredet hatte. Und als sie ihn im Wasser entdeckt hatte, da hatte er ausgesehen wie ein winziger Fleck aus Kleidern, die an der Oberfläche schwammen, das kann doch kein Ertrunkener sein, nicht hier draußen, meilenweit vom Land entfernt...

»Was kann ich im Moment für Sie tun?« fragte der Engländer; seine Stimme klang leise und geheimnisvoll und grenzenlos fürsorglich. »Möchten Sie an den Sarg herantreten?«

Ja, bitte bringen Sie mich hin. Bitte helfen Sie mir! Machen Sie, daß meine Beine sich bewegen. Aber sie bewegten sich ja. Er hatte den Arm um sie gelegt und führte sie, so mühelos, und die Konversation ringsum hatte wieder eingesetzt, gottlob, allerdings war es nun ein leises, respektvolles Gemurmel, aus dem sie nach Belieben verschiedene Stränge herausziehen konnte. »... sie wollte einfach nicht ins Bestattungsinstitut kommen: Das ist die Wahrheit. Sie kocht vor Wut, weil wir alle hier sind.« – »Hör auf, sie ist mindestens neunzig Jahre alt, und wir haben achtunddreißig Grad draußen.« – »Ich weiß, ich weiß. Na, nachher können alle zu mir kommen; das habe ich schon gesagt...«

Sie hielt den Blick gesenkt – auf die Silbergriffe, auf die Blumen, auf die samtene Kniebank, die jetzt unmittelbar vor ihr stand. Wieder die Übelkeit. Das kam von der Hitze und der stehenden kühlen Luft und dem Blumenduft, der sie umgab wie ein unsichtbarer Nebel. Aber du mußt es tun. Du mußt es ganz ruhig und gelassen tun. Du darfst es nicht versäumen. *Versprich mir, daß du nie zurückgehen wirst, daß du nie versuchen wirst, herauszufinden...*

Langsam zwang sie sich, vom Boden aufzuschauen, den Blick zu heben, bis sie das Gesicht der toten Frau sah, das dort auf dem Satinkissen lag. Und langsam begann ihr Mund sich zu öffnen, und die Muskelstarre verwandelte sich in einen Krampf. Sie kämpfte mit aller Kraft dagegen an, daß ihr Mund sich öffnete. Sie biß auf die Zähne. Und der Schauer, der sie durchbebte, war so heftig, daß der Engländer seinen Griff verstärkte. Auch er schaute in den Sarg. Er hatte sie gekannt!

Sieh sie an. Nichts anderes ist jetzt von Bedeutung. Du mußt dich nicht beeilen oder an irgend etwas anderes denken oder dir Sorgen machen. Sieh sie nur an, sieh dir ihr Gesicht an mit all seinen Geheimnissen, die jetzt für allezeit darin verschlossen sind.

Und Stellas Gesicht war so schön im Sarg. Sie hatte so wunderschönes schwarzes Haar...

»Sie wird ohnmächtig. Helft ihr! Pierce, hilf ihr!«

»Nein, wir halten sie; es ist alles in Ordnung«, sagte Lonigan.

So absolut und vollkommen tot sah sie aus, und so hübsch. Herausgeputzt für die Ewigkeit – pinkfarbener Lippenstift glänzte auf ihrem wohlgeformten Mund, Rouge lag auf den makellosen Mädchenwangen, und das schwarze Haar war über den Satin gebürstet wie das Haar eines Mädchens, offen und schön, und ein Rosenkranz, jawohl, ein Rosenkranz war ihr in die Finger geflochten.

In all diesen Jahren hatte Rowan so etwas noch nie gesehen. Sie hatte sie gesehen, wenn sie ertrunken waren oder erstochen, oder wenn sie im Schlaf auf der Station gestorben waren. Sie hatte sie farblos gesehen und vollgepumpt mit Chemikalien, nach Wochen, Monaten oder sogar Jahren aufgeschlitzt für den Anatomieunterricht. Sie hatte sie bei der Autopsie gesehen, wenn die behandschuhten Hände des Arztes blutrote Organe heraushoben.

Aber das hier noch nie. Noch nie ein so totes, hübsches Ding in blauer Seide, mit Spitze besetzt, das nach Gesichtspuder roch und einen Rosenkranz zwischen den Fingern hielt. Alterslos sah sie aus, fast wie ein zu groß geratenes kleines Mädchen mit ihrem unschuldigen Haar, ihrem faltenlosen Gesicht, ja, und auch mit dem glänzenden Lippenstift, dessen Farbe die Farbe von Rosenblättern war.

Ach, wenn es nur möglich wäre, ihr die Augen zu öffnen! Ich wünschte, ich könnte die Augen meiner Mutter sehen! Und hier in diesem Raum voll alter Leute ist sie immer noch so jung...

Sie beugte sich nieder. Ganz behutsam zog sie ihre Hand aus der des Engländers. Sie legte sie auf die fahlen Hände, auf die nachgebenden weichen Hände. Hart! Hart wie die Perlen des Rosenkranzes. Kalt und hart. Sie schloß die Augen und preßte ihre Finger in dieses unnachgiebige weiße Fleisch. So absolut tot, so weit jenseits von allem Leben. So endgültig vorüber.

Wenn Michael hier wäre... könnte er wohl an ihren Händen spüren, ob sie ohne Angst oder Schmerzen gestorben war? Könnte er den Grund für all die Geheimniskrämerei herausfinden? Könnte er dieses grausige, leblose Fleisch berühren und das Lied des Lebens darin noch hören? O bitte, Gott, wer immer sie war und warum sie mich auch weggegeben hat, ich hoffe, sie ist ohne Angst und Schmerzen gestorben. In Frieden, in süßer Ruhe, wie ihr Gesicht sie jetzt zeigt. Sieh nur die geschlossenen Augen, die glatte Stirn.

Langsam hob sie eine Hand und wischte sich die Tränen von der Wange. Sie merkte, daß ihr Gesicht jetzt entspannt war.

Sie trat zurück, aber den Blick wandte sie nicht von der Frau im Sarg. Wieder ließ sie sich von dem Engländer führen, hinaus in einen kleinen Vorraum, den man eigens für sie hergerichtet hatte. Mr. Lonigan verkündete, es sei nun Zeit, daß sie alle einer nach dem anderen herankämen; der Priester sei auch hier, und er sei bereit.

Erstaunt sah Rowan, wie ein großer alter Mann sich niederbeugte und die Tote auf die Stirn küßte. Beatrice, die hübsche Frau mit den grauen Haaren, kam als nächste; sie flüsterte etwas, als sie die tote Frau auf die gleiche Weise küßte. Ein Kind wurde hochgehoben, damit es das gleiche tun konnte. Der kahlköpfige alte Mann kam schwerfällig heran; sein Bauch machte die Sache beschwerlich, aber er beugte sich doch nieder, um die Tote zu küssen, und er flüsterte heiser, daß jeder es hören konnte: »Lebwohl, Darling.«

Mr. Lonigan drückte sie sanft auf einen Stuhl. Als er sich umdrehte, beugte sich die weinende Frau mit den schwarzen Haaren plötzlich zu ihr herunter und schaute ihr in die Augen. »Sie wollte Sie nicht weggeben«, sagte sie, und ihre Stimme war dünn und flink wie ein Gedanke.

»Rita Mae!« zischte Mr. Lonigan und schob die schwarzhaarige Frau zur Tür hinaus und einen kleinen Gang hinunter.

Der Engländer stand in der Tür zum großen Raum und sah zu ihr herüber. Er nickte leise, und seine Brauen hoben sich, als erfülle ihn das alles mit Trauer und Erstaunen.

... wollte Sie nicht weggeben.

Was war es wohl für ein Gefühl, diese glatte, harte Haut zu küssen? Und sie taten es, als wäre es das Natürlichste auf der Welt, das Einfachste auf der Welt; das Baby wurde hochgehoben, die Mutter beugte sich nieder, der Mann kam flink heran, und dann kam noch eine sehr alte Frau mit fleckigen Händen und schütterem Haar. »Hilf mir hinauf, Cecil«, sagte sie und stellte einen Fuß auf die samtene Kniebank. Das zwölfjährige Mädchen mit der Haarschleife erhob sich auf die Zehenspitzen.

»Rowan, möchten Sie noch einmal mit ihr allein sein? Das ist Ihr Augenblick, zum Schluß, wenn alle bei ihr waren. Der Priester wird dann warten. Aber Sie müssen nicht.«

Sie schaute in die milden grauen Augen des Engländers. Aber er hatte nicht gesprochen. Es war Lonigan gewesen, Lonigan mit seinem roten, glänzenden Gesicht und den porzellanblauen Augen. Weit hinten am Ende des kleinen Korridors stand seine Frau Rita Mae; sie wagte nicht, noch einmal näherzukommen.

»Ja, allein. Noch einmal«, flüsterte Rowan. Ihre Augen suchten die Augen Rita Maes, die dort hinten im Halbdunkel stand. »Es ist wahr.« Rita Maes Lippen formten die Worte, und sie nickte ernst.

Ja. Ich will ihr einen Abschiedskuß geben, so, wie die anderen es taten...

25

DIE AKTE ÜBER DIE MAYFAIR-HEXEN
TEIL X

Rowan Mayfair

STRENG VERTRAULICH,
AKTUALISIERTE ZUSAMMENFASSUNG 1989

Rowan Mayfair wurde am Tag ihrer Geburt, am 7. November 1959, rechtmäßig adoptiert von Ellen Louise Mayfair und ihrem Mann Graham Franklin.

Sie wurde mit dem Flugzeug nach Los Angeles gebracht, wo sie mit ihren Eltern wohnte, bis sie drei Jahre alt war. Dann zog die Familie nach San Francisco, Kalifornien, und wohnte zwei Jahre in Pacific Heights.

Als Rowan fünf Jahre alt war, zog die Familie zum letztenmal um, und zwar in ein Haus am Strand von Tiburon in Kalifornien – gegenüber von San Francisco auf der anderen Seite der Bay gelegen –, das eigens für Graham, Ellie und ihre Tochter entworfen worden war.

Das Haus ist ein Wunderwerk aus gläsernen Wänden, offenliegendem Rotholzgebälk und modernen Installationen. Dazu gehören zwei großflächige Veranden, ein eigener sieben Meter langer Landungssteg und ein Bootsbassin, das zweimal jährlich abgelassen wird. Man hat einen Ausblick über die Richardson Bay nach Sausalito und – in südlicher Richtung – nach San Francisco. Rowan lebt heute allein in diesem Haus.

Zum Zeitpunkt dieser Niederschrift ist Rowan fast dreißig Jahre alt. Sie ist einen Meter fünfundsiebzig groß, hat kurzgeschnittenes weiches blondes Haar und große, hellgraue Augen. Sie ist unbestreitbar attraktiv und hat bemerkenswert schöne Haut, dunkle, gerade Augenbrauen, dunkle Wimpern und einen extrem schönen Mund. Aber um des Vergleiches willen kann man sagen, daß sie nichts von Stellas glamouröser Erscheinung oder von Anthas hübschem Liebreiz besitzt, und auch die dunkle Sinnlichkeit Deirdres fehlt ihr ganz. Rowan ist zart und zugleich jungenhaft, und auf manchen Bildern erinnert ihr Gesichtsausdruck an Mary Beth.

Ich bin davon überzeugt, daß sie Ähnlichkeit mit Petyr van Abel hat, aber es gibt auch eindeutige Unterschiede. Sie hat nicht seine tiefliegenden Augen, und ihr Haar ist aschblond, nicht golden. Aber ihr Gesicht ist schmal wie Petyr van Abels, und sie hat etwas Nordisches an sich, genau wie Petyr auf seinen Porträts.

ZUSAMMENFASSUNG DES MATERIALS ÜBER ROWANS ADOPTIVELTERN ELLIE MAYFAIR UND GRAHAM FRANKLIN

Ellen Louise Mayfair war die einzige Tochter Sheffield Mayfairs, dessen Vater Cortland Mayfair war. Sie wurde 1923 geboren, war also sechs Jahre alt, als Stella starb. Seit sie mit achtzehn Jahren an die Stanford Universität kam, lebte sie beinahe ausschließlich in Kalifornien. Mit einunddreißig heiratete sie den Juristen Graham Franklin, einen Stanford-Absolventen. Er war acht Jahre jünger als Ellie. Ellie hatte anscheinend schon vor dem Umzug nach Kalifornien nur wenig Kontakt mit ihrer Familie, denn sie kam schon mit acht Jahren – sechs Monaten nach dem Tod ihrer Mutter – auf ein kanadisches Internat.

Ihr Vater, Sheffield Mayfair, hat sich vom Verlust seiner Frau anscheinend nie erholt; zwar besuchte er sie oft und nahm sie dann zum Einkaufsbummel mit nach New York, aber er hielt sie von Zuhause fern. Er war der stillste und verschlossenste unter Cortlands Söhnen und möglicherweise auch der am meisten enttäuschende, insofern als er zwar verbissen für die Firma der Familie arbeitete, sich dabei aber selten hervortat und kaum an wichtigen Entscheidungen beteiligt war. Aber alle verließen sich auf ihn, wie Cortland nach seinem Tod sagte.

Graham Franklin wußte anscheinend überhaupt nichts über Ellies Familie: manche seiner Bemerkungen im Laufe der Jahre sind völlig aus der Luft gegriffen. »Sie kommt von einer großen Pflanzung da unten.« – »Das ist die Sorte Leute, die ihr Gold unter den Fußbodendielen versteckt.« – »Ich glaube, die stammen von Freibeutern ab.« – »Oh, die Familie meiner Frau? Das waren Sklavenhändler, nicht wahr, Honey? Die haben alle farbiges Blut.«

Zur Zeit der Adoption erzählte man sich in der Familie, Carlotta Mayfair habe sich von Ellie Papiere unterzeichnen lassen, in denen diese versicherte, daß sie Rowan nichts über ihre wahre Herkunft sagen werde und sie niemals nach Louisiana zurückkehren lassen werde. Tatsächlich sind diese Versicherungen Bestandteil der offiziellen Adoptionsunterlagen, formelle persönliche Vereinbarungen zwischen den Beteiligten, in denen zudem die Überweisung schwindelerregender Geldsummen geregelt ist.

Während Rowans erstem Lebensjahr wurden in regelmäßigen Raten mehr als fünf Millionen Dollar von Carlotta Mayfairs Konten in New Orleans auf Ellie Mayfairs Konten in Kalifornien bei der Bank of America und der Wells Fargo Bank überwiesen. Ellie, die von Hause aus reich war, da ihr Vater Sheffield und später auch ihr Großvater Cortland ihr Treuhandfonds hinterließen, richtete einen Treuhandfonds für ihre Adoptivtochter ein, der im Laufe der nächsten zwei Jahre mit der Hälfte der fünf Millionen ausgestattet wurde.

Die andere Hälfte wurde nach Eingang der Raten jeweils unverzüglich an Graham Franklin überwiesen, der dieses und auch Ellies Geld, die Einkünfte aus ihrem Fonds, im Laufe der Jahre umsichtig und erfolgreich in Grundbesitz und anderswo investierte – vorwiegend in Immobilien (eine Goldmine in Kalifornien). Als erfolgreicher Anwalt verfügte er selbst zwar über ein sehr hohes Einkommen, aber seine Familie hatte kein Geld, und das große Vermögen, das ihm zum Zeitpunkt seines Todes gemeinsam mit seiner Frau gehörte, war das Resultat seines geschickten Umgangs mit ihrem ererbten Geld.

Es weist manches darauf hin, daß Graham eine Abneigung gegen seine Frau hegte und daß er sich über seine emotionale wie finanzielle Abhängigkeit von ihr ärgerte. Mit seinem Einkommen allein hätte er seinen Lebensstil – Yachten, Sportwagen, extravagante Urlaubsreisen, ein palastähnliches modernes Haus in Tiburon – nicht finanzieren können. Und er schob im Laufe der Jahre beträchtliche Summen von Ellies Geld vom gemeinsamen Konto geradewegs in die Hände seiner diversen Geliebten.

Als er erfuhr, daß Ellen an einer tödlichen Krebserkrankung litt, geriet er in Panik. Juristenkollegen und Freunde haben detailliert und übereinstimmend beschrieben, daß er »völlig unfähig« war, mit Ellies Krankheit umzugehen. Er sprach nicht mit ihr über die Krankheit; er hörte nicht auf ihre Ärzte; er weigerte sich, ihr Krankenhauszimmer zu betreten. Er brachte seine Geliebte in einem Apartment in der Jackson Street unter, seiner Kanzlei in San Francisco gegenüber, und dort besuchte er sie oft bis zu dreimal täglich.

Unverzüglich ging er daran, einen Plan auszuarbeiten, um Ellie den gesamten Familienbesitz – der inzwischen zu einem beträchtlichen Vermögen angewachsen war – abzunehmen; er wollte versuchen, Ellie entmündigen zu lassen, um dann das Haus in Tiburon an seine Geliebte zu verkaufen, als er plötzlich – zwei Monate vor Ellie – einen Schlaganfall erlitt und selbst verstarb. Ellie erbte seinen gesamten Besitz.

Grahams letzte Geliebte, ein entzückendes Mannequin aus New York namens Karen Garfield, schüttete einem unserer Detektive bei einigen Cocktails ihr Herz aus. Er hatte ihr eine halbe Million hinterlassen, und das war in Ordnung, aber sie und Graham hatten ein gemeinsames Leben geplant – »die Jungferninseln, die Riviera, das ganze Zeugs«.

Karen selbst starb an einer Serie massiver Herzattacken; die erste erlitt sie eine Stunde nach ihrem Besuch in Grahams Haus in Tiburon, wo sie seiner Tochter Rowan »alles erklären« wollte. »Dieses Biest! Sie wollte nicht mal seine Sachen rausrücken! Ich wollte doch bloß ein paar Erinnerungsstücke. Aber sie sagte: ›Verlassen Sie das Haus meiner Mutter!‹«

Karen lebte nach diesem Besuch noch zwei Wochen – lange genug, um eine Menge unfreundliche Dinge über Rowan zu sagen; aber anscheinend hat sie nie einen Zusammenhang zwischen ihrer plötzlichen und unerklärlichen Herzschwäche und ihrem Besuch bei Rowan gesehen. Warum sollte sie auch?

Wir indessen sahen diesen Zusammenhang, wie die folgende Zusammenfassung zeigen wird.

Als Ellie starb, sagte Rowan zu Ellies engsten Freunden, sie habe nun ihre beste und einzige Freundin auf der Welt verloren. Das stimmte wahrscheinlich. Ellie Mayfair war ihr Leben lang ein warmherziger und etwas verletzlicher Mensch, geliebt von ihrer Tochter und von ihren zahlreichen Freunden. Diesen Freunden zufolge verströmte sie immer so etwas wie den Charme einer »Southern Belle«, obgleich sie in jeder Hinsicht eine sportliche, moderne Kalifornierin war, die mühelos auf zwanzig Jahre jünger geschätzt wurde. Tatsächlich war das jugendliche Aussehen möglicherweise ihre einzige Obsession, vom Wohlergehen ihrer Tochter Rowan einmal abgesehen.

Jenseits der Fünfzig unterzog sie sich zweimal kosmetischen Operationen (zur Gesichtsstraffung), sie frequentierte teure Schönheitssalons und färbte sich regelmäßig das Haar. Auf Bildern mit ihrem Mann, die ein Jahr vor ihrem Tod aufgenommen wurden, sieht sie jünger aus als er. Sie war ihm treu ergeben und völlig abhängig von ihm, und sie ignorierte seine Affären bewußt. Einer Freundin erzählte sie: »Er ist immer um sechs Uhr zum Essen zu Hause. Und er ist immer da, wenn ich das Licht ausmache.«

Tatsächlich waren seine Erfolge bei Frauen und die Wirkung, die er nach wie vor auf Ellie ausübte, nicht nur seinem Äußeren zuzuschreiben, sondern auch seiner großen Begeisterung für das Leben und der Mühelosigkeit, mit der er seine Zuneigung auf seine Umgebung verteilte.

Einer seiner lebenslangen Freunde, ein älterer Anwalt, erklärte es unserem Ermittler so: »Er konnte sich diese Affären leisten, weil er in seinen Aufmerksamkeiten für Ellie nie nachlässig wurde. Frauen hassen es, wenn man ihnen gegenüber plötzlich kalt wird. Behandelt man sie wie Königinnen, dann darf man außerhalb des Palastes auch die eine oder andere Konkubine haben.«

Das letzte Mal, daß ich Ellie persönlich gesehen habe, war im Januar 1988 anläßlich von Nancy Mayfairs Beerdigung in New Orleans; sie war drei- oder vierundsechzig, eine schöne Frau, etwa eins fünfundsechzig groß, mit dunkelgebräunter Haut und kohlschwarzem Haar. Ihre blauen Augen waren hinter einer weißgeränderten Sonnenbrille verborgen. Ihr modisches Baumwollkleid schmeichelte ihrer schlanken Figur, und sie hatte tatsächlich etwas vom Glamour einer Filmschauspielerin, eben jene kalifornische Patina. Ein halbes Jahr später war sie tot.

Als Ellie starb, erbte Rowan alles, einschließlich ihrer Treuhandfonds und eines weiteren Fonds, der bei ihrer Geburt eingerichtet worden war und von dem sie nichts wußte.

Da Rowan damals wie heute eine hart arbeitende Ärztin war und ist, hat das Erbe in ihrem Alltag keine spürbare Veränderung bewirkt. Darüber indessen mehr an geeigneter Stelle.

ROWAN MAYFAIR – VON DER KINDHEIT BIS HEUTE

Unauffällige Beobachtungen haben ergeben, daß Rowan von Anfang an ein höchst altkluges Kind war und daß sie eine Vielzahl von übersinnlichen Fähigkeiten besaß, von denen ihre Adoptiveltern anscheinend nichts wußten. Es gibt auch Hinweise darauf, daß Ellie Mayfair sich weigerte, irgend etwas »Seltsames« an ihrer Tochter zur Kenntnis zu nehmen. Wie dem auch gewesen sein mag, jedenfalls war Rowan offenbar Ellies und Grahams »ganzer Stolz«.

Rowan teilte die Leidenschaft ihrer Eltern für das Segeln. Sie begleitete die beiden von frühester Kindheit an auf ihren Törns, und schon mit vierzehn hatte sie gelernt, Grahams kleines Segelboot, die *Wind Singer*, allein zu bedienen. Als Graham einen hochseetüchtigen Kreuzer namens *Great Angela* kaufte, unternahm die ganze Familie mehrmals im Jahr ausgedehnte Reisen damit.

Als Rowan sechzehn war, kaufte Graham ihr eine eigene hochseetüchtige, zweimotorige Yacht; Rowan taufte sie *Sweet Christine*. Die *Great Angela* wurde dann ausgemustert, und die ganze Familie benutzte die *Sweet Christine*, aber Rowan war der unangefochtene Skipper. Sie ist zwar eine gewandte Schwimmerin, war aber nie eine waghalsige Schiffsführerin. Die *Sweet Christine* ist ein schwerer, langsamer, in Holland gebauter dreizehn Meter langer Kreuzer, bei dessen Konstruktion mehr Wert auf Stabilität als auf Geschwindigkeit gelegt wurde.

Anscheinend macht es Rowan große Freude, allein damit unterwegs zu sein, außer Sichtweite des Landes, und das bei jedem Wetter. Wie viele Leute, denen das Klima von Nordkalifornien zusagt, genießt sie anscheinend Nebel, Wind und Kälte.

Alle, die Rowan beobachtet haben, scheinen darin übereinzustimmen, daß sie eine Einzelgängerin ist, eine äußerst stille Person, die lieber arbeitet als spielt. In der Schule war sie so zwanghaft fleißig wie auf dem College. Ihre Garderobe hat zwar immer den Neid ihrer Klassenkameradinnen hervorgerufen, aber sie selbst sagte immer, das liege nur an Ellie. Sie selbst interessiere sich absolut nicht für Kleider. Ihre typische Freizeitkleidung ist seit Jahren überwiegend seemännisch geprägt – Jeans, Segelschuhe, übergroße Pullover und Wollmützen sowie eine Matrosenjacke aus marineblauer Wolle.

In der Welt der Medizin, vor allem in der Neurochirurgie, sind Rowans zwanghafte Gewohnheiten in Anbetracht der Natur ihres Berufes weniger bemerkenswert. Aber selbst auf diesem Gebiet hat man sie als »Besessene« bezeichnet. Tatsächlich scheint Rowan die geborene Ärztin zu sein, wenngleich ihre Entscheidung für die Chirurgie und gegen die Forschung viele, die sie kannten, überrascht hat. »Wenn sie im Labor war«, sagte einer ihrer Kollegen, »dann mußte ihre Mutter sie anrufen und sie daran erinnern, daß sie zwischendurch essen oder schlafen mußte.«

TELEPATHISCHE FÄHIGKEITEN

Rowans übersinnliche Fähigkeiten zeigten sich bereits in ihrem sechsten Lebensjahr in der Schule, vielleicht auch schon vorher, aber darauf haben wir keinerlei Hinweise finden können. Beiläufig befragte Lehrer erzählen wahrhaft erstaunliche Geschichten über die gedankenleserischen Fähigkeiten des Kindes.

Indessen haben wir nichts herausfinden können, was darauf hingewiesen hätte, daß Rowan als Außenseiterin oder Versagerin oder als unangepaßtes Kind gegolten hätte. In ihrer ganzen Schulzeit zeigte sie überdurchschnittliche Leistungen. Schulphotos zeigen, daß sie ein extrem hübsches Kind war, stets braun gebrannt und mit sonnengebleichtem Haar. Sie wirkt verschlossen auf diesen Bildern, als empfinde sie die Kamera irgendwie als Störung, aber keineswegs unglücklich oder depressiv.

Ihre telepathischen Fähigkeiten fielen eher den Lehrern als den anderen Schülern auf, und sie folgen einem bemerkenswerten Muster.

»Meine Mutter war gestorben«, berichtete eine Lehrerin der ersten Klasse. »Ich konnte nicht nach Vermont zur Beerdigung, und mir war gräßlich zumute. Wohlgemerkt, niemand wußte davon. Aber in der Pause kam Rowan zu mir. Sie setzte sich neben mich und nahm meine Hand. Ich wäre fast in Tränen ausgebrochen, so zärtlich war ihre Geste. ›Tut mir leid, das mit Ihrer Mutter‹, sagte sie, und dann blieb sie schweigend neben mir sitzen. Als ich sie später fragte, woher sie das wußte, sagte sie: ›Es ist mir einfach in den Kopf hineingeplatzt.‹ Ich glaube, das Kind wußte alles mögliche auf diese Weise. Wie einsam sie immer war!«

Ein anderes Mal, als ein Mädchen drei Tage unentschuldigt fehlte und die Schulleitung sie nicht erreichen konnte, teilte Rowan dem Direktor in aller Ruhe mit, man müsse sich keine Sorgen machen. Die Großmutter des Mädchens sei gestorben, sagte sie, und die Familie sei in einem anderen Staat zur Beerdigung; man habe einfach vergessen, die Schule zu informieren. Es stellte sich heraus, daß es stimmte. Wieder konnte Rowan nicht erklären, woher sie es gewußt hatte. »Es kam mir in den Sinn«, sagte sie nur.

1966, als Rowan acht Jahre alt war, benutzte sie diese telepathische Fähigkeit zum letztenmal, *soweit wir wissen*. In der vierten Klasse einer Privatschule in Pacific Heights teilte sie der Schulleiterin mit, daß ein anderes Mädchen ziemlich krank sei und besser zum Arzt ginge, aber sie wisse nicht, wie sie das jemandem begreiflich machen solle: Das Mädchen müsse sterben.

Die Schulleiterin war entsetzt. Sie rief Rowans Mutter an und bestand darauf, daß man mit dem Kind zum Psychiater gehen müsse. Nur ein schwer gestörtes Kind würde »so etwas« sagen. Ellie versprach, mit Rowan zu sprechen. Rowan äußerte sich nicht weiter.

Innerhalb einer Woche allerdings stellte sich heraus, daß das in Frage kommende Mädchen an einer seltenen Form von Knochenkrebs litt. Sie starb vor Ende des Schuljahres.

Vielleicht war es Ellies Besorgnis, was Zwischenfälle dieser Art in Rowans Leben ein Ende bereitete. Ellies Freundinnen wußten genau Bescheid über die Vorkommnisse. »Ellie war fast hysterisch. Sie wollte, daß Rowan ein normales Kind ist. Sie sagte, sie wolle keine Tochter mit seltsamen Begabungen.«

Graham hielt das Ganze für Zufall, sagt die Schulleiterin, und er schimpfte mächtig mit ihr, weil sie angerufen und Ellie gesagt hatte, daß das arme kleine Mädchen gestorben war.

Zufall oder nicht, die ganze Angelegenheit scheint den Demonstrationen ihrer Fähigkeiten jedenfalls ein Ende gesetzt zu haben. Man kann mit Sicherheit annehmen, daß sie die kluge Entscheidung traf, als Gedankenleserin »in den Untergrund zu gehen«, oder daß sie ihre Fähigkeit sogar absichtlich so weit unterdrückte, daß sie praktisch nicht mehr existierte oder doch sehr schwach war. So sehr wir uns bemühen, von diesem Zeitpunkt an finden wir keinen Hinweis mehr auf ihre telepathische Begabung. Alle Erinnerungen an sie beziehen sich nur auf ihre ruhige, hochintelligente Art, auf ihre unerschöpfliche Energie und auf ihre Liebe zur Naturwissenschaft und Medizin.

»Sie war doch das Mädchen auf der High-School, das die Käfer und die Steine sammelte und für alles die langen lateinischen Namen wußte.«

»Beängstigend, absolut beängstigend«, sagte der Chemielehrer von der High-School. »Es hätte mich nicht überrascht, wenn sie an einem freien Wochenende die Wasserstoffbombe noch einmal erfunden hätte.«

Der einzige Freund, den Rowan als Teenager hatte, war ebenfalls ein brillanter Einzelgänger. Er konnte jedoch anscheinend ihre Konkurrenz nicht ertragen. Als Rowan in Berkeley zugelassen wurde und er nicht, trennten sie sich verbittert. Freunde gaben dem Jungen die Schuld. Er ging später in den Osten und arbeitet heute in der naturwissenschaftlichen Forschung in New York.

Anläßlich einer Museumseröffnung gelang es einem unserer Detektive, ihm »über den Weg zu laufen«, und er brachte das Gespräch auf Medien und Gedankenleser. Da fing der Mann an, von seiner alten High-School-Freundin zu erzählen, die solche übersinnlichen Talente besessen habe. Er war immer noch verbittert darüber. »Ich habe das Mädchen geliebt. Wirklich. Sie hieß Rowan Mayfair, und sie sah sehr ungewöhnlich aus. Nicht hübsch auf die übliche Art. Aber sie war unmöglich. Sie wußte immer, was ich dachte, bevor ich es selbst wußte. Sie wußte, wenn ich mit einer anderen ausgegangen war. Und sie war so verdammt ruhig dabei, daß es schon unheimlich war. Ich habe gehört, daß sie Neurochirurgin geworden ist. Da kann man's mit der Angst kriegen. Was passiert denn, wenn ein Patient etwas Negatives über sie denkt, bevor er anästhesiert wird? Ob sie ihm diesen Gedanken dann aus dem Kopf schneidet?«

Als Rowan 1976 nach Berkeley kam, wußte sie schon, daß sie Ärztin werden wollte. 1979 machte sie die Abschlußprüfung als Klassenbeste, und mit zwanzig begann sie ihr Medizinstudium. In der neurologischen Forschung sah sie anscheinend ihre Lebensaufgabe.

Ihre akademischen Fortschritte in dieser Zeit galten als phänomenal. Zahlreiche Lehrer sagen, sie sei »die brillanteste Studentin gewesen, die ich je hatte«.

»Ihre Kommilitonen nennen sie ›Dr. Frankenstein‹, weil sie ständig von Gehirntransplantationen redet und davon, aus Einzelteilen neue Gehirne zusammenzusetzen. Aber der springende Punkt bei Rowan ist: Sie ist überaus menschlich. Man muß nicht befürchten, daß sie brillant, aber herzlos sein könnte.«

»Sie ist nicht brillant. Die Leute glauben das, aber es steckt mehr dahinter. Sie ist eine Art Mutant. Nein, im Ernst. Sie kann die Versuchstiere untersuchen und einem dann sagen, was passieren wird. Sie berührt sie mit den Händen, und dann sagt sie: ›Dieses Medikament wird nicht wirken.‹ Und ich sage Ihnen, was sie noch getan hat: Sie konnte diese kleinen Tiere heilen. Eine der älteren Ärztinnen hat mir erzählt, daß Rowan alle Experimente durcheinander brachte, wenn sie nicht aufpaßte, weil sie ihr Talent zum Heilen benutzte. Ich glaube das sofort. Ich bin einmal mit ihr ausgegangen, und sie hat mich von nichts geheilt, aber Junge! – sie war verdammt heiß. Und das meine ich wörtlich. Es war, als ginge man mit einer Frau ins Bett, die Fieber hat. Und das sagt man ja auch über die Geistheiler, wissen Sie – über diejenigen wenigstens, die man untersucht hat. Man spürt eine Hitze, die aus ihren Händen kommt. Ich glaube das. Ich finde, sie hätte nicht Chirurgin werden sollen. Sie hätte Onkologin werden sollen. Sie hätte die Menschen wirklich heilen können. Chirurgie? Aufschneiden kann jeder.«

ROWANS HEILENDE KRÄFTE

Kaum hatte Rowan ihr klinisches Praktikum begonnen, verbreiteten sich die Geschichten über ihre heilenden und diagnostischen Fähigkeiten solchermaßen, daß unsere Ermittler sich aussuchen konnten, was sie davon notieren wollten.

Alles in allem ist Rowan die erste Mayfair-Hexe seit Marguerite Mayfair in Riverbend vor 1835, die als Heilerin beschrieben wird.

So gut wie jede Krankenschwester, die man über Rowan befragt hat, wußte irgendeine »phantastische« Geschichte zu erzählen. Rowan konnte jede Diagnose stellen. Rowan wußte einfach immer, was zu tun war. Rowan konnte Leute zusammenflicken, die aussahen, als gehörten sie in die Leichenhalle.

»Sie kann Blutungen stoppen. Ich hab' gesehen, wie sie es tat. Sie faßte diesen Jungen beim Kopf und schaute auf seine Nase. ›Aufhören‹, flüsterte sie. Ich hab's gehört. Und danach hat er einfach nicht mehr geblutet.«

Ihre skeptischeren Kollegen – unter ihnen etliche Ärzte und Ärztinnen – schreiben solche Erfolge ihrer »Suggestionskraft« zu. »Na, sie betreibt doch praktisch Voodoo, wissen Sie, wenn sie zu einem Patienten sagt: ›Und jetzt werden wir diesem Schmerz befehlen, aufzuhören!‹ Natürlich hört er dann auf. Sie hypnotisiert sie.«

Ältere, schwarze Krankenschwestern in der Klinik wissen, daß Rowan »die Gabe« besitzt, und manchmal bitten sie sie geradeheraus, ihnen »die Hände aufzulegen«, wenn sie an Arthritis oder einer ähnlichen Malaise leiden. Sie schwören auf Rowan.

»Sie schaut einem in die Augen, und dann sagt sie: ›Erzähl mir davon, sag mir, wo es weh tut.‹ Und dann reibt sie mit diesen Händen darüber, *und es tut nicht mehr weh!* Tatsache.«

Allen Berichten zufolge hat Rowan die Arbeit im Krankenhaus von Anfang an geliebt, und offenbar erlebte sie einen unmittelbaren Konflikt zwischen ihrer Hingabe zum Forschungslabor und der neuentdeckten Begeisterung für die Arbeit auf der Station.

Manches weist darauf hin, daß Rowans Entschluß, die Forschung zugunsten der Chirurgie aufzugeben, schwierig, wenn nicht gar traumatisch war. Im Herbst 1983 verbrachte sie offenbar beträchtliche Zeit bei einem Dr. Karl Lemle vom Keplinger Institute in San Francisco, der an einer Therapie der Parkinson-Krankheit arbeitete.

Gerüchte im Krankenhaus besagten, Lemle habe versucht, Rowan von der Universitätsklinik wegzulocken, und zwar mit einem extrem hohen Gehalt und idealen Arbeitsbedingungen; Rowan indessen fühlte sich noch nicht bereit dazu, die Notaufnahme oder den OP oder die Station hinter sich zu lassen.

Zur Weihnachtszeit 1983 scheint sie einen heftigen Streit mit

Lemle gehabt zu haben; danach nahm sie seine Anrufe nicht mehr entgegen. Das jedenfalls erzählte sie in den nächsten Monaten jedem an der Universität.

Wir haben nie erfahren können, was genau zwischen Rowan und Lemle vorgefallen ist. Allem Anschein nach fand Rowan sich im Frühjahr 1984 noch einmal bereit, sich mit ihm zum Lunch zu treffen. Zeugen sahen sie in der Cafeteria der Klinik, wo sie eine heftige Auseinandersetzung führten. Eine Woche später wurde Lemle in die Keplinger-Privatklinik eingeliefert, weil er einen leichten Schlaganfall erlitten hatte. Es folgte ein zweiter und ein dritter, und binnen eines Monats war er tot.

Unseres Wissens hat niemand einen Zusammenhang zwischen Lemles Tod und Rowan gesehen. Wir indessen sehen ihn.

Was immer zwischen Rowan und ihrem Mentor – wie sie ihn vor ihrem Streit häufig nannte – vorgefallen sein mag, jedenfalls entschied sie sich kurz danach für die Neurochirurgie und begann nach ihrer regulären Assistentenzeit 1985, ausschließlich am Gehirn zu operieren. Zur Zeit dieser Niederschrift beendet sie eben ihre neurochirurgische Facharztausbildung, und sie wird zweifellos ihre Approbation erhalten und binnen eines Jahres eine Anstellung an der Universitätsklinik.

Wir kennen Geschichten im Überfluß darüber, wie sie auf dem OP-Tisch Leben gerettet hat, über ihre gespenstische Fähigkeit, schon in der Notaufnahme zu wissen, ob ein Patient die Operation überleben wird, und darüber, wie sie Axtverletzungen, Schußwunden und Schädelbrüche nach Stürzen und Autounfällen zusammengeflickt hat. Sie ist ruhig und geschickt im Umgang mit verängstigten Praktikanten und schrulligen Schwestern wie auch mit mißbilligenden Kollegen und Mitarbeitern in der Verwaltung, die ihr von Zeit zu Zeit den Rat geben, nicht so viele Risiken einzugehen.

Rowan, die Wundertäterin – das ist ein gebräuchlicher Beiname geworden.

Trotz ihres beruflichen Erfolges in der Chirurgie ist Rowan nach wie vor äußerst beliebt in der Klinik. Sie ist eine Ärztin, auf die sich die anderen verlassen können. Auch die Krankenschwestern, mit denen sie zusammenarbeitet, sind ihr in außergewöhnlicher Treue ergeben. Ja, ihre Beziehung zu diesen Frauen ist eigentlich so außergewöhnlich, daß sie nach einer Erklärung verlangt.

Diese Erklärung scheint darin zu bestehen, daß Rowan sich alle erdenkliche Mühe gibt, persönlichen Kontakt mit Krankenschwestern zu finden, und daß sie für deren Probleme tatsächlich die gleiche außergewöhnliche Empathie aufbringt wie Jahre zuvor bei ihren Lehrern. Zwar berichtet keine dieser Schwestern von telepathischen Phänomenen, aber sie erklären wiederholt, daß Rowan es anscheinend immer weiß, wenn es ihnen schlecht geht, daß sie Mitgefühl für ihre familiären Schwierigkeiten hat und daß sie immer irgendeinen Weg findet, ihre Dankbarkeit für besondere Gefälligkeiten zum Ausdruck zu bringen – und dies alles, obwohl sie als kompromißlose Ärztin bei all ihren Mitarbeitern höchste Maßstäbe anlegt.

Wie Rowan die Schwestern im OP erobert – darunter auch diejenigen, die dafür berühmt waren, daß sie sich Ärztinnen gegenüber eher unkooperativ zeigten –, ist so etwas wie eine Legende in der Klinik. Wo andere Chirurginnen als »streitsüchtig«, »eingebildet« oder »einfach biestig« kritisiert werden – Bemerkungen, die alles in allem beträchtliche Vorurteile vermuten lassen –, sprechen dieselben Krankenschwestern von Rowan wie von einer Heiligen.

Rowan scheint diese Art von Vorurteilen restlos überwunden zu haben. Wenn es unter ihren Berufskollegen überhaupt Klagen gibt, dann deshalb, weil sie zu still ist. Sie sagt den jungen Ärzten, die von ihr lernen sollen, nicht genug über das, was sie tut. Es fällt ihr schwer. Aber sie tut, was sie kann.

Im Jahre 1984 scheint es, als sei sie dem Fluch der Mayfairs und den gräßlichen Erlebnissen, die ihre Mutter und ihre Großmutter heimsuchten, endgültig entronnen und stehe am Anfang einer brillanten Karriere.

Eine erschöpfende Untersuchung ihres Lebens ergab keinerlei Hinweis auf Lashers Anwesenheit oder auf sonstige Beziehungen zwischen Rowan und irgendwelchen Geistern, Gespenstern und Erscheinungen.

Ihre starken telepathischen und heilenden Fähigkeiten wurden anscheinend in einer außerordentlich produktiven Weise in ihrer chirurgischen Laufbahn eingesetzt.

Zwar bewundert ihre ganze Umgebung sie wegen ihrer außergewöhnlichen Leistungen, aber niemand empfindet sie als »sonderbar« oder »unheimlich« oder in irgendeiner Weise mit dem Übernatürlichen verbunden.

Auf die Bitte, Rowans Reputation zu beschreiben, antwortete ein Arzt: »Sie ist ein Genie. Was soll ich sonst sagen?«

ROWANS TELEKINETISCHE FÄHIGKEITEN

Ein erst später entdeckter Aspekt von Rowans Leben ist höchst signifikant und stellt eines der am meisten verstörenden Kapitel in der Geschichte der Mayfairs dar. Wir haben gerade erst begonnen, diesen zweiten, geheimnisvollen Aspekt von Rowans Persönlichkeit zu dokumentieren, und wir fühlen uns genötigt, unsere dahingehenden Ermittlungen fortzusetzen und die Möglichkeit in Erwägung zu ziehen, in sehr naher Zukunft Kontakt mit Rowan aufzunehmen. Obgleich es ein zutiefst beunruhigender Gedanke ist, ihre Ahnungslosigkeit hinsichtlich des familiären Hintergrundes zu beenden, sehen wir uns ob der Bedeutung dieses Aspektes dazu gezwungen. Die damit verbundene Verantwortung ist ungeheuerlich.

Als Graham Franklin 1988 an einer Gehirnblutung starb, schickte uns einer unserer dortigen Detektive eine kurze Schilderung der Begebenheit und fügte nur wenige Einzelheiten hinzu – unter anderem die, daß der Mann in Rowans Armen gestorben sei.

Da wir von der tiefen Kluft zwischen Graham Franklin und seiner sterbenden Frau wußten, lasen wir diesen Bericht mit einiger Sorgfalt. Konnte es sein, daß Rowan seinen Tod irgendwie verursacht hatte? Wir wurden neugierig.

Auf der Suche nach weiteren Informationen über Grahams Pläne, sich von seiner Frau scheiden zu lassen, stießen unsere Ermittler auf Grahams Geliebte Karen Garfield, und wenig später berichteten sie, Karen habe mehrere schwere Herzattacken erlitten. Dann meldeten sie ihren Tod, zwei Monate nach dem von Graham.

Ohne der Angelegenheit weitere Bedeutung beizumessen, hatten sie auch von einem Zusammentreffen zwischen Rowan und Karen berichtet, das just an dem Tag stattgefunden hatte, an dem Karen mit dem ersten schweren Herzanfall ins Krankenhaus eingeliefert worden war. Karen hatte nur wenige Stunden nach ihrer Begegnung mit Rowan mit unserem Ermittler (»Sie sind ein netter Typ, Sie gefallen mir«) gesprochen, ja, sie beendete das Gespräch mit ihm, weil sie sich nicht wohlfühlte.

Die Ermittler sahen den Zusammenhang nicht, aber wir sahen ihn. Karen Garfield war erst siebenundzwanzig Jahre alt. Aus dem

Autopsiebericht, den wir einigermaßen mühelos in die Hände bekamen, ging hervor, daß sie eine angeborene Herzmuskelschwäche und eine angeborene Gefäßwandschwäche der Arterien hatte. Sie hatte eine Arterienblutung mit nachfolgendem Herzversagen erlitten und sich von der ersten Beschädigung des Herzmuskels nicht wieder erholt. Die folgenden Herzanfälle schwächten sie zunehmend, bis sie schließlich starb.

Nur eine Herztransplantation hätte sie noch retten können; da sie aber eine sehr seltene Blutgruppe hatte, kam diese Operation für sie nicht in Frage. Außerdem hätte die Zeit nicht gereicht.

Der Fall kam uns sehr ungewöhnlich vor, zumal dieser Zustand ihr bis dahin nie Beschwerden bereitet hatte. Als wir Grahams Autopsiebericht studierten, stellten wir fest, daß er ebenfalls an einem Aneurisma – also einer Schwäche der Arterienwände – gestorben war. Eine massive Blutung hatte ihn beinahe auf der Stelle getötet.

Wir wiesen unsere Detektive an, Rowans früheres Leben zu durchforsten, so gut es ging, und nach plötzlichen Todesfällen durch Herzversagen, zerebrovaskulare Schäden oder ähnliche innere Traumata Ausschau zu halten.

Ehrlich gesagt, ich erwartete nicht, daß die Ermittlungen irgend etwas erbringen würden.

Von Leuten mit telekinetischen Kräften dieses Ausmaßes – der Fähigkeit, schwere innere Schädigungen zuzufügen – ist selbst in den Annalen der Talamasca praktisch nichts zu finden. Und in der Familie Mayfair kannten wir niemanden, der mit solcher Wucht den Tod bringen konnte.

Viele Mayfairs haben Gegenstände bewegt, Türen zuschlagen, Fenster klappern lassen. Aber in jedem einzelnen Fall dürfte es sich eher um pure Hexerei gehandelt haben – genauer gesagt, um Einwirkungen Lashers oder eines niederen Geistes – und nicht um Telekinese.

Die Geschichte der Mayfairs war die Geschichte einer Familie von Hexen mit einer leichten Beimischung von Telepathie, Heilkräften oder anderen übersinnlichen Fähigkeiten.

Einstweilen studierte ich alle Informationen über Rowan, die wir hatten. Ich war zu dem Zeitpunkt noch der Meinung, daß wir eine Intervention in ihrem Falle nicht riskieren durften. Im Gegenteil, ich dachte, wir müßten uns darauf vorbereiten, die Akte über Rowan und die Mayfairs zu schließen, sobald Deirdre sterben würde. Vielleicht würde Rowan das Haus in der First Street nie zu Gesicht bekommen. Vielleicht wäre »der Fluch« ja irgendwie gebrochen. Dann hätte Carlotta Mayfair am Ende gesiegt.

Andererseits war es natürlich zu früh, um das zu wissen. Was sollte Lasher daran hindern, sich diesem hochbegabten Medium zu offenbaren, dieser jungen Frau, die in den Köpfen anderer Menschen vielleicht deutlicher lesen konnte als ihre Mutter und ihre Großmutter und in deren enormem, kraftvollem Ehrgeiz sich Vorfahren wie Marie Claudette, Julien oder Mary Beth widerspiegelten, von denen sie nichts wußte, über die sie aber eine Menge herausfinden konnte?

Während ich all das erwog, dachte ich unversehens oft an Petyr van Abel – Petyr, dessen Vater ein großer Chirurg und Anatom in Leiden gewesen war und der bis heute in den Geschichtsbüchern vorkommt. Zu gern hätte ich Rowan Mayfair gesagt: »Sehen Sie diesen Namen – ein holländischer Arzt, der berühmt war für seine Studien der Anatomie. Das ist Ihr Vorfahr. Vielleicht ist sein Blut und sein Talent durch all die Generationen, durch all die Jahre auf Sie herabgekommen.«

Dies waren meine Gedanken, als unsere Ermittler im Herbst 1988 begannen, Erstaunliches über traumatische Todesfälle in Rowans Vergangenheit zu vermelden. So scheint es etwa, daß ein kleines Mädchen, das auf einem Spielplatz in San Francisco einen Streit mit Rowan hatte, plötzlich eine massive Hirnblutung erlitt und zwei Schritte vor der hysterischen Rowan verstarb, ehe man auch nur einen Krankenwagen rufen konnte.

1974, als Rowan ein Teenager war, überstand sie den Angriff eines einschlägig vorbestraften Vergewaltigers, weil der Mann einen tödlichen Herzanfall bekam, als Rowan sich gegen ihn zur Wehr setzte.

1984, an dem Nachmittag, an dem er zum erstenmal über schwere Kopfschmerzen klagte, erzählte Dr. Karl Lemle vom Keplinger Institute seiner Sekretärin, er habe eben ganz unerwartet Rowan getroffen, und er verstehe nicht, weshalb sie sich so feindselig zeigte. Als er versucht habe, sie anzusprechen, sei sie wütend geworden und habe ihn vor den Augen der anderen Ärzte in der Klinik einfach stehenlassen. Er habe davon regelrechte Kopfschmerzen bekommen. Er bat um ein Aspirin, und am selben Abend wurde er wegen der ersten einer Serie von Gehirnblutungen ins Krankenhaus eingeliefert, wo er binnen weniger Wochen starb.

Damit belief sich die Zahl der an Hirn- oder Herzgefäßblutungen Gestorbenen in Rowans engstem Umkreis auf fünf Personen. Drei von ihnen waren in ihrer Anwesenheit gestorben. Zwei hatten sie innerhalb weniger Stunden vor dem Ausbruch der Erkrankung gesehen.

Ich wies meine Detektive an, jeden einzelnen von Rowans Klassenkameraden und Kollegen einer erschöpfenden Untersuchung zu unterziehen und jeden einzelnen Namen, der ihnen genannt wurde, mit dem Sterberegister in San Francisco und in der jeweiligen Geburtsstadt abzugleichen. Natürlich würde das Monate dauern.

Aber innerhalb weniger Wochen fanden sie einen weiteren Todesfall. Owen Gander war es, der mich anrief, einer unserer vertrauenswürdigsten Mitarbeiter und einer der besten Detektive, die wir haben.

Er hatte folgendes zu berichten. An der Universität in Berkeley 1978 hatte Rowan einen schrecklichen Streit mit einer anderen Studentin wegen einer Laborarbeit. Rowan glaubte, das Mädchen habe sich absichtlich an ihren Geräten zu schaffen gemacht. Sie hatte die Geduld verloren – was äußerst selten geschah –, irgendeinen Arbeitsgegenstand zu Boden geworfen, daß er zerbrach, und dem Mädchen dann den Rücken zugewandt. Daraufhin habe die andere sich über sie lustig gemacht, bis andere Studenten einschritten und sie drängten, aufzuhören.

Das Mädchen fuhr am selben Abend nach Hause nach Palo Alto, Kalifornien, weil am nächsten Tag die Frühjahrsferien begannen. Als die Ferien zu Ende waren, war sie an einer Hirngefäßblutung gestorben. *Aus den Unterlagen geht nicht hervor, daß Rowan es je erfuhr.*

Als ich den Bericht las, rief ich Gander von London aus an. »Wie kommen Sie darauf, daß Rowan es nicht wußte?« fragte ich ihn.

»Keine ihrer Freundinnen wußte es. Als ich im Register von Palo Alto entdeckte, daß das Mädchen tot war, recherchierte ich bei Rowans Freundinnen. Sie erinnerten sich an den Streit, aber sie wußten nicht, was später aus dem Mädchen geworden war. Keine einzige. Ich habe gezielt gefragt: ›Hab' sie nie wiedergesehen.‹ ›Hat vermutlich die Schule geschmissen.‹ ›Ich kannte sie ja nicht besonders gut. Ich weiß nicht, was aus ihr geworden ist. Vielleicht ist sie nach

Stanford zurückgegangen.‹ Das ist alles. Berkeley ist ja eine enorm große Universität. So kann es durchaus gewesen sein.«

Ich bat den Detektiv, mit höchster Diskretion weiterzuforschen, um festzustellen, ob Rowan wisse, was mit Grahams Freundin, Karen Garfield, passiert war. »Rufen Sie sie gelegentlich abends an. Fragen Sie nach Graham Franklin. Wenn sie Ihnen erzählt, daß Graham tot ist, behaupten Sie, Sie versuchten Karen Garfield aufzutreiben. Aber bemühen Sie sich, sie nicht weiter aufzuregen, und bleiben Sie nicht zu lange in der Leitung.«

Der Detektiv meldete sich schon am nächsten Abend wieder.

»Sie hatten recht.«

»Womit?«

»Sie weiß nicht, was sie da tut! Sie hat keine Ahnung, daß Karen Garfield tot ist. Sie hat mir erzählt, Karen wohne irgendwo in der Jackson Street in San Francisco, und sie hat mir vorgeschlagen, ich solle es mal bei Grahams alter Sekretärin versuchen. Aaron, sie hat keine Ahnung.«

»Wie klang sie denn?«

»Erschöpft, leicht verärgert, aber höflich. Sie hat wirklich eine wunderschöne Stimme. Ziemlich außergewöhnlich. Ich habe sie gefragt, ob sie Karen gesehen hätte. Ich bin wirklich hart zur Sache gegangen. Sie sagte, sie habe Karen eigentlich nicht gekannt; Karen sei eine Freundin ihres Vaters gewesen. Ich glaube, sie war absolut ehrlich.«

»Nun, bei ihrem Stiefvater und bei dem Kind auf dem Spielplatz muß sie Bescheid gewußt haben. Und bei dem Vergewaltiger auch.«

»Ja, Aaron, aber wahrscheinlich ist in keinem dieser Fälle Absicht im Spiel gewesen. Siehst du es nicht? Sie war hysterisch, als das Mädchen starb. Sie war hysterisch nach der versuchten Vergewaltigung. Und was den Stiefvater angeht, so versuchte sie alles Mögliche, um ihn wiederzubeleben, als der Krankenwagen kam. Sie weiß es nicht. Oder sie hat es nicht in der Gewalt, wenn sie es doch weiß. Kann sein, daß sie sich dann selbst zu Tode ängstigt.«

»Sie muß Bescheid wissen. Sie ist eine zu gute Ärztin, um es nicht zu wissen«, sagte ich. »Bedenken Sie, daß dieses Mädchen ein diagnostisches Genie ist. Sie muß bei ihrem Stiefvater Bescheid gewußt haben. Es sei denn, wir irren uns insgesamt.«

»Wir irren uns aber nicht«, sagte Gander. »Sie haben es hier mit einer brillanten Neurochirurgin zu tun, Aaron, die aus einer Familie von Hexen stammt und die Menschen umbringen kann, indem sie sie bloß anschaut; und auf irgendeiner Ebene ihres Bewußtseins weiß sie das auch – sie muß es wissen, und sie verbringt jeden Tag ihres Lebens damit, die Sache im Operationssaal wiedergutzumachen, und wenn sie abends ausgeht, geht sie mit irgendeinem Helden von der Feuerwehr, der ein Kind aus einem brennenden Dachboden gerettet hat, oder mit einem Cop, der einen Betrunkenen daran gehindert hat, seine Frau zu erstechen. Sie ist irgendwie verrückt, diese Lady. Vielleicht genauso verrückt wie der ganze Rest.«

Im Dezember 1988 fuhr ich nach Kalifornien. Ich war im Januar in den Staaten gewesen, um bei Nancy Mayfairs Beerdigung dabei zu sein, und ich bedauerte zutiefst, daß ich nicht schon da an die Westküste weitergefahren war, um Rowan einmal zu Gesicht zu bekommen. Aber damals hatte ja niemand ahnen können, daß sowohl Ellie als auch Graham innerhalb der nächsten sechs Monate tot sein würden.

Rowan war jetzt ganz allein in dem Haus in Tiburon. Ich wollte sie einmal sehen, und sei es auch nur aus der Ferne. Ich wollte mir einen Eindruck verschaffen, und das konnte ich nur, wenn ich sie einmal leibhaftig zu Gesicht bekam.

Wir hatten inzwischen – gottlob – keine weiteren Toten in Rowans Vergangenheit entdeckt. In ihrer neurochirurgischen Abteilung leistete sie effektive, ja, geradezu übermenschliche Arbeit, und es zeigte sich, daß es viel schwieriger war, einen Blick auf sie zu werfen, als ich es mir vorgestellt hatte. Sie verließ das Krankenhaus durch ein Parkhaus und fuhr zu Hause in eine geschlossene Garage. Die *Sweet Christine,* die vor ihrem Haus vertäut lag, war durch einen hohen Holzzaun gänzlich verdeckt.

Ich beschloß, ihr von der Klinik aus zu folgen, mußte aber feststellen, daß es unmöglich war, genau abzuschätzen, wann sie dort jeweils wegfuhr. Wann sie kam, war ebenfalls ein Geheimnis. Eine diskrete Möglichkeit, jemanden nach Einzelheiten zu fragen, gab es nicht. In der Umgebung der OP-Räume herumzulungern, konnte ich nicht riskieren; für die Öffentlichkeit gab es hier keinen Zutritt. Die Wartezimmer für die Angehörigen der Operierten wurden streng überwacht. Und der Rest der Klinik war ein Labyrinth. Ich wußte nicht mehr, was ich tun sollte.

Da ich mir keinen Rat wußte, lud ich Gander auf einen Drink ins Hotel ein. Gander hatte das Gefühl, daß Rowan zutiefst beunruhigt sei. Er beobachtete sie jetzt seit fünfzehn Jahren. Der Tod ihrer Eltern habe ihr den Schwung genommen, sagte er. Und wir konnten ziemlich leicht in Erfahrung bringen, daß ihre unregelmäßigen Kontakte mit den »Boys in Blau«, wie sie ihre Liebhaber nannte, in den letzten Monaten weniger geworden waren.

Ich gab Gander zu verstehen, daß ich Kalifornien nicht verlassen wollte, ohne sie wenigstens einmal gesehen zu haben, und wenn ich ihr in der Parkgarage bei ihrem Auto auflauern müßte – die absolut schlechteste Möglichkeit, jemand zu Gesicht zu bekommen.

»Ich würde das nicht ausprobieren, mein alter Freund«, meinte Gander. »Parkgaragen sind unheimliche Orte. Mit ihrer kleinen Psycho-Antenne hat sie Sie gleich entdeckt. Dann wird sie die Intensität Ihres Interesses an ihr mißdeuten, und plötzlich spüren Sie einen bohrenden Schmerz im Schädel. Und als nächstes sind Sie...«

»Ich habe verstanden, Owen«, sagte ich verzweifelt. »Aber ich muß sie irgendwo in der Öffentlichkeit zu sehen bekommen, wo sie es nicht merkt.«

»Na, dann zaubern Sie's herbei«, schlug Gander vor. »Treiben Sie mal selbst ein bißchen Hexerei. Synchronismus – nennt man es nicht so?«

Am nächsten Tag beschloß ich, ein paar Routinearbeiten zu erledigen. Ich ging auf den Friedhof, wo Graham und Ellie begraben waren, um die Inschriften auf den Steinen zu photographieren. Ich hatte Gander schon zweimal gebeten, es zu tun, aber aus irgendwelchen Gründen war er nie dazu gekommen. Ich glaube, andere Aspekte der Ermittlungsarbeit machten ihm sehr viel mehr Spaß.

Und als ich auf diesem Friedhof war, ereignete sich etwas höchst Bemerkenswertes. Rowan Mayfair erschien.

Ich kniete im Sonnenschein und machte mir ein paar Notizen über die Inschriften – die Photos hatte ich bereits gemacht –, als diese hochgewachsene junge Frau in der Matrosenjacke und dem ausgeblichenen Overall den Hang herauf kam. Auf den ersten Blick schien sie nur aus Beinen und wehenden Haaren zu bestehen, ein reizendes junges Geschöpf mit frischem Gesicht. Es war unmöglich, zu glauben, daß sie dreißig Jahre alt sein sollte.

Ihr Gesicht war beinahe ohne jede Falte. Sie sah haargenau so aus wie auf den Jahre zuvor entstandenen Photos, aber zugleich hatte sie große Ähnlichkeit mit jemand anderem, und für einen Augenblick brachte diese Ähnlichkeit mich so sehr durcheinander, daß mir nicht einfiel, wer es war. Dann ging mir ein Licht auf. Es war Petyr van Abel. Sie hatte das gleiche blonde, helläugige Aussehen, nahezu skandinavisch. Überdies wirkte sie wie eine extrem unabhängige und sehr starke Frau.

Sie näherte sich dem Grab und blieb nur wenige Schritte weit von mir stehen; ich kniete immer noch da und machte mir ganz offenkundig Notizen über den Grabstein ihrer Stiefmutter.

Sofort sprach ich sie an. Ich weiß nicht mehr genau, was ich sagte. Ich war so verwirrt, daß ich nicht wußte, wie ich meine Anwesenheit dort erklären sollte, und ganz langsam spürte ich Gefahr, so deutlich wie vor Jahren bei Cortland. Ich spürte enorme Gefahr. Ja, ihr blasses, glattes Gesicht mit den großen grauen Augen schien plötzlich von purer Bosheit erfüllt zu sein. Dann war plötzlich eine Mauer hinter ihrer Miene. Sie verschloß sich – es war wie ein riesiges Empfangsgerät, das plötzlich und lautlos abgeschaltet wurde.

Voller Entsetzen merkte ich, daß ich von ihrer Familie redete. Ich hatte ihr erzählt, daß ich die Mayfairs in New Orleans kannte. Es war meine matte Entschuldigung für das, was ich hier tat. Ob sie etwas mit mir trinken wolle, um über alte Familiengeschichten zu plaudern? O Gott! Wenn sie jetzt ja sagte!

Aber sie sagte nichts. Absolut nichts – zumindest nicht in Worten. Aber ich hätte schwören können, daß sie mir ganz absichtsvoll mitteilte, sie könne mein Angebot nicht annehmen; etwas Dunkles und Furchtbares und Schmerzliches hindere sie daran. Und dann erschien sie plötzlich verwirrt und ratlos und sehr elend. Tatsächlich habe ich noch selten in meinem Leben so puren Schmerz gefühlt.

Es durchfuhr mich wie ein Blitz: Sie wußte, daß sie Menschen getötet hatte. Sie wußte, daß sie auf eine furchtbare und tödliche Weise anders war. Sie wußte es, und dieses Wissen verschloß sie, als wäre sie in sich selbst lebendig begraben.

Vielleicht war es gar keine Bosheit gewesen, was ich Augenblicke zuvor gespürt hatte. Aber was immer da stattgefunden hatte, jetzt war es zu Ende. Ich verlor sie. Sie wandte sich ab. Warum sie gekommen war, was sie vorgehabt hatte, würde ich nie erfahren.

Sofort bot ich ihr meine Karte an. Ich legte sie ihr in die Hand. Sie gab sie mir zurück. Es war nicht unhöflich, wie sie es tat. Sie tat es einfach. Und plötzlich spürte ich wieder diese Bosheit, die von ihr auszugehen schien. Dann verschwand das Gefühl. Ihr Körper straffte sich, und sie drehte sich um und ging davon.

Ich war so durcheinander, daß ich mich geraume Zeit überhaupt nicht rühren konnte. Ich blieb am Grab stehen und sah ihr nach, wie sie den Hang hinunterlief, und ich beobachtete, wie sie in einen grünen Jaguar stieg. Sie fuhr davon, ohne sich noch einmal umzudrehen.

War ich jetzt krank? Hatte ich irgendwo starke Schmerzen verspürt? Würde ich sterben? Natürlich nicht. Nichts dergleichen war geschehen. Aber ich wußte, was sie vermochte. Ich wußte es, und sie wußte es, und sie hatte es mir gesagt! Aber warum?

Als ich im Campton Place Hotel in San Francisco ankam, war ich völlig verwirrt. Ich beschloß, einstweilen nichts weiter zu unternehmen.

Ich traf mich mit Gander. »Beobachten Sie sie weiter«, sagte ich. »Gehen Sie so dicht heran, wie Sie es nur wagen. Achten Sie auf alles, was darauf hindeutet, daß sie ihre Macht benutzt. Erstatten Sie mir sofort Bericht.«

»Dann werden Sie keinen Kontakt mit ihr aufnehmen?«

»Im Moment nicht. Ich kann es nicht rechtfertigen. Erst, wenn noch etwas anderes passieren sollte – und da gibt es zwei Möglichkeiten: Entweder sie bringt noch jemanden um, absichtlich oder aus Versehen. Oder ihre Mutter in New Orleans stirbt, und sie beschließt, nach Hause zu fahren.«

»Aaron, das ist Wahnsinn! Sie müssen Kontakt mit ihr aufnehmen! Sie dürfen nicht warten, bis sie nach New Orleans kommt! Hören Sie, alter Freund, ich behaupte nicht, zu wissen, was Sie über die Sache wissen. Aber nach allem, was Sie mir erzählt haben, ist sie das mächtigste Medium, das die Familie jemals hervorgebracht hat. Wer will sagen, ob sie nicht auch eine mächtige Hexe ist? Warum sollte dieses Gespenst Lasher sich eine solche Gelegenheit entgehen lassen, wenn ihre Mutter schließlich das Zeitliche segnet?«

Ich rief Scott Reynolds in London an. Scott ist nicht mehr unser Direktor, aber wenn es um die Mayfair-Hexen geht, ist er neben mir der kundigste Mensch im ganzen Orden.

»Ich stimme mit Owen überein. Du mußt Kontakt aufnehmen. Du

mußt. Was du auf dem Friedhof zu ihr gesagt hast, war genau das Richtige, und in gewisser Weise weißt du das auch. Darum hast du ihr gesagt, daß du ihre Familie kennst. Darum hast du ihr deine Karte angeboten. Sprich mit ihr. Du mußt es.«

»Nein, ich bin anderer Meinung. Es ist nicht gerechtfertigt.«

»Aaron, diese Frau ist eine gewissenhafte Ärztin, aber sie tötet Menschen! Glaubst du, sie tut so etwas willentlich? Andererseits...«

»Was denn?«

»Wenn sie es wirklich weiß, dann könnte ein solcher Kontakt natürlich gefährlich sein. Ich muß gestehen, ich weiß nicht, wie ich die ganze Sache sehen würde, wenn ich dort wäre, an deiner Stelle.«

Ich dachte über alles nach und beschloß, es nicht zu tun. Keinen weiteren Kontakt mehr aufzunehmen. Alles, was Owen und Scott gesagt hatten, stimmte. Aber es waren lauter Vermutungen. Wir wußten nicht, ob Rowan jemals absichtlich jemanden getötet hatte. Möglicherweise war sie gar nicht verantwortlich für die Todesfälle.

Wir konnten nicht wissen, ob sie die Smaragdkette je in die Hände bekommen würde. Wir konnten nicht wissen, ob sie je nach New Orleans fahren würde. Wir konnten nicht wissen, ob zu Rowans Fähigkeiten auch das Talent gehörte, Geister zu sehen oder Lasher Gestalt annehmen zu lassen... aber natürlich lag der Schluß ziemlich nahe, daß all dies zutraf.

Doch mehr war es eben nicht: Vermutungen. Vermutungen und nichts weiter.

Und hier hatten wir eine schwer arbeitende Ärztin, die in ihrem großstädtischen OP tagtäglich Menschenleben rettete. Eine Frau, die unberührt war von der Dunkelheit, die das Haus in der First Street umhüllte wie ein Leichentuch. Es stimmte, sie besaß eine furchtbare Macht, und sie würde sie vielleicht wieder einmal benutzen, absichtlich oder aus Versehen. Und wenn das geschähe, würde ich Kontakt aufnehmen.

»Ah, ich verstehe: Sie möchten erst noch jemanden im Leichenschauhaus liegen sehen«, bemerkte Owen.

»Ich glaube nicht, daß noch jemand dort landen wird«, erwiderte ich wütend. »Außerdem – wenn sie nicht weiß, daß sie es tut, wieso sollte sie uns dann glauben?«

»Vermutungen«, stellte Owen fest. »Wie alles.«

ZUSAMMENFASSUNG

Bis Januar 1989 läßt sich kein Zusammenhang zwischen Rowan und irgendeinem weiteren mysteriösen Todesfall feststellen. Im Gegenteil, sie hat in der Universitätsklinik unermüdlich weiter ihre »Wunder« gewirkt, und höchstwahrscheinlich wird sie noch vor Ende des Jahres ihre Festanstellung in der Neurochirurgie erhalten.

In New Orleans sitzt Deirdre Mayfair immer noch in ihrem Schaukelstuhl und starrt hinaus in den verwilderten Garten. Lasher – »ein netter junger Mann, der neben ihr stand« – wurde zuletzt vor zwei Wochen gesichtet.

Carlotta Mayfair ist fast neunzig Jahre alt. Ihr Haar ist schneeweiß, aber ihre Frisur hat sich in den letzten fünfzig Jahren nicht geändert. Ihre Haut ist wie Milch, und ihre Knöchel über den schlichten schwarzen Lederschuhen sind ständig geschwollen. Aber ihre Stimme klingt immer noch fest. Und sie geht immer noch jeden Vormittag für vier Stunden ins Büro. Manchmal ißt sie noch mit den jüngeren Anwälten zu Mittag, bevor sie wie immer mit dem Taxi nach Hause fährt.

Sonntags geht sie zu Fuß zur Messe in die Kapelle Unserer Mutter von der Immerwährenden Hilfe. Leute aus der Pfarrgemeinde haben sich erboten, sie zu fahren – zur Messe und überhaupt, wohin sie möchte. Aber sie sagt, sie gehe gern zu Fuß. Sie brauche die frische Luft. Das halte sie gesund.

Nach allem, was wir wissen, kennt Rowan Mayfair niemanden hier. Sie weiß über ihre Familiengeschichte heute genauso wenig wie als kleines Mädchen.

Letzte Nacht, nachdem ich obige Zusammenfassung in die endgültige Form gebracht hatte, habe ich von Stuart Townsend geträumt, dem ich nur einmal als Junge begegnet bin. In diesem Traum war er in meinem Hotelzimmer; er hat stundenlang mit mir gesprochen, aber als ich erwachte, konnte ich mich nur noch an seine letzten Worte erinnern: »Du verstehst, was ich damit sagen will? Es ist alles geplant!«

Ich verstehe es nicht, und das ist die Wahrheit. Ich weiß nicht, warum ein Mann wie er zu so entsetzlichen Mitteln greifen sollte. Ich weiß nicht, was wirklich mit Stuart passiert ist. Ich weiß nicht einmal, warum Stella sich so verzweifelt gewünscht hat, daß Arthur Langtry sie mitnähme. Ich weiß nicht, was Carlotta mit Antha angestellt hat, oder ob Cortland nun der Vater von Stella, Antha und Deirdres Baby war oder nicht. Ich weiß nichts!

Aber eins ist doch sicher. Eines Tages wird Rowan Mayfair, was immer sie Ellie versprochen haben mag, nach New Orleans zurückkehren, und wenn sie es tut, wird sie Antworten auf ihre Fragen verlangen.

Dutzende und Aberdutzende von Antworten.

Bis dahin begnüge ich mich damit, zu wachen und zu warten.

Aaron Lightner
Die Talamasca
LONDON
15. Januar 1989

26

Weiter ging es und immer weiter, exotisch und immer noch traumhaft in seiner Fremdartigkeit, ein Ritual aus einem anderen Land, wunderlich und von dunkler Schönheit, als jetzt die ganze Schar in die warme Luft hinausströmte und dann in eine Flotte von Limousinen stieg, die lautlos durch schmale, betriebsame, baumlose Sträßchen fuhr.

Vor einer hohen Backsteinkirche – Mariä Himmelfahrt – hielten die langen, wuchtigen, glänzenden Autos, eines nach dem anderen, ohne daß jemand auf die verfallenen Schulgebäude geachtet hätte, auf die zerbrochenen Fensterscheiben und das Unkraut, das triumphierend aus jedem Riß und Spalt hervorwuchs.

Carlotta stand auf der Kirchentreppe, groß, steif, die dürre, fleckige Hand um die Krümmung ihres Gehstocks aus schimmerndem Holz geschlossen. An ihrer Seite stand ein attraktiver Mann mit weißen Haaren und blauen Augen, wahrscheinlich kaum älter als Michael; die alte Frau entließ ihn jetzt mit spröder Geste und winkte Rowan, ihr zu folgen.

Der ältere Mann trat zurück und gesellte sich zum jungen Pierce, nachdem er schnell Rowans Hand ergriffen hatte. Es hatte etwas Verstohlenes an sich, wie er seinen Namen flüsterte – »Ryan Mayfair« –, wobei er der alten Frau einen bangen Blick zuwarf. Rowen begriff, daß er der Vater des jungen Pierce war.

Und dann traten alle in das riesige Kirchenschiff; die ganze Versammlung folgte dem Sarg auf seiner rollenden Bahre. Schritte hallten leise und laut unter den anmutigen gotischen Spitzbögen, und Licht fiel gleißend durch prächtige Buntglasfenster auf die fein bemalten Statuen der Heiligen.

Es mußten tausend Leute sein, die hier versammelt waren; Kinder weinten schrill, bevor ihre Mütter sie zischelnd zum Schweigen brachten, und die Worte des Priesters schallten durch die weite Leere wie ein Lied.

Die aufrechte alte Frau an ihrer Seite sprach kein Wort mit ihr. Mit ausgemergelten, zerbrechlich aussehenden Händen hielt sie mit bewundernswerter Kompetenz ein schweres Buch voll leuchtend bunter Heiligenbilder. Ihr weißes, zu einem Knoten nach hinten gebundenes Haar schmiegte sich dicht und schwer an ihren kleinen Schädel unter dem krempenlosen schwarzen Filzhut. Aaron Lightner hielt sich im Halbdunkel neben dem Eingangsportal; Rowan hätte ihn gern neben sich gehabt. Beatrice Mayfair saß leise weinend in der zweiten Bankreihe. Pierce hatte an Rowans anderer Seite Platz genommen; mit verschränkten Armen starrte er verträumt auf die Statuen am Altar und auf die gemalten Engel hoch über ihnen. Sein Vater schien in eine ähnliche Trance verfallen zu sein, wenngleich er sich einmal umdrehte und Rowan mit seinen scharfen blauen Augen aufmerksam und selbstvergessen fixierte.

Zu Hunderten erhoben sie sich, um zur Heiligen Kommunion zu gehen, die Alten, die Jungen, die kleinen Kinder. Carlotta lehnte es ab, sich helfen zu lassen, und die Gummispitze ihres Gehstocks tappte dumpf auf den Boden, als sie nach vorn ging und wieder zurückkam und sich gebeugten Hauptes auf die Kniebank sinken ließ, um ihre Gebete zu sprechen. Sie war so mager, daß das dunkle Gabardine-Kostüm aussah, als sei es ohne Inhalt, wie ein Kleidungsstück auf dem Bügel, ohne die Konturen eines Körpers darin; ihre Beine staken wie Stöcke in den dickledernen Schnürschuhen.

Weihrauchgeruch entstieg dem silbernen Rauchfaß, als der Priester den Sarg umkreiste. Endlich zog die Prozession hinaus zu der wartenden Autoschlange auf der baumlosen Straße. Ein paar Dutzend kleine schwarze Kinder – etliche barfuß, andere ohne Hemd – hatten sich auf dem rissigen Asphalt vor einer schäbigen, heruntergekommenen Turnhalle versammelt und schauten zu. Schwarze Frauen standen stirnrunzelnd in der Sonne, die nackten Arme verschränkt.

Kann das wirklich Amerika sein?

Und dann wälzte sich die Karawane Stoßstange an Stoßstange durch den dichten Schatten des Garden District, zu beiden Seiten begleitet von Dutzenden von Fußgängern und von vorausüpfenden Kindern im tiefgrünen Licht.

Der ummauerte Friedhof war eine regelrechte Stadt von Grabgewölben mit spitzen Dächern, teils auch mit eigenen kleinen Gärten; Wege führten hierhin und dorthin, vorbei an einer baufälligen Gruft oder einem großartigen Denkmal für Feuerwehrleute aus einer anderen Ära, für die Waisen dieses oder jenes Heimes oder für die Reichen, die Zeit und Geld genug gehabt hatten, um ihre Gedichte in diese Steine meißeln zu lassen, mit Wörtern, die sich jetzt mit Staub gefüllt hatten und langsam verwitterten.

Die Gruft der Mayfairs war gewaltig und von Blumen umgeben. Ein niedriger Eisenzaun umschloß das kleine Bauwerk, und an den vier Ecken des sanft abfallenden Peristyl-Daches standen marmorne Urnen. Drei Kammern enthielten zwölf sarggroße Gewölbe, und von einem hatte man die glatte Marmorplatte entfernt, so daß es nun dunkel und leer gähnte, um Deirdre Mayfairs Sarg aufzunehmen wie einen langen Brotlaib.

Rowan sah sich höflich gedrängt, einen Platz in der vorderen Reihe einzunehmen; sie stand neben der alten Frau. Die Sonne blitzte auf den kleinen runden, silbern umrandeten Brillengläsern der alten Frau, die jetzt grimmig auf das Wort »Mayfair« starrte; in Riesenlettern stand es in dem flachen Dreieck des Peristyls.

Auch Rowan schaute dorthin, und wieder war sie geblendet von den Blumen und den Gesichtern ringsum: in gedämpftem, respektvollem Ton erklärte ihr der junge Pierce, es gebe hier zwar nur zwölf Fächer, aber schon viele Mayfairs seien in dieser Gruft bestattet worden, wie die Steine davor ja verkündeten. Die alten Särge würden beizeiten zerlegt, um Platz für neue Bestattungen zu schaffen; die Einzelteile legte man dann zusammen mit den Gebeinen in ein Gewölbe unter dieser Grabstätte.

Rowan schnappte leise nach Luft. »Dann sind sie also alle da unten«, wisperte sie halb erstaunt. »Kopfüber, kopfunter, unten drunter.«

»Nein. Sie sind in der Hölle oder im Himmel«, erwiderte Carlotta Mayfair, und ihre Stimme war so scharf und alterslos wie ihre Augen. Dabei wandte sie nicht einmal den Kopf.

Pierce zog sich zurück, als habe er Angst vor Carlotta; ein unbehagliches Lächeln huschte wie ein Blitz über sein Gesicht. Ryan starrte die alte Frau an.

Aber jetzt wurde der Sarg herangetragen; er ruhte tatsächlich auf den Schultern der Träger, deren Gesichter rot waren von der Anstrengung. Der Schweiß tropfte ihnen von den Stirnen, als sie ihre schwere Last auf den fahrbaren Untersatz stellten.

Es war Zeit für die letzten Gebete. Der Priester und sein Meßdiener waren wieder hier. Die Luft schien plötzlich zu stehen. Es war unglaublich heiß. Beatrice betupfte sich die geröteten Wangen mit einem gefalteten Taschentuch. Die Alten – mit Ausnahme von Carlotta – setzten sich, wo es ging, auf die Simse der Grabmäler der kleineren Grabstätten ringsum.

Rowan ließ den Blick an der Gruft nach oben wandern, zu dem verzierten Giebel mit dem Wort »Mayfair« in der Mitte, darüber ein Relief, eine gestreckte offene Tür. Oder war es ein großes Schlüsselloch? Sie war nicht sicher.

Als eine schwache, feuchte Brise erwachte und die steifen Blätter an den Bäumen am Weg rascheln ließ, da war es wie ein Wunder. Weit hinten, am Eingangstor, stand Aaron Lightner mit Rita Mae Lonigan, die sich ausgeweint hatte und jetzt nur noch verlassen aussah, wie jemand, der eine lange Nacht hindurch auf der Krankenstation bei Sterbenden gewacht hatte.

Selbst die Abschlußnote erschien Rowan wie eine Art pittoresker Wahnsinn. Denn als die Versammelten nun wieder dem Haupttor zuwanderten, sagte man ihr, daß ein kleiner Kreis von ihnen sich nunmehr in das elegante Restaurant auf der anderen Straßenseite begeben würde.

Mr. Lightner verabschiedete sich flüsternd von ihr und versprach, daß Michael bald kommen werde. Sie wollte gern mehr erfahren, aber die alte Frau starrte ihn an, kalt, zornig; das war ihm offensichtlich nicht entgangen, und nun hatte er es eilig, sich zurückzuziehen.

Hilflos winkte Rowan ihm zum Abschied zu, und schon wieder wurde ihr von der Hitze übel. Rita Mae murmelte ihr ein trauriges Lebewohl zu. Hunderte verabschiedeten sich hastig im Vorübergehen; Hunderte kamen und umarmten die alte Frau; es schien auf ewig so weiterzugehen, und die Hitze lastete schwer auf ihr. »Wir unterhalten uns noch, Rowan.« »Bleibst du hier, Rowan?« »Auf Wiedersehen, Tante Carl. Du hast dich um sie gekümmert.« »Wir sehen uns bald, Tante Carl. Du mußt nach Metairie kommen.« »Tante Carl, ich rufe dich nächste Woche an.« »Tante Carl, kommst du zurecht?«

Schließlich war die Straße leer; nur der blitzende, gleichgültige Verkehr rauschte lärmend in stetem Strom vorbei, und ein paar gutgekleidete Leute kamen aus dem offensichtlich schicken Restaurant spaziert und spähten blinzelnd in das plötzlich so grelle Licht.

»Ich will da nicht hinein«, sagte die alte Frau. Sie starrte mit kaltem Blick auf die blauweißen Markisen.

»Ach, komm doch, Tante Carl, bitte, nur für ein Weilchen«, bat Beatrice Mayfair.

»Ich will jetzt allein sein«, sagte die alte Frau. »Ich will zu Fuß nach Hause gehen.« Sie fixierte Rowan. Nicht von dieser Welt, diese alterslose Intelligenz, die da aus dem verschlissenen, eingefallenen Gesicht blinzelte. »Bleib bei ihnen, solange du willst«, sagte sie, als sei es ein Befehl, »und dann komm zu mir. Ich werde warten. Zu Hause in der First Street.«

»Wann soll ich kommen?« fragte Rowan vorsichtig.

Ein kaltes, ironisches Lächeln kräuselte die Lippen der alten Frau, alterslos wie die Augen und die Stimme. »Wann du willst. Es wird früh genug sein. Ich habe dir ein paar Dinge zu sagen. Ich werde da sein.«

Als die Glastüren des Restaurants sich hinter ihnen geschlossen hatten, und als Rowan erkannt hatte, daß sie sich jetzt in der verbindlichen vertrauten Welt der uniformierten Kellner und weißen Tischtücher befanden, warf sie durch die Scheiben einen Blick zurück auf die weißgekalkte Friedhofsmauer und die kleinen Giebeldächer der Grabmäler, die dahinter zu sehen waren.

Die Toten sind so nah, daß sie uns hören können, dachte sie.

»Ah, aber du mußt auch wissen«, sagte der hochgewachsene, weißhaarige Ryan, als könne er ihre Gedanken lesen, »wir in New Orleans lassen sie nie wirklich draußen.«

27

Aschgraues Zwielicht senkte sich über Oak Haven herab, und der Himmel war kaum noch zu sehen. Die Eichen standen schwarz und dicht, und die Schatten darunter wurden breiter und verschluckten den letzten Rest des warmen Sommerlichts, das noch auf dem dämmrigen Kiesweg lag.

Michael saß auf der geräumigen vorderen Galerie, den Stuhl nach hinten gekippt, die Füße auf das Geländer gelegt, eine Zigarette zwischen den Lippen. Er hatte die Geschichte der Mayfairs zu Ende gelesen, und er fühlte sich wund und aufgedreht und von stiller Erregung erfüllt. Er wußte, daß er und Rowan das neue Kapitel waren, noch ungeschrieben, er und Rowan, die sie nun gemeinsam Personen der Erzählung sein würden.

Eine ganze Weile klammerte er sich verzweifelt an den Genuß der Zigarette und beobachtete die Veränderungen im abenddunklen Himmel. Überall sammelte sich jetzt die Finsternis auf der weitläufigen Landschaft; die ferne Böschung verschwand, und er konnte die vorüberfahrenden Autos auf der Straße nicht mehr erkennen, sondern nur noch ihre gelb funkelnden Lichter. Jedes Geräusch, jeder Duft, jede Farbveränderung weckte in ihm eine Sintflut von süßen Erinnerungen, einige davon mit keinem bestimmten Ort verbunden oder einem bestimmten Menschen. Es war einfach die Gewißheit des Vertrauten: Hier war seine Heimat, hier sangen die Zikaden wie nirgendwo sonst. Aber es war auch eine Qual, diese Stille, dieses Warten, die vielen Gedanken, die sich in seinen Kopf drängten.

Warum hatte Aaron noch nicht angerufen? Deirdre Mayfairs Beerdigung war doch sicher vorbei. Aaron mußte jetzt auf dem Rückweg sein, und vielleicht war Rowan bei ihm. Heute abend würden sie miteinander reden, über alles reden, hier in der Geborgenheit dieses gesunden Hauses.

Aber da war noch eine Mappe zu lesen, noch ein Bündel Notizen, offensichtlich für ihn gedacht. Das nähme er sich besser gleich vor. Er drückte die Zigarette in dem Aschenbecher auf dem kleinen Campingtisch neben ihm aus, hob die Mappe in den gelben Lichtschein und klappte sie auf.

Lose Papiere, ein paar handbeschrieben, andere getippt, wieder andere gedruckt. Er begann zu lesen.

KOPIE EINES BRIEFTELEGRAMMS AN DAS TALAMASCA-MUTTERHAUS von Aaron Lightner

August 1989
Parker Meridien Hotel
New York
Soeben auftragsgemäß hier in New York nach »zufälliger Begegnung« Gespräch mit Deirdre Mayfairs Arzt (von 1983) geführt. Mehrere Überraschungen.

Übersende vollständiges handgeschriebenes Transkript des Interviews (Tondband verlustig; Arzt wollte es haben, habe es ausgehändigt) nach Fertigstellung im Flugzeug nach Kalifornien.

Dieser Arzt will Lasher nicht nur in Deirdres Nähe gesehen haben, sondern auch in einiger Entfernung von dem Haus in der First Street, und zwar zweimal, und bei mindestens einer dieser Gelegenheiten – in einer Kneipe in der Magazine Street – habe Lasher sich deutlich materialisiert. (Man beachte die Hitze, die Luftbewegung – das alles beschreibt der Mann umfassend.)

Auch gelangte der Arzt zu der Überzeugung, daß Lasher ihn daran zu hindern versucht habe, Deirdre ihre Beruhigungsmittel zu verabreichen. Und daß Lasher ihn, als er ihm später noch einmal erschienen sei, zur Rückkehr in die First Street habe bewegen wollen, damit er dort in irgendeiner Weise für Deirdre tätig werde.

Zu dieser Interpretation gelangte der Arzt erst später. Zum Zeitpunkt der Erscheinung hatte er Angst. Er hörte keine Worte von Lasher und empfing keine klare telepathische Botschaft. Im Gegenteil, er hatte das Gefühl, der Geist versuche verzweifelt zu kommunizieren und könne es nur durch sein stummes Erscheinen.

Es gibt keinen Hinweis darauf, daß der Arzt ein natürlich begabtes Medium ist. Ich kann aus allem nur schließen, daß Lasher in den letzten zwanzig Jahren beträchtliche Kraft gewonnen haben muß oder aber immer stärker war, als uns klar ist, und daß er sich tatsächlich zeigen kann, wann immer es ihm beliebt.

Ich möchte eine solche Schlußfolgerung nicht übereilt ziehen. Aber dies ist offenbar mehr als wahrscheinlich. Lashers Unvermögen, klare Worte oder Andeutungen in den Geist des Arztes zu übermitteln, bestärkt mich nur in meiner Meinung, daß der Arzt selbst kein Medium war und ist.

Wie wir wohl wissen, arbeitete Lasher bei Petyr van Abel mit der Energie und der Vorstellungskraft einer kraftvollen Psyche und deren tiefgründigen moralischen Schuldgefühlen und Konflikten. Bei Arthur Langtry hatte er es mit einem trainierten Medium zu tun, und die Erscheinungen und/oder Materialisationen in diesem Fall ereigneten sich ausschließlich auf dem Gelände des Hauses in der First Street und in der Nähe Stellas und Anthas.

Kann Lasher Gestalt annehmen, wann und wo er will? Oder hat er nur die Kraft, es in größerem Abstand von der Hexe zu tun als früher?

Das ist es, was wir herausfinden müssen.

Der Eure in der Talamasca
Aaron

P. S. Werde während des Aufenthaltes in San Francisco nicht versuchen, Rowan Mayfair zu sehen. Kontaktversuch Michael Curry hat diesmal Vorrang. Anruf von Gander vor der Abreise in New York heute läßt vermuten, daß Curry inzwischen als Halbinvalide in seinem Haus lebt. Bitte setzt mich dennoch in Kenntnis, sollte es im Falle Mayfair zu irgendwelchen neuen Entwicklungen kommen. Werde so lange wie nötig in San Francisco bleiben, um Kontakt mit Curry aufzunehmen und ihm Unterstützung anzubieten.

Michael blätterte rasch den Rest der Mappe durch. Lauter Artikel über ihn, die er schon gelesen hatte. Zwei große UPI-Hochglanzphotos von ihm. Eine maschinengeschriebene Biographie über ihn, hauptsächlich aus dem beiliegenden Material zusammengestellt.

Nun, die Akte über Michael Curry kannte er. Er legte alles beiseite, zündete sich wieder eine Zigarette an und nahm sich noch einmal den handschriftlichen Bericht über Aarons Begegnung mit dem Arzt im Hotel Parker Meridien vor.

Aarons feine Handschrift war sehr leicht zu lesen. Die Beschreibungen der Lasher-Erscheinungen waren säuberlich unterstrichen. Als er die Lektüre beendet hatte, pflichtete er den Anmerkungen Aarons bei.

Er stand von seinem Balkonstuhl auf, nahm die Mappe und ging hinein zum Schreibtisch. Sein ledergebundenes Notizbuch lag noch da, wo er es hingelegt hatte. Er setzte sich und starrte für einen Moment blind durch das Zimmer, ohne zu sehen, daß der Wind vom Fluß die Vorhänge wehen ließ oder daß die Nacht draußen rabenschwarz war. Er sah auch nicht das Essenstablett auf der Ottomane vor dem Ohrensessel, das noch genauso unberührt dort stand, wie es gebracht worden war; das Essen unter den Silberkuppeln war noch unberührt.

Er griff zum Stift und fing an zu schreiben.

»Ich war sechs Jahre alt, als ich Lasher zu Weihnachten in der Kirche hinter der Krippe stehen sah. Das muß 1947 gewesen sein. Deirdre dürfte genauso alt gewesen sein, und vielleicht war sie in der Kirche. Aber ich habe das sehr deutliche Gefühl, daß sie nicht da war.

Als Lasher sich mir in der Konzerthalle zeigte, war sie vielleicht auch da. Aber auch in diesem Fall – wir können es nicht wissen, um Aarons Lieblingssatz zu zitieren.

Gleichwohl haben die Erscheinungen per se nichts zu tun mit Deirdre. Ich habe Deirdre nie im Garten der First Street gesehen, und auch sonst nirgends, soweit ich weiß.

Zweifellos hat Aaron bereits aufgeschrieben, was ich ihm erzählt habe. Eines ist hier ganz entscheidend: Lasher ist auch mir erschienen, wenn er nicht in der Nähe der Hexe war. Er kann sich wahrscheinlich materialisieren, wo er will.

Die Frage ist immer noch: Warum? Warum ich? Und andere Zusammenhänge sind sogar noch quälender und nervenzerreibender.

Zum Beispiel – es ist vielleicht nicht besonders wichtig, aber ich kenne Rita Mae Lonigan. Ich war mit ihr und Marie Louise auf dem Riverboat an dem Abend, als sie sich mit ihrem Freund Terry O'Neill betrank. Dafür wurde sie nach St. Ro's ins Internat geschickt, wo sie Deirdre Mayfair kennenlernte. Daran kann ich mich noch erinnern.

Bedeutet das nichts?

Und noch etwas. Was ist, wenn meine Vorfahren im Garden District gearbeitet haben? Ich weiß nicht, ob es der Fall ist oder nicht. Ich weiß, daß die Mutter meines Vaters als Waisenkind in St. Margaret's aufwuchs. Ich glaube, einen legitimen Vater hatte sie nicht. Wenn ihre Mutter nun als Dienstmädchen in dem Haus in der First Street... aber meine Gedanken spielen jetzt verrückt.

Man muß sich schließlich einmal ansehen, was diese Leute hinsichtlich ihrer Fortpflanzung getrieben haben. Bei Pferden und Hunden nennt man es Inzucht.

Wieder und wieder haben die ›besten‹ männlichen Exemplare sich mit den Hexen gekreuzt, so daß die genetische Mischung sich zugunsten bestimmter Eigenschaften entwickelte; zweifellos waren übersinnliche Eigenschaften darunter, aber wie sieht es mit anderen aus? Wenn ich diese verdammten Akten richtig gelesen habe, dann war Cortland nicht nur Stellas und Rowans Vater. Er könnte zudem Anthas Vater gewesen sein, auch wenn alle dachten, das sei Lionel gewesen.

Wenn Julien nun Mary Beths Vater war – ah, man sollte diesen Aspekt des Ganzen, die ganze Inzucht, mal einem Computerprogramm unterziehen. Ein Schaubild herstellen. Das alles muß ich Rowan erzählen. Rowan wird es verstehen. Als wir uns unterhielten, sagte Rowan etwas darüber, daß die Genforschung so unpopulär sei. Die Leute wollten sich nicht eingestehen, was sie am Menschen genetisch alles determinieren können. Was mich zum freien Willen führt – und mein Glaube an den freien Willen des Menschen ist ein Teil dessen, was mich jetzt in den Wahnsinn treibt.

Wie auch immer, Rowan ist die genetische Nutznießerin all dessen – groß, schlank, sexy, extrem gesund, brillant, stark und erfolgreich. Ein medizinisches Genie mit der telekinetischen Fähigkeit, Leben zu nehmen, und statt dessen hat sie sich dafür entschieden, Leben zu retten. Und da haben wir ihn wieder, den freien Willen. Den freien Willen.

Aber wie, zum Teufel, passe ich mit meinem freien Willen da hinein? Ich meine, was ist denn ›alles geplant‹, um Townsends Worte aus dem Traum zu benutzen? Herrgott!

Bin ich vielleicht durch die irischen Bediensteten, die dort gearbeitet haben, irgendwie mit diesen Leuten verwandt? Oder geht es nur darum, daß sie frisches Blut einsetzen, wenn sie Energie brauchen? Dazu hätte doch jeder beliebige von Rowans Helden, Polizist oder Feuerwehrmann, genügt. Warum ich? Warum mußte ich ertrinken, falls sie tatsächlich dafür gesorgt haben, daß ich ertrank, was ich immer noch nicht glaube – und andererseits hat Lasher sich mir immer allein gezeigt, schon in meiner frühesten Kindheit.

Gott, es ist unmöglich, das alles zu deuten. Vielleicht war ich von Anfang an für Rowan bestimmt, und ich sollte gar nicht ertrinken und bin deshalb gerettet worden. Oder es war mir eigentlich bestimmt, zu ertrinken, und sie haben ›regelwidrig‹ eingegriffen.

So könnte ich die nächsten drei Tage weiterschreiben, weitschweifig diesen oder jenen Punkt erörtern. Aber ich bin nahe dran, verrückt zu werden. Ich habe immer noch keinen Hinweis darauf, was die Tür bedeutet. Nichts von all dem, was ich gelesen habe, erhellt mir dieses spezielle Bild. Ich finde auch keine spezielle Zahl erwähnt – es sei denn, die Zahl dreizehn hinge über einer Tür, und das hätte eine Bedeutung.

Nun könnte die Tür einfach der Eingang zu dem Haus in der First Street sein; auch könnte das Haus selbst eine Art Pforte sein. Aber ich tappe im Dunkeln. Was ich hier sage, fühlt sich nicht richtig an.

Was die psychometrischen Kräfte in meinen Händen angeht, weiß ich immer noch nicht, wie sie genutzt werden sollen, es sei denn, ich müßte Lasher mit den Händen berühren, wenn er Gestalt annimmt, und dadurch wissen, was dieser Geist in Wirklichkeit ist, woher er kommt und was er von den Hexen will. Aber wie kann ich Lasher berühren, wenn er nicht zuläßt, daß ich ihn berühre?

Natürlich werde ich die Handschuhe ausziehen und meine Hände auf die Gegenstände legen, die mit dieser Geschichte zu tun haben – auf das Haus, wenn Rowan, die dort jetzt Hausherrin ist, es mir erlaubt. Aber irgendwie erfüllt mich die Aussicht darauf mit Entsetzen. Ich kann mir nicht vorstellen, daß darin die Erfüllung meines Auftrags liegt. Zum erstenmal habe ich Angst davor, Dinge zu berühren, die den Toten gehört haben. Trotzdem muß ich es versuchen. Ich muß alles versuchen!

Gleich neun Uhr! Aaron ist immer noch nicht da. Und es ist dunkel und unheimlich und still hier draußen. Ich will nicht klingen wie Marlon Brando in *Faust im Nacken*, aber auf dem Land machen mich auch die Grillen nervös. Und ich bin schreckhaft hier in diesem Zimmer, trotz der hübschen Messinglampen. Ich will die Bilder an den Wänden nicht ansehen und auch nicht in den Spiegel schauen, weil ich befürchte, irgend etwas könnte mich erschrecken.

Ich verabscheue es, Angst zu haben.

Und ich ertrage es nicht, hier zu warten. Vielleicht ist es unfair, zu erwarten, daß Aaron hier auftaucht, sobald ich zu Ende gelesen habe. Aber Deirdres Beerdigung ist vorbei, und ich sitze hier und warte auf Aaron, und die Mayfairs sitzen mir im Kopf und drücken mir aufs Herz – aber ich warte! Ich warte, weil ich es versprochen habe, und Aaron hat nicht angerufen, und ich muß Rowan sehen.

Noch eine letzte Anmerkung: Wenn ich hier sitze und die Augen schließe und an die Visionen zurückdenke – das heißt, wenn ich das Gefühl heraufbeschwöre, denn die Fakten sind fort –, dann merke ich, daß ich immer noch glaube, die Leute, die ich dort gesehen habe, waren gut. Ich bin zu einem höheren Zweck zurückgeschickt worden. Und ich habe mich – aus freiem Willen – dafür entschieden, diesen Auftrag anzunehmen.

Nur kann ich mit dem Gedanken an die Tür oder die Zahl dreizehn kein positives oder negatives Gefühl verbinden. Und das verstört mich; es verstört mich zutiefst. Aber ich habe weiterhin das Gefühl, daß die Leute, die ich in meinen Visionen gesehen habe, gut sind.

Lasher, glaube ich, ist nicht gut. Das Beweismittel dafür, daß er mehrere dieser Frauen vernichtet hat, erscheint mir unumstößlich. Vielleicht hat er jeden vernichtet, der ihm je in den Weg getreten ist. Und die Frage ›*Was für einen Plan hat dieses Wesen?*‹ ist immer noch die entscheidende. Dieses Geschöpf tut Dinge aus eigenem Antrieb. Aber warum nenne ich es ein Geschöpf? Wer hat es denn geschaffen? Dieselbe Person, die mich geschaffen hat? Und wer wäre das? frage ich mich. Sagen wir also: Wesen.

Dieses Wesen ist böse.

Warum hat er mir in der Kirche zugelächelt, als ich sechs war? Er kann doch nicht wollen, daß ich ihn berühre und seinen Plan entdecke? Oder doch?

Was immer der Fall sein mag, ich habe das Gefühl, ich bin verrückt, bin außerstande, noch länger in diesem Zimmer zu bleiben, sehne mich verzweifelt danach, Rowan zu erreichen. Und sehne mich verzweifelt danach, alle diese Mosaiksteinchen zusammenzufügen, den Auftrag zu erfüllen, den ich da draußen erhalten habe, denn ich glaube, es war der bessere Teil meiner selbst, der diesen Auftrag angenommen hat.

Ich wünschte, Aaron wäre hier. Der Vollständigkeit halber: Ich mag ihn. Ich mag sie alle. Ich verstehe, was sie hier tun. Ich verstehe es. Wir stellen uns alle nicht gern vor, daß wir beobachtet werden, daß man uns bespitzelt, Dossiers über uns anlegt. Aber ich verstehe es. Und Rowan wird es verstehen. Sie muß.

Das Dokument, das dabei entstanden ist, ist zu einzigartig, zu wichtig. Und wenn ich daran denke, wie weit ich davon betroffen bin, wie tief ich seit dem Augenblick darin verwickelt bin, als das Wesen mich zum erstenmal durch den Eisenzaun hindurch anschaute – nun, Gott sei Dank, daß sie hier sind, daß sie »wachen«, wie sie sagen. Daß sie wissen, was sie wissen.

Denn andernfalls... Rowan wird es verstehen. Rowan wird es vielleicht besser verstehen als ich, weil sie Dinge sehen wird, die ich nicht sehe. Und vielleicht ist es das, was geplant ist – aber jetzt fange ich schon wieder an...

Aaron! Komm zurück!«

28

Sie blieb vor dem Eisentor stehen, als das Taxi langsam davonfuhr, und raschelnde Stille umhüllte sie. Unvorstellbar, daß irgendein Haus trostloser oder abweisender aussehen sollte als dieses hier. Das unbarmherzige Licht der Straßenlaterne strahlte wie der Vollmond durch die Zweige herab auf die rissigen Steinplatten und die zu beiden Seiten von totem Laub verwehten Marmorstufen, auf die hohen, dicken kanellierten Säulen mit der abblätternden weißen Farbe und den von der Trockenfäule schwarzen Stellen, auf die morschen Dielen der Veranda, die uneben bis zur offenen Tür führten, zu dem trüben, fahlen Lichtschein, der von drinnen herausfiel, und kaum merklich flackerte.

Langsam wanderte ihr Blick zu den geschlossenen Fensterläden und weiter über den dicht überwucherten Garten. Ein dünner Regen hatte eingesetzt, als sie das Hotel verlassen hatte; jetzt war er fast so fein wie Nebel. Er ließ den Straßenasphalt glänzen, schwebte im funkelnden Laub über dem Zaun und überhauchte zart ihr Gesicht und ihre Schultern.

Hier also hat meine Mutter ihr Leben zu Ende gelebt, dachte sie. Hier wurde ihre Mutter geboren und deren Mutter vor ihr. Dies ist das Haus, in dem Ellie an Stellas Sarg saß.

Stand die Tür jetzt ihretwegen offen? War das Tor aufgestoßen worden, um sie willkommen zu heißen? Der mächtige Holzrahmen der Tür sah aus wie ein riesenhaftes Schlüsselloch, ausladend unten und sich dann nach oben hin verjüngend. Wo hatte sie nur die gleiche, wie ein Schlüsselloch geformte Tür schon gesehen? Als Relief auf dem Grabmal auf dem Lafayette-Friedhof. Welche Ironie – denn dieses Haus war für ihre Mutter ein Grab gewesen.

Selbst der köstliche, lautlose Regen hatte die Hitze nicht gelindert. Aber Wind war aufgekommen; »die Flußbrise« hatten sie es genannt, als sie sich nur wenige Straßen weiter am Hotel verabschiedet hatten. Die Brise roch nach Regen, und sie floß über sie hinweg wie herrliches Wasser. Was war das für ein Blumenduft hier in der Luft, so wild und tief, ganz anders als die Floristendüfte, die sie vor kurzem umgeben hatten?

Sie sträubte sich nicht dagegen. Träumend stand sie da. Sie fühlte sich leicht und fast nackt in dem zarten Seidenkleid, das sie gerade angezogen hatte; sie bemühte sich, das dunkle Haus zu sehen, bemühte sich, tief Luft zu holen, die Erregung abklingen zu lassen und Ruhe zu bewahren, so fremd und unverständlich ihr das auch alles erschien.

Mein Leben ist entzweigebrochen, dachte sie, und die ganze Vergangenheit ist der Teil, der weggeworfen wurde und nun davontreibt wie ein losgeschnittenes Schiff, als wäre das Wasser die Zeit und der Horizont die Demarkationslinie dessen, was weiterhin Bedeutung haben würde.

Ellie, warum? Warum waren wir von all dem abgeschnitten? Warum, wenn sie alle Bescheid wußten? Wenn sie wußten, wie ich heiße, wußten, wie du geheißen hast, wußten, daß ich ihre Tochter war! Was hatte das alles zu bedeuten – daß sie zu Hunderten gekommen waren und diesen Namen nannten, Mayfair, immer und immer wieder?

»Komm in die Stadt ins Büro, wenn du mit ihr geredet hast«, hatte der junge Pierce gesagt, Pierce mit seinen rosigen Wangen, der bereits Partner in der Firma war, die sein Urgroßvater vor so langer Zeit gegründet hatte. »Ellies Großvater, weißt du«, hatte Ryan mit den weißen Haaren gesagt, mit den feingemeißelten Zügen, der Ellies Cousin ersten Grades gewesen war. Sie wußte nichts. Sie wußte nicht, wer wer war oder woher sie kamen, oder was das alles zu bedeuten hatte – und vor allem: warum es ihr nie jemand gesagt hatte!

Warteten alle Antworten dort hinter der offenen Tür? Lag die Zukunft hinter dieser offenen Tür? Denn schließlich, warum sollte dies nicht am Ende trotz allem nur ein Kapitel in ihrem Leben sein, das wieder abgehakt werden würde, um nur noch selten einmal aufgeschlagen zu werden, wenn sie erst wieder in die Außenwelt zurückgekehrt wäre, in der sie all die Jahre zurückgehalten worden war, jenseits aller Verzauberungen, die sie jetzt in ihren Bann geschlagen hatten? Oh, aber so würde es nicht sein. Denn wenn man von einem so starken Zauber ereilt wurde, dann war man nie wieder so wie früher. Und jeder Augenblick in dieser fremdartigen Welt von Familie, Süden, Geschichte, Verwandtschaft und Liebesangeboten trug sie eintausend Jahre weit weg von der Person, die sie einmal gewesen war oder die sie hatte sein wollen.

Ob sie wußten, ob sie nur für einen Augenblick ahnten, wie verlockend das alles war? Wie aufgewühlt sie gewesen war, als sie alle ihre Einladungen ausgesprochen hatten, ihre Besuche angekündigt und Gespräche versprochen hatten, in denen es sich um die Familie und immer nur um die Familie drehen würde?

Verwandtschaft. Hatten sie eine Ahnung, wie unbeschreiblich exotisch das klang nach der trostlosen, selbstsüchtigen Welt, in der sie ihr Leben verbracht hatte wie eine Topfpflanze, die nie echte Sonne oder echte Erde gesehen und nie den Regen gehört hatte – außer als leises Prasseln vor der Doppelscheibe des Isofensters?

Ich habe mich für die Medizin entschieden und die Welt der Eingeweide, und nur in den Wartezimmern und Korridoren vor der Notaufnahme habe ich gelegentlich die Familien-Klans zu Gesicht bekommen, Generationen von Menschen, die zusammen weinen und lachen und flüstern, wenn der Engel des Todes über sie hinweggeht.

»Soll das heißen, daß Ellie dir nie gesagt hat, wie ihr Vater hieß? Sie hat nie von Sheffield oder Ryan oder Grady gesprochen, oder...?« Immer wieder hatte sie nein gesagt.

Aber Ellie war hier gewesen und hatte auf eben jenem Friedhof gestanden, als Tante Nancy beerdigt worden war, wer immer, zum Teufel, Tante Nancy gewesen sein mochte, und nachher hatte sie in eben jenem Restaurant gesessen und Rowans Foto aus ihrer Brieftasche herumgezeigt. *Unsere Tochter, die Ärztin!* Und als sie in Morphiumträumen ihrem Ende entgegendämmerte, da hatte sie zu Rowan gesagt: »Ich wünschte, sie würden mich wieder nach Hause schicken, aber das können sie nicht. Das können sie nicht.«

Als sie sie am Hotel abgesetzt hatten und als sie hinaufgegangen war, um wegen der schwülen Hitze zu duschen und sich umzuziehen, da hatte sie einen Augenblick lang solche Bitterkeit verspürt, daß sie keinen vernünftigen, rationalen Gedanken mehr hatte fassen, ja, nicht einmal hatte weinen können. Und natürlich wußte sie – so sicher, wie sie nur irgend etwas anderes wußte –, daß es unzählige unter ihnen gab, die nichts lieber getan hätten, als all dem zu entfliehen, diesem ungeheuren Netz von Blutsbanden und Erinnerungen. Aber es schien ihr trotz allem unmöglich.

Doch welche Wahrheiten über die Kindfrau im Sarg lagen hinter dieser Tür? Während sie plauderten, mit Stimmen, plätschernd wie Champagner, hatte sie lange Zeit gedacht: *Kennt einer von euch vielleicht wunderbarerweise den Namen meines Vaters?*

»Carlotta wird ... nun, sie wird auch ein Wörtchen sagen wollen.«

»... so jung, als du zur Welt kamst ...«

»Vater hat uns eigentlich nie erzählt ...«

Aber jetzt brauchte sie nichts weiter zu tun, als dieses Eisentor aufzustoßen und die Marmorstufen hinaufzusteigen, über die morschen Dielen zu gehen und die Tür aufzudrücken, die man offengelassen hatte. Warum nicht? Sie sehnte sich jetzt so sehr nach dem Geschmack der Dunkelheit dort drinnen, daß sie nicht einmal mehr Michael vermißte. Das hier mußte sie alleine tun.

Plötzlich, als hätte sie es geträumt, sah sie, wie das Licht hinter der Tür heller wurde. Sie sah, wie die Tür sich weiter öffnete, und sie sah die Gestalt der alten Frau dahinter, schmal und dünn. Ihre Stimme tönte scharf und klar in der Dunkelheit, und sie hatte eine beinahe irisch anmutende Melodie, ernst und leise, wie sie klang:

»Kommst du jetzt herein oder nicht, Rowan Mayfair?«

Sie drückte gegen das Tor, aber es ließ sich nicht bewegen, und so zwängte sie sich so hindurch. Die Treppenstufen waren glatt; sie stieg langsam hinauf und spürte, daß die weichen Bodendielen der Holzveranda ganz sacht unter ihr federten.

Carlotta war verschwunden, aber als Rowan jetzt den Hausflur betrat, sah sie die schmale, matt beleuchtete Gestalt weit, weit hinten in der Tür zu einem großen Zimmer, wo die einsame Lampe brannte, die die ganze langgestreckte, düstere Diele mit der hohen Decke erhellte.

Sie ging vorbei an einer Treppe, die steil und unglaublich hoch in einen dunklen ersten Stock hinaufführte, den sie nicht sehen konnte, und weiter, vorbei an Türen zur Rechten, die offen standen und hinter denen ein riesiges Wohnzimmer lag. Die Straßenlaternen schienen durch die Fenster in dieses Zimmer herein und ließen sie milchig und mondweiß aussehen. Ihre Strahlen fielen in einem langen Streifen auf den schimmernden Fußboden und ein paar undefinierbare, verstreut stehende Möbelstücke.

Dann noch eine geschlossene Tür zur Linken, und schließlich trat sie endlich ins Licht und sah, daß sie in ein großes Eßzimmer gekommen war.

Zwei Kerzen standen auf dem ovalen Tisch. Ihre sanft tanzenden Flammen spendeten die einzige Beleuchtung hier drinnen. Wundersam erschien selbst dieses Licht, wie es dünn emporstieg und die Wandgemälde umschmeichelte, großflächige Landszenen mit moosbehangenen Eichen und gepflügten Feldern. Türen und Fenster ragten drei Meter hoch über Rowan hinaus; ja, als sie durch den langen Korridor zurückblickte, erschien ihr die Haustür riesenhaft, und ihr Rahmen beanspruchte ringsum die ganze Wand bis zur schattendunklen Decke.

Sie drehte sich um und schaute die Frau an, die am Ende des langen Tisches saß. Ihr dichtes, welliges Haar sah im Dunkeln sehr weiß aus; weicher als vorher umschloß es jetzt ihr Gesicht, und das Kerzenlicht spiegelte sich mit zwei klaren, erschreckenden Flammen in ihren Brillengläsern.

»Setze dich, Rowan Mayfair«, sagte sie. »Ich habe dir vieles zu sagen.«

Ein Geruch von Staub oder Schimmelsporen entstieg den Polstersitzen der geschnitzten Stühle. Oder kam er vielleicht vom Teppich oder aus den trüben Vorhangstoffen?

Egal. Der Geruch war überall. Aber da war noch einer, ein köstlicher Geruch, der sie an Holz und Sonnenschein denken ließ, und seltsamerweise auch an Michael. Es war ein guter Geruch. Michael, der Zimmermann, würde diesen Geruch verstehen. Es war der Geruch von Holz in dem alten Haus und von der Hitze, die sich im Laufe des Tages hier aufgestaut hatte. Und da hinein mischte sich schwach der Duft von Wachskerzen.

Der dunkle Kronleuchter über dem Tisch fing das Kerzenlicht ein und reflektierte es in hundert kristallenen Tränen.

»Er braucht Kerzen«, sagte die alte Frau. »Ich bin inzwischen zu alt, um hinaufzuklettern und sie auszuwechseln. Und Eugenia ist auch zu alt. Sie kann es nicht.« Mit einer winzigen Bewegung ihres Kopfes deutete sie in die hintere Ecke des Raumes.

Erschrocken erkannte Rowan, daß dort eine schwarze Frau stand, eine schemenhafte Gestalt mit schütterem Haar, gelben Augen und verschränkten Armen, anscheinend sehr mager, aber das war im Dunkeln schwer zu sagen. Von ihrer Kleidung war nur eine schmutzige Schürze zu erkennen.

»Du kannst jetzt gehen, Liebes«, sagte Carlotta zu der Schwarzen. »Es sei denn, meine Nichte möchte etwas trinken. Aber das möchtest du nicht, oder, Rowan?«

»Nein. Nein, vielen Dank, Miss Mayfair.«

»Sag Carlotta zu mir, oder Carl, wenn du willst; es kommt nicht darauf an. Miss Mayfairs gibt es wie Sand am Meer.«

Die alte Schwarze entfernte sich, am Kamin vorbei, um den Tisch herum, zur Tür hinaus in den langen Korridor. Carlotta beobachtete, wie sie hinausging, als wolle sie allein sein, ehe sie noch ein weiteres Wort sagte. Dann schaute sie zu Rowan auf und deutete auf einen einsamen Stuhl, der an der langgestreckten Flanke des Tisches stand.

Rowan ging hin und setzte sich mit den Rücken zu den Fenstern, hinter denen der Garten lag. Sie drehte den Stuhl herum, damit sie Carlotta ansehen konnte.

Weitere Wandgemälde wurden sichtbar, als sie den Blick hob. Eine Pflanzervilla mit weißen Säulen, und welliges Hügelland dahinter.

Sie schaute an den Kerzen vorbei zu der alten Frau hinüber; zu ihrer Erleichterung spiegelten sich die winzigen Kerzenflammen nicht mehr in den Brillengläsern. Sie sah nur noch das eingefallene Gesicht, die sauber blitzende Brille, den dunkel geblümten Stoff des langärmeligen Kleides und die mageren Hände, die aus der Spitze an den Ärmeln hervorkamen und deren knotige Finger etwas hielten, das aussah wie ein samtbezogenes Schmuckkästchen.

Mit harter Bewegung stieß sie es jetzt zu Rowan herüber.

»Das gehört dir«, sagte sie. »Es ist ein Smaragd-Anhänger. Er gehört dir, wie dieses Haus dir gehört und der Grund, auf dem es steht, und alles irgendwie Nennenswerte, das es enthält. Darüber hinaus existiert ein Vermögen, das etwa das Fünfzigfache deines jetzigen Besitzes umfaßt, vielleicht das Hundertfache – genau läßt sich das inzwischen nicht mehr sagen. Aber höre, was ich dir mitzuteilen habe, bevor du Anspruch erhebst auf das, was dir gehört. Höre alles, was ich dir zu sagen habe.«

Sie schwieg und musterte Rowans Gesicht; der Eindruck von Alterslosigkeit in der Stimme der Frau, ja, in ihrer ganzen Haltung, verstärkte sich bei Rowan. Es war beinahe gespenstisch, als bewohne der Geist einer jungen Person die alte Gestalt und verleihe ihr eine wilde, widersprüchliche Belebtheit.

»Nein«, sagte die Frau. »Ich bin alt, sehr alt. Was mich am Leben gehalten hat, ist das Warten auf ihren Tod und auf den Augenblick, den ich am allermeisten gefürchtet habe: auf den Augenblick deines Erscheinens. Ich habe darum gebetet, daß Ellie ein langes Leben haben und daß sie dich in diesem langen Leben dicht bei sich behalten möge, bis Deirdre in ihrem Grab verrottet und die Kette zerrissen wäre. Aber das Schicksal hat mir noch eine kleine Überraschung zukommen lassen.«

»Sie hat getan, was sie konnte, um mich von hier fernzuhalten«, antwortete Rowan schlicht. »Sie hat darauf bestanden, daß ich es ihr schriftlich gab; ich mußte versprechen, niemals herzukommen. Ich habe mich dafür entschieden, dieses Versprechen zu brechen.«

Die alte Frau schwieg.

»Ich wollte kommen«, sagte Rowan. Und dann fügte sie so sanft, so beschwörend, wie sie nur konnte, hinzu: »Warum wolltest du, daß ich von hier ferngehalten werde? War es eine so schreckliche Geschichte?«

Die Frau betrachtete sie stumm. Dann sagte sie: »Du bist eine starke Frau. Du bist stark, wie meine Mutter stark war.«

Rowan antwortete nicht.

»Du hast ihre Augen. Hat sie dir das gesagt? War einer von ihnen alt genug, um sich an meine Mutter zu erinnern?«

»Ich weiß nicht«, sagte Rowan.

»Was hast du mit deinen eigenen Augen gesehen?« fragte die alte Frau. »Was hast du gesehen, während du schon wußtest, daß es nicht da sein dürfte?«

Rowan erschrak. Zuerst glaubte sie, sie habe die Worte mißverstanden, aber im Bruchteil einer Sekunde war ihr klar, daß es kein

Irrtum war, und im selben Augenblick dachte sie an das Phantom, das ihr um drei Uhr morgens erschienen war, und plötzlich und auf unerklärliche Weise vermischte sich damit die Erinnerung an den Traum im Flugzeug, in dem ein Unsichtbarer sie berührt und geschändet hatte.

Verwirrt sah sie das Lächeln, das sich auf dem Gesicht der alten Frau ausbreitete. Aber es war kein bitteres oder triumphierendes Lächeln. Es war resigniert. Dann glättete sich das Gesicht wieder, und es sah nur noch traurig und ratlos aus.

»Er ist also zu dir gekommen«, sagte sie mit leisem Seufzen. »Und er hat Hand an dich gelegt.«

»Ich weiß nicht«, sagte Rowan. »Du mußt es mir erklären.«

Aber die Frau schaute sie nur an und wartete.

»Es war ein Mann, ein schlanker, eleganter Mann. Er kam um drei Uhr früh. Als meine Mutter starb. Ich habe ihn so deutlich gesehen, wie ich dich jetzt sehe, aber nur für einen Moment.«

Die Frau senkte den Blick. Rowan glaubte, sie habe die Augen geschlossen. Dann sah sie das kleine Funkeln unter den Lidern. Die Frau faltete die Hände vor sich auf dem Tisch.

»Es war der Mann«, sagte sie. »Es war der Mann, der deine Mutter in den Wahnsinn getrieben hat, und ihre Mutter vor ihr... Der Mann, der meiner Mutter diente, die ihre ganze Umgebung beherrschte. Haben sie von ihm gesprochen, die andern? Haben sie dich gewarnt?«

»Sie haben mir gar nichts gesagt.«

»Weil sie nichts wissen und weil sie endlich einsehen, daß sie nichts wissen; jetzt überlassen sie die Geheimnisse uns, wie sie es schon immer hätten tun sollen.«

»Aber was habe ich denn gesehen? Und warum ist er zu mir gekommen?« Wieder mußte sie an den Traum im Flugzeug denken, und sie wußte keine Erklärung dafür, daß sie die beiden Ereignisse miteinander verknüpfte.

»Weil er glaubt, daß du jetzt ihm gehörst«, sagte die Frau. »Daß es ihm freisteht, dich zu lieben, dich zu berühren und zu beherrschen mit seinen Versprechungen des Dienens.«

Rowan fühlte sich verwirrt, und sie spürte dumpfe Hitze in ihrem Gesicht. Dich zu berühren. Das gespenstische Gefühl des Traumes kehrte zurück.

»Er wird dir sagen, es sei andersherum. Er sei dein Sklave«, fuhr die alte Frau fort. »Aber das ist eine Lüge, meine Liebe, eine bösartige Lüge. Er wird dich in Besitz nehmen und dich in den Wahnsinn treiben, wenn du dich weigerst, ihm seinen Willen zu tun. Das hat er mit allen gemacht.« Sie verstummte, und ihr Blick wanderte über die staubige Tischplatte. »Mit Ausnahme derer, die stark genug waren, ihn zu zügeln und den Sklaven aus ihm zu machen, der er zu sein vorgab, und die ihn für ihre eigenen Zwecke benutzten...« Sie brach ab. »Für ihre eigene endlose Bosheit.«

»Das mußt du mir erklären.«

»Er hat dich angerührt, nicht wahr?«

»Ich weiß es nicht.«

»O doch, du weißt es. Die Röte schießt dir in die Wangen, Rowan Mayfair. Nun, dann laß dich fragen, mein Mädchen, mein unabhängiges junges Mädchen, das schon so viele Männer gehabt hat – war er so gut wie ein Sterblicher? Denk nach, bevor du antwortest. Er wird dir sagen, daß kein Sterblicher dir die Freuden geben kann, die er dir gibt. Aber ist es wahr? Sie haben einen furchtbaren Preis, diese Freuden.«

»Ich dachte, es wäre ein Traum.«

»Aber du hast ihn gesehen.«

»Das war in der Nacht davor. Das Berühren war ein Traum. Es war anders.«

»Er hat sie bis zum Schluß berührt«, sagte die Frau. »Ganz gleich, wie viele Medikamente sie ihr gegeben haben. Ganz gleich, wie stupide ihr Blick, wie kraftlos ihr Gang war. Wenn sie nachts im Bett lag, dann kam er, und er berührte sie. Wie eine gemeine Hure wand sie sich auf ihrem Bett, unter seiner Berührung...« Sie biß sich auf die Zunge. Dann spielte wieder das Lächeln auf ihrem Gesicht, wie der Kerzenschein. »Macht dich das zornig? Zornig auf mich, weil ich dir so etwas erzähle? Glaubst du, es war ein hübscher Anblick?«

»Ich glaube, sie war krank und nicht bei Sinnen, und es war nur menschlich.«

»Nein, meine Liebe, der Verkehr, den sie miteinander hatten, war niemals menschlich.«

»Ich soll also glauben, daß es ein Geist war, was ich gesehen habe, daß er meine Mutter berührt hat und daß ich ihn irgendwie geerbt habe?«

»Ja, und schlucke deinen Zorn herunter. Deinen gefährlichen Zorn.«

Rowan war wie vom Donner gerührt. Eine Woge von Angst und Verwirrung rauschte über sie hinweg. »Du liest meine Gedanken. Du tust es schon die ganze Zeit.«

»O ja, so gut ich kann, natürlich. Ich wünschte, ich könnte es besser. Deine Mutter war nicht die einzige Frau in diesem Hause, die die Macht hatte. Drei Generationen vorher war ich diejenige, die für den Smaragd bestimmt war. Ich habe ihn gesehen, als ich drei Jahre alt war, so klar und so stark, daß er seine warme Hand in meine schieben konnte, daß er mich in die Höhe heben konnte, ja, meinen ganzen Körper – aber ich wies ihn ab. Ich wandte ihm den Rücken zu. Ich sagte zu ihm: Geh zurück in die Hölle, aus der du gekommen bist. Und ich benutzte meine Macht, um gegen ihn zu kämpfen.«

»Und dieser Anhänger... Ich bekomme ihn, weil ich ihn sehen kann?«

»Du bekommst ihn, weil du das einzige Mädchen bist und weil niemand eine Wahl hat. Du würdest ihn auf jeden Fall bekommen, und wenn deine Kräfte noch so gering wären. Aber darauf kommt es nicht mehr an. Denn sie sind stark, sehr stark, und sie sind es immer gewesen.« Sie schwieg und betrachtete Rowan von neuem. Für einen Augenblick war ihre Miene unergründlich und vielleicht überhaupt frei von jedem Urteil. »Unpräzise, ja, und inkonsequent, natürlich. Unbeherrscht, vielleicht – aber stark.«

»Du darfst diese Dinge nicht überschätzen«, erwiderte Rowan leise. »Ich tue es nie.«

»Vor langer Zeit hat Ellie mir alles darüber erzählt«, sagte die alte Frau. »Ellie hat mir erzählt, du könntest Blumen verwelken lassen. Ellie hat mir erzählt, du könntest Wasser zum Kochen bringen. ›Sie ist eine mächtigere Hexe, als Antha es je war. Oder Deirdre‹, hat sie gesagt, und sie hat geweint und mich um Rat angefleht, was sie denn tun könnte! ›Halte sie fern‹, habe ich gesagt. ›Sorge dafür, daß sie nie nach Hause kommt und daß sie es nie erfährt! Sorge dafür, daß sie nie lernt, es zu benutzen.‹«

»Ich will ja nicht zornig auf dich sein«, sagte Rowan mit dünner Stimme. »Ich will nur verstehen, was du da sagst. Ich will verstehen, warum ich weggebracht wurde...«

Wieder versank die alte Frau in nachdenklichem Schweigen. Ihre

Finger schwebten über dem Schmuckkästchen, senkten sich dann darauf hinunter und lagen still. Viel zu groß war die Ähnlichkeit mit den schlaffen Händen Deirdres im Sarg.

Rowan wandte den Blick ab. Sie schaute auf die hintere Wand, auf das Panorama eines gemalten Himmels über dem Kamin.

»Oh, bringen dir diese Worte denn nicht den leisesten Trost? Hast du dich nicht all die Jahre gefragt, ob du die einzige auf der Welt bist, die anderer Leute Gedanken lesen kann, die einzige, die weiß, wann jemand in ihrer Umgebung stirbt? Die einzige, die einen Menschen mit der Kraft ihrer Wut von sich stoßen kann? Sieh dir die Kerzen an. Du kannst sie verlöschen und wieder aufflammen lassen. Tu's doch.«

Rowan starrte in die Flämmchen. Sie fühlte, daß sie zitterte. *Wenn du nur wüßtest, wenn du wirklich wüßtest, was ich jetzt mit dir machen könnte...*

»Aber ich weiß es ja, verstehst du? Ich kann deine Kraft fühlen, weil auch ich stark bin, stärker als Antha oder Deirdre. Deshalb habe ich sie so lange in Schach halten können in diesem Hause, und deshalb habe ich ihn daran gehindert, mir etwas anzutun. Deshalb habe ich ungefähr dreißig Jahre zwischen ihn und Deirdres Tochter legen können. Laß die Kerzen ausgehen. Zünde sie wieder an, ich will sehen, wie du es tust.«

»Ich will es nicht tun. Und ich will, daß du aufhörst, mit mir zu spielen. Sag mir, was du mir zu sagen hast. Aber laß die Spielchen. Sag mir, wer *er* ist und warum du mich meiner Mutter weggenommen hast.«

»Aber das habe ich doch gesagt. Ich habe dich weggebracht, um dich von ihm wegzubringen und von diesem Smaragd, von diesem Vermächtnis aus Flüchen und einem Reichtum, der auf seinem Eingreifen und seiner Macht gründet.« Sie musterte Rowan und sprach dann weiter; ihre Stimme klang jetzt dunkler, verlor aber nichts von ihrer Präzision. »Ich habe dich ihr weggenommen, um ihren Willen zu brechen und um ihr eine Krücke zu nehmen, auf die sie sich gestützt, ein Ohr, dem sie ihre arme, gemarterte Seele anvertraut hätte, eine Gefährtin, die sie verbogen und verdreht hätte in all ihrer jämmerlichen Schwäche.«

Rowan war starr vor Zorn und antwortete nicht. Vor ihrem geistigen Auge sah sie voller Trauer die schwarzhaarige Frau in ihrem

Sarg. Sie sah den Lafayette-Friedhof im Geiste, von der Nacht umhüllt jetzt, still und verlassen.

»Dreißig Jahre hast du Zeit gehabt, um stark und aufrecht zu werden, weit weg von diesem Haus, weit weg von dieser Geschichte des Bösen. Und was bist du geworden? Eine Ärztin, wie sie deine Kollegen noch nie gesehen haben. Und wenn du mit deiner Macht etwas Böses getan hast, dann bist du in rechtschaffener Verurteilung deiner selbst davor zurückgewichen, und deine Scham hat dich zu noch größerer Selbstaufopferung getrieben.«

»Woher weißt du das alles?«

»Ich kann es sehen. Was ich sehe, ist nicht präzise, aber ich sehe es. Ich sehe das Böse, auch wenn ich die Taten an sich nicht sehen kann: Sie sind verdeckt von Scham und Schuldgefühlen, die sie zugleich erst erkennbar machen.«

»Was willst du dann von mir? Eine Beichte? Du hast selbst gesagt, ich hätte mich abgewandt von dem Bösen, das ich getan habe.«

»›Du sollst nicht töten!‹« wisperte die Frau.

Roher Schmerz durchzuckte Rowan wie ein Schock, und dann sah sie verblüfft, wie die Frau die Augen aufriß und sie spöttisch nachäffte. Verwirrt durchschaute Rowan den Trick, und sie fühlte sich wehrlos. Denn für einen Sekundenbruchteil hatte die alte Frau mit ihren Worten in Rowans Geist genau jenes Bild hervorgerufen, nach dem sie gesucht hatte.

Du hast getötet. In Wut und Zorn hast du Menschenleben genommen. Du hast es willentlich getan. So stark bist du.

Rowan sank in sich zusammen, und sie spähte auf die flachen, runden Brillengläser, die das Licht einfingen und es wieder losließen, und auf die dunklen, kaum sichtbaren Augen dahinter.

»Habe ich dich etwas gelehrt?« fragte die Frau.

»Du stellst meine Geduld auf eine harte Probe«, erwiderte Rowan. »Ich darf dich daran erinnern, daß ich dir nichts getan habe. Ich bin nicht gekommen, um von dir Rechenschaft zu verlangen. Ich habe niemanden verurteilt. Ich bin nicht hier, um Ansprüche auf diesen Schmuck oder das Haus oder irgend etwas darin zu erheben. Ich bin hier, um zu sehen, wie meine Mutter zur Ruhe gebettet wurde, und ich bin zu dieser Haustür hereingekommen, weil du mich darum gebeten hast. Und ich bin hier, um dir zuzuhören. Aber ich werde nicht viel länger mit mir spielen lassen. Nicht für alle Geheimnisse auf dieser Seite der Hölle. Und ich habe keine Angst vor deinem Geist, und wenn er einen Schwanz wie ein Erzengel vor sich hertragen sollte.«

Die alte Frau starrte sie einen Moment lang an. Dann hob sie die Brauen und lachte – ein kurzes, plötzliches Auflachen mit einem überraschend femininen Unterton. Danach lächelte sie. »Wohl gesprochen, meine Liebe«, sagte sie. »Vor fünfundsiebzig Jahren erzählte meine Mutter mir, er könne die griechischen Götter vor Neid erblassen lassen, so schön sei er, wenn er zu ihr ins Schlafzimmer komme.« Sie entspannte sich langsam auf ihrem Stuhl, spitzte die Lippen, lächelte dann wieder. »Aber er hat sie nie von ihren hübschen sterblichen Männern abhalten können. Sie mochte die gleiche Art Männer wie du.«

»Das hat Ellie dir auch erzählt?«

»Sie hat mir vieles erzählt. Aber daß sie krank war, hat sie mir nie erzählt. Daß sie sterben würde, hat sie nie gesagt.«

»Wenn Leute sterben müssen, bekommen sie Angst«, sagte Rowan. »Sie sind dann ganz allein. Niemand kann für sie sterben.«

Die alte Frau senkte den Blick. Lange Zeit saß sie regungslos da; dann bewegten sich ihre Hände wieder über die weiche Rundung des Schmuckkästchens, und sie ergriff es und ließ den Deckel aufschnappen. Sie drehte das Kästchen behutsam um, so daß sich das Kerzenlicht in dem Smaragd verfing, der darin lag, eingebettet in ein Knäuel von goldenen Kettengliedern. Es war der größte Edelstein, den Rowan je gesehen hatte.

»Ich habe immer vom Tod geträumt«, sagte Carlotta. »Ich habe darum gebetet.« Langsam schaute sie auf und maß Rowan mit ihren Blicken, und wieder weiteten ihre Augen sich, und die zarte, dünne Haut ihrer Stirn runzelte sich stark über den grauen Augenbrauen. Ihre Seele war verschlossen und in Traurigkeit versunken; es war, als habe sie für einen Augenblick vergessen, sich hinter Bosheit und Cleverneß vor Rowan zu verschanzen.

»Komm«, sagte sie und raffte sich auf. »Ich will dir zeigen, was ich dir zu zeigen habe. Ich glaube nicht, daß noch viel Zeit ist.«

»Warum sagst du das!« flüsterte Rowan drängend. Irgend etwas an der veränderten Haltung der alten Frau versetzte sie in Angst und Schrecken. »Warum schaust du mich so an?«

Die Frau lächelte nur. »Komm«, sagte sie. »Nimm eine Kerze mit, wenn du willst. Ein paar Lampen brennen noch. Bei anderen sind die Glühbirnen kaputt, oder die Drähte sind vor langer Zeit spröde geworden und abgebrochen. Komm mit.«

Sie stand auf und hakte sorgfältig ihren Gehstock von der Stuhllehne. Mit überraschender Sicherheit durchquerte sie den Raum und ging an Rowan vorbei, die dastand und sie beobachtete, während sie die zarte Kerzenflamme mit der Wölbung ihrer linken Hand schützte. Das kleine Licht sprang an der Wand hinauf, als sie den Korridor hinuntergingen. Für einen Augenblick beschien es die schimmernde Fläche eines alten Porträts; der Mann auf dem Bild schien jäh zum Leben zu erwachen und Rowan anzustarren. Sie blieb stehen und wandte heftig den Kopf, aber gleich sah sie, daß es eine Täuschung gewesen war.

»Was ist?« fragte Carlotta.

»Ich dachte nur...« Rowan schaute das Porträt an; es war von geschickter Hand gemalt und zeigte einen lächelnden Mann mit schwarzen Augen, der ganz ohne Zweifel nicht lebendig, sondern unter einer Schicht von sprödem, rissigem Firnis begraben war.

»Was?«

»Schon gut«, sagte Rowan und ging weiter, und wieder hielt sie die gewölbte Hand schützend vor die Kerzenflamme. »In dem Licht sah es aus, als ob er sich bewegt hätte.«

Die Frau schaute starr auf das Porträt, und Rowan blieb neben ihr stehen. »Du wirst viele seltsame Dinge in diesem Haus sehen«, sagte sie. »Du wirst an leeren Zimmern vorbeigehen und dich erschrocken umschauen, weil du plötzlich glaubst, es habe sich dort jemand bewegt, oder irgend jemand dort habe dich angestarrt.«

Rowan sah ihr prüfend ins Gesicht, und sie sah dort weder Spiel noch Bosheit; die alte Frau erschien jetzt nur noch einsam, ratlos und nachdenklich. Sie wandte sich ab und ging auf die hohe Tür am Fuße der Treppe zu. Dort drückte sie auf einen Knopf. Mit gedämpftem Rumpeln kam der Aufzug ins Parterre heruntergefahren und blieb dort schwer und ruckartig stehen. Die Frau drehte den Türknauf und öffnete die Tür; dahinter erschien ein Messinggitter, das sie mit einiger Anstrengung zur Seite schob.

Sie traten in den Aufzug; ein abgenutzter Teppich lag auf dem Boden, und dunkle, stoffbespannte Wände umschlossen das Ganze. Eine trübe Glühbirne glomm von der Metalldecke auf sie herab.

Der Korridor im ersten Stock lag in noch schwärzerer Finsternis als der im Erdgeschoß. Die Luft hier war wärmer. Keine offene Tür, kein Fenster ließ auch nur ein Streifchen Licht von der Straße hereinfallen; das Kerzenlicht schien matt auf die vielen weißgetäfelten Türen und auf eine Treppe, die weiter nach oben führte.

»Komm hier hinein«, sagte die alte Frau und öffnete eine Tür zur Linken. Sie betrat das Zimmer, und ihr Stock tappte weich auf einen dicken, geblümten Teppich.

Vorhänge, dunkel und moderig wie die unten im Speisezimmer, ein schmales Holzbett mit hohem Baldachin und der geschnitzten Figur eines Adlers, wie es schien. Ein ähnliches, tief eingeschnitztes symmetrisches Muster zierte das Kopfende.

»In diesem Bett ist deine Mutter gestorben«, sagte Carlotta.

Rowan schaute auf die blanke Matratze. Sie sah einen großen dunklen Fleck auf dem gestreiften Stoff, der glänzte, ja, beinah funkelte im Dunkeln. Insekten! Winzige schwarze Insekten nährten sich geschäftig an diesem Fleck. Als Rowan nähertrat, flüchteten sie vor dem Licht und krabbelten auf die vier Ecken der Matratze zu. Rowan schrie auf und hätte fast die Kerze fallengelassen.

»Das ist widerlich«, sagte Rowan leise. »Jemand sollte dieses Zimmer saubermachen!«

»Du kannst es saubermachen lassen, wenn du möchtest«, bemerkte die alte Frau. »Es ist jetzt dein Zimmer.«

Rowan war übel von der Hitze und dem Anblick der Kakerlaken. Sie ging zur Tür und lehnte den Kopf an den Rahmen. Andere Gerüche stiegen auf und drohten ihre Übelkeit zu verstärken.

»Was willst du mir sonst noch zeigen?« fragte sie ruhig. Schlucke deinen Zorn hinunter, flüsterte sie innerlich. Ihr Blick wanderte über die verblichenen Wände, den kleinen Nachttisch voller Gipsstatuen und Kerzen. Grell, häßlich, dreckig. Sie starb im Dreck. Starb hier. Vernachlässigt.

»Nein«, sagte die alte Frau. »Nicht vernachlässigt. Und was wußte sie am Ende noch von ihrer Umgebung? Du kannst die Krankenakte selbst lesen.«

Die alte Frau ging an ihr vorbei in den Korridor. »Und jetzt müssen wir die Treppe hinaufsteigen«, sagte sie. »Der Aufzug fährt nicht weiter.«

Hoffentlich brauchst du meine Hilfe nicht, betete Rowan. Der bloße Gedanke, die Frau zu berühren, ließ sie zurückschrecken. Sie versuchte, gleichmäßig zu atmen, den Tumult in ihrem Innern zu beenden. Die Luft war schwer und abgestanden und voll von kaum spürbaren Erinnerungen an schlimmere Gerüche; sie schien an ihr zu kleben, an ihren Kleidern, ihrem Gesicht.

Sie beobachtete, wie die Frau hinaufstieg, wie sie jede Stufe langsam, aber rüstig bewältigte.

»Komm mit, Rowan Mayfair«, sagte sie jetzt über die Schulter. »Und bring das Licht mit. Die alten Gaslampen oben sind schon vor langer Zeit stillgelegt worden.«

Rowan folgte ihr, und die Luft wurde immer wärmer. Als sie sich auf dem kleinen Absatz befanden, sah sie eine weitere, kurze Treppe und dann den letzten Absatz des zweiten Stockwerks. Und als sie hinaufstieg, war es ihr, als müsse alle Wärme im Haus sich hier gesammelt haben.

Durch ein Gitterfenster zur Rechten drang von unten das farblose Licht der Straßenlaterne herein. Zwei Türen waren zu sehen, eine links und eine unmittelbar vor ihnen.

Die linke Tür war es, die die alte Frau öffnete. »Siehst du da die Öllampe auf dem Tisch? Zünde sie an.«

Rowan stellte die Kerze ab und hob den Glaszylinder der Lampe hoch. Der Geruch des Öls war etwas unangenehm. Sie hielt die brennende Kerze an den rußigen Docht. Die große, helle Flamme leuchtete noch stärker, als sie den Zylinder wieder herunterdrückte. Sie hielt die Lampe in die Höhe, und das Licht erfüllte ein geräumiges, niedriges Zimmer, staubig und feucht und voller Spinnweben. Auch hier flüchteten kleine Insekten vor dem Licht. Ein trockenes Rascheln erschreckte sie, aber der gute Geruch von Wärme und Holz war hier kräftig, kräftiger noch als der Geruch von verrottetem Stoff und Schimmel.

Sie sah, daß Koffer an den Wänden standen, und Kisten türmten sich auf einem alten Messingbett in der hinteren Ecke unter den beiden viereckigen Fenstern. Ein dichtes Rankengeflecht bedeckte die Scheiben zur Hälfte; das Licht fing sich in den nassen Regentropfen, die immer noch auf den Blättern lagen, und ließ sie um so deutlicher sichtbar sein. Die Vorhänge waren vor langer Zeit abgefallen und lagen in unordentlichen Haufen auf den Fensterbrettern.

Bücher säumten die Wand zur Linken; sie flankierten den Kamin und sein schmales hölzernes Sims, und die Regale reichten bis zur Decke. Bücher lagen ungeordnet auf den alten gepolsterten Stühlen, die jetzt ganz weich aussahen, schwammig vor Feuchtigkeit und Alter. Das Licht der Lampe blinkte auf dem stumpfen Messing der alten Bettstatt. Es fing sich auch im matten Lederschimmer eines Paars Schuhe, die anscheinend gegen einen langen, dicken Teppich geschleudert worden waren, der zu einer klumpigen Rolle verschnürt und vor den unbenutzten Kamin geschoben worden war.

Etwas Merkwürdiges hatten diese Schuhe an sich, und etwas Merkwürdiges hatte auch diese klumpige Teppichrolle. Lag es daran, daß der Teppich mit einer rostigen Kette zusammengeschnürt war und nicht mit einem Seil, was viel naheliegender gewesen wäre?

Sie merkte, daß die alte Frau sie beobachtete.

»Dieses Zimmer hat meinem Onkel Julien gehört«, sagte die Frau jetzt. »Durch dieses Fenster dort ist deine Großmutter Antha auf das Vordach gestiegen, und von da ist sie in den Tod gestürzt, hinunter auf die Steinplatten.«

Rowan bemühte sich, die Lampe ruhig zu halten; sie packte sie fester um die schmale Taille des gläsernen Fußes. Sie sagte nichts.

»Öffne den ersten Koffer da rechts«, befahl die alte Frau.

Rowan zögerte nur einen Augenblick – ohne zu wissen, warum –, und dann kniete sie auf dem kahlen, staubigen Boden nieder, stellte die Lampe vor den Koffer und untersuchte den Deckel und das zerbrochene Schloß. Sie öffnete es.

»Kannst du sehen, was dort drinnen ist?«

»Puppen«, antwortete Rowan. »Puppen aus... Haaren und Knochen.«

»Ja, aus Knochen, und aus Menschenhaaren und aus Menschenhaut und aus Fingernägeln. Puppen deiner Ahnfrauen, so alt, daß es für die ältesten Puppen keine Namen gibt und daß sie zu Staub zerfallen, wenn du sie aufheben willst.«

Rowan betrachtete sie, Reihe um Reihe sorgfältig auf altes Nesseltuch gebettet, jede Puppe mit sorgfältig gemaltem Gesicht und einer langen Haarsträhne, manche mit Holzstöcken anstelle von Armen und Beinen, andere mit weichen Körpern und beinahe formlos. Die neueste und hübscheste all dieser Puppen war aus Seide; ihr Kleidchen war mit Perlen bestickt, und das Gesicht war aus poliertem

Knochen. Nase, Augen und Mund waren mit dunkelbrauner Tinte, vielleicht auch mit Blut aufgemalt.

»Ja, mit Blut«, sagte die alte Frau. »Und das ist deine Urgroßmutter. Stella.«

Rowan hatte das Gefühl, als grinse die kleine Puppe sie an. Jemand hatte die schwarzen Haare mit Leim an den Kopf geklebt. Knochen ragten unter dem Saum des kleinen, schlauchförmigen Seidenkleides hervor.

»Woher stammen die Knochen?«

»Von Stella.«

Rowan griff in den Koffer und zuckte dann zurück; ihre Finger krümmten sich. Sie brachte es nicht über sich, die Puppe anzufassen. Zögernd hob sie eine Ecke des Nesseltuchs und fand eine weitere Lage; aber hier verwandelten die Puppen sich zusehends in Staub; sie waren tief in den Stoff eingesunken und würden sich wahrscheinlich nicht mehr, ohne Schaden zu nehmen, herausheben lassen. »Die ältesten stammen noch aus Europa. Faß nur hinein. Nimm die älteste Puppe. Kannst du sehen, welche es ist?«

»Das ist hoffnungslos. Sie wird zerfallen, wenn ich sie anfasse. Außerdem weiß ich auch nicht, welche es ist.« Sie ließ das Tuch zurücksinken und strich die obere Lage mit spitzen Fingern glatt. Und als ihre Finger die Knochen berührten, spürte sie eine jähe, erschütternde Vibration, und es war, als blitze ein grelles Licht vor ihren Augen auf. Ihr Geist registrierte die medizinischen Befunde... temporale Stirnlappenstörung, Anfallerscheinungen. Aber die Diagnose erschien töricht, sie gehörte in eine andere Welt.

Sie starrte in die kleinen Gesichter.

»Wer hat diese... Dinger gemacht?«

»Sie haben sie alle gemacht, immer schon. Cortland schlich sich nachts hinunter und schnitt meiner Mutter Mary Beth den Fuß ab, als sie im Sarg lag. Cortland hat auch die Knochen von Stella geholt. Stella wußte, was er tun würde; deine Großmutter, Antha, war zu klein dafür.«

Rowan schauderte es. Sie ließ den Deckel des Koffers niedersinken, nahm vorsichtig die Lampe, stand auf und klopfte sich den Staub von den Knien. »Dieser Cortland – der Mann, der das getan hat, wer war das? Doch nicht der Großvater von dem Ryan, der auf der Beerdigung war?«

»Doch, meine Liebe, genau der«, sagte die alte Frau. »Cortland, der Schöne. Cortland, der Böse. Cortland, das Werkzeug dessen, der diese Familie seit Jahrhunderten führt. Cortland, der deine Mutter vergewaltigte, als sie sich hilfesuchend an ihn klammerte. Ich meine den Mann, der sich mit Stella paarte, um Antha zu zeugen, die dann Deirdre zur Welt brachte, die wiederum dich von ihm empfing, seine Tochter und Urenkelin.«

Rowan stand regungslos da und versuchte, sich dieses Geflecht von Geburten und widernatürlichen Zeugungen vorzustellen.

»Und wer hat aus meiner Mutter eine Puppe gemacht?« fragte sie, und sie starrte in das Gesicht der alten Frau, das gespenstisch aussah, als das Licht der Lampe darauf spielte.

»Noch niemand. Es sei denn, du selbst hättest Lust, auf den Friedhof zu gehen und den Stein loszuschrauben und ihre Hände aus dem Sarg zu nehmen. Glaubst du, du könntest das tun? Er wird dir helfen, weißt du – der Mann, den du schon gesehen hast. Er wird kommen, wenn du den Smaragd anlegst und ihn rufst.«

»Du hast keinen Grund, mir weh zu tun«, sagte Rowan. »Ich habe nichts damit zu tun.«

»Ich sage dir nur, was ich weiß. Schwarze Magie war ihr Spiel. Schon immer. Ich sage dir, was du wissen mußt, um deine Wahl zu treffen. Würdest du dich vor diesem Dreck verbeugen? Würdest du es fortführen? Würdest du diese elenden Drecksdinger aufheben und die Geister der Toten anrufen, auf daß alle Teufel in der Hölle mit dir Püppchen spielen können?«

»Ich glaube nicht daran«, sagte Rowan. »Und ich glaube auch nicht, daß du daran glaubst.«

»Ich glaube, was ich gesehen habe. Ich glaube, was ich fühle, wenn ich sie anrühre. Sie sind mit dem Bösen getränkt, wie Reliquien mit Heiligkeit getränkt sind. Aber die Stimmen, die durch sie sprechen, sind allesamt seine Stimme, die Stimme des Teufels. Glaubst du nicht, was du gesehen hast, als er zu dir kam?«

»Ich habe einen Mann mit dunklen Haaren gesehen. Es war kein menschliches Wesen. Es war eine Art Halluzination.«

»Es war Satan. Er wird dir sagen, es sei nicht so. Er wird dir einen wunderbaren Namen nennen. Seine Reden werden Poesie sein. Aber er ist der Teufel in der Hölle, und zwar aus einem schlichten Grund: Er lügt und er zerstört, und für seine Zwecke wird er dich und deine Nachkommenschaft zerstören, wenn er kann, denn auf seine Zwecke kommt es ihm an.«

»Und was sind seine Zwecke?«

»Er will leben, wie wir leben. Er will herauskommen und sehen und fühlen, was wir sehen und fühlen.« Die Frau wandte sich ab; sie bewegte den Stock vor sich her, ging zur linken Wand neben dem Kamin, blieb vor der klumpigen Teppichrolle stehen und schaute hinauf zu den Büchern in den Regalen zu beiden Seiten des getäfelten Kamins oberhalb des Simses.

»Historien«, sagte sie. »Die Geschichten all derer, die vorher kamen, geschrieben von Julien. Das hier war Juliens Zimmer, Juliens Klause. Hier hat er seine Bekenntnisse geschrieben. Wie er bei seiner Schwester Katherine lag, um meine Mutter Mary Beth zu zeugen, und wie er dann bei ihr lag, um meine Schwester Stella zu zeugen. Und als er bei mir liegen wollte, spuckte ich ihm ins Gesicht. Ich kratzte ihm fast die Augen aus. Ich drohte ihn umzubringen.« Sie drehte sich um und schaute Rowan fest ins Gesicht.

»Schwarze Magie, böse Zaubersprüche, Aufzeichnungen über seine kleinkarierten Triumphe, wenn er Feinde bestraft oder Geliebte verführt hat. Alle Seraphime im Himmel hätten seine Wollust nicht befriedigen können. Nicht Juliens.«

»Das alles ist hier aufgezeichnet?«

»Das alles und mehr. Aber ich habe seine Bücher nie gelesen, und ich werde es auch nie tun. Es hat mir genügt, seine Gedanken zu lesen, wenn er Tag für Tag unten in der Bibliothek saß, die Feder eintauchte und vor sich hin lachte, während er seinen Phantasien freien Lauf ließ.«

»Und warum sind die Bücher dann noch hier? Warum hast du sie nicht verbrannt?«

»Weil ich wußte, daß du sie selbst würdest sehen müssen, solltest du jemals herkommen. Kein Buch ist so mächtig wie ein verbranntes Buch! Nein... du mußt selbst lesen, was er war, denn was er mit seinen eigenen Worten sagt, das kann nur zu seiner Verurteilung und zu seiner Verdammung führen.« Sie schwieg für einen Augenblick. »Lies und wähle«, wisperte sie. »Antha hatte keine Wahl. Deirdre hatte keine Wahl. Aber du. Du bist stark und klug und weise schon in deinen jungen Jahren. Weise. Ich sehe es in dir.«

Sie legte beide Hände auf die Krücke ihres Gehstocks und wandte nachdenklich den Blick zur Seite, ohne den Kopf zu drehen. Die Kappe aus weißem Haar lag schwer um ihr Gesicht.

»Ich habe mich entschieden«, sagte sie leise, beinahe traurig. »Ich bin zur Kirche gegangen, nachdem Julien mich berührt hatte, nachdem er mir seine Lieder gesungen und seine Lügen erzählt hatte. Ich bin in die Kapelle Unserer Lieben Frau von der Immerwährenden Hilfe gegangen, und dort bin ich niedergekniet und habe gebetet. ›Gott, steh mir bei‹, habe ich gesagt. ›Heilige Mutter, steh mir bei. Laßt mich meine Kräfte benutzen, um gegen sie zu kämpfen, sie zu besiegen, gegen sie zu gewinnen.‹«

Wieder wanderte ihr Blick weiter, in die Vergangenheit vielleicht. Lange Zeit schaute sie auf die Teppichrolle zu ihren Füßen, die sich wölbte in den Umschlingungen der rostigen Kette. »Ich wußte, was vor mir lag – schon da. Jahre später lernte ich, was ich brauchte. Ich lernte die Bannsprüche und Geheimnisse, die sie benutzten. Ich lernte, die niederen Geister heraufzubeschwören, deren sie sich bedienten. Ich lernte, *ihn* in all seiner Pracht zu bekämpfen, mit Geistern, die ich an mich gebunden hatte und denen ich damals mit einem Fingerschnippen befehlen konnte. Kurz, ich bekämpfte sie mit ihren eigenen Waffen.«

Sie sah mürrisch aus, geistesabwesend; sie studierte Rowans Reaktionen und erschien zugleich unbeteiligt.

»Ich habe Julien gesagt, ich würde kein inzestuöses Kind von ihm zur Welt bringen. Er brauche mir keine Zukunftsphantasien vorzuführen. Er solle nicht versuchen, mich hinters Licht zu führen, sich in meinen Armen in einen jungen Mann zu verwandeln, wenn ich sein welkes Fleisch fühlen konnte und immer wußte, daß es da war. Und sollte er mich noch einmal anrühren, würde ich, das versprach ich ihm, die Macht benutzen, die ich in mir hätte, um ihn zu vertreiben. Ich brauchte keines Menschen Hände, um mir dabei zu helfen. Und ich sah Angst in seinen Augen – Angst, obwohl ich selbst noch gar nicht gelernt hatte, meine Drohungen wahrzumachen. Vielleicht war es auch nur die Angst vor einer, die er nicht verführen, nicht in Verwirrung stürzen, nicht für sich gewinnen konnte.« Sie lächelte, und ihre schmalen Lippen entblößten eine glänzende Reihe gleichmäßiger falscher Zähne. »Das ist eine schreckliche Sache, weißt du, für jemanden, der davon lebt, daß er andere verführt.«

Sie versank in Schweigen, verloren vielleicht in der Erinnerung.

Rowan atmete tief und langsam durch; sie achtete nicht auf den Schweiß, der klebrig ihr Gesicht bedeckte, und auf die Wärme der Lampe. Elend war es, was sie fühlte, Elend und vergeudete Zeit und lange, einsame Jahre, als sie die alte Frau betrachtete. Leere Jahre, Jahre mühseliger Routine, Bitterkeit und einen wilden Glauben, einen Glauben, der töten konnte...

»Ja, töten«, seufzte die Frau. »Das habe ich getan. Um die Lebenden zu schützen vor ihm, der nie lebte, und von ihnen Besitz ergreifen würde, wenn er könnte.«

»Hast du je mit ihm gesprochen?« fragte Rowan. »Du sagst, er kam zu dir, als du ein kleines Mädchen warst, und er sprach Worte in dein Ohr, die niemand hören konnte. Hast du ihn je gefragt, wer er war und was er wirklich wollte?«

»Glaubst du, er hätte mir die Wahrheit gesagt? Er sagt nicht die Wahrheit – denke an meine Worte. Du nährst ihn, wenn du ihn befragst. Du gibst ihm Öl, als wäre er die Flamme da in der Lampe.«

Die alte Frau kam plötzlich näher.

»Zerreiße die Kette, Kind! Du bist die stärkste von allen! Zerreiße die Kette, und er fährt wieder zur Hölle, denn an keinem anderen Ort auf der ganzen Welt findet er eine Kraft wie deine! Begreifst du es nicht? Er hat sie geschaffen. Hat die Schwester mit dem Bruder gepaart, den Onkel mit der Nichte, die Mutter mit dem Sohn, ja, auch das, wenn es sein mußte, um eine immer stärkere Hexe zu schaffen; nur hin und wieder mußte er Rückschläge hinnehmen, doch dann gewann er, was er in einer Generation verloren hatte, indem er in der nächsten noch größere Kraft erlangte.«

»Hexe? Du sprichst es aus, das Wort – Hexe?« fragte Rowan.

»Sie waren doch Hexen, alle, siehst du das denn nicht?«

Forschend sah die alte Frau ihr ins Gesicht. »Deine Mutter, ihre Mutter, und deren Mutter vor ihr, und Julien auch, dieser böse, verachtungswürdige Julien, der Vater Cortlands, der dein Vater war. Ich war ja selbst dazu ausersehen, bis ich rebellierte.«

Rowan ballte die Linke zur Faust, bis die Fingernägel sich in ihren Handballen bohrten, und sie starrte der alten Frau in die Augen, von ihr abgestoßen und doch unfähig, sich von ihr zu lösen.

»Inzest, meine Liebe, war noch die geringste ihrer Sünden, aber das größte ihrer Komplotte: Inzest zur Stärkung der Linie, zur Verdoppelung der Kraft, zur Reinigung des Blutes, um so in jeder Generation eine verschlagene, schreckliche Hexe zu gebären; und das alles reicht so tief in die Vergangenheit, daß es im Nebel der europäischen Geschichte verschwindet. Laß dir von dem Engländer alles darüber erzählen, von dem Engländer, der mit dir in der Kirche war und der dort deinen Arm hielt. Laß dir von ihm die Namen der Frauen nennen, deren Puppen dort im Koffer liegen. Er weiß es. Er wird dir seine eigene Sorte Schwarzer Kunst verkaufen, seine Genealogie.« Sie schob sich an Rowan vorbei; der Saum ihres Kleides streifte Rowans Knöchel, und ihr Stock tappte leise auf den Boden wie zuvor, als sie auf den Treppenabsatz hinausging und Rowan winkte, ihr zu folgen.

Durch die einzige andere Tür im zweiten Stock traten sie jetzt, und ein giftiger, überwältigender Geruch flutete über sie hinweg. Rowan wich zurück; sie konnte kaum atmen.

Sie hob die Lampe in die Höhe und sah, daß dies eine enge Speicherkammer war. Sie stand voll mit Gläsern und Flaschen auf behelfsmäßigen Regalen, und die Gläser und Flaschen waren gefüllt mit schwärzlicher, trüber Flüssigkeit. Präparate schwammen darin. Faulige, stinkige Dinge. Stechender Geruch von Alkohol und anderen Chemikalien, vor allem von verwesendem Fleisch. Eine unerträgliche Vorstellung, daß die Glasbehälter aufgebrochen werden und den grauenvollen Geruch ihres gräßlichen Inhalts verströmen könnten.

»Das hat Marguerite gehört«, sagte die alte Frau. »Marguerite war Juliens und Katherines Mutter; Katherine war meine Großmutter. Ich erwarte nicht, daß du dich an diese Namen erinnerst. Aber merke dir, was ich sage. Marguerite hat diese Gläser mit grausigen Dingen gefüllt. Das wirst du sehen, wenn du sie ausgießt. Wohlgemerkt, du mußt es selbst tun, wenn du keine Schwierigkeiten bekommen willst. Grausige Dinge in diesen Gläsern – und sie eine Heilerin!« Fast spuckte sie die Worte aus, so verächtlich klang es. »Mit der gleichen machtvollen Begabung, die du jetzt hast: den Kranken die Hände aufzulegen und die Zellen zusammenzufügen, um die Wunde zu schließen, den Krebs zu ersticken. Und das hier hat sie mit ihrer Begabung getan. Komm näher mit der Lampe.«

»Ich will das jetzt nicht sehen.«

»Ach? Du bist doch Ärztin, oder? Hast du nicht Tote jeden Alters seziert? Du schneidest sie doch heute noch auf, oder nicht?«

»Ich bin Chirurgin. Ich operiere, um Leben zu erhalten und zu verlängern. Ich will diese Dinge jetzt nicht sehen...«

Doch während sie noch redete, spähte sie zu den Gläsern hinüber, und sie betrachtete das größte, in dem die Flüssigkeit noch so klar war, daß man das Ding sehen konnte, das darin schwamm, halb in Schatten gehüllt. Aber es war doch unmöglich, was sie da sah... Es sah aus wie ein Menschenkopf. Sie zuckte zurück, als hätte sie sich verbrannt.

»Sag mir, was du gesehen hast.«

»Warum tust du das mit mir?« fragte sie leise und starrte das Glas an, die dunkel verfaulten Augen, die in der Flüssigkeit schwammen, und das Haar, das wie Seegras war. Sie drehte sich um und schaute die Frau an. »Ich habe heute meine Mutter begraben. Was willst du von mir?«

»Ich habe es dir schon gesagt.«

»Nein. Du bestrafst mich dafür, daß ich zurückgekommen bin. Du bestrafst mich, nur weil ich Bescheid wissen will. Weil ich deine Pläne zerstört habe.«

War das ein Grinsen im Gesicht der alten Frau?

»Verstehst du nicht, daß ich jetzt allein bin da draußen? Ich will wissen, wer meine Familie ist. Du kannst mich nicht unter deinen Willen zwingen.«

Schweigen. Es war dampfend heiß. Rowan wußte nicht, wie lange sie es noch aushalten würde. »Ist es das, was du mit meiner Mutter getan hast?« Ihre Stimme brannte vor Zorn. »Hast du sie gezwungen, deinem Willen zu folgen?«

Sie trat zurück, als zwinge ihr Zorn sie, sich von der alten Frau zu entfernen; ihre Hand spannte sich unbehaglich um die gläserne Lampe, die inzwischen heiß vom brennenden Docht war, so heiß, daß sie sie kaum noch halten konnte.

»Mir wird ganz schlecht in diesem Zimmer.«

»Armes Kind«, sagte die alte Frau. »Was du in dem Glas gesehen hast, war der Kopf eines Mannes. Nun, du kannst ihn dir genauer ansehen, wenn die Zeit gekommen ist. Und die andern, die du hier findest.«

»Sie sind verwest, zerfallen; sie sind zu alt, um noch zu irgend etwas zu taugen, wenn sie je zu etwas getaugt haben. Ich will hier raus.«

Dennoch schaute sie sich noch einmal nach dem Glas um, von Grauen überwältigt. Ihre linke Hand fuhr an ihren Mund, als könne sie sich dadurch irgendwie schützen; sie schaute in die wolkige Flüssigkeit und sah noch einmal das dunkle Loch eines Mundes, dessen Lippen sich allmählich zersetzten, und die weißen Zähne, die hell leuchteten. Sie sah den schimmernden Gallert der Augen. Nein, nicht hinschauen. Aber was war in dem Glas daneben? Da bewegten sich Dinge in der Flüssigkeit. Es wimmelte vor Würmern. Der Verschluß war gebrochen.

Sie drehte sich um und ging hinaus, und draußen lehnte sie sich mit geschlossenen Augen an die Wand. Die Lampe verbrannte ihr die Hand. Ihr Herzschlag dröhnte ihr in den Ohren, und für einen Augenblick schien die Übelkeit in ihr die Oberhand zu gewinnen. Sie würde sich auf den Fußboden übergeben, hier oben am Ende der dreckigen Treppe, neben der elenden, bösartigen alten Frau. Dumpf merkte sie, daß die Frau wieder an ihr vorbeiging; sie hörte ihre Schritte, als sie die Treppe hinunterstieg, langsamer jetzt als zuvor, erst auf dem Absatz wieder ein bißchen schneller.

»Komm runter, Rowan Mayfair«, sagte sie. »Mach die Lampe aus, aber zünde vorher die Kerze an und bring sie mit.«

Langsam richtete Rowan sich auf. Sie kämpfte eine neuerliche Woge der Übelkeit nieder und trat langsam noch einmal in das andere Zimmer. Sie stellte die Lampe auf den kleinen Tisch neben der Tür, als ihre Hand die Hitze endgültig nicht mehr ertragen konnte, und für eine Weile hielt sie die Finger an den Mund, um das Brennen zu lindern. Dann hob sie langsam die Kerze und hielt sie in den Glaszylinder der Lampe. Der Docht fing Feuer, und Wachs tropfte an ihm herunter. Sie blies die Lampe aus und blieb einen Moment lang stehen. Ihr Blick fiel auf den zusammengerollten Teppich und das Paar Schuhe, das vor das Ende der Rolle geworfen war.

Nein, nicht geworfen, dachte sie. Nein. Langsam ging sie auf die Schuhe zu. Langsam streckte sie den linken Fuß aus, bis sie mit der Spitze den einen Schuh berührte, und dann trat sie dagegen und merkte, daß er an etwas festhing, und im nächsten Moment fiel er ab, und sie sah den schimmernd weißen Beinknochen, der aus einer Hose in dem zusammengerollten Teppich ragte.

Wie gelähmt starrte sie den Knochen an. Den zusammengerollten Teppich. Dann ging sie an der Rolle entlang und sah am anderen

Ende, was sie vorher nicht hatte sehen können: einen dunklen Schimmer von braunem Haar. Jemand war in den Teppich gewikkelt. Jemand, der tot war, schon lange tot, und schau nur, der Flekken auf dem Boden, unten am Ende, wo die Flüssigkeiten vor langer Zeit herausgeronnen und eingetrocknet sind, und sieh doch, auch die vertrockneten kleinen Insekten, die vor langer Zeit in der klebrigen Flüssigkeit endgültig hängengeblieben sind.

Rowan, versprich mir, daß du nie zurückgehen wirst. Versprich es mir.

Von irgendwo unten hörte sie die Stimme der alten Frau, so leise, daß es kaum mehr als ein Gedanke war. »Komm herunter, Rowan Mayfair...«

Rowan Mayfair, Rowan Mayfair, Rowan Mayfair...

Sie war nicht willens, sich zu beeilen. Sie ging hinaus und warf noch einmal einen Blick auf den Toten in dem Teppich, auf den schlanken Stab aus weißem Knochen, der aus der Rolle ragte. Dann schloß sie die Tür und ging schwerfällig die Treppe hinunter.

Die alte Frau stand an der offenen Aufzugtür und schaute ihr stumm entgegen. Der häßliche Goldschimmer der Glühbirne in der Kabine beleuchtete sie ganz.

»Du weißt, was ich gefunden habe«, sagte Rowan. Haltsuchend griff sie nach dem Geländerpfosten. Die kleine Kerzenflamme tanzte für einen Augenblick und warf fahle, durchscheinende Schatten an die Decke.

»Du hast den toten Mann im Teppich gefunden.«

»Was, in Gottes Namen, ist eigentlich vorgegangen in diesem Hause?« fragte Rowan atemlos. »Seid ihr denn alle verrückt?«

Wie kalt und beherrscht die alte Frau aussah, wie absolut unbeteiligt. Sie deutete auf den offenen Aufzug. »Komm mit«, sagte sie. »Es gibt nichts mehr zu sehen und nur wenig mehr zu sagen...«

»Oh, aber es gibt noch eine Menge zu sagen«, erwiderte Rowan. »Sag mir – hast du meiner Mutter das alles auch erzählt? Hast du ihr diese gräßlichen Gläser und Puppen gezeigt?«

»Ich habe sie nicht in den Wahnsinn getrieben, wenn du das meinst.«

»Ich glaube, jeder, der in diesem Haus aufwächst, könnte verrückt werden.«

»Das denke ich auch. Deswegen habe ich dich damals fortgeschickt. Jetzt komm.«

»Sag mir, was mit meiner Mutter passiert ist.«

Sie trat hinter der Frau in die kleine, verstaubte Kabine und schloß wütend die Tür und das Gitter. Als sie hinunterfuhren, drehte sie sich um und starrte das Profil der Frau an. Alt, alt, ja das war sie. Ihre Haut war überall so gelb wie Pergament, ihr Hals so dünn und zerbrechlich, und die Adern wölbten sich unter der verletzlichen Haut. Ja, so zerbrechlich.

Mit einem Ruck blieb der Aufzug stehen. Die Frau zog das Gitter auf und öffnete die Tür, und dann trat sie hinaus in den Flur.

»Erzähl mir, was passiert ist«, wiederholte Rowan leise.

Sie durchquerten den langgestreckten vorderen Salon. Die alte Frau ging voran; leicht nach links geneigt, folgte sie ihrem Stock, und Rowan kam ihr geduldig nach.

Das fahle Licht der Kerze kroch langsam durch den ganzen Raum und schien dünn bis zur Decke hinauf. Noch im Zustand des Verfalls war es ein schöner Raum mit seinen Marmorkaminen und den hohen Spiegeln über den Simsen, die im trostlosen Schatten glänzten. Alle Fenster reichten bis auf den Boden. Spiegel an beiden Enden schauten quer durch das Zimmer ineinander. Stumpf sah Rowan das Spiegelbild der Kronleuchter bis ins Unendliche wiederholt. Auch ihre eigene kleine Gestalt war zu sehen, immer wieder, bis die Finsternis sie schließlich verschlang.

»Ja«, sagte die alte Frau. »Es ist eine interessante Illusion. Wir haben uns alle ... von Zeit zu Zeit ... in diesen Spiegeln gesehen. Und jetzt siehst du dich darin, vom selben Rahmen umfangen.« Sie trat an das nächste der beiden bis zum Boden reichenden Fenster. »Schiebe es für mich hoch«, sagte sie. »Man kann es schieben. Du bist stark genug.« Sie nahm Rowan die Kerze ab und stellte sie auf einen kleinen Lampentisch vor dem Kamin.

Rowan langte hoch und ließ den einfachen Riegel aufschnappen, und dann schob sie das schwere, aus neun Scheiben bestehende Fenster nach oben; mühelos drückte sie es immer weiter, über ihren Kopf hinaus.

Hier war die mit Fliegengitter versehene Veranda. Draußen war es Nacht, die Luft so frisch wie warm, voll vom Atem des Regens. Dankbarkeit durchströmte sie, und stumm blieb sie stehen, als die Luft ihr Gesicht und Hände umstrich. Als die alte Frau an ihr vorbeiging, trat sie beiseite.

Die Kerze blieb zurück und kämpfte mit einem verirrten Luftzug. Dann ging sie aus. Rowan trat hinaus in die Dunkelheit. Wieder wehte der starke Duft im Wind heran, dessen Süße alles durchtränkte.

»Der Nachtjasmin«, sagte die alte Frau.

Überall am Geländer dieser Veranda wuchsen Ranken; ihre Fäden tanzten in der Brise, feine kleine Blätter schwirrten wie lauter Insektenflügel am Fliegengitter. Blüten glommen in der Dunkelheit, weiß und zart und schön.

»Hier hat deine Mutter gesessen, Tag für Tag«, sagte die alte Frau. »Und dort, draußen auf den Steinplatten, ist ihre Mutter gestorben. Dort ist sie gestorben, als sie oben aus dem Fenster gefallen war, aus dem Zimmer, das Julien gehörte. Ich habe sie selbst durch das Fenster getrieben. Ich glaube, ich hätte sie eigenhändig hinausgestoßen, wenn sie nicht von allein gesprungen wäre. Mit eigener Hand hatte ich ihr die Augen ausgekratzt, wie ich es mit Julien getan hatte.«

Sie schwieg und schaute durch das rostige Fliegengitter in die Nacht hinaus, womöglich zu den hohen, verschwommenen Umrissen der Bäume vor dem helleren Himmel. Das kalte Licht der Straßenlaterne strahlte weit und hell durch den vorderen Teil des Gartens. Es fiel auf das hohe, ungepflegte Gras. Es beschien sogar die hohe hölzerne Lehne eines weißen Schaukelstuhls.

Freundlos und schrecklich war die Nacht für Rowan. Furchtbar und trostlos war das Haus, ein grausiger, alles verschluckender Ort. Oh, hier zu leben und zu sterben, sein Leben in diesen grauenvoll traurigen Zimmern verbracht zu haben und in diesem Dreck dort oben gestorben zu sein. Es war unaussprechlich. Das Grauen erhob sich wie etwas Schwarzes, Dickes in ihrem Innern und drohte ihr den Atem zu nehmen. Sie hatte keine Worte für das, was sie fühlte. Sie hatte keine Worte für ihren Abscheu gegen die alte Frau.

»Ich habe Antha getötet«, sagte die alte Frau. Sie hatte Rowan den Rücken zugewandt, und ihre Worte klangen leise und undeutlich. »Ich habe sie so sicher getötet, wie wenn ich sie gestoßen hätte. Ich wollte, daß sie starb. Sie schaukelte Deirdre in der Wiege, und er war da, an ihrer Seite, und er schaute auf das Baby hinunter und brachte es zum Lachen! Und sie ließ es geschehen; sie sprach mit ihm mit ihrem winselnden, schwachen Stimmchen. Er sei ihr einziger Freund, sagte sie, jetzt, da ihr Mann tot sei, ihr einziger Freund auf der ganzen weiten Welt. Und dann sagte sie: ›Dies ist mein Haus. Ich kann dich hinauswerfen, wenn ich will.‹ Und das sagte sie zu mir.

Ich sagte: ›Ich kratze dir die Augen aus dem Kopf, wenn du ihn nicht aufgibst. Du kannst ihn nicht sehen, wenn du keine Augen mehr hast. Du wirst nicht mehr zulassen, daß das Baby ihn sieht.‹«

Die alte Frau hielt inne. Angeekelt und elend wartete Rowan in der gedämpften Stille der nächtlichen Laute, all dessen, was sich im Dunkeln regte und sang.

»Hast du schon einmal ein menschliches Auge gesehen, das aus seiner Höhle gerissen wurde? Das an blutigen Fäden auf der Wange einer Frau baumelt? Das habe ich mit ihr gemacht. Sie hat gekreischt und geschluchzt wie ein Kind, aber ich habe es getan. Ich habe es getan, und dann habe ich sie die Treppe hinaufgejagt, als sie vor mir fliehen wollte, und sie versuchte, ihr kostbares Auge mit den Händen festzuhalten. Und glaubst du, er hat mich aufgehalten?«

»Ich hätte es getan«, sagte Rowan gepreßt und bitter. »Warum erzählst du mir das alles?«

»Weil du es doch wissen wolltest! Wenn du wissen willst, was mit der einen passiert ist, mußt du auch wissen, was vor ihr mit der anderen passiert ist. Und vor allem mußt du wissen, daß ich es getan habe, um die Kette zu zerreißen.«

Die Frau drehte sich um und starrte Rowan an, und das kalte weiße Licht schien auf ihre Brillengläser und verwandelte sie in blinde Spiegel. »Ich habe es für dich getan und für mich und für Gott, wenn es einen Gott gibt. Ich habe sie durch das Fenster getrieben. ›Wird sich ja zeigen, ob du ihn sehen kannst, wenn du blind bist‹, rief ich. ›Dann kannst du ihn kommen lassen!‹ Und deine Mutter schrie in ihrer Wiege dort oben in dem Zimmer. Ich hätte ihr das Leben nehmen sollen. Ich hätte sie an Ort und Stelle ersticken sollen, als Antha tot unten auf den Steinplatten lag. Ich wünschte bei Gott, ich hätte den Mut gehabt.«

Wieder verstummte die alte Frau. »Ich konnte ein so kleines Ding nicht töten«, sagte sie dann müde. »Ich brachte es nicht über mich, das Kissen zu nehmen und es Deirdre aufs Gesicht zu drücken. Ich dachte an all die Geschichten aus alter Zeit, von den Hexen, die kleine Kinder opferten und die das Babyfett am Hexensabbat in ihre Kessel rührten. Wir sind Hexen, wir Mayfairs. Und sollte ich dieses winzige Ding nun opfern, wie sie es getan hatten? Da stand ich, bereit, einem Baby, einem weinenden Baby, das Leben zu nehmen, und ich brachte es nicht über mich, zu tun, was sie getan hatten.«

Und wieder Schweigen.

»Und natürlich wußte er, daß ich es nicht konnte! Er hätte das Haus entzwei gerissen, um mich zu hindern, wenn ich es wirklich versucht hätte.«

Rowan wartete, bis sie nicht länger warten konnte, bis der Haß und die Wut in ihr sie lautlos zu erwürgen drohten. Mit gepreßter Stimme sagte sie: »Und was hast du ihr später angetan – meiner Mutter –, um die Kette zu zerreißen, wie du sagst?«

Schweigen.

»Sag's mir!«

Die alte Frau seufzte. Sie wandte leicht den Kopf und starrte hinaus durch das rostige Fliegengitter.

»Seit sie ein kleines Kind war und da draußen im Garten spielte, flehte ich sie an, sich gegen ihn zu wehren. Ich sagte ihr, sie sollte ihn nicht anschauen. Ich habe ihr beigebracht, ihn abzuwehren! Und ich hatte meinen Kampf gewonnen, hatte ihre Anfälle von Melancholie und Raserei und Tränen, ihre ekelhaften Geständnisse, sie habe die Schlacht verloren und ihn in ihr Bett gelassen – ich hatte das alles überwunden, als Cortland sie vergewaltigte! Und dann tat ich, was ich tun mußte, um dafür zu sorgen, daß sie dich aufgab und dir niemals nachspürte.

Ich tat, was ich tun mußte, um dafür zu sorgen, daß sie niemals die Kraft fand, fortzulaufen, um dich zu suchen, Anspruch auf dich zu erheben und dich zurückzuholen, in ihren Wahnsinn, in ihre Schule und ihre Hysterie. Wenn sie ihr in der einen Klinik keine Elektroschocks mehr geben wollten, brachte ich sie in eine andere. Und wenn sie in einem Krankenhaus die Medikamente absetzen wollten, kam sie in ein anderes. Und ich erzählte ihnen, was ich erzählen mußte, damit sie sie ans Bett fesselten und ihr die Drogen spritzten und Elektroschockbehandlungen verabreichten. Ich sagte zu ihr, was ich sagen mußte, damit sie schrie – und dann taten sie dort, was ich wollte.«

»Sprich nicht weiter.«

»Warum nicht? Du wolltest es doch wissen, oder? Und jawohl, wenn sie sich auf ihren Laken wälzte wie eine läufige Hündin, dann befahl ich ihnen, sie sollten ihr die Spritzen geben, sollten ihr...«

»Aufhören!«

»... sollten ihr zwei oder drei Stück am Tag geben. Von mir aus können Sie sie umbringen damit, aber geben Sie ihr die Spritzen. Ich will nicht, daß sie daliegt als sein Spielzeug und sich windet im Dunkeln. Ich will nicht...«

»Aufhören. Aufhören.«

»Warum? Bis zu dem Tag, an dem sie starb, gehörte sie ihm. Ihr letztes, ihr einziges Wort war sein Name. Wozu war das alles gut, wenn nicht für dich – für dich, Rowan!«

»Hör auf!« zischte Rowan, und ihre Hände erhoben sich hilflos, die Finger gespreizt. »Hör auf! Ich könnte dich töten für das, was du mir da erzählst! Wie kannst du es wagen, von Gott zu sprechen und vom Leben, wenn du einem jungen Mädchen so etwas angetan hast, einem jungen Mädchen, das du großgezogen hast in diesem verkommenen Haus? Du hast ihr das angetan, du hast es ihr angetan, als sie hilflos und krank war, und du... Gott helfe dir! Du bist hier die Hexe, du krankes, grausames altes Weib, daß du ihr so etwas antun konntest, Gott helfe dir, Gott helfe dir, Gott verdamme dich!«

Dumpfer Schock zog über das Gesicht der alten Frau. Im matten Licht sah es eine Sekunde lang so aus, als verliere es allen Ausdruck; ihre runden, leeren, gläsernen Augen glänzten wie zwei Knöpfe, und ihr Mund war schlaff und stumm.

Rowan stöhnte, und sie preßte die Lippen zusammen, um ihren Worten ein Ende zu machen, ihrer Wut, ihrem Schmerz und ihrer Pein. »Zur Hölle mit dir für das, was du getan hast!« schrie sie; nur halb verschluckte sie die Worte, und ihr Körper bog sich in einer Wut, die sie nicht verschlucken konnte.

Die alte Frau runzelte die Stirn. Sie streckte die Hände aus, und ihr Stock fiel zu Boden. Sie tat einen einzigen schlurfenden Schritt nach vorn. Und dann wich die Kraft aus ihrer rechten Hand, und sie fiel vorwärts auf den Knauf des Schaukelstuhls vor ihr. Ihr schmächtiger Körper drehte sich langsam, und sie sank in den Stuhl. Ihr Kopf fiel rückwärts gegen die hohe Lehne, und dann bewegte sie sich nicht mehr. Ihre Hand glitt von der Armlehne herunter und baumelte neben dem Stuhl.

Kein einzelnes Geräusch durchdrang die Nacht, nur ein beständiges, undeutliches Summen, wie wenn Insekten sangen und Frösche sangen und ferne Autos und Lokomotiven, wo immer sie sein mochten, mit ihnen sangen. Irgendwo in der Nähe schien ein Zug vorbeizufahren; das Klicken der Räder tönte rhythmisch und schnell durch dieses Lied. Ein Pfiff hallte dumpf aus der Ferne, wie ein gutturales Schluchzen in der Dunkelheit.

Rowan stand regungslos da; ihre Hände hingen zu beiden Seiten herab, schlaff und nutzlos, und sie starrte benommen durch das rostige Netz des Fliegendrahtes auf die sachten Bewegungen der Bäume vor dem Himmel. Der tiefe Gesang der Frösche löste sich langsam von den anderen Nachtgesängen und erstarb dann. Ein Auto fuhr auf der leeren Straße vor dem Vorderzaun vorbei; seine Scheinwerfer bohrten ihre Strahlen durch das dichte, nasse Laub.

Rowan spürte das Licht auf ihrer Haut. Sie sah, wie es blitzartig über den Gehstock strich, der auf der Veranda lag, über Carlottas hohen schwarzen Schuh, der schmerzlich einwärts gekrümmt war, als sei der Knöchel ausgerenkt.

Ob jemand durch das dichte Gebüsch die tote Frau auf dem Stuhl sehen konnte? Und die große blonde Frau, die hinter ihr stand?

Rowan schauderte es am ganzen Leibe. Sie bog den Rücken nach hinten, und ihre linke Hand hob sich, packte eine Haarsträhne und zerrte daran, bis der Schmerz in der Kopfhaut stechend wurde, so stechend, daß sie es fast nicht mehr ertragen konnte.

Die Wut war verraucht. Noch der leiseste, bitterste Zornesblitz war vergangen, und sie stand allein und frierend in der Dunkelheit und klammerte sich an den Schmerz; fest hielt sie ihr Haar mit zitternden Fingern, so kalt, als gebe es diese warme Nacht nicht, so allein, als wäre die Dunkelheit die Dunkelheit des Abgrundes, aus dem alle Verheißung des Lichtes verschwunden ist, und alle Verheißung der Hoffnung und des Glücks dazu.

Langsam wischte sie sich mit dem Handrücken über den Mund, unordentlich wie ein Kind, und sie starrte hinunter auf die schlaffe Hand der toten Frau, und ihre Zähne klapperten, als die Kälte sich in sie hineinfraß und sie im Innersten frieren machte. Dann beugte sie das Knie, nahm die Hand und fühlte nach dem Puls, obwohl sie wußte, daß er nicht vorhanden war, und dann legte sie die Hand in den Schoß und schaute auf das Blut, das aus dem Ohr der Frau rieselte, am Hals herunter und in den weißen Kragen.

»Ich wollte es nicht...«, wisperte sie, und kaum formten ihre Lippen diese Worte.

Hinter ihr gähnte das dunkle Haus, wartete. Sie hätte es nicht ertragen, sich umzudrehen. Irgendein fernes, undeutbares Geräusch ließ sie erschrecken. Es erfüllte sie mit Angst; der schlimmsten und einzigen wirklichen Angst, die sie in ihrem ganzen Leben je verspürt hatte, und wenn sie an die dunklen Zimmer dachte, konnte sie sich nicht umdrehen. Sie konnte nicht zurück in das Haus gehen. Und die geschlossene Veranda umgab sie wie eine Falle.

Langsam erhob sie sich und schaute hinaus über das hohe Gras, über ein Gestrüpp von Ranken, die sich an das Gitter krallten mit zitternden kleinen Blättern. Sie schaute hinauf zu den Wolken, die über den Bäumen dahinzogen, und sie hörte ein furchtbares kleines Geräusch, das von ihren eigenen Lippen kam, eine Art furchtbares, verzweifeltes Stöhnen.

»Ich wollte es nicht...«, sagte sie noch einmal.

An dieser Stelle betet man, dachte sie in lautlosem Jammer. An dieser Stelle betet man zu nichts und niemandem, daß es das Grauen dessen, was du getan hast, wegnehme, daß es alles wieder in Ordnung bringe, daß es die Dinge so füge, als wärest du nie hiergewesen.

Weit weg, in einer anderen Welt, existierten andere Menschen. Michael und der Engländer und Rita Mae Lonigan und die Mayfairs an ihrem Tisch im Restaurant. Auch Eugenia, verloren irgendwo in den Tiefen des Hauses, wo sie schlief, vielleicht träumte. All die anderen.

Und sie stand hier allein. Sie, die sie diese gemeine, grausame alte Frau getötet hatte, so grausam getötet hatte, wie diese nur je getötet hatte – Gott verdamme sie dafür. Gott verdamme sie in die Hölle für all das, was sie gesagt und getan hat. Gott verdamme sie. Aber ich wollte es nicht tun, das schwöre ich...

Wieder wischte sie sich über den Mund. Sie verschränkte die Arme vor den Brüsten und zog die Schultern hoch, und es fröstelte sie. Sie mußte sich umdrehen, durch das dunkle Haus gehen, zur Haustür und hinaus.

Oh, aber das ging doch nicht; sie mußte jemanden rufen, mußte Bescheid geben, sie mußte diese Eugenia rufen, mußte tun, was getan werden mußte, was recht war.

Aber jetzt mit Fremden zu sprechen, offizielle Lügen zu erzählen – das war eine Qual, die sie nicht ertragen konnte.

Kraftlos ließ sie den Kopf zur Seite fallen. Sie starrte auf den hilflosen Körper hinunter, gebrochen und zusammengesunken in seinem sackförmigen Kleid. Das weiße Haar, so sauber und so weich. Ihr ganzes armseliges, erbärmliches Leben lang in diesem Haus, ihr ganzes tristes, unglückliches Leben lang. Und das ist nun das Ende.

Sie schloß die Augen und hob die Hände müde vors Gesicht, und dann kamen die Gebete doch: Hilf mir, denn ich weiß nicht, was ich tun soll, ich weiß nicht, was ich getan habe, und ich kann es nicht ungeschehen machen. Und alles, was die alte Frau gesagt hat, stimmt, und ich habe es immer gewußt, ich habe gewußt, daß das Böse in mir ist und in ihnen, und daß Ellie mich deshalb weggeholt hat. Das Böse.

Sie sah den schmalen, fahlen Geist hinter der Scheibe in Tiburon. Sie spürte, wie die unsichtbaren Hände sie berührten, genau wie im Flugzeug.

Das Böse.

»Und wo bist du?« fragte sie flüsternd in die Dunkelheit. »Warum sollte ich Angst haben, in dieses Haus zurückzugehen?«

Sie hob den Kopf. Im langgestreckten Salon hinter ihr ertönte wieder ein schwaches, knackendes Geräusch. Wie von einer alten Diele, die unter einem Schritt knarrte. Oder war es nur ein ächzender Dekkenbalken? So sacht, daß es eine Ratte im Dunkeln hätte gewesen sein können, die auf ihren winzigen, widerlichen Füßen über die Bodendielen kroch. Aber sie wußte, es war keine Ratte gewesen. Mit all ihren Instinkten fühlte sie, daß dort etwas zugegen war, daß da jemand in der Nähe war, jemand im Dunkeln, jemand im Salon. Nicht die alte schwarze Frau. Nicht das Schlurfen ihrer Pantoffeln.

»Zeige dich mir«, flüsterte sie, und die letzten Reste ihrer Angst verwandelten sich in Zorn. »Sofort.«

Wieder hörte sie es. Und langsam drehte sie sich um. Stille. Noch ein letztes Mal schaute sie auf die tote alte Frau. Und dann betrat sie das lange Vorderzimmer. Die hohen, schmalen Spiegel starrten einander in schattendunkler Stille an. Die verstaubten Kronleuchter sammelten in der Düsternis mürrisch jeden Lichtschimmer ein und zogen ihn an sich.

Ich habe keine Angst vor dir. Vor nichts hier habe ich Angst. Zeige dich, wie du dich schon einmal gezeigt hast.

Die Möbel selbst schienen für einen bedrohlichen Augenblick

zum Leben zu erwachen – als ob die kleinen, geschwungenen Stühle sie beobachteten, als ob die Bücherschränke mit den Glastüren ihre unbestimmte Herausforderung vernommen hätten und Zeugnis geben würden für alles, was nun geschähe.

»Warum kommst du nicht?« flüsterte sie laut. »Hast du Angst vor mir?« Leere. Ein dumpfes Knarren irgendwo über ihr.

Mit ruhigen, gleichmäßigen Schritten ging sie in den Flur, und das Geräusch ihres eigenen, mühsamen Atems war ihr schmerzlich bewußt. Benommen starrte sie nach vorn zur offenen Haustür. Milchig das Licht von der Straße, dunkel und glänzend die Blätter der tropfenden Eichen. Ein langer Seufzer entrang ihrer Brust, beinahe ohne daß sie es wollte, und dann wandte sie sich ab und entfernte sich wieder von dem tröstenden Lichtschein, ging zurück durch die Diele, den dichten Schatten entgegen, auf das leere Eßzimmer zu, wo der Smaragd in seiner samtenen Schatulle lag und wartete.

Er war hier. Er mußte hier sein.

»Warum kommst du nicht?« wisperte sie und hörte erstaunt, wie zerbrechlich ihre eigene Stimme klang. Es schien, als rege sich der Schatten, aber keine Gestalt verfestigte sich. Vielleicht hatte ein winziger Lufthauch die staubigen Vorhänge erfaßt. Ein feines, dumpfes Schnappen ertönte in den Dielen unter ihren Füßen.

Dort auf dem Tisch lag die Schmuckschatulle. Wachsgeruch hing in der Luft. Ihre Finger zitterten, als sie den Deckel hob und den Stein berührte.

»Komm schon, du Teufel«, sagte sie. Sie hob den Smaragd, und sein Gewicht erfüllte sie trotz ihres Elends mit undeutlichem Entzücken; sie hob ihn höher, bis das Licht ihn erfaßte, und dann legte sie ihn an. Mühelos hantierte sie mit dem kleinen, starken Verschluß in ihrem Nacken.

Und wie von ferne sah sie sich selbst dabei zu. Sie sah sich, Rowan Mayfair, herausgerissen aus ihrer Vergangenheit, die von all dem hier so weit entfernt gewesen war, daß es ihr jetzt ganz fremd vorkam, sah sich, wie sie nun einem verirrten Wanderer gleich in diesem dunklen, wunderlich vertrauten Haus stand.

Und es war ihr doch vertraut, oder nicht? Diese hohen, sich nach oben verjüngenden Türen waren vertraut. Es war, als seien ihre Blicke tausendmal über diese Wandgemälde gestreift. Ellie war hier umhergegangen. Ihre Mutter hatte hier gelebt und war hier gestorben. Und wie unwirklich und unwiederbringlich erschien ihr jetzt das Haus aus Glas und Rotholz im fernen Kalifornien. Warum hatte sie so lange gewartet, ehe sie hergekommen war?

Der Smaragd lag schwer auf der weichen Seide ihrer Bluse. Ihre Finger schienen außerstande zu sein, ihm zu widerstehen; sie umschwebten ihn wie einen Magnet.

»Ist es das, was du willst?« flüsterte sie.

Hinter ihr, in der Diele, antwortete ein unüberhörbares Geräusch. Das ganze Haus fühlte es, und es hallte wider davon, wie ein großes Piano von der zartesten Berührung einer einzelnen Saite widerhallt. Dann hörte sie es noch einmal. Leise, aber deutlich. Da war jemand.

Ihr Herz pochte beinahe schmerzhaft. Wie gestrandet stand sie da, mit gesenktem Kopf, und zwischen Wachen und Träumen drehte sie sich um und hob den Blick. Nur ein paar Schritte weiter erkannte sie die schattenhafte, undeutliche Gestalt eines großen Mannes.

All die winzigen Laute der Nacht schienen zu ersterben und sie im Nichts zurückzulassen, als sie sich bemühte, dieses Ding von den düsteren Schatten, mit denen es verwoben war, zu unterscheiden. Täuschte sie sich, oder sah sie ein schemenhaftes Gesicht? Es war, als sei da ein Paar dunkler Augen, die sie beobachteten, und als könne sie mit Mühe die Konturen eines Kopfes erkennen. Vielleicht sah sie da auch noch die weiße Kurve eines steifen Hemdkragens.

»Spiele keine Spielchen mit mir«, flüsterte sie. Wieder hallte das ganze Haus mit seinem undeutlichen Knarren und Seufzen von ihrem Flüstern wider. Und dann erhellte sich die Gestalt in wundersamer Weise, festigte sich wie durch Zauberei und begann doch, während Rowan noch nach Luft schnappte, wieder zu verblassen.

»Nein, geh nicht!« bat sie und bezweifelte plötzlich, daß sie überhaupt irgend etwas gesehen hatte.

Und als sie verzweifelt suchend in das Gewirr von Licht und Schatten spähte, ragte plötzlich eine dunklere Gestalt in das trübe, matte Licht von der fernen Haustür. Sie kam näher durch den wirbelnden Staub, und ihre Schritte klangen schwer und fest. Eine Verwechslung war nicht möglich; sie sah die massigen Schultern, das schwarze, lockige Haar.

»Rowan? Bist du das, Rowan?«

Fest, vertraut, menschlich.

»Oh, Michael«, rief sie, aber ihre Stimme klang leise und rauh. Sie sank ihm in die ausgebreiteten Arme. »Michael, Gott sei Dank!«

29

So, dachte sie bei sich, als sie schweigend, vornübergebeugt, allein am Eßtisch saß, das mutmaßliche Opfer des Grauens in diesem dunklen Haus – jetzt werde ich also zu einer dieser Frauen, die einfach einem Mann in die Arme sinken und ihm alles weitere überlassen.

Aber es war wunderschön, Michael in Aktion zu sehen. Er telefonierte, rief Ryan Mayfair an, die Polizei, Lonigan und Söhne. Er sprach die Sprache der Beamten, die die Treppe heraufkamen. Wenn jemand die schwarzen Handschuhe bemerkte, die er trug, so erwähnte er es nicht – vielleicht, weil Michael zu schnell sprach, alles erklärte und die Sache in Bewegung hielt, um die unausweichlichen Schlußfolgerungen zu beschleunigen.

»Sie ist ja eben erst hergekommen; sie hat also nicht die leiseste Ahnung, wer, zum Teufel, der Kerl da oben auf dem Speicher ist. Die alte Frau hat es ihr nicht gesagt. Und jetzt hat sie einen Schock. Die Frau ist eben gestorben da draußen. Der Leichnam auf dem Dachboden liegt offensichtlich schon lange dort, und ich möchte Sie nur bitten, in dem Zimmer alles andere so zu lassen, wie es ist; wenn Sie also bitte nur den Toten wegbringen wollen... und sie will genauso wie Sie wissen, wer dieser Mann war.

Schau, da kommt Ryan Mayfair. Ryan, Rowan ist hier drin. Sie ist in einem scheußlichen Zustand. Bevor Carlotta starb, hat sie ihr oben einen Toten gezeigt.«

»Einen Toten? Ist das Ihr Ernst?«

»Man muß ihn fortbringen. Könnten Sie oder Pierce mit hinaufgehen und dafür sorgen, daß sie die alten Aufzeichnungen und all das nicht anrühren? Rowan ist hier drin. Sie ist erschöpft. Reden kann sie morgen immer noch.«

Selbst für die alte Eugenia hatte Michael den Beschützer gespielt; er hatte ihr den Arm um die Schulter gelegt und sie hereinbegleitet, damit sie »die alte Miss Carl« noch einmal sehen könnte, ehe Lonigan die Tote aus dem Schaukelstuhl hob. Die arme Eugnia weinte geräuschlos. »Honey, möchten Sie, daß ich jemanden für Sie anrufe? Sie wollen doch heute nacht nicht allein im Haus bleiben, oder? Sagen Sie mir nur, was Sie möchten. Ich kann auch jemanden kommen lassen, der hier bei Ihnen bleibt.«

Mit Lonigan, seinem alten Freund, geriet er gleich wieder in den richtigen Takt. Der Hauch von Kalifornien verschwand spurlos aus seiner Stimme; er sprach nun genau wie Jerry und wie Rita, die »im Wagen« mitgekommen waren. Sie waren alte Freunde – Jerry, der vor fünfunddreißig Jahren mit Michaels Vater vor der Haustür auf der Treppe gesessen und Bier getrunken hatte, und Rita, die zu Elvis-Presley-Zeiten mit Michael »gegangen« war. Jetzt warf sie ihm die Arme um den Hals. »Michael Curry!«

Rowan war nach vorn geschlendert und hatte ihnen im Gleißen der Blitzlichter zugeschaut. Pierce telefonierte in der Bibliothek. Die Bibliothek hatte sie noch gar nicht gesehen. Jetzt durchflutete trübes elektrisches Licht das Zimmer und beleuchtete altes Leder und einen chinesischen Teppich.

»... na ja, Mike«, sagte Lonigan, »du mußt Dr. Mayfair sagen, daß diese Frau neunzig Jahre alt war. Das einzige, was sie noch in Gang hielt, war Deirdre. Ich meine, wir wußten, daß es nur eine Frage der Zeit sein würde, wenn Deirdre nicht mehr da wäre; deshalb darf sie sich keine Vorwürfe machen, was immer hier heute abend passiert sein mag. Ich meine, sie ist Ärztin, Mike, aber sie kann ja keine Wunder wirken.«

Nein, dachte Rowan, keine besonderen.

»Mike Curry? Sie sind doch nicht Tim Currys Sohn?« fragte ein uniformierter Polizist. »Man hat mir gesagt, Sie wären es. Na, verflucht, mein Dad und Ihr Dad waren Vettern dritten Grades; wußten Sie das? O ja, mein Dad kannte Ihren Dad sehr gut. Hat immer Bier mit ihm getrunken, im ›Corona's‹.«

Endlich wurde die Leiche vom Dachboden, eingesackt und etikettiert, fortgeschafft, und der kleine, vertrocknete Leichnam der alten Frau war auf die weiße, gepolsterte Bahre gelegt worden, als wäre er lebendig, obgleich er jetzt nur in den Leichenwagen des Bestatters geschafft wurde – vielleicht, um nachher auf denselben Einbalsamierungstisch gelegt zu werden, auf dem Deirdre einen Tag vorher auch gelegen hatte.

Keine Totenfeier, keine Bestattungszeremonie, nichts, sagte Ryan. Das habe sie ihm am Tag zuvor selbst gesagt. Lonigan gegenüber habe sie es ebenfalls geäußert, sagte er. »In einer Woche wird es eine Gedenkmesse geben«, sagte Ryan. »Bist du dann noch hier?«

Wo sollte ich schon hin? Und warum? Ich weiß jetzt, wohin ich gehöre. In dieses Haus. Ich bin eine Hexe. Eine Mörderin. Und diesmal habe ich es absichtlich getan.

Als sie ins Eßzimmer zurückwanderte, hörte sie den jungen Pierce in der Bibliothekstür.

»Sie denkt doch nicht daran, heute nacht hier im Haus zu bleiben, oder?«

»Nein, wir gehen wieder ins Hotel«, sagte Michael.

»Es ist nur, daß sie nicht allein hier sein sollte. Das Haus kann sehr beunruhigend wirken. Würden Sie mich für verrückt halten, wenn ich Ihnen erzählte, daß eben, als ich in die Bibliothek kam, ein Porträt über dem Kamin hing und daß dort jetzt ein Spiegel ist?«

»Pierce!« sagte Ryan zornig.

»Entschuldige, Dad, aber...«

»Nicht jetzt, Junge – bitte.«

»Ich glaub's Ihnen«, sagte Michael und lachte kurz. »Ich bleibe bei ihr.«

»Rowan?« Ryan näherte sich ihr behutsam – ihr, der Trauernden, dem Opfer, wo sie doch in Wahrheit die Mörderin war. Agatha Christie hätte es gewußt. Aber bei ihr hätte ich es mit einem Kerzenleuchter tun müssen.

»Ja, Ryan.«

Er setzte sich an den Tisch und achtete dabei sorgsam darauf, daß er mit dem Ärmel seines tadellos geschnittenen Anzugs nicht an die staubige Tischplatte kam. Sein Beerdigungsanzug. Das Licht fiel auf sein schön geschnittenes Gesicht und seine kalten blauen Augen. »Du weißt, daß dieses Haus dir gehört.«

»Das hat sie mir gesagt.«

»Nun, es hängt noch sehr viel mehr daran.«

»Belastungen, Hypotheken?«

Er schüttelte den Kopf. »Nein. Ich glaube, solange du lebst, brauchst du dir über solche Dinge keine Sorgen mehr zu machen. Was ich sagen will: Wann immer du möchtest, kannst du in die Stadt kommen, und wir gehen alles durch.«

»Gütiger Gott«, sagte Pierce, »ist das der Smaragd?« Er hatte den Schmuckkasten im Dunkeln am anderen Ende des Tisches entdeckt. »Wo all diese Leute hier überall rumlaufen!«

Sein Vater sah ihn bedrückt und geduldig an. »Niemand wird diesen Smaragd stehlen, mein Sohn«, sagte er seufzend. Dann warf er Rowan einen bangen Blick zu. Er nahm das Etui an sich und sah es an, als wisse er nicht recht, was er damit anfangen sollte.

»Was ist?« fragte Rowan. »Ist etwas nicht in Ordnung?«

»Hat sie dir darüber erzählt?«

»Hat *dir* je irgend jemand etwas erzählt?« antwortete sie ruhig und nicht herausfordernd.

»Eine beachtliche Geschichte«, sagte er mit feinem, gezwungenem Lächeln. Er legte die Juwelenschachtel vor sie auf den Tisch und klopfte mit der Hand darauf. Dann erhob er sich.

»Wer war der Mann auf dem Dachboden? Weiß man das schon?« fragte sie.

»Man wird es bald wissen. Es waren ein Paß und andere Papiere bei der Leiche – oder dem, was davon noch übrig war.«

»Wo ist Michael?«

»Hier, Honey. Hier drüben.«

Im Dunkeln waren seine behandschuhten Hände beinahe unsichtbar.

»Ich bin müde. Können wir gehen? Ryan, kann ich dich morgen anrufen?«

»Wann immer du willst, Rowan.«

Ryan und nach ihm Pierce beugten sich über sie, um ihr einen Kuß auf die Wange zu geben. Genauso haben Sie die Leiche geküßt, dachte sie plötzlich. Aber dann erkannte sie, daß es sich andersherum verhielt. Sie küßten hier die Toten genauso, wie sie die Lebenden küßten.

Warme Hände, ein letztes Aufblitzen von Pierces Lächeln im Dunkeln. Morgen, telefonieren, Lunch, reden, und so weiter.

Der Lärm des Aufzugs auf seiner Höllenfahrt nach unten. Im Kino fuhren die Leute wirklich mit dem Aufzug in die Hölle.

»Und Sie haben Ihren Schlüssel, Eugenia; Sie können morgen früh einfach herüberkommen, wie Sie immer gekommen sind, wenn Sie irgend etwas brauchen oder haben wollen. Brauchen Sie Geld?«

»Ich habe meinen Lohn, Mr. Mike. Danke, Mr. Mike.«

Der ältere Polizist kam zurück. Er mußte ganz vorn im Hausflur gewesen sein, denn sie konnte ihn kaum verstehen. »Ja, Townsend.«

»... Paß, Brieftasche, alles in der Hemdtasche ...«

Türen schlossen sich. Dunkelheit. Stille.

Michael, der durch die Diele zurückkam.

Und jetzt sind wir zu zweit, und das Haus ist leer.

Er blieb in der Tür zum Eßzimmer stehen und sah sie an.

Schweigen. Er zog eine Zigarette aus der Tasche, stopfte die Pakkung zurück. War sicher nicht so einfach mit den Handschuhen, aber sie schienen ihn nicht zu behindern.

»Was meinst du?« sagte er. »Laß uns für heute nacht von hier verschwinden.« Er klopfte den Tabak in seiner Zigarette auf dem Glas seiner Armbanduhr fest. Die Explosion eines Streichholzes, ein blitzendes Licht in seinen blauen Augen, als er aufblickte, das Eßzimmer betrachtete, die Wandgemälde anschaute.

Es gibt blaue und blaue Augen. Kann sein schwarzes Haar in so kurzer Zeit so stark gewachsen sein? Oder liegt es nur an der Feuchtigkeit in der warmen Luft, daß es so dicht und lockig erscheint?

Die Stille dröhnte in ihren Ohren. Sie waren wirklich alle gegangen.

Und das ganze Haus war leer, verwundbar. Rowans Berührung ausgeliefert mit seinen vielen Schubladen und Kommoden und Schränken und Gläsern und Kästen. Es gehörte nicht ihr; es gehörte der alten Frau. Alles. Muffig und abgestanden, und furchtbar, wie die alte Frau. Und Rowan hatte nicht den Mut, sich zu bewegen, nicht den Mut, noch einmal die Treppe hinaufzusteigen oder noch irgend etwas anzuschauen.

»Sein Name war Townsend?« fragte sie.

»Ja. Stuart Townsend.«

»Wer, zum Teufel, war er denn? Hat man irgendeine Ahnung?«

Michael überlegte kurz, schnippte sich einen Tabakskrümel von der Lippe, verlagerte sein Gewicht von der einen Hüfte auf die andere. Wie ein männliches Playmate, dachte sie. Einladend und fast pornographisch.

»Ich weiß, wer er war«, sagte er schließlich seufzend. »Aaron Lightner – du erinnerst dich an ihn? Er weiß alles über ihn.«

»Wovon redest du?«

»Willst du dich hier unterhalten?« Sein Blick wanderte wieder an der Zimmerdecke entlang – er schien wie ein Fühler alles aufzunehmen. »Ich habe Aarons Auto draußen. Wir könnten ins Hotel fahren. Oder irgendwohin in die Stadt.«

Sein Blick verharrte liebevoll auf einem Stuckmedaillon, dann am Kronleuchter. Es hatte etwas Verstohlenes, Schuldbewußtes an sich, wie er das alles mitten in dieser Tragödie bewunderte. Aber vor ihr brauchte er es nicht zu verbergen.

»Das ist das Haus, nicht?« fragte sie. »Von dem du mir in Kalifornien erzählt hast.«

Seine Augen richteten sich auf sie, sein Blick erfaßte sie.

»Ja, das ist es.« Mit kurzem, traurigem Lächeln schüttelte er den Kopf. »Das ist es tatsächlich.« Er tippte seine Zigarettenasche in die offene Handfläche und ging dann langsam vom Tisch hinüber zum Kamin. Das schwere Wiegen seiner Hüften, die Bewegungen seines breiten Ledergürtels, das alles war über alle Maßen erotisch. Sie sah zu, wie er die Asche auf den leeren Kaminrost warf, die unsichtbaren kleinen Ascheflöckchen, die kein Mensch je bemerkt hätte, wenn er sie auf den staubigen Fußboden hätte wehen lassen.

»Was soll das heißen: Mr. Lightner weiß, wer der Mann war?«

Er sah unbehaglich aus. Äußerst sexy und äußerst unbehaglich. Er nahm einen Zug aus seiner Zigarette, schaute sich um und überlegte.

»Lightner gehört einer Organisation an«, sagte er. Er wühlte in seiner Hemdtasche und zog dann eine kleine Karte hervor, die er auf den Tisch legte. »Sie nennen es einen Orden. Wie einen religiösen Orden, aber es ist keiner. Er heißt Talamasca.«

Es fröstelte sie. »So eine Karte habe ich schon einmal gesehen. Er hat mir in Kalifornien eine gegeben. Hat er dir das erzählt? Ich bin ihm in Kalifornien begegnet.«

Michael nickte voller Unbehagen. »An Ellies Grab.«

»Wie ist das möglich? Daß du mit ihm befreundet bist, und daß er alles über diesen Toten auf dem Dachboden weiß? Ich bin müde, Michael. Ich habe das Gefühl, ich fange gleich an zu schreien und kann dann vielleicht nie wieder aufhören. Ich glaube, wenn du nicht anfängst, mir zu erzählen...« Sie brach ab und starrte kraftlos auf den Tisch. »Ich weiß nicht mehr, was ich da rede«, sagte sie.

»Dieser Mann, Townsend«, sagte Michael zaghaft, »er war ein Mitglied des Ordens. Er kam 1929 her, um Kontakt mit der Familie Mayfair aufzunehmen.«

»Warum?«

»Sie hatten die Familie dreihundert Jahre lang beobachtet und ihre Geschichte zusammengetragen«, sagte er. »Es wird schwer für dich sein, das alles zu verstehen...«

»Und durch einen bloßen Zufall ist dieser Mann dein Freund?«

»Nein. Langsam. Nichts war Zufall. Ich habe ihn vor diesem Haus getroffen, am ersten Abend nach meiner Ankunft hier. Und ich hatte ihn in San Francisco gesehen – und du hast ihn auch gesehen, erinnere dich: Es war an dem Abend, als du mich abholtest, aber wir hielten ihn beide für einen Reporter. Ich hatte nie mit ihm gesprochen, und vor diesem Abend hatte ich ihn auch noch nie gesehen.«

»Ich erinnere mich.«

»Und dann war er da, hier vor dem Haus. Ich war betrunken. Ich hatte mich schon im Flugzeug betrunken. Du erinnerst dich: Ich hatte versprochen, es nicht zu tun, aber ich habe es doch getan. Na ja. Und dann kam ich hier her, und ich sah diesen... diesen anderen Mann im Garten. Nur, daß es kein wirklicher Mann war. Ich dachte, es wäre einer, und dann merkte ich, daß es keiner war. Ich hatte diesen Burschen schon als kleiner Junge gesehen. Ich hatte ihn jedesmal gesehen, wenn ich an diesem Haus vorübergekommen war. Ich habe dir davon erzählt, weißt du noch? Na, und was ich dir irgendwie erklären muß... er ist kein wirklicher Mann.«

»Ich weiß«, sagte sie. »Ich habe ihn auch gesehen.« Ein elektrisierendes Gefühl durchzog sie. »Sprich weiter. Ich sag's dir, wenn du aufhören sollst. Bitte.«

Er sah sie beklommen an. Er war frustriert, besorgt. An den Kaminsims gelehnt, schaute er auf sie herunter, und das Licht aus der Diele beleuchtete die eine Hälfte seines Gesichtes. Es erweckte eine allumfassende Zärtlichkeit in ihr, zu sehen, wie beschützend sein Blick war, zu hören, wie sanft seine Stimme klang, und wie sehr er fürchtete, sie zu verletzen.

»Erzähle mir den Rest«, sagte sie. »Verstehst du nicht – ich habe dir schreckliche Dinge zu erzählen, weil du der einzige bist, dem ich sie erzählen kann. Erzähle mir also deine Geschichte, denn tatsächlich machst du es mir damit nur leichter. Ich wußte nämlich nicht, wie ich dir erzählen sollte, daß ich diesen Mann gesehen habe. Ich habe ihn gesehen, als du gegangen warst, auf der Veranda in Tiburon. Ich habe ihn in dem Augenblick gesehen, als meine Mutter in New Orleans starb, und ich wußte da noch gar nicht, daß sie starb. Ich wußte überhaupt nichts von ihr.«

Er nickte. Aber er war immer noch verwirrt und ratlos.

»Wenn ich dir nicht vertrauen kann – was immer das wert sein mag –, dann will ich mit niemandem sprechen. Was verschweigst du mir? Erzähl's mir einfach. Erzähle mir, weshalb dieser Aaron Lightner heute nachmittag bei der Beerdigung so freundlich zu mir war, als du nicht da warst. Ich will wissen, wer er ist und woher du ihn kennst. Habe ich ein Recht, diese Frage zu stellen?«

»Schau, Honey, du kannst mir vertrauen. Werde nicht wütend auf mich, bitte.«

»Oh, keine Angst. Es ist schon mehr nötig als ein kleiner Zank mit meinem Liebhaber, damit ich Halsschlagadern platzen lasse.«

»Rowan, ich wollte damit nicht sagen...«

»Ich weiß, ich weiß!« wisperte sie. »Aber du weißt, daß ich die alte Frau getötet habe.«

Er machte eine kleine abwehrende Geste und schüttelte den Kopf.

»Du weißt, daß ich es getan habe.« Sie blickte zu ihm auf. »Du bist der einzige, der es weiß.« Dann kam ihr ein schrecklicher Verdacht. »Hast du Lightner erzählt, was ich dir erzählt habe? Über das, was ich tun kann?«

»Nein«, sagte er ernst und schüttelte den Kopf. Stumm, aber beredt, bat sein Blick sie, ihm zu glauben. »Nein. Aber er weiß es, Rowan.«

»Er weiß was?«

Er antwortete nicht. Er zuckte leicht die Achseln, zog eine neue Zigarette aus der Schachtel und starrte anscheinend nachdenklich in die Ferne, während er ein Streichholzheftchen hervorzog.

»Ich weiß nicht, wo ich anfangen soll«, sagte er. »Vielleicht mit dem Anfang.« Er blies den Rauch von sich und stützte sich mit dem Ellbogen auf den Kaminsims. »Ich liebe dich. Wirklich. Ich weiß nicht, wie das alles zusammen paßt. Ich habe so manchen Verdacht, und ich habe Angst. Aber ich liebe dich. Wenn das so hat sein sollen, ich meine, wenn es uns so bestimmt war – na, dann bin ich verloren. Wirklich verloren, denn den Teil, der dann vorherbestimmt ist, kann ich nicht akzeptieren. Aber die Liebe gebe ich nicht auf. Ist mir egal, was passiert. Hast du gehört, was ich gesagt habe?«

Sie nickte. »Du mußt mir alles über diese anderen Leute erzählen«, sagte sie. Aber ohne Worte sagte sie außerdem: *Weißt du, wie sehr ich dich liebe und begehre?*

Er packte einen der Eßzimmerstühle, die an der Wand standen, schwenkte ihn herum, so daß die Lehne ihr zugewandt war, und setzte sich rittlings darauf; die verschränkten Arme stützte er auf die Lehne, und dann schaute er sie an.

»Die letzten zwei Tage«, sagte er, »war ich ungefähr sechzig Meilen von hier entfernt und habe die Geschichte der Familie Mayfair gelesen, die von diesen Leuten zusammengetragen wurde.«

»Von der Talamasca?«

Er nickte. »Ich will es dir erklären. Vor dreihundert Jahren gab es einen Mann namens Petyr van Abel. Sein Vater war ein berühmter Chirurg an der Universität Leiden in Holland. Es gibt heute noch Bücher, die von diesem Arzt verfaßt wurden. Jan van Abel.«

»Ich kenne ihn«, sagte sie. »Er war Anatom.«

Er lächelte. »Nun, er ist dein Vorfahre, mein Schatz. Du siehst aus wie sein Sohn. Sagt zumindest Aaron. Als Jan van Abel starb, war Petyr ein Waisenkind, und er wurde Mitglied der Talamasca. Er konnte Gedanken lesen, er konnte Geister sehen. Er war das, was andere Leute vielleicht einen Zauberer genannt hätten, aber die Talamasca gab ihm Obdach. Schließlich arbeitete er für sie, und ein Teil seiner Arbeit bestand darin, Menschen in anderen Ländern zu retten, die dort der Hexerei bezichtigt wurden.

Dieser Petyr van Abel nun reiste nach Schottland, um bei dem Prozeß gegen eine Hexe zu intervenieren; der Name dieser Hexe war Susanne Mayfair. Er kam jedoch zu spät, und alles, was er noch tun konnte – immer noch mehr als genug, wie sich herausstellen sollte –, war, ihre Tochter Deborah aus dieser Stadt, wo man sie früher oder später ebenfalls verbrannt hätte, nach Holland zu bringen. Aber bevor er das tat, sah er diesen Mann, diesen Geist. Es entging ihm nicht, daß auch die kleine Deborah ihn sah, und Petyr schloß daraus, daß Deborah ihn habe erscheinen lassen, was sich als zutreffend erwies.

Deborah blieb nicht bei dem Orden. Schließlich verführte sie Petyr und brachte ein Kind von ihm zur Welt, das den Namen Charlotte bekam. Charlotte wanderte in die Neue Welt aus, und dort begründete sie die Familie Mayfair.

Alle Mayfairs seitdem sind Charlottes Nachkommen. Und in jeder Generation dieser Nachkommen bis heute hat mindestens eine Frau die Fähigkeit Deborahs und Charlottes geerbt, und dazu gehört unter anderem die Fähigkeit, diesen braunhaarigen Mann zu sehen, diesen Geist. Zusammen sind sie das, was die Talamasca als die Mayfair-Hexen bezeichnet.«

Rowan machte ein leises Geräusch – halb Staunen, halb nervöse Belustigung. Sie raffte sich auf ihrem Stuhl auf und beobachtete die kleinen Veränderungen in seinem Gesicht, während er schweigend all die Dinge, die er ihr erzählen wollte, in Reihe und Glied sortierte.

»Die Talamasca«, sagte er und wählte seine Worte mit Sorgfalt. »Das sind Wissenschaftler, Historiker. Sie haben tausend Sichtungen dieses braunhaarigen Mannes in diesem Haus und in seiner Umgebung dokumentiert. Vor dreihundert Jahren, als Petyr van Abel nach Saint Domingue reiste, um dort mit seiner Tochter Charlotte zu sprechen, da trieb der Geist ihn in den Wahnsinn. Und schließlich brachte er ihn um.«

Er nahm einen Zug von seiner Zigarette, und wieder wanderte sein Blick im Zimmer umher, doch diesmal ohne es bewußt wahrzunehmen. Dann wandte er sich wieder Rowan zu.

»Nun habe ich, wie gesagt«, fuhr er fort, »diesen Mann schon mit sechs Jahren gesehen. Ich habe ihn jedesmal gesehen, wenn ich an diesem Haus vorbeikam. Und im Gegensatz zu den zahllosen Leuten, die im Laufe der Jahre von der Talamasca interviewt wurden, habe ich ihn auch anderswo zu Gesicht bekommen. Aber der springende Punkt ist... als ich neulich abends nach all den Jahren wieder herkam, da habe ich diesen Mann wiedergesehen. Und als ich es Aaron erzählte, als ich ihm erzählte, daß ich den Mann schon als Dreikäsehoch gekannt habe, und als ich ihm erzählte, daß du es warst, die mich gerettet hat – nun, da zeigte er mir die Akte der Talamasca über die Mayfair-Hexen.«

»Er hatte es nicht gewußt? Daß ich dich aus dem Meer gefischt habe?«

Michael schüttelte den Kopf. »Er war wegen meiner Hände nach San Francisco gekommen. Das ist sozusagen ihr Fachgebiet: Menschen mit speziellen Fähigkeiten. Es war Routine. Er wollte Kontakt mit mir aufnehmen, so routinemäßig, wie vielleicht auch Petyr van Abel versuchen wollte, bei der Hinrichtung Suzanne Mayfairs zu intervenieren. Und dann sah er dich vor meinem Haus. Er sah, wie du mich abholtest, und ob du's glaubst oder nicht – er dachte, du hättest mich engagiert, hierher zu kommen. Er dachte, du hättest mich als Medium engagiert, damit ich hier deine Herkunft erforsche.«

Er nahm einen letzten Zug von seiner Zigarette und warf sie dann auf den Kaminrost. »Nun, das dachte er wenigstens eine Zeitlang. Bis ich ihm sagte, weshalb du wirklich zu mir gekommen warst und daß du dieses Haus noch nie gesehen hattest – ja, nicht einmal ein Bild davon. Und jetzt mußt du als erstes die Akte über die Mayfair-Hexen lesen. Aber da ist noch mehr... soweit es mich betrifft.«

»Die Visionen.«

»Genau.« Er lächelte, und sein Gesicht war warmherzig und schön. »Genau! Denn, du erinnerst dich, ich habe dir erzählt, daß ich eine Frau gesehen habe, und da war ein Juwel...«

»Und du meinst, das war der Smaragd.«

»Ich weiß es nicht, Rowan. Ich weiß es nicht. Und dann wieder weiß ich es doch. Ich weiß so sicher, wie ich hier sitze, daß es Deborah Mayfair war, die ich da draußen gesehen habe. Deborah. Und sie trug den Smaragd um den Hals, und ich bin hierher geschickt worden, um etwas zu tun.«

»Um gegen diesen Geist zu kämpfen?«

Er schüttelte den Kopf. »Es ist komplizierter. Darum mußt du die Akte lesen. Rowan, du mußt sie lesen. Du darfst keinen Anstoß daran nehmen, daß eine solche Akte existiert. Du mußt sie lesen.«

»Was hat denn die Talamasca von all dem?« fragte sie.

»Nichts«, sagte er. »Wissen. Ja, sie suchen Wissen. Sie wollen verstehen. Weißt du, man könnte sagen, sie sind Detektive des Übersinnlichen.«

»Und stinkreich vermutlich außerdem.«

»Ja.« Er nickte. »Stinkreich. Geradezu schweinemäßig.«

»Du machst Witze.«

»Nein. Sie haben genauso viel Geld wie du. Sie haben so viel Geld wie die katholische Kirche. Wie der Vatikan. Es geht überhaupt nicht darum, daß sie irgend etwas von dir haben wollen...«

»Okay, ich glaub's ja. Aber du bist naiv, Michael. Wirklich. Du bist wirklich naiv.«

»Wieso, zum Teufel, sagst du das, Rowan? Herrgott, wie kommst du darauf, daß ich naiv bin? Du hast es schon mal gesagt, und es ist wirklich verrückt!«

»Michael, du bist es. Wirklich. Okay, sag mir die Wahrheit: Glaubst du immer noch, daß diese Visionen gut waren? Daß die Leute, die dir da erschienen sind, höhere Wesen waren?«

»Ja, das glaube ich«, antwortete er.

»Diese schwarzhaarige Frau – diese verurteilte Hexe, wie du sie nennst – mit ihrem Edelstein war gut? Die dich von den Klippen in den Pazifik geworfen hat, wo du...?«

»Rowan, niemand kann beweisen, daß eine solche Verkettung von Ereignissen gesteuert war! Ich weiß nur...«

»Du hast diesen Geistermann gesehen, als du sechs Jahre alt warst? Ich will dir etwas sagen, Michael: Dieser Mann ist nicht gut. Und du hast ihn vor zwei Tagen abends hier gesehen? Die schwarzhaarige Frau ist auch nicht gut.«

»Rowan, es ist zu früh für solche Interpretationen.«

»Okay. Gut. Ich will dich nicht ärgern. Ich will dich nicht mal für eine Sekunde wütend machen. Ich bin so froh, daß du hier bist. Du ahnst nicht, wie froh ich bin, daß du hier bist, daß du hier bei mir in diesem Haus bist und daß du das alles verstehst, daß du... oh, es ist schrecklich, so etwas zu sagen, aber ich bin froh, daß ich in dieser Sache nicht allein bin. Und ich will dich hier haben – das ist die Wahrheit und nichts als die Wahrheit.«

»Ich weiß.«

»Aber auch du solltest nicht allzu viele Interpretationen anstellen. Es gibt etwas schrecklich Böses hier, etwas, das ich fühlen kann wie das Böse in mir selbst. Etwas, das so böse ist, daß es hervorquellen und viele Menschen verletzen könnte. Mehr, als es in der Vergangenheit bisher verletzt hat. Und du bist wie ein sternenäugiger Ritter, der soeben über die Zugbrücke aus dem Schloß herausgeritten ist!«

»Rowan, das stimmt nicht.«

»Also schön. Okay. Sie haben dich da draußen nicht ins Wasser geworfen. Und daß du alle diese Leute kennst – Rita Mae Lonigan –, das hängt alles nicht zusammen.«

»Doch, es hängt zusammen, aber die Frage ist: wie? Es ist entscheidend wichtig, daß wir keine übereilten Schlüsse ziehen.«

Sie wandte sich dem Tisch zu, stützte die Ellbogen auf und legte den Kopf in die Hände. Sie hatte keine Ahnung, wie spät es war. Die Nacht erschien ihr stiller als zuvor; hin und wieder knackte oder knarrte etwas irgendwo im Hause. Aber sie waren allein. Ganz allein.

»Weißt du«, sagte sie, »wenn ich an die alte Frau denke, ist es, als ob sich das Böse wie eine Wolke auf mich herabgesenkt hätte. Mit ihr zusammen zu sein, war so, als ginge ich neben dem Bösen. Und dabei dachte sie, sie sei die Gute hier. Sie glaubte gegen den Teufel zu kämpfen. Es ist verzwickt, aber es ist alles noch viel undurchschaubarer, als du dir vorstellen kannst.«

»Sie hat Townsend umgebracht«, sagte er.

Sie drehte den Kopf und sah ihn an. »Weißt du das sicher?«

»Ich habe meine Hände auf ihn gelegt. Ich habe den Knochen befühlt. Sie hat es getan. Sie hat ihn in diesen Teppich geschnürt. Vielleicht stand er dabei unter Drogen – ich weiß es nicht. Aber er starb in dem Teppich, soviel weiß ich. Er hat ein Loch hineingebissen.«

»O Gott!« Sie schloß die Augen: ihre Phantasie zeigte ihr die Einzelheiten seines Kampfes allzu lebhaft.

»Und die ganze Zeit waren Leute im Haus, und sie konnten ihn nicht hören. Sie wußten nicht, daß er dort oben starb.«

»Warum soll sie das getan haben?«

»Weil sie uns haßte. Ich meine, sie haßte die Talamasca.«

»Du hast ›uns‹ gesagt.«

»Das war ein Versprecher, aber ein sehr aufschlußreicher. Ich fühle mich als einer von ihnen. Sie sind zu mir gekommen und haben mich gebeten, ihnen beizutreten – mehr oder weniger. Sie haben mich in ihr Vertrauen gezogen. Aber vielleicht wollte ich eigentlich sagen, daß sie jeden Außenseiter haßte, der irgend etwas wußte. Noch immer drohen jedem Außenseiter Gefahren. Aaron ist in Gefahr. Du hast mich gefragt, was die Talamasca bei der ganzen Sache zu erwarten hat. Sie riskiert, noch ein Mitglied zu verlieren.«

»Das mußt du mir erklären.«

»Auf dem Rückweg von der Beerdigung, als er wieder aufs Land herauskam, um mich abzuholen, da sah er einen Mann auf der Straße. Er geriet ins Schleudern, überschlug sich zweimal und kam mit knapper Not aus dem verdammten Wagen heraus, bevor er explodierte. Das war dieser Geist. Ich weiß es. Und er weiß es auch.«

»Ist er verletzt?«

Michael schüttelte den Kopf. »Er wußte, was los war, schon während es passierte. Aber er konnte nichts riskieren. Wenn es nun doch keine Erscheinung gewesen wäre, dann hätte er einen lebendigen Menschen überfahren. Darauf konnte er es einfach nicht ankommen lassen. Er war angeschnallt. Aber ich glaube, er hat sich ziemlich heftig den Kopf gestoßen.«

»Hat man ihn ins Krankenhaus gebracht?«

»Jawohl, Doktor. Es fehlt ihm nichts. Aber deshalb habe ich so lange gebraucht, um herzukommen. Er wollte, daß du zu ihnen kommst, hinaus aufs Land, um die Akte dort zu lesen. Aber ich bin trotzdem hergekommen. Ich wußte, dieses Wesen würde mich nicht umbringen. Ich habe meinen Zweck noch nicht erfüllt.«

»Sie wollen, daß du die Kette zerreißt«, sagte sie. »Das hat die alte Frau gesagt. Sie sagte: ›Zerreiße die Kette‹, und damit meinte sie dieses Vermächtnis, das vermutlich von Charlotte bis auf den heutigen Tag überliefert wurde, auch wenn sie von niemandem aus so tiefer Vergangenheit gesprochen hat. Sie sagte, versucht habe sie es selbst. Aber ich würde es können.«

»Das ist die nächstliegende Antwort, ja. Aber es muß noch mehr dahinterstecken; es muß mit ihm zu tun haben und damit, daß er sich mir zeigt.«

»Okay«, sagte sie. »Jetzt hör mir zu. Ich werde die Akte lesen. Jede Seite. Aber ich habe dieses Wesen auch gesehen. Es erscheint nicht einfach. Es wirkt auf Materie ein.«

»Wann hast du es gesehen?«

»In der Nacht, als meine Mutter starb. Zu genau derselben Stunde. Ich habe versucht, dich anzurufen. Ich habe im Hotel angerufen, aber du warst nicht da. Ich habe eine Höllenangst gehabt. Aber die Erscheinung ist nicht das Ausschlaggebende daran. Es ist das, was sonst noch geschehen ist. Es hat auf das Wasser rings um das Haus eingewirkt. Es hat es in solche Bewegung versetzt, daß das Haus auf seinen Pfählen ins Wanken geriet. Dabei gab es in dieser Nacht nicht das kleinste Unwetter in der Richardson Bay oder in der San Francisco Bay; es gab kein Erdbeben und auch sonst keinen natürlichen Grund dafür. Und da ist noch etwas. Beim zweiten Zusammentreffen habe ich gefühlt, wie dieses Ding mich berührte.«

»Wann ist das denn passiert?«

»Im Flugzeug. Ich dachte, es sei ein Traum. Aber es war keiner. Ich war nachher ganz wund – so, als ob ich mit einem starken Mann zusammengewesen wäre.«

»Du meinst, es hat...?«

»Ich dachte, ich schlafe und träume. Aber der entscheidende Punkt, auf den ich hinweisen will, ist der: Dieses Ding ist nicht auf Erscheinungen beschränkt. Es ist auf eine sehr spezifische Weise an der physikalischen Welt beteiligt. Und was ich verstehen muß, sind keine Parameter.«

»Nun, das ist eine löbliche wissenschaftliche Einstellung. Darf ich fragen, ob seine Berührungen auch noch eine andere, womöglich weniger wissenschaftliche Reaktion hervorgerufen haben oder nicht?«

»Natürlich. Es war angenehm, denn ich war im Halbschlaf. Aber als ich aufwachte, kam ich mir vor, als wäre ich vergewaltigt worden. Es war mir widerlich.«

»Oh, reizend«, sagte er besorgt. »Einfach reizend. Aber, weißt du, du hast die Macht, dieses Ding an solchen Schändungen zu hindern.«

»Ich weiß. Und jetzt, wo ich es weiß, werde ich es auch tun. Aber wenn vorgestern jemand versucht hätte, mir zu erzählen, daß auf dem Flug nach New Orleans ein unsichtbares Wesen mir an die Wäsche gehen würde, dann hätte ich es nicht geglaubt. Aber wir wissen, daß es mich nicht verletzen will. Und wir sind ziemlich sicher, daß es dich nicht verletzen will. Wir müssen nur immer bedenken, daß es anscheinend sehr wohl jeden anderen verletzen will, der seine Pläne stört, und dazu gehört jetzt auch dein Freund Aaron.«

»Stimmt«, sagte Michael.

»Jetzt siehst du müde aus – als wärest du derjenige, der ins Hotel und ins Bett gebracht werden muß«, stellte sie fest. »Wollen wir nicht gehen?«

Er antwortete nicht. Er richtete sich auf und rieb sich mit beiden Händen den Nacken. »Es gibt da noch etwas.«

»Was denn?«

»Ahnst du es nicht?«

»Na, sag's schon«, drängte sie leise und geduldig.

»Willst du nicht mit ihm sprechen? Willst du ihn nicht selbst fragen, wer er ist und was er ist? Glaubst du nicht, daß du vielleicht besser und wahrer mit ihm kommunizieren kannst als alle anderen? Vielleicht willst du es nicht – aber ich. Ich will mit ihm reden. Ich will wissen, warum er sich mir gezeigt hat, als ich ein kleiner Junge war. Ich will wissen, warum er mir neulich abends so nah gekommen ist, daß ich ihn fast hätte berühren können. Ich will wissen, was er ist. Und ganz gleich, was Aaron mir erzählt hat oder noch erzählen wird, ich glaube, ich bin clever genug, um zu diesem Ding durchzudringen und mit ihm zu diskutieren, und vielleicht ist das genau die Sorte Stolz, die es bei jedem erwartet, der es sieht. Vielleicht zählt es darauf.

Und wenn du dieses Gefühl nicht hast – na, dann bist du klüger und stärker als ich, und zwar bei weitem. Ich habe noch nie mit einem Geist oder Gespenst gesprochen – oder was immer er sonst sein mag. Junge, ich würde mir die Gelegenheit nicht entgehen lassen, nicht einmal in Anbetracht dessen, was ich weiß und was er mit Aaron gemacht hat.«

Er stand auf und griff nach der Schmuckschatulle; er zog sie über die glatte Tischplatte heran, öffnete sie und betrachtete den Smaragd.

»Na los«, sagte sie. »Faß ihn an.«

»Er sieht nicht aus wie die Zeichnung, die ich von ihm gemacht habe«, flüsterte er. »Ich habe ihn mir vorgestellt, als ich die Zeichnung machte, aber ich habe mich nicht erinnert.« Er schüttelte den Kopf. Er schien den Deckel zuklappen zu wollen, aber dann zog er den Handschuh aus und legte einen Finger auf den Edelstein.

Sie wartete schweigend. Aber sie sah an seinem Gesicht, daß er enttäuscht und beunruhigt war. Als er das Kästchen seufzend zuklappte, drängte sie ihn nicht.

»Ich habe ein Bild von dir gesehen«, sagte er. »Wie du den Stein um den Hals legst. Und ich habe mich gesehen, wie ich vor dir stand.«

Sorgfältig zog er den Handschuh wieder an.

»Das war, als du hereinkamst.«

»Ja«, sagte er kopfnickend. »Ich habe gar nicht bemerkt, daß du ihn trugst.«

»Aber als du ihn jetzt berührt hast – hast du noch etwas gesehen?«

Er schüttelte den Kopf. »Nur, daß du mich liebst«, sagte er mit dünner Stimme. »Das tust du wirklich.«

»Um das herauszufinden, genügt es, wenn du mich berührst«, sagte sie.

Er lächelte, aber es war ein trauriges, verwirrtes Lächeln. Er schob die Hände in die Taschen, als wolle er sie loswerden, und ließ den Kopf hängen. Sie wartete eine ganze Weile; es war abscheulich, ihn so elend zu sehen.

»Komm, laß uns gehen«, sagte sie schließlich. »Dieses Haus setzt dir schlimmer zu als mir. Laß uns ins Hotel zurückgehen.«

Er nickte. »Ich brauche ein Glas Wasser«, sagte er. »Glaubst du, es gibt irgendwo kaltes Wasser hier im Haus? Ich bin ganz ausgetrocknet, und mir ist heiß.«

»Ich weiß nicht«, sagte sie. »Ich weiß nicht mal, ob es hier eine Küche gibt. Vielleicht gibt's nur einen Brunnen mit einem moosbewachsenen Eimer. Vielleicht auch eine magische Quelle.«

Er lachte leise. »Komm, laß uns Wasser suchen.«

Sie stand auf und folgte ihm durch die hintere Eßzimmertür hinaus. Eine Art Teeküche war hier, mit einem kleinen Spülbecken und hohen Glasschränken voller Porzellan. Er nahm sich Zeit beim Hindurchgehen. Es war, als messe er die Dicke der Mauern mit seinen Händen. »Hier hinten«, sagte er, ging durch die nächste Tür und drückte auf einen alten schwarzen Wandschalter. Eine trübe Dekkenbirne leuchtete auf, matt und kläglich, und erhellte einen langen Raum mit zwei Ebenen; auf der oberen Ebene befand sich eine sterile Arbeitsküche, auf der unteren, zwei Stufen tiefer, ein kleines Frühstückszimmer mit einem Kamin.

Die Räume an sich waren sehr sauber und auf eine altmodische Weise sehr rationell und praktisch eingerichtet.

Der eingebaute Kühlschrank bedeckte die halbe innere Wand; er hatte eine große, schwere Tür, wie man sie bei begehbaren Kühlkammern in Restaurantküchen findet.

»Sag's mir nicht, wenn da eine Leiche drin sein sollte. Ich will's nicht wissen«, sagte sie müde.

»Nein.« Er grinste. »Nur Lebensmittel und Eiswasser.« Er nahm die klare Glasflasche heraus. »Laß dir etwas über den Süden sagen: Es gibt immer eine Flasche Eiswasser.« Er suchte in einem der Schränke über der Spüle in der Ecke herum, nahm mit der Rechten zwei Geleegläser heraus und stellte sie auf die makellose Arbeitsplatte.

Das kalte Wasser schmeckte wunderbar. Dann fiel ihr die alte Frau ein. Es war in Wirklichkeit ihr Haus, vielleicht ihr Glas. Ein Glas, aus dem sie getrunken hatte. Ekel überkam sie, und sie stellte das Glas in die kleine Edelstahlspüle.

Ja, wie in einem Restaurant, dachte sie. Vor langer, langer Zeit war das Haus hier so vorzüglich ausgerüstet worden; irgend jemand hatte damals die viktorianischen Installationen herausgerissen, die man heutzutage in San Francisco so sehr liebte. Und all diesen blinkenden Edelstahl eingebaut.

»Was werden wir tun, Michael?« fragte sie.

Er starrte auf das Glas in seiner Hand. Dann sah er sie an, und die Zärtlichkeit und Beschützerkraft in seinem Blick berührten ihr Herz.

»Einander lieben, Rowan. Einander lieben. Weißt du – so sicher, wie ich mir bei den Visionen bin, so sicher bin ich auch: Es gehört zu niemandes Plan, daß wir einander wirklich lieben.«

Sie trat an ihn heran und schlang ihre Arme um seinen Oberkörper. Sie fühlte, wie seine Hände über ihren Rücken glitten und sich warm und zärtlich in ihren Nacken und ihr Haar legten. Er hielt sie wunderbar fest und vergrub das Gesicht an ihrem Hals, und dann küßte er sie sanft auf den Mund.

»Liebe mich, Rowan. Vertraue mir und liebe mich.« Seine Stimme klang so aufrichtig, daß es ihr fast das Herz brach. Er löste sich von ihr, schien sich ein wenig in sich selbst zurückzuziehen; dann nahm er ihre Hand und führte sie zu der Terrassentür. Dort blieb er stehen und schaute in die Dunkelheit hinaus.

Dann öffnete er die Tür. Es war kein Schloß daran. Vielleicht hatten sie alle kein Schloß.

»Können wir hinausgehen?« fragte er.

»Natürlich. Warum fragst du?«

Sie traten hinaus auf eine mit Fliegendraht vergitterte Veranda, viel kleiner als die, auf der die alte Frau gestorben war, und gingen durch eine zweite Tür weiter, die sich bis auf die Feder, die sie hinter ihnen zufallen ließ, nicht von allen anderen altmodischen Fliegentüren unterschied. Holzstufen führten hinunter auf die Steinplatten.

»Das alles ist okay«, stellte er fest. »Es ist eigentlich nicht in schlechtem Zustand.«

»Aber was ist mit dem Haus an sich? Kann man es erhalten, oder ist es zu sehr heruntergekommen?«

»Dieses Haus?« Er lächelte und schüttelte den Kopf, und seine blauen Augen leuchteten vor Freude, als er sie ansah und dann zu der schmalen offenen Veranda hoch über ihnen hinaufschaute. »Honey, dieses Haus ist wunderbar, ganz wunderbar. Es wird noch hier sein, wenn es uns beide nicht mehr gibt. Ich bin noch nie in einem solchen Haus gewesen. Nicht in all meinen Jahren in San Francisco.« Er brach ab; anscheinend beschämte es ihn, daß ihm alles so gut gefiel, und er fing sich wieder in der unglücklichen Trauer um die alte Frau, genau wie sie.

»Du liebst es, nicht wahr?«

»Ich liebe dieses Haus, seit ich ein kleiner Junge war«, bekannte er. »Ich habe es geliebt, als ich es vor zwei Tagen wiedersah. Ich liebe es auch jetzt noch, obwohl ich alles von dem weiß, was darin geschehen ist – sogar, was mit dem Burschen auf dem Dachboden passiert ist. Ich liebe es, weil es dein Haus ist. Und weil... weil es schön ist, egal, was irgend jemand darin oder damit getan hat. Es war schön, als es erbaut wurde. Und es wird noch in hundert Jahren schön sein.«

Wieder legte er den Arm um sie, und sie hielt sich an ihm fest, schmiegte sich an ihn und fühlte, wie er ihr Haar küßte. Seine behandschuhten Finger berührten ihre Wange. Am liebsten hätte sie diese Handschuhe heruntergerissen. Aber das sagte sie nicht.

»Weißt du, es ist schon komisch«, sagte er. »In all den Jahren in Kalifornien habe ich an so manchem Haus gearbeitet. Und geliebt habe ich sie alle. Aber keines hat mich je spüren lassen, daß ich sterblich bin. Keines hat mir je das Gefühl gegeben, daß ich klein bin. Aber dieses Haus tut es. Es tut es, weil es tatsächlich noch hier sein wird, wenn ich nicht mehr da bin.«

Sie drehten sich um und gingen in den Garten hinaus; sie fanden die Steinplatten, obwohl das Unkraut sie in Büscheln überwucherte, obwohl die Bananenstauden so dicht und niedrig wuchsen, daß ihre großen Blattwedel ihre Gesichter streiften.

Ein saurer grüner Geruch stieg auf wie von einem Sumpf, und Rowan erkannte, daß sie auf ein langgestrecktes Wasserbecken blickte. Es war so dick überwuchert, daß der Wasserspiegel nur hier und da matt aufblinkte. Wasserlilien schimmerten kühn im zarten Licht vom fernen Himmel. Insekten brummten schwer und unsichtbar. Frösche sangen, und manchmal regte sich etwas im Wasser, so daß das Licht plötzlich sogar tief im Schilf zu flirren begann. Ein geschäftiges Rieseln war zu hören, als werde der Pool von Springbrunnen gespeist, und als sie blinzelte, sah sie die Tüllen, die ihre dünnen, funkelnden Wasserstrahlen ausspuckten.

»Den hat Stella gebaut«, sagte er. »Sie hat ihn vor über fünfzig Jahren gebaut. Er hat überhaupt nicht so aussehen sollen. Es war ein Swimming-pool. Und jetzt hat ihn der Garten. Die Erde hat sich alles zurückgeholt.«

Wie traurig er klang. Es war, als habe er etwas bestätigt gesehen, das er nicht ganz glauben konnte. Und wenn sie daran dachte, wie dieser Name sie berührt hatte, als Ellie ihn in den letzten Wochen des Fieberdeliriums ausgesprochen hatte. »Stella im Sarg.«

Er schaute hinüber zu der Hausfassade; als sie seinem Blick folgte, sah sie den hohen Giebel über dem zweiten Stock, wo die Doppelkamine in den Himmel schwebten, und den Schimmer von Mond oder Sternen – sie konnte es nicht erkennen – in den viereckigen Fensterscheiben dort oben vor dem Zimmer, wo der Mann gestorben war und wohin Antha sich vor Carlotta geflüchtet hatte. Von dort oben war sie heruntergefallen, vorbei an den eisernen Verandagittern – ganz herunter bis auf die Steinplatten, wo ihr Schädel zerborsten war und das weiche Hirngewebe zerquetscht, daß das Blut hervorquoll.

Sie drängte sich enger an Michael, verschränkte die Hände hinter seinem Rücken und lehnte sich mit ihrem Gewicht an ihn.

Sie blickte geradewegs hinauf zu dem fahlen Himmel und den wenigen verstreut blinkenden Sternen, und dann kehrte die Erinnerung an die alte Frau zurück, und es war, als wolle die böse Wolke sie nicht loslassen. Sie dachte an den Ausdruck im Gesicht der alten Frau, als sie gestorben war. Sie dachte an ihre Worte. Und an das Gesicht ihrer Mutter im Sarg, die für allezeit auf dem weißen Satin schlummerte.

»Was ist, Darling?« Ein tiefes Grollen kam aus seiner Brust, so zärtlich und besorgt.

Sie drückte das Gesicht gegen sein Hemd, und es fröstelte sie wieder, wie es den ganzen Abend schon hin und wieder geschehen war; als sie fühlte, wie seine Arme sie fester, beinahe hart umschlangen, liebte sie ihn nur noch mehr.

Aber sie konnte den bösen Bann nicht abschütteln. Er war wie ein

Teil des Himmels und des riesigen Baumes, der über ihrem Kopf emporragte, und des glitzernden Wassers tief unten, das zwischen dem wuchernden wilden Schilfgras um Beachtung kämpfte. Aber in Wahrheit war er nicht Teil irgendeines Ortes. Er war in ihr, war ein Teil von ihr. Und als ihr Kopf ruhig an seiner Brust lag, erkannte sie, daß es nicht nur die Erinnerung an die alte Frau und ihre persönliche, spröde Bösartigkeit war, sondern eine Vorahnung. Ellies Bemühungen waren vergebens gewesen, denn Rowan kannte diese Vorahnungen schon seit langem. Vielleicht ihr Leben lang hatte sie gewußt, daß ein furchtbares, dunkles Geheimnis auf sie wartete, daß es ein großes, ungeheures, gieriges, vielschichtiges Geheimnis war, das sich, wäre es einmal erschlossen, in alle Ewigkeit entfalten würde.

Dieser lange Tag in der wohlriechenden, tropischen Stadt altmodischer Höflichkeiten und Rituale war nur der Beginn dieses Entfaltens gewesen. Selbst die Geheimnisse der alten Frau waren nur der Anfang.

Und seine Kraft saugt dieses große Geheimnis aus derselben Wurzel, aus der auch ich meine Kraft beziehe, im Guten wie im Schlechten, denn am Ende sind die beiden nicht zu trennen.

»Rowan, laß dich jetzt fortbringen von hier«, sagte er. »Wir hätten schon längst gehen sollen. Es ist meine Schuld.«

»Nein, es kommt nicht darauf an, von hier wegzugehen«, flüsterte sie. »Mir gefällt es hier. Es kommt nicht darauf an, wohin ich gehe; warum wollen wir also nicht hierbleiben, wo es dunkel und still und schön ist?«

Der weiche, schwere Geruch jener Blume wehte wieder heran. Nachtjasmin hatte die alte Frau sie genannt.

»Ah, riechst du das, Michael?« Sie schaute zu den weißen Wasserlilien hinüber, die im Dunkeln leuchteten.

»Das ist der Duft der Sommernächte in New Orleans«, sagte er. »Wo man einsam spazierengeht und pfeift und mit einem Zweig an den Eisengitterzäunen entlangstreift.« Sie liebte die tiefen Schwingungen seiner Stimme in seiner Brust. »Der Duft eines Spaziergangs durch all diese Straßen.«

Er schaute auf sie herunter und bemühte sich anscheinend angestrengt, ihr Gesicht zu erkennen. »Rowan, was immer geschieht, gib dieses Haus nicht aus der Hand. Selbst wenn du fortgehen mußt und es nie wiedersehen kannst, selbst wenn du es irgendwann hassen solltest. Gib es nicht weg. Laß es niemals jemandem in die Hände fallen, der es nicht lieben würde. Es ist zu schön. Es muß das alles überleben, genau wie wir.«

Sie antwortete nicht. Sie gestand ihm nicht ihre dunkle Angst, daß sie es nicht überleben würden, daß irgendwie alles, was ihr je Trost gespendet hatte, verloren gehen würde. Und dann erinnerte sie sich an das Gesicht der alten Frau dort oben in dem Todeszimmer, wo vor vielen, vielen Jahren der Mann gestorben war und wo die alte Frau zu ihr gesagt hatte: »Du hast die Wahl! Zerreiße die Kette!« Die alte Frau, wie sie versucht hatte, ihre Kruste aus Bosheit und Niedertracht und Kälte zu durchbrechen. Wie sie versucht hatte, Rowan etwas anzubieten, das sie selbst als glänzend und rein wahrnahm. In einem Zimmer mit dem Mann, der dort gestorben war, hilflos eingewickelt in einen Teppich, während unten in den anderen Räumen das Leben weiterging.

»Laß uns gehen, Liebste«, sagte er. »Laß uns ins Hotel zurückfahren. Ich bestehe darauf. Laß uns einfach in eins von diesen großen, weichen Hotelbetten kriechen und uns zusammenkuscheln.«

»Können wir zu Fuß gehen, Michael? Können wir langsam zu Fuß durch die Dunkelheit gehen?«

»Ja, Honey, wenn du möchtest.«

Sie hatten keinen Schlüssel zum Abschließen. Sie ließen die Lichter hinter den schmutzigen schweren Vorhängen brennen. Sie gingen den Weg hinunter und durch das rostige Tor hinaus.

Michael schloß den Wagen auf, nahm eine Aktentasche heraus und zeigte sie ihr. Das sei die ganze Geschichte, sagte er, aber sie könne sie erst lesen, wenn er ihr ein paar Dinge erklärt habe. Morgen beim Frühstück würden sie darüber reden. Er habe Aaron versprochen, daß er ihr die Akte nicht ohne ein paar Erklärungen in die Hand geben würde, und das geschehe um ihretwillen. Aaron wolle, daß sie alles verstehe.

Sie nickte. Sie hegte kein Mißtrauen gegen Aaron Lightner. Niemand konnte ihr etwas vormachen, und Aaron hatte es nicht nötig, jemandem etwas vorzumachen. Aber wenn sie jetzt an ihn dachte, wenn sie sich an seine Hand auf ihrem Arm erinnerte, hatte sie das unbehagliche Gefühl, daß auch er ein Unschuldiger sei, ein Unschuldiger wie Michael. Und was sie so unschuldig machte, war die

Tatsache, daß sie die Bosheit im Menschen eigentlich nicht verstanden.

Sie war jetzt so müde. Ganz gleich, was man zu sehen oder zu fühlen oder zu erkennen bekommt, man wird müde. Man kann nicht Stunde um Stunde, Tag für Tag trauern. Aber als sie zu dem Haus zurückschaute, dachte sie an die alte Frau, wie sie kalt und klein und tot in ihrem Schaukelstuhl lag, und nie würde ihr Tod verstanden oder gesühnt werden.

Michael blieb plötzlich wie angewurzelt stehen und starrte die Haustür an. Sie zupfte an seinem Ärmel und trat dicht an ihn heran.

»Sieht aus wie ein großes Schlüsselloch, nicht wahr?« meinte sie.

Er nickte, aber er schien weit weg zu sein, ganz verloren in seinen Gedanken. »So hat man diesen Stil genannt – den Schlüsselloch-Stil«, murmelte er. »Gehört zu diesem ägyptisch-griechisch-italienischen Mischmasch, den man so sehr liebte, als dieses Haus gebaut wurde.«

»Na, sie haben ihre Sache gut gemacht«, sagte sie müde. Sie wollte ihm von der Tür erzählen, die die Gruft auf dem Friedhof zierte, aber sie war zu müde.

Langsam gingen sie weiter, erst zur Philip Street, dann hinauf zur Prytania und weiter zur Jackson Avenue. An wunderhübschen Häusern gingen sie im Dunkeln vorbei, an Gartenmauern. Und weiter ging es, zur St. Charles Avenue, vorbei an geschlossenen Geschäften und Bars und zum Hotel. Nur gelegentlich huschte ein Auto vorüber, und einmal erschien die Straßenbahn mit mächtigem Eisengeratter; sie bog um die Kurve und donnerte davon, und ihre leeren Fenster waren von buttergelbem Licht erfüllt.

Unter der Dusche liebten sie einander; sie küßten und berührten sich gegenseitig hastig und unbeholfen, und das Gefühl der Lederhandschuhe trieb Rowan zu beinahe wahnsinniger Erregung, als sie ihre nackten Brüste berührten und zwischen ihre Beine hinunterglitten. Das Haus war verschwunden, die alte Frau ebenso, und auch die arme, traurige, schöne Deirdre. Nur Michael gab es noch, nur diese starke Brust, von der sie geträumt hatte, und seinen dicken Schwanz in ihren Händen, der da aus seinem Nest von dunkel glänzendem Kraushaar heraufragte.

Nachher, als sie warm und trocken ins Bett stiegen und die Klimaanlage leise rauschte, streifte Michael die Handschuhe ab, und sie begannen von neuem. »Ich kann nicht aufhören, dich zu berühren«, sagte er. »Ich kann es nicht ertragen, und ich will dich fragen, wie es war, als diese Sache passierte, aber ich weiß, daß ich dich danach nicht fragen sollte; weißt du, es ist, als hätte ich das Gesicht des Mannes gesehen, der dich berührt hat...«

Sie lag auf dem Rücken und schaute im Halbdunkel zu ihm auf; sie liebte die köstliche Last seines Gewichtes auf ihr, seine Hände, die fast an ihren Haaren zerrten. Sie ballte die Rechte zur Faust und schürfte mit den Fingerknöcheln über den dunklen Schatten der Bartstoppeln an seinem Kinn.

»Es war, als würde ich es mir selber machen«, sagte sie leise, und sie faßte seine linke Hand und zog sie zu sich herunter, so daß sie die Handfläche küssen konnte. Sofort wurde er steif, und sein Schwanz bohrte sich zwischen ihre Schenkel. »Es war nicht das Stoßen und Drängen eines anderen Menschen. Nicht lebende Zellen an lebenden Zellen.«

»Hmmm, ich liebe sie, diese lebenden Zellen«, schnurrte er ihr ins Ohr, und dann küßte er sie rauh. Er verschlang sie mit seinen Küssen, und ihr Mund kam ihm entgegen, ebenso hungrig und respektlos und fordernd wie sein eigener.

Als sie aufwachte, war es vier Uhr. *Zeit, in die Klinik zu fahren. Nein.* Michael schlief tief. Den überaus sanften Kuß auf seiner Wange spürte er nicht. Sie zog den dicken weißen Frotteemantel an, den sie im Schrank fand, und ging lautlos hinaus ins Wohnzimmer der Suite. Das einzige Licht kam von der Avenue herauf.

Die Straße lag verlassen dort unten. Still wie eine Theaterkulisse. Sie liebte die frühmorgendlichen Straßen, wenn sie so waren – wenn man das Gefühl hatte, man könnte, wenn man Lust hätte, hinuntergehen und dort tanzen wie auf einer Bühne, denn die weißen Linien und die Lichter der Ampeln hatten jetzt keinerlei Bedeutung.

Sie fühlte sich klar und gut und sicher hier. Das Haus wartete, aber das Haus wartete schon lange.

Von der Telefonistin erfuhr sie, daß es noch keinen Kaffee gebe. Aber eine Nachricht sei für sie und Mr. Curry gekommen, von einem Mr. Lightner: Er werde im Laufe des Tages zum Hotel kommen und sei bis dahin im Haus auf dem Land zu erreichen. Rowan notierte sich die Nummer.

Sie ging in die kleine Küche, fand dort eine Kanne und Kaffee und brühte sich selbst welchen auf. Dann kehrte sie zurück ins Wohnzimmer; sorgfältig schloß sie die Schlafzimmertür und dann die Tür zu dem kleinen Korridor zwischen Schlaf- und Wohnzimmer.

Wo war die Akte über die Mayfair-Hexen? Wo hatte Michael die Aktentasche hingelegt, die er aus dem Auto mit heraufgebracht hatte?

Sie durchsuchte das kleine Wohnzimmer mit den volantverzierten Sesseln und der kleinen Couch. Sie durchsuchte das kleine Schreibzimmer, die Schränke, sogar die Küche. Dann huschte sie zurück in den Korridor und betrachtete ihn im Licht, das durch das Fenster hereinschien, wie er schlief. Er hatte Locken im Nacken.

Im Wandschrank nichts. Im Bad auch nichts.

Clever, Michael. Aber ich werde sie finden. Und dann sah sie eine Ecke des Aktenkoffers. Er hatte ihn hinter den Sessel geschoben.

Nicht eben vertrauensvoll. Aber ich tue ja auch genau das, was ich mehr oder weniger versprochen habe, bleibenzulassen, dachte sie. Sie zog den Aktenkoffer heraus, hielt noch einmal inne, um auf das Geräusch seines tiefen Atmens zu lauschen, und dann schloß sie die Tür, ging auf Zehenspitzen durch den Korridor und schloß auch die zweite Tür. Sie legte den Aktenkoffer auf den Couchtisch, in den Lichtkreis der Lampe.

Dann holte sie sich ihren Kaffee und ihre Zigaretten, setzte sich auf die Couch und sah auf die Uhr. Es war Viertel nach vier.

Sie klappte den Aktenkoffer auf und nahm den großen Stapel Mappen heraus. Auf jeder stand der kuriose Titel: Die Akte über die Mayfair-Hexen. Sie mußte lächeln.

Es war alles so ordentlich. »Unschuldig«, flüsterte sie. »Sie sind alle so unschuldig. Der Mann auf dem Dachboden war vermutlich auch so unschuldig. Und diese alte Frau – eine Hexe bis ins Mark.« Sie hielt inne, nahm den ersten Zug von ihrer Zigarette und fragte sich, warum sie es so vollständig verstand und warum sie so sicher war, daß sie – Aaron und Michael – es nicht verstanden.

Sie blätterte rasch durch das Manuskript und verschaffte sich einen Gesamteindruck, wie sie es immer mit den wissenschaftlichen Texten tat, die sie auf einen Satz verschlingen wollte.

Kein Problem, das Ganze in vier Stunden zu schaffen. Mit etwas Glück würde Michael noch so lange schlafen. Die ganze Welt würde schlafen. Sie machte es sich auf der Couch bequem, legte die bloßen Füße auf die Tischkante und fing an zu lesen.

Um neun Uhr ging sie langsam die First Street hinunter, bis sie an der Ecke Chestnut Street ankam. Die Morgensonne stand bereits hoch am Himmel, und die Vögel sangen beinahe wütend im Blätterdach über ihr. Das scharfe Krächzen einer Krähe durchdrang ihren sanfteren Chor. Eichhörnchen huschten auf den dicken, schweren Ästen umher, die sich tief und ausladend über Zäune und Ziegelmauern streckten. Die sauber gefegten, backsteingepflasterten Gehwege lagen verlassen da; die ganze Gegend schien ihren Blumen, ihren Bäumen und ihren Häusern zu gehören. Selbst die gelegentlichen Verkehrsgeräusche wurden von der alles umschließenden Stille und dem Grün verschluckt.

Aaron Lightner erwartete sie bereits am Tor.

Sie hatte ihn um acht Uhr angerufen und um dieses Treffen gebeten, und schon aus einiger Entfernung sah sie, daß ihn ihre Reaktion auf das, was sie gelesen hatte, mit tiefer Sorge erfüllte.

Sie nahm sich Zeit beim Überqueren der Kreuzung. Langsam und mit gesenktem Blick näherte sie sich ihm; noch immer schwirrte ihr der Kopf von der langen Geschichte und all den Details, die sie so hastig hatte aufnehmen müssen.

Als sie sich schließlich vor ihm sah, ergriff sie seine Hand. Sie hatte sich nicht zurechtgelegt, was sie ihm sagen wollte. Es würde sie auf eine harte Probe stellen. Aber es war ein gutes Gefühl, hier zu sein, seine Hand zu halten und sie zu drücken, während sie den Ausdruck seines offenherzigen, sympathischen Gesichtes studierte.

»Danke«, sagte sie, und sie fand, daß ihre Stimme schwach und unzulänglich klang. »Sie haben die schlimmsten und quälendsten Fragen meines Lebens restlos beantwortet. Tatsächlich können Sie gar nicht ahnen, was Sie für mich getan haben. Sie und Ihre Beobachter – Sie haben den dunkelsten Teil meiner selbst gefunden. Sie wußten, was das war, und haben ein Licht darauf gerichtet –, und Sie haben es mit etwas Größerem, Älterem verbunden, das aber ebenso real ist.« Sie schüttelte den Kopf, ohne seine Hand loszulassen, und bemühte sich, weiterzureden. »Ich weiß nicht, wie ich sagen soll, was ich sagen will«, gestand sie. »Ich bin nicht mehr allein! Ich meine – ich, alles, was ich bin, nicht bloß der Name und der Teil, den die Familie haben will. Ich meine das, was ich bin.« Sie seufzte. Diese Worte waren so unbeholfen und die Gefühle dahinter so gewaltig – ebenso gewaltig wie ihre Erleichterung.

Sie sah, daß er erstaunt und auch leicht verwirrt war. Langsam nickte er. Und sie fühlte seine Güte und vor allem seine Bereitwilligkeit, ihr zu vertrauen.

»Was kann ich jetzt für Sie tun«, fragte er mit absoluter und entwaffnender Offenheit.

»Kommen Sie ins Haus«, sagte sie. »Lassen Sie uns miteinander reden.«

30

Elf Uhr. Er setzte sich im Dunkeln auf und starrte auf die Digitaluhr auf dem Tisch. Wie hatte er nur so lange schlafen können? Er hatte die Vorhänge offengelassen, damit das Licht ihn wecken würde. Aber jemand hatte sie zugezogen. Und seine Handschuhe. Wo waren seine Handschuhe? Er fand sie, zog sie an und stand auf.

Der Aktenkoffer war weg. Er wußte es, bevor er hinter dem Sessel nachgeschaut hatte. Sie hatte ihn ausgetrickst.

Sofort zog er seinen Bademantel an und ging durch die kleine Diele zum Wohnzimmer. Niemand da. Nur der versengte Geruch von kaltem Kaffee aus der Küche und ein Hauch von Zigarettenrauch in der Luft.

Und da, auf dem Couchtisch, der leere Aktenkoffer – und die Akte. Braune Hefter in zwei ordentlichen Stapeln.

»Ach, Rowan«, stöhnte er. Aaron würde ihm nie verzeihen. Jetzt hatte Rowan gelesen, daß Karen Garfield und Dr. Lemle gestorben waren, nachdem sie mit ihnen gesprochen hatte. Sie hatte all den delikaten Tratsch gelesen, den man im Laufe der Jahre von Ryan Mayfair und von Bea und anderen zusammengetragen hatte, die sie ja höchstwahrscheinlich auf der Beerdigung kennengelernt hatte. Das und tausend andere Dinge, an die er im Moment nicht einmal denken konnte.

Wenn er jetzt ins Schlafzimmer ginge und feststellte, daß alle ihre

Sachen weg waren... Aber ihre Garderobe war ja sowieso nicht hier, sondern in ihrem Zimmer.

Er blieb stehen und kratzte sich am Kopf; er wußte nicht, was er zuerst tun sollte – in ihrem Zimmer anrufen, Aaron alarmieren oder einfach in heulenden Wahnsinn verfallen. Dann sah er den Zettel.

Er lag neben den beiden Hefterstapeln, ein einzelnes Blatt Hotelpapier, beschrieben mit einer sehr klaren, geraden Handschrift.

Acht Uhr dreißig.
Michael,
habe die Akte gelesen. Ich liebe Dich. Keine Sorge.
Treffe mich um neun mit Aaron. Kannst Du um drei zum Haus kommen? Ich muß ein Weilchen dort allein sein. Werde Dich gegen drei erwarten. Wenn nicht, hinterlasse mir eine Nachricht.
Die Hexe von Endor.

»Die Hexe von Endor.« Wer war die Hexe von Endor? Ach ja, die Frau, zu der König Saul gegangen war, damit sie seinen Vorfahren Samuel aus dem Reich der Toten für ihn heraufbeschwor. Nicht überinterpretieren – es bedeutet nur, daß sie die Lektüre der Akte überlebt hat. Das Wunderkind. Die Gehirnchirurgin. Die Akte gelesen! Dazu hatte er zwei Tage gebraucht. Die Akte gelesen!

Er rief den Zimmerservice an. »Schicken Sie mir ein großes Frühstück. Eier Benedict, Grits, jawohl, eine große Schüssel Grits, eine Extrascheibe Speck, Toast und eine ganze Kanne Kaffee. Und sagen Sie dem Kellner, er soll seinen Schlüssel benutzen; ich werde mich derweil anziehen. Setzen Sie zwanzig Prozent Trinkgeld auf die Rechnung. Und schicken Sie mir auch Wasser, eiskaltes Wasser.«

Er las ihre Nachricht noch einmal. Aaron und Rowan waren jetzt zusammen. Das erfüllte ihn mit banger Sorge. Jetzt begriff er erst, was für Befürchtungen Aaron gehegt hatte, als er selbst angefangen hatte, das Material zu lesen. Und er hatte auch nicht auf Aaron hören wollen. Er hatte lesen wollen. Na, da konnte er Rowan keinen Vorwurf machen.

Aber sein Unbehagen wurde er trotzdem nicht los. Sie verstand Aaron nicht. Und er verstand sie sicher auch nicht. Und sie hielt ihn für naiv. Er schüttelte den Kopf. Und dann war da noch Lasher. Was dachte Lasher?

Am Abend zuvor, ehe er in Oak Haven weggefahren war, hatte Aaron gesagt: »Es war der Mann. Ich habe ihn im Scheinwerferlicht gesehen. Ich wußte, es war ein Trick, aber ich konnte es nicht darauf ankommen lassen.«

»Und was werden Sie jetzt machen?« hatte Michael gefragt.

»Aufpassen«, hatte Aaron geantwortet. »Was kann ich sonst tun?«

Und jetzt wollte sie sich um drei mit ihm im Haus in der First Street treffen, weil sie vorher ein Weilchen dort allein sein wollte. Mit Lasher? Wie sollte er bis drei Uhr seine Gefühle im Zaum halten?

Na, du bist doch hier in New Orleans, oder, alter Freund? Du warst noch nicht in der alten Gegend. Vielleicht ist es Zeit, daß du mal hingehst.

Er verließ das Hotel um Viertel vor zwölf; die warme Luft umfing ihn überraschend und köstlich, als er ins Freie trat.

Nach dreißig Jahren in San Francisco war er instinktiv auf Kälte und Wind gefaßt gewesen.

Und als er jetzt das Zentrum hinter sich ließ, merkte er, daß er in dergleichen unterbewußten Weise auch auf einen steilen Auf- oder Abstieg gefaßt gewesen war. Die ebenen, breiten Gehwege fühlten sich wunderbar an. Es war, als sei hier alles leichter – jeder Atemzug in der warmen Brise, jeder Schritt, das Überqueren der Straße, der sanfte Blick auf die ausgewachsenen, schwarzborkigen Eichen, die die Stadtlandschaft veränderten, als er die Jackson Avenue überquert hatte. Kein Wind, der ihm ins Gesicht schnitt, nicht der gleißende Himmel der Pazifikküste, der ihn blendete.

Er beschloß, durch die Philip Street zum Irish Channel zu spazieren; er ging langsam, wie er es früher getan hätte, denn er wußte, daß die Hitze schlimmer, daß seine Kleider schwerer werden würden, daß selbst seine Schuhe nach einer Weile innen feucht werden würden, und daß er früher oder später seine khakifarbene Safarijacke ausziehen und über die Schulter werfen würde.

Und bald hatte er alles Düstere hinter sich gelassen; diese Landschaft barg zu viele glückliche Erinnerungen. Sie lenkte ihn von der Sorge um Rowan ab. Sie lenkte ihn von der Sorge wegen des Mannes ab. Er glitt einfach zurück in die Vergangenheit, ließ sich an alten Mauern vorübertreiben, die von Efeu bedeckt waren und von junger

Myrte, die dünn und krautig wucherte, voll von dicken, schlaffen Blüten, die er beiseite schlagen mußte, während er ging. Und wieder erkannte er – genauso machtvoll wie schon einmal –, daß die Sehnsucht an der Erinnerung nichts geschönt hatte.

Endlich überquerte er die Magazine Street, wobei er aufmerksam auf den rasenden Verkehr achtete, und ging weiter in den Irish Channel. Die Häuser schienen zu schrumpfen. Anstelle der Säulen traten Pfosten, Eichen gab es hier nicht mehr, und selbst die riesigen Zürgelbäume blieben an der Ecke Constance Street zurück. Aber das war okay, das war ganz in Ordnung so. Das war sein Stadtteil. Oder war es zumindest gewesen.

Die Annunciation Street brach ihm das Herz. Die brachliegenden Grundstücke waren von Müll und alten Autoreifen übersät. Das Doppelhäuschen, in dem er gewohnt hatte, war verlassen; große Platten von verwittertem Sperrholz bedeckten alle Türen und Fenster, und der Garten, in dem er gespielt hatte, war ein Unkrautdschungel, umgeben von einem häßlichen Drahtzaun. Er sah nichts von den Jalapen, die hier früher sommers wie winters rosig und duftend geblüht hatten, und auch die Bananenstauden am alten Schuppen am Ende des Gartens waren fort. Der kleine Lebensmittelladen an der Ecke war mit einem Vorhängeschloß gesichert und verlassen. Und in der alten Bar an der Ecke war kein Lebenszeichen zu entdekken.

Nach und nach erkannte er, daß er weit und breit der einzige Weiße war.

Immer tiefer drang er in die traurige Schäbigkeit ein. Hier und da war ein schön angestrichenes Haus zu sehen; ein hübsches schwarzes Kind mit Zöpfchen und stillen runden Augen klebte an einem Gartentor und starrte zu ihm auf. Aber all die Leute, die er vielleicht hätte kennen können, waren längst nicht mehr hier.

Das hier war jetzt eine Stadt der Schwarzen, und er spürte kalte, abschätzende Blicke auf sich, als er in die Josephine Street einbog und auf die alten Kirchen und die alte Schule zuging. Noch mehr Holzhäuschen, mit Brettern vernagelt. Das Erdgeschoß eines Mietshauses völlig ausgeschlachtet. Zerfetzte, aufquellende Polstermöbel türmten sich am Randstein.

Trotz allem, was er bis dahin schon gesehen hatte, war der Anblick der verlassenen Schulgebäude ein Schock. In den Fenstern der

Zimmer, in denen er vor so vielen Jahren gebüffelt hatte, waren die Scheiben zerbrochen. Und da, die Turnhalle, bei deren Bau er mitgeholfen hatte, sah so abgenutzt aus, ein Gebäude aus einer anderen Zeit, ganz und gar vergessen.

Nur die Kirchen, St. Mary und St. Alphonsus, standen noch da, stolz und scheinbar unzerstörbar. Aber ihre Türen waren verschlossen. Und im Sakristeigarten von St. Alphonsus reichte ihm das Unkraut bis zu den Knien. Er sah die alten Stromkästen, offen und verrostet, die Sicherungen herausgerissen.

»Woll'n Sie die Kirche sehen?«

Er drehte sich um. Ein kleiner, kahlköpfiger Mann mit rundem Bauch und einem schwitzenden rosaroten Gesicht hatte ihn angesprochen. »Müssen Sie ins Pfarrhaus gehen; die lassen Sie rein.«

Michael nickte.

Sogar das Pfarrhaus war abgeschlossen. Man mußte läuten und auf den Türsummer warten. Die kleine Frau mit den dicken Brillengläsern und dem kurzgeschnittenen braunen Haar sprach durch eine Glasscheibe.

Er zog eine Handvoll Zwanzig-Dollar-Scheine hervor. »Ich möchte eine Spende abgeben«, sagte er. »Und ich würde gern beide Kirchen sehen, wenn ich dürfte.«

»St. Alphonsus können Sie nicht anschauen«, sagte sie. »Die wird nicht mehr benutzt. Der Bau ist nicht mehr sicher. Der Putz fällt herunter.«

Der Putz! Er erinnerte sich an die prachtvollen Gemälde unter der Decke, an die Heiligen, die aus einem blauen Himmel auf ihn herabgeschaut hatten. Unter diesem Dach war er getauft worden, zur Ersten Kommunion und später zur Firmung gegangen. Und an jenem letzten Abend hier war er zusammen mit den anderen High-School-Absolventen mit weißer Mütze und Gewand durch den Mittelgang der Kirche geschritten, und es war ihm gar nicht in den Sinn gekommen, sich ein letztes Mal umzuschauen, so aufgeregt war er gewesen, weil er nun mit Mutter in den Westen gehen würde.

»Wo sind sie denn alle geblieben?« fragte er.

»Weggezogen«, sagte sie und winkte ihm, ihr zu folgen, und sie führte ihn durch das Pfarrhaus geradewegs in die Kirche von St. Mary. »Und die Farbigen kommen nicht.«

»Aber warum ist alles abgeschlossen?«

»Wir hatten hier einen Raubüberfall nach dem anderen.«

Sie führte ihn durch das Gotteshaus. Hier war er Meßdiener gewesen. Er hatte den Meßwein eingeschenkt. Das Glücksgefühl durchströmte ihn wie ein leises Pochen, als er die Reihen der hölzernen Heiligen sah, das langgestreckte hohe Kirchenschiff mit den hintereinander aufragenden gotischen Spitzbögen. Alles prachtvoll, alles intakt. Man brauchte nicht viel Phantasie, um die uniformierten Schüler vor sich zu sehen, wie sie reihenweise aus den Sitzbänken hervorkamen, um zur Kommunion zu gehen. Die Mädchen in weißen Blusen und blauen Wollröcken, die Jungen in Khakihemden und -hosen. Aber seine Erinnerung durchwanderte all die Jahre: Mit acht hatte er hier das Weihrauchfaß geschwungen, dort auf den Stufen, beim Segen.

»Lassen Sie sich Zeit«, sagte die kleine Frau. »Kommen Sie durch das Pfarrhaus zurück, wenn Sie fertig sind.«

Eine halbe Stunde saß er in der ersten Bank. Er wußte nicht genau, was er hier eigentlich tat. Vielleicht prägte er sich die Einzelheiten ein, die er aus der Erinnerung nicht hätte heraufbeschwören können. Nie wieder wollte er sie vergessen, die Namen der unter dem Altar Begrabenen, die dort in den Marmorboden gemeißelt waren, nie wieder auch die gemalten Engel hoch oben an der Decke. Oder das Fenster ganz rechts, wo die Engel und Heiligen Holzschuhe trugen! Wie sonderbar. Konnte so etwas wohl jetzt noch jemand erklären? Wenn er bedachte, daß er es nie zuvor bemerkt hatte, und wenn er bedachte, wie viele Stunden er hier in der Kirche verbracht hatte...

Und wenn er an Marie Louise dachte, mit den großen Brüsten unter der gestärkten weißen uniformähnlichen Bluse, wie sie während des Gottesdienstes in ihrem Meßbuch las. Und an Rita Mae Dwyer, die schon mit vierzehn wie eine erwachsene Frau ausgesehen hatte. Sonntags hatte sie zu ihrem roten Kleid sehr hohe Absätze und große goldene Ohrringe getragen. Michaels Vater war einer der Männer gewesen, die mit dem Kollektenbeutel an einer langen Stange durch die Gänge heruntergekommen waren und ihn mit angemessen feierlicher Miene nacheinander in jede Reihe hineingereicht hatten. In jenen Tagen hatte man in einer katholischen Kirche nicht einmal zu flüstern gewagt, wenn es nicht unvermeidlich gewesen war.

Was hatte er sich denn gedacht – daß sie alle hier sein und ihn erwarten würden? Ein Dutzend Rita Maes in geblümten Kleidern zu einem Mittagsbesuch in der Kirche?

Am vergangenen Abend hatte Rita Mae gesagt: »Geh da nicht wieder hin, Mike. Behalte es so in Erinnerung, wie es früher war.«

Endlich rappelte er sich wieder auf. Er schlenderte den Gang hinauf zu den alten hölzernen Beichtstühlen. Er fand die Plakette an der Wand mit der Liste derjenigen, die in letzter Zeit für die Restaurierung gespendet hatten. Er schloß die Augen, und für einen Moment bildete er sich ein, die spielenden Kinder auf dem Schulhof zu hören, das Pausengeschrei zahlloser Stimmen.

Aber da war kein solches Geräusch. Nicht das wuchtige Zischen der Schwingtüren, wenn Gemeindemitglieder kamen und gingen. Nur der feierliche, leere Raum. Und die Jungfrau unter ihrer Krone auf dem Hochaltar.

Klein und weit weg sah das Standbild aus. Es kam ihm in den Sinn, daß er eigentlich davor beten sollte. Er sollte die Jungfrau oder Gott selbst fragen, weshalb er wieder hierher geführt worden war und was es bedeutete, daß er dem kalten Griff des Todes entrissen worden war. Aber er glaubte nicht an die Standbilder auf dem Altar. Und keine Erinnerung an einen kindlichen Glauben wollte zu ihm zurückkehren.

Die Erinnerung, die statt dessen kam, war sehr spezifisch und unbehaglich, schäbig und gemein. Er und Marie Louise hatten sich gleich hinter einer dieser großen Vordertüren heimlich getroffen, um miteinander zu reden. In Strömen hatte es geregnet. Und Marie Louise hatte ihm widerstrebend gestanden: Nein, sie sei nicht schwanger. Wütend war sie gewesen, weil sie sich zu dem Geständnis gezwungen gesehen hatte, wütend auch, weil er so erleichtert gewesen war. »Willst du denn nicht heiraten? Warum spielen wir dann diese blöden Spielchen?«

Was wäre aus ihm geworden, wenn er Marie Louise geheiratet hätte? Er sah ihre großen, mürrischen Augen vor sich. Er spürte ihre Bitterkeit, ihre Enttäuschung. Er konnte es sich nicht vorstellen.

Marie Louises Stimme kehrte zurück. »Du weißt, daß du mich früher oder später heiraten wirst. Wir sind füreinander bestimmt.«

Bestimmt. War er dazu bestimmt gewesen, von hier fortzugehen, dazu bestimmt, zu tun, was er in seinem Leben getan hatte, dazu bestimmt, so weit zu reisen? War er dazu bestimmt gewesen, von der Klippe ins Meer zu fallen und langsam hinauszutreiben, weg von den Lichtern an Land?

Er dachte an Rowan – nicht bloß an ihre visuelle Erscheinung, sondern an alles, was Rowan jetzt für ihn bedeutete. Er dachte an ihre Reize und ihre Sinnlichkeit, an das Geheimnisvolle an ihr, an ihren schlanken, straffen Körper, der sich unter der Decke an ihn kuschelte, an ihre samtweiche Stimme und ihre kalten Augen. Er dachte daran, wie sie ihn ansah, bevor sie miteinander schliefen, so selbstvergessen, ohne an ihren eigenen Körper zu denken, ganz vertieft in den seinen. Kurz, sie sah ihn an, wie ein Mann eine Frau ansah. Ebenso hungrig, ebenso aggressiv, und doch von so magischer Nachgiebigkeit in seinen Armen.

Er starrte noch immer auf den Altar – starrte die ganze gewaltige, prächtig geschmückte Kirche an.

Er wünschte, er könnte an etwas glauben. Und dann erkannte er, daß er es tat. Er glaubte immer noch an seine Visionen und daran, daß sie gut gewesen waren. Er glaubte an sie und an ihr Gutsein ebenso fest, wie andere an Gott oder an die Heiligen glaubten, an die gottgegebene Richtigkeit eines bestimmten Weges. So fest, wie sie an eine Berufung glaubten.

Und es erschien ihm ebenso töricht wie jeder andere Glaube. »Aber ich habe gesehen, aber ich habe gefühlt, aber ich erinnere mich, aber ich weiß...« Soviel Gestammel. Schließlich konnte er sich ja immer noch nicht erinnern. Nichts in der gesamten Mayfair-Geschichte hatte ihn zu diesen kostbaren Augenblicken zurückgeführt, nur das Bild Deborahs – und so sicher er auch war, daß sie es gewesen war, die ihm erschienen war, verfügte er doch nicht über wirkliche Details, konnte er sich nicht wirklich erinnern an Worte oder Augenblicke.

Impulsiv, und ohne den Blick vom Altar zu wenden, schlug er ein Kreuzzeichen.

Wie viele Jahre war es her, daß er das jeden Tag getan hatte, dreimal täglich? Neugierig, nachdenklich, tat er es noch einmal. »Im Namen des Vaters und des Sohnes und des Heiligen Geistes.« Und sein Blick war immer noch auf die Jungfrau gerichtet.

Eine Zeitlang blieb er noch stumm stehen, die behandschuhten Hände in den Taschen, und dann ging er langsam den Gang hinunter, bis er vor dem Altargitter ankam; er stieg die Marmorstufen hinauf, durchquerte den Chor und suchte sich den Weg hinüber zum Pfarrhaus und ins Freie.

Die Sonne hämmerte auf die Constanze Street herunter, wie sie es immer getan hatte. Gnadenlos und häßlich. Hier gab es keine Bäume. Und der Garten des Pfarrhauses hinter der hohen Ziegelmauer und der Rasen neben der Kirche waren verbrannt und erschöpft und verstaubt.

Der kleine Glatzkopf mit dem verschwitzten roten Gesicht saß auf der Treppe des Pfarrbüros; er hatte die Arme auf den Knien verschränkt, und seine Blicke verfolgten einen Schwarm graugefiederter Tauben, die an der trostlos abblätternden Fassade von St. Alphonsus emporflatterten.

»Sollten sie mal vergiften, die Vögel«, sagte er. »Sauen alles ein.«

Michael zündete sich eine Zigarette an und bot dem Mann die Schachtel an. Der Mann nahm eine und nickte dankend. Michael reichte ihm das fast leere Streichholzheftchen.

Oben an der Ecke Magazine und Jackson ging Michael in eine finstere, übel aussehende Kneipe in einem jämmerlichen alten, schiefen Holzschindelbau. In all den Jahren in San Francisco hatte er nie einen so heruntergekommenen Laden gesehen. Ein Weißer hing wie ein Schatten im hinteren Ende und starrte ihn mit glitzernden Augen in einem rissigen, brüchigen Gesicht an. Auch der Barkeeper war weiß. »Geben Sie mir ein Bier«, sagte Michael.

»Was für eins?«

»Ist mir scheißegal.«

Sein Timing war perfekt.

Um genau drei Uhr stand er vor dem offenen Tor. Zum erstenmal sah er das Haus im Sonnenschein, und sein Puls beschleunigte sich. *Hier, ja.* Sogar in seinem vernachlässigten Zustand war es würdevoll und großartig; es schlummerte nur unter den Hängeranken. Die langgestreckten Blendläden waren verkrustet von abblätternder grüner Farbe, aber sie hingen immer noch gerade an den eisernen Angeln. Alles wartete...

Ein Schwindelgefühl überkam ihn, als er es anschaute, ein flüchtiges Entzücken darüber, daß er – egal, aus welchen Gründen – wieder hergekommen war. *Daß ich tue, was ich tun soll...*

Er ging die Treppe hinauf und stieß gegen die Tür, und als sie sich öffnete, betrat er den langen, breiten Flur. In San Francisco war er nie in einem solchen Gebäude gewesen, hatte er nie unter einer so hohen Decke gestanden oder so anmutige, hohe Türen gesehen.

Ein tiefer Glanz wohnte in den Kiefernholzdielen, trotz des klebrigen Staubrandes, der sich an den Wänden entlangzog. Oben blätterte die Farbe von den Stuckverzierungen, aber sie selbst waren noch ganz in Ordnung. Er empfand Liebe zu allem, was er hier sah – Liebe zu der Handwerkskunst in den sich nach oben verjüngenden, schlüssellochförmigen Türen, in dem wunderschönen Geländerpfosten und den Balustraden der langgezogenen Treppe. Er liebte es, wie der Boden unter seinen Füßen sich anfühlte – so solide. Und der warme, gute Holzgeruch des Hauses erfüllte ihn mit einer plötzlichen, sehr willkommenen Zufriedenheit. So roch ein Haus nur an einem einzigen Ort auf der ganzen Welt.

»Michael? Komm herein, Michael.«

Er ging zu der ersten der beiden Wohnzimmertüren. Es war immer noch dunkel und voller Schatten, obwohl sie alle Vorhänge aufgezogen hatte. Das Licht fiel in Streifen durch die Blendläden, und matt und weich floß es durch die schmutzigen Fliegengitter der Veranda vor den Seitenfenstern.

Rowan saß – klein und sehr hübsch – auf der langen braunen Samtcouch, mit dem Rücken zur Frontseite des Hauses. Das Haar fiel ihr wunderschön über die Wange. Sie trug eins dieser weiten, verknitterten Baumwolloberhemden, die leicht wie Seide sind, und ihr sonnengebräuntes Gesicht und ihr Hals hoben sich dunkel von dem weißen T-Shirt darunter ab. Ihre langen Beine steckten in einer weißen Hose, ihre Zehen waren nackt und überraschend sexy mit den schmalen, blitzroten Lackpunkten in den weißen Sandalen.

»Die Hexe von Endor«, sagte er, und er beugte sich hinunter, um sie auf die Wange zu küssen und ihr Gesicht dabei mit der Linken warm und zärtlich zu umfassen.

Sie ergriff seine beiden Handgelenke, hielt ihn fest und küßte ihn rauh und süß auf den Mund. Er spürte das Beben in ihren Gliedern, das Fieber in ihr.

»Du bist ganz allein hier gewesen?«

Sie lehnte sich zurück, als er neben ihr Platz nahm.

»Und warum, zum Teufel, nicht?« fragte sie mit ihrer langsam fließenden, dunklen Stimme. »Ich habe heute nachmittag meine offizielle Kündigung an die Klinik übermittelt. Ich werde mich hier um eine Stelle bewerben. Und ich werde hier wohnen, in diesem Haus.«

Er stieß einen langen Seufzer aus. »Ist das dein Ernst?«

»Na, was meinst du?«

»Ich weiß nicht. Auf dem ganzen Weg hierher – ich war im Irish Channel – habe ich immer wieder gedacht, vielleicht stehst du hier mit gepackten Koffern und willst zurückfliegen.«

»Nein. Ausgeschlossen. Ich habe mit meinem alten Chef in San Francisco bereits drei oder vier verschiedene Kliniken hier erörtert. Er ruft ein paar Leute für mich an. Aber was ist mit dir?«

»Wie meinst du das – was ist mit mir? Du weißt, warum ich hier bin. Wo soll ich noch hin? Sie haben mich hergebracht. Sie sagen mir nicht, ich soll noch anderswo hingehen. Ich habe vierhundert Seiten eurer Geschichte gelesen, und ich erinnere mich immer noch nicht. Es war Deborah, die ich gesehen habe; so viel ist sicher. Aber ich weiß im Grunde nicht, was sie gesagt hat.«

»Du bist müde und erhitzt«, sagte sie und legte eine Hand auf seine Stirn. »Du redest irre.«

Er lachte kurz und überrascht auf. »Hör dir das an«, sagte er. »Die Hexe von Endor. Hast du die Akte nicht gelesen? Wir sitzen in einem großen Spinnennetz, und wir wissen nicht, wer es geknüpft hat.« Er streckte die behandschuhten Hände aus und betrachtete die Finger. »Wir wissen es einfach nicht.«

Sie sah ihn mit ruhiger, abwesender Miene an, was ihr Gesicht sehr kalt erscheinen ließ, obwohl ihre Wangen gerötet waren und das Licht sich in ihren Augen wunderschön spiegelte.

»Na, du hast es doch gelesen, oder? Was hast du dabei gedacht? Was hast du gedacht?«

»Michael, beruhige dich«, sagte sie. »Wir sitzen in keinem Netz, und niemand hat etwas geknüpft. Und soll ich dir einen Rat geben? Vergiß sie alle. Vergiß, was sie vielleicht von dir wollen, diese Leute, die du in deinen Visionen gesehen hast. Vergiß sie von jetzt an.«

»Was soll das heißen – vergiß sie?«

»Okay, hör zu. Ich habe stundenlang hier gesessen und nachgedacht, über alles. Ich habe folgenden Entschluß gefaßt. Ich werde hierbleiben, und ich werde hierbleiben, weil dieses Haus mir gehört und weil es mir gefällt. Und ich mag die Famliie, der ich gestern begegnet bin. Ich mag sie. Ich möchte sie kennenlernen. Ich möchte ihre Stimmen hören, ihre Gesichter wiedererkennen, lernen, was sie mir beizubringen haben. Außerdem weiß ich, ich würde die alte Frau nicht vergessen können, und was ich ihr angetan habe – egal, wohin ich ginge.« Sie schwieg, und jäh aufblitzende Emotionen verwandelten ihr Gesicht für eine Sekunde, bevor sie verflogen; dann war ihre Miene wieder so kühl wie vorher. Sie verschränkte locker die Arme und legte einen Fuß auf die Kante des kleinen Couchtisches. »Hörst du mir zu?«

»Ja, natürlich.«

»Okay, ich möchte, daß du auch hierbleibst. Ich hoffe und bete, daß du hierbleiben wirst. Aber nicht wegen dieses Musters, wegen dieses Spinnennetzes, oder was immer es sein mag. Nicht wegen dieser Visionen oder wegen des Mannes. Denn es gibt absolut keine Möglichkeit, herauszufinden, was diese Dinge bedeuten, Michael, oder warum du und ich zusammengeführt worden sind. Es gibt keine Möglichkeit, es herauszufinden.«

Er nickte. »Ich höre dir zu.«

»Ich will damit sagen, daß ich trotz dieses Mannes und dieses scheinbaren Musters hierbleibe, trotz der Tatsache, daß ich dich aus dem Wasser gefischt habe und du das bist, was du bist.«

Er nickte wieder, ein wenig zögernd, und dann lehnte er sich zurück und holte tief Luft, ohne sie aus den Augen zu lassen. »Aber du kannst mir nicht erzählen, daß du nicht mit diesem Wesen kommunizieren willst«, sagte er. »Daß du nicht wissen willst, was das alles bedeutet...«

»Ich will es ja wissen«, sagte sie. »Durchaus. Aber das an sich würde mich nicht hierhalten. Außerdem ist es diesem Wesen egal, wo wir sind – ob in Montcleve in Frankreich, in Tiburon, Kalifornien, oder in Donnelaith in Schottland. Und was die Wünsche derjenigen betrifft, die du gesehen hast, so werden sie noch einmal zurückkommen müssen, um dir zu sagen, was für Wünsche sie haben! Denn du weißt es nicht.«

Sie hielt inne und bemühte sich offensichtlich bewußt, ihren Ton zu mildern, als fürchte sie, sie habe jetzt doch zu scharf geklungen.

»Michael«, sagte sie, »wenn du bleiben willst, mußt du dich dazu auf einer anderen Grundlage entscheiden. Beispielsweise weil du meinetwegen hier sein möchtest, oder weil du hier geboren bist, oder weil du glaubst, du könntest hier glücklich werden. Weil diese Gegend der erste Ort war, den du geliebt hast, und weil du sie vielleicht wieder lieben könntest.«

»Ich habe nie aufgehört, sie zu lieben.«

»Aber tu nichts mehr ihretwegen! Tu, was du tust, ihnen zum Trotz.«

»Rowan, ich bin ihretwegen jetzt hier in diesem Raum. Diese Tatsache darfst du nicht aus den Augen verlieren. Wir haben uns nicht im Yachtclub kennengelernt, Rowan.«

Sie atmete tief und lange aus. »Ich bestehe darauf, es aus den Augen zu verlieren.«

»Hat Aaron mit dir über all das gesprochen? War das sein Rat an dich?«

»Ich habe ihn nicht um seinen Rat gebeten«, antwortete sie geduldig. »Ich habe mich aus zwei Gründen mit ihm getroffen. Erstens, weil ich noch einmal mit ihm sprechen und mir bestätigen wollte, daß er ein ehrlicher Mann ist.«

»Und, vertraust du ihm jetzt?«

Sie nickte. »Ich kenne ihn jetzt. Er ist nicht sehr viel anders als du und ich.«

»Wie meinst du das?«

»Er ist engagiert«, sagte sie und zuckte leicht mit den Achseln. »So, wie ich eine engagierte Chirurgin bin oder wie du dich engagierst, wenn du ein Haus wie dieses wieder zum Leben erweckst.« Sie überlegte kurz. »Er hat Illusionen, wie wir beide Illusionen haben.«

»Ich verstehe.«

»Das Zweite war – ich wollte ihm sagen, daß ich ihm dankbar für das bin, was er mir mit dieser Geschichte gegeben hat. Daß er nicht befürchten muß, ich könnte es ihm übelnehmen oder ich könnte jetzt einen Vertrauensbruch begehen.«

Michael war so erleichtert, daß er sie nicht unterbrach; aber er war doch verblüfft.

»Er hat den größten und wichtigsten blinden Fleck in meinem Leben ausgefüllt«, sagte sie. »Ich glaube, nicht einmal er begreift, was es für mich bedeutet hat. Noch vor zwei Tagen war ich ein Mensch ohne Vergangenheit und ohne Familie. Und jetzt habe ich beides. Die quälendsten Fragen meines Lebens sind beantwortet. Ich glaube, daß ich es in seiner ganzen Bedeutung noch gar nicht erfaßt habe. Ich denke dauernd an mein Haus in Tiburon, und jedesmal wird mir klar: ›Du brauchst nicht dorthin zurück. Du mußt nicht mehr allein dort leben.‹ Und immer wieder ist es ein wundervoller Schock.«

»Ich hätte mir niemals träumen lassen, daß du so darauf reagieren würdest. Ich muß gestehen, ich dachte, du würdest wütend, vielleicht sogar beleidigt sein.«

»Michael, es ist mir egal, was Aaron getan hat, um an diese Informationen zu kommen. Es ist mir egal, was seine Kollegen getan haben. Der springende Punkt ist: Diese Informationen wären alle nicht vorhanden, in keiner Form, wenn er sie nicht gesammelt hätte. Ich hätte nur diese alte Frau und die bösartigen Dinge, die sie mir gesagt hat. Und all die Verwandten mit den glänzenden Gesichtern, die lächeln und mir ihr Mitgefühl anbieten und außerstande sind, mir die ganze Geschichte zu erzählen, weil sie sie nicht kennen. Sie kennen nur kleine, glitzernde Stückchen davon.« Sie atmete tief durch. »Weißt du, Michael, es gibt Leute, die können keine Geschenke annehmen. Sie wissen nicht, wie sie sie in Besitz nehmen und gebrauchen sollen. Ich muß lernen, Geschenke anzunehmen. Dieses Haus ist ein Geschenk. Die Akte war ein Geschenk. Und die Geschichte darin macht es mir möglich, die Familie anzunehmen! Und, mein Gott, das ist das größte Geschenk von allen.«

Wieder war er erleichtert, zutiefst erleichtert. Ihre Worte bezauberten ihn. Gleichwohl konnte er seine Überraschung kaum verbergen.

»Und die Sache mit Karen Garfield?« fragte er. »Und Dr. Lemle? Ich hatte solche Angst um dich, wenn du es lesen würdest.«

Der Schmerz, der jetzt ihre Miene durchzuckte, war schärfer, greller. Sofort bereute er seine unverblümte Äußerung. Es kam ihm plötzlich unverzeihlich vor, mit einer solchen Bemerkung herauszuplatzen.

»Du verstehst mich nicht«, sagte sie, und ihre Stimme klang so gleichmütig wie zuvor. »Du verstehst nicht, was für eine Art Mensch ich bin. Ich wollte doch wissen, ob ich solche Macht habe oder nicht! Ich bin zu dir gekommen, weil ich dachte, wenn du mich mit deinen Händen berührst, kannst du mir sagen, ob diese Macht wirklich da ist oder nicht. Nun, du konntest es nicht. Aber Aaron hat es mir gesagt. Aaron hat es bestätigt. Nichts, überhaupt nichts konnte schlimmer sein, als diesen Verdacht zu haben, ohne sicher zu sein.«

»Ich verstehe«, sagte er leise.

Als sie weitersprach, klang ihre Stimme müde. »Es gab noch einen Grund, weshalb ich Aaron sehen mußte.«

»Nämlich?«

Sie überlegte kurz. »Ich kommuniziere nicht mit diesem Geist, und das bedeutet, ich habe ihn nicht in der Gewalt. Er hat sich mir nicht offenbart, nicht wirklich. Und vielleicht wird er es nie tun.«

»Rowan, du hast ihn schon gesehen, und außerdem – er wartet auf dich.«

Sie dachte nach, und ihre Finger spielten abwesend mit einem losen Faden am Saum ihres Hemdes.

»Ich fühle Feindseligkeit gegen ihn, Michael«, sagte sie. »Ich mag ihn nicht. Und ich glaube, das weiß er. Ich habe stundenlang allein hier gesessen, habe ihn eingeladen, doch zu kommen, und ihn gleichzeitig gehaßt und gefürchtet.«

Michael dachte einen Moment lang ratlos über ihre Worte nach.

»Vielleicht hat er sein Spiel überreizt«, sagte sie.

»Du meinst, wie er dich berührt hat...«

»Nein, ich meine, daß er sein Spiel mit *mir* überreizt hat. Vielleicht hat er mitgeholfen, genau das Medium zu erschaffen, das sich nicht mehr von ihm verführen oder in den Wahnsinn treiben läßt. Michael, wenn ich mit dieser unsichtbaren Macht, die in mir steckt, ein Wesen aus Fleisch und Blut töten kann, wie glaubst du, wird Lasher meine Feindseligkeit dann empfinden?«

Ihre Hand zitterte ein wenig, als sie sich das Haar aus dem Gesicht strich, und einen Moment lang fing sich die Sonne darin und ließ sie strahlend blond erscheinen.

»Ich empfinde tiefverwurzelten Haß gegen dieses Wesen. Oh, ich weiß noch, was du gestern abend gesagt hast – über den Wunsch, mit ihm zu reden, mit ihm zu diskutieren, zu erfahren, was es eigentlich will. Aber der Abscheu ist im Moment meine stärkste Empfindung.«

Michael betrachtete sie eine ganze Weile schweigend, und er fühlte, wie seine Liebe zu ihr sich auf seltsame, beinahe unerklärliche Weise verstärkte.

»Weißt du, du hast recht mit dem, was du vorhin gesagt hast«, stellte er schließlich fest. »Eigentlich verstehe ich dich nicht, und ich begreife nicht, was für eine Art Mensch du bist. Ich liebe dich, aber ich verstehe dich nicht.«

»Du denkst mit dem Herzen«, sagte sie und boxte ihn sanft mit der linken Faust auf die Brust. »Darum bist du so gut. Und so naiv. Aber ich bin anders. In mir ist etwas Böses, das dem Bösen in den Menschen meiner Umgebung nicht nachsteht. Sie überraschen mich selten. Sogar wenn sie mich wütend machen.«

Er wollte nicht mit ihr streiten. Aber naiv war er nicht!

»Ich habe stundenlang über all das nachgedacht«, sagte sie. »Über diese Fähigkeit, Blutgefäße und Aorten platzen zu lassen und den Tod herbeizuführen mit einem geflüsterten Fluch. Wenn diese Macht, die ich da habe, zu irgend etwas gut ist, dann vielleicht dazu, dieses Wesen zu vernichten. Vielleicht kann sie auf die Energie, die von ihm ausgeht, ebenso zielstrebig wirken wie auf Fleisch und Blutzellen.«

»Auf diesen Gedanken bin ich noch nie gekommen.«

»Ich bin Ärztin«, sagte sie. »Und für mich als Ärztin ist es kein Problem, zu sehen, daß dieses Wesen in irgendeiner beständigen Beziehung zu unserer physikalischen Welt existiert. Es ist im Prinzip möglich, herauszufinden, was dieses Wesen ist. Es ist ebensogut möglich, wie es im Jahr siebenhundert vor Christus denkbar war, das Geheimnis der Elektrizität zu kennen, obwohl niemand es kannte.«

Er nickte. »Seine Parameter. Dieses Wort hast du gestern abend gebraucht. Ich frage mich immer wieder nach seinen Parametern. Und meine Fähigkeit funktioniert ebenfalls nach den Regeln unserer physikalischen Welt. Ich muß die Parameter meiner Fähigkeit ebenso ergründen.«

Der Schmerz in ihrem Gesichtsausdruck kehrte zurück, wiederum ganz plötzlich, und verzerrte ihre Miene auf groteske Weise.

»Ich will dir etwas über die alte Frau erzählen«, sagte sie dann, »über Carlotta – und über diese Macht...«

»Du brauchst es nicht, wenn du nicht willst.«

»Sie wußte, daß ich es ihr antun würde. Sie hat es vorhergesehen, und dann hat sie mich mit Berechnung provoziert. Ich könnte schwören, daß es so war.«

»Warum?«

»Es war ein Teil ihres Plans. Ich denke immer wieder darüber nach. Vielleicht hatte sie vor, mich zu brechen, meine Zuversicht zu brechen. Sie hat sich immer Deirdres Schuldgefühle zunutze gemacht, um ihr wehzutun, und bei Antha hat sie es wahrscheinlich genauso gemacht. Aber ich werde mich nicht dazu verleiten lassen, ihre Pläne in aller Breite zu analysieren. Es wäre jetzt falsch, wenn wir über sie reden wollten und über das, was sie wollen – Lasher, die Visionen; die alte Frau, sie haben einen Haufen Kreise für uns gemalt, und ich will nicht im Kreis gehen.«

»Ja, ich verstehe nur allzu gut, was du meinst.«

Langsam wandte er den Blick von ihr und wühlte in seinen Taschen nach seinen Zigaretten. Noch drei Stück. Er bot ihr eine an, aber sie schüttelte den Kopf. Sie beobachtete ihn.

»Eines Tages«, sagte sie, »werden wir am Tisch sitzen und Weißwein trinken, Bier, was weiß ich, und über sie plaudern. Über Petyr van Abel, über Charlotte, über Julien, über all das. Aber jetzt nicht. Jetzt will ich das Wichtige vom Unwichtigen trennen, das Reale vom Mystischen. Und ich wünschte, du würdest es auch tun.«

»Ich verstehe, was du meinst«, sagte er. Er suchte seine Streichhölzer. Ah, keine Streichhölzer. Hatte er dem alten Mann gegeben.

Sie schob die Hand in die Hosentasche, zog ein schlankes goldenes Feuerzeug hervor und gab ihm Feuer.

»Immer, wenn wir uns mit ihnen befassen«, sagte sie, »ist die Wirkung die gleiche. Wir werden passiv und konfus.«

»Du hast recht«, sagte er. Er dachte an all die Zeit, die er in dem verdunkelten Schlafzimmer in der Liberty Street zugebracht hatte, wo er versucht hatte, sich zu erinnern, versucht hatte, zu verstehen.

»Wir werden passiv und konfus«, wiederholte sie und zog seine Aufmerksamkeit wieder auf sich, »und wir denken nicht mehr für uns selbst. Aber genau das müssen wir tun.«

»Du hast recht«, sagte er. »Ich wünschte nur, ich hätte deine Ruhe und würde nicht dauernd ins Dunkel taumeln und versuchen, mir einen Reim auf alles zu machen.«

»Du darfst keine Schachfigur in irgendeinem Spiel sein«, sagte sie. »Such die Haltung, die dir maximale Kraft und maximale Würde gibt, ganz gleich, was da sonst noch vor sich geht.«

»Du meinst, strebe nach Vollkommenheit.«

»Was?«

»In Kalifornien hast du gesagt, du findest, wir sollten uns alle bemühen, vollkommen zu sein.«

»Ja, das habe ich wohl gesagt, nicht? Tja, und ich glaube auch daran. Ich versuche, den vollkommenen Weg zu finden. Du mußt also nicht so tun, als sei ich ein Monstrum, weil ich nicht in Tränen ausbreche, Michael. Du mußt nicht denken, ich wüßte nicht, was ich mit Karen Garfield oder mit Dr. Lemle oder mit dem kleinen Mädchen gemacht habe. Ich weiß es. Ich weiß es wirklich.«

»Rowan, ich habe nicht...«

»Ich habe ein Jahr lang geweint, bevor ich dich kennenlernte. Ich habe angefangen zu weinen, als Ellie starb. Und dann habe ich in deinen Armen geweint. Ich habe geweint, als der Anruf aus New Orleans kam und ich erfuhr, daß Deirdre tot war, und dabei hatte ich sie nie kennengelernt oder mit ihr gesprochen oder sie auch nur einmal zu Gesicht bekommen. Ich habe geweint, als ich sie gestern im Sarg liegen sah. Ich habe gestern nacht um sie geweint. Und ich habe auch um die alte Frau geweint. So – und jetzt will ich nicht mehr weinen. Was ich hier habe, ist das Haus, die Familie und die Geschichte, die Aaron mir gegeben hat. Ich habe dich. Und ich habe eine echte Chance mit dir. Was gibt's da zu weinen? Das wüßte ich gern.«

Sie funkelte ihn an; offenbar brodelte es in ihr – Ärger und innere Konflikte. Ihre grauen Augen blitzten im Zwielicht.

»Du wirst gleich mich zum Weinen bringen, Rowan, wenn du nicht aufhörst.«

Sie lachte wider Willen. Ihr Gesichtsausdruck wurde wunderschön mild, und ihr Mund verzog sich unwillkürlich zu einem Lächeln.

»Also schön«, sagte sie. »Aber noch etwas könnte mich zum Weinen bringen. Ich sollte es dir sagen, um wirklich vollkommen ehrlich zu sein. Nämlich... ich würde weinen, wenn ich dich verlöre.«

»Gut«, flüsterte er, und er küßte sie schnell, bevor sie ihn davon abhalten konnte. Aber dann bedeutete sie ihm mit einer kleinen Handbewegung, sich zurückzulehnen, ernst zu bleiben und zuzuhören. Er nickte achselzuckend.

»Sag mir – was willst *du* tun? Ich meine, was *willst* du tun? Ich rede nicht davon, was diese Wesen von dir wollen könnten. Was steckt jetzt in dir?«

»Ich will hierbleiben«, sagte er. »Ich wünschte, beim Teufel, ich wäre nicht so lange weggeblieben. Ich weiß nicht, warum ich es getan habe.«

»Okay, jetzt redest du«, sagte sie. »Jetzt redest du von etwas Realem.« Sie lächelte, und das Licht schimmerte auf der Kurve ihrer Wange und in ihrem Mundwinkel.

»Weißt du«, sagte er, »ich denke immer: Ich bin zu Hause. Ich bin zu Hause. Und was auch immer aus dem ganzen Rest werden mag, ich will nicht mehr weg von Zuhause.«

»Zum Teufel mit ihnen, Michael«, sagte sie. »Zum Teufel mit ihnen, wer sie auch sein mögen – bis sie uns Grund geben, die Sache anders zu sehen.«

Wie geheimnisvoll sie war: eine verwirrende Mischung aus Schärfe und Sanftheit. Vielleicht war es sein Fehler gewesen, daß er bei Frauen immer Stärke mit Kälte verwechselt hatte. Aber vielleicht taten das die meisten Männer.

»Sie werden noch einmal zu uns kommen«, meinte sie. »Sie müssen. Und wenn sie kommen, dann werden wir nachdenken und entscheiden, was wir tun wollen.«

»Ja, so ist es«, sagte er. Was wäre, wenn er jetzt die Handschuhe auszöge? Würden sie dann zu ihm kommen?

»Aber wir werden nicht mit angehaltenem Atem darauf warten.«

»Nein.» Er lachte leise.

Dann verstummte er, voller Erregung und doch auch voller Sorge, obwohl jedes ihrer Worte ihn froh gemacht und ihm das Gefühl gegeben hatte, daß seine bange Beklommenheit jeden Augenblick verfliegen würde.

Unversehens schaute er hinüber zu dem Spiegel am anderen Ende des Zimmers, und dort sah er ihr winziges Abbild und die Wiederholung der Kronleuchter, gefangen in zwei Spiegeln, eine endlose Marschreihe, die verschwommen in silbrigem Licht in der Ewigkeit mündete.

»Gefällt es dir, mich zu lieben?« fragte sie.

»Was?«

»Tust du es gern?« Zum erstenmal war ein unüberhörbares Zittern in ihrer Stimme.

»Ja, natürlich. Aber es macht mir auch angst, denn du bist anders als alle, die ich je gekannt habe. Du bist so stark.«

»Ja, das bin ich«, sagte sie gepreßt. »Denn ich könnte dich jetzt auf der Stelle umbringen, wenn ich wollte. All deine männliche Kraft würde dir nichts nützen.«

»Nein, das meine ich nicht«, sagte er. Er drehte sich um und sah sie an, und einen Augenblick lang sah ihr überschattetes Gesicht unsagbar kalt und verschlagen aus, die Lider halb geschlossen, die Augen funkelnd. Sie sah bösartig aus – wie schon einmal vor gar nicht so langer Zeit im Haus in Tiburon, in dem kalten Licht, das durch die Glaswand in den dunklen Raum gefallen war.

Langsam richtete sie sich auf, und ihre Kleider raschelten leise; unwillkürlich, ja instinktiv wich er vor ihr zurück, und die Haare sträubten sich ihm. Es war jene stahlharte Wachsamkeit, die einen überkommt, wenn man eine Handbreit vor seinem Schuh eine Schlange im Gras sieht, oder wenn man merkt, daß der Mann auf dem Barhocker neben einem sich umdreht und ein Stilett aufschnappen läßt.

»Was, zum Teufel, ist los mit dir?« wisperte er.

Aber dann sah er es. Er sah, daß sie zitterte und daß ihre leichenblassen Wangen fleckig rot waren; ihre Hände wollten sich nach ihm ausstrecken und wichen dann zurück, und sie schaute sie an und verschränkte sie ineinander, als wolle sie damit etwas Unaussprechliches im Bann halten. »Gott, ich habe Karen Garfield nicht mal gehaßt!« flüsterte sie. »Wirklich nicht. So wahr mir Gott helfe, ich...«

Verzweifelt drängte sie ihn, ihr zu helfen, aber er wußte nicht, was er tun sollte. Sie zitterte wie Espenlaub im Wind; ihre Schneidezähne stachen immer wieder in die Unterlippe, und ihre rechte Hand krallte sich grausam um die Linke.

»Hör auf, Honey, hör doch auf – du tust dir ja weh«, sagte er. Aber als er sie berührte, fühlte sie sich an wie aus Stahl gemacht, unnachgiebig.

»Ich schwöre dir, ich hab's nicht geglaubt. Es ist wie ein Impuls, weißt du, und man glaubt es eigentlich nicht, man hält es für unmöglich, daß man... Ich war so wütend auf Karen Garfield. Es war ja ungeheuerlich, daß sie dort aufkreuzte, daß sie in Ellies Haus spaziert kam, so dämlich und ungeheuerlich!«

»Ich weiß. Ich verstehe es.«

Sie wandte sich ab, zog die Knie hoch und starrte dumpf ins Zimmer, ein bißchen ruhiger jetzt, aber ihre Augen waren immer noch unnatürlich weit, und ihre Finger arbeiteten immer noch voller Erregung.

»Es wundert mich, daß dir die nächstliegende Antwort noch nicht eingefallen ist«, sagte sie. »Eine so klare und saubere Lösung.«

»Was meinst du?«

»Vielleicht ist dein Auftrag ganz einfach. Du sollst mich töten.«

»Gott, wie kannst du so etwas nur denken?« Er rückte näher an sie heran, strich ihr das Haar aus dem Gesicht und zog sie an sich.

Sie sah ihn an wie aus weiter Ferne.

»Honey, hör mir zu«, sagte er. »Jeder kann einem Menschen das Leben nehmen. Es ist leicht. Ganz leicht. Es gibt Millionen Möglichkeiten. Du kennst welche, die ich nicht kenne, weil du Ärztin bist. Diese Frau, Carlotta, so klein sie war, hat einen Mann getötet, der stark genug gewesen wäre, sie mit einer Hand zu erwürgen. Jede beliebige Frau kann mich umbringen, wenn ich neben ihr schlafe. Das weißt du. Ein Skalpell, eine Hutnadel, ein bißchen tödliches Gift. Es ist leicht.

Aber wir, wir tun so etwas nicht. Die meisten von uns sind durch nichts auf der Welt dazu zu bewegen, auch nur daran zu denken. Und so war es dein Leben lang auch bei dir. Und jetzt stellst du fest, daß du eine Fähigkeit besitzt, die über die Grenzen von freier Wahl und Impuls und Selbstbeherrschung hinausreicht, die ein feinsinnigeres Verständnis erfordert – und dieses Verständnis hast du. Du hast die Kraft, deine eigene Kraft kennenzulernen.«

Sie nickte, aber sie zitterte noch immer am ganzen Leibe.

»Rowan, am ersten Abend hast du mich gebeten, meine Handschuhe auszuziehen. Deine Hände zu halten. Ich habe ohne die Handschuhe mit dir geschlafen. Nur dein Körper und mein Körper, und unsere Hände berührten sich, und meine Hände berührten dich überall – und was sehe ich, Rowan? Was fühle ich? Ich fühle Güte, und ich fühle Liebe.«

Er küßte sie auf die Wange. Er küßte ihr Haar und strich es mit der Hand aus der Stirn.

»In vielen Dingen hast du recht mit dem, was du sagst, Rowan, aber darin nicht. Es ist mir nicht bestimmt, dich zu verletzen. Ich verdanke dir mein Leben.« Er drehte ihren Kopf zu sich und küßte sie, aber sie fühlte sich immer noch kalt an, und sie zitterte und war weit, weit weg.

Sie faßte seine Hände und drückte sie herunter, weg von sich, sanft, zustimmend, und dann küßte sie ihn behutsam, aber sie wollte jetzt nicht berührt werden. Es half nichts.

Eine Zeitlang saß er da, dachte nach, betrachte das lang gestreckte, prunkvolle Zimmer. Betrachtete die hohen Spiegel in ihren dunklen, geschnitzten Rahmen, den staubigen alten Bösendorfer-Flügel am anderen Ende und die Vorhänge, lange Strähnen von verblichener Farbe im Halbdunkel.

Dann stand er auf. Er ging vor der Couch auf und ab, blieb irgendwann vor dem Fenster stehen und schaute hinaus auf die staubige Veranda. »Was hast du vorhin noch gesagt?« fragte er und drehte sich um. »Du hast von Passivität und Konfusion gesprochen. Nun, hier haben wir sie, Rowan: die Konfusion.«

Sie gab keine Antwort. Geduckt saß sie da und starrte auf den Fußboden.

Er ging zu ihr und hob sie hoch, zog sie von der Couch in seine Arme. Ihre Wangen waren immer noch fleckig rot und sehr bleich. Ihre Wimpern waren dunkel und lang, als sie zu Boden blickte.

Er drückte seine Lippen sanft auf ihren Mund und spürte keinen Widerstand, beinahe kein Bewußtsein, als seien es die Lippen einer Ohnmächtigen oder Schlafenden. Dann erwachte sie langsam zum Leben. Sie schob ihre Hände in seinen Nacken und küßte ihn wieder.

»Rowan, es gibt ein Muster«, flüsterte er ihr ins Ohr. »Es gibt dieses große Netz, und wir sitzen mitten drin, aber ich glaube jetzt wie damals, daß sie gut waren, die Leute, die uns zusammengebracht haben. Und was sie von mir wollen, ist auch gut. Ich muß herausfinden, was es ist, Rowan. Ich muß. Aber ich weiß, es ist gut. So, wie ich weiß, daß auch du gut bist.«

Er hörte sie an seiner Brust seufzen, fühlte, wie ihre warmen Brüste sich gegen ihn hoben. Als sie sich schließlich von ihm löste, geschah es mit großer Zärtlichkeit, und sie drückte noch einen Kuß auf seine Finger, ehe sie losließ.

»Wen kümmert das, verdammt!« flüsterte sie wie in einem Selbstgespräch, aber sie wirkte zerbrechlich und unsicher.

Das staubige Sonnenlicht kroch von der vergitterten Veranda herein und erhellte das bernsteingelbe Wachs auf den alten Bodendielen. Staubkörnchen tanzten in der Luft um sie herum.

»Reden, Reden, Reden«, sagte sie. »Jetzt sind sie am Zug. Du hast getan, was du konntest. Und ich auch. Und jetzt sind wir hier. Sollen sie zu uns kommen.«

»Ja, sollen sie kommen.«

Sie drehte sich nach ihm um, lud ihn wortlos ein, näherzukommen, und ihr Blick war flehentlich, beinahe traurig. Für einen Sekundenbruchteil erfüllte ihn Furcht; es war wie ein Schock, und danach fühlte er sich leer.

Seine Liebe zu ihr war so kostbar, und doch hatte er Angst, wirkliche Angst.

»Was sollen wir tun, Michael?« sagte sie. Und plötzlich lächelte sie, und es war ein wunderschönes, warmherziges Lächeln.

Er lachte leise. »Ich weiß es nicht, Honey.« Er zuckte die Achseln und schüttelte den Kopf. »Ich weiß es nicht.«

»Weißt du, was ich mir jetzt von dir wünsche?«

»Nein. Aber was es auch ist, du kannst es haben.«

Sie griff nach seiner Hand. »Erzähl mir von diesem Haus«, sagte sie. »Erzähl mir alles, was du über ein solches Haus weißt, und sag mir, ob es wirklich zu retten ist.«

»Honey, es wartet nur darauf. Es wartet. Es ist so solide wie nur irgendeine Burg in Montcleve oder in Donnelaith.«

»Könntest du es machen? Ich meine, mit deinen eigenen Händen...?«

»Mit Freuden würde ich es mit meinen eigenen Händen machen.« Er schaute sie plötzlich an, diese Hände in den eleganten Handschuhen. Wie lange war es her, daß er Hammer und Nägel gehalten hatte oder den Griff einer Säge? Und wann hatte er zuletzt einen Hobel an ein Stück Holz gelegt? Er blickte zu dem bemalten Bogen über ihnen auf, zu dem weitläufigen Schwung der Decke mit ihrer rissigen, abblätternden Farbe. »Oh, wie gern würde ich es tun«, sagte er.

Und er fragte sich, ob sie wirklich ganz und gar verstehen konnte, was es ihm wirklich bedeutete. An einem Haus wie diesem zu arbeiten, war immer sein größter Traum gewesen – aber es war nicht bloß ein Haus wie dieses, es war dieses Haus! Und in Erinnerung reiste er immer weiter zurück, bis er wieder ein kleiner Junge war und draußen vor dem Tor stand, ein kleiner Junge, der in die Bücherei marschierte und die alten Bildbände aus dem Regal zog, in denen dieses Haus zu sehen war, sogar dieses Zimmer und der Flur dort. Nie hätte er sich träumen lassen, daß er diese Räume einmal sehen würde, außer in Büchern.

Und in der Vision hatte die Frau gesagt, daß *alles auf diesen einen Moment hinausläuft, in diesem Haus, auf diesen entscheidenden Moment, wenn ...*

»Michael? Möchtest du es machen?«

Wie durch einen Schleier sah er, daß ihr Gesicht leuchtete wie das eines Kindes. Aber sie schien so weit weg zu sein, so strahlend und glücklich und so weit weg.

Bist du es, Deborah?

»Michael, zieh die Handschuhe aus«, sagte Rowan, und ihr unvermittelt scharfer Ton ließ ihn zusammenschrecken. »Geh wieder an die Arbeit. Sei wieder du. Seit fünfzig Jahren ist niemand in diesem Haus glücklich gewesen, niemand hat in diesem Haus geliebt, niemand gewonnen! Es wird Zeit, daß wir hier lieben und gewinnen, es wird Zeit, daß wir das Haus selbst zurückgewinnen. Ich wußte das, als ich die Akte über die Mayfair-Hexen zu Ende gelesen hatte. Michael, dies ist unser Haus.«

Aber du kannst es ändern ... Du darfst nicht einen Augenblick lang glauben, du hättest nicht die Macht dazu, denn die Macht rührt aus ...

»Michael, antworte mir.«

Was denn ändern? Laß mich nicht so zurück. Sag's mir!

Aber sie waren wieder fort, als wären sie nie dagewesen, und hier stand er mit Rowan im Sonnenlicht auf dem warmen, bernsteingelben Fußboden, und sie wartete auf seine Antwort.

Und das Haus wartete, das schöne Haus, unter Schichten von Rost und Schmutz, unter Schatten und verfilzten, wilden Ranken, in Hitze und klammer Kühle. Es wartete.

»O ja, Honey, ja«, sagte er wie einer, der aus einem Traum erwacht, und seine Sinne waren plötzlich überflutet vom Duft des Geißblatts an den Fliegengittern und vom Gesang der Vögel draußen und von der Wärme der Sonne, die zu ihnen hereinschien.

Er stand mitten in dem langgestreckten Zimmer und drehte sich um sich selbst. »Das Licht, Rowan. Wir müssen das Licht hereinlassen. Komm.« Er faßte sie bei der Hand. »Mal sehen, ob sich die alten Blendläden noch öffnen lassen.«

31 Leise und ehrfürchtig machten sie sich daran, das Haus zu erkunden. Anfangs war es, als seien sie vor den Wärtern in einem Museum davongeschlichen und wagten nun nicht, diese zufällig errungene Freiheit zu mißbrauchen.

Aber nach und nach, als die schattenhafte Wärme ihnen vertrauter wurde, nahm ihre Kühnheit zu.

Allein in der Bibliothek stöberten sie eine Stunde herum; sie studierten die Rücken der ledergebundenen Klassiker und die alten Pflanzenjournale von Riverbend, und sie sahen betrübt, daß die Seiten aufgequollen und ruiniert waren. Die alten Rechnungsbücher waren beinahe restlos unleserlich.

Die Papiere auf dem Schreibtisch rührten sie nicht an; Ryan Mayfair würde sie abholen und durchsehen. Sie betrachteten die gerahmten Porträts an den Wänden.

»Das ist Julien. Das muß er sein.« Dunkel und gutaussehend lächelte er sie an, als sie im Flur standen. »Was ist das im Hintergrund?« Das Bild war so stark gedunkelt, daß Michael erst nichts erkennen konnte. Aber dann sah er, daß Julien auf der vorderen Veranda dieses Hauses stand.

»Ja, und da, das alte Foto, das ist anscheinend Julien mit seinen Söhnen. Der ihm am nächsten steht, ist Cortland. Das ist mein Vater.« Auch diese standen auf der Eingangsveranda und lächelten durch den verblichenen Sepiaton – und wie fröhlich, ja ausgelassen sie aussahen.

Und was würdest du sehen, wenn du sie anrührtest, Michael? Und woher weißt du, daß Deborah nicht gerade das von dir will?

In der kleinen, hohen Vorratskammer entdeckten sie Regale über Regale mit prachtvollem Geschirr: Minton, Lenox, Wedgwood, Royal Doulton – Blumenmuster, orientalische Muster, Muster mit silbernem und goldenem Rand. Altes Steingut und orientalisches Porzellan, antikes Blue Willow und altes Spode.

Truhen über Truhen mit Silber waren da, schwere, prunkvolle Stücke zu Hunderten, auf Filz gebettet, darunter ein paar sehr alte Sets mit englischen Prägezeichen und dem Initial *M*, das im europäischen Stil auf der Rückseite eingraviert war.

Silberne Kerzenleuchter fanden sie, feinziselierte Punschbowlen und Servierplatten, Brotteller, Butterschalen und alte Wasserkrüge, Kannen für Kaffee und Tee, Karaffen, exquisite Treibarbeiten. Wie durch Zauberei verschwand die dunkelste Verfärbung unter einem kräftig reibenden Finger, und darunter offenbarte sich der alte Glanz von purem Silber.

Geschliffene Glasschüsseln in allen Größen standen hinten in den Schränken, und Teller und Platten aus Bleikristall.

Nur die Tischdecken und die Berge von alten Servietten waren zu sehr verdorben; das feine Leinen und die Spitze waren in der unvermeidlichen Feuchtigkeit verrottet, und nur hier und da prangte noch der Buchstabe *M* stolz unter dunklen Schimmelflecken.

Aber sogar davon waren ein paar sorgsam in einer mit Zedernholz ausgekleideten Schublade verwahrt, eingehüllt in blaues Papier, schwere alte Spitze, die wunderschön vergilbt war. Dazwischen verstreut lagen Serviettenringe aus Elfenbein, Silber und Gold.

Die Spätnachmittagssonne sandte ihre schrägen Strahlen durch die Fenster des Speisezimmers. Sieh sie dir noch einmal an, dachte er – in dieser Umgebung. Rowan Mayfair. Die Wandmalereien erwachten zum Leben, offenbarten ein ganzes Volk von kleinen Gestalten, die sich in traumartigen Plantagen verloren. Der große, längliche Tisch stand fest und prächtig wie vielleicht schon seit einem Jahrhundert. Chippendale-Stühle mit feingeschnitzten Lehnen säumten die Wände.

Wollen wir bald einmal hier speisen, mit hohen, flackernden Kerzen?

»Ja«, flüsterte sie. »Ja.«

In der Bediensteten-Speisekammer fanden sie dann die zarten Gläser, genug für ein königliches Bankett. Sie fanden feingeblasene Kelche und Becher mit dickem Boden und eingravierten Blüten – Sherry-Gläser, Gläser für Brandy, für Champagner, für Weißwein und für Rotwein, Schnapsgläser und Likörgläser, die dazugehörigen Karaffen mit Glasstopfen, Krüge aus geschliffenem Kristall, und wieder und wieder hübsche Teller, ganze Stapel, schimmernd im Licht.

So viele Schätze, dachte Michael, und alles schien nur auf die Berührung des Zauberstabes zu warten, der sie wieder in Einsatz bringen würde.

»Ich träume von Partys«, sagte Rowan, »von Partys wie in den alten Zeiten, wo sie alle zusammenkommen und die Tische sich unter den Speisen biegen. Und Mayfairs über Mayfairs.«

Michael betrachtete schweigend ihr Profil. Sie hielt ein zierliches Stielglas in der erhobenen Rechten, so daß es das zarte Sonnenlicht einfing.

»Es ist alles so anmutig, so verführerisch«, sagte sie. »Ich wußte nicht, daß das Leben so sein kann, wie es hier anscheinend ist. Ich wußte nicht, daß es irgendwo in Amerika solche Häuser gibt. Wie seltsam das alles ist. Ich habe die ganze Welt bereist und war nie an einem Ort wie diesem. Es ist, als ob die Zeit ihn völlig vergessen hätte.«

Michael mußte lächeln. »Die Dinge ändern sich hier nur sehr langsam«, sagte er. »Gott sei Dank.«

Sie spazierten zusammen hinaus in die Sonne, streiften um den alten Pool herum und durchstöberten die heruntergekommene Badehütte. »Das ist alles noch solide«, erklärte Michael, während er die Schiebetüren, das Waschbecken und die Dusche untersuchte. »Es läßt sich reparieren. Schau, es ist aus Zypressenholz. Und die Rohrleitungen sind Kupfer. Nichts kann Zypressenholz zerstören. Und die Installationen könnte ich in zwei Tagen repariert haben.«

Sie kehrten zurück auf die hohe Wiese, wo früher die alten Außengebäude gestanden hatten. Jetzt war davon nur noch ein klägliches Holzhaus am hinteren Rande des Grundstücks übrig.

»Gar nicht schlecht, überhaupt nicht schlecht«, sagte Michael und spähte durch die verstaubten Fliegengitter. »Wahrscheinlich haben die Diener hier draußen gewohnt; es ist eine Art *garçonniere*.«

Hier war die Eiche, auf der Deirdre Zuflucht gesucht hatte; sie ragte sicher fast fünfundzwanzig Meter hoch über ihre Köpfe. Ihr Laub war dunkel und staubig und hart von der Hitze des Sommers. Im Frühjahr würde es in prachtvollem Minzgrün hervorsprießen. Auf sonnigen Flecken schossen dichte Bananenstauden wie monströses Gras in die Höhe. Und an der Rückseite des Geländes zog sich eine lange, wunderschön gebaute Ziegelmauer entlang, überwuchert von Efeu und verfilzten Glyzinien bis hin zu den Angeln des Tores an der Chestnut Street.

»Die Glyzinie blüht noch«, sagte Michael. »Ich liebe diese purpurnen Blüten – wie gern habe ich sie früher angefaßt, wenn ich hier spazierenging, um zu sehen, wie die Blütenblätter zitterten.«

Warum, zum Teufel, kannst du nicht für einen Augenblick die Handschuhe ausziehen, um diese zarten kleinen Blättchen mit deinen Fingern zu befühlen?

Rowan stand mit geschlossenen Augen da. Lauschte sie auf die Vögel? Er starrte zu dem langen hinteren Flügel des Haupthauses hinüber, zu der Dienstbotenveranda mit dem weißen Holzgeländer und dem weißen Sichtschutzgitter, und der bloße Anblick dieses Spaliergitters beruhigte ihn und machte ihn glücklich. All das waren die bunt zusammengewürfelten Farben und Stoffe seines Zuhauses.

Zuhause. Als ob er je in einem solchen Haus gelebt hätte. Aber hatte denn ein vorübergehender Betrachter es je mehr geliebt als er? Und in gewisser Weise hatte er immer darin gelebt; es war der Ort, nach dem er sich gesehnt hatte, als er fort gewesen war, der Ort, von dem er geträumt hatte...

Du kannst dir nicht vorstellen, mit welcher Wucht...

»Michael?«

»Was, Honey?« Er küßte sie und roch den köstlichen Duft der Sonne in ihrem Haar. Die Wärme lag wie ein Schimmer auf ihrer Haut. Aber das Geflecht der Visionen war noch nicht verflogen. Er riß die Augen weit auf, so daß das verglühende Nachmittagslicht sie erfüllte, und er ließ sich vom sanften Summen der Insekten beschwichtigen.

Ein Geflecht von Lügen...

Rowan ging vor ihm durch das hohe Gras.

»Hier liegen Steinplatten, Michael.« Ihre Stimme klang so dünn in der offenen Weite. »Lauter Steinplatten. Nur zugewachsen.«

Er schlenderte ihr nach, zurück in den vorderen Garten. Sie fanden kleine griechische Statuen, Zementsatyrn, wunderschön verwittert, die mit blinden Augen unter Buchsbaumgewucher hervorspähten. Eine Marmornymphe stand verloren zwischen den dunkel wächsernen Blättern der Kamelien, und winzige gelbe Lantana blühte hübsch, wo die Sonne hinschien.

»Die Ranke dort drüben heißt Königinnenkranz oder Korallenkranz, aber wir nannten sie immer Rose von Montana.«

Sie konnten von hier aus den weißen Farbklecks von Deirdres altem Schaukelstuhl über dem Spitzengeflecht der Ranken erkennen. »Sie müssen sie dort gestutzt haben, damit sie hinausschauen konnte«, sagte er. »Siehst du, wie sie auf der anderen Seite hochgewachsen sind und gegen die Bougainvilleen ankämpfen? Ah, aber das ist die Königin der Mauer, nicht wahr?«

Beinahe gewalttätig, das fluoreszierende Purpur der Deckblätter, die jeder für Blüten hielt.

»Und es gehört alles auch dir«, sagte sie. »Dir und mir.« Wie unschuldig sie jetzt erschien, voll eifriger Aufrichtigkeit mit ihrem sanften Lächeln.

Sie legte den Arm um ihn und drückte seine behandschuhte Hand mit ihren nackten Fingern. »Aber wenn nun drinnen alles verrottet ist, Michael? Was würde man brauchen, um alles wieder herzurichten, was kaputt ist?«

»Komm her, bleib hier hinten stehen und schau hin«, sagte er. »Siehst du, wie die Dienstbotenveranda schnurgerade dort hinaufreicht? In den Fundamenten dieses Hauses gibt es nicht die geringste Schwäche. Im Erdgeschoß sind keine Wasserflecken zu sehen, keinerlei Feuchtigkeit, die irgendwo eindringt. Nichts! Und früher waren solche Veranden der Zugang, durch den die Dienstboten kamen und gingen; darum reichen so viele Fenster dort bis zum Boden – und übrigens schließt jedes Fenster, jede Tür, die ich ausprobiert habe, absolut dicht.«

Sie schaute hinauf zu den Fenstern von Juliens altem Zimmer. Dachte sie wieder an Antha?

»Ich spüre, wie sich der Fluch von diesem Haus hebt«, flüsterte sie. »Das war es, was uns bestimmt war: daß wir beide herkommen und einander hier lieben sollten.«

Ja, das glaube ich auch, dachte er, aber aus irgendeinem Grunde sagte er es nicht. Vielleicht erschien ihm die Stille ringsumher zu lebendig; vielleicht fürchtete er, etwas Unsichtbares herauszufordern, das sie hier beobachtete und belauschte.

»Alle Wände sind aus solidem Mauerwerk, Rowan«, fuhr er fort, »und manche bis zu einem halben Meter dick; ich habe sie mit den Händen gemessen, als ich durch die verschiedenen Türen ging. Einen halben Meter dick. Man hat sie außen so verputzt, daß das Haus aussah wie aus Stein, denn so war es damals Mode. Du siehst die Rillen im Anstrich? Es sollte aussehen wie eine Villa aus großen Steinblöcken. Ein polyglottes Haus«, stellte er fest, »mit gußeisernen Verschnörkelungen und korinthischen Säulen und dorischen und ionischen Säulen, mit Türen, die wie Schlüssellöcher geformt sind ...«

»Ja, Schlüssellöcher«, sagte sie. »Weißt du, wo ich eine solche Tür schon einmal gesehen habe? An der Gruft. Ganz oben an der Gruft der Mayfairs.«

»Wie meinst du das, ganz oben?«

»Da war das Relief einer Tür, genau wie die Türen in diesem Haus. Ich bin sicher, das sollte es auch sein – es sei denn, es soll wirklich ein Schlüsselloch darstellen. Ich zeig's dir. Wir können heute oder morgen hingehen. Es liegt gleich am Hauptweg.«

Warum erfüllte ihn das mit Unbehagen? Das Bild einer Tür am Grab? Er haßte Friedhöfe, und er haßte Gräber. Aber früher oder später würde er es sich ansehen müssen, nicht wahr? Er redete weiter, erstickte dieses Gefühl, wollte diesen Augenblick genießen, den Anblick dieses Hauses, wie es genüßlich in der herrlichen Sonne badete.

»Dann sind da diese geschwungenen italienischen Fenster an der Nordseite«, fuhr er fort, »und das ist wieder ein anderer architektonischer Einfluß. Aber letzten Endes ist doch alles aus einem Guß. Es funktioniert, weil es funktioniert. Es ist für dieses Klima gebaut, mit seinen fünf Meter hohen Zimmern. Es fängt das Licht und den kühlen Wind wie eine große Falle, und es ist eine Zitadelle gegen die Hitze.«

Sie schob den Arm um ihn und ging mit ihm hinein und die lange, dunkle Treppe hinauf.

»Siehst du? Der Putz hier ist fest«, erklärte er. »Es ist beinahe sicher der Originalputz, aber die Handwerker, die ihn angebracht haben, waren Meister. Man sieht nicht einmal die winzigen Risse, mit denen zu rechnen ist, wenn das Ganze sich setzt. Wenn ich unter das Haus komme, werde ich feststellen, daß die Mauern bis an den Untergrund hinunterreichen und daß die Fundamente, die das Haus tragen, gewaltig sind. Sie müssen es sein. Alles hier ist gerade und fest.«

»Und ich dachte, es wäre hoffnungslos, als ich es das erstemal sah.«

»Stell dir vor, man reißt die alten Tapeten herunter«, sagte er. »Streiche die Wände in Gedanken mit warmen, hellen Farben. Denk dir das ganze Holzwerk strahlend weiß und sauber.«

»Es ist jetzt unsers«, flüsterte sie. »Deins und meins. Von jetzt an schreiben *wir* die Akte weiter.«

»Die Akte über Rowan und Michael«, sagte er mit leisem Lächeln. Oben an der Treppe blieb er stehen. »Hier oben sieht die Sache einfacher aus. Die Decken sind fast einen halben Meter tiefer, und es fehlt der prunkvolle Stuck. Das Ganze in einem kleineren Maßstab.«

Sie lachte und schüttelte den Kopf. »Und wie hoch sind diese kleinen Zimmer dann? Viereinhalb Meter vielleicht?«

Sie bogen um die Ecke und gingen den Gang hinunter zum ersten Schlafzimmer an der Vorderseite des Hauses. Die Fenster hier blickten auf die Vorder- und auf die Seitenveranda. Belles Gebetbuch lag auf der Kommode; ihr Name war in goldenen Lettern in den Umschlagdeckel geprägt. An stumpf gewordenen, rostigen Ketten hingen Photos in vergoldeten Rahmen hinter trübem Glas.

»Wieder Julien. Er muß es sein«, meinte Michael. »Und Mary Beth. Schau nur, die Frau sieht aus wie du, Rowan.«

»Das haben sie mir schon gesagt«, antwortete sie leise.

Belles Rosenkranz – auf der Rückseite des Kruzifixes war ebenfalls ihr Name eingraviert – lag auf dem Kopfkissen des Pfostenbettes. Staub erhob sich von dem Federbett, als Michael es berührte. Aus dem Satinbaldachin darüber spähte ein geflochtener Kranz aus Rosen auf ihn herunter.

»Oh, aber Michael, das hier ist das beste Zimmer«, sagte Rowan hinter ihm. »Es geht nach Süden und nach Westen. Hilf mir mal mit der Tür.«

Gewaltsam zogen sie die widerspenstige Balkontür auf. »Es ist wie in einem Baumhaus hier«, sagte sie, als sie auf den breiten Vorderbalkon hinaustrat. Sie legte eine Hand an die kanellierte korinthische Säule und schaute durch die knorrigen Äste der Eichen. »Schau nur, Michael, da wächst Farnkraut zwischen den Ästen, Hunderte von kleinen grünen Farnpflanzen. Und da, ein Eichhörnchen. Nein, sogar zwei! Wir haben sie erschreckt. Es ist so seltsam. Als wären wir im Wald – und wir könnten hinausspringen und losklettern. Wir könnten in diesem Baum bis zum Himmel hinaufsteigen.«

Michael betastete prüfend die Tragbalken unter ihren Füßen. »Solide, wie alles andere hier. Und das schmiedeeiserne Geländer ist eigentlich nicht verrostet. Es braucht nur einen frischen Anstrich.« Und in dem Dach über ihnen waren auch keine undichten Stellen.

Er schaute hinunter durch das Gewirr der kleinen Olivenbäumchen am Vordertor. Er sah sich selbst dort stehen, als er ein kleiner

Junge war. Sie ergriff plötzlich seine Hände und zog ihn hinter sich her ins Zimmer.

»Schau, diese Tür führt ins nächste Schlafzimmer. Das könnte ein Wohnzimmer werden, Michael. Und von beiden gelangt man auf die Seitenveranda da.«

Er starrte eines der ovalen Photos an. Stella? Es mußte Stella sein.

»Wäre das nicht wunderbar?« fragte sie. »Es muß ein Wohnzimmer werden.«

Wieder fiel sein Blick auf den weißen Ledereinband des Gebetbuchs, auf dem in goldenen Buchstaben die Worte »Belle Mayfair« standen. Nur für eine Sekunde, dachte er. Faß es an. Denk doch – Belle war so lieb, so gut.

Wie könnte Belle dir etwas antun? Du bist in diesem Haus und benutzt dein Talent nicht.

»Michael?«

Aber er konnte es nicht. Wenn er einmal anfinge, wie könnte er wieder aufhören? Und es würde ihn umbringen – diese Elektroschocks, die ihn durchzuckten, und die Blindheit, die unvermeidliche Blindheit, wenn all die Bilder ihn wie trübes Wasser umschwammen, und die Kakophonie von Stimmen. Nein. Du brauchst das nicht zu tun. Niemand hat gesagt, daß du es tun mußt.

Die plötzliche Vorstellung, jemand könnte ihn zwingen, es zu tun, könnte ihm die Handschuhe herunterreißen und seine Hände auf diese Gegenstände drücken, ließ ihn erschrocken den Kopf einziehen. Dabei kam er sich feige vor. Und Rowan rief ihn. Er wandte den Blick nicht von dem Gebetbuch, als er zurückwich.

»Michael, das hier muß Millies Zimmer gewesen sein. Ein Kamin ist auch drin.« Sie stand vor einer hohen Wäschekommode und hielt ein kleines, monogrammbesticktes Taschentuch in der Hand. »Diese Zimmer sind wie Schreine«, sagte sie.

»Alle Zimmer hier haben einen Kamin«, sagte er geistesabwesend. »Ich werde mir die Schamotte in den Schornsteinen ansehen müssen. Diese kleinen, flachen Roste wurden nie für Holz benutzt; darauf hat man Kohle verbrannt.«

Jetzt standen Gasheizungen in den Feuerstellen, und das gefiel ihm, denn im ganzen Leben hatte er noch nie gesehen, wie ein kleiner Gasofen mit all seinen winzigen blauen und goldenen Flämmchen in der gemütlichen Dunkelheit des Winters loderte.

Rowan stand vor der Tür des Wandschranks. »Wonach riecht es hier, Michael?«

»O Gott, Rowan Mayfair, hast du noch nie Kampfer in einem alten Wandschrank gerochen?«

Sie lachte leise. »Ich habe noch nie einen alten Wandschrank gesehen, Michael Curry. Ich habe noch nie in einem alten Haus gewohnt, und auch nicht in einem alten Hotel. ›State of the Art‹ – das war das Motto meines Stiefvaters. Dachterrassen-Restaurants und Messing und Glas. Du kannst dir nicht vorstellen, was für einen Aufwand er trieb, um diesen Standard aufrechtzuhalten. Und Ellie konnte den Anblick von etwas Altem oder Gebrauchtem nicht ertragen. Sie warf ihre ganze Garderobe weg, wenn sie sie ein Jahr getragen hatte.«

»Dann mußt du dich hier fühlen wie auf einem anderen Stern.«

»Nein, eigentlich nicht. Nur auf einem anderen Gleis des gleichen Bahnhofs«, sagte sie und ließ ihre Stimme nachdenklich verklingen, während sie die alten Kleider berührte, die hier hingen. Er sah nichts als Schatten.

»Und wenn man sich vorstellt«, flüsterte sie, »daß das Jahrhundert bald zu Ende geht, während sie ihr ganzes Leben hier in diesem Zimmer verbrachte.« Sie trat zurück. »Gott, diese Tapete ist abscheulich. Sieh mal, da oben ist ein Wasserfleck.«

»Nicht schlimm, Honey. Einen oder zwei davon muß es in einem Haus dieser Größe geben. Da ziehen wir eine neue Decke ein.« Er zuckte die Achseln. »Zwei Tage Arbeit.«

»Du bist ein Genie.«

Er lachte und schüttelte den Kopf.

»Sieh nur, hier ist ein altes Badezimmer«, stellte sie fest. »Jedes Zimmer hat ein eigenes Bad. Ich versuche, das alles gesäubert und renoviert vor mir zu sehen...«

»Ich sehe es vor mir«, sagte er. »Ich sehe alles, bei jedem Schritt.«

Carlottas Zimmer war das letzte größere Zimmer am Ende des Korridors – wie eine große, düstere Höhle wirkte es mit seinem großen Vier-Pfosten-Bett und den verblichenen Taftvolants und ein paar tristen Sesseln mit Schonbezügen. Ein abgestandener Geruch erhob sich von ihnen. In einem Regal standen Gesetzestexte und Kommentare. Und dort – der Rosenkranz und das Gebetbuch, als habe sie beides eben erst hingelegt. Ihre weißen Handschuhe, zusammengeknüllt, ein Paar Ohrringe mit Kameen und eine Jettperlenkette.

»Die nannten wir früher Großmutterperlen«, sagte er etwas überrascht. »Ich hatte sie ganz vergessen.« Er wollte sie anfassen, zog aber dann die behandschuhte Hand zurück, als seien sie heiß.

»Mir gefällt es hier auch nicht«, flüsterte Rowan. In einer fröstelnden, kläglichen Gebärde umschlang sie wieder ihre Oberarme; vielleicht fürchtete sie sich sogar. »Ich will nichts anrühren, was ihr gehört hat.« Sie erschien irgendwie abgestoßen von den auf der Kommode verstreuten Gegenständen und von den alten Möbeln, so schön sie auch waren.

»Ryan wird sich darum kümmern«, sagte sie leise, und ihr Unbehagen wurde immer größer. »Er sagt, Gerald Mayfair wird herkommen und ihre Sachen holen. Sie hat Geralds Großmutter ihren persönlichen Besitz hinterlassen.« Dann fuhr sie herum, als habe sie etwas erschreckt, und beinahe erbost starrte sie in den Spiegel zwischen den beiden Fenstern, die zur Seite hinausgingen. »Da ist wieder dieser Geruch, dieser Kampfer.«

Sie gingen weiter; durch die hintere Tür des Zimmers gelangten sie in einen kleinen Korridor, wo eine kurze Treppe in zwei weitere kleine, hintereinanderliegende Kammern führten.

»Die Hausmädchen haben früher hier geschlafen«, erklärte Michael. »Technisch gesehen besichtigen wir hier den Dienstbotenflügel, und diese Verbindungstür dürften sie nie benutzt haben, denn bis vor wenigen Jahren war sie noch nicht hier. Sie haben die Mauer durchbrochen, um sie einzusetzen. Früher wären die Dienstboten über die Veranda ins Haupthaus gekommen.«

Sie kehrten zurück in das größere Zimmer. Rowan betrat vorsichtig den verblichenen Teppich, und Michael folgte ihr zum Fenster und schob behutsam die zarte, empfindliche Gardine beiseite, so daß sie einen Blick auf die gepflasterten Gehwege der Chestnut Street und auf die kunstvolle Fassade des großartigen Hauses gegenüber werfen konnten.

»Siehst du? Es ist zur Flußseite hin offen«, sagte Michael und betrachtete das andere Gebäude. »Und schau dir die Eichen auf dem Grundstück an. Die alte Remise steht auch noch. Und du siehst, wie der Stuck von den Ziegelmauern abbröckelt.«

»Von jedem Fenster aus kann man die Eichen sehen«, sagte Rowan leise, wie um keinen Staub aufzuwirbeln. »Und der Himmel, so tiefblau. Sogar das Licht ist anders hier. Es ist wie das weiche Licht von Florenz oder Venedig.«

»Das stimmt«, sagte Michael. Er merkte, daß er wieder unruhig auf die Habseligkeiten dieser Frau schaute. Vielleicht hatte Rowans Unbehagen sich auf ihn übertragen. Zwanghaft quälte ihn die Vorstellung, er müsse seine Handschuhe ablegen und die nackte Hand auf die Dinge legen, die ihr gehört hatten.

»Was ist, Michael?«

»Laß uns gehen«, sagte er leise, und er umfaßte ihre Hand und ging zurück in den Hauptflur.

Nur widerwillig folgte sie ihm in Deirdres altes Zimmer. Ihre Verwirrung und ihr Abscheu schienen sich hier noch zu vertiefen. Gleichwohl wußte sie, daß sie zu diesem Rundgang gezwungen war. Er sah, wie ihre Blicke hungrig über die gerahmten Fotos und die kleinen viktorianischen Stühle mit den geflochtenen Sitzflächen wanderten, und er umarmte sie fest, als sie auf den bösartigen Fleck auf der Matratze starrte.

»Das ist furchtbar«, sagte er. »Ich muß jemanden kommen lassen, damit er es sauber macht.«

Er schaute den Fleck an, ein großes braunes Oval, in der Mitte klebrig. Hatte die Frau einen Blutsturz erlitten, als sie gestorben war? Oder war in der Hitze dieses gräßlichen alten Zimmers ihr Kot aus ihr herausgeronnen, als sie so dagelegen hatte?

»Ich weiß es nicht«, wisperte Rowan, obwohl er seine Frage nicht laut ausgesprochen hatte, und sie seufzte rauh. »Ich habe bereits um die Akten gebeten. Ryan fordert alles auf dem Rechtswege an. Ich habe heute mit ihm gesprochen. Ich habe den Arzt angerufen, und ich habe auch mit der Krankenschwester gesprochen. Viola. Eine reizende alte Frau. Sie kann erzählen wie Charles Dickens. Der Arzt hat nur gesagt, es habe keinen Grund gegeben, sie ins Krankenhaus zu bringen. Das Ganze war verrückt. Es gefiel ihm nicht, daß ich Fragen hatte. Er deutete an, daß ich im Unrecht sei, wenn ich ihm Fragen stellte. Es sei eine humane Entscheidung gewesen, sie sterben zu lassen.«

Er hielt sie noch fester und streifte ihre Wange mit seinen Lippen.

»Was sind das für Kerzen?« fragte sie und starrte auf den Altar neben dem Bett. »Und diese greuliche Statue. Was ist das?«

»Die gesegnete Jungfrau«, sagte er. »Wenn sie ein nacktes Herz hat, nennt man es, glaube ich, das Unbefleckte Herz Mariens. Ich erinnere mich nicht genau. Die Kerzen sind geweiht. Ich habe sie hier oben flackern sehen, als ich am ersten Abend draußen war. Ich hätte mir nicht träumen lassen, daß sie da im Sterben lag. Wenn ich's gewußt hätte, hätte ich ... ich weiß nicht. Ich wußte nicht mal, wer hier wohnte, als ich das erstemal hier war.«

»Aber warum haben sie diese geweihten Kerzen verbrannt?«

»Als Trost für die Sterbende. Der Priester kommt. Er spendet ihr die sogenannten Sterbesakramente. Ich bin früher ein paarmal mitgewesen, als Meßdiener.«

»Das haben sie für sie getan, aber ins Krankenhaus haben sie sie nicht gebracht.«

»Rowan, wenn du es gewußt hättest, wenn du gekommen wärest – glaubst du, man hätte sie retten können? Ich glaube es nicht, Honey. Ich glaube, darauf kommt es jetzt nicht mehr an.«

»Ryan sagt, nein. Sie war ein hoffnungsloser Fall. Er sagt, vor ungefähr zehn Jahren habe Carlotta die Medikamente einmal absetzen lassen. Sie habe auf keinen Reiz reagiert, von Reflexen einmal abgesehen. Ryan sagt, sie hätten alles in ihrer Macht Stehende getan, aber Ryan wird ja auch bemüht sein, sich selbst zu decken. Ich werde Bescheid wissen, wenn ich die Krankenakte gesehen habe, und dann werde ich mich wohler fühlen ... oder schlechter.«

Sie wandte sich vom Bett ab, und ihr Blick wanderte jetzt langsamer durch das Zimmer; anscheinend zwang sie sich, es so zu begutachten, wie sie alles andere begutachtet hatte.

»Sie hat die Zeit angehalten, nicht wahr?«

»Wer?«

»Diese abscheuliche Carlotta. Sie hat hier die Zeit angehalten. Sie hat alles knarrend zum Stehen gebracht. Stell dir vor: junge Mädchen, die in einem solchen Haus aufwachsen. Es gibt nicht die Spur eines Hinweises darauf, daß sie jemals etwas Hübsches oder Besonderes oder Modisches besessen hätten.«

»Na, ihr Regime ist jetzt vorbei«, stellte Rowan fest, aber sie sagte es nicht triumphierend oder entschlossen.

Sie trat plötzlich vor, packte die Gipsjungfrau mit dem entblößten roten Herzen und schleuderte sie quer durchs Zimmer; die Figur landete im offenen Badezimmer auf dem Marmorboden und zerbrach in drei ungleiche Teile. Rowan starrte sie an, als sei sie schokkiert über das, was sie getan hatte.

Er war verblüfft. Ein völlig irrationaler, blanker Aberglaube erfaßte ihn: die Jungfrau Maria zerbrochen auf dem Badezimmerfußboden. Er wollte etwas sagen, irgendwelche magischen Worte, ein Gebet, um die Sache ungeschehen zu machen, wie wenn man Salz über die Schulter wirft oder auf Holz klopft. Dann fiel ihm etwas Glitzerndes im Halbdunkel ins Auge. Ein kleiner Berg von winzigen, funkelnden Gegenständen auf dem Tisch hinter dem Bett.

»Schau mal, Rowan«, sagte er leise und legte seine Finger um ihren Nacken. »Schau mal, auf dem anderen Tisch da drüben.«

Es war der Schmuckkasten, und er stand offen. Eine samtene Börse. Goldmünzen häuften sich überall. Perlenketten und Edelsteine, Hunderte von kleinen, glitzernden Edelsteinen.

»Gütiger Gott«, flüsterte sie. Sie ging um das Bett herum und starrte die Sachen an, als wären sie lebendig.

»Hast du es nicht geglaubt?« fragte er. Aber jetzt war er gar nicht mehr sicher, ob er es selbst geglaubt hatte. »Sie sehen unecht aus, oder? Wie aus dem Kino. So was kann unmöglich echt sein.«

Sie schaute ihn über das trostlose, leere Bett hinweg an. »Michael«, sagte sie leise, »würdest du etwas von Deirdre anfassen? Ihr Nachthemd vielleicht? Oder das Bett?«

»Ich möchte nicht, Rowan. Wir haben gesagt, wir wollten nicht...«

Sie senkte den Kopf, und die Haare fielen ihr ins Gesicht, so daß er ihre Augen nicht mehr sehen konnte.

»Rowan, ich kann es nicht interpretieren. Es wird ein bloßes Durcheinander sein. Ich werde die Krankenschwester sehen, die ihr beim Anziehen geholfen hat, vielleicht den Arzt, vielleicht ein Auto, das draußen vorbeifuhr, als sie auf der Veranda saß. Ich weiß nicht, wie ich Gebrauch davon machen soll. Aaron hat mir ein bißchen etwas beigebracht. Aber ich bin noch nicht besonders gut. Ich werde etwas Häßliches sehen, und es wird mir zuwider sein. Und es macht mir angst, Rowan, denn sie ist tot. Am Anfang habe ich für die Leute alles mögliche angefaßt. Aber ich kann es nicht mehr, glaub mir... Ich meine, wenn Aaron es mir erst beigebracht hat...«

»Und wenn du nun Glück siehst? Wenn du etwas Schönes siehst, wie die Frau in London, die für Aaron das Hemd berührt hat?«

Ihr Ton war sanft und ohne Herausforderung. Aber er verstand, was sie empfand. Wieder starrte er die geweihten Kerzen an, und dann die zerbrochene Figur, die er im Schatten hinter ihr auf dem Badezimmerboden liegen sah. Ein Erinnerungsblitz: die Maiprozession und die riesige Statue der Jungfrau, wie sie schwankend durch die Straßen getragen wurde. Tausende von Blumen. Und er dachte wieder an Deirdre, Deirdre im botanischen Garten, wie sie im Dunkeln mit Aaron sprach. »Ich will ein normales Leben.«

Er ging um das Bett herum und trat an die altmodische Kommode. Er öffnete die oberste Schublade. Da waren Nachthemden aus weichem weißen Flanell, ein Hauch von Parfümkissen, sehr süß. Und leichtere Sommerkleider aus echter Seide.

Er hob eins der Nachthemden hoch, ein dünnes, ärmelloses Ding mit aufgenähten pastellfarbenen Blüten. Er legte es in einem zerknüllten Haufen auf die Kommode und zog die Handschuhe aus. Für eine Sekunde verschränkte er die Hände fest ineinander; dann nahm er das Hemd in beide Hände. Er schloß die Augen. »Deirdre«, sagte er. »Nur Deirdre.«

Ein gewaltiger Raum gähnte vor ihm. Im grausig flackernden Lichtschein sah er Hunderte von Gesichtern, und er hörte heulende, kreischende Stimmen. Ein unerträglicher Klang. Ein Mann kam auf ihn zu; er stieg über die Leiber der anderen hinweg! »Nein! Aufhören!« Er hatte das Nachthemd fallen lassen. Mit geschlossenen Augen stand er da und versuchte, sich an das zu erinnern, was er soeben erblickt hatte, auch wenn er es nicht ertragen konnte, sich noch einmal davon umgeben zu sehen. Hunderte von Menschen, wallend und wogend, und jemand, der mit häßlicher, höhnischer Stimme rasch zu ihm redete. »Herrgott, was war das?« Er starrte seine Hände an. Trommelklang hatte er hinter dem Ganzen vernommen, einen Marschrhythmus, ein Geräusch, das er kannte.

Mardi Gras, vor vielen Jahren. Er hastete mit seiner Mutter durch die winterlichen Straßen. »Wir gehen zur Mystischen Meute des Comus.« Ja, dort hatte er diesen Trommelklang gehört. Und der Lichtschein war der Lichtschein der flackernden, stinkenden Fackeln gewesen.

»Ich verstehe nicht«, sagte er.

»Was meinst du?«

»Ich habe nichts gesehen, was irgendeinen Sinn gehabt hätte.«

Wütend schaute er auf das Nachthemd hinunter, und langsam griff er danach. »Deirdre, in ihren letzten Tagen«, sagte er. »Nur Deirdre in den letzten Tagen ...« Sehr behutsam berührte er den weichen, faltigen Stoff. »Ich sehe den Blick von der Veranda, den Garten«, flüsterte er. »Lasher ist da, sie ist froh, daß er da ist, und er steht dicht neben ihr.« Und wenn er den Kopf wandte und von dem Schaukelstuhl aufblickte, dann würde er Lasher sehen. Er legte das Nachthemd aus der Hand. »Und lauter Sonne und Blumen, und sie ... ihr ging es gut.«

»Danke, Michael.«

»Ich möchte es nicht noch einmal tun, Rowan. Es tut mir leid, aber ich kann nicht. Ich will nicht.«

Aber er war doch hier, hier im Hause, und er hatte diese Fähigkeit, die ihm geschenkt worden war – vermutlich von ihnen! Und er stellte sich an wie ein Feigling mit dieser Fähigkeit, er, Michael Curry, ein Feigling, und er sagte doch immer wieder, er wollte tun, was sie von ihm erwarteten.

Er streckte die Hand aus und berührte das Fußende von Deirdres Bett. Die Bilder kamen in einer Serie von Blitzen. Krankenschwestern, eine Putzfrau mit einem müden Staubsauger, jemand jammerte unaufhörlich, winselte. Schließlich ging alles so schnell, daß es verschwamm; er fuhr mit dem Finger über die Matratze: ihr weißes Bein, wie ein Ding aus Teig, und Jerry Lonigan, der sie hochhob und seinem Assistenten zuraunte: Schau dir diese Bude an, schau sie dir bloß an ... und als er die Wände berührte: plötzlich ihr Gesicht, Deirdre, ein idiotisches Grinsen, Sabber, der ihr übers Kinn rann. Er berührte die Tür zum Badezimmer, eine weiße Krankenschwester, die sie drangsalierte, ihr befahl, endlich zu kommen und die Füße zu bewegen, sie wisse doch, daß sie es könne, und der Schmerz in Deirdre, der Schmerz, der sie innerlich auffraß, und eine Männerstimme, die Putzfrau kam, ging, die Toilettenspülung rauschte, die Moskitos summten, eine wunde Druckstelle auf ihrem Rücken, guter Gott, sieh dir das an, wo sie ihren Rücken Jahr für Jahr an der Lehne des Schaukelstuhls gescheuert hat, ein eiterndes Geschwür, verklebt mit Babypuder, seid ihr denn alle verrückt, und die Schwester hält sie auf der Toilette fest. Ich kann nicht ...

Er fuhr herum, drängte sich an Rowan vorbei, streifte ihre Hand beiseite, als sie ihn festhalten wollte. Er berührte den Geländerpfosten an der Treppe. Ein Kattunkleid huschte an ihm vorbei, dumpfe Schritte auf dem alten Teppich. Jemand schrie, weinte.

»Michael!«

Er lief ihnen nach, die Treppe hinauf. Das Baby schrie in der Wiege unten im Salon, daß es drei Treppen weit herauf schallte.

Gestank von Chemikalien, verfaulter Dreck in diesen Gläsern. Er hatte gestern abend einen Blick darauf geworfen, und sie hatte ihm davon erzählt, aber jetzt mußte er es sehen, nicht wahr? Und berühren. Marguerites dreckige Gläser berühren. Den Geruch hatte er gestern abend schon bemerkt, als er heraufgekommen war und Townsends Leiche gefunden hatte. Seine Hand auf dem Geländer, und das Bild Rowans mit der Lampe in der Hand, Rowan, wütend und elend und auf der Flucht vor der alten Frau, die auf sie einschlug mit Worten und mit Bosheit, und dann die schwarze Frau mit ihrem Staubwedel, und ein Schreiner, der eine Glasscheibe in dieses Fenster hier einsetzte, das auf das Dach hinausging. Gott, das riecht ja grausig hier oben, Lady. Tun Sie bloß Ihre Arbeit. Deirdres Schlafzimmer, das schrille Gellen anderer Stimmen, das zu einem Höhepunkt anschwoll und dann verebbte, und dann eine neue Woge. Und die Tür, die Tür geradewegs vor ihm, jemand lachte, ein Mann sprach Französisch, was sagt er denn, laß mich nur ein klares Wort hören, und der Gestank ist dahinter.

Aber nein, erst Juliens Zimmer, Juliens Bett. Das Lachen wurde lauter, aber ein weinendes Baby war auch zu hören, und jemand kam dicht hinter ihm die Treppe heraufgerannt. An der Tür dann wieder Eugenia beim Staubwischen, und sie klagt über den Gestank, und Carlottas Stimme endlos leiernd, unverständliche Worte, und dann der furchtbare Fleck dort in der Dunkelheit, wo Townsend starb, seinen letzten Atemzug durch das Loch im Teppich sog, und das Kaminsims, ein unklares Aufschimmern: Julien! Derselbe Mann, ja, derselbe Mann, den er gesehen hatte, als er Deirdres Nachthemd angefaßt hatte, ja, du, Julien, der ihn anstarrte, *ich sehe dich,* und dann rennende Schritte, nein, ich will das nicht sehen, aber seine Hand griff nach dem Fensterbrett, packte die dünne Schnur des Rollos, und es sauste in seiner Aufhängung ratternd hoch und entblößte die schmutzigen Fensterscheiben.

Sie flog an ihm vorbei, Antha, durch die Scheibe, rutschte hinaus auf das Vordach, in panischer Angst, zerzaustes Haar klebte auf ihrem nassen Gesicht, ihr Auge, sieh nur ihr Auge, es hängt auf der Wange, lieber Gott. Und sie schluchzt: »Tu mir nichts, tu mir nichts! Lasher, hilf mir!«

»Rowan!«

Und Julien – warum tat er denn nichts, warum stand er lautlos weinend da und tat nichts? »Du kannst den Teufel in der Hölle und die Heiligen im Himmel anrufen – sie werden dir nicht helfen«, fauchte Carlotta und kletterte zum Fenster hinaus.

Und Julien hilflos. »Ich bringe dich um, du Biest, ich bringe dich um, du wirst nicht...«

Sie ist weg, ist gefallen, ihr Schrei entrollt sich wie eine große, wehende rote Fahne vor dem blauen Himmel. Julien, die Hände vorm Gesicht. Hilflos. Schimmernd verschwunden, ein Geisterzeuge. Wieder Chaos, Carlotta verschwand. Seine Hände umklammerten das eiserne Bett, und Julien saß da, flirrend, aber doch für einen Augenblick klar, ich kenne dich, dunkle Augen, lächelnder Mund, weißes Haar, ja, du, rühre mich nicht an! »*Eh bien*, Michael, endlich!«

Seine Hand fiel auf die Kisten, die auf dem Bett standen, aber er konnte sie nicht sehen. Er sah nichts als das unstet flackernde Licht, das sich zu dem Bild des Mannes unter der Decke formte, dann verging, dann wiederkam. Julien versuchte, aus dem Bett zu entkommen. Nein, vor mir zu entkommen.

»Michael!«

Er hatte die Kisten vom Bett gestoßen. Er stolperte über die Bücher. Die Puppen, wo waren die Puppen? Dort in dem Koffer. Hat Julien gesagt, oder? Er hat es auf Französisch gesagt. Gelächter, ein Chor von Gelächter. Raschelnde Röcke rings um ihn herum. Etwas zerbrach. Sein Knie stieß gegen etwas Spitzes, aber er kroch weiter auf den Koffer zu. Die Schließen verrostet, kein Problem, Deckel aufklappen.

Flirrend, schwindend, stand Julien da, nickte, deutete in den Koffer.

Die rostigen Scharniere zerbrachen vollends, als der Deckel gegen den alten Putz der Wand prallte und herunterfiel. Was war das für ein Geraschel, wie Taft ringsherum, Füße, die über den Boden scharrten, Gestalten, die über ihm aufragten, wie Licht, das durch einen Fensterladen blitzte, hell und gleich wieder dunkel, laßt mich atmen, laß mich sehen. Es klang wie das Rascheln der Nonnengewänder in der Schule, wenn sie donnernd den Korridor herunterkamen, um die Kinder zu schlagen, um die Jungen in Reihe und Glied zu treiben, das Geraschel von Rosenkränzen und Tuch und Unterröcken...

Aber da sind die Puppen.

Schau, die Puppen! Zerbrich sie nicht, sie sind so alt und empfindlich, wie sie dich anschauen mit ihren blöde gekritzelten Gesichtern, und schau, die mit den Knopfaugen und den grauen Zöpfen, mit den winzig kleinen, makellosen Männerkleidern aus Tweed bis zu den Hosenaufschlägen. Gott, und die Knochen darin!

Er hielt sie fest. Mary Beth! Ihre flatternden Röcke wehten ihn an; wenn er jetzt aufblickte, würde er sie herabschauen sehen, und er sah sie auch, es gab keine Grenze für das, was er sehen konnte, er sah ihre Hinterköpfe, als sie auf ihn eindrangen, aber nichts wollte auch nur einen Moment lang Bestand haben. Es war alles spinnwebzart, fest für eine Sekunde, und wieder nichts, das Zimmer war voll von staubigem Nichts und dichtem Gedränge. Rowan kam zu ihm wie durch den Riß in einem Gewebe und packte ihn beim Arm, und in einem schimmernden Blitz sah er Charlotte, er wußte, es war Charlotte. Hatte er die Puppe berührt? Er schaute hinunter; sie lagen bunt durcheinander, so zerbrechlich auf dem Musselin.

Aber wo ist Deborah? Deborah, du mußt mir sagen... Er schlug das Tuch zurück, würfelte die neueren Puppen übereinander. Weinten sie? Jemand weinte, nein, das war das Baby, das in seiner Wiege schrie, oder Antha auf dem Dach. Oder beide. Wieder schien Julien kurz auf, sagte etwas in schnellem Französisch, kauerte mit gebeugtem Knie neben ihm, *ich kann nichts verstehen*. Ein Millimeter einer Sekunde – und fort. Ihr macht mich wahnsinnig; was nutze ich euch oder sonst jemandem, wenn ich wahnsinnig bin?

Schafft diese Röcke weg! Es war so sehr wie bei den Nonnen!

»Michael!«

Er tastete unter dem Tuch herum – wo? – leicht zu sagen, denn da lag die älteste, eine bloße Stockpuppe, und an der übernächsten das Blondhaar Charlottes, und das bedeutete, das zierliche kleine Ding dazwischen war seine Deborah. Kleine Käfer krabbelten darunter weg, als er sie anrührte. Ihr Haar löste sich auf, o Gott, sie zerfällt, sogar die Knochen werden zu Staub. Und von Grauen erfüllt wich er zurück. Sein Finger hatte einen Eindruck auf dem Knochengesicht hinterlassen. Die Glut eines Feuers erfaßte ihn; er konnte es riechen. Ihr Körper lag zusammengefallen wie ein Ding aus Wachs ganz oben auf dem Scheiterhaufen, und diese Stimme befahl ihm auf französisch, etwas zu tun – aber was?

»Deborah«, bat er, berührte sie wieder, berührte das kleine, zerfranste Kleid aus Samt. »Deborah!« Sie war so alt, daß sein Atem sie davonwehen würde. Stella lachte, Stella hielt sie fest. »Sprich mit mir«, sagte sie mit fest geschlossenen Augen, und der junge Mann neben ihr lachte. »Du glaubst doch nicht im Ernst, daß das funktionieren wird?«

Was wollt ihr von mir?

Die Röcke drängten ringsum näher, Stimmen mischten sich, französisch und englisch. Er versuchte, Julien diesmal zu fassen. Aber es war, als wollte man einen Gedanken zu fassen bekommen, eine Erinnerung, etwas, das einem durch den Kopf huschte, während man Musik hörte. Seine Hand lag auf der kleinen Deborah-Puppe, zermalmte sie in der Truhe, und die blonde Puppe rollte gegen ihn. Ich zerstöre sie!

»Deborah!«

Nichts, nichts.

Was habe ich getan, daß du es mir nicht sagen willst?

Rowan rief ihn, schüttelte ihn; fast hätte er sie geschlagen.

»Hör auf!« schrie er. »Sie sind alle hier, hier in diesem Haus! Siehst du es nicht? Sie warten, sie... sie... es gibt ein Wort dafür, sie schweben hier... an die Erde gefesselt!«

Wie stark sie war. Sie wollte nicht aufhören. Sie zog ihn hoch. »Laß mich los.« Er sah sie alle, wohin er auch schaute, als wären sie eingewoben in einen Schleier, der im Wind wehte.

»Michael, hör auf, es ist genug, hör doch auf...«

Muß raus hier. Er griff nach dem Türrahmen. Als er zurück auf das schaute, sah er nur die Packkisten. Er starrte die Bücher an. Die Bücher hatte er nicht berührt. Der Schweiß strömte ihm übers Gesicht, über die Kleider, schau dir die Kleider an, er strich mit nackten Händen über sein Hemd, zitterte, Rowan für einen Augenblick, und dann schimmerten sie wieder alle um ihn herum, aber er konnte ihre Gesichter nicht sehen, und er hatte es satt, nach ihren Gesichtern zu suchen, hatte die saugenden, auslaugenden Gefühle satt, die ihn durchzogen. »Ich kann es nicht, verdammt!« brüllte er. Es war, als sei er unter Wasser; selbst die Stimmen, die er hörte, als er sich die Hände auf die Ohren preßte, klangen unstet und hohl wie Stimmen unter Wasser. Und der Gestank, man konnte ihm einfach nicht entgehen. Der Gestank aus den Gläsern, die dort warteten, die Gläser...

Ist es das, was du wolltest: daß ich herkomme und die Dinge anrühre und daß ich sie verstehe und erkenne? Deborah, wo bist du?

Lachten sie über ihn? Eugenia mit ihrem Staubwedel. Nicht du! Weg mit dir. Ich will die Toten sehen, nicht die Lebenden. Und das war Juliens Lachen, oder? Jemand weinte deutlich hörbar, ein Baby weinte in der Wiege, und eine dumpfe, leise Stimme, die auf englisch fluchte, ich bringe dich um, bringe dich um, bringe dich um.

»Es ist genug, hör auf, du darfst nicht...«

»Nein, es ist nicht genug. Die Gläser sind dort. Es ist nicht genug. Laß es mich jetzt tun, ein für allemal, mit allem.«

Er stieß sie beiseite, wiederum erstaunt über die Kraft, mit der sie versuchte, ihn aufzuhalten, und drückte die Tür zum Zimmer mit den Gläsern auf. Wenn sie nur endlich den Mund halten wollten, wenn nur das Baby zu weinen, wenn nur die Alte zu fluchen aufhören wollte, und diese Französisch sprechende Stimme... »Ich kann nicht...«

Die Gläser.

Der Gestank war mörderisch. Aber er kann dich nicht umbringen. Er kann dir in Wirklichkeit nichts anhaben. Schau hin. Und im verschwommenen, häßlichen Licht legte er die Hand an das trübe Glas, und zwischen seinen gespreizten Fingern sah er ein Auge, das ihn anglotzte. »Gott« – es ist ein menschlicher Kopf, aber was kam von dem Glas selbst durch seine gemarterten Finger, nichts, nichts als Bilder so matt, wie das Ding darin herausblickte; eine Wolke umgab ihn, in der Sichtbares und Hörbares sich mischten und immer wieder auflösten, gerinnen wollten und wieder zerfielen. Da war das Glas, glänzend.

Da waren seine Finger, die am wächsernen Verschluß kratzten.

Und die wunderschöne Frau aus Fleisch und Blut in der Tür war Rowan.

Er brach den Verschluß auf und tauchte die Hand in die Flüssigkeit, und die Dünste, die daraus aufstiegen, drangen ihm wie Giftgas in die Nase. Er würgte, aber das hinderte ihn nicht. Er packte den Kopf im Glas an den Haaren, aber die zerfielen ihm unter der Hand, glitschten weg wie Seetang.

Der Kopf war schleimig und zerfiel. Einzelne Klumpen schwammen vor das Glas, stießen an sein Handgelenk. Aber er bekam ihn zu fassen; sein Daumen bohrte sich in die faulige Wange. Er zog den Kopf heraus und stieß dabei das Glas auf den Boden, so daß die stinkende Flüssigkeit ihn umspritzte. Er hielt den Kopf in der Hand – ein mattes Aufscheinen: der Kopf, wie er sprach, der Kopf, wie er lachte, die Gesichtszüge beweglich, obwohl der Kopf tot war, und das Haar war braun, die Augen blutunterlaufen, aber braun, und Blut sickerte aus dem toten Mund, der redete.

Aye, Michael, Fleisch und Blut, wenn du längst nur noch Knochen bist.

Der Mann saß ganz auf dem Bett, nackt und tot, aber doch lebendig mit Lasher in sich, und seine Arme fuchtelten, sein Mund klappte auf und zu. Und neben ihm Marguerite mit ihrem Hexenhaar, die Hände auf seinen Schultern, und ihre großen, weiten Taftröcke umrahmten sie wie ein Kreis von rotem Licht, und sie hielt das tote Ding fest, wie Rowan jetzt ihn festzuhalten versuchte.

Der Kopf glitt ihm aus der Hand und klatschte in den Schleim zu seinen Füßen. Er sank auf die Knie. Gott! Ihm war schlecht. Er würde sich übergeben; er spürte, wie sich sein Magen zusammenzog, fühlte den Schmerz hinter seinen Rippen bohren. Mich übergeben. Ich kann nicht anders. Er wandte sich in die Ecke, wollte fortkriechen... Es brach aus ihm hervor.

Rowan hielt seine Schulter. Wenn dir so schlecht ist, kümmert es dich nicht, wer dich anfaßt. Aber wieder sah er jetzt das tote Ding auf dem Bett. Er wollte es ihr sagen. Sein Mund schmeckte sauer, er war voll von Erbrochenem. O Gott, schau dir die Hände an. Die Schweinerei bedeckte den ganzen Boden und auch seine Kleider.

»Lasher«, sagte er und wischte sich über den Mund. »Lasher, in dem Kopf, und in dem Körper, der dazugehört.«

Aye, Michael, wenn du längst nur noch Knochen bist, wie die Knochen, die du da in deinen Händen hältst.

»Ist das denn Fleisch?« schrie er. »Ist das Fleisch!« Er trat gegen den verwesten Kopf auf dem Boden. Wie Gummi. »Du wirst sie nicht kriegen, nicht hierfür, und für gar nichts!«

»Michael!«

Wieder wogte die Übelkeit herauf, aber er ließ es nicht noch einmal hochkommen. Seine Hand erfaßte die Kante des Regals. Ein kurzer Blitz: Eugenia.

»Kann ihn nicht ausstehen, den Geruch hier unterm Dach, Miss Carl.« »Dann bleib hier weg, Eugenia.«

Er drehte sich um, wischte beide Hände an seiner Jacke ab, wischte sie heftig sauber, sagte zu Rowan: »Er ist in die Leichen gefahren. Er hat sie in Besitz genommen. Er hat durch ihre Augen geschaut und mit ihren Stimmbändern gesprochen; er hat sie benutzt, aber er konnte sie nicht wieder lebendig machen, konnte die Zellen nicht dazu bringen, sich wieder zu vermehren. Und sie hat die Köpfe aufbewahrt. Er ist in die Köpfe gekommen, als die Körper schon lange nicht mehr da waren, und hat durch ihre Augen herausgeblickt.«

Er wandte sich ab und riß ein Glas nach dem anderen aus dem Regal. Sie stand neben ihm. Sie spähten durch das Glas, und der Schimmer der Bilder machte ihn halb blind für das, was er eigentlich sehen wollte, aber er war entschlossen, es doch zu sehen. Köpfe mit braunem Haar, und schau, ein blonder Kopf mit braunen Strähnen, und da, das Gesicht eines Schwarzen mit weißen Hautflecken und Strähnen von hellerem Haar, und hier, noch einer, mit weißem, braun gesträhntem Haar.

»Lieber Gott, siehst du es nicht? Er ist nicht nur hineingefahren, er hat auch das Gewebe verändert, hat die Zellen reagieren lassen, hat sie verändert – aber er konnte sie nicht am Leben halten.«

Seine glitschigen Finger schlossen sich zur Faust. Er schlug gegen eins der Gläser und sah, wie es herunterfiel. Sie versuchte nicht, ihn aufzuhalten. Aber sie schlang die Arme um ihn. Und sie flehte ihn an, mit ihr hinauszugehen, zerrte an ihm. Wenn sie nicht aufpaßte, würden sie noch beide hineinfallen in diesen Schleim, in diesen dreckigen Schleim.

»Aber schau doch! Siehst du das!« Ganz hinten im Regal, hinter dem Glas, das er gerade zerbrochen hatte. Der beste von allen, die Flüssigkeit klar, der dicke Verschluß schwarz wie Teer und ganz intakt. Durch das Geflacker der sinnlosen und unverständlichen Bilder und Laute hörte er sie:

»Mach's auf. Zerbrich es«, sagte sie.

Er gehorchte. Das Glas versank lautlos in der fahlen Schicht der wispernden Stimmen, und er hielt diesen Kopf in der Hand; der Gestank störte ihn nicht länger, und auch nicht die schwammige, verweste Beschaffenheit dessen, was er da hielt.

Wieder das Schlafzimmer, Marguerite an der Kommode mit schmaler Taille und weiten Röcken, sie drehte sich um und lächelte ihn an, zahnlos, mit dunklen, flinken Augen, ihr Haar eine mächtige, häßliche Kaskade von Spanischem Moos, und Julien, gertenschlank und weißhaarig und jung, mit verschränkten Armen, du Teufel. *Laß dich sehen, Lasher.* Und dann der Leichnam auf dem Bett, wie er sie zu sich winkte, und sie legte sich zu ihm, und tote, halb verweste Finger öffneten ihr Mieder und berührten ihre lebendige Brust. Der tote Penis erigiert zwischen den Beinen. »Sieh mich an, verändere mich, sieh mich an, verändere mich.«

Hatte Julien sich abgewandt? Aber nein. Er stand am Fußende, die Hände an die Bettpfosten gelegt, und sein Gesicht pulsierte im matten Schein der Kerze, die im Luftzug vom offenen Fenster flackerte. Fasziniert, furchtlos.

Ja, und jetzt sieh dir dieses Ding in deinen Händen an: Das ist sein Gesicht, nicht wahr? Das Gesicht, das du im Garten gesehen hast, in der Kirche, im Konzertsaal, das Gesicht, das du so viele Male gesehen hast. Und das braune Haar, o ja, das braune Haar.

Er ließ den Kopf zu den anderen auf den Boden fallen, er wich davor zurück, aber die Augenhöhlen starrten zu ihm herauf, und die Lippen bewegten sich. Sah Rowan es auch?

»Hörst du, wie er spricht?«

Stimmen ringsumher, aber da war nun eine Stimme, eine klare, schneidende, tonlose Stimme.

... Du kannst mich nicht aufhalten. Du kannst sie nicht aufhalten. Du wirst tun, was ich gebiete. Meine Geduld ist wie die Geduld des Allmächtigen. Ich sehe bis zum Ende. Ich sehe die Dreizehn. Ich werde Fleisch sein, wenn du tot bist.

»Er spricht mit mir, der Teufel spricht mit mir! Hörst du es?«

Er war zur Tür hinaus und die Treppe hinuntergerannt, ehe er wußte, was er tat, ehe er merkte, daß ihm das Herz in den Ohren donnerte und er keine Luft mehr bekam. Er konnte es nicht länger aushalten; er hatte immer gewußt, daß es so sein würde, das Eintauchen in den Alptraum, und nun war es genug, nicht wahr, was wollten sie denn von ihm, und was wollte sie? Dieser Schurke hatte mit ihm gesprochen! Das Ding, das er im Garten hatte stehen sehen, hatte mit ihm gesprochen, durch den verwesten Kopf! Er war kein Feigling, aber er war ein Mensch. Er konnte es nicht länger aushalten.

Er hatte sich die Jacke ausgezogen und sie in die Ecke der Diele geschleudert. Ah, der Schleim an seinen Fingern, er konnte ihn nicht abwischen.

Belles Zimmer. Sauber und still. Es tut mir leid wegen dieses Drecks, aber bitte laß mich auf dem Bett liegen. Und sie half ihm, Gott sei Dank, und versuchte nicht, ihn daran zu hindern.

Die Bettdecke war sauber und weiß und voller Staub, aber es war sauberer Staub, und die Sonne, die durch die offenen Fenster schien, war schön und ebenfalls voller Staub. Belle. Belle war es, was er jetzt berührte, der sanfte, freundliche Geist Belles.

Er lag auf dem Rücken. Sie brachte ihm die Handschuhe. Mit einem warmen Waschlappen wischte sie ihm die Hände ab, liebevoll und mit sorgenvoller Miene. Sie drückte die Finger auf sein Handgelenk.

»Lieg still, Michael. Ich habe die Handschuhe hier. Lieg still.«

Was war das Kalte, Harte an seiner Wange? Er tastete danach. Belles Rosenkranz; er verhedderte sich schmerzhaft in seinen Haaren, als er ihn fortnehmen wollte, aber das war okay. Er wollte es so.

Und da war Belle. Oh, wie reizend.

»Ruh dich aus, Michael«, sagte Belle. Eine süße Tremolo-Stimme – wie Tante Viv. Sie verblaßte, aber er konnte sie immer noch sehen. »Hab keine Angst vor mir, Michael. Ich bin nicht eine von ihnen; nicht deshalb bin ich hier.«

»Bringe sie dazu, daß sie mit mir reden. Bringe sie dazu, daß sie mir sagen, was sie wollen. Nicht diese hier, sondern die, die damals zu mir kamen. War es Deborah?«

»Lieg still, Michael. Bitte.«

»Wirst du hier sein, wenn ich aufwache?«

»Nein, Darling; eigentlich bin ich auch jetzt nicht hier. Das Haus gehört ihnen, Michael. Und ich gehöre nicht dazu.«

Schlaf.

Er umklammerte die Perlen des Rosenkranzes. Zeit für die Kirche, sagte Millie Dear. Die Zimmer sind so sauber und ruhig. Sie lieben einander. Perlgrauer Gabardine. Es muß unser Haus werden. Deshalb habe ich es so sehr geliebt, als ich klein war und zu Fuß hierher kam. Habe es so geliebt. Unser Haus. Niemals Zank zwischen Belle und Millie Dear. So nett... Etwas beinahe Anbetungswürdiges hatte Belle, ein so hübsches Gesicht im Alter, wie eine gepreßte Blume in einem Buch, farbig noch und voller Duft.

Deborah sagte zu ihm: ... *unberechenbare Macht, die Macht zur Verwandlung*...

Ihn schauderte.

...*nicht leicht, so schwierig, daß du es dir kaum vorstellen kannst, vielleicht das Schwierigste, was du je*...

Ich kann es!

Schlaf.

Und im Schlaf hörte er das beruhigte Klirren von zerbrechendem Glas.

Als er aufwachte, war Aaron da. Rowan hatte frische Sachen aus dem Hotel geholt, und Aaron führte ihn ins Bad, damit er sich dort waschen und umziehen konnte.

Jeder Muskel im Leib schmerzte ihn. Der Rücken tat ihm weh. Seine Hände brannten. Er hatte dieses furchtbar kribbelnde Gefühl, das er in der Liberty Street wochenlang gehabt hatte, bis er die Handschuhe wieder angezogen und einen Schluck von dem Bier genommen hatte, das Aaron ihm auf seinen Wunsch hin gebracht hatte. Der Schmerz in seinen Muskeln war schrecklich, und selbst seine Augen waren müde, als hätte er stundenlang bei schlechtem Licht gelesen.

»Ich werde mich nicht betrinken«, versprach er den beiden.

Rowan erklärte, sein Herz habe gerast; was immer geschehen sei, habe ihn physisch in extremem Maße belastet, und eine solche Pulsfrequenz sei eigentlich nur zu erwarten, wenn jemand die Meile in vier Minuten gelaufen sei. Es sei nun wichtig, daß er sich ausruhe und daß er die Handschuhe anbehalte.

Okay, ihm war es nur recht. Er hätte nichts lieber getan, als seine Hände in Beton zu gießen!

Sie kehrten zusammen ins Hotel zurück, bestellten Abendessen und machten es sich im Wohnzimmer der Suite bequem. Zwei Stunden lang erzählte er ihnen, was er alles gesehen hatte.

Er erzählte und erzählte, beschrieb und beschrieb. Er wünschte sich, Aaron würde etwas sagen, aber er begriff, weshalb Aaron schwieg.

»Ich weiß nicht, warum ich darin verwickelt bin; ich weiß es ebensowenig wie zuvor«, sagte er. »Aber ich weiß, daß sie da sind, in dem Haus. Ihr erinnert euch, daß Cortland sagte, er gehöre nicht dazu. Und Belle hat mir gesagt, sie gehöre auch nicht dazu... als wenn ich es mir nicht schon hätte denken können... nun, aber die anderen, die dazugehören, die sind dort! Und dieses Wesen hat Materie verändert – nur wenig, aber es hat es getan. Es hat von Toten Besitz ergriffen und auf ihre Zellen eingewirkt.

Und es will Rowan; ich weiß es. Es will Rowan, um mittels ihrer Kraft die Materie zu verändern! Rowan hat mehr von dieser Kraft als irgendeine der anderen vor ihr. Verflucht, sie weiß, was Zellen sind, wie sie funktionieren, wie ihre Struktur aussieht!«

Rowan war von diesen Worten wie vor den Kopf gestoßen. Aaron berichtete, als Michael eingeschlafen und Rowan sicher gewesen sei, daß sein Puls sich wieder normalisiert hatte, habe sie ihn, Aaron, angerufen und ihn gebeten, zum Haus in der First Street zu kommen. Er habe Kisten mit Eis gebracht, um die Präparate vom Dachboden darin zu verpacken, und gemeinsam hätten sie jedes Glas geöffnet, den Inhalt photographiert und verstaut.

Die Präparate waren jetzt in Oak Haven und wurden eingefroren, um am nächsten Morgen nach Amsterdam verschifft zu werden; Rowan wollte es so. Aaron hatte auch Juliens Bücher und den Koffer mit den Puppen mitgenommen; auch diese Dinge würden ins Mutterhaus gehen.

Bisher schien es sich bei den Büchern lediglich um Rechnungsbücher zu handeln, die diverse kryptische Eintragungen in Französisch enthielten. Wenn es eine Autobiographie gab, wie Richard Llewellyn sie erwähnt hatte, so war sie nicht in diesem Dachzimmer gewesen.

Es erfüllte Michael mit irrationaler Erleichterung, zu wissen, daß diese Dinge nicht mehr im Hause waren. Er war inzwischen bei seinem vierten Bier. Wie sie darüber dachten, war ihm egal. Nur eine Nacht Frieden, um Himmels willen, dachte er. Außerdem betrank er sich nicht. Er wollte sich nicht betrinken.

Schließlich verstummten sie. Rowan starrte Michael an, und plötzlich empfand er eine abgrundtiefe Scham.

»Wie fühlst du dich denn, mein Liebes?« fragte er sie. »Nach all diesem Wahnsinn. Ich bin dir keine große Hilfe, wie? Ich muß dir ja eine Todesangst eingejagt haben. Wünschst du dir jetzt, du hättest den Rat deiner Adoptivmutter befolgt und wärest in Kalifornien geblieben?«

»Du hat mir keine Angst eingejagt«, sagte sie zärtlich, »und ich habe dich gern versorgt. Das habe ich dir schon einmal gesagt. Aber ich denke nach. In meinem Kopf sind alle Räder in Bewegung. Und es geht wild durcheinander, da drinnen.«

»Das mußt du erklären.«

»Ich will meine Familie«, sagte sie. »Ich will meine Verwandten, und zwar alle neunhundert, oder wie viele es sind. Ich will mein Haus. Ich will meine Geschichte – und damit meine ich die, die Aaron uns gegeben hat. Aber dieses verdammte Wesen will ich nicht, dieses verdammte geheime, geheimnisvolle Böse. Ich will es nicht, und es ist doch... so verführerisch!«

Michael schüttelte den Kopf. »Es ist so, wie ich's dir gestern abend gesagt habe. Es ist unwiderstehlich.«

»Nein, nicht unwiderstehlich«, beharrte sie. »Aber verführerisch.«

»Und gefährlich?« erwog Aaron. »Ich denke, dessen sind wir jetzt sicherer denn je. Ich denke, wir *wissen* jetzt, daß wir von einem Wesen sprechen, das Materie verändern kann.«

»Ich bin nicht so sicher«, widersprach Rowan. »Ich habe diese stinkenden Dinger untersucht, so gut ich konnte. Die Veränderungen waren nicht signifikant; es waren bloß Veränderungen im Oberflächengewebe.«

»Okay, aber wie steht's denn damit?« Michael ließ sich nicht beirren. »Hast du je von einem Wesen gehört, das so etwas tun konnte? Es geht ja nicht um ein Erröten, sondern um etwas Dauerhaftes! Etwas, das noch nach einem Jahrhundert da ist.«

»Du weißt, wozu der Geist imstande ist«, sagte Rowan. »Ich brauche dir nicht zu erzählen, daß manche Menschen ihren Körper zu einem erstaunlichem Grad durch Gedanken beeinflussen können. Sie können sich sogar sterben lassen, wenn sie wollen. Man hat schon von Leuten gehört, die sich haben schweben lassen – falls man anekdotisches Material als Beleg akzeptieren möchte. Die Herzfrequenz reduzieren, die Körpertemperatur erhöhen – das alles ist möglich und gut dokumentiert. Die Materie ist dem Geist unterworfen, und wir fangen erst an, zu verstehen, in welchem Ausmaß. Das Wesen hat also das subkutane Gewebe eines Leichnams verändert. Na und? Es war also nicht einmal ein lebendiger Organismus, nach allem, was du mir erzählt hast. Es ist alles ziemlich plump und unpräzise.«

»Du erstaunst mich«, sagte Michael beinahe kalt.

»Wieso?«

»Ich weiß nicht. Es tut mir leid. Aber ich habe das schreckliche Gefühl, daß alles geplant ist – daß du bist, wer du bist, daß du eine brillante Ärztin bist! Es ist alles geplant.«

»Beruhige dich, Michael. Die ganze Geschichte hat zu viele Mängel, als daß alles geplant sein könnte. Nichts ist geplant in dieser Familie. Denke doch an die Akte.«

»Es will menschlich sein, Rowan«, sagte Michael. »Das ist die Bedeutung dessen, was es zu Petyr van Abel und zu mir gesagt hat. Es will menschlich sein, und es will, daß du ihm dabei hilfst. Was hat Stuart Townsends Geist zu Ihnen gesagt, Aaron? Er hat gesagt: ›Es ist alles geplant.‹«

»Ja«, sagte Aaron nachdenklich. »Aber es wäre ein Fehler, diesen Traum überzubewerten. Ich denke, Rowan hat recht. Sie können nicht annehmen, zu wissen, was es geplant hat. Und übrigens – was immer es uns einbringen mag –, ich glaube nicht, daß dieses Wesen menschlich werden kann. Vielleicht will es einen Körper haben, aber ich glaube nicht, daß es je ein Mensch sein kann.«

»Ach, das ist ja schön«, sagte Michael. »Das ist wunderschön. Und ich denke doch, daß es alles geplant hat. Es war sein Plan, daß Rowan Deirdre weggenommen wurde. Darum hat es Cortland umgebracht. Es war sein Plan, daß Rowan von hier ferngehalten wurde, bis sie nicht nur eine Hexe, sondern sogar ein Hexendoktor geworden ist. Es hat sogar den Augenblick ihrer Heimkehr geplant.«

»Aber ich halte mich an meinen *eigenen* Plan«, versetzte Rowan ruhig. »Ich werde das Vermächtnis beanspruchen, und auch das Haus, wie ich es dir gesagt habe. Und ich will das Haus immer noch restaurieren. Ich will darin wohnen. Ich werde mich davon nicht abschrecken lassen.« Sie sah ihn an, als erwarte sie, daß er etwas sagte. »Und dieser Geist, so mysteriös er auch sein mag, wird mir dabei nicht in die Quere kommen, solange ich ein Wörtchen mitzureden habe. Ich habe dir gesagt: Er hat sein Spiel überreizt.« Beinahe zornig sah sie Michael an. »Bist du dabei?« wollte sie wissen.

»Ja, ich bin dabei, Rowan. Und ich glaube, du hast recht, wenn du tust, was du dir vorgenommen hast. Verdammt, wir können mit dem Haus anfangen, wann immer du willst. Ich will es ja auch.«

Sie war froh, ungeheuer froh, aber ihre Ruhe verstörte ihn gleichwohl. Er sah Aaron an.

»Was meinen Sie, Aaron?« fragte er. »Zu dem, was das Wesen über meine Rolle in der ganzen Angelegenheit gesagt hat? Sie müssen doch eine Erklärung dafür haben.«

»Michael, es kommt darauf an, daß *Sie* eine Erklärung dafür finden. Daß Sie wieder zum Verständnis dessen zurückfinden, was Ihnen passiert ist. Ich habe keine gesicherte Erklärung für irgend etwas in dieser Angelegenheit.«

»Ihr Burschen seid ein Haufen Mönche«, sagte Michael mürrisch, und er hob sein Bierglas zu einem nachlässigen Toast. »›Wir wachen, und wir sind immer da.‹ Aaron, warum ist das alles passiert?«

Aaron lachte gutmütig, aber er schüttelte den Kopf. »Michael, Katholiken wollen immer, daß wir ihnen die Tröstungen der Kirche bieten. Aber das können wir nicht. Ich weiß nicht, warum es geschehen ist. Ich weiß wohl, daß ich Ihnen beibringen kann, die Kraft, die Sie in den Händen haben, zu steuern und nach Belieben abzuschalten, damit sie Sie nicht länger quält.«

»Vielleicht«, sagte Michael müde. »Im Moment würde ich diese Handschuhe nicht mal ausziehen, um dem Präsidenten der Vereinigten Staaten die Hand zu schütteln.«

»Wenn Sie daran arbeiten möchten«, sagte Aaron, »stehe ich Ihnen zu Diensten. Ich bin für Sie beide da.« Er sah Rowan lange an und wandte sich dann wieder Michael zu. »Ich muß Sie doch nicht ermahnen, vorsichtig zu sein, oder?«

»Nein«, sagte Rowan. »Aber was ist mit Ihnen? Ist seit dem Verkehrsunfall noch irgend etwas passiert?«

»Kleinigkeiten«, sagte Aaron. »An sich nicht wichtig. Und es kann auch gut sein, daß ich mir alles nur einbilde. Ich bin ein Mensch wie jeder andere, was das angeht. Aber ich habe das Gefühl, ich werde beobachtet und auf eine ziemlich subtile Weise bedroht.«

Rowan wollte etwas sagen, aber er schnitt ihr mit einer Handbewegung das Wort ab.

»Ich bin auf der Hut. Ich war schon öfters in solchen Situationen. Und ein sehr merkwürdiger Aspekt des Ganzen ist dieses: Solange ich mit Ihnen zusammen bin – auch nur mit einem von Ihnen –, spüre ich diese... diese Präsenz in meiner Nähe nicht. Dann fühle ich mich völlig sicher.«

»Wenn es Ihnen etwas antut«, sagte Rowan, »dann begeht es damit seinen letzten, tragischen Fehler. Denn ich werde es dann nie wieder ansprechen oder in irgendeiner Weise zur Kenntnis nehmen. Ich werde versuchen, es zu töten, wenn ich es sehe. Alle seine Pläne werden vergeblich sein.«

Aaron überlegte einen Moment.

»Glauben Sie, das weiß es?« fragte Rowan.

»Möglicherweise«, meinte Aaron. »Aber ich weiß ehrlich nicht, was es weiß. Ich glaube allerdings, daß Michael völlig recht hat. Es will einen menschlichen Körper. Daran scheint kein Zweifel zu bestehen. Aber was es weiß und was es nicht weiß, das kann ich nicht sagen. Ich weiß nicht einmal, was es eigentlich ist. Ich schätze, das weiß niemand.«

Er nahm einen kleinen Schluck Kaffee und schob die Tasse dann von sich. Er sah Rowan an.

»Es besteht natürlich kein Zweifel daran, daß es sich Ihnen nähern wird. Das ist Ihnen auch klar. Die Antipathie, die Sie ihm entgegenbringen, wird es nicht für alle Zeit in Schach halten. Ich bezweifle, daß sie es im Augenblick in Schach hält. Es wartet einfach auf die richtige Gelegenheit.«

»O Gott«, flüsterte Michael. Es war, als habe jemand gesagt, ein Attentäter werde demnächst die Frau aufs Korn nehmen, die er über alles in der Welt liebte. Er empfand lähmende Eifersucht und Wut.

Rowan sah Aaron an. »Was würden Sie an meiner Stelle tun?«

»Ich weiß es nicht genau«, antwortete Aaron. »Aber ich kann nicht nachdrücklich genug wiederholen, daß es gefährlich ist.«

»Das ist mir klar, seit ich die Akte gelesen habe.«

»Und daß es tückisch ist.«

»Auch das steht in der Akte. Glauben Sie, ich sollte versuchen, Kontakt mit ihm aufzunehmen?«

»Nein, das denke ich nicht. Ich glaube, am klügsten ist es, wenn Sie es auf sich zukommen lassen. Und um der Liebe Gottes willen, versuchen Sie, immer völlig die Kontrolle zu behalten.«

»Es gibt kein Entkommen vor ihm, nicht wahr?«

»Ich glaube nicht, nein. Und ich kann mir vorstellen, was es tun wird, wenn es sich Ihnen nähert.«

»Was?«

»Es wird Geheimhaltung und Kooperation von Ihnen verlangen. Andernfalls wird es sich weigern, sich und seine Absichten vollständig zu offenbaren.«

»Es wird dich von uns abspalten«, sagte Michael.

»Genau«, bestätigte Aaron.

»Und warum glauben Sie, daß es das tun wird?«

Aaron zuckte die Achseln. »Weil ich es auch so machen würde, wenn ich an seiner Stelle wäre.«

Sie lachte leise.

»Es ist so verschlagen und unberechenbar«, fuhr Aaron fort. »Ich wäre jetzt schon tot, wenn es mich umbringen wollte. Aber es bringt mich nicht um.«

»Es weiß, daß ich es hassen würde, wenn es Ihnen nur ein Haar krümmt«, sagte Rowan.

»Ja, vielleicht erklärt das, weshalb es noch nicht weiter gegangen ist. Aber damit stehen wir wieder am Anfang. Was immer Sie tun, Rowan, verlieren Sie nie die Geschichte der Mayfairs aus den Augen. Bedenken Sie das Schicksal, das Suzanne und Deborah erlitten haben, Stella und Antha und Deirdre. Wenn wir alles über Marguerite oder Katherine wüßten, über Marie Claudette oder die andern aus Saint Domingue – ihre Geschichten wären vielleicht ebenso tragisch. Und wenn irgendeiner in diesem Drama für so viel Leiden und Tod verantwortlich gemacht werden kann, dann ist es Lasher.«

Rowan erschien für einen Moment gedankenverloren. »Gott, ich wünschte, er würde weggehen«, sagte sie leise.

»Das wäre wohl zuviel verlangt, glaube ich«, sagte Aaron. Seufzend zog er seine Taschenuhr hervor und erhob sich dann von der Couch. »Ich werde Sie jetzt verlassen. Ich bin oben in meiner Suite, falls Sie mich brauchen.«

»Beantworten Sie mir noch eine Frage«, sagte Michael. »Als Sie im Haus waren, was war das für ein Gefühl?«

Aaron lachte leise und schüttelte den Kopf. Er überlegte einen Moment. »Ich glaube, Sie können es sich vorstellen«, sagte er sanft. »Aber eins hat mich doch überrascht: daß es so schön war, so großartig und doch so einladend mit all den offenen Fenstern und der Sonne, die hereinschien. Ich hatte vermutlich erwartet, es werde abweisend sein. Aber das genaue Gegenteil war der Fall.«

»Es ist ein wunderbares Haus«, sagte Rowan. »Und es verändert sich schon. Wir nehmen es bereits in Besitz. Wie lange wird es dauern, Michael, bis es wieder so ist, wie es sein sollte?«

»Nicht lange, Rowan. Zwei, drei Monate, vielleicht weniger. Bis Weihnachten könnte es fertig sein. Mich juckt es in den Fingern, anzufangen. Wenn ich nur dieses Gefühl loswerden könnte...«

»Welches Gefühl?«

»Daß es alles geplant ist.«

»Vergiß das endlich«, sagte Rowan ungehalten.

»Lassen Sie mich einen Vorschlag machen«, sagte Aaron. »Schlafen Sie eine Nacht darüber, und dann beginnen Sie mit dem, was Sie wirklich tun wollen – regeln Sie die anliegenden juristischen Fragen, ordnen Sie das Erbe, nehmen Sie vielleicht das Haus in Angriff – all die guten Dinge, die Sie tun wollen. Und seien Sie auf der Hut. Seien Sie immer auf der Hut. Wenn unser mysteriöser Freund sich an Sie wendet, bestehen Sie auf Ihren eigenen Bedingungen.«

Michael starrte finster in sein Bier, während Rowan mit Aaron zur Tür ging. Sie kam zurück, setzte sich neben ihn und legte einen Arm um ihn.

»Ich habe Angst, Rowan«, sagte er, »und das ist mir zuwider. Wirklich zuwider.«

»Ich weiß, Michael«, sagte sie. »Aber wir werden gewinnen.«

In dieser Nacht, als Rowan schon seit Stunden schlief, stand Michael auf, ging ins Wohnzimmer und holte sein Notizbuch aus dem Koffer. Er fühlte sich wieder normal, und die Abnormalität des Tages erschien ihm seltsam fern. Zwar fühlte er sich immer noch wie gerädert, aber zugleich auch ausgeruht. Und es war beruhigend, zu wissen, daß Rowan nur ein paar Schritt weit entfernt war und daß Aaron in der Suite über ihnen schlief.

Er schrieb auf, was er von den Bruchstücken in Erinnerung hatte, die ihm wieder eingefallen waren, bevor er die Handschuhe ausgezogen hatte. Aber es war nicht verwunderlich, daß er sich an fast nichts erinnerte. Dann kam der Beginn der Katastrophe, als er Deirdres Nachthemd in die Hand genommen hatte.

»Die gleichen Trommeln wie bei der Comus-Parade. Oder bei einer anderen Parade dieser Art. Entscheidend ist: ein furchtbarer, beängstigender Klang, ein Klang, den man mit einer dunklen und potentiell zerstörerischen Energie verbindet.«

Er hielt inne und schrieb dann weiter: »Ich erinnere mich jetzt auch an etwas anderes. In Rowans Haus in Tiburon. Nachdem wir miteinander geschlafen hatten. Ich wachte auf und dachte, das Haus brennt und es sind alle möglichen Leute unten. Ich erinnere mich jetzt. Es war das gleiche Ambiente, der gleiche gespenstische Lichtschein, die gleiche unheimliche Atmosphäre.

Und in Wirklichkeit saß Rowan unten vor dem Feuer, das sie im Kamin angezündet hatte.

Aber das Gefühl war das gleiche. Feuer und Menschen, viele, viele Menschen, zusammengedrängt, ein heftiger Aufruhr in flakkerndem Licht.

Und ich hatte nicht das Gefühl des Wiedererkennens, als ich Julien oben sah, oder Charlotte oder Mary Beth, oder Antha, die arme, tragische Antha, wie sie da über das Vordach kroch. Sie waren nicht in meinen Visionen gewesen. Keine von ihnen. Und Deborah war nur ein zusammengefallener Körper auf dem Scheiterhaufen. Sie stand nicht bei ihnen. Bestimmt hat das etwas zu bedeuten.«

Er las, was er geschrieben hatte. Er wollte mehr schreiben, aber er mißtraute jeder Ausschmückung. Er mißtraute der Logik. War Deborah keine von ihnen? War sie deshalb nicht da?

Er machte sich daran, den Rest zu beschreiben. »Antha trug ein Kattunkleid. Ich habe ihren Lackledergürtel gesehen. Als sie auf das Dach hinauskroch, zerriß sie sich ihre Strümpfe. Ihre Knie bluteten. Aber ihr Gesicht war das eigentlich Unvergeßliche: das Auge, das aus der Höhle gerissen war. Und der Klang ihrer Stimme. Dieser Klang wird mich bis an mein Lebensende verfolgen. Und Julien. Julien sah ebenso wirklich aus wie sie, als er zusah. Julien trug Schwarz. Und Julien war jung. Kein Knabe, wohlgemerkt, sondern ein kräftiger Mann, kein alter Mann. Nicht mal im Bett war er alt.«

Wieder setzte er ab. »Und was Lasher sonst noch sagte, war neu. Etwas von Geduld, vom Warten... und dann erwähnte er die Dreizehn.

Aber was für eine Dreizehn? Wenn es eine Zahl über einer Haustür ist, dann habe ich sie noch nicht gesehen. Die Gläser – es waren keine dreizehn Gläser. Eher zwanzig, aber darüber werde ich Rowan befragen.«

Wieder hielt er inne, erwog Ausschmückungen, fügte keine hinzu.

»Dieser muntere Dämon hat kein verdammtes Wort von einer Tür gesagt«, schrieb er weiter. »Nein, nur diese Drohung, daß ich tot sein werde, wenn er noch Fleisch und Blut besitzt.«

Tot. Gräber. Etwas, das Rowan am Tag zuvor gesagt hatte. Etwas über eine Schlüssellochtür an der Gruft der Familie Mayfair.

»Ich werde morgen hingehen und es mir selbst ansehen. Wenn da irgendwo die Zahl dreizehn bei dieser Tür zu finden ist, dann wird mir das, so hoffe ich bei Gott, mehr Erleuchtung bringen als das, was heute passiert ist.«

Er ließ das Notizbuch auf dem Tisch liegen und ging wieder ins Bett.

Im Schlaf lag Rowan so ruhig und ausdruckslos wie eine Wachspuppe unter der Decke. Die Wärme ihrer Haut überraschte ihn, als er sie küßte. Sie regte sich langsam, drehte sich um, schlang einen Arm um ihn und schmiegte das Gesicht an seinen Hals. »Michael...« flüsterte sie mit verträumter Stimme. »St. Michael, der Erzengel...« Ihre Finger berührten seine Lippen, als wolle sie sich tastend in der Dunkelheit vergewissern, daß er auch wirklich da war. »Liebe dich...«

»Ich liebe dich auch«, flüsterte er. »Du gehörst mir, Rowan.« Und er fühlte die Wärme ihrer Brüste an seinem Arm, als sie sich an ihn schmiegte. Ihr weiches, flauschiges Geschlecht glühte wie eine kleine Flamme an seinem Schenkel, als sie wieder im Schlaf versank.

32 Das Vermächtnis.

Es war ihr irgendwann im Laufe der Nacht in den Sinn gekommen: ein Halbtraum von Krankenhäusern und Kliniken, von prachtvollen Labors, bevölkert von brillanten Forschern...

Und das alles kannst du tun.

Sie würden es nicht verstehen, Aaron und Michael wohl, aber die anderen nicht, denn sie kannten die Geheimnisse der Akte nicht. Sie wußten nicht, was in den Gläsern auf dem Dachboden gewesen war.

Sie wußten manches, aber sie wußten nicht alles, kannten nicht die ganze Vergangenheit durch die Jahrhunderte bis zu Suzanne of the Mayfair, Hebamme und Heilerin in ihrem schmutzigen schottischen Dorf. Sie wußten nichts von Jan van Abel an seinem Schreibpult in Leiden, wo er seine saubere Tintenzeichnung eines gehäuteten Torsos anfertigte und Schichten von Muskeln und Blutgefäßen offenlegte. Sie ahnten nichts von Marguerite und von der zappelnden Leiche auf ihrem Bett, aus der die Stimme eines Geistes blökte, von Julien, der dabei zusah, Julien, der die Gläser vor fast einem Jahrhundert auf dem Dachboden verwahrt hatte, statt sie zu vernichten.

Aaron wußte es, und Michael wußte es. Sie würden ihren Traum verstehen, den Traum von Kliniken und Krankenhäusern, von heilenden Händen, die zu Tausenden auf wunde und schmerzende Leiber gelegt wurden.

Was für einen Streich würde ich dir da spielen, Lasher!

Wenn sie nur die Erinnerung an die tote Frau aus dem Haus vertreiben könnte. Denn das war der eigentliche Geist für sie, nicht die Gespenster, die Michael gesehen hatte; wenn sie daran dachte, wie er dabei gelitten hatte, konnte sie es kaum ertragen. Es war, als habe sie mitangesehen, wie alles, was sie in ihm liebte, in ihm erstarb. Alle Dämonen der Welt hätte sie von ihm vertrieben, wenn sie nur gewußt hätte, wie.

Aber die alte Frau. Die alte Frau lag immer noch in ihrem Schaukelstuhl, als wollte sie ihn nie mehr verlassen. Und der Gestank, der von ihr kam, war schlimmer als der Gestank der Gläser, denn dies war Rowans Mord. Und das perfekte Verbrechen.

Der Gestank verdarb dieses Haus; er verdarb die ganze Geschichte. Er verdarb den Traum von den Kliniken. Und Rowan wartete an der Tür.

Wir wollen hinein, alte Frau. Ich will mein Haus und meine Familie. Die Gläser sind zerschlagen, und was darin war, ist weg. Ich habe die Geschichte in der Hand, so leuchtend wie ein Juwel. Ich werde Buße tun für alles. Laß mich hinein, damit ich diese Schlacht beginnen kann.

Sie hätte Michael nie dazu drängen sollen, die Handschuhe auszuziehen, und sie würde es auch nie wieder tun; dessen war sie sicher. Michael konnte die Kraft in seinen Händen nicht ertragen. In Wirklichkeit ertrug er es auch nicht, sich an seine Visionen zu erinnern. Es ließ ihn leiden, und erfüllte sie mit Grauen, seine Angst zu sehen.

Es war das Faktum des Ertrinkens, was sie zusammengeführt hatte, nicht diese geheimnisvollen dunklen Mächte, die im Hause lauerten. Die Stimmen, die aus verwesten Köpfen in Gläsern sprachen. Geister in Taftröcken. Seine Stärke und ihre Stärke, das war der Ursprung ihrer Liebe gewesen, und die Zukunft war das Haus, die Familie, das Vermächtnis, das Tausenden, ja, Millionen die Wunder der Medizin bringen konnte.

Was waren alle dunklen Geister und Legenden auf Erden, verglichen mit dieser harten, funkelnden Realität? Im Schlaf sah sie Gebäude in die Höhe wachsen. Sie sah die ganze Unermeßlichkeit. Und die Worte der Geschichte zogen sich durch ihre Träume. Nein, sie hatte nie vorgehabt, die alte Frau zu töten. Ein einziger, schrecklicher Fehler. Getötet zu haben. Etwas so Unrechtes getan zu haben...

Um sechs kam mit dem Frühstück auch die Zeitung.

SKELETTFUND IN BERÜHMTEM HAUS
IM GARDEN DISTRICT

Na, das war unvermeidlich, oder? Irgendwie hatte Ryan sie schon gewarnt, daß sich so etwas nicht unterdrücken ließe. Empfindungslos überflog sie die paar Absätze, wider Willen amüsiert über die Schauergeschichte, die sich hier in wunderlich altmodischem Reporterstil vor ihr entfaltete.

Wer konnte bestreiten, daß die Mayfairsche Villa schon immer mit Tragödien verknüpft war? Daß die einzige Person, die vielleicht ein wenig Licht auf das Hinscheiden des Texaners Stuart Townsend hätte werfen können, Carlotta Mayfair gewesen war, die nach einer langen und vorzüglichen Juristenlaufbahn in derselben Nacht gestorben war, da man die Überreste entdeckt hatte?

Der Rest war eine Elegie an Carlotta, die Rowan mit einem eisigen Gefühl der Schuld erfüllte.

Bestimmt archivierte jemand von der Talamasca diese Story. Vielleicht saß Aaron in diesem Augenblick oben in seiner Suite und las sie. Was würde er darüber in die Akte schreiben? Der Gedanke an die Akte tröstete sie.

Tatsächlich ging es ihr besser, als es ihr angesichts der Geschehnisse hätte gehen dürfen. Denn ganz gleich, was geschah: Sie war eine Mayfair unter all den andern Mayfairs, und ihr geheimer Schmerz war verflochten mit sehr viel älterem, verzwickterem Schmerz. Sie war nicht allein. Nicht einmal mit dem Mord an der alten Frau war sie allein.

Nachdem sie den Artikel gelesen hatte, saß sie lange Zeit still da, die Hände auf der zusammengefalteten Zeitung verschränkt, während es draußen heftig regnete und das Essen auf dem Frühstückstisch kalt wurde.

Was immer sie sonst noch empfand, sie sollte jetzt still um die alte Frau trauern. Sie sollte das Elend in ihre Seele lassen. Und die Frau würde jetzt für allezeit tot sein. Oder etwa nicht?

Die Wahrheit war, daß ihr so schnell hintereinander so viel zustieß, daß sie ihre Reaktionen nicht mehr zu sortieren wußte – daß sie im Grunde überhaupt keine Reaktionen mehr an den Tag legen konnte. Sie fiel von einer Emotion in die andere. Gestern, als Michael mit rasendem Puls und rotem Gesicht auf dem Bett gelegen hatte, war sie in Panik geraten. Wenn ich diesen Mann verliere, hatte sie gedacht, dann werde ich mit ihm sterben, das schwöre ich. Und eine Stunde später hatte sie ein Glas nach dem anderen zerbrochen, den Inhalt in eine weiße Spülschüssel gegossen und mit einem Eispickel darin herumgestochert, um alles zu untersuchen, ehe sie es Aaron überlassen hatte, damit er es in Eis verpackte. Mit klinischer Gelassenheit wie jede andere Ärztin. Völlig gleichmütig.

Und zwischen diesen Augenblicken der Krise trieb sie dahin, beobachtete alles, prägte es sich ein, denn es war alles zu neu, zu ungewöhnlich und letzten Endes auch zuviel.

Heute morgen war sie um vier Uhr aufgewacht und hatte nicht gewußt, wo sie war. Dann war ihr alles wieder eingefallen, die wilde Flut von Flüchen und Segenssprüchen, ihr Traum von den Kliniken, und Michael neben ihr und ihr Verlangen nach ihm wie nach einer Droge.

Sie hatte im Bett gesessen und die Arme um die Knie geschlungen, und sie hatte sich gefragt, ob dies für eine Frau nicht irgendwie schlimmer war als für einen Mann, weil eine Frau an einem Mann noch die kleinste Kleinigkeit erotisch finden konnte – etwa die Art, wie seine Locken jetzt zerdrückt an seiner Stirn klebten oder wie sie sich in seinem Nacken kräuselten.

Sahen Männer nicht alles ein wenig direkter? Verfielen sie in Raserei beim Anblick eines weiblichen Knöchels? Dostojewski hatte so etwas behauptet, nicht wahr? Aber sie hatte es bezweifelt. Es war eine Pein für sie, das dunkle Vlies an Michaels Handgelenk zu sehen; zu sehen, wie sich das goldene Armband seiner Uhr dort hineinschnitt, sich diesen Arm später vorzustellen, mit hochgerolltem weißen Hemdärmel, was aus irgendeinem Grund so sexy aussah wie nicht einmal der nackte Arm. Die Bewegung seiner Finger, wenn er sich eine Zigarette anzündete. Alles von unmittelbarer, genitaler Erotik. Alles so schneidend und voller Wucht. Oder seine tiefe, grollende Stimme, voller Zärtlichkeit, wenn er mit seiner Tante Viv telephonierte.

Als er in dieser stinkenden, scheußlichen Kammer auf den Knien gelegen hatte, da hatte er gekämpft, um sich geschlagen. Und nachher, auf dem staubigen Bett, war er ihr in seiner Erschöpfung unwiderstehlich erschienen,wie seine großen, starken Hände gekrümmt und leer auf der Decke gelegen hatten. Sie hatte seinen dicken Ledergürtel aufgenestelt, den Reißverschluß seiner Jeans, und es war erotisch gewesen, daß dieses kraftvolle Geschöpf plötzlich abhängig von ihr war. Aber dann hatte das Entsetzen sie gepackt, als sie seinen Puls gefühlt hatte.

Lange und angespannt hatte sie bei ihm gesessen, bis sein Puls sich normalisiert und seine Haut sich abgekühlt hatte. Bis er in normalen Schlaf gefallen und regelmäßig geatmet hatte. Von so rauher, makelloser Schönheit war er gewesen; das weiße Unterhemd hatte sich straff über seine Brust gespannt – einfach ein wirklicher Mann und zugleich so köstlich geheimnisvoll für sie mit dem dunklen Haar auf der Brust und an der Oberseite seiner Arme, mit den Händen, die so viel größer waren als die ihren.

Nur seine Angst konnte ihre Leidenschaft abkühlen, und seine Angst war nie von sehr langer Dauer.

Heute morgen hatte sie ihn wecken wollen, indem sie seinen Schwanz in den Mund nahm. Aber nach allem, was geschehen war, brauchte er jetzt seinen Schlaf. Er brauchte ihn dringend. Sie betete nur darum, daß er in seinen Träumen Frieden finden möge.

Und jetzt, zwei Stunden später, als der Regen fiel und ihr Frühstück kalt wurde, saß sie träumend da und betrachtete im Geiste die Vergangenheit und all die Möglichkeiten und dachte auch an die entscheidende Konferenz, die bald beginnen würde.

Das Telephon schreckte sie auf. Ryan und Pierce warteten im Foyer, um mit ihr in die City zu fahren.

Rasch schrieb sie einen Zettel für Michael: Sie sei in familiären Rechtsangelegenheiten unterwegs und werde bis zum Abendessen wieder zurück sein, spätestens um sechs. »Bitte behalte Aaron bei dir und geh nicht allein hinüber ins Haus.« Und sie unterschrieb »In Liebe«.

»Ich will dich heiraten«, sagte sie laut, als sie den Zettel auf den Nachttisch legte. Er schnarchte leise ins Kissen. »Der Erzengel und die Hexe«, sagte sie noch lauter. Er schlief weiter. Sie riskierte einen Kuß auf seine nackte Schulter, befühlte sanft den Muskel in seinem Oberarm, der so unwiderstehlich auf sie wirkte, ging hinaus und schloß die Tür hinter sich.

Die kleinen, anheimelnden Backsteinhäuser der Carondelet Street glitten in wunderlicher Lautlosigkeit vorüber. Der Himmel glänzte wie polierter Staub hinter dem köstlichen Wolkenbruch; der Blitz öffnete eine Ader in diesem Stein, und der Donner knatterte bedrohlich und erstarb dann.

Schließlich gelangten sie in eine Region blitzender Wolkenkratzer. Zwei Straßen weit ging es durch ein strahlendes Amerika, und dann folgte eine Tiefgarage, wie es sie überall auf der Welt gab.

Nichts Überraschendes fand sich in den geräumigen Büros von Mayfair und Mayfair im dreißigsten Stock mit ihrer traditionellen Einrichtung und dem dicken Teppichboden – nicht einmal die Tatsache, daß zwei der hier versammelten Mayfair-Anwälte Frauen und einer ein sehr alter Mann waren oder daß der Blick durch die hohen Glasfenster zum Fluß hinausging: grau wie der Himmel, betupft mit interessanten Kähnen und Lastschiffen unter dem Silberschleier des Regens.

Dann Kaffee und Konversation der unverbindlichsten und frustrierendsten Sorte mit dem weißhaarigen Ryan. Seine hellblauen

Augen waren undurchsichtig wie Murmeln. Ohne Ende, wie es schien, redete er von »beträchtlichen Investitionen« und »langfristigen Holdings«, von »Liegenschaften, die seit über einem Jahrhundert im Besitz der Familie« waren, von konservativen Anlagevermögen, »größer, als du vielleicht erwartest«.

Sie wartete; sie mußten ihr doch mehr zu eröffnen haben – sie mußten. Und wie ein Computer begann sie, die kostbaren Namen und Details zu analysieren, als sie endlich anfingen, sie zu nennen.

Da kam es, endlich, und in Gedanken sah sie die Kliniken und Krankenhäuser schon vor sich, obgleich sie regungslos, ausdruckslos sitzenblieb und Ryan weiterreden ließ.

Ganze Blocks von Immobilien im Innenstadtbereich von Manhattan und Los Angeles? Die Majorität an einer weltweiten Hotelkette? Einkaufszentren in Beverly Hills, Coconut Grove, Boca Raton und Palm Beach? Wohnkomplexe in Miami und Honolulu? Und noch einmal die Erwähnung »sehr großer« Anlagevermögen in Schatzbriefen, Schweizer Franken und Gold.

Ihre Gedanken schweiften ab, aber nie sehr weit. Aarons Schilderungen in der Akte waren also völlig zutreffend gewesen. Er hatte ihr ein umfassendes Bild von Kulisse und Proszenium dieses kleinen Dramas gemalt. Ja, er hatte ihr Informationen an die Hand gegeben, von denen sich diese Anwälte mit ihren sauberen Gesichtern und den hellen, pastellfarbenen Büroanzügen keine Vorstellung machten.

Schweigend trank sie ihren Kaffee. Ihr Blick wanderte über die anderen Mayfairs, die ebenfalls schweigend dasaßen, während Ryan fortfuhr, sein vages Bild von Kommunalobligationen, Ölpachtverträgen, vorsichtigen Investitionen in der Unterhaltungsindustrie und seit neuestem auch im Bereich der Computertechnologie zu zeichnen. Ab und zu nickte sie und machte eine kurze Notiz mit ihrem silbernen Stift.

Ja, natürlich war ihr klar, daß die Firma seit über einem Jahrhundert alle diese Geschäfte führte. Dafür verdiente sie ein Kopfnicken und ein von Herzen kommendes Murmeln. Julien hatte die Firma zu diesem Zweck gegründet. Und natürlich konnte sie sich leicht vorstellen, wie das Vermächtnis mit den Finanzen der Familie insgesamt verwoben war – »selbstverständlich ausschließlich zum Nutzen des Vermächtnisses. Denn das Vermächtnis ist das Höchste und

Wichtigste. Aber tatsächlich hat es da nie einen Konflikt gegeben; von einem Konflikt überhaupt zu sprechen, wäre eine Fehleinschätzung des wahren Maßstabs...«

»Ich verstehe schon.«

»Wir haben stets einen konservativen Ansatz gepflegt, aber um vollständig zu erfassen, was ich damit sagen will, muß dir klar sein, was ein solcher Ansatz bedeutet, wenn von einem Vermögen dieses Umfangs die Rede ist. Du könntest realistischerweise in den Kategorien eines kleinen ölproduzierenden Staates denken, und damit übertreibe ich nicht; dazu kommt eine Politik, die darauf ausgerichtet ist, zu bewahren und zu schützen, statt zu expandieren und zu entwickeln, denn wenn ein Kapital dieses Umfangs auf die richtige Weise vor Inflation und jeglicher anderen Erosion und Beeinträchtigung geschützt wird, ist seine Expansion buchstäblich unabwendbar und die Entwicklung in zahllose Richtungen ist unvermeidlich. Man ist jeden Tag mit dem Problem konfrontiert, Erträge zu investieren, die so groß sind, daß...«

»Du sprichst von Milliarden«, sagte sie in ruhigem Ton.

Lautlose Unruhe zog durch die Versammelten. Eine yankeehafte Tölpelhaftigkeit? Sie spürte keinerlei Unehrlichkeit – nur Verwirrung und Angst vor ihr und vor dem, was sie am Ende vielleicht tun würde. Schließlich waren sie Mayfairs, nicht wahr? Sie begutachteten sie, wie sie selbst es mit ihnen tat.

Aber es kam keine Antwort.

»Milliarden« wiederholte sie, »allein in Immobilien.«

»Nun, ehrlich gesagt, ja, ich muß sagen, das ist korrekt: Milliarden allein in Immobilien.«

Wie verlegen und unbehaglich sie jetzt alle dreinblickten – als sei da ein strategisches Geheimnis offenbart worden.

Sie roch plötzlich ihre Angst, den Abscheu bei Lauren Mayfair, der blonden, älteren der beiden Anwältinnen, einer Frau von etwa siebzig Jahren mit puderzarter, faltiger Haut, die sie von Ende des Tisches her beobachtete und davon überzeugt war, sie sei seicht, verwöhnt und darauf geeicht, absolut undankbar für alles zu sein, was die Firma je getan hatte. Dann war da rechts Anne Marie Mayfair, dunkelhaarig, hübsch, mindestens vierzig Jahre alt, geschickt geschminkt und elegant gekleidet in ihrem grauen Kostüm und der Bluse aus safrangelber Seide; mit unverhohlener Neugier starrte sie

Rowan unverwandt durch ihre Hornbrille an, aber sie war schon sicher, daß irgendeine Katastrophe bevorstand.

Und Randall Mayfair, Cortlands Enkel, schlank, mit struppigem grauem Haarschopf und einem Hals, der wie eine weiche Wamme über seinen Kragen quoll; er saß bloß da mit schläfrigen Augen unter dichten Brauen und blaß purpurnen Lidern, nicht ängstlich, sondern wachsam und von Natur aus resigniert.

Und als ihre Blicke sich trafen, antwortete Randall ihr stumm: *Natürlich verstehst du es nicht. Wie solltest du auch? Wie viele Menschen können es verstehen? Also willst du das Management übernehmen, und deshalb bist du eine Närrin.*

»Ihr unterschätzt mich«, sagte sie, ohne die Stimme zu heben, und ihr Blick ging in die Runde. »Ich unterschätze euch nicht. Ich will nur wissen, um was es hier geht. Ich kann nicht passiv bleiben. Es wäre unverantwortlich, passiv zu bleiben.«

Ein paar Augenblicke lang blieb es still. Pierce hob seine Kaffeetasse und nahm einen Schluck, völlig geräuschlos.

»Wovon wir eigentlich reden«, sagte Ryan jetzt ruhig und höflich, »um hier einmal völlig praktisch zu verfahren, weißt du: Man kann in fürstlichem Luxus leben für einen Bruchteil des Ertrages aus der Investition eines Bruchteils des Ertrages aus... et cetera, wenn du verstehst, was ich meine – ohne daß das Kapital in irgendeinem Fall oder aus irgendeinem Grund angetastet...«

»Noch einmal: Ich kann nicht einfach passiv oder abwartend oder aus Nachlässigkeit ahnungslos bleiben. Ich glaube nicht, daß ich mich in dieser Weise verhalten sollte.«

Schweigen – und wieder war es Ryan, der es brach. Versöhnlich und gentlemanlike. »Was möchtest du spezifisch wissen?«

»Alles. Woraus das Vermögen besteht – bis zur letzten Schraube, sozusagen. Vielleicht sollte ich sagen, die Anatomie. Ich möchte den ganzen Körper sehen, als läge er ausgestreckt auf einem Tisch. Ich will den Organismus insgesamt studieren.«

Ein rascher Blickwechsel zwischen Randall und Ryan. Und wieder Ryan: »Nun, das ist absolut vernünftig, aber es ist vielleicht nicht so einfach, wie du es dir vorstellst...«

»Eines interessiert mich besonders«, unterbrach sie ihn. »Wieviel von diesem Geld geht in die Medizin? Sind irgendwelche medizinischen Einrichtungen dabei?«

Wie sie aufschraken. Wie eine Kriegserklärung klang das offensichtlich; das verriet zumindest die Miene Anne Marie Mayfairs, als sie erst Lauren und dann Randall anschaute. Zum erstenmal, seit sie in die Stadt gekommen war, sah Rowan bei ihr ein Stückchen unverhohlene Feindseligkeit. Die ältere Lauren drückte einen gekrümmten Finger unter ihre Unterlippe und machte schmale Augen; sie war zu kultiviert für eine so offene Darstellung ihrer Gefühle und starrte Rowan nur an; hin und wieder wanderte ihr Blick langsam hinüber zu Ryan, der jetzt von neuem das Wort ergriff.

»Unsere philanthropischen Unternehmungen haben den Bereich der Medizin per se in der Vergangenheit nicht umfaßt. Die Mayfair-Stiftung legt das Schwergewicht ihres Engagements eher auf die Geisteswissenschaften und die Erziehung, hier vor allem auf das Bildungsfernsehen; wir unterhalten Stipendienfonds an mehreren Universitäten, und natürlich spenden wir enorme Summen durch etliche von der Stiftung unabhängige, etablierte Wohltätigkeitsverbände...«

»Wie so etwas läuft, weiß ich«, sagte sie ruhig. »Aber wir reden hier von Milliarden, und Krankenhäuser, Kliniken und Laboratorien sind ertragsbringende Unternehmen. Ich dachte eigentlich weniger an die philanthropische Seite der Angelegenheit. Ich dachte an einen kompletten Unternehmensbereich, der eine beträchtliche wohltätige Wirkung auf das Leben von Menschen haben könnte.«

Wie seltsam kalt und erregend dieser Augenblick war. Und wie sehr er ihr allein gehörte. Ganz wie beim erstenmal, als sie an den OP-Tisch getreten war und die feinen Instrumente selbst in den Händen gehalten hatte.

»Wir haben nicht die Tendenz, uns in medizinischer Richtung zu betätigen«, sagte Ryan mit einem Ton, der endgültig klang. »Das Gebiet würde intensive Studien erfordern, es würde eine völlige Umstrukturierung notwendig machen... und, Rowan, ist dir klar, daß dieses Netz von Investitionen, wenn ich es einmal so nennen darf, sich im Laufe eines ganzen Jahrhunderts entwickelt hat? Es handelt sich nicht um ein Vermögen, das durch einen Crash auf dem Silbermarkt verloren gehen kann oder wenn Saudiarabien die Welt mit kostenlosem Öl überschwemmt. Die Rede ist hier von einem diversifizierten Unternehmen, das in den Annalen der Finanzwelt nahezu einzigartig dasteht, und von sorgfältig geplanten Manövern, die sich in zwei Weltkriegen und zahllosen kleineren Krisen als gewinnbringend erwiesen haben.«

»Das ist mir klar«, sagte sie. »Ich verstehe es wirklich. Aber ich will darüber informiert werden. Ich will alles wissen. Ich kann mit den Unterlagen anfangen, die ihr der Steuerbehörde vorlegt, und von da aus kann ich weitermachen. Vielleicht will ich so etwas wie eine Lehre absolvieren – eine Reihe von Konferenzen, in denen wir die verschiedenen Bereiche unseres Engagements besprechen. Vor allem will ich Statistiken haben, denn Statistiken sind letzten Endes die Realität...«

Wieder das Schweigen, die innere Konfusion, die Blicke, die aneinander abprallten. Wie klein und eng es im Raum geworden war.

»Willst du meinen Rat hören?« fragte Randall; seine Stimme klang tiefer und rauher als Ryans, aber nicht minder geduldig in ihrer sanften Südstaatenmelodik. »Du bezahlst ja dafür; also kannst du ihn dir auch anhören.«

Sie spreizte die Hände. »Bitte.«

»Geh zurück in die Neurochirurgie. Beziehe ein Einkommen, mit dem du alles bezahlen kannst, was du jemals brauchen wirst, und schlag's dir aus dem Kopf, verstehen zu wollen, woher das Geld kommt. Es sei denn, du willst nicht länger Ärztin sein, sondern werden, was wir sind: Leute, die ihr Leben auf Vorstandssitzungen verbringen, in Gesprächen mit Investmentberatern und Brokern und anderen Anwälten und Buchhaltern mit kleinen Additionsmaschinen – ein Leben, für das du uns bezahlst.«

Sie betrachtete ihn: sein dunkelgraues, zerzaustes Haar, seine schläfrigen Augen, die großen faltigen Hände vor ihm auf dem Tisch. Ein netter Mann. Ja, ein netter Mann. Einer, der nicht lügt. Keiner von ihnen ist ein Lügner. Und sie sind auch keine Diebe. Die intelligente Verwaltung dieses Geldes erfordert ihr ganzes Geschick und bringt ihnen einen Verdienst, von dem sich jemand mit einem Faible fürs Stehlen nichts träumen läßt.

Aber sie sind alle Rechtsanwälte, sogar der junge Pierce mit der Porzellanhaut ist Rechtsanwalt, und Rechtsanwälte haben eine Definition von Wahrheit, die bemerkenswert flexibel ist und im Widerspruch zu allen sonst vertretenen Definitionen stehen kann.

Sie schaute hinaus auf den Fluß. Für einen Moment hatte die Erregung sie überwältigt. Sie wollte, daß die Wärme in ihrem Gesicht wieder erstarb. Erlösung, flüsterte sie in der Tiefe ihrer Seele. Es war nicht wichtig, daß sie es verstanden. Wichtig war, daß sie selbst es verstand und daß sie nichts vor ihr verbargen und daß ihnen, wenn ihnen die Dinge aus der Hand genommen wurden, kein Leid und keine Kränkung widerfuhr, sondern daß auch sie erlöst wurden.

»Auf wieviel beläuft es sich insgesamt?« fragte sie, ohne den Blick vom Fluß zu wenden, von dem langen, dunklen Lastkahn, der von einem schäbigen, stumpfnasigen Schubboot stromaufwärts gedrückt wurde.

Schweigen.

»Du betrachtest das Ganze falsch«, sagte Randall. »Es ist ein einziges großes Geflecht von...«

»Das kann ich mir vorstellen. Aber ich möchte es wissen, und das könnt ihr mir nicht übelnehmen. Wieviel ist es?«

Keine Antwort.

»Aber ihr müßt es doch schätzen können.«

»Nun, das würde ich nicht gern tun, denn es wäre vielleicht völlig unrealistisch, wenn man es so betrachtet, daß...«

»Siebeneinhalb Milliarden«, sagte sie. »Das ist meine Schätzung.«

Ausgedehntes Schweigen. Unbestimmter Schrecken. Sie war sehr nah an die Sache herangekommen, nicht wahr?

Jetzt war es Lauren, die antwortete, Lauren, deren Miene sich kaum merklich verändert hatte, als sie jetzt an den Tisch heranrückte und ihren Bleistift mit beiden Händen umfaßte.

»Du hast ein Anrecht auf diese Information«, sagte sie mit einer zarten, beinahe stereotyp weiblichen Stimme, die zu ihrem sorgfältig frisierten blonden Haar und den Perlohrclips paßte. »Du hast jede gesetzliche Berechtigung, zu wissen, was dir gehört. Und ich spreche nicht nur für mich selbst, wenn ich sage, daß wir vorbehaltlos mit dir zusammenarbeiten werden, denn dazu sind wir ethisch verpflichtet. Aber ich muß persönlich sagen, daß ich deine Einstellung eher moralisch interessant finde. Ich begrüße die Gelegenheit, mit dir über jeden Aspekt des Vermächtnisses zu sprechen, bis in alle Einzelheiten. Ich fürchte nur, daß du dieses Spiel leid sein wirst, lange bevor alle Karten auf dem Tisch liegen. Aber ich bin durchaus bereit, die Initiative zu ergreifen und den Anfang zu machen.«

War ihr eigentlich klar, wie überaus herablassend das alles klang? Rowan bezweifelte es. Aber schließlich hatte das Vermächtnis diesen Leuten mehr als fünfzig Jahre lang gehört, nicht wahr? Sie hatten ein bißchen Geduld verdient. Und doch brachte sie es nicht recht über sich, ihnen zu geben, was sie verdienten.

»Tatsächlich gibt es für keinen von uns eine andere Möglichkeit«, stellte sie fest. »Es ist nicht bloß moralisch interessant, daß ich wissen will, um was es geht. Es ist moralisch unerläßlich, daß ich es erfahre.«

Die Frau zog es vor, nicht zu antworten. Ihre zarten Züge bewahrten ihre Gelassenheit, ihre kleinen, blassen Augen weiteten sich leicht, und ihre schmalen Hände, die den Bleistift an beiden Enden festhielten, zitterten kaum. Die anderen am Tisch beobachteten sie, wenngleich jeder auf seine Art versuchte, es zu verbergen.

Und Rowan erkannte: Dies ist das Gehirn hinter der ganzen Firma, diese Frau, Lauren. Und die ganze Zeit hatte sie geglaubt, es sei Ryan. Stumm gestand sie sich diesen Fehler ein, und sie fragte sich, ob die Frau möglicherweise wahrnehmen konnte, was sie dachte.

»Darf ich dir eine Frage stellen?« sagte die Frau und sah Rowan geradewegs in die Augen. »Es ist eine rein geschäftliche Frage, wohlgemerkt.«

»Selbstverständlich.«

»Kannst du es ertragen, reich zu sein? Ich meine, wirklich reich? Wirst du damit fertig?«

Rowan fühlte sich versucht zu lächeln. Es war eine so erfrischende Frage, und wiederum auch so herablassend und beleidigend. Eine Menge Antworten kamen ihr in den Sinn. Aber sie begnügte sich mit der einfachsten.

»Ja«, sagte sie. »Und ich möchte Krankenhäuser bauen.«

Schweigen.

Lauren nickte. Sie verschränkte die Arme auf dem Tisch, und ihr Blick erfaßte die ganze Versammlung. »Nun, da sehe ich überhaupt kein Problem«, sagte sie. »Scheint mir eine interessante Idee zu sein. Und wir sind selbstverständlich dazu da, zu tun, was du willst.«

Jawohl, sie war das Hirn der Firma. Und sie hatte Ryan und Randall erlaubt, das Reden zu übernehmen. Aber sie war diejenige, die hier die Lehrerin und schließlich auch das Hindernis sein würde.

»Ich denke, wir können jetzt über die unmittelbaren Probleme reden, meint ihr nicht?« sagte Rowan. »Man muß im Haus eine Inventur der einzelnen Gegenstände vornehmen, oder? Ich glaube, irgend jemand hat so etwas erwähnt. Dann sind da Carlottas Sachen. gibt es jemanden, der sie holen möchte?«

»Ja«, sagte Ryan, »und was das Haus angeht – hast du eine Entscheidung getroffen?«

»Ich möchte es restaurieren. Ich möchte darin wohnen. Ich werde demnächst Michael Curry heiraten. Wahrscheinlich noch vor Ende des Jahres. Wir werden hierher ziehen.«

Es war, als sei ein helles Licht eingeschaltet worden, das sie alle mit seiner Wärme und Leuchtkraft überflutete.

»Oh, das ist prachtvoll«, sagte Ryan.

»Ich bin so froh, das zu hören«, sagte Anne Marie.

»Du ahnst nicht, was dieses Haus für uns bedeutet«, sagte Pierce.

»Ich glaube, du weißt nicht«, sagte Lauren, »wie glücklich alle sein werden, wenn sie das hören.«

Nur Randall schwieg, Randall mit den schläfrigen Augen und den fleischigen Händen, aber dann sagte auch er – beinahe betrübt: »Ja, das wäre einfach wundervoll.«

»Aber kann vielleicht jemand kommen und die Sachen der alten Frau abholen?« fragte Rowan. »Ich möchte erst einziehen, wenn das geschehen ist.«

»Kein Problem«, sagte Ryan. »Wir beginnen morgen mit der Inventur. Und Gerald Mayfair wird sofort vorbeikommen und alles abholen.«

»Und ich brauche einen Reinigungstrupp. Eine professionelle Mannschaft, um ein Zimmer im Dachgeschoß zu putzen. Wenn sie den Gestank vertreiben können und auch die Matratzen abholen, dann können wir mit dem Restaurieren anfangen. Alle Matratzen, denke ich...«

»Okay, Rowan, laß mich das übernehmen«, sagte Pierce; er war schon auf den Beinen. »Brauchst du Ersatz für die Matratzen? Es sind doppelte, nicht wahr? In den alten Betten? Mal sehen... das sind vier Stück. Ich könnte sie noch heute nachmittag liefern und einsetzen lassen.«

»Ausgezeichnet«, sagte Rowan. »Das Dienstmädchenzimmer braucht man nicht anzurühren, und Juliens altes Bett kann man zerlegen und einlagern.«

»Schon notiert. Was kann ich sonst noch für dich tun?«

»Das ist mehr als genug. Michael kümmert sich um den Rest. Michael wird die Renovierung selbst übernehmen.«

»Ja, er ist darin ziemlich erfolgreich, nicht wahr?« sagte Lauren ruhig. Sofort begriff sie, daß sie sich verplappert hatte. Sie schlug die Augen nieder und blickte dann zu Rowan auf; sie war bemüht, sich nicht anmerken zu lassen, daß sie ein wenig verwirrt war.

Sie hatten also schon Nachforschungen über ihn angestellt, wie? Wußten sie auch von seinen Händen?

»Wir würden gern noch ein paar andere Dinge mit dir besprechen«, sagte Ryan hastig. »Da sind noch einige Papiere, die wir dir zeigen müssen – im Zusammenhang mit dem Erbe, und vielleicht ein paar grundlegende Dokumente, das Vermächtnis betreffend ...«

»Ja, natürlich, gehen wir an die Arbeit. Nichts lieber als das.«

»Dann wäre das erledigt. Und nachher gehen wir zum Mittagessen. Wir wollten dich ins ›Galatoire's‹ führen, wenn du nichts anderes vorhast.«

»Gute Idee.«

Und so fingen sie an.

Es war drei Uhr, als sie am Haus ankam. Die volle Hitze des Tages lastete darauf, obwohl der Himmel immer noch bedeckt war. Die Wärme schien sich geradezu unter den Eichen zu sammeln. Als sie aus dem Taxi stieg, sah sie Wolken von winzigen Insekten umherschwirren. Aber das Haus nahm sie sofort wieder in Anspruch. Wieder hier, allein. Und die Gläser sind fort, Gott sei Dank, und die Puppen, und sehr bald alles, was Carlotta gehört hat. Fort.

Sie hielt die Schlüssel in der Hand. Man hatte ihr die Papiere über das Haus gezeigt; 1888 hatte Katherine es dem Vermächtnis zugeschlagen. Es gehörte ihr, ihr ganz allein. Ebenso all die Milliarden, von denen sie nicht laut hatten sprechen wollen. *Alles gehört mir.*

Gerald Mayfair, ein ansehnlicher junger Mann mit sanftem Gesicht und unauffälligen Zügen, kam zur Haustür heraus. Sofort erklärte er, daß er im Begriff sei, zu gehen; er habe soeben den letzten Karton mit Carlottas persönlicher Habe im Kofferraum seines Autos verstaut.

Die Reinigungstruppe war ungefähr eine halbe Stunde vorher fertig gewesen.

Er beäugte Rowan nervös, als sie ihm die Hand reichte. Er konnte kaum mehr als fünfundzwanzig Jahre alt sein und hatte keinerlei Ähnlichkeit mit Ryans Familie. Sein Gesicht war schmaler, und er hatte nicht die aufrechte Haltung, die sie bei den anderen bemerkt hatte. Aber er schien ganz nett zu sein – ein netter junger Mann, wie man so sagte.

Rowan dankte ihm dafür, daß er sich so rasch um alles gekümmert habe, und sie versicherte ihm, daß sie in der Gedenkmesse für Carlotta dabei sein werde.

»Weißt du, ob sie schon... beerdigt ist?« War das der richtige Ausdruck, wenn jemand in eine von diesen Steinschubladen geschoben wurde?

Ja, sagte er, die Bestattung sei am Vormittag gewesen. Er sei mit seiner Mutter dagewesen. Zu Hause hätte sie dann die Nachricht erwartet, daß er die Sachen abholen sollte.

Sie sagte ihm, wie sehr sie seine Hilfe zu schätzen wisse und wie gern sie die ganze Familie kennenlernen würde. Er nickte.

»Es war nett von deinen beiden Freunden, vorbeizukommen«, sagte er.

»Meine Freunde? Wo vorbeizukommen?«

»Heute morgen auf dem Friedhof. Mr. Lightner und Mr. Curry.«

»Oh, natürlich. Ich... ich hätte eigentlich selbst da sein sollen.«

»Nicht so wichtig. Sie wollte keinen Aufwand, und offengesagt...«

Einen Moment lang stand er stumm auf dem Plattenweg, schaute zum Haus hinauf und wollte etwas sagen, brachte es aber offensichtlich nicht über sich.

»Hast du vor, drin zu wohnen?« fragte er plötzlich.

»Ich will es restaurieren, ihm seine alte Pracht zurückgeben. Mein Mann... der Mann, den ich heiraten werde, ist Experte für alte Häuser, und er sagt, es ist absolut solide. Er brennt darauf, anzufangen.«

Noch immer stand er stumm in der dampfenden Luft; sein Gesicht glänzte ein wenig, und seine Miene war erwartungsvoll und zögernd zugleich. »Weißt du«, sagte er schließlich, »es hat so viele Tragödien gesehen. Das hat Tante Carlotta immer gesagt.«

»Die Morgenzeitung sagt es ebenfalls«, erwiderte sie lächelnd. »Aber es hat auch viel Glück erlebt, nicht wahr? Jahrzehntelang, in alten Zeiten. Ich will, daß es dieses Glück wiedersieht.«

Sie wartete geduldig und fragte schließlich: »Was willst du mir in Wirklichkeit sagen?«

Sein Blick wanderte über ihr Gesicht, und dann wandte er sich mit leisem Schulterzucken und einem Seufzer wieder dem Haus zu.

»Ich glaube, ich sollte dir sagen, daß Carlotta... Carlotta wollte, daß ich das Haus nach ihrem Tod niederbrenne.«

»Im Ernst?«

»Ich hatte nie vor, es zu tun. Ich hab's Ryan und Lauren erzählt. Ich hab's meinen Eltern erzählt. Aber ich dachte, ich sollte es dir auch erzählen. Sie war unerbittlich. Sie hat mir sogar vorgeschrieben, wie ich es machen sollte. Ich sollte unterm Dach anfangen, mit einer Öllampe, die da oben steht; dann sollte ich in den ersten Stock hinuntergehen und dort die Vorhänge in Brand setzen, und schließlich sollte ich das Erdgeschoß anzünden. Ich mußte es ihr versprechen. Sie hat mir einen Schlüssel gegeben.«

Er reichte Rowan einen Schlüssel.

»In Wirklichkeit braucht man ihn nicht«, erklärte er. »Die Haustür war seit fünfzig Jahren nicht mehr abgeschlossen, aber sie hatte Angst, daß es jemand tun könnte. Sie wußte, sie würde nicht sterben, solange Deirdre lebte, und das waren ihre Anweisungen.«

»Wann hat sie es dir aufgetragen?«

»Oft. Das letztemal vor einer Woche, höchstens. Unmittelbar vor Deirdres Tod... als sie erkannt hatten, daß sie sterben würde. Spät abends rief sie mich noch an und erinnerte mich daran. ›Du mußt alles verbrennen‹, hat sie gesagt.«

Er nickte, und sein Blick wanderte wieder zum Haus hinüber.

»Ich wollte nur, daß du es weißt«, sagte er. »Ich fand, du solltest es wissen.«

»Und was kannst du mir sonst noch erzählen?«

»Was sonst noch?« Er zuckte die Achseln. Dann sah er sie an, und obwohl er sich lieber abgewandt hätte, tat er es nicht. Sein Blick war direkt. »Sei vorsichtig«, sagte er. »Sei sehr vorsichtig. Es ist alt, und es ist dunkel, und es ist... es ist vielleicht nicht das, was es zu sein scheint.«

»Inwiefern?«

»Es ist überhaupt keine großartige Villa. Es ist eine Art Domizil für irgend etwas. Es ist eine Falle, könnte man sagen. Es besteht aus allen möglichen Formen. Und die Formen bilden zusammen eine Art

Falle.« Er schüttelte den Kopf. »Ich weiß nicht, was ich da rede. Ich schwatze einfach so daher. Es ist bloß... na ja, wir alle haben ein kleines Talent dafür, Dinge zu spüren...«

»Ich weiß.«

»Und, na, ich schätze, ich wollte dich warnen. Du weißt ja nichts über uns.«

»Hat Carlotta das von den Formen gesagt? Daß es eine Falle ist?«

»Nein, es ist nur meine eigene Meinung. Ich war öfter hier als die andern. Ich war der einzige, den Carlotta in den letzten Jahren noch empfangen hat. Sie mochte mich. Ich weiß nicht genau, warum. Manchmal war ich nur aus Neugier hier – obwohl ich auch loyal gegen sie sein wollte, wirklich. Es hat wie eine Wolke über meinem Leben geschwebt.«

»Du bist froh, daß es vorbei ist.«

»Ja, das stimmt. Es ist furchtbar, so was zu sagen, aber sie wollte auch nicht länger leben. Das hat sie gesagt. Sie war müde. Sie wollte sterben. Aber einmal nachmittags, als ich allein hier war und auf sie wartete, da habe ich gemerkt, daß es eine Falle war. Eine große Falle. Ich weiß eigentlich nicht, was ich damit meine. Ich will nur sagen: Wenn du vielleicht mal irgend etwas spürst, dann solltest du nicht achtlos darüber hinweggehen...«

»Hast du je etwas *gesehen*, als du hier warst?«

Er überlegte einen Moment lang: offensichtlich hatte er sofort verstanden, was sie meinte.

»Vielleicht einmal«, sagte er. »Im Flur. Aber ich kann's mir auch eingebildet haben.«

Er schwieg. Sie ebenfalls. Dies war das Ende, und er wollte weg.

»Es war nett, mit dir zu reden, Rowan«, sagte er mit mattem Lächeln. »Ruf mich an, wenn du mich brauchst.«

Sie trat durch das Tor und beobachtete beinahe verstohlen, wie sein Auto, ein großer silberner Mercedes, langsam davonfuhr.

Leer jetzt. Still.

Sie roch den Duft von Kiefernöl. Sie stieg die Treppe hinauf, ging rasch von Zimmer zu Zimmer. Neue Matratzen, noch in glänzendes Plastik gehüllt, auf sämtlichen Betten. Laken und Decken, säuberlich gefaltet, daneben gestapelt. Die Fußböden gefegt.

Der Geruch von Desinfektionsmittel von oben.

Sie ging hinauf, trat in den Luftzug vom Fenster auf dem Treppenabsatz. Der Boden in der kleinen Gläserkammer war makellos sauber geschrubbt – bis auf einen tiefdunklen Fleck, der sich wahrscheinlich niemals wegschrubben lassen würde. Licht fiel durch das Fenster, und keine einzige Glasscherbe war zu sehen.

Und Juliens Zimmer – gereinigt, aufgeräumt, die Kisten gestapelt, das Messingbett zerlegt und unter den ebenfalls frisch geputzten Fenstern an die Wand gelehnt. Die Bücher hübsch ordentlich und geradegerückt. Die alte, dunkle, klebrige Substanz dort, wo Stuart Townsend gestorben war, weggekratzt.

Sie ging wieder hinunter ins Erdgeschoß und durch die Diele in die Küche. Der gute Geruch von Kiefernöl und von Wachs. Der Duft von Holz. Dieser wunderbare Duft.

Ein altes schwarzes Telephon stand auf der Theke in der Vorratskammer. Sie wählte die Nummer des Hotels.

»Was machst du gerade?« fragte sie.

»Ich liege hier auf dem Bett, fühle mich einsam und bedauernswert. Ich war heute morgen mit Aaron auf dem Friedhof. Ich bin erschöpft. Mir tut immer noch alles weh, als ob ich mich geprügelt hätte. Wo steckst du denn? Du bist doch nicht drüben, oder?«

»Doch, und es ist warm und leer, und die Sachen der alten Frau sind alle weg. Die Matratzen sind fort, und die Dachkammer ist sauber geschrubbt.«

»Bist du allein da?«

»Ja«, sagte sie, »und es ist wunderschön. Die Sonne kommt heraus.« Sie sah sich um, sah das Licht, das durch die Verandatüren in die Küche hereinstrahlte, sah das Licht im Eßzimmer, das dort auf den Holzboden schien. »Ich bin ganz ohne Zweifel allein hier.«

»Dann möchte ich rüberkommen«, sagte er.

»Nein, ich will jetzt zum Hotel zurück. Du sollst dich ausruhen. Außerdem sollst du dich untersuchen lassen.«

»Mach keine Witze.«

»Hast du schon mal ein EKG machen lassen?«

»Wenn du so weiterredest, kriege ich vor lauter Angst einen Herzanfall. Ich habe das alles machen lassen, nachdem ich ertrunken war. Mein Herz ist tadellos in Ordnung. Was ich brauche, sind erotische Übungen in großen Dosen über einen endlosen Zeitraum.«

»Das kommt darauf an, wie deine Pulsfrequenz aussieht, wenn ich komme.«

»Hör auf, Rowan – ich werde mich nicht untersuchen lassen. Und wenn du nicht in zehn Minuten hier bist, komme ich dich holen.«

»So lange brauche ich nicht.«

Sie legte auf.

Langsam ging sie durch das Eßzimmer und durch die hohe Schlüssellochtür in den Flur, und hier drehte sie sich noch einmal um und genoß die schwindelerregende Höhe der Tür und ihre eigene scheinbare Winzigkeit. Das Licht strahlte durch das sonnige Zimmer herein und glänzte auf dem blanken Fußboden.

Ein mächtiges, herrliches Gefühl des Wohlseins überkam sie. *Alles mein.*

Ein paar Augenblicke lang blieb sie still stehen, lauschte, fühlte. Sie versuchte, den Augenblick ganz in Besitz zu nehmen, versuchte, sich an die Qualen des vorigen und des vorvorigen Tages zu erinnern und im Vergleich dazu dies zu spüren, dieses wundervolle, leichtherzige Gefühl. Und wiederum war ihr die ganze grausige, tragische Geschichte ein Trost, denn mit all ihren eigenen dunklen Geheimnissen hatte auch sie einen Platz darin. Und sie würde ihn wieder einnehmen. Das war das allerwichtigste.

Sie ging durch den Flur zur Haustür, und erst jetzt bemerkte sie eine hohe Vase mit Rosen auf dem Tisch. Ob Gerald sie dort hingestellt hatte?

Sie blieb stehen und betrachtete die wunderschönen, schweren Blüten, allesamt blutrot; sie erinnerten fast an die vollkommenen Blumenarrangements für die Toten, dachte sie – als habe sie jemand aus den prachtvollen Gebinden auf dem Friedhof genommen.

Und es überlief sie kalt, als sie an Lasher dachte. Blumen zu Deirdres Füßen. Blumen am Grab. Für einen Augenblick war sie so heftig erschrocken, daß sie wieder ihr Herz hören konnte, das in der Stille pochte. Aber was für eine absurde Idee – wahrscheinlich hatte Gerald den Strauß hier aufgestellt, oder Pierce, als er die Matratzen besorgt hatte. Das hier war schließlich eine ganz gewöhnliche Vase, halb gefüllt mit frischem Wasser, und die Rosen waren einfache Rosen aus dem Blumenladen.

Dennoch sah das Ganze gespenstisch aus. Ja, während ihr Herz sich allmählich wieder beruhigte, sah sie, daß der Strauß etwas entschieden Merkwürdiges an sich hatte. Sie war keine Expertin für Rosen, aber waren sie nicht gemeinhin kleiner? Wie groß und schlaff diese Blüten aussahen. Und diese dunkle Blutfarbe. Und sieh nur – die Stiele und die Blätter... Rosenblätter waren doch immer mandelförmig, oder nicht? Und diese Blätter hier hatten zahlreiche Spitzen. Genaugenommen fand sich in dem ganzen Bouquet kein einziges Blatt, das das gleiche Muster oder ebenso viele Spitzen wie irgendein anderes hatte. Es sah aus wie etwas wild Gewuchertes, genetisch Verwildertes, voller beliebiger und überwältigender Mutationen.

Sie schüttelte den Kopf. Ihr war ein wenig schwindlig.

Sie ging weiter nach vorn und versuchte, das Gefühl des Wohlseins wieder einzufangen, und sie atmete die satte Wärme ein. Fast wie ein Tempel, dieses Haus. Sie schaute zurück zur Treppe. Dort, ganz oben, hatte Arthur damals Stuart Townsend gesehen.

Na, jetzt war da niemand.

Niemand. Niemand im langgestreckten Salon. Niemand da draußen auf der Veranda, wo die Ranken über das Fliegengitter krochen.

Niemand.

»Hast du Angst vor mir?« fragte sie laut. Es verschaffte ihr eine seltsame, kribbelnde Erregung, diese Worte laut auszusprechen. »Oder hast du erwartet, daß ich Angst vor dir habe, und ärgerst dich jetzt, weil es nicht so ist? Das ist es, ja?«

Mit leisem Lächeln ging sie zu den Rosen zurück, zog eine aus der Vase und hielt sie sanft an die Lippen, um die seidigen Blütenblätter zu fühlen. Dann ging sie zur Haustür hinaus.

Es war wirklich nur eine riesige Rose – und schau nur, wie viele Blütenblätter und wie seltsam wirr sie angeordnet sind. Und das Ding verwelkte schon.

Ja, die Blütenblätter kräuselten sich braun an den Rändern. Für einen langgezogenen Moment genoß sie noch den süßen Duft. Dann warf sie die Rose in den Garten und ging zum Tor hinaus.

Dritter Teil

Komm in meine Stube

33

Der Wahnsinn der Renovierung begann am Donnerstag morgen, aber schon am Abend zuvor, beim Dinner in Oak Haven mit Aaron und Rowan, hatte er angefangen zu umreißen, welche Schritte er unternehmen würde. Was das andere anging, das Grab und all seine Gedanken darüber, über die Tür und die Zahl dreizehn – die standen jetzt in seinem Notizbuch, und er wollte sich nicht länger damit befassen.

Der ganze Ausflug zum Friedhof war eine finstere Sache gewesen. Der Morgen war freilich schön gewesen, auch wenn Wolken am Himmel standen, und es hatte ihm Spaß gemacht, mit Aaron dort hinzugehen: Aaron hatte ihm gezeigt, wie er einige der Empfindungen, die durch seine Hände drangen, blockieren konnte. Er hatte es geübt: Er war ohne Handschuhe gegangen und hatte hier und da Torpfosten angefaßt oder Zweige aufgehoben, und er hatte die Bilder abgeschaltet, ganz so, wie man einen schlimmen oder obsessiven Gedanken abschaltet, und zu seiner Überraschung hatte es mehr oder weniger funktioniert.

Aber dann der Friedhof. Er war ihm ein Greuel gewesen; die ganze zerbröckelnde romantische Schönheit hatte er gehaßt, und den großen Haufen welkender Blumen von Deirdres Beerdigung, der die Gruft noch immer umgab, hatte er ebenfalls gehaßt. Und nicht zuletzt das gähnende Loch, in dem man Carlotta Mayfair bald, wie man so sagte, zur Ruhe betten würde.

Und als er dagestanden und in einem halbwegs benommenen, elenden Zustand festgestellt hatte, daß die zwölf Grabkammern der Gruft und die Schlüssellochtür, die den Giebel zierte, insgesamt dreizehn Pforten bildeten, war sein alter Freund Jerry Lonigan mit ein paar sehr blassen Mayfairs erschienen, und ein Sarg auf Rädern, der nur Carlottas sein konnte, war nach einer sehr kurzen Zeremonie des anwesenden Priesters in die leere Kammer geschoben worden.

Zwölf Kammern, die Schlüssellochtür, der Sarg glitt hinein, bamm! Und sein Blick wanderte wieder zu dieser Schlüssellochtür hinauf, die genauso aussah wie die Türen im Hause, aber warum? Und dann gingen alle; sie wechselten noch rasch ein paar Artigkeiten, weil die Mayfairs annahmen, er und Aaron seien der Beerdigung wegen gekommen, und sie so ihrer Dankbarkeit Ausdruck geben wollten, bevor sie verschwanden.

Summende, schwindelerregende Stille hatte sich dann über den Friedhof gesenkt. Nichts von dem, was er seit Beginn dieser Odyssee gesehen hatte, nicht einmal die Bilder, die die Gläser ihm offenbart hatten, hatte ihn mit so viel Grauen erfüllt wie der Anblick dieser Gruft. »Da ist die Dreizehn«, hatte er zu Aaron gesagt.

»Aber es gibt viele solcher Grabkammern«, hatte Aaron erwidert. »Das wissen Sie doch.«

»Es ist ein Muster«, hatte er halbherzig gemurmelt, und dabei hatte er gespürt, wie das Blut aus seinem Gesicht wich. »Sehen Sie doch, zwölf Kammern und eine Tür. Es ist ein Muster, ich sag's Ihnen. Ich wußte, daß die Zahl und die Tür miteinander zusammenhängen. Ich weiß bloß noch nicht, was es bedeutet.«

Es war ihm zuwider, auch nur darüber nachzudenken. Nicht einmal dieses Ding, das versucht hatte, menschlich zu sein, hatte ihm solche Angst eingejagt.

Aber beim Abendessen auf der Terrasse in Oak Haven, wo das aschfahle Zwielicht sie umgab und die Kerzen in gläsernen Schalen flackerten, hatten sie noch einmal beschlossen, nicht länger über Deutungen zu brüten. Sie würden jetzt nach vorn blicken, hatten sie gesagt. Er und Rowan hatten die Nacht im vorderen Schlafzimmer der Pflanzervilla verbracht – eine hübsche Abwechslung vom Hotel –, und als er am nächsten Morgen um sechs erwachte, saß Rowan bereits auf dem Balkon bei ihrer zweiten Kanne Kaffee und brannte darauf, anzufangen.

Um neun war er in New Orleans, und sofort ging er ans Werk.

Noch nie hatte etwas so viel Spaß gemacht.

Er mietete einen Wagen und fuhr durch die Stadt; er notierte sich die Namen der Baufirmen, die an den prächtigsten Vorstadtvillen und bei den Nobelrenovierungen im Quarter tätig waren. Er stieg aus und sprach mit Chefs und Mitarbeitern. Mit gesprächigeren Leuten, die bereit waren, ihn einen Blick auf die gerade im Bau befindlichen Arbeiten werfen zu lassen, ging er manchmal hinein und erörterte das ortsübliche Lohnniveau und die Erwartungen der

Handwerker. Er erkundigte sich nach Schreiner- und Malerfirmen, die Aufträge gebrauchen konnten.

Er rief die einheimischen Architekten an, die für ihre Arbeit an den Prachtvillen bekannt waren, und ließ sich diverse Empfehlungen geben. Die unverblümte Freundlichkeit der Leute erstaunte ihn. Die bloße Erwähnung des Mayfairschen Hauses weckte Erregung. Die Leute brannten geradezu darauf, ihm Rat zu geben.

Um ein Uhr hatte er drei exzellente Malerkolonnen und ein Team der besten Stukkateure der Stadt engagiert – Nachkommen der farbigen Familien, die schon lange vor dem Bürgerkrieg freigelassen worden waren; seit sieben oder acht Generationen verputzten diese Familien die Wände und Decken der Häuser von New Orleans.

Überdies hatte er zwei Installateurfirmen, ein ausgezeichnetes Dachdeckerunternehmen und einen bekannten Landschaftsarchitekten, der mit dem Aufräumen und Restaurieren des Gartens beginnen sollte, unter Vertrag. Um zwei spazierte Michael mit ihm eine halbe Stunde lang auf dem Grundstück herum und deutete auf riesige Kamelien und Azaleen, auf verschlungene Ranken und uralte Rosenstöcke, die allesamt noch zu retten waren.

Ein Spezialistenteam sollte am Freitag morgen kommen; sie würden den Pool ablassen und feststellen, was geschehen mußte, um ihn wiederherzurichten, und sie würden auch die antiquierten Installationen auf Vordermann bringen. Ein Küchenexperte war ebenfalls für Freitag angesagt. Bauingenieure sollten Fundamente und Veranden begutachten. Ein erstklassiger Zimmermann und wahres Universalgenie namens Dart Henley übernahm mit großem Eifer die stellvertretende Leitung des Ganzen.

Unterdessen ging Ryan Mayfair durch das Haus und nahm eine offizielle, rechtskräftige Bestandsaufnahme der Hinterlassenschaft Deirdres und Carlottas vor. Ein Team junger Anwälte, unter ihnen Pierce, Franklin, Isaac und Wheatfield Mayfair – lauter Nachkommen der ursprünglich in der Firma vertretenen Brüder –, begleitete einen Schwarm von Sachverständigen und Antiquitätenhändlern, die jeden Kronleuchter, jedes Bild, jeden Spiegel und jedes Fauteuil identifizierten, begutachteten und etikettierten.

Unbezahlbare französische Antiquitäten wurden vom Speicher heruntergeholt, darunter ein paar wunderbare Stühle, die eigentlich nur neu aufgepolstert werden mußten, und Tische, die überhaupt nicht reparaturbedürftig waren. Auch Stellas Art-Deco-Schätze, ebenso zierlich und ebenso gut erhalten, kamen wieder ans Licht.

Dutzende von alten Ölgemälden wurden entdeckt, außerdem Teppiche, mit Kampferkugeln zusammengerollt, alte Gobelins und all die Kronleuchter aus Riverbend – alles wohlverpackt und beschriftet.

Es war schon dunkel, als Ryan fertig war.

»Tja, meine Liebe, es ist mir ein Vergnügen, dir zu melden: keine weiteren Leichen.«

Tatsächlich bestätigte ein weiterer Anruf am Abend, daß die umfangreiche Inventur fast das gleiche Ergebnis erbracht hatte wie die, die man nach Anthas Tod vorgenommen hatte. Viele Dinge waren seitdem nicht einmal bewegt worden. »Die meiste Zeit haben wir nur die Liste abgehakt«, sagte er. Sogar der Bestand an Gold und Juwelen war derselbe. Er werde ihr unverzüglich die Inventarliste zukommen lassen.

Inzwischen war Michael wieder im Hotel; er hatte in den Köstlichkeiten geschwelgt, die der Zimmerservice aus dem »Caribbean Room« heraufgebracht hatte, und schmökerte jetzt in den Architekturbüchern, die er sich aus den Buchhandlungen in der Stadt mitgebracht hatte. Er zeigte Rowan Bilder von Häusern, die sich in der Nachbarschaft ihrer Villa befanden, und weiter entfernt liegende Gebäude, die sich über den ganzen Garden District erstreckten.

Rowan las ein paar Dokumente, die sie unterschreiben mußte. Sie hatte am Nachmittag bei der Whitney Bank ein gemeinsames Konto eröffnet, das nur für die Renovierung gedacht war, und dort dreihunderttausend Dollar eingezahlt; für Michael hatte sie die Unterschriftskarten und ein Scheckbuch mitgebracht.

»Du kannst überhaupt nicht zuviel Geld für das Haus ausgeben«, sagte sie. »Es verdient nur das Allerbeste.«

Michael lachte entzückt auf. Das war immer sein Traum gewesen – mit einem unbegrenzten Etat arbeiten zu können, als gehe es um ein großes Kunstwerk, bei dem jede Entscheidung nur aus den reinsten Motiven getroffen wurde.

Um acht ging Rowan hinunter in die Bar, wo sie sich mit Beatrice und Sandra Mayfair auf einen Drink traf. Eine Stunde später war sie wieder da. Morgen würde sie mit zwei anderen Cousinen frühstükken. Das alles war sehr angenehm und scheinbar mühelos. Die anderen redeten. Und sie hörte gern den Klang ihrer Stimmen. Sie hörte anderen Leuten immer gern zu, vor allem, wenn sie so viel redeten, daß sie selbst nicht mehr viel zu sagen brauchte.

»Aber ich sage dir, Michael, sie wissen etwas, und sie sagen mir nicht, was es ist. Und sie wissen, daß die Älteren noch mehr wissen. Mit denen muß ich reden. Ihr Vertrauen muß ich gewinnen.«

Am Freitag, als Installateure und Dachdecker auf dem Anwesen einfielen, die Stukkateure mit Eimern und Leitern und Spritzplanen ins Haus eindrangen und eine laut stampfende Maschine anfing, den Swimming-Pool leerzupumpen, fuhr Rowan in die Stadt, um Dokumente zu unterzeichnen.

Michael machte sich mit den Fliesenlegern im vorderen Badezimmer ans Werk. Man hatte beschlossen, zuerst Bad und Schlafzimmer im vorderen Teil herzurichten, damit er und Rowan so bald wie möglich einziehen konnten. Und Rowan wollte dort eine Dusche haben und die alte Wanne trotzdem behalten. Das bedeutete, daß einige Kacheln herausgerissen und andere eingesetzt werden mußten; außerdem brauchte die Wanne eine Glasumwandung.

»In drei Tagen haben wir's fertig«, versprach der Handwerker.

Die Stukkateure rissen im Schlafzimmer bereits die Tapete von der Decke. Ein Elektriker würde kommen müssen, denn die Leitungen des alten Messingdeckenleuchters waren nie richtig isoliert worden, und Rowan und Michael wollten statt der Lampe einen Deckenventilator haben. Notizen über Notizen.

Irgendwann gegen elf spazierte Michael aus dem Salon hinaus auf die Veranda. Zwei Putzfrauen arbeiteten mit lärmender Fröhlichkeit in dem großen Raum hinter ihm. Der Dekorateur den Bea empfohlen hatte, vermaß die Fenster für neue Vorhänge.

Hab' die alten Fliegengitter vergessen, dachte Michael und machte sich eine Notiz in seinem Buch. Sein Blick fiel auf den alten Schaukelstuhl. Er war saubergewischt, und die Veranda war gefegt worden.

Er atmete tief durch und starrte über den Rasen hinweg zu der Myrte.

»Noch keine Leitern umgeschmissen, wie, Lasher?« Sein Flüstern schien in der Luft zu ersterben.

Nichts als das Summen der Bienen und das lärmende Durcheinander der Handwerker – das dunkle Mahlen eines Rasenmähers, der gerade angelassen wurde, und der Dieselton des Laubsaugers, der auf den Wegen entlangnavigierte. Michael sah auf die Uhr. Die Leute für die Klimaanlage mußten jeden Augenblick aufkreuzen. Er hatte ein System mit acht verschiedenen Wärmepumpen entworfen, die für Kühlung wie für Heizung sorgen würden; das Hauptproblem würde die Unterbringung der Anlage sein, weil der ganze Dachboden mit Kisten, Möbeln und anderen Dingen vollgestellt war.

Dann waren da die Fußböden. Ja, sie mußten sofort ein Gutachten über die Fußböden anfertigen lassen. Das Parkett im Salon war immer noch wunderschön versiegelt, anscheinend noch seit der Zeit, da Stella es als Tanzboden benutzt hatte. Aber die anderen Böden waren tiefverschmutzt und stumpf. Natürlich würde kein Mensch sich an den Innenanstrich oder die Fußbodenversiegelung wagen, solange die Stukkateure noch am Werk waren. Sie machten zuviel Staub. Und die Maler – er mußte nachsehen, wie sie außen zurechtkamen. Sie mußten ja warten, bis die Dachdecker die Mauerkrone versiegelt hatten, aber sie hatten genug Arbeit mit dem Abschleifen und Vorstreichen der Fensterrahmen und -läden...

Ah, das machte Spaß. Aber wieso ging alles so glatt voran? Das war die Frage. Wer ließ sich da Zeit, und womit?

Er wollte Rowan gegenüber nicht eingestehen, daß er eine unterschwellige Bangigkeit einfach nicht loswurde – die Gewißheit, daß sie beobachtet wurden. Daß das Haus selbst lebendig war. Vielleicht war es nur der Nachklang der Bilder auf dem Dachboden – all der Röcke, die er um sich herum gespürt hatte, all dieser Seelen, die an die Erde gefesselt und hier waren. Die Erinnerung an *sie*. Er glaubte eigentlich nicht an Geister in diesem Sinne. Aber das Haus schien die Persönlichkeiten aller Mayfairs förmlich in sich aufgesogen zu haben, wie das alte Häuser angeblich so tun. Und jedesmal, wenn er sich umdrehte, war ihm, als müsse er gleich jemanden oder etwas sehen, wo in Wirklichkeit nichts war.

»Wollten Sie was, Mr. Mike?« fragte die junge Putzfrau. Er schüttelte den Kopf.

Er drehte sich um, und sein Blick fiel auf den leeren Schaukelstuhl. Hatte er sich bewegt? Aber das war albern. Er forderte es ja geradezu heraus, daß so etwas passierte. Er klappte sein Notizbuch zu und ging wieder an die Arbeit.

Joseph, der Dekorateur, erwartete ihn im Speisezimmer.

Und Eugenia war da. Eugenia wollte arbeiten. Es mußte doch irgend etwas zu tun geben. Niemand kannte dieses Haus so gut wie sie; fünf Jahre hatte sie hier gearbeitet, wahrhaftig. Noch heute morgen hatte sie ihrem Sohn gesagt, sie sei nicht zu alt zum Arbeiten, und sie werde arbeiten, bis sie tot umfalle.

Ob Dr. Mayfair denn wirklich Seide für die Vorhänge haben wollte? fragte der Dekorateur. Ganz bestimmt? Er könne ihr nämlich eine Unzahl von Damast und Samtstoffen zeigen, die nicht mal die Hälfte kosten würden.

Als Michael sich mit Rowan zum Mittagessen bei Mayfair und Mayfair traf, war sie immer noch beim Unterschreiben. Er war überrascht, wie gelassen und vertrauensvoll Ryan Mayfair ihn begrüßte und gleich anfing, alles zu erläutern.

»Vor Antha und Deirdre war es immer Brauch, bei einer solchen Gelegenheit bestimmte Verfügungen zu treffen«, sagte er, »und Rowan möchte diesen Brauch wiederbeleben. Wir machen jetzt eine Liste derjenigen Mayfairs, die ein Erbteil annehmen würden, und Beatrice hängt bereits am Telephon und redet mit der ganzen Familie. Sie müssen wissen, die Sache ist nicht so verrückt, wie sie klingt. Die meisten Mayfairs haben Geld auf der Bank, und das hatten sie schon immer. Gleichwohl haben wir Verwandte, die zum College gehen, zwei studieren Medizin, und andere sparen für ihr erstes Haus. Sie wissen schon – Sachen dieser Art. Ich finde es lobenswert, daß Rowan diese Sitte wiederbeleben will. Und wenn man natürlich den Umfang des Vermögens bedenkt...«

Nichtsdestoweniger hatte Ryan etwas Verschlagenes an sich; er war irgendwie wachsam und berechnend. Aber war das nicht normal? Er schien Michael mit diesen Salven von Informationen auf die Probe stellen zu wollen. Michael nickte nur und zuckte die Achseln. »Klingt prima«, sagte er.

Am Spätnachmittag waren Michael und Rowan wieder am Haus, sie standen am Pool und berieten sich mit den Arbeitern dort. Der Gestank des Modders, der auf dem Grund lag, war unerträglich. Mit nacktem Oberkörper und barfuß karrten die Männer ihn mit Schubkarren weg. Undichte Stellen fanden sich in dem alten Zement praktisch nicht. Der Vorarbeiter meinte, sie könnten das ganze Ding schon in einer Woche ausgebessert und neu verputzt haben.

»Machen Sie's schneller, wenn Sie können«, sagte Rowan. »Ich habe nichts dagegen, Ihnen Überstunden zu zahlen, wenn Sie das Wochenende durcharbeiten. Richten Sie es so schnell wie möglich wieder her.

Sie waren froh über den zusätzlichen Verdienst. Tatsächlich waren fast alle Handwerker auf dem Grundstück mit Vergnügen bereit, am Wochenende zu arbeiten.

Michael telephonierte eine weitere Malerkolonne zusammen, die sich die Badehütte vornehmen sollte. Klar, sie würden auch samstags arbeiten, für anderthalbfachen Lohn. Würde nicht lange dauern, die Holztüren zu streichen und die Duschen und Toiletten und die kleinen Umkleidekabinen zu überholen.

»Und welche Farbe soll das Haus bekommen?« fragte Michael. »Sie werden mit dem Außenanstrich schneller anfangen können, als du glaubst. Und du willst die Badehütte und die Garçonniere in der gleichen Farbe gestrichen haben, nicht wahr?«

»Sag mir, was du möchtest.«

»Ich würde die violette Farbe beibehalten, die es immer gehabt hat. Die dunkelgrünen Blendläden passen prima dazu. Genauer gesagt, ich würde die ganze Farbzusammenstellung beibehalten: Blau für die Verandadächer, Grau für die Verandaböden, Schwarz für das Schmiedeeisen. Übrigens habe ich einen Mann gefunden, der die fehlenden Eisenteile ersetzen kann. Er fertigt bereits die Formen an.«

»Besorg dir so viele Kolonnen, wie du brauchst«, sagte sie. »Violett ist ausgezeichnet. Und wenn du eine Entscheidung ohne mich treffen mußt, dann triff sie. Laß alles so aussehen, wie du es für richtig hältst. Und gib soviel Geld aus, wie du für richtig hältst.«

»Du bist der Traum eines jeden Bauunternehmers, Darling«, sagte er. »Es läuft alles phantastisch. Aber ich muß gehen. Siehst du den Mann, der gerade zur Hintertür herausgekommen ist? Er wird mir jetzt erzählen, daß er bei den Wänden der Badezimmer im oberen Stock auf ein Problem gestoßen ist. Ich hab's gewußt.«

»Arbeite nicht zu schwer«, flüsterte sie ihm ins Ohr, und ihre dunkle Samtstimme ließ ihm einen Schauer über den Rücken rieseln. Ein hübsches kleines Pochen der Erregung erwachte zwischen seinen Beinen, als sie ihre Brüste an seinen Arm drückte. Keine Zeit jetzt.

»Zu schwer? Ich fange gerade erst an. Und ich will dir noch was sagen, Rowan. Es gibt hier in der Stadt zwei beinahe unwiderstehliche Häuser, die ich mir gern vornehmen würde, wenn wir hier fertig sind. Ich könnte sie langsam und sorgfältig wieder instandsetzen, bis die schlechte Marktlage sich wieder gebessert hat. Dieses Haus ist nur der Anfang.«

»Wieviel brauchst du, um sie zu kaufen?«

»Honey, dafür habe ich selber genug Geld.« Er küßte sie rasch. »Ich habe reichlich Geld. Frag deinen Cousin Ryan, wenn du mir nicht glaubst. Es würde mich sehr wundern, wenn er mich nicht schon längst einer kompletten Bonitätsprüfung unterzogen hätte.«

»Michael, wenn er nur ein falsches Wort zu dir sagt...«

»Rowan, ich bin hier im Paradies. Beruhige dich!«

Samstag und Sonntag vergingen gleich schnell. Die Gärtner arbeiteten bis in die Dunkelheit, sie mähten das Unkraut und gruben die alten schmiedeeisernen Gartenmöbel aus dem Gestrüpp.

Rowan, Michael und Aaron stellten den alten Tisch und die Stühle mitten auf den Rasen und aßen dort zu Mittag.

Aaron arbeitete beharrlich Juliens Bücher durch, aber sie enthielten hauptsächlich Listen von Namen mit kurzen, rätselhaften Bemerkungen. Keine Spur von einer echten Autobiographie. »Bis jetzt ist meine unfreundlichste Vermutung die, daß es sich um eine Liste erforderlicher Rachefeldzüge handelt«, meinte Aaron und las ein paar Kostproben vor.

»›4. April 1889, Hendrickson ausbezahlt wie verdient.‹

›9. Mai 1889, Carlos in gleicher Münze zurückgezahlt.‹

›7. Juni 1889, wütend auf Wendell wegen seiner Unbeherrschtheit gestern abend. Habe ihm ein, zwei Dinge gezeigt. In dieser Richtung kein Anlaß zur Beunruhigung mehr.‹

Und so geht es weiter«, schloß Aaron, »Seite um Seite, Buch um Buch. Hin und wieder finden sich noch kleine Skizzen und Zeichnungen sowie finanzielle Anmerkungen. Aber im Grunde ist das alles. Ich würde sagen, es sind rund zweiundzwanzig Eintragungen pro Jahr. Einen zusammenhängenden, ganzen Absatz habe ich noch nicht gefunden. Nein, wenn es diese Autobiographie gibt, dann ist sie nicht hier.«

»Was ist mit dem Speicher – haben Sie Lust, mal raufzugehen?« fragte Rowan.

»Im Moment nicht. Ich bin gestern abend gestürzt.«

»Was sagen Sie da?«

»Auf der Treppe im Hotel. Ich war ungeduldig und habe nicht auf den Aufzug gewartet. Bis auf den ersten Absatz bin ich hinuntergefallen. Aber es hätte schlimmer kommen können.«

»Aaron, warum haben Sie mir nichts davon erzählt?«

»Nun, es ist ja noch nicht zu spät dazu. Es war auch nichts weiter Ungewöhnliches dabei; ich kann mich nur nicht erinnern, daß ich einen Fehltritt getan hätte. Aber ich habe mir den Knöchel verstaucht und würde deshalb lieber noch ein wenig warten, ehe ich auf den Dachboden hinaufsteige.«

Michael merkte, daß Rowan wütend war. Er sah, wie der Zorn ihr Gesicht entstellte.

»Sie sind gestoßen worden, nicht wahr?« fragte sie leise.

»Vielleicht«, sagte Aaron.

»Er schikaniert Sie.«

»Ich glaube, ja.« Aaron nickte knapp mit dem Kopf. »Er wirft auch gern Juliens Bücher durcheinander, wenn er Gelegenheit dazu hat – was immer dann der Fall zu sein scheint, wenn ich das Zimmer verlasse.«

»Warum tut er das?«

»Vielleicht will er Ihre Aufmerksamkeit auf sich ziehen. Aber ich möchte mich da nicht gern festlegen. Wie auch immer, vertrauen Sie darauf, daß ich mich zu schützen weiß. Mit der Arbeit hier scheint es ja prächtig voranzugehen.«

»Völlig problemlos«, sagte Michael, aber seine Stimmung hatte sich verdüstert.

Nach dem Lunch ging er mit Aaron zum Gartentor.

»Es macht mir zuviel Spaß, nicht wahr?« fragte er.

»Selbstverständlich nicht«, sagte Aaron. »Was für eine merkwürdige Äußerung.«

»Ich wünschte, die Sache würde in Bewegung kommen«, sagte Michael. »Ich glaube, wenn etwas geschieht, werde ich gewinnen. Aber diese Warterei macht mich nervös. Worauf wartet er bloß?«

»Was ist mit Ihren Händen? Ich würde mich wirklich freuen, wenn Sie ohne Handschuhe gehen würden.«

»Tu' ich ja. Ich ziehe sie jeden Tag für zwei Stunden aus. Aber ich kann mich an die Hitze nicht gewöhnen, an dieses sengende Gefühl, selbst wenn ich alles andere blockieren kann. Hören Sie, soll ich Sie zum Hotel begleiten?«

»Selbstverständlich nicht. Wir sehen uns heute abend dort, wenn Sie Zeit haben für einen Drink.«

»Ja. Es ist wie ein Traum, der Wirklichkeit wird, nicht wahr?« sagte Michael wehmütig. »Ich meine, für mich.«

»Nein. Für uns beide«, sagte Aaron.

»Sie vertrauen mir?«

»Warum, um alles in der Welt, stellen Sie mir diese Frage?«

»Glauben Sie, daß ich gewinnen werde? Glauben Sie, daß ich tun werde, was sie von mir wollen?«

»Was glauben Sie denn?«

»Ich glaube, daß sie mich liebt und daß es wunderbar werden wird – was immer auch passiert.«

»Das glaube ich auch.«

34

Die Zeit, die ihr allein gehörte, war noch immer der frühe Morgen. Ganz gleich, wie lange sie las, um vier Uhr früh schlug sie die Augen auf. Und ganz gleich, wie früh er zu Bett ging. Michael schlief wie ein Toter bis neun, wenn ihn nicht vorher jemand schüttelte oder anbrüllte.

Aber das war gut so. Es gab ihr die Ruhefrist, die ihre Seele verlangte. Noch nie hatte sie einen Mann gekannt, der sie so restlos akzeptierte, wie sie war, und trotzdem gab es Augenblicke, da mußte sie ganz für sich allein sein.

»Ich will den Rest meines Lebens mit dir verbringen«, hatte sie an diesem Morgen geflüstert, und dabei war sie mit dem Finger über die rauhen schwarzen Stoppeln gefahren, die nicht nur sein Kinn, sondern auch seinen Hals bedeckten; sie hatte gewußt, daß er sich nicht rühren würde. »Ja, mein Gewissen und mein Körper brauchen dich. Alles, was ich je sein werde, braucht dich.«

Sie hatte ihn sogar geküßt, ohne daß er davon aufgewacht war.

Aber dies nun war die Zeit, die ihr allein gehörte, nun war er ihr aus den Augen und aus dem Sinn.

Und es war eine so außergewöhnliche Zeit für einen Spaziergang durch die verlassenen Straßen, als gerade die Sonne aufging, man sah die Eichhörnchen durch die Bäume huschen und hörte den wilden Gesang der Vögel, traurig, ja, verzweifelt.

Manchmal kroch Nebel über das Pflaster des Gehwegs. Die Eisenzäune schimmerten vom Tau. Der Himmel war überall rot durchschossen, blutig rot wie bei einem Sonnenuntergang, und langsam verblaßte er zu blauem Tageslicht.

Im Haus war es kühl um diese Stunde.

Und heute morgen war sie froh darüber, denn die allgemeine Hitze wurde allmählich strapaziös. Und sie hatte eine Aufgabe zu erfüllen, die ihr kein Vergnügen bereitete.

Sie hätte sich schon früher darum kümmern sollen, aber es war eine von jenen Kleinigkeiten, die sie lieber ignoriert hätte.

Als sie indessen jetzt die Treppe hinaufging, verspürte sie fast so etwas wie Eifer. Überrascht fühlte sie den leisen Stich der Erregung. Sie betrat das alte Hauptschlafzimmer, das ihrer Mutter gehört hatte, und ging an die andere Seite des Bettes, wo unbeachtet noch immer die samtene Börse mit Goldmünzen auf der Marmorplatte des Nachttisches lag. Auch der Schmuckkasten war noch da. In all dem Trubel hatte doch niemand gewagt, die Sachen anzurühren.

Sie starrte die Goldmünzen an, die aus der alten Samtbörse hervorgerollt waren und ein schmutziges Häuflein bildeten. Gott allein wußte, wo sie alle herkamen.

Sie nahm den Beutel, stopfte die losen Münzen hinein, nahm die Schmuckschatulle und ging damit hinunter in ihren Lieblingsraum, das Eßzimmer.

Das weiche Morgenlicht hatte eben erst den Weg durch die schmutzigen Fenster gefunden. Ein Gipsfleck bedeckte den halben Fußboden, und eine hohe, spinnenbeinige Leiter ragte hinauf zu der unvollendeten Stukkatur an der Decke.

Sie schob die Plane weg, die den Tisch bedeckte, zog das Laken vom Stuhl, setzte sich mit ihren Schätzen an den Tisch und legte sie vor sich hin.

»Du bist hier«, flüsterte sie. »Ich weiß, daß du hier bist. Du beobachtest mich.«

Ihr war kalt bei diesen Worten. Sie schüttelte eine Handvoll Münzen vor sich hin und schob sie auseinander, um sie im zunehmenden Licht besser betrachten zu können. Römische Münzen. Man brauchte keine Expertin zu sein, um das zu sehen. Und das hier, das war eine spanische Münze, mit erstaunlich klaren Zahlen und Buchstaben. Sie langte in den Beutel und zog einen weiteren kleinen Schatz hervor. Griechisch? Sie war nicht sicher. Sie hatten alle eine gewisse Klebrigkeit an sich, teils feucht, teils staubig. Zu gern hätte sie sie poliert.

Plötzlich fiel ihr ein, daß es eine gute Aufgabe für Eugenia sein würde, alle diese Münzen zu polieren.

Und kaum hatte dieser Gedanke sie zum Lächeln gebracht, da war ihr, als habe sie ein Geräusch im Haus gehört. Ein vages Knistern. Die Dielen singen, hätte Michael gesagt. Sie kümmerte sich nicht weiter darum.

Sie schob alle Münzen zusammen, warf sie in die Börse und legte sie beiseite; jetzt wandte sie sich dem Schmuckkasten zu. Er war sehr alt, rechteckig, mit schwarz angelaufenen Scharnieren. Der Samt war an einigen Stellen so abgenutzt, daß man das Holz darunter durchschimmern sah. Das Innere war tief und hatte sechs große Fächer.

Die einzelnen Juwelen waren indessen nicht geordnet. Ohrringe, Halsketten, Ringe, Broschen, alles lag wild durcheinander. Und unten in dem Kasten schienen rohe Edelsteine zu liegen, wie Kieselsteine, die matt glänzten. Waren das echte Rubine? Smaragde? Sie konnte es sich nicht vorstellen, aber sie konnte eine echte Perle nicht von einer künstlichen unterscheiden und echtes Gold nicht von imitiertem. Schöne Handwerksarbeiten waren diese Ketten, kundig gestaltet, und ein Gefühl von Ehrfurcht und Trauer überkam sie, als sie sie berührte.

Sie dachte an Antha, wie sie mit einer Handvoll Münzen durch die Straßen von New York gelaufen war, um sie zu verkaufen. Ein schmerzlicher Stich durchzuckte sie. Sie dachte an ihre Mutter im Schaukelstuhl auf der Veranda, mit Speichelfäden am Kinn und all diesem Reichtum in greifbarer Nähe, und mit dem Mayfair-Smaragd am Hals, als wäre es Flitterschmuck für Kinder.

Der Mayfair-Smaragd. Sie hatte nicht mehr an ihn gedacht, seit sie ihn am ersten Abend in der Geschirrkammer versteckt hatte. Sie stand auf und ging zu der Kammer – die, wie alles hier, die ganze Zeit über unverschlossen gewesen war –, und da lag das kleine

Samtetui auf dem Holzregal hinter der Glastür, zwischen den Wedgewood-Tassen und Untertassen, wo sie es hingelegt hatte.

Sie trug es zurück zum Tisch, stellte es hin und öffnete es behutsam. Das Juwel der Juwelen – groß, rechteckig, kostbar funkelnd in seiner dunkelgoldenen Fassung. Und jetzt, da sie seine Geschichte kannte – wie sehr hatte sich ihre Haltung dazu verändert.

Am ersten Abend war ihr der Stein unwirklich und ein wenig abstoßend erschienen. Jetzt kam er ihr vor wie etwas Lebendiges, das seine eigene Geschichte zu erzählen hatte, und unwillkürlich zögerte sie, ihn von dem schmutzigen Samt herunterzunehmen. Natürlich gehörte er ihr nicht! Er gehörte denen, die daran geglaubt hatten und die ihn mit Stolz getragen hatten – denen, die gewollt hatten, daß *er* zu ihnen kam.

Nur für einen Augenblick fühlte sie das Verlangen, zu ihnen zu gehören. Sie wollte es leugnen, aber sie fühlte es doch – das Verlangen, das Vermächtnis vollständig und von ganzen Herzen zu akzeptieren.

Wie eine Hexe gelüstete es sie nach dem Teufel. Sie lachte leise.

Und sie fand es plötzlich unfair, sehr unfair, daß *er* ihr eingeschworener Feind sein sollte, noch bevor sie einander begegnet waren.

»Worauf wartest du?« fragte sie laut. »Bist du wie der scheue Vampir aus dem Märchen, den man hereinbitten muß? Ich glaube nicht. Dies ist dein Zuhause. Du bist jetzt hier. Du hörst mich, und du beobachtest mich.«

Sie lehnte sich auf dem Stuhl zurück, und ihr Blick wanderte über die Wandmalereien, die jetzt im blassen Sonnenlicht langsam zum Leben erwachten. Zum erstenmal entdeckte sie jetzt eine winzige nackte Frau in einem Fenster des nebelhaften Pflanzerhauses dort auf dem Gemälde. Und eine zweite verblaßte Nackte saß am dunkelgrünen Ufer der kleinen Lagune. Rowan mußte lächeln. Es war, als entdecke man ein Geheimnis. Ob Michael die beiden braunen Schönheiten wohl schon gesehen hatte? Oh, das Haus war voll von unentdeckten Dingen, und ebenso der traurige, melancholische Garten.

Vor den Fenstern schwankte der Kirschlorbeer plötzlich im Wind, ja, er fing an zu tanzen, als habe der Wind ihn bei den steifen, schwarzen Ästen gepackt. Sie hörte, wie er am Geländer der Veranda scharrte. Er scharrte über das Dach und sank dann wieder in sich zusammen, als der Wind, wie es schien, zu der fernen Myrte weiterzog.

Faszinierend, wie die hochragenden dünnen Zweige mit den zahllosen rosaroten Blüten sich dem Tanz ergaben, wie der ganze Baum die graue Mauer des Nachbarhauses peitschte und einen ganzen Schauer von gefleckten, flatternden Blättern herabwehen ließ – als zerfalle das Licht selbst in kleine Stückchen.

Ihr Blick verschwamm ein wenig; sie merkte, wie ihre Glieder sich entspannten und wie sie einer vagen Traumhaftigkeit nachgab. Ja, schau, wie der Baum tanzt. Sieh den Kirschlorbeer an und den grünen Regen, der auf die Dielen der Veranda niederweht. Sieh die dünnen Äste, die sich heranrecken, um an den Fensterscheiben zu kratzen.

Mit dumpfem Schock schärfte sie ihren Blick, und sie starrte die Äste an, beobachtete ihre gemeinsamen, planvollen Bewegungen, mit denen sie die Fensterscheiben streichelten.

»Du«, wisperte sie.

Lasher in den Bäumen. Lasher, wie Deirdre ihn im Dunkeln vor dem Internat zu sich kommen ließ. Und Rita Mae wußte bis heute nicht, was sie Aaron Lightner da eigentlich beschrieben hatte.

Starr saß sie jetzt auf ihrem Stuhl. Die Bäume beugten sich heran und schwankten dann voller Anmut zurück, und ihre Äste verdunkelten die Sonne, und das Laub rieselte an den Fensterscheiben herunter, zerrissen und in einem wirbelnden Tanz. Aber im Zimmer war es warm und stickig.

Sie konnte sich nicht erinnern, daß sie aufgestanden war. Aber sie stand. Ja, er war da. Er bewegte die Bäume, denn nichts sonst auf der Welt konnte sie dazu bringen, sich so zu bewegen. Feine Härchen sträubten sich auf ihren Armen, und ein unbestimmter Schauer lief ihr über die Kopfhaut, als ob sie dort etwas berührte.

»Warum redest du nicht?« fragte sie. »Ich bin allein hier.«

Wie seltsam ihre Stimme klang.

Aber jetzt drangen andere Laute herein. Sie hörte Stimmen draußen. Ein Lastwagen war vorgefahren, und sie hörte das Schürfen des Gartentores, als die Arbeiter es über die Steinplatten schoben. Und noch während sie mit gesenktem Kopf wartete, drehte sich der Türknopf.

»Hey, Dr. Mayfair...«

»Morgen, Dart. Morgen, Rob. Morgen, Billy.«

Schwere Schritte polterten die Treppe hinauf. Mit sanftem, tiefem Vibrieren kam der Aufzug herunter, und gleich darauf öffnete sich seine Messingtür. Schwerfällig, beinahe störrisch, drehte sie sich um und raffte den ganzen Schatz zusammen. Sie trug alles in die Porzellankammer und legte es dort in die Schublade, wo die alten Tischtücher vor sich hin geschimmelt hatten, ehe sie weggeworfen worden waren. Der alte Schlüssel steckte noch im Schloß. Sie drehte ihn um und steckte ihn in die Tasche.

Dann ging sie hinaus und überließ das Haus den anderen.

Am Tor blieb sie stehen und drehte sich um. Kein Lüftchen regte sich im Garten. Um sich zu vergewissern, daß sie richtig gesehen hatte, folgte sie dem Weg um die alte Veranda ihrer Mutter herum und daran vorbei bis zur Dienstbotenveranda, die am Speiseraum vorbeiführte.

Stille schien sich um sie herabzusenken. Kein Laut war ihr hierher gefolgt. Das Laub wucherte hoch und dicht über die Balustrade.

»Was hält dich davon ab, mit mir zu sprechen?« flüsterte sie. »Hast du wirklich Angst?«

Nichts regte sich. Die Wärme schien von den Steinplatten unter ihren Füßen emporzusteigen. Winzige Stechfliegen sammelten sich im Schatten. Die großen, schweren Girlandenblumen lehnten sich herüber, ihrem Gesicht entgegen, und ein dumpfes Knistern lenkte ihren Blick langsam in die Tiefen des Gartenstücks, auf ein dunkles Gestrüpp, aus dem eine verirrte, violette Iris sprang, wild und zitternd, die Blüte ein scheußliches Maul. Der Stiel schnappte jetzt zurück, als habe eine Katze, die durch das Gestrüpp schlich, ihn achtlos geknickt.

Rowan starrte hinüber; die Hitze lag schwer auf ihren Lidern, und die Fliegen stiegen empor, so daß sie die rechte Hand hob, um sie fortzuwedeln. Wuchs die Blume tatsächlich?

Nein. Irgend etwas hatte sie beschädigt; der Stiel brach, das war alles. Wie monströs sie aussah, wie riesig – aber das lag nur an ihrer Perspektive. Die Hitze, die Stille, das plötzliche Erscheinen der Männer, die im Augenblick des größten Friedens wie Eindringlinge in ihr Reich eingefallen waren. Nichts, dessen sie sich hätte sicher sein können.

Sie zog ein Taschentuch hervor und betupfte sich die Wangen, und dann ging sie den Weg hinunter zum Tor. Es gab so viel zu tun, so viele reale Dinge zu erledigen. Und Michael würde jetzt gerade aufstehen. Wenn sie sich beeilte, könnten sie zusammen frühstükken.

35

Am Montag morgen fuhren Michael und Rowan zusammen in die Stadt, um sich ihre Führerscheine für Louisiana ausstellen zu lassen. Man durfte hier kein Auto kaufen, wenn man keinen Führerschein dieses Staates vorweisen konnte.

Als sie ihre kalifornischen Führerscheine ablieferten – was sie tun mußten, um die von Louisiana zu bekommen –, war es wie eine endgültige und irgendwie erregende Zeremonie. Als gebe man seinen Staatsbürgerschaftsausweis ab, vielleicht. Michael warf einen Blick zu Rowan hinüber und sah, daß sie verstohlen, aber entzückt lächelte.

Am Abend gingen sie zu einem leichten Essen in die »Desire Oyster Bar«. Es gab ein kochendheißes Gumbo voller Shrimps und Andouille-Wurst und dazu eiskaltes Bier. Die Türen des Lokals zur Bourbon Street standen offen, die Deckenventilatoren bewegten die kühle Luft, und freundlicher, beschwingter Jazz schallte aus der »Mahogany Hall« auf der anderen Straßenseite herüber.

»Das ist der New-Orleans-Sound«, sagte Michael. »Dieser Jazz mit einer richtigen Melodie, mit *joie de vivre.* Nie ist irgend etwas Dunkles dabei. Eigentlich nie etwas Trauriges. Nicht mal, wenn sie bei einer Beerdigung spielen.«

»Gehen wir spazieren«, sagte sie. »Ich möchte all diese Schmuddelkneipen selber sehen.«

Sie verbrachten den ganzen Abend im Quarter, und schließlich ließen sie die grellbunten Lichter der Bourbon Street hinter sich, gingen vorbei an eleganten Schaufenstern auf der Royal und der Chartres Street und dann zurück zu dem Aussichtspunkt am Fluß auf der anderen Seite des Jackson Square.

Nach diesem langen Spaziergang tat es gut, auf der Bank am Fluß zu sitzen, das dunkle Funkeln des Wassers zu betrachten, die tanzenden Boote, mit Lichtern behängt wie große Hochzeitstorten, die vor den fernen, undeutlichen Konturen des anderen Ufers vorüberglitten.

Fröhlichkeit herrschte unter den Touristen, die hier am Aussichtsplatz kamen und gingen. Leise Gespräche, gelegentlich ausbrechendes Gelächter. Paare umarmten sich im Dunkeln. Ein einsamer Saxophonist spielte ein rauhes, seelenvolles Lied für die Münzen, die ihm die Leute in die Mütze zu seinen Füßen warfen.

Schließlich kehrten sie in das Gedränge der Fußgänger zurück und wühlten sich zu dem schmutzigen alten »Café du Monde«, um dort den berühmten *café au lait* zu trinken und Doughnuts mit Zukker zu essen. Eine Zeitlang blieben sie in der warmen Luft sitzen, während an den klebrigen kleinen Tischen ringsum andere Gäste kamen und gingen; dann schlängelten sie sich zwischen den Glitzerläden hindurch, die heute den alten French Market erfüllen, den traurigen, anmutigen Häusern der Decatur Street mit ihren schmiedeeisernen Balkonen und den schlanken gußeisernen Pfeilern gegenüber.

Was für ein außergewöhnliches Gefühl, in der alten Heimatstadt zu sein und Geld in der Tasche zu haben. Zu wissen, daß er diese Häuser kaufen konnte, wie er es sich in seiner Kindheit so verzweifelt und hoffnungslos gewünscht hatte.

Rowan wirkte aufgekratzt und glücklich und betrachtete neugierig alles um sie herum. Anscheinend bereute sie nichts. Aber es war noch früh...

Hin und wieder verfiel sie in einen entspannten Redeschwall: ihre dunkle, tastende Stimme bezauberte ihn jedesmal von neuem und lenkte ihn manchmal ab von dem, was sie sagte. Sie fand auch, daß die Menschen hier unglaublich freundlich seien. Sie nahmen sich Zeit bei allem, was sie taten; aber sie waren so völlig frei von Niedertracht, daß es kaum begreiflich war. Und der Akzent der einzelnen Verwandten sei wirklich erstaunlich. Beatrice und Ryan sprachen mit einem Hauch von New York im Tonfall. Louisas Akzent war völlig anders, und der junge Pierce hörte sich auch nicht an wie sein Vater. Bei manchen Wörtern aber klangen alle ein bißchen wie Michael.

»Das darfst du ihnen nicht sagen, Honey«, ermahnte er sie. »Ich komme von der anderen Seite der Magazine Street, und das wissen sie. Hundertprozentig.«

»Sie finden dich trotzdem wundervoll«, sagte sie und wischte seine Bemerkung beiseite. »Pierce sagt, du bist ein altmodischer Mann.«

Er lachte. »Ja, zum Teufel, vielleicht bin ich das.«

Sie blieben noch lange auf, tranken Bier und plauderten. Die alte Suite war so groß wie eine richtige Wohnung, mit Arbeitszimmer und Küche, Wohnzimmer und Schlafzimmer. Er betrank sich in letzter Zeit überhaupt nicht mehr, und er wußte, daß sie es merkte, aber sie sagte nichts, und das war in Ordnung. Sie redeten über das Haus, und all die Kleinigkeiten, die sie noch vorhatten.

Ob sie die Klinik vermißte? Ja. Aber das sei im Moment nicht wichtig. Sie habe einen Plan, einen großen Plan für die Zukunft, und den werde sie noch früh genug offenbaren.

»Aber du willst doch nicht etwa die Medizin aufgeben, oder?«

»Natürlich nicht«, sagte sie leise und senkte die Stimme ein wenig, um ihren Worten Nachdruck zu verleihen. »Im Gegenteil. Ich sehe die Medizin jetzt in einem völlig anderen Licht.«

»Wie meinst du das?«

»Es ist noch zu früh, um es zu erklären. Ich bin selbst nicht sicher. Aber die Frage des Vermächtnisses ändert alles, und je mehr ich über das Vermächtnis erfahre, desto mehr wird sich alles ändern. Ich bin die neue Praktikantin bei Mayfair und Mayfair. Ich studiere das Finanzwesen.« Sie deutete auf die Papiere, die auf dem Tisch lagen. »Und es geht ziemlich gut voran.«

»Willst du das wirklich?«

»Michael, alles, was wir im Leben tun, tun wir mit bestimmten Erwartungen. Ich bin mit Geld aufgewachsen. Aber jetzt haben sich die Beträge radikal geändert. Mit Geld wie dem Mayfair-Geld könnte man Forschungsprojekte finanzieren, ganze Laboratorien bauen. Es ist vorstellbar, eine Klinik zu errichten und daneben ein Forschungszentrum, ausschließlich für einen speziellen Bereich der Neurochirurgie.« Sie zuckte die Achseln. »Du verstehst, was ich meine.«

»Ja, aber wenn du dich damit befassen willst, wirst du nicht mehr im OP stehen, nicht wahr? Du wirst dann Verwaltungsarbeit machen.«

»Möglich«, sagte sie. »Der springende Punkt ist: Das Vermächtnis ist eine Herausforderung. Ich muß meine Phantasie anstrengen, wie man so schön sagt.«

Er nickte. »Ich verstehe, was du meinst. Aber werden sie dir keine Schwierigkeiten machen?«

»Letzten Endes sicher. Aber darauf kommt es nicht an. Wenn ich bereit bin, zu handeln, wird es darauf nicht mehr ankommen. Und ich werde die Veränderungen so reibungslos und taktvoll vornehmen, wie ich kann.«

»Was für Veränderungen?«

»Wie gesagt: Es ist noch zu früh. Ich bin noch nicht soweit, daß ich einen großen Plan entwerfen kann. Aber ich denke an ein neurologisches Zentrum, hier in New Orleans, mit der allerbesten verfügbaren Einrichtung und mit Laboratorien für eine unabhängige Forschung.«

»Mein Gott, so was ist mir noch nie in den Sinn gekommen.«

»Bis jetzt hatte ich nie auch nur die geringste Chance, ein Forschungsprogramm ins Leben zu rufen und vollständig zu leiten – du weißt schon: die Ziele zu formulieren, die Standards zu definieren, das Budget zu bestimmen.« Ihr Blick ging in weite Fernen. »Wichtig ist, in Kategorien zu denken, die der *Größe* des Vermächtnisses entsprechen. Und für mich selbst zu denken.«

Ein vages Unbehagen ergriff ihn. Er wußte nicht, warum. Es kroch ihm kalt den Rücken herauf, als er sie sagen hörte: »Wäre das nicht die Erlösung, Michael? Wenn das Mayfairsche Vermächtnis zum Heilen verwendet würde? Das siehst du doch sicher ein. Ein weiter Weg – von Suzanne und Jan van Abel, dem Chirurgen, bis zu einem großen, innovativen medizinischen Zentrum mit der Aufgabe, Leben zu retten.«

Nachdenklich saß er da, und er wußte nicht, was er antworten sollte.

»Es ist alles möglich«, sagte sie und beobachtete seine Reaktion. Ein kleines Flämmchen tanzte auf ihren Wangen, in ihren Augen.

»Klingt gut. Nahezu vollkommen«, sagte er.

»Warum machst du dann so ein Gesicht? Was hast du?«

»Ich weiß nicht.«

»Michael, hör auf, über diese Visionen nachzudenken. Hör auf, an unsichtbare Menschen am Himmel zu denken, die unserem Leben einen Sinn geben. Es gibt keine Geister auf dem Dachboden. Du mußt selbst für dich denken.«

»Das tue ich, Rowan, das tue ich ja. Du brauchst nicht wütend zu werden. Es ist eine hinreißende Idee. Es ist vollkommen. Ich weiß nicht, weshalb mir dabei unbehaglich wird. Du mußt ein bißchen Geduld mit mir haben, Honey. Wie du sagtest: Unsere Träume müssen im Verhältnis zu unseren Mitteln stehen. Insofern ist mir das Ganze ein bißchen zu hoch.«

»Du brauchst nichts weiter zu tun, als mich zu lieben, mir zuzuhören und mich laut denken zu lassen.«

»Ich bin bei dir, Rowan. Immer. Und ich finde es großartig.«

»Du hast Mühe, es dir vorzustellen«, sagte sie. »Das verstehe ich. Ich habe ja selbst erst damit angefangen. Aber, verdammt – hier ist Geld, Michael. Und die Menge dieses Geldes hat etwas absolut Obszönes an sich. Seit zwei Generationen pflegt diese Anwaltsfirma das Vermögen, sie füttern es mit sich selbst, so daß es sich vervielfacht wie ein Monster.«

»Ja, ich weiß.«

»Schon vor langer Zeit haben sie die Tatsache aus den Augen verloren, daß es alles einer Person gehört. Es gehört inzwischen auf eine grausige Weise sich selbst, und es ist größer als irgend etwas, das ein menschliches Wesen besitzen oder beherrschen dürfte.«

»Sehr viele Leute würden dir da zustimmen.«

Aber er wurde die Erinnerung an sein Krankenhausbett in San Francisco nicht los; er hatte dagelegen und geglaubt, daß sein ganzes Leben einen Sinn bekommen habe, daß alles, was er je getan hatte oder gewesen war, nun abgebüßt werden würde.

»Ja, es wäre die Erlösung für alles, nicht wahr?«

Und warum sah er dann die Gruft vor seinem geistigen Auge? Die zwölf Fächer und die Tür darüber, und den Namen Mayfair in großen Lettern, und die Blumen, die in der betäubenden Hitze dahinwelkten?

Er zwang sich, diese Gedanken abzuschütteln, und widmete sich der besten Ablenkung, die er kannte. Er sah sie nur an, sah sie an und stellte sich vor, sie zu berühren, und er widerstand diesem Drang, obwohl sie nur wenige Handbreit von ihm entfernt war und wollte, ja, beinahe sicher wollte, daß er sie berührte.

Es klappte. Ein kleiner Schalter raste in dem rücksichtslosen Mechanismus namens Gehirn ein. Er stellte sich vor, wie ihre nackten Beine im Schein der Lampen aussahen, wie zart und voll ihre Brüste unter dem kurzen Seidenhemd. Er beugte sich vor, drückte seine Lippen an ihren Hals und knurrte kurz und entschlossen.

»Jetzt hast du's geschafft«, flüsterte sie.

»Ja, aber es wurde auch Zeit«, brummte er mit tiefer Stimme. »Wie würde es dir gefallen, ins Bett getragen zu werden?«

»Ich fänd's hinreißend«, schnurrte sie. »Das hast du seit dem ersten Mal nicht mehr getan.«

»O Gott! Wie konnte ich so gedankenlos sein?« flüsterte er. »Was für eine Sorte altmodischer Mann bin ich eigentlich?« Er schob den linken Arm unter ihren heißen, seidigen Schenkel, umschlang ihre Schultern mit dem rechten, küßte sie, als er sie hochhob, und frohlockte im stillen, daß er dabei nicht das Gleichgewicht verlor und der Länge nach über den Tisch fiel. Aber jetzt hatte er sie, leicht und gefügig und plötzlich fieberhaft anschmiegsam. Der Weg zum Bett war ein Kinderspiel.

Am Dienstag begannen die Klimatechniker mit ihrer Arbeit. Es gab genug Platz auf den Vordächern für alle nötigen Anlagen.

Joseph, der Dekorateur, hatte die restaurierungsbedürftigen französischen Möbel abgeholt. Die schönen alten Schlafzimmergarnituren, die allesamt aus der Pflanzerzeit stammten, hatten nur eine Politur nötig, und das würden die Putzfrauen übernehmen.

Die Stukkateure waren mit dem vorderen Schlafzimmer fertig. Die Maler verschlossen den Bereich mit Plastikvorhängen, so daß sie hier sauber arbeiten konnten, auch wenn das übrige Haus noch von Staubwolken erfüllt war. Rowan hatte für die Schlafzimmerwände ein helles Champagner-Beige ausgewählt, und Weiß für die Decken und das Holzwerk.

Oben vermaßen die Teppichleute die Fußböden. Im Speiseraum schliff die Parkettkolonne den Boden, aus irgendwelchen Gründen war hier ein schicker Eichenholzbelag auf die alten Kieferndielen gelegt worden, die nur eine frische Schicht Polyurethan benötigten.

Rowan saß mit dem Dekorateur im Salon im Schneidersitz auf dem Fußboden, umgeben von zahllosen bunten Stoffmustern. Für die Vorhänge im vorderen Zimmer hatte sie beigefarbene Seide ausgesucht, und für das Eßzimmer wollte sie einen dunkleren Damast, der zu den verblichenen Wandgemälden mit den Plantagenszenen passen würde. Oben aber sollte alles fröhlich und hell sein.

Michael blätterte in Büchern mit Farbproben; er wählte sanfte Pfirsichtöne für das Erdgeschoß, ein dunkles Beige für das Eßzimmer – das damit eine beherrschende Farbe in den Wandgemälden aufnahm –, und Weiß für Küchen und Kammern. Er prüfte diverse Angebote von Fensterputzern und von Firmen, die Kronleuchter reinigten. Die Standuhr im Salon wurde auch repariert.

Am späten Freitag vormittag hatte Beatrices Haushälterin Trina das Bettzeug für die oberen Zimmer besorgt, unter anderem neue Daunenkissen und -oberbetten, und die Bettwäsche war mit Kräutersäckchen in Schränken und Kommoden verstaut worden. Die Leitungsarbeiten auf dem Dachboden waren beendet. Die alten Tapeten in Millies Zimmer, im Krankenzimmer und in Carlottas Zimmer waren abgerissen, und die Putzer hatten die Wände so weit hergerichtet, daß demnächst ein frischer Anstrich aufgetragen werden könnte.

Unterdessen arbeitete eine Malerkolonne unten im Salon.

Der einzige Makel dieses Tages war vermutlich Rowans telephonischer Streit mit Dr. Larkin in San Francisco, der sich gegen Mittag ereignete. Sie hatte ihm mitgeteilt, daß sie sich für längere Zeit beurlauben lasse. Er fand, sie habe sich verkauft. Durch ein Erbe und ein schickes Haus in New Orleans lasse sie sich von ihrer wahren Berufung abbringen. Ihre unbestimmten Erklärungen über zukünftige Pläne machten ihn offensichtlich nur noch wütender. Schließlich hatte auch sie die Geduld verloren. Sie wende ihrem Lebenswerk nicht den Rücken zu. Sie habe lediglich neue Aspekte zu bedenken, wenn sie darüber mit ihm diskutieren wolle, werde sie es ihn schon wissen lassen.

Nach dem Telephongespräch war sie erschöpft. Sie wollte nicht einmal mehr nach Kalifornien zurück, um ihre Sachen dort drüben in Ordnung zu bringen. »Bei dem bloßen Gedanken überläuft es mich kalt«, sagte sie. »Ich weiß nicht, weshalb es mich so stark berührt. Ich will dieses Haus einfach nicht wiedersehen. Ich kann nicht glauben, daß ich ihm entkommen bin. Ich möchte mich kneifen, um sicher zu sein, daß ich nicht träume.«

Michael verstand sie; trotzdem riet er ihr, das Haus erst zu verkaufen, wenn eine gewisse Zeit vergangen sei.

Gegen zwei Uhr fuhren Michael und Rowan zum Mercedes-Benz-Händler an der St. Charles Avenue. Das war ein Weg, der Spaß machte. Das Geschäft befand sich im selben Häuserblock wie das Hotel. Wenn er als Kind von der alten Bibliothek am Lee Circle nach Hause gegangen war, hatte er sich in den großen Ausstellungsraum geschlichen, die Türen der atemberaubend schönen deutschen Autos auf- und zugemacht und schwärmend dagestanden, solange es ging, bis ein Verkäufer ihn entdeckte.

Jetzt schaute er nur mit stiller Belustigung zu, wie Rowan einen Scheck für zwei Autos ausschrieb – für eine kecken kleinen 500 SL, ein zweisitziges Kabrio, und eine große, klassische viertürige Limousine, beide cremeweiß mit karamelfarbenen Lederpolstern, die quasi lieferbereit im Ausstellungsraum standen.

Am Tag zuvor hatte er sich einen ordentlichen, glänzenden, luxuriösen amerikanischen Van gekauft, in dem er unterbringen konnte, was er wollte, und mit dem er trotzdem mit donnernder Klimaanlage und brüllendem Radio bequem und lässig umherjagen konnte. Es amüsierte ihn, daß Rowan das Erlebnis, diese beiden Autos zu kaufen, anscheinend überhaupt nicht bemerkenswert fand. Offenbar fand sie es nicht einmal interessant.

Sie bat den Verkäufer, die Limousine in die First Street zu liefern, sie hinten durch die Kutscheneinfahrt auf das Grundstück zu fahren und den Schlüssel im »Pontchartrain« abzugeben. Das Kabrio würden sie gleich mitnehmen.

Sie fuhr den Wagen aus dem Ausstellungsraum, die St. Charles Avenue hinauf und im Schneckentempo bis vor das Hotel.

»Laß uns übers Wochenende von hier verschwinden«, schlug sie vor. »Laß uns das Haus und die Familie vergessen.«

»Schon?« fragte er. Er hatte davon geträumt, auf einem der Riverboats zu Abend zu essen.

»Ich sage dir, warum. Ich habe die interessante Entdeckung gemacht, daß die besten weißen Sandstrände von Florida keine vier Stunden weit von hier entfernt sind. Hast du das gewußt?«

»Ja, habe ich.«

»In einer Kleinstadt namens Destin dort in Florida sind zwei Häuser zu verkaufen, und eins davon hat einen eigenen Bootsanleger. Das weiß ich alles von Wheatfield und Beatrice. Wheatfield und Pierce sind in den Frühjahrsferien immer nach Destin gefahren, und

Beatrice fährt dauernd hin. Ryan hat für mich mit dem Makler gesprochen. Was meinst du?«

»Na ja, sicher, warum nicht?«

Wieder eine Erinnerung, dachte er. Der Sommer, als er fünfzehn gewesen war und mit seiner Familie zu den weißen Stränden Floridas gefahren war. Grünes Wasser unter einem roten Sonnenuntergang. Und er hatte daran gedacht, wie er vor Ocean Beach ertrunken war, genau eine Stunde, bevor er Rowan Mayfair begegnet war.

»Ich wußte nicht, daß wir so nah am Golf sind«, sagte sie. »Weißt du, der Golf ist ein ernsthaftes Gewässer. Ich meine, wie der Pazifik ein ernsthaftes Gewässer ist.«

»Ich weiß.« Er lachte. »Ich erkenne ein ernsthaftes Gewässer, wenn ich eins sehe.« Er bekam fast keine Luft mehr vor Lachen.

»Weißt du, ich kann wahrscheinlich jemanden finden, der die *Sweet Christine* herunterbringt – oder, besser noch, ich kann ein neues Boot kaufen. Schon mal im Golf oder in der Karibik gekreuzt?«

»Nein.« Er schüttelte den Kopf. »Ich hätt's wissen müssen, nachdem ich das Haus in Tiburon gesehen hatte.«

»Nur vier Stunden, Michael«, drängte sie. »Komm, es dauert keine Viertelstunde, eine Tasche zu packen.«

Sie fuhren noch ein letztes Mal am Haus vorbei.

Eugenia saß am Küchentisch und polierte das Silber aus den Schubladen.

»Es ist 'ne Freude, zu sehen, wie das Haus wieder hergerichtet wird«, sagte sie.

»Ja, das ist es, nicht wahr?« sagte Michael und legte ihr den Arm leicht um die schmalen Schultern. »Wie wär's, wenn Sie wieder in Ihr altes Zimmer ziehen, Eugenia? Wollen Sie das?«

O ja, sagte sie, das würde sie gern tun. Übers Wochenende werde sie jedenfalls bleiben. Sie sei zu alt für die vielen Kinder im Hause ihres Sohnes. Sie schreie sie zu oft an. Mit Vergnügen werde sie zurückkommen. Und jawohl, sie habe die Schlüssel noch. »Aber hier braucht man nie irgendwelche Schlüssel.«

Die Maler oben machten Überstunden. Die Gärtnermannschaft würde auch bis zum Dunkelwerden hier sein. Dart Henley, Michaels Stellvertreter, war gern bereit, übers Wochenende alles zu beaufsichtigen. Kein Problem.

»Sieh nur, der Pool ist fast fertig«, sagte Rowan. Tatsächlich waren alle Ausbesserungsarbeiten am Becken erledigt, und die letzte Farbschicht wurde gerade aufgetragen.

Von den Steinplatten war aller Wildwuchs entfernt, die Sprungbretter waren erneuert, und die anmutige Kalksteinbalustrade war überall im Garten freigelegt worden. Das dicke Buchsbaumgestrüpp hatte man gerodet, und darunter hatte man weitere schmiedeeiserne Stühle und Tische entdeckt. Auch die unteren Steinstufen vor der Seitenveranda waren zutage gefördert worden; sie waren der Beweis dafür, daß die Veranda vor Deirdres Zeit offen gewesen war. Jetzt konnte man durch die seitlichen Verandatüren des Salons wieder hinaus und über die Steinstufen hinunter auf den Rasen gelangen.

»Glaubst du, du kannst dich losreißen?« fragte Rowan. Sie warf ihm den Autoschlüssel zu. »Willst du nicht fahren? Ich glaube, ich mache dich nervös.«

»Nur, wenn du mit hoher Geschwindigkeit Verkehrsampeln und Stopschilder überfährst«, widersprach er. »Ich meine, es ist der Verstoß gegen zwei Vorschriften zugleich, was mich nervös macht.«

»Okay, Süßer – solange du uns in vier Stunden hinbringst.«

Er warf einen letzten Blick auf das Haus. Das Licht hier war wie das Licht in Florenz; in dem Punkt hatte sie recht gehabt. Wie es so die hohe Südfassade überflutete, erinnerte es ihn an die alten Palazzi in Italien. Und alles lief so gut, so wunderbar gut.

Er fühlte einen seltsamen Schmerz, ein Stechen, in dem sich Schmerz und pures Glück miteinander verbanden.

Ich bin hier, wirklich hier, dachte er. Ich träume nicht in weiter Ferne davon, sondern ich bin hier. Die Visionen erschienen ihm nun weit weg, verblaßt und unwirklich. Schon so lange war die Erinnerung nicht mehr aufgeblitzt.

Rowan wartete, und die sauberen weißen Strände des Südens warteten. Noch ein Stück von seiner wunderbaren alten Welt, das in Besitz genommen werden wollte. Plötzlich kam ihm der Gedanke, daß es köstlich sein müsse, schon wieder in einem neuen Bett mit ihr zu schlafen.

36

Um acht Uhr fuhren sie über die Stadtgrenze von Fort Walton, Florida, nachdem sie in endlosem Kriechverkehr Pensacola hinter sich gelassen hatten. Die ganze Welt war heute abend, Stoßstange an Stoßstange, unterwegs zum Meer. Wenn sie nach Destin weiterfuhren, riskierten sie, kein Hotelzimmer zu bekommen.

Tatsächlich war nur noch im alten Flügel eines Holiday Inn etwas frei. Mit allem Geld der Welt gab es keine Suite mehr in einem der feineren Hotels. Und die kleine, kunterbunte Stadt mit all ihren Neonreklamen war in ihrer Highway-Schäbigkeit ein wenig deprimierend.

Das Zimmer selbst war fast unerträglich: muffig und trüb beleuchtet, mit heruntergekommenen Möbeln und klapprigen Betten. Aber dann zogen sie ihr Badezeug an, gingen durch die Glastür am Ende des Korridors und standen am Strand.

Die Welt tat sich auf, warm und wunderbar unter einem Himmel voll blitzender Sterne. Sogar die glasgrüne Farbe des Wassers war sichtbar im strahlenden Mondschein. Der Wind brachte nicht den leisesten Hauch von Kälte; er war sogar noch seidiger als die Flußbrise in New Orleans. Und der Sand war von reinem, unwirklichem Weiß und so fein wie Zucker unter ihren Füßen.

Zusammen liefen sie hinaus in die Brandung. Für einen Augenblick konnte Michael das alles nicht recht glauben – diese köstliche Temperatur des Wassers, die glasige, glänzende Sanftheit, mit der es seine Füße umspülte. Einen seltsamen Moment lang lief die Zeit im Kreis, und er sah sich in Ocean Beach auf der anderen Seite des Kontinents; seine Finger waren steifgefroren, der bitterkalte Pazifikwind peitschte sein Gesicht, und er dachte an diesen Ort hier, diesen scheinbar mythischen und unmöglichen Ort unter den Sternen des Südens.

Wenn sie das alles nur in sich aufnehmen und in der Brust bewahren, wenn sie nur die dunklen Dinge hinter sich lassen könnten, die da warteten und brüteten und sich ganz sicher noch offenbaren würden...

Die weißen Dünen unten am Strand schimmerten wie Schnee im Mondlicht, und die fernen Lichter der größeren Hotels glitzerten sanft und lautlos unter dem schwarzen, sternenübersäten Himmel. Er nahm Rowan in die Arme und fühlte ihren nassen Körper, der sich fest an den seinen schmiegte. Die Welt kam ihm ganz und gar unmöglich vor – wie etwas, das er sich einbildete in seiner absoluten Mühelosigkeit, in der Abwesenheit aller Barrieren und Härten, all dessen, was die Sinne oder das Fleisch angreifen möchte.

»Das ist das Paradies«, sagte sie. »Das ist es wirklich. O Gott, Michael, wie konntest du je von hier fortgehen?« Sie löste sich von ihm, ohne auf eine Antwort zu warten, und schwamm mit schnellen, kraftvollen Zügen auf den Horizont zu.

Er blieb, wo er war, und sein Blick wanderte über den Himmel; er betrachtete das große Sternbild des Orion mit seinem juwelenbesetzten Gürtel. Wenn er jemals im Leben so glücklich gewesen war, dann konnte er sich daran nicht erinnern.

Ja, ich bin wieder da, wo ich hingehöre, und ich habe sie bei mir, und der ganze Rest ist mir egal. Wenigstens jetzt...

Am Samstag sahen sie sich die zum Verkauf stehenden Häuser an. Der Strand zwischen Fort Walton und Seaside war überwiegend von großen Ferienkomplexen und Hochhäusern mit Eigentumswohnungen bebaut. Einzelhäuser gab es nur wenige, und sie waren sehr teuer.

Gegen drei Uhr betraten sie »das Haus« – einen spartanischen, modernen Bau mit niedrigen Räumen und strengen weißen Wänden. Die rechteckigen Fenster verwandelten den Blick auf den Golf in eine Serie von Gemälden in schlichten Rahmen, die der Horizont exakt halbierte. Unten vor der hochbeinigen Vorderveranda lagen die Dünen, die, wie man ihnen erklärte, erhalten werden mußten, weil sie das Haus vor der hohen Brandung schützten, wenn die Hurrikane kamen.

Über eine langgestreckte Pier gingen sie über die Dünen hinaus, und eine verwitterte Holztreppe führte zum eigentlichen Strand hinunter. Wieder war der Sand in der blendenden Sonne unglaublich weiß, und das Wasser schäumte in makellosem Grün.

Es gefiel ihm. Das sagte er ihr gleich, jawohl, es gefiel ihm wirklich, und das Haus sei prima.

Vor allem gefiel ihm der Kontrast zu der Üppigkeit von New Orleans. Das Haus war gut gebaut mit seinem korallenroten Fliesenboden, den dicken Teppichen und der edelstahlschimmernden Küche. Ja, kubistisch und karg. Und unerklärlich schön auf seine Art.

Während Rowan und der Agent das Kaufgebot ausfüllten, spazierte Michael hinaus auf die verwitterte Veranda. Er überschattete die Augen mit der flachen Hand und betrachtete das Meer. Er versuchte, das Gefühl heiterer Gelassenheit zu analysieren, das es in ihm hervorrief; sicher hatte es mit der Wärme und der tiefen Brillanz der Farben zu tun. Rückblickend kam es ihm so vor, als seien die Farben und Töne von San Francisco immer mit Asche vermischt, und als sei der Himmel immer nur halb sichtbar gewesen hinter Nebel, dichtem Dunst oder einem Vlies von wenig bemerkenswerten Wolken.

Er fand keinen Zusammenhang zwischen dieser strahlenden See und dem kalten grauen Pazifik oder seinen spärlichen schrecklichen Erinnerungen an den Rettungshubschrauber und daran, wie er durchfroren und zerschlagen in seinen nassen Sachen auf der Bahre gelegen hatte. Das hier war sein Strand und sein Wasser, und hier würde ihm nichts geschehen.

Am späten Nachmittag aßen sie in einem kleinen Fischrestaurant am Yachthafen in Destin, einem lärmenden Lokal, wo das Bier in Plastikbechern ausgeschenkt wurde. Aber der frische Fisch war ausgezeichnet. Als die Sonne unterging, lagen sie in verwitterten Liegestühlen am Hotelstrand. Michael machte sich Notizen zu Dingen, die das Haus in der First Street betrafen. Rowan schlief; ihre Haut war sichtlich gebräunt von ihren letzten Ferien und von der knappen Stunde hier am heißen Strand. Es schmerzte ihn, sie anzusehen und zu erkennen, wie jung sie eigentlich noch war.

Er weckte sie sanft, als die Sonne hinter dem Horizont verschwand. Riesenhaft und blutig rot strahlte sie in spektakulärer Bahn über die smaragdgrün funkelnde See.

Schließlich schloß er die Augen, denn es war zuviel; er mußte sich abwenden und ganz langsam wieder hinschauen, während der warme Wind sein Haar zerzauste.

Am Abend gegen neun, nach einem erträglichen Essen in einem Restaurant an der Bay, kam der Anruf vom Immobilienmakler. Rowans Angebot war akzeptiert worden. Keine Komplikationen. Die Grundbucheintragungen würden so bald wie möglich vorgenommen werden; wahrscheinlich könnte sie in zwei Wochen die Schlüssel bekommen.

Am Sonntag nachmittag besuchten sie den Yachthafen von Destin. Die Auswahl an Booten war wundervoll, aber Rowan spielte immer noch mit dem Gedanken, die *Sweet Christine* herkommen zu lassen. Sie wollte ein seetüchtiges Schiff, und hier gab es eigentlich nichts, was die alte *Sweet Christine* an Luxus und Solidität übertroffen hätte.

Am Spätnachmittag machten sie sich auf den Heimweg. Das Radio spielte Vivaldi, und sie sahen den Sonnenuntergang, während sie an der Mobile Bay entlangjagten. Der Himmel war grenzenlos und schimmerte in einem magischem Licht über einer endlosen Landschaft von dunkler werdenden Wolken.

Zu Hause. Da, wo ich hingehöre. Wo der Himmel aussieht wie in meiner Erinnerung. Wo das flache Land ins Endlose reicht. Und die Luft hier ist mein Freund.

Schnell und lautlos strömte der Verkehr auf dem Interstate Highway. Der flache, bequeme Mercedes glitt mit lässigen fünfundachtzig Meilen pro Stunde dahin. Die Musik zerriß die Luft mit hohen, reinen Violinglissandi. Endlich erstarb die Sonne in einer Flut von blendendem Gold. Dunkles, sumpfiges Waldland umschloß sie, als sie nach Mississippi hineinfuhren. Dreißig-Tonner donnerten vorüber, Kleindstadtlichter flimmerten für einen Augenblick und verschwanden, und das letzte graue Tageslicht versank.

Nach langer Zeit, als es ganz dunkel geworden war und nur noch die roten Schlußlichter vor ihnen zu sehen war, sagte sie: »Das ist unser Honeymoon, nicht wahr?«

»Ich schätze ja.«

»Ich meine, es ist der einfache Teil. Bevor du erkennst, was für ein Mensch ich in Wirklichkeit bin.«

»Und was für ein Mensch bist du?«

»Willst du unseren Honeymoon verderben?«

»Ich werde ihn nicht verderben.« Er warf einen Blick zu ihr hinüber. »Rowan, wovon redest du?« Sie antwortete nicht. »Weißt du, du bist im Augenblick der einzige Mensch auf der Welt, den ich wirklich kenne. Du bist der einzige, den ich nicht buchstäblich mit Handschuhen anfasse. Ich weiß mehr über dich, als dir klar ist, Rowan.«

»Was würde ich ohne dich anfangen?« flüsterte sie. Sie kuschelte sich an die Sitzlehne und streckte die langen Beine aus.

»Das soll heißen...?«
»Ich weiß es nicht. Aber etwas ist mir klargeworden.«
»Ich wage nicht zu fragen, was.«
»Er wird sich erst zeigen, wenn er dazu bereit ist.«
»Das weiß ich.«
»Im Moment will er, daß du hier bist. Er ist beiseite getreten, um dir Platz zu machen. Am ersten Abend hat er sich dir nur gezeigt, um dich zu locken.«
»Du machst mir Gänsehaut. Wieso sollte er bereit sein, dich zu teilen?«
»Ich weiß es nicht. Aber ich habe ihm Gelegenheiten gegeben, und er zeigt sich nicht. Es passieren seltsame Dinge, verrückte Dinge, aber ich bin nie sicher...«
»Was denn für Dinge?«
»Ach, sie sind nicht der Rede wert. Hör mal, du siehst müde aus. Soll ich weiterfahren?«
»Du lieber Gott, nein. Und ich bin nicht müde. Ich will ihn jetzt bloß nicht bei uns haben, in unserer Unterhaltung. Ich habe das Gefühl, er kommt noch früh genug.«

Spät in der Nacht wachte er auf; er lag allein in dem großen Hotelbett. Er fand sie im Wohnzimmer, und er sah, daß sie geweint hatte.
»Rowan, was ist?«
»Nichts, Michael. Nichts, was einer Frau nicht einmal im Monat passiert.« Sie lächelte gezwungen, schmal, ein wenig bitter. »Es ist bloß... na ja, vielleicht hältst du mich ja für verrückt, aber ich hatte gehofft, ich sei schwanger.«
Er nahm ihre Hand; er wußte nicht, ob es jetzt richtig war, sie zu küssen. Aber er war enttäuscht, aber vor allem war er glücklich darüber, daß sie tatsächlich ein Kind haben wollte. Die ganze Zeit über hatte er sich nicht getraut, zu fragen, wie sie in dieser Sache dachte. Und seine eigene Unvorsichtigkeit hatte ihm Sorgen bereitet. »Es wäre großartig gewesen, Darling«, sagte er. »Einfach großartig.«
»Findest du? Du hättest dich gefreut?«
»Unbedingt.«
»Michael, dann laß es uns tun. Laß uns heiraten.«
»Rowan, nichts würde mich glücklicher machen«, sagte er schlicht. »Aber bist du sicher, daß *du* es auch willst?«

Sie lächelte, ruhig, geduldig. »Michael, du kommst nicht mehr davon«, sagte sie und runzelte scherzhaft die Stirn. »Was hat es für einen Sinn, zu warten?«

Er mußte lachen. »Und was ist mit den Tausenden von Mayfairs, Rowan? Cousins, Cousinen, Verwandte, die Firma? Du weißt, was sie sagen werden, Honey.«

Sie schüttelte den Kopf und lächelte wissend wie zuvor. »Willst du hören, was ich dazu sage? Daß wir dumm sind, wenn wir es nicht tun.«

Ihre grauen Augen waren immer noch rotgerändert, aber in ihrem Gesicht lag jetzt eine tiefe Ruhe, und es war so schön anzusehen, so zart zu berühren.

»Laß uns die Hochzeit in der First Street feiern, Michael«, sagte sie mit ihrer weichen, rauchigen Stimme, und ihre Augen wurden ein wenig schmal. »Was meinst du? Wäre das nicht perfekt? Auf dem wunderschönen Rasen vor der Seitenveranda?«

Perfekt. Wie der Plan für die Kliniken, erbaut mit dem Geld aus dem Mayfairschen Vermächtnis. Perfekt.

Er wußte nicht genau, warum er zögerte. Er konnte nicht widerstehen. Aber es war alles zu schön, um wahr zu sein – zu herrlich, ihre Offenheit und ihre Liebe, und der Stolz, den sie in ihm erweckte –, daß ausgerechnet diese Frau ihn so sehr brauchen und lieben sollte, wie er sie brauchte und liebte.

Und plötzlich überkam es ihn, großartig und köstlich. Heiraten! Rowan heiraten! Und die Verheißung, die absolut schwindelerregende Verheißung eines Kindes. Diese Art von Glück war so absolut ungewohnt für ihn, daß er es beinahe mit der Angst bekam. Beinahe. Aber eben doch nicht ganz.

Es schien genau das zu sein, was sie um jeden Preis tun mußten. Bewahren, was sie hatten und was sie wollten – das alles bewahren in der dunklen Strömung, die sie zueinander geführt hatte. Und wenn er an die kommenden Jahre dachte – an all die einfachen und herzzerreißend wichtigen Möglichkeiten –, dann war sein Glück so groß, daß es keinen Ausdruck dafür gab.

Als sie ins Schlafzimmer zurückkehrten, sagte sie, sie wolle die Hochzeitsnacht im Haus verbringen und dann für die Flitterwochen nach Florida fahren. Wäre das nicht das Beste? Eine Hochzeitsnacht unter diesem Dach, und danach verschwinden?

Sicher könnten die Handwerker doch das vordere Schlafzimmer in zwei Wochen fertig haben.

»Dafür garantiere ich«, sagte er.

In dem großen antiken Bett im vorderen Zimmer. Fast konnte er hören, wie Belles Geist sagte: »Wie reizend für euch beide.«

37

Unruhiger Schlaf. Sie drehte und wendete sich, legte den Arm auf seinen Rücken, zog die Knie unter seine, spürte, wie es ihr wieder warm und behaglich wurde. Die Klimaanlage war fast so gut wie der Wind am Golf von Florida.

Aber was zog da an ihrem Hals, verhedderte sich in ihrem Haar, tat ihr weh? Sie wollte es abstreifen, aus dem Haar schieben. Etwas Kaltes lag schwer auf ihrer Brust. Es störte sie.

Sie drehte sich auf den Rücken, und im Halbtraum stand sie wieder im OP, und dies war eine höchst schwierige Prozedur. Sie mußte sich sorgfältig vor Augen führen, was sie zu tun gedachte – ihre Hände bei jedem Schritt mit dem Geist führen, dem Blut befehlen, nicht zu fließen, dem Gewebe befehlen, zusammenzuwachsen. Und der Mann lag vor ihr, aufgespalten von den Leisten bis zum Schädel hinauf, und alle seine winzigen Organe waren freigelegt, zitternd, rot, unmöglich klein für seine Größe, und warteten darauf, daß sie sie wachsen ließ.

»Das ist zuviel, das kann ich nicht«, sagte sie. »Ich bin Neurochirurgin und keine Hexe!«

Sie sah jetzt jedes Blutgefäß in seinen Beinen und Armen, als sei er eine von diesen durchsichtigen Plastikpuppen, die von lauter roten Adern durchzogen waren und mit denen man Kindern demonstrierte, wie der Blutkreislauf funktionierte. Seine Füße bebten. Auch sie waren zu klein für seinen Körper, und er wackelte mit den Zehen, um sie zum Wachsen zu bringen. Wie ausdruckslos sein Gesicht war – aber er sah sie an.

Und wieder das Zerren in ihren Haaren – etwas zog an ihren Haaren. Wieder wollte sie es wegschieben, und diesmal bekamen ihre Finger es zu fassen – was war es, eine Kette?

Sie wollte den Traum nicht verlieren. Sie wußte jetzt, daß es ein Traum war, aber sie wollte wissen, was aus diesem Mann wurde und wie diese Operation enden sollte.

»Dr. Mayfair, legen Sie Ihr Skalpell beiseite«, sagte Dr. Lemle. »Sie brauchen es nicht mehr.«

»Nein, Dr. Mayfair«, sagte Lark. »Sie können es hier nicht benutzen.«

Sie hatten recht. Der Augenblick für etwas so Grobes wie die winzige, blitzende Stahlklinge war verstrichen. Hier ging es nicht mehr ums Schneiden, sondern ums Konstruieren. Sie starrte auf die lange offene Wunde, auf die winzigen Organe, die bebten wie Pflanzen, wie die monströse Iris im Garten. Die entsprechenden Spezifikationen schwirrten ihr durch den Kopf, als sie die Zellen lenkte und gleichzeitig den jungen Ärzten alles erklärte, damit sie es auch verstanden. »Es sind genügend Zellen vorhanden, sehen Sie, sogar im Überfluß. Es kommt darauf an, sie gewissermaßen mit einer höherwertigen DNS zu versorgen, mit einem neuen und unvorhergesehenen Anreiz zur Bildung von Organen in der richtigen Größe.« Und siehe, die Wunde schloß sich über Organen in der richtigen Größe, und der Mann drehte den Kopf, und seine Augen klappten auf und zu wie die einer Puppe.

Applaus erhob sich ringsumher, und als sie aufblickte, sah sie überrascht, daß es lauter Holländer waren, die hier in Leiden versammelt waren; auch sie selbst trug den großen schwarzen Hut und die prächtigen weiten Ärmel, und das Ganze war natürlich ein Gemälde von Rembrandt, *Die Anatomie,* und nur deshalb sah der Körper so tadellos ordentlich aus, obgleich es kaum erklärte, weshalb sie hindurchschauen konnte.

»Ah, aber Sie haben die Gabe, mein Kind. Sie sind eine Hexe«, sagte Lemle.

»Ganz recht«, sagte Rembrandt. So ein reizender alter Mann. Er saß in der Ecke, den Kopf zur Seite gelegt, und sein rötliches Haar war im Alter spinnwebenfein.

»Lassen Sie das Petyr nicht hören«, sagte sie.

»Rowan, nimm den Smaragd ab«, sagte Petyr. Er stand am Fußende des Tisches. »Nimm ihn ab, Rowan. Du trägst ihn um den Hals. Nimm ihn ab!«

Den Smaragd?

Sie schlug die Augen auf. Der Traum verlor seine Spannkraft wie ein straffer Seidenschleier, der sich plötzlich flatternd losreißt. Die Dunkelheit schien lebendig ringsumher.

Ganz langsam erhellten sich vertraute Gegenstände. Die Schranktüren, der Tisch am Bett, Michael, ihr geliebter Michael, der neben ihr schlief.

Sie spürte etwas Kaltes auf ihrer nackten Brust, spürte den Gegenstand in ihren Haaren, und sie wußte, was es war.

»O Gott!« Sie schlug die linke Hand vor den Mund, aber den kurzen Aufschrei konnte sie nicht mehr zurückhalten, und mit der Rechten riß sie sich das Ding vom Hals wie ein widerliches Insekt.

Vornübergebeugt saß sie im Bett und starrte in ihre Hand. Wie ein grüner Blutstropfen... Der Atem blieb ihr im Halse stecken. Sie sah, daß sie die alte Kette zerrissen hatte. Ihre Hand zitterte unbeherrscht.

Hatte Michael ihren Aufschrei gehört? Er rührte sich nicht einmal, als sie sich an ihn lehnte.

»Lasher!« wisperte sie, und ihre Augen bewegten sich hin und her, als könne sie ihn irgendwo im Dunkeln entdecken. »Willst du mich zwingen, dich zu hassen!« Ihre Worte waren ein bloßes Zischen. Für eine Sekunde war der Traum wieder lebendig, als habe sich der Schleier noch einmal gesenkt. Die Ärzte verließen den Tisch.

»Geschafft, Rowan. Hervorragend, Rowan.«

»Eine neue Ära, Rowan.«

»Ganz einfach wunderbar, meine Liebe«, sagte Lemle.

»Wirf ihn weg, Rowan«, sagte Petyr.

Sie schleuderte den Smaragd über das Fußende. Irgendwo im kleinen Korridor fiel er mit einem stumpfen, ohnmächtigen kleinen Geräusch auf den Teppich.

Sie schlug die Hände vors Gesicht, und dann betastete sie fieberhaft ihren Hals und ihre Brüste, als habe das verfluchte Ding eine Schicht Staub oder Schmiere auf ihr hinterlassen.

»Ich hasse dich dafür«, zischte sie in die Dunkelheit. »Ist es das, was du willst?«

Weit hinten hörte sie ein Seufzen, ein Rascheln. Durch die hintere Korridortür konnte sie gerade noch die Gardinen im Wohnzimmer vor dem Lichtschein der Straße erkennen; sie bewegten sich, als wehten sie in einem leisen Luftzug, und das war das Geräusch, das sie gehört hatte, oder?

Das und der langsam gemessene Gesang von Michaels Atem. Sie kam sich albern vor, weil sie den Stein weggeworfen hatte. Mit angezogenen Knien, die Hände vor den Mund gedrückt, starrte sie in die Dunkelheit.

Warum hast du solche Angst?

Sie stand auf, zog ihren Bademantel an und ging barfuß in den Korridor. Michael schlief ungestört im Bett weiter.

Sie hob den Edelstein auf und wickelte sorgfältig die beiden Enden der zerrissenen Kette um ihn herum. Es kam ihr furchtbar vor, daß sie diese zarten, antiken Glieder zerrissen hatte.

»Aber es war dumm von dir, das zu tun«, flüsterte sie. »Jetzt werde ich ihn nie mehr anlegen. Nicht freiwillig.«

Mit einem leisen Knarren der Sprungfedern drehte Michael sich im Bett um. Hatte er etwas geflüstert? Ihren Namen vielleicht?

Lautlos schlich sie zurück ins Schlafzimmer; dort sank sie auf die Knie, wühlte ihre Handtasche aus einer Ecke des Schrankes und stopfte den Smaragd mit der Kette in ein seitliches Reißverschlußfach.

Sie zitterte nicht mehr. Aber auf alchimistischem Weg hatte ihre Angst sich restlos in Wut verwandelt. Und sie wußte, sie konnte jetzt nicht mehr schlafen.

Als die Sonne aufging, saß sie allein im Wohnzimmer und dachte an all die alten Porträts im Haus – die, die sie durchgesehen, saubergewischt und für das Aufhängen vorbereitet hatte, die ganz alten, die sie noch identifizieren konnte, auch wenn niemand sonst in der Familie mehr wußte, wen sie darstellten. Charlotte mit ihrem blonden Haar, so stark verblaßt unter dem Firnis, daß sie aussah wie ein Gespenst. Jeanne Louise, mit ihrem Zwillingsbruder hinter sich. Und die grauhaarige Marie Claudette, hinter der im Bild ein kleines Gemälde von Riverbend an der Wand hing.

Alle trugen sie den Smaragd. So viele Bilder von einem einzigen Juwel... Sie schloß die Augen und döste auf der Samtcouch; sie sehnte sich nach Kaffee, aber sie war noch zu schläfrig, um welchen zu kochen. Sie hatte geträumt, bevor die Sache passiert war; aber was war es gewesen? Es hatte mit dem Krankenhaus zu tun und mit einer Operation, und jetzt konnte sie sich nicht mehr erinnern. Lemle war dagewesen. Lemle, den sie so sehr haßte...

Und die Iris mit dem dunklen Schlund, die Lasher gemacht hatte...

Ja, ich kenne deine Tricks. Du hast sie aufschwellen und von ihrem Stiel brechen lassen, nicht wahr? Oh, niemandem ist wirklich klar, wieviel Macht du hast. Kannst ganze Blätter aus dem Stiel einer toten Rose sprießen lassen. Woher nimmst du deine hübsche Gestalt, wenn du erscheinst, und warum tust du es nicht für mich? Hast du Angst, daß ich dich in alle vier Winde zerstieben lasse? Daß du nie wieder die Kraft haben wirst, dich zu sammeln?

Sie träumte schon wieder, oder? Eine Blume, die sich verwandelte wie diese Iris, die sich vor ihren Augen veränderte, deren Zellen sich tatsächlich vermehrten und mutierten...

Ja, sie träumte. Alle wandelten in den Hallen von Leiden. Wissen Sie nicht, was sie mit Michael Servetus im calvinistischen Genf getan haben, als er im Jahr 1553 den Blutkreislauf akkurat beschrieben hatte: Sie haben ihn auf dem Scheiterhaufen verbrannt und alle seine ketzerischen Bücher mit ihm. Sehen Sie sich vor, Dr. van Abel.

Ich bin keine Hexe.

Natürlich, das ist niemand von uns. Es ist nur eine Frage der dauernden Neubewertung unseres Konzepts der *Natur*gesetze.

An den Rosen war nichts Natürliches.

Und jetzt die Luft hier drin, die Art, wie sie sich bewegte, wie sie die Gardinen erfaßte und zum Tanzen brachte, wie sie die Papiere vor ihr auf dem Couchtisch in Unordnung brachte und sogar die Haare hob und ihr den Kopf kühlte. Deine Tricks. Sie hatte jetzt genug von diesem Traum. Stehen die Patienten in Leiden nach der Anatomiestunde immer auf und spazieren davon?

Aber du wagst nicht, dich zu zeigen, wie?

Sie traf sich um zehn mit Ryan und berichtete ihm von ihren Heiratsplänen: sie bemühte sich, es sachlich und endgültig klingen zu lassen, um so wenige Fragen wie möglich zu provozieren.

»Und ich möchte dich um einen Gefallen bitten«, sagte sie dann und nahm die Smaragdkette aus ihrer Handtasche. »Könntest du dies in einen Tresor legen? Einfach wegschließen, so daß es niemand mehr in die Hände bekommen kann?«

»Natürlich. Ich kann's hier im Büro verwahren«, sagte er. »Aber, Rowan, es gibt ein paar Dinge, die ich dir wohl erklären sollte. Dieses Vermächtnis ist sehr alt – du mußt jetzt ein wenig Nachsicht haben. Die Vorschriften und Klauseln sind etwas wunderlich und bizarr, aber gleichwohl unmißverständlich. Es ist leider unumgänglich, daß du den Smaragd bei deiner Hochzeit trägst.«

»Das ist nicht dein Ernst.«

»Dir ist natürlich klar, daß diese kleinen Verfügungen höchstwahrscheinlich sehr leicht gerichtlich anfechtbar sind; aber bei ihrer buchstabengetreuen Befolgung geht es – und ging es zu allen Zeiten – darum, auch nur die entfernteste Möglichkeit zu vermeiden, daß irgend jemand irgendwann im Lauf der Geschichte das Vermächtnis anficht. Bei einem Privatvermögen dieses Umfangs und dieser...«

Und so ging es im vertrauten Anwaltston immer weiter. Aber sie hatte verstanden. Lasher hatte diese Runde gewonnen. Lasher kannte die Bedingungen des Vermächtnisses, nicht wahr? Er hatte ihr einfach das entsprechende Hochzeitsgeschenk gemacht.

Ihr Zorn war kalt und dunkel und isolierte sie von allem, wie er es immer getan hatte, wenn er am schlimmsten gewesen war. Sie starrte aus dem Bürofenster, ohne den sanften Wolkenhimmel oder den tiefen, gewundenen Einschnitt des Flusses dort unten zu sehen.

»Ich werde die Goldkette reparieren lassen«, sagte Ryan. »Sie ist anscheinend gerissen.«

38

Niemanden schien die Neuigkeit zu überraschen. Aaron trank beim Frühstück auf ihr Wohl und ging dann wieder an seine Arbeit in der Bibliothek in der First Street, wo er auf Rowans Einladung die seltenen Bücher katalogisierte.

Ryan mit den kalten blauen Augen und der geschmeidigen Zunge kam am Donnerstag nachmittag vorbei, um Michael die Hand zu schütteln. In freundlichem Plauderton machte er mit wenigen Worten klar, daß er von Michaels Erfolg beeindruckt war – was nur bedeuten konnte, daß er Michael durch die üblichen Finanzkanäle hatte überprüfen lassen, als hätte er sich um einen Job beworben.

»Es ist alles ein bißchen ärgerlich, da bin ich sicher«, gab er schließlich zu, »wenn wir den Verlobten der designierten Erbin des Vermächtnisses durchleuchten lassen, aber Sie müssen wissen, daß ich in diesen Dingen im Grunde keine Wahl habe...«

»Es stört mich nicht«, sagte Michael und lachte leise. »Wenn Sie irgend etwas wissen möchten und nicht herausfinden konnten, fragen Sie nur.«

»Nun, die erste Frage wäre: Wie haben Sie es zu solchem Wohlstand bringen können, ohne ein Verbrechen zu begehen?«

Michael tat die Schmeichelei mit einem Lachen ab. »Wenn Sie dieses Haus in zwei Monaten sehen, werden Sie es verstehen«, sagte er. Aber er war nicht so töricht, zu glauben, daß sein bescheidenes Vermögen diesen Mann wirklich beeindruckt hatte. Was waren denn zwei Millionen in Standardaktien, verglichen mit dem Mayfair-Vermächtnis? Nein, das war ein kleiner Seitenhieb auf seine Abstammung gewesen – auf die Tatsache, daß er auf der anderen Seite der Magazine Street auf die Welt gekommen war und daß sein Tonfall immer noch nach dem Irish Channel klang. Aber Michael war zu lange an der Westküste gewesen, um sich über so etwas noch den Kopf zu zerbrechen.

Sie spazierten zusammen über den frischgemähten Rasen. Neue Buchsbäumchen, klein und stramm, waren überall im Garten angepflanzt. Man konnte jetzt die Blumenbeete wieder sehen, wie sie ein Jahrhundert zuvor angelegt worden waren, und man sah auch die kleinen griechischen Statuen, die an den vier Ecken aufgestellt waren. Tatsächlich kam der ganze klassische Plan der Anlage wieder zum Vorschein.

Beatrice, höchst dramatisch ausstaffiert mit einem ausladenden pinkfarbenen Hut und einer großen, viereckigen silbergerahmten Brille, traf sich um zwei mit Rowan, um die Einzelheiten der Hochzeit zu besprechen. Rowan hatte den Termin für den Donnerstag der nächsten Woche angesetzt. »In nicht einmal vierzehn Tagen?« rief Beatrice erschrocken aus. Nein, man mußte doch alles richtig machen. War Rowan etwa nicht klar, was diese Heirat für die Familie bedeutete? Aus Atlanta und aus New York würden die Leute kommen.

Vor Ende Oktober ließe sich da nichts machen. Und sicher wollte Rowan doch, daß die Renovierung des Hauses vorher abgeschlossen wäre. Es bedeutete allen so viel, das Haus in seiner alten Pracht wiederzusehen.

Also schön, willigte Rowan ein; vermutlich konnten sie und Michael noch so lange warten – vor allem, wenn es bedeutete, daß sie und Michael ihre Hochzeitsnacht im Haus verbringen und den Empfang dort abhalten konnten.

Auf jeden Fall, sagte Michael; damit hätte er noch fast acht volle Wochen, um alles auf Vordermann zu bringen. Das Erdgeschoß und die vorderen Schlafzimmer im ersten Stock könnten bis dahin unter allen Umständen fertig sein.

»Das wäre dann eine Doppelfeier, nicht wahr?« meinte Bea. »Eure Hochzeit und die Wiedereröffnung des Hauses. Ach, Kinder, ihr werdet alle so glücklich machen.«

Und, jawohl, jeder einzelne Mayfair auf der Welt müsse eingeladen werden. Bea wandte sich wieder ihrer Liste zu. Das Haus konnte tausend Personen bewirten, wenn man Zelte am Pool und auf dem Rasen aufstellte.

Ja, es würde werden wie in alten Zeiten, wie bei Mary Beth. Ob Rowan ein paar Photos von den alten Partys sehen wollte, die vor Stellas Tod hier gegeben worden waren?

»Wir werden alle diese Photos für den Empfang sammeln«, sagte Rowan. »Es wird eine Wiedersehensfeier für die ganze Familie. Wir stellen die Photos aus, damit alle ihren Spaß daran haben.«

»Das wird wunderbar.«

Plötzlich griff Beatrice nach Michaels Hand. »Darf ich Ihnen eine Frage stellen, Darling? Jetzt, wo Sie praktisch zur Familie gehören? Weshalb, um alles in der Welt, tragen Sie diese greulichen Handschuhe?«

»Ich sehe Dinge, wenn ich jemanden anfasse«, sagte er, bevor er sich besinnen konnte.

Ihre großen grauen Augen strahlten. »Oh, das ist ja faszinierend. Wußten Sie, daß Julien diese Gabe auch hatte? So hat man es mir jedenfalls erzählt. Und Mary Beth auch. Oh, Darling, bitte erlauben Sie...« Sie begann das Leder hochzurollen, und ihre langen, pinkfarbenen, mandelförmigen Fingernägel kratzten sanft über seine Haut. »Bitte? Darf ich? Sie haben nichts dagegen?« Sie zog den Handschuh ganz ab und hielt ihn mit triumphierendem, aber doch unschuldsvollem Lächeln in die Höhe.

wöhnt hatte, wenn er hier allein war, griff zu Stift und Notizbuch und begann zu schreiben.

»Ja, es war ein kleiner konstruktiver Einsatz meiner Gabe, glaube ich. Denn die Bilder waren der Botschaft untergeordnet. Ich bin nicht sicher, daß das schon einmal passiert ist, nicht einmal an dem Tag, als ich die Gläser berührte. Da waren Bilder und Botschaften vermischt, und Lasher sprach direkt mit mir, aber es war alles miteinander vermengt. Heute war es völlig anders.«

Und wenn er nun heute abend beim Essen Ryans Hand berührte, wenn sie unten im »Caribbean Room« bei Kerzenschein um den runden Tisch versammelt wären? Was würde die innere Stimme dann wohl sagen? Zum erstenmal merkte er, daß er darauf brannte, sein Talent zu benutzen. Vielleicht, weil das kleine Experiment mit Beatrice so gut geklappt hatte.

Er mochte Beatrice. Vielleicht hatte er nur gesehen, was er sehen wollte. Einen normalen Menschen, einen Teil jener großen Woge der Wirklichkeit, die ihm und Rowan so viel bedeutete.

Und schon bald wäre er verheiratet – »o Gott, ich muß Tante Viv anrufen. Sie wird so enttäuscht sein, wenn ich sie nicht anrufe.«

Er legte das Photo auf Rowans Nachttisch, damit sie es sich ansehen könnte.

Eine hübsche Blume lag dort, eine weiße Blume, die aussah wie eine gewöhnliche Lilie, aber doch irgendwie anders. Er nahm sie in die Hand, betrachtete sie, versuchte herauszufinden, warum sie so merkwürdig aussah, und erkannte dann, daß sie sehr viel länger war als alle Lilien, die er je gesehen hatte, und daß die Blüte ungewöhnlich zart erschien.

Hübsch. Rowan mußte sie gepflückt haben, als sie vom Haus herüberspaziert war.

Er ging ins Bad, füllte ein Glas mit Wasser, stellte die Lilie hinein und trug sie zurück zum Nachttisch.

Daß er Ryans Hand hatte berühren wollen, fiel ihm erst wieder ein, als das Dinner längst vorbei war und er wieder allein oben bei seinen Büchern saß. Beim Essen hatte er sich zu gut unterhalten; der junge Pierce hatte sie mit alten Legenden aus New Orleans – Geschichten, an die er sich erinnerte, aber die Rowan noch nie gehört hatte – und mit lustigen Anekdoten über diverse Verwandte entzückt, alles auf eine natürliche und bezaubernde Art locker miteinander verbunden.

Und natürlich war das ganze Dinner für ihn auch einer von jenen Augenblicken heimlicher Genugtuung gewesen – wenn er an seine Kindheit dachte und an Tante Viv, die aus San Francisco hergekommen war, um seine Mutter zu besuchen, und er zum allerersten Mal in einem richtigen Restaurant gegessen hatte: im »Caribbean Room«.

Und wenn er daran dachte, daß Tante Viv noch vor dem nächsten Wochenende hier sein würde . . . Sie war verblüfft gewesen, aber sie kam. Ihm war ein Stein vom Herzen gefallen.

Gegen Mitternacht klappte er seine Architekturbücher zu und ging ins Schlafzimmer. Rowan wollte eben das Licht löschen.

»Rowan«, sagte er, »wenn du dieses Ding sehen würdest, dann würdest du es mir sagen, oder?«

»Wovon redest du, Michael?«

»Wenn du Lasher sehen würdest, dann würdest du es mir sagen. Sofort.«

»Selbstverständlich«, sagte sie. »Wie kommst du auf diese Frage? Leg doch deine Bildbände weg und komm ins Bett.«

Er sah, daß Deborahs Bild hinter der Lampe aufrecht stand. Und die hübsche weiße Lilie stand im Wasserglas davor.

»Sie war hübsch, nicht wahr?« sagte Rowan. »Vermutlich wird nichts auf der Welt die Talamasca dazu bewegen können, sich von dem Original zu trennen.«

»Ich weiß nicht«, sagte er. »Aber wahrscheinlich nicht. Weißt du, die Blume da ist wirklich bemerkenswert. Als ich sie heute nachmittag ins Glas stellte, hätte ich schwören können, daß sie nur eine Blüte hatte, und jetzt sind es drei große, schau. Ich muß die Knospen übersehen haben.«

Sie machte ein verwirrtes Gesicht, und vorsichtig hob sie die Blume aus dem Wasser und betrachtete sie. »Was für eine Sorte Lilie ist das?« fragte sie.

»Nun, es muß eine Art Osterlilie sein; aber die blühen nicht um diese Jahreszeit. Ich weiß nicht, wie sie heißt. Woher hast du sie?«

»Ich? Ich sehe sie jetzt zum erstenmal.«

»Ich dachte, du hättest sie irgendwo gepflückt.«

»Nein.«

Ihre Blicke trafen sich. Sie schlug zuerst die Augen nieder, hob langsam die Brauen und legte dann den Kopf ein wenig schräg. »Vielleicht ein kleines Geschenk von jemandem.«

»Warum werfe ich sie nicht einfach weg?« fragte er.

»Reg dich nicht auf, Michael. Es ist nur eine Blume. Er steckt voller kleiner Tricks, weißt du noch?«

»Ich rege mich nicht auf, Rowan. Es ist bloß – sie verwelkt ja schon. Schau sie dir an; sie wird braun, und sie sieht unheimlich aus.«

»Also gut«, sagte sie sehr ruhig. »Wirf sie weg.« Sie lächelte. »Aber mach dir keine Sorgen.«

»Selbstverständlich nicht. Was für einen Grund gäbe es auch? Nur einen dreihundert Jahre alten Dämon mit einem eigensinnigen Kopf, der Blumen durch die Luft fliegen lassen kann. Warum soll ich nicht überglücklich sein, wenn eine merkwürdige Lilie aus dem Nichts erscheint? Verdammt, vielleicht hat er's ja für Deborah getan. Wie nett von ihm!«

Er wandte sich ab und starrte das Photo an. Wie hundert andere Rembrandt-Figuren schien auch seine dunkelhaarige Deborah seinen Blick zu erwidern.

Er erschrak, als Rowan leise lachte. »Weißt du, du bist niedlich, wenn du wütend bist. Aber es gibt wahrscheinlich eine völlig harmlose Erklärung dafür, wie die Blume hierher gekommen ist.«

»Ja, das sagen sie im Kino auch immer«, erwiderte er. »Und das Publikum weiß, daß es nicht stimmt.«

Er trug die Lilie ins Badezimmer und warf sie in den Abfalleimer. Sie verwelkte wirklich schon. Keine Verschwendung also, wo immer sie herkommen mag, dachte er.

Sie wartete auf ihn, als er herauskam, die Arme verschränkt, mit sehr heiterem und sehr einladendem Blick. Er vergaß seine Bücher im Wohnzimmer.

Am nächsten Abend ging er allein hinüber zur First Street. Rowan war mit Cecilia und Clancy Mayfair unterwegs; sie machten eine Runde durch die schicken Einkaufspassagen der City.

Das Haus war still und leer, als er dort ankam. Sogar Eugenia war haute abend mit ihren beiden Söhnen und deren Kindern ausgegangen. Er hatte das ganze Haus für sich.

Er ging in den Salon und starrte lange auf sein schattendunkles Bild im Spiegel über dem ersten Kamin. Der rote Lichtpunkt seiner Zigarette, die wie ein Glühwürmchen im Finstern glomm, war der einzige Farbtupfer in der Düsternis.

Ein solches Haus ist nie ganz still, dachte er. Auch jetzt hörte er die leise Musik des Knarrens und Ächzens in den Balken und alten Fußbodendielen. Man hätte schwören können, daß dort oben jemand herumging, wenn man es nicht besser gewußt hätte. Oder daß ganz hinten in der Küche eben jemand eine Tür zugemacht hatte. Und dieses komische Geräusch – es klang wie ein weinendes Baby, weit, weit weg.

Langsam ging er durch das Eßzimmer zurück, durch die halbdunkle Küche und durch die Verandatür nach draußen. Weiches Licht durchflutete den Abend; es kam von den Laternen an der frisch renovierten Badehütte und von den Unterwasserstrahlern im Pool.

Der Pool war vollständig wiederhergestellt und randvoll mit Wasser. Sehr glamourös sah es aus, dieses langgestreckte Rechteck von tiefblauem Wasser, das sich dort in der Dämmerung blinkend kräuselte.

Er ging in die Knie und steckte die Hand ins Wasser. Eigentlich ein bißchen zu warm für das Wetter Anfang September; wenn man es sich recht überlegte, war es ja nicht kühler als im August. Aber es war gut, wenn man im Dunkeln schwimmen wollte.

Er hatte eine Idee. Warum nicht jetzt mal in den Pool steigen? Irgendwie kam es ihm unrecht vor, ohne Rowan – der erste Sprung ins Wasser war einer jener Augenblicke, die sie gemeinsam erleben sollten. Aber zum Teufel damit – Rowan amüsierte sich sicher prächtig mit Cecilia und Clancy. Und das Wasser war so verlockend. Seit Jahren hatte er in keinem Pool mehr geschwommen.

Er schaute hoch zu den wenigen erleuchteten Fenstern in der dunkel violetten Wand des Hauses. Es war niemand da, der ihn hätte sehen können. Rasch schälte er sich aus Jackett, Hemd und Hose und streifte Schuhe und Socken ab. Dann die Shorts. Er ging ans tiefe Ende und sprang ohne einen weiteren Gedanken kopfüber hinein.

Gott! das nannte man Leben! Er tauchte hinunter, bis er mit den Händen den tiefblauen Grund berührte, und drehte sich dann um, so daß er das Licht an der Oberfläche glitzern sah.

Er schoß nach oben, ließ sich vom natürlichen Auftrieb über den Wasserspiegel tragen, schüttelte den Kopf und schaute wassertretend hinauf zu den Sternen. Lärm hallte ringsumher! Gelächter, Geplauder, Leute,die in lautem, lebhaftem Ton miteinander redeten – und über allem das temporeiche Trompeten einer Dixieland-Band.

Erstaunt drehte er sich um und sah, daß Lampions wie Perlen an Schnüren über dem Rasen hingen, und es wimmelte von Menschen. Überall tanzten junge Paare auf den Steinplatten und sogar auf dem Rasen. Jedes Fenster im Haus war erleuchtet. Ein junger Mann im schwarzen Smoking sprang plötzlich dicht vor ihm in den Pool, und das heftig aufspritzende Wasser nahm ihm die Sicht.

Das Wasser füllte plötzlich seinen Mund. Der Lärm wurde ohrenbetäubend. Am hinteren Ende des Pools stand ein alter Mann im Frack und mit weißer Krawatte, der ihm zuwinkte.

»Michael!« schrie der alte Mann. »Kommen Sie hier weg, Mann, bevor es zu spät ist!«

Ein britischer Akzent: Es war Arthur Langtry. Mit schnellen Schwimmbewegungen strebte Michael dem hinteren Ende des Bassins zu, aber schon nach drei Zügen ging ihm die Luft aus.

Ein scharfer Schmerz fuhr ihm durch die Rippen, und er schwenkte seitwärts ab. Als er den Beckenrand erfaßt und dort Halt gefunden hatte, war die Nacht leer und still.

Einen Augenblick tat er gar nichts. Keuchend hing er an der Kante, versuchte sein rasendes Herz zu beruhigen und wartete darauf, daß der Schmerz in seiner Lunge nachließ. Seine Blicke wanderten dabei über die leere Terrasse, die dunklen Fenster, den einsamen Rasen.

Dann kletterte er mühsam aus dem Pool. Sein Körper fühlte sich unglaublich schwer an, und trotz der Wärme war ihm kalt. Fröstelnd blieb er stehen; dann ging er in die Badehütte und griff nach einem der schmutzigen Handtücher, die er tagsüber benutzte, wenn er hier hereinkam, um sich die Hände zu waschen. Er frottierte sich ab und ging wieder hinaus, und er blickte über den leeren Garten zum dunklen Haus hinüber. Die frisch gestrichenen violetten Wände hatten jetzt genau die gleiche Farbe wie der Abendhimmel.

Sein eigener geräuschvoller Atem war der einzige Laut in der Stille. Aber der Schmerz in seiner Brust war vergangen, und er zwang sich, ein paarmal langsam und tief durchzuatmen.

Hatte er Angst? War er wütend? Er wußte es ehrlich nicht. Vielleicht hatte er eine Art Schock erlitten. Auch das konnte er nicht mit Sicherheit sagen. Auf alle Fälle hatte er wieder das Gefühl, einen Dauerlauf hinter sich zu haben, und jetzt bekam er auch Kopfschmerzen. Er raffte seine Kleider auf und zog sich an; aber er lehnte es ab, sich zu beeilen, lehnte es ab, sich vertreiben zu lassen.

Dann saß er eine ganze Weile auf der geschwungenen Eisenbank, rauchte eine Zigarette und studierte seine Umgebung. Er versuchte, sich genau zu erinnern, was er gesehen hatte. Stellas letzte Party. Arthur Langtry.

Wieder einer von Lashers Tricks?

Weit hinten, auf der anderen Seite des Rasens, am vorderen Zaun zwischen den Kamelien, schien sich jemand zu bewegen. Schritte hallten herüber. Aber es war nur ein Abendspaziergänger, vielleicht jemand, der zwischen den Blättern hindurchspähte.

Er lauschte, bis er die Schritte nicht mehr hörte, und dann bemerkte er, daß er das klickende Räderrauschen eines vorüberfahrenden Zuges unten am Fluß vernahm, ganz wie er es als Junge in der Annunciation Street hatte hören können. Und da war wieder das Geräusch, das klang wie ein weinendes Baby: Es war die Zugsirene.

Er stand auf, drückte die Zigarette aus und kehrte ins Haus zurück. »Du machst mir keine angst«, sagte er obenhin. »Und ich glaube nicht, daß es Arthur Langtry war.«

Hatte da jemand in der Dunkelheit geseufzt? Er drehte sich um. Hinter ihm war nur das leere Eßzimmer. Nur die hohe schlüssellochförmige Tür zum Flur. Er ging weiter und machte sich nicht die Mühe, seine Schritte zu dämpfen; laut und aufdringlich ließ er sie durch das Haus hallen.

Wieder im Hotel angekommen, rief er Aaron vom Foyer aus an und bat ihn, auf einen Drink in die Bar herunterzukommen. Es war ein angenehmes kleines Lokal, gleich vorn am Eingang, mit ein paar gemütlichen Tischen, matt erleuchtet und nur selten voll.

Sie setzten sich an einen Tisch in der Ecke. Er kippte ein halbes Bier in Rekordzeit und berichtete Aaron, was passiert war. Er beschrieb auch den grauhaarigen alten Mann. »Wissen Sie, ich möchte es Rowan eigentlich gar nicht erzählen«, gestand er.

»Warum nicht?«

»Weil sie es nicht wissen will. Sie will mich nicht aufgeregt sehen. Es macht sie wahnsinnig. Sie bemüht sich, verständnisvoll zu sein, aber die Dinge wirken einfach anders auf sie. Ich drehe durch. Sie wird wütend.«

»Erzählen Sie's ihr. Erzählen Sie ihr einfach und ruhig, was passiert ist. Zeigen Sie ihr nicht die Reaktion, über die sie sich aufregt – es sei denn natürlich, sie wollte es so. Aber verheimlichen Sie ihr nichts, Michael, vor allem nicht so etwas.«

Michael schwieg eine ganze Weile. Aaron hatte sein Glas fast ausgetrunken.

»Aaron – das Talent, das sie hat... gibt es eine Möglichkeit, es zu testen, damit zu arbeiten oder herauszufinden, wozu es imstande ist?«

Aaron nickte. »Ja, aber sie glaubt, daß sie ihr Leben lang damit gearbeitet und geheilt hat. Und sie hat recht. Was das negative Potential angeht, so will sie es nicht erst entwickeln; sie will es vollständig im Zaum halten.«

»Ja, aber man sollte doch meinen, sie würde ab und zu damit spielen wollen, in einer Laborsituation, sozusagen.«

»Irgendwann vielleicht. Im Moment, glaube ich, ist sie mit all ihren Gedanken bei ihrem medizinischen Zentrum. Wie Sie sagten, sie möchte mit ihrer Familie zusammensein und diese Pläne realisieren. Und ich muß zugeben, dieses ›Mayfair Medical‹ ist eine prachtvolle Idee. Ich glaube, auch Mayfair und Mayfair sind beeindruckt, selbst wenn es ihnen schwerfällt, das zuzugeben.« Aaron trank seinen Wein aus. »Wie geht's bei Ihnen?« Er deutete auf Michaels Hände.

»Oh, schon besser. Ich ziehe die Handschuhe immer öfter aus. Ich weiß nicht...«

»Und beim Schwimmen?«

»Ja, ich glaube, da habe ich sie auch ausgezogen. Gott, ich habe gar nicht drüber nachgedacht. Ich... Sie glauben doch nicht, daß es damit etwas zu tun hatte, oder?«

»Nein, das glaube ich nicht. Aber ich denke, Sie haben durchaus recht mit Ihrer Vermutung, daß es vielleicht nicht Langtry war. Es ist vielleicht nur ein Gefühl, aber ich glaube nicht, daß Langtry auf diese Weise versuchen würde, zu uns durchzudringen. Aber erzählen Sie's Rowan. Sie wollen doch auch, daß Rowan völlig ehrlich zu Ihnen ist, oder? Erzählen Sie ihr alles.«

Er wußte, daß Aaron recht hatte. Er war fürs Dinner angezogen und wartete im Wohnzimmer der Suite, als Rowan hereinkam. Er machte ihr ein Club Soda mit Eis und berichtete dabei so kurz wie möglich von seinem Erlebnis.

Sofort sah er die bange Unruhe in ihrer Miene. Es war fast eine Enttäuschung, daß es wieder etwas Häßlichem, Dunklem, Furchtbarem gelungen war, ihr beinahe störrisches Gefühl, daß alles gut gehe, zu beeinträchtigen. Anscheinend wußte sie nicht, was sie sagen sollte. Sie saß auf der Couch neben einem Berg von Paketen, die sie mitgebracht hatte, und rührte ihren Drink nicht an.

»Ich glaube, es war einer von seinen Tricks«, meinte Michael. »Das Gefühl hatte ich. Die Lilie, das war auch so ein Trick. Ich denke, wir sollten uns einfach nicht beirren lassen.«

Das war es doch, was sie hören wollte, oder?

»Ja, genau das sollten wir tun«, sagte sie leicht gereizt. »Hat es... hat es dich aufgeregt? Ich könnte mir vorstellen, daß ich verrückt geworden wäre, wenn ich so etwas gesehen hätte.«

»Nein«, sagte er. »Es war ein Schock. Aber irgendwie faszinierend. Ich glaube, es hat mich wütend gemacht. Irgendwie hatte ich... na ja, ich hatte einen von diesen Anfällen, irgendwie...«

»O Gott, Michael.«

»Nein, nein, bleiben Sie sitzen, Dr. Mayfair. Mir fehlt nichts. Nur, wenn so etwas passiert, kommt es zu einer Art Überanstrengung, einer systematischen Reaktion des Gesamtorganismus oder so was. Ich weiß es nicht. Vielleicht habe ich Angst und weiß es nicht. Das ist es wahrscheinlich. Als Kind war ich einmal auf der Achterbahn in Pontchartrain Beach. Wir kamen ganz oben an, und ich dachte mir, ein einziges Mal fährst du runter, ohne dich anzuspannen. Ich fahre einfach völlig entspannt die Steilbahn runter. Na, und da ist etwas sehr Merkwürdiges passiert. Ich bekam Krämpfe in Brust und Bauch. Solche Schmerzen! Es war, als ob mein Körper sich für mich anspannte, ohne meine Erlaubnis. So ähnlich war es jetzt auch. Nein, es war genauso!«

Sie schien tatsächlich innerlich zu kochen. Mit verschränkten Armen, die Lippen zusammengepreßt, saß sie da und kochte. Schließlich sagte sie mit leiser Stimme: »Leute sterben durch Herzanfälle auf Achterbahnen. Ganz so, wie sie auch durch andere Formen von Streß sterben.«

»Ich werde nicht sterben.«

»Wieso bist du so sicher?«

»Weil ich es schon getan habe«, sagte er. »Und ich weiß, jetzt ist nicht die Zeit dafür.«

Sie lachte kurz und bitter. »Sehr komisch.«

»Es ist mein voller Ernst.«

»Geh nie wieder allein dort hinüber. Gib ihm keine Gelegenheit mehr, so etwas mit dir zu machen.«

»Blödsinn, Rowan! Ich habe keine Angst vor dem verdammten Ding. Außerdem gehe ich gern hinüber. Und...«

»Und was?«

»Das Ding wird sich früher oder später zeigen.«

»Und wieso bist du so sicher, daß es Lasher war?« fragte sie in ruhigem Ton. Ihr Gesicht war plötzlich ganz glatt. »Wenn es nun tatsächlich Langtry war, und wenn Langtry will, daß du mich verläßt?«

Er schnaubte abschätzig.

Aber sie war aufgestanden und steifbeinig hinausgegangen. Noch nie hatte er sie so erlebt. Einen Augenblick später war sie wieder da, und sie hielt ihre schwarze Ledertasche in der Hand.

»Knöpf dein Hemd auf, ja?« Sie zog ihr Stethoskop hervor.

»Was! Das soll wohl ein Witz sein?«

Sie blieb vor ihm stehen, hielt das Stethoskop in der Hand und starrte zur Decke. Dann senkte sie den Blick und sah ihn lächelnd an. »Wir werden jetzt Doktor spielen, okay? Also, knöpf dein Hemd auf!«

»Nur, wenn du deins auch aufknöpfst.«

»Versuch nicht, mich zum Lachen zu bringen. Atme langsam und tief ein.«

Er gehorchte. »Und was hörst du da drin?«

Sie richtete sich auf, rollte das Stethoskop um eine Hand zusammen und steckte es wieder in die Tasche. Dann setzte sie sich neben ihn und legte zwei Finger an sein Handgelenk.

»Na?«

»Anscheinend okay. Ich höre keine Nebengeräusche. Keine angeborenen Probleme, keine Dysfunktion, keine Schwächen irgendwelcher Art.«

»Das ist eben der gute alte Michael Curry!« behauptete er. »Und was sagt dein sechster Sinn?«

Sie streckte die Hände aus und legte sie ihm an den Hals, schob die Finger in seinen offenen Kragen und streichelte sanft seine Haut. Es war so sanft und so ganz anders als die Art, wie sie ihn sonst berührte, daß es ihm kühl über den Rücken rieselte und die Leidenschaft in ihm zu einem jähen, überraschenden Feuer aufloderte.

Er war nur noch einen Schritt davon entfernt, zum reinen Tier zu werden, als er so dasaß, und sie mußte es spüren. Aber ihr Gesicht war wie eine Maske. Ihre Augen waren glasig, und sie war so still und starrte ihn an, daß es ihn fast beunruhigte.

»Rowan?« flüsterte er.

Langsam zog sie ihre Hände zurück. Anscheinend war sie wieder sie selbst, und sie ließ ihre Finger spielerisch und mit nervenaufreibender Sanftheit in seinen Schoß fallen. Sie strich über die Wölbung in seiner Jeans.

»Also, was sagt dein sechster Sinn?« wiederholte er und widerstand dem Drang, ihr auf der Stelle die Kleider vom Leib zu reißen.

»Daß du der schönste, verführerischste Mann bist, mit dem ich je im Bett gewesen bin«, antwortete sie träge. »Daß es eine erstaunlich intelligente Idee war, mich in dich zu verlieben. Daß unser erstes Kind unglaublich hübsch und intelligent und stark sein wird.«

»Willst du mich auf den Arm nehmen? Das hast du doch nicht wirklich gesehen?«

»Nein. Aber es wird so kommen«, sagte sie, und sie legte ihm eine Hand auf die Schulter. »Wunderbare Dinge werden geschehen.« Sie schmiegte sich an ihn. »Denn wir werden dafür sorgen, daß sie geschehen. Laß uns da rübergehen und etwas Wunderbares geschehen lassen, unter der Bettdecke.«

Am Wochenende fand bei Mayfair und Mayfair die erste ernsthafte Konferenz über das medizinische Zentrum statt. In der Diskussion mit Rowan wurde entschieden, mehrere koordinierte Studien über die Durchführbarkeit eines derartigen Zentrums, seine optimale Größe und die beste Lage in New Orleans in Auftrag zu geben.

Rowan arbeitete hart; sie las Bücher über die technische Seite des Krankenhauswesens in Amerika. Stundenlang führte sie Ferngespräche mit Larkin, ihrem alten Chef, und mit anderen Ärzten überall im Lande und bat um Vorschläge und Ideen.

Bald wurde ersichtlich, daß selbst ihre grandiosesten Träume mit einem Bruchteil des Kapitalvermögens realisiert werden könnten, wenn das Kapital überhaupt berührt würde. Zumindest interpretierten Lauren und Ryan Mayfair ihre Träume so, und am besten ließ sie den Dingen auf dieser Basis ihren Lauf.

»Aber wenn erst eines Tages jeder Penny von diesem Geld in die Medizin fließen kann!« vertraute sie Michael insgeheim an. »In die Entwicklung von Impfstoffen und Herstellung von Antibiotika, von Operationsräumen und Krankenhausbetten!«

Die Renovierungsarbeiten verliefen so reibungslos, daß Michael Zeit fand, sich ein paar andere Häuser anzuschauen. Mitte September hatte er ein großes, tiefverschachteltes Geschäftshaus an der Magazine Street erworben, nur wenige Straßen weit von der First Street wie auch von seinem Geburtshaus entfernt. Es war ein altehrwürdiges Gebäude mit einer Wohnung über den Geschäftsräumen und einer eisernen Balkongalerie über dem Gehweg. Auch eines dieser vorzüglichen Baudenkmäler.

Ja, alles ging wunderbar, und es machte so viel Spaß. Der Salon war fast fertig. Etliche von Juliens chinesischen Teppichen und die prächtigen französischen Sessel waren wieder aufgestellt worden. Und die Standuhr funktionierte auch wieder.

Natürlich überhäufte die Familie sie mit Einladungen das Pontchartrain zu verlassen und bis zur Hochzeit bei diesem oder jenem zu wohnen. Aber sie fühlten sich nur allzu wohl in ihrer großen Suite über der St. Charles Avenue.

Außerdem wohnte Aaron immer noch über ihnen, und sie hatten ihn beide sehr ins Herz geschlossen. Ein Tag war nicht vollständig ohne einen Kaffee oder einen Drink oder wenigstens ein Schwätzchen mit Aaron. Und wenn ihm weitere Unfälle passierten, so sagte er nichts mehr davon.

Unterdessen war es Beatrice und Lily Mayfair gelungen, Rowan zu einer Hochzeit in Weiß in der Kirche Mariä Himmelfahrt zu überreden. Anscheinend schrieb das Vermächtnis eine katholische Trauung vor. Und die prunkvolle Ausstattung galt als absolut unentbehrlich für das Glück und die Zufriedenheit des ganzen Klans. Rowan war offenbar ganz froh, als sie schließlich nachgab.

Und Michael was insgeheim begeistert.

Das Ganze entzückte ihn mehr, als er zuzugeben wagte; er hatte im Leben nicht gehofft, je etwas von so traditioneller Eleganz zu erleben. Und natürlich unterlag so etwas der Entscheidung der Frau, und er hatte Rowan in keiner Weise unter Druck setzen wollen. Aber – ah! was für eine Vorstellung: eine formelle Hochzeit in Weiß in der Kirche, in der er als Kind Ministrant gewesen war!

Als die Tage kühler wurden und in einen wunderschönen wohlriechenden Oktober übergingen, erkannte er plötzlich, wie nah' ihr erstes gemeinsames Weihnachtsfest schon war, und daß sie es in dem neuen Haus verbringen würden. Was für einen Baum würden sie in den riesigen Salon stellen können! Tante Viv ließ ihm keine Ruhe wegen ihrer persönlichen Sachen, und er hatte ihr versprochen, dieser Tage rasch nach San Francisco zu fliegen und sie zu holen; aber er wußte, daß sie sich hier in ihrer neuen Eigentumswohnung wohlfühlte. Und die Mayfairs mochte sie auch.

Ja, Weihnachten, wie es in seiner Vorstellung immer hatte sein sollen: in einem herrlichen Haus, mit einem prächtigen Baum und einem Feuer im marmornen Kamin. Weihnachten.

Und unausweichlich kehrte die Erinnerung an Lasher in der Kirche zurück. Lashers unverkennbare Anwesenheit, vermischt mit dem Duft von Fichtennadeln und Kerzen und der Vision des gipsernen Jesuskindes, das lächelnd in der Krippe lag.

Warum hatte Lasher ihn damals so liebevoll angeschaut, an jenem längst vergangenen Tag, als er in der Kirche neben der Krippe erschienen war?

Warum das alles? Das war letzten Endes die Frage.

Vielleicht würde Michael die Antwort nie erfahren. Und vielleicht hatte er ja die Aufgabe, für die ihm das Leben zurückgegeben worden war, schon irgendwie erfüllt. Vielleicht war es nie um etwas anderes gegangen als darum, hierher zurückzukehren, Rowan zu lieben und glücklich mit ihr zusammen in diesem Haus zu leben.

Aber er wußte, daß es so einfach nicht sein konnte. So hatte es einfach keinen Sinn. Es wäre ja ein Wunder, wenn es immer so weiterginge. Ein Wunder – wie die Gründung von »Mayfair Medical« ein Wunder war und die Tatsache, daß Rowan ein Baby wollte und daß das Haus bald ihnen gehören würde ... und wie es ein Wunder war, wenn man einen Geist sah, einen Geist, der einen strahlend aus dem Chor einer Kirche anstarrte oder unter einer kahlen Myrte im Dunkel einer kalten Nacht.

39

Also schön, noch mal von vorn, dachte Rowan. Das war jetzt der – wievielte? Der fünfte Besuch zu Ehren des verlobten Paares? Da war Lilys Tee gewesen, Beatrices Lunch und Cecilias kleines Dinner im »Antoine's«. Und Laurens kleine Party in der Stadt, in dem hübschen alten Haus an der Esplanade Avenue.

Und jetzt ging es nach Metairie – zur Cortlands Haus, wie es immer noch hieß, obwohl schon seit Jahren Gifford und Ryan und ihr jüngster Sohn Pierce hier wohnten. Und der klare Oktobertag eignete sich perfekt für eine Gartenparty mit ungefähr zweihundert Gästen.

Was machte es schon, daß die Hochzeit schon in zehn Tagen stattfinden würde, am zwölften November, am Allerheiligen? Die Mayfairs würden bis dahin noch zweimal zum Tee und einmal irgendwohin zum Lunch einladen – wo und wann, das würde später noch bekanntgegeben werden.

»Jeder Vorwand ist uns recht für eine Party!« hatte Claire Mayfair gesagt. »Darling, du weißt ja nicht, wie lange wir auf eine solche Gelegenheit gewartet haben.«

Jetzt wimmelten sie unter den kleinen, sauber getrimmten Magnolienbäumen auf dem Rasen umher und drängten sich durch die geräumigen, niedrigen Zimmer in dem adretten Backsteinhaus in Wiliamsburg. Und die dunkelhaarige Anne Marie, eine geradezu schmerzhaft ehrliche Person, die von Rowans Krankenhausplänen inzwischen restlos bezaubert war, machte sie mit Dutzenden von Leuten bekannt, denen sie schon auf der Beerdigung begegnet war, und Dutzenden anderen, die sie noch nie gesehen hatte.

Ein tiefschwarzer Kellner mit einem sehr runden Kopf und dem melodischen Akzent von Haiti schenkte Bourbon und Wein in Kristallgläser. Zwei dunkelhäutige Köchinnen in gestärkten Uniformen drehten und wendeten die fetten, gepfefferten Shrimps auf dem rauchenden Grill. Die Mayfair-Frauen in ihren weichen, pastellfarbenen Kleidern sahen aus wie Blumen zwischen den Männern in ihren weißen Anzügen, und ein paar Kleinkinder tollten im Gras oder steckten die rosigen Händchen in die Wasserstrahlen des kleinen Springbrunnens in der Mitte des Rasens.

Rowan hatte ein behagliches Plätzchen in einem weißen Liegestuhl unter der größten Magnolie gefunden. Sie nippte an ihrem Bourbon und schüttelte zahllosen Cousins und Cousinen die Hand. Allmählich gefiel ihr der Geschmack dieses Giftes; sie war sogar ein bißchen beschwipst.

Als sie am Vormittag das weiße Hochzeitskleid und den Schleier zum letzten Mal anprobiert hatte, war ihr klar geworden, daß all der Trubel sie in ganz unerwartetem Maße erregte, und sie war dankbar, daß man sie dazu gezwungen hatte.

»Prinzessin für einen Tag«, das würde sie sein. Sie würde ihren Auftritt haben in einem prunkvollen Schauspiel. Selbst der Umstand, daß sie den Smaragd tragen mußte, würde im Grunde keine allzu große Mühe bereiten, zumal er seit jener furchtbaren Nacht sicher in seinem Kästchen geblieben war. Sie war übrigens nie dazu gekommen, Michael von seinem mysteriösen und unwillkommmenen Erscheinen zu erzählen. Sie wußte, daß sie es hätte tun sollen, und ein paarmal war sie auch dicht davor gewesen, aber dann hatte sie es doch nicht über sich gebracht.

Außerdem war seither nichts weiter passiert. Keine deformierten Blumen mehr auf ihrem Nachttisch. Die Zeit war nur so dahingeflogen; die Renovierung war in vollem Gange, und auch das Haus in Florida war eingerichtet und bereit für ihre offiziellen Flitterwochen.

Ein weiterer Glücksfall war es, daß Aaron von der Familie vorbehaltlos aufgenommen worden war und jetzt routinemäßig zu jedem Treffen eingeladen wurde. Wenn man Beatrice reden hörte, konnte man glauben, sie habe sich in ihn verliebt; sie zog ihn gnadenlos auf, wegen seiner britischen Junggesellenmanieren und all der rüstigen Witwen unter den Mayfairs. Sie war sogar so weit gegangen, ihn mitzunehmen, als sie mit Agnes Mayfair, einer bildschönen älteren Cousine, deren Mann ein Jahr zuvor gestorben war, ins Konzert ging.

Wie schafft er das bloß? fragte sich Rowan. Aber sie wußte inzwischen, daß Aaron sich Gott im Himmel und den Teufel in der Hölle zum Freund machen konnte. Sogar Lauren, dieser Eisberg von einer Anwältin, schien ihn gernzuhaben.

Aaron war überdies ein zuverlässiger Gefährte für Michaels Tante Vivian. Überhaupt sollte jeder so eine Tante Vivian haben, fand Rowan – eine zierliche kleine, puppenhafte Person, die von Liebe und

Freundlichkeit nur so übersprudelte und für die jedes Wort von Michael ein Evangelium war. Sie erinnerte Rowan an Millie Dear und Tante Belle, wie Aaron sie in seiner Geschichte beschrieben hatte.

Aber der Umzug war Tante Vivian nicht leichtgefallen. Obwohl die Mayfairs sie mit großer Zuneigung bewirtet hatten, war es ihr unmöglich, mit deren frenetischem Tempo und ihrem energischen Geplauder Schritt zu halten. Heute nachmittag hatte sie darum gebeten, zu Hause bleiben zu dürfen, um die paar Dinge zu ordnen, die sie mitgebracht hatte. Sie bekniete Michael, er möge hinüberfliegen, um in dem Haus in der Liberty Street alles zusammenzupakken; er aber schob es immer wieder hinaus, obgleich er und Rowan wußten, daß diese Reise unvermeidlich war.

Wenn sie Michael mit Tante Viv sah, liebte sie ihn aus einer ganzen Reihe von neuen Gründen: Niemand hätte gütiger oder geduldiger sein können. »Sie ist meine ganze Familie, Rowan«, hatte er einmal gesagt. »Alle anderen sind nicht mehr da. Weißt du, wenn das mit uns beiden nicht passiert wäre, dann wäre ich jetzt in der Talamasca. Dann wäre das meine Familie.«

Gott, wie sehr sie sich wünschte, daß alles gutging! Und der Geist der First Street hielt sich zurück, als wolle auch er, daß alles gutging. Oder hatte ihr Zorn ihn vertrieben? Als die Halskette in ihrem Hotel aufgetaucht war, hatte sie ihn noch Tage später bei sich verflucht.

Die Familie hatte sogar den Gedanken an die Talamasca akzeptiert, obgleich Aaron sie beharrlich darüber im unklaren ließ, was sie eigentlich war. Wahrscheinlich wußten sie nicht mehr, als daß Aaron ein gelehrter Weltreisender war, der sich schon immer für die Geschichte der Mayfairs interessiert hatte, weil sie eine alte und vornehme Südstaatenfamilie waren.

Und ein Gelehrter, der jene atemberaubend schöne Ahnfrau namens Deborah ausgraben konnte, unsterblich gemacht von keinem Geringeren als Rembrandt und zweifelsfrei echt, was der unverwechselbare Mayfair-Smaragd auf ihrem Busen bewies – ein solcher Gelehrter war ganz nach ihrem Geschmack. Sie waren hingerissen von den Bruchstücken ihrer Geschichte, die Aaron ihnen offenbarte. Meine Güte, und sie hatten geglaubt, Julien habe diesen törichten Kram über die Vorfahren aus Schottland erfunden!

Wenn sie wußten, was vor Jahren zwischen Aaron und Cortland oder Carlotta vorgefallen war, so erwähnten sie es mit keinem Wort.

Sie wußten nicht, daß Stuart Townsend ein Mitglied der Talamasca gewesen war; die Entdeckung der mysteriösen Leiche hatte sie völlig ratlos gemacht, und es wurde immer klarer, daß sie Stella für die Verantwortliche hielten.

»Er ist wahrscheinlich auf einer dieser wüsten Partys am Opium oder an Alkoholvergiftung gestorben, und sie hat ihn einfach in den Teppich gewickelt und dann vergessen.«

»Vielleicht hat sie ihn auch gewürgt. Wißt ihr noch, was für Partys sie gegeben hat?«

Es amüsierte Rowan, ihnen zuzuhören, und sie genoß auch ihr unbeschwertes Lachen. Nie drang auch nur die leiseste telepathische Schwingung irgendwelcher Bosheit zu ihr durch. Es waren ihre guten Absichten, die sie spürte, und festliche Fröhlichkeit.

Aber sie hatten auch Geheimnisse, manche wenigstens, vor allem die Alten. Bei jedem neuen Treffen entdeckte sie stärkere Hinweise darauf. Ja, je näher der Termin der Hochzeit rückte, desto sicherer war sie, daß sich da etwas zusammenbraute.

Die Alten waren im Haus in der First Street nicht nur erschienen, um ihre Glückwünsche auszusprechen oder die Renovierung zu bestaunen. Sie waren neugierig. Sie hatten Angst. Sie hatten Geheimnisse, die sie ihr anvertrauen, vielleicht auch Warnungen, die sie ihr zukommen lassen wollten. Oder sie wollten Fragen stellen. Vielleicht wollten sie auch testen, wie stark ihre Fähigkeiten waren, denn sie besaßen ebenfalls welche. Noch nie war sie mit Menschen zusammen gewesen, die so liebevoll waren und so geschickt darin, ihre negativen Emotionen zu verbergen. Es war eine sonderbare Sache.

Aber vielleicht war heute der Tag, an dem etwas Ungewöhnliches geschehen würde.

So viele der Alten waren hier; der Alkohol floß in Strömen, und nach einer Reihe kühler Oktobertage war es jetzt wieder angenehm warm. Der Himmel war von makellosem Porzellanblau, und dick geblähte Wolken zogen rasch vorbei, wie anmutige Galeonen vor dem Passat.

Sie nahm einen guten Schluck von ihrem Bourbon, genoß das Brennen in der Brust und sah sich nach Michael um.

Da war er: immer noch, wie schon seit über einer Stunde, in den Klauen der überwältigenden Beatrice und der hinreißend hübschen

Gifford, deren Mutter von Lestan Mayfair und deren Vater von Clay Mayfair abstammte und die selbstverständlich Cortlands Enkel Ryan geheiratet hatte.

Offenbar waren noch andere Mayfair-Linien im Spiel, aber an dieser Stelle der Unterhaltung war Rowan von jemandem weggeholt worden. Der Anblick von Giffords bleichen Fingern, die sich – ohne guten Grund – um Michaels Arm krallten, hatte ihr Blut zum Kochen gebracht.

Was fanden sie denn so faszinierend an ihrem Herzensbrecher, daß sie ihn nicht mehr aus den Fängen lassen wollten? Und wieso war Gifford eigentlich überhaupt so nervös? Der arme Michael. Er war völlig ahnungslos. Er saß da, die behandschuhten Hände in den Taschen, und lächelte über ihre kleinen Scherze. Er merkte nichts von dem flirtenden Beiklang ihrer Gebärden, sah nicht die flammenden Funken in ihren Augen, spürte nichts vom höchst verführerischen Perlen ihres Lachens.

Du wirst dich daran gewöhnen müssen. Kultivierte Frauen finden diesen Hundesohn unwiderstehlich. Sie sind ihm jetzt alle auf der Fährte. Er ist der Bodyguard, der Dickens liest. Und mit seinem neuen weißen Leinenanzug mit der Weste sah er nur noch verführerischer aus (»Ich soll mich anziehen wie ein Eismann?«); Beatrice hatte ihn zu Perlis geschleift, wo er ihn hatte kaufen müssen. »Darling, du bist jetzt ein Südstaaten-Gentleman!«

Ein Gedicht, das war er. Erotik pur. Zum Beispiel, wenn er die Ärmel hochkrempelte, seine Camel-Schachtel in die rechte Ärmelfalte stopfte, sich einen Bleistift hinters Ohr schob und mit einem der Zimmerleute oder Maler diskutierte, und wenn er dann einen Fuß vorschob und jäh die Hand hob, als wolle er dem Burschen das Kinn in den Schädel hinauframmen.

Und dann die Nacktschwimmerei im Pool, wenn niemand mehr auf dem Grundstück war (keine Geister mehr seit dem erstenmal), oder an dem einen Wochenende, an dem sie nach Florida gefahren waren, um das neue Haus in Augenschein zu nehmen, und sein Anblick, wie er nackt auf der Sonnenveranda geschlafen hatte, mit nichts am Leibe außer seiner goldenen Armbanduhr und dem dünnen Kettchen am Hals.

Und er war so über die Maßen glücklich. Er war vielleicht der einzige Mensch auf der Welt, der das Haus noch mehr liebte als die

Mayfairs. Er war besessen davon. Er nutzte jede Gelegenheit, um mit seinen Handwerkern zu arbeiten.

Gottlob ließ der Geisterspuk sie beide in Ruhe. Und sie mußte jetzt aufhören, sich über ihn und seinen Harem da drüben den Kopf zu zerbrechen.

Sie konzentrierte sich besser auf die Gruppe, die sich um sie versammelte – die majestätische alte Felice hatte sich einen Stuhl herangezogen, die hübsche, streitsüchtige Margaret Ann machte es sich im Gras bequem, und die strenge Magdalene, die viel jünger aussah, als sie war, saß schon seit einer Weile da und beobachtete die anderen mit ungewohntem Schweigen.

Hin und wieder wandte sich ein Kopf, jemand schaute sie an, und sie empfing ein vages Aufschimmern heimlichen Wissens, eine Frage vielleicht, die aber gleich wieder verblaßte. Doch es kam immer von den Älteren – von Felice etwa, Barclays jüngerer Tochter, die jetzt fünfundsiebzig Jahre alt war, von Lily, achtundsiebzig, wie es hieß, und Vincents Enkelin, oder von dem alten, glatzköpfigen Peter Mayfair mit den feucht glänzenden Augen und dem dicken Hals auf einem aufrechten, kräftigen Körper, Garlands jüngstem Sohn, ganz sicher ein wachsamer und wissender Alter.

Und dann war da noch Randall, älter vielleicht als sein Onkel Peter, mit Säcken unter den Augen und sichtlich weise; er saß zurückgelehnt auf einer Eisenbank in der hinteren Ecke und schaute sie unverwandt an, auch wenn ihm immer wieder die Sicht versperrt wurde – als wolle er ihr etwas von großer Wichtigkeit sagen, wisse aber nicht, wie er es anfangen solle.

Ich will es wissen. Ich will alles wissen.

Pierce sah sie jetzt mit unverhüllter Ehrfurcht an; ihr Traum vom Mayfair Medical hatte es ihm angetan, und er war beinahe ebenso erpicht darauf wie sie, ihn Wirklichkeit werden zu lassen. Schade, daß er ein wenig von der gelassenen Warmherzigkeit verloren hatte; beinahe entschuldigend führte er ihr eine Reihe von jungen Männern vor, um sie ihr vorzustellen und kurz Abkunft und derzeitigen Beruf eines jeden zu erklären. Sie wollte ihm helfen, sich wieder zu entspannen; er war von einer Freundlichkeit, hinter der nicht der Schatten irgendwelcher Egozentrik lauerte.

Mit Freude nahm sie zur Kenntnis, daß er jeden, den er ihr vorstellte, mit schlichter Selbstverständlichkeit auch zu Michael führte.

Überhaupt waren sie alle sehr freundlich zu Michael. Gifford schenkte ihm dauernd Bourbon nach. Und Anne Marie hatte sich jetzt auch neben ihm niedergelassen und redete eindringlich auf ihn ein, wobei ihre Schulter immer wieder die seine streifte.

Abschalten, Rowan. Du kannst diese wunderschöne Bestie nicht auf dem Dachboden einsperren.

In Trauben umdrängten sie sie und lösten sich wieder von ihr, so daß sich neue Trauben bilden konnten. Und unaufhörlich redeten sie von dem Haus in der First Street, vor allem von dem Haus.

Die First Street war in der Tat das Wahrzeichen der Mayfairs – und welch ein Greuel war es ihnen gewesen, es verkommen zu sehen, und wie hatten sie Carlotta gehaßt. Rowan spürte es hinter all ihren Worten. Sie schmeckte es, wenn sie ihnen in die Augen blickte. Das Haus war endlich frei von der verachtungswürdigen Knute. Und es war erstaunlich, wie gut sie über die allerneuesten Veränderungen und Entdeckungen Bescheid wußten. Sie wußten sogar, welche Farben Rowan für Zimmer ausgesucht hatte, die sie noch nie gesehen hatten.

Was hielten sie von ihrem Plan zu der großen Klinik? In den wenigen kurzen Gesprächen darüber außerhalb der Firma hatte Rowan sie ungewöhnlich empfänglich vorgefunden. Und sie waren entzückt von dem Namen Mayfair Medical.

Es sei ihr entscheidend wichtig, hatte sie in der vergangenen Woche Bea und Cecilia erklärt, daß das medizinische Zentrum einen Bedarf befriedige, den andere außer acht ließen. Eine ideale Umgebung für die Forschung sollte es sein, jawohl – das war unerläßlich, aber ein Elfenbeinturm würde es deshalb nicht werden. Es sollte ein richtiges Krankenhaus sein, und ein großer Teil der Betten sollte für mittellose Patienten zur Verfügung stehen. Wenn sie die besten Neurologen und Neurochirurgen des Landes zusammenbekäme und mit ihnen das modernste, effektivste und bestausgerüstetste Zentrum für die Behandlung neurologischer Probleme gründen könnte, dann würde ein Traum für sie Wirklichkeit.

Und jeden Tag gewann ihre Vision neuen Schwung. Sie träumte von einem humanen und fortschrittlichen Unterrichtsprogramm; sie plante eine Schwesternschule, in der ein neuer Typus von Superschwester geschaffen würde, die imstande wäre, ein ganzes Spektrum neuer Verantwortlichkeiten zu übernehmen.

Der Name »Mayfair Medical« könnte zum Synonym für die besten, humansten und sensibelsten Vertreter ihres Berufes werden.

Ja, sie würden alle stolz sein. Wie könnte es anders sein?

»Noch einen Schluck?«

»Ja, danke. Der Bourbon ist gut.«

Bourbon war besser, wenn er kalt war. Aber er war auch heimtükkisch, wenn er kalt war. Und sie wußte, daß sie ein kleines bißchen zuviel davon trank. Sie nippte wieder kurz an ihrem Drink, um einen Toast von der anderen Seite des Gartens zu erwidern. Einer nach dem anderen trank auf das Haus und auf die Hochzeit. Sprach überhaupt noch jemand von irgend etwas anderem?

»Rowan, ich habe Photos von ganz früher...«

»...und meine Mutter hat alle Zeitungsausschnitte aufbewahrt...«

»Weißt du, es steht in den Büchern über New Orleans, o ja, und ich habe ein paar von den ganz seltenen Büchern; ich kann sie dir gelegentlich ins Hotel bringen...«

»...ein Packen Daguerreotypien... Katherine und Darcy, und Julien. Weißt du, Julien wurde immer nur vor der Haustür photographiert. Ich habe sieben verschiedene Bilder von ihm, und immer vor der Haustür...«

Die Haustür?

Immer neue Mayfairs strömten herein. Und da endlich war auch der alte Fielding – Clays Sohn –, restlos kahl, mit feiner, durchscheinender Haut und rotgeränderten Augen. Man führte ihn zu ihr, damit er neben ihr sitzen konnte. Kaum hatte er sich auf den Stuhl sinken lassen, da erschienen die jungen Leute, um ihm ihre Reverenz zu erweisen, wie sie es zuvor bei Rowan getan hatten.

Hercules, der haitianische Diener, drückte dem alten Mann ein Bourbonglas in die Hand.

»Haben Sie's, Mr. Fielding?«

»Ja, Hercules, aber nichts zu essen! Ich hab' das Essen satt. Ich habe für mein Leben genug gegessen.«

Seine Stimme war tief und alterslos, wie es auch die Stimme der alten Frau gewesen war.

»Also keine Carlotta mehr«, sagte er grimmig zu Beatrice, die gekommen war, um ihm einen Kuß zu geben. »Und ich bin der einzige Alte, der noch übrig ist.«

»Sprich nicht so; du wirst ewig bei uns bleiben«, sagte Bea, und ihr Parfüm umwehte sie alle, süß und blumig und teuer wie ihr leuchtend rotes Seidenkleid.

Fielding wandte sich an Rowan. »Du restaurierst also jetzt die First Street. Du und dein Mann da, ihr wollt dort wohnen. Und bis jetzt ist alles gutgegangen?«

»Warum sollte es nicht?« fragte Rowan mit sanftem Lächeln.

Aber unversehens wärmte sie der Segen, den Fielding ihr spendete, als er seine Hand auf die ihre legte.

»Eine prachtvolle Neuigkeit, Rowan«, sagte er, und seine leise Stimme gewann an Fülle, als er jetzt nach der langen Odyssee von der Haustür hierher wieder zu Atem kam. »Eine prachtvolle Neuigkeit.« Seine Augen rings um die Iris waren gelb, aber seine falschen Zähne strahlten hellweiß. »All die Jahre hat sie es von niemanden anrühren lassen«, sagte er mit einem Anflug von Zorn. »Eine alte Hexe, das war sie.«

Die Gruppe der Frauen zur Linken schnappte leise nach Luft. Ah, aber genauso wünschte Rowan es sich. Die polierte Oberfläche sollte durchbrochen werden.

»Granddaddy, um Himmels willen.« Das war Gifford an seiner Seite. Sie hob seinen Spazierstock auf, der ins Gras gefallen war, und hängte ihn an die Stuhllehne. Er ignorierte sie.

»Na, aber es ist wahr«, beharrte er. »Sie hat es zur Ruine verkommen lassen! Es ist ein Wunder, daß es sich überhaupt noch restaurieren läßt.«

»Granddaddy«, wiederholte Gifford fast verzweifelt.

»Oh, laß ihn weitersprechen, Darling«, sagte Lily; ihr kleiner Kopf zitterte leicht, ihre Blicke huschten immer wieder zu Rowan herüber, und ihre magere Hand umklammerte krampfhaft ihren Drink.

»Glaubst du, hier kann mir jemand das Maul verbieten?« fragte der Alte. »Sie hat ja behauptet, *er* sei es, der es ihr nicht erlaube. Sie hat *ihm* die ganze Schuld in die Schuhe geschoben. Sie hat an ihn geglaubt und ihn benutzt, wenn es ihr in den Kram paßte.«

Schweigen senkte sich über die Umstehenden. Es schien ein wenig dunkler zu werden, als die anderen herandrängten. Rowan bemerkte beiläufig, daß Randall, eine dunkelgraue Gestalt, sich am Rande ihres Gesichtsfeldes bewegte.

»Granddaddy, ich wünschte, du würdest nicht . . .«, sagte Gifford.

Oh, aber ich wünschte, du würdest!

»Sie war diejenige«, fuhr Fielding fort. »Sie wollte, daß alles rund um sie herum zusammenstürzte. Manchmal frage ich mich, warum sie es nicht niedergebrannt hat, wie die böse Hausdame in *Rebecca*. Ich habe immer befürchtet, daß sie es tun würde. Und daß sie all die alten Bilder verbrennen würde. Hast du die Bilder gesehen? Julien und seine Söhne, vor der Tür?«

»Vor der Tür. Du meinst die Tür, die aussieht wie ein Schlüsselloch? Die Haustür?«

Hatte Michael ihn gehört? Ja, er kam auf sie zu, und offensichtlich bemühte er sich, Cecilia zum Schweigen zu bringen, die ihm ohne Unterbrechung ins Ohr flüsterte, ohne seinen verdatterten Gesichtsausdruck zu bemerken. Aaron war auch nicht weit weg; er stand unbemerkt unter der Magnolie und fixierte die Gruppe. Wenn sie nur irgendwie einen Zauber auf die ganze Gesellschaft legen könnte, damit sie Aaron nicht bemerkten.

Aber sie sorgte sich unnötig, sie sahen jetzt nur noch einander; Fielding nickte, und Felice meldete sich zu Wort und deutete mit klingelnden Silberarmbändern auf ihn.

»Erzähl's ihr«, sagte sie. »Ich finde, du solltest es tun. Wollt ihr meine Meinung hören? Carlotta wollte das Haus haben. Sie wollte in diesem Haus herrschen. Sie war dort die Herrin, bis zu ihrem Tod, nicht wahr?«

»Sie wollte gar nichts«, winkte Fielding ab. »Das war ja ihr Fluch. Sie wollte nur zerstören.«

»Was ist mit der Tür?« fragte Rowan.

»Granddaddy, ich bringe dich jetzt...«

»Du bringst mich jetzt nirgendwo hin, Gifford.« Seine Stimme klang beinahe jugendlich in ihrer Entschlossenheit. »Rowan zieht wieder in dieses Haus. Ich habe ihr manches zu sagen.«

»Es ist ein schönes Haus, und es wird ihr dort gefallen!« sagte Magdalene in scharfem Ton. »Was habt ihr alle vor? Wollt ihr sie ängstigen?«

Randall blieb hinter Magdalene stehen. Die Lippen ein wenig geschürzt, die Runzeln in seinem schlaffen Gesicht langgezogen und tief, schaute er auf Fielding herunter.

»Was wolltest du sagen?« fragte Rowan.

»Das ist alles nur ein Haufen alter Legenden«, schaltete Ryan sich ein; er klang leicht verärgert, sprach aber langsam und bemühte sich offenbar, seinen Ärger zu unterdrücken. »Dumme alte Legenden über eine Tür, und sie haben nichts zu bedeuten.«

Michael kam hinter Fielding heran, und Aaron rückte ein wenig näher. Immer noch nahm niemand Notiz von ihm.

»Ich möchte es eigentlich auch mal wissen«, sagte Pierce. Er stand links hinter Felice, neben Randall. Felice starrte Fielding eindringlich an, und ihr Kopf wackelte ein bißchen, weil sie so betrunken war. »Mein Urgroßvater wurde vor der Tür gemalt«, sagte Pierce. »Das Porträt hängt im Haus. Sie standen immer vor dieser Tür.«

»Und warum sollen sie auf diesen Bildern nicht auf der Eingangsveranda des Hauses stehen?« wollte Ryan wissen. »Sie haben da gewohnt.«

»Das ist es«, sagte Michael leise. »Da habe ich die Tür gesehen. Auf den Bildern. O Gott, ich hätte mir die Bilder genauer ansehen sollen...«

Ryan warf ihm einen Blick zu. Rowan streckte die Hand nach ihm aus und winkte ihn zu sich. Ryans Blicke folgten ihm, als er hinter Rowans Stuhl trat. Pierce redete weiter, während Michael sich neben Rowan ins Gras setzte, so daß sie ihm die Hand auf die Schulter legen konnte. Aaron stand inzwischen ganz in der Nähe.

»Aber auch auf den alten Photos«, sagte Pierce, »stehen sie vor der Tür. Immer vor einer schlüssellochförmigen Tür. Entweder vor der Haustür oder vor einer der Türen...«

»Ja, diese Tür«, fiel Lily ihm ins Wort. »Und sie ist auch auf dem Grab. Die gleiche schlüssellochförmige Tür ist an der Gruft über den Grabkammern. Und man weiß nicht mal, wer es so in Auftrag gegeben hat.«

»Na, selbstverständlich Julien«, sagte Randall mit ungewohnter Stentorstimme. »Und Julien wußte, was er tat, weil die Tür eine spezielle Bedeutung für ihn hatte, für ihn und für alle damals.«

»Wenn ihr Rowan all dieses verrückte Zeug erzählt«, sagte Anne Marie, »dann zieht sie niemals in...«

»Oh, aber ich will es wissen«, sagte Rowan. »Und übrigens könnte uns nichts daran hindern, in dieses Haus zu ziehen.«

»Sei da nicht so sicher«, erwiderte Randall ernst.

Lauren warf ihm einen kalten, mißbilligenden Blick zu. »Dies ist nicht der rechte Augenblick für Schauergeschichten«, zischte sie.

»Müssen wir denn diesen ganzen Schmutz aufwühlen?« rief Gifford. Sie war offensichtlich verstört. Rowan sah, wie besorgt Pierce war, aber die ganze übrige Gesellschaft trennte ihn von seiner Mutter. Ryan stand neben ihr; er faßte sie beim Arm und flüsterte ihr etwas ins Ohr.

»Was bedeutet die Tür denn?« fragte Rowan. »Und warum stehen sie immer davor?«

»Ich mag nicht darüber sprechen«, rief Gifford. »Ich begreife nicht, wieso wir jedesmal die Vergangenheit ausgraben müssen, wenn wir zusammenkommen. Wir sollten lieber an die Zukunft denken.«

»Wir reden von der Zukunft«, entgegnete Randall. »Die junge Frau sollte über bestimmte Dinge Bescheid wissen.«

»Ich wüßte gern über die Tür Bescheid«, sagte Rowan.

»Na los doch, ihr bemoosten Häupter alle«, sagte Felice. »Wenn ihr denkt, ihr solltet jetzt endlich den Mund aufmachen, nachdem ihr euch jahrelang benommen habt wie das Kätzchen, das von der Sahne genascht hat...«

»Die Tür hat etwas mit dem Pakt und dem Versprechen zu tun«, sagte Fielding. »Das war ein Geheimnis, das von Generation zu Generation weitergegeben wurde, von frühester Zeit an.«

Rowan warf einen Blick auf Michael, der die Arme auf die angezogenen Knie stützte und Fielding nur anschaute. Aber sie sah den Ausdruck von Furcht und Verwirrung in seinem Gesicht, den gleichen verdammten Ausdruck, der ihn jedesmal überkam, wenn er von seinen Visionen redete.

»Ich habe sie nie von einem Versprechen reden hören«, wandte Cecilia ein. »Übrigens auch von keinem Pakt und keiner Tür.«

Peter Mayfair trat herzu, kahl wie Fielding und mit den gleichen scharfen Augen. Jetzt waren alle im Kreis versammelt, in drei, vier Reihen hintereinander.

»Weil sie nicht davon geredet haben«, sagte Peter mit bebender, etwas theatralisch klingender Stimme. »Es war ihr Geheimnis, und sie wollten nicht, daß jemand davon wußte.«

»Wen meinst du – ›sie‹?« fragte Ryan. »Sprichst du von meinem Großvater?« Seine Zunge war vom Trinken ein wenig schwer. Er nahm einen kräftigen Schluck aus seinem Glas. »Du sprichst von Cortland, nicht wahr?«

»Ich will nicht...«, wisperte Gifford, aber Ryan gebot ihr mit einer Handbewegung zu schweigen.

»Cortland war selbstverständlich einer von ihnen«, sagte Fielding und schaute zu Peter auf. »Und das wußte jeder.«

»Oh, es ist furchtbar, so etwas zu sagen«, erklärte Magdalene erbost. »Ich habe Cortland geliebt.«

»Viele von uns haben Cortland geliebt«, versetzte Peter erbost. »Ich zum Beispiel hätte alles für Cortland getan. Aber Cortland war einer von ihnen. Das war er. Und dein Vater auch, Ryan. Big Pierce war einer von ihnen, solange Stella lebte, und Randalls Vater desgleichen. Stimmt das etwa nicht?«

Randall nickte müde und nahm einen Schluck Bourbon.

»Was soll das heißen, ›einer von ihnen‹?« wollte Pierce wissen. »Ich höre das mein Leben lang – ›einer von ihnen‹, ›nicht einer von ihnen‹... Was soll das?«

»Nichts«, sagte Ryan. »Sie hatte da einen Club, einen gesellschaftlichen Club.«

»Den Teufel hatten sie«, widersprach Randall.

»Das ist doch alles mit Stella gestorben«, sagte Magdalene. »Meine Mutter war eng befreundet mit Stella; sie war auf diesen Partys, und da gab's keine dreizehn Hexen! Das war alles Unfug!«

»Dreizehn Hexen?« wiederholte Rowan, und sie spürte die Anspannung bei Michael. Durch eine kleine Lücke im Kreis konnte sie Aaron sehen; er stand mit dem Rücken zum Baum und schaute zum Himmel hinauf, als könnte er sie nicht verstehen, aber sie wußte, daß er alles hörte.

»Das ist ein Teil der Legende«, sagte Fielding kalt und entschlossen, wie um sich von den anderen zu distanzieren. »Ein Teil der Geschichte von der Tür und dem Pakt.«

»Was war das für eine Geschichte?« fragte Rowan.

»Daß sie alle erlöst werden würden, durch die Tür und die dreizehn Hexen«, sagte Fielding und sah wieder Peter an. »Das war die Geschichte, und das war das Versprechen.«

Randall schüttelte den Kopf. »Es war ein Rätsel. Stella wußte nie genau, was es bedeutete.«

»Und Stella versuchte auf diesen Partys, die dreizehn Hexen zusammenzubekommen?« fragte Rowan.

»Ja«, sagte Fielding. »Genau das versuchte sie. Sie bezeichnete sich selbst als Hexe, und Mary Beth, ihre Mutter tat es auch und machte nie ein Hehl daraus. Sie habe die Gabe, sagte sie, und sie könne den Mann sehen.«

»Ich lasse nicht zu...«, begann Gifford mit erhobener Stimme.

»Warum nicht? Was ist daran so furchtbar?« fragte Rowan sanft.

Schweigen. Alle betrachteten sie, und jeder schien darauf zu warten, daß der andere etwas sagte. Lauren sah beinahe wütend aus, wie sie Rowan jetzt anstarrte. Lilys Miene zeigte leises Mißtrauen. Sie wußten, daß sie ihnen etwas vormachte.

»Du weißt, daß es keine alten Legenden sind«, sagte Fielding bei sich.

»Weil sie daran geglaubt haben!« sagte Gifford mit erhobenem Kinn und bebenden Lippen. »Weil Leute im Namen des Glaubens an diese Torheiten schlimme Dinge getan haben.«

»Was für schlimme Dinge?« fragte Rowan. »Meinst du das, was Carlotta meiner Mutter angetan hat?«

»Ich meine das, was Cortland getan hat«, antwortete Gifford. Sie zitterte jetzt sichtbar und war offenbar am Rande eines hysterischen Anfalls. »Das meine ich.« Sie funkelte Ryan, dann ihren Sohn Pierce und schließlich wieder Rowan an. »Und, jawohl, auch Carlotta. Sie alle haben deine Mutter verraten. Oh, es gibt so vieles, was du nicht weißt.«

»Ssschh, du hast zuviel getrunken«, flüsterte Lily.

»Geh ins Haus, Gifford«, sagte Randall.

Ryan nahm seine Frau beim Arm und beugte sich vor, um ihr etwas ins Ohr zu flüstern. Pierce verließ seinen Platz und kam außen herum, um zu helfen. Zusammen zogen sie Gifford von der Gruppe weg.

»Ich will es wissen«, sagte Rowan. »Was haben sie getan?«

»Sie haben an Schwarze Magie geglaubt«, sagte Fielding. »Und sie haben an die dreizehn Hexen geglaubt, und an die Tür, aber sie haben nie herausgefunden, wie das alles vor sich gehen soll.«

»Ja, aber was dachten sie denn, was es bedeutet?« fragte Beatrice. »Also, ich finde das alles faszinierend. Bitte erzähle.«

»Damit du es dann dem ganzen Country-Club weitererzählen kannst«, bemerkte Randall. »Wie du es immer getan hast.«

Gifford wurde eben von Ryan ins Haus geschoben, und Pierce schloß die Terrassentüren hinter ihnen.

»Nein, ich will es wissen«, sagte Beatrice, und sie trat vor und verschränkte die Arme. »Stella wußte nicht, was es bedeutet? Und wer wußte es dann?«

»Julien«, sagte Peter. »Mein Großvater. Er wußte es. Er wußte es und hat es Mary Beth gesagt. Er hat es auch schriftlich hinterlassen, aber Mary Beth hat die schriftlichen Aufzeichnungen vernichtet und Stella eingeweiht, aber Stella hat es nie wirklich begriffen.«

»Stella hat auch nie aufgepaßt«, sagte Fielding.

»Nein, nie«, sagte Lily betrübt. »Arme Stella. Sie dachte, es geht immer nur um Partys und schwarzen Whisky und ihre verrückten Freunde.«

»In Wirklichkeit hat sie das alles nicht geglaubt«, sagte Fielding. »Genau das war das Problem. Und wenn dann etwas schiefging, bekam sie es mit der Angst zu tun, und dann ersäufte sie ihre Angst in geschmuggeltem Champagner. Sie hat Dinge gesehen, die wirklich jeden überzeugt hätten, aber sie glaubte trotzdem nicht an die Tür oder an das Versprechen oder an die dreizehn Hexen – bis es zu spät war und Julien und Mary Beth nicht mehr lebten.«

»Also ließ sie die Kette der Information zerreißen?« fragte Rowan. »Das ist es doch, was du sagst. Sie haben ihr Geheimnisse vermacht, zusammen mit der Halskette und allem anderen?«

»Die Halskette war nie so schrecklich wichtig«, sagte Lily. »Carlotta hat immer viel Aufhebens um die Kette gemacht. Aber es ist bloß so, daß man die Kette nicht wegnehmen... also, man soll sie nicht derjenigen wegnehmen, die sie erbt. Und Carlotta meinte, wenn sie die Kette wegschließt, dann macht sie damit all diesen merkwürdigen Vorgängen ein Ende. Deshalb hat sie daraus eine ihrer zahllosen, unnützen kleinen Schlachten gemacht.«

»Und Carlotta wußte Bescheid«, sagte Peter mit einem etwas verächtlichen Seitenblick auf Fielding. »Sie wußte, was mit der Tür und den dreizehn Hexen gemeint war.«

»Woher willst du das wissen?« fragte Lauren aus einiger Entfernung. »Carlotta hat nie über dergleichen gesprochen.«

»Natürlich nicht. Warum sollte sie auch?« erwiderte Peter. »Ich weiß es aber, weil Stella es meiner Mutter gesagt hat. Carlotta wisse Bescheid, und sie wolle ihr nicht helfen. Stella versuchte, die alte Prophezeiung zu erfüllen. Die hatte übrigens nichts zu tun mit Erlösung oder Hallelujah. Darum ging es überhaupt nicht.«

»Wer sagt das?« wollte Fielding wissen.

»Ich sage das.«

»Ach, und was weißt du darüber?« fragte Randall leise und mit einer Spur Sarkasmus in der Stimme.

»Cortland selbst hat mir gesagt, wenn sie die dreizehn Hexen zusammenbrächten, würde sich die Tür zwischen den Welten öffnen.«

»Zwischen den Welten!« höhnte Peter. »Und was hätte das mit Erlösung zu tun? Cortland wußte gar nichts. Genausowenig wie Stella. Cortland war klug, als das Kind in den Brunnen gefallen war. Wenn er vorher Bescheid gewußt hätte, dann hätte er Stella geholfen. Cortland war dabei. Und ich auch.«

»Wobei?« fragte Fielding verachtungsvoll.

»Stella hat versucht, die Bedeutung herauszufinden, als sie diese Partys feierte«, sagte Peter. »Und ich war dabei.«

»Wie kannst du dabei gewesen sein?« erkundigte sich Margaret Ann. »Das ist hundert Jahre her.«

»O nein. Es war 1928, und ich war dabei«, beharrte Peter. »Ich war zwölf Jahre alt, und mein Vater war wütend, weil meine Mutter es mir erlaubte, aber ich war da. Lauren übrigens auch. Lauren war vier.«

Lauren nickte leise mit dem Kopf. Ihre Augen blickten verträumt, als erinnere sie sich, aber an der Dramatik dieser Debatte nahm sie nicht teil.

»Stella hat dreizehn von uns ausgesucht«, fuhr Peter fort, »und zwar auf der Grundlage unserer Fähigkeiten – ihr wißt schon, die alten übersinnlichen Begabungen: Gedankenlesen, Geistersehen, Dinge bewegen. Und wir versammelten uns alle in diesem Haus, und unser Ziel war es, die Tür zu öffnen. Und wenn wir den Kreis bildeten und uns dieses Ziel vorzustellen begannen, dann sollte *er* erscheinen. Er sollte hervorkommen und bei uns sein. Und dann wäre er kein Geist mehr. Er würde in diese Welt hier eintreten.«

Es wurde still. Beatrice starrte Peter an, als wäre er selbst ein Geist. Auch Fielding betrachtete ihn mit sichtlichem Unglauben, vielleicht sogar höhnisch.

Randalls Gesicht blieb ungerührt unter den tiefen Falten.

»Rowan weiß überhaupt nicht, wovon ihr redet«, sagte Lily.

»Nein, und ich finde, wir sollten damit jetzt aufhören«, meinte Anne Marie.

»Sie weiß es doch«, sagte Randall und schaute Rowan in die Augen.

Rowan sah Peter an. »Was heißt das – er würde in diese Welt hier eintreten?« fragte sie.

»Er wäre kein Geist mehr, das heißt es. Er würde nicht nur erscheinen, sondern bleiben, er würde... physisch vorhanden sein.«

Randall musterte Rowan forschend, als gebe es da etwas, das er nicht genau fassen konnte.

Fielding lachte kurz und trocken; es klang überlegen. »Diesen Teil muß Stella erfunden haben. So etwas hat mein Vater mir jedenfalls nicht erzählt. Erlöst – das hat er gesagt. Alle die, die an diesem Pakt beteiligt sind, werden erlöst. Ich weiß noch, wie er es meiner Mutter erzählte.«

»Oh, Rowan, du glaubst doch das alles nicht etwa?« rief Beatrice. »Mein Gott!«

Fielding schüttelte den Kopf. »Erlöst – das hat mein Vater gesagt. Sie würden alle erlöst werden, wenn die Tür geöffnet würde. Es war ein Rätsel, und Mary Beth kannte die wahre Bedeutung ebensowenig wie irgend jemand sonst – Carlotta schwor, sie habe es herausgefunden, aber das stimmte nicht. Sie wollte nur Stella quälen. Ich glaube, nicht mal Julien wußte es.«

»Kennen Sie die Worte des Rätsels«, fragte Michael.

Fielding wandte sich nach links und blickte zu ihm hinüber. Und plötzlich schienen sie Michael alle zu bemerken und ihre Aufmerksamkeit auf ihn zu konzentrieren.

»Ja, wie lautete das Rätsel?« wiederholte Rowan.

Randall sah Peter an, und beide wandten sich Fielding zu.

Fielding schüttelte den Kopf. »Das habe ich nie erfahren. Ich habe nie gehört, daß es spezielle Worte gab. Nur dies, daß es dreizehn Hexen sein müßten, und dann würde die Tür sich endlich öffnen. Und in der Nacht, als Julien starb, sagte mein Vater: ›Jetzt kriegen sie die dreizehn nie zusammen, nicht ohne Julien.‹«

»Und wer hat ihnen das Rätsel genannt?« fragte Rowan. »War es der Mann?«

Alle starrten wieder sie an. Sogar Anne Marie machte eine bange Miene, und Beatrice schien hilflos zu sein, als habe jemand einen furchtbaren Verstoß gegen die Etikette begangen. Lauren schaute sie mit einem höchst merkwürdigen Blick an.

»Sie weiß doch gar nicht, worum es geht«, erklärte Beatrice.

»Ich finde, wir sollten das alles vergessen«, sagte Felice.

»Warum denn? Warum sollten wir es vergessen?« fragte Fielding. »Glaubst du nicht, daß der Mann zu ihr kommen wird, wie er zu allen anderen gekommen ist? Was hat sich denn geändert?«

»Du machst ihr angst!« protestierte Cecilia. »Und offen gesagt, mir machst du auch angst!«

»War es der Mann, der ihnen das Rätsel gestellt hat?« fragte Rowan noch einmal. Niemand antwortete.

Was konnte sie sagen, um sie wieder zum Sprechen zu bringen, damit sie mit dem, was sie wußten, herausrückten? »Carlotta hat mir von dem Mann erzählt. Ich habe keine Angst.«

Wie still der Garten war. Sie waren hier draußen alle versammelt, bis auf Ryan, der Gifford fortgebracht hatte. Auch Pierce war wieder da, er stand hinter Peter. Die Dämmerung nahte. Und die Dienstboten waren verschwunden, als wüßten sie, daß sie jetzt nicht erwünscht waren.

Anne Marie nahm eine Flasche von einem der Tische und füllte mit geräuschvollem Gluckern ihr Glas. Ein anderer griff nach der Flasche. Dann noch einer. Aber alle Blicke ruhten auf Rowan.

»Hat jemand von euch den Mann schon einmal gesehen?« fragte sie.

Peters Miene war ernst und unergründlich. Er schien es nicht zu merken, als Lauren ihm Bourbon einschenkte.

»Gott, ich wünschte, ich könnte ihn sehen«, sagte Pierce. »Nur ein einziges Mal!«

»Ich auch!« bekräftigte Beatrice. »Nicht im Traum würde ich versuchen, ihn loszuwerden. Ich würde mich mit ihm unterhalten, und...«

»Ach, sei still, Bea!« befahl Peter plötzlich. »Du weißt nicht, wovon du redest. Das weißt du nie!«

»Aber du weißt es, nehme ich an«, schaltete Lily sich ein, offensichtlich um Bea zu beschützen. »Komm her, Bea, und setz dich zu den Frauen. Wenn es zum Krieg kommt, dann sei auf der richtigen Seite.«

Beatrice setzte sich neben Lilys Stuhl auf den Rasen. »Du alter Idiot. Ich hasse dich«, sagte sie zu Peter. »Ich würde zu gern erleben, was du tätest, wenn du den Mann sehen könntest.«

Er tat ihre Worte mit einem Zucken der Augenbraue ab und nahm einen Schluck Bourbon.

Fielding feixte und murmelte etwas vor sich hin.

»Ich bin schon in der First Street gewesen und habe stundenlang am Eisenzaun herumgelungert, nur um ihn zu sehen«, bekannte Pierce. »Wenn ich ihn bloß einmal zu Gesicht bekommen hätte...«

»Ach, um des lieben Himmels willen!« rief Anne Marie. »Als ob du nichts Besseres zu tun hättest!«

»Laß das bloß deine Mutter nicht hören«, brummte Isaac.

»Ihr glaubt alle an ihn«, stellte Rowan fest. »Bestimmt hat doch der eine oder andere ihn schon gesehen?«

»Wie kommst du darauf?« lachte Felice.

»Mein Vater sagt, es ist reine Phantasie. Ein altes Märchen«, sagte Pierce.

»Er ist Wirklichkeit«, sagte Peter mit würdevollem Ernst. »Er ist so wirklich wie der Blitz, so wirklich wie der Wind.« Er drehte sich nach dem jungen Pierce um und funkelte ihn an; dann wandte er sich wieder Rowan zu, als verlange er ihre ungeteilte Aufmerksamkeit und ihren Glauben. Schließlich verharrte sein Blick auf Michael. »Ich habe ihn gesehen. Ich habe ihn an dem Abend gesehen, als Stella uns alle zusammenrief. Ich habe ihn seitdem wiedergesehen. Lily hat ihn gesehen. Lauren ebenfalls. Auch du, Felice. Ich weiß es. Und du, Fielding. Du hast ihn in der Nacht gesehen, als Mary Beth in der First Street starb. Und das weißt du auch. Wer hier hat ihn denn nicht gesehen? Nur die Jüngeren.« Er schaute Rowan an. »Frag nur – sie werden es dir alle erzählen.«

»Erzähl mir, was du gesehen hast«, sagte Rowan und sah Peter an. »Du willst doch nicht sagen, er kam zur Tür herein, als Stella euch versammelt hatte.«

Peter ließ sich Zeit. Er schaute sich um, sein Blick verweilte eine Zeitlang auf Margaret Ann, dann auf Michael, schließlich auf Rowan. Er hob sein Glas, leerte es und begann.

»Er war da – eine gleißende, flimmernde Erscheinung, und für ein paar Augenblicke hätte ich schwören können, er war so handfest wie jeder andere Mann aus Fleisch und Blut, den ich kenne. Ich sah, wie er sich materialisierte. Ich spürte die Hitze, die sich dabei entfaltete. Und ich hörte seine Schritte. Ja, ich hörte seine Füße den Boden der Diele berühren, als er auf uns zukam. Da stand er dann, so real wie jeder von euch hier, und er schaute uns alle nacheinander an.« Wieder hob er sein Glas, trank einen Schluck und ließ es sinken, und sein Blick wanderte über die kleine Versammlung. Er seufzte. »Und dann verschwand er, genau wie immer. Wieder die Hitze. Rauchgeruch, und der Wind, der durch das Haus pfiff und die Vorhänge von den Fenstern riß. Aber er war weg. Er konnte sich nicht halten. Und wir waren nicht stark genug, um ihm zu helfen. Wir dreizehn – ja, die dreizehn Hexen, wie Stella sagte. Aber wir waren nicht vom gleichen Kaliber wie Julien oder Mary Beth oder auch wie die alte Grandmère Marguerite in Riverbend. Wir schafften es nicht. Und Carlotta... Carlotta, die stärker war als Stella – und glaubt mir, das war sie – Carlotta wollte nicht helfen. Sie lag oben auf ihrem Bett und starrte an die Decke, und sie betete laut den Rosenkranz, und nach jedem Ave-Maria sagte sie: Schicke ihn zurück in die Hölle, schicke ihn zurück in die Hölle – und dann kam das nächste Ave-Maria.«

Er spitzte die Lippen und starrte stirnrunzelnd in sein leeres Glas; er schüttelte es, daß die Eiswürfel darin lautlos kreisten. Dann ließ er seinen Blick wieder durch die Runde wandern, und er schaute alle nacheinander an, sogar die kleine Mona.

»Zur allgemeinen Information. Peter Mayfair hat ihn gesehen«, erklärte er, und er straffte sich und hob die Brauen. »Lauren und Lily können für sich selbst sprechen. Randall desgleichen. Aber ich erkläre hiermit: Ich habe ihn gesehen, und *das* könnt ihr euren Enkelkindern erzählen.«

Wieder trat Stille ein. Die Dunkelheit nahm zu, und aus der Ferne hörte man das mahlende Singen der Zikaden. Kein Lüftchen regte sich im Garten. Das Haus war jetzt erfüllt von gelbem Licht, das aus all den vielen kleinen, hübschen Fenstern leuchtete.

»Ja«, sagte Lily seufzend. »Ebensogut kannst du es auch wissen, Liebes.« Sie sah Rowan an und lächelte. »Es gibt ihn. Und wir haben ihn alle schon viele Male gesehen. Auf der alten Veranda, hinter dem Fliegengitter, bei Deirdre.« Sie blickte zu Lauren. »Wir haben ihn gesehen, wenn wir am Haus vorbeikamen. Manchmal haben wir ihn auch gesehen, wenn wir ihn nicht sehen wollten.«

»Laß dich nicht von ihnen aus dem Haus vertreiben«, sagte Magdalene hastig.

»Nein, das sollst du wirklich nicht«, fügte Felice hinzu. »Und wenn du meinen Rat hören willst: Vergiß die Legenden. Vergiß den alten Unsinn über dreizehn Hexen und die Tür. Und vergiß *ihn*! Er ist nur ein Geist, weiter nichts. Vielleicht findest du, das klingt merkwürdig, aber in Wirklichkeit ist es das nicht.«

»Er kann dir nichts tun«, sagte Lauren mit spöttisch verzogenem Mund.

»Nein, das kann er nicht«, bestätigte Felice. »Er ist wie der Wind.«

»Und wer weiß?« sagte Cecilia. »Vielleicht ist er gar nicht mehr da.«

Alle starrten sie an.

»Na, es hat ihn niemand mehr gesehen, seit Deirdre tot ist.«

Eine Tür fiel zu. Es klirrte, Glas brach, und am äußeren Rand des Kreises wurde es unruhig. Die Leute schoben einander, traten beiseite. Gifford drängte sich bis in die Mitte; ihr Gesicht war naß und fleckig, und ihre Hände zitterten.

»Er kann nichts tun! Kann niemandem etwas tun! Wollt ihr ihr das weismachen? Er kann nichts tun! Er hat Cortland umgebracht – das hat er getan! Nachdem Cortland deine Mutter vergewaltigt hatte! Wußtest du das, Rowan?«

»Still, Gifford!« donnerte Fielding.

»Cortland war dein Vater!« kreischte Gifford. »Zum Teufel damit – er kann nichts tun! Du mußt ihn austreiben, Rowan! Du mußt deine Macht gegen ihn richten und ihn austreiben! Einen Exorzismus vornehmen! Das Haus niederbrennen, wenn es sein muß... Brenne es nieder!«

Aus allen Richtungen kamen Protestrufe und unbestimmte Äußerungen der Verachtung oder der Empörung. Ryan war jetzt auch erschienen, und er versuchte von neuem, Gifford zu bändigen. Sie fuhr herum und schlug ihm ins Gesicht. Alles schrie auf. Pierce war offensichtlich starr vor Scham und völlig hilflos.

Lily sprang auf und lief davon; Felice folgte ihr und wäre in ihrer Hast beinahe gefallen. Anne Marie rappelte sich hoch und half Felice. Aber alle anderen blieben stehen, auch Ryan, der sich nur mit dem Taschentuch das Gesicht abwischte, wie um seine Fassung wiederzugewinnen, während Gifford mit geballten Fäusten und zitternden Lippen dastand. Beatrice hätte verzweifelt gern eingegriffen, aber sie wußte nicht, was sie tun sollte.

Rowan stand auf und trat zu Gifford.

»Gifford, hör mir zu«, sagte sie. »Du mußt keine Angst haben. Unsere Sorge ist die Zukunft, nicht die Vergangenheit.« Sie faßte Gifford an beiden Armen, und widerstrebend schaute Gifford zu ihr auf. »Ich werde tun, was gut ist«, sagte Rowan, »und was richtig ist. Was gut und richtig für die Familie ist. Verstehst du, was ich sage?«

Gifford fing an zu schluchzen, und ihr Kopf senkte sich, als sei ihr Hals zu schwach, um ihn zu tragen. Das Haar fiel ihr in die Augen. »Nur böse Menschen können in diesem Haus glücklich sein«, brachte sie hervor. »Und sie waren böse – Cortland war böse!«

Sie schien plötzlich zusammenzusacken, aber Rowan hielt sie fest.

»Nein, hör zu, bitte, Gifford«, sagte sie, aber in Wirklichkeit meinte sie jetzt die anderen. Sie sah, daß Beatrice sie anschaute. Und Michael stand hinter Fieldings Stuhl und beobachtete sie.

»Ich habe euch allen zugehört«, sagte sie, »und von euch gelernt. Aber jetzt habe ich auch etwas zu sagen. Die Kunst, diesen merkwürdigen Geist und seine Intrigen zu überleben, besteht darin, daß man ihn aus einer größeren Perspektive sieht. Die Familie und das Leben an sich sind ein Teil dieser Perspektive. Und man darf niemals zulassen, daß er die Familie kleiner macht oder daß er die Möglichkeiten des Lebens kleiner macht. Ich glaube, Mary Beth und Julien wußten das. Und ich gedenke ihrem Beispiel zu folgen. Wenn mir etwas aus dem Dunkel in der First Street erscheinen sollte, so geheimnisvoll es auch sein mag – es wird den größeren Plan, das größere Licht nicht verdunkeln. Ich bin sicher, ihr versteht, was ich meine.«

Gifford lauschte wie gebannt. Und ganz langsam dämmerte es Rowan, wie wunderlich dieser Augenblick geworden war. Sie merkte, wie seltsam ihre Worte klangen und wie sonderbar sie ihnen allen vorkommen mußte, wie sie so eine ungewöhnliche Rede hielt und dabei die zierliche, hysterische Frau an beiden Armen hielt.

Behutsam ließ sie Gifford los. Gifford trat zurück in Ryans Arme, aber ihre Augen waren groß und leer und fixierten weiter Rowan.

»Ich mache euch angst, nicht wahr?« sagte Rowan.

Gifford schwieg, und auch alle anderen waren verwirrt. Als sie Michael ansah, fand sie auch dort wieder den bestürzten Gesichtsausdruck und dahinter die alte, dunkle, aufgeregte Bangigkeit.

Plötzlich griff Peter nach Rowans Hand.

»Es ist Klugheit in dem, was du sagst. Du würdest dein Leben vergeuden, wenn du dich davon einfangen ließest.«

»Das stimmt«, sagte Randall. »So ist es Stella ergangen. Und genauso Carlotta. Sie hat ihr Leben vergeudet! Ganz genauso.« Aber er war von tiefer Unruhe erfüllt und nur allzu willens, sich jetzt zurückzuziehen. Er wandte sich ab und huschte ohne Abschied davon.

»Kommen Sie her, junger Mann, und helfen Sie mir auf«, sagte Fielding zu Michael. »Die Party ist zu Ende – ach, übrigens, meinen Glückwunsch zur Verlobung. Vielleicht lebe ich noch lange genug, um die Hochzeit zu erleben. Und bitte ladet den Geist nicht ein.«

Michael wirkte völlig verwirrt. Er sah erst Rowan an, dann den alten Mann, und sehr behutsam half er ihm auf.

Mehrere der jungen Leute kamen heran, um Rowan zu sagen, sie sollte sich von all diesem Mayfair-Irrsinn nicht beunruhigen lassen. Anne Marie beschwor sie, ihre Pläne zu Ende zu führen.

»Es wird allen das Herz brechen, wenn ihr das Haus nicht bezieht«, sagte Margaret Ann.

»Du wirst es doch nicht aufgeben?« wollte Clancy wissen.

»Selbstverständlich nicht«, antwortete Rowan. »Was für eine absurde Idee.«

Aaron beobachtete Rowan mit ungerührter Miene. Jetzt kam auch Beatrice zurück und überflutete sie mit Entschuldigungen im Namen Giffords, und auch sie flehte Rowan an, sich nicht aufzuregen.

Nun kamen auch die anderen wieder an; sie hatten Regenmäntel, Handtaschen, und was sie sonst geholt hatten, bei sich. Es war inzwischen dunkel geworden, und die Luft war kühl, köstlich kühl. Die Party war zu Ende.

Eine halbe Stunde dauerte es, bis alle Verwandten sich verabschiedet hatten, und alle äußerten das gleiche: Bleib hier, geh nicht fort. Du mußt das Haus renovieren. Du mußt die alten Geschichten vergessen.

Ryan entschuldigte sich für Gifford und für die furchtbaren Dinge, die sie gesagt hatte. Rowan dürfe das alles nicht für bare Münze nehmen.

»Du wirst sehr glücklich werden in der First Street«, meinte er. »Du wirst das Image des Hauses verändern.« Als Michael an ihrer Seite erschien, sah Rowan, daß Aaron am Tor stand. Er unterhielt sich ausgerechnet mit Gifford und mit Beatrice. Gifford wirkte wieder völlig ruhig.

»Sie brauchen sich wirklich keine Sorgen zu machen«, sagte Aaron eben zu Gifford mit seinem verführerischen britischen Akzent.

Gifford warf ihm unvermittelt die Arme um den Hals. Freundlich erwiderte er ihre Umarmung und küßte ihre Hand, als sie sich von ihm löste. Beatrice war kaum weniger überschwenglich. Dann traten beide zurück, als Aarons schwere schwarze Limousine an den Straßenrand gerollt kam.

»Mach dir keine Sorgen, Rowan«, sagte Beatrice fröhlich. »Morgen mittag zum Lunch – nicht vergessen. Und es wird die schönste Hochzeit der Welt!«

Rowan lächelte. »Keine Sorge, Bea.«

Rowan und Michael schoben sich auf den breiten Rücksitz, und Aaron nahm seinen Lieblingsplatz ein, mit dem Rücken zum Fahrer gewandt. Langsam setzte der Wagen sich in Bewegung.

Den Schwall der eisigen Luft empfand Rowan wie einen Segen. Die drückende Schwüle und die Atmosphäre des dämmrigen Gartens klebten immer noch an ihr. Sie schloß für einen Moment die Augen und atmete tief durch.

Als sie zum Fenster hinausschaute, sah sie, daß sie auf der Metairie Road fuhren, vorbei an den neueren Friedhöfen der Stadt, die durch das dunkel getönte Glas düster und unromantisch aussahen. Durch die getönten Scheiben eines Autos sah die Welt immer so gespenstisch aus, dachte sie. Die schlimmste Form von Finsternis. Plötzlich ging es ihr auf die Nerven.

Sie wandte sich Michael zu, und als sie schon wieder diesen schrecklichen Ausdruck in seinem Gesicht sah, empfand sie leise Ungeduld.

»Es hat sich nichts geändert«, sagte sie. »Früher oder später wird er kommen, er wird mit mir ringen um das, was er will, und er wird verlieren. Wir haben lediglich weitere Informationen über die Zahl und die Tür bekommen, und das wollten wir ja auch.«

Michael antwortete nicht.

»Es hat sich nichts geändert«, beharrte sie. »Überhaupt nichts.«

Michael antwortete immer noch nicht.

»Brüte nicht darüber«, sagte Rowan in scharfem Ton. »Du kannst sicher sein, daß ich niemals einen Kreis von dreizehn Hexen versammeln werde. Ich habe sehr viel wichtigere Dinge zu tun. Und ich hatte nicht die Absicht, vorhin irgend jemanden zu ängstigen. Ich glaube, ich habe das Falsche gesagt. Ich glaube, ich habe die falschen Worte benutzt.«

»Sie haben es mißverstanden«, sagte Michael fast murmelnd. Er starrte Aaron an, der sie beide mit ungerührtem Blick betrachtete. An Michaels Stimme merkte sie, daß er äußerst erregt war.

»Wie meinst du das?«

»Niemand muß dreizehn Hexen versammeln«, sagte Michael. In seinen blauen Augen blinkte das Licht der vorüberfahrenden Autos, als er sie jetzt anschaute. »Darum geht es in dem Rätsel nicht. Sie haben es mißverstanden, weil sie ihre eigene Geschichte nicht kennen.«

»Wovon redest du da?«

Sie hatte ihn nicht mehr in so banger Erregung gesehen, seit er auf dem Dachboden die Gläser zerschlagen hatte. Sie wußte, wenn sie jetzt sein Handgelenk erfaßte, würde sie wieder einen rasenden Puls fühlen. Es war ihr ein Greuel. Sie sah, wie das Blut in sein Gesicht gepumpt wurde.

»Michael, um Himmels willen!«

»Rowan, zähl nach. Zähl deine Vorfahrinnen! Dieses Wesen hat auf dreizehn Hexen gewartet, von der Zeit Suzannes bis in die Gegenwart, und du bist die dreizehnte. Zähle sie. Suzanne, Deborah und Charlotte. Jeanne Louise, Angélique, Marie Claudette. In Louisiana folgen Marguerite, Katherine und Mary Beth. Dann kommen Stella, Antha und Deirdre. Und schließlich du, Rowan! Die dreizehnte ist einfach die stärkte, Rowan, die einzige, die imstande ist, die Tür zu *sein*, durch die das Wesen kommen kann. *Du* bist die Tür, Rowan. Darum gibt es zwölf Grabkammern in der Gruft, nicht dreizehn. Die dreizehnte ist die Tür.«

»Also schön«, sagte sie, mühsam um Geduld bemüht. Sie hob die Hände in einer sanft beschwörenden Geste. »Aber wir sind gewappnet, nicht wahr? Der Teufel sieht weit, wie er dir gesagt hat; er sieht die Dreizehn. Aber der Teufel sieht nicht alles. Er sieht nicht, wer ich bin.«

»Nein, das waren nicht seine Worte«, widersprach Michael. »Er sagt, er sieht bis zum Ende! Und er hat außerdem gesagt, ich könnte dich nicht aufhalten, und ich könnte ihn nicht aufhalten. Er hat gesagt, seine Geduld sei wie die Geduld des Allmächtigen.«

»Michael«, unterbrach Aaron, »dieser Geist ist nicht verpflichtet,

Ihnen die Wahrheit zu sagen! Gehen Sie ihm nicht in diese Falle. Er spielt mit Worten. Er ist ein Lügner.«

»Ich weiß, Aaron. Der Teufel lügt. Das weiß ich. Ich höre es, seit ich ein kleiner Junge war. Aber, mein Gott, worauf wartet er denn? Warum dürfen wir hier immer weitermachen, Tag für Tag, während er einfach abwartet? Das macht mich noch wahnsinnig.«

Rowan griff nach seinem Handgelenk, aber als er merkte, daß sie ihm den Puls fühlen wollte, zog er die Hand weg. »Wenn ich einen Arzt brauche, sage ich's dir, okay?«

Niedergeschlagen lehnte sie sich zurück, ließ die Hände in den Schoß sinken und betrachtete sie. Und der Geist hatte gesagt: »Ich werde Fleisch sein, wenn du tot bist.« Fast konnte sie Michaels Herzklopfen hören. Obwohl er den Kopf abgewandt hatte, wußte sie, daß ihm schwindlig, ja, übel war. *Wenn du tot bist.* Ihr sechster Sinn hatte ihr verraten, daß er gesund und stark war, so kräftig wie ein Mann, der halb so alt war wie er – aber da waren sie wieder, die unverkennbaren Symptome eines enormen Streß, der eine verheerende Wirkung auf ihn ausübte.

Gott, was für ein schreckliches Ende hatte den Gang genommen. Die Geheimnisse der Vergangenheit hatte die Party auf grausige Weise vergiftet. Es war nicht das, was sie gewollt hatte – nein, es war das Gegenteil davon. Vielleicht wäre es besser gewesen, wenn sie überhaupt nichts gesagt hätten, wenn es nach Gifford gegangen wäre und sie ihren luftigen, sonnenhellen Traum weitergeträumt und über das Haus und die Hochzeit geplaudert hätten.

»Michael«, sagte Aaron in seinem charakteristisch ruhigen Ton. »Er foppt uns, und er lügt. Mit welchem Recht gibt er Prophezeiungen ab? Und welchen Zweck könnte er verfolgen, wenn nicht den, mit seinen Lügen seine Prophezeiungen wahr werden zu lassen?«

»Wo, zum Teufel, ist er?« wollte Michael wissen. »Aaron, vielleicht klammere ich mich an Strohhalme. Aber als ich am ersten Abend zum Haus kam, hätte er da wohl mit mir gesprochen, wenn Sie nicht dagewesen wären? Warum hat er sich gezeigt, wenn er sich doch gleich wieder in Rauch auflöste?«

»Michael, ich könnte Ihnen mehrere Erklärungen für jede einzelne seiner Erscheinungen anbieten. Aber ich weiß nicht, ob ich recht habe. Das Wichtigste ist, einen klaren Verstand zu behalten und sich darüber klar zu sein, daß er ein Betrüger ist.«

»Genau«, bekräftigte Rowan.

»Gott, was ist das nur für ein Spiel?« flüsterte Michael. »Sie geben mir alles, was ich mir je gewünscht habe – die Frau, die ich liebe, meine Heimat, das Haus, von dem ich schon als kleiner Junge geträumt habe. Wir wollen sogar ein Kind haben, Rowan und ich! Was ist das für ein Spiel? Er redet, und die anderen, die mir erschienen sind, schweigen. Gott, wenn ich nur das Gefühl loswerden könnte, daß alles geplant ist.«

»Michael, du mußt dich zusammennehmen«, sagte Rowan. »Alles läuft wunderbar, und wir sind diejenigen, die dafür gesorgt haben. Alles läuft wunderbar – seit dem Tag, als die alte Frau starb. Weißt du, manchmal denke ich, ich tue, was meine Mutter gern gewollt hätte. Klingt das verrückt? Ich glaube, ich tue, wovon Deirdre all die Jahre geträumt hat.«

Keine Antwort.

»Michael, hast du nicht gehört, was ich zu den andern gesagt habe?« fragte sie. »Glaubst du nicht an mich?«

»Versprich mir nur eins, Rowan«, sagte er, griff nach ihrer Hand und schob seine Finger zwischen ihre. »Versprich mir, daß du es nicht verheimlichen wirst, wenn du dieses Wesen siehst. Du wirst es mir erzählen. Du wirst es nicht für dich behalten.«

»Mein Gott, Michael, du benimmst dich wie ein eifersüchtiger Ehemann.«

»Weißt du, was dieser alte Mann gesagt hat? Als ich ihm in den Wagen half?«

»Fielding?«

»Ja. Er hat gesagt: ›Passen Sie bloß auf, junger Mann.‹ Was, zum Teufel, hat er gemeint?«

»Zum Teufel mit ihm, wenn er das gesagt hat«, flüsterte sie; sie war plötzlich wütend und zog ihre Hand weg. »Für wen, zum Teufel, hält er sich eigentlich, der alte Dreckskerl? Wie kann er es wagen, so etwas zu dir zu sagen? Er kommt nicht auf die Hochzeit. Keinen Fuß wird er durch das Gartentor setzen...« Sie brach ab; die Worte blieben ihr im Halse stecken. Der Zorn war zu bitter. Ihr Vertrauen zur Familie war so absolut gewesen; sie hatte nicht genug bekommen können von all der Liebe – und jetzt war ihr, als habe Fielding ihr ein Messer in den Rücken gestochen, und nun weinte sie wieder, verdammt, und sie hatte nicht mal ein Taschentuch. Am liebsten hätte sie – Michael geohrfeigt. Aber eigentlich war es der alte Mann, den sie verprügeln wollte. Wie konnte er es wagen...?

»Es tut mir leid, Rowan«, sagte Michael leise.

»Du kannst auch zum Teufel gehen, Michael!« sagte sie. »Du solltest lieber deinen Mann stehen. Du solltest aufhören, jedesmal wie ein Brummkreisel herumzueiern, wenn wieder ein Steinchen dieses Puzzles an seinen Platz kommt! Es war nicht die selige Jungfrau Maria, die du da draußen in deinen Visionen gesehen hast! Es waren sie und ihre Tricks.«

»Nein, das stimmt nicht.«

Er klang traurig und zerknirscht und ehrlich verwundet. Es brach ihr das Herz, aber sie würde jetzt nicht nachgeben. Sie wagte nicht, zu sagen, was sie wirklich dachte: Hör zu, ich liebe dich, aber bist du je auf den Gedanken gekommen, daß deine Rolle nur darin bestanden hat, dafür zu sorgen, daß ich wieder herkomme, daß ich hierbleibe und daß ich ein Kind bekomme, damit es das Vermächtnis erben kann? Dieser Geist könnte dein Ertrinken in Szene gesetzt haben, deine Rettung, die Visionen, die ganze Geschichte. Und deshalb ist Arthur Langtry zu dir gekommen, deshalb hat er dich gewarnt und dir geraten, zu verschwinden, bevor es zu spät ist.

Sie saß da und behielt es für sich, ließ sich davon vergiften, hoffte, daß es nicht wahr sein möge, und hatte Angst.

»Bitte hören Sie jetzt auf damit«, sagte Aaron sanft. »Der alte Mann war ein bißchen töricht, Rowan.« Seine Stimme war wie besänftigende Musik, und sie löste alle Anspannung in ihr. »Fielding wollte sich wichtigmachen. Es war ein Angeberwettbewerb zwischen den dreien – Randall, Peter und Fielding. Gehen Sie nicht zu hart mit ihm ins Gericht. Er ist einfach... zu alt. Glauben Sie mir, ich weiß es. Ich bin ja selbst schon fast so weit.«

Sie wischte sich die Nase ab und schaute zu Aaron auf. Er lächelte, und sie lächelte ebenfalls. »Sind es gute Menschen, Aaron? Was glauben Sie?« Sie ignorierte Michael absichtlich für einen Augenblick.

»Prächtige Menschen, Rowan. Weit besser als die meisten. Und sie lieben Sie. Der alte Mann liebt Sie. Sie sind das Aufregendste, was ihm in den letzten zehn Jahren widerfahren ist. Sie laden ihn nicht mehr oft ein, die anderen. Er hat sich in Ihrer Aufmerksamkeit gesonnt. Und natürlich wissen sie bei allem, was sie verheimlichen, nicht, was Sie wissen.«

»Sie haben recht«, sagte sie leise; sie fühlte sich ausgelaugt und elend. Gefühlsausbrüche wirkten bei ihr niemals läuternd. Sie war danach immer zittrig und unglücklich.

»Also schön«, sagte sie. »Ich würde ihn bitten, bei der Hochzeit die Rolle des Brautvaters zu übernehmen, verdammt. Aber ich habe schon einen anderen sehr lieben Freund im Sinn.« Sie wischte sich die Augen mit dem gefalteten Taschentuch, das er ihr reichte. »Ich meine Sie, Aaron. Ich weiß, ich komme ein bißchen spät damit. Aber würden Sie mich den Gang hinaufführen?«

»Meine Liebe, es wäre mir eine Ehre«, antwortete er. »Nichts könnte mich glücklicher machen.« Er griff nach ihrer Hand und drückte sie fest. »Und jetzt denken Sie bitte nicht mehr an diesen alten Narren.«

»Danke, Aaron.« Sie lehnte sich zurück und holte tief Luft, ehe sie sich an Michael wandte; sie hatte ihn absichtlich außen vorgelassen, und plötzlich hatte sie schreckliches Mitleid mit ihm. Er sah so niedergeschlagen und so sanftmütig aus. »Nun«, sagte sie, »hast du dich beruhigt, oder hast du eine Herzattacke? Du bist so schrecklich still.«

Er lachte leise und schien wieder ganz der Alte. Seine Augen strahlten so blau, wenn er lächelte. »Weißt du«, sagte er und nahm ihre Hand, »als Kind dachte ich immer, ein Familiengespenst zu haben, wäre wunderbar! Ich habe mir immer gewünscht, ich könnte mal einen Geist sehen! Ich dachte: Ah, in einem Spukhaus wohnen – das wäre toll.«

Alles war wieder gut. Er war wieder fröhlich und stark, wenn auch mit einem etwas strapazierten Unterton. Sie lehnte sich zu ihm hinüber und drückte den Mund auf seine rauhe Wange. »Tut mir leid, daß ich wütend geworden bin.«

Mit einem kleinen Lächeln auf den Lippen beobachtete Aaron die beiden, aber sie waren jetzt doch alle ziemlich erschüttert und müde. Dieses Gespräch hatte ihre letzten Kräfte aufgebraucht.

Rowan hatte das Gefühl, daß die Düsternis sich wieder herabsenkte. Wenn nur die Scheiben nicht so dunkel wären ...

Wie konnte sie den beiden zu verstehen geben, daß alles gutgehen würde, daß sie wußte, am Ende würde sie siegreich sein, daß es keine Versuchung geben konnte, die sie von ihrer Liebe und ihren Träumen und ihren Plänen weglocken könnte?

Der Geist würde kommen, und der Geist würde seinen Zauber wirken lassen – wie der Teufel bei den alten Frauen im Dorf. Von ihr würde erwartet werden, daß sie davor kapitulierte, aber das würde sie nicht tun, und die Macht in ihr, genährt von zwölf Hexen, würde ausreichen, um ihn zu vernichten. Die Dreizehn ist eine Unglückszahl, du Teufel. Und die Tür ist die Tür zur Hölle.

Aber erst wenn es vorüber wäre, würde Michael ihr glauben.

Die Rosen in der Vase auf dem Tisch in der Diele fielen ihr ein. Grauenhafte Blumen – und dann diese Iris mit dem dunklen, schwarzen, zitternden Schlund. Schrecklich. Und schlimmer als alles andere: der Smaragd an ihrem Hals im Dunkeln, kalt und schwer auf ihrer nackten Haut. Nein, das darfst du ihm niemals erzählen. Sprich nicht mehr davon.

Er war so tapfer und so gut wie noch keiner, den sie gekannt hatte. Aber jetzt mußte sie ihn beschützen, denn er konnte sie nicht beschützen; soviel war klar. Und zum erstenmal erkannte sie: Wenn es wirklich losginge, würde sie wahrscheinlich mutterseelenallein dastehen. Aber war das nicht von Anfang an unausweichlich gewesen?

Vierter Teil

Des Teufels Braut

40

Würde dieser Tag später, fragte sie sich, in ihrer Erinnerung wohl der glücklichste Tag ihres Lebens sein? Der Zauber einer Hochzeit mußte ja auf jedermann wirken. Aber sie war noch empfänglicher dafür als die meisten, dachte sie, weil alles so exotisch war, weil es die Alte Welt war, weil es altmodisch und anheimelnd war, und weil sie aus der Welt der Kälte und des Alleinseins kam, wünschte sie sich so etwas so sehr!

Am Abend zuvor war sie hierher in die Kirche gekommen, um allein zu beten. Michael war überrascht gewesen. Betete sie wirklich zu jemandem?

»Ich weiß nicht«, sagte sie. Sie hatte in der dunklen Kirche sitzen wollen, die mit weißen Bändern und Schleifen und einem roten Teppich im Mittelgang für die Hochzeit vorbereitet wurde, und mit Ellie reden; sie wollte Ellie erklären, warum sie ihr Versprechen gebrochen hatte, warum sie das alles tat, und daß es ein gutes Ende nehmen würde. Sie hatte erklärt und erklärt. Sie erzählte sogar von dem Smaragd. »Sei bei mir, Ellie«, bat sie. »Gewähre mir deine Vergebung. Ich wünsche es mir so sehr.«

Dann hatte sie mit ihrer Mutter gesprochen. Sie hatte es einfach und ohne Worte getan und sich ihrer Mutter nur nah gefühlt; und sie hatte versucht, jede Erinnerung an die alte Frau aus ihrem Kopf zu verbannen.

Schließlich hatte sie ihre Gebete auf merkwürdige Art beendet. Sie hatte Kerzen für ihre beiden Mütter angezündet. Und eine Kerze für Antha. Und sogar eine für Stella. Es war ein so beruhigendes Ritual gewesen, zu sehen, wie die kleinen Dochte Feuer fingen und wie die Flammen vor der Statue der Heiligen Jungfrau tanzten. Kein Wunder, daß sie so etwas taten, diese weisen alten Katholiken. Man konnte diese anmutigen Flämmchen fast für lebendig halten.

Dann war sie hinausgegangen, um Michael zu suchen, der sich unterdessen in der Sakristei anregend mit dem freundlichen alten Priester unterhielt und in Erinnerungen an die Pfarrgemeinde schwelgte.

Und jetzt, um ein Uhr, sollte die Hochzeit endlich beginnen.

Steif und still stand sie da in ihrem weißen Kleid und wartete träumend. Der Smaragd lag auf der Spitze, die ihre Brust bedeckte, und sein brennend funkelndes Grün war der einzige Farbtupfer an ihr. Selbst ihr aschblondes Haar und ihre grauen Augen hatten im Spiegel fahl ausgesehen. Und der Edelstein erinnerte sie merkwürdigerweise an die katholischen Standbilder von Jesus und Maria mit den entblößten Herzen, Statuen wie die, die sie im Schlafzimmer ihrer Mutter so erbost zerschmettert hatte.

Aber all diese Gedanken waren jetzt sehr weit weg. Das gewaltige Kirchenschiff von St. Mariä Himmelfahrt war gedrängt voll. Mayfairs aus New York und Los Angeles, aus Atlanta und Dallas waren gekommen. Es waren über zweitausend. Und zu den wuchtigen Klängen der Orgel schritten nacheinander die Brautjungfern den Gang herauf. Beatrice sah noch prächtiger aus als die jüngeren unter ihnen. Und ihre männlichen Begleiter – natürlich ebenfalls lauter Mayfairs, und eine sehr ansehnliche Truppe noch dazu – standen bereit, um einer nach dem anderen die Arme der Jungfern zu ergreifen. Aber jetzt war der Augenblick gekommen...

Sie hatte das Gefühl, sie werde gleich vergessen, wie man einen Fuß vor den anderen setzte. Aber sie vergaß es nicht. Rasch richtete sie noch einmal den langen, vollen weißen Schleier. Sie lächelte Mona an, ihr kleines Blumenmädchen, niedlich wie immer mit der gewohnten Schleife im roten Haar. Sie nahm Aarons Arm, und zusammen folgten sie Mona im Takt der majestätischen Musik; Rowans Blick wanderte durch die Kirche, und verschwommen sah sie Hunderte von Gesichtern zu beiden Seiten. Geblendet spähte sie durch einen Nebel von Weiß zu dem Wald von Lichtern und Kerzen auf dem Altar dort vor ihr.

Als sie endlich Michael entdeckte, so absolut anbetungswürdig in seinem grauem Cutaway mit Fliege, da stiegen ihr die Tränen in die Augen. Wie wahrhaft prachtvoll er war, ihr Geliebter, ihr Engel, als er ihr jetzt von seinem Platz neben dem Altar entgegenstrahlte, die Hände – ohne die greulichen Handschuhe – vor sich verschränkt, den Kopf leicht geneigt, als müsse er seine Seele vor dem hellen Licht beschirmen, das ihn hier beschien, obgleich doch seine blauen Augen für sie das strahlendste Licht von allen verströmten.

Er trat neben sie. Eine wunderbare Ruhe senkte sich auf sie herab, als sie sich Aaron zuwandte, und er hob ihren Schleier und warf ihn anmutig zurück, so daß er weich hinter ihren Armen über ihren Rükken herabfiel. Ein Schauer durchrieselte sie. Eine so altehrwürdige Geste hatte noch niemals zu ihrem Leben gehört. Und es war nicht der Schleier ihrer Jungfernschaft oder ihrer Keuschheit, der da von ihr gehoben wurde, sondern der Schleier der Einsamkeit. Aaron nahm ihre Hand und legte sie in Michaels.

»Seien Sie immer gut zu ihr, Michael«, flüsterte er. Sie schloß die Augen und wünschte, dieses reine Gefühl möge ewig dauern. Dann hob sie langsam den Kopf und betrachtete den prunkvollen Altar mit den herrlichen, holzgeschnitzten Heiligenfiguren, die Reihe um Reihe dort standen.

Als der Priester die traditionellen Worte zu sprechen begann, sah sie, daß auch Michaels Augen in Tränen schwammen. Sie fühlte, wie er zitterte, als sein Griff sich fester um ihre Hand spannte.

Sie fürchtete, daß ihre Stimme sie im Stich lassen könnte. Am Vormittag war ihr ein wenig übel gewesen, vor Sorge vielleicht, und jetzt erfaßte sie wiederum ein leichter Schwindel.

Aber auf einmal wurde ihr ganz leicht ums Herz, und sie dachte daran, daß diese Zeremonie an sich eine ungeheure Kraft vermittelte, daß sie das Brautpaar mit einer unsichtbaren, schützenden Macht umhüllte. Wie hatten ihre alten Freunde sich über diese Dinge lustig gemacht. Und auch sie selbst hatte sie einmal für unvorstellbar gehalten. Aber jetzt stand sie unversehens im Mittelpunkt des Ganzen, und sie genoß es und öffnete ihr Herz, um die Gnade zu empfangen, die ihr diese Zeremonie spendete.

Und schließlich die Worte des alten Mayfair-Vermächtnisses, die der Trauungsformel angefügt wurden und ihr eine neue Form gaben:

»... jetzt und immerdar, daheim und in der Öffentlichkeit, vor deiner Familie und vor allen anderen, ohne Ausnahme und in jeglicher Eigenschaft immer nur bekannt zu sein unter dem Namen Rowan Mayfair, Tochter der Deirdre Mayfair, Tochter der Antha Mayfair, derweil dein rechtmäßiger Ehegemahl soll tragen seinen eigenen Namen ...«

»Ja.«

»Nichtsdestoweniger und mit reinem Herzen sage mir nun, nimmst du diesen Mann, Michael James Timothy Curry ...«

»Ja.«

Und endlich war es vorüber. Die letzten Worte waren unter den hohen Bögen der Decke verhallt. Michael drehte sich um und nahm sie in die Arme, wie er es in der Heimlichkeit des dunklen Hotelzimmers schon tausendmal getan hatte – aber wie köstlich war jetzt dieser öffentliche, zeremonielle Kuß. Sie gab sich ihm restlos hin, den Blick gesenkt, und die Kirche zerfloß in Stille. Und dann hörte sie ihn flüstern:

»Ich liebe dich, Rowan Mayfair.«

Und sie antwortete: »Ich liebe dich, Michael Curry, mein Erzengel.« Und in all seinem steifen Staat drückte sie ihn fest an sich und küßte ihn noch einmal.

Die ersten Klänge des Hochzeitsmarsches ertönten, laut und voller Triumph. Ein mächtiges Rascheln ging durch die Kirche. Sie drehte sich um, sah der großen Versammlung entgegen, sah die Sonne, die durch die bunten Glasfenster strömte, und sie nahm Michaels Arm und begann schnellen Schritts den langen Weg durch den Mittelgang.

Zu beiden Seiten sah sie sie lächeln, nicken, sah den unwiderstehlichen Ausdruck einer immer gleichen Erregung, als sei die ganze Kirche erfüllt von diesem einfachen und überwältigenden Glück, das sie empfand.

Erst als sie in die wartende Limousine stiegen, während die Mayfairs sie unter überschwenglichem Jubel mit Reis überschütteten, fiel ihr der Trauergottesdienst wieder ein, der auch in dieser Kirche stattgefunden hatte, und jener andere Zug aus glänzenden schwarzen Autos.

Und jetzt geht es also durch dieselben Straßen, dachte sie, umhüllt von weißer Seide und mit Michael an der Seite, der sie wieder küßte, auf die Augen und auf die Wange.

Sie lehnte sich zurück, an seine Schulter, lächelnd, mit geschlossenen Augen, und dachte ruhig und mit Bedacht an all die herausragenden Augenblicke ihres Lebens: an ihr Examen in Berkeley, an den ersten Tag als Assistenzärztin auf der Station, an den ersten Tag im Operationssaal, an das erste Mal, daß sie am Ende einer Operation die Worte gehört hatte: Gut gemacht, Dr. Mayfair. Sie können zumachen.

»Der glücklichste Tag«, flüsterte sie. »Und er hat gerade erst angefangen.«

Hunderte wimmelten auf dem Rasen umher, unter den großen weißen Zelten, die den Garten, den Pool und das hintere Stück vor der Garçonniere überschatteten. Die im Freien aufgestellten Büffettische bogen sich unter der Last üppiger Südstaatengerichte: Langusten *étouffée*, Shrimp Creole, Pasta Jambalaya, gebackene Austern, geschwärzter Fisch – und sogar die bescheidenen und beliebten roten Bohnen mit Reis. Livrierte Kellner schenkten Champagner in tulpenförmige Kelche; Barkeeper mixten Cocktails nach Wunsch hinter den wohlsortierten Bars im Salon, im Eßzimmer und am Pool.

Die Dixieland-Band spielte rasant und fröhlich unter einem weißen Baldachin am vorderen Zaun, und hin und wieder wurde die Musik von der lebhaft lärmenden Unterhaltung verschluckt.

Stundenlang standen Michael und Rowan mit dem Rücken vor dem hohen Spiegel an der Frist Street-Seite des Salons und empfingen einen Mayfair nach dem anderen, schüttelten Hände, bedankten sich und hörten aufmerksam zu, wenn ihnen Abstammungslinien, Beziehungen und verwandtschaftliche Verflechtungen beschrieben wurden.

Viele von Michaels alten High-School-Kameraden waren auch gekommen, dank Rita Mae Lonigan und ihren fleißigen Bemühungen; sie bildeten eine lärmende, fröhliche Gemeinde für sich, wie sie so ganz in der Nähe ihre alten Footballstorys austauschten. Rita hatte sogar ein lange verschollenes Paar aus der Verwandtschaft ausfindig gemacht, eine reizende alte Frau namens Amanda Curry, die Michael in liebevoller Erinnerung hatte, und einen Franklin Curry, der mit Michaels Vater zur Schule gegangen war.

Wenn es jemanden gab, der das alles noch mehr genoß als Rowan, dann war es Michael, und er war weit weniger reserviert als sie. Beatrice kam alle halbe Stunde mindestens zweimal vorbei, um ihn überschwenglich zu umarmen, und jedesmal quetschte sie dabei ein paar verlegene Tränen aus ihm heraus: zudem war er sichtlich gerührt von der liebevollen Art und Weise, mit der Lily und Gifford seine Tante Viv unter ihre Fittiche nahmen.

Schließlich war der Empfang zu Ende, und Rowan konnte frei von einer kleinen Gruppe zur anderen spazieren; sie spürte, daß es ein erfolgreiches Fest war, und sie zollte den Leistungen des Bewirtungsservice und der Band ihren Beifall, wie man es vermutlich von ihr erwartete.

Die Hitze des Tages war dank einer sanften Brise restlos verflogen. Einige Gäste verabschiedeten sich frühzeitig; der Pool war voll halbnackter kleiner Geschöpfe, die einander quiekend bespritzten. Einige schwammen nur in ihren Unterhosen, aber ein paar betrunkene Erwachsene waren mit ihrer Festtagskleidung ins Wasser gesprungen.

Frische Speisen wurden in die Wärmebehälter gehäuft; neue Champagnerkisten wurden geöffnet. Der harte Kern der etwa fünfhundert Mayfairs, die Rowan inzwischen persönlich kennengelernt hatte, spazierte umher und fühlte sich offenbar ganz heimisch; sie saßen plaudernd auf der Treppe, sie wanderten durch die Schlafzimmer und bestaunten die wunderbaren Veränderungen, oder sie umstöberten den riesenhaften, bunten Berg der teuren Geschenke.

Allenthalben bewunderte man den Erfolg der Instandsetzung: den zarten Pfirsichton der Wände im Salon und die beigefarbenen Seidenvorhänge, das dunkle, ernste Grün der Bibliothek und das leuchtend weiße Holzwerk im ganzen Haus. Man betrachtete die alten Porträts, die gereinigt und neu gerahmt, sorgsam in der Diele und den unteren Räumen verteilt, aufgehängt worden waren.

Peter und Randall ließen sich pfeiferauchend in der Bibliothek nieder und diskutierten über einzelne Porträts und ihre annähernde Datierung sowie über die Frage, wer welches Bild wohl gemalt habe. Und was würde es wohl kosten, wenn Ryan versuchte, diesen »angeblichen« Rembrandt zu erwerben?

Beim ersten Regenschauer zog die Band hinüber ins Haus und stellte sich am hinteren Ende des Salons auf; die chinesischen Teppiche wurden aufgerollt, und die jungen Paare – einige streiften in dem Trubel die Schuhe von den Füßen – begannen zu tanzen.

Rowan sah sich immer wieder von eifrig begeisterten Gesichtern umgeben, und dabei verlor sie Michael aus den Augen. Einmal geschah es, daß sie sich für einen Moment in den kleinen Waschraum neben der Bibliothek flüchtete, im Vorübergehen winkte sie Peter zu, der jetzt allein dasaß und anscheinend halb schlummerte.

Hinter der verschlossenen Tür blieb sie still stehen und betrachtete sich mit klopfendem Herzen im Spiegel.

Verblaßt sah sie jetzt aus, zerdrückt, ein bißchen wie der Brautstrauß, den sie später übers Treppengeländer hinunterwerfen mußte. Ihr Lippenstift war verschwunden, ihre Wangen sahen bleich aus – aber ihre Augen funkelten wie der Smaragd. Zögernd berührte sie ihn, rückte ihn auf dem Spitzenbesatz zurecht. Sie schloß die Augen und dachte an Deborahs Bild. Ja, es war richtig, daß sie ihn getragen hatte. Wieder betrachtete sie ihr Spiegelbild, klammerte sich an den Augenblick, versuchte ihn für allezeit zu bewahren wie ein kostbares Photo, das zwischen den Seiten eines Tagebuchs klemmt. *Heute, unter ihnen, und alle sind hier.*

Sie wanderte zurück in den Salon, zu dem Lärm der Band und dem Gewimmel der Tanzenden; sie suchte Michael, und plötzlich sah sie ihn: Ganz allein lehnte er am zweiten Kamin und starrte quer durch den von Trubel erfüllten Raum. Sie kannte den Ausdruck in seinem Gesicht, die Röte und die Erregung – sie kannte die Art, wie seine Augen sich auf einen fernen, scheinbar bedeutungslosen Punkt richteten.

Er bemerkte sie kaum, als sie neben ihn trat. Er hörte sie nicht, als sie seinen Namen flüsterte. Sie folgte seinem Blick, aber sie sah nur tanzende Paare und die glitzernden Regentropfen auf den vorderen Fenstern.

»Michael, was ist?«

Er rührte sich nicht. Sie zog an seinem Arm, und dann hob sie die Hand und drehte sanft sein Gesicht zu sich herum. Sie schaute ihn an und wiederholte langsam und deutlich seinen Namen. Ungeduldig wandte er sich ab und starrte wieder in den vorderen Teil des Raumes. Nichts. Jetzt war es weg, was immer es gewesen war. Gott sei Dank.

Sie sah die kleinen Schweißperlen auf seiner Stirn und seiner Oberlippe. Sie lehnte sich an ihn, legte den Kopf an seine Brust.

»Was war?« fragte sie.

»Eigentlich gar nichts«, murmelte er. Sein Atem ging unregelmäßig. »Ich dachte, da wäre... aber egal. Es ist weg.«

»Aber was war es?«

»Nichts.« Er faßte sie bei den Schultern und küßte sie ein wenig rauh. »Nichts wird uns diesen Tag verderben, Rowan.« Die Stimme blieb ihm im Halse stecken, als er weitersprach. »Nichts Verrücktes oder Sonderbares an diesem Tag.«

»Bleib bei mir«, sagte sie. »Geh nicht wieder weg.«

Sie zog ihn hinter sich her, zum Salon hinaus, in die Bibliothek und in den Waschraum, wo sie ungestört allein sein konnten. Sein

Herz raste immer noch, als sie ihn festhielt und ihre Arme um ihn schlang. Lärm und Musik klangen gedämpft und wie aus weiter Ferne.

»Es ist okay, Darling«, sagte er schließlich, sein Atem ging wieder leichter. »Ehrlich. Was ich sehe, hat nichts zu bedeuten. Mach dir keine Sorgen, Rowan, bitte. Es ist wie bei den Bildern – ich empfange Eindrücke von Dingen, die vor langer Zeit geschehen sind, weiter nichts. Komm, Honey, schau mich an. Küß mich. Ich liebe dich, und dieser Tag gehört uns.«

Die Party zog sich mit verrückter Munterkeit in den Abend hinein. In einem Gewitter von Blitzlichtern und trunkenem Gelächter schnitt das Brautpaar schließlich die Hochzeitstorte an. Tabletts mit Süßigkeiten machten die Runde. Kaffee wurde kannenweise gekocht. Mayfairs hatten es sich zu langen, von Herzen kommenden Gesprächen in verschiedenen Ecken und auf Sofas bequem gemacht, oder sie saßen in Trauben um die Tische herum. Der Regen draußen wurde heftiger. Donner kam und ging mit gewaltigem Dröhnen. Und die Bars blieben offen, denn die meisten Gäste tranken weiter.

Endlich – da Rowan und Michael erst am nächsten Tag ihre Hochzeitsreise nach Florida antreten wollten – wurde beschlossen, daß Rowan »jetzt« ihren Brautstrauß von der Treppe werfen sollte. Also stieg sie halb nach oben und schaute dann hinunter in ein Meer von aufwärtsgewandten Gesichtern, das sich nach beiden Seiten und nach hinten in den Salon erstreckte. Sie schloß die Augen und warf den Strauß in die Luft. Ein fröhlicher Aufschrei, und hier und da auch Schieben und Drängen – und plötzlich streckte die junge Clancy Mayfair den Strauß in die Höhe. Beifallsrufe ertönten. Und Pierce warf ihr die Arme um den Hals und demonstrierte vor der ganzen Welt sein spezielles und sehr selbstsüchtiges Entzücken über ihr Glück.

Aha, Pierce und Clancy also, wie? dachte Rowan, als sie die Treppe wieder herunterkam. Weit hinten am zweiten Kamin stand Peter und schaute lächelnd zu. Randall diskutierte unterdessen hitzig mit Fielding, den man dort drüben vor einer Weile in einen Gobelinsessel gepflanzt hatte.

Die neue Kapelle für den Abend war eben eingetroffen. Sie begann mit einem Walzer; alles jubelte, als die süßen, altmodischen Klänge ertönten, und jemand drehte die Dimmer der Kronleuchter herunter, bis sie ein weiches, rosiges Licht spendeten. Auch die älteren Paare erhoben sich, um zu tanzen. Michael nahm Rowan sofort bei der Hand und führte sie in die Mitte des Salons. Es war wieder einer jener makellosen Augenblicke von zarte Fülle, ganz wie die Musik, die sie mit sich trug. Bald drängten sich die tanzenden Paare im Raum.

Wenn Michael noch etwas Verstörendes gesehen hatte, ließ er sich davon nichts anmerken; sein Blick war unverwandt und hingebungsvoll auf Rowan gerichtet.

Um zehn Uhr war die Gästeschar auf etwa zweihundert Personen geschrumpft. Rowan hatte die hochhackigen weißen Satinschuhe ausgezogen. Sie saß in einem Lehnstuhl vor dem vorderen Kamin im Salon, die langen Ärmel hochgeschoben und rauchte eine Zigarette; sie hatte die Füße unter sich gezogen und hörte zu, wie Pierce von seiner letzten Europareise berichtete. Sie konnte sich nicht einmal mehr erinnern, wann oder wo sie ihren Schleier abgenommen hatte. Ihre Füße taten so weh wie sonst nicht einmal nach acht Stunden im OP. Sie hatte Hunger, und es waren nur noch Desserts übrig. Und von der Zigarette wurde ihr schlecht. Sie drückte sie aus.

Michael und der grauhaarige Priester aus der Pfarrkirche standen, ins Gespräch vertieft, vor dem Kaminsims am anderen Ende des Zimmers. Die Kapelle war von Strauß-Walzern zu moderneren Schlagern übergegangen. Hier und da sangen einige ein paar Takte von »Blue Moon« oder »Tennessee Waltz« mit. Die Hochzeitstorte war bis auf ein Stück, das man aus sentimentalen Gründen zurückgelassen hatte, restlos aufgegessen worden.

Um elf kam Aaron und verabschiedete sich mit einem Kuß von Rowan; er wollte Tante Vivian nach Hause bringen. Er sei im Hotel, falls man ihn brauchen sollte, und er wünschte ihnen für den nächsten Morgen eine gute Reise nach Destin.

Michael begleitete ihn und seine Tante zur Haustür. Endlich zogen auch Michaels alte Freunde ab, um in der »Parasol's Bar« im Irish Channel weiterzutrinken – nicht ohne Michael das Versprechen abgenommen zu haben, sich in zwei Wochen mit ihnen zum Essen zu treffen. Die Treppe indessen war immer noch von plaudernden Paaren blockiert.

Schließlich stand Ryan auf, bat um Ruhe und erklärte, die Party sei zu Ende. Alle sollten nun ihre Schuhe, Jacken, Handtaschen, oder was sonst noch fehlte, zusammensuchen und verschwinden, damit das Hochzeitspaar endlich allein sein könne. Er nahm ein frisches Glas Champagner von dem Tablett, das gerade vorübergetragen wurde, und wandte sich an Rowan.

»Auf das Brautpaar«, verkündete er, und seine Stimme übertönte mühelos das ganze Treiben. »Auf ihre erste Nacht in diesem Hause.«

Neuerlicher Jubel. Alle griffen nach einem letzten Drink, und hundertmal wurde der Toast wiederholt, während die Gläser klangen. »Gott segne alle in diesem Haus!« rief der Priester, und ein Dutzend Stimmen wiederholten den Segenswunsch.

»Auf Darcy Monahan und Katherine!« rief jemand.

»Auf Julien und Mary Beth... und auf Stella...«

Der allgemeine Abschied dauerte, wie es in dieser Familie Brauch war, über eine halbe Stunde vor lauter Küssen und Wiedersehensversprechen und neu erwachter Konversation zwischen Tür und Angel, vor der Badezimmertür, auf der Veranda und am Gartentor.

Endlich war es vorüber. Ryan ging als letzter, nachdem er den Partyservice bezahlt und sich vergewissert hatte, daß alles zur vollen Zufriedenheit gewesen war.

»Gute Nacht, ihr Lieben«, sagte er, und langsam schloß sich die hohe Haustür.

Rowan und Michael schauten einander lange an, und dann fingen sie an zu lachen, und Michael hob sie hoch und wirbelte sie im Kreis herum, bevor er sie behutsam wieder auf die Füße stellte. Sie ließ sich gegen ihn fallen und umarmte ihn, wie sie es so gern tat, mit dem Kopf an seiner Brust. Sie war ganz erschöpft vom Lachen.

»Wir haben es getan, Rowan!« sagte er. »Wie alle es sich gewünscht haben, haben wir's gemacht! Es ist vorüber, es ist geschehen.«

Sie lachte immer noch in sich hinein, in köstlicher Erschöpfung und zugleich angenehm erregt. Aber dann schlug die Uhr. »Hörst du?« flüsterte sie. »Michael, es ist Mitternacht.«

Er nahm sie bei der Hand und drückte auf den Wandschalter, um das Licht zu löschen, und zusammen liefen sie die dunkle Treppe hinauf.

Nur aus einem Zimmer im ersten Stock fiel Licht in den dunklen Korridor, aus ihrem Schlafzimmer. Leise gingen sie bis zur Tür.

»Rowan, schau nur, was sie getan haben«, sagte Michael.

Bea und Lily hatten das Zimmer auf erlesene Weise vorbereitet. Ein riesiger, duftender Strauß von pinkfarbenen Rosen stand auf dem Kaminsims zwischen zwei silbernen Kandelabern.

Auf der Kommode wartete der Champagner im Eiskübel, daneben zwei Gläser auf einem Silbertablett.

Das Bett stand bereit; die Spitzendecke war beiseitegeschlagen, die Kissen waren aufgeschüttelt, die weißen, weichen Vorhänge zurückgezogen und an den beiden massiven Pfosten am Kopfende festgebunden.

Ein hübsches Nachthemd und ein Negligé aus weißer Seide lagen zusammengefaltet auf der einen Seite des Bettes, ein weißer Baumwollpyjama auf der anderen. Eine einzelne Rose mit einer Schleife lag auf den Kopfkissen, und auf dem kleinen Tisch an der rechten Seite des Bettes stand eine Kerze.

»Wie lieb von ihnen, daran zu denken«, sagte Rowan.

»Das ist also unsere Hochzeitsnacht, Rowan«, sagte Michael. »Und eben hat die Uhr aufgehört zu schlagen. Dies ist die Stunde der Hexen, und wir haben sie ganz für uns allein.«

Wieder schauten sie einander an, und beide fingen leise an zu lachen; jeder ließ sich vom Lachen des anderen anstecken, und keiner konnte aufhören. Sie waren so müde, daß sie sich beide nur noch ins Bett fallenlassen könnten, und das wußten sie auch.

»Na, zumindest sollten wir noch den Champagner trinken«, meinte Rowan, »bevor wir beide zusammenbrechen.«

Er nickte, warf den Cutaway beiseite und zerrte an seiner Fliege. »Ich sage dir, Rowan, man muß jemanden sehr lieben, um sich einen solchen Anzug anzuziehen!«

»Komm schon, Michael – hier tut das doch jeder. Hilf mir bitte mit dem Reißverschluß.« Sie wandte ihm den Rücken zu und fühlte, wie endlich die harte Schale des Mieders von ihr abfiel und das Kleid lose um ihre Füße zu Boden sank. Achtlos nahm sie den Smaragd ab und legte ihn ans Ende des Kaminsimses.

Schließlich war alles weggeräumt und aufgehängt; sie saßen zusammen im Bett und tranken den Champagner, der sehr kalt und trocken und köstlich war und sprudelnd über die Gläser geschäumt hatte, wie es sich gehörte. Michael war nackt, aber er streichelte sie so gern durch die Seide des Nachthemdes, und so ließ sie es an. Und so müde sie auch waren, am Ende gewannen das wundervolle neue Bett und der sanfte Kerzenschein die Oberhand, und ihre gewohnte Hitze erreichte den Siedepunkt.

Es ging schnell und heftig, wie sie es liebte, und das große Mahagonibett stand fest und unerschüttlich wie aus Stein gemeißelt.

Nachher lag sie an ihn geschmiegt da, döste zufrieden und lauschte dem gleichmäßigen Rhythmus seines Herzens. Schließlich setzte sie sich auf, strich das zerknüllte Nachthemd glatt und nahm einen großen, kühlen Schluck Champagner.

Michael richtete sich auf; nackt, das eine Knie hochgezogen, saß er da und zündete sich eine Zigarette an. Sein Kopf sank nach hinten an das hohe Kopfende des Bettes.

»Ah, Rowan, es ist nichts schiefgegangen, weißt du – absolut gar nichts. Der Tag war vollkommen. Gott, daß ein Tag so vollkommen sein kann!«

Nur, daß du etwas gesehen hast, das dir angst gemacht hat.

Aber das sagte sie nicht. Denn der Tag war tatsächlich vollkommen gewesen, trotz dieses seltsamen Augenblicks. Vollkommen! Nichts hatte ihn verdorben.

Sie nahm noch einen kleinen Schluck von dem Champagner und genoß den Geschmack und ihre Müdigkeit, als sie merkte, daß sie noch zu aufgedreht war, um die Augen zu schließen.

Eine Woge des Schwindels ging plötzlich über sie hinweg, verbunden mit einem Hauch jener Übelkeit, die sie schon am Morgen verspürt hatte. Sie wedelte den Zigarettenrauch beiseite.

»Was ist los?«

»Nichts. Die Nerven, glaube ich. Als ich heute durch die Kirche ging, da war es wie beim erstenmal, als ich ein Skalpell oder so was in die Hand nehmen mußte.«

»Ich weiß, was du meinst. Ich mache die Zigarette aus.«

»Nein, nein, das ist es nicht, Zigaretten stören mich nicht. Ich rauche ja selbst hin und wieder.« Aber es war doch der Zigarettenrauch, nicht wahr? Genauso wie beim letzten Mal. Sie stand auf, und das leichte seidene Nachthemd fühlte sich an wie ein Nichts, als es an ihr herunterfiel. Barfuß tappte sie ins Badezimmer.

Kein Alka-Seltzer – das einzige, was bei solchen Gelegenheiten immer half. Aber sie hatte welches mitgebracht, fiel ihr ein. Sie hatte es in der Küche in einen Schrank getan, zusammen mit Aspirin, Pflaster und all den anderen Utensilien einer Haushaltsapotheke. Sie kam zurück und zog Pantoffeln und Negligé an.

»Wo willst du hin?« fragte er.

»Nach unten, ein Alka-Seltzer holen. Ich weiß nicht, was mit mir los ist. Ich bin gleich wieder da.«

»Warte, Rowan. Ich gehe schon.«

»Bleib da. Du bist nicht angezogen. Ich bin in zwei Sekunden wieder da. Vielleicht nehme ich den Aufzug – was soll's?«

Es war nicht richtig dunkel im Haus. Durch die zahlreichen Fenster fiel ein fahles Licht aus dem Garten herein und beleuchtete den blanken Boden in der Diele, im Eßzimmer und sogar in der Geschirrkammer. Sie fand ihren Weg leicht, ohne das Licht einzuschalten.

Sie nahm das Alka-Seltzer aus dem Schrank und griff nach einem der neuen Kristallgläser, die sie und Bea auf einem Einkaufsbummel erstanden hatten. Sie füllte das Glas an dem kleinen Spülbecken. Dann trank sie das Alka-Seltzer und schloß die Augen.

Ja, besser. Wahrscheinlich reine Einbildung, aber sie fühlte sich besser.

»Gut. Es freut mich, daß du dich besser fühlst.«

»Danke«, sagte sie und dachte: Was für eine hübsche Stimme – so sanft und mit der Spur eines schottischen Akzents, nicht wahr? Eine schöne, melodische Stimme.

Sie riß die Augen auf und taumelte in heftigem Schrecken rückwärts gegen die Kühlschranktür.

Er stand auf der anderen Seite der Theke. Kaum einen Schritt weit von ihr entfernt. Seine geflüsterten Worte hatten rauh geklungen, von Herzen kommend. Aber sein Gesichtsausdruck war ein wenig kälter und ganz und gar menschlich. Ein wenig gekränkt vielleicht, aber nicht flehentlich wie in jener Nacht in Tiburon. Nein, überhaupt nicht.

Es mußte ein wirklicher Mann sein. Das war nicht irgendein Witz. Es war ein wirklicher Mann. Ein Mann, der hier in der Küche stand und sie anschaute, ein hochgewachsener Mann mit braunem Haar und großen dunklen Augen und einem wunderschön geformten, sinnlichen Mund.

In dem Licht, das durch die Verandatür hereinfiel, sah sie deutlich sein Hemd und die Wildlederweste, die er trug. Alte, alte Kleider, mit handgemachten Nähten und unebenen Säumen, mit weiten, vollen Ärmeln.

»Nun? Wo ist dein Wille, mich zu vernichten, meine Schöne?« raunte er mit der gleichen leisen, volltönenden, tiefbetrübten Stimme. »Wo ist deine Macht, mich zurückzujagen in die Hölle?«

Sie zitterte wie Espenlaub. Das Glas rutschte ihr aus den nassen Fingern, fiel mit dumpfem Klang zu Boden und rollte davon. Sie tat einen tiefen, rauhen Seufzer, ohne den Blick von ihm zu wenden. Der vernünftige Teil ihrer selbst beobachtete, daß er groß war, über einen Meter achtzig groß, und daß er muskulöse Arme hatte und starke Hände. Daß sein Haar leicht zerzaust war, als sei er durch den Wind gegangen. Es war nicht der zarte, androgyne Gentleman, den sie auf ihrer Veranda in Tiburon gesehen hatte, nein.

»Damit ich dich besser lieben kann, Rowan!« flüsterte er. »Welche Gestalt soll ich für dich annehmen? Er ist nicht vollkommen, Rowan, er ist ein Mensch, aber nicht vollkommen. Nein.«

Für einen Augenblick war ihre Angst so groß, daß sie sie wie einen straffen Druck in sich fühlte, als stürbe sei. Trotzig und wütend stellte sie sich dagegen, sie trat mit zitternden Beinen vor, langte über die Theke und berührte seine Wange.

Rauh wie bei Michael. Und die Lippen seidig. Gott! Wieder taumelte sie zurück, wie gelähmt, außerstande, etwas zu tun oder zu sagen. Sie zitterte am ganzen Körper – es ging in Wellen durch ihre Glieder.

»Du fürchtest mich, Rowan?« Seine Lippen bewegten sich kaum, als sie den Blick darauf richtete. »Warum? Laß meinen Freund Aaron in Ruhe, hast du mir befohlen, und ich habe gehorcht, nicht wahr?«

»Was willst du?«

»Ach, es würde lange dauern, das zu erzählen«, sagte er, und sein schottischer Akzent klang immer stärker durch. »Und er wartet doch auf dich, dein Liebhaber, dein Ehemann, in dieser, eurer Hochzeitsnacht. Und es beunruhigt ihn schon, daß du nicht kommst.«

Sein Gesichtsausdruck wurde plötzlich sanft und schmerzgepeinigt. Wie konnte eine Illusion so lebendig sein?

»Geh, Rowan, geh wieder zu ihm«, sagte er traurig. »Und wenn du ihm sagst, daß ich hier bin, wirst du ihm größeren Kummer bereiten, als sogar du dir vorstellen kannst. Und ich werde mich wieder vor dir verbergen. Angst und Mißtrauen werden ihn zerfressen, und ich werde nur kommen, wenn ich will.«

»Also gut, ich werde ihm nichts sagen«, flüsterte sie. »Aber tu ihm nichts. Gib ihm nicht den kleinsten Anlaß zu Angst oder Sorge. Und deine anderen Tricks, vergiß sie! Plage ihn nicht mit deinen Tricks! Oder, das schwöre ich dir, ich spreche nie wieder mit dir. Und ich werde dich vertreiben.«

Das schöne Gesicht sah tragisch aus, und die braunen Augen blickten sanft und unendlich traurig.

»Wie du es willst, Rowan«, sagte er. Seine Worte flossen wie Musik, voller Trauer und stiller Kraft. »Was gibt es auf der Welt für mich – außer Rowan zu gefallen? Komm zu mir, wenn er schläft. Heute nacht, morgen, komm, wann du willst. Es gibt keine Zeit für mich. Ich bin hier, wenn du meinen Namen rufst. Aber sei aufrichtig zu mir, Rowan. Komm allein zu mir, und komme heimlich. Oder ich werde nicht antworten. Ich liebe dich, meine schöne Rowan. Aber ich habe einen Willen. Glaube mir.«

Die Gestalt schimmerte plötzlich, als scheine ein Licht ohne Ursprung auf sie; sie wurde heller, und eintausend winzige Details waren plötzlich sichtbar. Dann wurde sie durchscheinend, und ein warmer Luftzug erfaßte Rowan, erschreckte sie und ließ sie allein in der Dunkelheit, wo nichts mehr war.

Sie schlug die Hand vor den Mund. Die Übelkeit kehrte zurück. Sie stand da und wartete, bis es vorüber wäre, fröstelnd und nah daran, zu schreien. Dann hörte sie Michaels leisen, aber unverwechselbaren Schritt, er kam durch die Geschirrkammer und in die Küche. Sie zwang sich, die Augen zu öffnen.

Er hatte eine Jeans übergezogen, aber Oberkörper und Füße waren nackt.

»Was ist denn, Honey?« flüsterte er. Dann sah er das Glas; es blinkte im Dunkeln am Fuße des Kühlschranks. Er bückte sich, hob es auf und stellte es in das Spülbecken. »Rowan, was ist denn?«

»Nichts, Michael«, sagte sie gepreßt und bemühte sich, das Zittern und die Tränen, die ihr in die Augen schossen, zu unterdrükken. »Mir ist nur schlecht, ein bißchen schlecht. Das war übrigens schon heute morgen so, und auch heute nachmittag, und auch gestern. Ich weiß nicht, woran es liegt. Jetzt kam es wohl von der Zigarette. Es ist gleich wieder vorbei, Michael, ehrlich. Gleich geht's mir wieder gut.«

»Du weißt nicht, woran es liegt?«

»Nein, ich habe nur ... ich nehme an ... Zigaretten haben noch nie so auf mich gewirkt ...«

»Dr. Mayfair«, sagte er. »Sie wissen es ganz bestimmt nicht?«

Sie fühlte seine Hände auf den Schultern. Sein Haar streifte sanft ihre Wange, als er sich vorbeugte und sie auf die Brüste küßte. Sie fing an zu weinen, und mit beiden Händen erfaßte sie seinen Kopf und fühlte sein seidenweiches Haar.

»Dr. Mayfair«, sagte er, »sogar ich weiß, woran es liegt.«

»Wovon redest du da?« wisperte sie. »Ich brauche nur Schlaf. Ich muß nach oben.«

»Du bist schwanger, Honey. Schau dich doch im Spiegel an.« Und ganz sanft berührte er noch einmal ihre Brüste, und auch sie spürte ihre Rundheit, das leicht wunde Gefühl, und sie wußte: Er hatte recht. Absolut recht.

Sie brach in Tränen aus. Sie ließ sich von ihm hochheben, und er trug sie langsam durch das Haus. Ihr ganzer Körper schmerzte von der Anspannung dieser furchtbaren Augenblicke in der Küche, und das Schluchzen brach trocken und schmerzhaft aus ihrer Kehle. Sie glaubte nicht, daß er sie die ganze lange Treppe würde hinauftragen können, aber er konnte es, und sie ließ es geschehen und weinte an seiner Brust, die Finger in seinem Nacken verschränkt.

Er setzte sie ins Bett und küßte sie. Benommen sah sie, wie er die Kerzen ausblies, und dann kam er wieder zu ihr.

»Ich liebe dich so sehr, Rowan«. Er weinte ebenfalls. »Ich liebe dich so sehr. Ich war noch nie so glücklich ... es kommt in Wellen, und jedesmal denke ich, das ist der Gipfel, und dann kommt es noch einmal. Und es ausgerechnet heute nacht zu erfahren ... Gott, was für ein Hochzeitsgeschenk, Rowan. Womit habe ich dieses Glück bloß verdient? Ich wünschte, ich wüßte es.«

»Ich liebe dich auch, Darling. Ja ... so glücklich.« Er schlüpfte unter die Decke, sie wandte ihm den Rücken zu, schmiegte sich an ihn und fühlte, wie er seine Knie unter die ihren zog. Sie weinte ins Kopfkissen, suchte seine Hand und legte sie an ihre Brust.

»Alles ist so vollkommen«, flüsterte er.

»Und nichts, was es verdirbt«, wisperte sie. »Überhaupt nichts.«

41

Sie wachte vor ihm auf. Als der erste Anfall von Übelkeit vorüber war, packte sie rasch die schon gefalteten Kleiderbündel in die Koffer. Dann ging sie hinunter in die Küche.

Alles lag sauber und still im Sonnenschein. Nichts ließ erkennen, was in der Nacht geschehen war. Der Swimming-Pool funkelte durch das Fliegengitter der Veranda, und die Sonne schien weich auf die weißen Korbsessel.

Sie untersuchte die Theke. Sie untersuchte den Fußboden. Sie fand nichts.

Von Abscheu und Wut erfüllt, kochte sie den Kaffee, so schnell es ging, damit sie aus der Küche flüchten und zu Michael zurückgehen könnte.

Er schlug gerade die Augen auf.

»Laß uns abreisen«, sagte sie.

»Ich dachte, wir fahren erst heute nachmittag«, sagte er verschlafen. »Aber klar, wir können auch jetzt fahren, wenn du willst.« Stets ihr liebenswürdiger Held. Er küßte sie sanft auf die Wange, und seine Bartstoppeln kratzten köstlich. »Wie fühlst du dich?«

»Jetzt geht's mir prima.« Sie streckte die Hand aus und griff nach dem kleinen goldenen Kruzifix, das sich in den Haaren auf seiner Brust verfangen hatte. »Ungefähr eine halbe Stunde lang war mir übel. Wahrscheinlich kommt es auch noch mal wieder. Dann schlafe ich einfach. Ich wäre zu gern noch früh genug in Destin, um in der Sonne am Strand spazierenzugehen.«

»Aber willst du nicht zum Arzt, bevor wir fahren?«

»Ich bin Arzt«, sagte sie lächelnd. »Und erinnerst du dich an meinen speziellen Sinn? Es geht ihm prima da drin.«

»Sagt dir dein spezieller Sinn auch, ob er ein Junge oder ein Mädchen ist?« wollte er wissen.

»Ob *er* ein Junge oder ein Mädchen ist?« Sie lachte. »Ich wünschte, ich wüßte es. Aber vielleicht möchte ich mich auch lieber überraschen lassen.«

»Rowan, du bist nicht... unglücklich über das Baby, nicht wahr?«

»Nein, du lieber Gott, nein! Michael, ich will dieses Baby. Mir ist bloß noch ein bißchen schlecht. Das kommt und geht. Übrigens, ich möchte den anderen noch nichts davon sagen. Erst, wenn wir aus Florida zurück sind. Sonst werden uns noch die Flitterwochen verdorben.«

»Einverstanden.« Vorsichtig legte er ihr seine warme Hand auf den Bauch. »Es wird noch ein Weilchen dauern, bis du es fühlst, wie?«

»Es ist ein Viertelzoll groß«, sagte sie und lächelte wieder. »Es wiegt noch keine dreißig Gramm. Aber *ich* kann es fühlen. Es schwimmt in einem Zustand der Seligkeit, und alle seine winzigen Zellen vermehren sich.«

Er seufzte tief und zufrieden. »Wie werden wir es nennen?«

Sie zuckte die Achseln. »Wie wär's mit Little Chris? Würde dir das... zu schwer fallen?«

»Nein, das wäre großartig. Dann wird es Christopher, wenn's ein Junge, und Christine, wenn's ein Mädchen ist. Wie alt ist es denn zu Weihnachten?« Er fing an zu rechnen.

»Na ja, jetzt ist es vielleicht sechs oder sieben Wochen alt. Vielleicht acht. Ja, es könnte durchaus schon acht Wochen alt sein. Dann wäre es... vier Monate. Es wird schon alles an ihm dran sein, aber die Augen sind dann noch geschlossen. Wieso? Fragst du dich, ob es lieber ein Feuerwehrauto oder einen Baseballschläger geschenkt bekommen möchte?«

Er gluckste. »Nein, aber es ist das tollste Weihnachtsgeschenk, das ich mir je habe träumen lassen. Weihnachten war immer etwas Besonderes für mich, auf eine beinahe heidnische Art und Weise. Und das wird nun das größte Weihnachtsfest, das ich je erlebt habe – das heißt, abgesehen vom nächsten Jahr, wenn sie herumläuft und mit ihrem Baseballschläger auf ihr Feuerwehrauto einprügelt.«

Er sah so verwundbar aus, so unschuldig, so voller Vertrauen in sie. Sie küßte ihn rasch und huschte ins Bad, und dann lehnte sie sich rücklings an die verriegelte Tür und schloß die Augen.

Du Teufel, wisperte sie, du hast den Zeitpunkt wirklich gut abgepaßt, nicht wahr? Gefällt dir mein Haß? Ist es das, wovon du geträumt hast?

Dann erinnerte sie sich an sein Gesicht in der dunklen Küche, an die sanfte, leidvolle Stimme, die sie anrührte wie eine Hand. *Was gibt es auf der Welt für mich – außer Rowan zu gefallen?*

Gegen zehn Uhr fuhren sie los. Michael saß am Steuer. Inzwischen fühlte sie sich besser, und es gelang ihr, zwei Stunden zu schlafen. Als sie die Augen öffnete, waren sie schon in Florida und fuhren gerade durch den dunklen Kiefernwald von der Interstate zu der Straße, die an der Küste entlangführte. Sie fühlte sich klar und erfrischt, und als der Golf das erstemal vor ihr auftauchte, war es, als existiere die dunkle Küche in New Orleans und die Erscheinung dort nicht mehr, und sie fühlte sich sicher.

Es war kühl, aber nicht kühler als an einem frischen Sommertag in Nordkalifornien.

Sie zogen dicke Pullover an und spazierten am menschenleeren Strand entlang. Als die Sonne unterging, aßen sie vor dem Kamin zu Abend, und durch die offenen Fenster wehte der Wind vom Golf herein.

Irgendwann gegen acht nahm sie sich ihre Pläne für das »Mayfair Medical« vor; sie studierte die großen gewinnbringenden Krankenhausbetten im Vergleich zu den »Non Profit«-Modellen, die sie sehr viel mehr interessierten.

Aber ihre Gedanken schweiften immer wieder ab, und sie konnte sich auf die schwierigen Artikel über Gewinn und Verlust und über den möglichen Mißbrauch der diversen Systeme nicht richtig konzentrieren.

Schließlich machte sie sich ein paar Notizen und ging zu Bett; stundenlang lag sie im dunklen Schlafzimmer, während Michael nebenan über seinen Restaurierungsplänen saß, und sie lauschte dem mächtigen Tosen des Golfs, das durch die offenen Türen hereinrauschte, und fühlte, wie die Brise über sie hinwegstrich.

Was sollte ich tun? Michael und Aaron alles erzählen, wie sie es versprochen hatte? Dann würde er sich zurückziehen, ihnen vielleicht seine kleinen Tricks vorspielen, und die Anspannung würde wachsen mit jedem Tag, der verging.

Sie dachte wieder an ihr Baby, und ihre Hand lag dabei auf ihrem Bauch. Ob es wohl träumte, da in ihr drinnen? Sie stellte sich die winzigen Schaltkreise des Gehirns vor, die sich da entwickelten. Kein Embryo mehr, sondern ein kompletter Fötus. Sie schloß die Augen, lauschte, spürte. *Alles in Ordnung.* Und ihr starker telepathischer Sinn machte ihr plötzlich angst.

Hatte sie die Macht in sich, dieses Kind zu verletzen? Der Gedanke war so entsetzlich, daß sie ihn nicht ertrug. Und wenn sie an Lasher dachte, so erschien auch er als Bedrohung für dieses zerbrechliche und geschäftige kleine Wesen, denn er war eine Gefahr für sie selbst, und sie war die Welt für das Baby.

Wie konnte sie es vor ihren eigenen dunklen Kräften beschützen, wie es bewahren vor der finsteren Geschichte, die es umgarnen wollte? Little Chris. Du wirst nicht aufwachsen mit Flüchen und Geistern und nächtlichem Spuk.

Dann vertrieb sie all die dunklen und turbulenten Gedanken aus ihrem Kopf; sie stellte sich das Meer draußen vor, wie es sich endlos am Strand brach; keine Welle war wie die andere, und doch waren sie alle Teil derselben großen, monotonen Kraft mit ihrem süßen, einlullenden Rauschen und ihren unberechenbaren Variationen.

Vernichte Lasher. Verführe ihn, jawohl, wie er versucht, dich zu verführen. Finde heraus, was er ist, und vernichte ihn dann! Du bist die einzige, die es kann. Erzählst du es Michael oder Aaron, wird er sich zurückziehen. Du mußt ihn zielstrebig täuschen und ihn vernichten. Du mußt.

Vier Uhr morgens.

Sie mußte geschlafen haben. Ihr unwiderstehlicher Kerl lag neben ihr; sein starker, schwerer Arm umschlang sie, und seine Hand umfaßte ihre Brust. Und ein Traum verblaßte, ein elender Traum, mit lauter Holländern mit großen schwarzen Hüten und einem Mob draußen, der nach dem Blut Jan van Abels brüllte.

Oh, sie haßte diesen Traum!

Sie stand auf und ging über den dicken Teppich hinaus auf die Holzveranda.

Hatte es je einen Himmel gegeben, der weiter und klarer war? Voll von winzigen, funkelnden Sternen. Blütenweiß der Schaum auf den schwarzen Wellen. Weiß wie der Sand, der im Mondlicht leuchtete.

Aber weit unten am Strand stand eine einsame Gestalt; ein schlanker großer Mann, der zu ihr heraufschaute. *Verdammt sollst du sein.* Sie sah, wie die Gestalt sich langsam auflöste und verschwand.

Sie senkte den Kopf und zitterte jetzt, die Hände auf das hölzerne Geländer gelegt.

Du wirst kommen, wenn ich dich rufe.

Aber ich liebe dich, Rowan.

Entsetzt erkannte sie, daß die Stimme aus keiner bestimmten Richtung kam. Es war ein Flüstern in ihr und rings um sie herum, intim und nur für sie hörbar.

Ich warte nur auf dich, Rowan.

Dann laß mich in Ruhe. Sprich kein Wort mehr, und zeige dich nicht wieder, oder ich werde dich niemals rufen.

Wütend und erbittert wandte sie sich ab und kehrte zurück ins dunkle Schlafzimmer. Der warme Teppich war weich unter ihren Füßen. Sie stieg zu Michael in das niedrige Bett. Sie klammerte sich an ihn in der Dunkelheit, und ihre Finger schlossen sich fest um seinen Arm. Verzweifelt sehnte sie sich danach, ihn zu wecken und ihm zu erzählen, was geschehen war.

Aber das hier mußte sie allein tun. Sie wußte es. Sie hatte es immer gewußt.

Eine Woche lang war ihr jeden Morgen schlecht. Dann verging die Übelkeit, und die Tage waren prachtvoll, als sei der Morgen neu entdeckt und als sei ein klarer Kopf ein Geschenk der Götter.

Er sprach nicht wieder mit ihr. Er zeigte sich nicht mehr. Wenn sie an ihn dachte, stellte sie sich ihren Zorn vor wie eine sengende Hitze, die auf die mysteriösen und unklassifizierbaren Zellen seiner Gestalt einstrahlte und sie verdorren ließ wie zahllose winzige Schoten. Aber vor allem hatte sie Angst, wenn sie an ihn dachte.

Unterdessen ging das Leben weiter, denn sie bewahrte ihr Geheimnis für sich.

Warme Tage kamen selten und in großen Abständen, aber sie und Michael hatten den traumhaften Strand fast für sich allein. Und die reine Stille in dem einsamen Haus über den Dünen war magisch. Wenn die Luft warm war, saß sie stundenlang unter einem prächtigen weißen Sonnenschirm am Strand und las ihre medizinischen Zeitschriften und studierte diverse Unterlagen, die Ryan ihr per Boten schickte.

Sie las auch die Babybücher, die sie in den Buchläden am Ort auftreiben konnte – sentimental und wenig handfest, aber nichtsdestoweniger amüsant, vor allem die Bilder der Babys mit ihren winzigen, ausdrucksvollen Gesichtern, den dicken, runzligen Hälsen und den anbetungswürdigen kleinen Händchen und Füßchen. Sie konnte es kaum erwarten, es der Familie zu sagen. Mit Beatrice telephonierte sie fast jeden Tag. Aber es war am besten, das Geheimnis zu bewahren. Wie schmerzlich es für sie und Michael sein würde, wenn etwas schiefginge – und wenn die anderen Bescheid wüßten, wäre der Verlust nur noch schlimmer.

Wenn es zu kalt zum Schwimmen war, gingen sie stundenlang am Strand spazieren. Sie speisten in allen guten Restaurants der Gegend und fuhren mit dem Auto in die Kiefernwälder; sie erkundeten die großen Freizeitzentren mit ihren Tenniscourts und Golfplätzen. Aber meistens saßen sie glücklich im Hause, wo das endlose Meer so nah' war.

Michael war ziemlich aufgeregt wegen seines Unternehmens – er hatte eine Handwerkertruppe, die in den Reihenhäuschen in der Annunciation Street arbeitete, und seine neue Firma hatte er in der Magazine Street eröffnet; all die kleinen Notfälle mußte er jetzt telephonisch regeln. Und natürlich wurde auch im Haus in der First Street immer noch gearbeitet: Juliens altes Zimmer im oberen Stockwerk war noch nicht fertig, und auch an der Rückseite des Daches waren Reparaturen notwendig.

Lange Flitterwochen paßten ihm jetzt nicht in den Kram, soviel war offenkundig – schon gar nicht solche, die Rowan immer wieder von neuem verlängerte.

Aber er war so liebenswürdig. Er tat nicht nur immer, was sie wollte, sondern er schien auch ein unerschöpfliches Talent dafür zu haben, stets das Beste aus dem Augenblick zu machen, ob sie nun Hand in Hand am Strand spazierten oder sich in einer kleinen Kneipe eine schnelle Mahlzeit aus Meeresfrüchten schmecken ließen, ob sie die Boote besichtigten, die im Yachthafen zum Verkauf angeboten wurden, oder ob sie jeder für sich in einer der zahlreichen Lieblingsecken des geräumigen Hauses saßen und lasen.

Am Erntedankfest veranstalteten sie ihr privates, ruhiges Dinner draußen auf der Veranda über dem Strand. Am Abend brach ein eiskaltes, heulendes Unwetter über Destin herein. Der Sturm rüttelte an Glastüren und Fenstern. Überall an der Küste fiel der Strom aus. Es war eine absolut göttliche, natürliche Finsternis.

Stundenlang saßen sie vor dem Kamin, sprachen von Little Chris, und welches Zimmer das Kinderzimmer werden würde, und daß

Rowan sich in den ersten zwei Jahren nicht durch Mayfair Medical stören lassen würde – sie würde jeden Vormittag mit dem Baby verbringen und erst gegen zwölf zur Arbeit gehen, und selbstverständlich würden sie soviel Personal einstellen, wie nötig war, damit alles seinen reibungslosen Gang gehen konnte.

Gottlob fragte er nicht geradeheraus, ob sie »dieses verdammte Ding« noch einmal gesehen hatte. Sie wußte nicht, was sie tun würde, wenn er sie zwänge, mit Bedacht zu lügen. Aber das Geheimnis blieb verschlossen in einer kleinen Kammer in ihrem Herzen: Blaubarts geheime Kammer, deren Schlüssel im Brunnen lag.

Es wurde kälter. Bald gäbe es keinen Vorwand mehr, noch hierzubleiben. Sie wußte, daß sie nach Hause fahren sollten.

Wie kam sie eigentlich dazu, Michael nichts zu erzählen und Aaron nichts zu erzählen? Einfach so wegzulaufen, sich zu verstecken?

Aber je länger sie hierblieb, desto besser verstand sie ihren Konflikt und ihre Gründe.

Sie *wollte* mit dem Wesen sprechen. Die Erinnerung daran, wie er in der Küche vor ihr gestanden hatte, erfüllte sie mit einem machtvollen Gefühl, um so mehr, weil sie den zärtlichen Klang seiner Stimme gehörte hatte. Ja, sie wollte ihn kennenlernen! Es war genau so, wie Michael es in jener furchtbaren ersten Nacht vorhergesagt hatte, als die alte Frau gestorben war. Was war Lasher? Woher kam er? Welche Geheimnisse verbargen sich hinter diesem makellosen, tragischen Gesicht? Was würde Lasher über die Tür und die dreizehn Hexen sagen?

Und sie brauchte nichts weiter zu tun, als ihn zu rufen. Das Geheimnis bewahren und seinen Namen sagen.

Oh, aber du bist eine Hexe, sagte sie bei sich, und ihre Schuldgefühle vertieften sich. Und sie wissen es alle. Sie wußten es an dem Nachmittag, als sie mit Gifford gesprochen hatte; sie merkten es an der blanken, metallenen Macht, die du verströmst, die sie alle für Kälte und Gerissenheit halten und die nie etwas anderes war als unwillkommene Kraft. Der Alte, Fielding – er hatte recht mit seinen Warnungen. Und Aaron weiß es, nicht wahr? Natürlich weiß Aaron es.

Alle wissen es, außer Michael, und Michael ist so leicht zu täuschen.

Aber wenn sie nun beschloß, niemanden zu täuschen und einfach nicht mitzuspielen? Vielleicht fehlte ihr nur der Mut zu diesem Entschluß. Vielleicht widerstrebte er ihr auch. Vielleicht wollte sie dieses dämonische Wesen nur warten lassen, wie es sie hatte warten lassen.

Wie dem auch sein mochte, sie empfand nicht mehr jene Abneigung gegen ihn, jenen schrecklichen Abscheu, der auf das Erlebnis im Flugzeug gefolgt war. Den Zorn empfand sie noch, aber die Neugier und die stetig wachsende Anziehungskraft waren stärker...

Es war der erste wirklich kalte Tag. Michael kam heraus an den Strand, ließ sich neben ihr nieder und sagte, daß er jetzt zurückfahren müsse. Eigentlich genoß sie die scharfe Luft und das Sonnenbaden in dickem Baumwollpullover und langer Hose, wie sie es vielleicht auch in Kalifornien auf ihrer windigen Veranda getan hätte.

»Weiß du, es liegt folgendes an«, erklärte er. »Tante Viv will ihre Sachen aus San Francisco hergeholt haben, und du weißt, wie alte Leute sein können. Und es gibt niemanden außer mir, der den Haushalt in der Liberty Street auflösen könnte. Ich habe auch ein paar Dinge über meinen alten Laden dort zu entscheiden. Mein Buchhalter hat vorhin wieder angerufen, weil jemand ihn mieten will; ich muß mal hin und eine Inventur machen.«

Und er erzählte weiter – von zwei Grundstücken in Kalifornien, die verkauft werden müßten, vom Hertransport bestimmter Sachen, von der Vermietung seines Hauses und ähnlichen Dingen. Und die Wahrheit sei, daß er in New Orleans gebraucht werde. Seine neue Firma in der Magazine Street brauche ihn. Wenn es damit klappen sollte...

»Die Wahrheit ist, ich würde lieber heute als morgen rüberfliegen. Wir haben bald Dezember, Rowan. Weihnachten steht vor der Tür. Ist dir das klar?«

»Natürlich, ich verstehe das alles. Wir fahren heute abend zurück.«

»Aber du brauchst doch nicht. Du kannst hier in Florida bleiben, bis ich zurückkomme, oder solange du willst.«

»Nein, ich komme mit dir«, beharrte sie. »Ich gehe gleich hinauf und packe. Außerdem wird es Zeit, hier abzureisen. Jetzt ist es warm, aber heute morgen, als ich herauskam, war es wirklich kalt.«

Er nickte. »Fandest du das nicht greulich?«

Sie lachte. »Es war immer noch nicht so kalt wie ein Sommertag in Kalifornien.«

Sie lehnte sich in ihrem hölzernen Liegestuhl zurück, als er wegging, und ließ den Kopf zur Seite fallen. Der Golf lag wie stumpf glänzendes Silber vor ihr, wie so oft, wenn die Sonne am höchsten stand. Sie ließ die linke Hand in den weichen, zuckerfeinen Sand fallen; sie bohrte die Finger hinein, nahm eine Handvoll und ließ sie durch die Finger rieseln. »Real«, wisperte sie. »So real.«

Es fügte sich nur zu gut, daß er jetzt fort mußte und sie in der First Street allein sein würde, oder? War es nicht grade so, als habe jemand das alles so arrangiert? Und die ganze Zeit über hatte sie geglaubt, sie sei diejenige, die das Spiel bestimmte.

»Übernimm dich nicht, mein Freund«, flüsterte sie in den kühlen Wind, der vom Golf hereinwehte. »Rühre meinen Geliebten nicht an, oder ich werde dir nie vergeben. Sorg ja dafür, daß er zu mir zurückkommt, gesund und wohlbehalten.«

42

Zwölf Uhr. Warum schien das die rechte Zeit zu sein? Vielleicht, weil Pierce und Clancy so lange geblieben waren und sie diese ruhige Stunde gebraucht hatte? In Kalifornien war es erst zehn, aber Michael hatte schon angerufen; er war erschöpft von dem langen Flug und würde wahrscheinlich inzwischen fest schlafen.

Er hatte so aufgeregt geklungen, weil alles so unwirtlich aussehe und er es kaum erwarten könne, nach Hause zu kommen. Es tat weh, ihn schon jetzt so heftig zu vermissen und allein in diesem großen, leeren Bett zu liegen. Aber der andere wartete.

Als der sanfte Glockenton der Uhr verklungen war, stand sie auf, zog das seidene Negligé über das Nachthemd, schlüpfte in die Satinpantoffeln und ging hinaus, die lange Treppe hinunter.

Und wo treffen wir uns, mein dämonischer Geliebter?

Im Salon zwischen den riesigen Spiegeln, bei geschlossenen Vorhängen, damit das Licht von der Straße nicht hereinfällt? Vermutlich ein besserer Ort als die meisten.

Langsam schritt sie auf dem blanken Kiefernholzboden dahin, und ihre Füße versanken in dem chinesischen Teppich, als sie sich dem vorderen Kamin näherte. Michaels Zigaretten auf dem Tisch. Ein halbleeres Glas Bier. Asche von dem Feuer, das sie am Abend im Kamin gemacht hatte, an diesem ersten bitterkalten Abend im Süden.

Ja, der erste Dezember. Das Baby hatte schon kleine Augenlider, und seine Ohren fingen an, sich herauszubilden.

Es sei alles in Ordnung, hatte der Arzt gesagt. Starke, gesunde Eltern, und sie in exzellenter körperlicher Verfassung. Essen Sie vernünftig, und übrigens – was machen Sie eigentlich so?

Lügen.

Heute hatte sie gehört, wie Michael mit Aaron telephoniert hatte. »Prima. Nein, ich meine, überraschend gut, schätze ich. Völlig friedlich. Abgesehen natürlich von dieser schrecklichen Vision Stellas während der Hochzeitsfeier. Aber das kann ich mir auch eingebildet haben. Ich war betrunken von all dem Champagner.« Pause. »Nein. Überhaupt nichts.«

Aaron konnte die Lüge durchschauen, nicht wahr? Aaron wußte Bescheid. Aber das Problem bei diesen dunklen, übermenschlichen Fähigkeiten war, daß man nie wußte, wann sie tätig wurden. Sie ließen einen im Stich, wenn man am meisten auf sie zählte. Nach all den planlos aufblitzenden und entschieden unwillkommenen Einblicken in die Gedanken anderer war die Welt plötzlich erfüllt von versteinerten Mienen und ausdruckslosen Stimmen. Und man war allein.

Vielleicht war Aaron allein. In Juliens alten Aufzeichnungen in der Bibliothek war ebenfalls nichts, abgesehen von den zu erwartenden Zahlen, die den wirtschaftlichen Status quo der Plantage belegten. Auch in den Zauberbüchern und Dämonologien, die im Laufe der Jahre hier gesammelt worden waren, hatte er nichts gefunden – nur die allseits bekannten Informationen über das Hexenwesen, die für jedermann zugänglich waren.

Und das Haus war jetzt fertig und wunderschön. Es gab keine dunklen, unerforschten Ecken mehr. Alles in Ordnung. Aus Juliens Zimmer war ein hübsches Arbeitszimmer für Michael geworden, mit einem Zeichentisch und Aktenschränken für Baupläne und Regalen für seine vielen Bücher.

Mitten auf dem chinesischen Teppich blieb sie stehen, dem Kamin zugewandt. Sie hatte den Kopf gesenkt, legte die Hände zusammen und drückte die Finger an die Lippen. Worauf wartete sie? Warum sagte sie es nicht: *Lasher*. Langsam hob sie den Kopf und schaute in den Spiegel über dem Kaminsims.

Hinter ihr, in der Tür, die geformt war wie ein Schlüsselloch, stand er und schaute sie an, und das Licht von der Straße, das zu beiden Seiten der Haustür hereinfiel, genügte, ihn sichtbar zu machen.

Ihr Herz klopfte, aber sie rührte sich nicht und drehte sich auch nicht um. Sie starrte ihn im Spiegel an – berechnete, vermaß, definierte ihn – versuchte, mit all ihren Kräften, menschlichen wie übermenschlichen, zu erfassen, woraus dieses Geschöpf bestand, woraus sein Körper war.

»Sieh mich an, Rowan.« Eine Stimme wie ein Kuß in der Dunkelheit. Kein Befehl, kein Flehen. Etwas Intimes, wie die Bitte eines Liebenden, dem es das Herz brechen wird, wenn sie ihm abgeschlagen wird.

Sie drehte sich um. Er stand am Türrahmen, mit verschränkten Armen. Er trug einen altmodischen dunklen Anzug, ganz wie die, die Julien auf den Porträts aus den neunziger Jahren angehabt hatte, mit hohem weißen Hemdkragen und Seidenkrawatte. Ein wunderschöner Anblick. Und einen so reizvollen Kontrast boten seine starken Hände, ganz wie Michaels, und die kraftvollen Gesichtszüge. Das Haar war blond gesträhnt, die Haut etwas dunkler. Sie mußte an Chase denken, den Polizisten und früheren Liebhaber, wenn sie ihn anschaute.

»Verändere, was du willst«, sagte er sanft.

Und ehe sie antworten konnte, sah sie, wie die Gestalt sich wandelte; es war wie ein lautloses Kochen in der Dunkelheit, als das Haar noch heller wurde, blonder noch, und die Haut jene bronzene Farbe annahm, die Chases Haut gehabt hatte. Sie sah, wie die Augen heller wurden. Einen Moment lang war es Chase, vollkommen realisiert, doch dann durchströmte es ein weiterer Strang menschlicher Eigenschaften, und es wandelte sich wieder, bis es derselbe Mann war, der ihr in der Küche erschienen war – womöglich derselbe Mann, der ihnen allen im Laufe der Jahrhunderte erschienen war –, nur, daß er immer noch Chase's dramatische Sonnenbräune hatte.

Sie merkte, daß er näher gekommen war. Sie stand nur wenige Schritte weit von ihm entfernt. Was sie fühlte, war nicht so sehr Angst als vielmehr machtvolle Erregung. Ihr Herz pochte immer noch, aber sie zitterte nicht mehr. Sie streckte die Hand aus wie in jener Nacht in der Küche und berührte sein Gesicht.

Bartstoppeln, Haut – aber das war keine Haut. Ihr scharfer diagnostischer Sinn sagte ihr, daß es keine war und daß auch keine Knochen in diesem Körper waren, keine inneren Organe. Dies war eine Hülle für ein Energiefeld.

»Aber beizeiten werden da auch Knochen sein, Rowan, beizeiten. Alle Wunder können vollbracht werden.«

Die Lippen hatten sich bei diesen Worten kaum bewegt; das Wesen verlor bereits seine Form. Es hatte sich erschöpft.

Sie schaute angestrengt hin und bemühte sich, es zu halten, und sie sah, wie es wieder fester wurde.

»Hilf mir lächeln, meine Schöne«, sagte die Stimme, diesmal ganz ohne irgendwelche Lippenbewegungen. »Ich würde dich und deine Macht lächelnd ansehen, wenn ich könnte.«

Jetzt zitterte sie doch. Mit jeder Faser ihres Körpers konzentrierte sie sich darauf, die Gesichtszüge mit Leben zu erfüllen. Fast fühlte sie, wie ihr die Energie entströmte und diese seltsame stoffliche Substanz sammelte und formte, reiner und feiner als ihre Vorstellung von Elektrizität. Und eine große Wärme umhüllte sie, als sie sah, wie die Lippen zu lächeln begannen.

Heiter und feinsinnig, wie Juliens Lächeln auf den Photographien. Die großen grünen Augen füllten sich mit Licht. Die Hände hoben sich und streckten sich nach ihr aus, und sie empfand eine köstliche Wärme, als sie näherkamen und fast ihre Wangen berührten. Dann begann das Bild zu flimmern und löste sich jäh auf, und der Hitzeschwall war so mächtig, daß sie zurückwich und mit erhobenem Arm ihre Augen bedeckte, als sie sich abwandte.

Und plötzlich war ihr am ganzen Leibe kalt. Sie fühlte sich erschöpft. Und als sie auf ihre Hand blickte, sah sie, daß sie immer noch zitterte. Sie ging hinüber zum Kamin und sank auf die Knie.

Sie legte ein paar Späne auf den kleinen Rost, darauf ein paar Holzstücke und ein großes Scheit, und dann riß sie ein langes Streichholz an und zündete das Feuer an. Eine Sekunde später knackten und zischten die Späne. Sie starrte in die Flammen.

»Du bist hier, nicht wahr?« flüsterte sie und starrte ins Feuer, das bald stärker und heller brannte. Die Flammen züngelten und leckten an der trockenen Rinde des Holzscheits.

»Ja, ich bin hier.«

»Wo?«

»In deiner Nähe. Rings um dich herum.«

»Woher kommt deine Stimme? Jeder könnte dich jetzt hören. Du sprichst wirklich.«

»Wie das geschieht, wirst du besser verstehen als ich.«

»Ist es das, was du von mir willst?«

Er tat einen langen Seufzer. Sie lauschte. Kein Atemgeräusch. Nur das Geräusch einer Anwesenheit.

»Ich liebe dich«, sagte er.

»Warum?«

»Weil du für mich schön bist. Weil du mich siehst. Weil du als menschliches Wesen alles bist, was ich mir wünsche. Weil du menschlich bist, warm und weich. Und ich kenne dich und habe die andern vor dir gekannt.«

Sie sagte nichts.

»Weil du Deborahs Kind bist«, fuhr er fort, »und Suzannes Kind und Charlottes, und das Kind all der anderen, deren Namen du kennst. Ich habe dich schon aus der Ferne kommen sehen. Ich habe dich in der Wahrscheinlichkeit geliebt.«

Das Feuer loderte jetzt kräftig, und sein köstlicher Duft war beruhigend. Aber sie war in einer Art Delirium. Selbst ihr eigener Atem klang langsam und fremd in ihren Ohren. Und sie war nicht mehr sicher, daß die Stimme wirklich hörbar war, daß andere sie hören könnten, wenn sie hier wären.

Aber für sie klang sie klar und volltönend verführerisch.

Langsam setzte sie sich auf den warmen Boden vor dem Kamin und lehnte sich mit dem Rücken an den Marmor, der sich nach und nach erwärmte, und von hier aus spähte sie ins Dunkel des Zimmers hinein.

»Deine Stimme klingt so besänftigend, so schön.« Sie seufzte.

»Ich will, daß sie schön ist für dich. Ich will dir Freude schenken. Daß du mich gehaßt hast, hat mich traurig gemacht.«

»Wann?«

»Als ich dich berührte.«

»Erkläre es mir – alles.«

»Aber es gibt viele mögliche Erklärungen. Du formst die Erklärung durch die Frage, die du stellst. Ich kann aus meinem freien Willen mit dir sprechen, aber was ich dir sage, wird geformt sein durch das, was ich im Laufe der Jahrhunderte aus den Fragen der anderen gelernt habe. Es ist ein Konstrukt. Wenn du ein neues Konstrukt willst, so frage.«

»Wann hast du angefangen zu sein?«

»Ich weiß es nicht.«

»Wer hat dich zuerst Lasher genannt?«

»Suzanne.«

»Hast du sie geliebt?«

»Ich liebe Suzanne.«

»Sie existiert noch?«

»Sie ist fort.«

»Allmählich begreife ich«, sagte sie. »Es gibt keine physikalische Notwendigkeit in deiner Welt, und folglich auch keine Zeit. Ein Geist ohne Körper.«

»Präzise. Clever. Klug.«

»Eines dieser Wörter würde genügen.«

»Ja«, sagte er liebenswürdig. »Aber welches?«

»Ich will dieser Sache auf den Grund gehen, deinen Motiven, was du willst.«

»Ich weiß. Ich wußte es, bevor du gesprochen hast«, sagte er in seiner verführerischen Art. »Aber du bist klug genug, zu wissen, daß das Reich, in dem ich existiere, ohne Grund ist.« Er schwieg und sprach dann weiter, langsam wie zuvor. »Wenn du mich drängst, in vollständigen und ausgefeilten Sätzen zu dir zu sprechen und auf deine hartnäckigen Fehlvorstellungen und Mißverständnisse Rücksicht zu nehmen, so kann ich das tun. Aber was ich sage, ist vielleicht der Wahrheit nicht so nahe, wie du es gern hättest.«

»Du bist ein Geist?«

»Was du einen Geist nennst, das bin ich.«

»Wie würdest du dich selbst nennen?«

»Gar nicht.«

»Aha. In deinem Reich braucht man keinen Namen.«

»Nicht einmal die Vorstellung eines Namens. Aber in Wahrheit einfach keinen Namen.«

»Aber du hast Wünsche. Du möchtest ein Mensch sein.«

»Ja.« Etwas wie ein Seufzer folgte, ein beredter Laut der Trauer.

»Warum?«

»Wolltest du kein Mensch sein, wenn du an meiner Stelle wärest, Rowan?«

»Ich weiß es nicht, Lasher. Ich wollte vielleicht frei sein.«

»Ich sehne mich qualvoll danach«, sagte die Stimme langsam und voller Trauer. »Hitze und Kälte zu spüren, Freude zu kennen. Klar zu sehen, durch menschliche Augen. Dinge zu fühlen. Zu existieren in Notwendigkeiten, in Emotionen, in der Zeit. Die Befriedigung des Ehrgeizes zu erleben, klar umrissene Träume und Ideen zu haben.«

»Ah ja, das verstehe ich durchaus.«

»Sei nicht so sicher.«

»Als du durch die Augen der Toten schautest, konntest du da klar sehen?«

»Besser. Aber der Tod war an mir, er hing an mir, rings herum, und er schritt schnell voran. Schließlich wurde ich dort drinnen blind.«

»Das kann ich mir vorstellen. Du warst aber auch in Charlottes Schwiegervater, als er noch lebte.«

»Ja. Er wußte, daß ich da war. Er war schwach, aber er war froh, wieder gehen und mit seinen Händen Dinge aufheben zu können.«

»Interessant. Wir nennen das Besessenheit.«

»Richtig. Ich sah die Dinge deutlich durch seine Augen. Ich konnte bunte Farben sehen und Blumen riechen und Vögel hören. Ich habe Charlotte mit einer Hand berührt. Ich habe Charlotte gekannt.«

»Kannst du jetzt nicht hören? Kannst du das Licht des Feuers nicht sehen?«

»Ich weiß alles darüber. Aber ich sehe oder höre oder fühle nicht wie du, Rowan. Obgleich ich, wenn ich ganz in deine Nähe komme, sehen kann, was du siehst, und ich kenne dich und deine Gedanken.«

Angst durchfuhr sie wie ein scharfer Stich. »Ich sehe, worauf es hinausläuft.«

»Das glaubst du. Aber es ist größer und reicht weiter.«

»Ich weiß.«

»Wir wissen es. Wir sind. Aber von euch haben wir gelernt, in einer Linie zu denken, und wir haben die Zeit erlernt. Wir haben auch Ehrgeiz erlernt. Um Ehrgeiz zu kennen, muß man Konzepte von Vergangenheit, Gegenwart und Zukunft kennen. Man muß planen. Und ich spreche nur von denen unter uns, die wollen. Diejenigen unter uns, die nicht wollen, lernen auch nicht, denn weshalb sollten sie? ›Wir‹ zu sagen, ist allerdings nur eine Annäherung. Es gibt kein ›wir‹ für mich, denn ich bin allein, ich habe mich von den anderen meiner selbst abgewandt und sehe nur dich und deinesgleichen.«

»Ich verstehe. Als du in den Leichen warst... in den Köpfen oben auf dem Dachboden...«

»Ja.«

»Hast du das Zellgewebe dieser Köpfe verändert?«

»Ja. Ich habe die Augen braun werden lassen. Ich habe Haarsträhnen verändert. Es hat mich große Konzentration gekostet. Konzentration ist der Schlüssel zu allem, was ich tue. Ich ziehe zusammen.«

»Und in deinem natürlichen Zustand?«

»Bin ich groß, grenzenlos.«

»Wie hast du das Pigment verändert?«

»Bin in die Partikel des Fleisches gegangen, habe die Partikel verändert. Aber du verstehst davon mehr als ich. Du würdest das Wort Mutation verwenden.«

»Was hat dich gehindert, den ganzen Organismus zu übernehmen?«

»Er war tot. Er ging nach und nach zu Ende, er wurde schwer, und ich war blind und taub. Ich konnte den Funken des Lebens nicht zurückholen.«

»Aha. Und bei Charlottes Schwiegervater, hast du da den Körper verändert?«

»Das konnte ich nicht. Ich wußte nicht, wie ich es anfangen sollte. Und ich kann es auch jetzt nicht, wenn ich damals dort wäre. Verstehst du?«

»Ja, ich verstehe. Du bist konstant, aber wir sind in der Zeit. Aber du sagst, du kannst kein lebendes Gewebe verändern?«

»Nicht bei diesem Mann. Und nicht bei Aaron, wenn ich in ihm bin.«

»Wann bist du in Aaron?«

»Wenn er schläft. Nur dann kann ich hinein.«

»Warum tust du das?«

»Um ein Mensch zu sein. Um zu leben. Aber Aaron ist zu stark für mich; Aaron befehligt und organisiert das Gewebe Aarons. Genauso ist es bei Michael. Bei fast allen. Sogar bei den Blumen.«

»Ich will nicht, daß du je wieder in Aaron fährst. Ich will nicht, daß du ihm oder Michael jemals etwas antust.«

»Ich werde dir gehorchen, aber ich würde Aaron gern töten.«

»Warum?«

»Weil Aaron fertig ist, und Aaron besitzt großes Wissen, und Aaron belügt dich.«

»Inwiefern fertig?«

»Ich habe gesehen, was er tun würde, und ich wollte, daß er es tat, und nun hat er es getan. Deshalb sage ich: fertig. Nun kann ich sehen, was er tun wird, und ich will nicht, daß er es tut, denn es geht meinem Ehrgeiz zuwider. Ich würde ihn töten, wenn es dich nicht verbittert und haßerfüllt gegen mich machen würde.«

»Du kannst meinen Zorn fühlen, nicht wahr?«

»Er schmerzt mich tief, Rowan.«

»Ich wäre rasend vor Schmerz und Wut, wenn du Aaron etwas antätest. Aber laß uns weiter über ihn sprechen. Ich möchte, daß du es mir genau auseinandersetzt. Was hat Aaron getan, das du wolltest?«

»Hat dir sein Wissen gegeben. Seine Worte, geschrieben in einer geraden Linie der Zeit.«

»Du meinst die Mayfair-Chronologie.«

»Ich wollte, daß du seine Geschichte liest. Petyr hat *gesehen,* wie meine Deborah brannte. Meine geliebte Deborah. Aaron hat *gesehen,* wie meine Deirdre weinte im Garten, meine schöne Deirdre. Deine Reaktionen und Entscheidungen erfahren durch eine solche Geschichte unschätzbare Unterstützung. Aber diese Aufgabe hat Aaron erfüllt.«

»Ja, ich verstehe.«

»Hüte dich.«

»Davor, zu glauben, daß ich es verstehe?«

»Genau. Frage immer weiter. Wörter wie ›Reaktionen‹ und ›unschätzbar‹ sind vage. Ich würde nichts vor dir verbergen, Rowan.«

Sie hörte ihn wieder seufzen, aber es war ein langer, sanfter Seufzer, der sich langsam in ein anderes Geräusch verwandelte, und es berührte sie am ganzen Leibe, fast wie der Wind.

Sie lachte leise vor Wohlgefallen. Sie konnte ihn sehen, wenn sie sich bemühte: Die Luft kräuselte sich, etwas schwoll und erfüllte den Raum.

»Ja...«, sagte er. »Ich liebe dein Lachen. Ich kann nicht lachen.«

»Ich kann dir helfen, es zu lernen.«

»Ich weiß.«

»Bin ich die Tür?«

»Ja.«

»Bin ich die dreizehnte Hexe?«

»Ja.«

»Dann hatte Michael recht mit seiner Deutung.«

»Michael hat selten unrecht. Michael sieht klar.«

»Willst du Michael töten?«

»Nein. Ich liebe Michael. Ich möchte mit Michael umhergehen und reden.«

»Warum, warum ausgerechnet mit Michael?«

»Ich weiß es nicht.«

»Oh, du mußt es doch wissen.«

»Lieben heißt lieben. Ist die Antwort die Wahrheit? Michael ist strahlend und schön. Michael lacht. Michael hat viel vom unsichtbaren Geist in sich, der seine Glieder durchströmt, seine Augen, Stimme. Verstehst du?«

»Ich glaube ja. Es ist das, was wir Vitalität nennen.«

»Genau«, sagte er.

Aber war dieses Wort je mit solcher Bedeutung gesprochen worden?

Er fuhr fort.

»Ich habe Michael von Anfang an gesehen. Michael war eine Überraschung. Michael sieht mich. Michael kam zum Zaun. Auch hat Michael Ehrgeiz, und er ist stark. Michael hat mich geliebt. Jetzt fürchtet Michael mich. Du bist zwischen mich und Michael getreten, und Michael fürchtet, daß ich zwischen ihn und dich treten werde.«

»Aber du wirst ihm nichts tun.«

Keine Antwort.

»Du wirst ihm nichts tun!«

»Befiel mir, ihm nichts zu tun, und ich werde ihm nichts tun.«

»Aber du hast gesagt, du wolltest nicht! Warum läßt du es so im Kreis gehen?«

»Es ist kein Kreis. Ich habe dir gesagt, ich will Michael nicht töten. Vielleicht wird Michael verletzt. Was soll ich tun? Ich lüge nicht. Aaron lügt. Ich lüge nicht. Ich kann es nicht.«

»Das glaube ich nicht. Aber vielleicht glaubst du es ja.«

»Du verletzt mich.«

»Sag mir, wie das alles enden wird.«

»Was?«

»Mein Leben mit dir – wie wird es enden?«

Schweigen.

»Du willst es mir nicht sagen.«

»Du bist die Tür.«

Sie saß ganz still da. Sie fühlte, wie ihr Verstand arbeitete. Das Feuer knisterte leise, die Flammen tanzten vor den Backsteinen, und ihre Bewegungen erschienen so langsam, daß es unwirklich aussah. Wieder flirrte die Luft. Sie glaubte eine Bewegung in den langgestreckten Kristalltränen des Kronleuchters zu sehen, sie drehten sich und sammelten winzige Splitter von Licht.

»Was bedeutet es, die Tür zu sein?«

»Du weißt, was es bedeutet.«

»Nein, ich weiß es nicht.«

»Du kannst Materie mutieren, Dr. Mayfair.«

»Ich bin nicht sicher. Ich bin Chirurgin. Ich arbeite mit präzisen Instrumenten.«

»Ah, aber dein Geist ist um soviel präziser.«

Sie runzelte die Stirn. Der seltsame Traum kam ihr in Erinnerung, der Traum aus Leiden...

»In deinem Leben hast du Blutungen gestillt«, sagte er, und er ließ sich Zeit bei seinen langsamen, sanften Worten. »Du hast Wunden geschlossen. Du hast der Materie befohlen, dir zu gehorchen.«

Der Kronleuchter ließ leise Musik durch die Stille klingen und fing den Schein der tanzenden Flammen ein.

»Es war mir nicht immer bewußt...«

»Aber du hast es getan. Du fürchtest deine Macht, aber du besitzt sie. Geh hinaus in den Garten in der Nacht. Du kannst den Blumen befehlen, sich zu öffnen. Du kannst sie wachsen lassen, wie ich die Iris wachsen ließ, die du gesehen hast, wenngleich dies für mich sehr anstrengend und schmerzhaft war.«

»Und dann ist die Iris gestorben und von ihrem Stiel gefallen.«

»Ja. Ich wollte sie nicht töten.«

»Du hast sie bis an ihre Grenzen getrieben, weißt du. Darum ist sie gestorben.«

»Ja. Ich kannte ihre Grenzen nicht.«

Sie wandte sich zur Seite. Sie wußte, daß sie in Trance war – aber wie absolut klar seine Stimme war, wie präzise seine Aussprache!

»Du hast nicht nur die Moleküle in die eine oder andere Richtung getrieben.«

»Nein. Ich habe die chemische Struktur der Zellen durchbohrt, genau wie du es kannst. Du bist die Tür. Du siehst in den Kern des Lebens.«

Die Atmosphäre des Traums kehrte zurück. Alle drängten sich in den Fenstern der Universität zu Leiden. Was wollte der Mob auf der Straße? Sie hielten Jan van Abel für einen Ketzer.

»Du weißt nicht, wovon du da sprichst«, sagte sie.

»Ich weiß es. Ich sehe weit. Du hast mir die Metaphern und die Bezeichnungen gegeben. Durch deine Bücher habe auch ich die Begriffe in mich aufgenommen. Ich sehe bis zum Ende. Ich weiß es. Rowan kann Materie mutieren. Rowan kann Tausende und Abertausende der winzigen Zellen nehmen und sie neu ordnen.«

»Und was ist das Ende? Werde ich tun, was du willst?«

Wieder seufzte er.

Etwas raschelte in den Ecken des Zimmers. Die Vorhänge wehten heftig. Der Kronleuchter sang wieder leise, und Glas klang an Glas. Stieg dort ein Dunstschleier zur Decke, der bis zu den blassen, pfirsichfarbenen Wänden reichte? Oder tanzte nur der Feuerschein in ihrem Augenwinkel?

»Die Zukunft ist ein Stoff aus ineinander verwobenen Möglichkeiten«, sagte er. »Einige davon werden nach und nach zu Wahrscheinlichkeiten, und ein paar wenige werden unausweichlich. Aber es sind Überraschungen in Tuch und Kette geknüpft, die alles zerreißen können.«

»Gott sei Dank dafür«, sagte sie. »Dann kannst du das Ende nicht sehen.«

»Ich sehe es und ich sehe es doch nicht. Du bist nicht vorhersehbar. Du bist zu stark. Du kannst die Tür sein, wenn du es willst.«

»Wie?«

Schweigen.

»Hast du Michael im Meer ertrinken lassen?«

»Nein.«

»Hat jemand anders es getan?«

»Michael fiel von der Klippe ins Meer, weil er achtlos war. Seine Seele schmerzte, und sein Leben war nichts. All das stand ihm ins Gesicht geschrieben, und seine Gebärden verrieten es. Nicht nur ein Geist konnte das sehen.«

»Aber du hast es gesehen.«

»Ich habe es gesehen, lang bevor es geschah, aber ich habe es nicht verursacht. Ich habe gelächelt. Denn ich sah dich und Michael zueinander kommen. Ich sah es, als Michael klein war und mich sah und mich durch den Gartenzaun anschaute. Ich sah Michaels Tod und seine Rettung durch Rowan.«

»Und was hat Michael gesehen, als er ertrunken war?«

»Das weiß ich nicht, Michael war nicht lebendig.«

»Wie meinst du das?«

»Er war tot, Dr. Mayfair. Du weißt, was ›tot‹ bedeutet. Der Körper untersteht nicht länger einer einzigen ordnenden Macht, einem einzigen, verflochtenen Befehlssatz. Wäre ich in diesen Körper gefahren, ich hätte seine Arme heben und durch seine Ohren hören können, denn der Körper war frisch, aber er war tot. Michael hatte den Körper verlassen.«

»Das weißt du?«

»Ich sehe es. Ich habe es gesehen, bevor es geschah. Ich habe es gesehen, als es geschah.«

»Wo warst du, als es geschah?«

»Bei Deirdre, um Deirdre glücklich zu machen, um sie träumen zu lassen.«

Wieder lachte sie leise. »Deine Stimme ist so schön, daß man sie umarmen möchte.«

»Ich bin schön, Rowan. Meine Stimme ist meine Seele. Gewiß habe ich doch eine Seele. Die Welt wäre zu grausam, wenn ich keine hätte.«

Sie war so traurig, als sie dies hörte, daß sie hätte weinen können. Sie starrte zum Kronleuchter hinauf, zu den hundert winzigen Flammen, die sich im Kristall dort spiegelten. Der Raum schien in Wärme zu schwimmen.

»Liebe mich, Rowan«, sagte er schlicht. »Ich bin das mächtigste

Wesen, das du dir in deinem Reich vorstellen kannst, und es gibt nur mich für dich, meine Geliebte.«

Es war ein Lied ohne Melodie, es war eine Stimme aus Stille und Gesang, wenn so etwas vorstellbar ist.

»Wenn ich Fleisch bin, werde ich mehr sein als nur menschlich. Ich werde etwas Neues unter der Sonne sein. Und weit größer für dich als Michael. Ich bin das grenzenlose Geheimnis. Michael hat dir gegeben, was er dir geben kann. Es wird kein großes Geheimnis mehr möglich sein bei deinem Michael.«

»Du sagst, ich muß wählen zwischen dir und Michael?«

Schweigen.

»Hast du die andern gezwungen zu wählen?« Sie dachte vor allem an Mary Beth und an Mary Beths Männer.

»Ich sehe weit, wie gesagt. Als Michael vor Jahren in deiner Zeit am Tor stand, da sah ich, daß du eine Wahl treffen würdest.«

»Erzähle mir nichts mehr von dem, was du gesehen hast.«

»Gut«, sagte er. »Gespräche über die Zukunft machen die Menschen immer unglücklich. Ihre Schwungkraft rührt aus der Tatsache, daß sie nicht weit sehen können. Laß uns von der Vergangenheit reden. Menschen verstehen gern die Vergangenheit.«

»Hat deine Stimme noch einen anderen Ton als diesen wunderschönen, sanften? Hättest du die letzten Worte auch sarkastisch sprechen können? Oder sollten sie so klingen?«

»Ich kann klingen, wie es mir beliebt, Rowan. Du hörst, was ich fühle. Ich fühle in meinen Gedanken, in dem, was ich bin, Schmerz und Liebe. Emotionen.«

»Du sprichst jetzt ein bißchen schneller.«

»Ich leide.«

»Warum?«

»Ich will Fleisch haben.«

»Und ich kann dir Fleisch geben?«

»Du hast die Macht dazu. Und wenn dergleichen erst erreicht ist, sind vielleicht auch andere solche Dinge erreichbar. Du bist die dreizehnte, du bist die Tür.«

»Was meinst du mit ›andere solche Dinge‹?«

»Rowan, wir sprechen von Verschmelzung, von chemischer Veränderung – von einer strukturellen Neuerfindung von Zellen, Materie und Energie in einem neuen Verhältnis zueinander.«

»Warum konnte das vor mir niemand tun? Julien war mächtig.«

»Wissen, Rowan. Julien war zu früh geboren. Erlaube mir, das Wort Verschmelzung noch einmal zu benutzen, auf etwas andere Weise nur. Wir haben bis jetzt von der Verschmelzung innerhalb der Zellen gesprochen. Jetzt möchte ich von der Verschmelzung deiner Kenntnisse über das Leben und deiner angeborenen Macht sprechen. Das ist der Schlüssel, Rowan; das ist es, was dich befähigt, die Tür zu sein.

Das Wissen deiner Ära war selbst für Julien unvorstellbar; er hat zu seinen Lebzeiten Erfindungen gesehen, die reine Zauberei zu sein schienen. Konnte Julien vorhersehen, wie ein Herz auf dem Operationstisch geöffnet wird? Wie ein Kind im Reagenzglas gezeugt wird? Nein. Und nach dir werden welche kommen, deren Wissen so groß ist, daß sie sogar definieren können, was ich bin.«

»Kannst du mir definieren, was du bist?«

»Nein. Aber ich bin ganz sicher definierbar, und wenn Sterbliche mich erst definiert haben, dann werde auch ich selbst mich definieren können.«

»Ah, aber du mußt doch etwas über dich selbst wissen.«

»Daß ich unermeßlich bin. Daß ich mich konzentrieren muß, um meine Kraft zu spüren. Daß ich Gewalt ausüben kann. Daß ich im denkenden Teil meiner selbst Schmerz fühlen kann.«

»Ah ja – und was ist dieser denkende Teil? Und woher kommt die Gewalt, die du ausübst? Das sind die Fragen, auf die es ankommt.«

»Aber das weiß ich nicht. Als Suzanne mich rief, kam ich zusammen. Ich zog mich klein zusammen, als wollte ich durch einen Tunnel fahren. Ich fühlte meine Form, breitete mich aus wie der fünfzakkige Stern des Pentagramms, das sie zeichnete, und jede dieser Zakken veränderte ich noch. Ich ließ die Bäume beben und die Blätter fallen, und Suzanne nannte mich Lasher, ihren Peitscher.«

»Und dir gefiel, was du tatst.«

»Ja. Mir gefiel, daß Suzanne es sah. Und daß es Suzanne gefiel. Sonst hätte ich es nie wieder getan und mich auch nicht daran erinnert.«

Das Feuer erstarb auf dem Rost, aber die Wärme hatte sich im ganzen Zimmer verbreitet; sie umhüllte sie wie eine Decke.

»Laß uns zu Julien zurückkehren. Julien hatte ebensoviel Macht wie ich.«

»Fast ebensoviel, meine Geliebte. Aber nicht ganz. Und in Julien wohnte eine verspielte und blasphemische Seele, die in der Welt hin und her tanzte und das Zerstören ebenso genoß wie das Aufbauen. Du bist konsequenter als er, Rowan.«

»Das ist eine Tugend?«

»Du hast einen unbezähmbaren Willen, Rowan.«

»Ich verstehe. Nicht gebrochen von Humor, wie Juliens Wille gebrochen werden konnte.«

»Gee-nau, Rowan!«

Sie lachte wieder leise. Dann verstummte sie und starrte in die schimmernde Luft.

»Gibt es einen Gott, Lasher?«

»Ich weiß es nicht, Rowan. Mit der Zeit habe ich mir eine Meinung gebildet, und sie lautet: Ja. Aber es macht mich rasend vor Wut.«

»Warum?«

»Weil ich leide, und wenn es Gott gibt, hat er dieses Leid gemacht.«

»Ja, das verstehe ich vollkommen, Lasher. Aber er hat auch die Liebe gemacht, wenn es ihn gibt.«

»Die Liebe ist der Quell meines Leidens«, erwiderte er. »Sie ist der Grund, weshalb ich überhaupt in die Zeit gekommen bin, zu Ehrgeiz und zu Plänen. Man könnte sagen, daß ich durch Liebe vergiftet wurde, daß ich durch den Ruf Suzannes zur Liebe erweckt wurde, zum Alptraum des Wollens.«

»Du machst mich traurig«, sagte sie plötzlich.

»Jetzt strebe ich danach, zu Fleisch zu mutieren, und das wird der Vollzug meiner Liebe sein. Ich habe so lange auf dich gewartet. Ich habe vor dir solches Leid gesehen, und wenn ich Tränen zu vergießen hätte, wären sie vergossen worden. Nicht nur um Stella habe ich geweint, sondern um sie alle – um meine Hexen. Als Julien starb, litt ich Höllenqualen. So groß war mein Schmerz, daß ich vielleicht fortgegangen wäre, zurück in das Reich des Mondes und der Sterne und der Stille. Aber es war zu spät. Ich konnte meine Einsamkeit nicht ertragen. Als Mary Beth rief, kam ich zu ihr zurück. Immer schneller. Ich schaute in die Zukunft. Und ich sah wieder die dreizehnte. Ich sah die stetig wachsende Kraft meiner Hexen.«

Sie hatte die Augen geschlossen. Das Feuer war erloschen. Das Zimmer war erfüllt vom Geist Lashers. Sie fühlte ihn an ihrer Haut, obwohl er sich nicht bewegte und sein Gewebe leicht wie die Luft auf ihr lag.

»Wenn ich wirklich Fleisch geworden bin«, sagte er, »dann werden die Tränen und das Lachen wie Reflexe aus mir hervorbrechen – genau wie bei dir oder bei Michael. Ich werde ein vollständiger Organismus sein.«

»Aber kein Mensch.«

»Besser als ein Mensch, denn *ich* werde die ordnende Intelligenz sein, und ich habe große Macht; sie ist größer als die Macht, die irgendeinem Menschen innewohnt. Ich werde eine Spezies sein, die es jetzt noch gar nicht gibt.«

»Hast du Arthur Langtry getötet?«

»Nicht nötig. Er starb schon. Was er sah, beschleunigte nur seinen Tod.«

»Aber warum hast du dich ihm gezeigt?«

»Weil er stark war, und weil er mich sehen konnte. Ich wollte ihn hereinziehen, damit er Stella rettete, denn ich wußte, daß Stella in Gefahr war.«

»Und warum hat Arthur ihr nicht geholfen?«

»Es war zu spät. Ich bin wie ein Kind in solchen Augenblicken der Zeit. Die Gleichzeitigkeit besiegte mich, weil ich in der Zeit agierte.«

»Ich kann dir nicht folgen.«

»Während ich Langtry erschien, wurden Schüsse abgegeben, die Stella ins Hirn trafen und ihren augenblicklichen Tod herbeiführten. Ich kann weit sehen, aber ich sehe nicht alle Überraschungen.«

»Du wußtest es nicht.«

»Und Carlotta hat mich getäuscht. Carlotta hat mich in die Irre geführt. Ich bin nicht unfehlbar. Im Gegenteil, ich bin erstaunlich mühelos zu verwirren.«

»Wie?«

»Warum sollte ich dir das verraten? Damit du mich um so leichter beherrschen kannst? Du weißt, wie. Du bist eine ebenso mächtige Hexe wie Carlotta. Es geschah durch Emotionen. Carlotta dachte sich die Mordtat als einen Akt der Liebe. Sie lehrte Lionel, was er denken sollte, wenn er die Pistole nähme und auf Stella schösse. So gab es keinen Haß, keine Bosheit, die mich alarmiert hätten. Auf die Liebesgedanken Lionels achtete ich nicht. Und dann lag Stella da und starb; sie rief mich stumm und mit offenen Augen, so verwundet, daß keine Hoffnung auf Wiederherstellung bestand. Und Lionel feuerte den zweiten Schuß ab, der Stellas Geist hinauf und für alle Zeit aus ihrem Körper trieb.«

»Aber du hast Lionel getötet. Du hast ihn in den Tod getrieben.«

»Ja.«

»Und Cortland? Du hast Cortland getötet.«

»Nein. Ich habe mit ihm gerungen, und er wollte seine Kraft gegen mich setzen und ist dabei gescheitert, und er stürzte in diesem Kampf. Ich habe deinen Vater nicht getötet.«

»Warum habt ihr miteinander gekämpft?«

»Ich habe ihn gewarnt. Er glaubte, er könne mir Befehle erteilen, aber das konnte er nicht. Deirdre war meine Hexe. Du bist meine Hexe. Nicht Cortland.«

»Aber Deirdre wollte mich nicht fortgeben. Und Cortland hat ihre Wünsche verteidigt.«

»Das ist unwichtig. Du kamst in die Freiheit, damit du stark wärest, wenn du zurückkämst. Du wurdest von Carlotta befreit.«

»Aber du hast dafür gesorgt, und es geschah gegen Deirdres und gegen Cortlands Wunsch.«

»Um deinetwillen, Rowan. Ich liebe dich.«

»Ah, aber da liegt ein Muster zugrunde, nicht wahr? Und du willst nicht, daß ich es erkenne. Wenn ein Kind geboren ist, dann bist du für das Kind und nicht mehr für die Mutter. So ist es schon bei Deborah und Charlotte gewesen, nicht wahr?«

»Du urteilst falsch über mich. Wenn ich in der Zeit agiere, tue ich manchmal etwas Falsches.«

»Du hast gegen Deirdres Wünsche agiert. Du hast dafür gesorgt, daß ich ihr weggenommen wurde. Du hast den Plan der dreizehn Hexen befördert, und zwar zu deinem eigenen Vorteil. Du hast immer nur für deine eigenen Ziele gearbeitet, nicht wahr?«

»Du bist die dreizehnte und die stärkste. Mein Ziel warst du, und dir will ich dienen. Deine Ziele und meine Ziele sind identisch.«

»Das glaube ich dir nicht.«

Jetzt fühlte sie seinen Schmerz, sie fühlte die Turbulenz der Luft, fühlte die Emotion wie das dunkle Vibrieren einer Harfensaite. Das Lied des Schmerzes.

»Erinnerst du dich, wie du das erste Mal Menschen gesehen hast?«

»Ja.«

»Was dachtest du da?«

»Daß Geist unmöglich aus Materie kommen könne. Daß es ein Witz sei. Lachhaft, würdest du sagen. Ein Fehltritt.«

»Es hat deine Aufmerksamkeit erregt?«

»Ja. Weil es eine Mutation war und etwas völlig Neues. Und auch, weil es uns oblag, zu beobachten.«

»Wie?«

»Die neu erstehenden Intelligenzen des Menschen, verhaftet in der Materie, nahmen uns nichtsdestoweniger wahr und veranlaßten uns damit, uns selbst wahrzunehmen. Auch dies ist wieder ein verzwickter Satz und daher nur teilweise zutreffend. Jahrtausendelang haben diese menschlichen, geistigen Intelligenzen sich entwickelt, sie sind stärker und stärker geworden; sie haben telepathische Fähigkeiten entwickelt und unsere Existenz gespürt; sie haben uns Namen gegeben und mit uns gesprochen und uns verführt; wenn wir Notiz nahmen, wurden wir verändert; wir dachten an uns selbst.«

»Also habt ihr von uns gelernt, euch eurer selbst bewußt zu sein.«

»Julien hat gesagt: ›Die Materie hat den Menschen erschaffen, und der Mensch die Götter.‹ Das ist teilweise zutreffend.«

»Ich will noch einmal zu Aaron zurückkommen. Warum sagst du, Aaron lügt?«

»Aaron offenbart dir nicht die ganze Absicht der Talamasca.«

»Bist du sicher?«

»Natürlich. Wie könnte Aaron mich belügen? Ich wußte von Aarons Kommen, bevor es Aaron gab. Arthur Langtrys Warnungen waren für Aaron bestimmt, als er von Aaron noch gar nicht wußte.«

»Aber inwiefern lügt Aaron? Wann und inwiefern hat er gelogen?«

»Aaron hat eine Mission. Wie alle Brüder der Talamasca. Sie halten das geheim. Sie halten einen großen Teil ihres Wissens geheim. Sie sind ein okkulter Orden, um Worte zu benutzen, die du verstehst.«

»Und was ist das für ein geheimes Wissen? Was für eine Mission?«

»Sie sollen den Menschen vor uns beschützen. Dafür sorgen, daß es keine Türen mehr gibt.«

»Soll das heißen, es hat schon früher Türen gegeben?«

»Ja. Es hat Mutationen gegeben. Aber was du mit mir erreichen kannst, wird beispiellos sein.«

»Moment. Soll das heißen, schon andere fleischlose Wesen sind ins Reich der Materie herübergekommen?«

»Ja.«

»Aber wer denn? Und was sind sie?«

»Gelächter. Sie verbergen sich sehr gut.«

»Gelächter. Warum sagst du das?«

»Weil ich über deine Frage lache und nicht weiß, wie ich den Klang des Gelächters hervorbringen soll. Daher sage ich es. Ich lache über dich, weil du nicht denkst, daß es schon einmal geschehen sein könnte. Du, eine Sterbliche, mit all den Geschichten über Geister und Ungeheuer der Nacht und anderes Entsetzliche. Dachtest du, es wäre nicht ein Körnchen Wahrheit in diesen alten Geschichten? Aber es ist nicht mehr wichtig. Unsere Verschmelzung wird der Vollkommenheit näher sein als irgendeine in der Vergangenheit.«

»Und warum will Aaron verhindern, daß ich die Tür werde?«

»Was glaubst du?«

»Weil er glaubt, daß du böse bist.«

»Unnatürlich – das würde er sagen, und es ist töricht, denn ich bin so natürlich wie die Elektrizität, natürlich wie die Sterne, natürlich wie das Feuer.«

»Unnatürlich. Er fürchtet deine Macht.«

»Ja. Aber er ist ein Narr.«

»Warum?«

»Rowan, wenn diese Verschmelzung einmal vollbracht werden kann, dann kann sie wieder vollbracht werden. Verstehst du denn nicht?«

»Doch, ich verstehe dich. Es sind zwölf Grabgewölbe in der Gruft, und eine Tür.«

»Aye, Rowan. Jetzt denkst du nach. Als du das erste Buch über Neurologie gelesen, als du das erstemal ein Labor betreten hattest, was war da dein Gefühl? Daß der Mensch erst begonnen hat, die Möglichkeiten der modernen Wissenschaft zu erfassen. Daß mittels Transplantationen und Gewebsverpflanzungen und bei In-Vitro-Experimenten mit Genen und Zellen womöglich ganz neue Wesen erschaffen werden könnten. Du sahst das ganze Spektrum der Möglichkeiten. Aber du hast dich abgewandt von deinen Visionen, Rowan, weil du fürchtetest, was du würdest tun können. Du hast dich hinter dem chirurgischen Mikroskop verkrochen, hast an die Stelle deiner Macht die großen Mikroinstrumente aus Stahl treten lassen, mit denen du Gewebe zerschnittest, statt welches zu erschaffen. Und auch jetzt bestimmt die Furcht dein Handeln. Du willst Krankenhäuser bauen, wo Menschen kuriert werden, während du neue Wesen erschaffen könntest, Rowan.«

Still und ruhig saß sie da. Noch niemand hatte zutreffender über ihre innersten Gedanken gesprochen. Sie fühlte die Hitze und die Größe ihres eigenen Ehrgeizes. Sie fühlte das amoralische Kind in sich, das von Gehirnverpflanzungen und synthetischen Lebewesen geträumt hatte, bevor die erwachsene Rowan das Licht ausgeknipst hatte.

»Hast du kein Herz, daß du verstehen könntest, warum, Lasher?«

»Ich sehe weit, Rowan. Ich sehe großes Leid in der Welt. Ich sehe, wie Zufall und Ungeschicklichkeit ihres Weges gehen, und ich sehe, was sie geschaffen haben. Ich bin nicht geblendet von Illusionen. Überall höre ich die Schreie des Schmerzes.«

»Aber was wirst du aufgeben, wenn du Fleisch und Blut wirst? Welchen Preis mußt du dafür zahlen?«

»Der Preis schreckt mich nicht. Fleischlicher Schmerz kann nicht schlimmer sein als das, was ich in den vergangenen dreihundert Jahren gelitten habe. Wolltest du denn sein, was ich bin, Rowan? Zeitlos und allein zu treiben, den fleischlichen Stimmen der Welt zu lauschen, zu dürsten nach Liebe und Verständnis?«

Sie konnte nicht antworten.

»Ich habe eine ganze Ewigkeit lang darauf gewartet, körperlich zu werden. Ich habe gewartet über die Reichweite aller Erinnerung hinaus. Ich habe gewartet, bis der zerbrechliche Geist des Menschen endlich das nötige Wissen erlangt hat, um die Barriere einzureißen. Und nun werde ich Fleisch werden, und es wird vollkommen sein.«

Schweigen.

»Ich begreife, weshalb Aaron Angst vor dir hat«, sagte sie schließlich.

»Aaron ist klein. Die Talamasca ist klein. Sie sind gar nichts!« Die Stimme wurde dünn vor Wut. Die Luft im Zimmer war warm, und sie wallte wie das Wasser in einem Topf, bevor es kocht. Die Kronleuchter bewegten sich, aber kein Laut war zu hören, als werde alles Geräusch von den Strömungen der Luft davongetragen.

»Die Talamasca hat das Wissen«, sagte er. »Sie haben die Macht, die Tür für uns zu öffnen, aber sie weigern sich. Sie sind unsere Feinde. Sie würden die Geschicke der Welt in den Händen der Leidenden und der Blinden belassen. Und sie lügen. Sie lügen alle. Sie haben die Geschichte der Mayfair-Hexen bewahrt, weil es die Geschichte Lashers ist, und sie kämpfen gegen Lasher. Das ist ihr eingeschworenes Ziel. Und sie täuschen dich, indem sie ihre Aufmerksamkeit auf die Hexen richten. Lasher ist der Name, der auf den Deckeln ihrer kostbaren ledergebundenen Akten eingeprägt sein sollte. Die Akte ist verschlüsselt. Sie enthält die Geschichte von Lashers wachsender Macht. Durchschaust du diese Verschlüsselung nicht?«

»Du darfst Aaron nichts antun.«

»Du liebst nicht klug, Rowan.«

»Lasher, tötest du ihn, werde ich nicht deine Tür sein.«

»Rowan, ich tue, was du befiehlst. Wäre es nicht so, hätte ich ihn längst getötet.«

»Das gleiche gilt für Michael.«

»Jawohl, Rowan.«

»Warum hast du Michael gesagt, er könne mich nicht aufhalten?«

»Weil ich ihm Angst machen wollte. Er steht unter Aarons Bann.«

»Lasher, wie soll ich dir helfen, hervorzukommen?«

»Ich werde es wissen, wenn du es weißt, Rowan. Und du weißt es. Aaron weiß es.«

»Aber wir wissen nicht, was Leben ist. All unserer Wissenschaft und unseren Definitionen zum Trotz wissen wir nicht, was Leben ist oder wie es begann. Der Augenblick, da es aus lebloser Materie plötzlich ins Dasein kam, ist ein dunkles Geheimnis für uns.«

»Ich lebe ja schon, Rowan.«

»Und wie kann ich dich zu Fleisch werden lassen? Du bist in den Körpern der Lebenden und der Toten gewesen. Du findest dort keinen Halt.«

»Es kann geschehen, Rowan.« Seine Stimme war jetzt ein leises Flüstern. »Mit meiner Macht und mit deiner Macht, und mit meinem Glauben – denn ich muß mich hingeben, um die Verschmelzung zu erreichen, und nur in deiner Hand kann sie vollständig geschehen.«

Ihre Augen wurden schmal, als sie versuchte, Formen und Muster in der luftigen Dunkelheit zu erkennen.

»Ich liebe dich, Rowan«, sagte er. »Du bist jetzt müde. Ich will dich besänftigen, Rowan. Ich will dich berühren.« Der Klang der Stimme wurde dunkler.

»Ich will – ich will ein glückliches Leben mit Michael und unserem Kind.«

Eine Turbulenz in der Luft, etwas sammelte, verstärkte sich. Sie spürte, daß die Luft wärmer wurde.

»Meine Geduld ist unendlich. Ich sehe weit. Ich kann warten. Aber du wirst den Gefallen an anderen verlieren, nachdem du nun mich gesehen und mit mir gesprochen hast.«

»Sei da nicht so sicher, Lasher. Ich bin stärker als die anderen. Ich weiß viel mehr.«

»Ja, Rowan.« Die turbulenten Schatten verdichteten sich – wie ein großer Kranz von Rauch, aber da war kein Rauch. Es umkreiste den Kronleuchter, wehte hinaus wie Spinnweben, die ein Luftzug erfaßt.

»Kann ich dich vernichten?«

»Nein.«

»Warum nicht?«

»Rowan, du quälst mich.«

»Warum kann ich dich nicht vernichten?«

»Rowan, deine Gabe ist es, Materie zu verwandeln. Ich habe aber keine Materie in mir, die du angreifen könntest. Du könntest meine zeitweilige Gestalt verletzen, und das hast du getan, als ich am Wasser zu dir kam. Aber *mich* kannst du nicht vernichten. Ich war immer hier. Ich bin ewig, Rowan.«

»Und wenn ich dir nun sagte, es sei aus, Lasher, und ich würde dich nie wieder zur Kenntnis nehmen? Ich würde nicht die Tür sein? Ich sei die Tür, durch die die Mayfairs in kommende Jahrhunderte gelangen, die Tür für mein ungeborenes Kind und für die Dinge, die sich mein Ehrgeiz erträumt?«

»Kleinigkeiten, Rowan. Nichts im Vergleich mit den Geheimnissen und Möglichkeiten, die ich dir zu bieten habe. Stell dir vor, Rowan, wenn die Mutation vollendet ist und ich einen Körper habe, durchströmt von meinem zeitlosen Geist: Was kannst du da nicht alles lernen?«

»Und wenn es geschieht, Lasher, wenn die Tür geöffnet und die Verschmelzung vollzogen wird, wenn du vor mir stehst in Fleisch und Blut, wie wirst du mich dann behandeln?«

»Ich werde dich über alle menschliche Vernunft hinaus lieben, Rowan, denn dann bist du meine Mutter, meine Schöpferin, meine Lehrerin. Wie könnte ich dich nicht lieben? Und wie tragisch wird meine Abhängigkeit sein. Siehst du es nicht? Ich werde dich anbeten, meine geliebte Rowan. Ich werde dein Werkzeug sein bei allem, was du dir wünschst, und zwanzigmal so stark wie jetzt. Warum weinst du? Warum hast du Tränen in den Augen?«

»Es ist ein Trick, ein Trick aus Licht und Geräuschen, dieser Zauberbann, den du herbeiführst.«

»Nein. Ich bin, was ich bin, Rowan. Es ist deine eigene Vernunft, die dich schwach werden läßt. Du siehst weit. Du hast es schon immer getan. Zwölf Gräber und eine Tür, Rowan.«

»Ich verstehe das nicht. Du spielst mit mir, du verwirrst mich, ich kann dir nicht mehr folgen.«

Stille. Und wieder dieses Geräusch, als seufze die ganze Luft. Trauer. Trauer umhüllte sie wie eine Wolke, und wogende Schleier von rauchigem Schatten zogen durch den Raum.

»Du bist überall um mich herum, nicht wahr?«

»Ich liebe dich«, sagte er, und seine Stimme war leise wie ein Flüstern und ganz nah bei ihr. Es war, als berührten Lippen ihre Wange. Sie erstarrte, aber sie war so schläfrig geworden.

»Geh weg von mir«, sagte sie. »Ich will jetzt allein sein. Ich bin nicht verpflichtet, dich zu lieben.«

»Rowan, was kann ich dir geben? Welches Geschenk kann ich dir bringen?«

Wieder streifte etwas ihr Gesicht, berührte sie etwas, daß ein kalter Schauer sie überlief. Ihre Brustwarzen wurden hart unter der Seide des Nachthemdes, und ein dumpfes Pochen hatte in ihr begonnen, ein Hunger, den sie im Hals und in der Brust spürte.

Sie bemühte sich, einen klaren Blick zu bekommen. Es war dunkel im Zimmer. Das Feuer war niedergebrannt. Aber vor wenigen Augenblicken hatte es noch hell gelodert.

»Du machst mir etwas vor.« Die Luft schien sie überall zu berühren. »Du hast auch Michael etwas vorgemacht.«

»Nein.« Ein sanfter Kuß an ihrem Ohr.

»Als er ertrunken war. Seine Visionen. Du hast sie gemacht!«

»Nein, Rowan. Er war nicht mehr hier. Wohin er ging, dorthin konnte ich ihm nicht folgen. Ich gehöre nur den Lebenden.«

Sie zitterte am ganzen Leibe, und sie hob die Hände, um die Empfindungen abzustreifen, als wären es Spinnweben.

»Hast du die Geister gesehen, die Michael sah, als er allein hier im Pool schwamm?«

»Ja, aber nur durch Michaels Augen.«

»Was waren sie?«

»Das weiß ich nicht.«

»Warum nicht?«

»Weil es Abbilder der Toten waren, Rowan. Ich bin von dieser Welt. Ich weiß nichts von den Toten. Ich weiß nichts von dem, was nicht zur Erde gehört.«

»Gott! Was ist denn das, die Erde?« Etwas berührte sie im Nacken, hob sanft ihr Haar.

»Sie ist hier, Rowan. Sie ist das Reich, in dem du existierst, und das Reich, in dem ich existiere, parallel zu dir und mit dir verflochten und doch separat in der physischen Welt. Ich bin physisch, Rowan – so natürlich wie alles andere auf der Erde. Ich brenne für dich, Rowan, mit einer Reinheit, die beim Feuer nicht endet, in dieser, unserer Welt.«

Etwas berührte ihre Brüste, streichelte sie, streichelte ihre Schenkel. Sie zog die Beine an. Der Kamin war kalt.

»Geh weg von mir!« zischte sie. »Du *bist* böse!«

»Nein.«

»Kommst du aus der Hölle?«

»Du spielst mit mir. Ich bin in der Hölle, solange ich mich danach sehne, dir Freude zu schenken.«

»Hör auf. Ich will jetzt hinaufgehen. Ich bin müde. Ich will nicht hierbleiben.«

Sie stand auf und warf einen Blick in den schwarzen Kamin. Kein Glutfünkchen war dort mehr zu sehen. Ihre Augen und ihre Glieder waren schwer. Mit Mühe hielt sie sich auf den Beinen, klammerte sich an den Kaminsims. Aber sie wußte, sie konnte die Treppe nicht erreichen. Sie drehte sich um, fiel auf die Knie, streckte sich auf dem weichen chinesischen Teppich aus. Wie Seide fühlte er sich unter ihr an, und der harte Fußboden und die kühle Luft taten so gut. Sie spürte, daß sie träumte, als sie zum Kronleuchter hinaufblickte. Das weiße Stuckmedaillon schien sich zu bewegen, und die Akanthusblätter rollten und drehten sich.

All die Worte, die sie gehört hatte, schwammen ihr plötzlich im Kopf herum. Etwas berührte ihr Gesicht. In ihren Brüsten und ihrem Geschlecht pochte es. Sie dachte an Michael, der so viele Meilen weit weg war, und banger Schmerz erfüllte sie. Sie hatte sich geirrt, hatte dieses Wesen furchtbar unterschätzt.

»Ich liebe dich, Rowan.«

»Du bist über mir, nicht wahr?« Sie spähte hinauf ins Dunkel, dankbar für die Kühle, denn sie brannte, als habe sie alle Hitze des Feuers in sich aufgesogen. Sie fühlte, wie es feucht zwischen ihren Beinen pumpte, und ihr ganzer Körper öffnete sich wie eine Blüte. Ein Streicheln an der Innenseite ihrer Schenkel, wo die Haut am zartesten und ohne jeden Flaum war, und ihre Beine drehten sich auswärts wie Blütenblätter.

»Ich sage dir, du sollst aufhören. Ich hasse das.«

»Ich liebe dich, meine Geliebte.« Küsse an ihren Ohren, ihren Lippen, an ihren Brüsten. Das Saugen wurde hart, rhythmisch, Zähne kratzten an ihren Brustwarzen.

»Ich ertrage das nicht«, wisperte sie, aber sie meinte das Gegenteil: Sie würde schreien vor Qual, wenn er jetzt aufhörte.

Ihre Arme flogen zur Seite, das Nachthemd hob sich. Sie hörte die Seide zerreißen, der Stoff verschwand, und sie lag süß und köstlich nackt auf dem Boden, und die Hände streichelten ihr Geschlecht, aber es waren keine Hände. Es war Lasher, Lasher, der an ihr saugte und sie streichelte, Lippen an ihren Ohren, auf ihren Lidern, und seine ganze gewaltige Gegenwart umschlang sie, drang unter sie, streichelte ihren Rücken, teilte ihr Gesäß, streichelte den Mund dort unten.

Und wenn sie sich wand wie eine rollige Katze ... Geh weg, altes Weib, du bist nicht mehr hier! Dies ist meine Zeit.

»Ja, deine Zeit, deine Zeit.«

Zungen leckten ihre Brustwarzen, Lippen umschlossen sie, zogen an ihnen, Zähne bissen sie.

»Härter, rauher! Nimm mich mit Gewalt – tu's doch! Benutze deine Kraft!«

Er hob sie hoch, so daß ihr Kopf nach hinten fiel und ihr Haar unter ihr schwang. Ihre Augen schlossen sich, Hände spreizten ihre Schenkel, öffneten ihr Geschlecht. »Komm in mich, hart, mach dich zum Mann für mich, zu einem harten Mann!«

Die Münder sogen härter an ihren Brustwarzen, die Zungen leckten über ihre Brüste, ihren Bauch, Finger bohrten sich in ihren Rükken, kratzten über ihre Schenkel. »Den Schwanz!« flüsterte sie, und dann fühlte sie ihn: Gewaltig und hart fuhr er in sie hinein. »Ja, tu es, zerreiße mich, tu es! Unterwirf mich, tu es!« Der Geruch von harter, sauberer Haut und sauberem Haar durchflutete ihre Sinne, als das ganze Gewicht auf sie herniederdrückte und der Schwanz in sie hineinrammte, ja, härter, tu es mit Gewalt. Der Schatten eines Gesichtes, dunkelgrüne Auge, Lippen, verschwommen schon, als die Lippen ihre Lippen öffneten.

Ihr Körper lag wie angenagelt auf dem Teppich, und der Schwanz brannte, als er in sie hineingetrieben wurde, ihre Klitoris rieb, immer tiefer in die Scheide fuhr. Ich ertrage das nicht, ich halte es nicht aus. Zerrissen bin ich, ja, verwüstet. Der Orgasmus durchflutete sie, und in ihrem Kopf war nichts als der tosende Strom farbiger Wellen, und das Gefühl rollte herauf durch ihren Bauch, ihre Brüste und ihr Gesicht, hinunter durch ihre Schenkel und weiter, daß ihre Wadenmuskeln sich spannten, und bis hinunter in die Muskeln der Füße. Sie hörte ihre Schreie, aber sie waren weit weg, unwichtig, sie flossen aus ihrem Mund wie eine göttliche Befreiung, während ihr Körper hilflos pumpte, seines Willens und Denkens beraubt.

Wieder und wieder explodierte es in ihr, kochendheiß. Noch einmal, und noch einmal, bis alle Zeit, alle Schuldgefühle, alle Gedanken fortgebrannt waren.

Morgen. Weinte da ein Baby? Nein. Nur das Telephon klingelte. Unwichtig.

Sie lag im Bett, nackt unter der Decke. Die Sonne schien zu den Fenstern an der Vorderseite herein. Die Erinnerung kehrte zurück, und ein schmerzhaftes Pochen setzte ein. Das Telephon – oder weinte doch ein Baby? Ein Baby, irgendwo weit weg im Haus? Im Halbtraum sah sie die kleinen Ärmchen wedeln, die krummen Knie, die pummeligen kleinen Füßchen.

»Meine Geliebte«, flüsterte er.

»Lasher«, antwortete sie.

Das Weinen war verklungen. Ihre Augen schlossen sich vor dem Bild der gleißenden Fensterscheiben und der ineinander verflochtenen Eichenäste vor dem Himmel.

Als sie sie wieder öffnete, schaute sie in seine grünen Augen, das dunkle Gesicht, vorzüglich geformt. Sie berührte seine seidigen Lippen mit der Fingerspitze; sein ganzes hartes Gewicht lastete auf ihr, und sein Schwanz steckte zwischen ihren Beinen.

»O Gott, ja, Gott, du bist so stark.«

»Mit dir, meine Schöne.« Die Lippen entblößten einen winzigen Schimmer weißer Zähne, als sie die Worte bildeten. »Mit dir, meine Göttliche.«

Dann kam der Hitzeschwall, heißer Wind wehte ihr Haar nach hinten, ein Wirbelsturm versengte sie.

Und in der sauberen Stille des Morgens, im Licht der Sonne, die durch die Fenster hereinstrahlte, geschah alles noch einmal von vorn.

Am Mittag saß sie draußen am Pool. Dampf stieg vom Wasser ins kalte Sonnenlicht. Es wurde Zeit, die Heizung anzustellen. Der Winter war jetzt wirklich gekommen.

Aber ihr war warm in ihrem Wollkleid. Sie bürstete sich das Haar.

Sie fühlte ihn in ihrer Nähe, und ihre Augen wurden schmal. Ja, sie sah das Flirren der Luft wieder, sogar sehr deutlich, als er sie umgab wie ein Schleier, der ihr langsam um Schultern und Arme geschlungen wurde.

»Geh weg von mir«, flüsterte sie. Die unsichtbare Wesenheit verharrte bei ihr. Sie richtete sich auf und zischte: »Weg, sage ich!«

Es war der Schimmer eines Feuers im Sonnenlicht, was sie sah. Dann die frische Kälte, als die Luft wieder ihre normale Beschaffenheit annahm und die zarten Düfte des Gartens zurückkehrten.

»Ich sage es dir, wenn du kommen darfst«, erklärte sie. »Ich werde dir nicht nach deiner Lust und Laune zur Verfügung stehen.«

»Wie du es wünschst, Rowan.« Es war diese innere Stimme, die sie schon einmal in Destin gehört hatte, die Stimme, die in ihrem Kopf zu sprechen schien.

»Du siehst und hörst alles, nicht wahr?« fragte sie.

»Sogar deine Gedanken.«

Das Blut stieg ihr ins Gesicht. Sie zupfte ein paar blonde Haare aus der Bürste und warf sie hinter sich ins Farnkraut, wo sie zwischen Wedeln und dunklen Blättern verwehten.

»Kannst du Michael sehen? Weißt du, wo er ist?«

»Ja, Rowan, ich sehe ihn. Er ist in seinem Haus und sortiert die vielen Dinge, die ihm gehören. Er badet in Erinnerungen und Erwartungen. Er wird verzehrt von dem Verlangen danach, zu dir zurückzukehren. Er denkt nur an dich. Und du denkst daran, mich zu verraten, Rowan. Du denkst daran, deinem Freund Aaron zu erzählen, daß du mich gesehen hast. Du träumst von Verrat.«

»Und was soll mich daran hindern, mit Aaron zu sprechen? Was kannst du dagegen tun?«

»Ich liebe dich, Rowan.«

»Du könntest jetzt nicht mehr von mir fernbleiben, und das weißt du. Du wirst kommen, wenn ich dich rufe.«

»Ich will dein Sklave sein, Rowan, nicht dein Feind.«

Sie stand auf und schaute durch das zarte Laub des lieblichen Olivenbaums hinauf zu den blassen Fetzen des Himmels. Der Pool war ein großes Rechteck von dampfendem blauen Licht. Die Eiche dahinter schwankte leise im Wind, und wieder spürte sie, wie die Luft sich änderte.

»Bleib weg«, sagte sie.

Zur Antwort erklang der unvermeidliche Seufzer, so beredt und schmerzerfüllt. Sie schloß die Augen. Irgendwo in weiter Ferne weinte tatsächlich ein Baby. Sie hörte es. Es mußte aus einem dieser großen, stillen Häuser kommen, die tagsüber immer so verlassen aussahen.

Sie ging hinein, und ihre Absätze klapperten laut auf dem Fußboden. Sie nahm ihren Regenmantel aus dem Schrank vorn in der Diele – mehr Schutz vor der Kälte brauchte sie nicht – und ging zur Haustür hinaus.

Eine Stunde lang spazierte sie durch die stillen, leeren Straßen. Sie versuchte, einfach Dinge zu sehen – Moos, das an einer Mauer wuchs, die Farbe des Jasmins, der immer noch einen Zaun umrankte. Sie versuchte, nicht zu denken oder in Panik zu verfallen. Sie versuchte, nicht wieder nach Hause gehen zu wollen. Aber schließlich führten ihre Schritte sie doch dorthin zurück, und sie stand vor ihrem eigenen Gartentor.

Ihre Hand zitterte, als sie den Schlüssel ins Schloß schob. Er stand am anderen Ende der Diele, in der Tür zum Eßzimmer, und schaute sie an.

»Nein! Nicht bevor ich es sage!« fauchte sie, und die Kraft ihres

Hasses ging ihr voraus wie ein Lichtstrahl. Das Bild verschwand, und plötzlich stieg ihr ein beißender Geruch in die Nase. Sie legte die Hand vor den Mund. Überall in der Luft sah sie die leise, wellenförmige Bewegung. Dann nichts mehr – das Haus war still.

Das Geräusch war wieder zu hören: ein Baby, das weinte.

»Du tust das«, flüsterte sie. Aber das Geräusch war verstummt. Sie ging die Treppe hinauf in ihr Zimmer. Das Bett war gemacht, ihr Nachtzeug fortgeräumt. Die Vorhänge zugezogen.

Sie schloß die Tür ab. Sie streifte die Schuhe ab und legte sich unter dem weißen Baldachin auf die Bettdecke, und sie schloß die Augen. Sie konnte nicht länger dagegen ankämpfen. Die Erinnerung an die Lust der vergangenen Nacht erweckte eine sengende Hitze in ihr, einen dumpfen Schmerz, und sie preßte das Gesicht ins Kopfkissen und versuchte sich zu erinnern und sich nicht zu erinnern, und ihre Muskeln spannten und lockerten sich.

»Also komm«, flüsterte sie. Sofort umschloß sie diese sanfte, unheimliche Substanz, die sich jetzt sammelte und dichter wurde, wie Dampf sich sammelt, wenn er zu Wasser wird, und wie Wasser sich sammelt, wenn es zu Eis gefriert.

»Soll ich eine Gestalt für dich annehmen? Soll ich Illusionen schaffen?«

»Nein, noch nicht«, wisperte sie. »Sei, wie du bist und wie du schon einmal warst, mit all deiner Macht.«

Schon fühlte sie das Streicheln an den Innenseiten ihrer Füße und in den Kniekehlen. Zarte Finger schoben sich in die empfindsamen Zwischenräume zwischen ihre Zehen. Dann schnappte das Nylongewebe ihrer Strumpfhose, zerriß, wurde heruntergezogen, und die Haut ihrer nackten Beine atmete und kribbelte überall.

Sie fühlte, wie ihr Kleid sich öffnete, fühlte, wie die Knöpfe durch die Knopflöcher glitten.

»Ja, mach es wieder mit Gewalt«, sagte sie. »Mach es rauh und hart und langsam.«

Jäh fühlte sie sich auf den Rücken geschleudert, ihr Kopf wurde seitlich ins Kissen gedrückt. Ihr Kleid zerriß, und unsichtbare Hände strichen über ihren Bauch. Etwas wie Zähne schrammte über ihr nacktes Geschlecht, Fingernägel kratzten über ihre Waden.

»Ja«, schrie sie mit zusammengebissenen Zähne. »Mach es grausam.«

43 Wie viele Tage und Nächte waren vergangen? Sie wußte es wirklich nicht. Ungeöffnete Post türmte sich auf dem Tisch in der Diele. Das Telephon klingelte hin und wieder – zwecklos.

»Ja, aber wer bist du? Wer steckt hinter all dem. Wer ist da?«

»Ich habe dir gesagt, solche Fragen bedeuten nichts für mich. Ich kann sein, was du willst.«

»Reicht nicht.«

»Was war ich? Ein Phantom. Endlos zufrieden. Ich weiß nicht, woher die Fähigkeit kam, Suzanne zu lieben. Sie hat mich gelehrt, was Tod ist, als sie verbrannt wurde. Sie schluchzte, als man sie auf den Scheiterhaufen zerrte; sie konnte nicht verstehen, daß sie ihr das antaten. Sie war ein Kind, meine Suzanne – eine Frau, die nichts wußte vom menschlichen Bösen. Und meine Deborah wurde gezwungen, zuzuschauen. Und hätte ich den Sturm gemacht, wären sie beide verbrannt worden.

Wer bin ich? Ich bin der, der um Suzanne weinte, als niemand weinte. Ich bin der, der Qualen ohne Ende fühlte, als sogar Deborah dastand wie betäubt und den Leib ihrer Mutter anstarrte, wie er sich in den Flammen wand.

Ich bin der, der sah, wie Suzannes Geist den schmerzgemarterten Körper verließ. Ich sah ihn emporsteigen, frei und ohne Sorge. Habe ich eine Seele, daß ich solche Freude empfinden konnte – weil Suzanne nun nicht mehr leiden würde? Ich strebte ihrem Geist entgegen, der noch geformt war in der Gestalt ihres Körpers, denn sie wußte noch nicht, daß solche Form nicht mehr erforderlich war, und ich wollte durchdringen und sammeln und an mich bringen, was jetzt war wie ich.

Aber Suzannes Geist zog an mir vorbei. Er nahm von mir so wenig Notiz wie von seiner brennenden Hülle im Feuer. Aufwärts verschwand er, weg von mir und über mich hinaus, und Suzanne gab es nicht mehr.

Wer bin ich? Ich bin Lasher, der sich über die ganze Welt ausbreitete, durchzogen vom Schmerz über den Verlust meiner Suzanne. Ich bin Lasher, der sich zusammenzog und seine Macht zu Armen formte und das Dorf Donnelaith verwüstete. Ich jagte den Hexenrichter über die Felder, ließ Steine auf ihn niederprasseln. Niemand war übrig, Bericht zu erstatten, als ich mit ihnen fertig war. Und meine Deborah war mit Petyr van Abel gegangen, zu Seide und Satin, zu Smaragden, zu Männern, die ihr Bild malen würden. Ich bin Lasher, der um die Einfältige trauerte und ihre Asche in die vier Winde streute.

In diesen zwanzig Tagen lernte ich mehr als in all den Äonen, da ich zusah, wie Sterbliche auf dem Antlitz der Erde wuchsen wie eine Rasse von Insekten, wie Geist der Materie entsprang und doch darin verhaftet war, bedeutungslos wie eine Motte, deren Flügel an die Wand genagelt ist.

Wer bin ich? Ich bin Lasher, der herunterkam, um zu Füßen Deborahs zu sitzen und zu lernen, Ziele zu haben und sie zu erreichen, den Willen Deborahs in Vollkommenheit zu tun, auf daß Deborah niemals leiden müßte – Lasher, der sich bemühte und versagte.

Wende dich ab von mir. Tu's nur. Zeit ist nichts. Ich werde auf eine andere warten, die kommen wird und die so stark sein wird wie du. Menschen ändern sich. Ihre Träume sind erfüllt von den Vorahnungen dieser Veränderungen. Höre nur, was Michael sagt. Michael weiß es. Sterbliche träumen unaufhörlich von Unsterblichkeit, und ihr Leben wird immer länger. Sie träumen vom ungehinderten Fliegen. Und es wird einer kommen, der die Barrieren zwischen dem Fleischlichen und dem Stofflosen durchbricht. Und ich werde es sein, der durchkommt. Ich will es zu sehr, weißt du, als daß es scheitern könnte, und ich bin zu geduldig, zu schlau in dem, was ich gelernt habe, und zu stark.

Weiche nur zurück vor mir. Fürchte mich. Ich warte. Ich werde deinem kostbaren Michael nichts tun. Aber er kann dich nicht lieben, wie ich es kann, denn er kann dich nicht kennen, wie ich dich kenne.

Ich kenne das Innere deines Körpers und deines Gehirns, Rowan. Ich werde Fleisch werden, Rowan, verschmolzen mit dem Fleisch und übermenschlich im Fleisch. Und wenn das erst geschehen ist, welche Metamorphose mag dann auf dich warten, Rowan? Bedenke, was ich sage.

Ich sehe es, Rowan. Wie ich es immer gesehen habe – daß die dreizehnte stark genug sein würde, die Tür zu öffnen. Was ich nicht sehe, ist, wie ich existieren kann ohne deine Liebe.

Denn ich habe dich immer geliebt. Ich habe den Teil deiner selbst geliebt, der existierte in den Jahren vor dir. Ich habe dich in Petyr van Abel geliebt, der von allen am meisten wie du war. Ich habe dich sogar in meiner süßen, verkrüppelten Deirdre geliebt, die ohnmächtig träumte von dir.«

Schweigen.

Seit einer Stunde war kein Geräusch zu hören, war keine Bewegung in der Luft. Nur das Haus, und draußen die Winterkälte, scharf und windstill und sauber.

Eugenia war fort. Wieder klingelte das Telephon durch die Leere.

Sie saß im Eßzimmer, die Arme auf den blanken Tisch gestützt, und betrachtete das Skelett der Myrte, das blattlos glänzend am blauen Himmel kratzte.

Endlich stand sie auf. Sie zog die rote Wolljacke an, schloß die Haustür hinter sich ab, ging zum Tor hinaus und die Straße hinauf.

Die kalte Luft fühlte sich gut und reinigend an. Die Blätter der Eichen waren mit dem Nahen des Winters dunkler geworden, sie waren geschrumpft, aber immer noch grün.

Sie bog in die St. Charles Avenue ein und ging zum »Pontchartrain Hotel«.

In der kleinen Bar saß Aaron schon an einem Tisch und wartete; er hatte ein Glas Wein vor sich, sein ledernes Notizbuch aufgeklappt, einen Stift in der Hand.

Sie blieb vor ihm stehen, und es entging ihr nicht, daß er überrascht war, als er aufblickte. War ihr Haar zerzaust? Sah sie erschöpft aus?

»Er weiß alles, was ich denke, was ich fühle, was ich zu sagen habe.«

»Nein, das ist unmöglich«, sagte Aaron. »Setzen Sie sich. Erzählen Sie's mir.«

»Ich kann ihn nicht beherrschen. Ich kann ihn nicht vertreiben. Ich glaube – ich glaube, ich liebe ihn«, flüsterte sie. »Er hat gedroht, zu gehen, wenn ich mit Ihnen oder mit Michael spreche. Aber er wird nicht gehen. Er braucht mich. Er braucht es, daß ich ihn sehe und in seiner Nähe bin. Er ist clever, aber so clever ist er nicht. Er braucht mich, damit ich ihm ein Ziel gebe und ihn dem Leben näherbringe.«

Sie starrte die lange Theke an, den einsamen kleinen, kahlköpfigen Mann hinten am Ende, ein fleischiges Geschöpf mit einem Schlitz anstelle eines Mundes, den bleichen, anämischen Barkeeper, der irgend etwas polierte, wie Barkeeper es immer tun. Reihenweise Flaschen voller Gift. Ruhig hier drin. Gedämpftes Licht.

Sie setzte sich, drehte sich um und sah Aaron an.

»Warum haben Sie mich belogen?« fragte sie. »Warum haben Sie mir nicht gesagt, daß Sie hergeschickt wurden, um ihn aufzuhalten.«

»Ich bin nicht hergeschickt worden, um ihn aufzuhalten. Ich habe nicht gelogen.«

»Sie wissen, daß er zu uns durchkommen kann. Sie wissen, daß das sein Ziel ist, und Sie sind entschlossen, ihn aufzuhalten. Das waren Sie immer.«

»Ich weiß, was in der Geschichte zu lesen steht, ebenso wie Sie. Ich habe Ihnen alles gegeben.«

»Ah, aber Sie wissen, daß es schon öfter vorgekommen ist. Sie wissen, daß es auf der Welt Wesen wie ihn gibt, die eine Tür gefunden haben.«

Keine Antwort.

»Helfen Sie ihm nicht«, sagte Aaron schließlich.

»Aber warum haben Sie es mir nicht gesagt?«

»Hätten Sie mir geglaubt? Ich bin nicht gekommen, um Ihnen Sagen zu erzählen. Ich bin nicht gekommen, um Sie in die Talamasca einzuführen. Ich habe Ihnen die Informationen über Ihr Leben und über Ihre Familie gegeben, die ich hatte. Alles, was für Sie Wirklichkeit war.«

Sie antwortete nicht. Was er sagte, war eine Form der Wahrheit, wie er sie kannte, aber er verbarg auch etwas. Jeder verbarg etwas.

»Dieses Ding ist eine gigantische Kolonie von mikroskopischen Zellen. Sie nähren sich von der Luft, wie ein Schwamm sich vom Meer ernährt, verzehren so winzige Partikel, daß der Prozeß kontinuierlich ist, völlig unbemerkt von dem Organismus oder irgend etwas in seiner Umgebung. Aber alle Grundbestandteile des Lebens sind vorhanden – eine Zellstruktur ganz sicher, Aminosäuren, DNS und eine ordnende Kraft, die das Ganze ungeachtet seiner Größe bindet und die jetzt einwandfrei auf das Bewußtsein des Wesens reagiert, die all dem eine beliebige Form geben kann.«

Sie schwieg und suchte seinem Gesichtsausdruck zu entnehmen, ob er sie verstand oder nicht. Aber kam es darauf noch an? Sie verstand es jetzt, und das war der entscheidende Punkt.

»Es ist nicht unsichtbar: man kann es nur unmöglich sehen, weil seine Zellen so klein sind. Aber es sind Zellen. Die gleichen Zellen, aus denen auch Ihr Körper besteht, und auch meiner. Wie hat es Intelligenz erworben? Wie denkt es? Diese Fragen kann ich ebenso gut beantworten wie die, woher die Zellen eines Embryos wissen, wie sie Augen und Finger bilden sollen oder warum ein Schwamm, den man zu Pulver zermahlt, sich innerhalb weniger Tage wieder vollständig zu seiner alten Form zurückbildet.

Wenn wir das aber wissen, dann werden wir auch wissen, weshalb Lasher einen Intellekt hat, denn er besitzt eine ganz ähnliche ordnende Kraft, nur ohne erkennbares Gehirn. Vorläufig genügt es, zu sagen, daß er aus dem Präkambrium stammt und autark ist; seine Lebensspanne könnte leicht Jahrmilliarden betragen. Es ist vorstellbar, daß er das Bewußtsein von Menschen absorbiert hat, daß er sich von dieser Energie ernährt hat und daß sein Verstand durch eine Mutation zustandegekommen ist. Ebensogut ist vorstellbar, daß er in der Lage ist, komplexere Molekularstrukturen an sich zu ziehen, wenn er sich materialisiert. Strukturen, die er dann irgendwie auflöst, ehe seine eigenen Zellen sich hoffnungslos mit diesen schwereren Partikeln verbinden. Diese Auflösung geschieht in einem Zustand, der an Panik grenzt. Denn was er fürchtet, ist eine unvollkommene Verbindung, aus der er nicht mehr befreit werden kann.

Aber seine Sehnsucht nach einem Körper ist so stark, daß er inzwischen bereit ist, alles zu riskieren, um warmblütig und anthropomorph zu werden.«

»Halten Sie ihn auf«, sagte Aaron. »Sie wissen jetzt, was er ist. Halten Sie ihn auf. Lassen Sie nicht zu, daß er menschliche Gestalt annimmt.«

Sie sagte nichts, Sie schaute auf den roten Wollstoff ihrer Jacke, und die Farbe erschreckte sie plötzlich. Sie konnte sich gar nicht erinnern, daß sie die Jacke aus dem Schrank genommen hatte. Sie hatte den Hausschlüssel in der Hand, aber keine Handtasche. Nur ihr Gespräch war Wirklichkeit, und sie war sich ihrer eigenen Erschöpfung bewußt, und auch der feinen Schweißschicht auf ihren Händen und auf ihrem Gesicht.

»Er wird Sie töten«, sagte sie, ohne ihn anzusehen. »Ich weiß es. Er will es. Ich kann ihn eine Weile aufhalten, aber was kann ich ihm schon anbieten? Er weiß, daß ich hier bin.« Sie lachte kurz auf, und ihr Blick wanderte an der Decke entlang. »Er ist bei uns. Er kennt jeden Trick. Er ist überall. Wie Gott. Bloß ist er nicht Gott!«

»Nein. Er weiß nicht alles. Lassen Sie sich von ihm nicht zum Narren halten. Schauen Sie sich die Geschichte an. Er hat zu viele Fehler gemacht. Und Sie haben Ihre Liebe, die Sie ihm im Gegenzug anbieten können. Bieten Sie ihm Ihren Willen. Außerdem – warum sollte er mich töten? Was kann ich ihm schon antun? Sie überreden, ihm nicht zu helfen? Ihr moralisches Empfinden ist stärker und feiner selbst als meines.«

»Wie um alles in der Welt kommen Sie auf diese Idee?« fragte sie. »Was für ein moralisches Empfinden?« Sie hatte plötzlich das Gefühl, sie werde gleich zusammenbrechen – sie müsse weg hier, nach Hause, schlafen. Aber dort war er und wartete auf sie. Er würde überall sein, wohin sie auch ginge. Und sie war aus einem bestimmten Grund hergekommen. Um Aaron zu warnen. Um Aaron eine letzte Chance zu geben.

Aber es wäre so schön, nach Hause zu gehen, wieder zu schlafen, wenn sie nur das Baby nicht wieder weinen hörte. Sie fühlte schon, wie Lasher sie mit seinen unzähligen Armen umhüllte, sie in luftiger Wärme einlullte.

»Rowan, hören Sie doch.«

Sie erwachte wie aus einem Traum.

»Überall in der Welt gibt es Menschen mit außergewöhnlichen Fähigkeiten«, sagte Aaron, »aber Sie sind ein ganz seltener Fall, weil Sie einen Weg gefunden haben, Ihre Fähigkeit zum Guten zu nutzen. Sie starren nicht für Dollars in eine Kristallkugel hinein, Rowan. Sie heilen. Können Sie ihn dabei einbeziehen? Oder wird er Sie für allezeit davon abhalten? Wird er Ihre Kraft in die Erschaffung irgendeines Mutantenmonstrums lenken, das die Welt nicht will und nicht hinnehmen kann? Vernichten Sie ihn, Rowan. Um Ihrer selbst willen. Nicht für mich. Sie wissen, was recht ist: Vernichten Sie ihn deshalb.«

»Eben deshalb wird er Sie töten, Aaron. Ich kann ihn nicht aufhalten, wenn Sie ihn provozieren. Aber warum ist es so unrecht? Warum sind Sie dagegen? Warum haben Sie mich belogen?«

»Ich habe Sie nicht belogen. Und Sie wissen, warum es nicht geschehen darf. Er wäre ein Ding ohne menschliche Seele.«

»Das ist Religion, Aaron.«

»Rowan, er wäre unnatürlich. Wir brauchen keine Monster mehr. Wir sind selbst monströs genug.«

»Er ist so natürlich wie wir«, erwiderte sie. »Das versuche ich doch gerade, Ihnen zu erklären.«

»Er ist so weit von uns entfernt wie ein riesenhaftes Insekt, Rowan. Würden Sie ein solches Ding erschaffen? So etwas ist nicht vorgesehen.«

»Das sagen Sie – aber wenn es keinen Plan, keine Vorsehung gibt? Wenn es nur einen Prozeß gibt, nur Zellen, die sich vermehren, und wenn seine Metamorphose ebenso natürlich ist wie ein Fluß, der seinen Lauf ändert und dabei Ackerland und Häuser und Vieh und Menschen verschlingt? So natürlich wie ein Komet, der in die Erde kracht?«

»Würden Sie nicht versuchen, die Menschen vor dem Ertrinken zu retten? Würden Sie nicht versuchen, sie vor dem Feuer des Kometen zu retten? Also schön. Sagen wir, er ist natürlich. Lassen Sie uns annehmen, daß wir mehr als nur natürlich sind. Wir wollen mehr als einen bloßen Zellprozeß. Unsere Moral, unser Mitgefühl, unsere Fähigkeit zu lieben und eine geordnete Gesellschaft zu schaffen – das alles macht uns besser als die Natur. Aber davor hat er keine Ehrfurcht, Rowan. Sehen Sie sich doch an, was er aus der Familie Mayfair gemacht hat.«

»Eine hübsche Moralpredigt«, sagte sie. »Sie enttäuschen mich. Ich hatte gehofft, Sie würden mir im Gegenzug für meine Warnung Argumente geben. Ich hatte gehofft, Sie würden meine Seele stärken.«

»Sie brauchen meine Argumente nicht. Schauen Sie in Ihre eigene Seele. Sie wissen, was ich Ihnen zu sagen versuche. Er ist ein Laserstrahl mit Ehrgeiz. Er ist eine Bombe, die denken kann. Lassen Sie ihn herein, und die Welt wird dafür bezahlen. Sie werden die Mutter einer Katastrophe sein.«

Wie schmächtig er aussah. Zum erstenmal sah sie sein Alter in den tiefen Falten seines Gesichts, in den zarten Hauttaschen an seinen hellen, flehentlich blickenden Augen. Er kam ihr plötzlich so schwach vor, ganz ohne seine gewohnte Eloquenz und Anmut. Ein alter Mann mit weißen Haaren, der sie mit kindlichem Staunen anstarrte. Ganz ohne einen Zauber.

»Sie wissen, was das im Grunde bedeuten könnte, nicht wahr?« sagte sie müde. »Wenn Sie einmal hinter Ihre Angst blicken?«

»Er belügt Sie. Er übernimmt Ihr Gewissen.«

»Sagen Sie das nicht zu mir!« fauchte sie. »Das ist kein Mut, das ist Dummheit!« Sie lehnte sich zurück und versuchte sich zu beruhigen. Es hatte eine Zeit gegeben, da sie diesen Mann geliebt hatte. Auch jetzt noch wollte sie nicht, daß ihm ein Haar gekrümmt wurde. »Sehen Sie nicht, was das unausweichliche Ende ist?« fragte sie müde. »Wenn die Mutation erfolgreich ist, kann er sich verbreiten. Wenn die Zellen verpflanzt werden und sich in anderen menschlichen Körpern replizieren können, dann ließe sich die Zukunft der menschlichen Rasse verändern. Die Rede ist vom Ende des Todes!«

»Die uralte Verlockung«, sagte Aaron verbittert. »Die uralte Lüge.«

Sie lächelte, als sie sah, daß seine Fassung dahin war.

»Ihre Heuchelei ödet mich an«, sagte sie. »Die Wissenschaft war immer der Schlüssel. Hexen waren nichts als Wissenschaftlerinnen, schon immer. Schwarze Magie bemühte sich nur, Wissenschaft zu sein. Und Mary Shelley hat die Zukunft gesehen. Dichter sehen immer die Zukunft. Und die Kids in der dritten Reihe im Kino wissen das, wenn sie sehen, wie Dr. Frankenstein das Monster zusammenstückelt und den Körper in den elektrischen Sturm erhebt.«

»Aber es ist eine Schreckensgeschichte, Rowan. Er hat Ihr Gewissen mutiert.«

»Beleidigen Sie mich nicht noch einmal«, sagte sie und beugte sich über den Tisch nach vorn. »Sie sind alt, und Sie haben nicht mehr viele Jahre vor sich. Ich liebe Sie für das, was Sie mir gegeben haben, und ich will Sie nicht verletzen. Aber führen Sie mich nicht in Versuchung, und vor allem führen Sie ihn nicht in Versuchung. Was ich Ihnen sage, ist die Wahrheit.«

Er antwortete nicht; er war plötzlich verblüffend ruhig und gelassen. Seine kleinen nußbraunen Augen waren auf einmal völlig undurchdringlich, und sie bewunderte seine Kraft. Sie mußte lächeln.

»Glauben Sie nicht, was ich Ihnen erzähle? Wollen Sie es nicht in Ihre Akte schreiben? Ich habe es in Lemles Labor gesehen, als ich den Fötus an all diesen kleinen Schläuchen hängen sah. Sie haben nie herausgefunden, warum ich Lemle getötet habe, nicht wahr? Sie wußten, daß ich es getan habe, aber Sie wußten den Grund nicht. Lemle leitete ein Projekt im Institut. Er erntete Zellen von lebenden Föten und verwandelte sie für Transplantate. So etwas ist auch anderswo im Gange. Sie sehen, welche Möglichkeiten das birgt – aber stellen Sie sich Experimente mit Lashers Zellen vor, mit Zellen, die seit Jahrmilliarden Bewußtsein tragen und transportieren.«

»Ich möchte, daß Sie Michael anrufen. Bitten Sie Michael, nach Hause zu kommen.«

»Michael kann ihn nicht aufhalten. Nur ich kann es. Michael soll bleiben, wo er ist: außer Gefahr. Oder wollen Sie, daß Michael auch stirbt?«

»Hören Sie auf mich. Sie können Ihren Geist vor diesem Wesen verschließen. Sie müssen nur wollen. Versuchen Sie es nur, dann werden Sie schon sehen.«

»Und warum sollte ich das tun?«

»Um Zeit zu gewinnen. Um einen sicheren Ort zu haben, an dem Sie eine moralische Entscheidung treffen können.«

»Nein. Sie begreifen nicht, wie mächtig er ist. Sie haben es nie begriffen. Und Sie wissen nicht, wie gut er mich kennt. Das ist der Schlüssel: was er über mich weiß.« Sie schüttelte den Kopf. »Ich will nicht tun, was er will«, sagte sie. »Wirklich nicht. Aber es ist unwiderstehlich. Sehen Sie das nicht ein?«

»Und Michael? Und Ihre Träume von Mayfair Medical?«

»Ellie hatte recht«, sagte sie. Sie lehnte sich zurück und starrte ins Leere; die Lichter der Bar verschwammen vor ihren Augen. »Ich hätte nie zurückkommen dürfen. Er hat Michael dazu benutzt, um mich zurückzuholen. Ich wußte, daß Michael in New Orleans war, und aus diesem Grund kam ich her wie eine läufige Hündin!«

»Sie sagen nicht die Wahrheit. Kommen Sie mit mir nach oben und bleiben Sie bei mir.«

»Sie sind ein solcher Trottel. Ich könnte Sie an Ort und Stelle umbringen, und niemand würde es je erfahren. Niemand außer Ihrer Bruderschaft und Ihrem Freund Michael Curry. Und was könnten sie tun? Es ist vorüber, Aaron. Vielleicht kämpfe ich noch, vielleicht tanze ich ein paar Schritte zurück oder gewinne einen vorübergehenden Vorteil. Aber es ist vorüber. Michael sollte mich herbringen und dafür sorgen, daß ich hierbleibe, und das hat er getan.«

Sie wollte aufstehen, aber er griff nach ihrer Hand.

»Und Ihr Kind, Rowan?«

»Michael hat es Ihnen erzählt?«

»Das brauchte er nicht. Michael wurde ausgesandt, Sie zu lieben, damit Sie dieses Ding vertreiben, ein für allemal. Damit Sie diese Schlacht nicht allein schlagen müssen.«

»Auch das wußten Sie, ohne daß man es Ihnen gesagt hat?«

»Ja. Und Sie wissen es auch.«

Sie zog ihre Hand aus seiner.

»Gehen Sie fort, Aaron. Gehen Sie weit weg. Verstecken Sie sich in Ihrem Mutterhaus in Amsterdam oder in London. Verstecken Sie sich. Sie werden sterben, wenn Sie es nicht tun. Und wenn Sie Michael anrufen, wenn Sie ihn zurückrufen – ich schwöre Ihnen, dann bringe ich Sie selbst um.«

44

Absolut alles war schiefgegangen. Das Dach in der Liberty Street war undicht gewesen, als er angekommen war, und in das Geschäft in der Castro Street war jemand eingebrochen, um die erbärmliche Handvoll Bargeld aus der Kasse zu stehlen. In seinem Haus in der Diamond Street hatten Vandalen gehaust; die Aufräumungsarbeiten hatten vier Tage gedauert, und erst dann hatte er es zum Verkauf ausschreiben können. Eine weitere Woche war nötig gewesen, um Tante Vivs Antiquitäten für den Transport vorzubereiten und all ihren Kleinkram so einzupacken, daß nichts kaputtgehen konnte. Dann hatte er sich für drei Tage mit seinem Buchhalter zusammensetzen müssen, um seine Steuerunterlagen zu ordnen. Jetzt war schon der 14. Dezember, und noch immer hatte er eine Menge nicht erledigt.

Die einzige gute Nachricht war, daß Tante Viv die ersten beiden Kisten unversehrt erhalten und gleich angerufen hatte, um ihm zu sagen, wie sehr sie sich freute, ihre geliebten Sachen endlich bei sich zu haben. Und jetzt, wo auch ihre Möbel unterwegs waren, konnte sie endlich all die reizenden Damen Mayfair zu sich einladen. Michael sei ein Schatz. Ein wahrer Schatz.

»Am Sonntag habe ich Rowan gesehen, Michael; sie ging spazieren, in dieser Eiseskälte. Aber weißt du, sie hat endlich angefangen, ein bißchen zuzunehmen. Ich wollte es ja nie sagen, aber sie war so dünn und so blaß. Es war wunderbar, sie mal mit roten Wangen zu sehen.«

Darüber hatte er lachen müssen, aber er vermißte Rowan unsäglich. Er hatte nie vorgehabt, so lange wegzubleiben. Jedes Telephongespräch machte es nur noch schlimmer; die berühmte samtene Stimme brachte ihn fast um den Verstand.

Sie hatte Verständnis für alle die unvorhergesehenen Katastrophen, aber die Sorge, die sich hinter ihren Fragen verbarg, entging ihm nicht. Und nach den Telephonaten konnte er nicht schlafen; er rauchte eine Zigarette nach der anderen, trank zuviel Bier und lauschte dem endlosen Winterregen.

Aber jetzt war das alte Haus endlich fast leer. Nur noch zwei Kisten auf dem Speicher, und auf eine seltsame Weise waren diese kleinen Schätze das, was er eigentlich nach New Orleans hatte holen wollen. Und er brannte darauf, die Sachen zusammenzupacken.

Wie fremdartig das alles jetzt aussah. Die Zimmer waren kleiner, als er sie in Erinnerung hatte, und die Gehwege vor dem Haus waren so schmutzig. Das kleine Pfefferbäumchen, das er gepflanzt hatte, schien den Geist aufzugeben. Unmöglich, daß er hier so viele Jahre verbracht und sich eingeredet haben sollte, er sei glücklich.

Unmöglich auch, daß er sich hier noch eine elende Woche damit abrackern sollte, im Geschäft Kisten zu verschließen und zu etikettieren, Steuerbelege zu sortieren und diverse Formulare auszufüllen.

»Besser jetzt als später«, hatte Rowan am Nachmittag am Telephon gesagt. »Aber ich kann es kaum noch aushalten. Sag mir, hast du irgend etwas bereut? Ich meine, daß du San Francisco aufgegeben hast. Gibt es Augenblicke, wo du am liebsten wieder da weitermachen würdest, wo du aufgehört hast – als ob New Orleans nie existiert hätte?«

»Bist du verrückt geworden? Ich denke nur daran, zu dir zurückzukommen. Vor Weihnachten verschwinde ich hier auf jeden Fall. Ist mir egal, was noch zu machen ist.«

»Ich liebe dich, Michael.« Sie konnte es tausendmal sagen, und es klang immer noch spontan. Es war eine Qual, sie nicht in den Arm nehmen zu können. Aber war da nicht ein dunkler Unterton in ihrer Stimme, etwas, das er früher nicht gehört hatte?

»Michael, verbrenne einfach alles, was noch übrig ist. Mach ein großes Feuer im Garten, um Himmels willen. Aber beeil dich.«

Er versprach ihr, daß er noch am selben Abend mit dem Zusammenpacken fertig sein würde, und wenn es ihn umbrächte.

»Es ist doch nichts passiert, oder? Ich meine, du hast doch keine Angst – oder, Rowan?«

»Nein, ich habe keine Angst. Es ist noch dasselbe wunderschöne Haus, das du verlassen hast. Ryan hat einen Weihnachtsbaum liefern lassen. Du solltest ihn sehen – er reicht bis unter die Decke. Jetzt steht er im Salon und wartet darauf, daß wir beide ihn schmücken. Im ganzen Haus riecht es nach Tannennadeln.«

»Ah, das ist wundervoll. Und ich habe eine Überraschung für dich – für den Baum.«

»Ich will nur dich, Michael. Komm nach Hause.«

Vier Uhr nachmittags. Jetzt war das Haus wirklich leer und trist und voller Echos. Er stand in seinem alten Schlafzimmer und schaute hinaus über die naßglänzenden Dächer, die den Hang hinunter zum Castro-Viertel und weiter bis zu den dichtgedrängten stahlgrauen Wolkenkratzern der City reichten.

Nach Hause.

Aber jetzt hatte er sie schon wieder vergessen. Die Kisten auf dem Speicher, die Überraschung, das, was er vor allem hatte holen wollen.

Er nahm Packpapier und einen leeren Karton und stieg die Leiter hinauf; gebückt stand er unter dem schrägen Dach und knipste das Licht an. Die undichte Stelle war repariert, und jetzt war alles sauber und trocken. Der Himmel hing schiefergrau vor dem vorderen Fenster. Und auf den vier letzten Kisten stand mit roter Tinte »Weihnachten«.

Die Lichter würde er für die Leute hierlassen, die das Haus mieten wollten. Sie würden sie bestimmt gebrauchen können.

Aber den Baumschmuck würde er mitnehmen. Die Vorstellung, auch nur ein einziges Stück zu verlieren, war unerträglich. Und wenn er daran dachte, daß der Baum schon da war...

Er zog eine Kiste unter die nackte Deckenbirne, öffnete sie und warf das alte Seidenpapier zur Seite. Im Laufe der Jahre hatte er

Hunderte dieser kleinen Prozellanschönheiten aus den Spezialgeschäften überall in der Stadt zusammengetragen. Hin und wieder hatte er in seinem eigenen Laden so etwas verkauft. Engel, Weise aus dem Morgenland, winzige Häuschen, Karussellpferdchen und anderen zarten Firlefanz aus feinbemaltem Porzellan. Echter viktorianischer Baumschmuck hätte nicht feiner oder zierlicher aussehen können. Da waren winzige Vögel aus echten Federn, Holzkugeln, geschickt bemalt mit üppigen alten Rosen, Zuckerstangen aus Porzellan und versilberte Sterne.

Langsam machte er sich an die Arbeit; er nahm jedes einzelne Stück aus dem Seidenpapier, wickelte es in Packpapier und steckte es in eine kleine Plastiktüte. Stell dir vor – das Haus in der First Street am Heiligen Abend, mit einem Christbaum im Salon. Stell es dir vor im nächsten Jahr, wenn das Baby da ist.

Plötzlich kam es ihm unmöglich vor, daß sein Leben eine so große und wunderbare Veränderung erfahren sollte. Eigentlich hatte er dort draußen im Meer sterben sollen, dachte er.

Und vor seinem geistigen Auge sah er plötzlich nicht das Meer, sondern die Kirche an Weihnachten, als er ein kleiner Junge war. Er sah die Krippe hinter dem Altar, und Lasher stand daneben, Lasher sah ihn an, und Lasher war nur der Mann aus der First Street, groß und dunkelhaarig und aristokratisch blaß.

Es überlief ihn eisig. *Was mache ich hier. Sie ist allein dort. Ausgeschlossen, daß er sich ihr noch nicht gezeigt haben soll.*

Das Gefühl war so dunkel, so voller Überzeugungskraft, daß es ihn vergiftete. Er beeilte sich mit dem Packen. Als er endlich fertig war, räumte er auf, nahm den Karton mit dem Baumschmuck mit und verschloß seinen Speicher zum letztenmal.

Der Regen hatte nachgelassen, als er am Postamt in der Eighteenth Street ankam. Plötzlich ging ihm alles zu langsam. Er fauchte den routinemäßig gleichmütigen Schalterangestellten an, und dann hastete er durch den eisigen Wind zu seinem Geschäft oben an der Castro Street.

Sie würde ihn nicht belügen. Das würde sie nicht tun. Das Ding spielte seine alten Spielchen. Aber wieso diese Erscheinung an jenem längst vergangenen Weihnachtsfest? Wieso das Gesicht, das ihn da über die Krippe hinweg angestrahlt hatte? Verflucht, vielleicht hatte es nichts zu bedeuten.

Schließlich hatte er den Mann auch an jenem unvergeßlichen Abend gesehen, als er Isaac Stern zum ersten Mal hatte spielen hören. Hundertmal hatte er den Mann gesehen, wenn er durch die First Street spaziert war.

Aber diese Panik ertrug er nicht. Kaum war er im Geschäft und hatte die Tür hinter sich abgeschlossen, hatte er den Hörer in der Hand und rief Rowan an.

Sie meldete sich nicht. Es war Nachmittag in New Orleans, und es war kalt dort. Vielleicht hatte sie sich hingelegt. Fünfzehnmal ließ er es klingeln, ehe er auflegte.

Er sah sich um. Noch so viel zu tun. Die ganze Kollektion der Messingarmaturen mußte noch verkauft werden – und was war mit den verschiedenen Buntglasfenstern, die hinten an der Wand lehnten?

Schließlich beschloß er, den ganzen Papierkram aus dem Schreibtisch zu verpacken, wie er war, mitsamt allem, was weggeworfen werden konnte. Keine Zeit zum Sortieren. Er knöpfte seine Manschetten auf, krempelte die Ärmel hoch und begann die Aktenordner in Pappkartons zu stecken. Aber auch wenn er noch so schnell arbeitete – er wußte, er würde San Francisco frühestens in einer Woche verlassen können.

Es war acht Uhr, als er schließlich aufhörte. Die Straßen waren noch naß vom Regen, und Fußgänger drängten sich im unvermeidlichen Freitagabend-Verkehr.

Mit gesenktem Kopf stapfte er gegen den Wind bergauf zu seinem Auto. Einen Moment lang konnte er nicht glauben, was er sah: Beide Vorderräder an dem alten Wagen waren verschwunden, der Kofferraum war aufgebrochen – und das war sein eigener Wagenheber dort unter dem vorderen Kotflügel.

»Diese verfluchten Schweinehunde«, zischte er, als er aus dem Strom der Fußgänger vom Gehweg trat. »Das könnte nicht schlimmer sein, wenn es jemand geplant hätte.«

Geplant.

Jemand streifte seine Schulter. »*Eh bien.* Monsieur, schon wieder eine kleine Katastrophe.«

»Ja, wem sagen Sie das«, knurrte er, ohne aufzublicken. Den französischen Akzent bemerkte er kaum.

»Großes Pech, Monsieur, da haben Sie recht. Vielleicht hat es wirklich jemand geplant.«

»Ja, das dachte ich auch gerade«, sagte er mit leisem Schrecken.

»Fahren Sie nach Hause, Monsieur. Dort werden Sie gebraucht.«

»Hey!«

Er fuhr herum, aber die Gestalt war schon weitergegangen. Ein Schimmer von weißem Haar. Fast hatte die Menge ihn verschluckt. Michael sah nur noch einen Hinterkopf, der sich schnell entfernte, und etwas, das aussah wie ein dunkler Anzug.

Er rannte hinter dem Mann her.

»Hey!« schrie er noch einmal, aber als er an der Ecke Eighteenth und Castro ankam, war der Mann nirgends zu sehen. Ströme von Menschen überquerten die Kreuzung. Und der Regen hatte wieder eingesetzt. Ein Bus fuhr am Straßenrand an und rülpste eine Wolke von schwarzem Dieselqualm hervor.

Verzweifelt ließ Michael den Blick am Bus entlang wandern, bevor er sich umdrehte, um zurückzugehen, und im letzten Moment sah er durch das Rückfenster ein vertrautes Gesicht, das zu ihm herausschaute. Schwarze Augen, weißes Haar.

...mit den einfachsten und ältesten Werkzeugen, die dir zu Gebote stehen, denn damit kannst du gewinnen, auch wenn die Chancen sehr gering erscheinen...

»Julien!«

...deinen Sinnen nicht trauen können, aber du weißt, was die Wahrheit und was recht ist: Vertraue darauf, und vertraue auch darauf, daß du die Macht hast, die einfache menschliche Macht...

»Ja, das werde ich tun, ich habe alles verstanden...«

Mit einem jähen, heftigen Schwung wurde er von den Beinen gerissen; er fühlte einen Arm um seinen Leib, und eine Person mit großen Kräften zerrte ihn zurück. Ehe er etwas sagen oder sich wehren konnte, polterte der leuchtend rote Kotflügel eines Autos über den Randstein und krachte mit ohrenbetäubendem Knirschen gegen den Laternenpfahl. Jemand schrie. Die Windschutzscheibe des Autos schien zu explodieren, und silberne Glassplitter flogen in alle Richtungen.

»Verdammt!« Er fand sein Gleichgewicht nicht wieder und taumelte rücklings auf den Burschen, der ihn zurückgerissen hatte. Leute rannten auf das Auto zu. Jemand bewegte sich darin. Das Glas prasselte immer noch auf das Pflaster.

»Alles okay?«

»Ja, ja, mir fehlt nichts. Da hängt jemand drin!«

Das Blinklicht eines Polizeiwagens blendete ihn. Jemand rief dem Polizisten zu, er solle einen Krankenwagen rufen.

»Mann, die hätte Sie fast erwischt«, sagte der Bursche, der ihn weggerissen hatte, ein großer, kräftig gebauter Schwarzer in einem Ledermantel, und er schüttelte den graumelierten Kopf. »Haben Sie nicht gesehen? Der Wagen kam geradewegs auf Sie zu.«

»Nein. Sie haben mir das Leben gerettet, wissen Sie das?«

»Verdammt, ich hab' Sie bloß zur Seite gezogen. Mehr war ja nicht. Hab' nicht mal drüber nachgedacht.« Mit einer wegwerfenden Handbewegung ging er weiter; sein Blick verharrte noch einen Moment lang auf dem roten Wagen. Zwei Männer versuchten bereits, die Frau, die darin saß, zu befreien. Sie schrie. Die Menge wuchs, und eine Polizistin brüllte die Zuschauer an, sie sollten zurücktreten.

»Hören Sie, ich weiß nicht, wie ich Ihnen danken soll!«, rief Michael, aber der Schwarze war schon ein ganzes Stück weit weg. Er ging mit großen Schritten die Castro Street hinauf und warf nur noch einen kurzen Blick zurück und winkte lässig mit der Hand.

Michael blieb fröstelnd vor einer Bar stehen. Leute drängten sich an denen vorbei, die stehengeblieben waren, um zu gaffen. Dieser Druck, der seine Brust erfüllte, kein richtiger Schmerz, sondern eine Art Anspannung, und sein Puls hämmerte, und ein taubes Gefühl kroch in die Finger seiner linken Hand.

Herrgott, was passierte hier eigentlich? Ihm durfte jetzt nicht übel werden; er mußte zurück zu seinem Hotel.

Schwerfällig trat er auf die Straße hinaus, vorbei an der Polizistin, die ihn plötzlich fragte, ob er gesehen habe, wie der Wagen den Laternenpfahl gerammt habe. Nein, mußte er gestehen, das hatte er nun wirklich nicht gesehen. Da drüben, ein Taxi. Taxi!

»Muß zum St. Francis. Union Square.«

»Fehlt Ihnen was?«

»Nein. Nicht viel.«

Es war Julien gewesen, der mit ihm gesprochen hatte, kein Zweifel, Julien, den er durch das Busfenster gesehen hatte! Aber was war mit dem verdammten Wagen gewesen?

Ryan hätte nicht entgegenkommender sein können. »Natürlich, wir hätten dir bei all dem schon viel früher helfen können, Michael! Dazu sind wir doch da. Ich lasse morgen jemanden Inventur machen und alles verpacken. Dann treibe ich einen qualifizierten Makler auf, und über den Verkaufspreis reden wir, wenn du hier bist.«

»Ich belästige euch schrecklich ungern, aber ich kann Rowan nicht erreichen, und ich habe das Gefühl, ich sollte nach Hause fliegen.«

»Unsinn – wir sind dazu da, solche Dinge für dich zu erledigen, große und kleine. Hast du denn schon einen Flug? Überlaß die Sache doch mir. Bleib, wo du bist, und warte auf meinen Anruf.«

Dann lag er auf dem Bett, rauchte seine letzte Zigarette und starrte zur Decke.

Das taube Gefühl in seiner linken Hand war vergangen, und er fühlte sich wieder wohl. Keine Übelkeit, kein Schwindel, und auch sonst nichts Bemerkenswertes, was ihn betraf. Aber das war ihm auch egal. Dieser Teil war nicht real.

Real war Juliens Gesicht im Busfenster. Und dann dieses Fragment der Visionen, das von ihm Besitz ergriffen hatte, machtvoll wie eh und je.

Aber war alles geplant gewesen, nur um ihn an diese gefährliche Straßenecke zu bringen? Um ihn zu blenden und ihn starr vor diesem schleudernden Wagen stehen zu lassen? So, wie er auch vor Rowans Boot getrieben worden war?

Oh, er versank fast in diesem Erinnerungsfetzen. Er schloß die Augen und sah wieder ihre Gesichter – Deborah und Julien, und er hörte ihre Stimmen.

... daß du die Macht hast, die einfache menschliche Macht ...

Das muß ich glauben. Denn wenn ich es nicht glaube, verliere ich den Verstand. *»Fahren Sie nach Hause, Monsieur. Dort werden Sie gebraucht.«*

Mit geschlossenen Augen lag er da und döste, als das Telephon klingelte.

»Michael?« Es war Ryan.

»Ja.«

»Hör zu, ich habe dir ein Privatflugzeug besorgt. Das ist viel einfacher. Ich schicke jemanden, der dich abholt. Wenn du Hilfe mit deinem Gepäck brauchst ...«

»Nein, sag mir bloß, wann. Ich bin dann fertig.« Wonach roch es hier? Hatte er seine Zigarette ausgedrückt?

»Wie wär's in einer Stunde? Und, Michael, bitte – von jetzt an darfst du nicht mehr zögern, uns um irgend etwas zu bitten. Ganz gleich, was es ist.«

»Ja, danke, Ryan, ja. Ich weiß das wirklich zu schätzen.« Er starrte auf das glimmende Loch in der Bettdecke, dorthin wo seine Zigarette hingefallen war, als er eingedöst war. Gott, zum erstenmal im Leben hatte er so etwas getan! Das Zimmer war schon voller Rauch. »Danke, Ryan. Vielen Dank für alles!«

Er legte auf, ging ins Bad und füllte den leeren Eiskübel mit Wasser. Rasch kippte er alles übers Bett. Dann zog er die versengte Decke und das Laken ab und goß noch mehr Wasser über das dunkle, stinkende Loch in der Matratze. Sein Herz galoppierte wieder.

Er ging zum Fenster, rüttelte daran, bis er merkte, daß es sich nicht öffnen ließ, und dann ließ er sich schwer in einen Sessel fallen und sah zu, wie der Rauch langsam verflog.

Als er alles gepackt hatte, versuchte er es noch einmal bei Rowan. Sie meldete sich immer noch nicht. Fünfzehnmal klingeln, und sie meldete sich nicht. Er wollte gerade auflegen, als er ihre benommene Stimme hörte.

»Michael? Oh, ich habe geschlafen. Tut mir leid, Michael.«

»Hör zu, Honey, ich bin Ire, und ich bin ein sehr abergläubischer Kerl, wie wir beide wissen.«

»Wovon redest du?«

»Ich bin mitten in einer Pechsträhne, in einer Serie böser Unglücksfälle. Schenk mir einen kleinen Mayfair-Zauber, ja, Rowan? Zaubere ein weißes Licht um mich herum. Schon mal davon gehört?«

»Nein. Michael, was ist denn los?«

»Ich komme nach Hause, Rowan. Und bitte, Honey, stell's dir nur einfach vor: Ein weißes Licht um mich herum, das mich vor allem Bösen auf der Welt beschützt, bis ich bei dir bin. Verstehst du, was ich sage? Ryan hat mir ein Flugzeug geschickt. Innerhalb der nächsten Stunde geht's los.«

»Michael, was ist los?«

Weinte sie etwa?

»Tu es, Rowan – das mit dem weißen Licht. Vertrau mir einfach. Streng dich an und beschütze mich.«

»Ein weißes Licht«, flüsterte sie. »Um dich herum.«

»Genau. Ein weißes Licht. Ich liebe dich. Ich komme nach Hause.«

45

»Oh, das ist der schlimmste Winter seit langem«, sagte Beatrice. »Weißt du, daß sie sagen, es gibt vielleicht sogar Schnee?« Sie stand auf und stellte ihr Weinglas auf den Servierwagen. »Tja, Darling, du warst sehr geduldig. Und ich habe mir solche Sorgen gemacht. Nachdem ich nun gesehen habe, daß es dir gutgeht und daß es in diesem riesengroßen Haus so herrlich warm und behaglich ist, werde ich gehen.«

»Es war nichts, Bea«, sagte Rowan, und sie wiederholte nur, was sie schon einmal gesagt hatte. »Ich war nur deprimiert, weil Michael so lange weg ist.«

»Und wann erwartest du ihn?«

»Ryan sagte, er kommt noch vor morgen früh. Er sollte schon vor einer Stunde fliegen, aber in San Francisco ist Nebel.«

Sie sah Beatrice nach, wie sie die Marmorstufen hinunter und zum Tor hinausging. Der kalte Wind wehte in die Diele. Sie schloß die Haustür.

Lange stand sie regungslos und mit gesenktem Kopf da; sie ließ sich von der Wärme umfangen. Schließlich ging sie zurück in den Salon und starrte den riesigen grünen Baum an. Er stand gleich hinter dem Bogen und reichte bis an die Decke. Seine Form war ein so vollendetes Dreieck, wie sie es bei einem Weihnachtsbaum noch nie gesehen hatte. Er füllte das ganze Fenster zur Seitenveranda aus. Und nur wenige Nadeln lagen verstreut darunter auf dem blanken Fußboden. Wild sah er aus, primitiv, wie ein Stück aus dem Wald, das ins Haus gekommen war.

Sie ging zum Kamin, kniete nieder und legte noch ein kleines Holzscheit in die Flammen.

»Warum hast du versucht, Michael etwas anzutun?« flüsterte sie und starrte ins Feuer.

»Ich habe nicht versucht, ihm etwas anzutun.«

»Du lügst. Hast du auch Aaron etwas antun wollen?«

»Ich tue, was du mir befiehlst, Rowan.« Die Stimme klang sanft und tief wie immer. »Meine Welt ist es, dir zu gefallen.«

Sie hockte sich auf die Fersen und verschränkte die Arme; ihr Blick verschleierte sich, und die Flammen verschwammen zu einer großen, flackernden Wolke.

»Er soll nicht den geringsten Verdacht schöpfen, hörst du?«

»Ich höre dich immer, Rowan.«

»Er soll glauben, daß alles so ist, wie es immer war.«

»Das ist auch mein Wunsch, Rowan. Wir stimmen überein. Ich fürchte seine Feindschaft, weil sie dich unglücklich machen wird. Ich werde nur tun, was du willst.«

Aber es konnte nicht ewig so weitergehen, und plötzlich war die Angst, die sie ergriffen hatte, so allumfassend, daß sie sich nicht rühren konnte. Zitternd hockte sie da und starrte in die Flammen.

»Wie wird es enden, Lasher? Ich weiß nicht, wie ich tun soll, was du von mir willst.«

»Du weißt es, Rowan.«

»Es wird jahrelanges Studium erfordern. Ohne ein tiefgehendes Verständnis von dir zu haben, kann ich nicht anfangen.«

»Oh, aber du weißt alles über mich, Rowan. Und du trachtest danach, mich zu täuschen. Du liebst mich, aber du liebst mich nicht. Du würdest mich ins Fleisch locken, wenn du wüßtest, wie – um mich zu vernichten.«

»Tatsächlich?«

»Ja. Es ist eine Qual, deine Furcht und deinen Haß zu fühlen, während ich weiß, welches Glück uns beide erwartet. Während ich so weit sehen kann.«

»Was willst du haben? Den Körper eines lebendigen Mannes? Dem durch irgendein Trauma das Bewußtsein geraubt ist, damit du deine Verschmelzung, ungehindert durch seinen Geist, beginnen kannst? Das wäre Mord, Lasher.«

Schweigen.

»Ist es das, was du willst? Daß ich einen Mord begehe? Denn wir wissen beide, daß es auf diese Weise gehen könnte.«

Schweigen.

Sie schloß die Augen. Sie hörte tatsächlich, wie er sich zusammenzog, hörte, wie der Druck sich verstärkte, hörte die Vorhänge rascheln, als er sie streifte, als er sich wand und den Raum ringsum erfüllte, ihre Wangen und ihr Haar streichelte.

»Nein. Laß mich allein«, seufzte sie. »Ich warte auf Michael.«

»Er wird dir jetzt nicht mehr genügen, Rowan. Es bereitet mir Schmerz, dich weinen zu sehen. Aber ich sage die Wahrheit.«

»Gott, ich hasse dich«, wisperte sie und wischte sich mit dem Handrücken über die Augen. Tränenblind schaute sie den großen grünen Baum an.

»Laß mich jetzt allein, Lasher«, flehte sie. »Wenn du mich liebst, laß mich allein.«

Leiden. Sie wußte, es war wieder der Traum, und sie wollte aufwachen. Auch das Baby brauchte sie jetzt. Sie hörte es weinen. Ich will raus aus dem Traum. Aber sie drängten sich alle an den Fenstern und verfolgten entsetzt, was mit Jan van Abel passierte, den der Mob in Stücke riß.

»Es wurde nicht geheimgehalten«, sagte Lemle. »Ignorante Menschen können nicht verstehen, wie wichtig Experimente sind. Wenn Sie sie geheimhalten, nehmen Sie damit lediglich die Verantwortung selbst auf sich.«

Er deutete auf die Gestalt auf dem Tisch. Wie geduldig der Mann dalag: seine Augen waren offen, und all die winzigen, knospenartigen Organe bebten in ihm. So kleine Arme und Beine.

»Ich kann nicht denken, wenn das Baby weint.«

»Sie müssen den größeren Zusammenhang sehen, den bedeutenderen Gewinn.«

Unmöglich. Sie starrte den kleinen Mann an, die Arm- und Beinstummel und die winzigen Organe. Nur der Kopf war normal. Von normaler Größe.

»Ein Viertel der Körpergröße, um genau zu sein.«

Ja, die vertrauten Proportionen, dachte sie. Dann packte sie das Grauen, als sie ihn anschaute. Aber sie zerschlugen die Fensterscheiben. Der Mob strömte in die Korridore der Universität Leiden, und Petyr kam auf sie zugelaufen.

»Nein, Rowan. Tu's nicht!«

Sie schrak aus dem Schlaf auf. Schritte auf der Treppe.

Sie stand auf. »Michael?«

»Ich bin hier, Honey.«

Ein großer Schatten im Dunkeln, der nach Winterkälte roch, und dann seine warmen, zitternden Hände. Rauh und zart, und sein Gesicht an ihrem. »Oh, Michael, es war eine Ewigkeit. Warum hast du mich verlassen?«

»Rowan, Honey...«

»Warum?« Sie schluchzte. »Laß mich nicht los, Michael, bitte. Laß mich nicht los.«

Er wiegte sie in seinen Armen.

»Du hättest nicht fortgehen sollen, Michael. Du hättest es nicht tun sollen.« Sie weinte, und sie wußte, er konnte nicht verstehen, was sie sagte, und sie sollte es gar nicht sagen, und schließlich bedeckte sie ihn mit Küssen, und sie schmeckte seine salzig rauhe Haut und die täppische Sanftheit seiner Hände.

»Sag mir, was ist eigentlich los? Was ist los?«

»Daß ich dich liebe. Daß es, wenn du nicht hier bist... daß es so ist, als wärest du nicht real.«

Sie war halb wach, als er aus dem Bett glitt. Sie wollte nicht, daß dieser Traum zurückkehrte. Sie hatte neben ihm gelegen, an seine Brust gekuschelt wie ein Löffel an den anderen, und hatte seinen Arm festgehalten, und als er jetzt aufstand, beobachtete sie beinahe verstohlen, wie er seine Jeans anzog und das enge, langärmelige Rugbyhemd über den Kopf zog.

»Bleib hier«, flüsterte sie.

»Es hat geläutet«, sagte er. »Meine kleine Überraschung. Nein, du brauchst nicht aufzustehen. Es ist nichts weiter – nur eine Kleinigkeit, die ich aus San Francisco mitgebracht habe. Warum schläfst du nicht einfach weiter?«

Noch ehe er weg war, kehrte der Traum zurück.

Ich will dieses Mädchen auf dem Tisch nicht sehen. »Was ist das? Es kann doch nicht leben.«

Lemle trug Kittel, Maske und Handschuhe; er war bereit zur Operation. Unter buschigen Augenbrauen spähte er zu ihr herüber. »Sie sind nicht mal steril. Gehen Sie sich waschen; ich brauche Sie.« Die Lampen waren wie zwei gnadenlose Augen auf den Tisch gerichtet.

Dieses Ding mit seinen winzigen Organen und den großen Augen.

Lemle hielt etwas mit seiner Zange. Und der kleine, aufgeschlitzte Körper in dem dampfenden Brutkasten neben dem OP-Tisch war ein Fötus, der mit klaffendem Brustkorb weiterschlummerte. Es war ein Herz, was die Zange da hielt, nicht wahr? Du Monster, daß du so etwas tust! »Wir müssen schnell arbeiten, solange dieses Gewebe in seinem optimalen Zustand ist...«

»Es ist sehr schwer für uns, durchzudringen«, sagte die Frau.

»Aber wer seid ihr?« fragte Rowan.

Rembrandt saß am Fenster, so müde im hohen Alter, die Nase rund, das Haar strähnig. Schläfrig blickte er auf, als sie ihn fragte, was er dachte, und dann nahm er ihre Hand mit seinen Fingern und legte sie auf ihre Brust.

»Ich kenne das Bild«, sagte sie. »Die junge Braut.«

Sie erwachte.

Die Uhr hatte zwei geschlagen. Sie hatte im Schlaf gewartet und gedacht, es kämen noch mehr Glockenschläge, zehn vielleicht, was bedeutet hätte, daß sie lange geschlafen hatte – aber zwei? Das war sehr spät.

Sie hörte Musik von Ferne. Ein Spinett erklang, und eine leise Stimme sang ein langsames, trauervolles Weihnachtslied, ein altes keltisches Lied über ein Kind, das in die Krippe gelegt wurde. Der Geruch vom Weihnachtsbaum, süß duftend, und vom Feuer im Kamin. Köstlich in seiner Wärme.

Sie lag auf der Seite und schaute zum Fenster, und sie betrachtete die Eisblumen, die sich an den Scheiben bildeten. Langsam nahm eine Silhouette Gestalt an – ein Mann stand mit dem Rücken zum Fenster, die Arme verschränkt.

Mit schmalen Augen beobachtete sie den Prozeß: Das dunkelgebräunte Gesicht erschien, von Milliarden winziger Zellen geformt, und die tiefen, glitzernden grünen Augen. Die vollkommene Nachbildung von Jeans und Hemd; sie konnte die Bewegungen seiner Kleidung hören und sehen. Als er sich über sie beugte, sah sie die Poren seiner Haut.

Wir sind also eifersüchtig, wie? Sie berührte seine Wange, berührte seine Stirn, wie sie Michael berührt hatte, und spürte ein Pochen unter der Haut, als wäre dort wirklich ein Körper.

»Belüge ihn«, sagte er mit leiser Stimme, und seine Lippen bewegten sich kaum. »Wenn du ihn liebst, belüge ihn.«

Fast spürte sie Atem auf ihrem Gesicht. Dann merkte sie, daß sie durch das Gesicht hindurch das Fenster dahinter sehen konnte.

»Nein, geh nicht«, sagte sie. »Halte dich noch.«

Aber die ganze Erscheinung verzog sich jetzt wie im Krampf und begann dann zu flattern wie eine Papiersilhouette im Wind. Sie fühlte seine Panik in heißen Wellen.

Sie griff nach seinem Handgelenk, aber sie griff ins Leere. Heißer Wind zog über sie und über das ganze Bett hinweg, die Gardinen blähten sich für einen Moment ballonartig, und dann stieg der Frost an den Fensterscheiben empor und färbte sich weiß.

Belüge ihn.

Ja, natürlich. Ich liebe euch beide, nicht wahr?

Er hörte nicht, wie sie die Treppe herunterkam. Die Vorhänge waren alle noch geschlossen, und in der Diele war es dunkel und still und warm. Ein Feuer brannte im vorderen Kamin im Salon. Die einzige andere Beleuchtung kam von dem Weihnachtsbaum, der mit unzähligen winzigen, funkelnden Lichtern behängt war.

Sie blieb in der Tür stehen und beobachtete ihn; er saß ganz oben auf der Leiter und zupfte noch irgendeine Kleinigkeit zurecht, und dabei pfiff er leise die alte irische Weihnachtsmelodie von der Platte mit.

»Ah, da ist ja mein Dornröschen«, sagte er mit diesem grenzenlos liebevollen und beschützerischen Lächeln, bei dem sie sich ihm am liebsten in die Arme geworfen hätte. Aber sie rührte sich nicht. Sie sah zu, wie er mit flinken, mühelosen Bewegungen von der Leiter herunter und ihr entgegenkam. »Geht's dir jetzt besser, meine Prinzessin?« fragte er.

»Oh, das ist so schön«, sagte sie. »Und dein Lied ist so traurig.«

Sie schlang einen Arm um seine Taille und legte den Kopf an seine Schulter, als sie am Baum hinaufschaute. »Du hast es bildschön gemacht.«

»Ah, aber jetzt fängt es erst an.« Er gab ihr einen Kuß auf die Wange und zog sie ins Zimmer zu dem kleinen Tisch am Fenster. Dort stand ein offener Pappkarton, und er winkte ihr, hineinzuschauen.

»Sind die aber reizend!« Sie nahm einen kleinen Porzellanengel in die Hand; seine Wangen waren rosa überhaucht und seine Flügel vergoldet. Und hier war ein allerliebster, detailgenauer kleiner Weihnachtsmann, ein zierliches Porzellanpüppchen, in echten roten Samt gekleidet. »Oh, die sind ja entzückend. Woher kommen sie?« Sie nahm einen goldenen Apfel in die Hand, dann einen hübschen fünfzackigen Stern.

»Ach, ich hab' sie schon seit Jahren. Auf dem College habe ich angefangen, sie zu sammeln. Ich habe nicht gewußt, daß sie für diesen Baum und für diesen Raum bestimmt sein würden, aber das waren sie. Hier, du mußt das erste Stück aussuchen. Ich habe nur auf dich gewartet. Ich dachte, wir machen's zusammen.«

»Den Engel«, sagte sie, und sie nahm die Figur beim Haken und hielt sie gegen den Baum, um sie so im weichen Licht besser sehen zu können. Der Engel hatte eine kleine vergoldete Harfe in den Händen, und sogar das Gesichtchen war sorgfältig mit einem roten Mund und blauen Augen bemalt. Sie hob ihn so hoch, wie sie konnte, und schob den krummen Haken über den dickeren Teil eines zitternden Zweiges. Der Haken war im Schatten fast unsichtbar, und bebend schwebte der Engel dort, fast wie ein Kolibri.

»Was habe ich hier nur ohne dich angefangen?« fragte sie. Er legte ihr die Arme um die Taille, und sie umfaßte sie mit beiden Händen; sie liebte das Gefühl der sehnigen Muskeln, der großen, starken Finger, die sie so fest hielten.

Für einen Augenblick sah sie nichts als den üppigen Baum und das hübsche Spiel der funkelnden Lichter im tiefen Schatten der grünen Zweige, und sie hörte nichts als die schwermütige Melodie des Weihnachtsliedes, und der Augenblick schwebte in der Zeit wie der zarte Engel. Es gab keine Zukunft und keine Vergangenheit.

»Ich bin so froh, daß du wieder da bist«, flüsterte sie und schloß die Augen. »Es war unerträglich hier ohne dich. Nichts hat Sinn ohne dich. Ich will nie wieder ohne dich sein.« Und ein tiefer Schmerz durchpochte sie – ein wütendes, furchtbares Beben, das sie in sich verschloß, als sie sich zu ihm umdrehte und ihren Kopf wieder an seine Brust legte.

46 23. Dezember. Harter Nachtfrost. Reizend – wo doch alle Mayfairs zu Cocktails und Weihnachtsliedern erwartet wurden. Wenn man sich vorstellte, wie all die Autos über die vereisten Straßen rutschten. Aber es war wunderbar, zu Weihnachten dieses saubere, kalte Wetter zu haben. Und Schnee war auch angesagt.

»Weiße Weihnachten – kannst du dir das vorstellen?« fragte Michael. Er schaute zum vorderen Schlafzimmerfenster hinaus, während er sich Pullover und Lederjacke überzog. »Vielleicht schneit es sogar heute abend.«

»Das wäre wundervoll für die Party«, sagte er. »Der Wetterbericht sagt, es wird schneien. Und ich sage dir noch etwas, Rowan: Wir hatten weiße Weihnachten in dem Jahr, als ich hier fortging.«

Er zog einen Wollschal aus der Kommode und stopfte ihn in den Kragen seiner Jacke. Dann nahm er seine dicken, wollgefütterten Handschuhe.

»Ich werd's nie vergessen. Ich sah zum erstenmal in meinem Leben Schnee. Und ich ging dort unten spazieren, auf der First Street, und als ich nach Hause kam, erfuhr ich, daß mein Dad tot war.«

»Wie ist das passiert?« So mitfühlend sah sie aus; ihre Brauen zogen sich ein wenig zusammen. Ihr Gesicht war so glatt, daß die leiseste Bestürzung sich wie ein Schatten darüber legte.

»Ein Brand in einem Lagerhaus an der Tchoupitoulas Street«, sagte er. »Einzelheiten habe ich nie erfahren. Anscheinend hatte der Brandmeister ihnen befohlen, unter dem Dach rauszukommen, weil es einzustürzen drohte. Einer der Jungs stürzte, und mein Dad rannte zurück, um ihn zu holen, und da knickte das Dach ein. Es hieß, es habe sich aufgewellt wie eine Brandungswoge, und dann ist es eingestürzt. Der ganze Laden ist regelrecht explodiert. Alles in allem haben sie an dem Tag drei Feuerwehrmänner verloren. Und ich spazierte derweilen im Garden District herum und freute mich über den Schnee. Deshalb sind wir dann nach Kalifornien gegangen. Von den Currys war keiner mehr da – Onkel und Tanten, alle begraben, draußen auf dem St.-Josephs-Friedhof. Alle begraben durch Lonigan und Söhne. Jeder einzelne.«

»Das muß ja schrecklich für dich gewesen sein.«

Er schüttelte den Kopf. »Das Schreckliche war, daß ich froh war, nach Kalifornien zu kommen, und daß ich wußte, wir hätten nie dorthin ziehen können, wenn er nicht gestorben wäre.«

»Komm her, setz dich und trink deine Schokolade; sie wird sonst kalt. Bea und Cecilia werden jeden Augenblick kommen.«

»Ich muß los. Hab' zuviel zu erledigen. Muß ins Geschäft, nachsehen, ob die Kisten gekommen sind. Ach, und dann muß ich dem Partyservice Bescheid sagen... ich habe vergessen, sie anzurufen.«

»Nicht nötig. Ryan hat sich darum gekümmert. Er sagt, du machst zuviel selbst. Er sagt, er an deiner Stelle hätte einen Installateur damit beauftragt, all die Leitungen zu umwickeln.«

»Ich tu' so was gern«, sagte er. »Aber die Leitungen werden so oder so einfrieren. Angeblich kriegen wir den schlimmsten Winter seit hundert Jahren.«

»Hey, du kannst nicht einfach dieses Zimmer verlassen, ohne mich zu küssen.«

»Selbstverständlich nicht.« Er beugte sich herunter und bedeckte sie mit Küssen, rauh und hastig, und sie lachte leise. Dann küßte er sie auf den Bauch. »Wiedersehen, Little Chris«, flüsterte er. »Bald ist Weihnachten, Little Chris.«

An der Tür blieb er stehen, um seine schweren Handschuhe anzuziehen. Dann warf er ihr noch eine Kußhand zu.

Wie ein Gemälde sah sie aus, als sie so mit hochgezogenen Füßen in ihrem hohen Ohrensessel saß. Sogar ihre Lippen hatten eine sanfte, satte Farbe. Und als sie lächelte, sah er die Grübchen in ihren Wangen.

Er ließ den Wagen zwei Minuten warmlaufen, ehe er losfuhr. Dann nahm er geradewegs Kurs auf die Brücke. Bis Oak Haven würde er eine Dreiviertelstunde brauchen, wenn er auf der Flußuferstraße gut vorankäme.

47

»Worum ging es bei dem Pakt und dem Versprechen?« fragte sie.

Sie stand im Dachzimmer, das mit seinen weißen Wänden jetzt sauber und steril aussah; durch die Fenster hatte man einen Blick über die Dächer. Nichts erinnerte hier mehr an Julien. Alle alten Bücher waren fort.

»Diese Dinge sind jetzt nicht mehr wichtig«, antwortete er. »Die Prophezeiung ist kurz vor der Erfüllung, und du bist die Tür.«

»Ich will es wissen. Was war das für ein Pakt?«

»Es sind Worte, die Menschenlippen von Generation zu Generation weitergegeben haben.«

»Ja, aber was haben sie zu bedeuten?«

»Es war der Bund zwischen mir und meiner Hexe – daß ich auch ihren geringsten Befehlen gehorchen müsse, sofern sie ein weibliches Kind zur Welt brächte, das ihre Fähigkeiten und ihre Macht, mich zu sehen und mir zu befehlen, erben würde. Ich sollte ihr alle Reichtümer der Welt bringen, alle ihre Wünsche erfüllen. Ich sollte in die Zukunft schauen, damit sie die Zukunft kennt. Ich sollte alle Kränkungen und Beleidigungen rächen. Und dafür würde die Hexe danach trachten, ein Mädchen zur Welt zu bringen, das ich lieben und dem ich dienen könnte wie zuvor der Hexe, und dieses Mädchen würde mich ebenfalls sehen und lieben.«

»Und das Kind sollte immer stärker werden als die Mutter, je näher die dreizehnte rückte.«

»Ja. Mit der Zeit konnte ich die Dreizehn sehen.«

»Nicht von Anfang an?«

»Nein. Mit der Zeit sah ich sie. Ich sah, wie die Macht sich sammelte und vervollkommnete, ich sah, wie sie durch die starken Männer der Familie genährt wurde. Ich sah Julien, dessen Macht so groß war, daß er seine Schwester Katherine überstrahlte. Ich sah Cortland. Ich sah den Weg zur Tür. Und jetzt bist du hier.«

»Wann hast du deinen Hexen von der Dreizehn erzählt?«

»In Angéliques Tagen. Aber du mußt bedenken, wie simpel mein eigenes Verständnis dessen, was ich sah, damals war: Ich konnte ja kaum etwas erklären. Wörter waren etwas völlig Neues für mich. Der Prozeß des Denkens in der Zeit war neu. Und so war die Prophe-

Moment gut vertragen«, sagte Michael. »Ein bißchen Glauben an die Kräfte der Erde.«

Er zog seine Lederjacke und die Handschuhe aus, überließ sie dankbar Aaron und streckte die Hände wärmesuchend dem Feuer entgegen. Der Wind trommelte gegen die Scheiben der Glastüren; sie waren frostumrandet und vom Blaßgrün der Landschaft draußen erfüllt.

Kaum hatte er sich gesetzt, spürte er, daß der Knoten in seinem Innern sich löste. Ihm war, als werde er gleich losheulen. Er holte tief Luft. Sein Blick schweifte ziellos umher, und dann begann er ohne lange Vorreden.

»Es ist passiert«, erklärte er mit zittriger Stimme. Er konnte kaum fassen, daß es so weit gekommen sein sollte: daß er so über sie redete. Aber er sprach weiter. »Sie belügt mich. Er ist bei ihr, und sie lügt. Sie hat mich Tag und Nacht belogen, seit ich wieder zu Hause bin.«

»Erzählen Sie mir, was passiert ist«, sagte Aaron; seine Miene war nüchtern und voller Mitgefühl.

»Sie hat nicht mal gefragt, weshalb ich so schnell aus San Francisco zurückgekommen bin. Sie hat's überhaupt nicht erwähnt. Es war, als ob sie es wüßte. Und ich war wie von Sinnen gewesen, als ich sie vom Hotel aus angerufen habe. Verflucht, ich habe Ihnen am Telephon erzählt, was passiert ist. Ich dachte, das Ding versucht mich umzubringen. Und sie hat mich nie gefragt, was eigentlich passiert ist.«

Aaron sagte nichts. Er hatte den Ellbogen auf die Armlehne seines Sessels gestützt; sein Kinn ruhte auf dem Handballen, und die Finger waren unter der Unterlippe gekrümmt. Er sah vorsichtig, wachsam und nachdenklich aus.

»Weiter«, sagte er.

»Der entscheidende Punkt ist, daß die kurze Vision Juliens genügt hat, alles zurückzubringen. Nicht, daß ich mich an jedes gesprochene Wort erinnert hätte. Aber das Gefühl war wieder da. Sie wollen, daß ich eingreife. Sie sagten etwas von den ›uralten menschlichen Werkzeugen, die mir zu Gebote stehen‹. Ich erinnere mich an diese Worte wieder. Ich hörte, wie Deborah mit mir sprach. Es war Deborah. Aber sie sah nicht aus wie auf diesem Bild, Aaron. Aaron, ich will Ihnen das am meisten überzeugende Indiz präsentieren.«

»Ja...?«

»Was Llewellyn Ihnen gesagt hat. Erinnern Sie sich. Er hat Ihnen erzählt, er habe Julien in einem Traum gesehen, und Julien sei anders gewesen als im Leben. Wissen Sie noch? Ja, sehen Sie, und das ist der Schlüssel. In meiner Vision war Deborah ein anderes Wesen. Und an dieser verdammten Straßenecke in San Francisco, da habe ich sie beide gespürt, und sie waren so, wie ich sie in Erinnerung hatte – weise und gut, und sie wußten manches, Aaron. Sie wußten, daß Rowan in schrecklicher Gefahr ist und daß ich eingreifen muß. Gott, wenn ich an Juliens Gesichtsausdruck denke, als er durch das Busfenster herausschaute. Er war so... so drängend und doch ruhig. Mir fehlen die Worte, um es zu beschreiben. Er sah so besorgt und doch so zuversichtlich aus...«

»Ich glaube, ich weiß, was Sie sagen wollen.«

»Fahr nach Hause, sagten sie. Fahr nach Hause. Dort wirst du gebraucht. Aaron, warum hat er mich auf der Straße nicht direkt angeschaut?«

»Dafür kann es viele Gründe geben. Wenn sie irgendwo existieren, ist es schwer für sie, zu uns durchzudringen. Für Lasher ist es nicht schwer. Und das ist entscheidend für unser Verständnis dessen, was vor sich geht. Aber darauf komme ich später zurück. Erzählen Sie erst weiter...«

»Sie können es sich schon denken, nicht wahr? Ich komme nach Hause – Privatflugzeug, Nobelkarosse am Flughafen, die ganze Nummer arrangiert von Cousin Ryan, als ob ich ein verdammter Rockstar wäre –, und sie fragt mich nicht mal, was passiert ist. Denn sie ist nicht Rowan. Sie ist Rowan, die von irgend etwas befangen ist. Rowan, die lächelt und schauspielert und mich anstarrt mit diesen großen, runden, traurigen grauen Augen. Aaron, das Schlimmste daran ist...«

»Sagen Sie's mir, Michael.«

»Sie liebt mich, Aaron. Und es ist, als ob sie mich wortlos anflehte, sie nicht zur Rede zu stellen. Sie weiß, daß ich ihre Täuschung durchschaue. Gott, wenn ich sie berühre, fühle ich es doch! Und sie weiß, daß ich es fühlen kann. Und wortlos fleht sie mich an, sie nicht in die Ecke zu drängen und zum Lügen zu zwingen. Es ist, als bettelte sie darum, Aaron. Sie ist verzweifelt. Ich könnte schwören, sie hat sogar Angst.«

»Ja. Sie steckt mitten drin. Sie hat mit mir darüber gesprochen. Anscheinend hat irgendeine Art von Kommunikation begonnen, als Sie verreist waren. Möglicherweise sogar schon vorher.«

»Sie wußten es? Warum, zum Teufel, haben Sie mir nichts gesagt?«

»Michael, wir haben es mit einem Wesen zu tun, das weiß, was wir einander sagen – sogar jetzt, in diesem Augenblick.«

»O Gott!«

»Es gibt keinen Ort, wo wir uns vor ihm verstecken könnten«, sagte Aaron. »Außer vielleicht im Heiligtum unseres eigenen Geistes. Rowan hat mir vieles gesagt. Aber die Crux der Sache ist, daß die Schlacht jetzt allein in Rowans Händen liegt.«

»Aaron, es muß doch etwas geben, das wir tun können. Wir wußten, daß es passieren würde; wir wußten, daß es dazu kommen würde. Schon bevor Sie mich gesehen hatten, wußten Sie, daß es dazu kommen würde.«

»Michael, genau das ist es ja eben. Sie ist die einzige, die irgend etwas tun kann. Und indem Sie sie lieben und ganz nah bei ihr bleiben, benutzen Sie die uralten Werkzeuge, die Ihnen zu Gebote stehen.«

»Das kann doch nicht genügen!« Er konnte das alles kaum ertragen. »Sie hätten mich anrufen müssen, Aaron. Sie hätten es mir erzählen müssen.«

»Hören Sie, lassen Sie Ihren Zorn an mir aus, wenn Ihnen dann wohler ist. Aber tatsächlich hat sie mir verboten, Sie zu informieren. Sie hat mir sogar gedroht. Sie hat lauter Drohungen ausgesprochen; einige davon waren als Warnungen verhüllt – ihr unsichtbarer Gefährte wolle mich töten und werde es auch bald tun –, aber in Wahrheit waren es Drohungen.«

»Herrgott, wann ist denn das passiert?«

»Das ist nicht so wichtig. Jedenfalls hat sie gesagt, ich solle nach England zurückgehen, solange noch Zeit dazu sei.«

»Das hat sie gesagt?«

»Ja, aber ich werde es nicht tun. Was ich allerdings hier noch tun kann, weiß ich ehrlich gesagt nicht. Ich weiß, sie wollte, daß Sie in Kalifornien bleiben, weil sie meinte, Sie seien dort in Sicherheit. Aber sehen Sie, die Situation ist jetzt zu kompliziert, als daß man das, was sie gesagt hat, noch einfach buchstabengetreu interpretieren könnte.«

»Ich weiß nicht, was Sie meinen. Was ist eine buchstabengetreue Interpretation? Was gäbe es sonst für Interpretationen? Ich begreife das alles nicht.«

»Michael, sie hat in Rätseln gesprochen. Es war weniger ein Gespräch als vielmehr die Demonstration eines Kampfes. Ich muß Sie noch einmal daran erinnern: Dieser Geist kann, wenn er will, hier bei uns im Zimmer sein. Es gibt keinen sicheren Ort, an dem wir laut unsere Pläne gegen ihn schmieden können. Stellen Sie sich einen Boxkampf vor, bei dem der eine Gegner die Gedanken des anderen lesen kann. Stellen Sie sich einen Krieg vor, in dem der Feind jede denkbare Strategie von Anfang an durchschaut.«

»Das erhöht das Risiko, erhöht die Spannung – aber unmöglich ist es nicht.«

»Das stimmt. Aber es hat keinen Zweck, Ihnen alles zu erzählen, was Rowan zu mir gesagt hat. Es mag genügen, daß Rowan die fähigste Gegnerin ist, die dieses Wesen je gehabt hat.«

»Aaron, Sie haben sie vor langer Zeit gewarnt, daß dieses Wesen versuchen würde, sie von uns zu trennen. Sie haben sie davor gewarnt, daß es versuchen würde, sie abzuspalten von denen, die sie liebt.«

»Ja, und ich bin sicher, sie erinnert sich daran. Aber die Entscheidung muß sie selbst treffen.«

»Mit anderen Worten: Wir müssen abwarten und sie diesen Kampf allein ausfechten lassen.«

»Mit anderen Worten: Sie tun, was Ihnen zu tun bestimmt ist. Lieben Sie sie. Bleiben Sie in ihrer Nähe. Erinnern Sie sie durch Ihre bloße Gegenwart an das, was natürlich und in sich gut ist. Dies ist ein Kampf zwischen dem Natürlichen und dem Unnatürlichen, Michael. Ganz gleich, woraus dieses Wesen besteht oder woher es kommt – dies ist ein Kampf zwischen dem normalen Leben und einer Verirrung.« Er lächelte betrübt. »Ihr Leben lang hat Rowan vor dieser Kluft zwischen dem Natürlichen und dem Verirrten gestanden. Sie ist im Grunde ihres Wesens ein konservativer Mensch. Und Kreaturen wie Lasher können die Natur einer Person nicht ändern. Sie können an Charakterzügen arbeiten, die bereits vorhanden sind. Niemand hat sich diese wunderbare weiße Hochzeit mehr gewünscht als Rowan. Niemand wünscht sich die Familie so sehr wie sie. Niemand will das Kind in ihrem Leib so sehr wie sie.«

»Sie spricht überhaupt nicht mehr von dem Baby, Aaron. Sie hat nicht einmal mehr seine Existenz erwähnt, seit ich wieder da bin. Ich wollte es heute abend auf der Party der Familie eröffnen, aber sie will es nicht. Sie sagt, sie ist noch nicht soweit. Und diese Party – ich weiß, daß es eine Qual für sie sein wird. Sie macht nur noch der Form halber mit. Beatrice hat sie dazu gebracht.«

»Ja, ich weiß.«

»Ich rede andauernd von dem Baby. Ich küsse sie und nenne es ›Little Chris‹ – das ist der Name, den ich ihm gegeben habe –, und dann lächelt sie, und es ist, als wäre sie nicht Rowan. Aaron, ich werde sie und das Baby verlieren, wenn sie ihre Schlacht gegen ihn verliert. Weiter kann ich nicht denken.«

»Gehen Sie nach Hause, und bleiben Sie bei ihr. Bleiben Sie in ihrer Nähe. Das ist es doch, was sie Ihnen aufgetragen haben.«

»Und ich soll sie nicht zur Rede stellen? Ist es das, was Sie mir sagen wollen?«

»Sie werden sie nur zum Lügen zwingen, wenn Sie es tun. Oder zu Schlimmerem.«

»Und wenn wir beide zusammen nach Hause fahren und versuchen, vernünftig mit ihr zu reden und sie dazu zu bringen, daß sie sich von ihm abwendet?«

Aaron schüttelte den Kopf. »Wir beide haben unser kleines Duell bereits hinter uns, sie und ich. Deshalb habe ich mich für heute abend bei Bea entschuldigt. Ich würde sie und ihren unheimlichen Partner nur herausfordern, wenn ich käme. Aber wenn ich dächte, daß es etwas nützen könnte, würde ich kommen. Ich würde alles riskieren, wenn ich dächte, ich könnte helfen. Aber ich kann es nicht.«

Michael nickte. »Gut. Wissen Sie, es ist, als wäre sie mir untreu.«

»Aber so dürfen Sie es nicht sehen. Sie dürfen nicht zornig werden.«

»Das sage ich mir auch immer.«

»Es gibt noch etwas, das ich Ihnen sagen muß. Wahrscheinlich ist es in letzter Konsequenz nicht mehr wichtig, aber ich will es Ihnen doch nicht vorenthalten. Falls mir etwas zustoßen sollte ... nun, ich möchte, daß Sie es wissen, was immer es wert sein mag.«

»Sie glauben doch nicht, daß Ihnen etwas passieren wird?«

»Das weiß ich wirklich nicht. Aber hören Sie mich an. Seit Jahrhunderten zerbrechen wir uns den Kopf über diese anscheinend körperlosen Wesen. Es gibt keine Kultur auf der ganzen Erde, die ihre Existenz nicht anerkennt. Aber niemand weiß, was sie eigentlich sind. Die katholische Kirche sieht in ihnen Dämonen. Sie hat ausführliche theologische Erklärungen für ihre Existenz, und sie erscheinen ihr ausnahmslos als böse und zerstörungswütig. Nun ließe sich das alles leicht beiseite wischen, wäre die katholische Kirche nicht sehr klug, was das Verhalten und die Schwächen dieser Wesen angeht. Aber ich schweife ab.

Der springende Punkt ist: Wir in der Talamasca haben immer angenommen, daß diese Wesen den Geistern der irdischen Toten sehr ähnlich seien. Wir haben geglaubt oder einfach vorausgesetzt, daß beide in ihrem Wesen körperlos und intelligent und daß sie in einem Bereich in der Umgebung der Lebenden befangen seien.«

»Und Lasher könnte ein solcher Geist sein?«

»Ja. Aber was bedeutsamer ist: Rowan ist offenbar ein Durchbruch gelungen, und sie hat entdeckt, was diese Wesen eigentlich sind. Sie behauptet, Lasher besitze eine Zellstruktur, und die Basiskomponenten alles organischen Lebens seien in ihm enthalten.«

»Das hieße, er ist nur eine bizarre Art von Lebewesen.«

»Ich weiß es nicht. Aber mir ist der Gedanke gekommen, daß die sogenannten Geister der Verstorbenen vielleicht aus den gleichen Komponenten bestehen. Vielleicht nimmt der intelligente Teil unserer selbst, wenn er den Körper verläßt, etwas Lebendes mit. Vielleicht machen wir statt des physikalischen Todes eine Metamorphose durch. All die uralten Wörter – ätherischer Körper, Astralleib, Geist – sind vielleicht nur Bezeichnungen für die feine Zellstruktur, die bestehenbleibt, wenn das Fleisch vergeht.«

»Das ist mir zu hoch, Aaron.«

»Ja, ich rede ziemlich theoretisch daher, nicht wahr? Ich glaube, worauf ich hinaus will, ist folgendes: Was immer dieses Wesen vermag, vermögen die Toten vielleicht auch. Oder, was noch wichtiger wäre: Selbst wenn Lasher diese Struktur besitzt, könnte er immer noch der bösartige Geist eines Menschen sein, der einmal gelebt hat.«

»Das ist ein Thema für Ihre Bibliothek in London, Aaron. Eines Tages können wir vielleicht dort am Kamin sitzen und darüber plaudern. Aber jetzt fahre ich nach Hause und bleibe bei ihr. Wie Sie sagten: Das Beste, was ich tun kann, ist in ihrer Nähe zu bleiben.«

»Ja, da haben Sie recht«, bestätigte Aaron. »Aber ich muß immer wieder darüber nachdenken, was diese alten Männer sagten. Über die Erlösung. Eine so seltsame Legende.«

»Aber in dem Punkt haben sie sich geirrt. Sie ist die Tür. Irgendwie wußte ich das, als ich die Familiengruft sah.«

Aaron seufzte nur und schüttelte den Kopf. Michael sah, daß er damit nicht zufrieden war, daß es noch mehr gab, was er erwägen wollte. Aber was spielte das jetzt für eine Rolle? Rowan war mit diesem Wesen allein zu Hause, und das Wesen war dabei, sie ihm zu stehlen, und Rowan kannte inzwischen alle Antworten, oder nicht?

Unruhig sah er zu, wie Aaron ein wenig steifbeinig aufstand und zum Wandschrank ging, um seine Jacke und die Handschuhe zu holen.

»Bitte seien Sie sehr vorsichtig«, sagte Aaron.

»Ja. Ich werde morgen abend an Sie denken. Wissen Sie, für mich war der Heilige Abend immer so etwas wie Silvester. Ich weiß nicht, warum. Muß am irischen Blut liegen.«

»Am katholischen Blut«, brummte Aaron. »Aber ich verstehe.«

»Wenn Sie morgen abend den Brandy aufmachen, nehmen Sie auch einen für mich.«

»Das werde ich tun. Verlassen Sie sich darauf. Und, Michael... sollten Sie und Rowan aus irgendeinem Grund herkommen wollen – Sie wissen, diese Tür steht Ihnen offen. Am Tag und in der Nacht. Betrachten Sie dieses Haus als Ihre Zuflucht.«

»Danke, Aaron.«

»Und noch etwas. Wenn Sie mich brauchen, wenn Sie wirklich wollen, daß ich komme, und wenn Sie glauben, daß ich es tun sollte – nun, dann werde ich kommen.«

Michael wollte protestieren, wollte erklären, daß Aaron hier am besten aufgehoben sei, aber Aaron hatte den Blick abgewandt, und seine Miene hatte sich aufgehellt; unvermittelt deutete er auf das Bogenfenster über der Haustür.

»Es schneit, Michael, schauen Sie nur – es schneit tatsächlich. Nicht einmal in London gibt es Schnee, und hier schneit es.«

»Und das am Tag vor Weihnachten, Aaron«, sagte Michael. Er bemühte sich, das ganze prächtige Bild auf einmal in sich aufzunehmen: die ehrwürdige und phantastische Allee alter Bäume, die ihre dunklen, knotigen Arme den fallenden, sanft wirbelnden Schneeflocken entgegenreckten. »Ein kleines Wunder, daß es jetzt schneit. O Gott, es wäre alles so wunderbar, wenn …«

»Mögen alle Ihre Wunder klein sein, Michael.«

»Ja, die kleinen Wunder sind die besten, nicht wahr? Schauen Sie nur, er schmilzt auch nicht am Boden. Er bleibt wirklich liegen. Wir werden weiße Weihnachten haben, kein Zweifel.«

»Aber warten Sie«, sagte Aaron, »jetzt hätte ich es doch fast vergessen. Ihr Weihnachtsgeschenk – hier habe ich es.« Er griff in die Tasche seiner Strickjacke und zog ein sehr kleines, flaches Päckchen heraus, nicht größer als ein Halbdollarstück. »Machen Sie es auf.«

Michael riß das dünne Goldpapier ab und sah, daß es ein altes Silbermedaillon an einer Kette war. »St. Michael, der Erzengel«, stellte er lächelnd fest. »Aaron, das ist ausgezeichnet. Sie sprechen meine abergläubische irische Seele an.«

»Er jagt den Teufel zurück in die Hölle«, sagte Aaron. »Ich habe es in einem kleinen Geschäft an der Magazine Street entdeckt, als Sie verreist waren. Ich habe gleich an Sie gedacht, und ich dachte mir, Sie würden's gerne haben.«

»Danke, alter Freund.« Michael betrachtete das grobe Bild; es war abgegriffen wie bei einer alten Münze. Aber er erkannte den geflügelten Michael mit seinem Dreizack über dem gehörnten Teufel, der rücklings in den Flammen lag. Er hob die Kette; sie war so lang, daß er sie nicht öffnen mußte. Er zog sie über den Kopf und ließ das Medaillon unter seinen Pullover fallen.

Einen Moment lang schaute er Aaron an. Dann umarmte er ihn und hielt ihn fest.

»Seien Sie auf der Hut, Michael«, bat Aaron. »Und rufen Sie mich sehr bald an.«

49

Der Friedhof war für die Nacht geschlossen, aber das machte nichts. Dunkelheit und Kälte machten nichts. Das Schloß am Seitentor würde kaputt sein, und es würde ein Kinderspiel sein, das Tor aufzustoßen und wieder zu schließen und dann den verschneiten Weg entlangzugehen.

Sie fror, aber auch das machte nichts. Der Schnee war so schön. Sie wollte das Grab schneebedeckt sehen.

»Du wirst es für mich finden, nicht wahr?« flüsterte sie. Es war beinahe stockfinster, und sie würden bald kommen; sie hatte nicht mehr viel Zeit.

Du weißt, wo es ist, Rowan, sagte er mit seiner feinen, zarten Stimme in ihrem Kopf.

Sie wußte es auch. Es stimmte. Sie blieb vor der Gruft stehen, und der Wind war eisig; er pfiff geradewegs durch ihr dünnes Hemd. Da waren die zwölf hübschen kleinen Grabsteine, einer vor jeder Kammer, und darüber war das Relief der schlüssellochförmigen Tür.

»Niemals sterben.«

Das ist mein Versprechen, Rowan. Das ist der Pakt zwischen dir und mir. Wir haben bald den Augenblick des Anfangs erreicht...

»Niemals sterben – aber was hast du den anderen versprochen? Du hast ihnen doch etwas versprochen. Du lügst.«

O nein, meine Geliebte, niemand ist mehr wichtig außer dir. Sie sind alle tot.

Alle ihre Knochen liegen dort unten in der gefrorenen Schwärze. Auch Deirdre – völlig regungslos, vollgepumpt mit Chemikalien, kalt in ihrer satingefütterten Kiste. Kalt und tot.

»Mutter.«

Sie kann dich nicht hören, meine Schöne. Sie ist fort. Wir sind hier, du und ich.

»Wie kann ich die Tür sein? War es schon immer so bestimmt, daß ich die Tür sein sollte?«

Schon immer, mein Liebling, und der Augenblick ist fast gekommen. Noch eine Nacht wirst du mit deinem Engel aus Fleisch und Blut verbringen, und dann wirst du mein sein für alle Zeit. Die Sterne bewegen sich am Himmel. Sie ordnen sich zum vollkommenen Muster.

Der Marmor fühlte sich an wie Eis. Sie legte ihre Finger in die Buchstaben – DEIRDRE MAYFAIR. Das Relief der Schlüssellochtür konnte sie nicht erreichen.

»Und du wirst mir zeigen, wie ich die Tür sein soll?«

Du weißt es schon, mein Liebling. In deinen Träumen und in deinem Herzen hast du es immer gewußt.

Schnell ging sie durch den Schnee. Ihre Füße waren naß, aber das machte nichts. Die Straßen lagen leer und glänzend in der grauen Abenddämmerung. Der Schnee war so leicht, daß er aussah wie eine Luftspiegelung. Sie würden bald kommen.

Um sie herum war Dunkelheit, und sie kamen alle. Es kam darauf an, daß sie so tat, als sei alles normal. Sie ging, so schnell sie konnte. Ihre Kehle brannte. Aber die kalte Luft fühlte sich so gut an; sie umwehte sie eisig und kühlte das Fieber in ihr.

Und das Haus war dunkel und wartete. Sie war rechtzeitig zurückgekommen. Sie hielt den Schlüssel in der Hand.

»Was ist, wenn ich ihn morgen nicht loswerde?« fragte sie leise. Sie blieb am Tor stehen und schaute hinauf zu den leeren Fenstern. Wie an jenem ersten Abend, als Carlotta gesagt hatte: Komm zu mir. *Triff deine Wahl.*

Aber du mußt ihn loswerden. Morgen abend, bevor es dunkel wird. Sonst werde ich ihn töten.

Sie stand auf der Veranda und redete laut mit niemandem. Ringsumher rieselte der Schnee. Schnee im Paradies – er fiel auf die gefrorenen Bananenblätter, wehte an hohen Bambusstangen vorbei. Aber was wäre das Paradies gewesen ohne die Schönheit des Schnees?

»Du hast mich verstanden, oder? Du darfst ihm nichts tun. Du darfst ihm unter keinen Umständen etwas tun. Versprich es mir. Schließe einen Pakt mit mir. Kein Haar krümmst du Michael.«

Wie du willst, mein Liebling. Ich liebe ihn ja. Aber in der Nacht aller Nächte darf er nicht zwischen uns kommen. Die Sterne geraten in eine perfekte Stellung. Sie sind meine ewigen Zeugen, so alt ich bin, und ich will, daß sie im vollkommenen Augenblick auf mich herabscheinen. Im Augenblick meiner Wahl. Wenn du deinen sterblichen Geliebten vor meinem Zorn bewahren willst, sieh zu, daß er mir aus den Augen geht.

50

Es wurde zwei Uhr früh, ehe sie alle gegangen waren. Noch nie hatte er so viele glückliche Menschen gesehen, Menschen, die so wenig ahnten, was in Wirklichkeit vorging.

Wie sie gelacht hatten, als sie auf den verschneiten Steinplatten dahergerutscht und durch das Eis in den Rinnsteinen gestapft waren. Es hatte so viel Schnee gegeben, daß die Kinder sogar Schneebälle hatten machen können. Mit Mützen und Fausthandschuhen waren sie auf der gefrorenen Kruste, die den Rasen bedeckte, umhergeschlittert.

Sogar Tante Viv war über den Schnee entzückt gewesen. Sie hatte zuviel Sherry getrunken, und in solchen Augenblicken erinnerte sie ihn in beängstigender Weise an seine Mutter; Bea und Lily indessen, die ihre liebsten Freundinnen geworden waren, schien das nicht zu kümmern.

Rowan hatte sich den ganzen Abend über vollkommen gezeigt, mit allen zusammen am Klavier Weihnachtslieder gesungen und mit ihnen vor dem Christbaum für Photos posiert.

Und das war doch sein Traum, oder? Lauter strahlende Gesichter und klangvolle Stimmen, Menschen, die diesen Augenblick zu schätzen wußten – Gläser, die zu Trinksprüchen klingend aneinanderstießen, Wangenküsse und die melancholischen Melodien der alten Lieder.

»...so reizend von euch, daß ihr schon so kurz nach der Hochzeit...«

»...alle versammelt, wie in alten Zeiten...«

»Weihnachten, wie es sein sollte.«

Und sie hatten seinen kostbaren Baumschmuck so sehr bewundert, und obgleich sie ermahnt worden waren, es nicht zu tun, hatten sie ihre kleinen Geschenke unter dem Baum aufgetürmt.

Es hatte Augenblicke gegeben, da hatte er es nicht ausgehalten. Er war in den zweiten Stock hinaufgestiegen und zum Fenster hinaus auf das Vordach geklettert, und dort hatte er dann gestanden und auf die Stadt und die Lichter der City geblickt. Schnee lag auf dem Dach, Schnee schmückte Fenstersimse, Giebel und Kamine, und Schnee fiel dünn und wunderschön, soweit das Auge reichte.

Es war alles, was er sich je gewünscht hatte, von reicher Fülle wie seine Hochzeit – und er war noch nie unglücklicher gewesen. Es war, als habe dieses Ding ihm die Hand um die Kehle gelegt. In seiner bangen Unruhe hätte er die Faust in die Wand schlagen können.

»Du bist hier, Lasher. Ich weiß, daß du hier bist.«

Etwas wich vor ihm zurück ins Dunkel, spielte mit ihm, glitt an schwarzen Wänden hinauf davon und zerrann, so daß er sich allein im matt erleuchteten Korridor fand.

Wer ihn heimlich beobachtet hätte, der hätte ihn für einen Verrückten halten müssen. Er lachte. Ob Daniel McIntyre so ausgesehen hatte, wenn er im Alter betrunken umhergeirrt war? Und all die anderen Eunuchen-Ehegatten, die das Geheimnis gespürt hatten? Sie waren weggegangen, zu ihren Mätressen – und in den sicheren Tod, wie es schien –, oder sie waren in Bedeutungslosigkeit versunken. Was, zum Teufel, würde aus ihm werden?

Aber das hier war nicht das Ende. Es war erst der Anfang, und sicher versuchte sie Zeit zu schinden. Er mußte einfach glauben, daß hinter ihrem wortlosen Flehen ihre Liebe darauf wartete, sich wieder in voller Wahrheit zu offenbaren.

Endlich waren sie gegangen.

Die allerletzten Einladungen zum Weihnachtsfestmahl waren taktvoll abgelehnt worden, und man hatte sich gegenseitig zukünftige Treffen versprochen. Tante Viv würde am Heiligen Abend bei Bea essen, und sie sollten sich nur keine Sorgen machen. Dieses Weihnachtsfest durften sie allein verbringen.

Müde von der Anspannung und krank vor Sorge hatte er sich beim Abschließen Zeit gelassen. Jetzt war es nicht mehr nötig, zu lächeln. Nicht mehr nötig, zu schauspielern. Und, Gott, was für eine Anspannung war es wohl für sie gewesen?

Hatte es je ein so bitteres, einsames Weihnachtsfest wie dieses gegeben? Er hätte getobt, wenn das irgend etwas genützt hätte.

Eine Weile lag er auf dem Sofa und ließ das Feuer im Kamin herunterbrennen; lautlos sprach er mit Julien und Deborah und fragte sie, wie er sie heute abend schon tausendmal gefragt hatte: Was sollte er tun?

Schließlich ging er die Treppe hinauf. Im Schlafzimmer war es still und dunkel. Sie war zugedeckt, und er sah nur ihr Haar auf dem Kissen. Das Gesicht hatte sie abgewandt.

Wie oft hatte er an diesem Abend versucht, ihren Blick zu finden, ohne daß es gelungen war? Ob irgend jemand bemerkt hatte, daß sie nicht eine Silbe miteinander gesprochen hatten? Alle waren sich zu sicher, daß sie glücklich waren. So sicher, wie er selbst es gewesen war.

Leise ging er ans vordere Fenster und zog den schweren Damastvorhang zurück, um ein letztes Mal in den fallenden Schnee hinauszuschauen. Es war weit nach Mitternacht – der Heilige Abend hatte schon begonnen. Und heute abend würde dieser magische Augenblick kommen, da er eine Bestandsaufnahme seines Lebens und seiner Erfolge vornehmen und in Träumen und Plänen das kommende Jahr gestalten würde.

Rowan, es wird so nicht enden. Dies ist nur ein kleines Scharmützel. Wir wußten es von vornherein, so viel besser als die anderen ...

Er drehte sich um und sah ihre Hand auf dem Kissen, schlank und schön, die Finger leicht gekrümmt.

Lautlos näherte er sich ihr. Er wollte ihre Hand berühren, ihre Wärme an seinen Fingern spüren, sie packen, als treibe sie auf einem finsteren, gefährlichen Meer davon. Aber er wagte es nicht.

Sein Herz schlug unregelmäßig, und er spürte den warmen Schmerz in seiner Brust. Er schaute hinaus in den Schnee, und dann fiel sein Blick auf ihr Gesicht.

Ihre Augen waren offen. Sie starrte ihn in der Dunkelheit an. Und langsam verzogen sich ihre Lippen zu einem breiten, bösartigen Lächeln.

Er war wie versteinert. Ihr Gesicht war weiß in dem matten Licht, das von draußen hereinfiel – hart wie Marmor, und das Lächeln war gefroren, und die Augen schimmerten wie Glasscherben. Sein Herz schlug schneller, und der warme Schmerz in seiner Brust breitete sich aus. Er starrte sie an und konnte den Blick nicht von ihr wenden, und dann schoß seine Hand vor, ehe er es verhindern konnte, und packte sie beim Handgelenk.

Ihr ganzer Körper wand sich, und die bösartige Maske zerfiel spurlos. Jäh fuhr sie hoch, erschrocken und verwirrt. »Was ist, Michael?« Sie schaute auf ihr Handgelenk, und langsam ließ er es los. »Ich bin froh, daß du mich geweckt hast«, sagte sie leise. Ihre Augen waren weit aufgerissen, und ihre Lippen zitterten. »Ich hatte einen ganz schrecklichen Traum.«

»Was für einen Traum, Rowan?«

Sie saß still da und blickte starr vor sich hin; dann verschränkte sie die Hände, als zerrten sie aneinander. Dunkel war ihm bewußt, daß er diese verzweifelte Gebärde bei ihr schon einmal gesehen hatte.

»Ich weiß nicht«, flüsterte sie. »Ich weiß nicht, was es war. Es war dieser Ort – vor Jahrhunderten, und diese Ärzte waren dort versammelt. Und der Körper, der da auf dem Tisch lag, war so klein.« Sie sprach mit leiser, gequälter Stimme, und als sie zu ihm aufblickte, flossen ihr plötzlich die Tränen aus den Augen.

Ihm war flau vor Erleichterung und Schmerz, und er schob nur seine Hand in ihren Nacken; als sie den Kopf sinken ließ, mußte er sich anstrengen, um selbst nicht die Fassung zu verlieren.

Du weißt, daß ich dich liebe, du weißt, was ich dir alles zu sagen habe.

Als sie ruhiger geworden war, nahm er ihre beiden Hände, drückte sie fest und schloß die Augen.

Vertrau mir, Michael.

»Okay, Honey«, flüsterte er. »Okay.« Unbeholfen streifte er seine Kleider ab und schob sich zu ihr unter die Decke; er roch den warmen, sauberen Duft ihrer Haut, und mit offenen Augen lag er da und dachte, er würde niemals Ruhe finden, als er ihr Frösteln neben sich spürte, aber nach und nach, als die Stunden verstrichen und ihr Körper sich langsam entspannte, und als er sah, daß sie die Augen geschlossen hatte, da versank auch er in einen unruhigen Schlaf.

Es war Nachmittag, als er aufwachte. Er war allein, und im Schlafzimmer war es erstickend warm. Er duschte, zog sich an und ging nach unten. Rowan war nicht zu finden. Die Lichter am Baum brannten, aber das Haus war leer.

Er ging nacheinander durch alle Zimmer. Er ging hinaus in die Kälte und durchquerte den ganzen gefrorenen Garten, wo der Schnee auf Rasenflächen und Wegen zu einer harten, glitzernden Eisschicht geworden war. Hinten bei der Eiche suchte er sie, aber er fand sie nirgends.

Schließlich zog er seine dicke Jacke an und ging auf die Straße.

Der Himmel war noch tiefblau. Die Gegend sah prachtvoll aus, ganz in Weiß, genau wie an jenem Weihnachtsfest vor langer Zeit, als er das letzte Mal hier gewesen war.

Panik stieg in ihm auf.

Es war Heiliger Abend, und sie hatten nichts vorbereitet. Er hatte sein kleines Geschenk für sie in der Geschirrkammer versteckt, einen silbernen Handspiegel, den er in seinem Geschäft in San Francisco gefunden und schon lange vor seiner Abreise sorgfältig eingepackt hatte – aber was zählte so etwas schon, wenn sie doch all die Juwelen und das Gold hatte, all diese unvorstellbaren Reichtümer? Und er war allein. Seine Gedanken wanderten im Kreis.

Heiligabend, und die Stunden schmolzen dahin.

Er war nicht weit gegangen, als er das Feuerwehrhaus sah, wo sein Dad früher gearbeitet hatte. Es war vollständig renoviert worden; er hätte es kaum wiedererkannt, aber es stand am selben Platz, und da war auch der riesige Torbogen, durch den das Feuerwehrauto auf die Straße hinausgedonnert war, als er ein kleiner Junge gewesen war. Und er und sein Dad hatten da drüben auf dem Gehweg auf ihren Stühlen gesessen.

Sicher sah er jetzt aus wie ein Betrunkener, der hier gestrandet war und die Feuerwache anglotzte, während alle Feuerwehrleute vernünftig genug waren, drinnen zu bleiben, wo es warm war. An Weihnachten vor so vielen Jahren war sein Vater in diesem Feuer gestorben.

Als er zum Himmel hinaufschaute, sah er, daß er inzwischen schiefergrau geworden war. Das Tageslicht schwand dahin. Heiligabend, und absolut alles war schiefgegangen.

Niemand antwortete auf sein Rufen, als er zur Tür hereinkam. Nur der Christbaum verströmte seinen milden Glanz im Salon. Er streifte sich die Füße auf der Matte ab und ging durch die lange Diele nach hinten. Gesicht und Hände taten ihm weh von der Kälte. Er packte die Tasche aus und holte den Truthahn heraus; er nahm sich vor, alles so zu machen, wie er es immer gemacht hatte – und heute abend, um Mitternacht, würde das Festmahl fertig sein, um die gleiche Zeit, zu der sie sich früher zur Mitternachtsmette in die Kirche gedrängt hatten.

Die Heilige Kommunion war es nicht, aber es war ihr gemeinsames Essen, und es war Weihnachten, und dieses Haus war nicht von Geistern heimgesucht und verfallen und finster.

Tu so, als wäre nichts.

Er legte die Pakete in den Schrank. Es war nicht zu früh, um anzufangen. Er legte die Kerzen heraus. Muß Kerzenleuchter suchen. Sie war bestimmt irgendwo in der Nähe. Vielleicht war sie spazierengegangen, und jetzt war sie wieder zu Hause.

In der Küche war es dunkel. Es schneite wieder. Er wollte das Licht einschalten. Ja, am liebsten hätte er überall das Licht eingeschaltet und das ganze Haus mit Licht erfüllt. Aber er rührte sich nicht. Er stand regungslos in der Küche und schaute durch die Verandatür hinaus in den Garten, und er beobachtete, wie die Schneeflocken schmolzen, wenn sie auf dem Wasserspiegel im Swimmingpool landeten. Ein Saum aus Eis hatte sich am Rand des blauen Wassers gebildet; er sah, wie es glitzerte, und stellte sich vor, wie kalt dieses Wasser sein mußte, wie furchtbar, schmerzhaft kalt.

Kalt wie der Pazifik an jenem Sommersonntag, als er dort gestanden hatte, leer und ein bißchen furchtsam. Der Weg, der von diesem Augenblick hierher führte, erschien ihm unendlich lang. Und es war, als sei jetzt alle Energie und Willenskraft aus ihm gewichen und er sei ein Gefangener in diesem kalten Raum; er konnte keinen Finger mehr rühren, um es sich behaglich oder sicher oder warm zu machen.

Eine ganze Weile verging so. Dann setzte er sich an den Tisch, zündete sich eine Zigarette an und sah zu, wie die Dunkelheit sich herabsenkte. Es hatte aufgehört zu schneien, aber der Boden war wieder von einer frischen, sauberen weißen Schicht bedeckt.

Es wurde Zeit, etwas zu tun. Zeit, das Dinner in Angriff zu nehmen. Er wußte es, aber er konnte sich nicht rühren. Er rauchte noch eine Zigarette, und der Anblick des kleinen, brennenden roten Funkens war tröstlich. Als er die Zigarette ausgedrückt hatte, saß er einfach weiterhin regungslos da und tat gar nichts, wie er es früher in seinem Zimmer in der Liberty Street stundenlang getan hatte, und er versank in lautlose Panik und tauchte wieder hervor, und die ganze Zeit über konnte er nicht denken und sich nicht rühren.

Er war nicht allein. Er wußte es, und als das Wissen in sein Bewußtsein drang, begriff er, daß er nur den Kopf zu drehen brauchte, um sie dort stehen zu sehen, in der hinteren Tür zur Geschirrkammer, mit verschränkten Armen. Nur Kopf und Schultern hoben sich von den hellen Schränken hinter ihr ab, und ihr Atem war ein kaum hörbares, sehr feines Geräusch.

Ein so reines Grauen hatte er noch nie empfunden. Er stand auf und steckte die Zigarettenschachtel ein, und als er aufblickte, war sie weg.

Er ging ihr nach, durchquerte rasch das dunkle Eßzimmer und trat hinaus in die Diele, und dann sah er sie ganz hinten im Lichtschein des Weihnachtsbaumes. Sie stand vor der hohen weißen Haustür.

Er sah die Schlüssellochform rings um sie herum, wie sie sich überdeutlich von ihr abhob, und er sah, wie klein sie in diesem Rahmen aussah, und als er näher kam, sah er entsetzt, wie still sie dastand. Ihm graute vor dem, was er sehen würde, wenn er nah genug wäre, um in der luftigen Dunkelheit ihre Gesichtszüge zu erkennen.

Aber es war nicht das grausige Marmorgesicht, das er in der vergangenen Nacht im Dunkeln gesehen hatte. Sie schaute ihn einfach an, und das weich getönte Licht vom Baum spiegelte sich matt in ihren Augen.

»Ich wollte jetzt unser Abendessen machen. Ich habe alles eingekauft. Es ist dort hinten.« Wie unsicher er klang. Wie kläglich. Er versuchte sich zusammenzureißen; er holte tief Luft und hakte die Daumen in die Taschen seiner Jeans. »Ich kann sofort anfangen. Es ist nur ein kleiner Truthahn. Er ist in ein paar Stunden fertig, und ich habe alles Nötige mitgebracht. Es ist alles da. Wir decken den Tisch mit dem hübschen Porzellan. Das Porzellan haben wir noch nie benutzt. Wir haben noch nie an dem Tisch gegessen. Jetzt ist... jetzt ist Heiligabend.«

»Du mußt gehen«, sagte sie.

»Ich... ich verstehe nicht.«

»Du mußt sofort von hier verschwinden.«

»Rowan...?«

»Du mußt gehen, Michael. Ich muß jetzt allein sein.«

»Honey, ich verstehe nicht, was du mir damit sagen willst.«

»Geh weg, Michael.« Ihre Stimme wurde leiser und härter. »Ich will, daß du gehst.«

»Es ist Weihnachten, Rowan. Ich will nicht gehen.«

»Dies ist mein Haus, Michael. Ich befehle dir, es zu verlassen. Ich befehle dir, zu verschwinden.«

Er starrte sie einen Moment lang an, sah, wie ihr Gesicht sich veränderte, wie ihre angespannten Lippen sich verzogen, wie ihre Augen schmal wurden und wie sie den Kopf ein wenig senkte.

»Hinaus, Michael«, zischte sie. »Verlasse dieses Haus, damit ich hier tun kann, was ich tun muß.«

Und unvermittelt sauste ihre Hand herauf, und ehe er wußte, wie ihm geschah, brannte eine Ohrfeige in seinem Gesicht.

Der Schmerz stachelte ihn an, sein Zorn schäumte auf, aber er war bitterer und schmerzlicher als aller Zorn, den er je verspürt hatte. Erschrocken und wütend starrte er sie an.

»Das bist nicht du, Rowan!« sagte er. Er wollte nach ihr greifen; ihre Hand kam hoch, und als er ihren Schlag abwehrte, stieß sie ihn rückwärts gegen die Wand. Erbost und verwirrt schaute er sie an. Sie kam näher, und in ihren Augen brannte der Lichterglanz aus dem Salon. »Mach, daß du hier rauskommst«, wisperte sie. »Hast du mich verstanden?«

Wie gelähmt merkte er, daß ihre Finger sich in seinen Arm bohrten. Sie stieß ihn nach links, auf die Haustür zu. Ihre Kraft war erschreckend, aber Körperkraft hatte nichts damit zu tun – es war die Bösartigkeit, die sie verströmte, die alte Maske des Hasses, die ihr Gesicht verdeckte.

»Verlasse sofort dieses Haus. Ich befehle es dir.« Sie ließ ihn los, packte den Türknopf und riß die Tür auf, so daß der kalte Wind hereinpfiff.

»Wie kannst du mir das antun?« fragte er. »Rowan, antworte mir. Wie kannst du so etwas tun?«

Verzweifelt streckte er die Hände nach ihr aus, und diesmal konnte ihn nichts aufhalten. Er packte und schüttelte sie, und ihr Kopf fiel für einen Moment zur Seite. Dann fuhr sie herum und starrte ihn an. Ihr Blick warnte ihn, zwang ihn wortlos, sie loszulassen.

»Was nutzt du mir tot, Michael?« flüsterte sie. »Wenn du mich liebst, gehst du jetzt. Komm zurück, wenn ich dich rufe. Das hier muß ich allein tun.«

Sie kehrte ihm den Rücken zu und ging die Diele hinunter. Er lief ihr nach.

»Rowan, ich gehe nicht, hörst du? Mir ist egal, was passiert, aber ich verlasse dich nicht. Das kannst du nicht von mir verlangen.«

»Das habe ich gewußt«, sagte sie leise, als er ihr in die dunkle Bibliothek folgte. Die schweren Samtvorhänge waren geschlossen, und er konnte sie kaum sehen, als sie an den Schreibtisch trat.

»Rowan, wir können nicht länger darüber schweigen. Es zerstört uns. Rowan, hör mir zu.«

»Michael, mein schöner Engel, mein Erzengel«, sagte sie. Sie hatte ihm immer noch den Rücken zugewandt, und ihre Worte klangen gedämpft. »Du würdest lieber sterben, nicht wahr, als mir zu vertrauen?«

»Rowan, ich kämpfe mit bloßen Händen gegen ihn, wenn ich muß.« Er ging auf sie zu. Wo waren nur die Lampen in diesem Zimmer. Mit ausgestreckten Händen tastete er nach der Messingstehlampe neben dem Sessel, und da wirbelte sie herum und stürzte sich auf ihn.

In ihrer erhobenen Hand sah er die Injektionsspritze.

»Nein, Rowan!«

Im selben Augenblick stach die Nadel in seinen Arm.

»O Gott, was tust du mir an!« Aber er kippte schon zur Seite, als habe er keine Beine mehr, und dann fiel die Lampe um, und er lag daneben und starrte in die fahlen, scharfen Scherben der zerbrochenen Birne.

»Schlaf nur, mein Liebling«, sagte sie. »Ich liebe dich. Ich liebe dich mit meiner ganzen Seele.«

Aus weiter Ferne hörte er die Wähltasten des Telephons. Ihre Stimme klang so leise, und ihre Worte... was sagte sie da? Sie sprach mit Aaron. Ja, mit Aaron...

Und als sie ihn aufhoben, sagte er Aarons Namen.

»Du gehst zu Aaron, Michael«, flüsterte sie. »Er wird sich um dich kümmern.«

Nicht ohne dich, Rowan, wollte er antworten, aber schon wieder schwanden ihm die Sinne, und das Auto setzte sich in Bewegung, und er hörte eine Männerstimme: »Das wird schon wieder, Mr. Curry. Wir bringen Sie zu Ihrem Freund. Bleiben Sie nur ganz ruhig da hinten liegen. Dr. Mayfair sagt, bald geht's Ihnen wieder gut.«

Gut, gut, gut...

Ihr gedungenen Knechte. Ihr versteht ja nicht. Sie ist eine Hexe, und sie hat mich verzaubert mit ihrem Gift, wie Charlotte es mit Petyr gemacht hat, und was sie euch erzählt hat, ist eine verfluchte Lüge.

51 Nur der Baum war erleuchtet. Das ganze Haus schlummerte in warmer Dunkelheit, von diesem milden Lichtkreis abgesehen. Die Kälte klopfte an die Fensterscheiben, aber sie konnte nicht herein.

Rowan saß auf dem Sofa, die Beine gekreuzt, die Arme verschränkt, und blickte starr durch das Zimmer in den hohen Spiegel; den Glanz des Kronleuchters konnte sie gerade noch erkennen.

Die Zeiger der Standuhr wanderten langsam gegen Mitternacht.

Und das ist nun die Nacht, die dir so viel bedeutet hat, Michael. Die Nacht, die du so gern mit mir zusammen verbringen wolltest. Aber du könntest nicht weiter entfernt sein, wenn du auf der anderen Seite der Welt wärest. Alle diese einfachen, freundlichen Dinge sind weit weg von mir; es ist wie an jenem Weihnachtsabend, als Lemle mich in seinem dunklen, geheimen Labor von Tür zu Tür führte. Was hat solches Grauen mit dir zu tun, mein Liebling?

Ihr ganzes Leben lang, ob es nun lang oder kurz oder fast vorüber sein mochte – ihr ganzes Leben lang würde sie Michaels Gesicht nicht mehr vergessen, als sie ihn geschlagen hatte; sie würde den Klang seiner Stimme in Erinnerung behalten, wie er sie angefleht hatte; sie würde seinen erschrockenen Ausdruck vor sich sehen, als sie ihm die Nadel in den Arm gestoßen hatte.

Warum also empfand sie nichts? Warum war nur diese Leere in ihr, diese immer weiter schrumpfende Stille? Sie war barfuß, und das weiche Flanellnachthemd hing lose an ihr herunter. Der chinesische Seidenteppich unter ihren Füßen fühlte sich warm an. Dennoch kam sie sich nackt und isoliert vor, als könne nichts Warmes, Tröstendes sie je berühren.

Etwas regte sich in der Mitte des Zimmers. Die Zweige des Baumes erbebten, und die kleinen Silberglöckchen machten eine leise, kaum hörbare Musik in der Stille. Kleine Engel mit vergoldeten Flügeln tanzten an langen Goldfäden.

Dunkelheit sammelte und verdichtete sich.

»Die Stunde steht dicht bevor, meine Geliebte. Die Zeit meiner Wahl.«

»Und jetzt willst du mir Naturwissenschaft beibringen, denn ich weiß immer noch nicht, wie ich dich herüberbringen soll.«

»Nein? Hast du es nicht schon immer begriffen?«

Sie antwortete nicht. Es war, als verdichte sich der Film ihrer Träume ringsumher; Bilder verfestigten sich und trieben dann weiter, so daß die Kälte und die Einsamkeit härter und fast unerträglich wurden.

Immer dichter wurde das Dunkel. Es sammelte sich zu einer Form, und in der wirbelnden Dichte glaubte sie die Umrisse menschlicher Knochen zu sehen. Die Knochen schienen zu tanzen, sich zu sammeln, und dann kam das Fleisch über sie, und leuchtend grüne Augen schauten sie plötzlich aus diesem Gesicht an.

»Die Zeit ist fast gekommen, Rowan«, sagte er.

Staunend sah sie, daß seine Lippen sich bewegten. Sie sah das Schimmern seiner Zähne. Sie merkte, daß sie sich erhoben hatte und sehr dicht vor ihm stand, und die schiere Schönheit seines Gesichtes verschlug ihr den Atem. Er schaute auf sie herab. Seine Augen wurden etwas dunkler, und blonde Wimpern glänzten golden im Licht.

»Es ist nahezu vollkommen«, flüsterte sie.

Sie starrte ihn an, und seine Lippen verzogen sich zu einem Lächeln. »Laß es gut sein«, sagte sie. »Siehst du denn nicht? Du hast es geschafft!«

»Ja?« Sein Gesicht funktionierte tadellos; feine Muskeln spannten und lösten sich, und die Augen wurden schmal wie die Augen jedes Menschen, wenn er sich konzentrierte. »Du glaubst, das ist ein Körper? Es ist eine Replik! Eine Skulptur, eine Statue. Es ist nichts, und das weißt du. Glaubst du, du kannst mich in diese Hülse aus winzigen leblosen Partikeln locken, um dann Gewalt über mich zu haben? Über einen Roboter? Den du zerstören kannst?«

»Was redest du da?« Sie wich zurück. »Ich kann dir nicht helfen. Ich weiß nicht, was du von mir willst.«

»Wo willst du hin, mein Liebling?« fragte er, und seine Brauen hoben sich kaum merklich. »Glaubst du, du kannst vor mir fliehen? Sieh nur auf die Uhr, meine schöne Rowan. Die Stunde der Hexen ist gekommen, da Christus in diese Welt geboren wurde, da das Wort endlich Fleisch wurde. Und auch ich will jetzt geboren werden, meine schöne Hexe. Ich habe lange genug gewartet.«

Er trat vor. Seine rechte Hand schloß sich um ihre Schulter, und seine Linke legte sich auf ihren Bauch, und Wärme durchdrang sie in einem sengendem Schimmer, daß ihr übel wurde, als er sie festhielt.

»Geh weg von mir!« wisperte sie. »Ich kann es nicht.« Sie beschwor ihren Zorn und ihren Willen herauf, und ihr Blick bohrte sich in die Augen dieses Dings vor ihr. »Du kannst mich nicht zwingen, zu tun, was ich nicht tun will!« fauchte sie. »Und ohne mich kannst du es auch nicht.«

»Aber du weißt, was ich will und was ich immer gewollt habe. Keine Hülsen mehr, Rowan, keine plumpen Illusionen. Das lebendige Fleisch, das in dir ist. Welches andere Fleisch auf der ganzen Welt wäre sonst bereit für mich – noch formbar und anpassungsfähig, wimmelnd von Millionen und Abermillionen kleiner Zellen, die es bei seiner Vervollkommnung nie gebrauchen wird? Welcher andere Organismus ist während der ersten paar Wochen seines Daseins auf das Tausendfache angewachsen und ist nun bereit, sich zu entfalten und zu verlängern und zu schwellen, da meine Zellen mit ihm verschmelzen!«

»Geh weg von mir! Und geh weg von meinem Kind! Du bist ein stupides, irrsinniges Ding. Du wirst mein Kind nicht anrühren! Du wirst mich nicht anrühren!« Sie zitterte, als sei ihr Zorn so mächtig, daß er nicht mehr zu zügeln war.

»Dachtest du, du könntest mich überlisten, Rowan?« fragte er mit seiner bedächtigen, geduldigen, wunderbaren Stimme, und seine schöne Gestalt blieb diesmal fest. »Mit deiner kleinen Darbietung vor Aaron und Michael? Dachtest du, ich könnte nicht in die Tiefen deiner Seele blicken? Ich habe deine Seele *gemacht*! Ich habe die Gene ausgewählt, die in dir sind. Ich habe deine Eltern ausgewählt, ich habe deine Vorfahren ausgewählt, ich habe dich gezüchtet, Rowan. Ich weiß, wo Fleisch und Geist sich in dir treffen. Ich kenne deine Stärke, wie niemand sonst sie kennt. Und ich habe immer gewußt, was ich von dir wollte. Und du wußtest es, als du die Akte gelesen hattest. Du hast Lemles Fötus gesehen, wie er schlummerte in seinem Kindbett aus Schläuchen und Chemiekalien. Du hast es gewußt! Als du aus dem Labor ranntest, da hast du gewußt, was du mit deiner Brillanz und deinem Mut hättest zuwege bringen können – selbst ohne mich, ohne zu wissen, daß ich auf dich wartete, daß ich dich liebte, daß ich dir das größte Geschenk von allen zu machen hatte. Mich selbst, Rowan. Du wirst mir helfen, oder dieses winzige Kind, das da vor sich hinkocht, wird sterben, wenn ich hineinfahre! Aber das wirst du nie zulassen.«

»Gott. Gott, hilf mir!« wisperte sie, und ihre Hände schoben sich über ihren Leib, überkreuzten ihn, wie um einen Schlag abzuwehren. Sie starrte ihn unverwandt an. *Stirb, du Drecksding, stirb!*

Die Zeiger der Uhr rückten mit leisem Klicken vor, und der kleine stand jetzt in einer senkrechten Linie mit dem großen. Der erste Glockenschlag der Mitternachtsstunde ertönte.

»Christ ist geboren, Rowan!«, rief er mit machtvoller Stimme, während das Bild des Mannes sich in einer großen, brodelnden Wolke von Dunkelheit auflöste, die Uhr verfinsterte, zur Decke emporstieg und sich trichterartig in sich selbst kehrte. Sie kreischte und taumelte rückwärts gegen die Wand.

»Nein, Gott, nein!« kreischte sie in nackter Panik, und sie drehte sich um, rannte zur Tür hinaus in die Diele und streckte die Hand nach dem Knauf der Haustür aus. »Gott, hilf mir! Michael, Aaron!«

Aber das Rumoren wurde immer lauter. Sie fühlte seine unsichtbaren Hände an ihren Schultern. Sie wurde vorwärts geschleudert und flog hart gegen die Tür. Ihre Hand rutschte vom Türknopf, als sie auf die Knie fiel, und ein Schmerz zuckte durch ihre Schenkel herauf. Dunkelheit stieg ringsumher auf, und Hitze.

»Nein, nicht mein Kind, ich werde dich vernichten, noch mit meinem letzten Atemzug, ich werde dich vernichten.« Mit letzter, verzweifelter Wut warf sie sich herum, starrte in die Dunkelheit, spuckte haßerfüllt auf das Wesen, richtete ihren ganzen Willen auf seinen Tod, noch als es sie mit seinen Armen umschlang und zu Boden zerrte.

Ihr Hinterkopf schrammte über das Holz der Tür und schlug dann hart auf die Bodendielen, als die Beine unter ihr weggerissen wurden. Sie blickte in die Höhe, versuchte aufzustehen, schlug mit beiden Armen um sich, und die Dunkelheit über ihr kochte und waberte. »Verdammt sollst du sein, verdammt in der Hölle, Lasher, stirb! Stirb wie die alte Frau! Stirb!« kreischte sie.

»Ja, Rowan, dein Kind, und Michaels Kind!«

Die Stimme umgab sie wie die Dunkelheit und die Hitze. Wieder wurde ihr Kopf nach hinten gedrückt, auf den Boden geschlagen, wurden ihre Arme auf die Dielen gepreßt, ausgebreitet, hilflos.

»Du meine Mutter und Michael mein Vater! Dies ist die Stunde der Hexen, Rowan. Die Uhr schlägt. Ich werde Fleisch sein. Ich werde geboren werden.«

Die Dunkelheit sammelte sich, rollte sich zusammen und schoß herab, schoß in sie hinein, vergewaltigte sie, spaltete sie entzwei. Wie eine Riesenfaust schoß sie in ihren Schoß hinauf, und ihr Körper krümmte sich krampfhaft, als der Schmerz sie umschlang wie ein mächtiger Peitschenriemen, den sie durch die geschlossenen Augen sehen konnte, weil er so grell brannte.

Die Hitze war unerträglich. Der Schmerz kam noch einmal, Schockwelle um Schockwelle, und sie fühlte, wie das Blut aus ihr hervorstürzte, wie das Wasser aus ihrem Schoß auf dem Boden sprudelte.

»Du hast es getötet, du verfluchtes, bösartiges Ding, du hast mein Baby getötet, verflucht seist du! Gott, hilf mir! Gott, wirf ihn zurück in die Hölle!« Ihre Hände schlugen gegen die Wand, stemmten sich gegen den schleimig nassen Boden. Ihr war schlecht von der Hitze, die in ihrer Lunge brannte, als sie nach Luft schnappte.

Das Haus stand in Flammen. Es mußte so sein. Sie stand in Flammen. Hitze pochte in ihr, und sie glaubte es lodern zu sehen, aber es war nur ein großer, grausiger Schwall von rotem Licht. Irgendwie war es ihr gelungen, sich auf Händen und Füßen aufzurichten, und sie wußte, ihr Körper war leer, das Kind war weg, und sie wollte nur noch fliehen. Noch einmal streckte sie verzweifelt und in wütendem, unerbittlichem Schmerz die Hand nach dem Türknopf aus.

»Michael, Michael, hilf mir! O Gott, ich habe versucht, ihn zu täuschen, ich habe versucht, ihn zu töten. Michael, er ist in dem Kind!« Wieder durchfuhr sie der Schmerz wie ein Schock, und ein frischer Blutschwall gurgelte aus ihr hervor.

Schluchzend sank sie zu Boden; in ihrem Kopf drehte sich alles, und Arme und Beine gehorchten ihr nicht. Die Hitze versengte sie, und ein lautes, wundes Weinen erfüllte ihre Ohren. Es war ein Baby, das weinte. Es war das gleiche furchtbare Geräusch, das sie in ihren Träumen wieder und wieder gehört hatte. Das quäkende Schreien eines Babys. Sie wollte sich die Hände auf die Ohren pressen, weil sie es nicht mehr ertragen konnte, sie heulte, damit es aufhörte, und die Hitze erstickte sie.

»Laß mich sterben«, ächzte sie. »Laß mich verbrennen. Nimm mich mit in die Hölle. Laß mich sterben.«

Rowan, hilf mir. Ich bin im Fleisch. Hilf mir, oder ich werde sterben. Rowan, du darfst dich nicht von mir abwenden.

Fester drückte sie die Hände auf die Ohren, aber die dünne Stimme, die mit dem Schluchzen des Babys an- und wieder abschwoll, ließ sich nicht aussperren. Ihre Hand glitschte im Blut aus, und sie fiel mit dem Gesicht hinein; klebrig und naß bedeckte es den Boden unter ihr, und sie wälzte sich auf den Rücken und sah wieder die schimmernde Hitze. Das Baby schrie lauter und lauter, als habe es Hunger oder große Schmerzen.

Rowan, hilf mir! Ich bin dein Kind! Michaels Kind. Rowan, ich brauche dich.

Sie wußte, was sie sehen würde, noch bevor sie hinschaute. Durch Tränen und durch Wogen von Hitze sah sie es, das Männchen, das Monstrum. *Nicht aus meinem Leibe, nicht von mir geboren. Ich habe niemals...*

Es lag auf dem Rücken, und sein mannsgroßer Kopf drehte sich beim Schreien hin und her. Die dünnen Ärmchen wuchsen zusehends, winzige Finger spreizten sich und tasteten und wuchsen, Füßchen strampelten, wie Babyfüße strampeln, traten in die Luft. Die Waden streckten sich, und Blut und Schleim fielen von ihnen ab, glitten an runden Bäckchen und glänzend schwarzem Haar herunter.

Rowan, ich bin lebendig, laß mich nicht sterben. Laß mich nicht sterben, Rowan. Du hast die Macht, Leben zu retten, und ich lebe doch. Hilf mir.

Sie kroch darauf zu. Scharfer Schmerz durchzuckte ihren Körper noch immer, und sie streckte die Hand nach diesem kleinen, glitschigen Bein aus, nach diesem Füßchen, das in der Luft strampelte, und als ihre Finger sich um das weiche, glatte Babyfleisch schlossen, senkte sich Dunkelheit auf sie herab, und durch die geschlossenen Augenlider sah sie die Anatomie, den Weg der Zellen, sah die sich entwickelnden Organe, winzig wie Knospen, sah das uralte Wunder der Zellen, die sich zusammenfügten. Sie sah die mikroskopischen Ketten der Chromosomen, wie sie sich umeinander schlängelten, als Zellkerne verschmolzen – und das alles war von ihr gelenkt, all das Wissen war in ihr, wie das Wissen der Symphonie im Komponisten ist, Note um Note, Takt um Takt, Crescendo auf Crescendo.

Das Fleisch pochte unter ihren Fingern, lebte, atmete durch die Poren der Haut. Die Schreie wurden rauher, tiefer, hallender, als sie das Bewußtsein verlor und gleich wieder zu sich kam. Ihre andere Hand tastete in der Dunkelheit umher, fand seine Stirn, fand einen dichten Schopf von männlichen Locken, fand seine Augen, flatternd an ihrer Handfläche, fand den halbgeschlossenen Mund, aus dem das Schluchzen kam, fand die Brust und das Herz darunter, die langen, muskulösen Arme, die auf die Dielen trommelten. Ja, das Ding war jetzt so groß, daß sie den Kopf auf seine pumpende Brust legen konnte, und auf den Penis zwischen seinen Beinen, ja, und auf die Schenkel. Wieder kroch sie hoch und legte sich auf ihn, legte beide Hände auf ihn und fühlte, wie sein Atem den Brustkorb hob und senkte, wie die Lunge wuchs und sich füllte, wie das Herz pumpte und wie seidiges Haar rings um seinen Schwanz sproß... und dann, dann sank sie hinab in die Schwärze, in die Stille.

Eine Stimme sprach mit ihr, intim und sanft.

»Stoppe die Blutung.«

Sie konnte nicht antworten.

»Du blutest. Stoppe die Blutung.«

»Ich will nicht leben«, sagte sie. Bestimmt brannte das Haus. Komm, alte Frau, komm mit deiner Lampe. Zünde die Vorhänge an.

»Sterbe ich?«

»Nein.« Er lachte. Ein so sanftes, seidenweiches Lachen. »Kannst du mich hören? Ich lache, Rowan. Ich kann jetzt lachen.«

Bring mich in die Hölle. Laß mich sterben.

»Nein, mein Liebling, mein kostbarer, schöner Liebling. Du mußt die Blutung stoppen.«

Der Sonnenschein weckte sie. Sie lag im Wohnzimmer auf dem Boden, auf dem weichen chinesischen Teppich, und ihr erster Gedanke war, daß das Haus nicht abgebrannt war. Die schreckliche Hitze hatte es nicht verzehrt. Irgendwie war es verschont geblieben.

Einen Moment lang begriff sie nicht, was sie sah.

Ein Mann saß neben ihr und schaute auf sie herunter. Er hatte die glatte, makellose Haut eines Babys – über der Form eines Männergesichtes, das Ähnlichkeit mit ihrem eigenen Gesicht hatte. Noch nie hatte sie einen Menschen gesehen, der ihr so ähnlich war. Aber es gab auch Unterschiede. Seine Augen waren groß und blau und von schwarzen Wimpern umgeben, und sein Haar war schwarz wie Michaels. Es war Michaels Haar. Michaels Haar und Michaels Augen. Aber er war schlank wie sie. Seine glatte, unbehaarte Brust war so schmal, wie die ihre es in ihrer Kindheit gewesen war, und hatte zwei rosa schimmernde Brustwarzen. Seine Arme waren schlank, wenngleich die Muskeln gut ausgeprägt waren. Und die zierlichen Finger seiner Hand, mit denen er jetzt nachdenklich über seine Lippen strich, während er sie betrachtete, waren ebenso schmal wie ihre.

Aber er war größer als sie, so groß wie ein Mann. Und er war bedeckt von trockenem Schleim und Blut; es sah aus, als sei er in eine dunkle, rubinrote Landkarte gehüllt.

Sie fühlte, wie ein Stöhnen aus ihrer Kehle heraufdrang und von innen gegen ihre Lippen drängte. Ihr ganzer Körper geriet dabei in Bewegung, und plötzlich schrie sie. Sie richtete sich auf und schrie. Lauter, länger, wilder, als sie in der vergangenen Nacht in all ihrer Angst geschrien hatte.

Er beugte sich über sie. »Tu das nicht«, flüsterte er. Die alte Stimme. Natürlich, seine Stimme mit ihrem unverwechselbaren Klang.

Sein glattes Gesicht sah völlig unschuldig aus – das Inbild der Verwunderung mit den makellosen, leuchtenden Wangen, der glatten, schmalen Nase und den großen blauen Augen, die sie mit flatternden Wimpern anschauten. Auf und zu klappten die Augen, ganz wie die Augen des Männchens auf dem Tisch in ihren Träumen. Er lächelte. »Ich brauche dich«, sagte er. »Ich liebe dich. Und ich bin dein Kind.«

Sie setzte sich auf. Ihr Nachthemd war von Blut durchtränkt; es war inzwischen getrocknet und steif. Der Geruch von Blut war überall; es roch wie in der Notaufnahme.

Sie kroch rückwärts über den Teppich und blieb dann vornübergebeugt und mit hochgezogenen Knien sitzen und spähte zu ihm hinüber.

Die Brustwarzen – perfekt. Der Penis auch, obwohl er seine eigentliche Prüfung erst bestehen mußte, wenn er hart wäre. Die Haare – perfekt. Aber wie sah es innen aus? Wie stand es mit jedem einzelnen kleinen, miteinander in Verbindung stehenden Teil?

Sie näherte sich ihm, legte ihm die Hand auf die Brust und lauschte. Ein starker, gleichmäßiger Rhythmus ging von ihm aus.

Er machte keine Anstalten, sie zu hindern, als sie beide Hände an seinen Schädel legte. Weich wie ein Säuglingsschädel, der von Schlägen genesen konnte, die einen Fünfundzwanzigjährigen töten würden. Gut, aber wie lange würde es so bleiben?

Sie legte einen Finger an seine Unterlippe, öffnete seinen Mund und starrte auf seine Zunge. Dann zog sie sich zurück und ließ die Hände matt auf die gekreuzten Beine sinken.

»Hast du Schmerzen?« fragte er sie. Seine Stimme klang sehr zärtlich. Seine Augen wurden schmal, und für eine Sekunde trat ein halbwegs reifer Ausdruck in sein Gesicht; dann aber kehrte das babyhafte Staunen zurück. »Du hast so viel Blut verloren.«

Eine ganze Weile starrte sie ihn schweigend an.

Er wartete ab und beobachtete sie.

»Nein, ich habe keine Schmerzen«, murmelte sie, und wieder starrte sie ihn geraume Zeit an. »Ich brauche Sachen«, sagte sie schließlich. »Ich brauche ein Mikroskop. Ich muß Blutproben machen. Ich muß sehen, wie das Gewebe jetzt wirklich aussieht! Gott, ich brauche all diese Sachen! Ich brauche ein vollständig eingerichtetes Labor. Und wir müssen von hier verschwinden.«

»Ja«, sagte er. »Das sollten wir als allernächstes tun.«

»Kannst du stehen?«

»Ich weiß nicht.«

»Na, du wirst es versuchen.« Sie erhob sich auf die Knie, faßte die Kante der marmornen Kaminumrandung und zog sich auf die Füße.

Dann nahm sie seine Hand. Schön fest, sein Griff. »Komm, steh auf, denke nicht darüber nach, tu's einfach, verlaß dich darauf, daß dein Körper etwas kann, die Muskulatur ist vorhanden, das ist der entscheidende Unterschied zwischen dir und einem Neugeborenen, du hast Skelett und Muskulatur eines Mannes.«

»Also gut, ich will es versuchen.« Er sah ängstlich und zugleich seltsam entzückt aus. Erschauernd kam er zunächst auf die Knie, wie sie es getan hatte, und dann rappelte er sich auf, aber gleich taumelte er rückwärts, und nur mit mehreren hastigen Schritten nach hinten verhinderte er, daß er wieder hinfiel.

»Oooooh...«, sang er. »Ich gehe, ja, ich gehe...«

Sie lief zu ihm, legte einen Arm um ihn und ließ zu, daß er sich an ihr festklammerte. Er verstummte und schaute auf sie herunter, und dann hob er die Hand und streichelte ihre Wange; die Gebärde war unvollkommen koordiniert wie bei einem Betrunkenen, aber die Finger fühlten sich seidig und kribbelnd an.

»Rowan«, stöhnte er laut, preßte sie an sich und stolperte dann wieder rückwärts, bis sie ihn festhielt und in die Arme nahm.

»Komm, wir haben nicht viel Zeit«, sagte sie. »Wir müssen jetzt einen sicheren Ort finden, irgendeinen völlig unbekannten Ort...«

»Ja, Liebling, ja... aber, weißt du, es ist alles so neu und so schön. Ich will dich noch einmal umarmen, dich küssen...«

»Wir haben keine Zeit«, sagte sie, aber die seidigen Babylippen preßten sich auf ihre, und sie spürte den Druck seines Schwanzes an ihrem wunden Geschlecht. Sie entwand sich seinen Armen und zog ihn hinter sich her.

»So ist's richtig«, sagte sie und beobachtete seine Füße. »Nicht daran denken. Schau mich nur an und geh.«

Als sie die Tür erreicht hatte, war sie sich einen Moment lang der Schlüssellochform bewußt; sie dachte an die alten Diskussionen über ihre Bedeutung, und all der Jammer und die Schönheit ihres Lebens zogen an ihrem geistigen Auge vorüber, all ihre Kämpfe und ihre alten Gelübde.

Aber dies war tatsächlich eine neue Tür. Es war die Tür, die sie vor einer Million Jahren in ihrer Kindheit gesehen hatte, als sie zum erstenmal die magischen Bücher wissenschaftlicher Weisheit aufgeschlagen hatte. Und jetzt stand sie offen – jenseits allen Grauens in Lemles Labor und jenseits auch der Holländer, die in einem mythischen Leiden um einen Tisch versammelt standen.

Langsam führte sie ihn durch diese Tür hindurch; und geduldig ging sie Schritt für Schritt an seiner Seite.

52

Er wollte aufwachen, aber immer wenn er an die Oberfläche drang, sank er wieder schwer und benommen hinab in die weichen Daunenkissen des Bettes. Verzweiflung packte ihn und verging wieder.

Die Übelkeit war es, was ihn schließlich weckte. Es schien eine Ewigkeit zu dauern, wie er im Bad an die Tür gelehnt auf dem Boden kauerte und sich so heftig übergab, daß jedesmal, wenn er würgte, ein Schmerz sich um seine Rippen spannte. Dann war nichts mehr da, was er hätte hervorwürgen können, und die Übelkeit lastete ohne die Verheißung irgendeiner Erleichterung auf ihm.

Der Raum schwankte. Schließlich brachen sie das Schloß an der Tür auf und hoben ihn hoch. Er wollte sich dafür entschuldigen, daß er sich eingeschlossen hatte, es sei ein Reflex gewesen und er habe auch versucht, den Knopf zu drehen, um die Tür wieder zu öffnen – aber er brachte kein Wort hervor.

Mitternacht. Er sah das Zifferblatt der Uhr auf der Kommode. Mitternacht am Heiligen Abend. Er bemühte sich verzweifelt, zu sagen, daß dies eine Bedeutung habe, aber er konnte nichts tun als daran zu denken, wie dieses Ding hinter der Krippe in der Kirche gestanden hatte. Und dann versank er wieder, und sein Kopf fiel auf das Kissen.

Als er die Augen das nächstemal aufschlug, sprach der Arzt wieder mit ihm, aber er konnte sich nicht erinnern, wann er den Arzt das letztemal gesehen hatte. »Mr. Curry, haben Sie eine Ahnung, was in der Spritze gewesen sein könnte?«

Nein. Ich dachte, sie bringt mich um. Ich dachte, ich würde jetzt sterben. Aber bei dem bloßen Versuch, die Lippen zu bewegen, wurde ihm wieder übel. Er schüttelte den Kopf, und auch dabei wurde ihm schlecht. Durch den Frost an den Fensterscheiben sah er noch immer schwarze Nacht.

»... mindestens noch acht Stunden«, sagte der Arzt. »Sonst alles normal. Klare Flüssigkeiten, wenn er irgend etwas trinken will. Und bei der kleinsten Veränderung ...«

Heimtückische Hexe. Alles zerstört. Der Mann lächelte ihn über die Krippe hinweg an. Natürlich war dies die Stunde gewesen. Der Augenblick. Er wußte, daß er sie für immer verloren hatte. Die Mitternachtsmette war vorüber. Seine Mutter weinte, weil sein Vater tot war. Nichts wird je wieder so sein wie früher.

»Schlafen Sie jetzt. Wir sind hier bei Ihnen.«

Ich habe versagt. Ich habe ihn nicht aufgehalten. Ich habe sie für immer verloren.

»Wie lange bin ich schon hier?«

»Seit gestern abend.«

Weihnachtsmorgen. Er starrte aus dem Fenster und wagte nicht, sich zu bewegen, aus Angst, daß ihm wieder schlecht werden könnte. »Es schneit nicht mehr, wie?« fragte er. Die Antwort hörte er kaum.

Er zwang sich zum Sitzen. Nicht annähernd so schlimm wie vorher. Kopfschmerzen, ja, und ein bißchen verschwommen der Blick. Nichts war so grausig wie ein Kater.

Seine Kleider waren im Wandschrank. Hübsches Reiserasierzeug da in der Plastikhülle auf der Spiegelablage im Bad. Er duschte, kämpfte gelegentliche Schwindelanfälle nieder, rasierte sich schnell mit dem kleinen Wegwerfrasierer und kam aus dem Bad.

»Ich muß wieder hin, muß feststellen, was passiert ist.«

»Ich flehe Sie an, warten Sie noch«, sagte Aaron. »Essen Sie erst. Und dann sehen Sie, wie Sie sich fühlen.«

»Ist egal, wie ich mich fühle. Können Sie mir einen Wagen geben? Ich fahre per Anhalter, wenn nicht.«

Er schaute zum Fenster hinaus. Es lag noch Schnee. Die Straßen würden gefährlich sein. Er mußte jetzt los.

»Was haben Sie vor? Sie haben keine Ahnung, was Sie vorfinden werden. Gestern abend hat sie mir gesagt, wenn mir an Ihnen liegt, sollte ich dafür sorgen, daß Sie nicht zurückkommen.«

»Zum Teufel mit allem, was sie gesagt hat. Ich gehe.«

»Dann komme ich mit.«

»Nein, Sie bleiben hier. Das ist eine Sache zwischen ihr und mir. Jetzt beschaffen Sie mir einen Wagen. Ich fahre.«

Es war ein großer, klobiger grauer Lincoln, kaum das, was er sich ausgesucht hätte, aber der weiche Ledersitz fühlte sich gut an, und das Ding schwebte wirklich nur so dahin, als er schließlich den Interstate Highway erreicht hatte. Bis dahin war Aaron ihm in seiner Limousine gefolgt. Aber jetzt war nichts mehr von ihm zu sehen; er hatte ihn abgehängt.

Der Schnee lag in schmutzigen Haufen am Straßenrand. Aber das Eis war geschmolzen. Und der Himmel war von jenem makellosen, höhnischen Blau, das alles sauber und weit offen erscheinen ließ. Der Kopfschmerz erfaßte ihn und überflutete ihn alle Viertelstunde mit einer Welle von Schwindel und Übelkeit. Er schüttelte das alles ab und behielt den Fuß auf dem Gaspedal.

Mit neunzig Meilen pro Stunde fuhr er nach New Orleans hinein und geriet fast ins Schleudern, als er in die St. Charles Avenue abbog und zu heftig bremste. Der Verkehr kroch hier zwischen gefrorenen Streifen von schmutzigem Schnee dahin.

Fünf Minuten später bog er nach links in die First Street ein, und wieder geriet der Wagen gefährlich ins Schleudern. Er bremste und fuhr im Kriechtempo über den glatten Asphalt, bis das Haus an der dunkel überschatteten, verschneiten Straßenecke wie eine düstere Festung vor ihm aufragte.

Das Gartentor stand offen. Er schob den Schlüssel ins Schloß und öffnete die Haustür.

Für einen Augenblick blieb er wie erstarrt stehen. Überall war Blut auf dem Boden, verschmiert und streifig, und am Türrahmen war der blutige Abdruck einer Hand. Etwas, das aussah wie Ruß, bedeckte die Wände und verblaßte zur Decke hin zu fahlem Staub.

Es roch faulig wie in dem Krankenzimmer, in dem Deirdre gestorben war.

Verschmiertes Blut auch an der Tür zum Wohnzimmer. Spuren von nackten Füßen. Blut auch auf dem chinesischen Teppich, und eine dicke, schleimartige Flüssigkeit auf den Holzdielen. Am Weihnachtsbaum brannten alle Lichter; wie ein stummer Wächter stand er da, ein blinder und tauber Zeuge, der nichts aussagen konnte über das Grauen, das hier gehaust hatte.

Der Schmerz explodierte in seinem Kopf, aber er war nichts im Vergleich zu dem Schmerz in seiner Brust und dem rasenden Pochen seines Herzens. Adrenalin durchflutete seine Adern. Und seine rechte Hand ballte sich krampfhaft zur Faust.

Er drehte sich um, verließ den Salon und ging in die Diele hinaus, auf das Eßzimmer zu.

Ohne einen Laut trat hinter ihm eine Gestalt in die schlüssellochförmige Tür und schaute ihn an, und eine schlanke Hand glitt am Türrahmen hinauf.

Es war eine merkwürdige Geste. Die Gestalt hatte etwas unübersehbar Unsicheres, als taumele sie wie nach einem Schock, und als sie jetzt in das Licht trat, das von der Sonnenveranda hineinschien, blieb Michael stehen, betrachtete sie und bemühte sich zu verstehen, was er da sah.

Es war ein Mann, bekleidet mit weiter, zerknitterter Hose und Hemd, aber Michael hatte einen solchen Mann noch nie gesehen. Er war groß, vielleicht einen Meter neunzig, und unverhältnismäßig schlank. Seine Hose war zu groß und anscheinend an der Taille zusammengeschnürt. Das Hemd gehörte Michael; es war ein altes

Sweatshirt, das wie eine Tunika an der schmalen Statur hing. Er hatte dichtes schwarzes, lockiges Haar und sehr große blaue Augen, aber sonst sah er aus wie Rowan. Seine Haut war wie Rowans glatte, jugendliche Haut, und der Mund war wie Rowans Mund, nur noch ein wenig voller und sinnlicher. Die Augen, so groß und blau sie waren, hatten Rowan in sich, und Rowan war auch in dem plötzlichen schmalen, kalten Lächeln des Mannes.

Er tat einen Schritt auf Michael zu, und Michael sah, daß er unsicher auf den Beinen war. Etwas Strahlendes ging von ihm aus, und Michael erkannte, daß das Ding aussah wie neugeboren, daß es von sanftem, elastischem Leuchten erfüllt war wie ein neugeborenes Baby. Die langen, schmalen Hände waren babyglatt, und das Gesicht war von keinem Charakter geprägt.

Aber der Ausdruck dieses Gesichtes war kein babyhafter Ausdruck. Es war erfüllt von Staunen, von etwas, das aussah wie Liebe, und von schrecklichem Spott. Michael stürzte sich auf ihn und überrumpelte ihn. Seine Hände umfaßten die dünnen, kräftigen Arme, und verblüfft und entsetzt vernahm er das sanfte, männliche Lachen, das aus der Gestalt hervorbrach.

Lasher, lebendig vorher und lebendig jetzt, wieder im Fleisch – und er besiegt dich! Euer Kind, eure Gene, dein Fleisch und ihr Fleisch, liebt dich, besiegt dich, benutzt dich, danke dir, mein auserwählter Vater.

Ein dunkles, bebendes Brüllen stieg in Michael auf.

»Du hast mein Kind ermordet! Rowan, du hast ihm unser Kind gegeben!« Es war ein gutturaler, schmerzerfüllter Aufschrei, und die Worte strömten in seinen Ohren zusammen zu einem einzigen Rauschen. »Rowan!«

Die Kreatur wich hastig vor ihm zurück, prallte unbeholfen gegen die Wand des Eßzimmers, warf die Hände in die Höhe und lachte wieder. Ein Arm schoß vor, eine große, glatte Hand schlug mühelos gegen Michaels Brust, so daß er über den Eßtisch flog.

»Ich bin dein Kind, Vater. Tritt zurück. Betrachte mich!«

Michael rappelte sich hoch.

»Dich betrachten? Umbringen werde ich dich!«

Er stürzte sich auf das Wesen, aber es wich tanzend zurück in die Geschirrkammer, bog den Rücken nach hinten und streckte die Hände aus, als wolle es ihn foppen. Es drehte sich, kreiselte rückwärts durch die Küchentür. Seine Beine verhedderten sich, streckten sich wieder, als wäre sie aus Strohhalmen. Wieder erklang das Gelächter, voll und dunkel und von irrer Heiterkeit erfüllt. Der gleiche Irrsinn lag in den Augen des Wesens; sein Blick war erfüllt von rasendem, rücksichtslosem Entzücken.

Michael stürzte sich von neuem auf das Ungeheuer; er packte es und schleuderte es rücklings gegen die Terrassentür, daß die Scheiben klirrten. Draußen, hoch oben an der Hausfassade, gellte der Alarm, als die Glassicherungen zerrissen, und das ohrenbetäubende Schrillen mischte sich in das Chaos.

Das Wesen hob die langen, schlenkernden Arme hoch und starrte erstaunt auf Michael herunter, als der ihm die Hände um den Hals legte. Dann krümmte es beide Hände zu Fäusten und schlug sie Michael ans Kinn.

Michaels Beine gaben nach, aber noch während er stürzte, rollte er sich auf Hände und Knie. Die Tür stand jetzt offen, der Alarm heulte noch immer, und das Wesen tanzte, hüpfte und tollte mit scheußlicher Anmut zum Swimming-Pool hinüber.

Als er ihm nachsetzte, sah er aus dem Augenwinkel, daß Rowan die Treppe in die Küche herunterlief. Er hörte sie schreien.

»Michael, bleib weg von ihm!«

»Du hast es getan, Rowan, du hast ihm unser Kind gegeben! Er ist in unserem Kind!« Er fuhr herum und hob den Arm, aber er konnte sie nicht schlagen. Wie erstarrt blieb er stehen und starrte sie an. Sie war der Inbegriff des Grauens; ihr Gesicht war bleich, ihr Mund naß und bebend. Der Schmerz preßte seine Brust zusammen wie ein Blasebalg, und hilflos erschauernd drehte er sich um und funkelte das Ding an.

Es hüpfte auf den verschneiten Steinplatten am Rande des blau gekräuselten Wassers hin und her. Es reckte den Kopf nach vorn, legte die Hände auf die Knie, deutete dann auf Michael. Seine Stimme erhob sich laut und deutlich über das Schrillen des Alarms.

»Du wirst darüber hinwegkommen, wie die Sterblichen sagen, du wirst schon wieder Licht sehen, wie die Sterblichen sagen! Du hast ein tolles Kind geschaffen, Michael. Michael, ich bin dein Werk. Ich liebe dich. Ich habe dich immer geliebt. Liebe war die Definition meines Ehrgeizes, denn beides ist für mich ein und dasselbe. Ich zeige mich dir in Liebe.«

Er lief zur Tür hinaus, als Rowan auf ihn zustürzte. Er rannte geradewegs auf das Ding zu, schlitterte über den gefrorenen Schnee, riß sich los, als sie ihn festhalten wollte. Sie fiel hin wie eine wächserne Puppe, und ein scharfer Schmerz schnitt sich in seinen Hals. Sie hatte das St. Michaels-Medaillon bei seiner Kette zu fassen bekommen, und jetzt hielt sie die zerrissene Kette in der Hand, und das Medaillon fiel in den Schnee. Schluchzend flehte sie ihn an, stehenzubleiben.

Aber er hatte keine Zeit für sie. Er wirbelte herum, und seine machtvolle Linke fuhr herauf und krachte seitlich gegen den Schädel der Kreatur. Das Ding stieß perlendes Gelächter aus, als Blut aus der geplatzten Haut spritzte. Es kippte, wirbelte im Kreis, rutschte über das Eis, taumelte gegen die Eisenstühle und warf sie durcheinander.

»Oh, sieh nur, was du getan hast, oh, du ahnst nicht, was für ein Gefühl das ist! Oh, für diesen Augenblick habe ich gelebt, für diesen außergewöhnlichen Augenblick!«

Mit einer unvermittelten Pirouette schoß es auf Michaels rechten Arm zu, bekam ihn zu fassen und verdrehte ihn schmerzhaft. Dabei schaute es ihn an mit hochgezogenen Brauen, die Lippen zu einem Lächeln verzerrt, und perlweiße Zähne blitzten vor einer rosaroten Zunge. Alles neu, alles glänzend, alles jungfräulich – ein Baby.

Michael rammte ihm die Linke in die Brust und spürte das Knirschen von Knochen.

»Ja, das gefällt dir, du Höllending, du gierige Hundebrut! Stirb!« Er spuckte das Ding an und schlug noch einmal mit der linken Faust darauf ein, während es sich an sein rechtes Handgelenk klammerte wie eine Fahne im Wind. »Es gefällt dir!« brüllte er. »Dir gefällt dein blutendes Fleisch, das Fleisch meines Kindes, mein Fleisch!« Er drehte und wand die rechte Hand, aber er konnte sich nicht befreien, und so krallte er die Finger der Linken um die Kehle des Dings, bohrte den Daumen in die Luftröhre und rammte ihm zugleich sein Knie zwischen die Beine. »Oh, sie hat dich wirklich vollständig gemacht, was? Es ist alles dran!«

In einem kurzen Blitz sah er wieder Rowan, aber diesmal war es das Monstrum, das sie niederstieß, als es Michael endlich losließ. Sie fiel gegen die Balustrade.

Das Ding quiekte vor Schmerzen, und seine blauen Augen rollten in ihren Höhlen. Bevor Rowan auf die Beine kam, wich es blitzschnell zurück und hob die Schultern wie ein Flügelpaar, und dann senkte es den Kopf und schrie: »Du lehrst es mich, Vater! O ja, du bist ein guter Lehrer.« Seine Worte gingen in ein Grollen über. Das Monstrum rannte gegen Michael an, rammte ihm den Kopf in die Brust und traf ihn mit einem machtvollen Schlag, der ihn von den Füßen hob und in den Pool fliegen ließ.

Rowan stieß einen ohrenbetäubenden Schrei aus, lauter und schriller als die Alarmsirene.

Michael war in das eisige Wasser gestürzt. Er sank tiefer, immer tiefer, und hoch über ihm glitzerte die blaue Oberfläche. Der Kälteschock trieb ihm die Luft aus der Lunge. Er hing starr in der brennenden Kälte: nicht einmal die Arme konnte er bewegen, bis sein Körper über den Grund schürfte.

Dann strampelte er verzweifelt und krampfhaft zur Wasseroberfläche. Seine Kleider umklammerten ihn wie Finger und hielten ihn am Boden. Als er mit dem Kopf durch den Wasserspiegel in das gleißende Licht hinaufbrach, traf ihn wieder ein dumpfer Schlag, und er versank von neuem. Und jetzt wurde er unter Wasser gedrückt. Seine Hände reckten sich hinauf in die Luft, in die leere Luft, griffen vergebens nach dem Ding, das ihn festhielt, und sein Mund schluckte kaltes Wasser, schluckte und schluckte. Und blitzartig sah er wieder den Pazifik, endlos und grau, und die Lichter von Cliff House, die trüb wurden und dann ganz verschwanden, als die Wellen ringsumher anschwollen.

Nur stieg er diesmal nicht empor, er schwebte nicht schwerelos und frei wie an jenem weit zurückliegenden Tag, hoch hinauf in den bleigrauen Himmel und die Wolken, wo er die ganze Erde unter sich sehen konnte, mit ihren Millionen und Abermillionen winziger Lebewesen.

Diesmal befand er sich in einem Tunnel, und er wurde hinabgesogen; es war dunkel und eng, und seine Reise schien nie mehr enden zu wollen. In machtvoll rauschender Stille sauste er abwärts, völlig willenlos und von unbestimmtem Staunen erfüllt.

Endlich umfing ihn stark pulsierendes rötliches Licht. Er war an einen vertrauten Ort gefallen. Ja, die Trommeln, er hörte die Trommeln, die alten, vertrauten Mardi-Gras-Kadenzen der Marschtrommeln, den Klang der Comus-Parade, die am müden, öden Rand der Mardi-Gras-Nacht eilends durch die winterliche Dunkelheit zog, und das Flackern der Flammen war das Flackern der Fackeln unter den verkrümmten Ellbogen der Eichen, und seine Angst war die allwissende Angst des kleinen Jungen von früher, und alles war da, alles, was er gefürchtet hatte, geschah endlich, und es war nicht bloß ein rascher Blick auf den Rand eines Traumes oder etwas, das er sah, weil er Deirdres Nachthemd in der Hand hielt, sondern es war hier, rings um ihn herum.

Seine Füße waren auf dampfenden Boden gestoßen, und als er aufstehen wollte, sah er, daß die Äste der Eichen geradewegs durch die Stuckdecke des Salons gestoßen waren und den Kronleuchter mit einem Gewirr von Blättern durchflochten hatten; sie streiften die hohen Spiegel an der Wand. Und es war wirklich das Haus. Zahllose Leiber wanden sich im Dunkeln. Er stand auf ihnen! Graue, nackte Gestalten, die windend sich paarten im Schein der Flammen und im Schatten, und der Rauch wallte empor und verhüllte die Gesichter all derer, die ihn umgaben und anschauten. Aber er wußte, wer sie waren. Taftröcke, Stoff, der ihn streifte. Er stolperte und versuchte, sein Gleichgewicht wiederzufinden, aber seine Hand ging glatt durch brennenden Stein, und seine Füße versanken im dampfenden Schlamm.

Die Nonnen näherten sich rings um ihn herum, große, schwarzgewandete Gestalten mit steifen weißen Hauben, Nonnen, deren Namen und Gesichter er seit seiner Kindheit kannte, mit rasselnden Rosenkränzen, und ihre Füße hallten auf den Holzdielen, als sie immer näherkamen und den Kreis um ihn schlossen. Stella trat durch den Kreis; ihr kunstvoll frisiertes Haar glänzte von Pomade. Plötzlich griff sie nach ihm, zog ihn zu sich heran.

»Laß ihn in Ruhe; er kann allein aufstehen«, sagte Julien. Und da war er auch, höchstpersönlich, mit seinen weißen Locken und den kleinen, glitzernden schwarzen Augen, makellos und fein gekleidet, und jetzt hob er die Hand und winkte lächelnd.

»Komm, Michael, steh auf«, sagte er mit seinem starken französischen Akzent. »Du bist jetzt bei uns, es ist zu Ende, hör auf, dich zu wehren.«

»Ja, steh auf«, sagte Mary Beth, und ihr dunkler Taftrock streifte sein Gesicht. Eine große, vornehme Frau mit durch und durch grau gesträhntem Haar.

»Du bist jetzt bei uns, Michael.« Das war Charlotte mit ihren strahlend blonden Haaren. Ihr Busen wölbte sich über dem taftenen Miederdécolleté. Sie zog ihn hoch, obgleich er in panischer Hast zu flüchten versuchte. Seine Hand fuhr geradewegs durch ihre Brust.

»Hört auf! Geht weg von mir!« rief er. »Geht weg!«

Stella war nackt bis auf ein Hemdchen, das von ihren Schultern herabfiel, und die eine Seite ihres Kopfes troff noch vom Blut aus der Schußwunde.

»Komm, Michael, du bist jetzt hier, für immer, siehst du das nicht, es ist zu Ende, Darling. Du hast deine Arbeit gut gemacht.«

Die Trommeln kamen stampfend näher und näher, hämmerten zu den durchdringenden Klängen einer Dixieland-Band, und der Sarg stand offen am Ende des Zimmers, von Kerzen umgeben. Aber die Kerzen würden die Vorhänge in Brand setzen, und das ganze Haus würde in Flammen aufgehen!

»Illusionen, Lügen!« rief er. »Das ist ein Trick.« Er versuchte, aufrecht zu stehen und eine Richtung zu finden, in die er fliehen könnte, aber wohin er auch schaute, überall sah er nur die Sprossenfenster mit den neuen Scheiben, die Schlüssellochtüren, die Eichenäste, die die Decke und die Wände durchbohrten, und das ganze Haus, das sich immer wieder neu bildete wie eine große, monströse Falle um die aufwärtsstrebenden, knorrigen Bäume, die Flammen, die sich in den hohen, schmalen Spiegeln reflektierten, Sofas und Sessel, von Efeu und blühenden Kamelien überwuchert.

Die Hand der Nonne fuhr plötzlich wie ein Brett herab und traf seine Wange, und der Schmerz erschreckte und reizte ihn bis zur Raserei. »Was hast du zu sagen, Junge! Natürlich bist du hier! Steh auf!« Diese donnernde, rauhe Stimme. »Antworte mir, Junge!«

Julien stand da, die Hände hinter dem Rücken verschränkt, und schüttelte den Kopf. Und hinter Julien stand der gutaussehende Cortland mit dem gleichen Gesichtsausdruck wie sein Vater, dem gleichen spöttischen Lächeln.

»Michael, es dürfte auch für dich völlig offensichtlich sein, daß du deinen Auftrag hervorragend erfüllt hast«, sagte Cortland. »Daß du mit ihr ins Bett gegangen bist, sie hierher zurückgebracht und sie geschwängert hast – und genau das solltest du für uns tun.«

»Wir wollen nicht streiten«, sagte Marguerite, und ihre Hexenzotteln verschleierten ihr Gesicht, als sie die Hand nach ihm ausstreckte. »Wir sind alle auf derselben Seite, *mon chér*. Steh auf, bitte, und komm zu uns.«

»Komm schon, Michael, all dieses Durcheinander machst du doch nur selbst«, sagte Suzanne. Ihre großen, einfältigen Augen blitzten und flatterten, als sie ihm aufhalf, und ihre Brüste lugten durch dreckige Lumpen.

»Ja, du hast es vollbracht, mein Sohn«, sagte Julien. »*Eh bien*, ihr ward wundervoll, alle beide, du und Rowan – ihr habt genau das getan, wozu ihr geboren wart.«

»Und jetzt kannst du mit uns zurückgehen«, sagte Deborah. Sie hob die Hände und ließ die anderen beiseite treten; Flammen stiegen hinter ihr auf, und der Rauch trieb in Wolken über ihren Kopf. Der Smaragd schimmerte und blinkte auf ihrem dunkelblauen Samtgewand. Das Mädchen, das Rembrandt gemalt hatte – so schön mit den roten Wangen und den blauen Augen, schön wie der Smaragd. »Verstehst du denn nicht? Das war der Pakt. Jetzt, da er hindurchgegangen ist, kehren wir alle wieder zurück! Rowan weiß, wie sie uns hindurchgehen lassen kann, wie sie auch ihn hat hindurchgehen lassen. Nein, Michael, sträube dich nicht. Du mußt bei uns bleiben, hier, an die Erde gebunden, und warten, bis du an der Reihe bist, denn sonst wirst du einfach für allezeit tot sein.«

»Wir sind jetzt alle erlöst, Michael«, sagte die zerbrechliche Antha; wie ein kleines Mädchen stand sie da in ihrem schlichten, geblümten Kleid. Blut rann ihr über das Gesicht; es floß aus der tiefen Wunde an ihrem Hinterkopf. »Du kannst dir nicht vorstellen, wie lange wir schon warten. Man verliert hier das Gefühl für die Zeit...«

»Aber dieses Haus wird ewig stehen«, erklärte Maurice würdevoll, und sein Blick wanderte über die Decke, die Stuckmedaillons, die schwankenden Kronleuchter. »Dank deinen prachtvollen Restaurierungsarbeiten haben wir nun dieses sichere, wunderbare Haus; in dem wir warten können, bis wir an die Reihe kommen und wieder Fleisch werden.«

»Wir sind ja so froh, dich bei uns zu haben, Darling«, sagte Stella mit ihrem gelangweilten Gehabe, und sie verlagerte unvermittelt ihr Gewicht, so daß ihre linke Hüfte aus dem Seidenhemd hervorstach. »Gewiß willst du dir doch eine solche Gelegenheit nicht entgehen lassen.«

»Ich glaube euch nicht! Ihr seid Lügen, Fiktionen!« Michael fuhr herum und rannte mit dem Kopf durch die pfirsichfarbene Putzwand. Der Topffarn kippte um. Paare, die sich vor ihm wanden, fauchten zähnefletschend, als sein Fuß durch sie hindurchging – durch den Rücken des Mannes und den Bauch der Frau.

Stella kicherte und rannte durch den Raum. Dann warf sie sich in den satingefütterten Sarg und griff nach ihrem Champagnerglas. Die Trommeln dröhnten lauter und lauter.

Warum geht nicht alles in Flammen auf, warum brennt nicht einfach alles ab?

»Weil das hier die Hölle ist, mein Sohn«, sagte die Nonne und hob die Hand, um ihn noch einmal zu schlagen. »Weil es brennt und brennt.«

»Du kannst jetzt nur noch bei uns bleiben und mit uns zurückgehen!« sagte Deborah. »Verstehst du es denn nicht? Die Tür ist jetzt offen: es ist nur noch eine Frage der Zeit. Lasher und Rowan werden uns durchdringen – Suzanne zuerst, dann mich, und dann –«

»Nein, halt, mit dieser Reihenfolge war ich niemals einverstanden«, rief Charlotte.

»Ich auch nicht«, sagte Julien.

»Wer hat etwas von Reihenfolgen gesagt?« brüllte Marie Claudette, und ihre Beine schleuderten die Steppdecke beiseite, als sie sich im Bett aufrichtete.

»Warum seid ihr so töricht?« fragte Mary Beth gelangweilt und nüchtern. »Mein Gott, alles hat sich erfüllt. Die Transmutation läßt sich unbegrenzt oft bewerkstelligen. Und du kannst dir doch wohl vorstellen, von welch überlegener Qualität das mutierte Fleisch und die mutierten Gene sein werden. Dies ist im Grunde ein wissenschaftlicher Fortschritt von schwindelerregender Brillanz.«

»Es ist alles nur zu natürlich, Michael – und wer das versteht, versteht das Wesen der Welt: daß die Dinge – hmmmm, mehr oder weniger vorherbestimmt sind«, sagte Cortland. »Weißt du nicht, daß du von Anfang an in unserer Hand warst?«

»Das ist der entscheidende Punkt, den du verstehen mußt«, sagte Mary Beth vernünftig.

»Das Feuer, in dem dein Vater umkam«, fuhr Cortland fort, »war kein Unglücksfall...«

»Sagt so etwas nicht zu mir!« brüllte Michael. »Ihr habt das nicht getan! Ich glaube es nicht! Ich akzeptiere es nicht!«

»... sondern es sollte dich in die richtige Position bringen; du solltest die gewünschte Mischung aus Kultur, Bildung und Charme erwerben, um damit ihre Aufmerksamkeit zu gewinnen und sie zu veranlassen, ihre Deckung zu verlassen...«

»Spart euch die Mühe, mit ihm zu reden!« bellte die große Nonne, und die Perlen ihres Rosenkranzes an dem breiten Ledergürtel klapperten. »Er ist unverbesserlich. Überlaßt ihn mir. Ich werde das Feuer schon aus ihm herausprügeln.«

»Das stimmt alles nicht!« schrie er und versuchte seine Augen vor den lodernden Flammen zu schützen. Die Trommeln dröhnten in seinen Schläfen. »Das ist nicht die Erklärung. Es ist nicht die letztendliche Bedeutung.« Sein Schreien übertönte die Trommeln.

»Michael, ich habe dich gewarnt.« Das klägliche Stimmchen von Schwester Bridget Marie, die jetzt hinter der brutalen Nonne hervorspähte. »Ich habe dir gesagt, es gibt Hexen in diesen dunklen Straßen.«

»Komm sofort her und trinke ein Glas Champagner«, befahl Stella. »Und hör auf, diese höllischen Bilder heraufzubeschwören. Begreifst du denn nicht – wenn du erdgebunden bist, schaffst du dir deine Umgebung selbst.«

»Ja, du machst es hier so häßlich!« klagte Antha.

»Hier sind keine Flammen«, behauptete Stella. »Die sind nur in deinem Kopf. Komm, laß uns tanzen zu den Trommeln – oh, ich liebe diese Musik inzwischen sehr. Ich mag deine Trommeln, deine verrückten Mardi-Gras-Trommeln!«

Er schlug mit beiden Armen um sich; seine Lunge brannte, und seine Brust drohte zu bersten. »Ich glaube es nicht. Ihr seid sein Witz, ein kleiner Scherz, eine Täuschung...«

»Nein, *mon chér*«, widersprach Julien. »Wir sind die letzte Antwort und der Sinn.«

Mary Beth schüttelte traurig den Kopf und sah ihn an. »Wir waren es immer.«

»Den Teufel seid ihr!«

Endlich war er auf den Beinen. Er riß sich von der Nonne los, tauchte unter ihrem nächsten Schlag hindurch und sprang im nächsten Augenblick durch Juliens sich verdichtende Gestalt. Einen Moment lang war er blind, aber dann war er frei, und er kümmerte sich nicht um das Gelächter und die Trommeln.

Die Nonnen schlossen ihre Reihen, aber er stürmte hindurch. Nichts würde ihn mehr aufhalten. Er sah den Weg ins Freie, er sah das Licht, das durch die Schlüssellochtür strömte. »Ich will es nicht, ich will es nicht glauben...«

»Darling, denke doch daran, wie du das erstemal ertrunken bist«, sagte Deborah; sie war plötzlich neben ihm und versuchte seine Hand zu ergreifen. »Wir haben es dir schon einmal erklärt, als du tot warst – daß wir dich brauchten, und du warst einverstanden, aber wir wußten natürlich, daß du nur um dein Leben feilschen wolltest, daß du uns belügen würdest, verstehst du, und wir wußten, wenn wir dich nicht dazu bringen, alles wieder zu vergessen, würdest du niemals erfüllen, was du...«

Nur noch wenige Schritte bis zur Tür, und er konnte es schaffen. Er stürzte voran, stolperte wieder über die Leiber, die überall auf dem Boden lagen, trat auf Rücken und Schultern und Köpfe, und Rauch brannte in seinen Augen. Aber er kam dem Licht immer näher.

Und da war eine Gestalt in der Tür, und er kannte diesen Helm, den langen Mantel, er kannte dieses Gewand. Ja, er kannte es, es war ihm sehr vertraut.

»Ich komme!« rief er.

Aber seine Lippen hatten sich kaum bewegt.

Er lag auf dem Rücken.

Sein Körper war von Schmerz durchzuckt, und Stille umschloß ihn, starr wie Eis. Der Himmel über ihm war schwindelerregend blau.

Er hörte eine Männerstimme über sich. »So ist's recht, mein Sohn, Atmen!«

Ja, er kannte diesen Helm und diesen Mantel, denn es war die Kleidung der Feuerwehr, und er lag am Rande des Pools, ausgestreckt auf den eiskalten Steinplatten. In seiner Brust brannte es, und Arme und Beine taten ihm weh, und ein Feuerwehrmann beugte sich über ihn und preßte ihm die Atemmaske aus Plastik aufs Gesicht und drückte auf den Balg neben sich, ein Feuerwehrmann mit einem Gesicht wie sein Dad, und der Mann sagte noch einmal: »So ist's richtig, mein Sohn – atmen!«

Jeder Atemzug durchströmte ihn mit rauhem Schmerz, aber trotzdem sog er die Luft in seine Lunge, und als sie ihn hochhoben, schloß er die Augen.

»Ich bin hier, Michael«, sagte Aaron. »Ich bin bei Ihnen.«

Der Schmerz in seiner Brust war gewaltig; er preßte ihm die Lunge zusammen. Seine Arme waren gefühllos. Aber die Dunkelheit war sauber und still, und als sie ihn davonrollten, fühlte es sich an, als fliege die Bahre.

Jemand preßte ihm die kleine Maske fest auf das Gesicht, als sie ihn in den Krankenwagen hoben. »Melde Herznotfall, kommen jetzt rein, bitte um Bereitstellung von...« Decken hüllten ihn ein.

Aarons Stimme, dann eine andere: »Er fibrilliert wieder! Verflucht! Los doch!«

Die Türen des Krankenwagens wurden zugeschlagen, und sein Körper schaukelte leicht zur Seite, als der Wagen anfuhr.

Die Faust rammte sich in seine Brust, einmal, zweimal, noch einmal. Sauerstoff wurde in ihn hineingepumpt, kam aus der Plastikmaske wie eine kalte Zunge.

Der Alarm gellte immer noch, oder war es die Krankenwagensirene, die so sang, ein ferner Schrei, wie die Schreie jener verzweifelten Vögel am frühen Morgen, Krähen, die in großen Eichen krächzten, als kratzten sie am rosaroten Himmel, an der dunklen, tiefen, moosbedeckten Stille.

Epilog

53 Irgendwann, bevor es Nacht wurde, begriff er, daß er in der Intensivstation war, daß er im Swimmingpool einen Herzstillstand erlitten hatte, ein zweitesmal auf dem Weg ins Krankenhaus, ein drittesmal in der Notaufnahme. Sie regulierten seinen Puls jetzt mit einem starken Medikament namens Lidocain, und infolgedessen war sein Geist vernebelt, und er konnte keinen klaren Gedanken fassen.

Aaron durfte ihn jede Stunde für fünf Minuten besuchen. Irgendwann war auch Tante Vivian da. Und dann kam Ryan.

Verschiedene Gesichter erschienen über seinem Bett, unterschiedliche Stimmen sprachen mit ihm. Es war wieder hell, als der Arzt ihm erklärte, daß die Schwäche, die er verspürte, normal sei. Die gute Nachricht war, daß der Herzmuskel relativ geringen Schaden davongetragen hatte; tatsächlich genas er bereits. Man würde ihn medikamentös einstellen, er würde blutverdünnende und cholesterinsenkende Mittel bekommen. Heilsame Ruhe, das waren die letzten Worte, die er hörte, als er wieder einschlummerte.

Es mußte Silvester sein, als sie ihm schließlich alles erzählten. Inzwischen waren die Medikamente reduziert worden, und er konnte ihrem Bericht folgen.

Als die Feuerwehr eingetroffen war, hatte sich niemand auf dem Grundstück befunden. Nur der Alarm hatte geheult. Nicht nur die Glassicherungen waren abgerissen, es hatte auch jemand die Zusatzknöpfe für Feuerwehr, Polizei und Krankenwagen gedrückt. Die Feuerwehrleute waren durch das Tor und über den Weg nach hinten gerannt, und sofort hatten sie das zerbrochene Glas vor der offenen Küchentür, die umgestürzten Verandamöbel und das Blut auf den Steinplatten gesehen. Dann hatten sie die dunkle Gestalt entdeckt, die unter dem Wasserspiegel im Swimming-pool trieb.

Aaron war etwa in dem Augenblick erschienen, als sie Michael wieder zu sich gebracht hatten. Die Polizei ebenfalls. Man hatte das Haus durchsucht, aber niemanden gefunden. Im Haus war Blut von unklarer Herkunft gewesen, und es hatte Spuren eines Brandes gegeben. Oben waren Schränke und Kommoden geöffnet worden; ein halb gepackter Koffer hatte offen auf dem Bett gelegen. Spuren eines Kampfes hatte man weiter nicht finden können.

Ryan war es gewesen, der am selben Nachmittag festgestellt hatte, daß Rowans Mercedes-Kabrio nicht mehr da war und daß ihre Handtasche und alle Ausweispapiere verschwunden waren. Auch ihren Arztkoffer konnte niemand finden, obgleich die Verwandten sicher waren, daß sie schon einmal einen bei ihr gesehen hatten.

Da es keine vernünftige Erklärung für das Geschehene gab, war die Familie in Panik geraten. Um Rowan als vermißt zu melden, war es noch zu früh, aber die Polizei hatte dennoch mit einer inoffiziellen Suchaktion begonnen. Noch vor Mitternacht hatte man das Auto im Flughafenparkhaus gefunden, und bald stand fest, daß sie am Nachmittag zwei Tickets nach New York gekauft hatte und daß ihr Flugzeug dort planmäßig gelandet war. Eine Fluglinienangestellte erinnerte sich an sie und daran, daß sie mit einem großen Mann unterwegs gewesen war. Die Stewardessen erinnerten sich an beide; sie hätten während des ganzen Fluges miteinander geredet und getrunken. Nichts hatte darauf hingedeutet, daß Zwang im Spiel oder sonst etwas faul gewesen wäre. Die Familie konnte nur abwarten, bis Rowan sich meldete oder bis Michael ihnen erklärte, was geschehen war. Drei Tage später, am neunundzwanzigsten Dezember, war aus der Schweiz ein Telegramm von Rowan gekommen, in dem sie erklärte, daß sie eine Zeitlang in Europa bleiben werde; Anweisungen bezüglich ihrer persönlichen Angelegenheiten würden folgen. Das Telegramm enthielt eines der Codewörter, die nur der Erbin des Vermächtnisses und der Firma Mayfair und Mayfair bekannt waren. Am selben Tag hatte man die Instruktion empfangen, eine beträchtliche Summe auf ein Konto bei einer Bank in Zürich zu überweisen. Auch hier waren die korrekten Codewörter benutzt worden. Mayfair und Mayfair hatten keinen Grund, Rowans Anordnungen in Frage zu stellen.

Am 6. Januar, als Michael von der Intensivstation in ein normales Privatzimmer verlegt worden war, kam Ryan zu Besuch, sichtlich verwirrt und voller Unbehagen über die Mitteilungen, die er zu machen hatte. Er benahm sich so taktvoll wie möglich.

Rowan werde »auf unbestimmte Zeit« wegbleiben. Ihr genauer Aufenthaltsort sei nicht bekannt; sie habe aber durch eine Pariser Anwaltskanzlei häufig Kontakt mit Mayfair und Mayfair.

Das Eigentumsrecht am Haus in der First Street sollte vollständig auf Michael übergehen. Niemand in der Familie dürfe sein umfassendes und exklusives Anrecht an dem Besitz in Frage stellen. Das Haus solle bis zu seinem Tode in seinen – und nur in seinen – Händen bleiben und dann den Gesetzen entsprechend an das Vermächtnis zurückfallen.

Was Michaels Lebenshaltungskosten angehe, so solle er im Rahmen der Rowan zur Verfügung stehenden Mittel Blankovollmacht erhalten. Mit anderen Worten, er bekam soviel Geld, wie er brauchte oder verlangte.

Das meiste von dem, was Ryan sagte, hörte er gar nicht. Es war eigentlich nicht nötig, Ryan oder sonst jemandem die ganze Ironie darzulegen, die in dieser Wendung der Ereignisse lag, oder ihm zu erzählen, wie seine Gedanken, von Medikamenten vernebelt, sich tagein, tagaus mit den Ereignissen und Wendungen seines Lebens beschäftigten, von frühester Erinnerung an.

Wenn er die Augen schloß, sah er sie alle wieder, in Flammen und Rauch: die Mayfair-Hexen. Er hörte das Dröhnen der Trommeln, er roch den Gestank der Flammen, und er hörte Stellas durchdringendes Gelächter.

Dann entglitt ihm wieder alles.

Die Stille kehrte zurück, und er war wieder in seiner frühen Kindheit, und er ging an jenem längst vergangenen Mardi-Gras-Abend mit seiner Mutter die First Street hinunter und dachte: Ah, was für ein schönes Haus.

Ryan erklärte, die Familie hoffe, daß Michael in dem Haus wohnen bleiben werde. Sie hofften, Rowan werde zurückkehren, und irgendeine Art von Aussöhnung werde sich bewerkstelligen lassen. Dann schien er nicht weiterzuwissen. Verlegen und offensichtlich tief bedrückt sagte er mit rauher Stimme, die Familie könne »einfach nicht verstehen, was da passiert ist«.

Eine Anzahl möglicher Antworten kam Michael in den Sinn. Aus der Distanz betrachtet, stellte er sich vor, wie er mysteriöse Bemerkungen machte, die den alten Familienlegenden reiche Nahrung bieten würden, obskure Anspielungen auf die Dreizehn und auf die Tür und auf den Mann, Bemerkungen, die vielleicht noch auf Jahre hinaus erörtert werden würden, auf grünen Rasenflächen, bei Dinners und in Beerdigungskapellen. Aber in Wahrheit war es undenkbar, so etwas zu tun. Nein, es kam entscheidend darauf an, daß er weiterhin schwieg.

Und dann hörte er sich selbst mit außerordentlich fester Stimme sagen: »Rowan wird zurückkommen.« Danach sagte er gar nichts mehr.

Als er eine Weile geschwiegen hatte, verlor Ryan schließlich die Fassung. Er könne nicht begreifen, inwiefern er und die Familie bei Rowan versagt hätten. Sie habe angefangen, ihnen gewaltige Summen Geldes aus den Händen zu nehmen. Die Pläne für Mayfair Medical seien auf Eis gelegt worden. Er wisse einfach nicht, was passiert sei.

»Es war nicht eure Schuld«, sagte Michael. »Ihr habt nichts damit zu tun.« Und als Ryan lange Zeit einfach so dagesessen hatte, sichtlich beschämt über seinen Ausbruch, verwirrt und niedergeschlagen, wiederholte er: »Sie wird zurückkommen. Wartet nur ab. Es ist noch nicht vorbei.«

Am zehnten Februar wurde Michael aus dem Krankenhaus entlassen. Er war immer noch sehr schwach, was er als höchst frustrierend empfand, aber der Zustand seines Herzmuskels hatte sich bemerkenswert gebessert, und seine allgemeine Gesundheit war gut. Aaron holte ihn mit einer schwarzen Limousine ab.

Es war ein klarer, warmer Tag. Kurz nach Weihnachten hatte es noch einmal bitterlich gefroren, und dann hatte es mehrere sintflutartige Regenfälle gegeben, aber jetzt war es wie im Frühling, und rosa und rote Azaleen blühten überall im Garten. Nach dem Frost hatte der Olivenbaum sein wunderschönes Laub zurückbekommen, und an den Eichen sproß neues, helles Grün.

Jedermann war glücklich, erklärte der Fahrer, weil Mardi Gras vor der Tür stand. Dieser Tage würden auch die Paraden beginnen.

Michael spazierte im Garten umher. Neue Bananenstauden sprossen an den dunklen, erfrorenen Stümpfen, und sogar die Gardenien kamen zurück; sie warfen ihre braunen Blätter ab, und dunkel glänzendes neues Blattwerk brach aus den Knospen hervor.

Das Haus selbst war blitzsauber und restlos aufgeräumt.

Die Prozession der Besucher dauerte tagelang. Bea kam mit Lily, dann kamen Cecilia und Clancy und Pierce, Randall kam mit Ryan, der diverse Dokumente unterschrieben haben wollte, und andere erschienen, deren Namen er sich nur noch mit Mühe merken konnte. Manchmal sprach er mit ihnen, manchmal nicht.

Aber er sah, daß die Verwandten zutiefst beunruhigt waren. Sie wirkten demütig und zurückhaltend, vor allem aber ratlos. Im Haus zeigten sie sich unbehaglich, manchmal sogar etwas nervös.

Ganz anders Michael. Das Haus war leer und, was ihn betraf, sauber. Er kannte jede kleine Reparaturarbeit, die gemacht worden war, jedes Stück Putz und Holzwerk, das man restauriert hatte. Es war sein größtes Werk, bis hinauf zu den neuen kupfernen Regenrinnen und bis hinunter zu den Kiefernholzdielen, die er eigenhändig abgeschliffen und gebeizt hatte. Er fühlte sich wohl hier.

»Ich sehe mit Freuden, daß du diese greulichen Handschuhe nicht mehr trägst«, sagte Beatrice. Es war Sonntag; sie war zum zweitenmal hier und sie saßen zusammen im Schlafzimmer.

»Ich brauche sie nicht mehr«, sagte Michael. »Es ist sehr merkwürdig, aber nach diesem Unfall im Pool sind meine Hände wieder ganz normal.«

»Du hast keine Visionen mehr?«

»Nein. Vielleicht habe ich diese Gabe nie richtig benutzt. Vielleicht habe ich sie nicht zur rechten Zeit benutzt. Also wurde sie mir wieder weggenommen.«

»Klingt wie ein Segen.« Bea versuchte sich ihre Verwirrung nicht anmerken zu lassen.

»Ist nicht mehr so wichtig«, sagte Michael.

Aaron brachte sie zur Tür. Michael ging oben an der Treppe vorbei, und zufällig hörte er, wie Bea in diesem Augenblick zu Aaron sagte: »Er sieht zehn Jahre älter aus.« Sie weinte tatsächlich, und sie flehte Aaron an, ihr doch zu erzählen, wie sich diese Tragödie zugetragen habe. »Ich will gern glauben«, sagte sie, »daß dieses Haus verflucht ist. Es ist erfüllt vom Bösen. Sie hätten hier gar nicht erst einziehen dürfen. Wir hätten es verhindern müssen. Sie sollten ihn dazu bringen, daß er auszieht.«

Michael ging zurück in sein Schlafzimmer und schloß die Tür hinter sich.

Als er an Deirdres alter Kommode in den Spiegel schaute, stellte er fest, daß Bea recht hatte. Er sah tatsächlich älter aus. Die grauen Haare an seinen Schläfen waren ihm noch gar nicht aufgefallen, und auch sonst schimmerte überall ein wenig Grau durch. Vielleicht hatte er auch ein paar Falten im Gesicht, die früher nicht dagewesen waren. Vielleicht sogar eine ganze Menge. Vor allem um die Augen.

Plötzlich lächelte er. Er hatte gar nicht bemerkt, was er heute nachmittag angezogen hatte. Jetzt sah er, daß es ein Smokingjackett aus dunklem Satin mit samtenen Revers war, das Bea ihm ins Krankenhaus geschickt hatte. Tante Viv hatte es ihm herausgelegt. Man stelle sich vor, Michael Curry, der Junge aus dem Irish Channel, trägt so ein Ding, dachte er.

»*Eh bien, monsieur*«, sagte er und bemühte sich, so zu klingen wie Julien, als er ihn in San Francisco auf der Straße gehört hatte. Sogar sein Gesichtsausdruck hatte sich verändert. Er fand, er habe jetzt einen Hauch von Juliens Resignation.

Er ging die Treppe hinunter, langsam, wie der Arzt es ihm empfohlen hatte, und betrat die Bibliothek. In dem Schreibtisch dort war nichts mehr gewesen, seit man ihn nach Carlottas Tod ausgeräumt hatte, und so hatte er ihn in Besitz genommen, und hier bewahrte er sein Notizbuch auf. Sein Tagebuch.

Es war das Tagebuch, das er bei seinem ersten Besuch in Oak Haven begonnen hatte. Er führte es immer noch – fast jeden Tag trug er hier etwas ein, denn nur hier konnte er zur Sprache bringen, was er in Wirklichkeit empfand.

Natürlich hatte er Aaron alles erzählt. Und Aaron war der einzige Mensch, dem er es je erzählen würde.

Aber er brauchte diese stille, kontemplative Beziehung zu dem weißen Blatt, um seiner Seele wirklich vollständig Ausdruck zu geben. Es war schön, hier zu sitzen und nur gelegentlich durch die Spitzengardinen zu den Passanten hinauszuschauen, die zur St. Charles Avenue unterwegs waren, um sich dort die Venus-Parade anzuschauen. Nur noch zwei Tage bis Mardi Gras.

Das einzige, was ihm nicht gefiel, war der Umstand, daß er manchmal in der Stille die Trommeln hören konnte. Das war gestern passiert, und es war ihm ein Greuel.

Als er vom Schreiben genug hatte, nahm er *Große Erwartungen* vom Regal, setzte sich auf das Ledersofa vor dem Kamin und fing an zu lesen. Bald würde Eugenia kommen, dachte er sich, und ihm etwas zu essen bringen. Vielleicht würde er es dann essen, vielleicht auch nicht.

54

»Dienstag, den 27. Februar, Mardi Gras.

Ich werde niemals glauben, daß das, was ich beim zweiten Mal gesehen habe, eine echte Vision war. Ich behaupte jetzt und für alle Zukunft, daß es Lashers Werk war. Es waren nicht die Mayfair-Hexen, denn sie sind nicht hier, nicht an die Erde gefesselt, sie warten nicht darauf, durch die Tür zu gehen – obgleich dies eine Lüge sein kann, die er ihnen während ihres jeweiligen Lebens aufgebunden haben mag, ein Bestandteil des Paktes, mit dem er sich ihrer Zusammenarbeit versichert hat.

Ich glaube, daß sie alle mit ihrem Tode entweder aufhörten zu existieren oder zu größerer Weisheit gelangten. Und niemand hatte die Absicht, bei irgendeinem Plan auf dieser Welt zu kooperieren. Allenfalls wurden Versuche unternommen, derlei zu vereiteln.

Ein solcher Versuch war es beispielsweise, als Deborah und Julien das erstemal zu mir kamen. Sie verständigten mich von dem Plan und forderten mich auf, einzuschreiten und Rowan so zu beeinflussen, daß Lasher und seine Vorspiegelungen sie nicht verführen könnten. Und als sie mir in San Francisco sagten, ich solle nach Hause fahren, da versuchten sie erneut, mich zu einer Intervention zu veranlassen.

Das glaube ich, weil es eine andere plausible Erklärung nicht gibt. Ich hätte mich niemals dazu bereitgefunden, das Kind zu zeugen, durch das dieses gierige Monstrum hervorkommen wollte. Und selbst wenn ich an etwas so Grauenhaftem beteiligt gewesen wäre, so wäre ich beim Erwachen nicht von einem Gefühl eifriger Zielstrebigkeit beseelt gewesen, sondern von absoluter Panik und von tiefem Abscheu gegen die, die versucht hatten, mich so zu benutzen.

Nein. Das alles war Lashers Werk, diese letzte halluzinatorische Vision höllischer, an die Erde gefesselter Seelen und ihrer häßlichen, ignoranten Moralität. Das Verräterische daran – und ich begreife nicht, weshalb Aaron das nicht einsieht – war natürlich das Erscheinen der Nonnen in der Vision. Denn die Nonnen gehörten nun überhaupt nicht dazu: Und die Trommeln des Comus – die auch nicht. Sie stammen aus den Ängsten meiner Kindheit.

Das ganze höllische Spektakel war den Ängsten und Schrecknissen meiner Kindheit entnommen, und Lasher vermengte alles mit den Mayfair-Hexen, um eine Hölle für mich zu erschaffen, die mich tot und ertrunken und verzweifelt zurücklassen würde.

Wenn sein Plan gelungen wäre, dann wäre ich natürlich gestorben, und seine Vision der Hölle wäre verschwunden; vielleicht, nur vielleicht, hätte ich in irgendeinem Leben danach die wahre Erklärung gefunden.

Aber es ist schwierig, über diesen letzten Teil nachzudenken. Denn ich bin nicht gestorben. Und jetzt habe ich – was immer sie wert sein mag – eine zweite Chance, Lasher zu stoppen, einfach indem ich lebe und hier bin.

Schließlich weiß Rowan ja, daß ich hier bin, und ich kann nicht glauben, daß Rowans Liebe zu mir spurlos gestorben sein soll. Das widerspricht allem, was meine Sinne mir sagen.

Im Gegenteil – Rowan weiß nicht nur, daß ich auf sie warte, sie will auch, daß ich warte. Deshalb hat sie mir das Haus gegeben. Auf ihre Art hat sie mich gebeten, hierzubleiben und weiter an sie zu glauben.

Meine schlimmste Befürchtung jedoch ist die, daß ihr dieses gierige Monstrum jetzt, wo es im Fleische lebt, etwas antun wird. Irgendwann wird es einen Punkt erreichen, wo es sie nicht mehr braucht, und dann wird es versuchen, sie loszuwerden. Ich kann nur hoffen und beten, daß sie es vernichtet, ehe dieser Zeitpunkt gekommen ist, obwohl – je länger ich darüber nachdenke, desto klarer wird mir, wie schwer es ihr fallen wird, das zu tun.

Rowan hat immer versucht, mich zu warnen: Sie habe eine Neigung zum Bösen, die ich nicht habe. Natürlich bin auch ich nicht so unschuldsvoll, wie sie immer dachte. Und sie ist nicht wirklich böse. Aber sie ist eine brillante Wissenschaftlerin reinsten Wassers. Sie ist verliebt in die Zellen, aus denen dieses Ding besteht, das weiß ich –

von einem rein wissenschaftlichen Standpunkt aus natürlich, und sie studiert sie. Sie studiert seinen ganzen Organismus – wie gut er funktioniert und wie er sich durch die Welt bewegt –, und sie konzentriert sich dabei auf die Frage, ob er tatsächlich eine verbesserte Version des Menschen darstellt, und wenn ja, was diese Verbesserung bedeutet und wie sie letzten Endes zum Guten genutzt werden kann.

Wieso Aaron das nicht akzeptieren kann, weiß ich auch nicht. Er ist sehr mitfühlend, aber hartnäckig unverbindlich. Die Talamasca ist in Wirklichkeit eine Bande von Mönchen; er fleht mich zwar immer an, ich solle mit ihm nach England kommen, aber das ist einfach unmöglich. Ich könnte niemals bei ihnen leben; sie sind mir zu passiv und zu theoretisch.

Davon abgesehen ist es absolut notwendig, daß ich hierbleibe und auf Rowan warte. Schließlich sind erst zwei Monate vergangen, und es kann Jahre dauern, bis Rowan alle Fragen beseitigt. Sie ist erst dreißig, und das ist heutzutage sehr jung.

Wie ich sie kenne – und ich bin der einzige, der sie wirklich kennt –, bin ich davon überzeugt, daß Rowan letzten Endes zu wahrer Weisheit gelangen wird.

Das also ist meine Einschätzung dessen, was geschehen ist. Die Mayfair-Hexen als ein an die Erde gefesselter Hexenzirkel existieren nicht und haben nie existiert. Der Pakt war eine Lüge. Was ich in meinen ersten Visionen gesehen habe, waren gute Wesen, die mich hierher schickten, weil sie hofften, ich würde die Herrschaft des Bösen beenden.

Sind sie jetzt verärgert? Haben sie sich von mir abgewendet, weil ich versagt habe? Oder akzeptieren sie, daß ich mich mit den Mitteln, die mir zur Verfügung standen, bemüht habe? Sehen sie vielleicht, was ich sehe – daß Rowan zurückkehren wird und daß die Geschichte noch nicht zu Ende ist?

Ich kann es nicht wissen. Was ich aber weiß, ist dies: Es lauert nichts Böses in diesem Haus, und es schweben keine Seelen durch die Zimmer. Im Gegenteil, es wirkt alles wunderbar sauber und hell, ganz so, wie ich es immer haben wollte.

Ich bin langsam durch die Dachzimmer spaziert und habe dort interessante Dinge gefunden – zum Beispiel Anthas gesammelte Kurzgeschichten, und die sind wirklich faszinierend. Ich sitze dann oben in dem Zimmer unter dem Dach und lese im Sonnenschein, der durch die Fenster hereinstrahlt, und ich spüre Antha rings um mich herum – nicht als Geist, sondern als die lebendige Gegenwart einer Frau, die diese zarten Sätze schrieb und versuchte, ihrer Qual und ihrem Kampf Ausdruck zu verleihen, aber auch ihrer Freude über die kurze Zeit der Freiheit in New York.

Wer weiß, was ich sonst noch da oben finden werde. Vielleicht klemmt Juliens Autobiographie hinter irgendeinem Dachbalken.

Wenn ich nur mehr Energie hätte und nicht alles so langsam angehen müßte, wenn das Umherspazieren nicht so eine Strapaze wäre...

Natürlich kann man sich keinen schöneren Ort zum Spazierengehen denken. Das habe ich immer gewußt.

Der alte Rosengarten erwacht in diesen warmen Tagen wieder zu neuem Leben; erst gestern hat Tante Viv mir erzählt, sie habe immer davon geträumt, im Alter Rosen zu pflegen: Sie werde sich von nun an darum kümmern, und der Gärtner brauche ihr nur ein bißchen zur Hand zu gehen. Der scheint sich an »die alte Miss Belle« erinnert zu fühlen, die sich früher um diese Rosen kümmerte, und er stopft ihr den Kopf voll mit den Namen der verschiedenen Arten.

Ich finde es wunderbar, daß sie hier so glücklich ist.

Ich selbst ziehe ja die wilderen, weniger gepflegten Blumen vor. Vorige Woche, als sie die Fliegengitter an Deirdres alter Veranda wieder angebracht haben und ich im neuen Schaukelstuhl saß, da sah ich, daß das Geißblatt wieder mit voller Kraft über das neue Holzgeländer und an dem Schmiedeeisen hinaufkriecht – ganz so wie damals, als wir herkamen.

Und draußen auf den Rabatten, unter den prachtvollen Kamelien, kehren die wilden Jalapen zurück, und auch die kleine Lantana, die wir früher »Eier mit Speck« nannten, weil sie diese orangegelben und braunen Blüten hat. Ich habe den Gärtnern gesagt, sie sollen das alles nicht anrühren. Es soll wieder sein wildes Aussehen bekommen. Die ordnenden Muster sind im Moment einfach zu dominant. Wenn ich jetzt umhergehe, habe ich das Gefühl, ich trete auf Karos und Rechtecke und Vierecke, und ich will, daß es wieder verwunschen und grün ist, wie der Garden District in meiner Erinnerung stets war.

Es ist mir auch nicht abgeschieden genug. Besonders heute, als die Leute in Scharen durch die Straßen strömten, um zur Paradestrecke auf der St. Charles Avenue zu gehen, um die Rex-Parade vorüberziehen zu sehen oder um einfach in ihren Karnevalskostümen umherzulaufen, da haben mir zuviele den Kopf gedreht und durch den Zaun gegafft. Es sollte alles verborgener sein.

Tatsächlich ist, was eben diese Frage betrifft, heute abend etwas höchst Merkwürdiges passiert.

Aber ich will kurz den Tag Revue passieren lassen, denn es war Mardi Gras, der Tag der Tage.

Die »Fünfhundert Mayfairs« waren schon früh hier, denn die Rex-Parade kommt gegen elf über die St. Charles Avenue. Ryan hatte alles arrangiert; um neun gab es ein großes Frühstücksbüffet, mittags einen Lunch und den ganzen Tag über eine offene Bar mit Kaffee und Tee.

Genauso stellte ich es mir vor, dieses Haus zu führen. Vor allem, wenn Aaron da ist und hilft, und wenn Tante Viv jede Minute von Herzen genießt.

Von der oberen Veranda aus sah ich zu, wie die Kinder zwischen dem Haus und der Avenue hin und her liefen, draußen auf dem Rasen spielten und manchmal sogar schwammen, weil es einfach ein herrlicher Tag war. Ich würde nicht für Geld und gute Worte noch einmal in die Nähe dieses Swimming-pools gehen, aber es macht Spaß, ihnen zuzusehen, wie sie darin herumplanschen. Wirklich.

Es ist wunderbar, zu erkennen, daß das Haus dies alles möglich macht, ob Rowan nun hier ist oder nicht. Ob ich hier bin oder nicht.

Aber gegen fünf, als es langsam ruhiger wurde – ein paar der Kinder waren eingeschlafen, und alles wartete jetzt auf Comus –, da war es plötzlich vorbei mit meiner hübschen, friedlichen Ruhe.

Als ich von meinem Buch aufblickte, sah ich Aaron und Tante Viv vor mir stehen, und noch bevor sie den Mund aufmachten, wußte ich, was sie sagen würden.

Ich sollte etwas anziehen, ich sollte etwas essen, ich sollte zumindest die salzlosen Gerichte probieren, die man so sorgfältig eigens für mich zubereitet hatte. Und ich sollte hinunterkommen.

Und ich sollte wenigstens bis zur Avenue spazieren, um den Comus zu sehen, meinte Tante Viv, die allerletzte Parade am Abend des Mardi Gras.

Als ob ich das nicht wüßte.

Aaron stand die ganze Zeit stumm daneben und sagte gar nichts; dann aber gab er zu bedenken, daß es mir vielleicht gut tun würde, die Parade nach all den Jahren einmal wiederzusehen und so die Mystik zu vertreiben, die sich darum aufgebaut hatte. Selbstverständlich würde er die ganze Zeit dabei sein.

Ich weiß nicht, was in mich gefahren ist, aber ich sagte ja.

Und so wanderte ich um halb sieben mit Aaron langsam auf die Avenue zu; Tante Viv war mit Bea und Ryan und einer Legion anderer Mayfairs vorausgegangen. Und richtig, da kamen diese Trommeln, diese wilden, diabolischen Kadenzen, die klangen, als begleiteten sie den Karren mit einer verurteilten Hexe zum Scheiterhaufen.

Es war mir von ganzem Herzen zuwider, und ich verabscheute den Anblick der Lichter dort oben, aber ich wußte, daß Aaron recht hatte. Ich sollte es mir ansehen. Außerdem hatte ich nicht wirklich Angst. Abscheu ist eine Sache, Angst eine andere. Wie absolut ruhig war mir in meinem Haß zumute.

Es herrschte kein großes Gedränge, denn der Tag, ja, die ganze Saison ging zu Ende, und es war kein Problem, einen bequemen Stehplatz auf neutralem Boden zu finden, irgendwo in dem niedergetretenen Gras und Abfall dieses Trubeltages. Schließlich lehnte ich, die Hände auf dem Rücken, an einem Leitungsmast der Straßenbahn, als die ersten Prunkwagen in Sicht kamen.

Grausig, so grausig wie in meiner Kindheit rollten diese riesenhaften, im Winde flatternden Pappmachékonstruktionen hoch oben über den Köpfen der jubelnden Zuschauer langsam die Avenue hinunter.

Ich erinnerte mich an meinen Dad, wie er mich ausgeschimpft hatte, als ich sieben war: »Michael, wovor du da Angst hast, das ist nicht echt, weißt du das? Du mußt deine verrückte Angst vor diesen Paraden loswerden!« Und er hatte natürlich recht. Ich hatte inzwischen grauenhafte Angst davor; ich war eine richtige Heulsuse geworden und verdarb ihm und meiner Mutter tatsächlich den Spaß am Mardi Gras. Und bald kam ich auch darüber hinweg. Zumindest lernte ich im Laufe der Jahre, meine Angst zu verbergen.

Nun, und was sah ich jetzt, als die Fackelträger marschierend und tanzend mit ihren wunderschönen, rußenden Fackeln näher kamen und als das Dröhnen der Trommeln mit dem Nahen der ersten der großen, stolzen High-School-Bands stärker wurde?

Nur ein verrücktes, hübsches Spektakel, nicht wahr? Zum einen tauchten die modernen Straßenlaternen alles in viel helleres Licht; die altmodischen Fackeln wurden nur noch um der alten Zeiten willen mitgeführt, nicht als Lichtspender, und die Jungen und Mädchen, die hier trommelten, waren nichts als hübsche Jungen und Mädchen mit strahlenden Gesichtern.

Dann kam unter Jubelgeschrei der Wagen des Königs, ein mächtiger Pappthron, hoch, prunkvoll und prächtig geschmückt, und der Mann selbst war recht hübsch anzusehen mit der juwelenbesetzten Krone, der Maske und der langlockigen Perücke. Welche Extravaganz, all dieser Samt. Und selbstverständlich schwenkte er sein Zepter völlig gefaßt, als sei dies nicht eines der bizarrsten Spektakel auf der Welt.

Harmlos, das Ganze, absolut harmlos. Nicht düster und furchtbar, und niemand würde gleich hingerichtet werden. Plötzlich zerrte die kleine Mona Mayfair an meiner Hand. Sie wollte wissen, ob sie auf meiner Schulter sitzen dürfe. Ihr Daddy habe gesagt, er sei jetzt müde.

Natürlich durfte sie. Das Schwierigste war, sie hochzuheben und mich dann wieder aufzurichten; der alten Pumpe tat es nicht besonders gut – ich wäre beinahe gestorben! –, aber ich schaffte es, und sie amüsierte sich prächtig, quiekte und griff nach den Glasperlen und Plastikbechern, die von den vorüberziehenden Prunkwagen auf uns herabregneten.

Und wie hübsch und altmodisch diese Prunkwagen waren, ganz wie in unserer Kindheit, meinte Bea, ganz ohne diesen neuartigen mechanisch oder elektrisch beweglichen Firlefanz. Nur hübsche, verschlungene Nachbildungen zart zitternder Bäume und Blumen und Vögel, prachtvoll mit funkelnder Folie überzogen. Die Männer der »Meute« rackerten sich nach Kräften ab und warfen Flitterkram und Schund in das Meer der emporgereckten Hände.

Endlich war es vorbei. Mardi Gras war zu Ende. Ryan half Mona, von meinen Schultern herunterzuklettern, und schimpfte mit ihr, weil sie mich belästigt hatte; ich protestierte und erklärte, es habe mir Spaß gemacht.

Langsam gingen wir heimwärts. Aaron und ich schlossen uns den anderen an, und als die Party zu Hause mit Champagner und Musik weiterging, geschah dieses merkwürdige Ereignis. Es kam so:

Ich machte meinen gewohnten Spaziergang durch den dunklen Garten und erfreute mich an den schönen weißen Azaleen, die jetzt überall blühten, an den hübschen Petunien und den anderen einjährigen Pflanzen, die die Gärtner frisch in die Rabatten gesetzt hatten. Ich kam zu der großen Myrte am hinteren Ende des Rasens und sah, daß sie endlich auch wieder auszuschlagen begann. Sie war von winzigen grünen Blattknospen bedeckt, obgleich sie im Mondschein natürlich noch immer skeletthaft kahl aussah.

Eine Zeitlang blieb ich unter dem Baum stehen und schaute zur First Street hinüber; ein paar Nachzügler von der Avenue kamen noch am Eisenzaun vorbei. Ich glaube, ich überlegte gerade, ob ich es riskieren könnte, hier hinten, wo niemand mich erwischen würde, eine Zigarette zu rauchen. Dann fiel mir ein, daß ich natürlich gar keine hatte: Aaron und Tante Viv hatten sie auf Anordnung des Arztes alle weggeworfen.

Wie auch immer – ich hing meinen Gedanken nach und genoß die Frühlingssonne, als ich mitbekam, daß eine Mutter und ein Kind draußen vorbeihasteten: das Kind hatte mich unter dem Baum stehen sehen und mit dem Finger auf mich gedeutet, und es hatte zu seiner Mutter etwas über »den Mann da« gesagt.

Der Mann.

Es überkam mich mit jäher Heiterkeit: Ich war »der Mann«. Ich hatte mit Lasher den Platz getauscht. Ich war jetzt der Mann im Garten. Ich war jetzt ohne Frage der dunkelhaarige Mann in der First Street, und über die Ironie, die darin lag, mußte ich laut lachen.

Kein Wunder, daß der Dreckskerl gesagt hatte, er liebe mich. Das ist das Mindeste. Er hat mir mein Kind, meine Frau und meine Geliebte gestohlen und mich hier an seiner Stelle stehenlassen. Er hat mir mein Leben genommen und mir dafür seinen Spukplatz gegeben. Warum sollte er mich für all das nicht auch lieben?

Ich weiß nicht, wie lange ich so dastand und vor mich hin grinste und leise im Dunkeln lachte, aber allmählich wurde ich doch müde. Es genügt, wenn ich eine Zeitlang auf den Beinen bin: Ich werde dann müde.

Und dann überkam mich eine Trauer, so als sei mir das Herz gebrochen, weil dieses Muster etwas zu bedeuten schien; und ich dachte, vielleicht habe ich mich die ganze Zeit geirrt, und es gibt *doch* Hexen. Und wir sind alle verdammt.

Aber das glaube ich nicht.

Vielleicht kann Aaron in seiner Passivität und seiner dogmatischen Unvoreingenommenheit den Gedanken verfolgen, daß alles geplant war – daß sogar der Tod meines Vaters dazugehörte und daß es mir bestimmt war, ein Hengst für Rowan und ein Vater für Lasher zu sein. Aber ich akzeptiere das nicht.

Es ist nicht nur so, daß ich es nicht glauben will. Ich *kann* es nicht glauben.

Ich kann es nicht glauben, weil meine Vernunft mir sagt, daß ein solches System, in dem irgend jemand jeden einzelnen unserer Schritte diktiert – ein Gott, ein Teufel, unser Unterbewußtsein oder unsere tyrannischen Gene –, einfach unmöglich ist.

Das Leben an sich muß auf den unbegrenzten Möglichkeiten der freien Wahl und des Zufalls basieren. Wenn wir nicht beweisen können, daß es so ist, müssen wir es glauben. Wir müssen glauben, daß wir unsere Geschicke verändern, steuern und beeinflussen können.

Es hätte ja alles anders kommen können. Rowan hätte sich weigern können, diesem Ding zu helfen. Sie hätte es umbringen können. Und vielleicht wird sie es noch umbringen. Und hinter ihren Handlungen liegt vielleicht die tragische Möglichkeit, daß sie es, als es einmal ins Fleisch gekommen war, nicht mehr über sich brachte, es zu vernichten.

Ich weigere mich, Rowan zu verurteilen. Die Wut, die ich einmal gegen sie empfand, ist vergangen.

Und ich entscheide mich aus freien Stücken dafür, hierzubleiben, auf sie zu warten und an sie zu glauben.

Dieser Glaube an sie ist der erste Satz in meinem Credo. Und ganz gleich, wie gewaltig und verzwickt dieses Netz der Ereignisse mir erscheint, ganz gleich, wie groß seine Ähnlichkeit mit den Mustern aus Steinplatten, Balustraden und endlos wiederkehrenden schmiedeeisernen Schnörkeln ist, die dieses kleine Stückchen Erde hier beherrschen – ich bleibe bei meinem Credo.

Ich glaube an den Freien Willen, die Allmächtige Kraft, durch die wir uns verhalten, als wären wir die Söhne und Töchter eines gerechten und weisen Gottes, selbst wenn es ein solches Höchstes Wesen nicht gibt. Und durch unseren freien Willen können wir uns entscheiden, auf Erden Gutes zu tun, auch wenn wir alle sterben und nicht wissen, wohin wir gehen oder ob uns Gerechtigkeit oder wenigstens eine Erklärung erwartet.

Ich glaube, daß es unseren inständigsten Anstrengungen schließlich gelingen wird, den Himmel auf Erden zu erschaffen, und daß wir es jedesmal dann tun, wenn wir lieben, wenn wir umarmen, wenn wir uns entschließen, zu schaffen, statt zu zerstören, wenn wir das Leben über den Tod setzen und das Natürliche über das, was unnatürlich ist, soweit wir in der Lage sind, dies zu definieren.

Und in letzter Konsequenz glaube ich vermutlich, daß es auch im Angesicht schlimmsten Grauens und furchtbarsten Verlustes Seelenfrieden geben kann. Er ist möglich im Glauben an die Veränderung, den Willen und den Zufall und im Glauben an uns selbst und daran, daß wir im Angesicht von Widrigkeiten in den meisten Fällen das Richtige tun werden.

Denn unser ist die Kraft und die Herrlichkeit, denn wir sind zu Visionen und Ideen fähig, die letzten Endes stärker und dauerhafter sind als wir selbst.

Das ist mein Credo. Deshalb glaube ich an meine Interpretation der Geschichte von den Mayfair-Hexen.

Würde gegen die Philosophen der Talamasca wahrscheinlich nicht bestehen können. Kommt vielleicht nicht mal in die Akte. Aber es ist mein Glaube, was immer das wert sein mag, und es trägt mich. Und wenn ich jetzt sterben müßte, hätte ich keine Angst. Denn ich glaube nicht, daß Grauen oder Chaos auf uns warten.

Wenn uns überhaupt eine Offenbarung erwartet, dann muß sie so gut sein wie unsere Ideale und unsere beste Philosophie. Denn gewiß muß doch das Sichtbare *und* das Unsichtbare zur Natur gehören, und auch uns selbst muß sie umfassen. Das, was die Blumen aufgehen und die Schneeflocken fallen läßt, muß eine Weisheit und ein letztes Geheimnis bergen, das ebenso verzwickt und schön ist, wie die blühende Kamelie oder die am Himmel aufziehenden Wolken, ebenso weiß und rein in der Schwärze.

Wenn das nicht so ist, machte nichts mehr einen Sinn. Und alle Gespenster der Hölle könnten dann ebensogut im Wohnzimmer tanzen. Es könnte einen Teufel geben, und Menschen, die andere Menschen verbrennen, wären in Ordnung. Alles wäre möglich.

Aber dazu ist die Welt einfach zu schön.

Wenigstens erscheint sie mir so, während ich jetzt hier auf der Veranda im Schaukelstuhl sitze und der Lärm des Mardi Gras längst verklungen ist, und während ich im Licht der Lampe hinter mir im Salon schreiben.

Nur unsere Fähigkeit zum Guten ist so fein wie diese seidige Brise, die vom Süden heraufweht, so fein wie der Duft des Regens, der eben zu fallen beginnt und mit leisem Tosen auf die schimmernden Blätter trifft – so sanft, sanft wie die Vision des Regens, der wie Silber in den Stoff der alles umfangenden Dunkelheit gewoben ist.

Komm nach Hause, Rowan. Ich warte auf dich.